诗三百，一言以蔽之，曰思无邪。

——孔丘

绪

民国十四年九月胡适先生在武昌大学演讲中阐述了他对诗经的认识，其见解对于今人了解、研究诗经仍然有重要指导价值。摘选其文如下：

《诗经》在中国文学上的位置，谁也知道，它是世界上最古老的、有价值的文学的一部，这是全世界公认的……

我觉得用新的科学方法来研究古代的东西，确能得着很有趣味的效果。

一字的古音，一字的古义，都应该拿正当的方法去研究的。在今日研究古书，方法最要紧，同样的方法可以收同样的效果。我今天讲《诗经》，也是贡献一点我个人研究古书的方法。在我未讲研究《诗经》的方法以前，先讲讲对于《诗经》的几个基本的概念。

（一）《诗经》不是一部经典。从前的人把这部《诗经》都看得非常神圣，说它是一部经典，我们现在要打破这个观念。假如这个观念不能打破，《诗经》简直可以不研究了，因为《诗经》并不是一部圣经，确实是一部古代歌谣的总集，可以做社会史的材料，可以做政治史的材料，可以做文化史的材料。万不可说它是一部神圣经典。（笔者认为《诗》是众经之精华。）

（二）孔子并没有删《诗》，"诗三百篇"本是一个成语。从前的人都说孔子删《诗》、《书》，说孔子把《诗经》删去十分之九，只留下十分之一。照这样看起来，原有的诗应该是三千首。这个话是不对的。唐朝的孔颖达也说孔子的删《诗》是一件不可靠的事体。假如原有三千首诗，真的删去了二千七百首，那在《左传》及其他的古书里面所引的诗应该有许多是三百篇以外的，但是古书里面所引的诗不是三百篇以内的虽说有几首，却少得非常。大概前人说孔子删《诗》的话是不可相信的了。

（三）《诗经》不是一个时代辑成的。《诗经》里面的诗是慢慢的收集起来，成现在这么样的一本集子……可以说《诗经》里面包含的时期约在六七百年的上下。所以我们应该知道，《诗经》不是那一个人辑的，也不是那一个人作的。

（四）《诗经》的解释。《诗经》到了汉朝，真变成了一部经典。《诗经》里面描写的那些男女恋爱的事体，在那班道学先生看起来，似乎不大雅观，于是对于这些自然的、有生命的文学不得不另加种种附会的解释。所以汉朝的齐、鲁、韩三家对于《诗经》都加上许多的附会，讲得非常的神秘。明是一首男女的恋歌，他们故意说是歌颂谁，讽刺谁的。《诗经》到了这个时代，简直变成了一部神圣的经典了。这种事情，中外大概都是相同的，像那本《旧约全书》的里面，也含有许多的诗歌和男女恋爱的故事，但在欧洲中古时代也曾被教会的学者加上许多迂腐穿凿的解说，使它们不违背中古神学。后起的《毛诗》对于《诗经》的解释又把从前的都推翻了，另找了一些历史上的——《左传》里面的事情、证据，来做一种新的解释。《毛诗》研究《诗经》的见解比齐、鲁、韩三家确实是要高明一点，所以《毛诗》渐渐打倒了三家诗，成为独霸的权威。我们现在读的还是《毛诗》。到了东汉，郑康成读《诗》的见解比毛公又要高明。所以到了唐朝，大凡研究《诗经》的人都是拿《毛传》《郑笺》做底子。到了宋朝，出了郑樵和朱子，他们研究《诗经》又打破毛公的附会，由他们自己做解释（笔者认为朱熹之解释极其尴）。他们这种态度，比唐朝又不同一点，另外成了一种宋代说《诗》的风气。清朝讲学的人都是崇拜汉学，反对宋学的，他们对于考据训诂是有特别的研究，但是没有什么特殊的见解。他们以为宋学是不及汉学的（笔者认为宋学远不及汉学，宋人不识字之言不虚），因为汉在一千七八百年以前，宋只在七八百年以前。殊不知汉人的思想比宋人的确要迂腐得多呢！（笔者不同意迂腐之说）但在那个时候研究《诗经》的人，确实出了几个比汉宋都要高明的，如著《诗经通论》的姚际恒，著《读风偶识》的崔述，著《诗经原始》的方玉润，他们都大胆地推翻汉宋的腐旧的见解，研究《诗经》里面的字句和内容。照这样看起来，二千年来《诗经》的研究实是一代比一代进步的了。

《诗经》的研究，虽说是进步的，但是都不彻底，大半是推翻这部，附会那部。推翻那部，附会这部。我看对于《诗经》的研究想要彻底的改革，恐怕还在我们呢！我们应该拿起我们的新的眼光，好的方法，多的材料，去大胆地细心地研究。我相信我们研究的效果比前人又可圆满一点了。这是我们应取的态度，也是我们应尽的责任。

上面把我对于《诗经》的概念说了一个大概，现在要谈到《诗经》具体的研究了。研究《诗经》大约不外下面这两条路：

第一，训诂。用小心的、精密的、科学的方法，来做一种新的训诂功夫，对于《诗经》的文字和文法上都重新下注解。

第二，解题。大胆地推翻二千年来积下来的附会的见解，完全用社会学的、历史的、文学的眼光重新给每一首诗下个解释。

所以我们研究《诗经》，关于一句一字，都要用小心的科学的方法去研究。关于一首诗的用意，要大胆地推翻前人的附会，自己有一种新的见解。

现在让我先讲了方法，再来讲到训诂吧。清朝的学者最注意训诂，如戴震、胡承珙、陈奂、马瑞辰等等，凡他们关于《诗经》的训诂著作，我们都应该看的。戴震有两个高足弟子，一是金坛段玉裁，一是高邮王念孙及其子引之，都有很重要的著作，可为我们参考的。如段注《说文解字》，念孙所作《读书杂志》、《广雅疏证》等。尤其是引之所做的《经义述闻》、《经传释词》，对于《诗经》更有很深的见解，方法亦比较要算周密得多。

前人研究《诗经》都不讲文法，说来说去，终得不着一个切实而明了的解释，并且越讲越把本义搅昏昧了。清代的学者，对于文法就晓得用比较归纳的方法来研究。如"终风且暴"，前人注是——终风，终日风也。但清代王念孙父子把"终风且暴"来比较"终温且惠""终窭且贫"，就可知"终"字应当作"既"字解。有了这一个方法，自然我们无论碰到何种困难地方，只要把它归纳比较起来，就一目了然了……

我希望大家对于《诗经》的文法细心地做一番精密的研究，要一字一句地把它归纳和比较起来，才能领略《诗经》里面真正的意义。清朝的学者费了不少的时间，终究得不着圆满的结果，也就是因为他们缺少文法上的知识和虚字的研究（笔者认为训诂主要还在实字）。

这一部《诗经》已经被前人闹得乌烟瘴气，莫名其妙了。诗是人的性情的自然表现，心有所感，要怎样写就怎样写，所谓"诗言志"是。《诗经·国风》多是男女感情的描写（其实没几篇），一般经学家多把这种普遍真挚的作品勉强拿来安到什么文王、武王的历史上去。一部活泼泼的文学因为他们这种牵强的解释，便把它的真意完全失掉，这是很可痛惜的！

总而言之，你要懂得《诗经》的文字和文法，必须要用归纳比较的方法。你要懂得三百篇中每一首的题旨，必须撇开一切《毛传》《郑笺》《朱注》等等，自己去细细涵泳原文。但你必须多备一些参考比较的材料，你必须多研究民俗学、社会学、文学、史学。你的比较材料越多，你就会觉得《诗经》越有趣味了。

清朝训诂大师戴震先生有一段关于文字基础性的重要论述，如下：

经之至者道也，所以明道者其词也，所以成词者未有能外小学文字者也。由文字以通乎语言，由语言以通乎古圣贤之心志，譬之适堂坛者之必循其阶而不可以躐等。今人读书尚未识字，辄薄训诂之学。夫文字之未能通，妄谓通其语言，语言之未能通，妄谓通其心志，此惑之甚者也。

笔者秉持戴震先生之观念，运用胡适先生所言之方法，著作此书。

本书中文字训诂主要依据《说文》《尔雅》，对《诗》中五千三百多个文字做了详细注释，务求一字一词切实有据。同时用归纳、比较的方法考证文字，务求其注释可信。例如"载"字，《诗》中有"清酒既载、载燕、载尝、既载清酤"，通过归纳、比较可断定"载"通假于"饎"。《说文》："饎（zǎi），设饪。"

本书把《左传》《礼记》《荀子》《孟子》《孔子家语》《国语》《公羊传》《谷梁传》《论语》《管子》《竹书纪年》等典籍中有关《诗》的内容几乎全部以引证资料列于书中。通过解析引用《诗》章句的文章内容，可以推知其引用诗句的含义，进以考证诗的题旨。《左传》中引用《诗》最多，且大多引用之处有具体故事背景，正确把握其情景，即可准确推知诗句的意思。同时对于同一诗句，若存在多处引用，通过互相参证，可确保诗文含义准确无误。

举例如下：

（一）《左传·宣公九年》：陈灵公与孔宁、仪行父通于夏姬，皆衷其衵（ri）服（内衣）以戏于朝。泄冶谏曰："公卿宣淫，民无效焉？且闻不令，君其纳之。"公曰："吾能改矣。"公告二子，二子请杀之，公弗禁，遂杀泄冶。孔子曰："《诗》云：'民之多辟，无自立辟。'其泄冶之谓乎。"

（二）《左传·昭公二十八年》：晋祁胜与邬臧通室，祁盈将执之，访于司马叔游。叔游曰："《郑书》有之：'恶直丑正，实蕃有徒。'无道立矣，子惧不免。《诗》曰：'民之多辟，无自立辟。'姑已，若何？"盈曰："祁氏私有讨，国何有焉？"遂执之。祁胜赂荀跞，荀跞为之言于晋侯，晋侯执祁盈。祁盈之臣曰："钧将皆死，慭使吾君闻胜与臧之死以为快。"乃杀之。夏六月，晋杀祁盈及杨食我。食我，祁盈之党也，而助乱，故杀之。遂灭祁氏、羊舌氏。

（三）《左传·昭公六年》：宋寺人柳有宠，大子佐恶之。华合比曰："我杀之。"柳闻之，乃坎、用牲、埋书，而告公曰："合比将纳亡人之族，既盟于北郭矣。"公使视之，有焉，遂逐华合比，合比奔卫。于是华亥欲代右师，乃与寺人柳比，从为之征，曰："闻之久矣。"公使代之，见于左师，左师曰："女夫也。必亡！女丧而宗室，于人何有？人亦于女何有？《诗》曰：'宗子维城，毋俾城坏，毋独斯畏。'女其畏哉？"

（四）《左传·昭公三十二年》：冬十一月，晋魏舒、韩不信如京师，合诸侯之大夫于狄泉，寻盟，且令城成周。魏子南面。卫彪傒曰："魏子必有大咎。干位以令大事，非其任也。《诗》曰：'敬天之怒，不敢戏豫。敬天之渝，不敢驰驱。'况敢干位以作大事乎？"

（五）《礼记·乐记》：文侯曰："敢问溺音何从出也？"子夏对曰："郑音好滥淫志，宋音燕女溺志，卫音趋数烦志，齐音敖辟乔志，此四者皆淫于色而害于德，是以祭祀弗用也。《诗》云：'肃雍和鸣，先祖是听。'夫肃肃，敬也。雍雍，和也。夫敬以和，何事不行？为人君者谨其所好恶而已矣。君好之，则臣为之。上行之，则民从之。《诗》云：'诱民孔易。'此之谓也。"然后，圣人作为鞉、鼓、椌、楬、埙、篪，此六者德音之音也。然后钟磬竽瑟以和之，干戚旄狄以舞之，此所以祭先王之庙也，所以献酬酳酢也，所以官序贵贱各得其宜也，所以示后世有尊卑长幼之序也。"

（六）《孔子家语·辩政》："《诗》：'丧乱蔑资，曾不惠我师。'此伤奢侈不节以为乱者也。"

（七）《孔子家语·子路初见》：子贡曰："陈灵公宣婬于朝，泄冶正谏而杀之，是与比干谏而死同，可谓仁乎？"子曰："比干于纣，亲则诸父，官则少师，忠报之心，在于宗庙而已。固必以死争之，冀身死之后，纣将悔寤，其本志情在于仁者也。泄冶之于灵公，位在大夫，无骨肉之亲，怀宠不去，仕于乱朝，以区区之一身，欲正一国之婬昏，死而无益，可谓狷矣。《诗》曰：'民之多僻，无自立辟。'其泄冶之谓乎？"

（八）《荀子·君道》：故人主欲强固安乐，则莫若反之民。欲附下一民，则莫若反之政。欲修政美俗，则莫若求其人。彼或蓄积而得之者不世绝。彼其人者，生乎今之世，而志乎古之道。以天下之王公莫好之也，然而是子独好之，以天下之民莫为之也，然而是子独为之。好之者贫，为之者穷，然而是子犹将为之也，不为少顷辍焉。晓然独明于先王之所以得之，所以失之，知国之安危臧否，若别白黑。是其人也，大用之，则天下为一，诸侯为臣。小用之，则威行邻敌。纵不能用，使无去其疆域，则国终身无故。故君人者，爱民而安，好士而荣，两者无一焉而亡。《诗》曰："介人维藩，大师为垣。"此之谓也。

以上八段文字皆引用《诗》中诗句，其中或直言其诗文含意，或有情景可供推测诗文含意。综合其中诗文含意，则可明《诗》之主旨。

《诗经》中记载且可考证之器物、草木、鸟兽、虫鱼，全部以图片形式进行说明，图片共计有三百二十余幅。通过对器物、草木、鸟兽、虫鱼准确说明，可以明确其象意，象意有助于明确诗之题旨。例如"兕觥"，兕牛角制作的酒具，寓意威仪，多用于飨礼，寓宾客有威仪。继而以"兕觥"之象意推断《丝衣》之"鼐鼎及鼒、兕觥其觩"乃描述飨宾客之情景，是以可确定《丝衣》之题旨。

笔者通过文字注释、诗文解析、典籍引证、名物说明，力求《诗》有"一个切实而明了的解释"。

林语堂先生在《吾国与吾民》中说："诗很可称为中国人的'宗教'。"笔者深以为然。如今我们需要用一部部"切实而明了的"经典来传续我们的民族精神、我们的中华文明。唯有继承、发扬我们的民族文化，增强我们的文化自信，才能应对当今世界的文明冲突，才能泰然立于世界民族之林。

是为绪！

邸永强

二零一七年二月十五日

目录

国风

周南

关雎 004
葛覃 011
卷耳 016
樛木 022
螽斯 025
桃夭 029
兔罝 031
芣苢 035
汉广 038
汝坟 043
麟之趾 046

召南

鹊巢 050
采蘩 054
草虫 058
采蘋 063
甘棠 068
行露 071

羔羊 074
殷其雷 076
摽有梅 078
小星 082
江有汜 084
野有死麕 086
何彼襛矣 090
驺虞 094

邶

柏舟 098
绿衣 103
燕燕 106
日月 109
终风 112
击鼓 115
凯风 119
雄雉 123
匏有苦叶 127
谷风 131
谷风 140
式微 143

旄丘 145
简兮 149
泉水 154
北门 158
北风 161
静女 164
新台 169
二子乘舟 172

鄘

柏舟 175
墙有茨 178
君子偕老 182
桑中 188
鹑之奔奔 194
定之方中 198
蝃蝀 205
相鼠 208
干旄 211
载驰 214

卫

淇奥　220
考槃　226
硕人　229
氓　237
竹竿　245
芄蘭　249
河广　254
伯兮　256
有狐　260
木瓜　262

王

黍离　266
君子于役　270
君子阳阳　273
扬之水　276
中谷有蓷　279
兔爰　283
葛藟　286
采葛　289
大车　293
丘中有麻　296

郑

缁衣　301
将仲子　304
叔于田　308
大叔于田　312
清人　317
羔裘　321
遵大路　324

女曰鸡鸣　326
有女同车　331
山有扶苏　334
萚兮　339
狡童　341
褰裳　343
丰　345
东门之墠　348
风雨　351
子衿　353
扬之水　355
出其东门　356
野有蔓草　358
溱洧　360

齐

鸡鸣　366
还　368
著　373
东方之日　376
东方未明　378
南山　381
甫田　386
卢令　389
敝笱　392
载驱　396
猗嗟　399

魏

葛屦　404
汾沮洳　407
园有桃　411

陟岵　418
十亩之间　420
伐檀　422
硕鼠　426

唐

蟋蟀　429
山有枢　432
扬之水　438
椒聊　442
绸缪　445
杕杜　450
羔裘　452
鸨羽　454
无衣　460
有杕之杜　462
葛生　464
采苓　468

秦

车邻　472
驷驖　477
小戎　482
蒹葭　486
终南　489
黄鸟　492
晨风　496
无衣　500
渭阳　503
权舆　505

陈

宛丘	508	伐柯	603	祈父	710
东门之枌	511	九罭	605	白驹	712
衡门	514	狼跋	609	黄鸟	714
东门之池	516			我行其野	716
东门之杨	518			斯干	721
墓门	520			斯干	724
防有鹊巢	523			无羊	730
月出	528			节南山	734
株林	530			节南山	739
泽陂	532			正月	743

雅

小雅

鹿鸣	616			正月	748

桧

羔裘	535
素冠	537
隰有苌楚	539
匪风	543

鹿鸣	616	十月之交	753
四牡	622	雨无正	759
皇皇者华	625	小旻	764
常棣	628	小宛	769
伐木	633	小弁	775
天保	638	巧言	781
采薇	641	何人斯	788
出车	645	巷伯	794
杕杜	650	谷风	798

曹

蜉蝣	547	鱼丽	652	蓼莪	800
候人	551	南有嘉鱼	657	大东	804
鸤鸠	555	南山有台	659	四月	810
下泉	560	蓼萧	665	北山	815
		湛露	668	无将大车	819
		彤弓	671	小明	821

豳

七月	566	菁菁者莪	674	鼓钟	826
七月	571	六月	678	楚茨	829
七月	576	采芑	683	楚茨	834
七月	586	采芑	686	信南山	838
鸱鸮	590	车攻	691	甫田	842
东山	595	吉日	695	大田	846
破斧	601	鸿雁	699		
		庭燎	702		
		沔水	704		
		鹤鸣	707		

瞻彼洛矣	850	皇矣	965	烝民	1099
裳裳者华	852	皇矣	968	韩奕	1105
桑扈	855	灵台	972	韩奕	1109
鸳鸯	858	下武	978	江汉	1112
頍弁	861	文王有声	982	江汉	1114
车辖	865	生民	987	常武	1117
青蝇	869	生民	992	常武	1120
宾之初筵	871	行苇	997	瞻卬	1123
鱼藻	877	既醉	1002	瞻卬	1126
采菽	879	凫鹥	1006	召旻	1129
角弓	884	假乐	1012		
菀柳	889	公刘	1017	**颂**	
都人士	892	公刘	1021		
采绿	896	泂酌	1025	**周颂**	
黍苗	900	卷阿	1027	清庙	1136
隰桑	903	卷阿	1031	维天之命	1140
白华	905	民劳	1034	维清	1142
绵蛮	909	板	1039	烈文	1143
瓠叶	912	板	1044	天作	1146
渐渐之石	914	荡	1049	昊天有成命	1149
苕之华	918	荡	1053	我将	1151
何草不黄	920	抑	1057	时迈	1154
		抑	1061	执竞	1157
大雅		抑	1066	思文	1160
文王	924	桑柔	1070	臣工	1162
大明	931	桑柔	1074	噫嘻	1165
绵	937	桑柔	1078	振鹭	1167
绵	941	桑柔	1081	丰年	1169
棫朴	946	云汉	1085	有瞽	1171
旱麓	950	云汉	1089	潜	1175
思齐	956	崧高	1092	雝	1177
皇矣	959	崧高	1096	载见	1180

有客　　　　1183
武　　　　　1185
闵予小子　　1187
访落　　　　1189
敬之　　　　1192
小毖　　　　1195
载芟　　　　1197
良耜　　　　1201
丝衣　　　　1204
酌　　　　　1207
桓　　　　　1209
赉　　　　　1211
般　　　　　1212

鲁颂
駉　　　　　1215
有駜　　　　1218
泮水　　　　1221
泮水　　　　1224
閟宫　　　　1227
閟宫　　　　1230
閟宫　　　　1236

商颂
那　　　　　1240
烈祖　　　　1242
玄鸟　　　　1245

长发　　　　1248
长发　　　　1251
殷武　　　　1256

主要参考文献
后记

目录

005

国风

周南

关雎

关关雎鸠，
在河之洲。
窈窕淑女，
君子好逑。

参差荇菜，
左右流之。
窈窕淑女，
寤寐求之。

求之不得，
寤寐思服。
悠哉悠哉，
辗转反侧。

参差荇菜，
左右采之。
窈窕淑女，
琴瑟友之。

参差荇菜，
左右芼之。
窈窕淑女，
钟鼓乐之。

【注释】

1. 关关，《尔雅》：音声和。此处指鸟对鸣。

诗辑训

2. 雎鸠（jū jiū），又写作"鴡鳩"。即雀鹰，又名鹢子，雌雄大小、羽色有别。

3. 洲，《尔雅》：水中可居者曰洲。 即水中陆地。

4. 窈（yǎo），《说文》：深远也。窕（tiǎo），《说文》：深肆极也。《方言》："窕、艳，美也。宋、卫、晋、郑之间曰艳，陈、楚、周南之间曰窕。自关而西，秦晋之间，凡美色或谓之好，或谓之窕。秦晋之间美貌谓之娥，美状为窕，美色为艳，美心为窈。"窈窕，指外貌、举止、内涵俱佳。

5. 淑，为"俶"。《说文》："俶（chù），善也。"《尔雅》："淑，善也。"

6. 君子，德行嘉善者。

7. 逑（qiú），《说文》：怨匹曰逑。引申配偶、对偶之意。好逑，即佳偶。

8. 参，应为"槮"。《说文》："槮（sēn），木长貌。《诗》曰：'槮差荇菜。'"

9. 差，《说文》：贰也，不相值也。即不同者，不相当者。参差，原意指长短不一，此处指荇菜大小不一。差亦或为"縒"，其意为丝不齐，引申不齐、不一。《说文》："縒（cī），参縒也。"

10. 荇（xìng），又写作"莕"。陆玑："荇，一名接余。白茎，叶紫赤色，正圆径寸余。浮水上，根在水底，与之深浅。茎大如钗股，上青下白。煮其白根，以苦酒（醋）浸之，脆美可案酒（下酒）。"

11. 流，《尔雅》：择（柬选）也。《尔雅》："流，覃（qín）也，延也（蔓延）。"

12. 寤（wù），《说文》：寐觉而有信（言）曰寤。即惊醒，又泛指睡醒。

13. 寐（mèi），《说文》：卧也。原意指倚靠在几案上睡着，又泛指睡着。

14. 思，《尔雅》："惟，虑，念，思也。"

15. 服，顺、顺从。《韩诗外传》："自东自西，自南自北，无思不服。子其勉强之，思服之。"服亦通"𡎺"。《说文》："𡎺（fú），治也。"

16. 悠，《尔雅》：思也。忧思之意。悠哉悠哉，指无尽忧思。

17. 辗（zhǎn），本写作"輾"。《说文》："輾：轹（lì，车所践也）也。"本意指车轮碾轧的地方。亦作动词。辗转，此处指躺着翻身。

18. 反，《说文》：覆也。侧，《说文》：旁也。反侧，改变向一侧，此处亦指翻身。

19. 采，《说文》：捋（luō）取也。

20. 琴、瑟、钟、鼓，古乐器。

21. 友，《说文》：同志为友。《尔雅》："善兄弟为友。"此处解作亲善、亲近。

22. 芼（mào），《尔雅》：搴（qiān，拔取）也。《说文》："芼，草覆蔓。《诗》曰：左右芼之。"

【解析】

　　这首诗讲男女有别，婚姻应以礼成之。

　　"关关雎鸠，在河之洲"，雎鸠关关和鸣，在河之洲。雄雎鸠在繁殖期频繁鸣叫，其声响亮，常边飞边叫。雌雄鸟或在空盘中旋，或在林间追逐。交尾过程中雌雄鸟亦发出和鸣声。言雎鸠雌雄有别，其求偶有仪规。寓意男女有别，婚配应遵从正道、礼仪。"窈窕淑女，君子好逑"，窈窕淑女，乃君子之佳偶。

　　"参差荇菜，左右流之"，长短不齐的荇菜，左右拣选之。言女子出嫁前采摘荇菜作祭品以行祭祀，言其妇德成。"窈窕淑女，寤寐求之"，窈窕淑女，睡醒之间皆欲得之。

　　"求之不得，寤寐思服"，求之不得，日夜思治。言男女之爱应从之以礼。"悠哉悠哉，辗转反侧"，悠哉悠哉，辗转反侧。

　　"参差荇菜，左右采之"，长长短短的荇菜，左右采之。"窈窕淑女，琴瑟友之"，窈窕淑女，琴瑟奏乐以亲近之。言以礼乐交男女之好。

　　"参差荇菜，左右芼之"，长长短短的荇菜，左右摘取。"窈窕淑女，钟鼓乐之"，窈窕淑女，钟鼓奏乐以悦之。言以礼乐成男女之好。

【引证】

（1）关于"雎鸠"

　　《尔雅》："雎鸠，王鴡。"王鴡，即鴡之大者。陆玑："鴡鸠，大小如鸱，深目，目上骨露，幽州谓之鹫。"郭璞："鴡鸠，雕类，今江东呼之为鹗，好在江渚山边食鱼。"鹗、鸬鹚都称鱼鹰，但为不同鸟类。鸬鹚是大型食鱼游禽，善潜水捕鱼。鹗飞掠水面用爪抓鱼。普通鸬鹚除繁殖期外很少鸣叫，鹗配对后常双飞、和鸣。

《说文》："鴡：王鴡也。白鷢（jué）：王鴡也。"李时珍引用《禽经》："王雎，鱼鹰也。尾上白者名曰鷢。"郭璞："白鷢，似鹰，尾上白。"

《毛诗传》："雎鸠，王雎也。鸟挚（鸷，击杀鸟）而有别。"此毛氏妄言。

《左传·昭公十七年》："祝鸠氏司徒也，鴡鸠氏司马（掌军政）也，鳲鸠氏司空也，爽鸠氏司寇也，鹘鸠氏司事也。五鸠，鸠（聚）民者也。"

《小雅·四月》："匪鹑匪鸢，翰飞戾天。匪鳣匪鲔，潜逃于渊"——彼鷻彼鹗，高飞至天。彼鲤鱼彼鲟鱼，潜逃于深渊。

《逸周书》："鸷鸟不厉，国不除奸。"《说文》："鸮（è），鸷鸟也。"鸮即鹗。

以上资料，以鴡鸠为鹗或鹗。二鸟皆为鹰隼类猛禽，然鹗雌雄形态无别，鹗子雌雄有别。故笔者以为雎鸠为鹗子，其白尾者即白尾鹗。

（2）《礼记·祭统》："既内自尽，又外求助，昏礼是也。故国君取夫人之辞曰：'请君之玉女与寡人共有敝邑，事宗庙社稷。'此求助之本也。"

（3）《孔子家语·好生》："《关雎》兴于鸟，而君子美之，取其雌雄之有别。"

（4）《礼记·昏义》："昏礼者，将合二姓之好，上以事宗庙，而下以继后世也。故君子重之。是以昏礼纳采、问名、纳吉、纳徵、请期，皆主人筵几于庙，而拜迎于门外，入，揖让而升，听命于庙，所以敬慎、重正昏礼也。……敬慎、重正，而后亲之，礼之大体，而所以成男女之别，而立夫妇之义也。男女有别，而后夫妇有义。夫妇有义，而后父子有亲。父子有亲，而后君臣有正。故曰：昏礼者，礼之本也。……是以古者妇人先嫁三月，祖祢未毁，教于公宫，祖祢既毁，教于宗室，教以妇德、妇言、妇容、妇功。教成祭之，牲用鱼，芼之以苹藻，所以成妇顺也。"其中"教成祭之，牲用鱼，芼之以苹藻，所以成妇顺也"，妇人以水产鱼、萍藻等为祭品，寓意妇人修成柔顺水德，亦谓阴德。

雀鹰（左雄右雌）

　　雀鹰为小型猛禽，体长三四十厘米，多于林地单独生活。雌鸟较雄鸟略大，翅阔而圆，尾较长。雄鸟上体暗灰色，雌鸟灰褐色，头后杂有少许白色。其下体白色或淡灰白色，雄鸟具细密的红褐色横斑，雌鸟具褐色横斑。繁殖期雄鸟频繁鸣叫，其声响亮，常边飞边叫。此时雌鸟跟从雄鸟或在林地上空盘旋，或于林间追逐、嬉戏，之后交尾。交尾过程中雌雄鸟亦发出欢快的叫声。

鹗

　　鹗为中型猛禽，主要以鱼类为食，多栖息于水域附近，常单独或成对活动，其雌雄形态相似。鹗性机警，叫声洪亮。鹗雌雄配对后常比翼双飞，鸣声不断。鹗之婚飞颇具仪式感——雄鸟先飞在空中，爪上抓一条鱼或一根骨头，一边飞行，一边摇晃双爪，同时发出高亢的叫声。雄鸟以高难度动作展示其飞行技巧，雌鸟则高声应和，与雄鸟一起上下翻飞。

　　猛禽等飞行能力较强的鸟类，在求偶时雌雄鸟在天空上下翻飞，互相追逐，彼此通过飞翔来了解对方，这就是鸟类中的婚飞现象。

荇菜

荇菜，又名水荷叶，多年水生植物，通常群生。茎细长、匍匐，节上生根。枝有两种，长枝匍匐于水底，如横走茎。短枝从长枝节处长出。茎叶柔嫩多汁，家畜喜食。其花黄，多且花期长，可食。荇菜种子、根茎芽皆可繁殖，其繁殖、再生力极强。古人以荇菜为蔬菜。唐代苏恭有言："荇菜生水中，……根甚长，江南人多食之。"《说文》："荇，姜馀也。"《尔雅》："荇，接余。"

葛覃

葛之覃兮，
施于中谷，
维叶萋萋。
黄鸟于飞，
集于灌木，
其鸣喈喈。

葛之覃兮，
施于中谷，
维叶莫莫。
是刈是濩，
为絺为綌，
服之无斁。

言告师氏，
言告言归。
薄污我私，
薄浣我衣，
害浣害否？
归宁父母。

【注释】

1. 葛，《说文》：絺綌（chī xì）草也。做细葛布、粗葛布的草。葛为多年生蔓草，茎纤维可织布，葛根可食用。

2. 覃（tán），《尔雅》：延也。蔓延之意。

3. 施，为"攺"。《说文》："攺（shī），敷（fū）也。"散布、遍布之意。

4. 萋，《说文》：草盛。

5. 黄鸟，黄雀。有作黄鹂者，黄雀群居而黄鹂独居，下文有"集于灌木，其鸣喈喈"，故可知黄鸟为群居黄雀。

6. 灌木，《尔雅》：丛木。丛生树木。《艺文类聚》："灌木上参天。"

7. 喈（jiē），《说文》：鸟鸣声。一曰凤皇鸣声喈喈。

8. 莫莫，或为"菽菽、茂茂"。《说文》："茂，草丰盛。菽（mào），细草丛生也。"

9. 刈（yì），《说文》：芟草也。即割草。

10. 濩（huò），《尔雅》：煮之。煮葛茎是加工葛的一道程序。

11. 絺（chī），《说文》：细葛也。绤（xì），《说文》：粗葛也。

12. 服，《说文》：用也。

13. 斁（yì），《说文》：一曰终也。引申穷尽。

14. 师氏，古代官职，主要负责教国子。

15. 言，《尔雅》："言：我也。间也。"解作我，又为结构助词。

16. 告，《尔雅》：请也。

17. 薄，通"迫"，急迫。《说文》："迫，近也。"《战国策》："事今薄，奚敢有请。"

18. 污（yù），为"浴"，音同通假。《说文》："浴，洒身也。"

19. 私，此处指除头部和手之外的身体隐私部分。

20. 浣（huàn），《说文》：濯衣垢也。浣又写作"澣"。

21. 害，同"曷"。解作何。《尚书》："王害不违卜？"

22. 否，《说文》：不也。

23. 宁（zhù），《说文》：辨积物也。本意指分类、收纳物品。引申聚集、聚合。

【解析】

这首诗讲君王宜善养诸侯卿士，教育诸侯卿士之子弟。

"葛之覃兮，施于中谷，维叶萋萋"，葛蔓延之，布于谷中，其叶茂盛。葛枝叶茂密可以庇护其根本，此处以葛比喻诸侯卿士，诸侯卿士可以庇护王室。"黄鸟于飞，集于灌木，其鸣喈喈"，黄鸟高飞在天，集于丛木之上，其鸣喈喈。言黄鸟庇宿于茂密丛林。寓意众诸侯卿士为君王之依托。

"葛之覃兮，施于中谷，维叶莫莫"，葛之蔓延，布于谷中，其叶茂密。"是刈是濩，为絺为綌，服之无斁"，是剪割葛茎，是煮葛皮，做细葛布、粗葛布，用之无尽。寓意善养诸侯卿士，则诸侯卿士能竭力为我。

"言告师氏，言告言归"，告于师氏，请求让我回家。"薄污我私，薄浣我衣，害浣害否，归宁父母"，急忙洗洗身上，不及洗头，急忙洗我衣服，哪件洗哪件不洗？回家与父母团聚。言学子急切回家。这段诗讲国家集中国子以教育之。

【引证】

（1）《礼记·缁衣》：子曰："苟有车，必见其轼（伏轼行礼，三人则下车，二人则轼）。苟有衣，必见其敝（韠市，天子朱市，诸侯赤市）。人苟或言之，必闻其声。苟或行之，必见其成。《葛覃》曰：'服之无射。'"

（2）《左传·文公七年》：昭公将去群公子，乐豫曰："不可。公族，公室之枝叶也，若去之，则本根无所庇阴矣。葛藟犹能庇其本根，故君子以为比，况国君乎。此谚所谓庇焉，而纵寻斧焉者也，必不可。君其图之，亲之以德，皆股肱也，谁敢携贰？若之何去之？"不听。

（3）《周礼》："师氏：掌以媺（善）诏（明）王。以三德教国子（诸侯卿士之子弟）：一曰至德，以为道本。二曰敏德，以为行本。三曰孝德，以知逆恶。教三行：一曰孝行，以亲父母。二曰友行，以尊贤良。三曰顺行，以事师长。居虎门之左，司王朝。掌国中失之事，以教国子弟，凡国之贵游子弟学焉。保氏：掌谏王恶，而养国子以道。乃教之六艺：一曰五礼，二曰六乐，三曰五射，四曰五驭，五曰六书，六曰九数。乃教之六仪：一曰祭祀之容，二曰宾客之容，三曰朝廷之容，四曰丧纪之容，五曰军旅之容，六曰车马之容。凡祭祀、宾客、会同、丧纪、军旅，王举则从；听治亦如之。使其属守王闱。"

（4）《礼记·燕义》："古者周天子之官，有庶子官。庶子官职诸侯、卿、大夫、士之庶子之卒（副）。掌其戒令，与其教治，别其等，正其位。国有大事，则率国子而致于大子，唯所用之。若有甲兵之事，则授之以车甲，合其卒伍，置其有司，以军法治之，司马弗正。凡国之政事，国子存游（赋闲）卒，使之修德学道，春合诸学，秋合诸射，以考其艺而进退之。"

（5）《左传·庄公二十七年》："冬，杞伯姬来，归宁也。凡诸侯之女，归宁曰来，出曰来归。夫人归宁曰如某，出曰归于某。"

（6）《仪礼·觐见》："伯父无事，归宁乃邦。"

（7）《仪礼》之《燕礼》《乡饮酒礼》《乡射礼》皆歌《周南》之《关雎》《葛覃》《卷耳》。

【名物】

葛

　　葛为多年生草本藤蔓植物，藤长可达八米，茎基部木质化，块状根肥厚。七至十月为花果期。其茎皮纤维供织布、作绳、造纸之用。葛根粉可食用。

黄 雀

黄雀生活在山区针阔混交林或平原杂木林。除繁殖期成对生活外，常几十只集结成群，春秋季迁徙时有集成大群的现象。常一鸟先飞，而后群体跟往。其飞行迅速，常直线前进。黄雀以植物果实、种子为食。性不甚怯疑。

黄雀羽色鲜丽，姿态优美，鸣声动听，易于驯养，为人所喜。终年鸣叫期长达八个月。雌雄鸟外观有所区别：雄鸟头顶与额黑色，翼斑和尾基两侧鲜黄。雌鸟头顶与额无黑色，具浓重的灰绿色斑纹，下体暗淡黄，有浅黑色斑纹。

卷耳

采采卷耳，
不盈顷筐。
嗟我怀人，
置彼周行。

陟彼崔嵬，
我马虺隤。
我姑酌彼金罍，
维以不永怀。

陟彼高冈，
我马玄黄。
我姑酌彼兕觥，
维以不永伤。

陟彼砠矣，
我马瘏矣，
我仆痡矣，
云何吁矣！

【注释】

1.采采，为"采采"之误。采（biàn），通"辨"。《说文》："辨，一曰急也。"辨辨，紧密、稠密的样子。采古文"辦（bàn致力）"。《尔雅》："采，事也。"

2.卷耳，《说文》："苓，卷耳也。"陆玑："可煮为茹，滑而少味，四月中生子，如妇人耳珰。幽州谓之爵耳。"即球序卷耳，早春先发，其数量尤多于其他野菜。

3. 顷筐，或作"倾筐"。一种斜口竹筐。

4. 嗟（jiē）又写作"譐"。《说文》："譐：咨也。一曰痛惜也。"

5. 怀、伤，《尔雅》：思也。

6. 置，《说文》：赦也。本意为舍去，引申建立、设立。

7. 周行，完善之行，周全之道。《说文》："周：密也。帀（zā）：周也。"

8. 陟（zhì），《说文》：登也。

9. 崔嵬（cuī wéi），《尔雅》：石戴土谓之崔嵬。即覆土的石山叫作崔嵬。

10. 虺隤（huī tuí），又作"虺颓"。《尔雅》："虺颓，病也。"此处指马疲乏。

11. 酌，为"勺"。《说文》："勺（zhuó），挹取也。"

12. 罍（léi），为"櫑"。《说文》："櫑，龟目酒尊。刻木作云雷象，象施不穷也。"

13. 永，《尔雅》：长也。远也。永怀、永伤，即长思。

14. 冈，《尔雅》："山脊，冈。未及上翠微（即崔嵬、崒危，高也）。"

15. 玄黄，《尔雅》：病也。此处指马紧张畏缩。

16. 兕（sì），古代传说猛兽。《山海经》："其状如牛，苍黑，一角。"

17. 觥（gōng），本字"觵"。《说文》："觵，兕牛角可以饮者也。其状觵觵，故谓之觵。"兕觥，为饮酒器，用于飨礼，寓意宾客之有威仪。

18. 砠（jū），《尔雅》：土戴石谓之砠。有石头的土山叫作砠。

19. 瘏（tú），《尔雅》：病也。此处指马劳累委顿之貌。

20. 痡（pū），《尔雅》：病也。此处指仆人畏难倦怠之貌。

21. 吁（xū），为"盱"。《尔雅》："盱（xū），忧也。"《何人斯》："云何其盱。"

【解析】

　　这首诗讲君子于乱世不妄得，守其德义。

　　"采采卷耳，不盈顷筐"，卷耳茂密，未满顷筐。卷耳为野菜之多者、易获者，倾筐盛物不多，然不盈筐，言采摘者无意取用。寓意不妄得。"嗟我怀人，置彼周行"，嗟叹我思念之先贤，设立周全之道。言当前国家纲常、伦彝败坏，侵夺僭恣流行，诗人怀念当初设立完善国家管理体系者。

"陟彼崔嵬，我马虺隤"，登上崔嵬之山，我马疲乏已极。寓意有操守之君子于乱世行难。"我姑酌彼金罍，维以不永怀"，我姑且酌酒于金罍，维以不永思。寓意君子依旧取法先贤所建立周全之道，以此自慰。

"陟彼高冈，我马玄黄"，登彼高岗，我马恐慌。寓意于无道之世君子之行艰险。"我姑酌彼兕觥，维以不永伤"，我姑且酌以兕觥，以不永伤。寓意君子谨守其威仪，且以自慰。亦即君子遵守礼义，自清于浊世。

"陟彼砠矣，我马瘏矣，我仆痡矣，云何吁矣"，登彼土石山，我马疲乏委顿，仆人畏难倦怠，云何其忧！寓意君子于乱世难行其道，忧心深重。

【引证】

（1）《左传·襄公十五年》："楚公子午为令尹，公子罢戎为右尹，蒍子冯为大司马，公子橐师为右司马，公子成为左司马，屈到为莫敖，公子追舒为箴尹，屈荡为连尹，养由基为宫厩尹，以靖国人。君子谓楚于是乎能官人。官人，国之急也。能官人，则民无觊（欲）心。《诗》云：'嗟我怀人，置彼周行'，能官人也。王及公侯，伯，子，男，甸，采，卫大夫，各居其列，所谓周行也。"

（2）《荀子·解蔽》："心者，形之君也，而神明之主也。出令而无所受令，自禁也，自使也，自夺也，自取也，自行也，自止也。故口可劫而使墨（默）云，形可劫而使诎申，心不可劫而使易意，是之则受，非之则辞。故曰：心容其择也无禁，必自现，其物也杂博，其情之至也不贰。《诗》云：'采采卷耳，不盈倾筐。嗟我怀人，置彼周行。'倾筐易满也，卷耳易得也，然而不可以贰周行。故曰：心枝则无知，倾则不精，贰则疑惑。以赞稽（察）之，万物可兼知也。身尽其故（使为之）则美。类（从效）不可两也，故知者择一而壹（专壹）焉。"

（3）《仪礼·乡饮酒礼》《仪礼·乡射礼》："乃合乐：周南《关雎》、《葛覃》、《卷耳》。"由《卷耳》用于乡饮酒礼、乡射礼、燕礼，可考其题旨。

球序卷耳

　　球序卷耳为一年或二年生草本，生长地域极广。一般于早春三月即形成小片群聚，花果期四五月份。球序卷耳根系发达，地上匍匐茎具不定根，从土壤大量摄取养分，繁殖和侵占力极强。球序卷耳草质柔嫩，为家畜喜食。其嫩茎叶亦可为蔬菜。卷耳有多个品种，陆玑言"四月中生子"者，当为球序卷耳。

罍

罍是古代大型盛酒器，流行于商至春秋中期。罍最早为圆形，方形罍出现于商晚期。《诗》："瓶之罄矣，维罍之耻。"

《礼记·礼器》："庙堂之上，罍尊在阼，牺尊在西。庙堂之下，县鼓在西，应鼓在东。……君西酌牺象，夫人东酌罍尊。"

觥

　　古代饮酒器。笔者以为兕觥专用于縼礼。王国维《观堂集林·说觥》："自宋以来，所谓者有两种。其一器浅而钜，有足而无盖，其流狭而长。其一器稍小而深，或有足，或无足，而皆有盖，其流侈而短，盖作牛首形为觥。"

樛木

南有樛木，
葛藟纍之。
乐只君子，
福履绥之。

南有樛木，
葛藟荒之。
乐只君子，
福履将之。

南有樛木，
葛藟萦之。
乐只君子，
福履成之。

【注释】

1. 樛（jiū），《说文》：下句曰樛。树冠呈半圆形的树木称之为樛木，如馒头柳。

2. 藟（lěi），《说文》："藟：草也。一曰秬鬯（黑黍所酿酒）也。"藟或山葡萄。

3. 纍（léi），为"儽"。《说文》："儽，垂貌。"

4. 只，代词，这、此。

5. 福，《说文》：佑也。

6. 履，为"釐"之通假。《说文》："釐，家福也。"《尔雅》："履，福也，禄也。"

7. 绥（suí），《尔雅》：安也。

8. 荒，《尔雅》：奄也。即覆盖、掩蔽。

9. 将，《尔雅》：大也。

10. 萦，《说文》：收卷。即萦绕，缠绕之意。

《说文》："藆：草旋貌也。《诗》曰：'葛藟藆之。'"藆指草回旋、缠绕的样子。

11. 成，《说文》：就也。

【解析】

这首诗讲士君子大庇百姓。

"南有樛木，葛藟纍之"，南方有樛木，葛藟垂之。南为光明之方，于时为夏，其德为长养。葛藟叶茂可庇护根本，寓意君子有庇民之德。樛木枝叶伸展，遮阴面积大，寓意善庇护者。合此二意象寓意士君子大庇民。"乐只君子，福履绥之"，乐此君子，福禄以安之。言士君子庇护百姓，百姓爱乐之，上天赐福禄以安之。

"南有樛木，葛藟荒之。乐只君子，福履将之"，南方有樛木，葛藟覆盖之。乐此君子，上天赐福禄以壮大之。

"南有樛木，葛藟萦之。乐只君子，福履成之"，南方有樛木，葛藟萦绕之。乐此君子，上天赐福禄以成就之。

【引证】

（1）关于"樛木"

《三国志》："爱有樛木，重阴（荫）匪息。"《说文》："庇，荫也。"

《尔雅》："句如羽，乔。下句曰朻（樛）。上句曰乔。"树冠形如单只羽毛状称作乔木。树冠呈半圆形称之为樛木。树冠呈开心形、纺锤形称之为乔木。樛木枝叶伸展，遮阴面积往往较其他树形大。

（2）《国语·楚语下》："夫从政者，以庇民也。"

（3）东汉班固《汉书·叙传上》："葛绵绵于樛木兮，咏南风以为绥。"

（4）《左传·文公七年》：昭公将去群公子，乐豫曰："不可。公族，公室之枝叶也，若去之，则本根无所庇阴矣。葛藟犹能庇其本根，故君子以为比，况国君乎？此谚所谓庇焉，而纵寻斧焉者也，必不可。君其图之，亲之以德，皆股肱也，谁敢携贰？若之何去之？"不听。

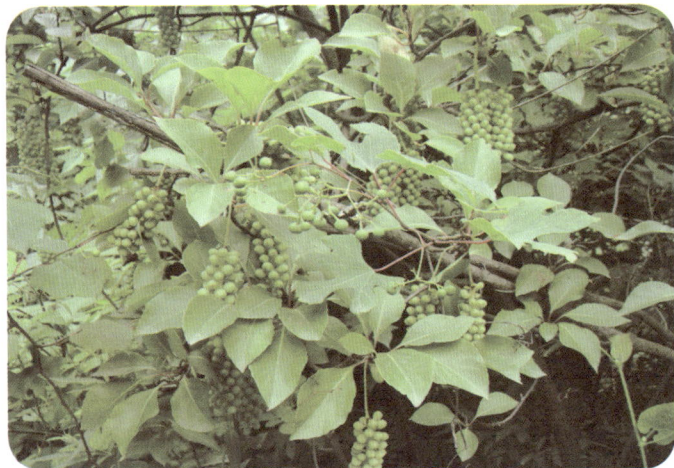

山葡萄

　　山葡萄，又名野葡萄，为木质落叶藤本，藤条可长达十五米，攀缘于其他树木之上。山葡萄雌雄异株，生于沟谷灌丛中。叶深绿，秋季变红。花期五至六月，果期七至九月。果可鲜食、酿酒。

螽斯

螽斯羽，
诜诜兮。
宜尔子孙，
振振兮。

螽斯羽，
薨薨兮。
宜尔子孙，
绳绳兮。

螽斯羽，
揖揖兮。
宜尔子孙，
蛰蛰兮。

【注释】

1. 螽（zhōng），《说文》：蝗也。即蝗虫。古人以为政令不时则招致蝗灾。

2. 斯，助词，无义。《小弁》："鹿斯之奔。"

3. 羽，为"翄"之误。《说文》："翄（chī），飞盛貌。"

4. 诜诜（shēn），为"甡甡"。《说文》："甡（shēn），众生并立之貌。《诗》：'甡甡其鹿。'"引申众多。《说文》："诜：致言也。《诗》曰：螽斯羽诜诜兮。"

5. 宜，《说文》：所安也。《说文》："誼（yí，今作义），人所宜也。"

6. 尔，代词，其。

7. 振，《说文》：一曰奋也。振振，奋起、振作貌。

8. 薨薨（hōng），《尔雅》：众也。

9. 绳绳，为"憴憴"。《尔雅》："憴憴（shéng），戒也。"形容小心戒慎貌。

10. 揖揖（yī），为"戢戢"。《说文》："戢（jí），戢戢，盛也。汝南名蚕盛曰戢。"

11. 蛰蛰（zhé），应为"慹慹"。《说文》："慹（zhé），敬也。"

【解析】

这首诗讲掌国者应勤谨、敬慎，不可妄为，否则招致灾祸，贻害子孙。

"螽斯羽，诜诜兮"，蝗虫之盛飞，众多也。言蝗灾深重。"宜尔子孙，振振兮"，宜其子孙，应当振奋。言行政者当积极于正义，不然贻害子孙。"振振兮"言积极向上。

"螽斯羽，薨薨兮。宜尔子孙，绳绳兮"，蝗虫盛飞，其众多矣。宜其子孙，当戒慎之。言行政当者有所戒慎，不可过失。"绳绳兮"言小心作为。

"螽斯羽，揖揖兮。宜尔子孙，蛰蛰兮"，蝗虫盛飞，其众多矣。宜其子孙，怀肃恭之心。"蛰蛰兮"言心意诚敬。

【引证】

（1）关于"螽斯"

"螽斯"历来多认为为一词，解作蝈蝈。蝈蝈非群居昆虫，则"薨薨"无从谈起。《尔雅》："薨薨，众也。"

《尔雅》中有𧒽（fù）螽、草螽、蜤螽、蟿（qì）螽、土螽等，未见有"螽斯"。

《诗·七月》："五月斯螽动股。"其中"斯螽"应为《尔雅》之"蜤（sī）螽"。

由以上推测"螽斯"乃误解。螽斯——螽，蝗虫。斯，助词。

（2）《春秋谷梁传》："螽，虫灾也。"

（3）《春秋公羊传》："螽，何以书？记灾也。"

（4）《左传·哀公十二年》："冬，十二月，螽。季孙问诸仲尼，仲尼曰：'丘闻之，火伏而后蛰者毕，今火犹西流，司历过也。'"

（5）《孔子家语·辩物》：季康子问于孔子曰："今周十二月，夏之十月，而犹有螽，何也？"孔子对曰："丘闻之，火伏而后蛰者毕，今火犹西流，司历过也。"季康子曰："所失者几月也？"孔子曰："于夏十月火既没矣，今火见，再失闰也。"

（6）《礼记·月令》："孟夏行秋令，则苦雨数来，五谷不滋，四鄙入保。行冬令，则草木蚤枯，后乃大水，败其城郭。行春令，则蝗虫为灾，暴风来格，秀草不实。……仲冬行夏令，则其国乃旱，氛雾冥冥，雷乃发声。行秋令，则天时雨汁，瓜瓠不成，国有大兵。行春令，则蝗虫为败，水泉咸竭，民多疥疬。"

（7）西汉韩婴《韩诗外传》：孟子少时诵，其母方织，孟辍然中止，乃复进，其母知其喧也，呼而问之曰："何为中止？"对曰："有所失复得。"其母引刀裂其织，以此诫之。自是之后，孟子不复喧矣。孟子少时，东家杀豚，孟子问其母曰："东家杀豚，何为？"母曰："欲啖汝。"其母自悔而言曰："吾怀妊是子，席不止，不坐。割不正，不食。胎教之也。今适有知而欺之，是教之不信也。"乃买东家豚肉以食之，明不欺也。《诗》曰："宜尔子孙绳绳兮。"言贤母使子贤也。

（8）《后汉书·志》：光和元年诏策问曰："连年蝗虫至冬踊，其咎焉在？"蔡邕对曰："臣闻易传曰：'大作不时，天降灾，厥咎蝗虫来。'河图秘徵篇曰：'帝贪则政暴而吏酷，酷则诛深必杀，主蝗虫。'蝗虫，贪苛之所致也。"

蝗虫

　　蝗虫有上万个品种，中国历史记载的蝗灾，主要为东亚飞蝗。东亚飞蝗正常一年生长两代，第一代称为夏蝗，第二代为秋蝗。东亚飞蝗体黄褐色，雄虫在交尾期呈现鲜黄色，成虫善跳，善飞。东亚飞蝗有群居型、散居型和中间型三种。群居型体长、红褐色，散居型体色较浅，在绿色植物多的地方为绿色。东亚飞蝗在密度小时为散居型，密度大之后，个体相互接触，可逐渐聚集成群居型。群居型飞蝗有远距离迁飞的习性，迁飞时可在空中持续一到三天。东亚飞蝗喜食禾本科作物及杂草，饥饿时也食大豆等阔叶作物。蝗灾往往在干旱年份发生，飞蝗成群迁飞，能把大片的农作物吃光。

桃夭

桃之夭夭，
灼灼其华。
之子于归，
宜其室家。

桃之夭夭，
有蕡其实。
之子于归，
宜其家室。

桃之夭夭，
其叶蓁蓁。
之子于归，
宜其家人。

【注释】

1. 夭夭，作"枖枖"。《说文》："枖（yāo），木少盛貌。《诗》曰：'桃之枖枖。'"

2. 灼灼（zhuó），为"焯焯"。《说文》："焯（zhuō），明也。"

3. 华，《尔雅》："木谓之华，草谓之荣。"树木之花谓之华，草之花谓之荣。

4. 之子，《尔雅》：是子也。即此子，亦即这个人。

5. 于，助词无义。

6. 归，《说文》：女嫁也。女子出嫁曰归。

7. 宜，《说文》：所安也。《说文》："誼（yí，今作义），人所宜也。"

8. 室家、家室，此处指家庭。

9. 有，助词，无实义。

10. 蕡（fén），为"坟"。《尔雅》："坟，大也。"

11. 蓁蓁（zhēn），《尔雅》：戴也。《说文》："蓁，草盛貌。"蓁蓁，即新叶不断长出，树叶更显茂盛的样子。

【解析】

这首诗讲出嫁女子美善，可以齐家。

"桃之夭夭，灼灼其华"，桃树少而盛，其花鲜艳。言待嫁少女青春正盛，容貌美丽。"之子于归，宜其室家"，是子嫁来，宜其家室。

"桃之夭夭，有蕡其实"，桃树少而盛，其果实大。寓意少女具足妇德。"之子于归，宜其家室"，这样的女子嫁来，宜其家室。

"桃之夭夭，其叶蓁蓁"，桃树少而盛，其叶孳生茂盛。寓意女子日益进长。"之子于归，宜其家人"，是子嫁来，宜其家人。

【引证】

《礼记·大学》："故治国在齐其家。《诗》云：'桃之夭夭，其叶蓁蓁。之子于归，宜其家人。'宜其家人，而后可以教国人。"

【名物】

桃

桃树为落叶小乔木，花可以观赏，果实可食。早春开花，花色有粉红、红色，亦有白色。桃有多个品种，如油桃、碧桃、蟠桃、毛桃等。

兔罝

肃肃兔罝，椓之丁丁。
赳赳武夫，公侯干城。

肃肃兔罝，施于中逵。
赳赳武夫，公侯好仇。

肃肃兔罝，施于中林。
赳赳武夫，公侯腹心。

【注释】

1. 罝（jū），《说文》：兔网也。

2. 肃肃，严正貌。《尔雅》："肃肃：敬也。恭也。"

3. 椓（zhuó），《说文》：击也。敲击之意。

4. 丁丁，《尔雅》：相切直也。丁丁，象声词。《说文》："玎，玉声也。"

5. 赳赳，《尔雅》：武也。勇猛的样子。

6. 干，《方言》："盾，自关而东或谓之盾，或谓之干。"

7. 城，《说文》：以盛民也。此处指城墙。《易》："城覆于隍。"

8. 逵（kuí），《说文》：九达道也。

9. 仇（qiú），《说文》：雠也。即配偶者、相应者。
《说文》："雠，犹应也。"《尔雅》："雠，匹也。"

【解析】

这首诗讲公侯应严守君民之义。

"肃肃兔罝，椓之丁丁"，兔网严正，捶击声丁丁。言钉木桩，架设兔网。兔子机警昼伏夜出，有固定通行路径，兔网须设置在野兔通行路径上。寓意严守道义。"赳赳武夫，公侯干城"，勇猛之武士，为公侯之盾之城墙。言公侯严守保民之义，则人民愿为公侯之捍卫者。

031

"肃肃兔罝，施于中逵"，严密兔网，布设于四通八达之路中。逵道四通八达，设置兔罝则必须严密，不然则不能致用，寓意守持道义周全、严密。"赳赳武夫，公侯好仇"，勇猛武夫，公侯之相应和者。言公侯保护人民，则人民捍卫公侯。

"肃肃兔罝，施于中林"，严正兔网，布设于林中。林中为隐蔽之所，言于幽隐之处立守。寓意守持道义笃实。"赳赳武夫，公侯腹心"，勇猛武夫，为公侯之心腹。言公侯简慢于君民之义，终致倍公即私，以武夫为私器，欺凌国民。

【引证】

（1）《左传·成公十二年》：晋郤至如楚聘，且莅盟。楚子享之，子反相，为地室而县焉。郤至将登，金奏作于下，惊而走出。子反曰："日云莫矣，寡君须矣，吾子其入也！"宾曰："君不忘先君之好，施及下臣，贶之以大礼，重之以备乐。如天之福，两君相见，何以代此。下臣不敢。"子反曰："如天之福，两君相见，无亦唯是一矢以相加遗，焉用乐？寡君须矣，吾子其入也！"宾曰："若让之以一矢，祸之大者，其何福之为？世之治也，诸侯间于天子之事，则相朝也，于是乎有享宴之礼。享以训共俭，宴以示慈惠。共俭以行礼，而慈惠以布政。政以礼成，民是以息。百官承事，朝而不夕。此公侯之所以干城其民也。故《诗》曰：'赳赳武夫，公侯干城。'及其乱也，诸侯贪冒，侵欲不忌，争寻常以尽其民。略其武夫，以为己腹心、股肱、爪牙。故《诗》曰：'赳赳武夫，公侯腹心。'天下有道，则公侯能为民干城，而制其腹心。乱则反之。今吾子之言，乱之道也，不可以为法。然吾子，主也，至敢不从？"遂入。卒事归，以语范文子。文子曰："无礼必食言，吾死无日矣夫！"

译文：晋国郤至到楚国聘问，同时参加约盟。楚共王设享礼招待，子反为相礼者，在地下室悬挂乐器。郤至将要登堂，下面击钟，郤至惊慌退出。子反说："天色已晚，寡君在等您，您请进！"郤至说："贵国君不忘先君之好，加之于下臣，赐下臣以大礼，又加钟鼓音乐，如果上天降福，两国君相见，能以何种礼来代此呢？下臣不敢当。"子反说："如上天降福，两国君相见，用一支箭相赠（寓意互为武器），何用奏乐？寡君在等候，您请进。"郤至说："若赠一支箭，乃大祸，有何福可言？天下大治，诸侯完成天子使命的闲暇，互相朝见，于是有享宴礼。享礼教导恭敬节俭，宴礼表示慈爱恩惠。恭敬节俭用以推行礼，慈爱恩惠用以布政。政用礼完成，百姓得安息。百官承事，白天朝见则不再晚朝。此公侯所以使人民愿为其干城也（公侯善待人民则人民捍卫公侯）。所以《诗》说：'赳赳武夫，公侯干城。'及其乱，诸侯贪蔽，侵犯之欲不戒，为争寻常之利而穷尽人民。求其武夫，以为自己心腹、股肱、爪牙。所以《诗》说：'赳赳武夫，公侯腹心。'天下有道，则公侯能为百姓之干城（公侯保卫百姓），制止武夫为其心腹。乱则反之（公侯以武夫为心腹，欺凌百姓）。今您所言，乃乱之道，不可为法。然您为主人，我岂敢不从？"遂入。事毕归国，告诉范文子（晋国大夫）。文子说："若无礼则必食言，（无礼无信）如此则我等不终日即死也。"

（2）东汉徐干《中论·法象》：《诗》云："敬尔威仪，惟民之则。"若夫堕其威仪，恍其瞻视，忽其辞令，而望民之则我者，未之有也。莫之则者，则慢之者至矣。小人皆慢也，而致怨乎人。患己之卑而不知其所以然，哀哉！故《书》曰："惟圣罔念作狂，惟狂克念作圣。"人性之所简（慢）也，存乎幽微。人情之所忽（轻）也，存乎孤独。夫幽微者，显之原也。孤独者，见之端也。胡可简也？胡可忽也？是故君子敬孤独而慎幽微，虽在隐蔽，鬼神不得见其隙也。《诗》云："肃肃兔罝，施于中林。"处独之谓也。

（3）《礼记·表记》：子曰："下之事上也，虽有庇民之大德，不敢有君民之心，仁之厚也。是故君子恭俭以求役仁，信让以求役礼，不自尚其事，不自尊其身，俭于位而寡于欲，让于贤，卑己尊而人，小心而畏义，求以事君，得之自是，不得自是，以听天命。《诗》云：'莫莫葛藟，施于条枚。凯弟君子，求福不回。'其舜、禹、文王、周公之谓与！有君民之大德，有事君之小心。《诗》云：'惟此文王，小心翼翼，昭事上帝。聿怀多福，厥德不回，以受方国。'"

（4）《礼记·缁衣》："故君民者，子（慈）以爱之，则民亲之。信以结之，则民不倍。恭以莅之，则民有孙心。"

野兔

野兔主要栖息于草甸、灌丛、田野、小树林及林缘地带。一般单独活动，其性机警，奔跑迅速，听觉、视觉都很发达，特别喜欢走多次走过的固定路径。野兔整夜活动，其足迹易被发现。设网捕捉野兔，先察看其踪迹，然后在其通行路径旁打一木桩，网系于木桩，拉网将其路径全部遮拦，野兔快速通过时则自投其中。

芣苢

采采芣苢，薄言采之。
采采芣苢，薄言有之。

采采芣苢，薄言掇之。
采采芣苢，薄言捋之。

采采芣苢，薄言袺之。
采采芣苢，薄言襭之。

【注释】

1. 采采，为"采采"之误。采采（biàn），通"辨"。《说文》："辨，一曰急也。"辨辨，紧密、稠密的样子。采古文辨（致力）字。《尔雅》："采（采），事也。"

2. 芣苢（fú yǐ），《说文》："苢，芣苢。一名马舄（xì）。"《尔雅》："芣卫，马舄。马舄，车前。"陆玑"芣苢，一名马舄，一名车前，一名当道。喜在牛迹中生，故曰车前、当道也。"芣苢，即车前草，幼苗、嫩叶可食。笔者以为因其常生于牛马粪多的地方，故名马舄（泻）、车前、当道。

3. 薄，为"迫"。《说文》："迫（pò），近也。"引申急迫、急忙、赶紧。

035

4. 掇（duō），《说文》：拾取也。此处指弯腰采摘。

5. 捋（luō），《说文》：取易也。

6. 袺（jié），《说文》：执衽谓之袺。用手把衣襟提起来。

7. 襭（xié），《说文》：以衣衽扱（chá，收纳）物谓之襭。把东西放入衣襟里。

【解析】

　　这首诗讲女子采摘车前草不嫌污秽、恶臭，不辞劳苦。

"采采芣苢，薄言采之"，茂密的车前草，赶紧采之。"采采芣苢，薄言有之"，茂密的车前草，赶紧多采些。车前草常生于牛马粪多的地方，言爱之则不嫌其恶。

　　"采采芣苢，薄言掇之"，茂密的车前草，急忙拾取之。"采采芣苢，薄言捋之"，茂密的车前草，赶紧捋取之。

　　"采采芣苢，薄言袺之"，茂密的车前草，赶紧提起衣襟，以纳车前。"采采芣苢，薄言襭之"，茂密的车前草，急忙把车前放入衣襟。

【引证】

西汉刘向《列女传》："蔡人之妻者，宋人之女也。既嫁于蔡，而夫有恶疾。其母将改嫁之，女曰：'夫不幸，乃妾之不幸也，奈何去之？适人之道，壹与之醮（冠娶礼），终身不改。不幸遇恶疾，不改其意。且夫采采芣卫之草，虽其臭恶，犹始于捋采之，终于怀撷之，浸以益亲，况于夫妇之道乎！彼罹大故，又不遣妾，何以得去？'终不听其母，乃作《芣卫》之诗。君子曰：'宋女之意甚贞而壹也。'"

　　上文"采采芣卫之草，虽其臭恶"，言其气味恶臭。车前草本身无异味。故推测所谓"其臭恶"当指生在牛马粪而言。

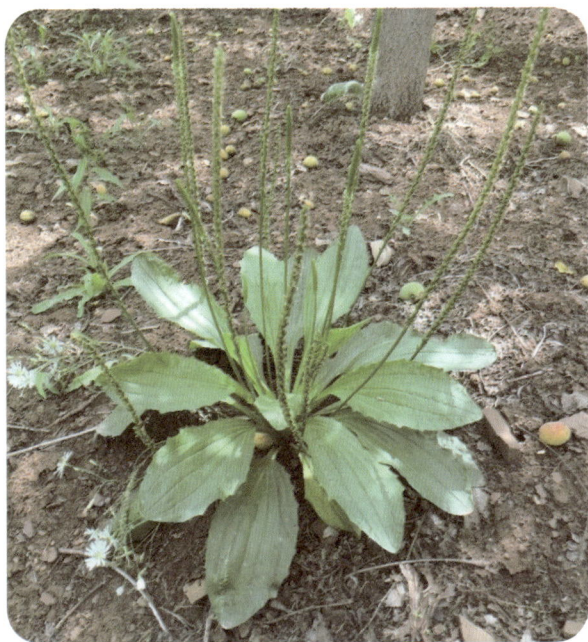

芣苢

　　芣苢，又名车前草、车轮草、牛舌草，一两年生或多年生草本。车前草适应性强，我国从南到北的山间、田野、路旁、河边，随处可见。车前草花果期为五到九月，一般采用种子繁殖。车前草有多个品种。车前草幼苗、嫩茎叶可食，四五月间采摘，沸水轻煮后即可食用。

　　陆玑言："芣苢，一名马舄，一名车前，一名当道。喜在牛迹中生，故曰车前、当道也。"车前草往往生于牛马粪多的地方，故名马舄（泻）、车前、当道。

汉广

南有乔木，不可休思。
汉有游女，不可求思。
汉之广矣，不可泳思。
江之永矣，不可方思。

翘翘错薪，言刈其楚。
之子于归，言秣其马。
汉之广矣，不可泳思。
江之永矣，不可方思。

翘翘错薪，言刈其蒌。
之子于归，言秣其驹。
汉之广矣，不可泳思。
江之永矣，不可方思。

【注释】

1.乔，《说文》："乔，高而曲也。《诗》：'南有乔木。'"
《尔雅》："乔，高也。"乔木，高大的树木。

2.休，《说文》：息止也。

3.思，助词，无义。

4.汉，汉水，长江最长支流。《尔雅》："汉南曰荆州。"

5.游女，闲女，此处指未成家之女。《管子》："伊尹以薄之游女，工文绣纂组。"

6.泳，《尔雅》：游也。即游泳之意。

7.江，《说文》：水也。本指长江，又泛指江河。

8.永，《说文》："永：长也。《诗》曰：'江之永矣。'"
《说文》："羕（yàng），水长也。《诗》：'江之羕矣。'"

9. 方，《说文》：并船也。相并的两个船。今同"航"，意思为乘船渡。

10. 翘翘，《尔雅》：危也。高而危的样子。翘或为"荞"。《说文》："荞，高也。"

11. 错，柞，为"莝"。《说文》："莝（cuò），斩刍也。"即青草料。

12. 薪，《说文》：荛（ráo）也。即柴草。莝薪，即刍薪，诸侯行朝聘礼所用之物。《礼记》："禾三十车，刍薪倍禾，皆陈于外。"

13. 言，《尔雅》：我也。

14. 刈（yì），为"乂"。《说文》："乂（yì），芟（shān）草也。"即割草。

15. 楚，《说文》：丛木。一名荆。即荆条，为灌木，可作柴草。

16. 秣（mò），《说文》：食马谷也。即用谷物喂马。

17. 蒌（lóu），《说文》：草也。可以享鱼。即蒌蒿。

18. 驹，《说文》：马二岁曰驹。

【解析】

　　这首诗讲周以朝聘、婚姻等方式推行教化于江汉诸国。

　　"南有乔木，不可休思"，南方有乔木，不可休息其下。"汉有游女，不可求思"，汉水有游女，不可求得。"汉之广矣，不可泳思。江之永矣，不可方思"，汉水宽广，不可游泳以过之。长江水长，不可航行以尽之。这段诗讲江汉有良才、淑女，谋求教化之。

　　"翘翘错薪，言刈其楚"，高高的草料、柴草，我砍割其荆条。言诸侯朝聘，盛情款待。寓意通过朝聘方式推行中国之教化。"之子于归，言秣其马"，是子出嫁，我喂其马。言以通婚方式推行教化。"汉之广矣，不可泳思。江之永矣，不可方思"，汉水宽广，不可游泳以过之。长江水长，不可航行以尽之。寓意周朝廷不能直接推行教化于江汉，谋求以朝聘、婚姻等间接方式推行中国教化。

　　"翘翘错薪，言刈其蒌"，高高的草料、柴草，我割其蒌蒿，作马草料。"之子于归，言秣其驹"，是子出嫁，我喂其驹。"汉之广矣，不可泳思。江之永矣，不可方思"，汉水宽广，不可游泳以过之。长江水长，不可航行以尽之。

关于朝聘

《礼记·聘义》:"主国待客,出入三积,饩客于舍,五牢之具陈于内,米三十车,禾三十车,刍薪倍禾,皆陈于外,乘禽日五双,群介皆有饩牢,壹食再飨,燕与时赐无数,所以厚重礼也。"

《礼记·王制》:"诸侯之于天子也,比年一小聘,三年一大聘,五年一朝。"

《礼记·经解》:"故朝觐之礼,所以明君臣之义也。聘问之礼,所以使诸侯相尊敬也。……聘觐之礼废,则君臣之位失,诸侯之行恶,而倍畔侵陵之败起矣。"

《礼记·中庸》:"朝聘以时,厚往而薄来,所以怀诸侯也。"

蒌蒿

蒌蒿，又名芦蒿、水蒿、藜蒿、水艾，多年生草本，其植株高大具清香气味，嫩茎叶可作蔬菜。蒌蒿茎初时绿褐色，后为紫红色。蒌蒿常见于林下、林缘、山沟和河谷两岸，也见于平原沟边、塘沿及水田埂边。蒌蒿根密集，生殖力很强，经常成群分布。蒌蒿适口性良，鲜草马尤喜食，羊亦喜食，牛少量采食。花序有异味，牛羊均不食。蒌蒿干草马、牛、羊皆食。

陆玑："蒌，蒌蒿也，其叶似艾，白色，长数寸，高丈余，好生水边及泽中，正月根芽生，旁茎正白。生食之，香而脆美，其叶又可蒸为茹。"

荆条

荆条，又名牡荆，落叶灌木，高一至五米，小枝四棱。喜阳光，多生长于山地阳坡干燥地带，自成灌丛或与酸枣等混生。荆条枝可编织筐具，亦可作柴草。负荆请罪之荆即此物。

汝坟

遵彼汝坟，伐其条枚。
未见君子，惄如调饥。

遵彼汝坟，伐其条肆。
既见君子，不我遐弃。

鲂鱼赪尾，王室如燬。
虽则如燬，父母孔迩。

【注释】

1. 遵，《尔雅》：循也。顺从之意。

2. 汝，《说文》：水也。即汝河。

3. 坟，《尔雅》：大防。即河堤、堤防。《说文》："濆（fén），水厓（岸）也。"

4. 条，《说文》：小枝也。

5. 枚，《尔雅》：干也。树木干枝。《诗》："莫莫葛藟，施于条枚。"

6. 惄（nì），《说文》："惄：饥饿也。一曰忧。《诗》曰：'惄如朝饥。'"

7. 调饥，应为"朝饥"。《说文》引为"惄如朝饥"。早饭前的饥饿。

8. 肄（yì），残余者。此处指剪切枝新孽生枝芽。
《方言》："烈、栨，馀也。陈郑之间曰栨，晋卫之间曰烈，秦晋之间曰肄或曰烈。"

9. 遐（xiá），《尔雅》：远也。

10. 弃，《说文》：捐也。即抛弃、舍弃。遐弃，远弃之意。
《尚书》："畔官离次，俶扰天纪，遐弃厥司。"

11. 鲂，《说文》：赤尾鱼。《尔雅》："鲂，魾（pī）。"鲂即鲴鱼。鲴鱼出水后鱼鳍变粉红，脱水则鱼身变粉红。

12. 赪（chēng），《说文》：赤色也。

13. 燬（huǐ），《说文》：火也。《说文》："煨，火也。《诗》曰：'王室如煨。'"《尔雅》："燬，火也。"

14. 孔，《尔雅》：甚也。

15. 迩，《说文》：近也。

【解析】

　　这首诗讲君子为尽孝养父母之大义而仕于乱朝，妻子担忧。

　　"遵彼汝坟，伐其条枚"，循汝水之堤，砍伐其小枝、干枝。言河水顺河堤而行，树木成材要留其主干枝而去其次者。寓意人之立身处世当有所遵从，存其大义而舍小义。"未见君子，惄如调饥"，未见君子，心慌如早晨之饥饿。言不见丈夫归来，妻子忧急。

　　"遵彼汝坟，伐其条肄"，顺汝水之堤，砍伐其小枝、孽蘖。"既见君子，不我遐弃"，既已见丈夫，不要再远离我。言丈夫外出公干实属不得已。

　　"鲂鱼赪尾，王室如煨"，鲴鱼尾变为赤色，王室如火。鲴鱼失水则尾鳍变赤，此处比喻家庭生活难以为继。王室如火，火致水涸，寓意王室导致百姓生存艰难。"王室如煨，父母孔迩"，王室虽如火，父母甚近。言王室虽无道，然在公义与孝亲二者之间，孝亲为人子大义，故君子仕于乱朝以养父母。

【引证】

西汉刘向《列女传》：周南之妻者，周南大夫之妻也。大夫受命，平治水土。过时不来，妻恐其懈于王事，盖与其邻人陈素所与大夫言："国家多难，惟勉强之，无有遣怒，遗父母忧。昔舜耕于历山，渔于雷泽，陶于河滨。非舜之事，而舜为之者，为养父母也。家贫亲老，不择官而仕。亲操井臼，不择妻而娶。故父母在，当与时小同，无亏大义，不罹患害而已。夫凤凰不离于蔚罗，麒麟不入于陷饼，蛟龙不及于枯泽。鸟兽之智，犹知避害，而况于人乎！生于乱世，不得道理，而迫于暴虐，不得行义，然而仕者，为父母在故也。"乃作《诗》曰："鲂鱼赪尾，王室如毁。虽则如毁，父母孔迩。"盖不得已也。君子以是知周南之妻而能匡夫也。

鮰鱼

鮰鱼，又名鮰老鼠、江团，主要分布于长江流域，生活于水体底层，喜集群，较温驯。鮰鱼体带粉红，背部稍灰，腹部白色，鳍为灰黑色，其出水后粉色加重。鮰鱼生长较快，为同类鱼中体型大者，常见三公斤左右，最重可达十五公斤。

苏轼诗："粉红石首仍无骨，雪白河豚不药人。"其中"粉红石首"指石首出产的粉红鮰鱼。所谓粉红，并非指其天然体色粉红。石首鮰鱼的颜色与长江鲶鱼一样，黑鳍、灰背、腹乳白，只是出水之后粉红见于鱼鳍，脱水后粉红见于鱼体。诗中"鲂鱼赪尾"言其失水后鱼身变粉红。

麟之趾

麟之趾，
振振公子，
于嗟麟兮。

麟之定，
振振公姓，
于嗟麟兮。

麟之角，
振振公族，
于嗟麟兮。

【注释】

1. 麟，应为"麐"。《说文》"麐（lín），牝（雌）麒也。"《说文》："麒，仁兽也。麋身，牛尾，一角。"《尔雅》："麐，麕（jūn，獐子）身，牛尾，一角。"

2. 趾，《尔雅》：足也。

3. 振振，振作、振奋。

4. 于（xū）嗟，伤叹。

5. 定，为"顁"。《尔雅》："顁（dìng），题也。"即额头。

6. 公子，公侯之子。公姓，公侯同姓者，嫡庶兄弟同姓。公族，公侯宗族。

【解析】

这首诗讲掌国家者应尚仁。

"麟之趾"，麒麟之足。麒麟为仁兽，麟之趾比喻仁爱之行。"振振公子，于嗟麟兮"，公子应振奋，嗟叹于麟兮。寓意时下君王不传承仁道。

"麟之定"，麒麟之额。麒麟为仁兽，其仁貌形于额眉，比喻仁之题旨。"振振公姓，于嗟麟兮"，公姓应振奋，有嗟于麟兮。寓意时下王室不以仁为题旨。

　　"麟之角"，麒麟之角。兽角以御敌，麒麟为仁兽，其角不用，比喻仁德之威。"振振公族，于嗟麟兮"，王族应振奋，有嗟于麟兮。寓意王族无仁威。

【引证】

（1）《礼记·礼运》："何谓四灵？麟、凤、龟、龙，谓之四灵。故龙以为畜，故鱼鲔不淰。凤以为畜，故鸟不獝（獝，狂走）。麟以为畜，故兽不狨（兽走貌）。龟以为畜，故人情不失。"

（2）《孔子家语·辩物》：叔孙氏之车士，曰子锄商，采薪于大野，获麟焉。折其前左足，载以归。叔孙以为不祥，弃之于郭外，使人告孔子曰："有麇而角者何也？"孔子往观之，曰："麟也。胡为来哉？胡为来哉？"反袂拭面，涕泣沾衿。叔孙闻之，然后取之。子贡问曰："夫子何泣尔？"孔子曰："麟之至，为明王也。出非其时而见害，吾是以伤焉。"

（3）《公羊传·哀公十四年》：十有四年春，西狩获麟。何以书？记异也。何异尔？非中国之兽也。然则孰狩之？薪采者也。薪采者则微者也，曷为以狩言之？大之也。曷为大之？为获麟大之也。曷为获麟大之？麟者仁兽也。有王者则至，无王者则不至。有以告者曰："有麇而角者。"孔子曰："孰为来哉！孰为来哉！"反袂拭面，涕沾袍。颜渊死，子曰："噫！天丧予。"子路死，子曰："噫！天祝予。"西狩获麟，孔子曰："吾道穷矣！"

诗辑训

獐子

獐子为小型食草哺乳动物，形状像鹿而较小，性孤僻，多单独活动。獐子前肢短而后肢长，蹄小，耳大，身体棕色，体长九十厘米左右，尾长仅三五厘米，体重十多公斤上下。雌雄均无角。

召南

鹊巢

维鹊有巢，
维鸠居之。
之子于归，
百两御之。

维鹊有巢，
维鸠方之。
之子于归，
百两将之。

维鹊有巢，
维鸠盈之。
之子于归，
百两成之。

【注释】

1. 鹊，喜鹊。

2. 鸠，《说文》：鹘鸼（gǔ zhōu）也。《尔雅》："鹧鸠，鹘鸼。"郭璞："似山鹊而小，短尾，青黑色，多声。"依据郭璞描述"鸠"或为今之乌鹊。《左传》"祝鸠、鸤鸠、鸤鸠、爽鸠、鹘鸠。"其中"鹘鸠"即乌鹊。

3. 百两，即今"百辆"之意。辆，汉以后所造字。《孟子》："革车三百两。"

4. 御（yù），通"迓、悟"。《说文》："迓（yà），相迎也。悟（wù），逆也。"《礼记》："君命召，虽贱人，大夫士必自御之。"

5. 方，为"匚"。《说文》："匚（fāng），受物之器。"《左传》："方天之休。"

6.盈,《说文》：满器也。

7.将,《尔雅》：送也。

8.成,《说文》：就也。

【解析】

这首诗讲国家礼贤纳士，敬重其事。

"维鹊有巢，维鸠居之"，喜鹊有巢，为鸠居之。喜鹊善营巢，鸠不营巢，以鹊有巢比喻国有官职，以鸠比喻卿士。"之子于归，百两御之"，是子出嫁，百辆车马迎接。言以婚礼比喻国家隆礼纳士。"百两御之"言礼隆，敬重其事。

"维鹊有巢，维鸠方之"，喜鹊有巢，维鸠受之。"之子于归，百两将之"，是子出嫁，百辆车马以送之。

"维鹊有巢，维鸠盈之"，喜鹊有巢，维鸠满之。"之子于归，百两成之"，是子出嫁，百辆车以成之。

【引证】

（1）《礼记·祭统》："既内自尽，又外求助，昏礼是也。故国君取夫人之辞曰：'请君之玉女与寡人共有敝邑，事宗庙社稷。此求助之本也。"

（2）《礼记·昏义》："昏礼者，将合二姓之好，上以事宗庙，而下以继后世也。故君子重之。……敬慎、重正，而后亲之，礼之大体，而所以成男女之别，而立夫妇之义也。男女有别，而后夫妇有义。夫妇有义，而后父子有亲。父子有亲，而后君臣有正。故曰：昏礼者，礼之本也。夫礼始于冠，本于昏，重于丧、祭，尊于朝、聘，和于射、乡。此礼之大体也。"

（3）《左传·昭公元年》：夏四月，赵孟、叔孙豹、曹大夫入于郑，郑伯兼享之。……赵孟为客，礼终乃宴。穆叔（叔孙豹，鲁大夫）赋《鹊巢》。赵孟曰："武不堪也。"

大意：晋国正卿赵孟（名武），为赵氏宗主，贤德，礼贤纳士。昭公元年鲁国季武子攻打莒国，莒国盟友楚国要求晋国杀死正在晋国会盟的鲁使者叔孙豹。晋国赵武爱叔孙豹贤德而力劝楚国赦免。如今郑伯飨宴赵孟、叔孙豹、曹大夫，叔孙豹此时赋《鹊巢》，称赞赵孟有礼贤之德，亦谢其活命之恩。

（4）《左传·昭公十七年》："祝鸠氏司徒也。鴡鸠氏司马也。鳻鸠氏司空也。爽鸠氏司寇也。鹘鸠氏司事也。五鸠，鸠（聚）民者也。"其中"鹘鸠司事"当指乌鹊多声而言。

（5）《逸周书·时训解》："鹊不始巢，国不宁。"

（6）《礼记·郊特牲》："天地合而后万物兴焉。夫昏礼，万世之始也。取于异姓，所以附远厚别也。"

（7）《仪礼》之《乡饮酒礼》《乡射礼》《燕礼》中皆以《鹊巢》为礼乐。可考证《鹊巢》之主旨。

【名物】

喜鹊

　　喜鹊善营巢，多筑巢于高大乔木，因鹊巢大而显眼，经常被不自营巢的鸟类占用。雌雄喜鹊从开始衔枝到初步建成鸟巢主体需两个多月，鸟巢内部修整亦需二个月左右。鹊巢的外部枝条纵横，貌似粗糙，其实鹊巢结构非常复杂、精细。鹊巢一侧留一圆洞，口径大小正好适合喜鹊出入。巢顶很厚，达三十厘米，枝条排列致密，一定程度上可防雨。

乌鹃

　　乌鹃属小型鸟，体长二十五厘米左右，大致黑色而具蓝色光泽，以昆虫为食，偶尔也吃植物果实和种子。乌鹃主要在树上栖息活动，单个或成对。乌鹃常停息在树冠高处鸣叫，鸣声似口哨，音阶渐次升高。乌鹃不营巢、不孵卵。

　　郭璞："似山鹊（长尾山鹊）而小，短尾，青黑色，多声。"《左传》之"鹊鸠司事"当指乌鹃多声而言。

采蘩

于以采蘩？于沼于沚。
于以用之？公侯之事。

于以采蘩？于涧之中。
于以用之？公侯之宫。

被之僮僮，夙夜在公。
被之祁祁，薄言还归。

【注释】

1. 于以，为"于台"，形近而误。台，何也，疑问代词。《尚书》："夏罪其如台？"

2. 蘩（fán），《尔雅》：皤蒿。即白蒿，可食。可作春祭之豆实。《夏小正》："蘩，由胡。由胡者，蘩母也。蘩母者，旁勃也。皆豆实也，故记之。"

3. 沼，《说文》：池水。

4. 沚，《尔雅》："水中可居者曰洲，小洲曰陼，小陼曰沚。"即水中很小的陆地。

5. 涧，《说文》：山夹水也。两山之间有水流称之为涧。

6. 宫，《说文》：室也。此处指家。

7. 被（pī），通"疲"。《说文》："疲，劳也。"被或通"憊（惫）"。

8. 僮僮（tóng），为"惷惷"。《说文》："惷（zhóng），迟也。"解作徐、缓。

9. 夙（sù），《尔雅》：早也。夙夜，从早到晚。

10. 祁祁，《尔雅》：徐也。即缓慢、迟缓的样子。

11. 薄，通"迫"。《说文》："迫（pò），近也。"引申急忙、急迫、赶紧。

【解析】

这首诗讲士人诚意为国家谋事，忠于职守。

"于以采蘩？于沼于沚"，何处可采白蒿？于沼泽、洲沚。白蒿菲薄，然可供祭祀，寓意诚实。"于以用之？公侯之事"，何以用之？国家之事。言祭祀用之。

"于以采蘩？于涧之中"，何处去采白蒿？于山涧之中。"于以用之？公侯之官"，采白蒿何用？公侯之家。

"被之僮僮，夙夜在公"，劳累而动作迟缓，从早到晚在其公职。"被之祁祁，薄言还归"，疲惫而行为缓慢，赶紧回家。言公务人员勤谨、忠于职守。

【引证】

（1）《左传·隐公三年》："郑武公、庄公为平王卿士。王贰于虢，郑伯怨王，王曰："无之"。故周、郑交质。王子狐为质于郑，郑公子忽为质于周。王崩，周人将畀虢公政。四月，郑祭足帅师取温之麦。秋，又取成周之禾。周郑交恶。君子曰：'信不由中，质无益也。明恕而行，要之以礼，虽无有质，谁能间之？苟有明信，涧、溪、沼、沚之毛（草也），苹、蘩、蕰、藻之菜，筐、筥、锜、釜之器，潢、污、行潦之水，可荐于鬼神，可羞于王公，而况君子结二国之信。行之以礼，又焉用质？《风》有《采蘩》、《采苹》，《雅》有《行苇》、《泂酌》，昭忠信也。'"

"《采蘩》、《采苹》，……昭忠信也"，所谓"忠"指士人夙夜在公，忠于职守。所谓"信"指以菲薄之物进献，然其心意诚实。

（2）《左传·文公三年》："秦伯伐晋，济河焚舟，取王官，及郊。晋人不出，遂自茅津济，封殽尸而还。遂霸西戎，用孟明也。君子是以知——秦穆公之为君也，举人之周也，与人之壹也。孟明之臣也，其不解也，能惧思也。子桑之忠也，其知人也，能举善也。《诗》曰：'于以采蘩？于沼于沚。于以用之？公侯之事。'秦穆有焉。"

大意：孟明为秦国将领，屡屡败于晋国，然秦穆公始终信任其人，孟明最终打败晋国，奠定秦国霸业。上文讲孟明之不懈、子桑之举善皆为忠，秦穆公有信。

（3）《左传·昭公元年》：夏四月，赵孟、叔孙豹、曹大夫入于郑，郑伯兼享之。……赵孟为客，礼终乃宴。穆叔（叔孙豹，鲁大夫）赋《鹊巢》。赵孟曰："武不堪也。"又赋《采蘩》，曰："小国为蘩，大国省穑（啬）而用之，其何实非命？"

大意：晋国为霸主，鲁国等皆向晋国进贡。叔孙豹言"小国为蘩"，即小国给大国进贡。叔孙豹赋《采蘩》，希望晋国有信，尽到保护盟国的职责，同时希望晋国能减少小国进贡之数量。

（4）《礼记·射义》："天子以《驺虞》为节。诸侯以《狸首》为节。卿大夫以《采苹》为节。士以《采蘩》为节。《驺虞》者，乐官备也。《狸首》者，乐会时也。《采苹》者，乐循法也。《采蘩》者，乐不失职也。是故天子以备官为节。诸侯以时会天子为节。卿大夫以循法为节。士以不失职为节。"

（5）《仪礼》之《乡饮酒礼》《乡射礼》《燕礼》中皆以《采蘩》为礼乐，可以考证其题旨。

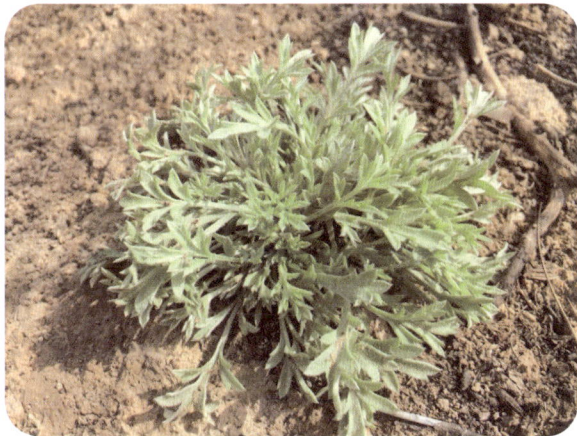

白蒿

　　白蒿为一二年生草本，性耐干旱，早春即发。白蒿长成植株在一米上下，茎下部稍木质化，多分枝，茎枝被类白色微柔毛。嫩苗、嫩茎叶可食。

　　陆玑曰："春始生，香美可蒸食。秋名曰蒿，可以爲菹（鞋中草）。"

　　李时珍："白蒿，处处有之，有水陆二种，……二种形状相似，但陆生辛熏，不及水生者香美尔。《诗》云：'于以采蘩？于沼于沚。'《左传》云：'苹蘩蕴藻之菜。'并指水生白蒿而言。"李时珍以为水生白蒿即芦蒿。芦蒿叶上面为绿色、无毛或近无毛，叶背面密被灰白色蛛丝状平贴的绵毛。

草虫

喓喓草虫,
趯趯阜螽。
未见君子,
忧心忡忡。
亦既见止,
亦既觏止,
我心则降。

陟彼南山,
言采其蕨。
未见君子,
忧心惙惙。
亦既见止,
亦既觏止,
我心则说。

陟彼南山,
言采其薇。
未见君子,
我心伤悲。
亦既见止,
亦既觏止,
我心则夷。

【注释】

1. 喓喓(yāo),或说虫鸣声。喓或为"蹻"。《说文》:"蹻(yāo),
跳也。"

2. 草虫，一说为草螽。陆玑："小大长短如蝗也，奇音，青色，好在茅草中。"

3. 趯（yuè），《说文》：踊也。踊，跳也。趯趯，指昆虫跳来跳去。

4. 阜螽（fù zhōng），《尔雅》：蠜。东汉李巡："阜螽，蝗子也。"即小蝗虫。

5. 忡忡，《尔雅》：忧也。

6. 亦、止，助词。

7. 觏（gòu），《说文》：遇见也。此处指交接、接见。

8. 降，《尔雅》：下也。

9. 陟（zhì），《尔雅》：升也。

10. 言，《尔雅》：我也。

11. 蕨，《尔雅》：虌（biē）。即蕨菜。

12. 惙（chuò），《说文》："惙：忧也。《诗》曰：'忧心惙惙。'一曰意不定也。"

13. 薇，《说文》：菜也。似藿。即野豌豆。陆玑："山菜也。"

14. 夷，《尔雅》：悦也。说同"悦"。

【解析】

这首诗讲国家教化不善，小人盛行，国人期盼君子。

"喓喓草虫，趯趯阜螽"，草螽叫声此起彼伏，小蝗虫也蹦来蹦去。草螽、阜螽皆蝗虫类，比喻奸邪者。"未见君子，忧心忡忡"，未见君子，忧心忡忡。"亦既见止，亦既觏止，我心则降"，既见到君子，既与君子交接，我心则安定。所谓君子——私德良善、有公德心、谋求公利。所谓小人——私德未善、少公德、务于私利。所谓邪恶者——私德恶劣、祸害公德、唯私利是图。

"陟彼南山，言采其蕨"，登彼南山，我采其蕨菜。南方光明，山高厚，蕨菜菲薄，寓意国家教化不善，礼乐不兴，德义鲜少。"未见君子，忧心惙惙"，未见君子，忧心惙惙。"亦既见止，亦既觏止，我心则说"，既见到君子，既与君子相遇，我心则喜。

"陟彼南山，言采其薇"，登彼南山，我采其薇菜。蕨、薇皆野菜之菲薄者。"未见君子，我心伤悲"，未见君子，我心悲伤。"亦既见止，亦既觏止，我心则夷"，既见到君子，既与君子交接，我心则悦。

（1）《孔子家语·五仪解》：孔子曰："君子之恶恶道不甚，则好善道亦不甚。好善道不甚，则百姓之亲上亦不甚。《诗》云：'未见君子，忧心惙惙。亦既见止，亦既觏止，我心则说。'《诗》之好善道甚也如此。"

（2）《左传·襄公二十七年》："郑伯享赵孟于垂陇，子展、伯有、子西、子产、子大叔、二子石从，赵孟曰：'七子从君，以宠武也，请皆赋以卒君贶，武亦以观七子之志。'子展赋《草虫》，赵孟曰：'善哉，民之主也。抑武也不足以当之。'"

（3）《盐铁论·论诽》：文学曰："皋陶对舜：'在知人，惟帝其难之。'洪水之灾，尧独愁悴而不能治，得舜、禹而九州宁。故虽有尧明之君，而无舜、禹之佐，则纯德不流。春秋刺有君而无主。先帝之时，良臣未备，故邪臣得间。尧得舜、禹而鲧殛、驩兜诛，赵简子得叔向而盛青肩诎。语曰：'未见君子，不知伪臣。'《诗》云：'未见君子，忧心忡忡。既见君子，我心则降。'此之谓也。"

【名物】

蕨菜

蕨菜，又名拳头菜、龙头菜，喜向阳生。蕨菜一次种植可采收十多年，每年五六月采收其幼嫩叶柄，其后十到十五天可第二次采收，全年可采收三次左右。蕨菜根可加工为蕨根粉食用。南朝梁柳恽之诗："山桃落晚红，野蕨开初紫。"

草螽

　　草螽种类繁多。尖头草螽形似尖头蚱蜢，又像蝗虫，总体长五六厘米左右。草螽有褐色、绿色。草螽雌虫较雄虫略大，雄虫善鸣叫。草螽喜欢栖息在草丛、灌丛中，以植物嫩茎叶花果为食。一般在五至九月间。草螽不集群，较蝗虫危害小。

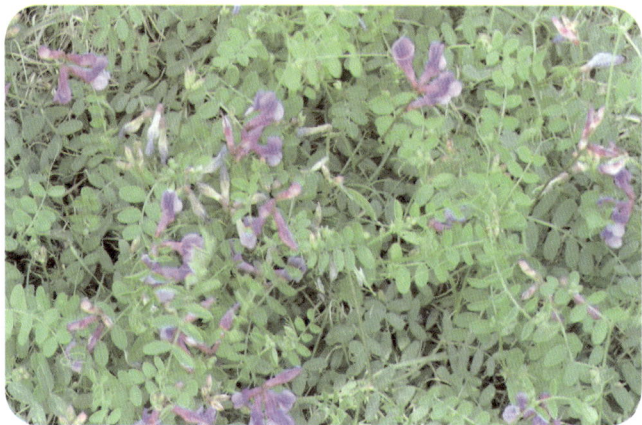

野豌豆

薇，多年生草本，又名大巢菜、野豌豆，嫩茎叶可食。野豌豆性喜温凉，抗寒及再生性皆强。花果期在六至十月间。

陆玑："薇，山菜也。茎叶皆似小豆，蔓生，其味亦如小豆。藿（豆叶）可做羹，亦可生食。今官园种之，以供宗庙祭祀。"

《史记》："武王已平殷乱，天下宗周，而伯夷、叔齐耻之，义不食周粟，隐于首阳山，采薇而食之。"

《后汉书》："昔人之隐，遭时则放声灭迹，巢栖茹薇。"

西晋刘琨《扶风歌》："资粮既乏尽，薇蕨安可食。"

采蘋

于以采蘋？南涧之滨。
于以采藻？于彼行潦。

于以盛之？维筐及筥。
于以湘之？维锜及釜。

于以奠之？宗室牖下。
谁其尸之？有齐季女。

【注释】

1. 于以，即"于台"，在何处。

2. 蘋（pín），《尔雅》：苹，萍。其大者曰蘋。
《说文》"苹，荓也。无根，浮水而生者。"萍即水鳖，水生植物。

3. 滨，应为"濒"。《说文》："濒（bīn），水厓。"即河岸。

4. 藻，《说文》：水草也。

5. 行，《尔雅》：道也。

6. 潦（lào），《说文》：雨水大貌。指大雨地面水涝貌。今用"涝"。

7. 筐，《说文》：饭器，筥也。筥箕的一种。

8. 筥（jǔ），《说文》：筲（shāo）也。即做饭用的筲箕，盛物竹器。

9. 湘，通"鬺"。《说文》："鬺（shāng），煮也。"

10. 锜（qí），《说文》：江淮谓釜为锜。锜或通"䥶"。《说文》："䥶
（yǐ），三足鍑（釜大口者）也。一曰潎米器也。"

11. 釜，又作"鬴"。《说文》："鬴，鍑属。"类似锅的炊具。

12. 奠，《说文》：置祭也。设酒食以祭祀。

13. 牖，《说文》：穿壁以木为交窗（窗）也。《说文》："窗，在墙曰
牖，在屋（屋顶）曰窗。"牖下，多指室内西南窗下，为主位。《尔
雅》："西南隅，谓之奥。"

14. 尸，《说文》：陈也。

15. 齐，《尔雅》：壮也。

16. 季，《说文》：少称也。年少者的称呼。季女，即少女。

【解析】

这首诗讲女子出嫁前采摘蘋藻，进行宗庙祭祀。

"于以采蘋？南涧之滨"，哪里去采蘋？南涧之水边。"于以采藻？于彼行潦"，哪里去采水藻？去到路边积水之中。

"于以盛之？维筐及筥"，用何盛蘋藻？有筐与筥。"于以湘之？维锜及釜"，用何煮之？用锜与釜。

"于以奠之？宗室牖下"，哪里放置祭品？在宗庙之窗下。"谁其尸之？有齐季女"，谁陈献祭品？长成之少女。古女子出嫁前学习妇德、妇言、妇容、妇功。学成后到宗庙祭祀。

【引证】

（1）《礼记·昏义》："古者妇人先嫁三月，祖庙未毁，教于公宫，祖庙既毁，教于宗室。教以妇德、妇言、妇容、妇功。教成，祭之。牲用鱼，芼之以苹藻，所以成妇顺也。"

（2）《礼记·射义》："天子以《驺虞》为节。诸侯以《狸首》为节。卿大夫以《采蘋》为节。士以《采蘩》为节。《驺虞》者，乐官备也。《狸首》者，乐会时也。《采蘋》者，乐循法也。《采蘩》者，乐不失职也。是故天子以备官为节。诸侯以时会天子为节。卿大夫以循法为节。士以不失职为节。"

（3）《仪礼》之《乡饮酒礼》《乡射礼》《燕礼》中皆以《采蘋》为其礼乐。

（4）《左传·隐公三年》："郑武公、庄公为平王卿士。王贰于虢，郑伯怨王，王曰：'无之。'故周、郑交质。王子狐为质于郑，郑公子忽为质于周。王崩，周人将畀虢公政。四月，郑祭足帅师取温之麦。秋，又取成周之禾。周郑交恶。 君子曰：'信不由中，质无益也。明恕而行，要之以礼，虽无有质，谁能间之？苟有明信，涧、溪、沼、沚之毛（草也），苹、蘩、蕴、藻之菜，筐、筥、錡、釜之器，潢（积水）、污（小池）、行潦之水，可荐于鬼神，可羞于王公，而况君子结二国之信。行之以礼，又焉用质？《风》有《采蘩》《采蘋》，《雅》有《行苇》《洞酌》,昭忠信也。'"

上文言"涧、溪、沼、沚之毛（草也），苹、蘩、蕰、藻之菜，筐、筥、錡、釜之器，潢、污、行潦之水"为菲薄之物，简陋之器，然其心诚信即可作祭品、贡品。故言"《采蘩》《采苹》……昭忠信也。"

【名物】

釜

釜，圆底而无足，釜口圆形，须安置在炉灶之上或是以其他物体支撑使用。

筥（筥箕，一说圆形为筥，方形为筐）

水鳖

　　水鳖，又名苤菜、马尿花、白蘋。水鳖为浮水草本，叶簇生，多漂浮，有时伸出水面。叶片心形或圆形。水鳖花期在夏秋季，花白色，伸出水面。

　　《说文》"苹，蓱也。无根，浮水而生者。"水鳖为浮水草本，符合无根之说。《本草图经》："水萍，今处处溪涧水中皆有之。此是水中大萍，叶圆阔寸许，叶下有一点，如水沫，一名苤菜，《尔雅》谓之苹，其大者曰蘋是也。"

马藻

马藻为多年生沉水草本，全株光滑，多分枝，叶互生，生于淡水和半咸淡水域。

陆玑云："藻，水草也。有二种：其一种叶如鸡苏（草名），茎大如箸，长四五尺。"即指马藻。《本草纲目》："水藻，叶长二三寸，两两对生，即马藻也。"

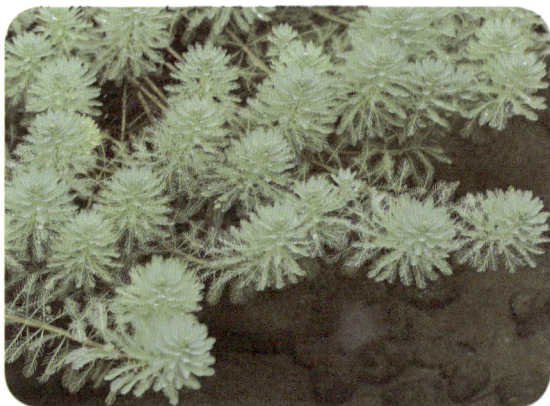

狐尾藻

狐尾藻为多年生沉水草本，喜温暖，不耐寒，入冬后水上部分枯死，以根茎在泥中越冬。全草可为猪鸭饲料，亦作观赏植物。

陆玑云："藻，水草也。有二种：其一种叶如鸡苏，茎大如箸，长四五尺。其一种茎大如钗股，叶如蓬蒿，谓之聚藻。"其中"聚藻"即指狐尾藻。

甘棠

蔽芾甘棠，勿剪勿伐，召伯所茇。

蔽芾甘棠，勿剪勿败，召伯所憩。

蔽芾甘棠，勿剪勿拜，召伯所说。

【注释】

1. 甘棠，《尔雅》："杜，甘棠。"甘棠即杜梨，果酸涩。

2. 蔽，《尔雅》：微也。《尔雅》："芾（fú），小也。"蔽芾，幼小之意。

3. 召（shào）伯，姬虎，周宣王时期伯爵。

4. 翦，《尔雅》：齐也。即剪、断。

5. 茇（bá），为"废"。《说文》："废（bá），舍也。《诗》曰：'召伯所废。'"本意为房舍，此处作动词，解作舍于，亦即歇息、休息之意。

6. 败，《说文》：毁也。毁坏之意。

7. 憩（qì），《尔雅》：息也。休息、停歇之意。

8. 拜，《说文》：首至地也。即头挨到地。引申为弯折。

9. 说（yuè），通"悦"。

【解析】

这首诗讲人民感念召伯，因而爱护召伯所喜之杜梨。

"蔽芾甘棠，勿翦勿伐，召伯所茇"，幼小杜梨，不要剪伐，召伯所歇息。言召伯曾于彼停歇。

"蔽芾甘棠，勿翦勿败，召伯所憩"，甘棠小树，勿剪、勿坏其干枝，召伯曾在树旁休憩。

"蔽芾甘棠，勿翦勿拜，召伯所说"，幼小杜梨，不要剪、不要弯折其干枝，召伯所喜欢。言召伯喜爱此杜梨。

【引证】

（1）《孔子家语·好生》："孔子曰：'吾于《甘棠》见宗庙之敬甚矣。思其人必爱其树，尊其人必敬其位，道也。'"

（2）《孔子家语·庙制》：《诗》云："蔽芾甘棠，勿翦勿伐，召伯所憩。"周人之于召公也，爱其人犹敬其所舍（废）之树，况祖宗其功德而可以不遵奉其庙焉？"

（3）《左传·襄公十四年》："如周人之思召公焉，爱其甘棠。"

（4）《左传·定公九年》："《诗》云：'蔽芾甘棠，勿翦勿伐，召伯所茇'。思其人犹爱其树，况用其道而不恤其人乎？"

甘棠（杜梨）

　　杜梨，又名棠梨，落叶乔木，高可达十二米。小枝棘刺状，花乳白色，果赭石色。花期四月中下旬至五月上旬，果熟期为八月中下旬至九月中旬。果实圆而小，味涩，可食。

行露

厌浥行露。
岂不夙夜？谓行多露。

谁谓雀无角？何以穿我屋？
谁谓女无家？何以速我狱？
虽速我狱，室家不足。

谁谓鼠无牙？何以穿我墉？
谁谓女无家？何以速我讼？
虽速我讼，亦不女从。

【注释】

1. 厌，《说文》：笮（zuó，迫）也。本意为挤压、排挤、排斥等，引申憎恶。《论语》："予所否者，天厌之，天厌之。"

2. 浥（yì），《说文》：湿也。沾湿之意。

3. 夙夜，早晚。

4. 行（háng），《尔雅》：道也。即道路。

5. 露，《说文》：润泽也。引申露水。

6. 雀，《说文》：依人小鸟也。一说为麻雀。

7. 穿，《说文》：通也。

8. 速，《尔雅》：征。即征召。

9. 狱，《说文》：确也。本意为坚牢，引申诉讼、官司。《礼记》："决狱讼，必端平。"

10. 讼，《说文》：争也。

11. 足（zú，jù），通"具"。《说文》："具（jù），共置也。"完备之意。足多通假于"卒、具、富（fú，满）"。如：不足、知足、富足。

12. 鼠，《说文》：穴虫之总名也。诗中所指非今之老鼠。

13. 牙，《说文》：牡齿也。一说为大牙齿。

14. 墉（yōng），《说文》：城垣也。此处泛指墙。

【解析】

　　这首诗讲男子欲娶女子而不遵婚礼，违乱常法，婚姻双方诉诸公堂。

　　"厌浥行露"，不愿被道上露水沾湿衣裳。"岂不夙夜？谓行多露"，难道我不想早晚从事？只因道上露水多而已。寓意行事当避免其不利、不良。

　　"谁谓雀无角？何以穿我屋"，谁说麻雀没有角？何以能钻透我的屋顶？言麻雀不行其常道，寓意行事违反常法。隐喻男子于屋顶偷窥女子。"谁谓女无家？何以速我狱"，谁说女子不嫁夫家？为何以官司召我。言男方欲娶女子而不由礼，双方诉诸公堂，女方父母同意嫁女儿但必须遵从婚礼。"虽速我狱，室家不足"，虽召我以官司，成室家条件不具备。虽然招致官司，婚嫁之礼不全，则拒绝嫁女。

　　"谁谓鼠无牙？何以穿我墉"，谁说穴虫没大牙齿？为何能钻透我的墙？隐喻男子凿墙偷会女子。"谁谓女无家？何以速我讼？虽速我讼，亦不女从"，谁说女子不成家？遵从婚礼即可。为何召我以诉讼？因男方行为无礼。虽招致诉讼，我亦不顺从你方。言女方父母坚持遵守婚礼。

【引证】

（1）《左传·僖公二十年》：随（随国）以汉东诸侯叛楚。冬，楚斗谷于菟帅师伐随，取成而还。君子曰："随之见伐，不量力也。量力而动，其过鲜矣。善败由己，而由人乎哉？《诗》曰：'岂不夙夜？谓行多露。'"

（2）《左传·襄公七年》："公族穆子有废疾，将立之，辞曰：'《诗》曰：岂不夙夜？谓行多露。'又曰：'弗躬弗亲，庶民弗信，无忌不才，让其可乎。请立起也。'"

（3）《孟子·滕文公下》："丈夫生而愿为之有室，女子生而愿为之有家。父母之心，人皆有之。不待父母之命、媒妁之言，钻穴隙相窥，逾墙相从，则父母国人皆贱之。古之人未尝不欲仕也，又恶不由其道。不由其道而往者，与钻穴隙之类也。"

以上《孟子》文章似指此诗而言。"钻穴隙相窥"即言"谁谓雀无角？何以穿我屋"。"逾墙相从"即言"谁谓鼠无牙？何以穿我墉"。

【名物】

麻雀

麻雀为小型鸟，诸品种大小、体色甚相近。雌雄鸟羽毛颜色常有所区别。麻雀常栖息于人居区，胆大近人，警惕性较高，好奇心亦较强。多营巢于屋檐、墙洞，有时会占领家燕的巢。

麻雀为杂食鸟类，夏秋主要以谷物为食。麻雀繁殖力强，除冬季外，麻雀几乎总处在繁殖期，数量较其他鸟要多，因此在庄稼收获季节易形成雀害。

羔羊

羔羊之皮，
素丝五紽。
退食自公，
委蛇委蛇。

羔羊之革，
素丝五緎。
委蛇委蛇，
自公退食。

羔羊之缝，
素丝五總。
委蛇委蛇，
退食自公。

【注释】

1. 羔，《说文》：羊子也。

2. 素，《说文》：白致缯也。引申白色。

3. 紽（tuó），为"祇"。《说文》："祇（tuō），衣衸（jiè）。"衣裳开缝、接缝。

4. 退，《说文》：却也。本意为节制欲望，引申让后、去。退食，亦辞禄。

5. 委蛇，为"倭迟"，音同通假。《说文》："倭（wēi），顺貌。"《说文》："迟，徐行也。"倭迟，安然、坦然、平顺之貌。蛇古发音：shé、yí、chī。

《庄子》："随行列而止，委蛇而处。"

《盐铁论》："民饶则僭侈，富则骄奢。坐而委蛇，起而为非，未见其仁也。"

6. 緎（yù），《尔雅》：羔裘之缝也。羔羊皮裘衣的接缝。《说文》作"纋"。

7. 缝，《说文》：以针絑（zhì）衣也。

8. 總，《说文》：聚束也。即聚集而捆束之，此处指衣服接合处。简体作"总"。

【解析】

　　这首诗讲士君子清白、忠敬。

　　"羔羊之皮，素丝五紽"，羔羊之皮，白丝缝其五道接缝。言白色羔羊皮裘全部以白线缝制。羔羊，其毛色尤白。素丝，言其白也。以纯白之衣比喻君子清。"退食自公，委蛇委蛇"，辞禄或在公职，甚为安然。言士君子从义且诚敬，故坦然。

　　"羔羊之革，素丝五緎。委蛇委蛇，退食自公"，羔羊之革，白丝缝其五道接缝。甚为坦然，去职或在公。

　　"羔羊之缝，素丝五總。委蛇委蛇，退食自公"，羔羊裘衣之接缝，素丝缝制五道。甚为坦然，退食或在公。

【引证】

（1）《孔丛子·记义》："于《羔羊》见善政之有应也。"

（2）东汉班固《白虎通德论·衣裳》："天子狐白，诸侯狐黄，大夫狐苍，士羔裘，亦因别尊卑也。"

（3）东汉班固《汉书·循吏传》："大司农邑（朱邑），廉洁守节，退食自公，亡强外之交，束修之馈，可谓淑人君子。"

（4）《左传·襄公七年》：卫孙文子来聘，且拜武子之言，而寻孙桓子之盟。公登亦登，叔孙穆子相，趋进曰："诸侯之会，寡君未尝后卫君。今吾子不后寡君，寡君未知所过。吾子其少安。"孙子无辞，亦无悛（止）容。穆叔曰："孙子必亡。为臣而君，过而不悛（改），亡之本也。《诗》曰：'退食自公，委蛇委蛇。'谓从者也。衡（横，不顺）而委蛇必折。"

　　大意：卫国孙文子来鲁国聘问，鲁襄公接待，叔孙陪同。孙文子为臣子，襄公为君王，但孙文子同鲁襄公比肩并行。叔孙提醒孙文子其行为失当，但孙文子不仅不道歉，并且面无悔改之色。叔孙认为其臣而用君礼为僭越，知道错误而无心悔改，早晚必死。叔孙讲"退食自公，委蛇委蛇"为遵从正义者之态度，孙文子行违逆之事而能从容处之，其人必折。其中"委蛇"指"无悛容"而言。

殷其雷

殷其雷，
在南山之阳。
何斯违斯？
莫敢或遑。
振振君子，
归哉归哉！

殷其雷，
在南山之侧。
何斯违斯？
莫敢遑息。
振振君子，
归哉归哉！

殷其雷，
在南山之下。
何斯违斯？
莫敢遑处。
振振君子，
归哉归哉！

【注释】

1. 殷，为"冃"之误。《说文》："冃（yī），归也。"
2. 雷，《说文》："雷：阴阳薄动，雷雨生物者也。"雷动而雨，之后万物始生，故古人以雷为司万物生发者。
3. 违，《说文》：离也。《尔雅》："违，远也。"
4. 斯，《尔雅》："斯：此也。"斯，又为语助词。

5. 或，助词、无义。《史记》："人或闻之。"

6. 遑，为"偟"。《尔雅》："偟：暇也。"闲暇之意。

7. 处，《说文》：止也。休息之意。

8. 振振，振奋、振作。

【解析】

这首诗讲周得天下，开始推行政教。

"殷其雷，在南山之阳"，春雷归矣，于南山之阳。春雷动则万物生发。南山比喻高明、厚德之周国。寓意周于其域内施行兴国、兴民之政。"何斯违斯？莫敢或遑"，有何能违此？无敢有闲者。言天下振动，世人皆响应而积极作为。"振振君子，归哉归哉"，振作君子，归来矣！言号召君子归附，协同振兴天下。

"殷其雷，在南山之侧"，春雷归矣，于南山之侧。南山之侧比喻近周之诸侯国。"何斯违斯？莫敢遑息。振振君子，归哉归哉"，有何能违此？不敢片刻休息。振作君子，归来矣！

"殷其雷，在南山之下"，春雷归矣，于南山之下。南山之下比喻远周之诸侯国。"何斯违斯？莫敢遑处。振振君子，归哉归哉"，有何能违此？不敢片刻停止。"振振君子，归哉归哉"，振振君子，归来矣！

摽有梅

摽有梅，
其实七兮。
求我庶士，
迨其吉兮。

摽有梅，
其实三兮。
求我庶士，
迨其今兮。

摽有梅，
顷筐塈之。
求我庶士，
迨其谓之。

【注释】

1. 摽（biào），《尔雅》：落也。《说文》："摽，击也。"

2. 有，助词，于名词前，无实义。

3. 梅，应为"某"。《说文》："某，酸果也。"即青梅。酸为五味之一，于时为春，主生发。古人以之和五味（酸咸辛苦甘）。《礼记》："孟春之月，……其味酸。"

4. 庶，《尔雅》：众也。《尔雅》："士，官也。"庶士，众士人。

5. 迨（dài），《尔雅》：及也。

6. 吉，为"佶"。《说文》："佶（jí），正也。"《说文》："吉，善也。"

7. 今，为"亼"之误。《说文》："亼（jí），三合也。"

8. 塈（jì），为"圣"之误。《说文》："圣（jí），以土增大道上。

聖，疾恶也。"本意指把土一层层增垫在大路上。引申增益、附益。

9. 谓，通"僓"。《说文》："僓（tuǐ）：娴也。"即通达之意。

【解析】

这首诗讲国家广纳贤士，以求善治。

"摽有梅，其实七兮。求我庶士，迨其吉兮"，从青梅树上落梅子，其果实七个。求我众士人，以及于正。酸梅花白、味酸，鲜食者少。酸梅有和五味之能，比喻贤士。七枚酸梅寓意士人作用于七教。七教：父子、兄弟、夫妇、君臣、长幼、朋友、宾客。此句诗寓意求贤士以正教化。

"摽有梅，其实三兮。求我庶士，迨其今矣"，从青梅树上落梅子，其实三颗。求我之众士人，以及于合。三颗酸梅寓意士子作用于三事。三事：正德，利用，厚生。此句诗寓意以贤士推行教化。

"摽有梅，顷筐塈之。求我庶士，迨其谓也"，从青梅树上落梅子，益之以顷筐。求我之众士人，以及于通。以顷筐青梅比喻广招贤士。此句诗寓意国家以众贤士使教化通畅、顺达。

【引证】

（1）《尚书·说命下》："王曰：'来！汝说（傅说），台小子旧学于甘盘，既乃遯于荒野，入宅于河，自河徂亳，暨厥终罔显。尔惟训于朕志，若作酒醴，尔惟曲糵（niè，酒曲），若作和羹，尔惟盐梅。尔交修予，罔予弃，予惟克迈乃训。'"

上文中商王把贤士傅说比喻为做酒的酒曲、作和羹的盐梅。

（2）《左传·昭公二十年》："公曰：'和与同异乎？'对曰：'异。和如羹焉，水、火、醯（xī，酸）、醢（hǎi，肉酱）、盐、梅，以烹鱼肉。燀之以薪，宰夫和之，齐之以味，济其不及，以泄其过，君子食之，以平其心。'"

（3）《淮南子》："百梅足以为百人酸，一梅不足以为一人和。"

（4）关于"七兮、三兮"

《礼记·王制》："七教：父子、兄弟、夫妇、君臣、长幼、朋友、宾客。"

《国语·楚语下》："天、地、民及四时之务为七事。王曰：'三事者，何也？'对曰：'天事武，地事文，民事忠信。'"

《左传·文公七年》："六府三事，谓之九功。水，火，金，木，土，谷，谓之六府。正德，利用，厚生，谓之三事。"

（5）《左传·襄公八年》："晋范宣子来聘，且拜公之辱，告将用师于郑。公享之，宣子赋《摽有梅》。季武子曰：'谁敢哉？今譬于草木，寡君在君，君之臭味也。欢以承命，何时（是）之有？'"

大意：晋国范宣子来鲁聘问，回拜鲁襄公朝晋，同时告知晋国将伐郑国。鲁襄公设宴招待，范宣子赋《摽有梅》，取求贤士协助之意，寓意——请求鲁国出兵协助晋国伐郑。晋强而鲁国，所以季武子说：晋为草木，鲁为臭味，欢以承命。

诗辑训

梅

　　酸梅，又名青梅、梅子，为落叶小乔木，原产中国，主要分布于长江流域以南。酸梅作为果树栽培，区别于观赏为主的花梅。酸梅在腊月开花，花白色，花谢后结果。果实起初与叶子颜色一样，至四月下旬酸梅基本成熟，颜色呈淡黄色，味道酸而微苦。五月份，则果色变成黄色，味道酸中带甜。酸梅鲜食者少，多加工后食用，如白梅、乌梅、话梅。

小星

嘒彼小星，
三五在东。
肃肃宵征，
夙夜在公，
寔命不同。

嘒彼小星，
维参与昴。
肃肃宵征，
抱衾与裯，
寔命不犹。

【注释】

1. 嘒（huì），《说文》：小声也。本意指微小的声音，引申微小、微弱。

2. 肃肃，《尔雅》：恭也。恭谨之貌。

3. 宵，《尔雅》：夜也。征，《尔雅》：行也。宵征，夜行。

4. 寔，《尔雅》：是也。指示代词，此、这。

5. 维，《尔雅》：侯也。助词，此处解作"或"。

6. 参（shēn）、昴（mǎo），《说文》："昴，白虎宿星。"
参昴为二十八宿之一。参为西方白虎七宿第七宿星，昴为第四宿星。参宿在猎户座，昴宿在金牛座。古人以星位推定季节。参、昴分别为春、冬时节参照星宿。

《礼记·月令》："孟春，昏参中。"孟春黄昏时分，可以看到参宿在中天。

《尚书·尧典》："日短（白昼最短）、星昴（昴宿出现在中天），以正仲冬。"言白昼最短、黄昏时分昴宿出现在中天，则时至冬至。

7. 裯（dāo），《说文》：衣袂，袛（dī）裯。意思为衣袖或短衣。《说文》："裯谓之褴褛。褴，无缘也。"即无边饰的衣服。

8. 衾（qīn），《说文》：大被也。即被子。

9. 犹，为"猷"。《尔雅》："猷，若也。"《孟子》："布帛长短同则贾相若。"

【解析】

这首诗讲下士在职勤谨。

"嘒彼小星，三五在东"，那光亮微弱的小星星，三三五五在东边的天空。言以小星比喻下士，东方寓意生发。"肃肃宵征，夙夜在公，寔命不同"，夜行而恭谨，早晚在公，此使命不同。言日夜勤政而不懈怠，士人使命之不同于寻常者，在时刻不得松懈。

"嘒彼小星，维参与昴"，那光亮微弱的小星星，或同参星或从昴星。言小星或同参星出现在春季，或从昴星出现在冬季，寓意士人终年在公。"肃肃宵征，抱衾与裯，寔命不犹"，夜行而恭谨，抱衾被或衣短衣，此使命不同。言士人夜行冬则抱衾被，夏则着短衣，士人之使命不同一般，必须勤谨待之。

【引证】

《礼记·礼运》："故圣人作则，必以天地为本，以阴阳为端，以四时为柄，以日星为纪，月以为量，鬼神以为徒，五行以为质，礼义以为器，人情以为田，四灵以为畜。以天地为本，故物可举也；以阴阳为端，故情可睹也；以四时为柄，故事可劝也；以日星为纪，故事可列也；月以为量，故功有艺也；鬼神以为徒，故事有守也；五行以为质，故事可复也；礼义以为器，故事行有考也；人情以为田，故人以为奥也；四灵以为畜，故饮食有由也。"

江有汜

江有汜。

之子归，不我以。

不我以，其后也悔。

江有渚。

之子归，不我与。

不我与，其后也处。

江有沱。

之子归，不我过。

不我过，其啸也歌。

【注释】

1.汜（sì），《说文》："汜：水别复入水也。一曰汜，穷渎也。"流出后又汇入干流的支流称为汜。又指穷竭之沟河。《尔雅》："穷渎，汜。"

2.归，归止、归依、归往。《诗》："岂弟君子，民之攸归。"

3.以，通"与"。《仪礼》："以我安。"

4.渚，《尔雅》："水中可居者曰洲，小洲曰陼（渚），小陼曰沚，小沚曰坻。"

5.与，《说文》：党（朋群）与也。引申相与、同之意。

6.处，《说文》：止也。得几而止。解作停止、休息。

7.沱（tuó，chí），《尔雅》："水自河出为灉，江为沱。"
《说文》："沱，江别流也。出崏山东，别为沱。"沱水，从长江分流的支流。

8.过（guò，huó），为"佸"。《说文》："佸（huó），会也。"解作相会、会合。《战国策》："过（会）其友曰：'孟尝君客我。'"
《史记》："臣有客在市屠中，愿枉车骑过（会）之。"

9. 啸，应为"歗"。《说文》："歗，吟也。《诗》曰：'其歗也謌（歌）。'"本意为呻吟。此处指短叹。

10. 歌，《说文》：咏也。此处指歌咏。

【解析】

这首诗讲从大道。

"江有汜"，长江有别出又复入的支流。此处比喻改正者。"之子归，不我以"，是人之归往，不与我。言人不与我同道。"不我以，其后也悔"，不与我，其后也有悔。言不能从大道者终有悔。

"江有渚"，长江中有小洲。长江中洲渚比喻浸润于大道者。"之子归，不我与"，是人之归止，不与我。"不我与，其后也处"，不与我，其将止。言不能相与大道，则停滞不前。

"江有沱"，长江有沱水。沱水自长江流出，比喻背离大道者。"之子归，不我过"，是人之归止，不与我合。"不我过，其啸也歌"，不与我合，维其伤叹、咏怀。言不合大道者必受伤害。

【引证】

关于"之子归"

"之子归"，前人多解作女子归家。诗之第三章"之子归，不我过"，若夫妇离婚则一般无再"会"之理，故归家之说不通。

野有死麕

野有死麕，
白茅包之。
有女怀春，
吉士诱之。

林有朴樕，
野有死麕。
白茅纯束，
有女如玉。

舒而脱脱兮，
无感我帨兮，
无使尨也吠。

【注释】

1. 麕（jūn），《说文》：麞也。即獐子。麕又写作"麇"。

2. 包，为"苞"。《尔雅》："苞：丰也。稹（zhěn）也。"即茂盛、稠密。

3. 怀春，为"怀蠢"，即思动。《尔雅》："怀：思也。蠢：作也。动也。"

4. 吉士，本意指良善、美好的男子，此处指中意之男子。

5. 诱，《尔雅》：进也。此处指亲近。《说文》："诱，相訹（xù）呼也。"

6. 樕（sù），《说文》：朴樕，木。即丛生槲树（橡树、栎树、柞树）。木质坚硬，可做弓箭、矛等武器。《尔雅》："朴，枹（丛生）者谓。"

7. 纯，《说文》：丝也。即蚕丝，引申洁白。

8. 舒，《尔雅》：叙也。次序、条理。

9. 脱脱，为"娧娧"。《说文》："娧（tuì），好也。"娧娧，良好貌。

10. 感，《尔雅》：动也。此处为触碰之意。

11. 帨（shuì），《说文》：佩巾也。女子拴在腰上的佩巾，用以打扫家务之用。

12. 尨（máng），《说文》：犬之多毛者。《尔雅》："尨，狗也。"

【解析】

　　这首诗讲死生利害、内外、因果、尊卑贵贱等关系。

　　"野有死麕，白茅包之"，郊野有死獐，白茅藉以茂密。言死獐之尸成就白茅之茂盛。此死生利害之辨。"少女怀春，吉士诱之"，少女动男女情思，则吉士可亲近之。言少女动情而后男子亲近之。此先后之辨。

　　"林有朴樕，野有死鹿"，林中有朴樕，野外有死鹿。言朴樕之木用为弓箭，则鹿致死。此因果之辨。"白茅纯束，有女如玉"，白茅以丝束之，有女子德如美玉。言一束白茅轻微，然以蚕丝约束，因其洁白可贵。虽女子者，其德行高贵如玉，不输君子。此尊卑、贵贱之辨。

　　"舒而脱脱兮"，有次第则能致良好。言明于常法，知上下、进退，如此则好。"无感我帨，无使尨吠"，不要动我的佩巾，亦勿使你的犬吠。此乃妻子说给丈夫之言：你不用动我的抹布，也不要使你的狗吠。言妇人负责家务，丈夫负责家庭外部事物，夫妇各司其职，勿越其位。此内外之辨。

【引证】

（1）《左传·昭公元年》：夏四月，赵孟、叔孙豹、曹大夫入于郑，郑伯兼享之。子皮戒赵孟，礼终，赵孟赋《瓠叶》。子皮遂戒穆叔，且告。穆叔曰："赵孟欲一献，子其从之！"子皮曰："敢乎？"穆叔曰："夫人之所欲也，又何不敢？"及享，具五献之笾豆于幕下。赵孟辞，私于子产曰："武请于冢宰矣。"乃用一献。赵孟为客，礼终乃宴。穆叔赋《鹊巢》，赵孟曰："武不堪也。"又赋《采蘩》，曰："小国为蘩，大国省穑而用之，其何实非命？"子皮赋《野有死麕》之卒章。赵孟赋《常棣》，且曰："吾兄弟比以安，尨也可使无吠。"穆叔、子皮及曹大夫兴，拜，举兕爵，曰："小国赖子，知免于戾（罪）矣。"饮酒乐。

大意：郑国设宴招待晋国赵孟。郑国子皮赋《野有死麕》之"舒而脱脱兮，无感我帨，无使尨吠"，子皮寓意——郑国、晋国应各司其职，守其义务。赵孟说："我们兄弟亲密合作可保各盟国安宁，狗也可使不叫。"赵孟之意——两国亲密合作则无外来侵扰者。

（2）关于"白茅纯束，有女如玉"

《诗·白驹》："生刍一束、其人如玉。"其中"生刍"寓意卑微。

（3）关于"帨"

《仪礼·士昏礼》："母施衿结帨，曰：'勉之，敬之，夙夜毋违宫事。'"古代女子出嫁，母亲将佩巾结于其身，告诫即将出嫁的女儿要把家庭事务做好。

【名物】

白茅

白茅，又名茅针、茅根、茅草，多年生草本。春生芽，花苞时期的花穗称为谷荻。《本草纲目》："茅有白茅、菅茅、黄茅、香茅、芭茅数种，叶皆相似。白茅短小，三四月开白花成穗，结细实。其根甚长，白软如筋而有节，味甘。"

樕（槲树）

　　槲（hú）树，又名柞栎、橡树，落叶乔木，高可达二十米（亦有丛生株），树干挺直，叶片宽大，树冠广展。槲树生长速度较为缓慢，寿命较长，其木材坚硬，耐磨损，可作器具。槲树叶可养蚕，柞蚕丝比一般蚕丝更光滑。

何彼襛矣

何彼襛矣？
唐棣之华。
曷不肃雝？
王姬之车。

何彼襛矣？
华如桃李。
平王之孙，
齐侯之子。

其钓维何？
维丝伊缗。
齐侯之子，
平王之孙。

【注释】

1. 襛（nóng），《说文》：衣厚貌。本意指衣服厚的样子。此处指殷盛、隆重。

2. 唐棣（dì），《尔雅》："唐棣：栘（yí）。常棣：棣。"《说文》："栘，棠棣也。"唐棣，即郁李。一说花赤者为唐棣，花白者为常棣。郁李花叶同放或近乎同放。

3. 华，《尔雅》："木谓之华，草谓之荣。"树木之花称之为华，草本之花谓之荣。

4. 曷（é），《说文》：何也。

5. 不，为"丕"。《尔雅》："丕，大也。"

6. 肃雝（yōng），即"肃噰"。《尔雅》："肃噰，声也。噰噰，音声和也。"肃肃噰噰，车铃声和美。

7. 姬，周姓。王姬，娶于周天子之妇。平王，周平王。

8. 伊，为"尹"。《说文》："尹，治也。"此处解作制作、制造。

9. 缗（mín），《说文》：钓鱼缴也。即钓线。

【解析】

这首诗讲周王室与异姓诸侯通婚。

"何彼襛矣？唐棣之华"，为何那般殷盛？郁李之花。郁李花繁盛，且花叶同放。此处指送亲车队华美、盛大，如盛开的郁李花一般。"曷不肃雝？王姬之车"，肃肃雝雝何其大也？周室嫁女之车。言王姬之车鸾铃声和美，寓意有礼节。

"何彼襛矣？华如桃李"，为何那般殷盛？花如桃李。桃李之花繁盛、艳美。"平王之孙，齐侯之子"，平王之孙女，齐侯之子。言以婚姻成就周室与诸侯之亲善。

"其钓维何？维丝伊缗"，何以钓鱼？丝制缴线。"齐侯之子，平王之孙"，齐侯之子，平王之孙女。以钓线比喻婚姻，言以婚姻亲异姓诸侯。

【引证】

（1）关于"肃雝"

《礼记·少仪》："车马之美，匪匪翼翼。鸾和之美，肃肃雝雝（噰噰）。"

《礼记·乐记》："《诗》云：'肃雝和鸣，先祖是听。'夫肃肃，敬也。雝雝（噰噰），和也。夫敬以和，何事不行？"

（2）关于"姬、王姬"

《左传·庄公元年》："王姬归于齐。……秋，筑王姬之馆于外。为外，礼也。"

《公羊传·庄公元年》："天子嫁女乎诸侯，必使诸侯同姓者主之。诸侯嫁女于大夫，必使大夫同姓者主之。"

《左传·僖公十七年》："齐侯之夫人三：王姬、徐嬴、蔡姬，皆无子。……如夫人者六人：长卫姬生武孟，少卫姬生惠公，郑姬生孝公，葛嬴生昭公，密姬生懿公，宋华子生公子雍。"

《谷梁传·庄公元年》："秋，筑王姬之馆于外。筑，礼也。于外，非礼也。筑之为礼何也？主王姬者必自公门出。于庙则已尊，于寝则已卑，为之筑，节矣。筑之外，变之正也。筑之外，变之为正何也？仇雠之人，非所以接婚姻也（齐襄公杀鲁桓公，然周庄王命鲁庄公主王姬之婚礼）。衰麻，非所以接弁冕也。其不言齐侯之来逆何也？不使齐侯得与吾为礼也。"

郁李

郁李，落叶灌木，高一米五上下。郁李花单生或二三朵簇生，花朵繁密，有白色、粉色。郁李花叶同放或近乎花叶同放，花期在四五月。郁李圆果深红色。

李

　　李子，落叶小乔木，高八米上下。花白色，单生或两朵簇生，花先叶放，花期在三四月。李子七八月间成熟，味酸甜。

驺虞

彼茁者葭，
壹发五豝，
于嗟乎驺虞！

彼茁者蓬，
壹发五豵，
于嗟乎驺虞！

【注释】

1. 茁，《说文》：草初生出地貌。草始从地下冒出来的样子。

2. 葭（jiā），《说文》：苇之未秀者。未抽穗的芦苇。

3. 壹，应为"一"。《说文》引作"一发五豝"。

4. 发，《说文》：射发也。一发，即一次射发。

5. 豝（bā），《说文》：牝豕也。一曰一岁，能相把挈也。《诗》曰："一发五豝。"

6. 于（yú）嗟，赞叹词。

7. 驺（zōu），《说文》：厩御也。马厩之御马公人。《礼记》："仆及七驺咸驾。"

8. 虞（yú），《说文》：驺虞也。白虎黑文，尾长于身。仁兽，食自死之肉。《诗》曰："于嗟乎驺虞。"虞人，管理山泽草木、禽鱼、鸟兽的官员，有山虞、泽虞。

9. 蓬，《说文》：蒿也。为飞蓬属或白酒草属草本，具体品种不详。芦苇、蓬草古代可用作房屋建材，如：葭墙蓬室、蒿庐蓬户。

10. 豵（zōng），《说文》：豵，生六月豚。一曰一岁豵，尚丛聚也。

【解析】

这首诗讲驺人、虞人协助君王田猎。

"彼茁者葭，壹发五豝，于嗟乎驺虞"，新生芦苇生气勃勃，一次可射击五只一岁的野猪，赞叹于驺虞。君王乘车射猎有专职驾驭马车之御者，即驺人。君王乘车射猎有辅车负责从两侧驱赶禽兽，以便君王射猎，即虞人。"壹发五豝"，言寓意驺人辅助得力。

"彼茁者蓬，壹发五豵，于嗟乎驺虞"，蓬草生气勃勃，一次可射击五只一岁的野猪，赞叹于驺虞。以芦苇、蓬草、野猪等草木禽兽之丰，言虞人贤能而尽职。此诗以驺虞之良寓意国家上下官员齐备且贤能。

【引证】

（1）《墨子·三辩》："周成王因先王之乐，又自作乐，命曰《驺虞》。"

（2）《礼记·射义》："天子以《驺虞》为节。……《驺虞》者，乐官备也。……是故天子以备（具）官为节。……是故古者天子以射选诸侯、卿、大夫、士。"

（3）《周礼》："大射，王出入，令奏《王夏》。及射，令奏《驺虞》。"

（4）《商君书·禁使》："上与吏也，事合而利异者也。今夫驺虞（驺人虞人），以相监不可，事合而利同者也。若使马焉能言，则驺虞无所逃其恶矣，利异也。"

【名物】

芦苇

芦苇，多年水生或湿生高大禾草。芦苇主要以根茎繁殖，其繁殖力强，往往形成芦苇群落。古人以芦苇做席、扫把等。

猪

《说文》："豕，彘（zhì）也。竭其尾，故谓之豕。猪，豕而三毛丛居者。"

人类蓄养猪的历史悠久，据殷墟甲骨文记载，我国商朝已饲养猪。猪肉为当今人类主要肉类食品之一。猪是中国十二生肖之一。中国是猪肉生产、消费大国。

邺

柏舟

汎彼柏舟，亦汎其流。
耿耿不寐，如有隐忧。
微我无酒，以敖以游。

我心匪鑑，不可以茹。
亦有兄弟，不可以据。
薄言往愬，逢彼之怒。

我心匪石，不可转也。
我心匪席，不可卷也。
威仪棣棣，不可选也。

忧心悄悄，愠于群小。
觏闵既多，受侮不少。
静言思之，寤辟有摽。

日居月诸，胡迭而微？
心之忧矣，如匪澣衣。
静言思之，不能奋飞。

【注释】

1. 汎（fàn），《说文》：浮貌。漂浮在水上的样子。

2. 柏舟，柏木舟。柏木坚实，不畏寒，寓意坚贞。《礼记》："如竹箭之有筠（竹皮）也，如松柏之有心也。二者居天下之大端矣，故贯四时而不改柯易叶。"

3. 耿耿，为"骾骾"。《说文》："骾（gěng），食骨留咽中也。"耿耿，内心堵塞，心情压抑之意。

4. 隐，《尔雅》：微也。隐忧，深深的忧虑。

5. 微，解作非、不是。《论语》："微管仲，吾其被发左衽矣。"

6. 酒，《说文》："酒，就也，所以就人性之善恶。一曰造也，吉凶所造也。"

《礼记·射义》："酒者，所以养老也，所以养病也。求中以辞爵者，辞养也。"

7. 敖，《说文》：出游也。

8. 游，为"汓"，音近通假。《说文》："汓（qiú），浮行水上也。"

9. 鑑（jiàn），《说文》："鑑，大盆也。一曰监诸，可以取明水于月。"即大盆，又称为"监诸"。古人把鑑置于室外，待月夜收集露水于其中，如此收集之露水称"明水"。明水用以祭祀。鑑简体作"鉴"，可解作镜子、省视、明鉴等。

10. 茹，为"帤"。《说文》："帤（rú）：巾帤也。一曰币巾。"本意为大巾、围巾，引申为蒙盖。《方言》："帤，大巾也。嵩岳之南、陈颖之闲谓之帤，亦谓之幪。"

11. 据，《说文》：杖持也。引申为依靠、凭藉。

12. 愬（sù），《说文》：告也。此处解作劝告、告诫。

13. 转，《说文》：运也。解作丢弃、抛弃。

14. 棣棣（dì），为"逮逮"之通假。《说文》："逮，及也。"逮逮，无所不及。

15. 选，《说文》：遣也。遣送之意。引申为去除、抛舍之意。

16. 悄悄，《尔雅》：愠也。《说文》："愠：怒也。悄：忧也。"

17. 觏（gòu），《说文》：遇见也。

18. 闵，《尔雅》：病也。闵通愍。《说文》："愍（mǐn），痛也。"

19. 侮，《说文》：伤也。

20. 静，《说文》：审也。详尽、周密。

21. 寤，为"晤"。《说文》："晤（wù），明也。《诗》曰：'晤辟有摽。'"

22. 辟，为"僻"。《说文》："僻（pì），仄（侧倾）也。"

23. 摽，《尔雅》：落也。

24. 居，解作蓄积、积累。《国语》："假货居贿。"

25. 诸，为"储"之误。《说文》："储，偫（待）也。"引申积、蓄。

26. 胡，为什么、何，表示疑问。

27. 迭，《说文》：更迭也。一曰达。变更、改变之意。一说为达。

28. 微，为"散"。《说文》："散（wēi），妙（眇）也。"今写作"微小"。

29. 匪，通"彼"，指示代词。

30. 澣（huàn），为"浣"。《说文》："浣，濯衣垢也。"

31. 奋，《说文》：翬（huī，大飞）也。奋飞，即大飞，极力飞翔。

【解析】

　　这首诗讲君子于无道之世笃守善道。

　　"汎彼柏舟，亦汎其流"，泛柏舟于水上，漂浮于河流。寓意君子行于乱世而守贞。"耿耿不寐，如有隐忧"，不能释怀而难眠，如有深忧。言君子忧道。"微我无酒，以敖以游"，非我无酒，以敖以游。言并非我无所养而出游。言外之意君子不愿仕于乱朝。

　　"我心匪鑑，不可以茹"，我心非镜鉴，不可以蒙盖。言君子之心如鉴之有明，然不能被蒙蔽。"亦有兄弟，不可以据"，虽有兄弟，亦不可依靠。言虽亲如兄弟亦不能保其不背贞正。"薄言往愬，逢彼之怒"，急切往以告诫，遇其忿怒。言乱世劝人难。

　　"我心匪石，不可以转"，我心非石，不可抛弃。言外之意我之心志坚如石，不若他人之心可以随意舍弃。"我心匪席，不可以卷"，我心非席，不可收卷。言我心有定处，不若世人之可以随意收放、迁移。"威仪棣棣，不可选也"，威仪严密，不可使离。言君子谨守其威仪。

　　"忧心悄悄，愠于群小"，忧心而愤恨，恨众小人。"觏闵既多，受侮不少"，遇伤痛既多，受侮不少。言君子笃守正义而受伤害。"静言思之，寤辟有摽"，仔细思量之，光明、邪僻终有落定。言正道终会回归。

　　"日居月诸，胡迭而微"，日积月累，如何使之变为微小？言今日之恶乃日积月累所致。"心之忧矣，如匪澣衣"，心之忧矣，如彼洗衣。言衣服染污垢能即时清洗，对社会邪恶亦应即时清理。"静言思之，不能奋飞"，仔细思量，不能大飞。寓意改变社会邪恶应循序渐进以图之，不可操之过急。

【引证】

（1）《礼记·孔子闲居》："'威仪逮逮，不可选也。'无体之礼也。"

（2）《孟子·尽心下》：貉稽曰："稽大不理于口。"孟子曰："无伤也。士憎兹多口。《诗》云：'忧心悄悄，愠于群小。'孔子也。"

（3）《孔子家语·始诛》："夫殷汤诛尹谐，文王诛潘正，周公诛管蔡，太公诛华士，管仲诛付乙，子产诛史何，凡此七子皆异世而同诛者，以七子异世而同恶，故不可赦也。'忧心悄悄，愠于群小。'小人成群，斯足忧矣。"

（4）《左传·襄公三十一年》："公曰：'善哉！何谓威仪？'对曰：'有威而可畏谓之威，有仪而可象谓之仪。君有君之威仪，其臣畏而爱之，则而象之，故能有其国家，令闻长世。臣有臣之威仪，其下畏而爱之，故能守其官职，保族宜家。顺是以下皆如是，是以上下能相固也。卫《诗》曰：'威仪棣棣，不可选也。'言君臣、上下、父子、兄弟、内外、大小皆有威仪也。'"

（5）《左传·襄公三十一年》："故君子在位可畏，施舍可爱，进退可度，周旋可则，容止可观，作事可法，德行可象，声气可乐，动作有文，言语有章，以临其下，谓之有威仪也。"

（6）《韩诗外传》：君子洁其身而同者合焉，善其音而类者应焉。马鸣而马应之，牛鸣而牛应之，非知也，其势（艺）然也。故新沐者必弹冠，新浴者必振衣。莫能以己之皭皭，容人之混污然。《诗》曰："我心匪鉴，不可以茹。"

苇席

《论语·乡党》:"子曰:席不正,不坐。"

《礼记·仲尼燕居》:"席则有上下,车则有左右,……席而无上下,则乱于席上也。车而无左右,则乱于车也。"

鑑

鑑本为盛水器,大小形制不一,初为陶质,战国时期青铜鑑最为流行。

《周礼·凌人》:"春始治鑑。"言以鑑盛冰。

《周礼》:"以鑑取明水于月,以共祭祀之明粢、明烛,共明水。"

《礼记》:"夏后氏尚明水,殷尚醴,周尚酒。"

绿衣

绿兮衣兮，绿衣黄裹。
心之忧矣，曷维其已？

绿兮衣兮，绿衣黄裳。
心之忧矣，曷维其亡？

绿兮丝兮，女所治兮。
我思古人，俾无訧兮。

絺兮绤兮，凄其以风。
我思古人，实获我心。

【注释】

1. 绿，《说文》：帛青黄色也。绿衣，古代在家未嫁女子所穿用。

2. 裹，《说文》：衣内也。"裹、里"为不同二字，今简化为一。

3. 已，解作停止、终结之意。《诗》："鸡鸣不已。"

4. 裳，《说文》：下裙也。《说文》："衣，依也。上（上身）曰衣，下曰裳。"

5. 亡，《说文》：逃也。引申消失、丢失、死。《周礼》："以丧礼哀死亡。"

6. 俾（bǐ），《尔雅》：使也。从也。

7. 訧（yóu），《说文》：罪也。解作过失、罪过，多写作"尤"。

8. 絺（chī）绤（xì），《说文》：细葛也。粗葛也。

9. 凄，《说文》：云雨起也。引申寒凉。《庄子》："凄然似秋。"

10. 实，《说文》：富也。引申深、厚、诚。

【解析】

这首诗讲妇德教化有失。

"绿兮衣兮，绿衣黄裏"，绿色上衣，内为黄裏。绿色由青、黄二色配合而成。青色为东方之色，于时在春，寓意生发。黄色为中央之色，地之色，于时为夏秋之际，寓意在中。寓意待嫁女子当以中道为本。"心之忧矣，曷维其已"，我心忧伤，为何其止？言时下妇人之中道不行。

　　"绿兮衣兮，绿衣黄裳"，绿色之衣，下配黄裙。黄为中色，裳为下饰。寓意女子以中道为质。"心之忧矣，曷维其亡"，心之忧伤，何其亡佚？言时下妇人中道消失。

　　"绿兮丝兮，女所治兮"，绿色之丝，女子所染成。寓意女子应修中道，以成妇德。"我思古人，俾无訧兮"，我思念古人，从之可无过。言感叹其中道亡佚。

　　"絺兮綌兮，凄其以风"，葛布之衣，因之风而凄凉。葛布衣服应在夏季穿用，天寒而着葛衣，言穿衣失时，寓意时下妇人中道丧失。"我思古人，实获我心"，我思念古人，其道深得我心。

【引证】

（1）关于"绿衣"

　　《大戴礼记·夏小正》："玄校。玄也者，黑也。校（绞）也者，若绿色然，妇人未嫁者衣之。"郑注《杂记》云：'采（色采）青黄之间曰绞（校）。'"

　　《礼记·玉藻》："绞衣以裼之。"

　　《扬子·法言》："绿衣三百，色如之何矣？紵絮三千，寒如之何矣？"译文"少女三百，好色能如之何？贮藏棉絮三千斤，即便寒冷能如之何？"言人之取用有限度。其中"绿衣"代指少女。

（2）《左传·成公九年》："夏，季文子如宋致女，覆命，公享之。赋《韩奕》之五章。穆姜（鲁宣公夫人）出于房，再拜曰：'大夫勤辱，不忘先君以及嗣君，施及未亡人。先君犹有望也！敢拜大夫之重勤。'又赋《绿衣》之卒章而入。"

　　大意：古代国君嫁女之后，派遣大夫前往聘问，是为"致女"。鲁宣公女儿伯姬嫁到宋国，季文子前去聘问。回国后鲁成公（鲁宣公子）宴请季文子。此间伯姬母亲穆姜（成公之母）出来对季文子表示感谢，说："大夫劳于聘问，不忘先君以及后嗣之君，以及我这个未亡人，这是先君还有威望吧。冒昧出来拜谢，大夫为王室甚是辛劳。"穆姜赋："绵兮绤兮，凄其以风。我思古人，实获我心。"穆姜所赋诗寓意——时下道义丧失而季文子能遵从旧礼制，亦赞扬季文子忠诚。

（3）《国语·鲁语下》：公父文伯之母欲室文伯，飨其宗老，而为赋《绿衣》之三章。老请守龟卜室之族。师亥闻之曰："善哉！男女之飨，不及宗臣。宗室之谋，不过宗人。谋而不犯，微而昭矣。诗所以合意，歌所以咏诗也。今诗以合室，歌以咏之，度于法矣。"

大意：文伯之母欲为文伯成其家室，请宗老来商议其事，期间赋"绿兮丝兮，女所治兮。我思古人，俾无訧兮"，寓意——请宗老为文伯寻妇德有成之女子，文伯之母属意守中道女子。

燕燕

燕燕于飞，差池其羽。
之子于归，远送于野。
瞻望弗及，泣涕如雨。

燕燕于飞，颉之颃之。
之子于归，远于将之。
瞻望弗及，伫立以泣。

燕燕于飞，下上其音。
之子于归，远送于南。
瞻望弗及，实劳我心。

仲氏任只，其心塞渊。
终温且惠，淑慎其身。
先君之思，以勖寡人。

【注释】

1. 差，《说文》："差，贰也。差，不相值也。"差池，应为"差迟"。差迟直译"有差别而迟缓"，指行为不一致。差池其羽，指羽毛长短、颜色不一，寓意燕子大小不同。《左传》："譬诸草木，吾臭味也，而何敢差池？"

2. 之子于归，是子归家。

3. 泣，《说文》：无声出涕曰泣。

4. 颉（xié），《说文》：直项也。即伸直脖子。

5. 颃（háng），《尔雅》：鸟咙，其粻（zhāng，食粮）嗉。嗉为鸟类食管的扩大部分，形成囊状。如鸡嗉子、酒嗉子。此处亦指颈项，颉颃指交颈。《凤求凰》："何缘交颈为鸳鸯，胡颉颃兮共翱翔。"

6. 将，《尔雅》：送也。

7. 佇，《尔雅》：久也。

8. 仲氏，兄弟姐妹中排行第二者。

9. 任，《尔雅》：佞也。此处指有才智。《左传》："寡人不佞。"

10. 塞，为"寒"之通假。《说文》："寒（sè），实也。"解释为笃厚、坚实、厚实。《尚书》："濬哲文明，温恭允（信）塞。"

11. 渊，深远之意。《礼记·中庸》："渊渊其渊。"

12. 只，用于句末，表示终结或感叹。

13. 终……且，不仅……而且，表示递进。

14. 惠，《尔雅》：顺也。

15. 淑，《尔雅》：善也。

16. 君，此处指女子丈夫。

17. 勖（xù），《说文》：勉也。勉励之意。

18. 寡，《说文》：少也。寡人，此处指弱小者。

【解析】

　　这首诗讲卫定公夫人定姜送守寡的二儿媳回母国。

　　"燕燕于飞，差池其羽"，群燕飞来飞去，羽毛颜色、长短不一。比喻众儿媳在一起生活。"之子于归，远送于野。瞻望弗及，泣涕如雨"，是女回归母国，远送至郊野，直至不能望见，泪如雨下。

　　"燕燕于飞，颉之颃之"，群燕飞来飞去，彼此来回交颈亲昵。比喻众儿媳之间亲密。"之子于归，远于将之。瞻望弗及，佇立以泣"，是女回归母国，远远送之。直至其背影出离视野，久立而泣涕。

　　"燕燕于飞，下上其音"，群燕飞来飞去，上下鸣叫。比喻家庭之热闹、和谐。"之子于归，远送于南。瞻望弗及，实劳我心"，是女回归母国，远送于南郊。瞻望不见，深劳我心。言思念不已。"仲氏任只，其心塞渊"，二儿媳有才，其心笃实、深远。"终温且惠，淑慎其身"，不仅温柔而且和顺，能善其身且立身谨慎。"先君之思，以勖寡人"，能先考虑夫君，能勉励弱小者。言儿媳贤惠。

【引证】

（1）《礼记·坊记》：子云："君子贵人而贱己，先人而后己，则民作让。故称人之君曰君，自称其君曰寡君。"子云："利禄，先死者而后生者，则民不偝。先亡者（亡在外）而后存者，则民可以托。《诗》云：
'先君之思，以畜寡人。'以此坊民，民犹偝死（利禄先死者而后生者）
而号无告（不仅不能先弱小，甚而使孤寡者呼号无告）。"

（2）《列女传》："卫姑定姜者，卫定公之夫人，公子之母也。公子既
娶而死，其妇无子，毕三年之丧，定姜归其妇，自送之，至于野。恩爱
哀思，悲心感恸，立而望之，挥泣垂涕。乃赋《诗》曰：'燕燕于飞，
差池其羽，之子于归，远送于野，瞻望不及，泣涕如雨。'送去归泣而
望之。又作《诗》曰：'先君之思，以畜寡人。'君子谓定姜为慈姑过
（超越）而之厚。"

【名物】

燕子

　　燕是典型的迁徙鸟，雌雄羽色相似，幼鸟和成鸟相似，但尾较短，
羽色亦较暗淡。燕子一般四至七月间在屋檐下营巢，每年繁殖两窝，首
窝产卵四到六枚，第二窝二到五枚。雌雄共同孵卵，十四五天幼鸟出
壳，亲鸟共同喂养，雏鸟约二十天出飞。繁殖结束后，幼鸟仍跟随成鸟
活动，并逐渐集成大群，在第一次寒潮到来前南迁越冬。燕子食物主要
为昆虫。

日月

日居月诸，
照临下土。
乃如之人兮——逝不古处。
胡能有定？
宁不我顾。

日居月诸，
下土是冒。
乃如之人兮——逝不相好。
胡能有定？
宁不我报。

日居月诸，
出自东方。
乃如之人兮——德音无良。
胡能有定？
俾也可忘。

日居月诸，
东方自出。
父兮母兮，
畜我不卒。
胡能有定？
报我不述。

109

【注释】

1. 居，解作蓄积、积累。诸为"储"之误。日居月诸，即日积月累、日月积加之意。《三国志·诸葛亮传》："日居月诸，时殒其夕，谁能不殁？"

2. 照，《说文》：明也。临，《说文》：监临也。

《左传》："照临四方曰明。"

《尚书》："我文考若日月之照临。"

3. 乃，助词，无义。

4. 如，《说文》：从随也。引申相似、相像。《诗》："一日不见，如三秋兮。"

5. 逝，《说文》：往也。

6. 古，为"固"之误。《尔雅》："坚、笃，固也。"

7. 处，《说文》：止也。

8. 宁，副词，解作岂、难道、竟。《诗》："宁不我矜。"

9. 顾，《说文》：还视也。即回头看。

10. 冒，为"勖"。《说文》："勖，勉也。"勉力之意。

11. 报，解作回复、回应。《论语》："以直报怨，以德报德。"

12. 德音，指道德言论。

13. 良，《说文》：善也。

14. 俾（bǐ），《尔雅》：从也。

15. 畜，为"慉"。《说文》："慉，起（能立）也。"引申长养、教育。

16. 卒，《尔雅》：已也。

17. 不述，为"不遹"之误。《尔雅》："不遹（yù），不迹也。"即不循成法。

110

【解析】

这首诗讲国家掌教化者无能无德，以致教化毁败。

"日居月诸，照临下土"，日积月累，照临天下。言日月运行不息，光照下土，寓意掌教化者应持续明明德于天下，亦即行教化民不息。"乃如之人兮——逝不古处"，乃如此人——往而不能固守。"胡能有定？宁我顾"，竟不看顾于我，如何能安教化？言掌教化者亲民尚不能，如何安教化？亦言掌教化者心志不笃，如此则教化难以施行。

"日居月诸，下土是冒"，日月积加，天下万物勉力。言日月照临不息，万物进长。寓意教化不息则民众进长。"乃如之人兮——逝不相好"，乃如此人——往而不能相好。"胡能有定？宁不我报"，竟不回应于我，如何能安定教化？言行教化者不能与民众好和，亦言其行教方法不善。

"日居月诸，出自东方"，日积月累，出自东方。东方于时为春，为生产万物者，产万物者圣也。言教化之义比于东方之德。"乃如之人兮——德音无良。胡能有定？俾也可忘"，乃如此人——道德言论不良。虽世人一时顺从，之后即可忘却，如何能安定教化？言教义不良，教化亦不能施行。

"日居月诸，东方自出"，日积月累，出自东方。"父兮母兮，畜我不卒"，父兮母兮，育我不已。言父母教育子女能尽心竭力。"胡能有定？报我不述"，以不遵成法回应于我，如何安教化？言掌教化者二三其德，不能以身作则，如此教化亦难施行。

【引证】

《礼记·乡饮酒义》："东方者春，春之为言蠢也，产万物者圣也。"

终风

终风且暴，
顾我则笑。
谑浪笑敖，
中心是悼。

终风且霾，
惠然肯来。
莫往莫来，
悠悠我思。

终风且曀，
不日有曀。
寤言不寐，
愿言则嚏。

曀曀其阴，
虺虺其雷。
寤言不寐，
愿言则怀。

诗
辑
训

112

【注释】

1.终……且，不仅……而且。

2.暴，《尔雅》：日出而风为暴。《说文》引作"终风且瀑（疾雨）。"

3.顾，《说文》：还视也。引申看视。《孟子》："言不顾行，行不顾言。"

4.谑浪笑敖，《尔雅》：戏谑也。即玩笑、取笑之意。

5.悼，《说文》：惧也。此处为担心之意。

6. 霾（mái），《尔雅》：风而雨土为霾。大风而散落尘土称之为霾。

7. 惠，《尔雅》：顺也。惠然，顺从貌。

8. 悠悠，《尔雅》：思也。忧虑的样子。

9. 曀（yì），《尔雅》：阴而风为曀。阴天且起风为曀。

10. 不日，即无日。《诗》："君子于役，不日不月。"

11. 有，通"又"。

12. 寤，《说文》：寐觉而有信（言）曰寤。一曰昼见而夜梦也。解作惊醒、日有所见夜有所梦。

13. 寐，《说文》：卧也。引申睡着。

14. 言，《尔雅》：间也。即中间助词，无义。

15. 愿，为"原"。《尔雅》："原，再也。"

16. 嚏，为"疐"。《说文》："疐（zhì），碍不行也。"即牵制、制止。

17. 虺（huī），为"譭（哕）"。《说文》："譭（huī），声也。"哕哕，雷声连绵。

18. 怀，《尔雅》：止也。

【解析】

　　这首诗讲君王无道，国家政治混乱，君子忧心。

　　"终风且暴"，不仅有风而且日出即起。言风不时，寓意政令不和。"顾我则笑"，看顾我则哂笑之。言掌国者轻视、侮蔑君子。"谑浪笑敖，中心是悼"，掌国者戏谑，内心担忧。

　　"终风且霾"，不仅有风而且尘土飞扬。寓意政治混乱。"惠然肯来"，掌国者内心服顺，之后方肯来求教。言外之意掌国者违逆君子之道，且轻侮君子。"莫往莫来，悠悠我思"，贤者不往，掌国者不来，我忧心忡忡。言君王不亲贤。

　　"终风且曀"，不仅有风而且阴天。寓意政治混乱，国家昏暗。"不日有曀"，没几日又为阴风天。寓意国家昏昧、动乱不息。"寤言不寐，愿言则嚏"，夜里梦见白日之所见而失眠，想再次入睡则不行。言君子忧心深重，彻夜难眠。

　　"曀曀其阴"，阴天曀曀。言国家昏昧。"虺虺其雷"，雷声连续不断。言上天警戒之。"寤言不寐，愿言则怀"，惊醒而失眠，想再次入睡则止。

113

《礼记·月令》中关于风灾

"孟春……行秋令,则其民大疫,猋风暴雨总至,藜莠蓬蒿并兴。"

"孟夏……行春令,则蝗虫为灾,暴风来格,秀草不实。"

"仲秋……行冬令,则风灾数起,收雷先行,草木蚤死。"

"孟冬……行夏令,则国多暴风,方冬不寒,蛰虫复出。"

诗辑训

击鼓

击鼓其镗，
踊跃用兵。
土国城漕，
我独南行。

从孙子仲，
平陈与宋。
不我以归，
忧心有忡。

爰居爰处，
爰丧其马。
于以求之，
于林之下。

死生契阔，
与子成说——
执子之手，
与子偕老。

于嗟阔兮，
不我活兮。
于嗟洵兮，
不我信兮。

115

【注释】

1. 镗（tāng），《说文》：钟鼓之声。

《说文》："鼞（tāng），鼓声也。《诗》曰：'击鼓其鼞。'"

2. 踊，《说文》：跳也。跃，《说文》：迅也。踊跃，跳跃迅速，引申积极。

3. 土，《尔雅》：田也。此处指乡土、田园。

4. 城，《说文》：以盛民也。

5. 漕，《说文》：水转毂（毂）也。一曰人之所乘及船也。本意指水道转运谷物，一说人之所乘（车）及船皆称为漕。

6. 从，《说文》：随行也。

7. 孙子仲，人名，卫国卿大夫。

8. 平，《尔雅》：成也。此处指两国和好、修好。《左传》："秋，宋及郑平。"

9. 爰，《尔雅》：曰也。于也。为助词，无义。

10. 居，《说文》：蹲也。

11. 处，《说文》：止也。得几而止。

12. 林，《说文》：平土有丛木曰林。

13. 忡，《说文》：忧也。

14. 于，《尔雅》：於也。曰也。代也。助词，无义。

15. 契，《尔雅》：绝也。阔，《尔雅》：远也。契阔，隔绝疏远、绝远。

16. 成，《说文》：就也。

17. 说，《说文》：一曰谈说也。成说，完成其谈话，此处指留遗言。

18. 偕，《说文》：俱也。此处解作一起、共同。

19. 老，为"考"之误。考，解作核实、稽查、校审。《孟子》："考其善不善。"《礼记》："考礼，正刑，一德。"

20. 偕老，即"偕考"，共同考核，此处指共同管理国家事务。

21. 于嗟，感叹词。

22. 活，为"佸"。《说文》："佸（huó），会也。"

23. 洵（xún），为"恂"。《说文》："恂（xún），信心也。"
《方言》："恂，信也。齐鲁之间曰允，宋卫汝颍之间曰恂。"

【解析】

这首诗讲大夫被迫从军在外，不能施展其建设国家之志而忧心。

"击鼓其镗，踊跃用兵"，击鼓镗镗，用兵踊跃。言君王好战。"土国城漕，我独南行"，田地、邦国、城郭、漕运，我独南行。言当下国家诸多领域均需要建设，而掌国家者派遣诗人从军。言在上位者好用兵，而诗人志在建设国家。

"从孙子仲，平陈与宋"，跟随孙子仲，使陈、宋二国修和。"不我以归，忧心有忡"，不我归，忧心忡忡。言诗人随军在外不让其归国，忧心忡忡。

"爰居爰处"，曰坐曰止。言身心不安。"爰丧其马"，曰丧失其马。"于以求之，于林之下"，以寻求其马，于林之下。马非林中之物，逃离主人而隐藏于林下，言马不愿侍从主人，寓意诗人不愿从戎。

"死生契阔，与子成说——执子之手，与子偕老"，死生绝远！与子成其谈说——携君之手，与君共同考核诸国事。言诗人在外自知不久于世，寄语君王："我本愿与你携手，共同谋划、治理国家事务。"

"于嗟阔兮，不我活兮"，感叹其远也，不能与我会面。"于嗟洵兮，不我信兮"，感叹其信，其不信我也。言君王不信我。

【引证】

（1）关于孙子仲

《左传》中卫国有孙昭子、孙桓子、孙文子等，可知孙氏为卫国世卿。

（2）关于"平陈与宋"，或为宣公十二年事，亦或为宣公元年事，未详。

《左传·宣公十二年》："晋原縠，宋华椒，卫孔达，曹人，同盟于清丘。曰，恤病讨贰，于是卿不书，不实其言也，宋为盟故，伐陈，卫人救之。孔达曰，先君有约言焉，若大国讨，我则死之。"

《春秋·宣公元年》："楚子、郑人侵陈，遂侵宋。晋赵盾帅师救陈。宋公、陈侯、卫侯（卫成公）、曹伯会晋师于棐林，伐郑。"

（3）关于"偕老"

《抱朴子》："虽有偕老之慎不能救一朝之过。虽有陶朱之富不能赎片言之谬。"

（4）卫国、宋国、陈国及其他诸侯国方位图

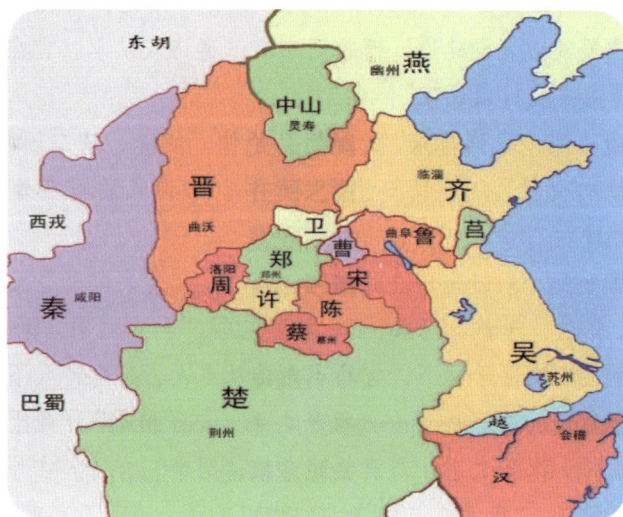

凯风

凯风自南，
吹彼棘心。
棘心夭夭，
母氏劬劳。

凯风自南，
吹彼棘薪。
母氏圣善，
我无令人。

爰有寒泉，
在浚之下。
有子七人，
母氏劳苦。

睍睆黄鸟，
载好其音。
有子七人，
莫慰母心。

119

【注释】

1. 凯风，《尔雅》：南风谓之凯风。《说文》："凯，康也。"

2. 棘，《说文》：小枣丛生者。即丛生酸枣树。酸枣生长缓慢，木质坚硬。

3. 心，《尔雅》："楸（sù，槲树）朴（丛生），心。"心，丛生株槲树。槲树生长缓慢，木坚硬。《仪礼》有"棘心匕"，言以酸枣木、槲木制作的勺子。

4. 夭夭，为"枖枖"。《说文》："枖，木少盛也。"枖枖，树木苗壮的样子。

5. 劬（qú）劳，《尔雅》：病也。即疲惫不堪之意。

6. 薪，《尔雅》："槸（chèn，梧桐），采薪。采薪，即薪。"薪，梧桐树。一说薪为青桐，生长迅速，木质疏松。

7. 圣，《说文》：通也。

8. 令，《尔雅》：善也。

9. 泉，《说文》：水原（源）也。寒泉，概因其泉眼深，泉水清凉而名寒泉。

10. 浚（jùn），地名，今河南有浚县。周武王克殷，分其畿内为邶、鄘、卫。浚地当在邶、卫、鄘范围内。《诗·鄘》："在浚之郊、在浚之城。"

11. 睍睆（xiàn huàn），眼睛大且突出貌。《说文》："睍：出目也。睆：大目也。"

12. 睍睆黄鸟，当为暗绿绣眼鸟。

13. 载，助词，无义。载又通"再"。

14. 慰，《说文》：安也。

【解析】

　　这首诗讲子女能怀感恩之心，敬事父母而无怨言。

　　"凯风自南，吹彼棘心"，凯风自南，吹拂酸枣与榶树丛。南风寓意长养。酸枣树与榶树生长缓慢，寓意母亲养育顽愚子女费时费力。"棘心夭夭，母氏劬劳"，酸枣树与榶树都苗壮成长，母亲抚育子女身心疲惫。

　　"凯风自南，吹彼棘薪"，凯风自南，吹拂酸枣树与青桐。青桐木质疏松不堪重用，比喻无才德者。寓意母亲抚养子女费力而子女不才。"母氏圣善，我无令人"，母亲有通达之善，而我等无良人。此诗人自责之言。

　　"爰有寒泉，在浚之下"，曰有寒泉，于浚地边远之处。言母亲虽为浚地一平凡百姓，但母亲如寒泉一般，以其清水滋养众子女。"有子七人，母氏劳苦"，有子七人，母亲劳苦异常。言母亲养育子女不易，感念母亲养育之恩。

"睆睆黄鸟，载好其音"，眼睛大且突出的绣眼鸟，其鸣声好听。以绣眼鸟之眼睛之醒目、鸣声之动听，寓意眼明、嘴巧。"有子七兮，莫慰母心"，虽有七个子女，不能安慰母亲。言子女眼拙、嘴笨，不能明白母亲心思，讨母亲欢心。此诗人自责之词。

【引证】

《孟子·告子下》："曰：'《凯风》何以不怨？'曰：'《凯风》，亲之过小者也。《小弁》，亲之过大者也。亲之过大而不怨，是愈疏也。亲之过小而怨，是不可（苟）矶也。愈疏，不孝也。不可矶（或为讥），亦不孝也。'"

　　上文中孟子认为《凯风》中母亲严苛而有失温和，然子女能敬顺应承而无怨言，乃孝子之作为。

【名物】

棘

　　酸枣又名棘、野枣、山枣，多为野生灌木，也有小乔木。酸枣枝、叶、花形态与普通枣相似，但多刺，叶小而密生，其果小。果实圆或椭圆、肉薄、大多味酸。

暗绿绣眼鸟

  暗绿绣眼鸟又名绣眼儿、白眼儿，为小型食虫鸟，因其鲜明的白眼圈而得绣眼儿之名（笔者以为'睍睆'亦指白眼圈而言）。暗绿绣眼鸟性活泼，非繁殖季节常集群活动，其鸣叫声似"滑儿、滑儿、滑儿"，婉转动听。绣眼鸟巢小而精致，为吊篮式，其每窝产卵三四枚，为纯蓝绿或纯白色。绣眼鸟在中国分布较广。

雄雉

雄雉于飞，
泄泄其羽。
我之怀矣，
自诒伊阻。

雄雉于飞，
下上其音。
展矣君子，
实劳我心。

瞻彼日月，
悠悠我思。
道之云远，
曷云能来？

百尔君子，
不知德行。
不忮不求，
何用不臧？

123

【注释】

1. 雉，山野鸡，雄鸡羽毛艳丽，雌鸡羽色灰暗无文采。

2. 泄，为"詍"之通假。《说文》："詍（yì），多言也。"詍詍，多言的样子。此处指羽翅拍打的声音。《诗》："凤皇于飞，翽翽（huì，飞声）其羽。"

3. 怀，《尔雅》：思也。

4. 诒（yí），《说文》：遗也。

5. 阻,《尔雅》:难也。

6. 展,《尔雅》:诚也。

7. 悠悠,《尔雅》:思也。

8. 忮(zhì),《说文》:很也。即不听从、不顺服之意。此处为违背、悖离之意。

9. 求,为"逑"。《说文》:"逑,敛聚也。《虞书》曰:旁逑孱功。又曰怨匹曰逑。"此处为搜求、索求之意。

10. 臧,《尔雅》:善也。

11. 伊、云,助词,无义。

12. 曷,解作何、如何。

【解析】

这首诗讲君子忧道。

"雄雉于飞,泄泄其羽",雄山鸡起飞,羽翅拍打声不断。雄山鸡羽毛艳丽,其振翅飞翔,寓意君子彰显其文采。"我之怀矣,自诒伊阻",我之思矣,自遗其难。言时下文明不彰,乃君子自身不卫道、不弘道所造成之结果。

"雄雉于飞,下上其音",雄雉飞翔,载上载下,鸣声不已。寓意众君子当协力弘扬文明。"展矣君子,实劳我心",诚实君子,深劳我心。言诗人最为忧心者乃时下无笃行君子。

"瞻彼日月,悠悠我思",瞻望日月,我心悠悠。言日月照临下土,其光明大矣。诗人忧明道君子之衰。"道云远矣,曷云能来",大道日远,如何能来?

"百尔君子,不知德行",尔等成百君子,不知如何践行道德。"不忮不求,何用不臧",不悖乱,不索求,何用不善?言时下所谓君子多背弃道义而妄求者。

【引证】

(1)《论语·子罕》:"子曰:'衣敝缊袍,与衣狐貉立而不耻者,其由也与?'。'不忮不求,何用不臧?'子路终身诵之。子曰:'是道也,何足以臧?'"

(2)晋葛洪《抱朴子》:抱朴子曰:"以英逸而遭大明,则桑荫未移,而金兰之协已固矣。以长才而遇深识,则不待历试,而相知之情已审矣。飘乎犹起鸿之乘劲风，翩乎若胜鳞之蹑惊云也。若以沛抑而可忽乎，则姜公不用于周矣。若以疏贱而可距乎，则毛生不贵乎赵矣。若积素行乃托政，则甯戚不显于齐矣。若贵宿名而委任，则陈韩不录于汉矣。明者举大略细，不忮不求，故能取威定功。成天平地，岂肯称薪而爨，数粒乃炊，并瑕弃璧，披毛索厌黑哉！"

（3）《韩诗外传》："聪者自闻，明者自见，聪明则仁爱著而廉耻分矣。故非道而行之，虽劳不至；非其有而求之，虽强不得。故智者不为非其事，廉者不求非其有，是以害远而名彰也。《诗》云：'不忮不求，何用不臧'"

（4）《论语·乡党》："山梁雌雉，时哉！时哉！"雌雉羽毛不艳丽，孔子感叹即使文采不良者，遇到好时机依然可以高飞。孔子以雌雉喻人。详细可参阅拙作《论语明义》。

雌雄雉

雄雉

诗辑训

　　雉俗称野鸡、雉鸡，有多个品种。雄雉尾长，羽毛鲜艳美丽。雌雉尾短，羽毛黄褐色，体较小。雉鸡善于奔跑，不善飞行。雉鸡一般在发觉有危险时才起飞，边飞边发出"咯咯"的鸣叫声以及两翅"扑扑"的鼓动声。雉鸡飞行不持久，飞行距离短，但其飞行有力且迅速，落地前常张翅滑翔。野鸡常栖于低山丘陵、林缘地带，常成小群觅食，喜斗架。

匏有苦叶

匏有苦叶，
济有深涉。
深则厉，
浅则揭。

有瀰济盈，
有鷕雉鸣。
济盈不濡轨，
雉鸣求其牡。

雝雝鸣雁，
旭日始旦。
士如归妻，
迨冰未泮。

招招舟子，
人涉卬否。
人涉卬否，
卬须我友。

【注释】

1. 匏（páo），《说文》：瓠也。即瓠瓜，又名瓢瓜、葫芦。古人利用晒干的大匏瓜涉水以增加浮力，作用相当于今天的救生圈。

2. 苦叶，苦匏叶。匏瓜有味苦者不能食用，其叶亦苦。匏瓜不苦者其嫩茎叶可食用，《诗·匏叶》："采之烹之。"

3. 济，《尔雅》：渡也。

4. 涉，《说文》：徒行厉水也。即徒步渡水。

5. 涉、厉、揭，《尔雅》："揭者，揭衣也。以衣涉水为厉，腰膝以下为揭，腰膝以上为涉，腰带以上为厉。"济有深涉，为"济侑（佐）深涉"。

6. 瀰（mí），又写作"弥"。《说文》："弥，满也。"

7. 鷕（yǎo），《说文》：雌雉鸣也。雌野鸡鸣叫声，象声词。

8. 濡，为"擩"。《说文》："擩（rǔ），染也。"即染湿、沾湿、沾染之意。

9. 轨，《说文》：车辙也。车行压过的痕迹。

10. 牡，雄性。此处指雄雉。

11. 雝（yōng），又写作"廱"。《尔雅》："廱廱，和也。"此处指鹅应和而鸣。

12. 鴈（yàn），《说文》：鹅也。一说高飞者为鴈（天鹅），家养者为鹅。

13. 旭，《说文》：日旦出貌。太阳在天明时刚出来的样子。

14. 旦，《说文》：明也。天明之意。

15. 如，《尔雅》：谋也。计划、谋划之意。

16. 迨（dài），《尔雅》：及也。等到、待之意。

17. 泮（pàn），通"判"。《说文》："判，分也。"即分散、消化。

18. 招，《说文》：手呼也。招招，不停摆手招呼。

19. 卬（áng），《尔雅》：我也。

20. 须，《尔雅》：待也。等待之意。

【解析】

这首诗讲道与义。

"匏有苦叶"，匏瓜有叶苦者，不能食用。"济有深涉"，渡济用以佐助有水没腰的情况。苦匏瓜虽不能食用，但晒干做成葫芦，可以助人渡深水。言臧否变化之理。"深则厉，浅则揭"，水在膝盖以下提起衣服趟过去，水深过腰则湿了衣服走过去。言因地制宜。

"有瀰济盈，有鷕雉鸣"，有在河水涨满之时而渡水者，有雌山鸡鷕鷕鸣叫，则有雄山鸡应和。言凡事皆有其道。"济盈不濡轨，雉鸣求其牡"，以船载车，即使渡过涨水之河而车迹不湿，雌雉鸣以求其雄雉。寓意凡事得其道而行则善成。

"雝雝鸣雁，旭日始旦"，群鹅应和而鸣，旭日开始发明。"士如归妻，迨冰未泮"，男子谋划娶妻，及冰未开化之前。古人嫁娶在九月霜降之后至来年二月冰化之前。寓意凡事因时而作。

"招招舟子，人涉卬否。人涉卬否，卬须我友"，船夫不断招呼我上船，他人过河，我不渡济。他人渡河我不随从，我要等待友人同行。寓意君子之行有所依从，不随波逐流。

【引证】

（1）《左传·襄公十四年》："夏，诸侯之大夫从晋侯伐秦，以报栎之役也。晋侯待于竟，使六卿帅诸侯之师以进。及泾，不济。叔向（晋大夫）见叔孙穆子（鲁国大夫），穆子赋《匏有苦叶》。叔向退而具舟，鲁人、莒人先济。"

大意：夏季，诸侯的大夫跟随晋国进攻秦国，以报复栎地一役。晋悼公在国境内等待，让六卿率领诸侯的军队前往。到达泾水，诸侯的军队不肯渡河。叔向进见叔孙穆子，穆子赋《匏有苦叶》这首诗。叔向退出后就准备船只，鲁国、莒国先渡河。穆子赋《匏有苦叶》取"人涉卬否，卬须我友"，言等待盟国同时渡河。

（2）《国语·鲁语下》：诸侯伐秦，及泾莫济。晋叔向见叔孙穆子曰："诸侯谓秦不恭而讨之，及泾而止，于秦何益？"穆子曰："豹之业，及《匏有苦叶》矣，不知其他。"叔向退，召舟虞与司马，曰："夫苦匏不材于人，共济而已。鲁叔孙赋《匏有苦叶》，必将涉矣。具舟除隧，不共有法。"是行也，鲁人以莒人先济，诸侯从之。

（3）关于"迨冰未泮"

《荀子·大略》："霜降逆女，冰泮杀内（纳）。十日一御。"

《孔子家语·本命》：孔子曰："群生闭藏乎阴而为化育之始。故圣人因时以合偶男女，穷天数也。霜降而妇功成，嫁娶者行焉。冰泮而农桑起，婚礼而杀于此。"

古人嫁娶在九月霜降之后至来年二月冰化之前，夏、秋之季农事正忙，而霜降以后农事已毕，即可办婚事。即婚事始于农事毕，止于农事起。

匏瓜

　　匏瓜有长形、梨形及葫芦形，今一般指梨形。匏瓜成熟后对半剖开可以做水瓢，故又叫瓢葫芦。匏瓜多棚架种植，嫩瓜可食。匏瓜生长过程中茎叶受到大的伤害就会变成苦匏瓜（苦匏瓜亦遗传），苦匏瓜有毒不能食用。

谷风

（一）

习习谷风，以阴以雨。
黾勉同心，不宜有怒。
采葑采菲，无以下体。
德音莫违，及尔同死。

行道迟迟，中心有违。
不远伊迩，薄送我畿。
谁谓荼苦，其甘如荠。
宴尔新昏，如兄如弟。

泾以渭浊，湜湜其止。
宴尔新昏，不我屑以。
毋逝我梁，毋发我笱。
我躬不阅，遑恤我后。

【注释】

1. 习习，为"謵謵"。《说文》："謵（xí），言謵讘（zhé）也。"謵讘，联绵词，指说话连续不止。引申不停、连绵不断。

2. 谷风，《尔雅》：东风谓之谷风。

3. 黾（mǐn），通"暋"。《尔雅》："暋（mǐn），强也。"黾勉，即强勉。

4. 葑（fēng），《尔雅》："须，葑苁。"即芜菁（jīng），俗名大头菜。《方言》："蘴（葑）、荛，芜菁也。陈楚之郊谓之蘴，鲁齐之郊谓之荛，关之东西谓之芜菁，赵魏之郊谓之大芥，其小者谓之辛芥，或谓之幽芥。"

5. 菲，《说文》：芴也。或为蓝花土瓜。《尔雅》"菲：芴。蒠菜。"

6. 无，《说文》："无：丰也。《商书》：'庶草繁无。'"今多通"芜"。

7. 迟迟，《尔雅》：徐也。缓慢的样子。

8. 违，为"㦤"。《说文》："㦤（wéi）：不说（悦）貌。"

9. 薄，通"迫"，急忙、紧急之意。

10. 送，《说文》：遣也。本意为送行。

11. 畿，通"圻"。《说文》："圻（qí）：地圻也。一曰岸也。"解作地界、地域、疆域。一说为岸。圻又写作"垠（yín）"。

12. 伊，《尔雅》：维也。侯也。皆助词。

13. 荼，《尔雅》：苦菜。或为白花苦叶菜。嫩茎叶可食，味道微苦有陈酱气味。

14. 荠，荠菜，常见野菜。

15. 宴，《说文》：安也。

16. 泾，为渭水支流，河水清。渭，为黄河最大支流，河水浊。

17. 湜（shí），《说文》：水清底见也。《诗》曰："湜湜其止。"湜湜，清澈见底。

18. 屑，《说文》：动作切切。本意指动作细碎，引申细碎、微末、轻忽。不屑，不以为屑，极其轻视之意。《说文》："麸，小麦屑皮也。"《孟子》："乞人不屑也。"

19. 逝，《尔雅》：往也。

20. 梁，《说文》：水桥也。即跨水之桥梁。《尔雅》："堤谓之梁。"此处指水堤、围堰等，可以架设鱼笱。

21. 笱（gǒu），《说文》：曲竹捕鱼笱也。用竹子编织的捕鱼笼子，口大、颈小、颈部有倒须，鱼可以游入但不能钻出。

22. 阅，考察、检察、检视。《管子》："常以秋、岁末之时阅其民。"

23. 遑，为"惶"。《说文》："惶，恐也。"解作恐惧、担心。《列子》："且趣当生，奚遑死后？"《左传》："君子有远虑，小人从迩。饥寒之不恤，谁遑其后？"

24. 恤，《说文》："恤：忧也。收也。"解作矜怜、振恤。遑恤，即担忧。

【解析】

　　这首诗讲弃妇之思。

"习习谷风，以阴以雨"，东风连绵，以阴以雨。言东风主生发，亦遇有阴雨。寓意夫妇居家有不快亦常情。"黾勉同心，不宜有怒"，强勉而同心，不宜有怒。言应积极谋求夫妇同心同德，而应避免相怨怒。"采葑采菲，无以下体"，采芜菁、山土瓜，丰大在其下部块根。言芜菁、山土瓜茎叶作为蔬菜虽粗劣，然其块根食用价值较高。寓意人不可责全求备。"德音莫违，及尔同死"，不违背道德言论，则与尔同死。言若能谨守礼义道德，则能相守终老。

"行道迟迟，中心有违"，行道迟缓，内心不悦。言妇人被弃，归父母家，内心忧伤。"不远伊迩，薄送我畿"，不远很近，急忙送我于边界。言妻子被弃之后丈夫送至其家乡边界。虽边界不远，然男子仍急切送走妇人。"谁谓荼苦？其甘如荠"，谁说苦叶菜味苦？其甘甜如荠菜。言诗人内心之苦远胜于苦荼。"宴尔新婚，如兄如弟"，安其新婚，如兄长般友爱，如弟子般恭敬。言男子对新婚妻子态度良好。

"泾以渭浊，湜湜其止"，泾水因渭河而浊，其清澈见底之貌消失。寓意因交恶人而败德。"宴尔新婚，不我屑以"，安其新婚，不以我为屑。言男子喜新厌旧。"勿逝我梁，勿发我笱"，勿往我之水梁，勿施我之鱼笱。言如今主妇之位被取代，皆因其他女子僭越主妇的行为未能被即时、严格制止。"我躬不阅，遑恤我后"，因我自身之不察，而今担忧我之将来。言诗人反思自己不察之失，以至于主妇之位被取代。

【引证】

（1）《左传·襄公二十五年》："卫献公自夷仪使与宁喜言，宁喜许之。大叔文子闻之，曰：呜呼！《诗》所谓：'我躬不说，皇恤我后'者，宁子可谓不恤其后矣。将可乎哉？殆必不可。君子之行，思其终也，思其复也。"

大意：卫献公骄奢残暴，国人不满。卫国大夫孙文子与宁惠子发动军事政变，将卫献公驱逐出境。后来宁惠子死前嘱托儿子宁喜把卫献公接回国。卫献公派人同宁喜联系，并许诺回国后让宁喜掌权，宁喜同意。大叔文子听闻后表示：宁喜自己不能明察，不考虑其将来。最终宁喜被回国的卫献公用计杀死。

（2）《左传·僖公三十三年》：公曰："其父有罪可乎？"对曰："舜

之罪也殛鲧，其举也兴禹。管敬仲，桓之贼也，实相以济。《康诰》曰：'父不慈子不祗，兄不友弟不共，不相及也。'《诗》曰：'采葑采菲，无以下体。'君取节焉可也。'"

大意：僖公问：若贤德之人其父有罪还能用否？其臣臼季回答：舜曾治鲧之罪，但仍然立鲧的儿子禹为君。管仲原为齐桓公之敌，但桓公仍立管仲为相。父亲不慈爱不是儿子不尊敬的理由，兄长不友爱不是弟弟不恭敬的理由。《诗》之"采葑采菲，无以下体"讲取其节义可也。

（3）《礼记·表记》："仁有数，义有长短小大。中心憯怛，爱人之仁也。率法而强之，资仁者也。《诗》云：'丰水有芑、武王岂不仕。诒厥孙谋、以燕翼子。武王烝哉！'数世之仁也。国风曰：'我今不阅，皇恤我后。'终身之仁也。"

（4）《礼记·坊记》子云："君子不尽利以遗民。《诗》云：'彼有遗秉，此有不敛穧，伊寡妇之利。'故君子仕则不稼，田则不渔，食时不力珍，大夫不坐羊，士不坐犬。《诗》云：'采葑采菲，无以下体。德音莫违，及尔同死'以此坊民，民犹忘义而争利，以亡其身。"

葍

葍，又名打碗碗花、小旋花、葍秧，为多年生藤草植物，全体不被毛，植株通常矮小，地下茎质脆易断，每个带节的断体都能长出新的植株。

《齐民要术》："葍，一种茎赤有臭气，一种茎叶细而香。郭注'根白可啖'。"

山土瓜块根　　　　　　　　　蓝花土瓜

蓝花土瓜，又名山萝卜，为多年生缠绕草本，地下块根纺锤状，含淀粉，可食用。茎细长，圆柱形，有细棱，密被柔毛。叶菱形或菱状卵形，两面密被黄褐色绢毛。叶柄毛被与茎同。蓝花土瓜根茎与山土瓜根茎与相似。

徐灏《段玉裁说文解字注笺》："陆玑云：菲似葍，茎粗，叶厚而长，有毛。幽州人谓之芴，《尔雅》谓之蒠菜，今河内人谓之宿菜。"

郭璞曰："菲草生下湿地，似芜菁，华紫赤色（有红花土瓜），可食。"

综合以上，笔者以为菲为蓝花土瓜。

蔚

芜菁，又名圆根、盘菜、大头菜，为二年生草本植物。肥大肉质根柔嫩、致密，供炒食、煮食。萝卜部分品种跟芜菁的形状相似，但芜菁肉质较硬，水分较少。芜菁成熟后肉质较为松软，萝卜成熟后则脆嫩多汁。

荠菜

荠菜，又名地菜、小鸡草、香荠，一年或二年生草本，花白色，茎叶可作蔬菜食用。荠菜多野生，少有种植，生长遍布全国各地。荠菜主要有板叶荠菜和散叶荠菜两个品种。

黄花苦叶菜

白花苦叶菜

　　苦叶菜，又名败酱、胭脂麻、苦叶菜，为多年生草本，分白花、黄花两种，味道微苦，有陈酱气，嫩叶可食用。

　　古人所谓"荼"或指白花苦叶菜，有"荼白"之说。白花苦叶菜又名苦菜、野苦菜、四季菜等。植株高达一米。地下茎细长，地上茎直立。喜生于较湿润和稍阴的环境，通常见于山地溪沟边、山坡疏林下。

鱼笱

图片中倒置大口为鱼进入之口，往上颈部收缩处有倒须，腹大而长，鱼能入不能出，顶部为可系解之竹筐，待收笱时使大口朝上竖立，则鱼落入筐中。

谷风

（二）

就其深矣，方之舟之。

就其浅矣，泳之游之。

何有何亡，黾勉求之。

凡民有丧，匍匐救之。

不我能慉，反以我为雠。

既阻我德，贾用不售。

昔育恐育鞫，及尔颠覆。

既生既育，比予于毒。

我有旨蓄，亦以御冬。

宴尔新婚，以我御穷。

有洸有溃，既诒我肄。

不念昔者，伊余来墍。

【注释】

1. 方，《说文》：并船也。由并排的两个小船组成，人双脚各踩一只。

2. 匍匐，伏地以手爬行。《说文》："匍：手行也。匐：伏地也。"

3. 慉（xù），通"媏"。《说文》："媏（xù）：媚（悦）也。"

4. 雠（chóu），《尔雅》：匹也。可以为怨匹，亦可以为佳偶。

5. 贾，《说文》：市也。一曰坐卖售也。做买卖，一说坐卖者为贾。

6. 售，《说文》：卖去手也。《诗》曰："贾用不售。"引申出、去。

7. 育，《尔雅》：养也。《说文》："育，养子使作善也。"

8. 恐，为"巩"之误，二者篆体形似。《尔雅》："巩，固也。"巩繁体"巩"，意思为拥抱、怀抱。

9. 鞫（jū），为"鞫"。《尔雅》："鞫（jū），盈也。"

10. 颠，《说文》：顶也。即头顶。

11. 毒，《说文》：厚也。害人之草，往往而生。

12. 旨，《说文》：美也。

13. 蓄，《说文》：积也。

14. 御，《尔雅》：禁也。引申抵挡、抵御。

15. 洸（guāng），《说文》：水涌光也。水升滕涌动泛水光。

16. 溃，《说文》：漏也。

17. 诒，《说文》：相欺诒也。一曰遗也。解作欺骗、遗留。

18. 肄（yì），通"勚"。《说文》："勚（yì），劳也。"劳苦之意。《左传》："《诗》曰：正大夫离居，莫知我肄（勚）。"

19. 余，《尔雅》：我也。身也。

20. 塈（jì），为"墍"。《说文》："墍（jí），以土增大道上。墍，疾恶也。"即把土一层层增垫在大路上。引申增益。墍又写作"垒"。

【解析】

"就其深矣，方之舟之"，就其深水，则用方或船。"就其浅矣，泳之游之"，就其浅水，则游泳渡之。言任何困难不能阻其行进。"何有何无，黾勉求之"，无论得失有无，强勉求之。"凡民有丧，匍匐救之"，凡百姓有失，匍匐救之。言定有救济我者。言诗人对于被遗弃并不绝望。

"不我能慉，反以我为雠"，不能悦于我，反而以我怨匹。言诗人自认德行无失。"既阻我德，贾用不售"，既拒绝我以德善你，如同卖货可以不卖于你。言丈夫不能听从善良，则不劝告之。"昔育恐育鞠，及尔颠覆"，往昔培育之笃实、丰满，到你皆颠覆。言丈夫之身行败坏子女教育。"既生既育，比予以毒"，既生之，既养之，竟以毒草比我。言有养育子女之功，丈夫反诬毁于我。

"我有旨蓄，亦以御冬"，我有良好积蓄，还可以抵御寒冬。言自己可以渡过难关。"宴尔新婚，以我御穷"，安其新婚，使我不得不抵御穷困。言丈夫抛弃使妇人陷于困境。"有洸有溃，既诒我肄"，有涌动泛光，亦有溃漏，既已遗劳苦于我。言河水有波涛汹涌之时，有溃散干涸之际，寓意婚姻由往昔之美满至于今日之离散。"不念昔者，伊余来塈"，不念已往者，自己来改善之。言诗人坦然面对过去，自强图新。

141

【引证】

（1）《礼记·孔子闲居》"'凡民有丧，匍匐救之'，无服之丧也。"

（2）《孔子家语·子贡问》：晋将伐宋，使人觇（chān，窥视）之。宋阳门之介夫死，司城子罕哭之哀。觇者反，言于晋侯曰："阳门之介夫死，而子罕哭之哀。民咸悦。宋殆未可伐也。"孔子闻之，曰："善哉！觇国乎！《诗》云：'凡民有丧，匍匐救之'子罕有焉。虽非晋国，天下其孰能当之？是以周任有言曰：'民悦其爱者，弗可敌也。'"

【名物】

方舟

《方言》："方舟谓之㶒，舼舟谓之浮梁。"

《说文》："舫（háng）：方舟也。从方亢声。《礼》：'天子造舟，诸侯维舟，大夫方舟，士特舟。'"

西汉刘向《说苑》："吾闻之，天子济于水，造舟为梁，诸侯维舟为梁，大夫方舟。"

式微

式微式微，

胡不归？

微君之故，

胡为乎中露？

式微式微，

胡不归？

微君之躬，

胡为乎泥中？

【注释】

1. 式微式微，《尔雅》：微乎微者也。即越来越微弱。式，助词，无义。

2. 微，非、不是。《左传》："微夫人之力不及此。"

3. 胡，何，为何。

4. 故，《说文》：使为之也。

5. 躬，《尔雅》：身也。即自己、自身。

【解析】

这首诗讲君主无道，百姓遭难。

"式微式微，胡不归"，国家愈发衰微，为何还不归正道？"微君之故，胡为乎中露"，非君主之故，为何民众劳作于露水之中？言民众辛苦，夙夜劳作。

"式微式微，胡不归？微君之躬，胡为乎泥中"，国家日益衰微，为何还不回归正道？若非君王本人，为何行于泥淖之中？"为乎泥中"，言百姓举步维艰，处境艰难。

【引证】

《左传·襄公二十九年》："公还，及方城。季武子取卞，使公冶问，

143

玺书追而与之，曰：'闻守卞者将叛，臣帅徒以讨之，既得之矣，敢告。'公冶致使而退，及舍而后闻取卞。公曰：'欲之而言叛，只见疏（逑，shū）也。'公谓公冶曰：'吾可以入乎？'对曰：'君实有国，谁敢违君！'公与公冶冕服。固辞，强之而后受。公欲无入，荣成伯赋《式微》，乃归。"

大意：鲁襄公回国，到达方城。季武子趁鲁襄公出国之机占领了卞地，此刻派公冶到方城问候鲁襄公。期间季武子又派人追上出使途中的公冶，把加封印的书信给他，让其交与鲁襄公，信上说："听闻戍守卞地的人打算叛变，臣率领部下讨伐了他，已经得到卞地，谨报告。"公冶完成使命退去，到达驻地后才听到季武子占领了卞地。鲁襄公说："想要这块地方而说地方叛变，只见其心急。"鲁襄公对公冶说："我可以进入国境吗？"公冶回答："君王据有国家，谁敢违背君王？"鲁襄公赐给公冶冕服，公冶坚决辞谢，勉强之而后接受。鲁襄公想不回国，荣成伯赋《式微》这首诗，鲁襄公这才回国。

旄丘

旄丘之葛兮，
何诞之节兮？
叔兮伯兮，
何多日也？

何其处也？
必有与也。
何其久也？
必有以也。

狐裘蒙戎，
匪车不东。
叔兮伯兮，
靡所与同。

琐兮尾兮，
流离之子。
叔兮伯兮，
褎如充耳。

【注释】

1. 旄（máo）丘，《尔雅》："前高，旄丘。"前高而后低的山丘称为旄丘。《说文》："旄，幢也。"旗的一种，应为出征、指挥用旗帜。《尔雅》解释"旄丘"为前高后低的土丘，以之推测，旄或为三角形旗帜。

2. 葛，攀援藤类，茎有节。

3. 诞，《尔雅》：大也。《说文》："诞，词诞也。"本意为言语夸张、虚妄，引申为大，如"诞告万方"即"大告天下"之意。

4. 叔兮伯兮，叔伯，此处指同姓诸侯。

《礼记·曲礼下》："五官之长曰伯，……天子同姓谓之伯父，异姓谓之伯舅。……九州之长入天子之国曰牧，……天子同姓谓之叔父，异姓谓之叔舅。"

5. 处，《说文》：止也。

6. 与，亲附、比附。《国语》："桓公知天下诸侯多与己也。"

7. 以，合同，一说通"与"。《仪礼》："以我安。"

8. 裘，《说文》：皮衣也。狐裘，代指诸侯。《礼记》："锦衣狐裘，诸侯之服也。"

9. 蒙戎，为"龙茸"之误。《左传》："狐裘龙茸（róng，茙），一国三公。"

10. 厖（méng，máng），《说文》：犬之多毛者。

11. 茸，《说文》：蓐毳饰也。本意指马鞍上的茸毛装饰品。龙茸，狗毛装饰物。

12. 匪，彼。

13. 靡，《尔雅》：无也。

14. 琐，微小。《尔雅》："琐琐，小也。"

15. 尾，《说文》：微也。边缘、末端。《国语》："夫边境者，国之尾也。"

16. 流离，漂泊不得其所。

17. 褎（xiù），《说文》：袂也。即袖子。

18. 充耳，古代挂在冠冕两旁的饰物，由丝绳悬系，下垂及耳，多为玉石质地。充耳，以掩听觉。寓意耳聪而有所不闻，亦即善听。

【解析】

这首诗讲遇难诸侯不被宗亲救助。

"旄丘之葛兮，何诞之节兮"，旄丘之葛，为何大其茎节？旄丘地形前高后低。葛茎节长大则其庇护功用大。寓意宗族之庇护理应不论高低贵贱。"叔兮伯兮，何多日也"，众宗族叔伯，何多日不来？言众同姓诸侯迟迟不来救助。

"何其处也？必有与也"，如何立身处世？必须有所遵从、比附。"何其久也？必有以也"，如何能长久存立？必须有所合同。言应遵从道义、情理。言外之意时下多不顾情义者。

"狐裘蒙戎，匪车不东"，狐皮裘衣配以犬毛饰物，彼车不往东行。狐皮裘衣华贵，犬毛饰物粗劣，寓意身份高贵者其德行不纯正。"叔兮伯兮，靡所与同"，众宗族叔伯，无所守持、从比。言同姓诸侯不讲情义。

"琐兮尾兮，流离之子"，流离失所之子，甚是卑微。言诗人自比无家之子，无所庇护。"叔兮伯兮，褒如充耳"，众宗族叔伯，揣手如同两个充耳塞进耳朵。言众宗族袖手旁观，假装不知。

【引证】

（1）《左传·僖公五年》：初，晋侯使士蒍为二公子筑蒲与屈，不慎，置薪焉，夷吾诉之，公使让之，士蒍稽首而对曰："臣闻之，无丧而戚，忧必雠焉。无戎而城，雠必保焉。寇雠之保，又何慎焉？守官废命，不敬。固雠之保，不忠。失忠与敬，何以事君？《诗》云：'怀德惟宁，宗子惟城'，君其修德而固宗子，何城如之？三年将寻师焉，焉用慎。"退而赋曰："狐裘尨茸，一国三公，吾谁适从？"及难，公使寺人披伐蒲。重耳曰："君父之命不校。"乃徇曰："校者，吾雠也。"逾垣而走，披斩其祛，遂出奔翟。

（2）《说苑》："水浊则鱼困，令苛则民乱，城峭则必崩，岸竦则必阤。故夫治国，譬若张琴，大弦急则小弦绝矣。故曰急辔御者非千里御也。有声之声，不过百里，无声之声，延及四海。故禄过其功者损，名过其实者削，情行合而民副之，祸福不虚至矣。《诗》云：'何其处也，必有与也。何其久也，必有以也。'"

【名物】

充耳

图中黄绿色悬珠为抽象化充耳，前后串珠为旒

　　充耳，意即以物塞耳。《说文》解释"瑱"为"以玉充耳也"，即塞入耳的玉器称之为"瑱"。充耳，取义"耳聪而有所不闻"。《孔子家语·入官》："古者圣主冕而前旒（liú），所以蔽明也。紞纩（hóng dǎn）充耳，所以掩（yǎn，覆）聪也。水至清即无鱼，人至察则无徒。枉而直之，使自得之。优而柔之，使自求之。揆而度之，使自索之。"

　　考古资料中有玉瑱的描述：白色、无光泽、蕈形、一端较大，一端较小，中腰内凹。洛阳烧沟汉墓出土琉璃瑱和骨瑱有十二件是上小下大腰细如喇叭形，中间穿一孔。颜色有蓝、绿、半透明等。充耳抽象化后，出现了不能塞进耳朵的圆形、长条形等形制，其材质亦多样化。

　　充耳在《诗》中多次出现。《邶风·旄丘》："叔兮伯兮，褎如充耳。"《卫风·淇澳》："有匪君子，充耳琇莹。"《齐风·著》："充耳以素乎而，充耳以青乎而，充耳以黄乎而。"《小雅·都人士》："彼都人士，充耳琇实。"可见彼时充耳流行广泛。

简兮

简兮简兮，
方将万舞。
日之方中，
在前上处。
硕人俣俣，
公庭万舞。

有力如虎，
执辔如组。
左手执龠，
右手秉翟。
赫如渥赭，
公言锡爵。

山有榛，
隰有苓。
云谁之思？
西方美人。
彼美人兮，
西方之人兮。

【注释】

1. 简，《尔雅》：大也。
2. 方将，正要、将要。《孔子家语》："有一丈夫，方将厉之（正要渡水）。"
3. 万，一种舞蹈名称。
4. 硕，《尔雅》：大也。硕人，此处指道德高尚、才智卓越者。

5. 俣（yǔ），《说文》：大也。《诗》曰："硕人俣俣。"

6. 辔（pèi），《说文》：马辔也。驾驭马的缰绳。

7. 组，《说文》：绶属，其小者如冕缨。绶带、丝带之类。

8. 龠（yuè），《说文》：乐之竹管，三孔，以和众声也。

《礼记》："钟鼓管磬，羽龠干戚，乐之器也。"

《周礼》："龠师：掌教国子舞羽吹龠。祭祀，则鼓羽龠之舞。"

9. 秉，《尔雅》：执也。

10. 翟（dí），《说文》：山雉尾长者。即长尾山鸡。此处指山鸡之长尾羽毛。古人以长羽毛为舞蹈用具。

11. 赫，《说文》：火赤貌。

12. 渥，《说文》：霑也。沾湿之意。

13. 赭（zhě），《说文》：赤土也。即红色土壤。

14. 锡，《尔雅》：赐也。即赐予。

15. 爵，《说文》：礼器也。古代一种酒具。

16. 榛，《说文》：木也。落叶乔木，果仁可食。

17. 隰（xí），《说文》：坂下湿地也。

《尔雅》："下湿曰隰；陂者曰阪，下者曰隰。"

18. 苓，《说文》：卷耳也。

19. 云，助词，无义。

【解析】

这首诗讲乐教。

"简兮简兮，方将万舞"，大哉！大哉！将要舞《万》。"日之方中，在前上处"，日当正午，君主在前处上位。"硕人俣俣，公庭万舞"，贤德之君子高大，诸侯之庭舞《万》。言公侯在朝堂之上与众贤士欣赏《万》舞。

"有力如虎，执辔如组"，舞者有力如猛虎，舞者操控缰绳如使用绶带一般娴熟。这两句诗讲舞者展示武士驾马车的情景。"执辔如组"言其善驾驭，寓意君长善治。"左手执龠，右手秉翟"，左手执龠，右手持翟。"持翟"言有文采。"赫如渥赭，公言锡爵"，舞者面红如浸湿之赤土，公赐酒于舞者。言君王尚乐。

"山有榛，隰有苓"，山上长有榛树，坡下湿地长有卷耳。言上下草木皆得其所。寓意乐为善道，宜于君民上下。"云谁之思？西方美人"，此谁人之思？西方美人。西方寓意守义，女德主顺。"西方美人"比喻顺从、守持道义之君子。言君子乐乐教。"彼美人兮，西方之人兮"，彼美人兮，西方之人。寓意君子以义为本，亦即言乐教应以义为宗旨。

【引证】

（1）关于《万》舞

《左传·庄公二十八年》："楚令尹子元欲蛊文夫人，为馆于其宫侧，而振《万》焉。夫人闻之，泣曰：'先君以是舞也，习戎备也。今令尹不寻诸仇雠，而于未亡人之侧，不亦异乎！'御人以告子元。"

《左传·隐公五年》："九月，考仲子之宫，将（进献）《万》焉。公问羽数于众仲。对曰：'天子用八，诸侯用六，大夫四，士二。夫舞所以节八音而行八风，故自八以下。'公从之。于是初献六羽，始用六佾也。"

（2）《礼记·经解》："入其国其教可知也。其为人也：……广博易良，乐教也。"

（3）《礼记·乐记》："是故先王之制礼乐也，非以极口腹耳目之欲也，将以教民平好恶而反人道之正也。……乐者乐也。君子乐得其道，小人乐得其欲。"

爵，三足，古代饮酒器。

龠

龠，形制如笛，竹制，竖吹，有三孔到七孔，其中以三孔年代最为久远。三孔龠演奏方法：左手食指按上孔，右手食指按中孔，右手中指按下孔，吹之。

榛

　　榛子，又名山板栗，为落叶灌木或小乔木，高一至七米。榛子耐寒、喜湿润气候、尤喜光照。种子可食，可榨油，榛叶可养蚕。

泉水

毖彼泉水，亦流于淇。
有怀于卫，靡日不思。
娈彼诸姬，聊与之谋。

出宿于泲，饮饯于祢。
女子有行，远父母兄弟。
问我诸姑，遂及伯姊。

出宿于干，饮饯于言。
载脂载舝，还车言迈。
遄臻于卫，不瑕有害！

我思肥泉，兹之永叹。
思须于漕，我心悠悠。
驾言出游，以写我忧。

【注释】

1. 毖（bì），通"泌"。《说文》："泌，侠流也。"流向被来回左右的流
水。《说文》："毖，直视也。读若《诗》云'泌彼泉水'。"

2. 淇，《说文》：水也。卫国境内河流名称。

3. 靡，《尔雅》：无也。

4. 娈（luán），《说文》：慕也。

5. 诸姬，卫国众姬姓姐妹。

6. 聊，通"僇"。《说文》："僇（lù，liáo）：一曰且也。"即姑且。

7. 泲（jǐ），《说文》：沇（yǎn）也。沇水即济水。

8. 饯，《说文》：送去也。即送行。《尔雅》："饯，进也。"饮饯，以酒
送行。

9. 祢（ní, mí）、言，许国地名。

10. 问，本意聘问，又泛指问候。

11. 伯姊，大姐、长姐。

12. 干，水涯、水岸。《诗》："寘之河之干兮。"

13. 脂，油脂。古人在车轴上涂抹油膏以润滑。

14. 辖（xiá），《说文》：车轴端键也。车轴两端用以固定车轮的键闩，作用如同之插销。长途行车或路途坎坷颠簸有脱落情况，故远行准备备用件。

15. 迈，《说文》：远行也。

16. 遄（chuán），《尔雅》：疾也。迅速、疾速之意。

17. 臻（zhēn），《说文》：至也。

18. 瑕，为"跇"。《说文》："跇（xiā），足所履也。"引申践、蹈之意。

19. 害，《说文》：伤也。

20. 不瑕有害，即"不蹈有害"，亦即一行平安之意。

21. 肥，《尔雅》：归异出同流，肥。即同一源头而分流的河流称之为肥。

22. 兹（zī），《尔雅》：此也。

23. 须，为"頱"之误。《说文》："頱（xū），待也。"

24. 与，介词，相当于在、于。

25. 漕，地名，狄人攻破卫国都城朝歌后，卫戴公临时在漕立国。

26. 永叹，即"咏叹"。

27. 悠悠，《尔雅》：思也。

28. 写，《说文》：置物也。本意为放置物体，此处解作排解、搁置。

155

【解析】

　　这首诗讲许穆夫人关心祖国，派使者问候遇难之卫国家人。

　　"毖彼泉水，亦流于淇"，百转千回的泉水，最终亦流入淇河。寓意诗人始终心系祖国。"有怀于卫，靡日不思"，思念卫国，无一日停止。"恋彼诸姬，聊与之谋"，羡慕卫国众姐妹，尚且可以相参谋。

　　"出宿于泲，饮饯于祢"，出行宿于济水，以酒饯行于祢。言诗人派使者问候祖国家人，亲自远送使者至于济水，并为之饯行。言郑重其事。"女子有行，远父母兄弟"，女子嫁人乃其常道，远离父母兄弟。

言虽远离亲人然心系之。"问我诸姑，遂及伯姊"，问候我众姑母，以及长姐。此处以女亲属指代众家人。由此句诗可知其父母已亡。父母若在则妇人能亲自归国问候。

"出宿于干，饮饯于言"，出行宿于岸边，饮饯于言。言送使者出使卫国。"载脂载辖，还车言迈"，载油脂及备用车辖，回国之车要行远路。言车马用具准备周全，唯恐耽误行程。"遄臻于卫，不瑕有害"，快速抵达卫国，不遑有害。言求速达卫国，祈祷使者之行平安、无害。

"我思肥泉，兹之永叹"，我思肥泉，此为之咏叹。肥泉同源而支流流向各异，比喻众兄弟姐妹同出一家而每人归属不同。"思须与漕，我心悠悠"，想到卫国暂居在漕，我心悠悠。"驾言出游，以写我忧"，驾马车出游，以排解我之忧愁。言心系遭难之卫国。

【引证】

（1）《左传·闵公二年》：冬十二月，狄人伐卫。卫懿公好鹤，鹤有乘轩者。将战，国人受甲者皆曰："使鹤，鹤实有禄位，余焉能战！"……及狄人战于荧泽，卫师败绩，遂灭卫。……初，惠公之即位也少，齐人使昭伯烝于宣姜，不可，强之。生齐子（早亡）、戴公、文公、宋桓夫人、许穆夫人。文公为卫之多患也，先适齐。及败，宋桓公逆诸河，宵济。卫之遗民男女七百有三十人，益之以共、滕之民为五千人，立戴公以庐于曹。许穆夫人赋《载驰》。齐侯使公子无亏帅车三百乘、甲士三千人以戍曹。归公乘马，祭服五称，牛羊豕鸡狗皆三百，与门材。归夫人鱼轩，重锦三十两。

大意：鲁闵公二年，冬季，十二月，狄人进攻卫国，卫军大败，狄人占领朝歌，卫懿公战死。卫人立昭伯之子戴公为国君，暂居在曹。许穆夫人回国慰问，赋《载驰》一诗。卫懿公为卫戴公、许穆夫人堂兄。昭伯和宣姜生有齐子、戴公、文公、宋桓夫人、许穆夫人，其中许穆夫人为卫戴公之小妹，因嫁给许国许穆公，史称许穆夫人。

这首诗当是在卫国兵败，卫戴公暂居曹地时，许穆夫人回卫国探视之后返回许国所作。

（2）《左传·文公二年》："《诗》曰：'问我诸姑，遂及伯姊。'君子曰礼，谓其姊亲而先姑也。"

（3）关于"问"

《仪礼》："小聘曰问。"

《论语·乡党》："问人于他邦，再拜而送之。"

《礼记·杂记下》："妇人非三年之丧（父母之丧），不逾封而吊。"

《左传·襄公十二年》："秦嬴归于楚，楚司马子庚聘于秦，为夫人宁，礼也。"言楚司马子庚为使者代替楚国夫人归宁秦国。

【名物】

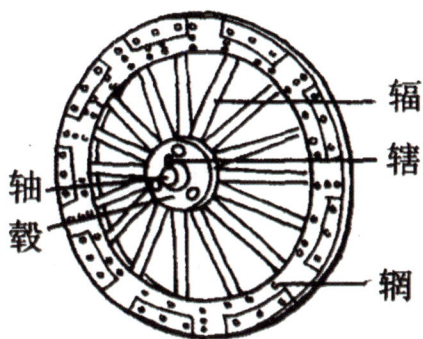

图中"辖"即辥。《说文》："一曰辖，键也。"

车辖

图中直立插于孔中者为车辖，横置杯形铜器为增强其牢固的附件。

北门

出自北门，
忧心殷殷。
终窭且贫，
莫知我艰。
已焉哉！
天实为之，
谓之何哉？

王事适我，
政事一埤益我。
我入自外，
室人交徧谪我。
已焉哉！
天实为之，
谓之何哉？

王事敦我，
政事一埤遗我。
我入自外，
室人交徧摧我。
已焉哉！
天实为之，
谓之何哉？

【注释】

1.殷殷，《尔雅》：忧也。忧愁的样子。

2.终……且，不仅……且，既……且。

3. 窭（jù, lòu），《尔雅》：贫也。

4. 贫，《说文》：财分少也。本意指财物因分散而少，引申财少。

5. 艰，《说文》：土难治也。引申难为、困难。

6. 已，《尔雅》：此也。已焉哉，这样吧，如此吧！

7. 实，通"寔"。《尔雅》："寔，是也。"

8. 王事，指周天子事。政事，国家之事。

9. 适，《尔雅》：往也。解作归往、归向。

10. 一，解作全、整个。

11. 埤（pí），《说文》：增也。益，《说文》：饶也。埤益，增加、增益之意。

12. 交，为"这"。《说文》："这：会也。"解作会合。

13. 徧，《说文》：匝也。周匝、全部之意。

14. 讁，或作"谪"。《说文》："谪（zhé），罚也。"
《方言》："谪（zhé），过也。南楚以南，凡相非议人谓之谪。"

15. 敦，《尔雅》：勉也。此处解作强勉、勉力。

16. 遗，《尔雅》：贻也。此处为交给、交付之意。

17. 摧，《说文》：挤也。解作排斥、挤兑。摧亦或为"催"。《说文》：
"催，相俦（俦）也。《诗》曰：'室人交徧催我。'"本意为相诅咒，
此处指抱怨、埋怨。

【解析】

这首诗讲国家贫乱，卿大夫立身处事艰难。

"出自北门，忧心殷殷"，出自北门，忧心忡忡。北方于时为冬，寓意闭藏。以出北门寓意国家道义闭塞，是以君子忧心。"终窭且贫，莫知我艰"，不仅简陋而且资财贫乏，无人知我之艰难。"已焉哉，天实为之，谓之何哉"，如此哉！天为之此，又何言哉？言天命使然，君子无怨。

"王事适我，政事一埤益我"，王事归我办理，日常政务又全增添给我。"我自外入，室人交徧讁我"，我从朝廷回到家中，家人一起责怪于我。"已焉哉，天实为之，谓之何哉"，如此哉！天为之此，又何言哉？

"王事敦我，政事一埤遗我"，王事已然使我勉力而为，政事又

全增加给我。言国事混乱，公务繁重。"我入自外，室人交徧摧我"，我自朝廷回到家中，家人一起抱怨于我。"已焉哉，天实为之，谓之何哉"，如此哉！上天为之此，又何言哉？

【引证】

（1）《礼记·中庸》："君子素其位而行，不愿乎其外。素富贵，行乎富贵。素贫贱，行乎贫贱。素夷狄，行乎夷狄。素患难，行乎患难。君子无入而不自得焉。在上位不陵下，在下位不援上，正己而不求于人，则无怨。上不怨天，下不尤人。故君子居易以俟命，小人行险以徼幸。子曰：'射有似乎君子，失诸正鹄，反求诸其身。'"

（2）《论语·宪问》：子曰："莫我知也夫！"子贡曰："何为其莫知子也？"子曰："不怨天，不尤人。下学而上达。知我者，其天乎！"

（3）《荀子·荣辱》："鯈䰻（tiáo，qiáo）者，浮阳之鱼也。胠（qū，胁）于沙而思水则无逮矣，挂于患而欲谨则无益矣。自知者不怨人，知命者不怨天。怨人者穷，怨天者无志。失之己，反之人，岂不迂乎哉！"

（4）关于"王事"

《左传·襄公二十九年》：葬灵王（周灵王），郑上卿有事，子展使印段往。伯有曰："弱，不可。"子展曰："与其莫往，弱不犹愈乎？《诗》云：'王事靡盬，不遑启处。'东西南北，谁敢宁处，坚事晋楚，以蕃王室也。王事无旷（空缺），何常之有，遂使印段如周。"

160

北风

北风其凉，
雨雪其雱。
惠而好我，
携手同行。
其虚其邪，
既亟只且！

北风其喈，
雨雪其霏。
惠而好我，
携手同归。
其虚其邪，
既亟只且！

莫赤匪狐，
莫黑匪乌。
惠而好我，
携手同车。
其虚其邪，
既亟只且！

【注释】

1. 雨，作动词，下雨、下雪。

2. 雱（pāng），为"滂"。《说文》："滂，沛也。"

3. 惠，《尔雅》：顺也。

4. 携，《说文》：提也。牵引扶行，《礼记·曲礼》："长者与之提携。"

5. 其虚其邪，或为"其虚其徐"。《尔雅》："其虚其徐，威仪容止也。"

6. 既，《尔雅》：卒也。即终了、尽。

7. 㤝，通"㤆"。《说文》："㤆（jǐ），一曰谨重貌。"恭谨慎重的样子。

8. 只，《说文》：语已词也。表示语气停顿的虚词。只且，语气助词。

9. 喈（jiē），为"湝"。《说文》："湝（jiē，xiē），水流湝湝也。一曰湝湝，寒也。《诗》曰：'风雨湝湝。'"湝，意思有二。一指流水浩大貌，如"鼓钟喈喈，淮水湝湝"。一为寒冷。

10. 霏，《说文》：雨云貌。下雨的云貌，引申阴沉。

11. 狐，《说文》："祅（yāo）兽也。鬼所乘之。有三德：其色中和，小前大后，死则丘首。"《礼记》："君子曰：'乐乐其所自生，礼不忘其本。'古之人有言曰：'狐死正丘首，仁也。'"

12. 乌，《说文》："乌，孝鸟也。乌者，日中之禽。"

【解析】

这首诗讲君子处无道之世，不失君子节度。

"北风其凉，雨雪其雱"，北风其凉，雨雪其大。寓意世道闭塞，正道难行。"惠而好我，携手同行"，顺从而好我，与之携手同行。言顺从君子之道而亲善我者，则与之共同临难。"其虚其邪，既㤝只且"，神情安闲，举止从容，尽恭谨慎重也已。言世不能容君子，君子不改其威仪，泰然处之，不忧不惧。

"北风其喈，雨雪其霏"，北风其寒，下雪云阴沉。言下雪时间久长。"惠而好我，携手同归"，顺从而好我者，携手同归。"其虚其邪，既㤝只且"，君子神情安然、举止从容，尽恭谨慎重也已。

"莫赤匪狐，莫黑匪乌"，毛色不赤则非狐，羽色不黑则非乌。狐狸与乌鸦有不忘本之德，寓意君子有不更之节操，能守持者为君子。"惠而好我，携手同车"，顺从而好我者，携手同车。言君子与同道者共同行教化民。"其虚其邪，既㤝只且"，君子神情安然、举止从容，尽恭谨慎重也已。

【引证】

《论语·颜渊》：司马牛问君子。子曰："君子不忧不惧。"曰："不忧不惧，斯谓之君子已乎？"子曰："内省不疚，夫何忧何惧？"

狐

　　狐，又名赤狐、红狐，是狐属中分布最广、数量最多的一种。赤狐听觉、嗅觉发达，行动敏捷。狐喜欢单独活动，常在夜间捕食，遇到敌害能释放奇特臭味，即狐臭，以之避险。中国主要品种为赤狐。

乌鸦

　　乌鸦，俗称老鸹，全身或大部分羽毛为乌黑色，性凶悍，多为留鸟。乌鸦常集群，且飞且鸣，鸣声嘶哑。乌鸦有较高智力，终生一夫一妻。民间传说乌鸦能反哺老乌鸦，故称其为孝鸟。

国风　邶　北风

163

静女

静女其姝，
俟我于城隅。
爱而不见，
搔首踟蹰。

静女其娈，
贻我彤管。
彤管有炜，
说怿女美。

自牧归荑，
洵美且异。
匪女之为美，
美人之贻。

【注释】

1. 静，通"瀞"。《说文》："瀞（jìng），无垢薉也。"引申纯洁、贞正。

2. 姝（shū），《说文》：好也。形容女子容貌、体态美。《说文》："袾（zhū），好佳也。《诗》曰：'静女其袾。'""娖（shū），好也。《诗》曰：'静女其娖。'"

3. 俟，《尔雅》：待也。解作等待。《论语》："如其礼乐，以俟君子。"

4. 隅，《说文》：陬也。城隅，城墙角。《墨子》："城四面四隅皆为高楼。"

5. 爱，为"僾、薆"。《说文》："僾，仿佛也。《诗》：'僾而不见。'"《说文》："薆，蔽不见也。"《尔雅》"薆，隐也。"古时"薆、僾"互通。

164

6. 踟蹰，又写作"蹢躅"。《说文》："蹢躅（zhí zhú），住足也。"即停下不走。

7. 孌（luán），为"嬼"之通假。《说文》："嬼（luán），顺也。"

8. 彤，《说文》：丹饰也。即以朱砂涂饰，引申朱、赤之意。

9. 贻，《说文》：赠遗也。即赠送。

10. 炜（wěi），《说文》：盛赤也。即鲜亮的红色。

11. 管，《说文》：似箎（chí，管乐），六孔。十二月之音，物开地牙，故谓之管。《礼记·内则》中记载管为古代男女随身佩带之日常用具。

12. 说，即"悦"。《尔雅》："怿（yì），乐也。"说怿，即喜悦。

13. 牧，《尔雅》：郊外谓之牧。即远郊之意。

14. 归，同"馈"。《说文》："馈，饷也。"引申赠送、送与。

15. 荑（tí），《说文》：草也。荑古文多通"稊"。郭璞："稊似稗，布地生秽草也。"或为长芒稗。

16. 洵，《尔雅》：宪（戭）也。《尔雅》："戭，克也。"此处解作称得上、堪称。

【解析】

　　这首诗讲男子忠心爱慕女子。

　　"静女其姝，俟我于城隅"，纯洁女子姿色佳好，待我于城墙之隅。"爱而不见，搔首踟蹰"，隐藏不见其人，驻足挠头。言男子一心系念女子，不见女子而心急。

　　"静女其孌，贻我彤管"，纯洁女子性格柔顺，送我朱砂漆管。"彤管有炜，说怿女美"，彤管赤色鲜亮，喜悦女子之美。倾心于女子，故觉彤管色彩异常鲜亮。

　　"自牧归荑，洵美且异"，在牧野赠送我长芒稗，堪称美丽而奇异。"匪女之为美，美人之贻"，并非女子所赠之物奇美，因其为意中人所赠。言爱屋及乌。

【引证】

（1）《左传·定公九年》：郑驷歂杀邓析，而用其所作竹刑。君子谓："子然于是不忠。苟有可以加于国家者，弃其邪可也。《静女》之三章，取彤管焉。《竿旄》'何以告之'，取其忠也。故用其道，不弃其人。《诗》云：'蔽芾甘棠，勿翦勿伐，召伯所茇。'思其人犹爱其树，况用其道而不恤其人乎？子然无以劝能矣。"

译文：郑国驷歂杀了邓析，而又使用邓析制订的《竹刑》。君子认为："驷歂于此事可见其与人不忠诚。假如可有利于国家，可以舍弃其它邪恶。《静女》第三（二）章诗，因爱其人而美其彤管。《竿旄》之'何以告之'，取其忠也。故用其道，不弃其人。《诗》云：'蔽芾甘棠，勿翦勿伐、召伯所茇。'思想其人，犹能爱护其所栽植之树木，何况用人之道而不顾念其人？驷歂不能勉励贤能者也。"

（2）关于"管"

《礼记·内则》："子事父母，鸡初鸣，咸盥漱，栉縰笄总，拂髦冠緌缨，端韠绅，搢笏。左右佩用。左佩纷帨、刀、砺、小觿、金燧。右佩玦、捍、管、遰、大觿、木燧。逼屦，著綦。妇事舅姑，如事父母。鸡初鸣，咸盥漱，栉縰，笄总，衣绅。左佩纷帨、刀、砺、小觿、金燧。右佩箴、管、线、纩，施縏帙，大觿、木燧。衿缨，綦屦。"

篪篪

篪

　　篪，中国古代一种吹奏乐器，六孔、底端封闭、横吹。东汉郑玄："篪，如管，六孔"。东晋郭璞："篪，以竹为之，长尺四寸，围三寸，一孔上出，寸三分，名翘，横吹之，小者尺二寸。"

　　管，学界至今对古代管的形制无一定论。东汉蔡邕："管者，形长尺，围寸，有孔，无底，其器今亡。"明代音律家朱载堉则认为："所谓管者，无孔，凡有孔者，非也。惟管端开豁口，状如箫口，形似洞门，俗名洞箫以此。"一种说法认为管长尺、围寸，并两而吹。

167

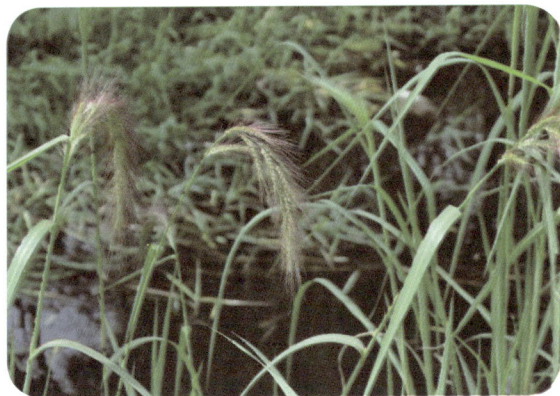

长芒稗

　　长芒稗，为一年生草本，秆高一至二米，花果期七至十月份。生于水边、湿地，为水田杂草。《诗·硕人》有"手如柔荑"，其中"柔荑"或指长芒稗穗。

新台

新台有泚，
河水瀰瀰。
燕婉之求，
籧篨不鲜。

新台有洒，
河水浼浼。
燕婉之求，
籧篨不殄。

鱼网之设，
鸿则离之。
燕婉之求，
得此戚施。

【注释】

1. 台，《尔雅》：夫须。即莎（suō）草，又名香附子。三国陆玑云："旧说夫须，莎草也，可以为蓑笠。"

2. 泚（cǐ），《说文》：清也。《说文》："玼，玉色鲜也。《诗》曰：'新台有玼。'"

3. 瀰，《说文》：满也。瀰瀰，大水弥漫的样子。瀰简体"渳"。

4. 燕婉，为"宴婉"或"暥婉"，连绵词，意思为狎戏、狎媟。《说文》："婉（wǎn），宴婉也。"《说文》："暥，目相戏也。《诗》曰：'暥婉之求。'"

5. 籧篨（qú chú），《尔雅》：口柔也。指能言善辩、阿谀奉承者。

6. 鲜，《尔雅》：寡也。即数量少。

7. 洒（xǐ），《说文》：涤也。清洗之意。

8. 浼（měi），《说文》：污也。即污浊。浼浼，河水浑浊的样子。

9. 殄（tiǎn），《说文》：尽也。灭绝、绝尽之意。

10. 鸿，《说文》：鸿鹄（hú）也。即天鹅。

11. 戚施，《尔雅》：面柔也。此处指奴颜献媚之人。

【解析】

　　这首诗讲当道者亲近小人，不务正业，以致世道污浊。

　　"新台有泚，河水瀰瀰"，新生的莎草色泽鲜亮，然河水弥漫。言新生的莎草清洁，但河水弥漫则浸染之，使其鲜亮不再。寓意世道污浊，不断污染世人。"燕婉之求，籧篨不鲜"，寻求狎戏之人，则阿谀奉承者不少。言当道者亲近佞人。

　　"新台有洒，河水浼浼"，新生的莎草洁净如洗，然河水污浊。"燕婉之求，籧篨不殄"，寻求狎戏者，则巧言奉承者不绝。

　　"鱼网之设，鸿则离之"，鱼网之设置，鸿雁则离去。言求水中之鱼，则在天之鸿鹄离去。寓意当道者追求玩乐，则正人君子远之。"燕婉之求，得此戚施"，寻求狎戏者，则得此献媚之人。

香附子

香附子，又名莎草，多年生草本，秆散生，直立，三棱形。叶长于基部，短于秆，有光泽。香附子多生于沼泽、水田、河边等潮湿处。

《本草纲目》中称为"莎草香附子"，并云："莎叶如老韭叶而硬，光泽，有剑脊棱，五、六月中抽一茎，三棱中空，茎端复出数叶，开青花，成穗如黍。"

171

二子乘舟

二子乘舟，
汎汎其景。
愿言思子，
中心養養。

二子乘舟，
汎汎其逝。
愿言思子，
不瑕有害！

【注释】

1.二子，卫国公子：急子、寿。

2.汎，《说文》：浮貌。汎汎，漂浮动荡的样子。

3.景，《说文》：光也。此处为"影"。

4.愿，为"原"。《尔雅》："原，再也。"

5.養養，为"瀁瀁"之通假。《说文》："瀁（dàng），水瀁瀁（yǎng）也。"瀁瀁，为联绵词，今写作"荡漾"，原意指河水动荡不定，此处指内心忐忑不安。

6.逝，《尔雅》：往也。

7.瑕，为"蹅"。《说文》："蹅（xiá），足所履也。"引申践蹅、践行。

8.害，《说文》：伤也。

9.不瑕有害，即"不蹅有害"，亦即一行平安之意。

【解析】

这首诗讲卫宣公夫人宣姜设沉船之计欲除去太子急子，公子寿得知而与急子同乘其舟，以救太子。

"二子乘舟，汎汎其景"，二子乘舟，其影浮动。言诗人目送二公子乘舟远去。"愿言思子，中心養養"，一再思念二子，内心惴惴不安。言一直不放心。

"二子乘舟，汛汛其逝"，二子乘舟，漂浮而逝。"愿言思子，不瑕有害"，一再思念二子，但愿一行平安。

【引证】

（1）《左传·桓公十六年》：初，卫宣公烝于夷姜，生急子，属诸右公子。为之娶于齐而美，公取之，生寿及朔，属寿于左公子。夷姜缢，宣姜与公子朔构急子。公使诸齐，使盗待诸莘，将杀之。寿子告之，使行，不可。曰："弃父之命，恶用子矣，有无父之国则可也。"及行，饮以酒，寿子载其旌以先，盗杀之。急子至曰："我之求也，此何罪，请杀我乎。"又杀之，二公子故怨惠公。十一月，左公子泄，右公子职，立公子黔牟，惠公奔齐。

（2）西汉刘向《新序·节士》：卫宣公之子伋也、寿也、朔也。伋前母子也，寿与朔后母子也。寿之母与朔谋，欲杀太子伋而立寿，使人与伋乘舟于河中，将沈而杀之。寿知不能止也，因与之同舟，舟人不得杀伋。方乘舟时，伋傅母恐其死也，闵而作诗，《二子乘舟》之诗是也。其《诗》曰："二子乘舟，泛泛其景，顾言思子，中心养养。"

……又使伋之齐，将使，盗见载旌，要而杀之。寿止伋，伋曰："弃父之节，非子道也，不可。"寿又与之偕行，寿之母不能止也，因戒之曰："寿无为前也。"寿又为前，窃伋旌以先行，几及齐矣，盗见而杀之。伋至，见寿之死，痛其代己死，涕泣悲哀，遂载其尸还，至境而自杀，兄弟俱死。故君子义此二人，而伤宣公之听谗也。

以上关于二公子之记载大体一致，然《二子乘舟》是否为《新序·节士》中所言，未见于先秦典籍。

鄘

柏舟

汎彼柏舟，
在彼中河。
髧彼两髦，
实维我仪，
之死矢靡它。
母也天只，
不谅人只！

汎彼柏舟，
在彼河侧。
髧彼两髦，
实维我特，
之死矢靡慝。
母也天只，
不谅人只！

【注释】

1.汎，《说文》：浮貌。

2.中河，即河中心。

3.髧（dàn），《说文》《尔雅》皆无此字。意思或为头发下垂貌。

4.髦（máo），《说文》：发也。

5.两髦，周时未成年男女头发披于身后分作两处，称作"两髦"，又以"两髦"代指未成年男女。

6.实，通"是"。

7.仪，《尔雅》：匹也。相配、相匹者，此处指心仪之人。

8.特，此处解作无偶者，亦即单身者。《方言》："物无耦曰特。"《尔雅》："豕生一，特。"猪一胎仅生一只，猪仔称之特。

9. 之，《尔雅》：往也。

10. 矢，《尔雅》：誓也。

11. 靡，《尔雅》：无也。

12. 天，《尔雅》：君也。此处为主宰者、掌管者之意。

13. 只，语气词。

14. 谅，《方言》：知也。即理解之意。

15. 慝（tè），通"忒"。《说文》："忒（tè），更也。"《墨子》："隐慝良道，而不相教诲。"

【解析】

  这首诗讲妇人丧夫，母亲欲其改嫁，然妇人心怀亡夫，誓死不从。

  "汎彼柏舟，在彼中河"，浮柏木之舟，在河之中央。柏木舟坚实可以致远，寓意妇人之行坚贞，其志在终远。舟行至河中央寓意事情已然进展一半。这两句诗讲妇人遭丧夫变故，妇人志不再嫁。"髧彼两髦，实维我仪，之死矢靡它"，那位垂发男子，是我心仪之人，往死誓不再嫁他人。言妇人与丈夫为原配，二人年少即定婚约，妇人心仪其夫，故愿守寡终老。"母也天只，不谅人只"，母亲乃家长，不理解我之心思。言母亲欲强迫妇人改嫁。

  "汎彼柏舟，在彼河侧"，浮柏木之舟，在河之侧。寓意女子决心守寡终老。"髧彼两髦，实维我特，之死矢靡慝"，彼垂发男子，乃我之唯一，誓死不会变更。言女子深爱其夫，誓死不嫁他人。"母也天只，不谅人只"，母亲为家长，不能谅解女儿。

【引证】

关于"髧彼两髦"

  "髧"，《说文》引作"紞"。紞为冠冕两侧用来悬挂充耳的细绳带。《说文》："紞（dǎn），冠冕塞耳者。"紞，笔者未在先秦典籍中见其非名词用法。

  "髦"，《说文》引作"髳"。《说文》："髳（máo），发至眉也。《诗》曰：'紞彼两髳。'"一说周时少年儿童前额头发长垂至眉，额后头发扎成两绺，称两绺头发为"两髦"。"两髦"代指未成年男女之说法，笔者未见于先秦典籍。

  "髧彼两髦"，有解诗者据此句推断此诗乃讲少女爱慕男子之事。

若如此则与"汎彼柏舟，在彼中河"之象意矛盾。一说此诗讲卫共伯（恭伯）早死，其妻共姜誓死不改嫁之事，此说未见证于先秦典籍，然改嫁之说符合诗文。

墙有茨

墙有茨，
不可埽也。
中冓之言，
不可道也。
所可道也，
言之丑也。

墙有茨，
不可襄也。
中冓之言，
不可详也。
所可详也，
言之长也。

墙有茨，
不可束也。
中冓之言，
不可读也。
所可读也，
言之辱也。

【注释】

1.墙，《说文》：垣蔽也。即墙垣蔽障。

2.茨（cí），《尔雅》：蒺藜。一种野草，布地生，果实有刺。

3.埽（sào），《说文》：弃也。

4.中冓（gòu），为"中诟"。中诟，言语中伤、謑诟。

5.道，言说、谈说。《孟子》："仲尼之徒无道桓、文之事者，是以后世无传焉。"《周礼》："以乐语教国子：兴、道、讽、诵、言、语。"

6. 醜，《说文》：可恶也。

7. 襄，《尔雅》：除也。去除、清除之意。

8. 详，《说文》：审议也。此处解作议论。

9. 长，为"伥"。《说文》："伥，狂也。一曰仆（顿）也。"即狂妄，又作仆顿。

10. 束，为"刺"之误。《说文》："刺（là），戾也。"背离、分离之意。此处指割离、割断、刺开，亦即剪除之意。

11. 读，《说文》：诵书也。引申为讲述，诵说、宣讲。
《周礼》："属（聚集）民读法，而书其德行道艺。"

12. 辱，《说文》：耻也。

【解析】

　　这首诗讲对丑恶者、狂妄者、可耻者可以讽刺之、诟耻之。

　　"墙有茨，不可埽也"，墙有蒺藜，不可弃除。蒺藜有刺，农人以为恶草，然而蒺藜若长在墙下或墙头上则可起到屏障作用，故不可弃除。"中冓之言，不可道也"，中伤、谋诟之言，不可说。"所可道也，言之醜也"，所可说者，被说者为丑恶者。之，指代被诟耻者。言可以对丑恶者诟耻之。诗人以"中冓之言"比喻蒺藜，用于合适之处则可。

　　"墙有茨，不可襄也。中冓之言，不可详也。所可详也，言之长也"，墙有蒺藜，不可除去。中伤、诟耻之言，不可议论。所可议论者，被议论者为狂妄者。

　　"墙有茨，不可束也。中冓之言，不可读也。所可读也，言之辱也"，墙有蒺藜，不可割断。中伤、诟耻之言，不可宣讲。若可宣讲，所言者确为可耻者。

【引证】

（1）关于"中冓"

　　"中冓"古今学者有多种解释——中构、中诟、中垢、中冓。解析如下：

　　构，《说文》：盖也。本意即架屋、盖房之意。

　　诟，《说文》：謑诟，耻也。垢，《说文》：浊也。

　　冓，《说文》：交积材也。象对交之形。本意为交叉积聚木材。

《楚辞·九辩》:"憯凄增欷兮,薄寒之中人。"

《汉书·佞幸传》:"持诡辩以中伤人。"

《左传·桓公十六年》:"宣姜与公子朔构急子。"

《左传·僖公三十三年》:"彼实构吾二君,寡君若得而食之,不厌。"

综合以上,中薄应为"中诟"。

（2）关于"墙有茨"之"茨"

《说文》:"茨,蒺棃也。《诗》曰:'墙有茨。'"

《周书·梓材》:"若稽田,既勤敷菑,惟其陈修,为厥疆畎。若作室家,既勤垣墉,惟其涂墍,茨。若作梓材,既勤朴斫,惟其涂丹雘。"

《周礼·夏官司马》:"射则充椹质,茨墙则翦阖。"

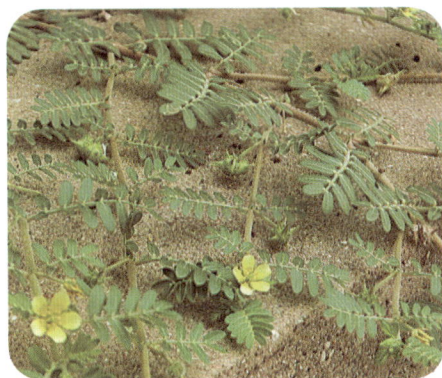

蒺藜

　　蒺藜，一年生草本，茎平卧。花黄色，花期五至八月。果期六至九月，蒺藜果实有刺。蒺藜刺尖锐，成熟后坚硬，可刺伤人畜，故草场、农田视为害草。蒺藜为田野常见野草，全国各地均有分布。

君子偕老

君子偕老。

副笄六珈，委委佗佗。

如山如河，象服是宜。

子之不淑，云如之何？

玼兮玼兮，其之翟也。

鬒发如云，不屑髢也。

玉之瑱也，象之揥也，扬且之皙也。

胡然而天也！胡然而帝也！

瑳兮瑳兮，其之展也，

蒙彼绉絺，是绁袢也。

子之清扬，扬且之颜也。

展如之人兮，邦之媛也。

【注释】

1. 偕，《说文》：俱也。

2. 老，为"考"之误。考，解作核实、稽查、校审。《孟子》："考其善不善。"《礼记》："考礼，正刑，一德。"

3. 偕老，即"偕考"，全部考核、审理之意。

4. 副，通"鬒"。《说文》："鬒（fù），结也。"即以头发结成发型。《礼记》："君卷冕立于阼，夫人副褘（袆）立于房中。"《说文》："褘（wěi），蔽厀也。《周礼》曰：'王后之服褘衣。'谓画袍。"

5. 笄（jī），《说文》：簪也。即簪子。

6. 珈（jiā），《说文》："珈：妇人首饰。《诗》曰：'副笄六珈。'"簪子端头上有装饰物者，称之为珈。一说珈似步摇。六珈，簪子端头饰物比象六种禽兽之形。六禽：熊、虎、赤黑、天鹿、辟邪、南山大肥牛。

7. 委委、佗佗，《尔雅》：美也。委委或为"蕤蕤"。《说文》："蕤（ruí），草木华垂貌。"

8. 象，为"褖"之通假。《说文》："褖，饰也。"褖服，装饰繁盛的服装。

9. 宜，《说文》：所安也。

10. 淑，《尔雅》：善也。

11. 玼（cī），《说文》：玉色鲜也。

12. 翟，《说文》：山雉尾长者。此处指衣服上装饰的山雉尾羽。《说文》解释"褕"为"翟羽饰衣。"

13. 鬒（zhěn），《说文》：稠发也。浓密的头发。

14. 屑，《说文》：动作切切。本意指动作细碎，引申细碎、微末。不屑，不以为屑，极其轻视之意。《说文》："麨，小麦屑皮也。"《孟子》："乞人不屑也。"

15. 髢（dí，xí），《说文》：髲（bì）也。即假发。《庄子》："秃而施髢。"

16. 瑱（tiàn），《说文》：以玉充耳也。冠冕上用丝线垂挂在耳朵两侧的玉器。

17. 揥（tì），为"擿"，简体"挮"。《说文》："擿（zhì），一曰投也。"步摇装饰端头称之为擿。《舆服志》："簪以玳瑁为擿。"象揥，为华贵骨笄。

18. 扬且，为"易怚（jù）"。《说文》："易（yáng），一曰强者众貌。怚，骄（高）也。"《方言》："怚，剧（尤甚）也。"易怚，解作超常、优胜，

19. 晳（xī），《说文》：人色白也。即皮肤白皙。

20. 胡然，为"隺然"。《说文》："隺（hú），高至也。"

21. 天、帝，《尔雅》：君也。

22. 瑳（cuō），《说文》：玉色鲜白也。

23. 展，"襢"之假借。《说文》："襢（zhǎn）：丹縠（hú）衣。"丹红色细绢衣。

24. 蒙，为"冡"。《说文》："冡（méng），覆也。"

25. 绉（zhòu），《说文》：絺之细也。绉絺（chī，细葛），即细葛衣。

26. 绁，应为"褉"。《说文》："褉（xiè），私服。《诗》曰：'是褉袢也。'"

27. 袢（pàn），《说文》：无色也。即没有色彩的衣服。

28. 绁袢，在家日常穿的没有色彩装饰的衣服，亦即素服之意。古人在华服外罩素衣，以掩其文之著。

29. 清扬，为"清昜"，清气爽朗。《说文》："昜，开也。一曰飞扬。一曰长也。"

30. 颜，《说文》：眉（目）之间也。两眉角之间的面部称之为颜，又泛指脸部。《方言》："额、颜，颡（额头）也。……汝颖淮泗之间谓之颜。"

31. 媛，《说文》："媛：美女也。人所援也。爰，引也。《诗》曰：'邦之媛兮。'"即为人所追捧的美女，亦即偶像美女。《尔雅》："美女为媛。"

【解析】

　　这首诗讲嫁娶服饰以及其文德。

　　"君子偕老"，君子对所用器物皆考正之。言君子考定器物、用具、服饰等，使之具教化意义。"副笄六珈，委委佗佗"，结发、簪子、六珈，委委佗佗。言女子发式以及首饰华美。委委，华美之貌。佗佗，重复繁盛之貌。"如山如河，象服是宜"，其止如山之定，其行如河流之顺，褖服宜是。言穿着褖服其行止如山如河。"子之不淑，云如之何"，子之不善，言如之何？言穿着礼服而动作行止不佳，则其人无礼甚也。言外之意礼服有复礼之功用。

　　"玼兮玼兮，其之翟也"，色彩无比鲜亮，其礼服之羽饰。"鬒发如云，不屑髢也"，稠密的头如云一般，不屑于戴假发。"玉之瑱也，象之揥也，扬且之皙也"，玉为充耳，象牙之步摇，白皙超乎寻常。言佳人配以华美衣服、精美首饰，其文采昭著。"胡然而天也，胡然而帝也"，发扬此文采至于极高乃天也，发扬此文采至于极高乃帝也。言君王应为文德之大成者，亦即文教乃国之教。

　　"瑳兮瑳兮，其之展也"，其丹红纱衣，色彩鲜亮。"蒙彼绉絺，是绁袢也"，罩在丹红纱衣外面之精细葛衣，乃家居素服。在华丽红色绢衣外套无色葛衣，寓意重文采但不事张扬。"子之清扬，扬且之颜也"，子之清气爽朗，其容颜超乎寻常。言如此服装可彰显其清气。"展如之人兮，邦之媛也"，丹红绢衣外罩葛衣之穿着如同其人，乃邦国之美女。言文而不著为美之极也。

【引证】

（1）关于"六珈"

《后汉书·舆服志下》："步摇以黄金为山题，贯白珠，为桂枝相缪（缠结）。一爵（雀）九华，熊、虎、赤罴、天鹿、辟邪、南山丰大特六兽，《诗》所谓'副笄六珈'者。"

（2）关于"蒙彼绉絺"

《礼记·中庸》："《诗》曰：'衣锦尚絅'，恶其文之著也。故君子之道，暗然而日章。小人之道，的然而日亡。君子之道，淡而不厌，简而文，温而理。"

（3）《盐铁论·散不足》："古者，男女之际尚矣。嫁娶之服，未之以记。及虞、夏之后，盖表布内丝，骨笄象珥，封君、夫人加锦尚褧而已。"

（4）《孔子家语·好生》：哀公问曰："绅委章甫，有益于仁乎？"孔子作色而对曰："君胡然焉！衰麻苴杖者，志不存乎乐，非耳弗闻，服使然也。黼绂衮冕者，容不亵慢，非性矜庄，服使然也。介胄执戈者，无退惴之气，非体纯猛，服使然也。且臣闻之，好肆不守折，而长者不为市，窃夫其有益与无益，君子所以知。"

步摇

步摇为中国古代妇女的一种首饰，其制作多以黄金屈曲成凤鸟、花草形，其上缀以珠玉。汉之后步摇形制丰富多样。

《释名》："步摇，上有垂珠，步则动摇也。"北宋学者陈祥道言："汉之步摇，以金为凤，下有邸，前有笄，缀五采玉以垂下，行则动摇。"

诗辑训

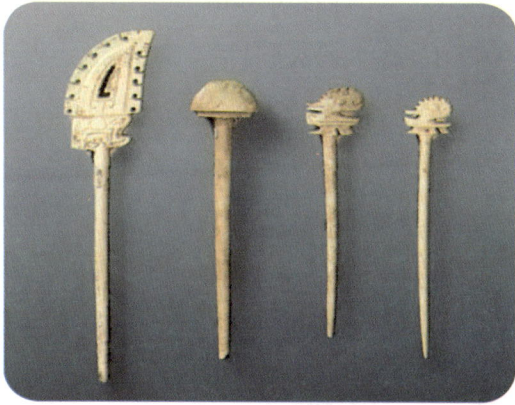

笄（商墓出土骨质簪）

古时男女都用簪。有竹木、玉石、玳瑁、陶瓷、骨等各种材质簪。

桑中

爱采唐矣，
沬之乡矣。
云谁之思？
美孟姜矣。
期我乎桑中，
要我乎上宫，
送我乎淇上矣。

爱采麦矣，
沬之北矣。
云谁之思？
美孟弋矣。
期我乎桑中，
要我乎上宫，
送我乎淇上矣。

爱采葑矣，
沬之东矣。
云谁之思？
美孟庸矣。
期我乎桑中，
要我乎上宫，
送我乎淇上矣。

【注释】

1. 桑中，桑林之中。

2. 爱，《尔雅》：曰也。语气词。

3. 唐，《尔雅》：菟丝。菟丝子，常缠绕在豆科植物上，其茎可食。

4. 沬（mèi），河水名字，沬河。春秋时期卫国境内河流，今湮灭。

5. 乡，通"嚮"，简体写作"向"。嚮（xiàng），接近、靠近之意。《左传》："如火之燎于原，不可向迩。"《书·多士》："向于时夏。"

6. 孟，《说文》：长也。

7. 姜，《说文》：神农居姜水，以为姓。春秋战国时期姜、姬为大姓。

8. 孟姜，即姜姓长女。女子在家十五岁之后以孟（伯）、叔、季排序。如：孟姜、叔姜、季姜，姜为其姓。又如：伯姬、叔姬、季姒，姬、姒为其姓。

9. 期，《说文》：会也。约定时间相会。

10. 要，邀请、约请之意。《孟子》："伊尹以割烹要汤。"

11. 上宫，即贵宫、贵室，此处指高贵之居室。

12. 送，《说文》：遣也。

13. 葑，《说文》：须从也。即芜菁，秋冬季节收获。

14. 弋，通"姒"。传说姒姓祖先为大禹，周朝之杞国为姒姓。如太姒、褒姒。《谷梁传·定公十五年》："秋，七月，壬申，弋氏卒。姜辞也。哀公之母也。"《左传·定公十五年》："秋，七月，壬申，姒氏卒。"《公羊传·襄公四年》："秋，七月，戊子，夫人弋氏薨。"《左传·襄公四年》："秋，七月，戊子，夫人姒氏薨。"

15. 庸，为"傭"之通假。《尔雅》："傭：均也。"引申一般、平常、凡。此处作代词，可解作"凡"，指百家姓。

189

【解析】

这首诗讲婚姻之始乱终弃。

"爰采唐矣，在沬之乡"，采摘菟丝子，于近沬河之所。菟丝子早春生发，暮春即可长成，此句诗讲春天在近沬河之地采菟丝子。"云谁之思？美孟姜矣"，此谁之思？美善之姜家长女。"期我乎桑中，要我乎上宫，送我乎淇之上矣"，会我在桑林之中，邀请我于其上宫，最终遣送我于淇水之上。言女子私奔，始受优宠，终被抛弃。"桑中"言私会之幽也。"上宫"言宠之甚也。"淇之上"言弃之远也。

"爰采麦矣，沬之北矣。云谁之思？美孟弋矣。期我乎桑中，要我乎上宫，送我乎淇之上矣"，在沬河之北，采收麦子。言夏季采收麦子。此谁之思？美善之姒家长女。会我在桑林之中，邀请我于其上宫，最终送我于淇水之上。

"爰采葑矣，沬之东矣。云谁之思？美孟庸矣。期我乎桑中，要我乎上宫，送我乎淇之上矣"，采收芜菁，在沬河之东。言秋季采收芜菁。此谁之思？美善之某姓长女。会我在桑林之中，邀请我于其上宫，最终送我于淇水之上。

诗中"采唐、采麦、采葑""沬之乡、沬之北、沬之东"，言于固定时节、地方定然能有所得，寓意天地有恒信。"孟姜、孟弋、孟庸"，言无论姜、姬等大姓还是平凡百姓之家，皆亵慢于婚礼。言长女之私奔，言其对婚礼不敬慎之甚。

【引证】

（1）关于沬河

传商朝第二十三个君王武丁将国都迁到沬邑，后商纣王将沬邑改名为朝歌。《水经注》："沬邑……殷王武丁始迁居之，为殷都也。"以诗文"沬之北、沬之东"推测，沬河流向应自西而东，转而向南，最终流入淇河。淇河方位流向见下图。

（2）关于"孟姜、孟弋、孟庸"

《白虎通德论·姓名》："男女异长，各自有伯仲，法阴阳各自有终始也。《春秋传》曰：'伯姬者何？内女称也。'妇人十五称伯仲何？妇人值少变，阴阳道促，蚤成。十五通乎织丝任之事，思虑定，故许嫁笄而字。故《礼经》曰：'女子十五许嫁，笄。礼之称字之。'妇姓以配字何？明不娶同姓也，故《春秋》曰：'伯姬归于宋。'姬者，姓也。"

（3）关于"上宫"

《礼记·文王世子》："公若有出疆之政，庶子以公族之无事者守于公宫，正室守大庙，诸父守贵宫贵室，诸子诸孙守下宫下室。"

《战国策》："士三食不得餍，而君鹅鹜有馀食。下宫糅罗纨、曳绮縠，而士不得以为缘。"

（4）关于古代私奔

《礼记·内则》："聘则为妻，奔则为妾。"

《周礼》："媒氏：……中春之月，令会男女。于是时也，奔者不禁。"

（5）《左传·成公二年》："及共王即位，将为阳桥之役，使屈巫聘于齐，且告师期。巫臣尽室以行。申叔跪从其父将适郢，遇之，曰：'异哉！夫子有三军之惧，而又有《桑中》之喜，宜将窃妻以逃者也。'及郑，使介反币，而以夏姬行。"

大意：楚大夫屈巫爱慕寡妇夏姬（郑穆公的女儿），二人在楚国私下定下婚约，先使夏姬返回郑国等待。此时楚王派遣屈巫去齐国约定攻打鲁国的时间，屈巫趁去齐国聘问的机会携带全部家室而行。路遇申叔跪，申叔跪感觉其形迹可疑。申叔跪认为：屈巫去齐国约定战争时间本来应该有警惧之心，可是屈巫反而有与心上人相会、私奔的喜悦之情，故猜测屈巫为"窃妻以逃者也"。

【名物】

唐（菟丝子）

菟丝子，又名豆寄生、黄藤子，一年生草本，细胞不含叶绿素。菟丝子攀附在其他植物上，从接触的部位伸出尖刺戳入宿主韧皮部，吸取养分。菟丝子最喜寄生于豆科植物上，一旦缠绕于寄主，则迅速生长，故多视为害草。菟丝子以种子繁殖，其种子成熟后落入土中，越冬休眠，若温湿度适宜次年三月即可萌发。

麦

一年或二年生草本，多秋种夏收。品种有小麦、大麦、燕麦、黑麦等。籽实主要作粮食，可酿酒、制糖。秸秆可作编织用，亦可作造纸原料。

《说文》："麦：芒谷，秋種厚薶（埋），故谓之麦。麦，金也。金王而生，火王而死。"

桑树

桑树为落叶乔木或灌木，高三米至十多米。桑叶为桑蚕饲料，桑葚可供食用、酿酒，木材可制器具。

商代淇水图

《浚县志》："商墟即古朝歌城（周朝为卫都城），在今浚县西南，淇县东北。淇水径其西，河水径其东，是为河、淇之间……"据此上图中朝歌应在淇水东岸。

古沬邑（朝歌）西、南临淇河，北、东临沬河，根据黄河、淇水、朝歌方位，可以大致推测出沬河方位。

鹑之奔奔

鹑之奔奔，
鹊之彊彊。
人之无良，
我以为兄。

鹊之彊彊，
鹑之奔奔。
人之无良，
我以为君。

【注释】

1. 鹑（chún），《说文》：鹌属。一说鹑有黄黑杂文，善斗。鹌（ān）黄色无纹，较大。今以鹌鹑统称之。

2. 奔，为"贲"之误。贲（bēn），解作大。《书·盘庚》："用宏兹贲。"古文"贲、坟、馩"通用。《尔雅》："坟，大也。"贲贲，此处指鹑鸟强大貌。

3. 鹊，猎犬名，黑白毛的猎犬。《孔丛子》："申叔问曰：'犬马之名皆因其形色而名焉，唯韩卢、宋鹊独否，何也？'子顺答曰：'卢，黑色。鹊，白黑色，非色而何？'"《礼记·少仪》："守犬、田犬，则授挺者。既受，乃问犬名。"可知古代犬种有其名称。

4. 彊（jiàng，qiáng），《说文》：弓有力也。彊彊，强壮貌。

5. 良，《说文》：善也。

【解析】

　　这首诗讲于道德而言，在上位者、先进者对处下位者以及后进者负有责任。

　　"鹑之奔奔，鹊之彊彊"，鹑鸟之大，猎犬之强。言因猎物强大，所以猎犬更为强壮。"人之无良，我以为兄"，人之不善，我为其兄长。言弟之不良，兄有不善。换言之为兄者若善则为弟者能良。

　　"鹊之彊彊，鹑之奔奔"，猎犬之强壮，鹑鸟之强大。言猎犬强壮，则猎物更强大。寓意凡事物之间有相承相克之道。"人之无良，我以为君"，人之不善，我为其君主。言若国君有道，则国民良善。换言之国民不良，必因国君无道。

【引证】

（1）《左传·襄公二十七年》：郑伯享赵孟于垂陇，子展、伯有、子西、子产、子大叔、二子石从。赵孟曰："七子从君，以宠武也。请皆赋以卒君贶，武亦以观七子之志。"子展赋《草虫》，赵孟曰："善哉！民之主也。抑武也不足以当之。"伯有赋《鹑之贲贲》，赵孟曰："床笫（床席）之言不逾阈，况在野乎？非使人之所得闻也。"……卒享，文子告叔向曰："伯有将为戮矣。诗以言志，志诬其上，而公怨之，以为宾荣，其能久乎？幸而后亡。"

　　大意：赵武为晋国赵氏宗主，执掌国政，力主和睦诸侯，曾促成晋楚弭兵之盟。郑伯在垂陇宴享赵武。陪同郑伯宴请赵武的还有郑国有七位君子，赵武让七位君子分别赋诗以观志向。其中伯有赋《鹑之奔奔》，其意有二：首先称赞赵武有君长之德。其次表明自身有君长之志。赵武说：这首诗是自家人说的话，不可讲给外人听。伯有赋《鹑之奔奔》有影射郑国之意，赵武认为国家内政不宜为外人道。宴会结束，赵孟又对叔向说：伯有将要被杀。诗用来表达心意，这首诗诬蔑他的国君，公开抱怨，又以此赞颂宾客，他定不能久长。即便侥幸也只能延缓些时日而已。

（2）《礼记·表记》：子曰："唯天子受命于天，士受命于君。故君命顺则臣有顺命，君命逆则臣有逆命。《诗》曰：'鹊之姜姜（彊彊），鹑之贲贲。人之无良，我以为君。'"其中"君命顺则臣有顺命，君命逆则臣有逆命"解释"人之无良，我以为君"，其道理同乎"鹊之姜姜，鹑之贲贲"。

（3）《左传·宣公二年》："将战，华元杀羊食士，其御羊斟不与。及战，曰：'畴昔之羊，子为政。今日之事，我为政。'与入郑师，故败。君子谓：'羊斟非人也。以其私憾，败国殄民。于是刑孰大焉。《诗》所谓'人之无良'者，其羊斟之谓乎，残民以逞。"

（4）《左传·僖公五年》：八月甲午，晋侯围上阳。问于卜偃曰："吾其济乎？"对曰："克之。"公曰："何时？"对曰："童谣云：'丙之晨，龙尾伏辰，均服振振，取虢之旗。鹑之贲贲，天策焞焞（明），火中成军，虢公其奔。'其九月、十月之交乎。丙子旦，日在尾，月在策，鹑火中（早晨柳宿在南中天），必是时也。"

大意：晋献公包围上阳攻打虢国。问卜偃攻下的时间。卜偃根据童谣回答，应该在九月底十月初。其中"鹑之贲贲"之"鹑"指朱雀七宿。朱雀七宿有井、鬼、柳、星、张、翼、轸。首位者称鹑首（井、鬼），中部者（柳、星、张）称鹑火（亦名鹑心），末位者称鹑尾（翼、轸）。"鹑之贲贲"言鹑火星宿显明、盛大。

《礼记·月令》："季秋之月，日在房，昏虚中，旦柳（鹑火）中。"故言"其九月、十月之交乎、丙子旦"。

鹌鹑

古称鹑鸟、秃尾鸡。鹌鹑尾羽短，不能高飞、久飞，往往昼伏夜出。除繁殖期外，多成小群活动。雌雄鸟分别有不同夏冬羽毛。鹌鹑多为候鸟，每年四月迁到繁殖地，于秋季九月离开。鹌鹑迁徙时成大群，多在夜间进行，白天躲在灌草丛中休息。《本草纲目》："鹌与鹑两物也，形状相似，俱黑色，但无斑者为鹌也。今人总以鹌鹑名之。……其田圩，夜则群飞，昼则草伏。"

鹌鹑在春秋时期为主要食用禽类之一。《诗·伐檀》："不狩（犬田）不猎，胡瞻尔庭有县鹑兮。"《礼记·内则》："鹑羹、鸡羹。"

197

定之方中

定之方中，
作于楚宫。
揆之以日，
作于楚室。
树之榛栗，
椅桐梓漆。
爰伐琴瑟。

升彼虚矣，
以望楚矣。
望楚与堂，
景山与京。
降观于桑。
卜云其吉，
终然允臧。

灵雨既零，
命彼倌人，
星言夙驾，
说于桑田。
匪直也人，
秉心塞渊，
騋牝三千。

【注释】

1. 定，《尔雅》：营室谓之定。玄武星宿名，亦称营室星。古人认为营室星在十月黄昏时分出现在正中天，此时土木工程方能启动。《国语·周语中》："营室之中，土功其始。"

2. 楚，楚丘，卫国所在地。《左传·闵公二年》："僖之元年，齐桓公迁邢于夷仪，二年，封卫于楚丘。邢迁如归，卫国忘亡。"

3. 楚宫，指卫国在楚丘的宫殿。楚室，楚丘之家室。

4. 揆（kuí），《尔雅》：度也。思虑、盘算、考虑之意。

5. 树，《说文》：生植之总名。凡种植之总称。

6. 椅桐梓漆，即山桐子、梧桐、梓树、漆树。椅树、梧桐、梓树木材可作琴。

7. 伐，《说文》：击也。引申开凿、凿斫之意。伐琴瑟，即斫琴瑟，即制作琴瑟。今制琴仍称之为斫琴。

8. 虚，《说文》：大丘也。即大土山。

9. 景，《尔雅》：大也。景山，即大山。

10. 京，《说文》：人所为绝高丘也。人工建的极高的土山。

11. 允，通"鈗"。《说文》："鈗（yǔn）：进也。"

12. 臧，《尔雅》：善也。允臧，进于善，日益向好。

13. 灵，为"霝"。《说文》："霝（líng）：霝巫。以玉事神。"灵雨，即上天所降及时、当令之雨。

14. 零，《说文》：余（徐）雨也。引申降落。《大戴礼记》："零也者，降也。"

15. 星言夙驾，早起驾车天上仍有星星，其中"言"为助词。《礼记》："唯父母之丧，见星而行，见星而舍。"《抱朴子》："星言宵徵、星言假寐。"

16. 倌（guān），《说文》：小臣也。

17. 匪，彼也。

18. 直，《说文》：正见也。

19. 塞，为"寒"之通假。《说文》："寒（sè）：实也。"解作笃厚、坚实。《尚书》："濬哲文明，温恭允（信）塞。"

20. 渊，深远之意。《礼记》："渊渊其渊。"秉心塞渊，即持志笃厚、志在深远。

21. 騋（lái），《说文》：马七尺为騋，八尺为龙。

22. 牝，《说文》：畜母也。

23. 骐牝，《尔雅》："骐牝、骊牡、玄驹，褭（niǎo）骖。"七尺高的母马、深黑色的公马、黑色两岁马驹，作为以组带约束的在服马两侧的骖马。或因周人尚赤，故以深黑色公马作骖马。此处以"骐牝"比喻治国之辅佐者。

【解析】

　　这首诗讲卫国失朝歌之后，卫文公于新都楚丘励精图治之事。

　　"定之方中，作于楚宫"，营室星正在中天，劳作于楚丘宫殿之中。"揆之以日，作于楚室"，时以日考，劳作于楚丘之室。于宫、于室，言掌国家者励精图治，无论上朝、退朝时刻心系国家建设。"树之榛栗，椅桐梓漆"，种植榛子、栗子，椅、桐、梓、漆等树木。榛子、栗子可供食用，山桐子、梧桐、梓树、漆树可以做器具。"爰伐琴瑟"，以所种植树木，制作琴瑟。寓意民生与礼乐并重。

　　"升彼虚矣，以望楚矣"，登上高大的土丘，以望楚丘。"望楚与堂，景山与京"，望见楚地以及殿堂，大山以及人工修筑之高丘。言瞻望楚丘，建设大有成。"降观于桑"，君王到民间视察农桑。这几句诗讲既有高远、宏大之谋划，同时又能踏实经营基层生产建设。"卜云其吉，终然允臧"，卜得国事为吉，自始至终能不断向好。言预言国家日益美好。言外之意卫国得上天保佑。

　　"灵雨既零，命彼倌人，星言夙驾，说于桑田"，天降甘霖，命令小官，一早戴星驾车出行，悦时雨之润泽桑田。言掌国者一心系于生产。"匪直也人，秉心塞渊，骐牝三千"，彼正直之人，持心笃厚、志在深远，其良辅三千。言君王有德，辅佐之良臣众多。

椅（山桐子）

山桐子树干高大，树冠广展，花色黄绿，红果累累，为良好的观赏树种。种子含油率高，可代替桐油，故称山桐子。山桐子木材松软，可供建筑、家具、器具等用材。

《说文》："椅，梓也。"《说文》："檹（yǐ），木檹施。贾侍中说，檹即椅木，可作琴。"《本草纲目》："梓木处处有之，有三种：木理白者为梓，赤者为楸，梓之美文者为椅。"

栗

栗树为落叶乔木，高可达二十米，树冠冠幅大，树体美观。栗子树喜光，耐旱、耐寒。栗子果仁味甜，可食。木材坚实，可供建筑、器具之用。

漆树

漆，又名漆树、山漆。漆树树液是天然树脂涂料，故漆树被誉为"涂料之王"。漆树籽可榨油，木材坚实，漆树是古老的经济树种之一。

梓树

　　梓树，又名黄花楸、臭梧桐、水桐楸，落叶乔木，高达十五米，其
嫩叶可食。梓树为速生树种，木材发白、稍软，可做家具，制作琴底。
所谓"桐天梓地"即以梓木为琴底板。梓树与楸树（其花红）外形相
似，常被误认。

青桐

　　梧桐树原产中国，又名青桐，落叶乔木，高达十五米。树干挺直，树皮青绿、平滑，大叶美观，可作观赏树。梧桐生长快，木材轻软，为制造乐器的良材。中国古琴制造讲究"面桐底梓"，即以梧桐木作面板，以梓木作底板。

蝃蝀

蝃蝀在东，
莫之敢指。
女子有行，
远父母兄弟。

朝𬯀于西，
崇朝其雨。
女子有行，
远父母兄弟。

乃如之人也，
怀昏姻也，
大无信也，
不知命也。

【注释】

1. 蝃蝀（dì dōng），《尔雅》："䗖蝀谓之雩。䗖蝀，虹也。霓为挈贰。"《说文》："䗖，䗖蝀，虹也。"䗖蝀亦写作"蝃蝀"。古人以为虹为女子、妇人之象。

2. 指，《说文》：手指也。引申指责。《尔雅》："指，示也。"

3. 行，《尔雅》：道也。引申规律、规则。女子有行，女子有其道。

4. 𬯀（jī），《尔雅》：升也。𬯀，升于西方之彩虹称为𬯀。《周礼》"掌十辉之法，以观妖祥，辨吉凶。……九曰𬯀（西方之虹）。"《释名》："虹，……又曰蝃蝀，其见每于日在西而见于东，啜饮东方之水气也。见于西方曰升（或名𬯀），朝日始升而出见也。"

5. 崇，《尔雅》：充也。崇朝，即整个早晨。

6. 怀，《尔雅》：思也。

7. 昏姻，即婚姻。古人成亲在黄昏举行，故写作"婚"。

【解析】

这首诗讲妇道有失。

"蝀蝀在东，莫之敢指"，彩虹出现在东方，无人敢指责。古人以为虹为妇人之象。虹按时令出现、入藏，寓意妇道有常。虹出入不时或频次异常则寓意妇道混乱。这句诗讲虹出现的时节、频次已然失常，但无人敢于指责妇道之溃乱。"女子有行，远父母兄弟"，女子有其道，远离父母兄弟。言女子之正道为出嫁，离开父母兄弟。言外之意当前女子未行出嫁之礼而行男女之事。

"朝跻于西，崇朝其雨"，早上虹出现在西方，整个早晨都下雨。虹在早上出现在西方，预示即将有雨。终朝雨未停，言西虹之预示已然为现实，寓意妇道混乱之天象昭著。"女子有行，远兄弟父母"，女子有其道，归嫁异姓，远离父母兄弟。

"乃如之人也，怀婚姻也，大无信也，不知命也"，如今之人，思婚姻，然而极不信婚姻正道，不知其命。言当今之人，对于男女之欲，不能遵行其礼义，不知男女之道义。

【引证】

（1）关于婚礼

《礼记·昏义》："昏礼者，将合二姓之好，上以事宗庙，而下以继后世也。故君子重之。是以昏礼纳采、问名、纳吉、纳征、请期，皆主人筵几于庙，而拜迎于门外，入，揖让而升，听命于庙，所以敬慎重正昏礼也。⋯⋯⋯敬慎重正而后亲之，礼之大体，而所以成男女之别，而立夫妇之义也。男女有别，而后夫妇有义。夫妇有义，而后父子有亲。父子有亲，而后君臣有正。故曰：昏礼者礼之本也。"

（2）《逸周书·时训解》："虹不见，妇人苞（丛）乱。⋯⋯虹不藏，妇不专一。"以上文推之"虹以时见，则妇人无苞乱。⋯⋯虹以时藏，则妇人专一。"可知虹为妇人之征兆、之天象。

（3）《说文解字》："婚，妇家也。《礼》：'娶妇以昏时，妇人阴也，故曰婚。'"《说文解字》："姻，婿家也。女之所因，故曰姻。"

（4）《淮南子》："故国危亡而天文变，世惑乱而虹霓现。"

霓虹

彩虹是由于阳光射到空气中的水滴里，光发生反射、折射所形成。彩虹发生首先需要空气中有水滴，同时阳光正在观察者背后以低角度照射，如此便可观看到彩虹。彩虹常两条同时出现，在主彩虹外边出现同心、较暗的副虹。副虹又称霓，霓乃光线再次反射形成，故较暗。霓虹有别，古人有虹为雄，霓为雌之说，这或许是古人称虹为"蝃、蝀"的原因。

彩虹通常于下午雨后天刚转晴之际出现，较少在早晨出现在西方。因为上空云气自西往东运动，所以一般东方出现虹时不容易下雨，而西方出现虹时下雨的可能性则很大。我国民谚有：东虹日出西虹雨、东虹轰隆西虹雨。

207

相鼠

相鼠有皮，人而无仪。
人而无仪，不死何为？

相鼠有齿，人而无止。
人而无止，不死何俟？

相鼠有体，人而无礼。
人而无礼，胡不遄死？

【注释】

1. 相，《说文》：省视也，《诗》曰："相鼠有皮。"考察、看视之意。

2. 鼠，《说文》：穴虫之总名也。古人把挖洞居住的小虫兽称之为鼠类。此处指家栖鼠，即俗称老鼠者。

3. 仪，《说文》：度也。本意法度、规矩。此处指容貌、神态，亦即仪表。《新书》："容服有义谓之仪。"仪或同"义"。《说文》："义，己之威仪也。"

4. 止，《说文》："止：下基也，象草木出有址，故以止为足。"止即下面的根基，亦可指人之足。引申为根基、根本、立足。

5. 俟（sì），《尔雅》：待也。

6. 体，《说文》：总十二属也。本意指人全身，亦称四肢为四体。《礼记》："动乎四体。"《论语》："四体不勤。"

7. 遄（chuán），《尔雅》：疾也。迅速之意。

【解析】

这首诗讲礼义丧失。

"相鼠有皮，人而无仪"，看看老鼠尚且有皮，人反而无仪表。言为人所厌恶之老鼠尚且有其毛皮，而人则不讲仪表。"人而无仪，不死何为"，人若不讲威仪，不死还能作何？

"相鼠有齿，人而无止"，看看老鼠有其牙齿，人反而无所立足。言老鼠以牙齿噬食，人以道义为根本立身。"人而无止，不死何俟"，人无根本，不死何待？

"相鼠有体，人而无礼"，看看老鼠有其四足，人反而无礼。言老鼠依赖四肢行走，人依靠礼作为。"人而无礼，胡不遄死"，人而无礼，何不速死？

【引证】

（1）《礼记·礼运》："孔子曰：'夫礼，先王以承天之道，以治人之情。故失之者死，得之者生。《诗》曰：'相鼠有体，人而无礼。人而无礼，胡不遄死？'是故夫礼，必本于天，殽（效）于地，列于鬼神，达于丧祭、射御、冠昏、朝聘。故圣人以礼示之，故天下国家可得而正也。'"

（2）《左传·襄公二十七年》：齐庆封来聘，其车美。孟孙谓叔孙曰："庆季之车，不亦美乎？"叔孙曰："豹闻之：服美不称，必以恶终。美车何为？"叔孙与庆封食，不敬。为赋《相鼠》，亦不知也。

大意：齐庆封来鲁国聘，其车马华丽，但其人容止不可观而无礼，故叔孙赋《相鼠》以讽刺之。

（3）《左传·昭公三年》：夏四月，郑伯如晋，公孙段相，甚敬而卑，礼无违者。晋侯嘉焉，授之以策，曰："子丰有劳于晋国，余闻而弗忘。赐女州田，以胙乃旧勋。"伯石再拜稽首，受策以出。君子曰："礼，其人之急也乎！伯石之汰（泰）也，一为礼于晋，犹荷其禄，况以礼终始乎？《诗》曰：'人而无礼，胡不遄死？'其是之谓乎！"

大意：郑国大夫公孙段被晋国君认为明礼，所以赐予田地。君子以为：礼之于人最为重要，公孙段于礼可谓通达之人，因其行礼犹能得到他国的福禄，若始终行礼者，其福禄必定多多。如果人不知礼、不行礼，在国内亦必定招致速死，更无从谈起获得他国之福禄。

（4）《左传·定公十年》：晋人讨卫之叛故，曰："由涉佗、成何。"于是执涉佗以求成于卫。卫人不许，晋人遂杀涉佗。成何奔燕。君子曰："此之谓弃礼，必不钧。《诗》曰：'人而无礼，胡不遄死？'涉佗亦遄矣哉！"

大意：晋国与卫国结盟仪式中，晋国大夫涉佗、成何无礼而取笑卫灵公，导致结盟失败。晋国追究涉佗、成何之无礼，杀死涉佗，以争取晋卫结盟。君子认为：涉佗、成何在结盟仪式中抛弃礼义而取笑卫国君，违背规矩、常法，所以涉佗招致速死。

【名物】

鼠

鼠类有五百余种，全球鼠类数量以十亿计。老鼠繁殖很快，生命力很强。老鼠会打洞、上树、涉水，几乎什么都吃，几乎无所不在，对人类影响很大。家鼠昼夜活动，夜间尤为活跃，最喜吃小颗粒的农作物种子。春夏季家鼠从居民住宅区外迁到野外农田，入冬后大部分迁回住宅区，少数在秸秆内过冬。

干旄

子子干旄，
在浚之郊。
素丝纰之，
良马四之。
彼姝者子，
何以畀之？

子子干旟，
在浚之都。
素丝组之，
良马五之。
彼姝者子，
何以予之？

子子干旌，
在浚之城。
素丝祝之，
良马六之。
彼姝者子，
何以告之？

211

【注释】

1. 子（jié），《说文》：无右臂也。子子，孤单的样子。
《方言》："子、莐，馀也。周郑之间曰莐，或曰子。"

2. 干，为"竿"。《说文》："竿：竹梃也。"即一根竹竿。此处指旗杆。
《左传》《孔子家语》皆引作"竿旄"。

3. 旄（máo），《说文》：幢也。旗的一种，应为出征、指挥用旗帜。

《尔雅》解释"旄丘"为前高后低的土丘，以之推测旄或为三角形旗帜。

4. 浚，地名。

5. 郊，《说文》：距国百里为郊。《尔雅》："邑外谓之郊，郊外谓之牧，牧外谓之野，野外谓之林，林外谓之坰。"

6. 素，《说文》：白之緻缯也。本意指色白、致密的丝织品，引申为白色。素丝，白色的丝。

7. 纰（pí），《尔雅》：饰也。

8. 姝（shū），《说文》：好也。《说文》："袾（zhū），好佳也。"

9. 畀（bì），《说文》：相付予也。即给予之意。

10. 旟（yú），《说文》："旟：错革画鸟其上，所以进士众。旟旟，众也。《周礼》：'州里建旟。'"《尔雅》："错革鸟曰旟。"把皮革涂抹为金色，然后在上面画上鸟的图形，如此称之为旟。这种旗帜用来号召众士人进取。

11. 都，《说文》："都：有先君之旧宗庙曰都。周礼：距国五百里为都。"《周礼》："九夫为井，四井为邑，四邑为丘，四丘为甸，四甸为县，四县为都。"

12. 组，《说文》：绶属。其小者以为冕缨。

13. 予，《尔雅》：赐也。

14. 旌（jīng），《尔雅》：注旄首曰旌。《说文》："旌，游车载旌，析羽注旄首，所以精进士卒。"君王田猎、巡视民间所乘车的旗帜，把鸟羽插在旗子顶端，用以号令士卒奋勇前进。

15. 城，《说文》：以盛民也。

16. 祝，通"属"。《说文》："属（zhǔ），连也。"连接、连缀之意，

【解析】

这首诗讲君子清白、忠正，为世人楷模。

"孑孑干旄，在浚之郊"，孤单单一杆旄，在浚地之郊野。孑孑干旄，比喻为人楷模之清正君子。在浚之郊，言君子虽处偏僻之所亦能守清正。"素丝纰之"，旄以素丝修饰。寓意君子清正。"良马四之"，四匹良马载之。言可以致远，寓意君子笃行正义，亦言其诚敬。"彼姝者子，何以畀之"，彼佳善之子，以何予之？言彼佳善之子以潇洁、诚敬

之德予世人。

"孑孑干旟，在浚之都"，孤单单一杆旟，在浚地之都。寓意君子处乡俗之中亦能廉洁自居。"素丝组之，良马五之"，旟以素丝为组缨，五匹良马载之。寓意君子清正、敦厚。"彼姝者子，何以予之"，彼佳善之子，以何予之？言彼姝者子以清正、忠厚之德予世人。

"孑孑干旌，在浚之城"，孤单单一杆旌，在浚地之城。言君子处高贵之所亦能清廉自处。"素丝祝之，良马六之"，旌以素丝连缀，六匹良马载之。寓意君子清正、忠厚。"彼姝者子，何以告之"，彼佳善之子，以何告之？言以清白、忠正之德告示世人。

【引证】

（1）《左传·定公九年》：郑驷歂杀邓析，而用其《竹刑》。君子谓："子然于是不忠。苟有可以加于国家者，弃其邪可也。《静女》之三章，取彤管焉。《竿旄》'何以告之'，取其忠也。故用其道，不弃其人。《诗》云：'蔽芾甘棠，勿翦勿伐，召伯所茇。'思其人犹爱其树，况用其道而不恤其人乎？子然无以劝能矣。"

大意：郑驷歂杀邓析，而用邓析编制之《竹刑》。驷歂如此作法，君子认为不忠厚。《竿旄》之"何以告之"，即取其忠以告人。故用邓析之法，则不应杀其人，应以忠厚行为告示世人。百姓爱戴召伯而爱护召伯栽植之树，况用其道而不怜恤其人？如此则无以劝能也。

（2）《孔子家语·好生》：《鄁》诗曰："执辔如组，两骖如儛。"孔子曰："为此诗者，其知政乎？夫为组者，总纰于此，成文于彼。言其动于近、行于远也。执此法以御民，岂不化乎？《竿旄》之忠，告至矣哉！"

（3）关于"良马四之、五之、六之"

古代单辕马车，车辕两侧各一马，称作服马。在服马一侧增加一匹马则称成为骖，在服马外侧各增加一匹马称为驷。五马、六马，应在驷马之上增益者。

载驰

载驰载驱，归唁卫侯。
驱马悠悠，言至于漕。
大夫跋涉，我心则忧。

既不我嘉，不能旋反。
视尔不臧，我思不远。
既不我嘉，不能旋济。
视尔不臧，我思不閟。

陟彼阿丘，言采其蝱。
女子善怀，亦各有行。
许人尤之，众稚且狂。

我行其野，芃芃其麦。
控于大邦，谁因谁极？
大夫君子，无我有尤。
百尔所思，不如我所之。

214

【注释】

1. 载，助词无义。

2. 驱驰，《说文》："驰：大驱也。驱：马驰也。"载驰载驱，策马长驱。

3. 唁（yàn），《说文》："弔（diào）生也。"慰问遭遇不幸的生者。

4. 卫侯，指卫戴公。狄人攻破朝歌杀死卫懿公，卫戴公仓促立于漕邑。

5. 悠悠，幽远貌。《尔雅》："悠，远也。"

6. 漕，地名。

7. 跋，《尔雅》："躐（liè）也。"即跨越、越过之意。《礼记》："学不躐等。"

8. 涉，《说文》：繇膝以上为涉。水没腰渡水为涉。《说文》："涉，徒行厉水也。"

9. 嘉，《尔雅》：善也。此处解作赞许、以为善。

10. 旋，《说文》：周旋，旌旗之指麾也。本意指反转旗帜，引申回还、反转。

11. 臧，《尔雅》：善也。

12. 閟（bì），《说文》：闭门也。引申闭塞、不通达。

13. 陟（zhì），《说文》：登也。

14. 阿丘，《尔雅》：偏高，阿丘。一边高一边低的山丘称作阿丘。

15. 蝱（méng），应为"莔"。《说文》："莔（méng），贝母也。"一种草药，品种多，植株形态变化多样。

16. 怀，为"褱"。《说文》："褱（huái），袖也。一曰藏也。"解作敛藏、隐忍。

17. 行，《尔雅》：道也。引申准则、规则。

18. 许人，指许国大夫。

19. 芃（péng），《说文》：草盛也。芃芃，草茂盛之貌。

20. 控，《说文》："控，引也。《诗》曰：'控于大邦。'"此处指申述于第三方。《左传·襄公八年》："无所控告。"

21. 大邦，即大国，此处指齐国。

22. 因，《说文》：就也。本意为依凭，引申沿用、因循。

23. 极，《说文》：栋也。本意为脊檩，引申准则。《荀子》："礼者人道之极也。"

【解析】

这首诗讲卫国遭灭国之难，许穆夫人不拘小节，归吊卫侯。

"载驰载驱，归唁卫侯"，驾车长驱，回卫国慰问卫戴公。"驱马悠悠，言至于漕"，驱马悠远，我到达漕地。"大夫跋涉，我心则忧"，许国官员跋山涉水，我心则忧。许国大夫认为非父母之丧回祖国吊唁不合乎礼，所以前来劝阻，是以诗人忧心。

"既不我嘉，不能旋反"，既不能赞同于我，我亦不能返还。言许国大夫不认可诗人之作法，诗人亦不听其劝阻而返还。"视尔不臧，我思不远"，许国官员视为不善者，我认为不远大义。"既不我嘉，不能旋济"，既然不赞同我，我也不能渡河回去。"视尔不臧，我思不阕"，其视不善者，我反而认为不闭塞、不拘泥。

"陟彼阿丘，言采其虻"，登上阿丘，采摘贝母。阿丘形状一边高一边低，贝母植株形态多变，言自然之山丘、草木未必整齐、划一，变化乃天地常法。诗人之意——常礼规定女子出嫁他国，非父母之丧不回国吊唁，然卫国时下乃灭国之丧，事非寻常，故回国吊唁合乎亲亲大义。当此之际，亲亲为大义，违礼为小节，故可权变之。"女子善怀，亦各有行"，女子善于隐忍，但各有其则。言女子能隐忍，但各种事情有不同准则。言外之意此次许国人以违背礼而阻止归唁卫侯，诗人不能隐忍。"许人尤之，众稚且狂"，许国人责怪我，一众人等幼稚且狂妄。诗人对许人之指责予以回击，此其不隐忍也。

"我行其野，芃芃其麦"，我行走在郊野，小麦一片旺盛。许夫人吊唁卫侯应当在冬春之交，小麦开始返青之际。诗人以之寓意自己为得时义者、顺天而行者。"控于大邦，谁因谁极"，控告于大国，谁因循成法，谁为准则。"大夫君子，无我有尤"，大邦之大夫与君子，没有认为我有过错。言诗人让齐国大夫君子评判此事，皆以许人为过。"百尔所思，不如我所之"，许国众官员所想，不如我所见高明。言许国人见识浅薄。

【引证】

（1）《左传·闵公二年》：冬十二月，狄人伐卫。卫懿公好鹤，鹤有乘轩者。将战，国人受甲者皆曰："使鹤，鹤实有禄位，余焉能战！"……及狄人战于荧泽，卫师败绩，遂灭卫。……夜与国人出。狄入卫，遂从之，又败诸河。……及败，宋桓公逆诸河，宵济。卫之遗民男女七百有三十人，益之以共、滕之民为五千人，立戴公以庐于曹。许穆夫人赋《载驰》。

由上文可知许穆夫人作《载驰》在闵公二年（前660年）。卫侯指卫戴公，乃许穆夫人胞弟。被狄人杀害的卫懿公为许穆夫人堂兄。由"控于大邦，谁因谁极。大夫君子，无我有尤"，可知此诗作于漕，当时齐国人正在漕帮助卫人安定国家。

（2）《左传·襄公十九年》：齐及晋平，盟于大隧。故穆叔会范宣子于柯。穆叔见叔向，赋《载驰》之四章。叔向曰："肹敢不承命。"穆叔曰："齐犹未也，不可以不惧。"乃城武城。

大意：鲁国大夫穆叔与晋国大夫叔向会见，其目的是希望晋国庇护鲁国，以防止齐国的侵犯。穆叔赋"控于大邦，谁因谁极……百尔所思，不如我所之"，意在希望叔向从中成全，其中又有对叔向贤能的赞美。

（3）《左传·文公十三年》：冬，公如晋，朝且寻盟。卫侯会公于沓，请平于晋。公还，郑伯会公于棐，亦请平于晋。公皆成之。郑伯与公宴于棐。子家赋《鸿雁》。季文子曰："寡君未免于此。"文子赋《四月》。子家赋《载驰》之四章。文子赋《采薇》之四章。郑伯拜。公答拜。

大意：鲁文公帮助卫国、郑国与晋国修好。郑伯宴请鲁文公，子家赋《载驰》之四章，取"百尔所思，不如我所之"之意，以赞颂鲁文公贤能。

（4）《礼记·杂记》："妇人非三年之丧（父母之丧），不逾封而吊人。如三年之丧，则君夫人归。"

（5）《礼记·礼运》："故礼也者，义之实也。"

诗辑训

218

贝母

　　贝母为多年生草本，品种众多，植株形态变化较大。贝母茎直立，株高十五厘米至一米不等，叶常对生，少数在中部间有散生或轮生，披针形至线形。叶子先端稍卷曲或不卷曲，无柄。花单生茎顶，钟状，下垂，通常紫色、紫红色，亦有黄绿色，具紫色斑点或方格斑纹。花上斑纹的多少也有很大不同。贝母喜冷凉湿润气候，气温高则会枯萎，故多生长在高海拔、低气温地区。

　　药用贝母主要品种有：川贝母、浙贝母、土贝母。川贝母是贝母中的珍品。贝母干燥鳞茎是常用的化痰止咳药材。川贝母主要产自四川、云南、甘肃等地。浙贝母主要产自浙江、江苏、安徽等地。

淇奥

瞻彼淇奥，绿竹猗猗。
有匪君子，如切如磋，如琢如磨。
瑟兮僴兮，赫兮咺兮。
有匪君子，终不可谖兮。

瞻彼淇奥，绿竹青青。
有匪君子，充耳琇莹，会弁如星。
瑟兮僴兮，赫兮咺兮，
有匪君子，终不可谖兮。

瞻彼淇奥，绿竹如箦。
有匪君子，如金如锡，如圭如璧。
宽兮绰兮，猗重较兮。
善戏谑兮，不为虐兮。

【注释】

1. 瞻，《尔雅》：视也。

2. 淇，淇水，卫国境内河流。

3. 奥，为"澳或隩"。《说文》："澳（ào，yù）：隈，厓也。其内曰澳，其外曰隈。"《说文》："隈：水曲，隩（yù，ào）也。"《尔雅》："厓内为隩，外为隈。"河水弯曲处内侧河岸为隩，外侧称之为隈（wēi）。

4. 绿，《说文》：帛青黄色也。青为春，黄为夏秋之际，绿色寓意生长、发育。

5. 竹，《说文》：冬生草也。

6. 猗（yī），通"薿"。《说文》："薿（nǐ）：茂也。"猗猗，茂盛的样子。

7. 匪，通"斐"。《说文》："斐：分别文也。"不同的色彩组成的花纹。

8. 切、磋、琢、磨，《尔雅》："骨谓之切；象谓之磋；玉谓之琢；石谓之磨。"加工骨头称之为切；加工象牙称之为磋；加工玉称之为琢；加工石材称之为磨。

9. 瑟，应为"塞"。《说文》："塞（sè），实也。"敦厚、诚实之意。

10. 僴，又写作"僩"。《说文》："僩（xiàn），武貌。《诗》曰：'瑟兮僴兮。'"即武者警惕、严肃貌。《荀子》："塞者俄且通也，陋者俄且僴也，愚者俄且知也。"

11. 瑟兮僴兮，《尔雅》：恂（信心）栗也。即诚实、敬慎貌。

12. 赫，《说文》：火赤貌。引申显明、昭彰。

13. 咺（xuān），应为"愃"。《说文》："愃（xuān），宽娴心腹貌。《诗》曰：'赫兮愃兮。'"即大度、从容之意。

14. 赫兮烜兮，《尔雅》：威仪也。指神气爽朗、从容大度之貌。

15. 谖（xuān），《尔雅》：忘也。

16. "有斐君子，终不可谖兮"，《尔雅》：道盛德至善，民之不能忘也。

17. 琇（xiù），又作"璓"。《说文》："璓，石之次玉者。《诗》曰：'充耳琇莹。'"

18. 莹，《说文》：玉色。一曰石之次玉者。《逸论语》曰："如玉之莹。"

19. 会，《说文》：合也。此处指接缝处。

20. 弁（biàn），《说文》：冕也。古时戴的一种帽子。

21. 会弁，弁之缝中，每贯结五采玉十二以为饰，如此形制之弁称为会弁。

22. 簀（zé），《尔雅》：笫也。笫（zǐ），指床的底板。多以竹板为之。

23. 圭，《说文》："圭：瑞玉也。上圆下方。公执桓圭，九寸；侯执信圭，伯执躬圭，皆七寸；子执谷璧，男执蒲璧，皆五寸。以封诸侯。"

24. 璧，《说文》：瑞玉圜也。作为凭信的圆环形玉器。

25. 宽，《说文》：屋宽大也。《尔雅》："宽，绰也。"

26. 绰（chuò），《说文》：缓也。本意宽缓，引申宽容、大度之意。

27. 猗，通"倚"。《说文》："倚：依也。"此处解作依据、遵从。

28. 重，《说文》：厚也。

29. 较，《尔雅》：直也。

30. 谑（xuè），《说文》：戏也。

31. 虐，《说文》：残也。即凶狠、暴戾之意。

【解析】

这首诗讲修习君子之道，成就君子德业。

"瞻彼淇奥，绿竹猗猗"，看淇水河湾内，绿竹茂盛。河湾内水土最为优良，适宜草木生长，比喻优良成长环境。绿色寓意发育，竹子生而直，比喻修习正道者。这句诗讲成长环境优良，修习君子道者众多。"有匪君子，如切如磋，如琢如磨"，有文采之君子，其治学如加工骨器、象器一般，其自我修习如同加工玉器、石器一般。言学习、修身之道。"瑟兮僩兮，赫兮烜兮"，有诚实、敬慎之心，有爽朗、从容之威仪。"有匪君子，终不可谖兮"，有文采之君子，终不被遗忘。言其君子之道盛大，其道德至善，是以国民不忘。这几句诗讲君子德业有成，则为国民所记念。

"瞻彼淇奥，绿竹青青"，看淇水河湾内，绿竹青青。以绿竹之青青，寓意学者奋力修习。"有匪君子，充耳琇莹，会弁如星"，有文采之君子，其充耳为琇、为莹。会弁之上玉珠如众星。寓意修习当善听且有明德，如此方能不违正道。"瑟兮僩兮，赫兮咺兮"，有诚实、敬慎之心，有爽朗、从容之威仪。"有匪君子，终不可谖兮"，有文采之君子，终不被遗忘。

"瞻彼淇奥，绿竹如箦"，看淇水河湾内，紧密排列之绿竹如床板。绿竹如箦，寓意人才造就则可以载人。"有匪君子，如金如锡，如圭如璧"，有文采之君子，其为良材贵如金锡，其为宝器贵如圭璧。亦即成材、成器。"宽兮绰兮，猗重较兮"，宽厚、大度，遵从正直之道，重视正直之行。"善戏谑兮，不为虐兮"，善使人喜乐，不为暴虐。言君子平易亲和而善良。

【引证】

（1）关于"绿竹"

一说"绿竹"为"菉竹"，即荩草与萹蓄，二者为一年生草本。《说文》："菉，王刍（荩草）也。《诗》曰：'菉竹猗猗。'"《尔雅》："竹，萹蓄（扁竹）。"前人对"绿竹"颇有争议，有学者前往淇河考察竹子、荩草、萹蓄之有无，以证明"绿竹"之意。殊不知《淇奥》作于千百年前，而竹子长成仅需一两年，考证者欲以此时之有无证彼时之有无，甚为不智。首先诗中"如簀"唯竹子能当。再者荩草与萹蓄之象意与此诗毫无联系。故笔者断定"绿竹"为绿色竹子，用法同"绿衣"。《孔丛子·记义》："于《淇奥》见学之可以为君子也。"可知此诗题旨为修习君子道，以竹子之直比象君子之正。

（2）《左传·昭公二年》："宣子……自齐聘于卫。卫侯享之，北宫文子赋《淇澳》。宣子赋《木瓜》。"

大意：晋国韩宣子聘问卫国，卫国大夫赋诗《淇奥》，赞颂韩宣子有君子美德。

（3）《礼记·大学》：《诗》云："瞻彼淇澳，菉竹猗猗。有斐君子，如切如磋，如琢如磨。瑟兮僩兮，赫兮喧兮。有斐君子，终不可喧兮！""如切如磋"者，道学（治学）也；"如琢如磨"者，自修也。"瑟兮僩兮"者，恂栗也。"赫兮喧兮"者，威仪也。"有斐君子，终不可喧兮"者，道盛德至善，民之不能忘也。

（4）《荀子·大略》：人之于文学也，犹玉之于琢磨也。《诗》曰："如切如磋，如琢如磨"谓学问也。和之璧，井里之厥也，玉人琢之，为天子宝。子赣、季路故鄙人也，被文学，服礼义，为天下列士。

（5）《孔子家语·子路初见》：子路见孔子，子曰："汝何好乐？"对曰："好长剑。"孔子曰："吾非此之问也。徒谓以子之所能，而加之以学问，岂可及乎？"子路曰："学岂益也哉？"孔子曰："夫人君而无谏臣则失正，士而无教友则失听。御狂马不释策，操弓不反檠。木受绳则直，人受谏则圣，受学重问，孰不顺哉？毁仁恶士，必近于刑。君子不可不学。"子路曰："南山有竹，不揉自直，斩而用之，达于犀革。以此言之，何学之有？"孔子曰："括而羽之，镞而砺之，其入之不亦深乎？"子路再拜曰："敬而受教。"

竹

今绿竹为竹子一品种，因竹身全绿而得名，又俗称"马蹄笋"，为最著名笋用竹。竹竿可作家具、农具或劈篾编织竹器。

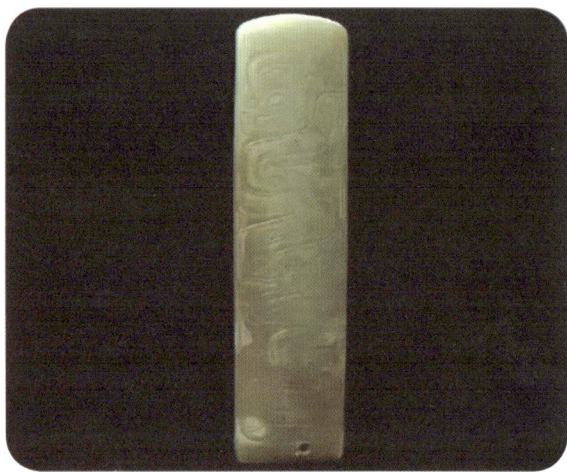

玉圭

《说文》："瑞玉也。上圆下方。"

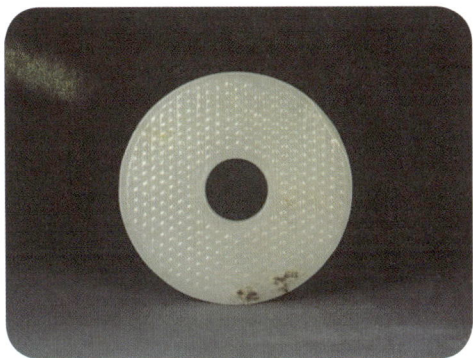

玉璧

《尔雅》："肉（周围的边）倍好（中间的孔）谓之璧；好倍肉谓之瑗；肉好若一谓之环。"即根据中央孔径的大小划分玉璧、玉瑗，玉环。

弁

225

《周礼·弁师》中记载："王之皮弁，会五采玉璂，象邸，玉笄。"所谓"玉璂"即弁上成行缀在前面的玉珠。"象邸"应该是指弁的帽圈骨架为象骨制成。"玉笄"，即把图中金簪换作玉簪。上图中一竖行九个彩色玉珠即诗中所谓"如星"者。东汉学者郑玄："弁之缝中，每贯结五采玉十二以为饰。"

会弁，一说为"绘弁"，即绘五彩花纹的弁。《说文》："绘，会五采繡（xiù）也。"

考槃

考槃在涧。
硕人之宽，
独寐寤言，
——永矢弗谖。

考槃在阿。
硕人之薖，
独寐寤歌，
——永矢弗过。

考槃在陆。
硕人之轴，
独寐寤宿，
——永矢弗告。

【注释】

1.考，为"攷"。《说文》："攷（kǎo）：敂（kòu）也。"即敲打、击打之意。

2.槃（pán），通"栜"。《说文》："栜（fán）：藩也。"即屏藩、藩篱。古文"般、盘、栜、旋、磐、鞶、幋"通假，如：栜（鞶）缨、般还、般旋、盘桓。

3.考槃，即"攷栜"，敲击藩篱，亦即钉篱笆之意，比喻设防。

4.涧，《说文》：山夹水也。即两山之间有河流称之为涧。

5.硕，《尔雅》：大也。硕人，贤德之人。

6.宽，为"幻"。《说文》："幻，相诈惑也。《周书》曰：'无或譸张为幻。'"

7.寐寤，睡醒之间，亦即时时刻刻。

8.矢，《尔雅》：誓也。《说文》："誓，约束也。"

9.谖，《尔雅》：忘也。《说文》："谖，诈也。"

10.阿，《说文》：大陵也。一曰曲阜也。即极高大的土山。一说山丘隈曲处。

11.陆，《说文》：高平也。高而平之地。

12.薖（kē），通"苛"。《尔雅》："苛（kē）：妎（jiè）也。"忌恨之意。

13.过，失。《管子》："宁过于君子，而毋失于小人。"

14.轴，为"䛆"。《说文》："䛆（zhōu）：譸（chóu）也。"即诅咒、咒骂之意。《说文》："譸，詶也。《周书》曰：'无或譸（zhōu）张为幻。'"

15.宿，通"肃"。《说文》："肃：持事振敬。"即做事勤勉、恭敬。《礼记·祭统》："宫宰宿夫人。"《尔雅》："肃，进也。"

16.告，通"靠"。《说文》："靠：相违也。"相违背之意。引申为离去、背离。

《尚书》："伊尹既复政厥辟，将告归（靠归）。"

《左传》："晋韩献子告老（靠老）。"

【解析】

这首诗讲贤德者处无道之世，主动防范，自我节制，以去邪恶。

"考槃在涧"，于山涧之中钉藩篱。言设立屏藩于幽远之山涧，寓意贤者远离邪恶，自我防范，以独善其身。"硕人之宽，独寐寤言，——永矢弗谖"，贤德者之于世人之相诈惑，独自时刻告诫，——永远自我约束以不忘正义。

"考槃在阿"，于高陵之上钉藩篱。言设立屏藩于高陵，寓意处高远以去邪恶、污浊，自我防范，以独善其身。"硕人之薖，独寐寤歌，——永矢弗过"，贤德者之于世人之相忌恨，独自时刻咏诵，——永远自我约束以不失正道。

"考槃在陆"，于大陆之上钉藩篱。言设立屏藩于平原，寓意于平常之所，自我设防。"硕人之轴，独寐寤宿，——永矢弗告"，贤德者之于世人之相咒骂，独自时刻恭肃，——永远自我节制以不违正义。

（1）关于"考槃"

《汉书》："窦后违意，考盘于代。"

《艺文类聚》："筑室皋壤，考盘郛郭，……穷谷是处，考盘是营。"

（2）关于"蔼轴"

唐《艺文类聚》："本枝之盛如此，稽古之政如彼，故免群生于汤火，纳百姓于休和，引镜皆明目，临池无洗耳，沉冥之怨既缺，蔼轴之疾已消，谗莠蔑闻，攘争揖息。"其中"沉冥之怨"与"蔼轴之疾"对文。

蔼抑或通"譮"，即疾恨言辞。《说文》："譮（huà），疾言也。"《韩非子》："不敢擅作疾言诬事。"

（3）《孔丛子·记义》："于《考盘》见遁世之士而不闷（烦）也。"

【名物】

枎

枎，今写作"樊"，即篱笆、栅栏、护栏，其材质、形式多样。民谚："篱笆扎得紧，野狗钻不进。"

《释名》："篱，离也。以柴竹作之。"

《左传·定公四年》："选建明德，以藩屏周。"

东汉王符《潜夫论》："夫制法之意，若为藩篱、沟堑以有防矣。择禽兽之尤可数犯者，而加深厚焉。"

硕人

硕人其颀，衣锦褧衣。

齐侯之子，卫侯之妻，东宫之妹，

邢侯之姨，谭公维私。

手如柔荑，肤如凝脂，

领如蝤蛴，齿如瓠犀，螓首蛾眉。

巧笑倩兮，美目盼兮。

硕人敖敖，说于农郊。

四牡有骄，朱幩镳镳，翟茀以朝。

大夫夙退，无使君劳。

河水洋洋，北流活活。

施罛濊濊，鳣鲔发发，葭菼揭揭。

庶姜孽孽，庶士有朅。

【注释】

1. 颀（qí），修长、高挑之意。《孔子家语》："黤而黑，颀然长。"

2. 褧（jiǒng），《说文》：檾（qǐng）也。一说为白麻。

3. 齐侯之子，齐庄公的女儿。

4. 卫侯，卫庄公。

5. 东宫，太子居东宫，指齐国太子得臣。

6. 邢侯，邢国国君。谭公，谭国国君。

7. 姨、私，《尔雅》："妻之姊妹同出为姨。女子谓姊妹之夫为私。"

8. 荑（tí），《说文》：草也。或为长芒稗。图见《静女》。

9. 领，《说文》：项也。

10. 蛴，《说文》：蝤蛴也。一说为金龟子幼虫。

11. 蝤蛴（qiú qí），《尔雅》：蝎（xiē）也。一说为天牛幼虫。

12. 瓠犀（hù xī），《尔雅》写作"瓠栖"。《尔雅》："瓠栖，瓣也。"即瓠瓜籽。

13. 螓（qín），通"蜻"。蜻，螳蛄。《方言》："蝉，……有文者谓之蜻蜻。"

14. 蛾，《说文》：蚕化飞虫。即蚕蛾。

15. 巧，为"丂"。《说文》："丂（qiǎo）：气欲舒出。"古文以为"亏"字，又以为"巧"字。巧笑，即浅笑、微笑。

16. 倩，为"欮"。《说文》："欮（qiān），含笑也。"

17. 盼，本意指眼睛向一边转动，亦即侧目、转视之意。西汉《列女传》："敬姜侧目而盼之，见其友上堂。"

18. 敖敖，为"翱翱"。《说文》："翱（áo）：翱颥（ráo），高也。"

19. 农，《说文》：耕也。

20. 郊，此处指郊外祭祀，即郊祀，简称"郊"，一般指祭祀天地。《礼记》："尝禘郊社、共郊庙之服、郊庙及百祀。"

21. 骄，《说文》：马高六尺为骄。

22. 帻（fén），《说文》：马缠镳扇汗也。用帛布条缠马嚼子两侧，马奔跑起来可以扇风，为马去汗。

23. 镳（biāo），为"旚"。《说文》："旚（biāo），旌旗飞扬貌。"引申飞扬。

24. 茀，应为"第（fú）"，二者篆体形似。《尔雅》："舆革，前谓之鞎。后谓之第。"即革质车厢后帘。

25. 翟茀，即用山鸡羽毛修饰或者绣有山鸡花纹的革质车厢后帘。

26. 夙，为"殈"。《说文》："殈，早敬也。从丮，持事虽夕不休，早敬者也。"

27. 退，为"悇"。《说文》："悇（tuì），肆也。"解作极力、尽力。

28. 洋洋，应为"羕羕"。《说文》："羕，水长也。"洋洋，水流浩大貌。

29. 活（huó），《说文》：水流声。活活，水流动的哗哗声。

30. 罛（gū），《说文》：鱼罟也。即渔网。

31. 濊（huì），为"濊"。《说文》："濊（huò）：碍流也。《诗》云：'施罛濊濊。'"濊濊，阻碍水流貌。

32. 鱣（zhān），《说文》：鲤也。即鲤鱼。

33. 鲔（wěi），《说文》：鮥也。《本草纲目》以为鲟鱼。

34. 发发，为"鲅鲅"。《说文》："鱣鲔鲅鲅（bà）。"指鱼在网内鱼尾拨动貌。

35. 葭（jiā xiá），《说文》：苇之未秀者。《说文》："苇，大葭也。"

36. 菼（tǎn），《说文》：萑（huān）之初生也。萑即荻草。

37. 庶，《尔雅》：众也。庶姜，众陪嫁齐女，指庄姜陪嫁之媵。

38. 揭，为"稠"。《说文》："稠（jiē），禾举出苗也。"稠稠，禾苗生长貌。一说为谷穗从禾苗中拔出貌。

39. 孽孽（niè），《尔雅》：戴也。不断滋生、增多。《说文》："分物得增益曰戴。"

40. 朅（qiè），为"竭"。《说文》："竭，负举也。"

【解析】

这首诗赞美卫庄公夫人庄姜。

"硕人其颀，衣锦褧衣"，贤德者其身材高挑，其锦衣之外罩以麻衣。言庄姜不仅身材好而且有文德。"齐侯之子，卫侯之妻，东宫之妹，邢侯之姨，谭公维私"，庄姜为齐庄公之女，为卫庄公之妻，为齐太子之妹，邢侯为其姐夫，谭公乃其妹婿。言庄姜身份之尊贵。

"手如柔荑，肤如凝脂，领如蝤蛴，齿如瓠犀，螓首蛾眉"，手指如长芒稊的穗一般柔软，皮肤如同凝固的油脂般滑润，颈项如蝤蛴般白嫩，牙齿如瓠瓜籽一样洁净，发式与首饰如螓蛄之头具有文采，眉毛修长如同蚕蛾之触须。"巧笑倩兮，美目盼兮"，浅笑微含，美目顾盼。言庄姜容貌美丽、举止文雅。

"硕人敖敖，说于农郊"，硕人身材高挑，乐于农耕以及郊祀。言庄姜悦于君夫人之义务。"四牡有骄，朱帻镳镳，翟茀以朝"，四匹公马为六尺之骄，奔驰时朱帻飞扬，车厢后帘饰有山鸡花纹，乘之以朝君王。寓意君夫人力行女教。"大夫夙退，无使君劳"，大夫忠敬而尽力，不敢有劳于君夫人。言卫庄公常与庄姜商议国家人事、政务，朝廷之大夫皆敬畏庄姜之贤能，不敢懈怠。

"河水洋洋，北流活活"，黄河之水浩大，从卫国转向北，其水流之声哗哗。以河水之浩大、之畅行，寓意女道昌盛。"施罛濊濊，鱣鲔发发，葭菼揭揭"，撒网甚多以致阻碍水流，鲤鱼、鲟鱼在渔网内蹦跳，苇荻亦正长成。言捕鱼者众多，河鱼丰富，水草旺盛，寓意女德有成。"庶姜孽孽，庶士有朅"，众齐国媵妾生养子女日多，众士人尽职负责。言庄姜善治，国家生气勃勃。

【引证】

（1）《左传·隐公二年》："卫庄公娶于齐东宫得臣之妹，曰庄姜，美而无子，卫人所为赋《硕人》也。"

（2）《列女传·楚庄樊姬》："王以姬言告虞丘子（楚令尹），丘子避席，不知所对。于是避舍，使人迎孙叔敖而进之，王以为令尹。治楚三年，而庄王以霸。楚史书曰：'庄王之霸，樊姬之力也。'《诗》曰：'大夫夙退，无使君劳。'其君者，谓女君也。又曰：'温恭朝夕，执事有恪。'此之谓也。"

大意：楚王夫人樊姬告令尹虞丘子不忠于楚庄王，楚王以樊姬之言转告虞丘子，虞丘子自惭隐退，并举荐贤者孙叔敖为楚国令尹。

【名物】

蝤蛴

上图为天牛幼虫。《方言》："蝤蛴谓之蟦。自关而东谓之蝤蛴，或谓之蚕蠰，或谓之蝖螜。梁益之间谓之蛒，或谓之蝎，或谓之蛭蛒。秦晋之间谓之蠹，或谓之天蝼。四方异语而通者也。"

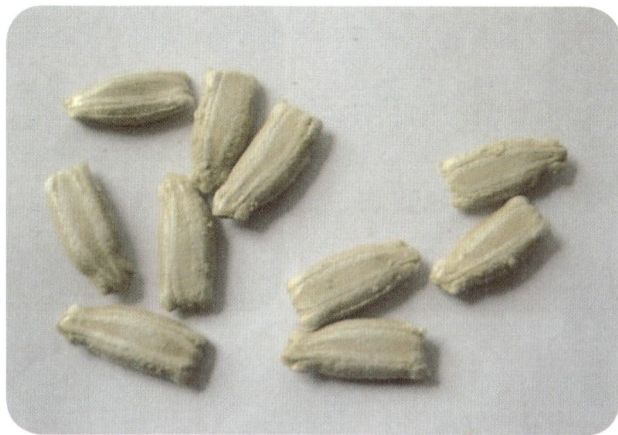

瓠犀

新鲜的瓠瓜籽纯白色，故用以形容牙齿洁白。

蚕蛾，图中如梳子一样的触须即"蛾眉"

蟪蛄

  蟪蛄是夏季较早出现的蝉，比其他蝉小，体型只有三厘米左右。蟪蛄的种类很多，按颜色可以分为绿色、黄色、混合色。绿色、黄褐色的蟪蛄在南方较常见。

  （1）《梦溪笔谈杂志一》："蟪蟟之小而绿色者，北人谓之螓，即《诗》所谓'螓首蛾眉'者也，取其顶深且方也。"蟪蟟即今人所谓知了。

  清人郝懿行云："今黄县人谓之蛞蟟，栖霞谓之蠽蟟（jié liáo），顺天谓之蜘蟟，皆语音之转也。"

  （2）《说文》："蠽（jié），小蝉蜩也。"

  （3）《说文》："蟪，蟪蛄，蝉也。"

  （4）《尔雅》："蜩，蜋蜩、螗蜩。蚻，蜻蜻。蠽，茅蜩。蝒，马蜩。蜺，寒蜩。蜓蚞，螇螰。"

  （5）《方言》："蛥蚗，齐谓之螇螰，楚谓之蟪蛄，或谓之蛉蛄，秦谓之蛥蚗。自关而东谓之虭蟧。或谓之蝒蟧，或谓之蜓蚞，西楚与秦通名也。

  ……蝉，楚谓之蜩，宋卫之间谓之螗蜩，陈郑之间谓之蜋蜩，秦晋之间谓之蝉，海岱之间谓之蛴。其大者谓之蟧，或谓之蝒马，其小者谓之麦蚻，有文者谓之蜻蜻（螓螓），其雌蜻谓之疋，一大而黑者谓之蝛，黑而赤者谓之蜺。蜩蟧谓之蘁蜩。蟪谓之寒蜩，寒蜩，喑蜩也。"

鲤鱼

鲤鱼俗称鲤拐子，淡水鱼，鱼鳞有十字纹理，所以名鲤。

鲟鱼

235

鲟鱼有多个品种，体长在半米至七米之间。鲟鱼是世界上现有最古老的鱼类之一，有"水中活化石"之称。鲟鱼肉食性。上图为中华鲟。

荻

　　荻，俗称荻草、大白穗草，多年生高大禾草。荻草水陆两生，繁殖力强，耐瘠薄，常于山坡、河滩形成大面积的草甸。吴其濬《植物名实图考》："强脆而心实者为荻，柔纤而中虚者为苇。"《说文》："薍（luán），菿（荻）也。八月薍为苇也。"

氓

氓之蚩蚩，抱布贸丝。
匪来贸丝，来即我谋。
送子涉淇，至于顿丘。
匪我愆期，子无良媒。
将子无怒，秋以为期。

乘彼垝垣，以望复关。
不见复关，泣涕涟涟。
既见复关，载笑载言。
尔卜尔筮，体无咎言。
以尔车来，以我贿迁。

桑之未落，其叶沃若。
于嗟鸠兮，无食桑葚。
于嗟女兮，无与士耽。
士之耽兮，犹可说也。
女之耽兮，不可说也。

桑之落矣，其黄而陨。
自我徂尔，三岁食贫。
淇水汤汤，渐车帷裳。
女也不爽，士贰其行。
士也罔极，二三其德。

三岁为妇，靡室劳矣。
夙兴夜寐，靡有朝矣。
言既遂矣，至于暴矣。

237

兄弟不知，咥其笑矣。

静言思之，躬自悼矣。

及尔偕老，老使我怨。

淇则有岸，隰则有泮。

总角之宴——言笑晏晏，

信誓旦旦，不思其反。

反是不思，亦已焉哉。

【注释】

1. 氓（méng），《说文》：民也。氓或作"甿"。《说文》："甿，田民也。"

2. 蚩蚩（chī），应作"痴痴"。《说文》："痴，不慧也。"蚩蚩，憨愚貌。

3. 布，《说文》：枲（xǐ）织也。即麻织物。

4. 贸，《尔雅》：买也。

5. 即，《尔雅》：尼也。即近。

6. 谋，《尔雅》：心也。

7. 涉，《说文》：徒行厉（砅）水也。《说文》："砅（lì），履石渡水也。"

8. 顿丘，为"敦丘"。《尔雅》："如覆敦者敦丘。"形状与倒扣的敦相似的土丘。敦，一种盛装谷物或食物容器。

238

9. 愆（qiān），《说文》：过也。

10. 媒，《说文》：谋也，谋合二姓。此处指媒人。

11. 将，请也，表示希望。《小雅》："将伯助予。"

12. 垝（guǐ），《说文》：毁垣也。毁坏的墙垣。

13. 复，《尔雅》：返也。《说文》："复，往来也。"

14. 关，国界关卡。在边境设关卡稽查商旅、征收商品税。

15. 泣，《说文》：无声出涕曰泣。涕，《说文》：泣也。

16. 涟涟，为"㦽㦽"。《说文》："㦽，泣下也。《易》曰：'泣涕㦽如。'"

17. 卜，《说文》：灼剥龟也。象灸龟之形。一曰象龟兆之从横也。

18. 筮，《说文》：《易》卦用蓍（shī）也。《礼记》："龟为卜，策为筮。"

19. 体，指卦象、龟兆。

20. 贿，《尔雅》：财也。此处指货物。

21. 沃（wò，wū），为"俣"。《说文》："俣（wū，yǔ），大也。"

22. 若，《尔雅》：善也。沃若，此处指桑叶良好而茂盛。

23. 鸠，此处指桑鸠，即鸤鸠，又名戴胜。戴胜为著名食虫鸟。

24. 耽，应为"酖"。《说文》："酖（dān），乐酒也。"

25. 陨，为"顝"。《说文》："顝（hǔn）：面色顝顝貌。"指面色颓丧、萎靡。

26. 徂（cú），《说文》：往也。

27. 汤汤，为"潒潒"，今简体写作"荡荡"。《说文》："潒（dàng），水潒潒也。"即水晃动之貌。潒潒，今写作"荡漾"。

28. 渐，为"寖"，通作"浸"。浸，渍也。即沤、湿润、淹没之意。《诗》："浸彼稻田、浸彼苞稂。"

29. 帷，《说文》：在旁曰帷。在一旁的围布称之为帏。帏裳，形制如围布的裳。此处指车厢外围帘。

30. 爽，《尔雅》：差也。

31. 靡、罔，《尔雅》：无也。

32. 朝，《尔雅》：早也。

33. 遂，通"彖"。《说文》："彖（suì），从意也。"顺从心意。

34. 暴，通"虣"。《说文》："虣（bào）：虐也。急也。"有残害、紧急二意。

35. 咥（xì），《说文》：大笑也。

36. 静，《说文》：审也。详审、仔细之意。

37. 悼，《方言》：哀也。伤也。

38. 偕，《说文》：一曰俱也。

39. 老，为"考"之误。考，核实、稽查之意。偕考，全部省察。

40. 隰（xí），《说文》：坡下湿也。山坡下的湿地，泛指水沼。

41. 泮（pàn），通"畔"。《说文》："畔，田界也。"此处指河畔。

42. 总角，即总发为角状。古代少年儿童把头发扎成两个髻，故以总角为其代称。

43. 宴，为"㜻"。《说文》："㜻（yàn），目相戏也。"引申狎戏、狎媟、玩闹。

44. 晏晏、旦旦，《尔雅》：悔爽忒也。对错误、过失表示悔意，形容诚恳之貌。

45. 信，通"伸"。《说文》："伸，屈伸。"引申表白、舒展。

46. 誓，《说文》：约束也。《礼记》："约信曰誓。"

47. 已，《尔雅》：此也。已焉哉，这样吧，如此吧！

【解析】

这首诗讲女子婚姻经历以及其得失感想。

"氓之蚩蚩，抱布贸丝"，一个愚憨农民，抱布来买我的蚕丝。"匪来贸丝，来即我谋"，并非真为买丝，乃欲近我心。言男子以买丝为由，来亲近我以讨我欢心。"送子涉淇，至于顿丘"，送其涉过淇水，至于敦丘。以涉水、敦丘寓意欲成男女婚姻尚有其历程，若不循正礼则有败覆之忧。"匪我愆期，子无良媒"，不是我要拖延时日，因其无良媒。"将子无怒，秋以为期"，请之勿怒，秋后以为婚期。言女子愿与之成亲，然要遵从婚姻之礼。

"乘彼垝垣，以望复关"，登上破败的城墙，以看丈夫是否从关市返回。言城墙破败，寓意世道混乱。"不见复关，泣涕涟涟"，不见丈夫从关市回还，泣涕涟涟。言其归期至，而不见丈夫返还，妻子忧心而泣。"既见复关，载笑载言"，既见其从关市返回，又是笑又是冲着他喊话。"尔卜尔筮，体无咎言"，其龟卜其筮策，卦体、龟兆皆无不利之辞。言丈夫每次出外经商都要为他占卜吉凶，只有龟兆、蓍策都预示无凶险，才让其出行。"以尔车来，以我贿迁"，以其车来，运走我之货物。言丈夫以车运载丝麻、布帛去关市交易，妻子在家抽丝、织布。

"桑之未落，其叶沃若"，桑树未落叶前，树叶大而良好。"于嗟鸠兮，无食桑葚"，感叹于桑鸠，勿一味贪食桑葚。桑鸠为食虫鸟，此处比喻执事者。以桑鸠贪食桑葚而不捕捉桑树蠹虫而导致桑叶颓落，寓意主事者贪图享乐而荒废事业。此处指男子为一家之主事者因享乐而荒废家业。"于嗟女兮，无与士耽"，感叹于汝，毋与那些男子饮酒作乐。言男子沉迷饮酒而不务家事。"士之耽兮，犹可说也。女之耽兮，不可说也"，其他男人饮酒作乐，尚有说辞。你饮酒作乐，则无话可说。言外之意自身家境不能与其他人相比。

"桑之落矣，其黄而陨"，桑叶凋落，树叶黄而颓萎。寓意家业败坏。"自我徂尔，食贫三年"，自从我嫁你，吃苦受穷三年。"淇水汤汤，渐车帷裳"，淇水浩荡，浸湿车之围布。言以车涉水，行非其道也。寓意男子不务正业，使家庭行在歧途。"女也不爽，士贰其行"，女人德行无差，男人操行有变。"士也罔极，二三其德"，男人无有准则，不断变换其德操。

"三岁为妇，靡室劳矣"，三年为妇，从未让你为家务操劳。"夙兴夜寐，靡有朝矣"，我早起晚睡，从未让你起早。"言既遂矣，至于暴矣"，我言语顺从你意，仍被你暴虐。言丈夫残暴之甚。"兄弟不知，咥其笑兮"，回到娘家，兄弟不知我诸不如意，强颜欢笑。言女子不愿告知娘家人。"静言思之，躬自悼矣"，仔细思想，唯有自我哀伤。

"及尔偕老，老使我怨"，及其省察全部婚姻经过，反省让我自责。"淇则有岸，隰则有泮"，淇河有其岸，湿地亦有其界。寓意有规则制约则不能妄为。言外之意丈夫之今日乃丧失原则所致，亦即妻子纵容所致。"总角之宴——言笑晏晏，信誓旦旦，不思其反"，儿童之玩闹——言辞笑貌诚实，发誓悔改之意恳切，但不思改正。言丈夫之悔过如孩童玩闹一般，口是心非，言行不一。"反是不思，亦已焉哉"，如不思改正，亦如此哉！言男子不思悔改，妻子唯放弃之。

【引证】

（1）《左传·成公八年》：八年春，晋侯使韩穿来言汶阳之田，归之于齐。季文子饯之，私焉，曰："大国制义以为盟主，是以诸侯怀德畏讨，无有贰心。谓汶阳之田，敝邑之旧也，而用师于齐，使归诸敝邑。今有二命曰：'归诸齐。'信以行义，义以成命，小国所望而怀也。信不可知，义无所立，四方诸侯，其谁不解体？《诗》曰：'女也不爽，士贰其行。士也罔极，二三其德。'七年之中，一与一夺，二三孰甚焉！士之二三，犹丧妃耦，而况霸主？霸主将德是以，而二三之，其何以长有诸侯乎？"

大意：汶阳之田本为鲁国土地，被齐国占领，后晋国与鲁国攻打齐国，齐国被迫归还鲁国。之后晋国派韩穿来鲁国，又要求把汶阳之田归还齐国。鲁大夫季文子说：先前还给我们土地，随后又要夺回去，前后反复，如此作为如何让小国顺服？霸主是德义的率行者，若"二三其德"则四方诸侯必然背离。一丈夫不能一其德而失其妻，晋国为霸主如此反复结果会如何？

（2）《礼记·表记》：子曰："口惠而实不至，怨灾及其身。是故君子与其有诺责也，宁有已怨。《国风》曰：'言笑晏晏，信誓旦旦，不思其反。反是不思，亦已焉哉！'"文中"口惠"指"言笑晏晏，信誓旦旦"，"实不至"指"不思其反"。

（3）关于"复关"

《礼记·王制》："关讥（稽）而不征。"

《周礼·地官司徒》："司关：掌国货之节，以联门市。司货贿之出入者，掌其治禁与其征廛。凡货不出于关者，举其货，罚其人。凡所达货贿者，则以节传出之。国凶札，则无关门之征，犹几。凡四方之宾客叩关，则为之告。有外内之送令，则以节传出内之。"

（4）关于"顿丘"

《竹书纪年》："晋定公三十一年（公元前481年），城顿丘。"

《水经注》："淇水又北屈而西转，径顿丘北。……顿丘在淇水南。"

《尔雅》："丘一成为敦丘。"东汉《释名》："丘一成曰顿丘。一顿而成，无上下大小之杀也。"可见汉人以"敦丘"、"顿丘"相通假。

敦

　　敦，在祭祀和宴会中盛谷物或食物，常为三足。把图中敦去掉盖子
倒置于地，即"顿丘"之形。《仪礼》："黍稷四敦皆盖。"《周礼》：
"珠盘玉敦。"

戴胜

《尔雅》："鸤鸠，鶛鶋（jiē，jū）。"一说为布谷鸟，一说为戴胜鸟。

《礼记·月令》："戴胜降于桑。"可知戴胜喜食桑虫。汉以后有称鸤鸠为桑鸠者。

《逸周书·时训解》："戴胜不降于桑，政教不中。"

《左传》："祝鸠氏司徒也，鴡鸠氏司马也，鸤鸠氏司空也，爽鸠氏司寇也，鹘鸠氏司事也。五鸠，鸠（聚）民者也。"古人以鸤鸠比司空。

《礼记·王制》："司空执度度地，居民山川沮泽，时四时。量地远近，兴事任力。"

竹竿

籊籊竹竿，
以钓于淇。
岂不尔思？
远莫致之。

泉源在左，
淇水在右。
女子有行，
远兄弟父母。

淇水在右，
泉源在左。
巧笑之瑳，
佩玉之傩。

淇水滺滺，
桧楫松舟。
驾言出游，
以写我忧。

【注释】

1. 籊（tì），应为"䄺"。《说文》："䄺（tiǎo），直好貌。"䄺䄺，直而好。

2. 致，《说文》：送诣也。送达之意。引申到达、到。

3. 巧，为"丂"。《说文》："丂（qiǎo），气欲舒出。"巧笑，即浅笑、微笑。

4. 瑳（cuō），为"縒"。《说文》："縒（cuò），参縒也。"本意指丝长短不齐，此处指笑之长短、大小不一。

5. 佩，《说文》：大带佩也。系在大带上的装饰物。

6. 傩（nuó），《说文》：行有节也。行走有节度。

7. 滺（yōu），为"攸"。《说文》："攸，水行也。"攸攸，水流动貌。

8. 桧（guì），《说文》：柏叶松身。即圆柏，具有柏树的叶与松树的干。

9. 楫（jí），《说文》：舟棹（zhào）也。即船桨。

10. 驾，《说文》：马在轭中。

11. 写，《说文》：置物也。引申为放置、排解。

【解析】

这首诗讲远嫁之女思念母国，能遵从妇人归省礼制。

"籊籊竹竿，以钓于淇"，直而美之竹竿，以钓于淇水。竹竿直而有节，寓意人事之正直而有节度。"岂不尔思？远莫致之"，岂不想念故土？路远而不能至。言诗人远离故土。

"泉源在左，淇水在右"，淇水之源在左，淇水之流往右。以泉源比喻故土，河水比喻远行之人。"女子有行，远父母兄弟"，女子有出嫁之常法，远离父母兄弟。言诗人远嫁他乡。

"淇水在右，泉源在左"，淇水在右，其源泉在左。"巧笑之瑳，佩玉之傩"，微笑之长短，佩玉摇动之有节。言容貌、行止有其仪度，寓意凡事皆有其节度。亦言省亲亦有其礼制，不可随意为之。

"淇水滺滺，桧楫松舟"，淇河之水流行，以桧木之桨与松木之舟济之。言虽淇水长远，然坚船利楫终能济之。古人以松柏之长青比喻有志，桧木、松木为舟楫言其坚固，言思乡心切虽远不足虑。言外之意以遵从礼制为宜。"驾言出游，以写我忧"，驾车出游，以排解我之忧思。言诗人自我安慰。

【引证】

（1）关于松柏

《礼记·礼器》："礼器（塑造），是故大备。大备，盛德也。礼释回（惑乱），增美质。措则正，施则行。其在人也，如竹箭之有筠（竹皮）也，如松柏之有心也。二者居天下之大端矣。故贯四时而不改柯易叶。故君子有礼，则外谐而内无怨，故物无不怀仁，鬼神飨德。"

（2）关于"佩玉"

《礼记·玉藻》："古之君子必佩玉，右徵角，左宫羽。趋以《采齐》，行以《肆夏》，周还中规，折还中矩，进则揖之，退则扬之，然后玉锵鸣也。故君子在车，则闻鸾和之声，行则鸣佩玉，是以非辟之心，无自入也。"

国风 卫 竹竿

诗
辑
训

圆柏

 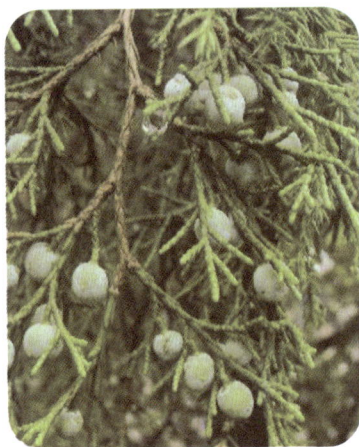

松身柏叶

　　圆柏，常绿乔木，高可达二十米，树形圆润，多为雌雄异株，其生长速度较慢。圆柏幼树叶子为刺叶，壮龄树兼有刺叶与鳞叶，老龄树则尽为鳞叶。圆柏木材坚实，颜色及纹理美观，耐腐蚀。木材用处广泛。

芄蘭

芄蘭之支，
童子佩觽。
虽则佩觽，
能不我知。
容兮遂兮，
垂带悸兮。

芄蘭之叶，
童子佩韘。
虽则佩韘，
能不我甲。
容兮遂兮，
垂带悸兮。

【注释】

1. 芄（wán），《说文》："芄蘭，莞也。《诗》曰：'芄蘭之枝。'"芄蘭，即水葱。

2. 支，《说文》：去竹之枝也。离开竹茎的竹枝。此处指水葱的秆。支或为"枝"。

3. 觽（xī），《说文》：佩角，锐端可解结。成年男女佩带在身上的骨制工具，头尖尾粗，尖锐的一端可以解开绳结，俗称角锥。

4. 知，《尔雅》：匹也。

5. 容，为"俗"。《说文》："俗（róng，yōng）：一曰华。"此处指服饰花纹。

6. 遂，为"璲"。《尔雅》："璲（suì），瑞也。"《说文》："瑞，以玉为信也。"璲表示身份、地位的玉器。如天子佩白玉，公侯佩山玄玉，大夫佩水苍玉。

7. 带,《说文》:绅也。男子鞶带,妇人带丝。垂带,此处代指鞠躬行礼。

8. 悸,《说文》:心动也。心有所动、动心之意。

9. 韘(shè),《说文》:射决也。所以拘弦也,以象骨,韦系,著右巨指。古代射箭时套在右手大拇指上用来钩弦的工具,用象骨制成。为成年男子佩带之物。

10. 甲,《尔雅》:狎也。《尔雅》:"狎,习也。"即熟悉、熟练之意。

【解析】

这首诗讲衣裳、服饰之礼制毁坏。

"芄兰之支,童子佩觿",芄兰之秆,儿童佩觿。一根水葱秆附有唯一一枚叶片,且二者大小差距悬殊。儿童佩带成人角锥之不相称,如同水葱秆与叶。"虽则佩觿,能不我知",虽然佩带角锥,但使用角锥之能不能与我相匹。言服饰与穿着者身份、能力不相宜。"容兮遂兮,垂带悸兮",衣裳之花纹,佩之璲玉,垂带而动其心也。鞠躬行礼则其绅带下垂,故以垂带喻行礼。言穿着有文采之衣裳,佩合宜之服饰,行之以礼仪,则能动人心意。言衣裳、服饰为礼器,利用之有教化之能。

"芄兰之叶,童子佩韘",芄兰之叶,童子佩韘。水葱叶细小而秆长大,童子小弱而射须强大。儿童佩带成人射决之不相宜如芄兰叶之于芄兰秆。"虽则佩韘,能不我甲",虽然佩有射决,其拘弦射箭之能不如我熟练。言外在服饰与内在修为应相匹配,此为服制之义。"容兮遂兮,垂带悸兮",衣裳之花纹,佩带之璲玉,行礼垂带而动其心。

【引证】

(1)关于"芄蘭"

芄蘭(芄兰),或为"芄藺"之误。《说文》:"藺(lìn),莞属。"《说文》:"莞,草也。可以作席。"《尔雅》"蔄,芄兰。"莞(guān)与蔄(guān)同音,应为同一物。莞即水葱,又称莞草,茎秆可编织席。

有人以芄蘭为萝藦,惟因萝藦果实形似觿。萝藦为缠绕草本植物,其藤蔓如何能称"芄兰之支"?即使萝藦果形似觿,萝藦之叶之于韘如何解?谬论!

诗辑训

（2）关于"佩觿、佩韘"

《礼记·内则》："子事父母，鸡初鸣，咸盥漱，栉縰笄总，拂髦冠緌缨，端韠绅，搢笏。左右佩用。左佩纷帨、刀、砺、小觿、金燧。右佩玦（射决）、捍、管、遰、大觿、木燧，逼，屦著綦。妇事舅姑，如事父母。鸡初鸣，咸盥漱，栉縰，笄总，衣绅。左佩纷帨、刀、砺、小觿、金燧。右佩箴、管、线、纩，施縏帙，大觿、木燧、衿缨，綦屦。……男女未冠笄者，鸡初鸣，咸盥漱，栉縰，拂髦总角，衿缨，皆佩容臭（装有香料的器物）。"

（3）关于佩玉

《礼记·玉藻》："凡带必有佩玉，唯丧否。佩玉有冲牙。君子无故，玉不去身。君子于玉比德焉。天子佩白玉而玄组绶，公侯佩山玄玉而朱组绶，大夫佩水苍玉而纯组绶，世子佩瑜玉而綦组绶，士佩瓀玟而缊组绶。孔子佩象环五寸，而綦组绶。"

（4）关于"垂带"

《礼记·玉藻》："天子素带朱里终辟，而素带终辟，大夫素带辟垂，士练带率下辟，居士锦带，弟子缟带。并纽约，用组、三寸，长齐于带，绅长制，士三尺，有司二尺有五寸。……凡侍于君，绅垂（弯腰则带垂），足如履齐，颐溜垂拱，视下而听上，视带以及袷，听乡任左。"

《礼记·曲礼上》："凡遗人弓者：张弓尚筋，弛弓尚角。右手执箫，左手承弣。尊卑垂帨（尊卑者相对鞠躬则佩巾下垂）。"

《礼记·曲礼下》："立则磬折（弯折如磬）垂佩（佩悬垂）。主佩倚（倚于身侧），则臣佩垂（弯身则佩垂）。主佩垂，则臣佩委（垂近地）。"

《荀子·王霸》："垂衣裳而天下定。"垂衣裳，寓意贯穿礼于日常。

（5）《礼记·表记》："是故君子服其服，则文以君子之容。有其容，则文以君子之辞。遂其辞，则实以君子之德。是故君子耻服其服而无其容，耻有其容而无其辞，耻有其辞而无其德，耻有其德而无其行。是故君子衰绖则有哀色。端冕则有敬色。甲胄则有不可辱之色。"

（6）《礼记·缁衣》：子曰："长民者，衣服不贰，从容有常，以齐其民则民德壹。"

水葱

　　水葱，又名莞草、葱蒲、席子草，为宿根挺水草本，具匍匐根状茎。水葱茎秆高大，圆柱状，中空，高一两米。秆基部具有三四个叶鞘，鞘长三四十厘米，但唯有最上面一个叶鞘长有叶片。叶片线形，长度仅二至十厘米。上图左下角为水葱叶鞘及其叶片。

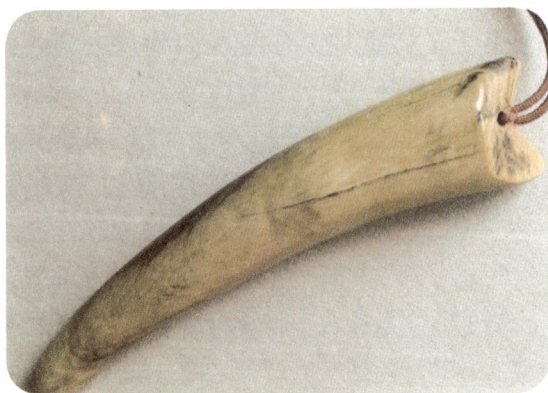

觽

　　觽有玉、骨、金属等材质。

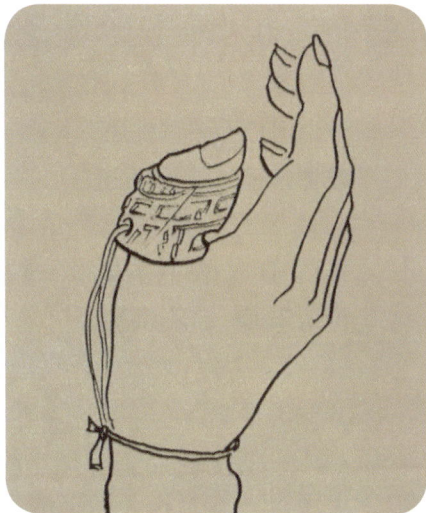

韘佩戴方法

253

韘

射决，有骨、玉石、金属等材质。后世沦为装饰物。

河广

谁谓河广？一苇杭之。
谁谓宋远？跂予望之。

谁谓河广？曾不容刀。
谁谓宋远？曾不崇朝。

【注释】

1. 河，黄河。

2. 广，《说文》：殿之大屋也。本意指无四壁的大屋，引申广大、宽大。

3. 一，作副词，解作竟、乃。

《史记》："寡人之过，一至于此乎？"《史记》："范叔一寒至此哉！"

4. 苇，捆扎一束芦苇为舟。芦苇舟筏简陋难以载重、致远。

5. 杭，为"斻"。《说文》："斻（héng），小津也。一曰以船渡也。"

《方言》："舟，自关而西谓之船，自关而东或谓之舟或谓之航。……方舟谓之斻。"

6. 跂（qí），《方言》：登也。跂又通"企"。《说文》："企，举踵也。"踮起脚跟，引申登升。

7. 曾，副词，竟然、简直。

《论语》："子曰：吾以子为异之问，曾由与求之问！"

《荀子》："内忘其亲，上忘其君，则是人也，而曾狗彘之不若也。"

8. 刀，通"舠"。《方言》："舠（zào），舠舟谓之浮梁。"《说文》："古文造从舟。"《尔雅》"天子造（舠）舟，诸侯维舟，大夫方舟，士特舟。"舠、造古今字。

9. 崇，《尔雅》：充也。重朝，整个早晨。

254

【解析】

　　这首诗写诗人急切思念宋国。

　　"谁谓河广？一苇杭之"，谁说河宽广？竟连芦苇舟都可渡济。苇舟简陋不能致远，言河面之窄小。"谁谓宋远？跂予望之"，谁说宋国远？登高即可望见。诗人极言行程之短、之易，言其思念急切。

　　"谁谓河广？曾不容刀"，谁说河宽广？竟连艖舟都不能容纳。搭设一座浮梁即可跨越河面，言河之狭窄。"谁谓宋远？曾不崇朝"，谁说宋国远？用不了一个早上的时间即可到达。

【名物】

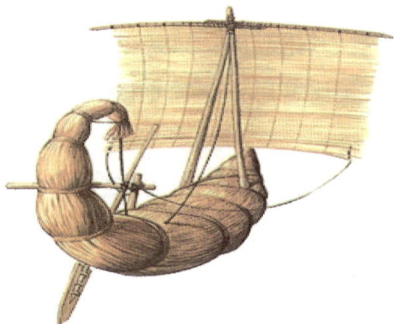

一束苇子扎成的苇舟

苇舟

255

　　芦苇材料易得，以芦苇制作筏子或小船简便，古人多用之。芦苇易腐杇，苇舟不耐用。与苇舟相比，松舟、柏舟更能载重、致远。

伯兮

伯兮朅兮，邦之桀兮。
伯也执殳，为王前驱。

自伯之东，首如飞蓬。
岂无膏沐？谁适为容？

其雨其雨，杲杲出日。
愿言思伯，甘心首疾。

焉得谖草？言树之背。
愿言思伯，使我心痗。

【注释】

1. 伯，《尔雅》：长也。统一方之长为伯。《左传》："诸侯无伯。"此处指卫国君。

2. 朅（qiè），《说文》：去也。离去之意。

3. 桀，应为"傑"。《说文》："傑，傲（勢）也。"即势杰（今作豪杰），本意为强健。此处指强健、健力者。《说文》："勢（háo），健也。"

4. 殳（shū），《说文》：以杸殊人也。《礼》："殳以积竹，八觚，长丈二尺，建于兵车，车旅贲以先驱。"古代一种竹木制兵器。殳用来隔离人。用积竹制成，八条棱，长一丈二尺，设立在兵车上，以为兵车队伍先锋。

5. 驱，《说文》：马驰也。前驱，即先锋。

6. 蓬，《说文》：蒿也。或为长茎飞蓬。

7. 沐，《说文》：濯发也。即洗头发。

8. 适，通"嫡"。《说文》："嫡（dí），孎（zhú，谨）也。"谨慎、小心之意。

9. 杲（gǎo），《说文》：明也。杲杲，光明的样子。

10. 愿，为"原"。《尔雅》："原，再也。"

11. 甘，为"酐"。《说文》："酐（gān），和也。"本意为相应和，引申情愿、自愿、愿意。

12. 焉，疑问代词，解作哪里、怎么。《列子》："且焉置土石？"

13. 得，解作合适、得当。《荀子》："刑范正，金锡美，工冶巧，火齐得。"

14. 谖（xuān），《尔雅》：忘也。谖草，即萱草，俗称忘忧草。《说文》："蕿（xuān），令人忘忧草也。《诗》曰：'安得蕿草？'"

15. 树，《尔雅》："屏，谓之树。"即屏风、照壁。

16. 痗（mèi），《尔雅》：病也。指心病。

【解析】

　　这首诗讲卫人感念卫文公之功德。

　　"伯兮朅兮，邦之桀兮"，国君兮去兮，其乃国之豪杰。"伯也执殳，为王前驱"，国君曾执殳征伐，为周王之前驱。卫文公六年，为维护周王室，卫文公曾作为诸侯联军先锋攻打郑国。这几句诗讲卫文公不仅为国之豪杰，亦有功于周王。

　　"自伯之东，首如飞蓬"，自国君之东迁，头乱如飞蓬。言国都自漕邑迁至楚丘，卫文公一心建设国家，头发乱如飞蓬。"岂无膏沐？谁适为容"，岂无洗发之膏油？谁又为容貌而谨慎？言外之意文公迁都楚丘之后一心在公。

　　"其雨其雨，杲杲出日"，接连有雨，如今日出而光明。"其雨其雨"，寓意卫国自遭狄人攻破朝歌之后，国家多难。"杲杲日出"，寓意在卫文公励精图治之下，国家显现曙光。"愿言思伯，甘心首疾"，一再思念国君，虽头病亦甘心情愿。言思念深切而头痛，然亦情愿。

　　"焉得谖草？言树之背"，哪里可得忘忧草？在照壁之背后。"愿言思伯，使我心痗"，一再思念国君，使我心伤。言忧伤不已，须忘忧草方能排解。

【引证】

（1）关于卫文公

　　卫懿公九年（公元前660年），狄人攻打卫国，杀害卫文公堂兄卫懿公，卫国迁都漕邑。卫人在漕拥立卫文公胞兄卫戴公为君。同年戴公去世，卫文公继君位。卫文公五年，卫、齐、鲁、宋、陈、郑在首止与周太子郑会见。同年秋，众诸侯盟于首止，郑伯逃归而不盟。卫文公六年，因郑文公避首止之盟，卫文公联合齐、鲁、宋、陈等诸侯攻打郑国，联军包围郑国新密。《诗》中"伯也执殳，为王前驱"或指此事而言。

《左传·闵公二年》："卫文公大布之衣，大帛之冠。务材，训农，通商，惠工，敬教，劝学，授方，任能。元年，革车三十乘。季年，乃三百乘。"

《左传·僖公二十五年》："夏，四月，癸酉，卫侯毁（文公）卒。"

（2）关于"自伯之东"

卫文公于周惠王十九年（公元前658年）春，迁都楚丘。楚丘在漕邑之东。后卫文公之子卫成公又东迁至帝丘。

【名物】

萱草

萱草，多年生草本，品种众多。黄花萱草花蕾可食，即黄花菜。三国嵇康《养生论》："合欢蠲（juān，除）忿，萱草忘忧，愚智所共知也。"唐孟郊《游子诗》："萱草生堂阶，游子行天涯。慈母倚堂门，不见萱草花。"

长茎飞蓬

飞蓬属植物花果

长茎飞蓬，二年生或多年生草本。其根状茎木质，斜升，有分枝。茎多，高十至五十厘米，直立或基部略弯曲。或因其根基部常斜向上，故荀子有言："蓬生麻中，不扶而直。"

有狐

有狐绥绥，在彼淇梁。
心之忧矣，之子无裳。

有狐绥绥，在彼淇厉。
心之忧矣，之子无带。

有狐绥绥，在彼淇侧。
心之忧矣，之子无服。

【注释】

1.绥绥（suí），为"蕤蕤"。《说文》："蕤（ruí），草木华垂貌。"引申华美。

《尔雅》："委委（绥绥），美也。"《荀子》："绥绥兮其有文章也。"

2.梁，《说文》：水桥也。

3.之子者，《尔雅》：是子也。

4.厉，为"砅"。《说文》："砅（lì），履石渡水也。"此处指踩着渡河的石墩。

5.裳，《说文》：下裙也。古人衣服上称衣，下称裳。

260

6.带，《说文》：绅也。男子鞶带，妇人带丝。男子用革带，女子用丝带。

7.侧，《说文》：旁也。

8.服，《说文》：用也。此处解作所穿戴。

【解析】

这首诗讲富贵者奢侈，轻易可济难，百姓衣食无着，无以济困。

"有狐绥绥，在彼淇梁。心之忧矣，之子无裳"，有衣华美狐皮者，行在彼淇水之桥。我心忧伤，是子之无裳。狐裘华贵，言富贵者奢侈。无裳，言极贫穷也。

"有狐绥绥，在彼淇厉。心之忧矣，之子无带"，有衣华美狐皮者，行在彼淇水中石墩。我心忧伤，是子之无带。

"有狐绥绥，在彼淇侧。心之忧矣，之子无服"，有衣华美狐皮者，在彼淇水之侧。我心忧伤，是子之无穿戴。

"在彼淇梁、在彼淇厉、在彼淇侧"，寓意富贵者有其济难之道，贫贱者无法过活。言国家不公平。

国风　卫　有狐

木瓜

投我以木瓜，
报之以琼琚。
匪报也，
永以为好也。

投我以木桃，
报之以琼瑶。
匪报也，
永以为好也。

投我以木李，
报之以琼玖。
匪报也，
永以为好也。

【注释】

1. 木，为"宋"，二者篆体形似。《说文》："宋（zǐ）：止也。从宋，盛而一横止之也。"意思为草木盛于极，亦即成熟之意。《说文》："宋（běi），草木盛宋宋然。"

2. 投，《说文》：掷也。投掷之意。引申为递送、送去。

3. 报，《说文》：当罪人也。本意为处理罪犯，引申回复、答复、酬答。

4. 琼，《说文》：赤玉也。

5. 琚（jū），《说文》：琼琚。

6. 匪，非。

7. 瑶，《说文》：玉之美者。

8. 玖，《说文》：石之次玉，黑色者。

9. 永，《说文》：长也。《尔雅》："永，远也。"

10.为好，即修好。《左传》："巴子使韩服告于楚，请与邓为好。"

【解析】

这首诗讲君上惠下，臣下报上。

"投我以木瓜，报之以琼琚"，给我送来熟透的瓜，我则回报以琼琚美玉。"匪报也，永以为好也"，并非为回报，愿永远为好。君子比德于玉，以美玉为报，寓意臣下以德能报于君上。

"投我以木桃，报之以琼瑶。匪报也，永以为好也"，送给我熟桃，我则回报以琼瑶美玉。并非为投桃而回报，愿永远为好。

"投我以木李，报之以琼玖。匪报也，永以为好也"，送给我成熟的李子，我则回报以琼玖美玉。并非对等回报，愿永远为好。

【引证】

（1）《左传·昭公二年》："宣子……自齐聘于卫。卫侯享之，北宫文子赋《淇澳》。宣子赋《木瓜》。"

（2）西汉贾谊《新书·礼》："礼者，所以节义而没不还。故觞饮之礼，先爵于卑贱，而后贵者始羞。肴膳下浃，而乐人始奏。觞不下遍，君不尝羞。肴不下浃，上不举乐。故礼者，所以恤下也。由余曰：'乾肉不腐，则左右亲。苞苴时有，筐筐时至，则群臣附。官无蔚藏，腌陈时发，则戴其上。'《诗》曰：'投我以木瓜，报之以琼琚。匪报也，永以为好也。'上少投之，则下以躯偿矣，弗敢谓报，愿长以为好。古之蓄其下者，其施报如此。"

（3）《孔丛子·记义》："于《木瓜》见苞苴之礼行也。"

（4）关于"木瓜、木桃、木李"

《本草纲目》："木瓜可种可接，……其实如小瓜而有鼻，津润而不木者木瓜。圆小于木瓜，味木而酢涩者为木桃。似木瓜而无鼻，大于木桃，味涩者为木李，亦曰木梨，即榠楂及和圆子。……木瓜性脆，可密渍之为果。……木桃、木李性坚，可蜜煎作糕食之。"木瓜为常见水果，木桃、木李则未见于其他经典。

先秦典籍中瓜、桃、李多并列出现，故笔者以"木"作"朩"为是。如下：

《礼记·内则》："枣、栗、榛、柿、瓜、桃、李、梅、杏、楂、梨、姜、桂。"

《墨子·天志下》："入人之场园，取人之桃、李、瓜、姜者。"

《荀子·富国》："瓜、桃、枣、李一本数以盆鼓。"

《晏子春秋》："瓜桃不削，橘柚不剖。"

（5）"木、宋"二字篆体：

王

黍离

彼黍离离，彼稷之苗。

行迈靡靡，中心摇摇。

知我者，谓我心忧。

不知我者，谓我何求。

悠悠苍天，此何人哉？

彼黍离离，彼稷之穗。

行迈靡靡，中心如醉。

知我者，谓我心忧。

不知我者，谓我何求。

悠悠苍天，此何人哉？

彼黍离离，彼稷之实。

行迈靡靡，中心如噎。

知我者，谓我心忧。

不知我者，谓我何求。

悠悠苍天，此何人哉？

【注释】

1.黍（shǔ），《说文》：禾属而粘者也。即黄米，俗称黍子。

2.稷（jì），《说文》：粢（zī）也。五谷之长。即谷子，为五谷之长。稷，此处为管理农田的长官。《左传》："稷，田正也。"

3.苗，《说文》：草生于田者。

4.离，通"蔾"。《说文》："蔾（lí），草木相附蔾土而生。"草木附在土地上而生长。蔾蔾，地上草木丛生的样子。

5.迈，《尔雅》：行也。

6.靡，《说文》：披靡也。分散倾倒之意。靡靡，此处指行走摇晃貌。

7. 摇,《说文》:动也。摇摇,指心神不安。摇摇或为"愮愮",忧伤而无所倾诉者。《尔雅》:"愮愮,忧无告也。"

8. 醉,《说文》:一曰溃也。即溃败、崩溃之意。

9. 噎(yē),《说文》:饭窒也。食物堵塞。引申堵塞、滞塞。

10. 求,为"捄"。《说文》:"捄(jiù),一曰擾也。"擾(rǎo),简体写作"扰"。《说文》:"擾,烦也。"《说文》"烦,热头痛也。"

11. 悠悠,幽远貌。《尔雅》:"悠,远也。"

12. 苍天,《尔雅》:"春为苍天。夏为昊天。秋为旻天。冬为上天。"

【解析】

这首诗讲诗人经过故国,发失国之伤感,怨掌国者无道。

"彼黍离离,彼稷之苗",彼黍丛生在田,乃彼田正之苗。彼黍、彼稷言非我者也。以彼黍丛生在田隐喻诗人远离故土。"行迈靡靡,中心摇摇",迈步行走摇晃,内心忧伤而无法诉说。"知我者,谓我心忧。不知我者,谓我何求",知我者,言我心忧伤。不知我者,问我有何烦扰。"悠悠苍天,此何人哉",悠悠苍天,使国家至于如此境地者何人?苍天有生发之德,诗人身处败落,故呼苍天。导致国家败落至此者乃无道君王,诗人怨嗟之。

"彼黍离离,彼稷之穗",彼黍丛生在田,乃彼田正之禾穗。"行迈靡靡,中心如醉",迈步行走摇晃,内心崩溃。"知我者,谓我心忧。不知我者,谓我何求。悠悠苍天,此何人哉",知我者,言我心忧伤。不知我者,问我有何烦扰。悠悠苍天,导致如此境况者何人?

"彼黍离离,彼稷之实",彼黍丛生在田,乃彼田正之籽实。"行迈靡靡,中心如噎",迈步行走摇晃,内心堵塞。"知我者,谓我心忧。不知我者,谓我何求。悠悠苍天,此何人哉",知我者,言我心忧伤。不知我者,问我有何烦扰。悠悠苍天,导致如此境况者何人?

【引证】

(1)《竹书纪年·平王》:"元年辛未,王东徙洛邑。锡文侯命。晋侯会卫侯、郑伯、秦伯,以师从王入于成周。二年,秦作西畤。鲁孝公薨。赐秦、晋以邠(bīn,豳)、岐之田。"周平王迁都洛邑之后,把

267

邠、岐之田赐给在平定西戎以及东迁有功的秦国与晋国。邠岐为周室肇基之地，为周族故地。此诗当指失邠岐之田而言。

（2）《史记·秦本纪》："西戎犬戎与申侯伐周，杀幽王郦山下。而秦襄公将兵救周，战甚力，有功。周避犬戎难，东徙雒邑，襄公以兵送周平王。平王封襄公为诸侯，赐之岐以西之地。曰：'戎无道，侵夺我岐、丰之地，秦能攻逐戎，即有其地。'与誓，封爵之。"

黍

　　黍生长在北方，耐干旱，民间称为黍子、黍谷。籽实有黄、白、红、紫等色。黍米可做油炸糕、酿米酒。

稷

　　谷子又名粟，为北方粮食作物，籽实称小米。谷子按成熟迟早可分早、中、晚三熟。以籽粒黏性可分糯粟和粳粟。按谷壳的颜色可分为黄色、白色、褐色等多种。其中红色、灰色者多为糯性，白色、黄色、褐色多为粳性。

君子于役

君子于役，不知其期，曷至哉？
鸡栖于埘，日之夕矣，羊牛下来。
君子于役，如之何勿思？

君子于役，不日不月，曷其有佸？
鸡栖于桀，日之夕矣，羊牛下括。
君子于役，苟无饥渴。

诗
辑
训

【注释】

1. 役，《说文》：戍边也。戍守边疆。

2. 曷（hé），《说文》：何也。

3. 埘（shí），《尔雅》：凿垣而栖为埘。在墙上凿的窝称之为埘。

4. 夕，《说文》：莫也。《说文》："莫，日且冥也。"

5. 不日不月，即无日无月。

6. 佸（huó），《说文》：会也。即相会、相见之意。

7. 桀，应为"榤"。《尔雅》："榤（jié），鸡栖于弋为榤。"鸡栖息的木架称榤。

8. 括，《说文》：絜（jié）也。本意为捆束、捆扎。引申汇总、总会。

9. 苟（jì），通"亟"。《说文》："亟（jì），妟也。"《说文》："妟（xìng），吉而免凶也。"妟简体写作"幸"，解作希望、希冀。苟（jì，自急敕）、苟（gǒu，草）为不同二字。

【解析】

这首诗讲妻子思念在外服役的丈夫，表达对国家使民无度的不满。

"君子于役，不知其期，曷至哉"，丈夫在外服役，不知其服役时长，何时才能到家？"鸡栖于埘，日之夕矣，牛羊下来。君子于役，如之何勿思"，鸡已经栖息在墙上的窝里，太阳也已下山，牛羊也下来。丈夫仍在外服役，如何让人不想念？言其服役时间超过常规。

"君子于役，不日不月，曷其有佸"，丈夫在外服役，没有结束的具体日期，何时才能相会？"鸡栖于桀，日之夕矣，牛羊下括。君子于役，苟无饥渴"，鸡已经到鸡架上栖息，太阳也已落下，牛羊已经会总。在外服役的丈夫，希望没有饥渴之患。

【名物】

鸡

鸡为常见家禽，驯化历史悠久。雄鸡毛色艳，肉冠较雌鸡大，亦可报晓。

牛

牛为古代重要家畜，以役用为主。上图为中国水牛。

271

羊

羊是古代重要家畜，主要供食用。

君子阳阳

君子阳阳。
左执簧,
右招我由房。
其乐只且!

君子陶陶。
左执翿,
右招我由敖。
其乐只且!

【注释】

1.阳阳,应为"惕惕"。《说文》:"惕(dàng, shāng),放也。"本意为放松、舒迟、从容。引申放荡、婬荡。《礼记》:"凡行容惕惕,庙中齐齐,朝庭济济翔翔。君子之容舒迟,见所尊者齐遬。"

2.陶陶,应为"饕饕"。《说文》:"饕(tāo),贪也。"饕饕,贪婪的样子。

3.簧,《说文》:笙中簧也。古者女娲作簧。此处指簧类乐器,如笙、竽。

4.翿(dào),《说文》:翳也,所以舞也。形似华盖的一种舞具,或为鸟羽制。

5.招,《说文》:手呼也。

6.由,为"繇"。《说文》:"繇(yáo),随从也。"由繁体为"邎"。

7.房,为"匚"。《说文》:"匚(fāng),受物之器。"或为无盖食盒或托盘。

8.敖,为"鏖"。《说文》:"鏖(áo),温器也。"用来保温的器皿。

9.只且,语气词,

273

【解析】

这首诗讲国家士大夫贪婪、放荡，享乐无度。

"君子阳阳"，君子放荡。君子指国家士大夫。"左执簧，右招我由房"，左手持笙竽，右手招呼我随从食盘。言士大夫奢靡，享乐无度。"其乐只且"，其乐也矣！言唯贪图婬逸。

"君子陶陶"，君子贪婪。"左执翿，右招我由敖"，左手持翿，右手招呼我随从温器。"其乐只且"，其乐也矣！

【引证】

古文陶、慆、滔、饕通用。如下：

《左传·昭公二十六年》："民不迁晨，不移工；贾不变；士不滥；官不滔（饕）；大夫不收公利。"

《礼记·檀弓下》："人喜则斯陶（慆，悦也），陶斯咏。"

《楚辞·哀岁》："冬夜兮陶陶（滔滔），雨雪兮冥冥。"

【名物】

上图为北方秧歌领舞者画像。舞者左手所持舞具或为翿。

《说文》："伞，盖也。"《说文》："翳（yì），华盖也。"所谓华盖，即如花之盖，亦即华美之盖。

上图为山东济南商河县鼓子秧歌表演，其领舞者称之为伞头。领舞者左手所持华盖或为翳。

扬之水

扬之水，
不流束薪。
彼其之子，
不与我戍申。
怀哉！怀哉！
曷月予还归哉？

扬之水，
不流束楚。
彼其之子，
不与我戍甫。
怀哉！怀哉！
曷月予还归哉？

扬之水，
不流束蒲。
彼其之子，
不与我戍许。
怀哉！怀哉！
曷月予还归哉？

【注释】

1. 扬，通"旸"。《说文》："旸（yáng），开也。"引申分散、散开、张布。《荀子》："君子崇人之德，扬（旸）人之美，非谄谀也。"

2. 薪，《说文》：荛也。即柴草。

3. 楚，《说文》：荆也。即荆条。

4. 蒲，《说文》：水草也。可以作席。

5. 戍（shù），《说文》：守边也。守卫边疆。

6. 申，古国名，姜姓。一说位于今河南南阳。

7. 甫，古国名，亦称吕，姜姓。周宣王时为经营南方，迁吕国于河南宛地。改吕国为甫国，言周之辅国。一说位于今河南南阳西。

8. 许，古国名，姜姓。在镐京之东。许国位于河南许昌附近，后屡次迁都。

9. 怀，《说文》：念思也。

10. 曷，《说文》：何也。

【解析】

　　这首诗讲戍边士兵人心思归，表达了对权贵不能体恤百姓的不满。

　　"扬之水，不流束薪"，散开的流水，不能冲走一把柴草。寓意人心离散则衰弱，聚合则强大。此处指士兵思归，无心戍边。"彼其之子，不与我戍申"，他们那些人，不与我们一同戍守申国。言权贵者役使百姓戍边。"怀哉！怀哉！曷月予还归哉"，思念！思念！至何月我才能归还家乡？

　　"扬之水，不流束楚。彼其之子，不与我戍甫"，散布的水流，不能冲走一束荆条。他们那些人，不与我们一同戍守甫国。"怀哉！怀哉！曷月予还归哉"，思念！思念！至何月我才能归还故里？

　　"扬之水，不流束蒲。彼其之子，不与我戍许"，散开的水流，不能冲走一束蒲草。他们那些人，不与我们一同戍守许国。"怀哉！怀哉！曷月予还归哉"，思念！思念！至何月我才能归还故里？

【引证】

　　金文记载西周军队有宗周六师、成周八师。宗周六师驻守镐京，成周八师驻守洛邑。成周八师，同时负责抵御东南蛮夷。

　　卣铭文："淮夷敢伐内国，汝其以成周师氏，戍于叶师。"其中"成周师氏"即成周八师。其中"叶"位于今河南平顶山市附近。

　　诗中申国、甫国位于位于镐京、洛邑南方，许国位于镐京东方。这首诗应作于周宣王时期，为防范东南夷狄进犯，在申、甫、许派"成周师氏"驻守。

蒲

　　蒲，又名香蒲、蒲草，为多年生水草，高近两米。蒲草白嫩根茎可作蔬菜。蒲叶长而细，可编席。夏开黄花。一般而言莞席优于蒲席，蒲席优于苇席。

诗辑训

中谷有蓷

中谷有蓷，暵其乾矣。
有女仳离，嘅其叹矣。
嘅其叹矣，遇人之艰难矣。

中谷有蓷，暵其脩矣。
有女仳离，条其歗矣。
条其歗矣，遇人之不淑矣。

中谷有蓷，暵其湿矣。
有女仳离，啜其泣矣。
啜其泣矣，何嗟及矣？

【注释】

1. 蓷（tuī），《说文》：萑（huán）也。即夏至草，亦称白花益母草或小益母草。

2. 暵（hàn），《说文》：乾也。即干燥。《说文》："灘（tān）：水濡而乾也。《诗》曰：'灘其乾矣。'"灘，即滩地。存参。

3. 乾（gān），通"幹"。幹（gān），解作茎秆（禾茎），今多写作茎秆或茎干。《文子》："末不可以强于本，枝不可以大于幹。"

4. 仳（pǐ），《说文》：别也。分别、分离之意。

5. 嘅（kǎi），《说文》：叹也。

6. 叹，《说文》："叹，吞歎也。一曰太息。"吞声叹气。一说为深长的叹息。

7. 遇，《说文》：逢也。交际、与人交接。《管子》："人主身行方正，使人有礼，遇人有理。"《墨子》："为人臣不忠；为子不孝；事兄不弟；交，遇人不贞良。"

8.淑，《尔雅》：善也。

9.脩（xiū），应为"條"之误。《说文》："條（tiáo），小枝也。"條简体"条"。

10.条，为"窱"。《说文》："窱（tiǎo），杳窱也。"深远之意。《史记》："其土黑坟，草繇木条（窱）。"

11.歗（xiào），《说文》：吹声也。有情绪得呼叫、呐喊。

12.湿，《说文》：幽湿也。引申水分。《庄子》："相呴（xǔ）以湿，相濡以沫。"

13.啜（chuò），《说文》：尝也。啜泣，眼泪流到嘴里，亦即泪流满面之意。

14.及，《尔雅》：逮也。

【解析】

　　这首诗讲妇人不修自身德行，不善与人交往，终被抛弃。

　　"中谷有蓷，暵其乾矣"，山谷之中有夏至草，其茎秆干枯。夏至草于夏至时节即枯萎，虽生长于山谷优渥之地，不能改其本性。寓意自身乃处事成败之根本。"暵其乾矣"可解释为"滩地而干枯其茎秆"，言其死亡并非缺水。"有女仳离，嘅其叹矣"，有女子别去，发其伤叹。"嘅其叹矣，遇人之艰难矣"，发其伤叹，与人交往艰难。言妇人被休，感叹其不能与人良好交往。

　　"中谷有蓷，暵其脩矣"，山谷之中有夏至草，其枝条干枯。"暵其脩矣"可解释为"滩地而干枯其枝条"。"有女仳离，条其啸矣"，有女子别去，其哀号深切。"条其啸矣，遇人之不淑矣"，深切哀号，与人交际之不善也。

　　"中谷有蓷，暵其湿矣"，有夏至草于山谷之中，其水分干涸。言夏至草植株全部干枯。"暵其湿矣"可解释为"滩地而干枯其水分"。"有女仳离，啜其泣矣"，有女子别去，泪流满面。"啜其泣矣，何嗟及矣"，泪流满面，何种嗟叹能改变现状？言不修自身德行，后悔何益？

【引证】

（1）《孔子家语·六本》："不慎其初，而悔其后，'何嗟及矣？'"

（2）西汉刘向《说苑·建本》："丰墙硗下未必崩也。流行潦至，坏必先矣。树本浅，根垓不深，未必橛也。飘风起，暴雨至，拔必先矣。君子居于是国，不崇仁义，不尊贤臣，未必亡也。然一旦有非常之变，车驰人走，指而祸至，乃始乾喉燋唇，仰天而叹，庶几焉天其救之，不亦难乎？孔子曰：'不慎其前，而悔其后，虽悔无及矣。'《诗》曰：'啜其泣矣，何嗟及矣？'言不先正本而成忧于末也。"

益母草

 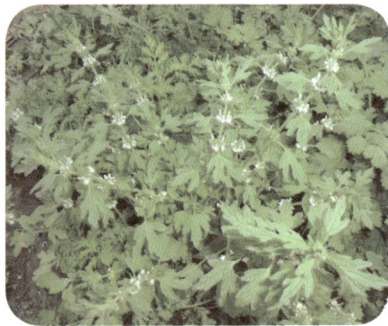

夏至草

夏至草，又名小益母草，为多年生草本。茎直立，高十五至三十五厘米，方柱形，分枝。花冠白色，稀有粉红色。花期在三四月，果期在五六月。因夏至时节籽实成熟故名夏至草，亦有夏枯草之称。夏至草喜向阳、湿润环境。

李时珍："此草及子皆充盛密蔚，故名茺蔚。其功宜于妇人及明目益精，故有益母、益明之称。其茎方，类麻，故谓之野天麻。俗呼为猪麻，猪喜食之也。夏至后即枯，故亦有夏枯之名。……茺蔚近水湿处甚繁。春初生苗如嫩蒿，入夏长三、四尺，……四、五月间穗内开小花，红紫色，亦有微白色者。其草生时有臭气，其根白色。"李时珍把益母草与夏枯草混为一谈。

兔爰

有兔爰爰，
雉离于罗。
我生之初，
尚无为。
我生之后，
逢此百罹，
尚寐无吪。

有兔爰爰，
雉离于罦。
我生之初，
尚无造。
我生之后，
逢此百忧，
尚寐无觉。

有兔爰爰，
雉离于罿。
我生之初，
尚无庸。
我生之后，
逢此百凶，
尚寐无聪。

283

【注释】

1. 爰爰（yuán），《尔雅》：缓也。

2. 雉，野鸡。《说文》言雉有十四种。

3. 离，通"罹"。《说文》："罹（lí），心忧也。古多通用离。"

4. 罗，《说文》：以丝罟（gǔ）鸟也。即以罗网捕鸟。此处指捕鸟的网。

5. 罦（fú），《说文》：覆车也。一种装有机关的捕鸟器具。

6. 罿（chōng），《说文》："罿谓之罬（zhuó），罬谓之罦。捕鸟覆车也。"

7. 我，《说文》："或说'我'，顷顿也。"解作倾斜、倾覆、倾倒。我抑或为"俄"。《说文》："俄，行顷也。"

8. 尚，副词，还、仍然。《左传》："尚早，坐而假寐。"尚又通"党"。《说文》："党，不鲜也。"即不少、多之意。

《小尔雅》："尚，久也。"

《盐铁论》："古者男女之际，尚（多）矣。嫁娶之服，未之以记。"

《史记》："五帝、三代之记，尚（多）矣。"

《列女传》："诗书之言女德，尚（多）矣。"

9. 寐，《说文》：卧也。

10. 吪（é），《说文》：动也。

11. 觉，《说文》：寤也。即醒来、醒悟之意。

12. 造，《尔雅》：为也。

13. 庸，《尔雅》：劳也。即勤动、勤劳之意。《说文》："庸，用也。"

14. 聪，《说文》：察也。明审之意。

【解析】

这首诗讲诗人责怨士人不觉醒、不作为。

"有兔爰爰，雉离于罗"，有兔子缓缓行动，野鸡则忧其身陷罗网。野兔缓缓行动，言其未发觉已有野鸡身陷罗网。寓意人临近危难而不警醒。"我生之初，尚无为"，倾覆发生之始，多不作为。"我生之后，逢此百罹，尚寐无吪"，倾覆发生之后，逢此百忧，仍然睡而不动。言危难之初大多士人不作为，遭难之后仍不觉悟、不反省、不改正。

"有兔爰爰，雉离于罦"，有兔子缓缓行动，野鸡忧其身陷罗网。"我生之初，尚无造。我生之后，逢此百忧，尚寐无觉"，倾覆发生之初，多不作为。倾覆发生之后，逢此百忧，仍睡而不醒。

"有兔爱爱，雉离于罿"，有兔子缓缓行动，野鸡忧其身陷罗网。"我生之初，尚无庸。我生之后，逢此百凶，尚寐无聪"，倾覆发生之初，多不勤动。倾覆发生之后，逢此百凶，仍睡而不察。

【引证】

诗人当为周平王之卿大夫，责怨士人不觉醒、不作为。

周平王姬宜臼，为周幽王之子，母申后为申国国君之女。周平王为东周第一任君主，公元前七六八年至公元前七一八年在位。

西周末年，周幽王无道，废申后及太子姬宜臼，立褒姒为后，立褒姒之子伯服为太子。周幽王五年，姬宜臼逃奔申国。周幽王十一年，申侯联合缯国与犬戎进攻周，周幽王与郑桓公皆被犬戎所杀。随后，申、鲁、许等诸侯国拥立姬宜臼继位。同时虢公等诸侯以为姬宜臼通敌国犬戎、弑父杀弟、灭亡西周之罪恶深重不宜为周王，故立周幽王之弟王子余臣于携，是为周携王，又称周惠王。于是周二王并立。后晋文侯弑周携王，协助姬宜臼于公元前七七零年迁都洛邑，是为周平王，史称东周。周平王时，周室衰微，诸侯争霸，周天子内外交困。

《左传·隐公三年》："郑武公、庄公为平王卿士。王贰于虢，郑伯怨王，王曰'无之'。故周、郑交质。王子狐为质于郑，郑公子忽为质于周。王崩，周人将畀虢公政，四月，郑祭足帅师取温之麦。秋，又取成周之禾，周郑交恶。"

《竹书纪年·幽王》："十一年春正月，日晕。申人、鄫人及犬戎入宗周，弑王及郑桓公。犬戎杀王子伯服。执褒姒以归。申侯、鲁侯、许男、郑子立宜臼于申，虢公翰立王子余臣于携（周携王）。"

《史记·周本纪》："西戎犬戎与申侯伐周，杀幽王郦山下。而秦襄公将兵救周，战甚力，有功。周避犬戎难，东徙雒邑，襄公以兵送周平王。平王封襄公为诸侯，赐之岐以西之地。曰：'戎无道，侵夺我岐、丰之地，秦能攻逐戎，即有其地。'与誓，封爵之。"

《史记·周本纪》："平王之时，周室衰微，诸侯彊并弱，齐、楚、秦、晋始大，政由方伯。"

"我生之初，尚无为。我生之后，逢此百罹"，其中"我"当指西周灭亡而言。其中"逢此百罹"则指东周初年诸事。

葛藟

绵绵葛藟，在河之浒。
终远兄弟，谓他人父。
谓他人父，亦莫我顾。

绵绵葛藟，在河之涘。
终远兄弟，谓他人母。
谓他人母，亦莫我有。

绵绵葛藟，在河之漘。
终远兄弟，谓他人昆。
谓他人昆，亦莫我闻。

【注释】

1. 绵绵，《尔雅》：穮（biāo）也。穮通"髟"。《说文》："髟（biāo），长发猋猋也。"髟髟，头发长而密。绵绵，此处指葛藟长而密的样子。

2. 藟（lěi），《说文》：草也。一曰秬鬯（黑黍所酿酒）也。藟或为山葡萄。

3. 浒（hǔ）、涘（sì）、漘（chún），《说文》：水厓也。即水岸之意。

4. 谓，称作、叫作。《论语》："孔文子何以谓之文也？"

5. 终，解作既、不仅。《诗·北门》："终窭且贫，莫知我艰。"

6. 莫，解作不、无。《论语》："小子何莫学夫《诗》？"

7. 顾，《说文》：还视也。

8. 有，为"姷（yòu）"，辅佐、比辅、相助之意。《说文》："姷，耦也。姷或从人。"姷又写作"侑"。《周礼》："膳夫以乐侑食。"
《诗·四月》："尽瘁以仕，宁莫我有（侑）。"

9. 闻，通"问"。解作问候、慰问、恤问。《诗·泉水》："问我诸姑，遂及伯姊。"《战国策》："燕王吊死问生。"《诗·云汉》："群公先正，则不我闻。"

10. 昆，为"晜"。《说文》："晜（kūn），周人谓兄曰晜。"《论语》："人不间于其父母昆弟之言。"《列子》："昔有昆弟三人。"

【解析】

这首诗讲周平王姬宜臼因废太子位，投奔申侯，联合犬戎、鄫国，弑君亡周。周室亲族讽刺周平王认贼作父，背叛宗族。

"绵绵葛藟，在河之浒"，连续而茂密的葛藟，生长在河岸。葛藟有荫庇之能，故君子比之。然繁茂葛藟长于河岸则无所荫庇。寓意其人无庇护亲族之德。"终远兄弟，谓他人父"，既远于兄弟，且称他人作父。言背弃宗族。"谓他人父，亦莫我顾"，称他人作父，则不看顾我。言弃亲族而不顾。

"绵绵葛藟，在河之涘。终远兄弟，谓他人母。谓他人母，亦莫我有"，连续而茂密的葛藟，长在河岸。既远于兄弟，且称他人作母。称他人作母，则不比辅于我。

"绵绵葛藟，在河之漘。终远兄弟，谓他人昆。谓他人昆，亦莫我闻"，连续而茂密的葛藟，长在河岸。既远于兄弟，且称他人作兄。称他人作兄，则不恤问我。

【引证】

（1）《左传·文公七年》：昭公将去群公子，乐豫曰："不可。公族，公室之枝叶也，若去之则本根无所庇荫矣。葛藟犹能庇其本根，故君子以为比，况国君乎？此谚所谓'庇焉而纵寻斧焉。'者也。必不可，君其图之。亲之以德，皆股肱也，谁敢携贰？若之何去之？"

（2）《国语·晋语》："周幽王伐有褒，褒人以褒姒女焉。褒姒有宠，生伯服。于是乎与虢石甫比，逐太子宜臼而立伯服。太子出奔申。申人、鄫人召西戎以伐周。周于是乎亡。"

（3）《竹书纪年·幽王》："五年，王世子宜臼出奔申。……十一年春，正月，日晕。申人、鄫人及犬戎入宗周，弑王及郑桓公。犬戎杀王子伯服。执褒姒以归。申侯、鲁侯、许男、郑子立宜臼于申。虢公翰立王子余臣于携。"

287

（4）《**系年**》："周幽王取妻于西申，生平王。王或（又）取褒人之女，是褒姒，生伯盘。褒姒嬖于王，王与伯盘逐平王，平王走西申。幽王起师，回（围）平王于西申，申人弗畀，曾人乃降西戎，以攻幽王。幽王及伯盘乃灭，周乃亡。邦君、诸正（当指西周公卿）乃立幽王之弟余臣于虢，是携惠王。立廿又一年，晋文侯仇乃杀惠王于虢。周亡王九年，邦君、诸侯焉始不朝于周。晋文侯乃逆平王于少鄂，立之于京师。三年，乃东徙，止于成周。晋人焉始启于京师，郑武公亦正东方之诸侯。"

上文记载东周初年邦君、诸侯不朝周平王达九年，可见彼时众诸侯对周平王投靠异姓申国、交通犬戎敌国、弑君杀弟、灭亡西周等作为多有不满。

采葛

彼采葛兮。
一日不见，
如三月兮。

彼采萧兮。
一日不见，
如三秋兮。

彼采艾兮。
一日不见，
如三岁兮。

【注释】

1. 彼，《说文》：往，有所加也。

2. 萧，《说文》：艾蒿也。陆玑："今人所谓荻蒿者是也，或云牛尾蒿。似白蒿，白叶、茎粗、科生、多者数十茎。可作烛、有香气，故祭奠以脂爇（ruò，烧）之为香。"《说文》称作"艾蒿"，或因萧与艾、蒿相似。

3. 艾，《说文》：冰台也。即艾草，又名艾蒿。晋张华《博物志》："削冰令圆，举以向日，干艾于后，承其景（影）则得火，故名冰台。"

4. 秋，《说文》：禾谷熟也。三秋，三次禾谷成熟，亦即一年之意。《礼记·月令》："孟夏……麦秋至。"《吕氏春秋·孟夏纪》："靡草死，麦秋至。"

【解析】

这首诗讲求贤。

"彼采葛兮。一日不见，如三月兮"，往以采葛兮。一日不见，如三月兮。葛广泛用于民生，此处比喻贤才。言求贤能者急切。

"彼采萧兮。一日不见，如三秋兮"，往以采萧兮。一日不见，如三秋兮。萧有气味，可作祭品原料，比喻贤才。三月，为一季。三秋，为一年。

"彼采艾兮，一日不见，如三岁兮"，往以采艾兮。一日不见，如三岁兮。艾草有气味，可作草药，比喻贤能。

【引证】

（1）关于"三秋"

《昭明文选·王融》："四境无虞，三秋式稔（谷熟）。"

晋陆机《挽歌》："三秋（一年）犹足收，万世安可思。"

陶渊明《闲情赋》："愿在莞而为席，安弱体于三秋。悲文茵（车内坐垫）之代御，方经年而见求。"其中"三秋"与"经年"对文。

（2）关于"三稔"

《说文》："稔（rěn），谷熟也。"谷物三次成熟收获为一年，五次成熟收获为二年，故有三稔、五稔之说。三稔，即三秋。

《左传·僖公二年》："虢必亡矣，亡下阳不惧，而又有功，是天夺之鉴，而益其疾也，必易晋而不抚其民矣，不可以五稔（二年）。"

《左传·昭公元年》："国无道而年谷和熟，天赞之也，鲜不五稔（二年）。赵孟视荫曰：'朝夕不相及，谁能待五？'"

《国语·郑语》："凡周存亡，不三稔（三秋）矣。"

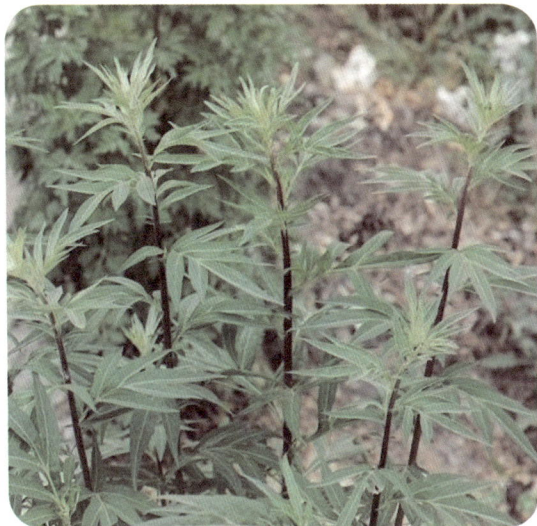

牛尾蒿

牛尾蒿，又名荻蒿，高一米上下，茎多、紫褐色、直立、基部略木质化。茎枝幼时被短柔毛。周代萧作祭祀香料，与油脂燃烧有香气。

《周礼》："祭祀，共（供）萧茅。"

《礼记·祭义》："燔燎膻芗，见以萧光，以报气也。"即在燃烧的萧上洒油脂。

《礼记·郊特牲》："萧合黍稷臭（黍稷萧混合燃烧），阳达于墙屋。故既奠，然后焫（烧）萧合膻芗（肠脂）。"

291

艾

艾，又名艾蒿、冰台，多年生草本。艾草植株有浓烈香气，嫩苗可食，全株入药。艾叶晒干捣碎得"艾绒"，制艾条供艾灸用。艾绒又可作印泥的原料。民俗在端午节以菖蒲、艾条插于门楣，悬于堂中以防蚊虫，避邪却鬼。

《孟子·离娄上》："犹七年之病求三年之艾也。"

《楚辞》："何昔日之芳草兮，今直为此萧艾也。"

《后汉书》："珍萧艾于重笥兮，谓蕙芷之不香。"言萧艾气味不若芳草香气美。

大车

大车槛槛，毳衣如菼。
岂不尔思？畏子不敢。

大车啍啍，毳衣如璊。
岂不尔思？畏子不奔。

谷则异室，死则同穴。
谓予不信，有如皦日。

【注释】

1. 大车，可载多人或运载货物，需要多匹牛马牵引的车。

2. 槛槛（jiàn），为"蹇蹇"。《说文》："蹇（jiǎn），跛也。"蹇蹇，此处指车身晃动貌，引申难行。《楚辞》："山中槛槛（蹇蹇）余伤怀兮，征夫皇皇其孰依兮。"

3. 啍（tūn），《说文》：口气也。《诗》曰："大车啍啍。"指车声。

4. 毳（cuì），《说文》：兽细毛也。毳衣，兽毛制作的上衣。《方言》："幩帾、帗缕，毳也。楚曰幩帾（làn wū），陈宋郑卫之间谓之帗缕。"没有边缘的衣服称之为毳衣。《说文》："幩，楚谓无缘衣也。"

5. 菼（tǎn），为"緂"。《说文》："緂（tǎn），帛雅（菼）色也。《诗》：'毳衣如緂。'"即深青色的布帛。《尔雅》："菼，雅也。"《说文》："菼，萑（荻草）之初生。一曰薍（wàn）。一曰雏（雅）。"《尔雅》："雅，苍白杂毛雅。"

6. 璊（mén），为"璊"。《说文》："璊（mén），以毳为繝（jì），色如虋（mén），故谓之璊。虋，禾之赤苗也。《诗》：'毳衣如璊。'"璊，用动物细毛编织的毳布，颜色似虋禾之赤，故称之为璊。璊，即赤色毛布。《说文》："繝，西胡毳布也。"《说文》："璊，玉桱（chéng，赤）色也。禾之赤苗谓之虋，言璊，玉色如之。"

293

7. 敢，《说文》：进取也。

8. 奔，《尔雅》：走也。

9. 谷，《尔雅》：生也。

10. 信，《说文》：诚也。

11. 皦（jiǎo），《说文》：玉石之白也。

【解析】

这首诗讲服役时间超过常规，役人思念妻子。

"大车槛槛，毳衣如菼"，大车行在路上摇摇晃晃，毳衣色如缲帛之深青。服役者穿着毳衣，言天寒，时在冬季。七月之前荻草称之为菼，至七月菼秀实则称之为萑（huān）。此处言毳衣色如荻草，寓意诗人于夏季即离家服役。"岂不尔思？畏子不敢"，岂不思念你？畏惧长官不敢有所作为。言役民者强暴。

"大车哼哼，毳衣如璊"，大车行进哼哼有声，毳衣色如樠布之赤。樠之所以名，因其色同虋。虋生长于夏季，此处言毳衣色如虋，寓意诗人于夏季离家服役。"岂不尔思？畏子不奔"，岂不思念你？畏惧长官不敢逃奔。

"谷则异室，死则同穴"，生则两地分居，死要同葬一穴。言虽死亦要夫妻团聚。"谓予不信，有如皦日"，谓我心不诚，我心纯如白日。言国家役民无度，损害夫妇之和。

【引证】

（1）关于"毳衣"

《后汉书·乌桓鲜卑列传》："乌桓者，本东胡也。汉初，匈奴冒顿灭其国，馀类保乌桓山，因以为号焉。俗善骑射，弋猎禽兽为事。随水草放牧，居无常处。以穹庐为舍，东开向日。食肉饮酪，以毛毳为衣。"

（2）关于"菼"

《大戴礼记·夏小正》："七月：秀萑苇。未秀则不为萑苇，秀然后为萑苇，故先言秀。……萑未秀为菼，苇未秀为芦。"

（3）《孔子家语·公西赤问》：孔子之母既丧，将合葬焉。曰："古者不祔葬，为不忍先死者之复见也。《诗》云：'死则同穴。'自周公已来，祔葬矣。故卫人之祔也离之，有以闲（间）焉。鲁人之祔也合之，美夫！吾从鲁。"遂合葬于防。

（4）西汉《盐铁论·执务》："古者，行役不逾时，春行秋反，秋行春来，寒暑未变，衣服不易，固已还矣。"

以上文观之《大车》之服役者应当"春行秋反"，言"毳衣如菼"则谓——寒暑已变，衣服改易，仍不还也。

丘中有麻

丘中有麻，
彼留子嗟。
彼留子嗟，
将其来施。

丘中有麦，
彼留子国。
彼留子国，
将其来食。

丘中有李，
彼留之子。
彼留之子，
贻我佩玖。

【注释】

1. 丘，《说文》："虚，大丘也。古者九夫为井，四井为邑，四邑为丘。丘谓之虚。"丘虚，即田邑、农村。丘虚，又写作"丘墟"。

2. 麻，《尔雅》：枲（xǐ）也。即火麻，其皮纤维可以用于纺布、制绳。

3. 留，《说文》：止也。留子，此处指留落在乡野之贤者，留落君子，不出仕者。

4. 嗟，《说文》："嗟：咨也。一曰：痛惜也。"

5. 将，解作取、拿。《孟子》："井上有李，……匍匐往将食之。"

6. 施，为"敀"。《说文》："敀（shī），敷（fū）也。"引申用、使用。《荀子》："爪牙之士施，则仇雠不作。"《说文》："用，可施（敀）行也。"

7. 国，为"啯（guō）"。《方言》："喊、啯、唏，声也。"感叹、唏嘘之声。

8. 贻，《尔雅》：遗也。即赠送。

9. 玖，《说文》：石之次玉黑色者。

【解析】

　　这首诗讲贤者在野，不忘君子节义。

　　"丘中有麻，彼留子嗟"，田邑中有麻，彼留子嗟叹。言贤者留落于乡野，而心忧国家、道义。"彼留子嗟，将其来施"，彼留子嗟叹，取其麻来用。言贤者在野，自谋衣食，然不忘国家、道义。

　　"丘中有麦，彼留子国"，田邑中有麦，彼留子感叹。"彼留子国，将其来食"，彼留子嗟叹，取其麦来食。

　　"丘中有李，彼留之子"，田邑中有李，亦有留落之君子。李花美而多实，比喻贤德隐者。"彼留之子，贻我佩玖"，彼留之子，赠我黑色佩玉。黑色于时为冬，寓意收藏。佩玉为礼器。留子赠佩玖，寓意勿忘君子节义。

【引证】

关于"留子"

　　《后汉书·窦融传》："融闻智者不危众以举事，仁者不违义以要功。今以小敌大，于众何如？弃子微功，于义何如？且初事本朝，稽首北面，忠臣节也。及遣伯春，垂涕相送，慈父恩也。俄而背之，谓吏士何？忍而弃之，谓留子何？自兵起以来，转相攻击，城郭皆为丘墟，生人转于沟壑。今其存者，非锋刃之馀，则流亡之孤。"文中"留子"即留落者、留下之人。

　　《西陵遇风献康乐》：

> 我行指孟春，春仲尚未发。
>
> 趣途远有期，念离情无歇。
>
> 成装候良辰，漾舟陶嘉月。
>
> 瞻涂意少悰，还顾情多阙。
>
> 哲兄感仳别，相送越坰林。
>
> 饮饯野亭馆，分袂澄湖阴。
>
> 凄凄留子言，眷眷浮客心。

回塘隐舻栧，远望绝形音。

靡靡即长路，戚戚抱遥悲。

悲遥但自弭，路长当语谁。

南朝宋诗人谢惠连出行，友人为之饯行，作诗记之。诗中"留子"指为诗人饯行之人，亦即留而不出走之人。诗中"浮客"为诗人谢惠连自谓。

麻

　　麻，俗称大麻、火麻。一年生直立草本，雌雄异株，高一到三米。火麻茎秆纤维可以用于纺布，制造绳索。麻籽可以榨油，做饲料。大麻变种很多，作为毒品的大麻主要是指矮小、多分枝的印度大麻。

　　沤麻，是将收割的麻株成捆投入水中，浸泡约八至十四天，进行发酵。发酵完成后捞出晾晒，即可分离其茎秆纤维。

郑

缁衣

缁衣之宜兮，
敝予又改为兮。
适子之馆兮，
还予授子之粲兮。

缁衣之好兮，
敝予又改造兮。
适子之馆兮，
还予授子之粲兮。

缁衣之蓆兮，
敝予又改作兮。
适子之馆兮，
还予授子之粲兮。

【注释】

1. 缁（zī），《说文》：帛黑色也。缁衣，黑衣。国老、庶老之服。

2. 敝，《说文》：一曰败衣。即破衣服。

3. 适，《说文》：之也。往而至于某地。

4. 馆，《说文》：客舍也。《周礼》："五十里有市，市有馆，馆有积，以待朝聘之客。"接待宾客的房舍，此处指国家学馆。

5. 授，通"受"。《说文》："受，相付也。"

6. 粲，为"奰"之通假。《说文》："奰（càn），三女为奰。奰，美也。"引申为美好的事物。《国语》："夫奰，美之物也。"

7. 蓆（xí），《说文》：广多也。引申宽大。
《尔雅》："席（蓆），大也。"

8. 改，《说文》：更也。

【解析】

这首诗讲国家养老尊贤。

"缁衣之宜兮，敝予又改为兮"，黑衣之适合也，破败后我又改造之。以缁衣之合适，一再缝补，寓意其人乐于担任国老或庶老之职。周朝三老负责国家教学。"适子之馆，还予授子之粲兮"，往子之馆舍，归还时我受子之美物。言国家尊老尚贤，优待之。子，泛指国家君长。

"缁衣之好兮，敝予又改造兮"，黑衣之好也，破败后我又改造之。"适子之馆，还予授子之粲兮"，往君长之馆舍，归还时我受君长之美物。

"缁衣之蓆兮，敝予又改作兮"，黑衣之宽舒也，破败后我又改作之。"适子之馆，还予授子之粲兮"，往君长之馆舍，归还时我受君长之美物。

【引证】

（1）《左传·襄公二十六年》：秋七月，齐侯、郑伯为卫侯故，如晋，晋侯兼享之。晋侯赋《嘉乐》。国景子相齐侯，赋《蓼萧》。子展相郑伯，赋《缁衣》。叔向命晋侯拜二君曰："寡君敢拜齐君之安我先君之宗祧也，敢拜郑君之不贰也。"

大意：晋平公借会盟扣留卫殇公，以使卫献公复国。事成之后暂留卫献公于晋，齐侯与郑伯来晋国，请求早日放卫献公归国。郑国大夫子展赋《缁衣》，取"还予授子之粲兮"一句，希望放卫献公归国。

（2）《礼记·缁衣》："好贤如《缁衣》，恶恶如《巷伯》。"

（3）《礼记·内则》："凡三王养老皆引年，八十者一子不从政，九十者其家不从政，瞽亦如之。凡父母在，子虽老不坐。有虞氏养国老于上庠，养庶老于下庠。夏后氏养国老于东序，养庶老于西序。殷人养国老于右学，养庶老于左学。周人养国老于东胶，养庶老于虞庠，虞庠在国之西郊。有虞氏皇而祭，深衣而养老。夏后氏收而祭，燕衣而养老。殷人冔而祭，缟衣而养老。周人冕而祭，玄衣（即缁衣）而养老。"

上文所谓"国老、庶老"指才能、道德卓著之长者，以其德能教授后人。

（4）《礼记·礼运》："三公在朝，三老在学。"

（5）《周礼》："中春，罗春鸟，献鸠以养国老，行羽物。"

诗辑训

（6）《礼记·王制》："凡养老：有虞氏以燕礼，夏后氏以飨礼，殷人以食礼，周人修而兼用之。五十养于乡，六十养于国，七十养于学，达于诸侯。八十拜君命，一坐再至，瞽亦如之。九十使人受。"

（7）《礼记·祭义》："食三老五更于大学。天子袒而割牲，执酱而馈，执爵而酳，冕而总干，所以教诸侯之弟也。"

将仲子

将仲子兮，无踰我里，无折我树杞。

岂敢爱之？畏我父母。

仲可怀也，父母之言，亦可畏也。

将仲子兮，无踰我墙，无折我树桑。

岂敢爱之？畏我诸兄。

仲可怀也，诸兄之言，亦可畏也。

将仲子兮，无踰我园，无折我树檀。

岂敢爱之？畏人之多言。

仲可怀也，人之多言，亦可畏也。

【注释】

1. 将，请也，表示希望。《诗》："将子无怒，将伯助予。"

2. 仲，通"徸"。《说文》："徸（zhōng）：相迹也。"本意为前后足迹相继，引申追随、追从等。《诗》："子仲（徸）之子，婆娑其下。"

3. 踰（yú），《说文》：越也。越过、逾越。

4. 里，《说文》：居也。此处指乡里。《尔雅》："里，邑也。"《周礼》："五家为邻，五邻为里。"

5. 园，《说文》：所以树果也。种植果树之地称之为园。此处泛指菜园、果园。《说文》："圃，种菜曰圃。"

6. 杞（qǐ），《说文》：枸杞也。

7. 檀，《说文》：木也。即青檀。

8. 爱，应为"薆"之误。《说文》："薆（ài），蔽不见也。"即隐蔽不能看见之意。《尔雅》："薆，隐也。"

9. 怀，《说文》：念思也。《尔雅》："怀，思也。"

10. 畏，敬畏、敬服。《孟子》："吾先子之所畏也。

这首诗讲男女相好当遵从男女之节、婚姻之礼。

"将仲子兮，无逾我里，无折我树杞"，请追从我的男子，不要逾越到我乡里，不要折断我所种枸杞。言男子追求女子。"逾我里"，寓意冒犯乡约。"我树杞"，枸杞有刺，寓意女子守则。"岂敢爱之，畏我父母"，岂敢隐蔽不见，敬畏父母。"仲可怀也，父母之言，亦可畏也"，子之追从我所思也，父母之言，亦应敬畏。言虽两情相悦，但父母之言必须尊重。

"将仲子兮，无逾我墙，无折我树桑"，请追从我的男子，不要翻越我家墙垣，不要折断我所种桑树。"逾我墙"，寓意冒犯处女之防。"折我树桑"，寓意损毁我所修之功德。"岂敢爱之，畏我诸兄。仲可怀也，诸兄之言，亦可畏也"，岂敢隐蔽不见，敬畏诸兄。子之追从我所思者也，诸兄之言，亦须敬畏。

"将仲子兮，无逾我园，无折我树檀"，请追从我的男子，不要逾越我的园圃，不要折断我所种青檀。"逾我园"，寓意冒犯处女之常法。"折我树檀"，毁坏我所修之成德。"岂敢爱之，畏人之多言。仲可怀也，人之多言，亦可畏也"，岂敢隐蔽不见，敬畏人之多言。子之追从我所思者也，人之多言，亦须敬畏。

【引证】

（1）《左传·襄公二十六年》：国子使晏平仲私于叔向，曰："晋君宣其明德于诸侯，恤其患而补其阙，正其违而治其烦，所以为盟主也。今为臣执君，若之何？"叔向告赵文子，文子以告晋侯。晋侯言卫侯之罪，使叔向告二君。国子赋《辔之柔矣》，子展赋《将仲子兮》，晋侯乃许归卫侯。

大意：晋平公扣留卫献公于晋，齐侯与郑伯来晋国，请求早日放卫献公归国。子展赋《将仲子兮》取"人之多言，亦可畏也。"

（2）《国语·晋语》：公子（晋文公重耳，此时流亡在齐国）曰："吾不动矣，必死于此。"姜曰："不然。《周诗》曰：'莘莘征夫，每怀靡及。'夙夜征行，不遑启处，犹惧无及。况其顺身纵欲怀安，将何及矣？人不求及，其能及乎？日月不处，人谁获安？西方之书有之曰：'怀与安，实疚大事。'郑《诗》云：'仲可怀也，人之多言。亦可畏也。'昔管敬仲有言，小妾闻之，曰：'畏威如疾，民之上也。从（纵）怀如流，民之下也。见怀思威，民之中也。畏威如疾，乃能威民。威在民上，弗畏有刑。从怀如流，去威远矣，故谓之下。其在辟也，吾从中也。《郑诗》之言，吾其从之。'此大夫管仲之所以纪纲齐国，裨辅先君而成霸者也。子而弃之，不亦难乎？齐国之政败矣，晋之无道久矣，从者之谋忠矣，时日及矣，公子几矣。君国可以济百姓，而释之者，非人（仁）也。败不可处，时不可失，忠不可弃，怀不可从，子必速行。"

【名物】

枸杞

枸杞，多灌木形态，株高五十厘米至两米。枝条细弱，常弯曲或匍匐，小枝顶端锐尖成棘刺状。枝有短刺或无，可用作绿篱。花淡紫色，浆果卵形或长卵形，未熟时绿色，成熟时红色。

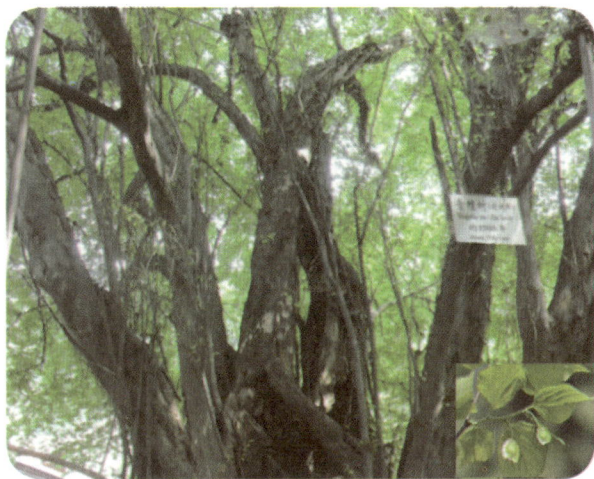

青檀

　　青檀为中国特有乔木，高可达二十米，茎干不规整。青檀树皮灰色或深灰，幼时光滑，老时裂成长片状剥落，老皮剥落后露出灰绿色内皮。小枝黄绿色，干时变栗褐色。青檀茎皮、枝皮为制造宣纸的优质原料。檀木坚硬、细致，用途广泛。青檀种子可榨油。

　　《论衡》："树檀以五月生叶，后彼春荣之木，其材强劲，车以为轴。"

叔于田

叔于田，巷无居人。
岂无居人？不如叔也，洵美且仁。

叔于狩，巷无饮酒。
岂无饮酒？不如叔也，洵美且好。

叔适野，巷无服马。
岂无服马？不如叔也，洵美且武。

【注释】

1. 叔，指颍考叔，郑庄公时期贤大夫。

2. 田，泛指打猎。

3. 巷，为"鄌"之误。《说文》："鄌（xiàng），国离邑，民所封乡也。啬夫（汉代乡官）别治。（周制）封圻之内六乡，六乡（六卿）治之。"国都之外的乡邑。

4. 居人，居民、邑人之意。

5. 仁，《说文》：亲也。

6. 狩，《尔雅》："冬猎为狩。火田为狩。"《说文》："狩，犬田也。"

7. 洵，《尔雅》：龛（戡）也。《尔雅》："戡，克也。"称得上、堪称。

8. 适，《尔雅》：往也。适野，去往野外。

9. 服，《说文》：用也。服马，驾马。服或通"戻"。《说文》："戻（fú），治也。"

308

【解析】

这首诗讲颍考叔善田猎，赞其有义、有礼、勇武。

"叔于田，巷无居人"，以颍考叔田猎来看，可以说邑中无人。"岂无居人？不如叔也"，难道没有居民？只是居民之田猎不如颍考叔而已。"洵美且仁"，颍考叔堪称美且仁。言颍考叔有仁德。

"叔于狩，巷无饮酒"，以颖考叔狩猎来看，可以说邑中无饮酒者。"岂无饮酒？不如叔也"，难道无饮酒者？只是不如颖考叔罢了。"洵美且好"，颖考叔堪称美且好。言颖考叔有礼义。古时田狩举行饮酒礼，此处所谓"无饮酒"者，寓意狩猎技艺无超越颖考叔者。古人习田狩以娴戎事。《礼记》有言"以之田猎有礼，故戎事闲也。"

"叔适野，巷无服马。岂无服马？不如叔也，洵美且武"，颖考叔去往郊野，邑中可谓无驭马之人。难道无人驭马？只是驭马技艺不如颖考叔罢了，颖考叔堪称美且武。言颖考叔勇武。

【引证】

（1）关于颖考叔

《左传·隐公元年》：颖考叔为颖谷封人，闻之，有献于公。公赐之食，食舍肉。公问之，对曰："小人有母，皆尝小人之食矣，未尝君之羹，请以遗之。"公曰："尔有母遗，繄我独无！"颖考叔曰："敢问何谓也？"公语之故，且告之悔。对曰："君何患焉？若阙地及泉，隧而相见，其谁曰不然？"公从之。……君子曰："颖考叔纯孝也，爱其母施及庄公。诗曰：'孝子不匮，永锡尔类。'其是之谓乎！"

《左传·隐公十一年》："夏，公会郑伯于郲，谋伐许也，郑伯将伐许。五月，甲辰，授兵于大宫，公孙阏与颖考叔争车，颖考叔挟辀以走，子都拔棘以逐之，及大逵，弗及，子都怒。秋七月，公会齐侯、郑伯，伐许。庚辰，傅于许。颖考叔取郑伯之旗蝥弧以先登，子都自下射之，颠。瑕叔盈又以蝥弧登，周麾而呼曰：'君登矣。'郑师毕登。壬午，遂入许，许庄公奔卫。"

（2）《礼记》中关于田猎

……国君春田不围泽，大夫不掩群，士不取麑（ní，幼鹿）卵。

……天子、诸侯无事则岁三田：一为乾豆，二为宾客，三为充君之庖。无事而不田，曰不敬。田不以礼，曰暴天物。天子不合围，诸侯不掩群。天子杀则下大绥，诸侯杀则下小绥，大夫杀则止佐车。佐车止，则百姓田猎。獭祭鱼，然后虞人入泽梁。豺祭兽，然后田猎。鸠化为鹰，然后设罻罗。草木零落，然后入山林。昆虫未蛰，不以火田，不麑，不卵，不杀胎，不殀夭，不覆巢。

……以之田猎有礼，故戎事闲（娴）也。

（3）《礼记·聘义》："聘、射之礼，至大礼也。质明而始行事，日几中而后礼成，非强有力者弗能行也。故强有力者，将以行礼也。酒清，人渴而不敢饮也。肉乾，人饥而不敢食也。日莫人倦，齐庄正齐，而不敢解惰。以成礼节，以正君臣，以亲父子，以和长幼。此众人之所难，而君子行之，故谓之有行。有行之谓有义，有义之谓勇敢。故所贵于勇敢者，贵其能以立义也。所贵于立义者，贵其有行也。所贵于有行者，贵其行礼也。故所贵于勇敢者，贵其敢行礼义也。故勇敢强有力者，天下无事，则用之于礼义。天下有事，则用之于战胜。用之于战胜则无敌，用之于礼义则顺治。外无敌，内顺治，此之谓盛德。故圣王之贵勇敢强有力如此也。勇敢强有力而不用之于礼义战胜，而用之于争斗，则谓之乱人。刑罚行于国，所诛者乱人也。如此则民顺治而国安也。"

（4）关于"饮酒"

《礼记·仲尼燕居》："射乡之礼，所以仁乡党也。食飨之礼，所以仁宾客也。"

《礼记·射义》："古者诸侯之射也，必先行燕礼。卿、大夫、士之射也，必先行乡饮酒之礼。故燕礼者，所以明君臣之义也。乡饮酒之礼者，所以明长幼之序也。"

（5）关于以狩田习戎事

《周礼·夏官司马》：中冬教大阅。前期，群吏戒众庶修战法。虞人莱所田之野，为表，百步则一，为三表，又五十步为一表。田之日，司马建旗于后表之中，群吏以旗物鼓铎镯铙，各帅其民而致。质明，弊旗，诛后至者。乃陈车徒如战之陈，皆坐。群吏听誓于陈前，斩牲，以左右徇陈，曰："不用命者斩之！"中军以鼙令鼓，鼓人皆三鼓，司马振铎，群吏作旗，车徒皆作。鼓行，鸣镯，车徒皆行，及表乃止。三鼓，摝铎，群吏弊旗，车徒皆坐。又三鼓，振铎作旗，车徒皆作。鼓进，鸣镯，车骤徒趋，及表乃止，坐作如初。乃鼓，车驰徒走，及表乃止。鼓戒三阕，车三发，徒三刺。乃鼓退，鸣铙且却，及表乃止，坐作如初。遂以狩田，以旌为左右和之门，群吏各帅其车徒以叙和出，左右陈车徒，有司平之。旗居卒间以分地，前后有屯百步，有司巡其前后，险野人为主，易野车为主。既陈，乃设驱逆之车，有司表貉于陈前。中军以鼛令鼓，鼓人皆三鼓，群司马振铎，车徒皆作。遂鼓行，徒衔枚而进。大兽公之，小禽私之，获者取左耳。及所弊，鼓皆骇，车徒皆躁。徒乃弊，致禽馌兽于郊。入，献禽以享烝。

大叔于田

叔于田，乘乘马。
执辔如组，两骖如舞。
叔在薮，火烈具举。
襢裼暴虎，献于公所。
将叔勿狃，戒其伤女。

叔于田，乘乘黄。
两服上襄，两骖雁行。
叔在薮，火烈具扬。
叔善射忌？又良御忌？
抑磬控忌？抑纵送忌？

叔于田，乘乘鸨。
两服齐首，两骖如手。
叔在薮，火烈具阜。
叔马慢忌？叔发罕忌？
抑释掤忌？抑鬯弓忌？

312

【注释】

1. 大叔，指郑庄公之弟大叔段。

2. 乘乘马，前"乘"为动词，即驾乘。后一"乘"为单位名词，四马为一乘。《说文》："驷，一乘也。"

3. 辔，《说文》：马辔也。即马缰绳。

4. 组，《说文》：绶属。其小者以为冕缨。绶带类，细小者用作帽绳。

5. 骖（cān），《说文》：驾三马也。泛指服马外侧的马。

6. 烈，应为"颎"。《说文》："颎，黍穰也。"指脱去籽粒的黍子秸秆。火烈，即把黍子秸秆密实的捆扎成可握持的短束，点燃可做火把。

7. 薮（sǒu），《说文》：大泽也。

8. 襢裼（tǎn tì），《尔雅》：肉袒也。即光膀子。

9. 暴虎，《尔雅》：徒搏也。徒手搏击老虎。

10. 献，进也。《周礼》："春献鳖蜃，秋献龟鱼。"

11. 将，助词，祈使语气，可解作请。

12. 狃（niǔ），《说文》：犬性骄也。引申骄横。

13. 襄，《尔雅》：驾也。即驾车。

14. 忌，语气助词，表示反问。

15. 抑，连词，表示选择或者转折，解作不过是、抑或。

16. 磬（qìng），《说文》：乐石也。石制乐器，状为V字形。古语有"磬折"，即言其弯如磬。缰绳两端分别拴在马头部两侧，驾马者手持缰绳正中点控制马左右转向。缰绳呈V字形，即如磬。磬控，操控左右缰绳，亦即驭马。

17. 纵，《说文》：缓也。一曰舍也。纵，急纵弓弦，为远射。送，缓送箭离弦，为近射。纵送，即射箭法。

18. 鸨（bǎo），为"骉"。《尔雅》："骉（bǎo），骊白杂毛。"即黑白毛间杂的马。

19. 阜（fù），厚、兴盛之意。《家语》："阜民之财兮。"《周礼》："百物阜安。"

20. 罕，鲜少、寡。《论语》："子罕言利。"

21. 掤（bīng），《说文》：所以覆矢也。即箭筒盖子。

22. 鬯（chàng），为"韔"。《说文》："韔（chàng），弓衣也。"即装弓的袋子。此处作动词解，装弓入袋。

313

【解析】

　　这首诗讲大叔段骄横、驰骋田猎无度。

　　"叔于田，乘乘马"，大叔田猎，乘驷马之车。"执辔如组"，执马辔如使绥带。言驭马娴熟。"两骖如舞"，两匹骖马如同舞动一般。言驭马娴熟，骖马左右奔驰，协调流畅。"叔在薮，火烈具举"，大叔于大泽田猎，火把皆高举。言夜间打猎，寓意其田猎无度。"襢裼暴虎，献于公所"，袒露肉身者，徒手搏虎者，进于公门。言大叔招揽凶蛮之人于官府。"将叔无狃，戒其伤女"，请大叔勿骄横，警惕伤害你自身。

"叔于田，乘乘黄"，大叔田猎，乘四匹黄马。"两服上襄，两骖雁行"，两匹服马向前拉车，两匹骖马如大雁随行。"叔在薮，火烈具扬"，大叔在大泽，火把俱扬。"叔善射忌？又良御忌？抑磬控忌？抑纵送忌"，大叔善射？又为善驭者？不过是操控缰绳吧？不过是善于纵送射发吧？古者"善射"寓意善修身。"良御"寓意善治者。以反问语气言大叔之善射、善御只是末技，不得"射御"根本道义。

"叔于田，乘乘鸨"，大叔田猎，乘四匹黑白杂毛马。"两服齐首，两骖如手"，服马齐头并进，两骖马如左右手之自如。言其善驭马。"叔在薮，火烈具阜"，大叔在大泽，火把俱旺盛。"叔马慢忌？叔发罕忌？抑释掤忌？抑鬯弓忌"，大叔驱驰之马可曾慢下？大叔所发射之箭可曾减少？抑或放下箭筒盖子了？还是已把弓装进弓袋了？言大叔驰骋田猎无度，不知收敛。

【引证】

（1）《左传·隐公元年》：初，郑武公娶于申，曰武姜，生庄公及共叔段。庄公寤生，惊姜氏，故名曰寤生，遂恶之。爱共叔段，欲立之。亟请于武公，公弗许。及庄公即位，为之请制。公曰："制，岩邑也，虢叔死焉，佗（它）邑唯命。"请京，使居之，谓之"京城大叔"。祭仲曰："都城过百雉，国之害也，先王之制：大都不过参国之一。中，五之一。小，九之一。今京不度，非制也，君将不堪。"公曰："姜氏欲之，焉辟害？"对曰："姜氏何厌之有！不如早为之所，无使滋蔓。蔓，难图也。蔓草犹不可除，况君之宠弟乎！"公曰："多行不义必自毙，子姑待之。"既而大叔命西鄙、北鄙贰于己。公子吕曰："国不堪贰，君将若之何？欲与大叔，臣请事之。若弗与，则请除之，无生民心。"公曰："无庸，将自及。"大叔又收贰以为己邑，至于廪延。子封曰："可矣，厚将得众。"公曰："不义不昵，厚将崩。"大叔完聚，缮甲兵，具卒乘，将袭郑。夫人将启之。公闻其期，曰："可矣。"命子封帅车二百乘以伐京。京叛大叔段，段入于鄢，公伐诸鄢。五月辛丑，大叔出奔共。书曰："郑伯克段于鄢。"段不弟，故不言弟。如二君，故曰克。称郑伯，讥失教也。谓之郑志，不言出奔，难之也。遂置姜氏于城颍，而誓之曰："不及黄泉，无相见也！"既而悔之。

（2）《孔子家语·好生》：《诗》曰："执辔如组，两骖如儛。"孔子曰："为此诗者，其知政乎？夫为组者，总纰（pǐ，理）于此，成文于彼。言其动于近，行于远也。执此法以御民，岂不化乎？《竿旄》之忠告，至矣哉！"

上文孔子以善驾驭比喻善治国理政。

（3）东汉班固《汉书·五行志》：传曰："田猎不宿，饮食不享，出入不节，夺民农时，及有奸谋，则木不曲直。"说曰："木，东方也。于易，地上之木为观。其于王事，威仪容貌亦可观者也。故行步有佩玉之度，登车有和鸾之节，田狩有三驱之制，饮食有享献之礼，出入有名，使民以时，务在劝农桑，谋在安百姓。如此，则木得其性矣。若乃田猎驰骋不反宫室，饮食沈湎不顾法度，妄兴繇役以夺民时，作为奸诈以伤民财，则木失其性矣。盖工匠之为轮矢者多伤败，及木为变怪，是为木不曲直。"

此诗中"叔在薮，火烈具阜"可谓"田猎不宿、田猎驰骋不反宫室"者也。

诗
辑
训

磬

　　磬是古代石制打击乐器。初为石制，后又有玉制、铜制等。磬为曲尺形，上钻磨一孔，悬挂敲击。多枚音高不同的磬组合成乐器，称编磬。单个大石磬，称特磬。商代时磬已广泛使用，磬面绘刻有各种文饰，制作精美。

316

　　《礼记·曲礼下》："立则磬折垂佩。"

　　《庄子·渔父》："今渔者杖拏逆立，而夫子曲要（腰）磬折，言拜而应。"

　　《周礼》："为皋鼓，长寻有四尺，鼓四尺，倨句，磬折。"

清人

清人在彭，驷介旁旁。
二矛重英，河上乎翱翔。

清人在消，驷介麃麃。
二矛重乔，河上乎逍遥。

清人在轴，驷介陶陶。
左旋右抽，中军作好。

【注释】

1. 清人，为"猜人"之误。《说文》："猜，恨贼也。"猜人，忌恨之人，此处指高克。郑文公厌恶大臣高克，使其率军远戍于黄河之上。

2. 彭，通"旁"。《说文》："侧，旁也。"《释名》："彭，旁也。"此处指边境。《荀子》："欲近四旁，莫如中央。"

3. 驷介，为"驷甲"，驷马及甲士。《左传》："驷介百乘，徒兵千。"

4. 旁旁，应为"骈骈"。《说文》："骈（péng），马盛也。"马众多之貌。

5. 矛，《说文》：酋矛也。建于兵车，长二丈，象形。

6. 二矛，指酋矛与夷矛。一说夷矛为步兵使用，酋矛用于兵车，酋矛长于夷矛。《周礼》："酋矛常有四尺，夷矛三寻。"

7. 英，通"缨"。《说文》："缨，冠系也。"本意为帽子上的系带。此处指穿过矛头下部两个环形钮的绳带。绳带用以把矛头牢固捆绑在矛柄上。

8. 翔，《说文》：回飞也。《说文》："翱，翱翔也。"

9. 逍，《说文》："逍，逍遥，犹翱翔也。"《说文》："遥，逍遥也。"

10. 消，通"鄗"。《说文》："鄗（shāo），国甸。大夫稍。稍，所食邑。《周礼》曰：'任鄗地。'"在天子三百里之内。一说距王城百里以外，二百里以内称之为国甸。一说距离国都三百里内的地域称之为郧。此处指远国都之地。

11. 乔，应为"繑"。《说文》："繑，绔纽也。"本意为套裤上的系带。此处指穿过矛头下部两个环形钮的绳带。绳带用以把矛头牢固捆绑在矛柄上。

12. 麃（biāo），为"儦"。《说文》："儦（biāo），行貌。"行进貌。

13. 轴，《说文》：持轮也。在轴，比喻处在核心重要位置。《盐铁论》："车丞相即周吕之列，当轴处中。"

14. 陶陶，为"騊騊"。《说文》："騊（tāo），马行貌。"騊騊，众马行进貌。

15. 旋，《说文》：周旋，旌旗之指挥也。指旌旗旋动以指挥。

16. 抽，为"搯"。《说文》："搯（tāo）：搯者，拔兵刃以习击刺。《诗》曰：'左旋右搯。'"

17. 左旋右抽，右手拔兵刃向左转身习击刺。《通典·兵序》："然其训士也，但使闻鼓而进，闻金而止，坐作举措，左旋右抽，识旗帜指麾，习器械利便，斯可矣。"

18. 中军，古军队分为中军、左军、右军三部分，主帅居中军指挥。

【解析】

这首诗讲郑文公忌恨高克，使之率军远戍于河上。

"清人在彭，驷介旁旁"，遭猜忌之人在国边境，驷马、甲士骁骁。言郑文公因厌恶高克一人而舍弃国家强大军队。"驷介旁旁"寓意军队强大。"二矛重英，河上乎翱翔"，夷矛、酋矛皆系双缨，众军士遨游于黄河之上。"二矛重英"言军械精良，寓意军队精锐。

"清人在消，驷介儦儦。二矛重乔，河上乎逍遥"，遭猜忌之人在边远之地，驷马、甲士儦儦。夷矛、酋矛皆系双缨，众军士于黄河之上逍遥。

"清人在轴，驷介陶陶"，遭猜忌之人处于轴心位置，驷马、甲士騊騊。言郑文公凭一己之好恶行事，不知轻重，不计得失。"左旋右抽，中军作好"，士兵左旋右抽，中军主帅行其所好。言士兵随指挥者旗帜摆动而左旋右抽、举措坐立，寓意郑文公滥行其军权，凭一己之好恶而置军队于溃败之地。

【引证】

（1）关于郑文公忌恨高克一事

《左传·闵公二年》："郑人恶高克，使帅师次于河上，久而弗召。师溃而归，高克奔陈。郑人为之赋《清人》。"

《公羊传·闵公二年》："郑弃其师。郑弃其师者何？恶其将也。郑伯恶高克，使之将逐而不纳，弃师之道也。"

《谷梁传·闵公二年》："郑弃其师。恶其长也。兼不反其众，则是弃其师也。"

《谷梁传·僖公十九年》："梁亡，出恶正也。郑弃其师，恶其长也。"

（2）关于"作好"

《荀子·修身》：怒不过夺，喜不过予，是法胜私也。《书》曰："无有作好，遵王之道；无有作恶，遵王之路。"此言君子之能以公义胜私欲也。

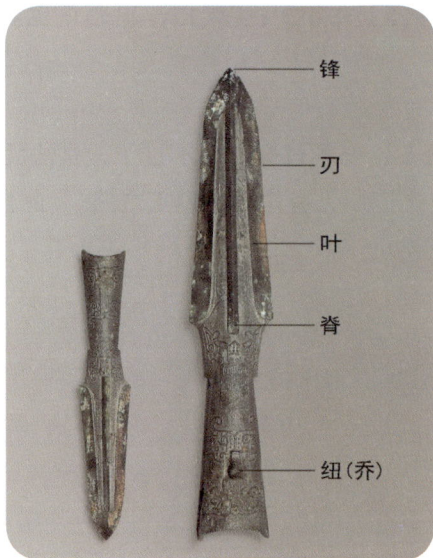

矛

矛是古代军队中大量使用的兵器之一。从商朝到战国，矛头一直用青铜铸造，从战国晚期开始，较多使用铁矛头。矛按其用途分为酋矛和夷矛。短柄矛便于步卒在两军相接时平刺，长柄矛便于挑刺。

矛柄有木柄和积竹柄两种，一般长度在二米七至二米九。有的矛头下端两边铸有环状钮，可用绳穿过把矛头牢牢绑缚在矛柄上。有的矛头没有钮，有的矛头有一个钮。"重英、重乔"言矛头有两个钮。《鲁颂》中"二矛重弓"之"重弓"即两个形似弯弓的环状钮，抑或环状钮名"弓"。

羔裘

羔裘如濡，
洵直且侯。
彼其之子，
舍命不渝。

羔裘豹饰，
孔武有力。
彼其之子，
邦之司直。

羔裘晏兮，
三英粲兮。
彼其之子，
邦之彦兮。

【注释】

1. 羔，《说文》：羊子也。羔裘，白色羔羊皮衣。羔裘为士君子之服。

2. 濡（rú），应为"襦"。《说文》："襦（rú），㬮（nán，温）衣也。"即暖衣，棉袄、棉袍之类。

3. 侯，为"厚"。《说文》："厚，山陵之厚也。"此处解作笃厚、厚实。

4. 渝，《尔雅》：变也。

5. 孔，《尔雅》：甚也。

6. 司，《说文》：臣司事于外者。司直，秉持正直者。汉为官职，掌督察。

7. 晏，《说文》：天清也。引申清洁、洁净、鲜亮、明亮。

8. 三英，即"三缨"，指羔裘的三根系带。

9. 粲，为"燦"。《说文》："燦（càn），燦爤，明瀞貌。"燦爤，简体"灿烂"。

10. 彦，《尔雅》：美士为彦。

诗辑训

【解析】

这首诗讲士君子正直、勇敢、纯洁、笃厚。

"羔裘如濡"，羔裘如氄衣一般厚暖。言羔裘朴素且厚暖，比喻士人质朴而德行笃实。"洵直且侯"，士君子堪称正直且笃厚。"彼其之子，舍命不渝"，那位君子，宁舍弃生命而不变其操守。

"羔裘豹饰"，羔裘以豹皮修饰。豹子勇猛威武，其毛皮具花纹，寓意君子威武有文采。"孔武有力"，君子甚勇武、强健。"彼其之子，邦之司直"，彼其之子，乃国家之秉持正直者。

"羔裘晏兮，三英粲兮"，羔裘鲜亮，其三根缨带明净。寓意君子纯洁。"彼其之子，邦之彦兮"，彼其之子，国家之美士也。

【引证】

（1）关于"羔裘"

《礼记·玉藻》："君子狐青裘豹袖，玄绡衣以裼（xī，祖）之；麑裘青犴袖，绞衣以裼之；羔裘豹饰，缁衣以裼之；狐裘，黄衣以裼之。锦衣狐裘，诸侯之服也。犬羊之裘不裼，不文饰也不裼。"

东汉班固《白虎通德论·衣裳》："天子狐白，诸侯狐黄，大夫狐苍，士羔裘，亦因别尊卑也。"

（2）《左传·襄公二十七年》：宋左师请赏，曰："请免死之邑。"公与之邑六十。以示子罕，子罕曰："凡诸侯小国，晋、楚所以兵威之。畏而后上下慈和，慈和而后能安靖其国家，以事大国，所以存也。无威则骄，骄则乱生，乱生必灭，所以亡也。天生五材，民并用之，废一不可，谁能去兵？兵之设久矣，所以威不轨而昭文德也。圣人以兴，乱人以废，废兴存亡昏明之术，皆兵之由也。而子求去之，不亦诬乎？以诬道蔽诸侯，罪莫大焉。纵无大讨，而又求赏，无厌之甚也！"削而投之。左师辞邑。向氏欲攻司城，左师曰："我将亡，夫子存我，德莫大焉，又可攻乎？"君子曰："'彼己之子，邦之司直。'乐喜（子罕）之谓乎？"

（3）《左传·昭公十六年》：夏四月，郑六卿饯宣子于郊。宣子曰：

"二三君子请皆赋，起亦以知郑志。"子齹（cī）赋《野有蔓草》。宣子曰："孺子善哉！吾有望矣。"子产赋郑之《羔裘》。宣子曰："起不堪也。"

大意：郑国六卿为晋国上卿韩起饯行于郊外，子产赋郑之《羔裘》，赞颂韩宣子为"邦之司直、邦之彦"。

遵大路

遵大路兮，

掺执子之祛兮。

无我恶兮，

不寁故也。

遵大路兮，

掺执子之手兮。

无我魗兮，

不寁好也。

【注释】

1. 遵，《说文》：循也。依照、遵从。

2. 路，《尔雅》：途也；一达谓之道路。

3. 掺（xiān），或通"攕"。《说文》："攕（qiān），抠衣也。"本意为提挈衣裳，引申持握、提挈。

《墨子》："一人奉水将灌之，一人掺火将益之。"《晏子春秋》："拥札掺笔。"

4. 子，此处指国家执政者，可解作君长。

5. 祛（qū），《说文》：衣袂（mèi）也。即衣袖。

6. 无，通"勿"。解作不要、不。

7. 恶，憎恨、憎恶之意。《论语》："唯仁者能好人，能恶人。"

8. 魗（chǒu），为"敠"。《说文》："敠（chǒu），弃也。《诗》云：'无我敠兮。'"解作舍弃、抛弃。

9. 寁（zǎn），《尔雅》：速也。

10. 故，为"兆"。《说文》："兆（gǔ），龗蔽也。"即壅蔽、蔽塞、蒙蔽。引申愚昧、蒙昧之意。

《国语》："王室多故（壅蔽）。"

324

《管子》："恬愉无为，去智与故（愚昧）。"

《淮南子》："是以上多故（壅蔽）则下多诈，上多事则下多态。"

11. 好，喜好、爱好之意。

【解析】

　　这首诗劝谏执政者要遵从正道，行为要循理、顺义。

　　"遵大路兮"，循大路而行兮。寓意行正道。"掺执子之袪兮"，握执子之衣袖。言挽救、劝阻其人，使行于正道。"无我恶兮"，不要憎恶我。"不寁故也"，不要疾速求成，不要壅蔽。言应顺事理。

　　"遵大路兮，掺执子之手兮。无我魗兮，不寁好也"，循大道而行兮，握执子之手兮。勿弃我兮，不亟疾求成兮，不唯好恶而行兮。言应从道义。

【引证】

《尚书·洪范》："无偏无陂，遵王之义。无有作好，遵王之道。无有作恶，遵王之路。无偏无党，王道荡荡。无党无偏，王道平平。无反无侧，王道正直。"

女曰鸡鸣

女曰鸡鸣，

士曰昧旦。

子兴视夜，

明星有烂。

将翱将翔，

弋凫与雁。

弋言加之，

与子宜之。

宜言饮酒，

与子偕老。

琴瑟在御，

莫不静好。

知子之来之，

杂佩以赠之。

知子之顺之，

杂佩以问之。

知子之好之，

杂佩以报之。

【注释】

1.昧，《说文》：暗也。

2.旦，《说文》：明也。旦昧，即黎明。

3.兴，《说文》：起也。

4.明星，《尔雅》：启明也。

5.烂，《方言》："烂，熟也。自河以北赵魏之间火熟曰烂。"

《说文》："灿烂，明瀚貌。"引申明彻、透亮、清明之意。

6.翱，《说文》：翱翔也。本意为来回飞，引申巡游。

7.弋，应为"隿"。《说文》："隿（yì），缴射飞鸟也。"将生丝线系在箭上射飞鸟。通常射大鸟用隿，箭身系有丝线，所射中禽鸟不易走脱。

8.凫（fú），《说文》：舒凫。凫为野鸭，舒凫为家鸭。

9.雁，应为"鴈"。《说文》："鴈（yàn），鹅也。"此处指野鹅，即今大雁。

10.加，《说文》：语相增加也。即言过其实之意，又可解作增益、延伸、引申。

11.宜，《说文》：所安也。引申适合、合宜。《尔雅》"宜，事也。"

12.偕，《说文》：一曰俱也。

13.老，为"考"之误。考，核实、稽查之意。偕考，共同考正，亦即共治之意。

14.御，《说文》：使马也。引申使用。

15.静，通"瀞"。《说文》："瀞，无垢秽也。"本意为清净、纯洁之意，此处指琴瑟声音清晰、明彻。

16.来，《尔雅》：勤也。

17.杂，《说文》：五彩相会。杂佩，用各种颜色、形制的玉石组成的玉佩。杂佩，用以节制行止。

18.问，聘问之意。《尔雅》："聘，问也。"

【解析】

这首诗讲君王以礼治官理民。

"女曰鸡鸣，士曰昧旦"，女人鸡鸣而起，男人黎明而作。言民众勤劳。"子兴视夜"，士君子夜里起来察看星月，以确定时间。"明星有烂"，启明星星光灿烂。言士君子夙兴以勤政。"将翱将翔，弋凫与雁"，士君子巡游，弋野鸭与野鹅。凫与雁皆大鸟，言士君子善射。"弋凫与雁"，寓意士君子善治事。

"弋言加之，与子宜之"，由弋而引申之，其与士君子相宜。言射之道与士君子修治之道相比象。"宜言饮酒，与子偕老"，射与饮酒相宜，君上与士人以二者共同考正教化。言饮酒礼与射礼相宜，君臣以射飨礼考正德行。"琴瑟在御，莫不静好"，琴瑟在于使用者，善弹奏之，则音莫不清晰、美好。寓意国家在于执政者，善执政者治国则天下清平、美好。言外之意礼为治国之正法。

"知子之来之，杂佩以赠之"，知士君子之勤劳，以杂佩赠之。赠送杂佩寓意士君子行有节。此君上表彰之。"知子之顺之，杂佩以问之"，知士君子之治民有理，以杂佩问之。此同侪（chái）聘问之。"知子之好之，杂佩以报之"，知士君子之美善，以杂佩酬之。此下民报答之。

【引证】

（1）关于"弋"

《史记·楚世家》：十八年，楚人有好以弱弓微缴加归鴈之上者，顷襄王闻召而问之。对曰："小臣之好射鶀雁、罗鸗。小矢之发也，何足为大王道也。且称楚之大，因大王之贤，所弋非直此也。昔者三王以弋道德，五霸以弋战国。故秦魏、燕赵者，鶀雁也。齐鲁、韩卫者，青首也。驺费、郯邳者，罗鸗也。外其馀则不足射者。见鸟六双，以王何取？王何不以圣人为弓，以勇士为缴，时张而射之。此六双者，可得而囊载也。其乐非特朝昔之乐也，其获非特凫雁之实也。"

（2）关于"射飨"

《礼记·乡饮酒义》："合诸乡射，教之乡饮酒之礼，而孝弟之行立矣。孔子曰：'吾观于乡，而知王道之易易也。'"

《礼记·乐记》："是故先王之制礼乐，人为之节。衰麻哭泣，所以节丧纪也；钟鼓干戚，所以和安乐也；昏姻冠笄，所以别男女也；射乡食飨，所以正交接也。礼节民心，乐和民声，政以行之，刑以防之，礼乐刑政，四达而不悖则王道备矣。"

《礼记·仲尼燕居》："射乡之礼，所以仁乡党也。"

《礼记·射义》："古者诸侯之射也，必先行燕礼。卿、大夫、士之射也，必先行乡饮酒之礼。故燕礼者，所以明君臣之义也。乡饮酒之礼者，所以明长幼之序也。故射者，进退周还必中礼，内志正，外体直，然后持弓矢审固。持弓矢审固，然后可以言中，此可以观德行矣。"

（3）关于"杂佩"

《大戴礼记·保傅》："居则习礼文，行则鸣佩玉，升车则闻和鸾之声，是以非僻之心无自入也。在衡为鸾，在轼为和，马动而鸾鸣，鸾鸣而和应。声曰和，和则敬，此御之节也。上车以和鸾为节，下车以佩玉为度。上有双衡，下有双璜、冲牙、玭珠以纳其间，琚瑀以杂之。行以采茨，趋以肆夏，步环中规，折还中矩，进则揖之，退则扬之，然后玉锵鸣也。"其中"上有双衡，下有双璜、冲牙、玭珠以纳其间，琚瑀以杂之"即言杂佩。

（4）关于"琴瑟在御"

《管子·君臣上》："故曰：主道得，贤材遂，百姓治，治乱在主而已矣。故曰：主身者，正德之本也。官治者，耳目之制也。身立而民化。德正而官治。治官化民。其要在上，是故君子不求于民，是以上及下之事，谓之缭（骚，扰也）。下及上之事，谓之胜。为上而缭，悖也。为下而胜，逆也。国家有悖逆反迕之行，有土主民者失其纪也。"

【名物】

野鸭

凫，野鸭。今野鸭为各种野生鸭类的统称，野鸭中绿头鸭最为多见。绿头鸭雄鸟头颈部绿色，雌鸟头顶部为黑色。除繁殖期外常成群活动，迁徙和越冬期间，则集为成十、成百的大群。野鸭栖息于水边，杂食。性好动，叫声响亮清脆。

雁

　　雁，又称野鹅、大雁，杂食性水禽，常栖息在水生植物密集的水边或沼泽。合群性强，善争斗。雁群栖息时有大雁警戒，稍有异常则大声鸣叫，成群逃逸。群雁飞行时常排成"人、一"字形。雁为一夫一妻制，雌雄共同养育雏鸟。

有女同车

有女同车，
颜如舜华。
将翱将翔，
佩玉琼琚。
彼美孟姜，
洵美且都。

有女同行，
颜如舜英。
将翱将翔，
佩玉将将。
彼美孟姜，
德音不忘。

【注释】

1. 舜，为"蕣"。《说文》："蕣，木堇。朝华暮落者。《诗》曰：'颜如蕣华。'"木槿花早上开放晚上凋谢，故有日新之寓意。

2. 华、英，《尔雅》："木谓之华，草谓之荣，荣而不实者谓之英。"

3. 翱，《说文》：翱翔也。引申遨游。

4. 琼，《说文》：赤玉也。《说文》："琚（jū），琼琚。"

5. 孟，《说文》：长也。

6. 姜，《说文》：神农居姜水，以为姓。周朝姜、姬等为大姓。

7. 孟姜，即姜姓长女。女子在家十五岁之后以孟、叔、季排序。如：孟姜、叔姜、季姜，姜为其姓。孟姜，此处为百姓成年女子泛称。

8. 洵，《尔雅》：尡（堪）也。即堪称之意。洵抑或通"姁（jūn）"《说文》："姁，钧适（敌）也。男女并也。"姁，匹敌、平齐之意。

9. 都，通"竺"。《说文》："竺，厚也。"《史记》："雍容闲雅甚都。"

331

10. 将将，为"瑲瑲"。《说文》："瑲（qiāng），玉声也。"

【解析】

　　这首诗讲日新其德行，且持之以恒。

　　"有女同车，颜如舜华"，有女子同车而行，容颜皆美如木槿之花。美人之容颜如木槿之花，言其日日新，寓意德行日新方能永葆其美。美人同车，寓意诸君子一道同修。"将翱将翔，佩玉琼琚"，或翱或翔，佩玉以琼琚。乘车遨游，言行远。赤玉为佩，言行有节且笃，寓意持久修习其德行。"彼美孟姜，洵美且都"，那位美丽姜姓长女，堪称美善且笃厚。"孟姜"言美女长成，寓意君子修有成德。

　　"有女同行，颜如舜英。将翱将翔，佩玉将将。彼美孟姜，德音不忘"，有女子同行，容颜皆如木槿花一般。将翱将翔，佩玉之声瑲瑲。彼美孟姜，不忘道德之音。言不忘道德言论，从之而行。亦言其笃也。

【引证】

（1）《左传·昭公十六年》：郑六卿饯宣子于郊。宣子曰："二三君子请皆赋，起亦以知郑志。"……子旗赋《有女同车》。子柳赋《蘀兮》。宣子喜曰："郑其庶乎。二三君子，以君命贶（kuàng，赐）起（韩起），赋不出郑志，皆昵燕好也。二三君子，数世之主也，可以无惧矣。"

　　大意：郑国六卿为晋国上卿韩宣子饯行于郊外，韩起请诸位赋诗以观郑志。郑国子旗赋《有女同车》，言日新其德，故韩起言"以君命贶"。

（2）《礼记·大学》："汤之盘铭曰：'苟日新，日日新，又日新。'《康诰》曰：'作新民。'《诗》曰：'周虽旧邦，其命惟新。'是故君子无所不用其极。"

木槿

　　木槿为落叶灌木或小乔木，高三四米，花朵有纯白、淡粉、紫红等。花朵有单瓣、复瓣、重瓣几种。木槿单花开放虽然短促，但每天都有大量花开放，一树花开近半年。木槿嫩茎叶、花皆可食用。木槿为韩国国花。

　　西晋文学家潘尼《朝菌赋序》曰："朝菌者，盖朝华而暮落，世谓之木槿，或谓之日及，诗人以为舜华，宣尼（西汉追谥孔子称号）以为朝菌。其物向晨而结，逮明而布，见阳而盛，终日而殒，不以其异乎？何名之多也。"

　　西晋文学家傅咸作《舜华赋》，辞曰："佳其日新之美，故种之前庭而为之赋：览中唐之奇树，禀冲气之至清。应青春而敷藋，逮朱夏而诞英。布夭夭之纤枝，发灼灼之殊荣。红葩紫蒂，翠叶素茎。含晖吐曜，烂若列星。朝阳照灼以舒晖，逸藻采粲而光明。馨天壤而莫俪，何菱华之足营。"

山有扶苏

山有扶苏，
隰有荷华。
不见子都，
乃见狂且。

山有乔松，
隰有游龙。
不见子充，
乃见狡童。

【注释】

1.扶苏，应为"枎橚"，即丛生株槲树。《说文》："枎（fú），枎疏，四布也。"《说文》："橚（sù），朴橚，木。"丛生槲树茎干相对细小且不规整，故其木材多供小器具之用，如做弓箭、匕匙等。《尔雅》："朴，枹（丛生）者谓。"其中"朴"或即"枎"。枎，指植株茎干、枝叶等分散、丛生。

2.隰（xí），《说文》：坂下湿也。低洼的湿地，泛指水沼。

3.荷，《说文》：芙蕖叶。即莲花叶子，荷花亦即莲花。《尔雅》："荷，芙渠。其茎茄，其叶蕸，其本蔤，其华菡萏，其实莲，其根藕，其中的，的中薏。"

4.都，为"竺"。《说文》："竺，厚也。"《史记》："雍容闲雅甚都（竺）。"

5.充，《说文》：长也。高也。

6.狂，《说文》：狾（zhì）犬也。即疯狗。

7.且，为"狙"。《说文》："一曰狙（jū），犬也，暂啮人者。一曰犬不啮人也。"狙，一说为突然窜出来咬人的狗。一说为只叫而不咬人的狗。

8. 乔，《尔雅》：高也。

9. 游，应为"蕕"。《说文》："蕕（yóu），水边草也。"即水蓼。《说文》："蓼（liǎo），辛菜，蔷虞也。"蓼草叶子具辛辣味，可作调味菜食用。

10. 龙，应为"蘢"。《说文》："蘢，天蘥（yuè）也。"即马蓼。

11. 狡，《说文》：少狗也。即小狗。小狗机灵、狡黠（xiá，慧）。

12. 童，为"僮"。《说文》："僮，未冠也。"未成年者，此处指不成熟之人。

【解析】

　　这首诗讲正义蒙蔽，不才之人居处上位，小人道长则君子道消。

　　"山有扶苏，隰有荷花"，山有丛生槲树，泽有荷花。扶苏为小才而居高山之上，比喻有显名高位而不贤之人。荷花为水草之大且美者，比喻贤者。这两句诗寓意尊崇不贤者则使贤者处于卑下。"不见子都，乃见狂且"，未见子之盛德，唯见如狂狙之妄人。言狂妄者被尊崇。言外之意世间正义蒙蔽。

　　"山有乔松，隰有游龙"，山有高松，泽有蓼草。乔松为大才，比喻贤者。水蓼等为小菜，比喻庸人。这两句诗寓意庸人处下而贤者处上为世间正义。"不见子充，乃见狡童"，未见子之德高，唯见如狡之小人。言狡诈小人得势。

【引证】

（1）东汉徐干《中论·审大臣》：鲁人见仲尼之好让而不争也，亦谓之无能，为之谣曰："素鞸（bì，剑鞘）羔裘，求之无尤。黑裘素鞸，求之无戾。"夫以圣人之德，昭明显融，高宏博厚，宜其易知也。且犹若此，而况贤者乎？以斯论之，则时俗之所不誉者，未必为非也。其所誉者，未必为是也。故《诗》曰："山有扶苏，隰有荷花。不见子都，乃见狂且。"言所谓好者非好，丑者非丑，亦由乱之所致也，治世则不然矣。叔世之君生乎乱——求大臣、置宰相而信流俗之说，故不免乎国风之讥也。

（2）《周易·否》之《象》："天地不交，而万物不通也。上下不交，而天下无邦也。内阴而外阳，内柔而外刚，内小人而外君子。小人道长，君子道消也。"

荷花

荷花为多年水生草本，又名莲花、芙蕖、菡萏（hàn dàn）。花期六至九月，花有白、粉、深红、淡紫色、黄色等。藕是荷花地下茎，可食用。荷花喜平静浅水，对失水敏感。荷花喜光，极不耐荫。荷花分为观赏和食用两类，各类品种众多。

水蓼

水蓼（liǎo），一年生草本，又名辣蓼、虞蓼、蔷虞、辛菜、蓼芽菜。水蓼生湿地、水边或水中。古代作为调味菜食用的蓼，主要是水蓼叶。徐锴《系传》："似细芦，蔓生水上，随水高下，泛泛然也。故曰蓲，游也。"

337

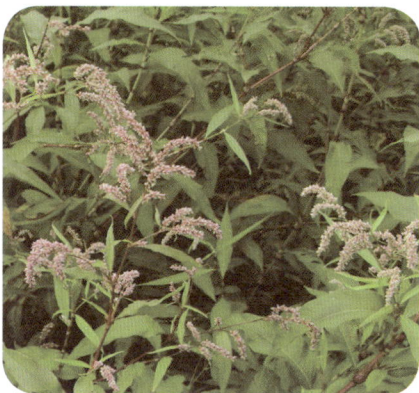

马蓼

马蓼，一年生草本，植株高四十至八十厘米，生沟边、湿地，广布于全国各地。

《草木疏》："蘢，一名马蓼，即今之水荭草。"

《本草纲目》："马蓼，高四五尺，有大小二种。但每叶中间有黑迹，如墨点记。"

《蜀本草》："《图经》云：蓼类甚多，有紫蓼、赤蓼、青蓼、马蓼、水蓼、香蓼、木蓼等，其类有七种。紫、赤二蓼叶小狭而厚。青、香二蓼叶亦相似而俱薄。马、水二蓼叶俱阔大，上有黑点。"

萚兮

萚兮萚兮，
风其吹女。
叔兮伯兮，
倡予和女。

萚兮萚兮，
风其漂女。
叔兮伯兮，
倡予要女。

【注释】

1. 萚（tuò），《说文》：草木凡皮叶落陊（duò，落）地为萚。草木脱落下来的枯皮、落叶，坠落在地上称之为萚。

2. 叔兮伯兮，此处指同宗族叔伯。

3. 和，《说文》：相䧹也。《说文》："䧹（yīng），以言对也。"《说文》："應（yīng），当也。"今䧹、應不分，简体皆作"应"。

4. 吹，《说文》：出气也。

5. 漂，应为"飘"。《说文》："飘，回风也。"此处作动词。

6. 倡，应为"唱"。《说文》："唱，导也。"即倡导、引领、主导、领导之意。

《荀子》："主者，民之唱也。上者，下之仪也。彼将听唱而应，视仪而动。唱默则民无应也，仪隐则下无动也。不应不动，则上下无以相有也。"

7. 要，为"猺"。《说文》："猺（yāo），随从也。"

339

【解析】

这首诗讲王室宗族上下和协。

"萚兮萚兮，风其吹女"，落叶兮，落皮兮，风其吹汝。言落叶、落皮随风而动。"叔兮伯兮，倡予和女"，众宗族叔伯，有所倡导我则应和之。言宗族长领导，则族人应和，犹如落叶之于风。寓意宗族上下和协。

"蘀兮蘀兮，风其漂女。叔兮伯兮，倡予要女"，落皮兮，落叶兮，风其飘汝。叔兮伯兮，汝倡导之我则随从之。

【引证】

《左传·昭公十六年》：郑六卿饯宣子于郊。宣子曰："二三君子请皆赋，起亦以知郑志。"子齹赋《野有蔓草》，宣子曰："孺子善哉，吾有望矣。"子产赋郑之《羔裘》，宣子曰："起不堪也。"子大叔赋《褰裳》，宣子曰："起在此，敢勤子，至于他人乎？"子大叔拜。宣子曰："善哉，子之言是。不有是事，其能终乎。"子游赋《风雨》，子旗赋《有女同车》，子柳赋《蘀兮》。宣子喜曰："郑其庶乎。二三君子，以君命贶（kuàng，赐）起（韩起），赋不出郑志，皆昵燕好也。二三君子，数世之主也，可以无惧矣。"

上文赋《蘀兮》之子柳，乃郑国印段之子，名印癸。印氏为郑七穆之一。郑七穆，为春秋时期郑国七家卿大夫家族合称，包括驷氏、罕氏、国氏、良氏、印氏、游氏、丰氏。因皆为郑穆公之后，故称之为七穆。七穆掌控郑国政权，其中以罕氏最强。子柳赋《蘀兮》，寓意郑国王室宗族上下和协，故韩起言："赋不出郑志，皆昵（近）燕好（安好）也。二三君子，数世之主也，可以无惧矣。"

诗辑训

狡童

彼狡童兮，

不与我言兮。

维子之故，

使我不能餐兮。

彼狡童兮，

不与我食兮。

维子之故，

使我不能息兮。

【注释】

1. 狡，《说文》：少狗也。即小狗。引申机灵、恔黠（jiǎo xiá，慧也）。

2. 童，为"僮"。《说文》："僮，未冠也。"未成年者，此处指不成熟之人。狡童，狡诈小人，或指郑厉公。

3. 言，《说文》：直言曰言，论难曰语。

4. 餐，《说文》：吞也。即吞咽，泛指饮食。

5. 食，通"飤"。《说文》："飤（sì），粮也。"引申官俸、俸禄。飤，今作"饲"。

《论语》："君子谋道而不谋食。"

《礼记》："君子与其使食浮于人也，宁使人浮于食。"

6. 故，《说文》：使为之也。即原因。

7. 息，休止、安息。《孔子家语》："笃行信道，自强不息。"

【解析】

这首诗讲遭罢黜士大夫怨恨其君长不义。或为郑厉公伯父原繁作，怨厉公不义。

"彼狡童兮，不与我言兮"，彼狡诈小人，不与我通言语。言在上者不听下属之言。"维子之故，使我不能餐兮"，维子之原因，使我不能饮食。言因君长作恶，使良人不能安食。

"彼狡童兮，不与我食兮"，彼狡诈小人，不与我官俸。言士大夫被罢黜。"维子之故，使我不能息兮"，维子之原因，使我不能安息。言因君长不义，使良人不得安止。

【引证】

（1）关于郑厉公

郑厉公，名姬突，郑庄公次子，郑昭公异母弟。郑国第五任、第九任国君。郑庄公死后，郑昭公即位，宋庄公威逼郑国权臣祭仲帮公子突夺取君位，是为郑厉公。之后郑厉公因祭仲专权，意欲铲除之，事败外奔，流亡十七年。之后在郑国大夫傅瑕帮助下杀死国君子仪而再度即位。

（2）《史记·郑世家》："入而让（相责）其伯父原曰：'我亡国外居，伯父无意入我，亦甚矣。'原曰：'事君无二心，人臣之职也。原知罪矣。'遂自杀。"

（3）《左传·庄公十四年》：厉公入，遂杀傅瑕。使谓原繁曰："傅瑕贰，周有常刑，既伏其罪矣。纳我而无二心者，吾皆许之上大夫之事。吾愿与伯父图之，且寡人出，伯父无里言。入又不念寡人，寡人憾焉。"对曰："先君桓公命我先人典司宗祏。社稷有主而外其心，其何贰如之？苟主社稷，国内之民其谁不为臣？臣无二心，天之制也。子仪在位十四年矣，而谋召君者，庸非二乎？庄公之子犹有八人，若皆以官爵行赂劝贰而可以济事，君其若之何？臣闻命矣。"乃缢而死。

大意：郑厉公再次回国即位，杀死了帮助他复国的傅瑕。派人传话给原繁说："傅瑕对国君有二心，周朝定有惩处这类奸臣的刑罚，现在傅瑕已经得到惩处了。接纳我回国而没有二心的人，我都许以上大夫的职位。我愿意跟伯父一起谋划国家，然而我出奔在外，伯父没有告诉我国内的情况。回国以后，又不亲附于我，我对此感到遗憾。"原繁回答说："先君桓公命令我守护先人祭祀、宗祠。国家现有君主而为臣子的心却在国外，还有比这更大的二心吗？如果主掌国家，国内的百姓又谁不是他的臣下呢？臣下不应该有二心，这是最高的法制。子仪居于君位十四年了，而谋划召请你回国的人难道不是二心吗？庄公的儿子还有八人，如果都用官爵做贿赂以劝说臣子二其心以成其事，你又会如何呢？老臣知道你的意思了。"于是原繁自缢而死。

褰裳

子惠思我，褰裳涉溱。
子不我思，岂无他人？
狂童之狂也且！

子惠思我，褰裳涉洧。
子不我思，岂无他士？
狂童之狂也且！

【注释】

1. 惠，《尔雅》：爱也。

2. 褰（qiān），为"攐"。《说文》："攐（qiān）：抠（kōu）衣也。"本意为提挈衣服。引申提挈、挽起。《礼记》："暑毋褰裳。"

3. 溱（zhēn），应为"潧"。《说文》："潧（zhēn），水。出郑国。《诗》曰：'潧与洧，方涣涣兮。'"潧水源于今河南新郑，与洧河汇合。

4. 洧（wěi），《说文》："洧，水。出颍川阳城山，东南入颍。"颍川阳城山，即今河南登封阳城山。洧水向东南流至新郑，之后与潧水汇合归入颍水。《说文》："郑，京兆县。周厉王子友所封。宗周之灭，郑徙潧洧之上，今新郑是也。"

5. 狂，《说文》：狾（zhì）犬也。即疯狗。

6. 童，为"僮"。《说文》："僮，未冠也。"即未成年人。

7. 士，《说文》：事也。事从、服事之意。

8. 也且，语气助词。

【解析】

　　这首诗讲放逐之士怨其君上狂妄。

　　"子惠思我，褰裳涉溱"，君上惠爱而系念于我，提挈衣裳以涉潧水。言不避险难以投奔之。"子不我思，岂无他人"，君上不系念于

343

我，岂无他人？"狂童之狂也且"，狂妄小人其狂也。言外之意诗人被狂妄者放逐。

"子惠思我，褰裳涉洧"，君上惠爱而系念于我，提挈衣裳涉洧水。"子不我思，岂无他士"，君上不系念于我，岂无他人事之？言另投明主。"狡童之狂也且"，狂妄小人其狂也。

【引证】

《左传·昭公十六年》：郑六卿饯宣子于郊。宣子曰："二三君子请皆赋，起亦以知郑志。"子齹赋《野有蔓草》，宣子曰："孺子善哉，吾有望矣。"子产赋郑之《羔裘》，宣子曰："起不堪也。"子大叔赋《褰裳》，宣子曰："起在此，敢勤子，至于他人乎。"子大叔拜。宣子曰："善哉，子之言是。不有是事其能终乎？"

子大叔为郑国卿。子大叔赋《褰裳》，言郑国愿追随晋国，但如果晋国不能爱护郑国，郑国则会追随其他大国。韩宣子说："韩起在此，怎么会劳动先生事于他人呢？"言外之意晋国作为霸主一定会爱护郑国。韩宣子接着说："甚好，先生所言甚是。如果没有小国选择宗主之事，宗主其能善终？"

丰

子之丰兮，
俟我乎巷兮。
悔予不送兮。

子之昌兮，
俟我乎堂兮。
悔予不将兮。

衣锦褧衣，
裳锦褧裳。
叔兮伯兮，
驾予与行。

裳锦褧裳，
衣锦褧衣。
叔兮伯兮，
驾予与归。

【注释】

1. 丰，《说文》：草盛丰丰（pò，草木盛）也。《说文》："豐，豆之豐满者也。豐，大也。"古文"丰、豐"为不同二字，今皆写作"丰"。

2. 昌，《说文》："昌，美言也。一曰日光也。"引申昌盛、兴盛。

3. 俟，《尔雅》：待也。《说文》："竢（sì），待也。"

4. 巷，《说文》：里中道。皆在邑中所共也。

5. 将，《尔雅》：送也。即送行。

6. 褧（jiǒng），《说文》：檾（qǐng）也。一说为白麻。

7. 驾，《说文》：马在轭中。

【解析】

这首诗赞郑穆公谦逊，礼贤下士。

"子之丰兮，俟我乎巷兮"，子之德盛，等待我于路上。言君主礼贤下士。"悔予不送兮"，悔恨当初其出亡我未能相送。早年郑穆公为公子时流亡晋国。古者以臣子"有难则死，出亡则送"为忠君之举。

"子之昌兮，俟我乎堂兮"，子之德昌，等待我于堂上。"悔予不将兮"，悔恨当初其出亡我未能相送。言相交恨晚。

"衣锦褧衣，裳锦褧裳"，锦衣则罩以麻衣，锦裳则罩以麻裳。言有文采而不张扬。锦衣、锦裳皆加麻于外，寓意其上下交往均谦和待人。"叔兮伯兮，驾予与行"，王室叔伯，驾车马我与之同行。寓意愿追随王室。

"衣锦褧衣，裳锦褧裳。叔兮伯兮，驾予与归"，锦衣则罩以麻衣，锦裳则罩以麻裳。叔兮伯兮，驾车马我与之同归。

【引证】

关于郑穆公

郑穆公，名姬兰，乃郑文公庶子。郑文公杀太子，其他公子或杀或逐，公子兰逃亡至晋。公子兰亡居晋，为晋国大夫，深得晋文公喜爱。之后晋文公联合秦国讨伐郑国，逼迫郑迎立公子兰为太子。郑文公死，公子兰继位，是为穆公。郑穆公归国之后礼贤下士，郑人作此诗赞之。

《左传·宣公三年》：冬，郑穆公卒。初，郑文公有贱妾，曰燕姞，梦天使与己兰。曰："余为伯鯈（tiáo，鱼名），余而祖也，以是为而子，以兰有国香，人服媚之如是。"既而文公见之，与之兰而御之。辞曰："妾不才，幸而有子，将不信，敢徵兰乎？"公曰诺。生穆公，名之曰兰。文公报郑子之妃，曰陈妫，生子华、子臧。子臧得罪而出，诱子华而杀之南里，使盗杀子臧于陈宋之间。又娶于江，生公子士。朝于楚，楚人酖之，及叶而死。又娶于苏，生子瑕、子俞弥。俞弥早卒，泄驾恶瑕，文公亦恶之，故不立也。公逐群公子，公子兰奔晋，从晋文公伐郑。石癸曰："吾闻姞姓耦，其子孙必蕃。姞，吉人也，后稷之元妃也。今公子兰，姞甥也，天或启之，必将为君，其后必蕃，先纳之，可以亢宠。"与孔将锄、侯宣多纳之，盟于大宫而立之，以与晋平。穆公有疾，曰："兰死，吾其死乎，吾所以生也。"刈兰而卒。

《史记·郑世家》：晋文公欲入兰为太子，以告郑。郑大夫石癸曰：“吾闻姞姓乃后稷之元妃，其后当有兴者。子兰母，其后也。且夫人子尽已死，馀庶子无如兰贤。今围急，晋以为请，利孰大焉！”遂许晋，与盟。而卒立子兰为太子，晋兵乃罢去。

东门之墠

东门之墠，
茹藘在阪。
其室则迩，
其人甚远。

东门之栗，
有践家室。
岂不尔思？
子不我即。

【注释】

1. 墠（shàn），为"樿"。《说文》："樿（shàn），木也。可以为栉（zhì，梳比）。"

2. 茹藘（rú lú），《尔雅》：茅蒐（sǒu）。即茜草。茜草根可以用来做绛色染料。《说文》："茜，茅蒐也。"《说文》："蒐，茅蒐、茹藘。人血所生，可以染绛。"

3. 阪（bǎn），《说文》：坡者曰阪。一曰泽障。一曰山胁也。山胁，山腰上方。

4. 迩，《说文》：近也。

5. 栗，栗树。春秋时为妇人之贽礼。《礼记》："妇人之贽：椇榛、脯修、枣栗。"

6. 践，《说文》：履也。履行、施行之意。

7. 即，《尔雅》：尼也。靠近、亲近、接近之意。

【解析】

这首诗讲女子妇德、妇功、妇容有成，虽欲嫁其意中人，仍能遵从礼义而行。

"东门之墠，茹藘在阪"，东门之樿树，茜草在坡。樿（或白桦）

为制作梳笾的木材，茜草为染采原料，寓意妇容、妇功诸事。东方寓意生发，门为进出之关，坡为阻难之地。"东门、在阪"寓意进之而遇关阻。此处指女子修成妇容、妇功，欲求其心仪佳偶需经父母之命、媒妁之言，以及婚姻之礼。"其室则迩，其人甚远"，其家则近，其人甚远。言女子私下爱慕邻居男子，男子不察故言其远。

"东门之栗，有践家室"，东门之栗，可行之于家室。妇人以栗为贽，取义"慄"，言有敬畏之心。寓意女子在家修成女德，可配婚姻。"岂不尔思，子不我即"，岂不思子，子不近我。言虽思慕男子，但仍待男子主动求亲，遵从婚礼。

【引证】

（1）《国语》："夫妇贽不过枣、栗，以告虔也。"

（2）《礼记·内则》："女子十年不出，姆教婉娩听从，执麻枲，治丝茧，织紝组紃，学女事以共衣服。"

（3）《礼记·昏义》："是以古者妇人先嫁三月，祖祢未毁，教于公宫。祖祢既毁，教于宗室。教以妇德、妇言、妇容、妇功。"

（4）《礼记·月令》："季夏之月……是月也，命妇官染采，黼黻文章，必以法故，无或差贷。黑黄仓赤，莫不质良，毋敢诈伪，以给郊庙祭祀之服，以为旗章，以别贵贱等给之度。"

（5）《仪礼·士昏礼》："质明，赞见妇于舅姑。妇执笲枣、栗，自门入，升自西阶，进拜，奠于席。"

茜草根

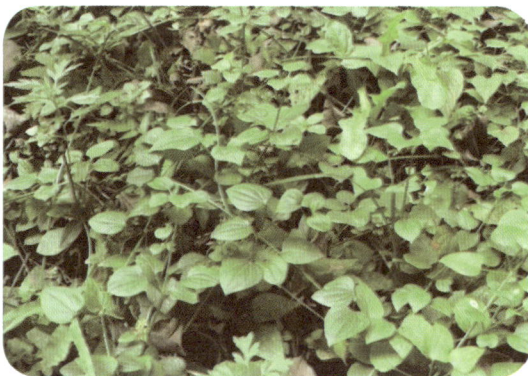

茜草

　　茜草，又名茅蒐、地血、蒨草、红根藤。茜草为多年生草质攀缘植物，藤长在一到四米之间，多茎，花淡黄色，根状茎为红色。茜草是一种历史悠久的植物染料，曾为红色染料主要来源。茜草如直接用以染制，只能染得浅黄色的植物本色，加入媒染剂方可染得赤、绛等多种红色调。长沙马王堆一号汉墓出土的深红绢与长寿绣袍的红色底色，经化验即是用茜草根和媒染剂明矾多次浸染而成。

风雨

风雨凄凄，鸡鸣喈喈。
既见君子，云胡不夷？

风雨潇潇，鸡鸣胶胶。
既见君子，云胡不瘳？

风雨如晦，鸡鸣不已。
既见君子，云胡不喜？

【注释】

1. 凄，《说文》：云雨起也。凄凄，形容云雨兴起。

2. 喈（jiē），《说文》：鸟鸣声。一曰凤皇鸣声喈喈。喈喈，众鸟齐鸣声。

3. 潇潇，应为"啸啸"。《说文》："啸，吹声也。"啸啸，风雨声。

4. 胶胶，为"嘐嘐"。《说文》："嘐（jiāo），声嘐嘐也。"嘐嘐，象声词。

《后汉书》："山敦云移，群鸣胶胶。"

5. 晦，《尔雅》：冥也。《说文》："晦，月尽也。朔，月一日始苏也。"晦朔，月之终始。

6. 夷，《尔雅》：悦也。即喜悦。

7. 瘳（chōu），《说文》：疾愈也。即病愈之意。

【解析】

这首诗讲君子有常，不失其节义。

"风雨凄凄，鸡鸣喈喈"，风雨兴起，鸡鸣之声喈喈。言虽晨有风雨，然鸡至旦时而鸣，此鸡之常也。寓意虽世道多舛乱然君子笃行其义。"既见君子，云胡不夷"，既已见君子，如何不喜悦？言世人欢欣有节义君子。

"风雨潇潇，鸡鸣胶胶"，风雨啸啸，鸡鸣之声胶胶。"既见君子，云胡不瘳"，既已见君子，疾苦如何不痊愈？

"风雨如晦，鸡鸣不已"，风雨使天色如月黑之夜一般，然至于旦时，鸡鸣之声不止。言早晨因风雨而晦暗，然鸡鸣不已。寓意君子不避昏乱，笃行其义。"既见君子，云胡不喜"，既已见君子，如何不欢喜？

【引证】

《左传·昭公十六年》：郑六卿饯宣子于郊。宣子曰："二三君子请皆赋，起亦以知郑志。"子齹赋《野有蔓草》，宣子曰："孺子善哉，吾有望矣。"子产赋郑之《羔裘》，宣子曰："起不堪也。"子大叔赋《褰裳》，宣子曰："起在此，敢勤子，至于他人乎？"子大叔拜。宣子曰："善哉，子之言是。不有是事，其能终乎？"子游赋《风雨》，子旗赋《有女同车》，子柳赋《蘀兮》。宣子喜曰："郑其庶乎。二三君子，以君命贶（kuàng，赐）起（韩起），赋不出郑志，皆昵燕好也。二三君子，数世之主也，可以无惧矣。"

大意：郑国六卿为韩宣子饯行于郊外，韩宣子请诸子赋诗以观郑志。子游赋《风雨》，寓意愿为节义君子，笃行其道。故韩起言："郑其庶乎。二三君子，以君命贶起，赋不出郑志，皆昵燕好（安好）也。二三君子，数世之主也。"

诗
辑
训

子衿

青青子衿，悠悠我心。
纵我不往，子宁不嗣音？

青青子佩，悠悠我思。
纵我不往，子宁不来？

挑兮达兮，在城阙兮。
一日不见，如三月兮。

【注释】

1. 衿（jīn），细小衣带称之为衿，专用于系佩玉的小衣带称之为褖。
《尔雅》："衿，谓之袸（jiàn）。佩衿，谓之褖。"《释名》："衿，亦
禁也，禁使不得解散也。"《方言》："衿谓之交。"

2. 悠悠，《尔雅》：思也。形容思念深远。

3. 宁，《说文》：愿词也。解作岂、难道。

4. 嗣，《尔雅》：继也。嗣音，传音信。

5. 挑，为"㞍"。《说文》："㞍（táo），滑也。"此处指行人相向上下
交错而行。

6. 达，《说文》：行不相遇也。即相向错行。

7. 阙，《说文》：门观也。门两侧用以观望的高台。城阙，城门外供瞭
望的高台。

353

【解析】

这首诗讲大夫之妻盼望久出在外的丈夫归来。

"青青子衿，悠悠我心"，子之青色佩带，使我心悠悠。此处衿
当指佩衿，用以系玉佩。佩衿以系玉佩为用，诗人以之暗喻夫妻聚合。
"纵我不往，子宁不嗣音"，纵然我不前往，你难道不应传音信回来？

"青青子佩，悠悠我思"，子之青色佩玉，使我思悠悠。春秋时期

青玉为大夫之佩玉。言其丈夫为国之大夫。青佩衿系青玉佩寓意夫妻相配。诗人以佩玉系于佩衿暗喻夫妻分离。"纵我不往，子宁不来"，纵然我不能前往，你难道不应回来？

"挑兮达兮，在城阙兮"，我在城阙，上下往返。言不停观望丈夫是否归来。"一日不见，如三月兮"，一日不见，如三月兮。言思念深切。

【引证】

《礼记·玉藻》："凡带必有佩玉，唯丧否。佩玉有冲牙。君子无故，玉不去身，君子于玉比德焉。天子佩白玉而玄组绶，公侯佩山玄玉而朱组绶，大夫佩水苍玉而纯组绶，世子佩瑜玉而綦组绶，士佩瓀玟而缊组绶。孔子佩象环五寸，而綦组绶。"

诗辑训

扬之水

扬之水，不流束楚。
终鲜兄弟，维予与女。
无信人之言，人实诳女。

扬之水，不流束薪。
终鲜兄弟，维予二人。
无信人之言，人实不信。

【注释】

1.扬，通"旸"。《说文》："旸（yáng），开也。"引申分散、散开、张布。

2.薪，《说文》：荛也。即柴草。

3.楚，《说文》：荆也。即荆条。

4.终，解作既、既然。《北门》："终窭且贫。"

5.鲜，《尔雅》：寡也。

6.实，通"是"，表示判断。

7.诳（kuáng），《说文》：欺也。

【解析】

这首诗讲兄弟应同心协力。

"扬之水，不流束楚"，分散的水流，不能冲走一束荆条。言聚合方有力。"终鲜兄弟，维予与女"，既然兄弟少，只有你和我。言兄弟少更需要同心协力。"无信人之言，人实诳女"，不要信他人的话，他人是在欺骗你。

"扬之水，不流束薪。终鲜兄弟，维予二人。无信人之言，人实不信"，分散之水流，不能流一束柴草。既兄弟少，唯你我二人。勿信他人之言，他人实不可信。

出其东门

出其东门，
有女如云。
虽则如云，
匪我思存。
缟衣綦巾，
聊乐我员。

出其闉阇，
有女如荼。
虽则如荼，
匪我思且。
缟衣茹藘，
聊可与娱。

【注释】

1. 如云，众女子徐徐而动，状如云行，形容女子众多。

2. 存，《尔雅》：在也。《尔雅》："徂，在，存也。"

3. 缟，《小尔雅》："缟，白也。缯之精曰缟。缟之麤（粗）者曰素。"

4. 綦（qí），《说文》："綦，帛苍艾色。《诗》：'缟衣綦巾'，未嫁女所服。"如艾草一般青绿色的帛称之为綦。"缟衣綦巾"为未出嫁女子服装。

5. 茹藘（rú lú），《尔雅》：茅蒐（sǒu）。即茜草，可做绛色染料染衣。

6. 聊，通"僇"。《说文》："僇（lù，liáo），一曰且也。"解作姑且、权且。

7. 员，为"睊"。《说文》："睊（yuān），一曰空也。"此处之空闲时间。

8.闉阇（yīn dū），《说文》：城内重门。即城门内设置的二重门。或为今所谓瓮城之门。

9.荼，《尔雅》：苦菜也。即白花苦叶菜，其白花繁盛。

10.且，为"徂"。《说文》："徂（cú），往也。"

11.娱，《说文》：乐也。

【解析】

这首诗讲妇道败坏。

"出其东门，有女如云"，出城之东门，有女子如云。言女子众多，如白云一般涌动。此处以众女子出东门寓意众少女突破处女礼义之防。寓意时下违背女德者众多。"虽则如云，匪我思存"，虽然女子多如白云，非我之向往。言诗人谨守处女之礼义。"缟衣綦巾，聊乐我员"，白衣青巾，且乐我之空闲。缟衣綦巾为少女服装，言居处在家之少女闲暇以妇容为乐。

"出其闉阇，有女如荼"，出城之二门，有女子如荼。闉阇比喻处女之防。如荼，言女子众多如苦叶菜花一般繁盛。"虽则如荼，匪我思且"，虽然女子多如苦菜花，但非我之向往。"缟衣茹藘，聊可与娱"，缟衣、茹藘，聊可与之娱乐。缟衣、茹藘，指代衣服、染采等女功。言居处在家之少女以妇功为乐。

【引证】

（1）《周礼》："治丝麻以成之，谓之妇功。"

（2）《后汉书·列女传》："妇行第四：女有四行，一曰妇德，二曰妇言，三曰妇容，四曰妇功。夫云妇德，不必才明绝异也。妇言，不必辩口利辞也。妇容，不必颜色美丽也。妇功，不必工巧过人也。清闲贞静，守节整齐，行己有耻，动静有法，是谓妇德。择辞而说，不道恶语，时然后言，不厌于人，是谓妇言。盥浣尘秽，服饰鲜洁，沐浴以时，身不垢辱，是谓妇容。专心纺绩，不好戏笑，洁齐酒食，以奉宾客，是谓妇功。此四者，女人之大德，而不可乏之者也。然为之甚易，唯在存心耳。古人有言：'仁远乎哉？我欲仁，而仁斯至矣。'此之谓也。"

357

野有蔓草

野有蔓草，零露漙兮。
有美一人，清扬婉兮。
邂逅相遇，适我愿兮。

野有蔓草，零露瀼瀼。
有美一人，婉如清扬。
邂逅相遇，与子偕臧。

【注释】

1. 野，《尔雅》：邑外谓之郊，郊外谓之牧，牧外谓之野。

2. 蔓（wàn），《说文》：葛属。如葛一样的藤类草本。蔓草，多指难除杂草。

3. 零，《说文》：余（徐）雨也。引申降落。《大戴礼记》："零也者，降也。"

4. 漙（tuán），《说文》：露貌。

5. 瀼（ráng），《说文》：露浓貌。形容露水浓重的样子。

6. 清扬，为"清昜"，清气爽朗。《说文》："昜，开也。一曰飞扬。一曰长也。"

7. 婉，《说文》：顺也。此处指为人和顺。

8. 邂，《说文》：邂逅，不期而遇也。即偶然遇见。

9. 适，《说文》：之也。解作达到、至。《庄子》："适人之适而不自适其适者也。"

10. 如，助词，无义。

11. 臧，《尔雅》：善也。

【解析】

这首诗讲浊世遇清潇君子。

"野有蔓草，零露漙兮"，野地有蔓草，降露浓浓。言蔓草生命力强，露水润泽，寓意在野君子自强且自得其养。"有美一人，清扬婉兮"，一人有美，清气爽朗且和顺。言于污浊之世有君子清廉。"邂逅相遇，适我愿兮"，与君子不期而遇，达成我愿。言浊世之中君子乐得其同志。

"野有蔓草，零露瀼瀼"，野有蔓草，降露浓重。"有美一人，婉如清扬"，有美德行一人，清气爽朗且和顺。"邂逅相遇，与子偕臧"，不期而遇，愿与之共修美善。言浊世之中君子愿与同道行善。

【引证】

（1）关于蔓草

《左传·隐公元年》："姜氏何厌之有！不如早为之所，无使滋蔓。蔓，难图也。蔓草犹不可除，况君之宠弟乎！"

（2）《左传·昭公十六年》：郑六卿饯宣子于郊。宣子曰："二三君子请皆赋，起亦以知郑志。"子齹（cī）赋《野有蔓草》，宣子曰："孺子善哉，吾有望矣。"

大意：郑国六卿为韩宣子饯行于郊外，韩宣子请诸子赋诗以观郑志。子齹赋《野有蔓草》，寓意于浊世能自强、清廉，故韩起言："孺子善哉，吾有望矣。"

（3）《左传·襄公二十七年》：郑伯享赵孟于垂陇，子展、伯有、子西、子产、子大叔、二子石从。赵孟曰："七子从君，以宠武也。请皆赋以卒君贶，武亦以观七子之志。"……子大叔赋《野有蔓草》，赵孟曰："吾子之惠也。"

大意：郑伯享赵孟于垂陇，子大叔赋《野有蔓草》，赞赵孟为清正君子，又寓意愿与赵孟同修郑国与晋国之好。赵孟谦虚道："吾子之惠（爱）也。"

（4）《孔子家语·致思》：孔子之郯，遭程子于涂，倾盖而语终日，甚相亲。顾谓子路曰："取束帛以赠先生。"子路屑然对曰："由闻之，士不中间见，女嫁无媒，君子不以交礼也。"有间，又顾谓子路，子路又对如初。孔子曰："由，《诗》不云乎：'有美一人，清扬婉兮。邂逅相遇，适我愿兮。'今程子天下贤士也，于斯不赠，则终身弗能见也，小子行之。"

溱洧

溱与洧，方涣涣兮。

士与女，方秉蕑兮。

女曰观乎，士曰既且。

且往观乎——

洧之外，洵訏且乐。

维士与女，伊其相谑，赠之以勺药。

溱与洧，浏其清矣。

士与女，殷其盈兮。

女曰观乎，士曰既且。

且往观乎——

洧之外，洵訏且乐。

维士与女，伊其将谑，赠之以勺药。

【注释】

1. 溱（zhēn）、洧（wěi），皆郑国境内河流。溱，《说文》写作"潧"。

2. 方，介词，解作正当、当。《楚辞》："方仲春而东迁。"

3. 涣，《说文》：流散也。涣涣，水波荡漾、水流激荡貌。

4. 士、女，男女称谓。

5. 秉，《尔雅》：执也。

6. 蕑（jiān），为"蘭"，简体"兰"。《说文》："蘭（lán），香草也。"即佩兰。

7. 观，《尔雅》：多也。

8. 乎，语气词，表示商权。《韩非子》："孔子曰：以容取人乎，失之子羽。"

9. 既，解作尽。《尔雅》："卒，既也。"《左传》："楚人未既济。"

10. 且，为"徂"。《尔雅》："徂（cú），往也。"

11. 洵，《尔雅》：尳（堪）也。解作堪称、称得上。

12. 訏（yù），《尔雅》：大也。

13. 勺，为"旳"，今写作"的"。《说文》："旳（dì），明也。"解作白。

14. 药，为"蔪"，音同通假。《说文》："蔪（xiāo），楚谓之蓠，晋谓之蔪，齐谓之茝（chǎi，即芷）。"勺药，即"旳蔪"，即白茝，今写作"白芷"。

《康熙字典》："《唐韵古音》医药之药去声，音劾（xiào）。"

《淮南子》："身若秋药（蔪）被风。"

《礼记》："佩帨茝兰（芷兰）。"

《广雅》曰："白芷，叶谓之药。"

《广韵》："药，白芷也。药，白芷叶。"

15. 浏，《说文》：流清貌。

16. 殷，《说文》：作乐之盛称殷。引申盛、大。

17. 盈，为"籝"。《说文》："籝（yíng）：笭（líng）也。"竹子作的箱笼。唐诗《祭退之》："书札与诗文，重叠我笥盈（籝）。"

18. 将，同"相"。

19. 谑，《说文》：戏也。

国风 郑 溱洧

【解析】

这首诗讲春季男男女女在河畔以香草洗浴以求去除疾病。

"溱与洧，方涣涣兮"，溱水与洧水，正当水流激荡。言仲春之后河水流畅，寓意春意殷盛。"士与女，方秉蕑兮"，男子与女子，正秉持佩兰。言男女持佩兰往河边洗浴。"女曰观乎，士曰既且"，女子可谓多乎，男子可谓尽往。言虽然女子众多，但男人无不前往，较女人更多。"且往观乎——洧之外，洵訏且乐"，往去者多乎——洧水边上，堪称盛大且欢乐。"维士与女，伊其相谑，赠之以勺药"，男子与女子，同伴之间相嬉戏，赠送以白芷。白芷为香草，其根研磨为粉末可用以洗浴，亦可以装入香囊佩戴。

"溱与洧，浏其清矣"，溱水与洧水，水流清又清。"士与女，殷其盈矣"，男子与女子，其籝内物品盛多。"女曰观乎，士曰既且"，女

361

子可谓多乎，男子则尽往。"且往观乎——洧之外，洵訏且乐"，往去者多乎——洧水边上，堪称盛大且欢乐。"维士与女，伊其将谑，赠之以勺药"，男子与女子，同伴之间相嬉戏，赠送以白芷。男女以香草洗浴完后，各自把剩余香草分赠他人，寓意分享福祉。

【引证】

（1）关于兰芷

《谷梁传·昭公八年》："艾兰以为防。"

《大戴礼记》："蓄兰，为沐浴也。"

《晏子春秋》："今夫兰本，三年而成，湛之苦酒，则君子不近，庶人不佩。湛之縻（鹿）醢，而贾匹马矣。非兰本美也，所湛然也。"

《楚辞》："浴兰汤兮沐芳，华采衣兮若英。"

《史记·三王世家》："兰根与白芷，渐之滫中，君子不近，庶人不服。"

（2）关于古人袯（fú）除、衅浴。

《周礼·春官宗伯》："女巫：掌岁时袯除、衅浴。"衅浴，即涂抹香料洗浴。袯除，去除邪恶、疾病的祭祀。

东汉应劭著《风俗通义·祀典》："《周礼》：'男巫掌望祀、望衍，旁招以茅。女巫掌岁时以袯除、衅浴。'禊（xì）者，洁也。春者，蠢也，蠢蠢摇动也。《尚书》：'以殷仲春，厥民析。'言人解。疗生疾之时，故于水上衅洁之也。已者，祉也。邪疾已去，祈分祉也（互赠勺药）。"

南朝宋范晔《后汉书·仪礼上》："仲春之月，……是月上巳，官民皆洁于东流水上，曰洗濯袯除，去宿垢疢（chèn，热病）为大洁。洁者，言阳气布畅，万物讫出，始洁之矣。"

《西京杂记》："正月上辰，出池边盥濯，食蓬饵（发面糕），以袯妖邪。三月上巳，张乐流水，如此终岁焉。"

佩兰

佩兰，又名水香，多年生草本，高四十厘米至一米。茎直立，绿色或红紫色。花果期七至十一月。佩兰植株内含有挥发油，气味芳香，可抑菌杀菌，能预防和治疗多种夏季皮肤病。

古人有以佩兰煎水沐浴的风俗，亦可以佩兰制作香囊。马王堆汉墓曾出土内装佩兰的香囊。《大戴礼记》："蓄兰，为沐浴也。"《楚辞》："浴兰汤兮沐芳，华采衣兮若英。"北宋《开宝本草》："煮水以浴，疗风。"

白芷

　　白芷，多年生高大草本，高一至三米之间。白芷根圆柱形，有分枝，外表皮黄褐色至褐色，有浓烈气味，为传统中药材，亦可作香料。白芷花果期在七至九月。《楚辞》："联蕙芷以为佩兮，过鲍肆而失香。"即言以白芷为香囊。

　　诗中"勺药"还有两种解释。其一解作"芍药花"。其二解作五味调和的粥。若解作芍药花，则不能与诗文"方涣涣兮"相和。芍药花花期在五六月间，"方涣涣兮"言春季河水解冻，所以二者时节不相合。

　　东汉王充《论衡》："酿酒于罂，烹肉于鼎，皆欲其气味调得也。时或咸苦酸淡不应口者，犹人勺药失其和也。"东晋《抱朴子》："人君烹肥宰腯，屠割群生，八珍百和，方丈于前，煎熬勺药，旨嘉餍饫。"东汉张衡《南都赋》："归雁鸣鵙，黄稻鱻鱼，以为勺药。"以上皆证"勺药"为粥。若诗中"勺药"解作粥，则不尽合情理。

齐

鸡鸣

鸡既鸣矣，朝既盈矣。
匪鸡则鸣，苍蝇之声。

东方明矣，朝既昌矣。
匪东方则明，月出之光。

虫飞薨薨，甘与子同梦。
会且归矣，无庶予子憎。

诗
辑
训

【注释】

1. 朝，《尔雅》：早也。

2. 盈，《说文》：满器也。解作满、充。此处指早晨时光已过。

3. 则，副词，表示判断，起强调作用。《孟子》："王曰：此则寡人之罪也。"

4. 昌，《说文》：美言也。一曰日光也。引申昌盛、兴盛。

5. 薨薨（hōng），《尔雅》：众也。

6. 甘，为"醰"。《说文》："醰（gān）：和也。"本意为相应和，引申情愿、自愿、愿意。

7. 无，《尔雅》：间也。语句间的助词，无义。

8. 庶，《尔雅》：幸也。侥幸、幸而、幸于。

9. 憎，《说文》：恶也。

【解析】

这首诗讲君子敬肃其事。

"鸡既鸣矣，朝既盈矣"，鸡已经打鸣，早晨时光已过。言其人唯恐耽误职事，故梦见鸡鸣。寓意君子有敬肃之心。"匪鸡则鸣，苍蝇之声"，并非鸡鸣，唯有苍蝇之声。言醒来唯有苍蝇之声。

"东方明矣，朝既昌矣。匪东方则明，月出之光"，东方已明，晨光兴盛。并非东方发明，乃月出之光。

　　"飞虫薨薨，甘与子同梦"，众飞虫薨薨作响，情愿与尔等同入睡梦。此处"子"指飞虫。"会且归矣，无庶予子憎"，会集而归去，则幸免于我君子对尔等之憎恶。"予子"乃诗人对梦醒君子之称呼。

【引证】

《孔丛子·记义》："于《鸡鸣》见古之君子不忘其敬也。"

【名物】

苍蝇

　　《说文》："营营青蝇，虫之大腹者。"《段注》："此虫大腹，故其字从'黾虫'会意，谓腹大如黾之虫。"

　　苍蝇是在白昼活动频繁的昆虫，具有明显的趋光性。苍蝇善于飞翔，但多在孳生地半径一二百米范围内活动，大都不超过两公里。苍蝇多以腐败有机物为食，因此常见于卫生较差的环境。苍蝇会污染食物，传播疾病。

还

子之还兮，

遭我乎猫之间兮。

并驱从两肩兮，

揖我谓我儇兮。

子之茂兮，

遭我乎猫之道兮。

并驱从两牡兮，

揖我谓我好兮。

子之昌兮，

遭我乎猫之阳兮。

并驱从两狼兮，

揖我谓我臧兮。

【注释】

1. 还，为"嬛"。《说文》："嬛（xuān），材紧也。"材质坚緻，引申扎实。

2. 茂，《尔雅》：丰也。此处指技术、才艺高超。

3. 昌，《说文》：美言也。一曰日光也。引申昌盛、兴盛、强盛。

4. 遭，《说文》：遇也。

5. 猫（náo），《说文》：山，在齐地。《诗》曰："遭我于猫之间兮。"

6. 从，《说文》：随行也。此处指追赶。

7. 肩，应为"豜"。《说文》："豜（jiān）：三岁豕也，肩相及也。《诗》曰：'并驱从两豜兮。'"三岁的野猪，肩部达到成猪的高度。豜即成熟野猪。

8. 揖（yī），《说文》：攘（推）也。一曰手箸胸曰揖。拱手至胸曰揖。

9. 牡，《说文》：畜父也。即雄牲畜。此处指公牛羊。

10. 儇（xuān），《说文》：慧也。

国风 齐 还

【解析】

这首诗讲狩猎者技艺高超，且为人谦逊有礼。

"子之还兮，遭我乎猺之间兮"，彼君子之狩猎技艺扎实，遇我于猺山之中。"并驱从两肩兮，揖我谓我儇兮"，与之并马齐驱追逐两头野猪，向我揖手称赞我敏慧。

"子之茂兮，遭我乎猺之道兮"，彼君子之才茂，遇我于猺山之道。"并驱从两牡兮，揖我谓我好兮"，与之并马齐驱追逐两头野公牛，向我揖手称赞我技艺佳。

"子之昌兮，遭我乎猺之阳兮"，彼君子之气力强盛，遇我于猺山之南。"并驱从两狼兮，揖我谓我臧兮"，与之并马齐驱追逐两狼，向我揖手称赞我技术良。

诗中所追逐野猪、野牛、狼皆为难以猎取之猛兽，言猎人善猎。古人以狩猎习戎事，田猎有礼，寓意娴于戎事。

【引证】

（1）《礼记·仲尼燕居》："以之田猎有礼，故戎事闲也。以之军旅有礼，故武功成也。"

（2）关于揖礼

揖礼手式：左右手四指并拢，左掌托右掌背，两掌平叠或交叉，掌心朝内，左右拇指顶端相抵，两手成拱抱状。把拱手推至胸前，同时弯腰即揖礼。揖礼有多种，如：土揖、时揖、天揖、特揖、旅揖；一揖、三揖；长揖。

369

野猪

　　野猪又称山猪，杂食性。家猪虽由野猪驯化而来，但两者外貌迥异，野猪成长速度也远比家猪慢，体重亦较重。野猪大多集小群，一般在晨昏时分活动觅食。雄猪个头较大，且具有比雌猪尖锐发达的獠牙。野猪凶猛，暴躁。雌性野猪一般十八个月性成熟，雄性则要三四年。猪仔刚出生身上有土黄色条纹，以后条纹逐渐褪去，至成猪鬃毛变为黑色。

野牛

　　野牛体形巨大，体长可达三米，肩高达两米，重达一千五百公斤。两角呈弧形粗大尖锐。野牛嗅觉和听觉灵敏，性情凶猛，遇见敌害时毫不畏惧。在森林中，几乎没有动物可以伤害它。野牛喜群居，通常每群十余头，一般在晨昏活动。其中一只体形较大的雌兽为首领。野牛分布在热带、亚热带山地阔叶林、林缘草坡。以各种草、树叶为食。现存于我国云南省。

狼

　　狼属于食肉动物，生存于森林、沙漠、山地、草地，毛色随产地而异。狼性机警，多疑，善奔跑，耐力强，凶狠，常采用穷追的方式获得猎物。狼主要以鹿、羚羊、兔为食，狼耐饥。狼一般寿命约十二到十四年。狼群有等级制度，通常以家庭为单位的家庭狼群由一对优势对偶领导，而以兄弟姐妹为群的则以最强壮的一头狼为领导。狼群通常有固定的活动领域。

著

俟我于著乎而，
充耳以素乎而，
尚之以琼华乎而。

俟我于庭乎而，
充耳以青乎而，
尚之以琼莹乎而。

俟我于堂乎而，
充耳以黄乎而，
尚之以琼英乎而。

国风·齐·著

【注释】

1. 俟，《尔雅》：待也。

2. 著，通"宁"，又写作"宁（zhù）"。宁（zhù），《尔雅》："门屏之间谓之宁，屏谓之树。"房门和屏风之间的位置称之为宁，屏风又称之为树。此屏风正对门而设，朝会时君主站立在屏风前。

3. 充耳，古代挂在冠冕两旁的饰物，由丝绳悬系，下垂及耳，多为玉石质地。充耳，以掩听觉，寓意耳聪而有所不闻，亦即善听。

4. 庭，《说文》：宫中也。

5. 素，《说文》：白致缯也。本意指白色缜密的丝织品。引申白色。

6. 堂，《说文》：殿也。

7. 乎而，语气助词。

8. 琼，《说文》：赤玉也。

9. 华，为"曄"，简体"晔"。《说文》："晔（yè），光也。"

10. 英，为"瑛"。《说文》："瑛，玉光也。"

11. 莹，《说文》：玉色也。

373

12. 尚，《尔雅》：右也。佐佑之意。

【解析】

这首诗讲群臣朝会，君主明正视听。

"俟我于著乎而，充耳以素乎而"，君主在门屏之间等候我等，其佩戴充耳为素色。"尚之以琼华乎而"，佐之以光华赤玉。言白色充耳之上加饰以赤玉。

"俟我于庭乎而，充耳以青乎而，尚之以琼莹乎而"，君主在庭中等候我等，其佩戴充耳为青色，佐之以光华赤玉。言青色充耳之上加饰以赤玉。

"俟我于堂乎而，充耳以黄乎而，尚之以琼英乎而"，君主在堂上等候我等，其佩戴充耳为黄色，佐之以光华赤玉。言黄色充耳之上加饰以赤玉。

周时以青、黄、白、赤、黑为五色，五色为正色，其他颜色为杂色。五色配以方位、季节。东青色、春季；南赤色、夏季；西白色、秋季；北黑色、冬季；中黄色、夏秋之际。诗中赤、素、青、黄，言示人以正色，赤色又寓意明。充耳以赤玉配以素玉、青玉、黄玉，寓意明正视听。黑色寓意幽闭，故不用。

【引证】

（1）关于"宁"

《礼记·郊特牲》："诸侯之宫县，而祭以白牡，击玉磬，朱干设锡，冕而舞《大武》，乘大路，诸侯之僭礼也。台门而旅树，反坫，绣黼，丹朱中衣，大夫之僭礼也。"

《礼记·杂记下》："孔子曰：'管仲镂簋而朱纮，旅树而反坫，山节而藻棁。贤大夫也，而难为上也。晏平仲祀其先人。豚肩不掩豆。贤大夫也，而难为下也。君子上不僭上，下不逼下。"

《后汉书·舆服上》："大夫台门，旅树，反坫，绣黼，丹朱中衣，镂簋朱纮，此大夫之僭诸侯礼也。"

上文中"旅树"即"陈设树（屏谓之树）"，亦即陈设屏。由文意可知"旅树"为诸侯之礼，以此推知"宁"为天子、诸侯之所。

（2）《尚书·蔡仲之命》："率自中，无作聪明乱旧章。详（审议）乃视听，罔以侧言改厥度。"

（3）《礼记·曲礼下》："天子当宸（牖户之间谓之宸）而立，诸侯北面而见天子，曰觐。天子当宁（宀）而立，诸公东面，诸侯西面，曰朝。"

（4）关于五色

《周礼》："画缋（绘）之事：杂五色。东方谓之青，南方谓之赤，西方谓之白，北方谓之黑，天谓之玄，地谓之黄。青与白相次也，赤与黑相次也，玄与黄相次也。青与赤谓之文，赤与白谓之章，白与黑谓之黼，黑与青谓之黻，五采备谓之绣。……杂四时五色之位以章之，谓之巧。"

东方之日

东方之日兮。
彼姝者子，
在我室兮。
在我室兮，
履我即兮。

东方之月兮。
彼姝者子，
在我闼兮。
在我闼兮，
履我发兮。

【注释】

1.姝，《说文》：好也。《说文》："袾（zhū），好佳也。"

2.履，通"釐"。《说文》："釐（lí），家福也。"《尔雅》："履，福也，禄也。"

3.即，《尔雅》：尼也。即近、就之意。

4.闼（tà），《说文》：门也。指屋舍之门。《淮南子》："广厦阔屋，连闼通房。"

5.发，为"废"。《说文》："废（bá），舍也。"本意为屋舍，此处作动词，解作舍于，亦即止息、止于之意。

【解析】

这首诗讲男子娶得贤妻，其家日益昌盛。

"东方之日兮"，东方之日兮。东方之日始升，其光明愈盛。此处寓意家庭日益兴盛。"彼姝者子，在我室兮。在我室兮，履我即兮"，彼佳好之子，在我家中。在我家中，福禄近我。言贤妻在家，福禄降临。"彼姝者子"，言未婚娶前女子既有淑善之名。"在我室兮"，即

"今在我室兮"，言已娶佳人归。

"东方之月兮。彼姝者子，在我闼兮。在我闼兮，履我发兮"，东方之月兮。佳好之子，在我屋里。在我屋里，福禄止于我。

东方未明

东方未明，
颠倒衣裳。
颠之倒之，
自公召之。

东方未晞，
颠倒裳衣。
倒之颠之，
自公令之。

折柳樊圃，
狂夫瞿瞿。
不能辰夜，
不夙则莫。

诗
辑
训

【注释】

1. 衣裳，古时上称衣，下称裳。

2. 颠，《说文》：顶也。《方言》："颠，上也。"

3. 倒，《说文》：仆也。

4. 自，解作是。《礼记·大学》："长国家而务财用者，必自小人矣。"

5. 晞（xī），应为"昕"。《说文》："昕（xīn）：旦明，日将出也。"

6. 令，《说文》：发号也。

7. 折，《说文》：断也。

8. 柳，《说文》：小杨也。或说以垂柳为柳，旱柳为杨。《本草纲目》："杨枝硬而扬起，故谓之杨。柳枝弱而垂流，故谓之柳。盖一类二种也。"

9. 樊，《尔雅》：藩也。《说文》："棥（fán），藩也。"

378

10. 圃，《说文》：种菜曰圃。即菜园子。

11. 瞿瞿（qú），《尔雅》：俭也。即节约、克制、收敛。此处指自我收敛貌。

12. 辰，《尔雅》解释"不辰"为"不时"。故"辰"即"时"。辰夜，即"时夜"。《庄子》："见卵而求时夜。"其中"时夜"即司夜之时。

13. 夙，《尔雅》：早也。

14. 莫，《说文》：日且冥也。本意指黄昏、傍晚。引申晚、迟。今写作"暮"。《吕氏春秋》："学德未暮。"

【解析】

　　这首诗讲礼之用。

　　"东方未明，颠倒衣裳"，东方还未明，颠倒衣与裳。言急忙间穿衣。"颠之倒之，自公召之"，衣裳颠倒，是公侯召请。言君召臣，臣恭肃从命。

　　"东方未晞，颠倒衣裳。倒之颠之，自公令之"，东方未明，颠倒衣裳。倒之颠之，是公令之。

　　"折柳樊圃，狂夫瞿瞿"，折柳枝为藩篱以屏蔽菜圃，狂野之人亦能有所收敛。言虽然柳枝所制藩篱屏挡作用甚微，但仍能对狂野之人有所警戒。寓意礼之用可为防。"不能辰夜，不夙则莫"，不能司夜，非早则晚。言时夜者不能准确管理夜晚时间，则作息不是过早就是过迟。夜晚时间不如白天容易识别，此处以"辰夜"寓意礼之用可规范大小人事使之有序。

【引证】

《荀子·大略》："诸侯召其臣，臣不俟驾，颠倒衣裳而走，礼也。《诗》曰：'颠之倒之，自公召之。'天子召诸侯，诸侯辇舆就马，礼也。《诗》曰：'我出我舆，于彼牧矣。自天子所，谓我来矣。'"

旱柳

垂柳

　　旱柳、垂柳，为落叶乔木，高可达十七八米，花期在三四月，果期在四五月。柳树树形优美，放叶开花早，早春满树嫩绿，为北方春季主要观赏树种之一。柳枝或柳条可编制筐、箱、帽等各种用具。全国均有分布。

南山

南山崔崔，雄狐绥绥。

鲁道有荡，齐子由归。

既曰归止，曷又怀止？

葛屦五两，冠緌双止。

鲁道有荡，齐子庸止。

既曰庸止，曷又从止？

蓺麻如之何？衡从其亩。

取妻如之何？必告父母。

既曰告止，曷又鞠止？

析薪如之何？匪斧不克。

取妻如之何？匪媒不得。

既曰得止，曷又极止？

【注释】

1. 崔，《说文》：大高也。崔崔，高大的样子。

2. 狐，《说文》：祥兽也。鬼所乘之。有三德：其色中和，小前大后，死则丘首。《礼记》："大公封于营丘，比及五世，皆反葬于周。君子曰：乐乐其所自生，礼不忘其本。古之人有言曰：'狐死正丘首，仁也。'"

3. 绥绥（suí），为"葰葰"。《说文》："葰（ruí），草木华垂貌。"引申华美。《尔雅》："委委（绥绥），美也。"《荀子》："绥绥兮其有文章也。"

4. 鲁道，鲁国乃周公封地，周天子赐鲁用天子礼，故鲁国礼乐乃春秋之正者。

5. 荡，为"惕"。《说文》："惕（dàng）：放也。一曰平也。"

6. 齐子，指哀姜，为鲁庄公夫人。

7. 止，语气词。

8. 曷，解作何，为何。

9. 屦（jù），《说文》：履也。

10. 五，应为"伍"。《说文》："伍：相参伍也。"即交互、相交、相合。

11. 两，应为"緉"。《说文》："緉（liǎng），履两枚也。"

12. 綏（ruí），《说文》：系冠缨也。系冠帽的小带子。

13. 庸，《说文》：用也。

14. 从，应为"纵"。《说文》："纵，舍也。"舍弃、放弃之意。

15. 蓺（yì），《说文》：种也。种植之意。

16. 衡从，即"横纵"。

17. 亩，田垄。《诗》："南东其亩。"

18. 鞠，应为"鞫"。《说文》："鞫（jū），撮（cuō）也。"引申选取。

19. 告，《尔雅》：请也。告父母，告知、请示父母。

20. 克，《尔雅》：胜也。胜任、能之意。

21. 极，通"亟"。解作急、紧急。《荀子》："出入甚极，莫知其门。"

【解析】

　　这首诗讲鲁庄公与哀姜成婚不合乎礼节，违背婚义。

　　鲁庄公二十二年，齐鲁会盟之后，鲁庄公与哀姜定亲，未经媒妁。同年冬鲁庄公亲至齐国行聘礼，此举不合婚礼。后鲁庄公二十三年，鲁庄公以观齐国祭社之名，至齐国看望哀姜，此举被非议。二十四年鲁庄公亲至齐国迎娶哀姜，归国后宗妇以帛为贽见哀姜，此举亦不合乎礼制而被非议。

　　"南山崔崔"，南山高大。南为光明之方，南山寓意高明。寓意鲁为礼乐上国。"雄狐绥绥"，雄狐皮毛华美。寓意鲁庄公具文采。"鲁道有荡，齐子由归"，鲁国之道平坦，齐女哀姜是以归嫁。言娶哀姜宜遵从鲁国礼制。"既曰归止，曷又怀止"，哀姜既已许嫁鲁庄公，为何鲁君又来齐国？鲁庄公二十二年庄公亲自至齐下聘礼，违反婚礼。

　　"葛屦五两，冠綏双止"，葛鞋两两为伍，冠冕系缨左右各一。鞋子左右两只配合才能穿用，冠冕系带左右两根才能系缚。葛鞋在下，为贱物。冠冕在上，为贵器。寓意无论上下之事皆需配合方能造就。此处指无礼背义之事，乃双方共同苟且所造就。"鲁道有荡，齐子庸止"，鲁道平坦，哀姜当使用之。"既曰庸止，曷又从之"，既要遵从鲁国之礼，为何又舍弃之？言鲁庄公让鲁国宗妇以帛为贽见哀姜，违反妇礼。

"蓺麻如之何？衡从其亩"，种麻当如何？或横或纵其田垄。言种麻亦有规则。"取妻如之何？必告父母"，娶妻当如何？必请示父母。言有礼法。"既曰告止，曷又鞠止"，既已请示父母，为何又择取他人？言鲁庄公在与哀姜订亲之前已经娶党氏之女为妻，且答应立为君夫人。后鲁庄公反悔，立哀姜为夫人。此鲁庄公之无信。

"析薪如之何？匪斧不克。取妻如之何？匪媒不得。既曰得止，曷又极止"，劈柴当如何？非斧不能胜。娶妻当如何？非媒人不能成。既然已经与哀姜定亲，为何又如此着急？言鲁庄公违反婚礼之制，以观社之名前往齐国看望哀姜。

【引证】

（1）《春秋》："二十二年春王正月，肆大眚。癸丑，葬我小君文姜。陈人杀其公子御寇。夏五月。秋七月丙申，及齐高傒盟于防。冬，公如齐纳币。"

大意：鲁庄公在二十二年冬天亲自到齐国"纳币"，即下聘礼。

（2）《春秋》："二十有三年春，公至自齐。祭叔来聘。夏公如齐观社。公至自齐。"《传》："二十三年夏，公如齐观社，非礼也。曹刿谏曰：'不可。夫礼，所以整民也。故会以训上下之则，制财用之节。朝以正班爵之义，帅长幼之序。征伐以讨其不然。诸侯有王，王有巡守，以大习之。非是，君不举矣。君举必书，书而不法，后嗣何观？'"

大意：鲁庄公二十二年冬至齐国下聘礼，二十三年春天才回鲁国，如此作为不合常法。夏天又去齐国"观社"。曹刿进谏，言"观社"为非礼。

（3）《春秋》："二十有四年春王三月，刻桓宫桷。葬曹庄公。夏，公如齐逆女。秋，公至自齐。八月丁丑，夫人姜氏入。戊寅，大夫宗妇觌，用币。"《传》："二十四年春，刻其桷，皆非礼也。御孙谏曰：'臣闻之：俭，德之共也。侈，恶之大也。先君有共德而君纳诸大恶，无乃不可乎!'秋哀姜至。公使宗妇觌，用币，非礼也。御孙曰：'男贽大者玉帛，小者禽鸟，以章物也。女贽不过榛、栗、枣、脩，以告虔也。今男女同贽，是无别也。男女之别，国之大节也。而由夫人乱之，无乃不可乎!'"

大意：鲁庄公为迎娶哀姜"刻其桷"，即装修宫室，其行为违反礼制。又使宗妇"用币"见哀姜，亦违礼制。

（4）《左传·庄公三十二年》："初，公筑台临党氏，见孟任，从之。閟，而以夫人言许之。割臂盟公，生子般焉。"

大意：鲁庄公当年看中党氏之女孟任，以君夫人许之，且鲁庄公当时与之"割臂"起誓。婚后孟任生公子般。在鲁庄公与孟任成亲之时，庄公之母文姜应当在世。庄公能割臂盟誓，则理应把娶孟任为夫人之事"告父母"。文姜死于庄公二十一年，即死于庄公与哀姜定亲之前。所以此诗中所言"既曰告止"当指庄公把娶孟任告于文姜。"曷又鞠止"，则指择哀姜为夫人。

（5）《列女传》：哀姜者，齐侯之女，庄公之夫人也。初，哀姜未入时，公数如齐，与哀姜淫。既入，与其弟叔姜俱。公使大夫宗妇用币见，大夫夏甫不忌曰："妇贽不过枣栗，以致礼也。男贽不过玉帛禽鸟，以章物也。今妇贽用币，是男女无别也。男女之别，国之大节也。无乃不可乎？"公不听，又丹其父桓公庙宫之楹，刻其桷，以夸哀姜。哀姜骄淫，通于二叔公子庆父、公子牙。哀姜欲立庆父。公薨，子般立，庆父与哀姜谋，遂杀子般于党氏，立叔姜之子，是为闵公。闵公既立，庆父与哀姜淫益甚，又与庆父谋杀闵公而立庆父。遂使卜齮袭弑闵公于武闱。将自立，鲁人谋之，庆父恐，奔莒，哀姜奔邾。齐桓公立僖公，闻哀姜与庆父通以危鲁，乃召哀姜，酖而杀之，鲁遂杀庆父。

（6）《礼记·昏义》："昏礼者，将合二姓之好，上以事宗庙，而下以继后世也。故君子重之。是以昏礼纳采、问名、纳吉、纳征、请期，皆主人筵几于庙，而拜迎于门外。入，揖让而升，听命于庙，所以敬慎重正昏礼也。父亲醮子，而命之迎，男先于女也。子承命以迎，主人筵几于庙，而拜迎于门外。婿执雁入，揖让升堂，再拜奠雁，盖亲受之于父母也。降，出御妇车，而婿授绥，御轮三周。先俟于门外。妇至，婿揖妇以入，共牢而食，合卺而酳，所以合体同尊卑以亲之也。敬慎重正而后亲之，礼之大体，而所以成男女之别，而立夫妇之义也。男女有别，而后夫妇有义，夫妇有义，而后父子有亲，父子有亲，而后君臣有正。故曰：'昏礼者，礼之本也。'"

甫田

无田甫田，维莠骄骄。
无思远人，劳心忉忉。

无田甫田，维莠桀桀。
无思远人，劳心怛怛。

婉兮娈兮，总角丱兮。
未几见兮，突而弁兮。

【注释】

1. 无，勿、不要。

2. 田，《说文》：陈也。树谷曰田。本意为种地，引申田地、农田。

3. 甫，《尔雅》：大也。

4. 莠（yǒu），《说文》：禾粟下阳生者曰莠。俗称狗尾草，形似禾粟。

5. 劳，《尔雅》：剧（尤甚）也。

6. 忉忉（dāo），《尔雅》：忧也。指忧愁的样子。

7. 骄，为"侨"。《说文》："侨，高也。"侨侨，高的样子。

8. 桀桀，为"稝稝"。稝（jiē），《说文》：禾举出苗也。稝稝，禾苗抽穗之貌。

9. 怛（dá），《说文》：憯（cǎn，痛）也。怛怛，形容痛心的样子。

10. 婉，《说文》：顺也。

11. 娈（luán），为"孌"。《说文》："孌（luán），顺也。"娈，听从、顺从之意。

12. 弁（biàn），《说文》：冕也。古时成年男子戴的一种帽子。此处代指成年。

13. 几，为"𣄴"。《说文》："𣄴（jì），众词；与也。"表示众、多、久的虚词。如：几何、几多、无几。未几，即未久、未多。《说苑》：

"归未几而平公死。"

14. 总角，即总发为角状。古代少年儿童把头发扎成两个髻，故以总角为其代称。

15. 丱（guàn），《说文》《尔雅》无此字。丱，或为"丫"。《说文》："丫（guāi），羊角也。"此处指梳在额头上方的羊角辫。总角，即头发束起来而形似角。丱与总角，笼统而言皆指小孩束发。

16. 突，《说文》：犬从穴中暂（瞬间）出也。本意指犬忽然出现。

【解析】

　　这首诗讲凡事当立足当下，优先考虑近前者，好高骛远往往徒劳无功。

　　"无田甫田，维莠骄骄"，不要耕种广远的田地，广远的田地人力照顾不及，以致莠草侨侨。"无思远人，劳心忉忉"，先不要考虑处远之人，心劳而忧。言优先关注近人，思远人往往徒劳无功。

　　"无田甫田，维莠桀桀"，不要耕种广远的田地，只能是莠草高高。"无思远人，劳心怛怛"，不要考虑处远之人，心劳且痛。

　　"婉兮娈兮，总角丱兮"，婉顺听从，羊角总角。言儿童梳着羊角辫、扎着总角，对父母甚为从顺。"未几见兮，突而弁兮"，其儿时之状见之未久，突然而加冠。言家中子女忽然之间就长大成人。寓意顾及亲近者尚且有不及之悔，若行事不能立足当前，唯好高骛远，往往无济于事。

【引证】

（1）西汉《盐铁论·地广》："文学曰：古者，天子之立于天下之中，县内方不过千里。诸侯列国，不及不食之地。禹贡至于五千里，民各供其君，诸侯各保其国，是以百姓均调，而繇役不劳也。今推胡越数千里，道路回避，士卒劳罢。故边民有刎颈之祸，而中国有死亡之患，此百姓所以嚣嚣而不默也。夫治国之道，由中及外，自近者始。近者亲附，然后来远。百姓内足，然后恤外。故群臣论或欲田轮台，明主不许，以为先救近务及时本业也。故下诏曰：'当今之务，在于禁苛暴，止擅赋，力本农。'公卿宜承意，请减除不任，以佐百姓之急。今中国弊落不忧，务在边境。意者地广而不耕，多种而不耨，费力而无功。《诗》云：'无田甫田，维莠骄骄'其斯之谓欤。"

（2）西汉《说苑·复恩》：晋文公出亡，周流天下，舟之侨去虞而从焉。文公反国，择可爵而爵之，择可禄而禄之，舟之侨独不与焉。文公酌诸大夫酒，酒酣，文公曰："二三子盍为寡人赋乎？"舟之侨曰："君子为赋，小人请陈其辞，辞曰：有龙矫矫，顷失其所。一蛇从之，周流天下。龙反其渊，安宁其处。一蛇耆乾，独不得其所。"文公瞿然曰："子欲爵耶？请待旦日之期。子欲禄邪？请今命廪人。"舟之侨曰："请而得其赏，廉者不受也。言尽而名至，仁者不为也。今天油然作云，沛然下雨，则曲草兴起，莫之能御。今为一人言施一人，犹为一块土下雨也，土亦不生之矣。"遂历阶而去。文公求之不得，终身诵《甫田》之诗。

【名物】

狗尾草

莠，形似谷子，故又名谷莠子。穗像狗尾巴，故又名狗尾巴草。莠为田间常见杂草，亦为牛羊喜食饲料，全国各地均有分布。古人用莠比喻恶人、劣物，如：莠言、莠民、良莠不齐。孔子有言："恶似而非者。恶莠，恐其乱苗也。"

卢令

卢令令，
其人美且仁。

卢重环，
其人美且鬈。

卢重鋂，
其人美且偲。

【注释】

1. 卢，为"玈"。《说文》："玈（lú），齐谓黑为玈。"此处指黑色犬。古人多以毛色为犬马命名。《孔丛子》："犬马之名皆因其形色而名焉。"

2. 令，为"獜"。《说文》："獜（lín），健也。《诗》曰：'卢獜獜。'"

3. 环，《说文》：璧也。肉好若一谓之环。即玉璧，其边宽与孔径尺寸相等。又泛指环状物。重环，此处指小铁环编成的锁链。

4. 鋂（méi），《说文》："鋂，大琐也。一环贯二者。《诗》曰：'卢重鋂。'"所谓"一环贯二者"即一个环套接两个环。重鋂，即用多个小铁环编成的锁链，用以系狗。《段注》："琐为玉声之小者，引申之，雕玉为连环不绝，谓之琐。汉以后罪人不用缧绁，以铁为连环不绝系之，谓之锒铛，遂制'锁'字。"

5. 鬈（quán），通"捲"。《说文》："捲，气势也。《国语》曰：'有捲勇。'"

6. 偲（cāi），《说文》：强力也。《诗》曰："其人美且偲。"

【解析】

　　这首诗称赞猎人仁、勇、强。

“卢令令”，黑犬健壮。“其人美且仁”，其人美且仁爱。周时以犬田猎为狩，狩猎在冬季。“美且仁”言能遵从狩猎之义。

　　“卢重环”，黑犬拴以铁环制锁链。言猎犬强健、凶猛。“其人美且鬈”，其人美且有气势。古人以田猎习戎事。言其人勇武。

　　“卢重鋂，其人美且偲”，黑犬拴以铁环制锁链，其人美且强有力。言其人强劲有力。

【引证】

（1）关于"卢"

　　卢，繁体为"盧"。古文"廬、盧、矑、顱"通用。

　　《说文》："盧（卢），饭器也。"

　　《说文》："廬（庐），寄也。秋冬去，春夏居。"

　　《说文》："顱（颅），首骨也。"

　　《新序》："宋玉曰：昔者，齐有良兔曰东郭㕙，盖一旦而走五百里，于是齐有良狗曰韩卢（矑），亦一旦而走五百里。"

　　《孔丛子》："申叔问曰：'犬马之名皆因其形色而名焉，唯韩卢、宋鹊独否，何也？'子顺答曰：'卢（矑），黑色。鹊，白黑色。非色而何？'"

　　《世说新语》："庾公乘马有的卢（旳颅）"

（2）西汉刘向《说苑·修文》： 春秋曰："正月，公狩于郎。"传曰："春曰蒐，夏曰苗，秋曰獮，冬曰狩。"苗者奈何？曰苗者毛也，取之不围泽，不揜群，取禽不麛卵，不杀孕重者。春蒐者不杀小麛及孕重者。冬狩皆取之，百姓皆出，不失其驰，不抵禽，不诡遇，逐不出防，此苗獮蒐狩之义也。故苗、獮、蒐、狩之礼，简其戎事也。故苗者毛取之，蒐者搜索之，狩者守留之。夏不田，何也？曰："天地阴阳盛长之时，猛兽不攫，鸷鸟不搏，蝮虿不螫，鸟兽虫蛇且知应天，而况人乎哉？"是以古者必有豢牢。其谓之畋何？圣人举事必返本，五谷者，以奉宗庙，养万民也。去禽兽害稼穑者，故以田言之。圣人作名号而事义可知也。

南阳汉墓中带锁链的犬

国风 齐 卢令

391

敝笱

敝笱在梁，

其鱼鲂鳏。

齐子归止，

其从如云。

敝笱在梁，

其鱼鲂鱮。

齐子归止，

其从如雨。

敝笱在梁，

其鱼唯唯。

齐子归止，

其从如水。

【注释】

1. 敝，《说文》：一曰败衣。引申败坏、破坏。

2. 笱（gǒu），《说文》：曲竹捕鱼笱也。敝笱，破坏的鱼笱。

3. 梁，《尔雅》：堤谓之梁。《周礼》："渔人掌以时渔，为梁。"

4. 鲂（fáng），《尔雅》：魾（pī）。即鳊鱼。《小尔雅》："鲂鱮甫
甫，语其大也。"

5. 鳏（gún，guān），《说文》：鱼也。一说为鳡鱼。

6. 鱮（xù），《说文》：鱼名。一说为鲢鱼。鲂、鳏、鱮皆大鱼。

7. 齐子，此处指文姜。

8. 归，《说文》：女嫁也。《左传》："凡诸侯之女，归宁曰来，出曰来
归。夫人归宁曰如某，出曰归于某。"

9. 从，《说文》：相听也。《说文》："従，随行也。"

10.唯唯，为"婎婎"。《说文》："婎（huī），姿婎，姿（恣）也。"即放纵意。

【解析】

这首诗讲文姜徒有君夫人身份而无高尚德行。

"敝笱在梁，其鱼鲂鳏"，损坏的鱼笱架设在水桥，其鱼有鲂鱼、鳏鱼。言鱼笱损坏，虽有鲂鳏等大鱼亦不能捕获。寓意居其位徒有虚名而无其实。"齐子归止"，齐子归鲁。当指文姜自齐归鲁。鲁桓公死后文姜经常往来于齐鲁，与齐襄公私会。"其从如云"，其从如云。言其人之行如云随风，所向无定，寓意齐子行止无方。

"敝笱在梁，其鱼鲂鱮"，损坏的鱼笱架设在水桥，其鱼有鲂鱼、鱮鱼。"齐子归止，其从如雨"，齐子归鲁，其从如雨。降雨无时，人不可知，寓意其人行止无常。

"敝笱在梁，其鱼唯唯"，损坏的鱼笱架设在水桥，其鱼出入自如。言损坏的鱼笱鱼可以随意出入。寓意居其位徒有虚名而无其实。"齐子归止，其从如水"，齐子归鲁，其从如水。水无定形，就方则方，就圆则圆，寓意其人行止多变。诗中"如云、如雨、如水"言其人无操守。

【引证】

（1）《左传·桓公十八年》：十八年，春，公将有行，遂与姜氏如齐。申繻曰："女有家，男有室，无相渎也，谓之有礼，易此必败。"公会齐侯于泺，遂及文姜如齐。齐侯通焉，公谪之，以告。夏，四月丙子，享公，使公子彭生乘公。公薨于车。鲁人告于齐曰："寡君畏君之威，不敢宁居，来修旧好，礼成而不反，无所归咎，恶于诸侯，请以彭生除之。"齐人杀彭生。

（2）《左传·庄公二年》："二年，冬，夫人姜氏会齐侯于禚，书奸也。"

（3）《左传·庄公四年》："四年，春，王二月，夫人姜氏享齐侯于祝丘。"

（4）《左传·庄公五年》："夏，夫人姜氏如齐师。"

（5）《春秋左传·庄公七年》："冬，夫人姜氏会齐侯于谷。……七年，春，文姜会齐侯于防，齐志也。"

（6）《左传·庄公十五年》："夏，夫人姜氏如齐。"

（7）《左传·庄公十九年》："夫人姜氏如莒。"

（8）《左传·庄公二十年》："二十年，春，王二月，夫人姜氏如莒。"

【名物】

鲢鱼

鲢鱼又叫白鲢，鲢鱼体形侧扁，呈纺锤形，背部青灰色，两侧及腹部白色，各鳍色灰白，鳞片细小。鲢鱼性急躁，善跳跃。个体相仿者常常聚集成群，在水体中上层觅食，冬季则潜至深水越冬。鲢鱼肉质鲜嫩，营养丰富，为四大家鱼（青鱼、草鱼、鲢鱼、鳙鱼）之一。天然河流中的鲢鱼可重达三四十公斤。

鱤鱼

　　鱤鱼俗称黄颊鱼、水老虎、鳏鱼，是一种大型食肉鱼。体长约八十厘米，最长可达两米，重可达七十公斤。体背灰褐色，腹部银白色，颊部及部分鳍淡黄色。鱤鱼生性凶猛，游泳能力极强，是其他淡水鱼的大敌。

　　《孔丛子》：子思居卫。卫人钓于河，得鳏鱼焉，其大盈车。子思问之，曰："鳏鱼，鱼之难得者也。子如何得之？"对曰："吾始下钓，垂一鲂之饵，鳏过而弗视也。更以豚之半体，则吞之矣。"子思喟然曰："鳏虽难得，贪以死饵。士虽怀道，贪以死禄矣。"

载驱

载驱薄薄，簟茀朱鞹。
鲁道有荡，齐子发夕。

四骊济济，垂辔濔濔。
鲁道有荡，齐子岂弟。

汶水汤汤，行人彭彭。
鲁道有荡，齐子翱翔。

汶水滔滔，行人儦儦，
鲁道有荡，齐子游遨。

【注释】

1. 驱，《说文》：马驰也。

2. 薄薄，为"迹迹"。《说文》："迹（bó），行貌。"迹迹，行进貌。

3. 簟（diàn），《说文》：竹席也。此处指竹席做的车帷。

4. 茀（fú），应为"笰"。《尔雅》："舆，革前谓之鞎，后谓之笰。"
车厢后面的革制车帘称作笰。

5. 鞹（kuò），《说文》：去毛皮也。

6. 荡，为"惕"。《说文》："惕，放也。一曰平也。"

7. 齐子，指鲁庄公夫人哀姜。

8. 夕，为"夣"。《说文》："夣（xī），宛（zhūn）夣也。"即长夜。
引申朦昧。

9. 骊，《说文》：马深黑色。

10. 济济，《尔雅》：止也。济济，安定、笃定、沉静貌。

《管子》："济济者，诚庄事断也。"

《礼记》："朝廷之美，济济翔翔。……济济者，容也远也。"

11. 濔（nǐ），为"鬖"。《说文》："鬖（nǐ），发貌。"鬖鬖，形容马的缰绳密集如发，言车马之多。

12. 岂，《说文》：登也。登升之意，引申为长大、长进。

13. 弟，《尔雅》：易也。《说文》："递，更易也。"

14. 岂弟，又写作"恺悌"。《尔雅》："恺悌，发也。"即启发、生发、长进之意。《吕氏春秋》："《诗》曰：'恺悌君子，民之父母。'恺（岂）者大也，悌（递）者长也。君子之德，长且大者则为民父母。"

15. 汶水，流经齐、鲁两国。

16. 汤汤，为"潒潒"。《说文》："潒（dàng），水潒瀁（荡漾）也。"

17. 滔，《说文》：水漫漫大貌。滔滔，河水弥漫的样子。

18. 彭彭（bāng），或为"骈骈"，此处指人盛多的样子。《说文》："骈（péng），马盛也。《诗》曰：'四牡骈骈。'"

19. 儦（biāo），《说文》：行貌。儦儦，众多人行进的样子。

20. 翱，《说文》：翱翔也。《说文》："翔，回飞也。"

21. 游遨，为"游敖"。敖，《说文》：出游也。

【解析】

　　这首诗讲哀姜出嫁，齐人劝勉其学习、遵行鲁礼，诫其不可重蹈文姜覆辙。

　　"载驱薄薄，簟茀朱鞹"，马驰迹迹，车舆以竹帘蔽前，革帷蔽后，其幔盖为朱红皮革。言迎亲车马精良、华美。寓意鲁国礼乐教化美善。"鲁道有荡，齐子发夕"，鲁国之道平坦，齐子以之发曙。言齐人希望哀姜归鲁之后学习其礼义，以除曚昧。

　　"四骊济济，垂辔濔濔"，四匹黑马神态安定，其所垂之缰绳密如稠发。言车马众多且良。寓意鲁国礼乐教化完备。"鲁道有荡，齐子岂弟"，鲁国之道平坦，齐子以之启发。言齐人希望哀姜学习其礼义，长进德行。

397

　　"汶水汤汤，行人彭彭"，汶河之水浩浩荡荡，行人众盛。言汶河之水盛大，行人众多，寓意鲁为礼乐大国。"鲁道有荡，齐子翱翔"，鲁国之道平坦，齐子可逍遥其中。言齐人劝勉哀姜遵行鲁国礼义。

　　"汶水滔滔，行人儦儦。鲁道有荡，齐子游遨"，汶水弥漫，行人儦儦。鲁国之道平坦，齐子可遨游其中。

这首诗前人多解作文姜与齐襄公往来齐鲁通奸。考"鲁道有荡、岂弟、济济、汶水汤汤、汶水滔滔、翱翔、游遨"皆无贬义。笔者以为此诗当是齐人鉴于文姜败德,于哀姜出嫁之际,诫勉其勿蹈覆辙而作。若仅从诗文来看"齐子"解作文姜亦无不可,然若无文姜之败德,齐人何必无故作此诫勉之诗?故"齐子"当以哀姜为是。

诗辑训

猗嗟

猗嗟昌兮，颀而长兮。
抑若扬兮，美目扬兮。
巧趋跄兮，射则臧兮。

猗嗟名兮，美目清兮。
仪既成兮，终日射侯。
不出正兮，展我甥兮。

猗嗟娈兮，清扬婉兮。
舞则选兮，射则贯兮。
四矢反兮，以御乱兮。

【注释】

1. 猗嗟（yī jiē），叹词。

2. 昌，《说文》：一曰日光。引申丰盛、昌盛、兴盛、硕大。

3. 颀（qí），修长、高挑之意。《孔子家语》："黮而黑，颀然长。"

4. 抑，《说文》：按也。

5. 若，连词，或。《史记》："诸将以万人若以一郡降者，封万户。"

6. 扬，为"易"。《说文》："易：开也。一曰飞扬。一曰长也。"

7. 巧，《说文》：技也。

8. 趋，《说文》：走也。即跑、疾行。

9. 跄，《说文》：动也。

10. 猗嗟名兮，《尔雅》：目上为名。即上眼睑。《说文》："睑，目上下睑也。"

11. 仪，《说文》：度也。

12. 侯，《说文》：春飨所射侯也。天子射熊虎豹，服猛也。诸侯射熊豕虎。大夫射麋，麋，惑也。士射鹿豕，为田除害也。其祝曰："毋若不

399

宁侯，不朝于王所，故伉而射汝也。”

13. 展，《尔雅》：适也。一说为省视。《礼记》："适馔省醴。"

14. 甥，应为"牲"。《说文》："牲，牛完全。"以整只牛作祭品。展牲，祭祀之前主祭者前往察看牺牲称之为展牲，汉人称之为夕牲。

15. 娈，为"嬿"。《说文》："嬿，顺也。"

16. 选，为"巽"。《说文》："巽，具也。"解作完备、完善。

17. 贯，为"毌"。《说文》："毌（guàn），穿物持之也。"

18. 四矢，即天子、诸侯、大夫、士四者之箭，亦即射道。《礼记》："四正具举。"

19. 反，为"奻"，又写作"攀"。《说文》："奻（pān）：引也。"此处解作引申、申发。《论语》"举一隅不以三隅反。"

20. 御，《尔雅》：禁也。

【解析】

这首诗讲齐国君行射礼。

"猗嗟昌兮，颀而长兮"，赞叹其丰硕，身材修长。言其人高大健壮。"抑若扬兮，美目扬兮"，收敛或起扬，美目开张。言收抬手臂、张望注视，诸射箭动作。"巧趋跄兮，射则臧兮"，趋动灵巧，射则善也。

"猗嗟名兮，美目清兮"，赞叹其上眼睑，美目晴朗。言眼睛灵活、明亮。"仪既成兮，终日射侯"，礼仪既成，终日射侯。"不出正兮，展我甥兮"，箭能发发中的，则可省视祭祀牺牲。"展我甥"寓意主持祭祀。言以射观德，德善则可以主持祭祀，继承社稷。若射不中则不能祭祀。

"猗嗟娈兮，清扬婉兮"，赞叹其性情和顺，清气显扬而温婉。言为人温和。"舞则选兮，射则贯兮"，舞则完善，射箭则贯穿箭靶。古举行射礼有舞乐，言其礼乐善，射技良。亦即射礼善。"四矢反兮，以御乱兮"，天子、诸侯、大夫、士四者之射引申之，用之以国家，则可以禁乱。言射道引申之可治国。

【引证】

（1）关于"展牲"

《周礼·春官宗伯》："肆师之职：掌立国祀之礼，以佐大宗伯。

立大祀，用玉帛、牲牷。立次祀，用牲币。立小祀，用牲。以岁时序其祭祀及其祈珥。大祭祀，展牺牲，系于牢，颁于职人。"

《周礼·地官司徒》："充人：掌系祭祀之牲牷。祀五帝，则系于牢，刍之三月。享先王亦如之。凡散祭祀之牲，系于国门，使养之。展牲则告牷。硕牲则赞。"

《汉书·丙吉传》："从祠高庙，至夕牲日，乃使出取斋衣。"颜师古注："未祭一日，其夕展视牲具，谓之夕牲。"一说"展牲"即"夕牲"。

唐《通典》："将袷祭，前期十日之前夕，肆师告具。……将祭前夕，于太庙南门之外展牲，庖人告牷。"

（2）《礼记·射义》：

古者诸侯之射也，必先行燕礼。卿、大夫、士之射也，必先行乡饮酒之礼。故燕礼者，所以明君臣之义也。乡饮酒之礼者，所以明长幼之序也。故射者，进退周还必中礼，内志正，外体直，然后持弓矢审固。持弓矢审固，然后可以言中。此可以观德行矣。

其节：天子以《驺虞》为节；诸侯以《狸首》为节；卿大夫以《采苹》为节；士以《采繁》为节。《驺虞》者，乐官备也。《狸首》者，乐会时也。《采苹》者，乐循法也。《采繁》者，乐不失职也。是故天子以备官为节。诸侯以时会天子为节。卿大夫以循法为节。士以不失职为节。故明乎其节之志，以不失其事，则功成而德行立，德行立则无暴乱之祸矣。功成则国安。故曰：射者，所以观盛德也。

是故古者天子以射选诸侯、卿、大夫、士。射者，男子之事也，因而饰之以礼乐也。故事之尽礼乐，而可数为，以立德行者莫若射，故圣王务焉。是故古者天子之制，诸侯岁献贡士于天子，天子试之于射宫。其容体比于礼，其节比于乐，而中多者，得与于祭。其容体不比于礼，其节不比于乐，而中少者，不得与于祭。数与于祭而君有庆。数不与于祭而君有让。数有庆而益地。数有让而削地。故曰：射者，射为诸侯也。是以诸侯君臣尽志于射，以习礼乐。夫君臣习礼乐而以流亡者，未之有也。故《诗》曰："曾孙侯氏，四正具举。大夫君子，凡以庶士。小大莫处，御于君所。以燕以射，则燕则誉。"言君臣相与尽志于射，以习礼乐，则安则誉也。是以天子制之，而诸侯务焉。此天子之所以养

401

国风 齐 猗嗟

诸侯，而兵不用，诸侯自为正之具也。

孔子射于矍相之圃，盖观者如堵墙。射至于司马，使子路执弓矢，出延射曰："贲军之将，亡国之大夫，与为人后者不入，其余皆入。"盖去者半，入者半。又使公罔之裘、序点，扬觯而语，公罔之裘扬觯而语曰："幼壮孝弟，耆耋好礼，不从流俗，修身以俟死者，不，在此位也。"盖去者半，处者半。序点又扬觯而语曰："好学不倦，好礼不变，旄期称道不乱者，不，在此位也。"盖仅有存者。

射之为言者绎也，或曰舍也。绎者，各绎己之志也。故心平体正，持弓矢审固。持弓矢审固，则射中矣。故曰：为人父者，以为父鹄。为人子者，以为子鹄。为人君者，以为君鹄。为人臣者，以为臣鹄。故射者各射己之鹄。故天子之大射谓之射侯。射侯者，射为诸侯也。射中则得为诸侯。射不中则不得为诸侯。

天子将祭，必先习射于泽。泽者，所以择士也。已射于泽，而后射于射宫。射中者得与于祭，不中者不得与于祭。不得与于祭者有让，削以地。得与于祭者有庆，益以地。进爵绌地是也。故男子生，桑弧蓬矢六，以射天地四方。天地四方者，男子之所有事也。故必先有志于其所有事，然后敢用谷也。饭食之谓也。

射者，仁之道也。射求正诸己，己正然后发，发而不中，则不怨胜己者，反求诸己而已矣。孔子曰："君子无所争，必也射乎！揖让而升，下而饮，其争也君子。"孔子曰："射者何以射？何以听？循声而发，发而不失正鹄者，其唯贤者乎！若夫不肖之人，则彼将安能以中？"《诗》云："发彼有的，以祈尔爵。"祈，求也。求中以辞爵也。酒者，所以养老也，所以养病也。求中以辞爵者，辞养也。

魏

葛屦

纠纠葛屦，

可以履霜。

掺掺女手，

可以缝裳。

要之襋之，

好人服之。

好人提提，

宛然左辟，

佩其象揥。

维是褊心，

是以为刺。

【注释】

1. 葛屦（jù），葛制的草鞋，夏季穿用。《仪礼》："夏葛屦。冬皮屦。"

2. 纠，《说文》：绳三合也。三股线拧成的绳子。纠纠，绳结实貌。

3. 掺（xiān），为"攕"。《说文》："攕（xiān），好手貌。《诗》曰：'攕攕女手。'"

4. 要，《说文》：身中也。今写作"腰"。

5. 襋（jí），《说文》：衣领也。

6. 服，《说文》：用也。

7. 提提，为"媞媞"。《尔雅》："媞媞（tí，dì），安也。"解作安稳。

8. 宛，为"婉"。《说文》："婉，顺也。"婉然，随顺的样子。

9. 左，《说文》：手相左助也。即佐助、辅助之意。

10. 辟，为"僻"。《说文》："僻，避也。《诗》：'宛如左僻。'一曰从旁牵也。"

404

11. 揥（tì），为"摘"。《说文》："摘（zhì），一曰投也。"步摇之装饰端称之为摘。《舆服志》："簪以玳瑁为揥。"

12. 褊（biǎn），《尔雅》：急也。

13. 刺，应为"諫"。《说文》："諫（cì），数谏也。"多次谏言。

国风 魏 葛屦

【解析】

　　这首诗讲女子出嫁之际母亲叮嘱其应勤俭、安分、顺从、勤学。

　　"纠纠葛屦，可以履霜"，紧致的葛鞋，可以穿到秋天霜降。葛屦本夏季之物，用到霜降，寓意应节俭持家。"掺掺女手，可以缝裳"，你一双好手，可以缝制衣裳。言应勤妇功。"要之襋之"，要之领之。腰带可束衣，衣领可提衣。言以勤俭为持家要领。"好人服之"，服之则人好之。言遵行勤俭更能被人喜爱。

　　"好人提提"，安分守己为人所喜。"宛然左辟"，婉然以辅佐、协助丈夫。"佩其象揥"，佩象牙步摇。古人以加工象牙比喻治学。孔子佩象环（环终而复始）寓意学不已。妇人佩象牙步摇，寓意学妇道。"维是褊心，是以为刺"，以上德行应谨记于心，此乃我之谏言。

【引证】

关于"象揥"

　　《舆服志》："珥，耳瑱垂珠也。簪以玳瑁为揥，长一尺，端为华胜，上为凤皇爵（雀），以翡翠为毛羽，下有白珠，垂黄金镊。左右一横簪之，以安菌（kuí）结。诸簪珥皆同制，其揥有等级焉。"

　　唐《通典》："笄有首者，恶笄之有首也。恶笄者，栟笄也。折笄首者，折吉笄之首也。吉笄者，象笄也。何以言子折笄首而不言妇？终之也。栟笄，以栟木为笄。或曰榛笄。有首者，若今时刻镂揥头（簪子装饰端）矣。"

　　《尔雅》："骨谓之切。象谓之嗟。"《尔雅》："如切如磋，道学也。"

　　《盐铁论·散不足》："古者，男女之际尚矣。嫁娶之服，未之以记。及虞、夏之后，盖表布内丝，骨笄象珥，封君、夫人加锦尚褧而已。"

葛屦

葛藤纤维制作的草鞋。《仪礼》："屦，夏用葛，冬皮屦可也。"

汾沮洳

彼汾沮洳，言采其莫。
彼其之子，美无度。
美无度，殊异乎公路。

彼汾一方，言采其桑。
彼其之子，美如英。
美如英，殊异乎公行。

彼汾一曲，言采其藚。
彼其之子，美如玉。
美如玉，殊异乎公族。

【注释】

1. 汾，汾水，流经魏国。《说文》："汾，水。出太原晋阳山，西南入河。"

2. 沮，为"菹"。《说文》："菹（jū，zū）：酢（cù）菜也。"本意指用盐腌酸菜。引申流失、泄漏。《礼记》："地气沮泄。"《墨子》："下无菹漏，气无发泄于上。"

3. 洳，应为"渜"。《说文》："渜（rú），渐湿也。"

4. 莫（mù），莫菜，又称酸模、野菠菜，因有酸味，古人常用于烹饪调味。

5. 英，《尔雅》："木谓之华，草谓之荣，荣而不实者谓之英。"

6. 藚（xù），《说文》：水泻也。即泽泻草。

7. 度，《说文》：法制也。即测度、度量、衡量之意。

8. 殊异，为"诸异"。《说文》："诸，辩（辨）也。"《说文》："异（yì），分也。"诸异，分判、辨别。《说文》："殊，死也。异，举也。"今"異、异"均作"异"。

9. 公路，公共道路。引申为社会通则、常规。三国袁术字公路。《说文》："术，邑中道也。路，道也。"《群书治要》："何异放兕豹于公路，而禁鼠盗于隅隙。"

10. 公行（háng），指社会通则、常法、公义。

《新书》："残贼公行，莫之或止。"

《韩非子》："释公行，行私术。"

11. 公族，王室宗族。

【解析】

这首诗讲君子无论身居何位均能因地制宜，有所作为。

"彼汾沮洳，言采其莫"，彼汾河之滩地，采其莫菜。"沮洳"指河水涨溢则浸润，河水落则水分流失地带，即河滩地，适宜生长莫菜。"彼其之子，美无度。美无度，殊异乎公路"，彼其之子，其美无以度量。其美无以度量，以世间常规而言为奇伟者。"美无度"言高尚之极。

"彼汾一方，言采其桑"，在汾水之一方，采摘桑叶。"一方"指河一侧，如河东、河西，指远于河道之地。"汾一方"指汾河水不能浸润之地，适宜生长桑树。"彼其之子，美如英。美如英，殊异乎公行"，那位君子，美如华英。美如华英，为公义之优异者。"美如英"寓意为人所喜爱。

"彼汾一曲，言采其藚"，在汾水之隈曲处，采摘泽泻。泽泻生长在沼泽、湖泊之中，河曲处河水浸润湿厚，适宜泽泻生长。"汾一曲"指汾河水浸润丰厚之地。"彼其之子，美如玉。美如玉，殊异乎公族"，那位君子，美如玉。美如玉，为王室宗族之优异者。"美如玉"寓意德行高贵。

诗中采莫、采桑、采藚，寓意君子无论身处何位皆能因地制宜，有所作为。

【引证】

（1）关于"美如玉"

《礼记·聘义》："孔子曰：'夫昔者君子比德于玉焉。温润而泽，仁也；缜密以栗，知也；廉而不刿，义也；垂之如队，礼也；叩之其声清越以长，其终诎然，乐也；瑕不掩瑜，瑜不掩瑕，忠也；孚尹旁达，信也；气如白虹，天也；精神见于山川，地也；圭璋特达，德也。天下莫不贵者，道也。《诗》云：'言念君子，温其如玉。'故君子贵之也。'"

（2）《韩诗外传》："君子有主善之心，而无胜人之色。德足以君天下，而无骄肆之容。行足以及后世，而不以一言非人之不善。故曰：君子盛德而卑，虚己以受人，旁行不流，应物而不穷。虽在下位，民愿戴之，虽欲无尊，得乎哉！《诗》曰：'彼己之子，美如英。美如英，殊异乎公行。'"

"君子易和而难狎也，易惧而不可劫也，畏患而不避义死，好利而不为所非，交亲而不比，言辩而不乱。荡荡乎！其易不可失也。礒乎！其廉而不刿也。温乎！其仁厚之光大也。超乎！其有以殊于世也。《诗》曰：'美如玉。美如玉，殊异乎公族。'"

【名物】

莫菜

莫菜又名野菠菜、酸模、山羊蹄，多年生草本植物。莫菜含有丰富的草酸，口感酸滑，故常作烹饪调味菜。陆玑："莫，茎大如箸，赤节，节一叶，似柳叶，厚而长，有毛刺。今人缫以取茧绪。其味酢而滑，始生可以为羹，又可生食。五方通谓之酸迷，冀州人谓之乾绛，河汾之闲谓之莫。"

泽泻

泽泻又名水泻、车苦菜，多年水生草本，全株有毒，地下块茎毒性较大。泽泻生长于湖泊、河湾浅水区，沼泽、低洼湿地亦有生长。泽泻花期较长，具观赏性。泽泻为传统中药材。《楚辞》："筐泽泻以豹鞹兮，破荆和以继筑。"言泽泻为菲薄之物。

园有桃

园有桃，其实之殽。

心之忧矣，我歌且谣。

不我知者，谓我士也骄。

彼人是哉，子曰：何其？

心之忧矣，其谁知之？

其谁知之？盖亦勿思。

园有棘，其实之食。

心之忧矣，聊以行国。

不我知者，谓我士也罔极。

彼人是哉，子曰：何其？

心之忧矣，其谁知之？

其谁知之？盖亦勿思。

【注释】

1. 殽（xiāo），为"肴"。肴，《说文》：啖也。即食用。引申食物。此处指祭品。

2. 谣，《尔雅》：徒歌（咏）谓之谣。无乐器伴奏的清唱谓之谣。

3. 士，《说文》：事也。

4. 骄，为"挢"。《说文》："挢（jiǎo），举手也。一曰挢，擅也。"此处作专擅。

5. 何其，何其然。

6. 聊，通"僇"。《说文》："僇（lù, liáo），一曰且也。"即权且。

7. 国，由文意以及音韵推测，"国"当为"圛"之讹。《说文》："圛（yì），回行也。"曲回而行。行圛，即曲折、迂回而行。

8. 盖，为"戤"。《说文》："戤（gài）：叞（cán，穿）探坚意也。"本意指穿破以探测其坚实与否。引申为推测、估计、料想。

9. 棘，《说文》：小枣丛生者。

10. 罔，《尔雅》：无也。

11. 极，《说文》：栋也。本意指脊檩，引申准则、原则。

【解析】

这首诗讲士君子忧国家祭祀不兴。

"园有桃，其实之殽"，园中有桃，为实笾豆之肴。言以桃为祭品，有菲薄之嫌。"心之忧矣，我歌且谣"，心之忧也，我歌且谣。言君子忧祭祀不兴。"不知我者，谓我士也骄"，不知我者，谓我做事专擅。言并非诗人擅自改变祭品，实乃国家轻视祭祀所致。"彼人是哉，子曰：何其"，民众如此，君子亦言："何其若此？"言无论百姓还是君子皆以为士人擅自作为。言外之意祭祀不兴乃君上所致。"心之忧矣，其谁知之"，我心忧，谁又知之？"其谁知之？盖亦勿思"，其谁知之？盖无人忧虑。言诗人担心祭祀不兴继而国家衰败，然世人不察。

"园有棘，其实之食"，园中有酸枣，为充实笾豆之食。酸枣肉少，寓意祭品菲薄。"心之忧矣，聊以行国"，心之忧矣，权且委曲行事。"不知我者，谓我士也罔极"，不知我者，谓我做事无准则。"彼人是哉，子曰：何其"，民众如此，君子亦言："何其然？""心之忧矣，其谁知之？其谁知之，盖亦勿思"，我心忧之，谁又知之？其谁知之？盖无人思。

【引证】

（1）关于"殽"

《说文》："殽（xiáo），相杂错也。"

《礼记·曲礼上》："凡进食之礼，左殽右胾。"一说殽为带骨肉，胾为切肉。

《礼记·礼运》："作其祝号，玄酒以祭，荐其血毛，腥其俎，孰其殽（殽）……实其簠簋、笾豆、铏羹。"一说非谷物之祭品皆称之为殽。

《仪礼》："腊必用鲜，鱼用鲋，必殽（殽）全。"

《管子·轻重甲》："鱼以为脯，鲵以为殽（殽）。"

《周礼》："掌祭祀羞羊肆、羊殽（殽），肉豆。"

（2）关于"实"

《周礼》："笾人：掌四笾之实。朝事之笾，其实麷、蕡、白、黑、形盐、膴、鲍鱼、鱐。馈食之笾，其实枣、栗、桃、乾㯈、榛实。加笾之实，菱、芡、栗、脯。羞笾之实，糗饵、粉餈。凡祭祀，共其笾荐羞之实。"

《周礼》："醢人：掌四豆之实。朝事之豆，其实韭菹、醓醢，昌本、麋臡，菁菹、鹿臡，茆菹、麋臡。馈食之豆，其实葵菹、蠃醢，脾析、蜃醢，蚳、蚳醢，豚拍、鱼醢。加豆之实，芹菹、兔醢、深蒲、醯醢，箈菹、雁醢，笋菹、鱼醢。羞豆之食，酏食、糁食。凡祭祀，共荐羞之豆实，宾客、丧纪亦如之。为王及后、世子共其内羞。王举，则共醢六十瓮，以五齐、七醢、七菹、三臡实之。宾客之礼，共醢五十瓮。凡事，共醢。"

（3）《礼记·祭统》：凡治人之道，莫急于礼。礼有五经，莫重于祭。夫祭者，非物自外至者也，自中出生于心也。心怵而奉之以礼。是故，唯贤者能尽祭之义。

贤者之祭也，必受其福。非世所谓福也。福者，备也。备者，百顺之名也。无所不顺者，谓之备。言内尽于己，而外顺于道也。忠臣以事其君，孝子以事其亲，其本一也。上则顺于鬼神，外则顺于君长，内则以孝于亲。如此之谓备。唯贤者能备，能备然后能祭。是故，贤者之祭也：致其诚信与其忠敬，奉之以物，道之以礼，安之以乐，参之以时。明荐之而已矣，不求其为。此孝子之心也。

祭者，所以追养继孝也。孝者畜也。顺于道不逆于伦，是之谓畜。是故，孝子之事亲也，有三道焉：生则养，没则丧，丧毕则祭。养则观其顺也，丧则观其哀也，祭则观其敬而时也。尽此三道者，孝子之行也。

既内自尽，又外求助，昏礼是也。故国君取夫人之辞曰："请君之玉女与寡人共有敝邑，事宗庙社稷。"此求助之本也。

夫祭也者，必夫妇亲之，所以备外内之官也。官备则具备：**水草之菹，陆产之醢，小物备矣。三牲之俎，八簋之实，美物备矣。昆虫之异，草木之实，阴阳之物备矣。凡天之所生，地之所长，苟可荐者，莫不咸在，示尽物也。外则尽物，内则尽志，此祭之心也。**

是故，天子亲耕于南郊，以共齐盛。王后蚕于北郊，以共纯服。诸侯耕于东郊，亦以共齐盛。夫人蚕于北郊，以共冕服。天子诸侯非莫耕也，王后夫人非莫蚕也，身致其诚信，诚信之谓尽，尽之谓敬，敬尽然后可以事神明，此祭之道也。

及时将祭，君子乃齐。齐之为言齐也。齐不齐以致齐者也。是以君子非有大事也，非有恭敬也，则不齐。不齐则于物无防也，嗜欲无止也。及其将齐也，防其邪物，讫其嗜欲，耳不听乐。故记曰："齐者不乐"，言不敢散其志也。心不苟虑，必依于道。手足不苟动，必依于礼。是故君子之齐也，专致其精明之德也。故散齐七日以定之，致齐三日以齐之。定之之谓齐。齐者精明之至也，然后可以交于神明也。

是故，先期旬有一日，宫宰宿夫人，夫人亦散齐七日，致齐三日。君致齐于外，夫人致齐于内，然后会于大庙。君纯冕立于阼，夫人副袆立于东房。君执圭瓒裸尸，大宗执璋瓒亚裸。及迎牲，君执纼，卿大夫从士执纼。宗妇执盎从夫人荐涚水。君执鸾刀羞哜，夫人荐豆，此之谓夫妇亲之。

及入舞，君执干戚就舞位。君为东上，冕而揔干，率其群臣，以乐皇尸。是故天子之祭也，与天下乐之。诸侯之祭也，与竟内乐之。冕而揔干，率其群臣，以乐皇尸，此与竟内乐之之义也。

夫祭有三重焉：献之属，莫重于裸；声莫重于升歌；舞莫重于《武宿夜》。此周道也。凡三道者，所以假于外而以增君子之志也，故与志进退。志轻则亦轻，志重则亦重。轻其志而求外之重也，虽圣人弗能得也。是故君子之祭也，必身自尽也，所以明重也。道之以礼，以奉三重，而荐诸皇尸，此圣人之道也。

夫祭有馂。馂者祭之末也，不可不知也。是故古之人有言曰："善终者如始。"馂其是已。是故古之君子曰："尸亦馂鬼神之余也，惠术也，可以观政矣。"是故尸谡，君与卿四人馂。君起，大夫六人馂。臣馂君之余也。大夫起，士八人馂。贱馂贵之余也。士起，各执其具以出，陈于堂下，百官进，彻之，下馂上之余也。凡馂之道，每变以众，所以别贵贱之等，而兴施惠之象也。是故以四簋黍见其修于庙中也。庙中者竟内之象也。祭者泽之大者也。是故上有大泽则惠必及下，顾上先下后耳。非上积重而下有冻馁之民也。是故上有大泽，则民夫人待于下流，知惠之必将至也，由馂见之矣。故曰："可以观政矣。"

夫祭之为物大矣，其兴物备矣。顺以备者也，其教之本与？是故，

君子之教也，外则教之以尊其君长，内则教之以孝于其亲。是故，明君在上，则诸臣服从。崇事宗庙社稷，则子孙顺孝。尽其道，端其义，而教生焉。是故君子之事君也，必身行之。所不安于上，则不以使下。所恶于下，则不以事上。非诸人，行诸己，非教之道也。是故君子之教也，必由其本，顺之至也，祭其是与？故曰：祭者，教之本也已。

夫祭有十伦焉：见事鬼神之道焉，见君臣之义焉，见父子之伦焉，见贵贱之等焉，见亲疏之杀焉，见爵赏之施焉，见夫妇之别焉，见政事之均焉，见长幼之序焉，见上下之际焉。此之谓十伦。

（祭有十伦）铺筵设同几，为依神也。诏祝于室，而出于祊，此交神明之道也。君迎牲而不迎尸，别嫌也。尸在庙门外，则疑于臣，在庙中则全于君。君在庙门外则疑于君，入庙门则全于臣、全于子。是故，不出者，明君臣之义也。

夫祭之道，孙为王父尸。所使为尸者，于祭者子行也。父北面而事之，所以明子事父之道也。此父子之伦也。尸饮五，君洗玉爵献卿。尸饮七，以瑶爵献大夫。尸饮九，以散爵献士及群有司，皆以齿。明尊卑之等也。

夫祭有昭穆。昭穆者，所以别父子、远近、长幼、亲疏之序而无乱也。是故，有事于大庙，则群昭群穆咸在而不失其伦。此之谓亲疏之杀也。

古者，明君爵有德而禄有功，必赐爵禄于大庙，示不敢专也。故祭之日，一献，君降立于阼阶之南，南乡，所命北面，史由君右执策命之，再拜稽首，受书以归，而舍奠于其庙。此爵赏之施也。

君卷冕立于阼，夫人副袆立于东房。夫人荐豆执校，执醴授之执镫。尸酢夫人执柄，夫人受尸执足。夫妇相授受，不相袭处，酢必易爵。明夫妇之别也。

凡为俎者，以骨为主。骨有贵贱。殷人贵髀，周人贵肩，凡前贵于后。俎者，所以明祭之必有惠也。是故，贵者取贵骨，贱者取贱骨。贵者不重，贱者不虚，示均也。惠均则政行，政行则事成，事成则功立。功之所以立者，不可不知也。俎者，所以明惠之必均也。善为政者如此，故曰："见政事之均焉。"

凡赐爵，昭为一，穆为一。昭与昭齿，穆与穆齿。凡群有司皆以齿，此之谓长幼有序。

夫祭有畀辉胞翟阍者，惠下之道也。唯有德之君为能行此，明足以见之，仁足以与之。畀之为言与也，能以其余畀其下者也。辉者，甲吏之贱者也。胞者，肉吏之贱者也。翟者，乐吏之贱者也。阍者，守门之贱者也。古者不使刑人守门，此四守者，吏之至贱者也。尸又至尊。以至尊既祭之末，而不忘至贱，而以其余畀之。是故明君在上，则竟内之民无冻馁者矣，此之谓上下之际。

凡祭有四时：**春祭曰礿，夏祭曰禘，秋祭曰尝，冬祭曰烝。礿、禘，阳义也。尝、烝，阴义也。禘者阳之盛也，尝者阴之盛也。故曰："莫重于禘尝。"古者于禘也，发爵赐服，顺阳义也。于尝也，出田邑，发秋政，顺阴义也。故记曰："尝之日，发公室，示赏也。"草艾则墨，未发秋政，则民弗敢草也。**

故曰："禘尝之义大矣。治国之本也，不可不知也。"明其义者君也，能其事者臣也。不明其义，君人不全。不能其事，为臣不全。夫义者，所以济志也，诸德之发也。是故其德盛者，其志厚。其志厚者，其义章。其义章者，其祭也敬。祭敬则竟内之子孙莫敢不敬矣。是故君子之祭也，必身亲莅之。有故，则使人可也。虽使人也，君不失其义者，君明其义故也。其德薄者，其志轻。疑于其义而求祭，使之必敬也弗可得已。祭而不敬，何以为民父母矣？

夫鼎有铭，铭者，自名也。自名以称扬其先祖之美，而明着之后世者也。为先祖者，莫不有美焉，莫不有恶焉。铭之义，称美而不称恶，此孝子孝孙之心也。唯贤者能之。铭者，论譔其先祖之有德善，功烈勋劳庆赏声名列于天下，而酌之祭器，自成其名焉，以祀其先祖者也。显扬先祖，所以崇孝也。身比焉，顺也。明示后世，教也。夫铭者，壹称而上下皆得焉耳矣。是故君子之观于铭也，既美其所称，又美其所为。为之者，明足以见之，仁足以与之，知足以利之，可谓贤矣。贤而勿伐，可谓恭矣。

故卫孔悝之鼎铭曰：六月丁亥，公假于大庙。公曰："叔舅！乃祖庄叔，左右成公。成公乃命庄叔随难于汉阳，即宫于宗周，奔走无射。启右献公。献公乃命成叔，纂乃祖服。乃考文叔，兴旧耆欲，作率庆士，躬恤卫国，其勤公家，夙夜不解，民咸曰：休哉！"公曰："叔舅！

予女铭：若纂乃考服。"悝拜稽首曰："对扬以辟之，勤大命施于烝彝鼎。"此卫孔悝之鼎铭也。古之君子论譔其先祖之美，而明着之后世者也。以比其身，以重其国家如此。子孙之守宗庙社稷者，其先祖无美而称之，是诬也。有善而弗知，不明也。知而弗传，不仁也。此三者，君子之所耻也。

昔者，周公旦有勋劳于天下。周公既没，成王、康王追念周公之所以勋劳者，而欲尊鲁，故赐之以重祭。外祭则郊社是也。内祭则大尝禘是也。夫大尝禘，升歌《清庙》，下而管《象》，朱干玉戚，以舞《大武》，八佾以舞《大夏》，此天子之乐也。康周公，故以赐鲁也。子孙纂之，至于今不废，所以明周公之德而又以重其国也。

陟岵

陟彼岵兮，瞻望父兮。

父曰：嗟！

予子行役，夙夜无已。

上慎旃哉？犹来无止。

陟彼屺兮，瞻望母兮。

母曰：嗟！

予季行役，夙夜无寐。

上慎旃哉？犹来无弃。

陟彼冈兮，瞻望兄兮。

兄曰：嗟！

予弟行役，夙夜必偕。

上慎旃哉？犹来无死。

【注释】

1. 陟（zhì），《说文》：登也。

2. 岵（hù），《说文》：山有草木也。《尔雅》："多草木岵，无草木峐（屺）。"

3. 屺（qǐ），《说文》：山无草木也。

4. 冈，《说文》：山骨也。即山脊。

5. 瞻，《尔雅》：视也。

6. 望，《说文》：出亡在外，望其还也。

7. 季，《说文》：少称也。年少者的称呼，此处指小儿子。

8. 偕，《说文》：强也。一曰俱也。

9. 旃（zhān），《说文》："旃：旗曲柄也，所以旃表士众。"为曲柄的旗子，国家用来征招庶民服役的表识。

10. 止、弃、死，为停止、废止、终止之意。《荀子》："流言止焉，恶言死焉。"

【解析】

　　这首诗写远服劳役者思亲，民众怨劳役繁重。

　　"陟彼岵兮，瞻望父兮"，登上长满草木的山岗，远望家中父亲。陟彼岵，言时在春夏。"父曰：嗟！予子行役，夙夜无已"，父亲哀叹："嗟！我子出门服役，日夜不得闲。""上慎旃哉？犹来无止"，君上果真慎于旃旗？旃旗依然来而不止。言君上滥用民力。

　　"陟彼屺兮，瞻望母兮"，登上荒凉的山岗，远望家中的母亲。陟彼屺，言时在秋冬。寓意劳役经年。"母曰：嗟！予季行役，夙夜无寐"，母亲哀叹："嗟！我少子服役，日夜不得睡。""上慎旃哉？犹来无弃"，君上果真慎于旃旗？旃旗依然来而不停。言君上使民无度。

　　"陟彼冈兮，瞻望兄兮"，登上山冈，远望家中的兄长。"兄曰：嗟！予弟行役，夙夜必偕"，兄长哀叹："嗟！我弟服役，日夜俱矣。""上慎旃哉？犹来无死"，君上慎于发旃旗征召民众服役？旃旗依然来而不绝。

【引证】

关于"旃"

　　《孔子家语·正论解》：孔子在齐，齐侯出田，招虞人以弓。不进，公使执之。对曰："昔先君之田也，旃以招大夫，弓以招士，皮冠以招虞人。臣不见皮冠，故不敢进。"乃舍之。孔子闻之，曰："善哉！守道不如守官，君子韪之。"

　　《孟子·万章下》："齐景公田，招虞人以旌，不至，将杀之。志士不忘在沟壑，勇士不忘丧其元，孔子奚取焉？取非其招不往也。曰：'敢问招虞人何以？'曰：'以皮冠。庶人以旃，士以旗，大夫以旌。以大夫之招招虞人，虞人死不敢往。以士之招招庶人，庶人岂敢往哉。况乎以不贤人之招招贤人乎？欲见贤人而不以其道，犹欲其入而闭之门也。夫义，路也。礼，门也。惟君子能由是路，出入是门也。'"

十亩之间

十亩之间兮，
桑者闲闲兮。
行与子还兮。

十亩之外兮，
桑者泄泄兮。
行与子逝兮。

【注释】

1. 十亩，十亩田地，此处代指公田。井田制度，一井九百亩，八家各分一百亩为私田。余下一百亩，一家各种十亩为公田，剩余二十亩每家二亩半建设庐舍。

2. 闲闲、为"詹詹"。《说文》："詹（zhān，dān），多言也。"詹詹，人多言貌。

3. 泄泄，为"詍詍"。《说文》："詍（yì），多言也。"詍詍，人多言的样子。

4. 行，行夫，古代官职，主管传令等事。
《周礼》："行夫：掌邦国传遽之小事——媺（美）恶而无礼者。凡其使也，必以旌节。虽道有难而不时，必达。居于其国，则掌行人之劳辱事焉，使则介之。"

5. 逝，《尔雅》：往也。此处指返还、回还。

【解析】

这首诗讲农民勤奋劳作，官长视察桑田生产。

"十亩之间，桑者闲闲，行与子还"，十亩公田之中，桑农话声不断。行夫与官长归还。

"十亩之外，桑者泄泄，行与子逝"，十亩公田之外，桑农人声不绝。行夫与官长归去。

关于"泄泄"

　　《孟子·离娄》:"泄泄,犹沓沓也。事君无义,进退无礼,言则非先王之道者,犹沓沓也。"其中"沓沓"即话多之意。

伐檀

坎坎伐檀兮，置之河之干兮，河水清且涟猗！
不稼不穑，胡取禾三百廛兮？
不狩不猎，胡瞻尔庭有县貆兮？
彼君子兮，不素餐兮！

坎坎伐辐兮，置之河之侧兮，河水清且直猗！
不稼不穑，胡取禾三百亿兮？
不狩不猎，胡瞻尔庭有县特兮？
彼君子兮，不素食兮！

坎坎伐轮兮，置之河之漘兮，河水清且沦猗！
不稼不穑，胡取禾三百囷兮？
不狩不猎，胡瞻尔庭有县鹑兮？
彼君子兮，不素飧兮！

【注释】

1. 坎坎，为"侃侃"。《说文》："侃，刚直也。"侃侃，刚直、严正之貌。

2. 干，通"岸"。《说文》："岸，水厓而高者。"

3. 河，《尔雅》："河出昆仑虚，色白。所渠并千七百一川，色黄。"黄河上游水清，中下游色黄。《地理志》："魏国，亦姬姓也，在晋之南河曲。"

4. 涟、沦，《尔雅》："大波为涟，小波为沦，直波为径。"

5. 猗，语气词。

6. 稼，《说文》：在野曰稼。在田野中的作物称之为稼。引申种庄稼。

7. 穑，《说文》：谷可收曰穑。成熟可收获的谷物称之为穑。引申收庄稼。

8. 廛（chán），《说文》：一亩半，一家之居。即井田制中一家庐舍所占地。廛，代指一百亩田地，此处指一户农夫。《周礼》："夫一廛，田百亩。"

9. 狩，《说文》：放猎逐禽也。

10. 猎，《说文》：犬田也。

11. 貆（huán），《尔雅》：貈（hé）子。即作狸、貉子。《说文》："貆，貉之类。"

12. 县，应为"悬"。《说文》："悬，系也。"悬挂之意。

13. 素餐，即唯以餐饮为事而无其他。《盐铁论》："君子不素餐，小人不空食。"

14. 辐，《说文》：车轑也。即车轮辐条。

15. 亿，应为"意"。《说文》："意（yì）：十万曰意。"三百亿，即方三百里的土地，代指诸侯国。《礼记·王制》："方一里者为田九百亩。方十里者，为方一里者百，为田九万亩。方百里者，为方十里者百，为田九十亿亩。"

16. 特，《说文》：朴特，牛父也。未阉割的牛，公牛。

17. 漘（chún），《说文》：水厓也。即水边、水岸。

18. 囷（qūn），《说文》：廪之圆者。圆形谷仓。三百囷，代指天下。

19. 飧（sūn），《说文》：餔（bǔ）也。即晚饭。引申餐食。《说文》："餔，日加申时食也。"

【解析】

这首诗讲世道污浊，居官长之位者不履行其职责，不劳而获，君子耻之。

"坎坎伐檀兮"，侃侃以伐檀木。檀木坚硬可作车轴。"坎坎"言刚直从事。"置之河之干兮，河水清且涟猗"，置檀木于黄河之岸，河水上游清澈且有大波澜！"不稼不穑，胡取禾三百廛兮"，不事稼穑，怎能食邑三百户？"三百廛"指卿大夫。"不狩不猎，胡瞻尔庭有县貆兮"，不狩不猎，怎见你庭中悬挂着貉？"彼君子兮，不素餐兮"，君子者，不空食。言居官长之位者不履行职责，不劳而获。

"坎坎伐辐兮，置之河之侧兮，河水清且直猗"，侃侃以斫车辐，放置车辐于黄河之岸，黄河上游之水清澈且有直波。"不稼不穑，胡取禾三百亿兮？不狩不猎，胡瞻尔庭有县特兮？彼君子兮，不素食兮"，不事稼穑，为何食禄一国？不狩不猎，为何见你庭中悬挂小牛？彼君子者，不空食矣！"三百亿"指国君。

"坎坎伐轮兮，置之河之漘兮，河水清且沦猗。不稼不穑，胡取禾三百囷兮？不狩不猎，胡瞻尔庭有县鹑兮？彼君子兮，不素飧兮"，侃侃以斫车轮，放置车轮于黄河之岸，黄河上游之水清澈且有小波。不事稼穑，为何食禄天下？不狩不猎，为何见你庭中悬挂鹌鹑？彼君子者，不空食矣！"三百囷"指天子。

"伐檀、伐辐、伐轮"乃轮人之事。轮人以规、矩制作车轮，制曲直者也，守规则者也，比喻正直君子。"置之河之干兮，河水清且涟猗"，君子感叹黄河尚且有清涟之水，而今国家、天下皆尽污浊。君子笃行正直于浊世，冀国家文明有日。"貆"取用其皮毛。"特"取用其气力。"鹑"取用其肉。"貆、特、鹑"比喻民脂民膏、民力民财。

（1）《孔丛子·记义》："于《伐檀》见贤者之先事后食也。"

（2）《盐铁论·国疾》："文学曰：'国有贤士而不用，非士之过，有国者之耻。'孔子大圣也，诸侯莫能用。当小位于鲁，三月不令而行，不禁而止，沛若时雨之灌万物，莫不兴起也。况乎位天下之本朝，而施圣主之德音教泽乎？今公卿处尊位，执天下之要，十有馀年，功德不施于天下，而勤劳于百姓，百姓贫陋困穷，而私家累万金。此君子所耻，而《伐檀》所刺也。"

（3）《孟子·尽心上》：公孙丑曰："《诗》曰：'不素餐兮。'君子之不耕而食，何也？"孟子曰："君子居是国也，其君用之，则安富尊荣。其子弟从之，则孝弟忠信。'不素餐兮'，孰大于是？"

（4）《周礼》："轮人为轮。斩三材必以其时，三材既具，巧者和之。毂也者，以为利转也。辐也者，以为直指也。牙也者，以为固抱也。"

（5）《墨子》："子墨子言曰：'我有天志，譬若轮人之有规，匠人之有矩，轮匠执其规矩，以度天下之方圜，曰：'中者是也，不中者非也。'今天下之士君子之书，不可胜载，言语不可尽计，上说诸侯，下说列士，其于仁义则大相远也。何以知之？曰我得天下之明法以度之。'"

诗辑训

（6）东汉《潜夫论》："檀宜作辐，榆宜作毂。"

（7）东汉《论衡》："树檀以五月生叶，后彼春荣之木，其材强劲，车以为轴。"

貉

貉又称貉子、狸，生活在山林中，昼伏夜出，以鱼虾和鼠兔为食。貉外形似狐，但较肥胖，行动不如豺、狐敏捷，性较温驯，叫声低沉，能攀爬树木及游水。

貉遵循一夫一妻制，野生貉寿命一般在六七岁左右。貉在冬季有休眠的习性。

《说文》："貉，似狐，善睡兽。《论语》：'狐貉之厚以居。'"

硕鼠

硕鼠硕鼠，无食我黍！
三岁贯女，莫我肯顾。
逝将去女，适彼乐土。
乐土乐土，爰得我所。

硕鼠硕鼠，无食我麦！
三岁贯女，莫我肯德。
逝将去女，适彼乐国。
乐国乐国，爰得我直。

硕鼠硕鼠，无食我苗！
三岁贯女，莫我肯劳。
逝将去女，适彼乐郊。
乐郊乐郊，谁之永号？

【注释】

1. 硕，《尔雅》：大也。

2. 黍，《说文》：禾属而黏者。民间称为黍子、黍谷。

3. 贯，《尔雅》：事也。即服事、事从之意。

4. 顾，《说文》：还视也。

5. 逝、适，《尔雅》：往也。

6. 爰，《尔雅》：於也。介词、助词。

7. 直，《说文》：正视也。引申为正义。

8. 德，通"悳"。《说文》："悳（dé）：外得于人，内得于己也。"道德应为"道悳"。《说文》："德：升也。得：行有所得也。"

9. 劳，《尔雅》：勤也。

10. 号，《说文》：呼也。

这首诗讲国家欺压百姓，民众怨恨而逃离。

"硕鼠硕鼠，无食我黍"，大老鼠，大老鼠，不要吃我的黍子。"三岁贯女，莫我肯顾"，三年来事从于你，你不曾看顾于我。"逝将去女，适彼乐土"，去往他处远离于你，前往欢愉之地。"乐土乐土，爰得我所"，乐土，乐土，于彼得我安身之所。

"硕鼠硕鼠，无食我麦。三岁贯女，莫我肯德。逝将去女，适彼乐国。乐国乐国，爰得我直"，硕鼠，硕鼠，勿食我麦。三年服事于你，不曾有德于我。往他处以远离你，往彼欢愉之国。乐国，乐国，于彼得我之正义。

"硕鼠硕鼠，无食我苗。三岁贯女，莫我肯劳。逝将去女，适彼乐郊。乐郊乐郊，谁之永号"，硕鼠，硕鼠，勿食我苗。三年服事于你，你不曾有劳于我。往他处以远离你，往彼欢愉之郊。乐郊，乐郊，何人长久呼号？

诗三百，一言以蔽之，曰思无邪。

——孔丘

唐

蟋蟀

蟋蟀在堂，岁聿其莫。

今我不乐，日月其除。

无已大康？——职思其居。

好乐无荒，良士瞿瞿。

蟋蟀在堂，岁聿其逝。

今我不乐，日月其迈。

无已大康？——职思其外。

好乐无荒，良士蹶蹶。

蟋蟀在堂，役车其休。

今我不乐，日月其慆。

无已大康？——职思其忧。

好乐无荒，良士休休。

【注释】

1. 聿（yù），通"曰"。助词，无义。

2. 莫，《说文》：日且冥也。今写作"暮"。

3. 除，通"黜"。《说文》："黜（chù），贬下也。"本意为倾覆或折损而使之下来。引申弃、去、使之去。《说文》："除，殿陛也（台阶）。"

4. 迈，《说文》：远行也。

5. 外，《说文》：远也。此处指未来、将来。

6. 慆（tāo），通"逃"。《说文》："逃，亡也。"解作离去。

7. 职，《尔雅》：常也。此处经常、恒。

8. 荒，《说文》：芜也。一曰草淹地也。引申废、不治。

9. 瞿瞿（jù）、休休，《尔雅》：俭也。克制、节制、节约之意。

10. 蹶蹶（guì），《尔雅》：敏也。

【解析】

这首诗讲士君子当克勤克俭。

"蟋蟀在堂，岁聿其莫"，蟋蟀进到堂中，一年将尽。蟋蟀在堂，言时在秋季。"今我不乐，日月其除"，我今不可娱乐，日月已逝去。言治事之日无多，不宜懈怠。"无已大康？——职思其居"，不已是太过安乐？——应常思其居处。言居处不可贪恋安乐。"好乐无荒，良士瞿瞿"，好娱乐但不废正业，良士能自我节俭。

"蟋蟀在堂，岁聿其逝。今我不乐，日月其迈"，蟋蟀来到堂中，一年将逝去。我今且不娱乐，日月已过往。"无已大康？——职思其外"，不已是太过安乐？——应常思其未来。"好乐无荒，良士蹶蹶"，好娱乐但不废正业，良士应敏于事。

"蟋蟀在堂，役车其休"，蟋蟀进到堂中，百姓劳役之车已经休止。役车为庶人所乘公务车。此处指服役已经停止，亦即言年终。"今我不乐，日月其慆"，我今不可娱乐，日月已往逝。"无已大康？——职思其忧"，不已是太过安乐？——应常思其忧患。"好乐无荒，良士休休"，好娱乐但不废正业，良士应自我节约。

【引证】

（1）《孔丛子·记义》："于《蟋蟀》见陶唐俭德之大也。"

（2）《礼记·月令》："季夏之月…………温风始至，蟋蟀居壁。"

（3）《周礼·春官宗伯》："服车（公务车）五乘：孤乘夏篆，卿乘夏缦，大夫乘墨车，士乘栈车，庶人乘役车。"

（4）《左传·襄公二十七年》：郑伯享赵孟于垂陇，子展、伯有、子西、子产、子大叔、二子石从。赵孟曰："七子从君，以宠武也。请皆赋以卒君贶，武亦以观七子之志。"子展赋《草虫》，赵孟曰："善哉！民之主也。抑武也不足以当之。"伯有赋《鹑之贲贲》，赵孟曰："床笫之言不逾阈，况在野乎？非使人之所得闻也。"子西赋《黍苗》之四章，赵孟曰："寡君在，武何能焉？"子产赋《隰桑》，赵孟曰："武请受其卒章。"子大叔赋《野有蔓草》，赵孟曰："吾子之惠也。"印段赋《蟋蟀》，赵孟曰："善哉！保家之主也，吾有望矣！"

大意：郑伯享赵孟于垂陇，郑国卿大夫子展、伯有、子西、子产、子大叔等侍从。赵孟请七子赋诗以观其志。印段赋《蟋蟀》，赵孟言

"保家之主也"，言其有俭约、敏政之德，可以存国保家。

蟋蟀

　　蟋蟀亦称促织、蛐蛐。蟋蟀穴居，夜出活动。蟋蟀利用翅膀发声，一般在夏季的八月开始鸣叫，十月下旬气候转冷时停止鸣叫。雌性个体较大，翅小，不会鸣叫。雄虫会鸣、善斗。人们以蟋蟀相斗取乐称之为斗蛐蛐。

山有枢

山有枢，隰有榆。

子有衣裳，弗曳弗娄。

子有车马，弗驰弗驱。

宛其死矣，他人是愉。

山有栲，隰有杻。

子有廷内，弗洒弗扫。

子有钟鼓，弗鼓弗考。

宛其死矣，他人是保。

山有漆，隰有栗。

子有酒食，何不日鼓瑟？

且以喜乐，且以永日。

宛其死矣，他人入室。

【注释】

1. 枢，应为"柔"。《说文》："柔（shù），栩也。"即栎树。《尔雅》："栩，杼。"

2. 隰，《尔雅》：陂者曰阪，下者曰隰。山坡之下称之为隰。

3. 曳，《说文》：臾曳也。即拖拉、牵引之意。

4. 娄，应为"搂"。《说文》："搂，曳聚也。"解作拉引使收聚。

5. 宛，《说文》：屈草自覆也。《说文》："奥，宛也。"引申曲折、深奥。宛亦或为"婉"。《说文》："婉，顺也。"引申从随、如。

6. 愉，《尔雅》：劳也。服也。

7. 栲，《尔雅》：山樗。《说文》写作"枵"，解作"山樗"。即栲树，常绿乔木。

8. 杻，《尔雅》：檍也。《说文》："檍，杶也。"杶（chūn），香椿。

9. 保，通"𠈃"。《说文》："𠈃（bǎo），相次也。"即比叙、按次序。

10. 考，应为"攷"。《说文》："攷（kǎo），敏也。"《说文》："敏，击也。"

【解析】

　　这首诗讲君长善使人，故不劳力。

　　"山有枢，隰有榆"，山上长有枢树，山坡之下长有榆树。枢木、榆木皆为良材。寓意上下皆有贤士。"子有衣裳，弗曳弗娄"，君长有衣裳，其裳不曳地，衣襟不合搂。言不出行故不穿其官服。"子有车马，弗驰弗驱"，子有车马，亦不驱驰。言善治，故不用亲自劳动、驱驰。"宛其死也，他人是愉"，其居处深奥外人以为其死亡，他人则可谓勤劳。言其下属人员甚为勤劳。亦言其善治。

　　"山有栲，隰有杻"，山上长有栲树，山坡下长有椿树。栲木、椿木皆为良材。"子有廷内，弗洒弗扫。子有钟鼓，弗鼓弗考"，子有朝廷、内室，不洒不扫。子有钟鼓，不鼓不敲。言善使人，使各得其所、各司其职。"宛其死也，他人是保"，其居处深奥外人以为其死，他人比叙而作。

　　"山有漆，隰有栗"，山上长有漆树，山坡下长有栗树。漆树可供油漆器具，栗子可食，皆有用之木。"子有酒食，何不日鼓瑟？且以喜乐，且以永日"，君长有酒食，何不日鼓瑟？且以喜乐，且以终日。言君长善使人，执事者各司其职，政务有序，上下安定，所以可安享酒食，乐琴瑟。"宛其死也，他人入室"，其居处深奥外人以为其死，他人入其室内。言君长指挥于内室，运筹于帷幄，身不下堂、足不出户而治。

【引证】

（1）《孔子家语·王言解》："曾子曰：'不劳不费之谓明王，可得闻乎？'孔子曰：'昔者帝舜左禹而右皋陶，不下席而天下治。夫如此，何上之劳乎？政之不中君之患也。令之不行臣之罪也。若乃十一而税，用民之力岁不过三日，入山泽以其时而无征，关讯市鄽皆不收赋。此则生财之路而明王节之，何财之费乎？'"

（2）《韩诗外传》：子贱治单父，弹鸣琴，身不下堂，而单父治。巫马期以星出，以星入，日夜不处，以身亲之，而单父亦治。巫马期问于子贱，子贱曰："我任人，子任力。任人者佚，任力者劳。"人谓子贱，则君子矣，佚四肢，全耳目，平心气，而百官理，任其数而已。巫马期则不然，乎然事惟，劳力教诏。虽治，犹未至也。《诗》曰："子有衣裳，弗曳弗娄。子有车马，弗驰弗驱。"

（3）《盐铁论·刺复》："《尚书》曰：'俊乂（yi，治）在官，百僚师师，百工惟时，庶尹允谐。'言官得其人，人任其事，故官治而不乱，事起而不废，士守其职，大夫理其位，公卿总要执凡而已。故任能者责成而不劳，任己者事废而无功。"

【名物】

香椿

香椿原产于中国，落叶乔木，雌雄异株。香椿芽可供食用，为传统蔬菜。香椿木纹理美观，质坚硬，有光泽，耐腐，不翘裂，为家具、船舶的优良供材。

《周礼·冬官考工记》："弓人为弓……凡取干之道七：柘为上，檍（香椿）次之，檿桑次之，橘次之，木瓜次之，荆次之，竹为下。"

栎树

　　栎树为落叶或常绿乔木，高达二十五米，胸径可达一米。栎树皮灰褐色，叶缘有锯齿，少有全缘。叶片在秋季落叶前会发红褐色，十分美观。栎木坚固、抗腐性强。栎树品种有大叶栎、麻栎（上图）、栓皮栎等。

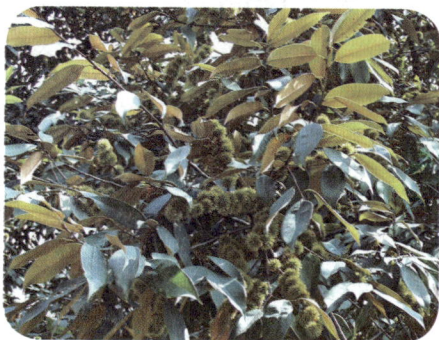

栲树

栲树又名锥栗、槠，为常绿乔木，高可达三十米，胸径达八十厘米。栲木材质略轻软，棕黄色，干时常爆裂，不耐腐。

栲树常被误认为红锥。红锥木材坚硬，耐腐，少变形，心材大，褐红色，边材淡红色，色泽和纹理美观，干燥后开裂小，为高档木材。栲木材质远不如红锥木坚实与致密。笔者以为栲或为红锥。

陆玑《草木疏》："山樗与下田樗无异，叶似差狭，吴人以其叶为茗，方俗无名此为栲者。今所谓栲，叶如栎，皮厚数寸，可为车辐。"

郭璞曰："似樗，色小白，生山中，亦类漆。谚曰：'櫄樗栲漆，相似如一。'"

榆

　　榆树为落叶乔木,高达二十米。榆树花先叶开放,其嫩果俗称榆钱,可食。榆树皮磨成粉称榆皮面,可食。榆木坚硬,俗语"榆木疙瘩"即言其难解伐之意。榆木可用于制作车辆、农具、家具等。

437

　　《潜夫论》:"舆,檀宜作辐,榆宜作毂。"其中"毂"即轮毂。轮毂为贯穿车轴的部件。因为轮毂与车轴不断摩擦,故轮毂耐磨性必须好。古人以榆木制作车毂,可见榆木坚实耐磨。

扬之水

扬之水，白石凿凿。
素衣朱襮，从子于沃。
既见君子，云何不乐？

扬之水，白石皓皓。
素衣朱绣，从子于鹄。
既见君子，云何其忧？

扬之水，白石粼粼。
我闻有命，不敢以告人。

【注释】

1. 扬，为"易"。《说文》："易（yáng），开也。一曰飞扬。"

2. 白石，白色的石头。白石似玉而非，比喻伪善者，此处指曲沃桓叔。

3. 凿凿（záo），应为"䔼䔼"。《说文》："䔼（zuò），糯米（糙米）一斛舂为九斗曰䔼。"䔼即精米。䔼䔼，指米色鲜亮，引申鲜明、鲜亮之意。

4. 襮（bó），《说文》：黼领也。指有黑白花纹的衣领。

5. 沃，《说文》：溉灌也。此处指晋国地名曲沃。

6. 皓，《说文》：日出貌。《尔雅》："皓，光也。"光亮、明亮。

7. 绣，《说文》：五采备也。

8. 鹄（hú），曲沃城邑。

9. 粼，《说文》："水生厓石间，粼粼也。"水在河岸石间，清澈、明亮貌。此处指白石色泽鲜亮。

10. 闻，《说文》：知闻也。

11. 素衣朱襮、素衣朱绣，素衣为士大夫去国之服。朱襮、朱绣，代指朱色、绣花纹之中衣。绣黼、丹朱中衣为诸侯礼服。

438

《周礼》："画缋之事：杂五色。东方谓之青，南方谓之赤，西方谓之白，北方谓之黑，天谓之玄，地谓之黄。青与白相次也，赤与黑相次也，玄与黄相次也。青与赤谓之文，赤与白谓之章，白与黑谓之黼，黑与青谓之黻，五采备谓之绣。"

【解析】

这首诗讲曲沃桓叔伪善、分裂晋国。

"扬之水，白石凿凿"，散扬之河水，白石鲜亮。言河水分散则无力，国家分裂必虚弱。白石鲜亮似玉，奸佞善伪似贤。"素衣朱襮，从子于沃"，着白衣而朱领，从桓叔于曲沃。朱襮为诸侯之礼服，大夫用之为僭越。隐喻曲沃桓叔有篡逆之心。"既见君子，云何不乐"，既已见君子，为何不喜悦？言桓叔伪善，世人以为贤德君子，然明哲者识之，故不乐。

"扬之水，白石皓皓"，分散的河水，明亮的白石。"素衣朱绣，从子于鹄"，白衣而朱绣，从桓叔于鹄。"既见君子，云何其忧"，既已见君子，为何言忧？言明哲者忧国家自此不宁。

"扬之水，白石粼粼"，分散的河流，清亮的白石。"我闻有命，不敢以告人"，我知国家有命，不敢告他人！言诗人知道晋国必乱，然事关重大，妄言则危及身家性命，故不敢轻易告人。

【引证】

（1）关于曲沃桓叔

《左传·桓公二年》：惠之二十四年，晋始乱，故封桓叔于曲沃，靖侯之孙栾宾傅之。师服曰："吾闻国家之立也，本大而末小，是以能固。故天子建国，诸侯立家，卿置侧室，大夫有贰宗，士有隶子弟，庶人、工、商，各有分亲，皆有等衰。是以民服事其上而下无觊觎。今晋，甸侯也，而建国。本既弱矣，其能久乎？"惠之三十年，晋潘父弑昭侯而立桓叔，不克。晋人立孝侯。惠之四十五年，曲沃庄伯伐翼，弑孝侯。翼人立其弟鄂侯，鄂侯生哀侯。哀侯侵陉庭之田，陉庭南鄙启曲沃伐翼。

《史记》："昭侯元年，封文侯弟成师于曲沃。曲沃邑大于翼。翼，晋君都邑也。成师封曲沃，号为桓叔。靖侯庶孙栾宾相桓叔。桓叔是时年五十八矣，好德，晋国之众皆附焉。君子曰：'晋之乱其在曲沃矣。末大于本而得民心，不乱何待！'七年，晋大臣潘父弑其君昭侯而迎曲沃桓叔。桓叔欲入晋，晋人发兵攻桓叔。桓叔败，还归曲沃。晋人共立昭侯子平为君，是为孝侯。诛潘父。"

（2）关于"素衣、朱襮、朱绣"

《礼记·郊特牲》："绣黼、丹朱中衣，大夫之僭礼也。"

《释名》："中衣，言在小衣之外，大衣之中也。"

《礼记·曲礼下》："大夫、士去国：逾竟，为坛位乡国而哭。素衣，素裳，素冠，彻缘，鞮屦，素幂，乘髦马。不蚤鬋。不祭食，不说人以无罪。妇人不当御。三月而复服。"

（3）《荀子·臣道》："圣君者，有听从无谏争。事中君者，有谏争无谄谀。事暴君者，有补削无挢拂。迫胁于乱时，穷居于暴国，而无所避之，则崇其美，扬其善，违其恶，隐其败，言其所长，不称其所短，以为成俗。《诗》曰：'国有大命，不可以告人，妨其躬身。'此之谓也。"

（4）关于"白石"

《吕氏春秋·疑似》："使人大迷惑者，必物之相似也。玉人之所患，患石之似玉者。相剑者之所患，患剑之似吴干者。贤主之所患，患人之博闻辩言而似通者。亡国之主似智，亡国之臣似忠。相似之物，此愚者之所大惑，而圣人之所加虑也。故墨子见歧道而哭之。"

《抱朴子》："白石似玉，奸佞似贤。贤者愈自隐蔽，有而如无。奸人愈自衒沽，虚而类实。非至明者，何以分之？"

（5）《左传·定公十年》：侯犯以郈叛，武叔懿子围郈，弗克。秋，二子及齐师复围郈，弗克。叔孙谓郈工师驷赤曰："郈非唯叔孙氏之忧，社稷之患也。将若之何？"对曰："臣之业，在《扬水》卒章之四言矣。"叔孙稽首。驷赤谓侯犯曰："居齐鲁之际，而无事，必不可矣。子盍求事于齐以临民？不然，将叛。"侯犯从之。齐使至，驷赤与郈人为之宣言于郈中曰："侯犯将以郈易于齐，齐人将迁郈民。"众凶惧。驷赤谓侯犯曰："众言异矣。子不如易于齐，与其死也。犹是郈也，而得纾焉，何必此？齐人欲以此逼鲁，必倍与子地。且盍多舍甲于子之门，以备不虞？"侯犯曰："诺。"乃多舍甲焉。侯犯请易于齐，齐有司观郈，将至。驷赤使周走呼曰："齐师至矣！"郈人大骇，介侯犯之门甲，以围侯犯。驷赤将射之。侯犯止之，曰："谋免我。"侯犯请行，许之。驷赤先如宿，侯犯殿。每出一门，郈人闭之。及郭门，止之，曰："子以叔孙氏之甲出，有司若诛之，群臣惧死。"驷赤曰："叔孙氏之甲有物，吾未敢以出。"犯谓驷赤曰："子止而与之数。"驷赤止，而纳鲁人。侯犯奔齐，齐人乃致郈。

大意：鲁国侯犯据郈邑叛乱，鲁国不能平。鲁国大夫叔孙劝说郈邑城中工师驷赤协助鲁国收复郈邑。工师驷赤表态："臣之业，在《扬水》卒章之四言矣。"即"我之事业，在《扬之水》最后一章的四句话中。"这四句话即"扬之水，白石粼粼。我闻有命，不敢以告人。"其中"扬之水"一句表明工师驷赤不希望鲁国分裂。"白石粼粼"即言工师驷赤愿意为叔孙内应，表面上与叛臣侯犯周旋，暗中则帮助鲁国收复郈邑。"我闻有命，不敢以告人。"这两句话即"事关重大，不可言说"。叔孙会意，故稽首致谢。这则记载中详细记述了工师驷赤如何与侯犯周旋，最终驱逐侯犯，帮助鲁国收复了郈邑。工师驷赤之作为完美诠释了"白石粼粼"之寓意。

椒聊

椒聊之实，蕃衍盈升。

彼其之子，硕大无朋。

椒聊且！远条且！

椒聊之实，蕃衍盈匊。

彼其之子，硕大且笃。

椒聊且！远条且！

【注释】

1. 椒聊，花椒，叶与籽实有香气。《说文》："茮，茮莍（jiāo qiú）。"段玉裁："茮莍盖古语，犹《诗》之椒聊。"

2. 蕃，《说文》：草茂也。引申茂盛、繁多。

3. 衍，为"奄"。《说文》："奄，覆也。大有余也。"蕃衍，繁多、繁盛。

4. 盈，《说文》：满器也。

5. 升，《说文》：十龠（yuè）也。西汉《说苑》："千二百黍为一龠，十龠为一合，十合为一升，十升为一斗，十斗为一石。"

6. 笃，《尔雅》：厚也。固也。引申为坚实、敦厚。

7. 朋，为"佣"。《说文》："佣（péng），辅也。"即比辅者。

8. 匊（jū），《说文》：在手曰匊。两手捧为匊。

9. 条，为"窱"。《说文》："窱（tiǎo），杳窱也。"即深远之意。《礼记》："感条畅之气。"

10. 远条，此处指香气浓郁、悠长。

【解析】

这首诗讲君子德馨。

"椒聊之实，蕃衍盈升"，椒树之实，繁多装满一升。"彼其之子，硕大无朋"，那位君子，道德盛大而无可比者。"椒聊且，远条且"，椒聊也！香气浓郁、悠长！

　　"椒聊之实，蕃衍盈匊"，椒树之实，繁多装满一捧。"彼其之子，硕大且笃"，那位君子，道德盛大且笃厚。"椒聊且，远条且"，椒聊也！香气醇厚、悠长！

花椒

　　花椒为落叶灌木或小乔木，高三至七米之间，茎干、枝上有短刺。花椒叶子与籽实皆有香气，为常用调味品。

　　陆玑《草木疏》："椒聊，聊，语助也。椒树似茱萸，有针刺，叶坚而滑泽，蜀人作茶，吴人作茗。今成皋山中有椒，谓之竹叶椒。东海诸岛亦有椒树，子长而不圆，味似橘皮，岛上獐、鹿食此，肉作椒橘香。"

　　《荀子》："其民之亲我欢若父母，其好我芬若椒兰。……椒兰芬苾所以养鼻也。"

　　《韩非子》："楚人有卖其珠于郑者，为木兰之柜，薰以桂椒，缀以珠玉，饰以玫瑰，辑以翡翠。"

绸缪

绸缪束薪，三星在天。
今夕何夕？见此良人。
子兮子兮，如此良人何？

绸缪束刍，三星在隅。
今夕何夕？见此邂逅。
子兮子兮，如此邂逅何？

绸缪束楚，三星在户。
今夕何夕？见此粲者。
子兮子兮，如此粲者何？

【注释】

1. 绸，《说文》：缪也。

2. 缪，《说文》：枲之十絜也。一曰绸缪（chóu móu）。原意为麻之十束，一说绸缪为反复缠绕之意。《列女传》："内饰则结纽绸缪，野处则帷裳拥蔽。"

3. 薪，《说文》：荛也。即柴草。

4. 三星，此处指参宿三星。参星与商星相错而行，常以参商比喻不相合者。

5. 夕，《说文》：莫也。即傍晚、日暮。

6. 如，《说文》：从随也。解作依从、相从。

7. 良人，好人。

8. 刍（chú），《说文》：刈草也。割下来的草，此处指喂牲口的草料。

9. 隅，《说文》：陬也。即一角。

10. 邂逅，《说文》：不期而遇也。此处指偶遇者。

11. 楚，《说文》：丛木。一名荆也。即荆条。

12. 户，《说文》：护也。半门曰户。房门为户，宫门为门。

13. 粲（càn），为"奻"。《说文》："奻（càn）：三女为奻。奻，美也。"

《国语》："夫粲（奻），美之物也。"

【解析】

这首诗讲民间百姓勤劳而国家高贵者懒惰，上下不相和。

"绸缪束薪，三星在天"，紧密捆束薪茏，参星在天。言天色已晚伐薪者仍劳作未归。"今夕何夕？见此良人"，今夕是何夕？见如此好人。言时节尚早且已黄昏，仍然见劳作之人，颇为意外。"子兮子兮，如此良人何"，子兮，子兮，随此好人如何？言时下所谓子者未能与伐薪者一般勤劳。诗中以束薪者、束刍者、束楚者比喻卑微百姓。子指国家高贵者。

"绸缪束刍，三星在隅"，紧密捆束刍草，参星在天之隅。参星由东南方升起，经过天顶后，在西南方降落。由下文"在户"推知"在隅"指天空东南角，言傍晚时分。亦由参星"在隅、在户"推知时节在初春。"今夕何夕？见此邂逅。"今夕何夕？见此偶遇者。"子兮子兮，如此邂逅何"，子兮，子兮，依从此偶遇者如何？言时下高贵者不能与百姓相从比，如同参商之情形。

"绸缪束楚，三星在户"，紧密捆束荆条，参星在房门方位。"三星在户"参星在正对门的方位，即南中天方位，言伐薪者劳作至入夜时分。"今夕何夕？见此粲者"，今夕何夕？见此德行美者。"子兮子兮，如此粲者何"，子兮，子兮，随此德行美者如何？言时下显贵者无勤劳之美德。

【引证】

（1）关于参商

《左传·昭公元年》：晋侯有疾，郑伯使公孙侨如晋聘，且问疾，叔向问焉，曰："寡君之疾病，卜人曰实沈台骀为祟，史莫之知，敢问此何神也？"子产曰："昔高辛氏有二子，伯曰阏伯，季曰实沈。居于旷林，不相能也，日寻干戈，以相征讨。后帝不臧，迁阏伯于商丘，主辰，商人是因，故辰为商星。迁实沈于大夏，主参，唐人是因，以服事夏商。其季世曰唐叔虞。当武王邑姜方震大叔，梦帝谓已：'余命而子曰虞，将与之唐，属诸参，而蕃育其子孙。'及生有文在其手，曰虞，遂以命之。及成王灭唐而封大叔焉，故参为晋星。由是观之则实沈，参神也。"

（2）《大戴礼记·夏小正》："正月……初昏参中。盖记时也云。三月……参则伏。伏者，非亡之辞也。星无时而不见，我有不见之时，故曰伏云。五月……参则见。参也者，伐星也，故尽其辞也。八月……参中则旦"。

（3）《礼记·月令》："孟春之月，日在营室，昏参中。……仲秋之月，日在角，昏牵牛中，旦觜觿中。"

（4）《扬子法言》："吾不睹参辰之相比也。"

（5）《盐铁论·相刺》："坚据古文以应当世，犹辰参之错。"

参宿、觜宿、伐星

　　上图参宿一、参宿二、参宿三即通常所谓"三星"，属于今猎户座。北半球猎户座最佳观测日期在十二月上旬至四月上旬。猎户座出现时自东南方升起，经天顶后由西南方落下。在同一时间猎户座每天都会向西移动一点。例如二月份晚上八点猎户座在正南方，到了三月份晚上七点猎户座就在正南方了，反之在一月份晚上九点才会在正南方。每年公历一月底二月初，晚上八九点钟参宿三星在正南天方位。此时正当中国春节，所以有民谣："三星正南，家家拜年。"

　　以下是北纬三十度地区（中国山西太原纬度为北纬三十七）在不同月份的晚上九时观测到猎户座的方位：十二月一日位于东南偏东；一月一日位于天顶偏东南；二月一日在天顶偏南；三月一日在西南偏西；四月一日在西南偏西。

　　商为心宿，今属天蝎座。参商二星在空中此出彼没，彼出此没，古人以参商寓意相对、相错、不和。

《史记·天官书》："参为白虎。三星直者，是为衡石（衡石称县者，所以为平也）。下有三星，兑，曰罚（或伐），为斩艾（刈）事。其外四星，左右肩股也。小三星隅置，曰觜觿（zī xī），为虎首，主葆旅（滋蔓）事。"

南朝宋范晔《后汉书·五行六》："七年四月辛亥朔，日有蚀之，在觜觿，为葆旅，主收敛（滋蔓过甚则宜收敛）。儒说葆旅宫中之象，收敛贪妒之象。是岁邓贵人始入。明年三月，阴皇后立，邓贵人有宠，阴后妒忌之，后遂坐废。一曰是将入参，参、伐为斩刈。"

东汉《论衡·遭虎》："参、伐以冬出，心、尾以夏见。参、伐则虎星，心、尾则龙象。象出而物见，气至而类动，天地之性也。"

杕杜

有杕之杜，其叶湑湑。
独行踽踽，岂无他人？——不如我同父。
嗟行之人，胡不比焉？
人无兄弟，胡不佽焉？

有杕之杜，其叶菁菁。
独行睘睘，岂无他人？——不如我同姓。
嗟行之人，胡不比焉？
人无兄弟，胡不佽焉？

【注释】

1. 杕（dì），《说文》：树貌。树立、立定的样子，多用以形容单株树木。

2. 杜，《说文》：甘棠也。杜梨，花洁白，果酸而小。一说果赤为杜，果白为棠。

3. 湑（xǔ），《说文》：露貌。引申清亮。湑湑，清亮、洁净、清净貌。

4. 菁菁（jīng），应为"彭彭"。《说文》："彭（jīng），清饰也。"彭彭，清洁貌。

5. 踽（jǔ），《说文》：疏行貌。行走孤单、疏离貌。

6. 睘（qióng），《说文》：目惊视也。睘睘，目光惊恐不安的样子。

7. 佽（cì），《说文》：便利也。一曰遰（dì）。解作替代、更替之意。

【解析】

这首诗讲清溓者避人，不能和于人。

"有杕之杜，其叶湑湑"，有矗立之杜梨，其叶清洁。杜梨果酸小，不为人喜。寓意清溓君子不为时人喜好。"独行踽踽，岂无他人？——不如我同父"，独行踽踽，岂无他人可同行？——言不如同父兄弟。言清潇之人唯愿与同宗者相比伍。"嗟行之人，胡不比焉"，嗟叹独行者，何不相比于人？"人无兄弟，胡不佽焉"，人无兄弟，何不更替之？虽然没有同宗者，但可以亲近能相善者。

"有杕之杜，其叶菁菁"，有直立之杜梨，其叶清潇。"独行睘睘，岂无他人？——不如我同姓"，独行者不安，岂无他人同行？——言不如同姓者。寓意其人不与非同道者相比伍。"嗟行之人，胡不比焉？人无兄弟，胡不佽焉"，嗟叹独行之人，何不相比于人？人无兄弟，何不更替之？

【引证】

（1）关于避世

《论语·宪问》：子曰："贤者辟世，其次辟地，其次辟色，其次辟言。"子曰："作者七人矣。"

《论语·微子》：长沮、桀溺耦而耕，孔子过之，使子路问津焉。长沮曰："夫执舆者为谁？"子路曰："为孔丘。"曰："是鲁孔丘与？"曰："是也。"曰："是知津矣。"问于桀溺，桀溺曰："子为谁？"曰："为仲由。"曰："是鲁孔丘之徒与？"对曰："然。"曰："滔滔者天下皆是也，而谁以易之？且而与其从辟人之士也，岂若从辟世之士哉？"耰而不辍。子路行以告。夫子怃然曰："鸟兽不可与同群，吾非斯人之徒与而谁与？天下有道，丘不与易也。"

详细请参阅拙作《论语明义》。

（2）关于"人无兄弟，胡不佽焉"

《论语·颜渊》：司马牛忧曰："人皆有兄弟，我独亡。"子夏曰："商闻之矣：死生有命，富贵在天。君子敬而无失，与人恭而有礼。四海之内，皆兄弟也。君子何患乎无兄弟也？"

（3）关于清潇

《说文》："清，朖也。澄水之貌。"

《说文》："潇，薄水也。"

羔裘

羔裘豹祛，
自我人居居。
岂无他人？
维子之故。

羔裘豹褎，
自我人究究。
岂无他人？
维子之好。

诗辑训

【注释】

1. 祛（qū），《说文》："祛，衣袂也。一曰祛，褱也。褱（huái）者，褱也。祛（袖口径）尺二寸。"即衣袖。

2. 褎（xiù），《说文》：袂（mèi）也。同"袖"。

3. 自，应为"臮"。《说文》："臮（jì），众词，与也。"表示众多的虚词。

4. 人，众人、民众之意。《谷梁传》："人者，众辞也。"

5. 居居、究究，《尔雅》：恶也。憎恶之意。

6. 维，助词，无义。

7. 子，此处指掌国家者。

8. 故，《说文》：使为之也。即缘故、原因之意。

9. 好，喜好、乐意。

【解析】

这首诗讲国家官吏为百姓所憎恶。

"羔裘豹祛"，羔羊皮衣饰以豹皮袖。此为士人服饰。"自我人居居"，我众人憎恶之。言百姓不满国家官吏。"岂无他人？维子之故"，岂无其他士人？维君长之故。言掌国家者德行不善，故上行下效。

452

"羔裘豹袖，自我人究究。岂无他人？维子之好"，羔羊皮衣饰以豹皮袖，我众百姓憎恶其人。难道没有其他不同之人？国家君长喜好。言国家官吏之恶皆由其上级领导所致。

【引证】

（1）《孔子家语王·言解》："曾子曰：'敢问何谓七教？'孔子曰：'上敬老则下益孝，上尊齿则下益悌，上乐施则下益宽，上亲贤则下择友，上好德则下不隐，上恶贪则下耻争，上廉让则下耻节，此之谓七教。七教者，治民之本也。政教定，则本正也。凡上者，民之表也，表正则何物不正？是故，人君先立仁于己，然后大夫忠而士信，民敦俗璞，男悫而女贞。六者，教之致也，布诸天下四方而不怨，纳诸寻常之室而不塞。等之以礼，立之以义，行之以顺，则民之弃恶如汤之灌雪焉。'"

（2）《礼记·玉藻》："君子狐青裘豹袖，玄绡衣以裼之；麛裘青豻袖，绞衣以裼之；羔裘豹饰，缁衣以裼之；狐裘，黄衣以裼之。锦衣狐裘，诸侯之服也。"

（3）西汉《盐铁论·散不足》："古者，鹿裘皮冒，蹄足不去。及其后，大夫士狐貉缝腋，羔麛豹袪。庶人则毛芒矾彤，羝幦皮与。今富者黯貂，狐白凫翁。中者鷻衣金缕，燕貉代黄。"

（4）东汉班固《白虎通德论·衣裳》："天子狐白，诸侯狐黄，大夫狐苍，士羔裘，亦因别尊卑也。"

鸨羽

肃肃鸨羽，集于苞栩。

王事靡盬，不能蓺稷黍，父母何怙？

悠悠苍天，曷其有所？

肃肃鸨翼，集于苞棘。

王事靡盬，不能蓺黍稷，父母何食？

悠悠苍天，曷其有极？

肃肃鸨行，集于苞桑。

王事靡盬，不能蓺稻粱，父母何尝？

悠悠苍天，曷其有常？

【注释】

1. 鸨（bǎo），《说文》："鸨：鸟也。肉出尺胾（zì）。"大鸨，可以出大块的肉。大鸨羽毛有虎豹花纹，体形似雁而大。《史记》："鸿鹄鹔（sù，西方神鸟）鸨。"

2. 肃，《尔雅》：声也。肃肃，鸟挥动羽翅声。《诗》："鸿雁于飞，肃肃其羽。"

3. 栩，《尔雅》：杼。即栎树，亦称柞树。《小尔雅》："棘之实，谓之枣。桑之实，谓之椹。柞之实，谓之橡。"

4. 苞，《尔雅》：丰也。积也。即丛密之意。

5. 靡，《尔雅》：无也。

6. 盬（gǔ），为"觳"。《尔雅》："觳（hú），尽也。"

7. 蓺（yì），《说文》："蓺：种也。《书》曰：'我蓺黍稷。'"

8. 怙（hù），《说文》：恃也。依靠、依赖之意。

9. 尝，《说文》：口味之也。引申吃、食用。

10. 悠悠，深远、高远貌。《尔雅》："悠，远也。"

11. 极、常，指准则、常法。

12. 粱，《说文》：米名也。即高粱。

13. 苍天，《尔雅》：春为苍天。苍天即青天，寓意生发。

【解析】

这首诗讲卿士俸禄寡少。

"肃肃鸨羽，集于苞栩"，大鸨羽翅肃肃，集于丛栎之下。鸨为大鸟，飞可致远，比喻贤卿大夫。大鸨为地栖大鸟，聚集于丛栎之下食橡果，寓意卿大夫居官所取廪食菲薄。"苞栩、苞棘、苞桑"指公田，且橡果、酸枣、桑葚皆非人之主食，此处比喻贫瘠国廪。"王事靡盬，不能蓺稷黍，父母何怙"，周王之事无尽，不能种植自家稷黍，父母何依？言诸侯之卿大夫出国办理周天子之事，无法养父母。言国家俸禄菲薄不足以养家。"悠悠苍天，曷其有所"，悠悠苍天有生养之德，何时能得其位？言俸禄到位，使仕人有所养。

"肃肃鸨翼，集于苞棘"，大鸨羽翼肃肃，集于丛棘之下。言大鸨于丛棘之下食其枣。"王事靡盬，不能蓺黍稷，父母何食"，王事无尽，不能种植自家稷黍，父母何食？"悠悠苍天，曷其有极"，悠悠苍天有生养之德，何时有其准则？

"肃肃鸨行，集于苞桑"，大鸨飞行肃肃，集于丛桑之下。言大鸨于丛桑之下食其桑葚。"王事靡盬，不能蓺稻粱，父母何尝"，王事无尽，不能种植自家稻粱，父母何食？"悠悠苍天，曷其有常"，悠悠苍天，何时能有其常法？

【引证】

（1）《左传·襄公二十九年》：葬灵王（周灵王），郑上卿有事，子展使印段往。伯有曰："弱，不可。"子展曰："与其莫往，弱不犹愈乎？《诗》云：'王事靡盬，不遑启处。'东西南北，谁敢宁处，坚事晋楚，以蕃王室也。王事无旷（空缺），何常之有，遂使印段如周。"

上文中"王事"指周王之事，诸侯国政事不能僭称"王事"。以此推知"王事靡盬，不能蓺稻粱"者非百姓，乃诸侯之卿大夫也。

（2）《韩诗外传》：子路与巫马期薪于韫丘之下，陈之富人有虞师氏者，脂车百乘，觞于韫丘之上。子路与巫马期曰："使子无忘子之所知，亦无进子之所能，得此富，终身无复见夫子，子为之乎？"巫马期喟然仰天而叹，闟（xì）然投镰于地，曰："吾尝闻之夫子，勇士不忘丧其元，志士仁人不忘在沟壑。子不知予与？试予与？意者其志与？"子路心惭，故负薪先归。孔子曰："由来，何为偕出而先返也？"子路曰："向也，由与巫马期薪于韫丘之下，陈之富人有处师氏者，脂车百乘，觞于韫丘之上，由谓巫马期曰：'使子无忘子之所知，亦无进子之所能，得此富，终身无复见夫子，子为之乎？'巫马期喟然仰天而叹，闟然投镰于地，曰：'吾尝闻夫子：勇士不忘丧其元，志士仁人不忘在沟壑。子不知予与？试予与？意者其志与？'由也心惭，故先负薪归。"孔子援琴而弹："《诗》曰：'肃肃鸨羽，集于苞栩。王事靡盬，不能蓺稷黍，父母何怙？悠悠苍天，曷其有所？'予道不行邪（儒者不被重用），使汝愿者……"

大鸨

　　大鸨为大型地栖鸟，多栖息于草原、农田地带，通常成群活动。大鸨成鸟两性体形、羽色相似，但雌鸟较小。大鸨翅长有四十多厘米，翅膀扇动缓慢而有力，飞行高度不高，但飞行能力很强，是当今世界上最大的飞行鸟类之一。大鸨仅有三趾，缺后趾，善于奔跑。大鸨主要以植物嫩叶、嫩芽、嫩草、种子以及昆虫等为食。鸨有大鸨、小鸨之分，有二十多个品种。

　　《后汉书》："玄鹤白鹭，黄鹄鸧鹒，鹔鹴鹍鸨，凫鹥鸿雁，朝发河海，夕宿江汉，沈浮往来，云集雾散。"

457

稻

　　稻是人类重要的粮食作物之一，当今产量仅低于玉米、小麦。稻所结籽实即稻谷，去壳后称大米。稻子除食用外，可制淀粉、酿酒、制醋。稻秆为良好饲料及造纸、编织材料。稻有水稻、旱稻之分。

粱

高粱又称木稷、荻粱。高粱秆较粗壮，直立，高三至五米。高粱籽实加工后即为高粱米，除食用外，可制淀粉、酿酒等。

《礼记·曲礼下》："黍曰芗合，粱曰芗萁，稷曰明粢，稻曰嘉蔬。"

《礼记·内则》："饭：黍，稷，稻，粱，白黍，黄粱，稰，穛。"

《诗·甫田》："黍稷稻粱，农夫之庆。"

《说文》解释"粱"为"米名"，所以亦有以"粱"为"粟"者。同时"粱"又多与"糧"通用，泛指各种谷物。

无衣

岂曰无衣？七兮。
不如子之衣安且吉兮。

岂曰无衣？六兮。
不如子之衣安且燠兮。

【注释】

1. 七，爵位为侯、伯者所用器物之制数。六，为侯、伯适子之制数。
2. 吉，《说文》：善也。
3. 燠（yù），《说文》：热在中也。

【解析】

这首诗讲诸侯、臣子等不安其分，妄求上位、晋爵。

"岂曰无衣？七兮。不如子之衣安且吉"，怎么能说没有衣服呢？以七为节。不如尊上之衣服安舒且良善。言并非衣服等器用不足，实乃贪婪、狂妄。

"岂曰无衣？六兮。不如子之衣安且燠"，岂曰无衣？以六为节。唯不如尊上之安适且温暖。

【引证】

460

关于"七、六"之数

《大戴礼记》："上公九命为伯，其国家、宫室、车旌、衣服、礼仪、皆以九为节；诸侯诸伯七命，其国家、宫室、车旌、衣服、礼仪、皆以七为节；子男五命，其国家、宫室、车旌、衣服、礼仪、皆以五为节。王之三公八命，其卿六命，其大夫四命。及其封也，皆加一等，其国家、宫室、车旌、衣服、礼仪亦如之。"

《周礼·典命》："典命：掌诸侯之五仪、诸臣之五等之命。上公九命为伯，其国家、宫室、车旗、衣服、礼仪，皆以九为节。侯伯七命，其国家、宫室、车旗、衣服、礼仪皆以七为节。子男五命，其国家、宫室、车旗、衣服、礼仪皆以五为节。王之三公八命，其卿六命，其大夫四命。及其出封，皆加一等，其国家、宫室、车旗、衣服、礼仪亦如之。凡诸侯之适子，誓于天子，摄其君，则下其君之礼一等。"侯、伯之器用以七为制数，太子比其父次一等，以六为制数。故"七"代指诸侯，"六"代指太子。

有杕之杜

有杕之杜，生于道左。
彼君子兮，噬肯适我。
中心好之，曷饮食之？

有杕之杜，生于道周。
彼君子兮，噬肯来游？
中心好之，曷饮食之？

【注释】

1. 杕（dì），《说文》：树貌。树立、矗立的样子。

2. 杜，《说文》：甘棠也。杜梨，花洁白，果实小而酸。

3. 肯，《尔雅》：可也。

4. 道左，为"道扶"。《说文》："扶（zuǒ），扶扶，行不正。"引申不正。道左，即道路转弯处。如：旁门左（扶）道。

5. 周，应为"匊"。《说文》："匊（zhōu），帀徧也。"即匝遍之意。引申为交合、围合、广遍、通达。道周，指道路交合处。《楚辞》："路不周以左转兮。"

6. 噬（shì），为"遾"。《尔雅》："遾（shì），逮也。"《尔雅》："逮，及也。"解作及、待到、至于。

7. 适，《尔雅》：往也。

8. 曷，疑问词，何。

【解析】

这首诗讲有清濂君子来，诗人欣喜无措。

"有杕之杜，生于道左"，有矗立之杜梨，生长于道路转弯处。杜梨果实酸小不为人喜爱，比喻不合俗流之清濂君子。"道左"寓意清濂者改变其立身行事方式，此处指来亲近相善者。"彼君子兮，噬肯适我"，彼君子兮，至今肯来我处。"中心好之，曷饮食之"，内心喜好其人，何饮食招待之？言欢喜甚，盛情款待。

"有杕之杜，生于道周"，有直立之杜梨，生长于道路交汇处。寓意清�潇君子变通其行事。此处指来亲近诗人。"彼君子兮，噬肯来游"，彼君子兮，至今肯来我处行游。"中心好之，曷饮食之"，中心喜好其人，何饮食招待之？

葛生

葛生蒙楚，蔹蔓于野。
予美亡此，谁与独处？

葛生蒙棘，蔹蔓于域。
予美亡此，谁与独息？

角枕粲兮，锦衾烂兮。
予美亡此，谁与独旦？

夏之日，冬之夜。
百岁之后，归于其居。

冬之夜，夏之日。
百岁之后，归于其室。

【注释】

1. 蒙，《尔雅》：奄也。即掩蔽、覆盖之意。

2. 蔹（liǎn），《说文》：白蔹也。多年生藤蔓草本，茎蔓长一米左右。

3. 蔓，为"曼"。《说文》："曼，引也。"即曼延。

4. 谁与，即谁。《礼记》："夫子闻之曰：'谁与哭者？'门人曰：'鲤也。'"

5. 处，《说文》："止也。得几而止。"

6. 息，通"西"。《说文》："西，鸟在巢也。"引申休止。

7. 域，《说文》：邦也。引申为地界、疆界。

8. 角枕、锦衾，君王死后用的枕头、被子。《说文》："衾，大被。"

9. 粲，为"燦"。《说文》："燦，燦爛，明瀞（无垢秽）貌。"明晰、鲜亮之意。

10.旦，通"坦"。《说文》："坦，安也。"

11.百岁，宛辞，即死亡。

【解析】

这首诗讲遏恶扬善、恒行善道。

"葛生蒙楚"，葛藤生长可掩蔽荆条。葛为良草，楚为恶木，寓意善滋长可以掩恶。"蔹蔓于野"，白蔹蔓延于野。蔓草难除，为恶草。寓意恶不除尽必蔓延。"予美亡此，谁与独处"，我所美者无此，谁能独处于国？言君主应遏恶而扬善，若不能则无以立于国。

"葛生蒙棘"，葛藤生长可掩蔽酸枣树。荆棘皆为恶木，然棘通常比荆楚高大。葛藤长可达八米。寓意善进长不已则无恶不遏。"蔹蔓于域"，白蔹在疆域内蔓延。白蔹茎蔓长仅一米，然任由其蔓延滋长亦能遮蔽疆野。言除恶务尽。"予美亡此，谁与独息"，我所美者若无此，谁能独休？

"角枕粲兮，锦衾烂兮"，角枕灿烂，锦被鲜亮。"角枕、锦衾"为君主用明器，寓意君主得善终。言外之意应恒其德而求善终。"予美亡此，谁与独旦"，我不崇尚善终如始，谁能独安于国？

"夏之日，冬之夜"，夏之日长而夜短，冬之夜长而日短。此消彼长，此长彼消，乃天地四时之道。言善恶亦如之，扬善则抑恶，长恶则害善。"百岁之后，归于其居"，百岁之后，归于其居。言我不死则持德、扬善不止。

"冬之夜，夏之日。百岁之后，归于其室"，夏之日长而夜短，冬之夜长而日短。百岁之后，归于其室。

【引证】

（1）关于"角枕、锦衾"

《周礼·玉府》："玉府：掌王之金玉、玩好、兵器，凡良货贿之藏。共王之服玉、佩玉、珠玉。王齐，则共食玉。大丧，共含玉、复衣裳、角枕、角柶。"

《礼记·丧大记》："小敛于户内，大敛于阼。君以簟席，大夫以蒲席，士以苇席。小敛：布绞，缩者一，横者三。君锦衾，大夫缟衾，士缁衾，皆一。"

（2）关于荆（楚）棘

《道德经》："师之所处，荆棘生焉。大军之后，必有凶年。"

《左传·襄公十四年》："赐我南鄙之田，狐狸所居，豺狼所嗥。我诸戎除翦其荆棘，驱其狐狸豺狼，以为先君不侵不叛之臣，至于今不贰。"

《管子·度地》："内为之城，城外为之郭，郭外为之土阆。地高则沟之，下则堤之，命之曰金城。树以荆棘，上相穑著者，所以为固也。"

（3）《左传·哀公元年》："树德莫如滋，去疾莫如尽。"

（4）《尚书》："树德务滋，除恶务本。"

（5）《易·大有·象》："君子以遏恶扬善，顺天休命。"

国风 唐 葛生

白蔹

白蔹，落叶藤蔓植物，又名山地瓜、野红薯、白根、五爪藤等。白蔹藤蔓长约一米，茎多分枝，以卷须攀援他物爬升。白蔹块根粗壮，卵形、长圆形或长纺锤形，块根切开晒干为传统中药材。白蔹以种子或地下块根繁殖。

467

陆玑云："蔹似栝楼，叶盛而细，其子正黑，如燕薁，不可食也。幽人谓之乌服，其茎叶鬻以哺牛，除热。《尔雅》云：'萰，菟荄。'"

采苓

采苓采苓，首阳之巅。
人之为言，苟亦无信。
舍旃舍旃，苟亦无然。
人之为言，胡得焉？

采苦采苦，首阳之下。
人之为言，苟亦无与。
舍旃舍旃，苟亦无然。
人之为言，胡得焉？

采葑采葑，首阳之东。
人之为言，苟亦无从。
舍旃舍旃，苟亦无然。
人之为言，胡得焉？

【注释】

1. 苓，《说文》：卷耳也。多年生草本，嫩茎叶可食。

2. 苦，应指荼，苦菜。《礼记》："孟夏之月，王瓜生，苦菜秀。"

3. 葑（fēng），《说文》：须从也。即芜菁，秋天采收。

4. 首阳，山名，在今山西省。《论语》："伯夷、叔齐饿于首阳之下。"

5. 巅（diān），《说文》：顶也。原意指头顶。

6. 苟（jì），通"亟"。《说文》："亟（jì），圶也。"《说文》："圶（xìng），吉而免凶也。"圶，简体"幸"，本意希冀、幸而。引申为表示假设、推测语气的虚词。

7. 与，《说文》：党与也。

8. 旃（zhān），《说文》：旗曲柄也。所以旃表士众也。引申表识、标志、表象。此处指征劳役的表识。

9. 得，《说文》：行有所得也。

【解析】

这首诗讲国家无信，使民无度。

"采苓采苓，首阳之巅"，采卷耳，采卷耳，在首阳山顶。春季在首阳山山顶采摘卷耳。"人之为言，苟亦无信"，人的讲话，也许不可信。"舍旃舍旃，苟亦无然"，再三讲不征召劳役，大概不会照办。言外之意当前劳役频繁。"人之为言，胡得焉"，人讲的话，那些能实现呢？言其人极不可信。

"采苦采苦，首阳之下"，采苦菜，采苦菜，在首阳山下。夏季在首阳山下采苦菜。"人之为言，苟亦无与"，人的讲话，可能不会与行动相和。即言行不能相匹。"舍旃舍旃，苟亦无然"，一再说不征召民众服役，大概不会按说的办了。"人之为言，胡得焉"，人讲的话，哪些能实现呢？

"采葑采葑，首阳之东"，采芜菁，采芜菁，在首阳山东边。秋季在首阳山东面采收芜菁。"人之为言，苟亦无从"，人的讲话，也许不会照办。言不能践行其诺言。亦即言行不能相顾之意。"舍旃舍旃，苟亦无然。人之为言，胡得焉"，一再说不征召民众服役，大概不会按说的办了。人讲的话，那些能实行呢？

诗中"采苓、采苦、采葑、首阳之巅、首阳之下、首阳之东"，言于固定时节、地方定然能有所得，寓意四时万物有信。

【引证】

（1）关于"旃"

《孟子》：齐景公田，招虞人以旌，不至，将杀之。志士不忘在沟壑，勇士不忘丧其元，孔子奚取焉？取非其招不往也。曰："敢问招虞人何以？"曰："以皮冠。庶人以旃，士以旂，大夫以旌。以大夫之招招虞人，虞人死不敢往。以士之招招庶人，庶人岂敢往哉。况乎以不贤人之招招贤人乎？欲见贤人而不以其道，犹欲其入而闭之门也。夫义，路也。礼，门也。惟君子能由是路，出入是门也。"

（2）《礼记·中庸》："庸德之行，庸言之谨，有所不足，不敢不勉，有馀不敢尽。言顾行，行顾言，君子胡不慥慥（zào）尔！"

（3）《论语》："子曰：古者言之不出，耻躬之不逮也。"

（4）关于"苟"

《说文》："苟，自急敕也（自我警戒严）。"

《说文》："苟（gǒu），草也。"

《礼记》："临财毋苟（饮）得，临难毋苟免，……不苟訾，不苟笑。"

《论语》："子曰：丘也幸，苟有过，人必知之。"

《论语》："子曰：苟有用我者，期月而已可也，三年有成。"

《论语》："子曰：苟志于仁矣，无恶也。"

秦

车邻

有车邻邻，有马白颠。
未见君子，寺人之令。

阪有漆，隰有栗。
既见君子，并坐鼓瑟。
今者不乐，逝者其耋。

阪有桑，隰有杨。
既见君子，并坐鼓簧。
今者不乐，逝者其亡。

【注释】

1. 邻邻，为"辚辚"。《说文》："辚（lín），车声也。"车行在路上发出的声音。《列女传》："灵公与夫人夜坐，闻车声辚辚，至阙而止，过阙复有声。"

2. 白颠，《尔雅》："馰颡（sǎng），白颠。"额头上长有白毛的马称之为馰颡，先秦以为良马。《说文》："馰（dí），马白额也。一曰骏（马之良材者）也。"

3. 寺人，君王后宫执事，协理君夫人之事。《谷梁传》："阍弑吴子余祭。阍，门者也，寺人也。"

4. 之，《尔雅》：往也。

5. 令，《说文》：发号也。《尔雅》："令，告也。"

6. 阪、隰，《尔雅》："陂者曰阪，下者曰隰。"

7. 瑟，《说文》：庖牺所作弦乐也。

8. 簧，《说文》："笙中簧也。古者女娲作簧。"此处指簧类乐器。

9. 逝，《尔雅》：往也。此处指过往、往昔、昔日。

10. 耋（dié），《说文》：年八十曰耋。引申老旧、过时。

11. 杨，《尔雅》：蒲柳。柳树一种。《本草纲目》："杨枝硬而扬起，故

472

谓之杨。柳枝弱而垂流，故谓之柳。盖一类二种也。"

12. 不乐，为"丕乐"。《说文》："丕，大也。"如丕显、丕承、丕绩、丕扬。

13. 亡，《说文》：逃也。引申为失去、灭、丧失、去离。

【解析】

这首诗讲国君得贤内助，内外诸事顺遂，气象一新，欢喜异常。

"有车邻邻，有马白颠"，有车声辚辚，有白额之马。白颠为良马，车行辚辚有赖良马之驾。言人事之顺遂有赖贤者之治理。"未见君子，寺人之令"，未见君子者，寺人往以施令、告命。言后宫无贤夫人、世妇，诸事有赖君主亲自号令。

"阪有漆，隰有栗"，山坡之上长有漆树，山坡之下长有栗树。寓意贤才各居其位。"既见君子，并坐鼓瑟"，既已见君子，与之并坐鼓瑟。言今得贤夫人有君子贤能，夫妇协理内外事务。"今者不乐，逝者其耋"，今者大乐，以往其为旧历。言如今君主夫妇协理国家，内外诸事顺遂，昔日之烦乱成为故旧。换言之即进入新时代。

"阪有桑，隰有杨"，山坡之上长有桑树，山坡之下长有蒲柳。"既见君子，并坐鼓簧"，既已见君子，与之并坐鼓簧。"今者不乐，逝者其亡"，今者大乐，以往者已然过去。言开启新篇章。

【引证】

（1）关于"寺人"

《周礼·天官冢宰》："寺人：掌王之内人及女宫之戒令，相道其出入之事而纠之。若有丧纪、宾客、祭祀之事，则帅女宫而致于有司。佐世妇治礼事。掌内人之禁令，凡内人吊临于外，则帅而往，立于其前而诏相之。"

（2）关于世妇

《礼记·曲礼下》："天子有后，有夫人，有世妇，有嫔，有妻，有妾。……公侯有夫人，有世妇，有妻，有妾。夫人自称于天子，曰老妇。自称于诸侯，曰寡小君。自称于其君，曰小童。自世妇以下，自称曰婢子。子于父母则自名也。"

《礼记·昏义》："古者天子后立六宫、三夫人、九嫔、二十七世妇、八十一御妻，以听天下之内治，以明章妇顺。故天下内和而家理。

473

天子立六官、三公、九卿、二十七大夫、八十一元士，以听天下之外治，以明章天下之男教。故外和而国治。故曰：'天子听男教，后听女顺；天子理阳道，后治阴德；天子听外治，后听内职。教顺成俗，外内和顺，国家理治，此之谓盛德。'"

（3）关于"白颠"

《世说新语·德行》："庾公乘马有的卢，或语令卖去。庾云：'卖之必有买者，即当害其主。宁可不安己而移于他人哉？昔孙叔敖杀两头蛇以为后人，古之美谈，效之，不亦达乎！'"

上文"的卢"应写作"旳颅"。旳颅，与駹颡之意相近。汉之后，世人以"的卢"为不吉之马。

（4）《列女传·齐孤逐女》：

孤逐女者，齐即墨之女，齐相之妻也。初，逐女孤无父母，状甚丑，三逐于乡，五逐于里，过时无所容。

齐相妇死，逐女造襄王之门，而见谒者曰："妾三逐于乡，五逐于里，孤无父母，摈弃于野，无所容止，愿当君王之盛颜，尽其愚辞。"左右复于王，王辍食吐哺而起。左右曰："三逐于乡者，不忠也。五逐于里者，少礼也。不忠少礼之人，王何为遽？"王曰："子不识也。夫牛鸣而马不应，非不闻牛声也，异类故也。此人必有与人异者矣。"遂见与之语三日。

始一日，曰："大王知国之柱乎？"王曰："不知也。"逐女曰："柱，相国是也。夫柱不正则栋不安，栋不安则榱橑堕，则屋几覆矣。王则栋矣，庶民榱橑也，国家屋也。夫屋坚与不坚，在乎柱。国家安与不安，在乎相。今大王既有明知，而国相不可不审也。"王曰："诺。"

其二日，王曰："吾国相奚若？"对曰："王之国相，比目之鱼也，外比内比，然后能成其事，就其功。"王曰："何谓也？"逐女对曰："明其左右，贤其妻子，是外比内比也。"

其三日，王曰："吾相其可易乎？"逐女对曰："中才也，求之未可得也。如有过之者，何为不可也？今则未有。妾闻明王之用人也，推一而用之。故楚用虞邱子，而得孙叔敖。燕用郭隗，而得乐毅。大王诚能厉之，则此可用矣。"王曰："吾用之奈何？"逐女对曰："昔者齐桓公尊九九之人，而有道之士归之。越王敬螳蜋之怒，而勇士死之。叶公好龙，而龙为暴下。物之所徵，固不须顷。"王曰："善。"遂尊相，敬而事之，以逐女妻之。居三日，四方之士多归于齐，而国以治。《诗》曰："既见君子，并坐鼓瑟。"此之谓也。

颂曰："齐逐孤女，造襄王门。女虽五逐，王犹见焉。谈国之政，亦甚有文。与语三日，遂配相君。"

476

蒲柳

　　蒲柳，又名蒲杨、水杨、红皮柳，落叶灌木，高三四米，春季花先叶开放，秋季落叶早。蒲柳常生长在低湿河滩地带。因其耐涝可作护堤树。蒲柳茎细长、柔软有韧性，可用来编笸箩、簸箕、篮子等。

驷驖

驷驖孔阜，六辔在手。
公之媚子，从公于狩。

奉时辰牡，辰牡孔硕。
公曰左之，舍拔则获。

游于北园，四马既闲。
輶车鸾镳，载猃歇骄。

【注释】

1. 驷，《说文》：一乘也。四匹马为一乘。

2. 驖（tiě），《说文》：马赤黑色。毛赤黑色的马。君王按季节驾乘青、赤、白、黑毛色的马。《礼记》："孟冬之月……驾铁（驖）骊。"

3. 媚，《说文》：说也。即"悦"，宠爱、喜爱之意。

4. 孔，《尔雅》：甚也。

5. 阜（fù），通"富"。《说文》："富，备也。一曰厚也。"引申高大、广厚等。

6. 辔，《说文》：马辔也。即马缰绳。一车四马，马各二辔，总计八辔。两边骖马内辔系于车轼前，谓之靷（nà），驭者手执六辔。《家语》："御四马者执六辔。"

7. 辰，为"麎"。《说文》："麎（chén），牝麋也。"即母鹿。辰牡，公母麋鹿。

8. 舍，为"捨"。《说文》："捨，释也。"即释放之意。

9. 拔，《说文》：擢也。即牵引、拉引。舍拔，指释放拉开的弓弦，亦即放箭。

10. 北园，为"北苑"。《说文》："苑，所以养禽兽也。"

11. 闲，《尔雅》：习也。即娴熟、熟练之意。

12. 輶（yóu），《说文》：轻车也。兵车之轻便者，用来追击敌人。

13. 鸾，应为"銮"。《说文》："人君乘车，四马镳，八銮铃，象鸾鸟声，和则敬也。"銮，指声音像鸾鸟声的马铃铛。

14. 镳（biāo），《说文》：马衔也。即马嚼子。

15. 猃（xiǎn）、歇骄，《尔雅》："长喙猃，短喙猲獢。"猃为长嘴狗，歇骄为短嘴狗，古时良种猎犬。歇骄，又作"猲獢"。《说文》："獢，猲獢也。"

【解析】

这首诗讲冬季君王教习田猎。

"驷驖孔阜，六辔在手。公之媚子，从公于狩"，四匹驖马甚是高大，六根缰绳握在手中。秦君之爱子，随从其冬猎。

"奉时辰牡，辰牡孔硕"，已至狩猎时节之麋鹿，母麋鹿与公麋鹿甚肥硕。"公曰左之，舍拔则获"，国君言往左，放箭则射中猎物。言秦君指挥其子射猎。

"游于北园，四马既闲"，游学于北郊苑圃，练习射御，御骖马、服马既已娴熟。言秦公子平时习射御。"輶车銮镳，载猃歇骄"，轻车、銮镳，载猎犬猃与歇骄。言狩猎装备完善。

【引证】

（1）关于古人田猎

《礼记·月令》："季秋之月……天子乃教于田猎，以习五戎，班马政。……天子乃厉饰，执弓挟矢以猎，命主祠祭禽于四方。"

《礼记·王制》："天子诸侯无事则岁三田：一为乾豆，二为宾客，三为充君之庖。无事而不（丕）田，曰不敬。田不以礼，曰暴天物。天子不合围，诸侯不掩群。天子杀则下大绥，诸侯杀则下小绥，大夫杀则止佐车。佐车止，则百姓田猎。"

《左传·隐公五年》：五年春，公将如棠观鱼者，臧僖伯谏曰："凡物不足以讲大事，其材不足以备器用，则君不举焉。君将纳民于轨物者也，故讲事以度轨量谓之轨，取材以章物采谓之物，不轨不物谓之乱政。乱政亟行所以败也。故春蒐，夏苗，秋獮，冬狩，皆于农隙以讲事也。"

（2）关于六辔

孔颖达："四马八辔，而经传皆言六辔，明有二辔当系之。马之有辔者，所以制马之左右，令之随逐人意。骖马欲入，则逼於胁驱，内辔不须牵挽，故知纳者，纳骖内辔系於轼前，其系之处以白金为觼（jue，环之有舌者）也。"

《说文》："靹（nà），骖马内辔系轼前者。"

《大戴礼记·盛德》："古之御政以治天下者，冢宰之官以成道，司徒之官以成德，宗伯之官以成仁，司马之官以成圣，司寇之官以成义，司空之官以成礼。故六官以为辔，司会均入以为靹。故御四马，执六辔。御天地与人与事者，亦有六政。是故善御者，正身同辔，均马力，齐马心，惟其所引而之，以取长道。远行可以之，急疾可以御。天地与人事，此四者圣人之所乘也。是故天子御者，太史、内史左右手也，六官亦六辔也。天子三公合以执六官，均五政，齐五法，以御四者，故亦惟其所引而之，以之道则国治，以之德则国安，以之仁则国和，以之圣则国平，以之义则国成，以之礼则国定，此御政之体也。"

北京亦庄南海子公园麋鹿群

麋

　　麋鹿，珍稀动物，原为中国特有。因其头脸像马、角像鹿、颈像骆驼、尾像驴，因此得名四不像。麋鹿原产于中国长江中下游，性合群，善游泳，以嫩草和水生植物为食。雄麋鹿角较长，每年十二月份脱角一次。雌麋鹿没有角，体型也较公麋鹿小。

　　麋鹿曾大量存在于中国，但由于自然气候变化和人为因素，汉朝之后麋鹿数量急剧减少，到清朝末年只剩北京南海子皇家猎苑内一群，被西方人发现后全部运走，麋鹿从此在中国绝迹。二十世纪八十年代，英国送还中国二十头麋鹿，养于北京南海子公园内。目前北京亦庄南海子公园内已有麋鹿二百余头。

銮铃

一组銮铃

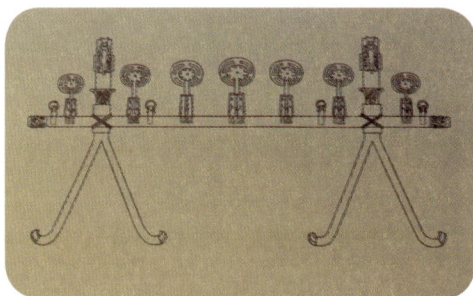

銮铃设置示意图

图中人字形构件为车轭，横木为车衡。

　　晋崔豹《古今注·舆服》："《礼记》云：'行前朱鸟'，鸾也。前有鸾鸟，故谓之鸾。鸾口衔铃，故谓之銮铃。"

　　《礼记》："鸾和之美，肃肃雍雍，……升车则有鸾和之音。"

　　《左传·桓公二年》："钖（在马额，有鸣声）、鸾、和铃，昭其声也。"

小戎

小戎俴收——

五楘梁辀，游环胁驱，

阴靷鋈续，文茵畅毂。

驾我骐馵。

言念君子，温其如玉。

在其板屋，乱我心曲。

四牡孔阜，六辔在手。

骐骝是中，騧骊是骖。

龙盾之合，鋈以觼軜。

言念君子，温其在邑。

方何为期？胡然我念之。

俴驷孔群。

厹矛鋈錞，蒙伐有苑，虎韔镂膺。

交韔二弓，竹闭绲滕。

言念君子，载寝载兴。

——厌厌良人，秩秩德音。

482

【注释】

1. 小戎，即"戎车"，用作前锋的小型兵车。《司马法》："戎车，夏后氏曰钩车，先正也。殷曰寅车，先疾也。周曰元戎，先良也。"

2. 俴（jiàn），通"戋"。《说文》："戋（jiān），平也。"解作平整、整齐、齐等。古文"俴、践、窃、浅、戋"通用。

3. 收，《尔雅》：聚也。此处指集合。

4. 辀（zhōu），《说文》：辕也。指车辕。梁辀，指车衡与车辕。

5. 楘（mù），《说文》：车历録束文也。历録，即"鑗（lí）録"，有色金属之意。綦，指车上用有色金属籀的装饰条纹。

6. 游环，即活动的环。设置在服马背上方，可以前后移动。把骖马的外侧缰绳从中穿过，目的是防止骖马偏离服马。

7. 胁驱，设在两匹服马外侧两肋的皮带，作用是隔离服马与骖马，防止行进当中服马与骖马挤碰。

8. 阴，车厢前面立在横木前的厢板。《说文》："軩，车轼前也。"

9. 靷（yǐn），《说文》：引轴也。一端系在车下方，一端与马套相连的皮带，马奔跑时拉紧皮带，牵引车前进。

10. 鋈（wù），《说文》：白金也。即白色金属。

11. 茵，《说文》：车重席也。车上的厚坐席。文茵，有花纹的车坐席。

12. 畅毂，为"窗毂"。《说文》："窗（chuāng），通孔也。"畅毂，通顺的车毂。

13. 骐（qí），《说文》："骐：马青骊，文如博棋。"马青黑色，有棋盘般的花纹。

14. 言，《尔雅》：我也。

15. 温，为"蕰"。《说文》："蕰（wēn），积也。"积聚、蕴藏之意。

16. 骄（zhù），《说文》：马后左足白也。骐骄，皆为良马。

17. 板屋，秦地百姓住房以板材为之，称为板屋。《地理志》："天水、陇西，山多林木，民以板为室屋。"

18. 心曲，为"心区"。《说文》："区，踦区，藏匿也。"心曲，即内心深处。

19. 骝（liú），《说文》：赤马，黑毛（鬃）尾也。古人以骐、骝为千里马。

20. 騧（guā），《说文》：黄马，黑喙。

21. 骊，《说文》：马深黑色。

22. 龙盾，应为"龒楯"。《说文》："龒（lóng），房室之疏也。"即房屋镂空的窗户。《说文》："楯（shūn），阑楯也。"即栏杆。龒楯，车栏杆与车厢之镂窗。

23. 觼（jué），《说文》：环之有舌者。与现在的"针扣"相似。

24. 軜（nà），《说文》：骖马内辔系轼前者。车轼上用以系骖马内侧缰绳的部件。

25.邑,《说文》：国也。在邑，为"载邑"，即载国。

26.方，为"匚"。《尔雅》："匚，正也。"《说文》："匚，饮器也。筥也。"大概其形制为四等边形，故引申为正。方正，为"匚正"。四方，为"四旁（páng）"。

27.胡然，为"雇然"。《说文》："雇（hú），高至也。"解作极其、甚。

28.群，为"宭"。《说文》："宭（qún），群居也。"

29.鐜（duì），《说文》：矛戟柲下铜，鐏也。矛戟柄末端的铜套，又叫鐏。

30.蒙，《尔雅》：奄也。

31.伐，为"瞂"。《说文》："瞂（fá），盾也。"

32.厹（qiú），《说文》："兽足蹂地也。象形，九声。《尔疋》曰：'狐狸貛貉丑，其足蹞，其迹厹。'"厹矛，即三叉矛，其矛头似兽爪形。又讹作"仇矛"。《释名》："仇矛，头有三叉。"参考《说文》："矛，酋（qiú）矛也。建于兵车，长二丈。"

33.苑，应为"帠"。《说文》："帠（yuàn），幡也。"此处指遮盖盾牌的布。

34.韔（chàng），《说文》：弓衣也。即弓囊。虎韔，虎皮弓囊。

35.镂（lòu），《说文》：刚铁也。即刚硬的铁，今称之钢。

36.膺（yīng），《说文》：胸也。此处指士兵胸前的护胸铠甲。

37.闳，为"柲"。《说文》："柲（bì），欑也（积竹杖）。"此处指弓檠（qíng），矫正弓的器具，以竹为之。弓弛防其损伤，以竹条支撑于弓内，以绳带束缚之。

38.绲（gǔn），《说文》：织带也。编织的绳带。

39.縢（téng），《说文》：缄（jiān）也。即本意指系箱子的绳索。绲縢，用以束缚弓檠的的绳带。

40.厌厌，为"愿愿"。《尔雅》："愿愿（yān），安也。"

41.秩秩，《尔雅》：智也。此处解作有理、条理。

【解析】

这首诗讲秦国兵良马壮，武力强大，然君子之道不被推崇。

"小戎俴收"，小兵车整齐排列开来。"五楘梁辀，游环胁驱，阴靷鋈续，文茵畅毂。驾我骐馵"，车辕以及车衡上有五道金属装饰条纹，马背上游环，马腹两侧胁驱，车厢前挡板与靷的连接部位皆以白色金属加固、修饰，车上厚坐垫亦有纹饰，车毂顺畅。驾上我的骐駽良马。言车马精良，寓意国家兵强马壮。"言念君子，温其如玉"，我念君子，其涵养如玉。"其在板屋，乱我心曲"，君子居处在板屋，让我内心烦乱。言国家尚武功，故君子在野而不居朝堂。

"四牡孔阜，六辔在手"，四匹公马甚为强壮，六根缰绳掌握在手。"骐駽是中，騧骊是骖"，骐駽为服马，騧骊为骖马。"龙盾之合，鋈以觼軜"，车上设有栏杆，车厢上有镂窗，觼軜部件都以白金制作。言大车精良。寓意国力强盛。"言念君子，温其在邑"，我念君子，其厚积可以载国。"方何为期？胡然我念之"，匡正何时为期？我期盼已极。言急切希望国家推行君子之道。

"俴驷孔群"，整齐驷马大集群。言驷马之车排成数行。"厹矛鋈錞，蒙伐有苑"，三叉矛端头套有白金制作的錞，遮盖盾牌有幡布。"虎韔镂膺"，虎皮弓囊，精铁护胸。"交韔二弓，竹闭绲縢"，两弓交叉装在弓囊之中，以绲縢束缚弓檠。言武器装备精良。"言念君子，载寝载兴"，我念君子，或寝或起。言日夜思君子。"厌厌良人，秩秩德音"，安分之良民，其善言有理。言诗人推崇君子之道，可教化百姓为良人，使之安分而有德。

【引证】

（1）《礼记·少仪》："国家靡敝，则车不雕几，甲不组縢。"

（2）《礼记·聘义》：子贡问于孔子曰："敢问君子贵玉而贱玟者何也？为玉之寡而玟之多与？"孔子曰："非为玟之多故贱之也，玉之寡故贵之也。夫昔者君子比德于玉焉：温润而泽，仁也；缜密以栗，知也；廉而不刿，义也；垂之如队，礼也；叩之其声清越以长，其终诎然，乐也；瑕不掩瑜、瑜不掩瑕，忠也；孚尹旁达，信也；气如白虹，天也；精神见于山川，地也；圭璋特达，德也。天下莫不贵者，道也。《诗》云：'言念君子，温其如玉。'故君子贵之也。"

由上文之"温（显，仁）润而泽，仁也"，可以推知"温其如玉"之"温"为"蕴"。若解作"温润"则仅仅玉之一仁德而已。

《论语》之"温故知新"亦为"蕴故知新"。详细参阅拙作《论语明义》。

蒹葭

蒹葭苍苍，白露为霜。
所谓伊人，在水一方。
溯洄従之，道阻且长。
溯游従之，宛在水中央。

蒹葭萋萋，白露未晞。
所谓伊人，在水之湄。
溯洄従之，道阻且跻。
溯游従之，宛在水中坻。

蒹葭采采，白露未已，
所谓伊人，在水之涘。
溯洄従之，道阻且右。
溯游従之，宛在水中沚。

【注释】

1. 蒹（jiān），《说文》：藿之未秀者。未抽穗的荻。

2. 葭（jiā），《说文》：苇之未秀者。未抽穗的芦苇。

3. 萋，《说文》：草茂也。萋萋，草茂盛的样子。

4. 伊，通"尹"。《尔雅》："尹，正也。"尹人，即正义者。

5. 一方，为"一旁"。《说文》："侧，旁（páng）也。"旁简体与"旁"同。

6. 従，《说文》：随行也。《说文》："从，相听也。"今"従、从"皆写作"从"。

7. 阻，《说文》：险也。

8. 长，《说文》：久远也。

9. 宛，为"婉"。《说文》："婉，顺也。"引申从随、如。

10. 湄（méi），《说文》：水草交为湄。指岸边。

11. 涘（sì），《说文》：水厓也。即水岸。

12. 溯洄（sù huí）、溯游，《尔雅》："逆流而上溯洄。顺流而下溯游。"

13. 跻（jī），《说文》：登也。登升之意。

14. 采采，为"采采"之误。采采（biàn），通"辨"。《说文》："辨，一曰急也。"辨辨，紧密、稠密的样子。采，古文辨（致力）字。《尔雅》："采（采），事也。"

15. 右，古音"yǐ"。《尔雅》："右，勴（lù）也。"勉力之意。

16. 晞（xī），《说文》：干也。

17. 坻（chí），《说文》：小渚也。河中小洲。

18. 沚（zhǐ），《说文》：小渚曰沚。

【解析】

这首诗讲君子治事当顺应时义。

"蒹葭苍苍，白露为霜"，芦荻青青，然白露已经为霜。纵然芦荻旺盛，亦不能敌天气之寒凉。寓意时势难违。"所谓伊人，在水一方"，所谓正义者，居处于河水之旁。言正义者如同站在水岸之人，能明察水流方向、水势大小。"溯洄从之，道阻且长"，逆流而上，水路不仅险且用时久长。"溯游从之，宛在水中央"，顺流而下，宛如身处水之中央，行进轻松、自如。

"蒹葭萋萋，白露未晞"，芦荻茂盛，白露不干。任凭芦荻旺盛，终究不敌白露日侵。"所谓伊人，在水之湄"，所谓正义者，居处于河水之边。"溯洄从之，道阻且跻。溯游从之，宛在水中坻"，逆流而上，水路不仅险且要登升。顺流而下，如同在水中小渚一般。言舟船顺流而行则安稳、从容。寓意明智者能审时度势、顺势而为。

"蒹葭采采，白露未已。所谓伊人，在水之涘。溯洄从之，道阻且右。溯游从之，宛在水中沚"，芦荻茂密，白露不止。所谓正义者，居处于河岸。逆流而上，水路不仅险且需勉力。顺流而下，如同处水中小渚一般。

【引证】

关于"伊人"

东汉《蔡中郎集·陈留太守胡公碑》："君讳硕，字季睿，交址都尉之孙，太傅安乐侯之子也。其先与楚同姓，别封于胡，以国为氏。臻乎汉，奕世载德，不替旧勋。幼有嘉表，克岐克嶷，不见异物，习与性成。孝于二亲，养色甯意，蒸蒸雍雍，曾闵颜莱，无以尚也。总角入学，治孟氏《易》、欧阳《尚书》、韩氏《诗》，博综古文，周览篇籍，言语造次必以经纶，加之行己忠俭，事施顺恕。公体所安，与众共之，骄吝不萌于内，喜愠不形于外，可谓无竞伊人，温恭淑慎者也。"

终南

终南何有？有条有梅。
君子至止，锦衣狐裘，
颜如渥丹，其君也哉。

终南何有？有纪有堂。
君子至止，黻衣绣裳，
佩玉将将，寿考不忘。

【注释】

1. 终南，终南山，属于秦岭一段，在今陕西西安以南。

2. 条（tāo），通"桃"。《尔雅》："桃（tāo），山榎（jiǎ）。"即楸树，与梓树相似，梓树黄花，楸树红花。《说文》："柚（柚子树），条也。似橙而酢。"

3. 梅，《说文》：楠也。即楠木。

4. 纪，为"玘"。《说文》："玘（qǐ），玉也。"

5. 堂，为"鏶"。《说文》："鏶，鏶锑，火齐。"《说文》："玟，火齐，玫瑰也。一曰石之美者。"火齐，一说似云母其色黄赤。一说石之美者。

6. 渥（wò），《说文》：霑也。即濡湿之意。

7. 黻（fú），《说文》：黑与青相次文。古代衣服上黑与青相间的花纹。

8. 将将，为"瑲瑲"。《说文》："瑲（qiāng），玉声也。"瑲瑲，玉碰撞之声。

9. 寿考，《礼记》："寿考曰卒。"

489

【解析】

这首诗讲秦襄公封侯，领西周故地，任贤使能，建功立德。

"终南何有？有条有梅"，终南山上有何物？有楸树有楠木。寓意秦国有贤才。"君子至止，锦衣狐裘，颜如渥丹，其君也哉"，君子至于其位，锦衣狐裘，脸色红润如濡湿之丹石，可谓人君也！言衣服华贵，颜色充盈，赞其仪容可观。"锦衣狐裘"为诸侯之礼服。

"终南何有？有纪有堂"，终南山上有何物？有玘玉有玫瑰。寓意秦国有君子。"君子至止，黻衣绣裳，佩玉将将，寿考不忘"，君子至于其位，黻衣绣裳，佩玉声瑲瑲，百年之后不忘其功德。"黻衣绣裳，佩玉将将"言其人有文采、礼节。

【引证】

（1）关于终南山

《左传·昭公四年》："荆山、中南（终南山），九州之险也。"

（2）关于"锦衣狐裘"

《礼记·玉藻》："君子狐青裘豹袖，玄绡衣以裼之；麑裘青豻袖，绞衣以裼之；羔裘豹饰，缁衣以裼之；狐裘，黄衣以裼之。锦衣狐裘，诸侯之服也。"

（3）关于秦襄公

《史记·秦本纪》：（秦）庄公居其故西犬丘，生子三人，其长男世父。世父曰："戎杀我大父仲，我非杀戎王则不敢入邑。"遂将击戎，让其弟襄公。襄公为太子。庄公立四十四年，卒，太子襄公代立。襄公元年，以女弟缪嬴为丰王妻。襄公二年，戎围犬丘，世父击之，为戎人所虏。岁馀，复归世父。七年春，周幽王用褒姒废太子，立褒姒子为适，数欺诸侯，诸侯叛之。西戎犬戎与申侯伐周，杀幽王郦山下。而秦襄公将兵救周，战甚力，有功。周避犬戎难，东徙雒邑，襄公以兵送周平王。平王封襄公为诸侯，赐之岐以西之地。曰："戎无道，侵夺我岐、丰之地，秦能攻逐戎，即有其地。"与誓，封爵之。襄公于是始国，与诸侯通使聘享之礼，乃用骝驹、黄牛、羝羊各三，祠上帝西畤。十二年，伐戎而至岐，卒。生文公。

文公元年，居西垂宫。三年，文公以兵七百人东猎。四年，至汧渭之会。曰："昔周邑我先秦嬴于此，后卒获为诸侯。"乃卜居之，占曰吉，即营邑之。十年，初为鄜畤，用三牢。十三年，初有史以纪事，民多化者。十六年，文公以兵伐戎，戎败走。于是文公遂收周馀民有之，地至岐，岐以东献之周。十九年，得陈宝。二十年，法初有三族之罪。二十七年，伐南山大梓，丰大特。四十八年，文公太子卒，赐谥为竫公。矰公之长子为太子，是文公孙也。五十年，文公卒，葬西山。矰公子立，是为宁公。

楠

　　楠树，为常绿大乔木，高可达三四十米，胸径可达一两米，树干通直。楠木是中国特有的珍贵木材，木质坚硬，耐腐性好，有特殊香味。楠木历来为高档木材。品种有金丝楠、香楠、水楠等。

黄鸟

交交黄鸟，止于棘。
谁从穆公？子车奄息。
维此奄息，百夫之特。
临其穴，惴惴其慄。
彼苍者天，歼我良人。
如可赎兮，人百其身。

交交黄鸟，止于桑。
谁从穆公？子车仲行。
维此仲行，百夫之防。
临其穴，惴惴其慄。
彼苍者天，歼我良人。
如可赎兮，人百其身。

交交黄鸟，止于楚。
谁从穆公？子车鍼虎。
维此鍼虎，百夫之御。
临其穴，惴惴其慄。
彼苍者天，歼我良人。
如可赎兮，人百其身。

【注释】

1. 交交，为"嗷嗷"。《说文》："嗷（jiào），声嗷嗷也。"

2. 黄鸟，此处指黄鹂，吃虫，农林益鸟。

3. 子车奄息，子车为姓，奄息为名。子车仲行、子车鍼（zhēn）虎皆人名。

4. 百夫，即众民、百姓。《管子》："百夫无长，不可临也。"

5. 特，由音韵推测乃"恃"之误。《说文》："恃，赖也。"依赖、依靠之意。

6. 惴（zhuì），《说文》：忧惧也。

7. 慄，《尔雅》：慽也。悲戚、悲伤之意。

8. 歼，《说文》：微尽也。即一点不留、灭尽之意。

9. 赎（shú），《说文》：贸也。引申交换。

10. 防，《说文》：隄也。即堤坝。

11. 御，为"圉"。《说文》："圉（yǔ），守之也。"《尔雅》："御，禁也。"

【解析】

这首诗讲秦穆公以贤良殉葬，民众怨愤。

"交交黄鸟，止于棘"，嘤嘤黄鹂，止于棘。黄鹂食虫为农林益鸟，酸枣有刺，二者皆有防护之能，寓意子车奄息能保护百姓。言外之意秦穆公以贤良殉葬，毁坏人民之防。"谁从穆公？子车奄息。维此奄息，百夫之特"，谁从穆公去死？子车奄息。维此奄息，乃百姓之依靠。"临其穴，惴惴而慄。彼苍者天，歼我良人。如可赎兮，人百其身"，临视其墓穴，恐惧而悲伤。苍天好生，穆公歼灭国之好人。如可赎换，民众愿以百倍赎金交换其人身。

"交交黄鸟，止于桑"，嘤嘤黄鹂，止于桑树。黄鸟食害虫，桑树供制衣，寓意子车仲行能养民护民。言外之意秦穆公害民。"谁从穆公？子车仲行。维此仲行，百夫之防"，谁从穆公去死？子车仲行。维此仲行，乃百姓之防。言保护百姓利益者。"临其穴，惴惴而慄。彼苍者天，歼我良人。如可赎兮，人百其身"，临视其穴，恐惧而悲戚。苍天好生，穆公歼灭良人。如可赎换，民众愿以百倍赎金交换其人身。

493

"交交黄鸟，止于楚"，嘤嘤黄鹂，止于荆楚。黄鹂食虫，荆楚有刺，二者皆有防护之能。寓意子车鍼虎能护卫百姓。"谁从穆公？子车鍼虎。维此鍼虎，百夫之御"，谁从穆公去死？子车鍼虎。维此鍼虎，乃百姓之守卫者。"临其穴，惴惴而慄。彼苍者天，歼我良人。如可赎兮，人百其身"，临视其墓穴，恐惧而悲戚。苍天好生，穆公歼灭良人。如可赎换，民众愿以百倍赎金交换其人身。

【引证】

（1）《左传·文公六年》：秦伯任好卒。以子车氏之三子奄息、仲行、鍼虎为殉。皆秦之良也。国人哀之，为之赋《黄鸟》。君子曰："秦穆之不为盟主也，宜哉。死而弃民。先王违世，犹诒之法，而况夺之善人乎！《诗》曰：'人之云亡，邦国殄瘁。'无善人之谓。若之何夺之？古之王者知命之不长，是以并建圣哲，树之风声，分之采物，着之话言，为之律度，陈之艺极，引之表仪，予之法制，告之训典，教之防利，委之常秩，道之礼则，使毋失其土宜，众隶（附箸）赖之，而后即命。圣王同之。今纵无法以遗后嗣，而又收其良以死，难以在上矣。"

（2）《礼记·王制》："成狱辞，史以狱成告于正，正听之。正以狱成告于大司寇，大司寇听之棘木之下。"棘有介防之能，古人以之比喻法制。

（3）《孔丛子·记义》：颜雠善事亲，子路义之。后雠以非罪执于卫，将死，子路请以金赎焉，卫人将许之。既而二三子纳金于子路以入卫，或谓孔子曰："受人之金以赎其私昵，义乎？"子曰："义而赎之，贫取于友，非义而何？爱金而令不辜陷辟，凡人且犹不忍，况二三子于由之所亲乎？《诗》云：'如可赎兮，人百其身。'苟出金可以生人，虽百倍，古人不以为多。故二三子行其欲，由也成其义，非汝之所知也。"

黄鹂

黄鹂，又名仓庚、黄鸟、黄莺、黎黄。黄鹂羽色艳丽，鸣声悦耳，以昆虫、浆果为食。黄鹂胆小，多栖息于高大乔木，很少在地面活动。黄鹂大多数为留鸟，少数种类有迁徙行为，迁徙时不集群。

《尔雅》："仓庚，鹠黄。"

《说文》："鹂，黄仓庚也。鸣则蚕生。"

《说文》"雡，雡黄也。从隹黎声。一曰楚雀也。其色黎黑而黄。"

《方言》："鹂黄，自关（函谷关）而东谓之创鹠。自关而西谓之鹂黄，或谓之黄鸟，或谓之楚雀。"

495

晨风

鴥彼晨风，鬱彼北林。
未见君子，忧心钦钦。
如何如何？忘我实多。

山有苞栎，隰有六駮。
未见君子，忧心靡乐。
如何如何？忘我实多。

山有苞棣，隰有树檖。
未见君子，忧心如醉。
如何如何？忘我实多。

【注释】

1.晨风，为"鷐风"。《说文》："鷐（chén），鷐风也。"又名鹯鹰、雀鹰。捕食其他鸟类或小动物。雀鹰图见《关雎》。

2.鴥（yù），《说文》：鹬（鷐风）飞貌。即鹬鹰飞行的样子，疾速而敏捷。

3.苞栎，丛生的栎树。栎实称之为橡果。《尔雅》："苞，丰也。积也。"

4.苞棣，丛生的白色郁李。《说文》："棣，白棣也。"图见《何彼襛矣》。

5.鬱（yù），《说文》：木丛生者。引申为丛密、茂密。鬱简体"郁"。

6.六駮（bó），为"立駮"之误，駮又通"檗"，六与立篆体相似，故六駮为"立檗"。《说文》："立，住也。"《说文》："檗（bò），黄木也。"即黄檗，大乔木。陆玑云："駮马，梓榆也。其树皮青白驳荦，遥视似驳马，故谓之驳马。"存参考。

7.树，为"尌"。《说文》"尌（shù），立也。"即树立、矗立之意。

8. 檖（suì），《尔雅》："檖，萝。"陆玑："檖，一名赤罗，一名山梨，今人谓之杨檖。其实如梨，但实甘小异耳。一名鹿梨，一名鼠梨。"

9. 钦钦，《尔雅》：忧也。

10. 隰，《尔雅》：陂者曰阪，下者曰隰。

11. 靡，《尔雅》：无也。

12. 醉，《说文》：一曰溃也。即泄漏、溃散之意。如醉，即沮丧之意。

【解析】

这首诗讲国家无道，贤者在下，国人盼望有道君子。

"鴥彼晨风，郁彼北林"，敏疾的鹯鹰，茂密的北郊树林。鹯鹰可以在茂密的树林中疾速飞行捕捉鸟雀。此处以鹯鹰比喻驱逐邪恶者。"未见君子，忧心钦钦。如何如何？忘我实多"，未见君子，忧心忡忡。如何如何？忘我时日已多。言时下奸邪当道，不顾国家百姓，国人期盼君子，驱逐邪恶。

"山有苞栎，隰有六驳"，山上有丛生栎树，坡下有矗立黄柏。寓意俗士在上而奇伟君子在下。言外之意时下无道。"未见君子，忧心靡乐。如何如何？忘我实多"，未见君子，忧心不乐。如何如何？忘我已久。言掌国者不关心国民。

"山有苞棣，隰有树檖"，山上有丛密的白郁李，坡下有独树的山梨。白郁李花与山梨花相似，然郁李为灌木或小乔木，山梨为大乔木。寓意秀士在下而俗士居上。"树檖"与"立檗（六驳）"对文。"未见君子，忧心如醉。如何如何？忘我实多"，未见君子，忧愁而沮丧。如何如何？忘我已久。

【引证】

（1）《左传·襄公二十五年》："视民如子，见不仁者诛之，如鹰鹯之逐鸟雀也。"

（2）《孟子·离娄上》："为渊驱鱼者，獭也。为丛驱爵（雀）者，鹯（zhān）也。为汤武驱民者，桀与纣也。"

（3）关于"驳、駮"

《说文》："驳（bó）：马色不纯。"

《说文》："駮（bǎo，jiǎo）：兽，如马，倨牙，食虎豹。从马交声。"

由"北林（lín）、钦钦（qīn）；树檖（suì）、如醉（zuì）"之音韵，推出"六駮（buó）、靡乐（luò）"，故诗中"駮"应为"驳"。

【名物】

山梨

山梨为落叶乔木，高可达十五米以上。山梨开花在四五月，花白如雪。

黄檗

　　黄檗，落叶乔木，大树可高达三十米，胸径达一米。花期五六月，果期九十月。树叶在秋季落叶前由绿色转为亮黄色。黄檗木材坚硬，边材淡黄色，心材黄褐色，是优质木材。黄檗是良好的蜜源植物，种子含油可制肥皂、润滑油。树皮内层经炮制后入药，称为黄柏。

无衣

岂曰无衣？
与子同袍。
王于兴师，
修我戈矛，
与子同仇。

岂曰无衣？
与子同泽。
王于兴师，
修我矛戟，
与子偕作。

岂曰无衣？
与子同裳。
王于兴师，
修我甲兵，
与子偕行。

【注释】

1. 王，为"迂"。《说文》："迂（wàng），往也。"

2. 泽，为"襗"。《说文》："襗（zé），绔（kù）也。"即两腿的套裤。

3. 于，助词、无义。

4. 修，《说文》：饰也。本意为刷拭，引申为整饬、整理。

5. 戟，《说文》：有枝兵也。《周礼》："戟，长丈六尺。"古代兵器，戟头有分枝，可勾可刺，长一丈六尺。

6. 戈，《说文》：平头戟也。古代兵器，用于勾。

7. 偕，《说文》：俱也。解作一起、共同。

【解析】

这首诗讲吴国侵占楚国，楚王流亡在外，楚大臣申包胥至秦国求救兵。秦哀公感申包胥之爱国，答应出兵，赋此诗。

"岂曰无衣？与子同袍"，岂能说无衣？我与你同享衣袍。无衣言其穷困至极。"王于兴师，修我戈矛，与子同仇"，兴师以往，修治戈矛，与你共同应敌。

"岂曰无衣？与子同泽。王于兴师，修我矛戟，与子偕作"，岂能说无衣？我与你同享衣绔。兴师以往，修治矛戟，与你偕同应对。

"岂曰无衣？与子同裳。王于兴师，修我甲兵，与子偕行"，岂能说无衣？我与你同享衣裳。兴师以往，修治兵器、铠甲，与你同行。

【引证】

《左传·定公四年》：及昭王在随，申包胥如秦乞师，曰："吴为封豕、长蛇，以荐食上国，虐始于楚。寡君失守社稷，越在草莽。使下臣告急，曰：'夷德无厌，若邻于君，疆场之患也。逮吴之未定，君其取分焉。若楚之遂亡，君之土也。若以君灵抚之，世以事君。'"秦伯使辞焉，曰："寡人闻命矣。子姑就馆，将图而告。"对曰："寡君越在草莽，未获所伏。下臣何敢即安？"立依于庭墙而哭，日夜不绝声，勺饮不入口七日。秦哀公为之赋《无衣》，九顿首而坐，秦师乃出。

译文：吴国侵占楚国，楚昭王在随国避难，申包胥到秦国去请求出兵相救。对秦王说："吴国是大猪、长蛇，一再吞食中原国家，其为害从楚国开始。寡君失守国家，远在草莽之中，使下臣告急。我楚君说：'夷人本性贪得无厌，若吴国成为秦王的邻国，此乃边境之患。趁吴国没有安定下来，秦君可以平分楚国。如果楚国就此灭亡，那就是秦王的土地了。如果仰仗秦王的威福派兵抚助楚国，楚国将世代事奉秦王。'"秦哀公使人辞申包胥，说："我知道您的意思了，请姑且到馆舍休息，等候答复。"申包胥回答："寡君逃亡到草莽之中，还没有安身之地，下臣哪敢去休息？"申包胥站着倚靠在庭院墙垣大哭，哭声日夜不断，七日不进水米。秦哀公甚为感动，赋诗《无衣》。申包胥顿首九次，然后才坐下。于是秦军出师。

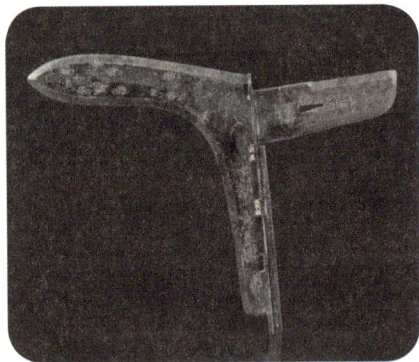

戈

戈，一种主要用于勾、啄的兵器。戈原为长柄、平头、刃在下边，可横击，可勾杀，后分为长、中、短三种。一般长戈用于车战，短戈用于步兵。

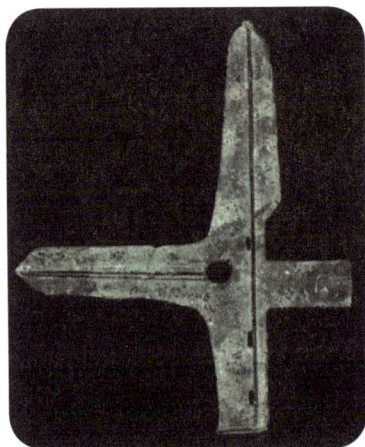

戟

戟，有直刃与横刃，呈"十"字或"卜"字形。戟结合了矛和戈的功能，具有钩、啄、刺、割等多种用途。亦有少数戟结合了矛和刀的功能。

渭阳

我送舅氏，
曰至渭阳。
何以赠之？
路车乘黄。

我送舅氏，
悠悠我思。
何以赠之？
琼瑰玉佩。

【注释】

1. 渭阳，渭水北岸。

2. 路车，又称为"辂车"。

《礼记》："所谓大辂者，天子之车也。"

《大戴礼记》："古之为路车也，盖圆以象天，二十八橑以象列星，轸方以象地，三十辐以象月。故仰则观天文，俯则察地理，前视则睹鸾和之声，侧听则观四时之运，此巾车之道也。"

3. 乘黄，驾车的四匹黄马。四马为一乘。《说文》："驷，一乘也。"

4. 悠悠，《尔雅》：思也。

5. 琼，《说文》：赤玉也。

6. 瑰，《说文》："瑰，玫瑰也。"一说似云母而黄赤，又名火齐。《说文》："玫：火齐，玫瑰也。一曰石之美者。"

【解析】

　　这首诗讲秦康公为太子时送其舅晋文公自秦归晋即位。

　　"我送舅氏，曰至渭阳"，我送舅回国，一直送到渭水北岸。"何以赠之？路车乘黄"，以何为赠？四黄马之路车。黄为地之色，马具坤德，寓意秦康公感念母氏恩德。

503

"我送舅氏，悠悠我思。何以赠之？琼瑰玉佩"，我送舅归国，思念悠深，以何为赠？琼瑰玉佩。赤玉寓意赤子之心，言不忘母族之恩。

【引证】

《列女传·秦穆公姬》：穆姬者，秦穆公之夫人，晋献公之女，太子申生之同母姊，与惠公异母。贤而有义。献公杀太子申生，逐群公子。惠公号公子夷吾，奔梁。及献公卒，得因秦立。始即位，穆姬使纳群公子曰："公族者，君之根本。"惠公不用，又背秦赂。晋饥，请粟于秦，秦与之。秦饥，请粟于晋，晋不与。秦遂兴兵与晋战，获晋君以归。秦穆公曰："埽除先人之庙，寡人将以晋君见。"穆姬闻之，乃与太子罃、公子宏，与女简璧，衰绖履薪以迎。且告穆公曰："上天降灾，使两君匪以玉帛相见，乃以兴戎。婢子娣姒，不能相教，以辱君命。晋君朝以入，婢子夕以死。惟君其图之。"公惧，乃舍诸灵台。大夫请以入，公曰："获晋君以功归，今以丧归，将焉用！"遂改馆晋君，馈以七牢而遣之。

穆姬死，穆姬之弟重耳入秦，秦送之晋，是为晋文公。太子罃思母之恩，而送其舅氏也，作《诗》："我送舅氏，曰至渭阳。何以赠之？路车乘黄。"君子曰："慈母生孝子。"《诗》曰："敬慎威仪、维民之则"穆姬之谓也。

权舆

於我乎夏屋渠渠，
今也每食无餘，
于嗟乎不承权舆。

於我乎每食四簋，
今也每食不饱，
于嗟乎不承权舆。

【注释】

1. 权舆，《尔雅》：始也。《大戴礼记》："于时冰泮发蛰，百草权舆。"

2. 於（wū），《尔雅》：代也。即替代、取代之意。

3. 夏，《尔雅》：大也。

4. 屋，为"握"之误。《尔雅》："握，具也。"器具的统称。

5. 渠渠（jù），为"遽遽"。《说文》："遽（jù），一曰窘（jiǒng）也。"遽遽，物体排列紧密的样子。

6. 餘，《说文》：饶也。即富饶、富裕之意。

7. 于，《尔雅》：曰也。助词、无义。

8. 簋（guǐ），《说文》：黍稷方器也。古代盛食物、祭品的方形器皿。

【解析】

这首诗讲秦君始能厚士重贤，然不能始终如一。

"於我乎夏屋渠渠，今也每食无餘，于嗟乎不承权舆"，取代我原来排列紧密的食器，如今每餐饭食不够，嗟叹其未能承继起始之作法。

"於我每食四簋，今也每食不饱，于嗟乎不承权舆"，取代我原来每餐四簋，如今每顿都不能吃饱，嗟叹其未能承继起始之作法。

簋

诗辑训

506 　　簋，是古代用于盛放饭食、祭品的器皿，流行于商朝至东周。由《说文》推测，簋可能于祭祀中专用以盛放黍稷等谷物。宴享和祭祀时簋常以偶数出现，如二簋、四簋、六簋、八簋。簋的形制较多，如四耳簋、四足簋、三足簋、圆身方座簋等，亦有簋加盖。

陈

宛丘

子之汤兮，
宛丘之上兮。
洵有情兮，
而无望兮。

坎其击鼓，
宛丘之下。
无冬无夏，
值其鹭羽。

坎其击缶，
宛丘之道。
无冬无夏，
值其鹭翿。

【注释】

1. 宛丘，《尔雅》："宛中宛丘。丘上有丘为宛丘。陈有宛丘。"陈国境内的一座山丘。宛丘，一说顶部低陷的山丘称之为宛丘。一说丘之上再有丘者称之为宛丘。

2. 子，指陈国掌国者。

3. 汤，为"场"。《说文》："场，祭神道也。"祭祀神的平地。

4. 洵（xún），《尔雅》：夋也。夋即"堪"。堪称、称得上之意。

5. 情，《礼记》："何谓人情？喜、怒、哀、惧、爱、恶、欲七者。"

6. 坎，为"戆"。《说文》："戆（kàn），繇（yáo，随从）也，舞也。乐有章。"随着音乐节奏舞动。乐曲有章节。

7. 缶（fǒu），《说文》：瓦器也。此处指缶形、陶制乐器。

8. 值，《说文》：措也。设置、措置之意。

9. 鹭，《说文》：白鹭也。羽毛洁白的鸟。

10. 翿（dào），《说文》：翳（yì）也，所以舞也。羽毛做的舞具，又称华盖。

【解析】

这首诗讲掌国者祭祀无度。

"子之汤兮，宛丘之上兮"，国君之祭祀道场，在宛丘之上。"洵有情兮，而无望兮"，其祭祀可谓真诚有情，然而其所求没有希望。言其祭祀不义故不被福佑。古人认为凡不当之祭祀为淫祀，淫祀无福。

"坎其击鼓，宛丘之下"，有节奏地击鼓，在宛丘之下。言在宛丘之下击鼓舞乐，举行祭祀。"无冬无夏，值其鹭羽"，无论冬夏，措置其鹭羽舞具。言不分时节进行祭祀，其祭祀无方。

"坎其击缶，宛丘之道"，有节奏地击缶，在宛丘之道场。"无冬无夏，值其鹭翿"，无论冬夏，措置其鹭羽华盖。

【引证】

（1）《地理志》："陈国，今淮阳之地。陈本太昊之虚，周武王封舜后妫满于陈，是为胡公，妻以元女大姬。妇人尊贵，好祭祀，用史巫，故其俗巫鬼。"

（2）《说文》："觋（xí）：能斋肃事神明也。在男曰觋，在女曰巫。"

（3）《礼记·曲礼下》："凡祭，有其废之莫敢举也，有其举之莫敢废也。非其所祭而祭之，名曰淫祀。淫祀无福。"

鹭

诗辑训

白鹭有大白鹭、中白鹭、小白鹭、黄嘴白鹭、雪鹭，统称白鹭。白鹭生活在湿地，主要以各种小鱼类为食。白鹭单独、成对或集成小群活动。

510

东门之枌

东门之枌，宛丘之栩。
子仲之子，婆娑其下。

榖旦于差，南方之原。
不绩其麻，市也婆娑。

榖旦于逝，越以鬷迈。
视尔如荍，贻我握椒。

【注释】

1. 枌（fén），《说文》：榆也。

2. 栩，栎树。

3. 仲，通"徝"。《说文》："徝（zhōng）：相迹也。"本意为前后足迹相继，引申追随、效仿等。

4. 婆娑（suō），《尔雅》：舞也。

5. 榖（gǔ），《说文》：续也。百榖之总名。即各种谷物的总称。

6. 旦，《说文》：明也。本意指天明，引申天、日。

7. 差，为"蹉"。《说文》："蹉（cuō）：蹉跎，失时也。"

8. 原，《尔雅》：可食曰原。即田原。

9. 绩，《尔雅》：事也。

10. 市，《说文》：买卖所之也。即交易场所。

11. 逝，《尔雅》：往也。

12. 越，《说文》：度也。

13. 鬷（zōng），为"夔"。《说文》："夔（zōng），敛足也。鹊鸲丑，其飞也夔。"夔，指鸟飞行时两足收拢。

14. 迈，《尔雅》：行也。夔迈，即并足跳跃。

15. 荍（qiáo），《说文》：蚍荞（pí fú）也。即锦葵，又名荆葵。

511

16. 贻，《尔雅》：遗也。给、予之意。

17. 握，《尔雅》：具也。指盛物器具。握椒，一器皿花椒。或解作一把花椒。

【解析】

　　这首诗讲国家上下皆好事鬼神，置国家、生产于不顾。

　　"东门之枌，宛丘之栩"，东门之榆树，宛丘之栎树。东方寓意生发，门为进出之关，榆树为良材，东门榆树比喻未入仕途之青年学士。宛丘栎树比喻处上位之士官。"子仲之子，婆娑其下"，士子追随于君主，舞于树下。句首"子"指为臣之士子，句末"子"指君主。言君主好鬼神，无论青年学士还是处高位的官员皆都追随、效仿。

　　"穀旦于差，南方之原"，禾谷日日蹉跎，于南方之田原。言农夫好事鬼神而不务耕作，荒废大好田园。"南方之原"，良田也。"不绩其麻，市也婆娑"，不事其麻，街市上亦舞蹈。妇女不事桑麻，商人舞于市场。言国人皆好神鬼，致使生产荒废。

　　"穀旦于逝，越以鬷迈"，禾谷日日以往，度日如跳跃一般过去。言日月飞快，农事不可耽误。"视尔如荍，贻我握椒"，视其如锦葵，最终给予我一把花椒。对待庄稼如菲薄野菜一般，任其自然，最终所获粮食如一树花椒所得。"握椒"，极言其少。言不付出勤劳必无收获。言外之意徒祭祀鬼神不能生存。

锦葵

锦葵，又名荆葵，两年或多年生直立草本，株高在半米到一米之间，常作观赏花卉。锦葵适应性强，中国各地均有分布。

郭璞："今荆葵也，似葵，紫色。"陆玑云："芘芣一名荆葵，似芜菁，华紫绿色，可食，微苦是也。"

衡门

衡门之下，
可以栖迟。
泌之洋洋，
可以乐饥。

岂其食鱼，
必河之鲂？
岂其取妻，
必齐之姜？

岂其食鱼，
必河之鲤？
岂其取妻，
必宋之子？

【注释】

1. 衡，《说文》：牛触，横大木其角。原意指绑在牛角上防止触人的横木。衡门，此处指立一根横木为门，形容门简陋。

2. 栖迟，《尔雅》：息也。休息。

3. 泌（bì），为"怭"。《尔雅》："怭（nì），思也。"思考、思虑。

4. 洋洋，《尔雅》：思也。即沉思、深思貌。

5. 乐，为"瘵"，又写作"疗"，简体"疗"。《说文》："瘵，治也。"

6. 饥，《说文》：饿也。

7. 河，黄河。

8. 鲂（fáng），即鳊鱼。

9. 姜，为齐国王室之姓，此处指齐国王室宗族女子。

10. 子，为宋国王室之姓，此处指宋国王室宗族女子。

【解析】

这首诗讲陈国贵族、士人志于私欲而忘道学。

"衡门之下，可以栖迟"，简陋的衡门之下，可以休息。言居所简陋亦可以容身。"泌之洋洋，可以乐饥"，思虑洋洋，可以忘食。言君子志在道学，不求口腹之欲。

"岂其食鱼，必河之鲂"，岂如那些人吃鱼？一定要黄河的鲂鱼。"岂其取妻，必齐之姜"，岂如那些人娶妻？一定要齐国宗室女子。

"岂其食鱼，必河之鲤。岂其取妻，必宋之子"，岂如那些人吃鱼？一定要黄河的鲤鱼。岂如那些人娶妻？一定要宋国宗室之女。

【引证】

（1）《论语·里仁》："子曰：士志于道，而耻恶衣恶食者，未足与议也。"

（2）《论语·卫灵公》："子曰：君子谋道不谋食。耕也，馁在其中矣。学也，禄在其中矣。君子忧道不忧贫。"详细见拙作《论语明义》。

（3）《韩诗外传》：子夏读诗已毕。夫子问曰："尔亦何大于诗矣？"子夏对曰："诗之于事也，昭昭乎若日月之光明，燎燎乎如星辰之错行，上有尧舜之道，下有三王之义，弟子不敢忘。虽居蓬户之中，弹琴以咏先王之风，有人亦乐之，无人亦乐之，亦可发愤忘食矣。《诗》曰：'衡门之下，可以栖迟。泌之洋洋，可以乐饥。'"夫子造然变容，曰："嘻！吾子始可以言诗已矣。然子以见其表，未见其里。"颜渊曰："其表已见，其里又何有哉？"孔子曰："阙其门，不入其中，安知其奥藏之所在乎！然藏又非难也。丘尝悉心尽志，已入其中，前有高岸，后有深谷，冷冷然如此既立而已矣。不能见其里，未谓精微者也。"

东门之池

东门之池，
可以沤麻。
彼美淑姬，
可与晤歌。

东门之池，
可以沤纻。
彼美淑姬，
可与晤语。

东门之池，
可以沤菅。
彼美淑姬，
可与晤言。

【注释】

1. 池，即今所谓护城河。《说文》："隍，城池也。有水曰池，无水曰隍。"

2. 沤，《说文》：久渍也。长时间浸泡。

3. 晤，为"悟"。《说文》："悟（wǔ），逆（迎）也。"本意为逢迎，引申面对。

《楚辞》："重华不可悟兮。"

4. 纻（zhù），《说文》：檾（qǐng）属。檾，枲属。枲（xǐ），即麻。檾，即苘麻。苘（qǐng）麻，可用以搓绳、织布。

5. 菅（jiān），《说文》：茅也。一种茅草，茎秆浸泡后可用以编织。

6. 淑，《尔雅》：善也。

7. 姬，周王姬，此处当指陈国夫人。

8. 歌，《说文》：咏也。

9. 言、语，《说文》："言：直言曰言。论难曰语。语：论也。"

【解析】

　　这首诗赞美陈夫人行止中于礼义，内怀忠信。

　　"东门之池，可以沤麻"，东门之城池，可以沤麻。东门之城池，寓意礼义、法制等人防。沤麻使麻皮剥离麻秆，进而得其麻筋。寓意通过礼法透析人之本质。换言之即以礼法考察人忠信与否。"彼美淑姬，可与晤歌"，彼美善王姬，可与之相对而歌。言王姬有礼且忠信厚重。

　　"东门之池，可以沤纻。彼美淑姬，可与晤语"，东门之城池，可以沤苘麻。彼美善王姬，可与之相对讨论。

　　"东门之池，可以沤菅。彼美淑姬，可与晤言"，东门之城池，可以沤菅。彼美善王姬，可与之相对而谈。

【名物】

苘麻

　　苘麻为一年生草本，高一两米，其茎皮纤维色白，具光泽。苘麻在中国种植历史悠久，古时可作为衣服原料，当今多用以编织麻袋，搓绳等。苘麻种子含油，可用以制皂、制漆。

东门之杨

东门之杨，
其叶牂牂。
昏以为期，
明星煌煌。

东门之杨，
其叶肺肺。
昏以为期，
明星晢晢。

诗
辑
训

【注释】

1. 杨，即旱柳，柳树春季返青较早。

2. 牂牂（zāng），为"藏藏"。《说文》："藏，匿也。"藏藏，隐匿不明显。

3. 肺肺，为"朏朏"。《说文》："朏（fèi），隐也。"朏朏，隐藏不明显的样子。

4. 昏，《说文》：日冥也。

5. 煌，《说文》：辉也。煌煌，光辉四射的样子。

6. 晢（zhé），《说文》：昭晰，明也。晢晢，明亮的样子。

518

7. 明星，《尔雅》：启明也。即金星，早上在东方称启明，傍晚在西方名长庚。

【解析】

这首诗讲男女婚姻应顺从礼义。

"东门之杨，其叶牂牂"，东门之杨柳，其树叶微微显露。东方寓意生发，门为出入之关。"东门之杨"比喻及婚姻年龄之男女。"其叶牂牂"言时在孟春。这两句诗以东门杨柳顺时节而发寓意男女婚姻宜顺从礼义。"昏以为期，明星煌煌"，黄昏以为婚期，明星辉光四射。言婚礼在黄昏举行，长庚星光芒闪耀。

"东门之杨，其叶肺肺"，东门之杨柳，其树叶隐微。古人婚嫁时间在秋收之后，春忙之前。孟春时分农桑未动，宜行婚嫁。"昏以为期，明星晢晢"，黄昏以为婚期，明星耀耀。

诗文中"昏、明星"寓意以日、星为纪，言人事亦当从其纪——冠、婚、丧、祭、朝、聘、射、乡。

【引证】

（1）《孔子家语·本命解》："霜降而妇功成，嫁娶者行焉。冰泮而农桑起，婚礼而杀于此。"

（2）《礼记·昏义》："昏礼者，礼之本也。夫礼始于冠，本于昏，重于丧、祭，尊于朝、聘，和于射、乡。此礼之大体也。"

（3）《礼记·礼运》："故圣人作则，必以天地为本，以阴阳为端，以四时为柄，以日星为纪，月以为量，鬼神以为徒，五行以为质，礼义以为器，人情以为田，四灵以为畜。以天地为本，故物可举也；以阴阳为端，故情可睹也；以四时为柄，故事可劝也；以日星为纪，故事可列也；月以为量，故功有艺也；鬼神以为徒，故事有守也；五行以为质，故事可复也；礼义以为器，故事行有考也；人情以为田，故人以为奥也；四灵以为畜，故饮食有由也。"

墓门

墓门有棘，
斧以斯之。
夫也不良，
国人知之。
知而不已，
谁昔然矣。

墓门有梅，
有鸮萃止。
夫也不良，
歌以讯之。
讯予不顾，
颠倒思予。

【注释】

1. 墓门，穿城墙的地下排水道在城墙外侧的出口，其形制似门，称之为墓门。《左传》："自墓门之渎入。"《说文》："渎：沟也。一曰邑中沟。"

2. 斯，《说文》：析也。即劈砍、砍伐之意。

3. 夫，《说文》：丈夫也。本意指成年男子。此处指士人。

4. 谁昔，《尔雅》："谁昔，昔（遳）也。"《说文》："遳（cuò），迹遳也。"本意为轨迹变更，引申为不正、失误、过失、谬误。

5. 然，《说文》：烧也。引申兴起。《大戴礼记》："毋曰胡残，其祸将然。"

6. 棘，《说文》：小枣丛生者。

7. 梅，为"某"。《说文》："某，酸果也。"即酸梅，花白，果酸，鲜食者少。

8. 鸮（xiāo），《说文》：鸱鸮（chī xiāo），宁鴂也。即鹪鹩，体形小的鸟。

9. 萃，《说文》：草貌也。原意指草丛密，引申聚集。《方言》："萃，集也。"

10. 讯，《尔雅》：告也。

11. 颠，《说文》：顶也。颠倒，即倾覆。

【解析】

这首诗讲士人不良，邪恶奸诈流行。

"墓门有棘，斧以斯之"，墓门处长有丛棘，则以斧砍伐之。排水道口长有丛木则阻碍雨污水排放，故要及时清除。寓意不良士人立身于污浊，行抵触之事，当清除之。"夫也不良，国人知之。知而不已，谁昔然矣"，士人德行不良，国人知之。知其不良而不能制止，如此国家错乱兴起。

"墓门有梅，有鸮萃止"，墓门之处长有酸梅，有鸮聚集其上。酸梅花白、味酸，鲜食者少，比喻处士。处士立身于污流，言其为伪善者，貌似清濂实则行伪险秽，往往能迷惑世人。鸮为小鸟，比喻浅陋、鄙俗而盲目附庸之士。"夫也不良，歌以讯之。讯予不顾，颠倒思予"，士人不良，咏歌以告之。告亦不顾我，至于倾覆之时方思及我。

【引证】

（1）《荀子·非十二子》："古之所谓仕士者，厚敦者也，合群者也，乐富贵者也，乐分施者也，远罪过者也，务事理者也，羞独富者也。今之所谓仕士者，污漫（谩）者也，贼乱者也，恣睢（仰目）者也，贪利者也，触抵者也，无礼义而唯权势之嗜者也。古之所谓处士者，德盛者也，能静者也，修正者也，知命者也，箸是者也。今之所谓处士者，无能而云能者也，无知而云知者也，利心无足而佯无欲也，行伪险秽而强高言谨悫（què，谨）者也，以不俗为俗，离纵而跂訾（骄傲放肆）者也。"

（2）《列女传·陈辩女》：辩女者，陈国采桑之女也。晋大夫解居甫使于宋，道过陈，遇采桑之女，止而戏之曰："女为我歌，我将舍汝！"采桑女乃为之歌曰："墓门有棘，斧以斯之。夫也不良，国人知之。知而不已，谁昔然矣。"大夫又曰："为我歌其二。"女曰："墓门有梅，

521

有鸮萃止。夫也不良，歌以讯止。讯予不顾，颠倒思予。"大夫曰："其梅则有，其鸮安在？"女曰："陈，小国也，摄乎大国之间，因之以饥饿，加之以师旅，其人（民）且亡，而况鸮乎？"大夫乃服而释之。君子谓："辩女贞正而有辞，柔顺而有守。"《诗》曰："既见君子，乐且有仪。"此之谓也。

鸮

陆玑《草木疏》："鸱鸮，幽州人谓之宁鴂（nìng jué），或曰巧妇，或曰女匠，关东谓之工雀。"陆玑所言鸱鸮即鹪鹩（jiāo liáo）。鸱鸮多被认作猫头鹰，猫头鹰独居，且夜间活动，不合此诗之"萃而止"，故此"鸮"为鹪鹩。

李时珍："鹪鹩处处有之。生蒿木之间，居藩篱之上。状似黄雀而小，灰色有斑，声如吹嘘，喙如利锥。取茅苇毛毳而窠，大如鸡卵，而系之以麻发，至为精密，悬于树上，或一房、二房。故曰巢林不过一枝，每食不过数粒。"

防有鹊巢

防有鹊巢，邛有旨苕。
谁侜予美？心焉忉忉。

中唐有甓，邛有旨鹝。
谁侜予美？心焉惕惕。

【注释】

1. 防，为"枋"。《说文》："枋，木也。可做车。"即如今之杨树。《说文》中"枋"又名橿（jiāng）。古籍有橿然正直、椶（棕榈）橿、群士橿橿等词语，推知"橿"有笔直、正直之意，又"榆枋"多连用，当是常见之树，故推测"枋"为杨树。北方地区喜鹊亦常建巢于杨树之上。

2. 邛（qióng），为"蛩"。《说文》："蛩（qióng）：蛩蛩，兽也。"《说文》："蟨：鼠也。一曰西方有兽，前足短，与蛩蛩、巨虚比，其名谓之蟨（jué）。"《尔雅》："西方有比肩兽焉。与邛邛、岠虚比，为邛邛、岠（jù）虚啮甘草。即有难，邛邛、岠虚负而走，其名谓之蟨（jué）。"邛邛、岠虚为传说中的动物，与一种名为蟨的动物相比辅生活，蟨为邛邛、岠虚叼甘草食用，遇到危险则邛邛、岠虚背着蟨逃跑。两种动物互利共生。《楚辞》："从邛（蛩）邀兮栖迟。"

3. 侜，《说文》：有雍蔽也。《尔雅》："侜（zhōu），诳也。"即蒙蔽、欺蒙之意。

4. 旨，《说文》：美也。

5. 苕（tiáo），《尔雅》：陵苕也。即凌霄花。
苕，或为"蓨"。《说文》："蓨（tiáo），苗（dí）也。"即羊蹄草。
陆玑："苕，苕饶也。幽州人谓之翘饶。蔓生，茎如劳豆而细，叶似蒺藜而青，其茎叶绿色，可生食，如小豆藿。"即紫云英。

6. 忉忉（dāo），《尔雅》：忧也。

7. 唐，《尔雅》："庙中路，谓之唐。"《尔雅》："室有东西厢，曰庙。"此处指宗庙庭中道路。

8. 甓（pì），《说文》：瓴甓也。《诗》曰："中唐有甓。"一说为长形砖。《庄子》："曰：何其愈下邪？曰：在瓦甓。"

9. 鹝（yì），为"虉"。《尔雅》："虉（yì），绶。"即绶草。

10. 惕惕，《尔雅》：爱也。

【解析】

　　这首诗讲君主无道，不任士，不亲族。

　　"防有鹊巢"，杨树上有鹊巢。鹊巢常被不自营巢的鸟所用，此处寓意诸侯以官职予士人。"邛有旨苕"，蚩蚩有甘美的苕草。鼛为蚩蚩采甘美的苕草，遇到危险蚩蚩载鼛逃跑，二者相互依存。寓意士人食诸侯之禄，国家有难则保之。"谁侜予美？心焉忉忉"，谁壅蔽我所崇尚之善道？我心忧伤。言君臣之道失——士人不得其位，国家有急无人赴难。

　　"中唐有甓"，宗庙庭路之中铺设有地砖。以宗庙而言地砖为微小部件，比喻身份低微的族人。言身份低微之族人亦不能舍弃。言外之意宗族为王室枝叶可以庇护根本。"邛有旨鹝"，邛邛有甘美的绶草。寓意王室善养其族人，王室有难其族人可保护之。"谁侜予美？心焉惕惕"，谁壅蔽我所推崇之善道？我心有爱惜。言诗人爱惜宗族亲善，然而时下王室与宗族不和善。以此句诗可以推知诗人为王室宗族。

白杨

　　杨树为落叶乔木，树干通直，树皮光滑或纵裂，常为灰白色。杨树品种众多，有白杨、黑杨、青杨等。

　　白杨原产中国，分布广泛，北起辽宁南部，南至长江流域都有生长。白杨为落叶乔木，可高达三十米，树皮灰绿至灰白。白杨以其树干通直著称。白杨木材用途广泛。

凌霄

　　凌霄，落叶攀援藤本，又名吊墙花、藤罗花。茎木质，以气生根攀附于它物之上。花期五至八月，花大色艳，花期甚长。中国各地均有种植。

羊蹄草

　　羊蹄草学名一点红，又名野木耳菜，一年生草本植物，小花粉红色或紫色，花果期在七到十月间。羊蹄草嫩叶可食用，可作蔬菜种植。

紫云英

　　紫云英属于豆科植物，二年生草本，匍匐多分枝，高可达三十厘米。紫云英是一种良好牲畜饲料，牛、马、羊皆食。紫云英嫩梢亦供蔬食，同时紫云英亦为重要蜜源植物。

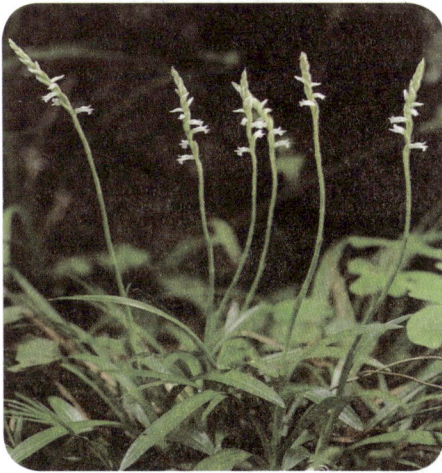

绶草

　　绶草的花序如绶带一般，故得名"绶"。因其花序如龙般盘绕在花茎上，肉质根似人参，故绶草又被称为盘龙参。绶草花多为紫红、粉色，偶为白色。绶草花开由基部开始，每隔一天开一枚，最后开放至顶端。

　　绶草是多年生宿根地生兰，不仅美观且被认为名贵中药，因此遭到过度采掘，以至于野生绶草难以觅得。目前绶草已被列入保护植物。

月出

月出皎兮，佼人僚兮。
舒窈纠兮，劳心悄兮。

月出皓兮，佼人懰兮。
舒慢受兮，劳心慅兮。

月出照兮，佼人燎兮。
舒夭绍兮，劳心惨兮。

【注释】

1. 皎，《说文》：月之白也。

2. 佼，为"姣"。《说文》："姣（jiǎo）：憭（liáo，慧）也。"

3. 僚（liáo），《说文》：好貌。形容姣好，美丽。

4. 舒，《说文》：伸也。

5. 窈，《说文》：深远也。

6. 纠，《说文》：绳三合也。窈纠，十分紊乱的结，可理解为死结。

7. 劳，《尔雅》：勤也。

8. 悄，《说文》：忧也。

9. 皓，《说文》：日出貌也。日出光亮的样子。

10. 懰（liú），为"刘"。《尔雅》："刘，克也。"可堪、胜之意。

11. 慢（yōu），通假"忧"。《说文》："忧，不动也。""忧、懮（yōu，愁也）、憂（yōu，和之行也）"皆有其字，《说文》无"慢"字。今文全部写作"忧"。

12. 受，为"绶"。《说文》："绶，韍维也。"即系蔽膝的丝带，又泛指绳带。

13. 慅（sāo），《说文》："慅，动也。起也。"解作劳动、劳作、不息。

14. 照，《说文》：明也。

15. 燎，为"撩"。《说文》："撩（liáo），理也。"解作治理、料（撩）理。

16. 夭，《说文》：屈也。

17. 绍，《说文》：紧纠。张紧的由三股线编的绳子。

18. 惨，《尔雅》：忧也。

【解析】

这首诗赞美其人聪慧、理智，于道义昏昧之世，能妥善处理繁难之事。

"月出皎兮，佼人僚兮"，月出光白，慧人其好。"舒窈纠兮，劳心悄兮"，舒展死结，劳心而忧。

"月出皓兮，佼人懰兮"，月出如昼，慧人可堪。"舒慢受兮，劳心慅兮"，舒展缓带死结，劳心不息。

"月出照兮，佼人燎兮"，月出光明，慧人其理。"舒夭绍兮，劳心惨兮"，舒展扭曲、紧实之结，劳心而忧。

株林

胡为乎株林从夏南？
匪适株林从夏南。

驾我乘马，说于株野。
乘我乘驹，朝食于株。

【注释】

1. 株，陈国司马夏南封邑。

2. 林，《尔雅》："邑外谓之郊，郊外谓之牧，牧外谓之野，野外谓之林。"

3. 夏南，陈国官员，其母夏姬与陈灵公等私通。

4. 匪，通"非"。

5. 适，《尔雅》：往也。

6. 说，通"悦"。

7. 驹，《说文》：马两岁曰驹。即少壮之马。

8. 乘马、乘驹，即四匹马。

【解析】

这首诗讲陈灵公与夏姬之淫。

"胡为乎株林从夏南"，为何去往株邑之郊野从游与夏南？"匪适株林从夏南"，并非前往株邑郊野与夏男从游。陈灵公等打着与夏南交往的由头，行与夏姬私通之事。

"驾我乘马，说于株野"，驾乘驹马，悦于株邑郊野。言陈灵公等高高兴兴去往株邑与夏姬私会。"乘我乘驹，朝食于株"，乘我驹马，早晨在株邑吃饭。言陈灵公等人与夏姬往来之嚣张。

【引证】

关于夏南、夏姬、陈灵公

《左传·宣公九年》：陈灵公与孔宁、仪行父通于夏姬，皆衷其祖（rì）服以戏于朝。泄冶谏曰："公卿宣淫，民无效焉，且闻不令，君其纳之。"公曰："吾能改矣。"公告二子，二子请杀之，公弗禁，遂杀泄冶。

大意：陈灵公与孔宁、仪行父通于夏姬，大臣泄冶进谏，孔宁、仪行则杀死了泄冶。

《左传·宣公十年》：陈灵公与孔宁、仪行父饮酒于夏氏。公谓行父曰："征舒似女。"对曰："亦似君。"征舒病之。公出，自其厩射而杀之。二子奔楚。

大意：陈灵公与孔宁、仪行父等在夏南家喝酒，调戏夏男长相似行父、陈灵公。夏男受辱而杀死陈灵公，孔宁、仪行父逃往楚国。

《左传·成公二年》：楚之讨陈夏氏也，庄王欲纳夏姬，申公巫臣曰："不可，君召诸侯，以讨罪也，今纳夏姬，贪其色也，贪色为淫，淫为大罚，《周书》曰：'明德慎罚'，文王所以造周也。明德，务崇之之谓也。慎罚，务去之之谓也。若兴诸侯，以取大罚，非慎之也，君其图之？"王乃止，子反欲取之。巫臣曰："是不祥人也，是夭子蛮，杀御叔，弑灵侯，戮夏南，出孔仪，丧陈国，何不祥如是，人生实难，其有不获死乎？天下多美妇人，何必是？"子反乃止。

大意：楚国讨伐夏南弑君之罪，诛杀夏南，想掠夏姬至楚。申公巫臣说："不行。君王召诸侯，本为讨伐有罪。现收纳夏姬，即贪恋其美色。贪恋美色为淫，淫为大罪责。《周书》说：'明德慎罚'，文王因此创立周朝。明德，即追求所崇尚的道德。慎罚，戒慎于不德、不义。出动诸侯的军队反而行非法不义之事，为不慎。君王还要吗？"楚庄王听此而舍夏姬。子反想要娶夏姬，巫臣说："此不吉利之女人。使子蛮早死，杀御叔，弑灵侯，诛夏南，使孔宁、仪行父逃亡在外，败坏陈国，其不祥若此，娶此妇要想活命实在很难，我想恐怕没有能逃脱惨死的吧？天下多美女，为何一定要她？"子反于是打消了娶夏姬的想法。

531

泽陂

彼泽之陂，有蒲与荷。

有美一人，伤如之何。

寤寐无为，涕泗滂沱。

彼泽之陂，有蒲与蕳。

有美一人，硕大且卷。

寤寐无为，中心悁悁。

彼泽之陂，有蒲菡萏。

有美一人，硕大且俨。

寤寐无为，辗转伏枕。

【注释】

1. 泽，《说文》：光润也。《说文》："润，水曰润下。"

2. 陂（bēi），《说文》：阪也。《说文》："阪（bǎn），坡者曰阪。一曰泽障。一曰山胁也。"《大戴礼记》："巡九州，通九道，陂九泽，度九山。"

3. 涕，《说文》：泣也。即眼泪之意。

4. 泗（sì），当为"洟"。《说文》："洟（yí，tì），鼻液也。"即鼻涕。

5. 滂，《说文》：沛也。水流广大的样子。

6. 沱，通"阤"。《说文》："阤（tuó），小崩也。"微小的崩溃、败落。此处形容泪落多之貌。涕泗滂沱，形容痛哭流涕之貌。

7. 蕳（jiān），通"莲"。即荷花。

8. 硕，《尔雅》：大也。

9. 卷，为"捲"。《说文》："捲（juàn），气势也。"《国语》曰："有捲勇。"

10. 悁（yuān），《说文》：忧也。

11. 菡萏，荷花别称。《尔雅》："荷，芙渠，……其华菡萏，其实莲，其根藕。"

12. 俨，为"㘈"。《说文》："㘈（ǎn），含怒也。一曰难知也。《诗》曰'硕大且㘈。'"此处解作有涵养、深邃。

【解析】

这首诗讲居上位者专利，不能施惠于下，君子伤之。

"彼泽之陂，有蒲与荷"，彼水泽之堤，有蒲与荷。泽有润下之德，设以泽障则不能润下。菖蒲与莲花皆为水草之大者，比喻专利者、自肥者。"有美一人，伤如之何"，有美好一人，伤其如之何。言居处上位者专利而不能施惠于下，君子伤之。"寤寐无为，涕泗滂沱"，日夜无心他事，痛哭流涕。

"彼泽之陂，有蒲与蕑"，彼水泽之堤，有蒲与莲。"有美一人，硕大且卷"，有一德美者，高大且有气势。"寤寐无为，中心悁悁"，日夜无心他事，内心忧伤。

"彼泽之陂，有蒲菡萏"，彼水泽之堤，有蒲与莲。"有美一人，硕大且俨"，有一德美者，高大且深邃。"寤寐无为，辗转伏枕"，日夜无心他事，伏枕辗转，不能安眠。

【引证】

关于惠下

《礼记·祭统》："凡馂之道，每变以众，所以别贵贱之等，而兴施惠之象也。是故以四簋黍见其修于庙中也。庙中者竟内之象也。祭者泽之大者也。是故上有大泽则惠必及下，顾上先下后耳。非上积重而下有冻馁之民也。是故上有大泽，则民夫人待于下流，知惠之必将至也，由馂见之矣。故曰：'可以观政矣。'

夫祭有畀辉、胞、翟、阍者，惠下之道也。唯有德之君为能行此，明足以见之，仁足以与之。畀之为言与也，能以其馀畀其下者也。辉者，甲吏之贱者也。胞者，肉吏之贱者也。翟者，乐吏之贱者也。阍者，守门之贱者也。古者不使刑人守门，此四守者，吏之至贱者也。尸又至尊，以至尊既祭之末，而不忘至贱，而以其馀畀之。是故明君在上，则竟内之民无冻馁者矣，此之谓上下之际。"

桧

羔裘

羔裘逍遥，狐裘以朝。
岂不尔思？劳心忉忉。

羔裘翱翔，狐裘在堂。
岂不尔思？我心忧伤。

羔裘如膏，日出有曜。
岂不尔思？中心是悼。

【注释】

1. 羔裘，羔羊皮衣。羔裘代指士君子。

2. 狐裘，君子与诸侯之服，此处代指诸侯。

3. 在朝，即在朝廷。《礼记》："宗祝在庙，三公在朝，三老在学。"

4. 在堂，即在朝之意。

5. 逍遥，《说文》："逍：逍遥，犹翱翔（往来飞）也。"

6. 忉忉（dāo），《尔雅》：忧也。

7. 曜，即"耀"。《说文》："耀，照也。"

8. 膏，《说文》：肥也。即肥肉。

9. 悼，《说文》：惧也。《方言》："悼：哀也。伤也。"

【解析】

　　这首诗讲诸侯失君臣之义，使君子在野。

　　"羔裘逍遥，狐裘在朝"，羔裘者逍遥，狐裘者在朝。言君子在野，君主在朝。言外之意臣去其君，君臣之道有失。"岂不尔思？劳心忉忉"，岂不思子？劳心且忧。言外之意诸侯失为君之道，士君子难立于朝。

　　"羔裘翱翔，狐裘在堂。岂不尔思？我心忧伤"，衣羔裘者遨游，狐裘者在朝堂。岂不思君子？我心忧伤。

"羔裘如膏，日出有曜"，羔裘色如脂膏，日出光耀大地。如膏，言能润人，寓意君子有德可泽润世人。有曜，言君子能明民。"岂不尔思？中心是悼"，岂不思尔？内心哀伤。

【引证】

（1）《礼记·玉藻》："君子狐青裘豹袖，玄绡衣以裼之。麑裘青犴袖，绞衣以裼之。羔裘豹饰，缁衣以裼之。狐裘，黄衣以裼之。锦衣狐裘，诸侯之服也。"

（2）东汉《潜夫论·志氏论》："会（桧）在河、伊之间。其君骄贪啬俭，减爵损禄，群臣卑让，上下不临，诗人忧之，故作《羔裘》闵其痛悼也，《匪风》冀君先教也。"

素冠

庶见素冠兮，
棘人栾栾兮。
劳心慱慱兮。

庶见素衣兮，
我心伤悲兮。
聊与子同归兮。

庶见素韠兮，
我心蕴结兮。
聊与子如一兮。

【注释】

1. 庶，《尔雅》：侈也。多、广之意。

2. 棘，为"膌"。《说文》："膌（jí），瘦也。"

3. 栾栾，为"脔脔"。《说文》："脔（luán），臒也。"《说文》："臒（qú）：少肉也。"脔脔，形容消瘦貌。

4. 慱慱（tuán），《尔雅》：忧也。

5. 韠（bì），《说文》：韨也。即蔽膝。

6. 蕴，为"薀"。《说文》："薀（wēn），积也。"蕴积之意。

7. 结，《说文》：缔也。《说文》："缔：结不解也。"

8. 聊，为"僇"。《说文》："僇（lù），一曰且也。"解作姑且、权且。

9. 如，《说文》：从随也。如一，即"一如"，解作一同、相同。

10. 素冠、素衣，士大夫离开祖国投奔他邦则着素衣、素冠，代指去国之士大夫。

【解析】

这首诗讲国家无道，民不聊生，士人去国。

537

"庶见素冠兮"，多见素冠者。经常见士人着素冠离开国家。"棘人栾栾"，消瘦之民脔脔。言民不聊生。"劳心愽愽兮"，劳心而忧。

　　"庶见素衣兮，我心伤悲。聊与子同归兮"，多见素衣者，我心伤悲。且与之同往。

　　"庶见素韠兮，我心蕴结。聊与子如一兮"，多见素韠者，我心蕴结。且与子一同。

【引证】

关于素冠、素衣、素韠

　　《礼记·曲礼下》："大夫、士去国，逾竟为坛，位乡国而哭。素衣，素裳，素冠，彻缘，鞮屦，素幂，乘髦马。不蚤鬋，不祭食，不说人以无罪，妇人不当御，三月而复服。"

　　大意：大夫、士离开本国，过国境后，设祭坛，向着本国方向哭泣。素衣、素裳，头戴素冠，除去衣服装饰镶边，穿没有修饰的草鞋，驾鬃毛未修剪的马。不修指甲、头发，不祭食，不以他人说自己离开祖国并非自身的过责而高兴（寓意士、大夫以去国为不义之举），不亲近妇人，三月之后恢复常服。

隰有苌楚

隰有苌楚，猗傩其枝，
夭之沃沃，乐子之无知。

隰有苌楚，猗傩其华，
夭之沃沃，乐子之无家。

隰有苌楚，猗傩其实，
夭之沃沃，乐子之无室。

【注释】

1. 隰，《尔雅》："陂者曰阪，下者曰隰。"即山坡下。

2. 苌（cháng），《说文》："苌，苌楚，跳弋。一名羊桃。"即灌木金丝桃，其茎皮柔韧，以法脱取之，可以为笔套，可以箍物。

3. 猗（yī）傩（nuó），为"橢傩"《说文》："橢：木橢施。"《说文》："旖：旗旖施（翻动）也。"《说文》："傩，行人节也。《诗》曰'佩玉有傩。'"橢傩，有节律的摇动。

4. 夭，为"枖"。《说文》："枖（yāo），木少盛貌。"树木初生而茂盛的样子。

5. 沃沃（wò，wū），为"俣俣"。《说文》："俣（wū，yǔ），大也。"俣俣，高大、长大、盛大、硕大貌。

6. 知，《尔雅》：匹也。无知，即无匹，即无配偶之意。

7. 乐，为"疗"。《说文》："疗，治也。"引申解决。

539

【解析】

这首诗讲居上位者应亲比于下。

"隰有苌楚，猗傩其枝，夭之沃沃，乐子之无知"，山坡下长有羊桃，枝条来回摇动，植株少壮而盛大，可以治子之无匹。寓意为官者亲民则能得百姓拥护。

“隰有苌楚，猗傩其华，夭之沃沃，乐子之无家”，山坡下长有羊桃，其花来回摇动，植株少壮而盛大，可以治子之无家。寓意为官者亲民则能得百姓爱护。

“隰有苌楚，猗傩其实，夭之沃沃，乐子之无室”，山坡下长有羊桃，果实来回摇动，植株少壮而盛大，可以治子之无室。

【引证】

关于“苌楚”

《尔雅》：“长楚，铫芅（yáo yì）。”

《山海经》：“其木多桑，多羊桃，状如桃而方（茎），（茎）可以为皮张。”清人汪绂注：“羊桃，苌楚也，又名姚芅子。如桃而小，中有陷痕如小麦，其枝茎畧方如荆，其枝繁而茎弱。其皮柔韧，横截而脱之成圈，可以箍物，亦可饰弓。故曰：‘可以为皮张。’谓以皮饰弓外体也。俗名桦桃。李时珍以此为藤梨、猕猴桃，误也。藤梨亦有羊桃之名，然蔓生大叶，绝非其类。陆氏草木状之说亦混。郭注云可治皮肿起，亦误。”

郭璞：“今羊桃也，或曰鬼桃。叶似桃，华白，子如小麦，亦似桃。”

陆玑：“今羊桃是也。叶长而狭，华紫赤色。其枝茎弱，过一尺引蔓于草上。今人以为汲灌，重而善没，不如杨柳也。近下根刀切其皮，著热灰中脱之，可韬笔管。”

由《山海经》之“其木多桑，多羊桃”，陆玑“今人以为汲灌”，《尔雅》“苌楚”为“长楚”，汪绂“其枝茎畧方如荆”，可排除“苌楚”为蔓草，推测为灌木。

由郭璞“叶似桃”与陆玑“叶长而狭”，推测其叶确与桃叶相似。

由《山海经》“如桃而方”或“方茎”，推测其茎干有棱或者方形，或者果方形。

由清人汪绂之“如桃而小，中有陷痕如小麦，其枝茎畧（略）方如荆”与郭璞“子如小麦，亦似桃”，可知其果实大致形状。

综合以上特征，苌楚应为金丝桃或方茎金丝桃。

金丝桃果子

郭璞："子如小麦，亦似桃。"

金丝桃

541

金丝桃为灌木，又名土连翘，高半米至一米多，丛状或通常有疏生的开张枝条。

茎红色，幼时具纵棱，很快长为圆柱形，小枝纤细且多分枝。花瓣金黄色至柠檬黄色，无红晕，开张。蒴果宽卵珠形或稀为卵珠状圆锥形至近球形，长不过一厘米，宽五毫米左右。金丝桃为温带树种，喜湿润半荫之地。不甚耐寒，地下为多年生，地上部分生长季末则枯萎。

方茎金丝桃为灌木，高五十厘米以上，茎持久四棱形，皮层红褐色，叶片狭椭圆形至披针形或狭长圆状椭圆形。花瓣亮黄色，有红晕。蒴果狭卵珠形至圆柱形，长七八毫米，宽三四毫米。

金丝桃属植物为灌木或多年生或一年生草本，花瓣黄至金黄色，偶有白色，有时脉上带红色。果为蒴果，室间开裂或沿胎座开裂，很少为浆果。金丝桃属植物分布于北半球的温带和亚热带地区，共有四百余种，中国有五十多种，广布全国，主产地为西南部。

北宋《证类本草》：一名鬼桃，一名羊肠，一名苌楚，一名御弋，一名铫弋。生山林川谷及生田野。二月采，阴干。陶隐居云："山野多有。甚似家桃，又非山桃，子小细，苦不堪啖，花甚赤。《诗》云：'隰有苌楚。'者即此也。方药亦不复用。唐本注云：'此物多生沟渠隍堑之间。人取煮以洗风痒及诸疮肿，极效。'"

匪风

匪风发兮，匪车偈兮。
顾瞻周道，中心怛兮。

匪风飘兮，匪车嘌兮。
顾瞻周道，中心吊兮。

谁能亨鱼？溉之釜鬵。
谁将西归？怀之好音。

【注释】

1.匪，通"非"。《说文》："非：违也。"本意为违背、背反，引申不正、邪恶。

2.风，《说文》："八风也。东方曰明庶风，东南曰清明风，南方曰景风，西南曰凉风，西方曰阊阖风，西北曰不周风，北方曰广莫风，东北曰融风。"

3.发，《说文》：射发也。引申生发、发起。

4.偈，为"趨"。《说文》："趨（jié），趌（jié）趨。怒走也。"即狂奔、疯跑。

5.顾，《说文》：还视也。即回头看。

6.瞻，《说文》：临视也。即察看、视察之意。顾瞻，即还视、顾看之意。

7.周道，周治天下之道。

8.怛，《说文》：痛也。

9.飘，应为"飖"。《说文》："飖（piāo），旌旗飖摇也。"本意指旌旗飞扬、摇动，引申吹动、动摇。今"飖摇"写作"飘摇"。《说文》："飘，回风也。"

10.嘌（piāo），《说文》：疾也。疾速之意。

11．吊，《说文》：问终也。原意为吊丧，引申哀悼。

12．亨，为"烹"。烹饪之意。《方言》："享，熟也。"

13．溉，为"摡"。《说文》："摡（gài），涤也。《诗》：'摡之釜鬵。'"

14．鬵（xín），《说文》：大釜也。《说文》："釜（fǔ），鍑（釜大口者）属。"

15．怀，《尔雅》：思也。

16．音，《说文》："音，声也。生于心有节于外，谓之音。宫、商、角、徵、羽，声。丝、竹、金、石、匏、土、革、木，音也。"

诗辑训

【解析】

这首诗讲周道败坏，君子忧心。

"匪风发兮，匪车偈兮"，邪恶之风生发，不正之车狂奔。寓意教化败坏，邪恶流行。"顾瞻周道，中心怛兮"，顾视周之教化，内心悲痛。言周道败坏，君子心痛。

"匪风飘兮，匪车嘌兮。顾瞻周道，中心吊兮"，邪恶之风生发，不正之车疾驰。顾看周之教化，内心为之哀伤。

"谁能亨鱼？溉之釜鬵"，谁能烹鱼？洗涤之釜鬵。言烹鱼必以洁净炊具，治国必以正道礼法。言外之意周道为治国之正道、大道。"谁将西归？怀之好音"，谁将回归西周之道？我思其嘉美之音。以好音指代礼乐教化。言诗人怀念周道。

【引证】

（1）东汉《潜夫论·志氏论》："会（桧）在河、伊之间。其君骄贪啬俭，减爵损禄，群臣卑让，上下不临，诗人忧之，故作《羔裘》闵其痛悼也，《匪风》冀君先教也。"

（2）西汉刘向《说苑·善说》：蘧伯玉使至楚，逢公子皙濮水之上，子皙接草而待曰："敢问上客将何之？"蘧伯玉为之轼车。公子皙曰："吾闻上士可以托色，中士可以托辞，下士可以托财，三者固可得而托身耶？"蘧伯玉曰："谨受命。"蘧伯玉见楚王，使事毕，坐谈话，从容言至于士。楚王曰："何国最多士？"蘧伯玉曰："楚最多士。"楚王大悦。蘧伯玉曰："楚最多士而楚不能用。"王造然曰："是何言也？"蘧伯玉曰："伍子胥生于楚，逃之吴。吴受而相之。发兵攻楚，堕平王之墓。伍子胥生于楚，吴善用之。蚡蚡黄生于楚，走之晋，治七十二县，道不拾遗，民不妄得，城郭不闭，国无盗贼，蚡黄生于楚而晋善用之。今者臣之来，逢公子晳濮水之上，辞言'上士可以托色，中士可以托辞，下士可以托财，三者固可得而托身耶？'又不知公子晳将何治也。"于是楚王发使一驷，副使二乘，追公子晳濮水之上。子晳还重于楚，蘧伯玉之力也。故《诗》曰："谁能烹鱼？溉之釜鬵。孰将西归？怀之好音。"此之谓也。物之相得，固微甚矣。

曹

蜉蝣

蜉蝣之羽，衣裳楚楚。
心之忧矣——于我归处。

蜉蝣之翼，采采衣服。
心之忧矣——于我归息。

蜉蝣掘阅，麻衣如雪。
心之忧矣——于我归说。

【注释】

1. 蜉蝣，《尔雅》：渠略。飞虫，成虫仅存活数小时或几天，常言其朝生暮死。《大戴礼记》："浮游者，渠略也，朝生而莫死。"
《说文》："蝣：蟁蝣（qú luě）也。一曰蜉游。朝生莫死者。"

2. 楚楚，为"黼黼"。《说文》："黼（chǔ），合五采鲜色。《诗》曰：'衣裳黼黼。'"楚楚，颜色丰富且色彩鲜亮，此处指衣裳文绣。

3. 采采，为"采采"之误。采采（biàn），通"辩辩"。《说文》："辩（bān），驳文也。"辩辩，色彩多样。古文"采、采、辩、辨、辦（bàn）"通用。

4. 掘，为"堀"。《说文》："堀（kū），突也。《诗》曰：'蜉蝣堀阅。'"
《说文》："突：犬从穴中暂出也。一曰滑也。"突，本意为犬从穴中快速窜出，引申为骤然、忽然、短暂。
《说文》："骷（kū），囚（囚徒）突出也。"堀或通"骷"，解作忽然、突然。

5. 阅，解作更历、经历。堀阅，极短暂的经历，指蜉蝣骤然生灭。

6. 麻衣，去世两周年祭祀穿着丧服为"素缟麻衣"，即素纰（饰）缟冠配以麻衣，即麻衣配白冠，故曰"麻衣如雪"。

547

《礼记》："又期而大祥（丧两周年祭祀），素缟麻衣。"

7. 于，《尔雅》：曰也。助词、无义。

8. 说，为"悦"。《尔雅》："悦，服也。"即顺从、服从之意。

9. 忧，为"慐"。《说文》："慐（yōu），愁也。""忧、憂（yōu）、慐"不同字。

10. 归处、归息，即归止。

【解析】

　　这首诗讲居上位者奢张、失德，国人有离散之忧。

　　"蜉蝣之羽"，蜉蝣之羽翅。蜉蝣朝生暮死，为速亡者也。蜉蝣羽翅不能折叠收敛，终生张扬。"蜉蝣之羽"为速死者之象，寓意奢张者速亡。"衣裳楚楚"，衣裳多彩而鲜亮。绣黼衣裳为诸侯之服。古人尚俭，锦衣之外常加罩衣。此处寓意奢侈、张扬。这两句诗讲诸侯奢侈败德，有速亡之患。"心之忧矣——于我归处"，心之忧矣——归止于我者。言诸侯奢张、败德，君子忧民心离散。言外之意收敛、俭约为美德，持行之可得久长。所谓"于我归处"即归依于我者，此处指归附之人民。

　　"蜉蝣之翼，采采衣服。心之忧矣——于我归息"，蜉蝣之翼，衣服色彩斐然。心之忧矣——归息于我者。

　　"蜉蝣掘阅"，蜉蝣短暂经历。言其生命骤然而过。"麻衣如雪"，麻衣白冠，望之如雪。古人守丧三年，实二十五个月。于去世第二十五个月举行大祥祭，大祥祭完则服丧基本结束。"麻衣如雪"言人终要离世。言外之意人不能长生而德行可永垂后世。"心之忧矣——于我归说"，心之忧矣——归服于我者。言无德行者不能使人民归服。换言之德行为民心归附之本。

【引证】

（1）《礼记·郊特牲》："绣（五采备）黼，丹朱中衣，大夫之僭礼也。"

（2）《礼记·表记》："子曰：君子不以口誉人，则民作忠。故君子问人之寒，则衣之；问人之饥，则食之；称人之美，则爵之。国风曰：'心之忧矣，于我归说。'"文中"心之忧矣，于我归说"言君子思立德行，如此方能服人。

（3）关于"阅"

《说文》："阅，具数于门中也。"原意指在门口清点进出门的物品或人的数量。引申为历、经历、更历、察阅、累积等。

《汉书》："旬岁间阅（历）三相（丞相）。"

《史记·功臣侯表》："古者人臣功有五等，明其功曰伐，积日曰阅。"

《前汉·文帝纪》："阅天下之义理多矣！"

《淮南子·原道训》："万物之总，皆阅一孔。百事之根，皆出一门。"

《小尔雅》："阅，具也。"

蜉蝣

蜉蝣，俗名"一夜老"，言其一夜之间即死去。蜉蝣稚虫（左图）生活在水中。稚虫期为数月或一年多不等，稚虫蜕皮最多可达四十余次。稚虫充分成长后出水，为亚成虫。亚成虫停留在水域附近的植物上，一般经一天左右蜕皮为成虫。蜉蝣成虫不取食，没有咀嚼能力，上颚退化消失，下颚也退化，常有下颚须。蜉蝣有翅一对或两对，飞行时振动频率很小，羽翅不能折叠。蜉蝣成虫一般只活数小时至几天，所以有"朝生暮死"的说法。蜉蝣成虫在其短暂一生中只负责交配，繁衍后代。春夏两季的午后至傍晚，常有成群的雄蜉蝣进行婚飞，雌虫飞入群中与雄虫配对，之后产卵于水中。

《大戴礼记》："万物之性各异类：故蚕食而不饮，蝉饮而不食，蜉蝣不饮不食。"

候人

彼候人兮，何戈与祋。
彼其之子，三百赤芾。

维鹈在梁，不濡其翼。
彼其之子，不称其服。

维鹈在梁，不濡其咮。
彼其之子，不遂其媾。

荟兮蔚兮，南山朝隮。
婉兮娈兮，季女斯饥。

【注释】

1. 候人，掌管地方道路事务的官员，同时负责引导、护送其辖区内的政务人员进出京城。

2. 祋（duì），《说文》：殳（shū）也。用积竹制作的棍杖类兵器，用以隔离人，杀伤力不强。《周礼》言其长丈二，建于兵车之上，为军队前锋所用兵器。

3. 何，《说文》：儋也。一说：背曰负，肩曰担，何曰揭也。即以手举为"何"。

4. 芾（fú），为"市"，即蔽膝。

5. 鹈（tí），《说文》：鹈胡，污泽也。水鸟，即鹈鹕，又名污泽，善潜水捕鱼。

6. 梁，《尔雅》："堤谓之梁。"《周礼》："渔人掌以时渔，为梁。"

7. 濡，为"擩"。《说文》："擩（rǔ），染也。"沾湿、沾染之意。

8. 称，《说文》：铨也。原意为衡量轻重的工具，引申般配、相当。

9. 咮（zhòu），《说文》：鸟口也。

10. 遂，为"夆"。《说文》："夆（suì），从意也。"即顺意、达成。

11. 媾（gòu），为"購"，简体"购"。《说文》："購，以财有所求也。"

12. 荟，通"嬒"。《说文》："嬒（huì），女黑色也。《诗》：'嬒兮蔚兮。'"原意指女子肤色发黑，泛指浅黑色。

13. 蔚，通"黦"。《说文》："黦（wèi），沃黑色也。"泛指深黑色。

14. 隮（jī），应作"隮"。《说文》："隮，登也。"登升、升起之意。

15. 婉，《说文》：顺也。

16. 娈（luán），为"孌"。《说文》："孌（luǎn），顺也。"

17. 季，《说文》：少称也。季女，小女儿。

18. 斯，助词、无义。

19. 饥，繁体有"飢、饑"二字。此处为"飢"。《说文》："飢，饿也。饑，谷不孰为饑。"古籍之中二字多混用，简体皆为"饥"。

【解析】

这首诗讲执政者居位素食，以致民不聊生。

"彼候人兮，何戈与祋"，彼候人兮，持戈与祋。候人为低阶士人，此处为候人徒属。负责路政以及迎送官员往来。"彼其之子，三百赤芾"，彼其之子，三百赤芾者。《礼记》言卿大夫配赤芾，此处代指卿大夫。"三百赤芾"寓意国家官员过多。这两句诗讲官员虚多，往来频繁。

"维鹈在梁，不濡其翼"，鹈鹕在水梁之上，不曾沾湿其羽翼。言鹈鹕未下水捕鱼，寓意执政者居其位而不事其事。"彼其之子，不称其服"，彼其之子，德行不称其衣服。言卿大夫不称职。

"维鹈在梁，不濡其咮。彼其之子，不遂其媾"，鹈鹕在水堤之上，不曾沾湿其口。彼其之子，不遂民之所求。言卿大夫不称职。

"荟兮蔚兮，南山朝隮"，乌云或深或浅，一早升至南山之上。"南山"高明之地。言光明被遮掩，寓意正道被蒙蔽。"婉兮娈兮，季女斯饥"，顺之从之，季女至于饥饿。小女儿尚且饥饿何况其他人？言听任为官者居位素食则最终导致民不聊生。

【引证】

（1）《礼记·表记》："是故君子服其服，则文以君子之容；有其容，则文以君子之辞；遂其辞，则实以君子之德。是故君子耻服其服而无其

552

容，耻有其容而无其辞，耻有其辞而无其德，耻有其德而无其行。是故君子衰绖则有哀色；端冕则有敬色；甲胄则有不可辱之色。《诗》云：'惟鹈在梁，不濡其翼。彼记之子，不称其服。'"

（2）《左传·僖公二十四年》："郑子华之弟子臧出奔宋，好聚鹬冠。郑伯闻而恶之，使盗诱之。八月盗杀之于陈宋之间。君子曰：'服之不衷，身之灾也。《诗》曰：'彼己之子，不称其服。'子臧之服不称也夫。'"

以上两则记载皆以"服"为衣服。

（3）《国语·晋语四》：令尹子玉曰："请杀晋公子。弗杀而反晋国，必惧楚师。"王曰："不可。楚师之惧，我不修也。我之不德，杀之何为？天之祚楚，谁能惧之？楚不可祚，冀州之土，其无令君乎？且晋公子敏而有文，约而不谄，三材侍之，天祚之矣。天之所兴，谁能废之？"子玉曰："然则请止狐偃（子犯，重耳舅父）。"王曰："不可。曹《诗》曰：'彼己之子，不遂其媾。'邮之也。夫邮而效之，邮（过尤）又甚焉。效邮，非礼也。"于是怀公自秦逃归，秦伯召公子于楚，楚子厚币以送公子于秦。

大意：晋国公子重耳流亡在楚国，楚臣子玉认为重耳将来必定为楚国后患，主张杀死重耳。楚王认为上天注定重耳当兴，应当顺合天意扶助重耳。止留狐偃，为难重耳，即"不遂重耳之求"，如此为过尤。

（4）关于"赤芾"

《说文》："市：韠（bì）也。上古衣蔽前而已，市以象之。天子朱市，诸侯赤市，大夫葱衡。"

《说文》："韠：韍（fú）也。所以蔽前，以韦。下广二尺，上广一尺，其颈五寸。一命缊韠，再命赤韠。"

《礼记·玉藻》："韠，君朱，大夫素，士爵韦。圜杀直，天子直，公侯前后方，大夫前方后挫角，士前后正。韠，下广二尺，上广一尺，长三尺，其颈五寸，肩革带博二寸。一命缊韍幽衡，再命赤韍幽衡，三命赤韍葱衡。"

大意：韠，国君用朱红色，大夫用素色，士用赤黑色。祭服配韠称韍。士用赤黄色的韍，黑色玉衡；大夫用赤色的韍，黑色玉衡。卿用赤色的韍，青色玉衡。

（5）关于"候人"

《周礼》："候人：上士六人，下士十有二人，史六人，徒百有二十人。……各掌其方之道治与其禁令，以设候人。若有方治，则帅而致于朝。及归，送之于竟。"

【名物】

鹈鹕

鹈鹕为大型游禽，喙长，喉囊发达，适于捕鱼。鹈鹕羽毛有白色、桃红色或浅灰褐色。鹈鹕主要栖息于湖泊、江河、沼泽。常成群生活，善于飞行，善于游泳。主要以鱼类为食，觅食时从高空直扎入水中。大部分的鹈鹕通过群体协作捕食。鹈鹕配对后终生不换。小鹈鹕的孵化和育雏由雌雄鹈鹕共同承担。

鸤鸠

鸤鸠在桑，其子七兮。
淑人君子，其仪一兮。
其仪一兮，心如结兮。

鸤鸠在桑，其子在梅。
淑人君子，其带伊丝。
其带伊丝，其弁伊骐。

鸤鸠在桑，其子在棘。
淑人君子，其仪不忒。
其仪不忒，正是四国。

鸤鸠在桑，其子在榛。
淑人君子，正是国人。
正是国人，胡不万年。

【注释】

1. 鸤鸠，又写作"尸鸠"。《方言》："尸鸠，自关而东谓之戴鵀，东齐海岱之间谓之戴南，南犹鵀也。或谓之鵙鵊，或谓之戴鹝，或谓之戴胜。"

2. 淑，《尔雅》：善也。

3. 仪，《说文》：度也。原意为法度、准则之意。此处指人之立身、行事之则。

4. 伊，通"尹"。《尔雅》："尹，正也。"

5. 丝，指衣带上用来系佩饰的丝绳（即组绶），组绶的颜色随身份而异。伊丝，合乎身份、礼制的组绶。

《礼记·玉藻》："君子无故，玉不去身，君子于玉比德焉。天子佩白玉而玄组绶，公侯佩山玄玉而朱组绶，大夫佩水苍玉而纯组绶，世子佩瑜玉而綦组绶，士佩瓀玟而缊组绶。孔子佩象环五寸，而綦组绶。"

6. 弁（biàn），《说文》："冕也。周曰弁，殷曰冔，夏曰收。"弁倒"八"字形，鹿皮做的称之为皮弁。《释名》："如两手相合抃时也。以鹿皮为之，谓之皮弁。"

7. 骐，为"璂"。《说文》："璂（qí），弁饰，往往冒玉也。"帽子上的饰物，成排而突出的玉。《周礼》："王之皮弁，会五采玉璂。"由君王皮弁配五色玉璂推测，玉璂使用应如组绶一样，有一定规制。伊璂，即合乎礼制的弁饰。

8. 忒（tè），《说文》：更也。改变、变更之意。

9. 是，《说文》：直也。

10. 梅，《说文》：楠也。楠木生长缓慢，木材致密。

11. 棘，《说文》：小枣丛生者。即丛生酸枣树。酸枣生长缓慢，木质坚硬。

12. 榛，《说文》：木也。榛子树生长缓慢。

【解析】

这首诗讲君子坚守节操，笃行其道。

"鸤鸠在桑，其子七兮"，戴胜在桑树之上，捕捉桑虫，其雏鸟七只。戴胜通常一天产卵一枚，一般一窝产卵五至十枚。自生产第一枚卵起即开始孵化，边产卵边孵化，所以雏鸟大小不一。雏鸟巢内喂养十八天后离巢，还需巢外育养十多天。雏鸟大小不一，但亲鸟能分别平等对待。七为夏之数，方位在南，寓含长养之意。"淑人君子，其仪一兮"，善人君子，其立身、行事准则始终如一。"其仪一兮，心如结兮"，其立身、行事准则始终如一，心志如绳结一般牢固。

"鸤鸠在桑，其子在梅"，戴胜在桑，其子在楠木之上。楠木生长缓慢，寓意戴胜养育雏鸟历时长久。"淑人君子，其带伊丝"，善人君子，其大带配丝合乎礼制。大带用以束腰，其所系组绶合乎礼制，寓意君子能节俭立身。"其带伊丝，其弁伊骐"，组绶合乎礼制，其冠帽佩玉合乎礼制。冠冕在上，为衣服之首。玉璂合乎礼制，寓意君子立身严正。

"鸤鸠在桑，其子在棘。淑人君子，其仪不忒。其仪不忒，正是四国"，戴胜在桑树之上，其子在棘木之上。善人君子，其立身、行事准则不改。其准则不改，使四方之国皆正直。棘木生长缓慢，寓意戴胜养育雏鸟历时长而难。

"鸤鸠在桑，其子在榛。淑人君子，正是国人。正是国人，胡不万年"，戴胜在桑，其子在榛树之上。善人君子，使国人正直。使国人正直，如何不万年？

【引证】

（1）《礼记·经解》："天子者，与天地参。故德配天地，兼利万物，与日月并明，明照四海而不遗微小。其在朝廷，则道仁圣礼义之序。燕处则听雅颂之音。行步则有环佩之声。升车则有鸾和之音。居处有礼，进退有度，百官得其宜，万事得其序。《诗》云：'淑人君子，其仪不忒。其仪不忒，正是四国'此之谓也。"

（2）《礼记·缁衣》：子曰："为上可望而知也，为下可述而志也，则君不疑于其臣，而臣不惑于其君矣。《尹吉》曰：'惟尹躬及汤，咸有壹德。'《诗》云：'淑人君子，其仪不忒。'"

（3）《荀子·劝学》：蚓无爪牙之利，筋骨之强，上食埃土，下饮黄泉，用心一也。蟹八跪而二螯，非蛇蟺之穴，无可寄托者，用心躁也。是故无冥冥之志者无昭昭之明。无惛惛之事者无赫赫之功。行衢道者不至，事两君者不容。目不能两视而明，耳不能两听而聪。螣蛇无足而飞，梧鼠五技而穷。《诗》曰：'尸鸠在桑，其子七兮。淑人君子，其仪一兮。其仪一兮，心如结兮。'故君子结于一也。

（4）《礼记·月令》："孟夏之月，日在毕，昏翼中，旦婺女中。其日丙丁。其帝炎帝，其神祝融。其虫羽。其音徵，律中中吕。其数七。其味苦，其臭焦。其祀灶，祭先肺。"

（5）关于鸤鸠

《说文》："鶝，秸鶝，鸤鸠。"《毛诗草木鸟兽虫鱼疏》："鸤鸠，鴶鵴。今梁宋之间谓布谷为鴶鵴。一名布谷，一名桑鸠。"布谷鸟今指大杜鹃，大杜鹃不自营巢，产卵于其他鸟巢，由其他鸟孵化、养育大杜鹃雏鸟。郭璞、陆玑认为鸤鸠为布谷鸟。若布谷鸟为大杜鹃则与诗意不合，可以断定鸤鸠不是大杜鹃。

《礼记·月令》："戴胜降于桑。"可知戴胜喜食桑虫。汉以后有称鸤鸠为桑鸠者。

《逸周书·时训解》："戴胜不降于桑，政教不中。"

（6）《荀子·解蔽》：农精于田，而不可以为田师。贾精于市，而不可以为市师。工精于器，而不可以为器师。有人也，不能此三技，而可使治三官。曰：精于道者也，精于物者也。精于物者以物物，精于道者兼物物。故君子壹于道，而以赞稽物。壹于道则正，以赞稽物则察。以正志行察论，则万物官矣。昔者舜之治天下也，不以事诏而万物成。处一危之，其荣满侧（充盈）。养一之微，荣矣而未知。故道经曰："人心之危（恑，guǐ，变也），道心之微（敳，wēi，眇也）。"危微之几，惟明君子而后能知之。故人心譬如盘水，正错（措）而勿动，则湛浊在下，而清明在上，则足以见鬓眉而察理矣。微风过之，湛浊动乎下，清明乱于上，则不可以得大形之正也。心亦如是矣。故导之以理，养之以清，物莫之倾，则足以定是非决嫌疑矣。小物引之，则其正外易，其心内倾，则不足以决粗理矣。故好书者众矣，而仓颉独传者，壹也。好稼者众矣，而后稷独传者，壹也。好乐者众矣，而夔独传者，壹也。好义者众矣，而舜独传者，壹也。倕作弓，浮游作矢，而羿精于射。奚仲作车，乘杜作乘马，而造父精于御。自古及今，未尝有两而能精者也。曾子曰："是其庭可以搏鼠，恶能与我歌矣！"

戴胜育雏

戴胜，为食虫鸟，常见于林缘地带，中国各地皆有。戴胜在长江以北属于夏候鸟，暮春、初夏始见。戴胜性活泼，较驯善，不甚怕人。

戴胜通常营巢于天然树洞或啄木鸟的弃洞中。戴胜每年五六月份繁殖，一年一窝，通常每窝产卵五至九枚，最多达十二枚。戴胜每天产卵一枚，边产卵边孵化，雏鸟出壳先后相差三到十天，故一窝之中雏鸟大小不同。第一只雏鸟出壳后，亲鸟便开始了繁忙的育雏。起初由雌鸟坐巢，负责孵化、护雏，雄鸟则外出觅食育雏。因雏鸟多，戴胜平均一天要捕食一百三十次左右。育雏期间，亲鸟凌晨四点多就开始劳作，晚七点左右结束。当雏鸟全部出壳后，雌雄亲鸟共同外出觅食。根据雏鸟日龄不同，亲鸟育雏次数也有差别。雏鸟经巢内喂育十八天后方可离巢，再经十至十八天的巢外育幼期，才能独立生活。

育雏期间，由于亲鸟不处理雏鸟粪便，加之雌鸟在孵卵期间从尾部腺体排出一种黑棕色的油状液体，使得巢内极为脏臭，故戴胜又有"臭姑姑"的俗名。

559

下泉

冽彼下泉，浸彼苞稂。
忾我寤叹，念彼周京。

冽彼下泉，浸彼苞萧。
忾我寤叹，念彼京周。

冽彼下泉，浸彼苞蓍。
忾我寤叹，念彼京师。

芃芃黍苗，阴雨膏之。
四国有王，郇伯劳之。

【注释】

1. 下泉，地下泉水。此处指井水。

2. 冽，又作"洌"。《说文》："洌，水清也。"

3. 浸，为"瀺"。《说文》："瀺（jiàn）：水至也。"引申灌溉、浇水。

4. 苞，《尔雅》：丰也，积也。

5. 稂（láng），又作"莨"。《说文》："莨，禾粟之穗生而不成者，谓之童莨。"稂通"莨"。《说文》："莨（láng），草也。"郭璞："藏莨，草名，中牛马刍。"

莨，即狼尾草，可以作牛马饲料。《国语》："马饩不过稂莠。"

6. 萧，《说文》：艾蒿也。即牛尾蒿。萧与脂共燃有香气，常作祭祀用品。《周礼》："祭祀，共（供）萧茅。"

《礼记·祭义》："燔燎膻芗，见以萧光，以报气也。"即在燃烧的萧上洒油脂。

《礼记·郊特牲》："萧合黍稷臭（黍稷萧混合燃烧），阳达于墙屋。故既奠，然后焫（烧）萧合膻芗（肠脂）。"

7. 蓍（shī），《说文》："蓍，蒿属。生十岁，百茎。"许慎以为蒿一种，具体品种不详。古人以蓍草为工具进行占筮。

8. 忾（xì），《说文》：大息也。《诗》曰："忾我寤叹。"

9. 寤，为"悟"。《说文》："悟，觉也。"

10. 叹，《说文》：吟也。即呻吟。

11. 周，为"匊"。《说文》："匊（zhōu），币徧也。"广布、遍布之意。

12. 京，《尔雅》：大也。京周、周京，即广大之意。

13. 师，《尔雅》：众也。京师，广众之意。

14. 京周、周京、京师，用以指天子居住之城邑，引申为都城。

15. 芃（péng），《说文》：草盛也。芃芃，茂盛的样子。

16. 膏，《说文》：肥也。

17. 王，通"迋"。《说文》："迋，往也。"此处指朝天子。

《国语》："故先王制诸侯，使五年四王，一相朝。"

《左传》："诸侯有王，王有巡守。"

18. 劳，《尔雅》：勤也。

19. 郇（xún），《说文》："郇，周武王子所封国，在晋地。"郇国在春秋早期被晋国吞并。郇伯，郇国君主，或为西周时期方伯。郇伯应该在周康王及周昭王时期为方伯，德行被诸侯称颂。

《竹书纪年·昭王》："六年，王锡郇伯命。冬十二月，桃李华。"

【解析】

这首诗讲晋国为霸主对曹国横征暴敛，曹人怨之。

"冽彼下泉，浸彼苞稂"，彼地下泉水澄清，浇灌彼稠密之莨草。言汲取井水灌溉莨草。井水多用以饮用，莨草多由野生。以井水灌溉颇为费力，然而竟用来浇灌其饲养牛马的莨草。寓意滥用宝贵国力以自肥。此处指晋国对曹国肆意掠夺。"忾我寤叹"，我觉悟而呻吟，其叹息也深。言忧心深重。"念彼周京"，怀念彼天子之都。言怀念周王之道。言外之意指霸主晋国无道。

"冽彼下泉，浸彼苞萧"，彼地下泉水澄清，浇灌彼稠密之萧。艾蒿有香气，祭祀用作香料。寓意滥用宝贵国力以自实。"忾我寤叹，念彼京周"，我觉悟而呻吟，其叹息也深，怀念彼天子之都。

"冽彼下泉，浸彼苞蓍"，彼地下泉水澄清，浇灌彼稠密之蓍草。

著草用以筮卦。寓意滥用宝贵国力以自实。"忾我寤叹，念彼京师"，我觉悟而呻吟其，叹息也深，怀念彼天子之都。

"芃芃黍苗，阴雨膏之"，茂密之黍苗，阴雨以肥之。茛、萧、著等物资皆为富贵者所用，黍则百姓日食之。上天以雨水润泽黍苗，言上天利民。言外之意晋国为霸主不顾属国民生。"四国有王，郇伯劳之"，四方之国朝于天子，郇伯勤之。言郇伯为方伯能惠利诸侯，故四方诸侯尊周王。言外之意，时下晋国为霸主无当年郇伯之德行，唯图谋自肥，不能施惠诸侯，不维护周天子。晋文公时郇国已并入晋国，当此时晋国对曹横征暴敛，曹人怀念晋地先贤郇伯，故以"四国有王，郇伯劳之"刺晋国之不仁、不义。

【引证】

（1）《孔丛子·记义》："于《下泉》见乱世之思明君也。"

（2）关于"下泉"

《孟子·尽心上》："有为者辟若掘井，掘井九轫而不及泉，犹为弃井也。"

《孔子家语·终记解》："葬于鲁城北泗水上，藏入地不及泉。"

（3）关于"周京、京周、京师"

《白虎通》："京师者，何谓也？千里之邑号也。京，大也；师，众也。天子所居，故以大众言之。明诸侯，法日月之径千里。《春秋传》曰：京曰天子之居也。"

《公羊传·桓公九年》："京师者何？天子之居也。京者何？大也。师者何？众也。天子之居，必以众大之辞言之。"

（4）关于"伯"

《礼记·王制》："千里之外，设方伯。五国以为属，属有长。十国以为连，连有帅。三十国以为卒，卒有正。二百一十国以为州，州有伯。八州八伯，五十六正，百六十八帅，三百三十六长。八伯各以其属，属于天子之老二人，分天下以为左右，曰二伯。"

（5）关于晋国与曹国

晋文公重耳起初逃亡过曹国，曹君共公不能以礼相待。重耳即位后讨伐曹国，掳曹共公至晋国，之后释放归国，自此曹国受制于晋国日甚。这首诗诗当作在曹共公被晋文公释放归国后，曹国臣服于晋国，晋

诗辑训

国对其索要财物、人力甚多，故曹人怨恨。

《史记·晋世家》："过曹，曹共公不礼，欲观重耳骈胁。曹大夫厘负羁曰：'晋公子贤，又同姓，穷来过我，奈何不礼！'共公不从其谋。负羁乃私遗重耳食，置璧其下。重耳受其食，还其璧。………五年春，晋文公欲伐曹，假道于卫，卫人弗许。还自河南度，侵曹，伐卫。正月，取五鹿。二月，晋侯、齐侯盟于敛盂。卫侯请盟晋，晋人不许。卫侯欲与楚，国人不欲，故出其君以说晋。卫侯居襄牛，公子买守卫。楚救卫，不卒。晋侯围曹。三月丙午，晋师入曹，数之以其不用厘负羁言，而用美女乘轩者三百人也。令军毋入僖负羁宗家以报德。楚围宋，宋复告急晋。文公欲救则攻楚，为楚尝有德，不欲伐也。欲释宋，宋又尝有德于晋，患之。先轸曰：'执曹伯，分曹、卫地以与宋，楚急曹、卫，其势宜释宋。'于是文公从之，而楚成王乃引兵归。"

诗
辑
训

564

狼尾草

　　狼尾草为多年生草本，秆直立，丛生。狼尾草鲜草中粗脂肪、粗蛋白、粗纤维的含量高，营养丰富，是一种高档牧草，为牛、羊、兔等动物所喜食。狼尾草具有抗旱、抗盐、抗病害、耐湿、对土壤条件要求不严、生长迅速等优点，在中国南方省份有大量种植。

　　狗尾草和狼尾草外形相似。狗尾草叶片由基部到叶梢逐渐变窄，狼尾草叶片上下基本等宽。狼尾草叶较狗尾草长很多。狗尾草多为一年生，狼尾草为多年生。

幽

七月

（一）

七月流火，九月授衣。

一之日觱发，二之日栗烈。

无衣无褐，何以卒岁？

三之日于耜，四之日举趾。

同我妇子，馌彼南亩，田畯至喜。

七月流火，九月授衣。

春日载阳，有鸣仓庚。

女执懿筐，遵彼微行，爰求柔桑。

春日迟迟，采蘩祁祁。

女心伤悲，殆及公子同归。

【注释】

1. 流，《说文》：水行也。引申为流转、运行。

2. 火，星名，又名心火，天蝎座之心宿二。古人以火的运行位置为寒暑参照。农历五月黄昏火出现在南中天附近，之后六、七、八月逐渐西移，至九、十月黄昏则隐落于天空西南方。

3. 七月流火，七月心火向西行。寓意天气开始转凉。

4. 授衣，国家在冬季来临之前，给社会上没有依靠的人发放寒衣。《周礼》："典枲：掌布缌缕纻之麻草之物，以待时颁功而授赍。及献功，受苦功，以其贾楬而藏之，以待时颁。颁衣服，授之，赐予亦如之。"

5. 一之日，周人农历纪月的一种叫法。冬至（农历十一月）之后太阳开始北移，故古人以冬至为岁首，称冬至之月为"一之日"，冬至之后第二个月为"二之日"。依次类推有"三之日、四之日"，但春分之后则不用此叫法，所以没有"五之日、六之日、七之日"之说。春分日太阳直射赤道，北半球为春分，南半球为秋分。

6. 觱（bì）发，为"滭冹"。《说文》："滭冹（bì，fú），风寒也。"

7. 栗，为"瘭或凛"。《说文》："瘭（lǐn）、凛（lǐn）：寒也。"

8. 烈，《说文》：火猛也。瘭烈，即寒风强劲。

9. 褐（hè），《说文》：编枲韤。本意为用麻编的袜子，此处指保暖的鞋袜。

10. 耜（sì），《说文》：臿也。古代的一种农具，起土、翻地之用。

11. 举趾，抬足，此处指伸展手脚。

12. 馌（yè），《说文》：饷田也。以祭品奉献给田地之神。

13. 南亩，南北向地垄。大块田地正常地垄为南北向，故南亩代指大田。《左传》有"使耕者东亩。"其中"东亩"即东西向设地垄，反常。

14. 畯（jùn），《说文》：农夫也。管农业生产的官吏。《礼记》："上农夫食九人。"

15. 至，为"致"。《说文》："致，送诣也。"送到之意。

16. 喜，为"禧"。《说文》："禧，礼吉也。"行礼以求得吉利。致禧，初春农夫在开始耕种之前向田祖行礼，以求吉利。俗称祭拜祖师爷。传说田祖为后稷之孙叔均，叔均发明以牛耕地种田。喜亦或为"饎"。《说文》："饎：酒食也。"

17. 春日，即春分后称春日。春分在农历二月。

18. 载阳，即岁阳，指阳胜阴的季节。春分至秋分为岁阳，秋分至春分为岁阴。

19. 仓庚，《尔雅》：鵹黄也。即黄鹂。《说文》："黄，仓庚也。鸣则蚕生。"

20. 懿，为"撎"。《说文》："撎（yī），举手下手也。"撎筐，系在腰间的筐。

21. 微行，小道、小路。《尔雅》："行，道也。"

22. 爰，《尔雅》：曰也。助词、无义。

23. 柔，为"柔"之误。《说文》："柔（shù）：栩也。"即柞树，又称栎树，叶子可以饲养蚕。以柞树叶养殖蚕所产丝称之为柞蚕丝。

24. 迟迟、祁祁，《尔雅》：徐也。

25. 蘩（fán），《尔雅》：皤蒿。即白蒿。枯干白蒿秆可以作蚕山。

26. 殆，为"叞"。《说文》："叞（gài），奴（cán，穿）探坚意也。"本意指穿破以探测其坚实与否。引申为推测、估计、料想。《孟子》："殆不可复。"古文"殆、盖、概、叞"音近通假。

27. 及，《尔雅》：与也。

28. 公子，为"伀子"，泛指公职者。《说文》："伀，志及众也。"

【解析】

这首诗讲一年四季物候变化，国家、民众之生产、生活诸事务。

"七月流火，九月授衣"，七月心火西行，至九月国家给需要者发放过冬寒衣。"之一日觱发，二之日栗烈。无衣无褐，何以卒岁"，十一月风已寒冷，十二月则寒风猛烈。无衣服无鞋袜，如何过冬？"三之日于耜，四之日举趾"，一月着手收拾农具，二月伸展手脚，准备劳作。"同我妇子，馌彼南亩，田畯至喜"，妻与子同我，在大田献祭品拜田神，农夫在开始耕种前祭拜田祖。这段诗讲治田。

"七月流火，九月授衣。春日载阳，有鸣仓庚"，七月心火西行，九月国家发放过冬寒衣。春分之后进入一年岁阳，有黄鹂开始鸣叫。"女执懿筐，遵彼微行，爰求柔桑"，女子执腰筐，沿着小道，采集柞树叶、桑叶。女子由小路四处采摘桑叶，言桑事繁重。"春日迟迟，采蘩祁祁"，春日徐徐，慢慢采收白蒿。言春分后即开始采收白蒿秆制作蚕山。"女心伤悲，殆及公子同归"，女子伤悲，殆与公职者同归。言二三月蚕事繁重，妇人尤为辛劳。国家公职人员亦在此时勤劝蚕事，故言"同归"。这段诗讲治蚕。

【引证】

（1）关于"火"

《国语》："火中而旦，其九月十月之交乎？"

《左传·昭公七年》："火出，於夏为三月，於商为四月，於周为五月。"

《左传·昭公十八年》："夏，五月火始昏见。丙子风，梓慎曰：'是谓融风，火之始也，七日其火作乎。'"

《夏小正》"五月：初昏大火中。大火者，心也。心中，种黍、菽、糜时也。……九月：内火。内（纳）火也者，大火。大火也者，心也。"

《左传·哀公十二年》："冬十二月，螽。季孙问诸仲尼，仲尼曰：'丘闻之，火伏而后蛰者毕。今火犹西流，司历过也。'"

《礼记·月令》："季夏之月（六月），日在柳，昏火中。"

有学者认为《七月》与《夏小正》同为一年设十个月的历法。综合《夏小正》之"九月内火"、《左传》之"火伏而后蛰者毕"、《礼记·月令》之"九月蛰虫咸伏俯在内"，可以断定二者历法相同且皆为十二月历法。

（2）关于白蒿的用处

一说用来作蚕蔟。蚕蔟为供蚕吐丝作茧的用具，俗称蚕山，多用竹、木、草等做成。白蒿秆高直，春季取前一年枯干白蒿秆扎成蚕山。《说文》："蔟（cù）：行蚕蓐。蓐：陈草复生也。一曰蔟也。"《晋书》："修成蚕蔟，分茧理丝。"

一说用白蒿煮水，冷却后以之洗蚕卵，使之易出。

毛《传》："蘩，白蒿，所以生蚕。"言"生蚕"，未详。

明代徐光启《农政全书》："蚕之未出者，鬻蘩沃之则易出，今养蚕者皆然。故《毛诗》云：'所以生蚕。'"

《礼记》："使入蚕于蚕室，奉种浴于川。"记载以河水浴蚕卵。

笔者以蚕蔟说为是。若仅以白蒿煮水洗卵，则"采蘩"数量少且劳动甚轻微，与"采蘩祁祁"不相和。《出车》有"仓庚喈喈、采蘩祁祁"，可证采蘩之繁重。

（3）《礼记·月令》："季春之月……是月也，命野虞毋伐桑柘。鸣鸠拂其羽，戴胜降于桑。具曲植籧筐。后妃齐戒，亲东乡躬桑。禁妇女毋观（容貌），省妇使（妇人劳务），以劝蚕事。蚕事既登，分茧称丝效功，以共郊庙之服，无有敢惰。……是月也，聚畜百药。靡草死，麦秋至。断薄刑，决小罪，出轻系。蚕事毕，后妃献茧。乃收茧税，以桑为均，贵贱长幼如一，以给郊庙之服。"

（4）《礼记·祭义》："古者天子、诸侯必有公桑、蚕室，近川而为之。筑宫仞有三尺，棘墙而外闭之。及大昕之朝（三月一日早晨），君皮弁素积，卜三宫之夫人世妇之吉者，使入蚕于蚕室，奉种浴于川。桑于公桑，风戾以食之。"

河姆渡出土的骨耜和装有木柄的骨耜复原图

蚕山

由上图可见，蚕山所用秸秆数量颇多，与"采蘩祁祁"相和。

七月

（二）

七月流火，八月萑苇。

蚕月条桑，取彼斧斨，

以伐远扬，猗彼女桑。

七月鸣鵙，八月载绩。

载玄载黄，我朱孔阳，为公子裳。

四月秀葽，五月鸣蜩。

八月其获，十月陨箨。

一之日于貉，取彼狐狸，为公子裘。

二之日其同，载缵武功。

言私其豵，献豜于公。

【注释】

1. 萑（huán），为"萑"。《说文》："萑（huán），薍也。"即荻。

2. 蚕月，养蚕的月份，即农历三、四月。《月令》记载蚕事从季春始至孟夏终。

3. 条，通"调"。《说文》："调，和也。"《尚书》："若网在纲，有条而不紊。"

4. 斨（qiāng），《说文》：方銎斧也。斧头上圆孔，配圆木柄称斧。方孔为斨。

5. 女桑，《尔雅》：桋桑也。灌木桑。郭璞："今俗呼桑树小而条长者为女桑树。"

6. 猗，为"掎"。《说文》："掎（yǐ，jī），持去也。"

7. 鵙（jú），《尔雅》：伯劳也。一种鸟，迁徙经过中国中东部，农历五月小暑时节到达我国中北部地区。《月令》："小暑至，螳螂生。鵙始鸣，反舌无声。"

8. 载，助词，无义。《诗》："载沉载浮。"

9. 绩，《说文》：缉也。把麻撚搓成绳线。

10. 孔，《尔雅》：甚也。《说文》："阳，高明也。"孔阳，甚明亮。此处指颜色亮。

11. 葽，《说文》："葽（yāo）：草也。《诗》曰：'四月秀葽。'刘向说此味苦，苦葽也。"苦葽即苦芺（ǎo），或为乳苣（紫花山莴苣）。《说文》："芺：草也。味苦，江南食以下气。"

12. 蜩（tiáo），《说文》：蝉也。

13. 萚（tuò），《说文》：草木凡皮叶落陊地为萚。

14. 貉（hé），《说文》：北方豸穜。即貉子。

15. 狸，《说文》：伏兽，似貙。即豹猫。《说文》："猫：狸属。"《韩非子》："使鸡司夜，令狸执鼠，皆用其能。"

16. 缵（zuǎn），《说文》：继也。

17. 武功，指田猎、驾驭车马诸事。

18. 言，《尔雅》：我也。

19. 私，为"厶"。《说文》："厶（sī），奸衺也。韩非曰：'苍颉作字，自营为厶。'"

20. 豵（zōng），《说文》：生六月豚。一曰一岁豵。六个月或一岁的野猪称为豵。

21. 豜（jiān），《说文》：三岁豕。三岁的野猪。

【解析】

　　"七月流火，八月萑苇"，七月心火西行，八月获苇成熟。"蚕月条桑，取彼斧斨，以伐远扬，猗彼女桑"，三四月调理桑枝，取彼斧斨，砍伐次枝、小条，折取女桑。"七月鸣鵙，八月载绩"，七月还有伯劳鸣叫，之后伯劳就要南飞，八月绩麻。"载玄载黄，我朱孔阳，为公子裳"，黑黄布帛，加之我十分鲜亮的朱帛，以之制作官员衣裳。

　　"四月秀葽，五月鸣蜩。八月其获，十月陨萚"，四月入夏苦芺秀花，五月蝉鸣。八月开始收获，十月草木凋落。"一之日于貉，取彼狐狸，为公子裘"，冬至之月猎貉，以及狐狸，取其毛皮，为官员裘衣。"二之日其同，载缵武功。言私其豵，献豜与公"，十二月同上月，继续习武事。我留下所获小猪，大猪献与公。

豹猫

豹猫又名山狸、野猫、狸子、狸猫，比家猫略大，肉食性动物。豹猫独栖或成对活动，夜行性，晨昏活动较多。豹猫攀爬能力强，常以伏击方式捕获猎物。豹猫毛色有多种，南方豹猫多为黄色，北方则多为银灰色。豹猫的斑点一般为黑色。

乳苣

　　乳苣，又名苦菜，多年生草本，嫩苗可食。花紫色或紫蓝色，花果期六至九月。

　　郭璞注："钩，芺。大如拇指，中空，茎头有薹似蓟，初生可食。"

　　《蜀本草》："《图经》有云，苦芺子若猫蓟，茎圆无刺。所在下湿地有之。"

　　《本草纲目》："许慎《说文》言江南人食之下气。今浙东人清明节采其嫩苗食之，言一年之中不生疮疖。亦捣汁和米为食，其色清久留不败。"

红尾伯劳

灰伯劳

　　伯劳性凶猛，嘴具钩，脚强健，趾有利钩，通常以昆虫为食，亦捕青蛙、老鼠等。伯劳常将猎物挂在带刺的树上，在树刺帮助下将猎物杀死，故又名屠夫鸟。伯劳大多为候鸟。红尾伯劳东北亚种繁殖于中国黑龙江，迁徙经中国东部。灰伯劳不在中国繁殖，但在春秋季节沿北方各省迁徙，并有少数个体在我国越冬。

七月

（三）

五月斯螽动股，六月莎鸡振羽。

七月在野，八月在宇，九月在户，

十月蟋蟀，入我床下。

穹窒熏鼠，塞向墐户。

嗟我妇子，曰为改岁，入此室处。

六月食郁及薁，七月亨葵及菽。

八月剥枣，十月获稻，

为此春酒，以介眉寿。

七月食瓜，八月断壶，九月叔苴。

采荼薪樗，食我农夫。

【注释】

1. 斯螽（zhōng），《尔雅》："蜇（sī）螽，蜙蝑也。"即蝈蝈。
《说文》："蜙蝑，以股鸣者。"
《草木疏》："斯螽，幽州谓之春箕，蝗类也。长而青，长股，股鸣者也。"

《康熙字典》："蜙蝑长而青，长角长股，股鸣者也。或谓似蝗而小，斑黑。其股状如玳瑁，五月中以两股相切作声，闻数步者也。"

2. 莎鸡，纺织娘。

3. 宇，《说文》：屋边也。

4. 穹，《说文》：穷也。穷尽、极尽之意。

5. 窒，《说文》：塞也。穹窒，即严格封闭。应当是古人在十月份昆虫蛰伏之后，把房屋严密封闭，在内部熏烟，以清除虫子、鼠类等。

6. 向，《说文》：北出牖也。朝北开的窗子。

7. 墐，《说文》：涂也。原意为用泥巴糊住，引申为封闭、密闭。

8. 处，《说文》：止也。

9. 奥（yù），为"蔮"。《说文》："蔮（yù），草也。《诗》曰：'食郁及蔮。'"

《尔雅》："蔮，山韭。"

10. 郁，为"鬱"。《说文》："鬱（yù），芳草也。十叶为贯，百廿贯筑以煑之为鬱。一曰鬱鬯。百草之华，远方鬱人所贡芳草，合酿之以降神。"十片叶子为一贯，以一百二十贯草叶子舂捣烹煮，称之为"鬱"。一说为鬱鬯（黑黍与郁金合酿的酒）。鬱或为郁金。郁金根茎芳香。

11. 葵，《说文》：菜也。即葵菜。

12. 菽，应为"尗"。《说文》："尗（shú），豆也。"

13. 介，《尔雅》：右也。祐助、辅助之意。

14. 眉，《方言》：老也。寿，《尔雅》：久也。眉寿，长寿之意。

15. 壶，同"瓠"。《说文》："瓠：匏也。"即葫芦、瓠子，为蔬菜。

16. 叔，《说文》："叔，拾也。汝南名收芌为叔。"汝南地区收获芋头称叔。

17. 苴（jū），为"莒"。《说文》："莒（jǔ）：齐谓芌为莒。芌（yù）：大叶实根，骇人，故谓之芌也。"汤可敬《说文解字今释》："今益阳方言也叫芋头作莒头。"

18. 荼（tú），即"茶"。采荼，即采茶。《尔雅》："槚，苦茶。"

19. 薪，为"新"。《说文》："新，取木也。"薪樗，取樗树为薪。

20. 樗（chū），《说文》："樗，木也。以其皮裹松脂。"即樗树。

21. 食，给予食物，此处指给农官进献食物。

【解析】

"五月斯螽动股，六月莎鸡振羽。七月在野，八月在宇，九月在户，十月蟋蟀入我床下"，五月蝈蝈开始鸣叫，六月纺织娘振翅。七月在野地，八月在屋檐下，九月则在门口，十月蟋蟀钻入我床下。言一年之中昆虫的活动变化。"穹室熏鼠，塞向墐户"，十月之后，把房屋严密封闭以烟熏藏在屋内的鼠虫，窗户以及门全部封堵起来。"嗟我妇子，曰为改岁，入此室处"，告诫我的妻子、孩子，十一月冬至之日将进入新年，入此室内安处。言清理房室迎接新年。

"六月食郁及薁，七月亨葵及菽。八月剥枣，十月获稻，为此春酒，以介眉寿"，六月食用郁金叶子作的郁以及山韭菜，七月烹饪葵菜及豆子。八月剥枣，十月收获稻子，以枣和大米酿造用来春季祭祀的酒，以此酒进献天神，以福佑家人长寿。"七月食瓜，八月断壶，九月叔苴"，七月吃瓜，八月瓠子就不能吃了，九月采收芋头。"采荼薪樗，食我农夫"，采茶叶、砍桦木为柴，给农官进献农资。

【引证】

关于"曰为改岁，入此室处。"

　　《礼记·月令》："仲冬之月……命奄尹申宫令，审门闾，谨房室，必重闭。……君子齐戒处必掩身。身欲宁，去声色禁耆欲。安形性，事欲静，以待阴阳之所定。"

【名物】

蝈蝈

　　蝈蝈为著名鸣虫之一，体色多为草绿色，少数淡褐，触角长达六厘米。蝈蝈多杂食性。雄性蝈蝈能鸣叫，其鸣声靠一对覆翅相互摩擦形成。野生蝈蝈一般农历三月十五前后出土，六月十五左右长成，白露开始衰老死亡，霜降以前全部死亡。民间有谚语："蝈蝈叫，夏天到。"

诗辑训

纺织娘

　　纺织娘为著名鸣虫之一，植食性，喜食南瓜、丝瓜的花瓣，也吃树叶。纺织娘体色有淡绿、深绿、枯黄、紫红等。雄性以其前肢摩擦鸣叫，以吸引雌虫。纺织娘一般在阳历八月左右开始鸣叫。

580

郁金，株高约一米上下，根茎肉质、微香。郁金花期四到六月。当今植物学上郁金、姜黄、莪术三种植物同属，形态相似，古今多有混淆。姜黄花期八月，根茎尤香。唐《艺文类聚》中记载晋诗人左芬有关郁金的诗句："伊此奇草，名曰郁金，越自殊域，厥珍来寻，芬香酷烈，悦目欣心。"

北魏郦道元《水经注》："郁，芳草也。百草之华，煮以合酿黑黍，以降神者也。或说今郁金香是也。"

东汉班固《白虎通德论》："秬者，黑黍，一稃二米。鬯者，以百草之香、郁金合而酿之成为鬯。阳达于墙屋，入于渊泉，所以灌地降神也。"

山韭

　　山韭，多年生草本，花果期八至十月，可食用。山韭花初开时带紫红色，以后逐渐变淡，呈淡红色或白色。

豆

豆为一年生草本，成熟多在七到九月间。豆原产中国，有黄豆、黑豆、红豆等。

葵菜

葵菜又名滑菜，多年或两年生草本，高一米多，根部肥大，有分枝，茎直立，紫红色或浅绿色。葵菜为古代主要蔬菜，唐朝以后大量新菜种引进中原，葵菜食用逐渐减少。《本草纲目》："古者葵为五菜之主。……六七月种者为秋葵，八九月种者为冬葵，经年收采。正月复种者为春葵，然宿根至春亦生。"

芋

芋，多年生草本，块茎可食，可作羹菜，亦可制淀粉。块茎一般在九十月间采收。植株可作猪饲料。芋有多个品种。

茶

茶为常绿灌木或小乔木。郭璞："树小似栀子，冬生叶，可煮作羹饮。今呼早采者为茶，晚取名为茗，一名荈（chuǎn），蜀人名之苦茶。"《尔雅》："槚，苦茶。"《说文》："茗，茶芽也。"

桦树

　　桦树通常为中小型乔木。桦木白者为白桦，苍者为黑桦，亦有红桦。其中白桦全国皆有分布。桦树树皮含油脂，即使新剥下来桦树皮也可以点燃引火。桦树树干中流出的汁液透明无色或略带微黄，为天然饮料。上图为白桦。

七月

（四）

九月筑场圃，十月纳禾稼。

黍稷重穋，禾麻菽麦。

嗟我农夫，我稼既同，上入执宫功。

昼尔于茅，宵尔索綯，

亟其乘屋，其始播百谷。

二之日凿冰冲冲，三之日纳于凌阴。

四之日其蚤，献羔祭韭。

九月肃霜，十月涤场。

朋酒斯飨，曰杀羔羊。

跻彼公堂，称彼兕觥，万寿无疆。

【注释】

1. 圃，《说文》：种菜曰圃。场圃，指果园、菜园。
《周礼》："场人：掌国之场圃，而树之果蓏珍异之物，以时敛而藏之。"

2. 纳，为"内"。《说文》："内（nèi，nà），入也。"。

3. 稼，《说文》："禾之秀实为稼，茎节为禾。一曰稼，家事也。一曰在野曰稼。"

4. 禾稼，即今所谓庄稼。《礼记》："禾稼不熟。"

5. 重穋（lù），为"種稑"。《说文》："稑，疾熟也。"即早熟品种。《说文》："種（zhòng），先种后熟。"即晚熟品种。黍稷種稑，即早熟及晚熟的黍子、谷子。

6. 同，《说文》：合会也。此处指聚集、收聚。

7. 宫功，此处指官府事务。

8. 綯（táo），《说文》：绞也。

9. 驱，《说文》：敏疾也。

10. 乘，《说文》：覆也。乘屋，即盖屋，加修屋顶。《说文》："茨，以茅苇盖屋。"

11. 冲，《说文》：涌摇也。冲冲，形容凿冰的样子。

12. 凌，《说文》：冰出也。即冰块。凌阴，藏冰块的阴冷处，此处指冰窖。

13. 蚤，同"早"。

14. 肃，《尔雅》：进也。

15. 献羔祭韭，羔羊、韭菜为春季开冰祭祀所用祭品。《礼记·月令》"仲春之月天子乃鲜羔开冰。"其中"鲜羔"即时鲜蔬菜与羔羊。韭菜为农历二月之时鲜蔬菜，故祭祀以韭菜。

16. 涤，《说文》：洒也。涤场，打扫祭祀的场。

17. 场，《说文》："场，祭神道也。一曰田不耕。一曰治谷田也。"

18. 朋，群也。《楚辞》："世并举而好朋兮，夫何茕独而不予听。"

19. 飨（xiǎng），《说文》：乡人饮酒也。周人在农历十月举行冬祭以及乡饮酒礼。《礼记》："孟冬之月，大饮烝（冬祭）。天子乃祈来年于天宗，大割祠于公社及门闾。腊先祖五祀，劳农以休息之。"

20. 跻（jī），《说文》：登也。

21. 称，为"爯"。《说文》："爯，并举也。"引申举起。《尚书》："称尔戈。"

22. 兕（sì），《说文》：如野牛而青。一说为犀牛，《尔雅》有"兕似牛，犀似豕"，兕与犀为不同二物，可见兕并非犀牛。《说文》："觥：兕牛角可以饮者也。其状觥觥，故谓之觥。"兕觥（gōng，觥），以兕角所作酒器。兕为猛兽，以其角为酒器，寓意有威仪。兕觥、兕爵用于飨礼，礼赞宾客有威仪。

【解析】

"九月筑场圃，十月纳禾稼，黍稷重穋，禾麻菽麦"，九月修筑果园、菜圃，十月庄稼全部收获，早晚黍稷，稻麻豆麦等。"嗟我农夫，我稼既同，上入执宫功"，感叹我们的农官，我们的庄稼既收入粮仓，农官仍需回到官府去执行其他公务。"昼尔于茅，宵尔索綯，亟其乘屋，其始播百谷"，白天收割茅草，晚上要搓绳，急忙修葺屋顶，以及准备春播的各种谷物种子。

"二之日凿冰冲冲，三之日纳于凌阴，四之日其蚤，献羔祭韭"，十二月份凿冰冲冲，一月份把冰放进冰窖，二月上旬，以羔羊、韭菜举行开冰祭祀。"九月肃霜，十月涤场"，九月开始霜降，十月打扫祭祀场地，准备岁末祭祀。周人在十月冰冻之后举行冬祭以及乡饮酒。"朋酒斯飨，曰杀羔羊"，聚乡民以飨酒，宰杀羔羊。言乡民饮酒。"跻彼公堂，称彼兕觥，万寿无疆"，登于公之堂，举彼兕觥，祝福万寿无疆。言诸侯、士人饮酒。

【引证】

（1）《荀子·大略》："孔子曰：《诗》云：'昼尔于茅，宵尔索绹，亟其乘屋，其始播百谷。'耕之难也。焉可以息哉？"

（2）《孟子·滕文公上》："孟子曰：民事不可缓也。《诗》云：'昼尔于茅，宵尔索绹，亟其乘屋，其始播百谷。'民之为道也，有恒产者有恒心，无恒产者无恒心。苟无恒心，放辟邪侈，无不为已。"

（3）《左传·昭公四年》：大雨雹，季武子问于申丰曰："雹可御乎？"对曰："圣人在上无雹，虽有不为灾。古者日在北陆，而藏冰西陆，朝觌而出之。其藏冰也，深山穷谷，固阴冱寒，于是乎取之。其出之也，朝之禄位，宾食丧祭，于是乎用之。其藏之也，黑牡秬黍，以享司寒。其出之也，桃弧棘矢，以除其灾。其出入也时。食肉之禄，冰皆与焉。大夫命妇，丧浴用冰。祭寒而藏之，献羔而启之。公始用之。火出而毕赋，自命夫命妇，至于老疾，无不受冰。山人取之，县人传之，舆人纳之，隶人藏之。夫冰以风壮，而以风出。其藏之也周，其用之也遍，则冬无愆阳，夏无伏阴，春无凄风，秋无苦雨，雷出不震，无灾霜雹疠疾不降，民不夭札。今藏川池之冰，弃而不用，风不越而杀，雷不发而震，雹之为灾，谁能御之？《七月》之卒章，藏冰之道也。"

译文：天降冰雹。季武子问申丰："冰雹可以防止吗？"申丰说："圣人在上没有冰雹，即使有也不成灾。古代太阳在虚宿和危宿的位置上开始藏冰，昴宿和毕宿在早晨出现就取冰来用。天地藏冰于深山穷谷，山谷阴冷利于冻冰，故在山谷凿冰。把冰取出来，朝廷上有禄位的人，迎宾、用膳、丧事、祭祀，都可以取用。收藏冰的时候，用黑色的公羊和黑色的黍子来祭祀。把冰取出来用之前，以桃木弓、棘木箭来祭祀，以求消灾。冰的收藏、取出都按一定的时令。凡禄位足以吃肉的官吏，都赐予冰用。大夫命妇，丧浴用冰皆赐予之。祭祀冰冻，之后可以藏冰，以羔羊祭祀春季开冰，之后可以取用藏冰。国家最先使用。大火星出现之前把藏冰数额分配完毕，命夫、命妇，至于老人、疾病者皆有使用份额。山人在深山中凿取冰，县正运输，舆人交付，隶人收藏。冰由于寒风而坚固，春风至而取出使用。纳藏周密，使用者广遍，如此冬无不时之暖，夏天邪寒，春无凄风，秋无苦雨，雷鸣不伤人物，霜雹不成灾，瘟疫不流行，百姓不夭死。如今收藏于河川池塘之冰不用，风不是逐渐变冷而直接使草木凋零，雷不发雨而震伤人物，冰雹成灾，谁能够防止？《七月》最后一章，乃藏冰之道。"

【名物】

韭

韭菜为多年生宿根草本，有强烈气味，根茎横卧、簇生。韭菜叶、花薹、花均可作蔬菜食用。韭菜适应性强，抗寒耐热，各地均有栽培。

《说文》："韭：菜名。一种而久者，故谓之韭。"

《礼记·王制》："天子社稷皆大牢，诸侯社稷皆少牢。大夫、士宗庙之祭，有田则祭，无田则荐。庶人春荐韭，夏荐麦，秋荐黍，冬荐稻。"

鸱鸮

鸱鸮鸱鸮，既取我子，无毁我室。
恩斯勤斯，鬻子之闵斯。

迨天之未阴雨，彻彼桑土，绸缪牖户。
今女下民，或敢侮予？

予手拮据，予所捋荼，
予所蓄租，予口卒瘏，
曰予未有室家。

予羽谯谯，予尾翛翛。
予室翘翘，风雨所漂摇。
予维音哓哓。

【注释】

1. 鸱鸮，应为"鸱枭"，古人以为凶恶鸟。

《礼记》："鸱鸮（枭）胖。"

《说文》："鸱，鵻（shuí）也。"即鸱鹰。

《尔雅》："怪鸱，枭鸱。"

《说文》："枭（xiāo），不孝鸟也。日至，捕枭磔之。"即猫头鹰。

《说文》："鸮，鸱鸮（chī xiāo），宁鴂也。"即巧妇鸟。

《管子》："夫凤皇鸾鸟不降，而鹰隼鸱枭丰。"

《荀子》："螭龙为蝘蜓，鸱枭为凤凰。"

2. 恩，《说文》：惠也。

3. 勤，为"矜"。《尔雅》："矜（qín），抚掩之也。"

《左传》："齐方勤（怜恤）我，弃德不祥。"

4. 鬻（yù），为"鬻"之误。鬻通"毓"。《说文》："鬻（yù），鬻也。"《说文》："毓（又写作育），养子使作善也。"

5. 闵，《说文》：吊者在门也。引申哀、怜苦。

6. 迨（dài），《尔雅》：及也。

7. 彻，《说文》：通也。通畅、通顺之意。

8. 桑土，即桑田。古有桑土、麻土。唐《通典》："桑土调以绢绵，麻土调以布。"

9. 侮，《说文》：伤也。

10. 缪，《说文》：枲之十絜也。一曰绸缪。绸缪，反复缠绕之意。

11. 拮，《说文》："拮，手口共有所作也。《诗》曰：'予手拮据。'"

12. 据，《说文》：戟挶也。即像持戟那样攥握。拮据，指手紧紧握持。

13. 捋，《说文》：取易也。即轻易地摘取、采取。

14. 荼（tú），《尔雅》：芀也。《说文》："芀（tiáo）：苇华也。"即芦苇花。

15. 租，为"苴"。《说文》："苴（jū），履中草。"垫在鞋中的草。

16. 卒，《尔雅》：既也。

17. 瘏（tú），《尔雅》：病也。

18. 谯谯（qiáo），为"憔憔"。《说文》："憔（jiáo）：面焦枯小也。"憔憔，此处指羽色暗淡。

19. 翛翛（xiāo），为"儵儵"。《尔雅》："儵儵（shū），罹祸毒也。"即遭伤害。

20. 翘翘，《尔雅》：危也。即危险貌。

21. 哓（xiāo），《说文》：惧也。哓哓，惧怕的样子。

【解析】

这首诗讲周成王怀疑周公有贰心，管蔡、武庚叛国，周公忍辱负重，心忧体倦。

"鸱鸮鸱鸮，既取我子，无毁我室"，鸱枭、鸱枭，既已夺取我的幼子，不要再毁坏我的巢穴。言鸱枭不仅掠取了雏鸟而且要毁其鸟巢。"恩斯勤斯，鬻子闵斯"，惠爱之、抚恤之，如此养子结果却令人悲哀。言亲鸟育雏惠爱有加，如今雏鸟被夺、鸟巢被毁，甚为可怜。这段诗寓意周成王听信恶人谗言，怀疑周公有贰心，恶人不仅迷惑了周成王而且意欲倾覆周室，周公忧伤。

"迨天之未阴雨，彻彼桑土，绸缪牖户"，及天未阴雨，使桑田排水通畅，把门窗牢固缠束。桑土通畅则无涝灾，窗户紧闭则风雨不进，寓意内外诸事当有所预备则不受其害。"今女下民，或敢侮予"，如果你亲民，谁人敢伤害我们？言君王能亲民则国家上下齐心，则无人敢于侵害。言外之意若君臣、君民上下阻隔则易被欺侮。这两句诗乃周公告诫周成王。

"予手拮据，予所捋荼，予所蓄租，予口卒瘏，曰予未有室家"，我手时刻紧握，我采芦苇之花，我积蓄苴草，我的嘴已然累坏，因我未有巢穴。这句诗以受鸱枭侵害的鸟雀的口吻讲述其重建巢穴之劳苦。寓意国家毁坏，使自身陷于艰难。

"予羽谯谯，予尾翛翛。予室翘翘，风雨所漂摇。予维音哓哓"，我的羽色暗淡，我的尾翅受伤。我的巢穴翘翘，风雨来袭更使漂摇。我的鸣声惊惧。言鸟雀被伤害之后的惨境。寓意国家被毁坏，自身难安。

【引证】

（1）关于周公作《鸱鸮》

《史记·鲁周公世家》："其後武王既崩，成王少，在强葆之中。周公恐天下闻武王崩而畔，周公乃践阼代成王摄行政当国。管叔及其群弟流言於国曰：'周公将不利於成王。'周公乃告太公望、召公奭曰：'我之所以弗辟而摄行政者，恐天下畔周，无以告我先王太王、王季、文王。三王之忧劳天下久矣，於今而后成。武王蚤终，成王少，将以成周，我所以为之若此。'於是卒相成王，而使其子伯禽代就封於鲁。……管、蔡、武庚等果率淮夷而反。周公乃奉成王命，兴师东伐，作《大诰》。遂诛管叔，杀武庚，放蔡叔。收殷馀民，以封康叔於卫，封微子於宋，以奉殷祀。宁淮夷东土，二年而毕定。诸侯咸服宗周。天降祉福，唐叔得禾，异母同颖，献之成王，成王命唐叔以馈周公於东土，作《馈禾》。周公既受命禾，嘉天子命，作《嘉禾》。东土以集，周公归报成王，乃为诗贻王，命之曰《鸱鸮》。王亦未敢训周公。"

《尚书·周书》："武王既丧，管叔及其群弟乃流言于国，曰：'公将不利于孺子。'周公乃告二公曰：'我之弗辟，我无以告我先王。'周公居东二年，则罪人斯得。于后公乃为诗以贻王，名之曰《鸱鸮》。王亦未敢诮公。"

《史记》中"王亦未敢训周公"一句，《尚书》中写作"王亦未敢诮公"。"诮"意思为责、抱怨。周公为周成王叔父，且周公功德卓著，周成王年幼德薄难以"训周公"。由"王亦未敢诮公"可推测出周公此诗有批评成王的意味。

（2）《孔子家语·好生》：《豳》诗曰："殆天之未阴雨，彻彼桑土，绸缪牖户。今汝下民，或敢侮予。"孔子曰："能治国家之如此，虽欲侮之，岂可得乎？周自后稷，积行累功，以有爵土，公刘重之以仁。及至大王亶甫，敦以德让，其树根置本，备豫远矣。初，大王都豳，翟人侵之。事之以皮币，不得免焉。事之以珠玉，不得免焉。于是属耆老而告：'之所欲吾土地。吾闻之，君子不以所养而害人。二三子何患乎无君？'遂独与大姜去之，逾梁山，邑于岐山之下。豳人曰：'仁人之君，不可失也。'从之如归市焉。天之与周，民之去殷久矣。若此而不能天下，未之有也。武庚恶能侮？"

（3）《孟子·公孙丑》："《诗》云：'迨天之未阴雨，彻彼桑土，绸缪牖户。今此下民，或敢侮予？'孔子曰：'为此诗者，其知道乎！能治其国家，谁敢侮之？'今国家闲暇，及是时般乐怠敖，是自求祸也。"

猫头鹰

　　猫头鹰，又名枭，夜行性食肉猛禽，爪大而锐，善捕鼠，耳孔周缘具耳羽，有助于夜间分辨声响以定位。猫头鹰夜间和黄昏活动，以鼠类为主食，也吃一些小型鸟类、昆虫。猫头鹰品种甚多，分布亦广。中国民间多以猫头鹰为不祥之鸟。民谚："夜猫子进宅，无事不来。"

　　《史记》："嘉林者，兽无虎狼，鸟无鸱枭，草无毒螫，野火不及，斧斤不至，是为嘉林。"

东山

我徂东山，慆慆不归。
我来自东，零雨其濛。
我东曰归，我心西悲。
制彼裳衣，勿士行枚。
蜎蜎者蠋，烝在桑野。
敦彼独宿，亦在车下。

我徂东山，慆慆不归。
我来自东，零雨其濛。
果臝之实，亦施于宇。
伊威在室，蟏蛸在户。
町畽鹿场，熠耀宵行，
不可畏也，伊可怀也。

我徂东山，慆慆不归。
我来自东，零雨其濛。
鹳鸣于垤，妇叹于室。
洒扫穹窒，我征聿至。
有敦瓜苦，烝在栗薪。
自我不见，于今三年。

我徂东山，慆慆不归。
我来自东，零雨其濛。
仓庚于飞，熠耀其羽。
之子于归，皇驳其马。
亲结其缡，九十其仪。
其新孔嘉，其旧如之何？

【注释】

1. 徂（cú），《尔雅》：往也。在也。

2. 慆（tāo），为"牦"。《说文》："牦（tāo），牛徐行也。"慆慆，迟迟之意。

3. 零，为"霝"。《说文》："霝，雨零也。《诗》曰：'霝雨其蒙。'"《说文》："零，余（徐）雨也。"《大戴礼记》："零也者，降也。"

4. 濛，《说文》：微雨也。即小雨。

5. 制，《说文》：一曰止也。

6. 士，《说文》：事也。此处作使用、用。

7. 枚，古代军旅、田猎时为防出声，口所衔木棍。枚似筷子，两端有带系于颈。《周礼》："衔枚氏：掌司嚣。国之大祭祀，令禁无嚣。军旅、田役，令衔枚。"

8. 蜎蜎（yuān），爬虫蠕动貌。

9. 蠋（zhú），为"蜀"。《说文》："蜀：葵中蚕也。从虫，上目象蜀头形，中象其身蜎蜎。《诗》曰：'蜎蜎者蜀。'"葵菜中形似蚕的虫子。

10. 烝（zhēng），《尔雅》：进也。

11. 敦，《尔雅》：勉也。厚也。《方言》："敦，大也。"

12. 果臝之实，《尔雅》：栝（guā）楼。一种攀缘草本植物，又名瓜蒌。

13. 伊威，应为"蛜威"。《说文》："蛜威，委黍。委黍，鼠妇也。"俗称潮虫。

14. 蟏蛸（xiāo shāo），《说文》：长股者。《尔雅》："蟏蛸，长踦。"郭璞："小蜘蛛长脚者，俗呼为喜子。"

15. 町（tīng），《说文》：田践处曰町。即畦坝或田埂。

16. 畽（tuǎn），《说文》：禽兽所践处也。禽兽走的地方。

17. 鹿，为"麓"。《说文》："麓，林属于山为麓。"与山连接的树林称之为麓。

18. 场，《尔雅》：道也。即道路。

19. 熠（yì），《说文》：盛光也。耀，《说文》：照也。熠耀，明光照射。

20. 宵，《说文》：夜也。

21. 伊，代词，指家。

22. 鹳（guàn），为"雚"。《说文》："雚（guàn）：小爵也。《诗》曰：'雚鸣于垤。'"雚，即麻雀。

23. 垤（dié），《说文》："蚁封也。《诗》曰：'鹳鸣于垤。'"蚂蚁洞口的小土堆。《淮南子》："蚁知为垤，獝貉为曲穴，虎豹有茂草，……阴以防雨，景以蔽日。"

24. 穹窒（qióng zhì），古时入冬前后堵塞房屋所有孔洞，以熏鼠虫。

25. 聿，同助词"曰"。

26. 瓜苦，为"瓜瓠"。即葫芦、瓠子等。

27. 栗薪，栗子树与梧桐树。《尔雅》："谓樓采薪。采薪，即薪。"

28. 皇驳，即"騜驳"。《尔雅》："黄白，騜。驈（赤马）白，驳。"

29. 缡（lí），妇女蔽膝。《尔雅》："妇人之褘（huī，蔽膝），谓之缡。"

【解析】

这首诗讲出征者返家，思念深切。

"我徂东山，慆慆不归。我来自东，零雨其濛"，我往东山，迟迟不归。我从东而来，微雨零落。言东征已久，归家心切，冒小雨赶路。"我东曰归，我心西悲"，我向东之际言尽快归来，西方之家人使我心悲。言将士出发之际与家人悲伤分离。"制彼裳衣，勿士行枚"，放下军装，不用衔枚行进。言轻松回家。"蜎蜎者蠋，烝在桑野。敦彼独宿，亦在车下"，蠕动的蜀虫，往长有桑树的郊野前进。蜀虫勉力独行，夜晚止于我的车下。诗人看到虫子努力向桑树爬去，情形与自己回家无异。

"我徂东山，慆慆不归。我来自东，零雨其濛"，我往东山，迟迟不归。我从东而来，细雨零落。"果臝之实，亦施于宇。伊威在室，蟏蛸在户"，果臝之实，施于屋檐之下。潮虫在室内，蜘蛛织网在门上。言草木、小虫皆在屋舍，征人在外如何不想家？"町畽鹿场，熠耀宵行，不可畏也，伊可怀也"，无论是有人迹的田野，还是野兽出没的荒郊，无论山麓，抑或场道，明亮之夜赶路，所有这些都不可怕，一心只想回家。言征人思家心切，星夜兼程。

"我徂东山，慆慆不归。我来自东，零雨其濛"，我往东山，迟迟

597

不归。我从东而来，细雨零落。"鹳鸣在垤，妇叹于室"，麻雀在蚁垤前鸣叫，妻子叹息于家中。天将下雨蚂蚁为垤，麻雀乘机食蚁。言天有阴雨丈夫则担心妻子在家是否能妥善应对。"洒扫穹窒，我征聿至"，洒扫房屋、穹窒熏鼠，我行将至家。言丈夫想着回家做家务。"有敦瓜苦，烝在栗薪。自我不见，于今三年"，有一棵大瓜瓠，瓜蔓不断往栗树、梧桐树上爬。自我不见，于今已经三年。

　　"我徂东山，慆慆不归。我来自东，零雨其濛"，我往东山，迟迟不归。我从东而来，细雨零落。"仓庚于飞，熠耀其羽"，黄鹂飞起，羽毛亮丽。春季黄鹂鸣则蚕生，比喻妇人。寓意妻子勤劳而美丽。"之子于归，皇驳其马。亲结其缡，九十其仪"，妻子当年出嫁，其马为驳马、骍马。岳母亲手与之系结蔽膝，其婚仪完善。"其新孔嘉，其旧如之何"，妻子新婚时年轻甚美，不知如今岁长后如何？言征人思念妻子。

【引证】

《孔丛子·记义》："于《东山》见周公之先公而后私也。"

诗辑训

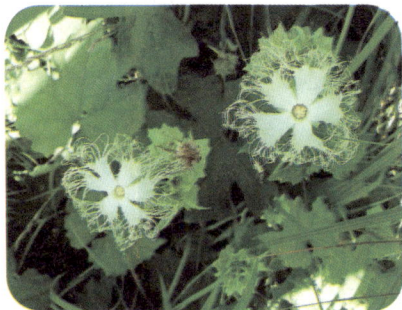

栝楼

栝楼，又名瓜蒌、药瓜，多年生攀缘草本，茎蔓长达十米。栝楼雌雄异株，根状茎肥厚，果实近球形，熟时橙红色。花果期七到十一月。栝楼栽后两到三年才开始结果，因开花期较长，果实成熟不一致，需分批采摘。

《本草纲目》："栝楼，其根直下生，年久者长数尺，秋后掘者结实有粉，夏月掘者有筋无粉，不堪用。其实圆长，青时如瓜，黄时如熟柿，山家小儿亦食之。内有扁子，大如丝瓜子，壳色褐，仁色绿，多脂，作青气。"

599

鼠妇

鼠妇，又名潮虫子、西瓜虫。鼠妇不属于昆虫，是甲壳动物中唯一完全适应于陆地生活的动物。鼠妇必须生活在阴暗、潮湿的环境，缺水则会死亡。鼠妇一般栖息在朽木、腐叶、石块等下面，也会出现在房屋、庭院内的潮湿角落。

幽灵蛛

郭璞言"小蜘蛛长脚者"为蟏蛸，长腿蜘蛛品种亦很多，但蟏蛸身形较小。上图幽灵蛛符合郭璞描述。幽灵蛛体灰白色，足极细长，超过体长三倍以上，故又称"长脚蛛"。幽灵蛛有织网习性，但蛛网简单、不规则、没黏性。幽灵蛛习惯生活在室内角落，为室内常见蜘蛛。

破斧

既破我斧，又缺我斨。
周公东征，四国是皇。
哀我人斯，亦孔之将。

既破我斧，又缺我锜。
周公东征，四国是吪。
哀我人斯，亦孔之嘉。

既破我斧，又缺我銶。
周公东征，四国是遒。
哀我人斯，亦孔之休。

【注释】

1. 斧，《说文》：斫也。

2. 斨（qiāng），《说文》：方銎斧也。一种方柄斧头。

3. 锜（qí），《说文》：锄鎆（yù）也。或为刨锛。

4. 銶（qiú），木工工具。或为一种斧，未详。
《管子》："一车必有一斤、一锯、一釭、一钻、一凿、一銶、一轲，
然后成为车。"

5. 皇，《尔雅》：正也。

6. 吪，为"讹"。《尔雅》："讹（é），化也。"改变、变化。

7. 遒（qiú），为"揂"。《说文》："揂（jiū，yóu），聚也。"

8. 将，《尔雅》：大也。

9. 嘉，《尔雅》：善也。

10. 休，《尔雅》：美也。

11. 孔，《尔雅》：甚也。

601

【解析】

这首诗讲西周初年诸侯叛乱，周公率军东征成功，耗费巨大。

"既破我斧，又缺我斨"，我斧既已破，我斨亦有缺。工匠携带工具出征，修理战车等武器，言战争耗费甚巨且历时久长。"周公东征，四国是皇"，周公东征，天下诸侯皆正。"哀我人斯，亦孔之将"，哀怜我国民，但愿自此，国家逐渐强大。言国民为东征付出极大牺牲。

"既破我斧，又缺我锜。周公东征，四国是吪。哀我人斯，亦孔之嘉"，我斧既已坏，我刨锜亦有缺。周公东征，天下是化，归顺周室。怜悯我国人，但愿从此，国家愈来愈好。

"既破我斧，又缺我銶。周公东征，四国是遒。哀我人斯，亦孔之休"，我斧既已破，我銶亦有缺。周公东征，使天下诸侯聚合，以周王为尊。哀怜我国民，但愿从此，国家日益美好。

【引证】

东汉班固《白虎通德论》："一年物有终始，岁有所成。方伯行国，时有所生，诸侯行邑。《传》曰：'周公入为三公，出为二伯，中分天下，出黜陟（升）。'《诗》曰：'周公东征，四国是皇。'言东征述职，周公黜（贬下）陟而天下皆正也。"

【名物】

刨锜

《说文》："锜，锄鎒也。"《说文》："鎒，锄鎒也。"由"锄"字推测，锜或为刨锜。

伐柯

伐柯如何？匪斧不克。
取妻如何？匪媒不得。

伐柯伐柯，其则不远。
我觏之子，笾豆有践。

【注释】

1. 柯，《说文》：斧柄也。

2. 匪，通"非"。

3. 克，《尔雅》：能也。胜也。

4. 媒，《说文》：谋也，谋合二姓。

5. 则，《尔雅》：常也。法也。

6. 觏（gòu），《说文》：遇见也。

7. 之子，《尔雅》："之子者，是子也。"

8. 豆，《说文》：古食肉器也。盛放肉类的木制器皿。

9. 笾，《尔雅》：竹豆谓之笾。古代宴饮、祭祀用笾豆盛放食物、祭品。笾豆，多用作礼器，此处指代礼。

10. 践，《说文》：履也。即行、践行。

【解析】

这首诗讲立身、治事遵从有道者、有成者。

"伐柯如何？匪斧不克。取妻如何？非媒不得"，如何砍伐斧柄？非斧子不能行。如何娶妻？非媒人不能得。寓意欲成其事必遵从有其道者。

"伐柯伐柯，其则不远"，伐柯、伐柯，其法则不远。言伐制斧柄以手中所操斧柄为准则。"我觏之子，笾豆有践"，我遇见是子，有行笾豆之事。言遇到有礼者，可以师从之。

603

（1）《礼记·中庸》："子曰：道不远人，人之为道而远人，不可以为道。《诗》云：'伐柯伐柯，其则不远。'执柯以伐柯，睨而视之，犹以为远。故君子以人治人（犹如执柯伐柯），改而止。忠恕违道不远，施诸己而不愿，亦勿施于人。君子之道四，丘未能一焉。所求乎子以事父，未能也；所求乎臣以事君，未能也；所求乎弟以事兄，未能也；所求乎朋友先施之，未能也。"

（2）《孔丛子》："侍中子国（人名），明达渊博，雅好绝伦，言不及利，行不欺名，动遵礼法，少小及长，操行如故。虽与群臣并居近侍，颇见崇礼，不供亵事。独得掌御唾壶，朝廷之士莫不荣之。此汝亲所见也。《诗》不云乎？'无念尔祖，聿修厥德。'又曰：'操斧伐柯，其则不远。'远则尼父，近则子国，于以立身，其庶矣乎。"

（3）《国语·越语下》：居军三年，吴师自溃。吴王帅其贤良，与其重禄，以上姑苏。使王孙雒行成于越，曰："昔者上天降祸于吴，得罪与会稽。今君王其图不谷，不谷请复会稽之和。"王弗忍，欲许之。范蠡进谏曰："臣闻之，圣人之功，时为之庸。得时不成，天有还形。天节不远，五年复反，小凶则近，大凶则远。先人有言曰：'伐柯者其则不远。'今君王不断，其忘会稽之事乎？"王曰："诺。"不许。

诗辑训

九罭

九罭之鱼，
　鳟鲂。
我觏之子，
衮衣绣裳。

鸿飞遵渚，
公归无所，
於女信处。

鸿飞遵陆，
公归不复，
於女信宿。

是以有衮衣兮，
无以我公归兮，
无使我心悲兮。

【注释】

1. 罭（yù），《说文》：鱼网也。

2. 九罭，《尔雅》：鱼网也。为鱼网之大者。

3. 鳟（zūn），《说文》：赤目鱼。

4. 鲂，《说文》：赤尾鱼。即鲴鱼。

5. 衮（gǔn），《说文》："衮，天子享先王，卷龙绣于下幅，一龙蟠阿上乡。"天子祭祀先王时穿的礼服，其衣下幅绣有卷曲的龙，一龙蟠曲向上。《尔雅》："衮，黻也。"泛指绣有花纹的礼服。《礼记》："礼有以文为贵者：天子龙衮，诸侯黼，大夫黻，士玄衣纁裳。"

605

6. 鸿，《说文》：鸿鹄也。即天鹅。

7. 遵，《尔雅》：循也。

8. 渚（zhǔ），水中小洲。《说文》："《尔雅》曰：'小洲曰渚。'"

9. 陆，《说文》：高平也。即大陆地。

10. 女，为"汝"。汝，地名，曾为楚国属地。一说"女"为"你"。此诗中言必称"公、子"，"尔汝"多用于平辈、晚辈之间，不妥。同时"於女"非"与女"。

11. 信，通"申"。《尔雅》："申，重也。"即再、重复之意。《尔雅》解释"有客信信"为"四宿也"，其中"信信"即"申申"。申申，重复两次，所以为"四"。

12. 处、宿，《说文》：止也。

13. 复，《说文》：行故道也。"复"与"復"为不同二字，今简体皆为"复"。

【解析】

　　这首诗讲周公避篡国之嫌出奔楚国，后周成王释嫌，召周公回国，楚人爱戴周公不愿其离去，故作此诗。

　　"九罭之鱼，鳟鲂"，细密小鱼网之中，有鳟鱼、鲂鱼。鳟鱼赤目，鲂鱼赤尾，可谓鱼中奇美者，比喻奇伟君子、人中俊杰。小鱼网捕获大鱼，言难得也。"我觏之子，衮衣绣裳"，我遇见是子，衮衣绣裳。言外之意是子高贵难得一见。

　　"鸿飞遵渚，公归无所，於女信处"，鸿鹄飞行循其洲渚，公归国之后仍无其所，再到我汝地居处。言鸿鹄止于大江大河，不就于汙（小池）池。寓意大德者居高尚之所。

　　"鸿飞遵陆，公归不复，於女信宿"，鸿鹄飞行循其陆地，公归国之后不能复其位，再到我汝地来住。言鸿鹄栖息于大陆，不就于丘垤。

　　"是以有衮衣兮"，因为公的到来，如今我处才得见衮衣君子。言是子文采斐然。"无以我公归兮，无使我心悲兮"，勿使我公归去，勿使我心悲伤。言汝地居民深切爱戴是子。

【引证】

（1）关于周公奔楚

　　《左传·昭公七年》："公将往，梦襄公祖，梓慎曰：'君不果行，襄公之适楚也，梦周公祖而行，今襄公实祖，君其不行。'子服惠伯曰：'行，先君未尝适楚故周公祖以道之，襄公适楚矣，而祖以道，君不行何之？'"

周公遭猜忌出奔楚国，此一说史家颇有争议，笔者以为当有其事。以上这段文字明确说明周公曾去过楚国。鲁昭公距离周公近五百年，可谓久远。然而周公去楚仍被提及，可见周公之楚事件广为人知，而且其事定非寻常。周公奔楚的时间当在周公归政成王之后，即周成王八年或九年。《竹书纪年》记载周成王十年"周文公出居于豐"，或许周公在楚一两年即被迎回，"出居于豐"或避嫌之故。

《史记·鲁周公世家》："初，成王少时，病，周公乃自揃其蚤沈之河，以祝于神曰：'王少未有识，奸神命者乃旦也。'亦藏其策于府。成王病有瘳。及成王用事，人或谮周公，周公奔楚。成王发府，见周公祷书，乃泣，反周公。"

上文记载周公奔楚之后，周成王偶然见当年周公为成王祈祷文书，遂释其嫌疑，请周公返国。

（2）关于"女"

《方言》："悼、怒、悴、愁，伤也。自关而东汝颍陈楚之间通语也。汝谓之怒，秦谓之悼，宋谓之悴，楚颍之间谓之愁。"可见"汝"为地名。

《史记·楚世家》："周文王之时，季连之苗裔曰鬻熊。鬻熊子事文王，蚤卒。其子曰熊丽。熊丽生熊狂，熊狂生熊绎。熊绎当周成王之时，举文、武勤劳之后嗣，而封熊绎于楚蛮，封以子男之田，姓芈氏，居丹阳。"荆楚历史地理学者石泉先生认为当年熊绎所居丹阳城在今陕西商县丹江河谷。

《说文》："汝，水。出弘农卢氏还归山，东入淮。"张舜徽《说文解字约注》："汉弘农郡约有今河南省洛阳、嵩、内乡等县以西及陕西省商县以东之地。"

由以上两位学者论断推测，汝水与丹阳都在今陕西商县附近。汝水流经楚国地域，汝地曾为楚国所有。楚国迁都南下之后，汝地不再归楚国所有，故《方言》中"汝、颍、陈、楚"并列。

赤目鳟

　　赤目鳟眼上缘有一显著红斑，故名红眼。其体呈长筒形、体色银白、背部略呈深灰，似草鱼，故又名野草鱼。其较大个体可达三公斤。赤目鳟为中小型鱼类，但它游动迅速，逃窜力较大，不易捕获。

　　《本草纲目》："鳟鱼，处处有之。状似鲩而小，赤脉贯瞳，身圆而长，鳞细于鲜，青质赤章。好食螺蚌，善于遁网。"

狼跋

狼跋其胡，
载疐其尾。
公孙硕肤，
赤舄几几。

狼疐其尾，
载跋其胡。
公孙硕肤，
德音不瑕。

【注释】

1. 跋，《尔雅》：躐（liè）也。即越、逾越。《礼记》："登席不由前为躐席。"

2. 胡，《说文》：牛顄（hán）垂也。即牛领下垂肉。此处代指头颈部。

3. 载，通"再"，解作又、加之。

4. 疐（zhì），《说文》：碍不行也。阻碍使不能行进。

5. 孙，为"愻"。《说文》："愻（sūn，xùn）：顺也。"《说文》"顺，理也。"

6. 硕，《尔雅》：大也。

7. 肤，繁体"臚或膚"。《尔雅》："臚，叙也。"即有理、条理之意。

8. 舄（xì），以革为底，在革底下加一层木底的鞋。赤舄，祭祀时穿用。

9. 几几，为"己己"之讹，"己己"为"尼尼"之误。《尔雅》："尼，定也。"尼尼，安定貌。《说文》引作"赤舄己己、赤舄掔掔"，由诗文音韵推测为"己己"。

10. 不瑕，为"不椵"，即不疏阔、不夸大。《说文》："椵（gǔ，jiǎ），大远也。"

609

【解析】

这首诗讲周公贤德，行为稳重，言语中实。

"狼跋其胡，载疐其尾（yǐ）"，有狼越过猎物头部，堵住去路，又有狼截在猎物尾部，阻其退路。言猎物受狼前后夹击，寓意治事者进退两难。"公孙硕肤，赤舄几几"，周公辈顺、硕大、条理，其赤舄安稳。赤舄用以祭祀，寓意举止稳重。言周公行为迟重、安稳。

"狼疐其尾，载跋其胡"，有狼截在其尾部，又有狼越过其头部。"公孙硕肤，德音不瑕"，周公辈顺、硕大、条理，其道德言论不迂阔、夸大。言周公之言论中实平和，无夸诞之辞。

【引证】

（1）《孔丛子·记义》："于《狼跋》见周公之远志所以为圣也。"周成王初年周公内受管叔、蔡叔诋毁，外有东夷之乱，可谓进退两难。然周公能以周天下为谋，审时度势，先行监国、东征，之后归政成王。如此可谓"远志所以为圣也"。

（2）《盐铁论·箴石》："贾生有言：'恳言则辞浅而不入，深言则逆耳而失指。'故曰：'谈何容易'。谈且不易，而况行之乎？…………今欲下箴石通关鬲，则恐有盛胡之累。怀箴橐艾，则被不工之名。'狼跋其胡，载踬其尾。'君子之路，行止之道，固狭耳！"

（3）《左传·昭公二十年》：齐侯至自田，晏子侍于遄台，子犹驰而造焉。公曰："唯据与我和夫。"晏子对曰："据亦同也，焉得为和？"公曰："和与同异乎？"对曰："异。和如羹焉，水火醯醢盐梅，以烹鱼肉，燀之以薪，宰夫和之，齐之以味，济其不及，以泄其过，君子食之，以平其心。君臣亦然。君所谓可，而有否焉，臣献其否以成其可。君所谓否，而有可焉，臣献其可，以去其否。是以政平而不干，民无争心，故《诗》曰：'亦有和羹，既戒既平。鬷（堟）嘏无言，时靡有争。'先王之济五味，和五声也，以平其心，成其政也。声亦如味，一气、二体、三类、四物、五声、六律、七音、八风、九歌，以相成也。清浊大小，长短疾徐，哀乐刚柔，迟速高下，出入周疏，以相济也，君子听之，以平其心，心平德和，故《诗》曰：'德音不瑕。'今据不然，君所谓可，据亦曰可，君所谓否，据亦曰否。若以水济水，谁能食之？若琴瑟之专壹，谁能听之？同之不可也如是。"

610

（4）关于"赤舄、舄"

《周礼》："屦人：掌王及后之服屦，为赤舄、黑舄，赤繶、黄繶，青句，素屦、葛屦。辨外内命夫命妇之命屦、功屦、散屦。凡四时之祭祀，以宜服之。"

《后汉书·舆服下》："初服旒冕，衣裳文章，赤舄絇屦，以祠天地。……皆备五采，大佩，赤舄絇履，以承大祭。……赤舄服絇履、大佩皆为祭服，其馀悉为常用朝服。"

《晏子春秋》："冕前有旒，恶多所见也。纩紞珫耳，恶多所闻也。大带重半钧，舄履倍重，不欲轻也。"

《方言》："扉、屦、粗，履也。徐兖之郊谓之扉，自关而西谓之屦。中有木者谓之复舄，自关而东复履。"

《释名》："复其下曰舄。舄，腊也。行礼久立，地或泥湿，故复其末下，使乾腊也。"

雅

小雅

鹿鸣

呦呦鹿鸣，食野之苹。
我有嘉宾，鼓瑟吹笙。
吹笙鼓簧，承筐是将。
人之好我，示我周行。

呦呦鹿鸣，食野之蒿。
我有嘉宾，德音孔昭。
视民不恌，君子是则是效。
我有旨酒，嘉宾式燕以敖。

呦呦鹿鸣，食野之芩。
我有嘉宾，鼓瑟鼓琴。
鼓瑟鼓琴，和乐且湛。
我有旨酒，以燕乐嘉宾之心。

【注释】

1. 呦（yōu），《说文》：鹿鸣声。

2. 苹，《尔雅》：藾萧。蒿一种，或为牡蒿。

3. 芩（qín），《说文》：草也。一说为蔓苇，笔者以为鸭跖（zhí）草。陆玑："茎如钗股，叶如竹，蔓生泽中下地咸处，为草贞实，牛马皆喜食之。"

4. 蒿，《说文》：蔽（qìn）也。即香蒿。

5. 承，《说文》："承，奉也。受也。"承筐，奉上盛装礼物的筐。

6. 将，《尔雅》：资也。赠送之意。

7. 示，告知。《礼记》："国奢，则示之以俭。国俭，则示之以礼。"

8. 周行（xíng），完善之行，周全之道。

9. 孔，《尔雅》：甚也。

10. 昭，《尔雅》："昭，光也，见也。"

11. 佻（tiāo），为"佻"。《说文》："佻，愉也。《诗》曰：'视民不佻。'"

《说文》："愉，薄也。"

《尔雅》："佻，偷也。"《礼记》："安肆曰偷。"解作苟且、懈怠。

12. 则，《尔雅》：法也。

13. 效，《说文》：象也。即效法、效仿。

14. 旨，《说文》：美也。

15. 式，《尔雅》：用也。

16. 燕，古文"厌、宴、燕、晏"通用。凡以酒食聚会当称为"厌会"，古今多写作"宴会、燕会"。《说文》："厌（yàn）：一曰合也。"《说文》："宴，安也。"

《左传》："王享（飨）有体荐，晏有折俎，公当享，卿当宴，王室之礼也。"

《左传》："于是乎有享（飨）宴之礼，享以训共俭，宴以示慈惠。"

《国语》："饫（yù）以显物，宴以合好，故岁饫不倦，时宴不淫，月会、旬修，日完不忘。"

17. 敖，《尔雅》：戏谑。此处为娱乐之意。

18. 湛（zhàn），通"媅"。《说文》："媅（dān），乐也。"

【解析】

这首诗讲君王宴请臣下。

"呦呦鹿鸣，食野之苹"，鹿鸣呦呦，食郊野之藾萧。寓意君臣同乐。"我有嘉宾，鼓瑟吹笙"，我有嘉宾，鼓瑟吹笙。"吹笙鼓簧，承筐是将"，吹笙鼓簧，奉筐以馈赠。言以佳乐招待宾客，赠之以厚礼。"人之好我，示我周行"，人之惠爱我，以周全之道告我。这段诗讲君遇臣以礼，臣事君以义。

"呦呦鹿鸣，食野之蒿"，鹿鸣呦呦，食郊野之蒿。"我有嘉宾，德音孔昭"，我有嘉宾，道德言论甚昭明。"视民不佻，君子是则是效"，视百姓不轻薄，为君子之准则、之所效法者。言其重民。"我有旨酒，嘉宾式燕以敖"，我有美酒，嘉宾用以宴饮、取乐。

"呦呦鹿鸣，食野之芩。我有嘉宾，鼓瑟鼓琴。鼓瑟鼓琴，和乐且湛。我有旨酒，以燕乐嘉宾之心"，呦呦鹿鸣，食郊野之芩。我有嘉宾，鼓瑟鼓琴。琴瑟既奏，君臣上下和乐且中心愉悦。我有美酒，以宴乐嘉宾之心。

【引证】

（1）《孔丛子·记义》："于《鹿鸣》见君臣之有礼也。"

（2）《孔子家语·好生》："《鹿鸣》兴于兽，而君子大之，取其得食而相呼。"

（3）《礼记·缁衣》："子曰：'私惠不归德，君子不自留焉。《诗》曰：人之好我，示我周行。'"

（4）《左传·昭公十年》："秋七月，平子伐莒，取郠。献俘，始用人于亳社。臧武仲在齐闻之，曰：'周公其不飨鲁祭乎？周公飨义，鲁无义。《诗》曰：'德音孔昭，视民不佻。'佻之谓甚矣，而壹（竟然）用之，将谁福哉。'"

大意：鲁国以活人祭祀，臧武仲批评其违背礼义，为轻民之甚者。言如此作为必不能得到先人福佑。

（5）《左传·襄公四年》：穆叔如晋，报知武子之聘也，晋侯享之，金奏《肆夏》之三，不拜。工歌《文王》之三，又不拜。歌《鹿鸣》之三，三拜。韩献子使行人子员问之，曰："子以君命辱于敝邑，先君之礼，藉之以乐，以辱吾子。吾子舍其大而重，拜其细，敢问何礼也？"对曰："三夏，天子所以享元侯也，使臣弗敢与闻。《文王》两君相见之乐也，臣不敢及。《鹿鸣》君所以嘉寡君也，敢不拜嘉？《四牡》，君所以劳使臣也，敢不重拜？《皇皇者华》君教使臣曰：'必谘于周'，臣闻之，访问于善为咨，咨亲为询，咨礼为度，咨事为诹，咨难为谋，臣获五善，敢不重拜？"

（6）《国语·鲁语下》：叔孙穆子聘于晋，晋悼公飨之，乐及《鹿鸣》之三，而后拜乐三。晋侯使行人问焉，曰："子以君命镇抚弊邑，不腆先君之礼，以辱从者，不腆之乐以节之。吾子舍其大而加礼于其细，敢问何礼也？"对曰："寡君使豹来继先君之好，君以诸侯之故，贶使臣以大礼。夫先乐金奏《肆夏》、《樊》、《遏》、《渠》，天子所以飨元侯也。夫歌《文王》、《大明》、《绵》，则两君相见之乐也。皆昭令德以合好也，皆非使臣之所敢闻也。臣以为肆业及之，故不敢拜。

今伶箫咏歌及《鹿鸣》之三，君之所以贶史臣，臣敢不拜贶？夫《鹿鸣》，君之所以嘉先君之好也，敢不拜嘉？《四牡》，君之所以章使臣之勤也，敢不拜章？《皇皇者华》，君教使臣曰'每怀靡及'，诹、谋、度、询，必咨于周。敢不拜教？臣闻之曰：'怀和为每怀，咨才为诹，咨事为谋，咨义为度，咨亲为询，忠信为周。'君贶使臣以大礼，重之以六德，敢不重拜？"

【名物】

鸭跖草

鸭跖（zhí）草，又名竹叶菜、淡竹叶等。为一年生草本，茎匍匐生根，多分枝，长可达一米。蒴果椭圆形。鸭跖草常见于湿地，适应性强，对土壤要求不严。

鸭跖草性状与陆玑所言皆符合——"茎如钗股，叶如竹，蔓生泽中下地咸处，为草贞实，牛马皆喜食之。"

牡蒿

牡蒿，又名蔚、牡菣、花艾草。牡蒿为多年生草本，其茎直立，高可达一米，植株有香气，嫩苗可食用。陆玑："叶青白色，茎似箸而轻脆，始生香，可生食，又可蒸食。"因为其外形与"萧、艾"相近，故笔者推测"蘱萧"为牡蒿。

蒿

　　蒿，又名香蒿、青蒿。一年生草本，植株有香气。株高四十厘米到一米五之间。

四牡

四牡騑騑，周道倭迟。

岂不怀归？王事靡盬，我心伤悲。

四牡騑騑，啴啴骆马。

岂不怀归？王事靡盬，不遑启处。

翩翩者雕，载飞载下，集于苞栩。

王事靡盬，不遑将父。

翩翩者雕，载飞载止，集于苞杞。

王事靡盬，不遑将母。

驾彼四骆，载骤骎骎。

岂不怀归？是用作歌，将母来谂。

【注释】

1. 牡，《说文》：畜父也。四牡，四匹驾车的公马。

2. 騑騑（fēi），为"騛騛"。《说文》："騛（fēi），马逸足也。"騛騛，马足腾跃、奔驰的样子。

3. 周，为"匊"。《说文》："匊（zhōu），币徧也。"周道，四通八达的道路。

4. 倭（wō），《说文》：顺貌。形容顺畅。

5. 迟，为"徲"。《说文》："徲（chí），久也。"此处为长远之意。《礼记·乐记》："周道四达，礼乐交通。则夫《武》之迟久，不亦宜乎！"

6. 靡，《尔雅》："靡，无也。"

7. 盬（gǔ），为"觳"。《尔雅》："觳（hú），尽也。"

8. 嘽（tān），《说文》：喘息也。

9. 骆，《说文》：马白色黑鬣尾也。古代为使者专用马。《后汉书》："太仆御，驾六布施马。布施马者，淳白骆马也，以黑药灼其身为虎文。"

10. 遑，为"偟"。《尔雅》："偟，暇也。"遑息，小憩、暂歇。

11. 启，《尔雅》：跪也。

12. 处，《说文》：止也。启处，本意指坐下、跪下休息，引申安处、宁处。

13. 雏（zhuī），《说文》：祝鸠也。陆玑云："今小鸠也。一名鹁鸠。"小鸠应为鸽子。此处比喻思家的使者。

14. 翩，《说文》：疾飞也。翩翩，疾速飞行的样子。

15. 苞，《尔雅》：丰也。积也。

16. 将，《尔雅》：资也。此处解作奉养。《墨子》："将养其万民。"

17. 骤，《说文》：马疾步也。

18. 骎（qīn），《说文》：马行疾也。骎骎，马疾驰的样子。

19. 谂（shěn），《尔雅》：念也。

【解析】

这首诗讲国家使臣出使在外，思念家中父母，公务繁多，忧不能奉养。

"四牡騑騑，周道倭迟。岂不怀归？王事靡盬，我心伤悲"，四匹公马奔驰如飞，周国道路顺畅而远。岂不想回家？王事无尽，我心伤悲。

"四牡騑騑，嘽嘽骆马。岂不怀归？王事靡盬，不遑启处"，四匹公马奔驰如飞，骆马气喘吁吁。岂不想回家？王事无尽，无暇坐下休息。

"翩翩者雏，载飞载下，集于苞栩"，飞行疾速之祝鸠，或高飞或下落，聚集于栎树丛。鸽子有强烈归巢性，一旦离家较远则急于返归，比喻使者。"王事靡盬，不遑将父"，王事无尽，无暇奉养父亲。

"翩翩者雏，载飞载止，集于苞杞"，飞行疾速的祝鸠，或高飞或下落，聚集于枸杞丛。枸杞为灌木、栎树为乔木，枸杞为浆果，栎树为坚果，以鸽子分别集于两者寓意使者旅途饮食、居住无常，亦言旅途艰苦之意。"王事靡盬，不遑将母"，王事无尽，无暇将养母亲。

"驾彼四骆，载骤骎骎。岂不怀归？是用作歌，将母来谂"，驾驶四匹骆马，或快步前行或疾速奔驰。岂不想回家？用此诗作歌咏唱，把母亲来思念。

【引证】

（1）《国语·鲁语下》："《四牡》君之所以章使臣之勤也。"

（2）《左传·襄公二十九年》："诗云：'王事靡盬，不遑启处。'东西南北，谁敢宁处？"其中"启处"解作"宁处"，即安处之意。

【名物】

鸽子

鸽子又名鹁鸽，品种很多，毛色亦多。鸽子以谷物为食，一般不吃虫子。鸽子白天活动，晚上在巢内休息。鸽子常数十只结群活动，飞行速度较快，飞行高度较低。鸽子为一夫一妻制，公母鸽都参加营巢、孵化和哺育幼鸽。鸽子每年可产卵多次，一般一窝产卵两枚。

鸽子具有强烈的归巢性。通常鸽子的出生地就是它们一生生活的地方，一旦离家较远，时刻都想返回家中。尤其在遇到危险时，这种归巢欲望更强。距家千里之外的鸽子会竭力返归，并且不愿在途中逗留。人们利用鸽子较强的飞翔能力和归巢性，培养出信鸽。

毛传云："雏鸠，夫不也。一宿之鸟。"郑玄笺云："一宿者，一意于所宿之木。""一意于所宿之木"即言鸽子归巢性。

皇皇者华

皇皇者华，于彼原隰。
駪駪征夫，每怀靡及。

我马维驹，六辔如濡。
载驰载驱，周爰咨诹。

我马维骐，六辔如丝。
载驰载驱，周爰咨谋。

我马维骆，六辔沃若。
载驰载驱，周爰咨度。

我马维骃，六辔既均。
载驰载驱，周爰咨询。

【注释】

1. 皇皇，《尔雅》：美也。

2. 原、隰，《尔雅》："下湿曰隰，广平曰原。"

3. 駪（shēn），《说文》：马众多貌。或为"侁"。《说文》："侁（shēn），行貌。"

4. 驹，《说文》：马二岁曰驹。

5. 骐，《说文》：马青骊，文如博棋。马青黑色，有棋盘一样的花纹。

6. 骆，《说文》：马白色黑鬣（liè）尾也。古代为使者专用马。

7. 骃（yīn），《说文》：马阴白杂毛。浅黑色与白色相间的马。

8. 濡，为"繻"。《说文》："繻（xū），缯采色。"五彩的丝织品。

9. 沃（wò，wū），为"俣"。《说文》："俣（wū，yǔ），大也。"

10. 若，《尔雅》：善也。沃若，此处指缰绳粗大结实。

11. 驰，《说文》：大驱也。《说文》："驱，马驰也。"

625

12. 周，为"啁"。《说文》："啁（zhōu）：币徧也。"即全面、详尽之意。

13. 均，《说文》：平、徧也。

14. 咨，《说文》：谋事曰咨。

15. 诹（zōu），《说文》：聚谋也。《尔雅》："询、度、咨、诹，谋也。"

【解析】

　　这首诗讲天子遣使臣访问。

　　"皇皇者华，于彼原隰"，美好的花，开在平原、湿地。寓意美好者、善良者布于天下广域之中，故君王寻求、访问之。"駪駪征夫，每怀靡及"，众多驾车出行的使臣，每每念及出使任务有无不及。

　　"我马维驹，六辔如濡"，我马维良驹，执掌六根缰绳如织彩帛一般轻巧、熟练。言驷马强壮，驾御娴熟，寓意使者精良。"载驰载驱，周爰咨诹"，或驰或驱，咨诹全面、详尽。

　　"我马维骐，六辔如丝。载驰载驱，周爰咨谋"，我马维骐，执掌六根缰绳如操纵丝带一般轻巧、娴熟。或驰或驱，咨谋全面、详尽。

　　"我马维骆，六辔沃若。载驰载驱，周爰咨度"，我马维骆，六根缰绳粗大而良。或驰或驱，咨度全面、详尽。

　　"我马维駰，六辔既均。载驰载驱，周爰咨询"，我马维駰，六根缰绳均布。或驰或驱，咨询全面、详尽。骐、骆、駰皆杂色马，言其有文。

【引证】

（1）《左传·襄公四年》："《皇皇者华》君教使臣，曰必谘于周。臣闻之，访问于善为咨；咨亲为询；咨礼为度；咨事为诹；咨难为谋。"

（2）《国语·鲁语下》："《皇皇者华》君教使臣曰：'每怀靡及'，诹、谋、度、询，必咨于周。敢不拜教？臣闻之曰：'怀和为每怀；咨才为诹；咨事为谋；咨义为度；咨亲为询；忠信为周。'"

　　后人依据"忠信为周"而把"周"解作"忠信"。这句话的本意应当是：只有怀忠信的使者才能进行全面、详细的工作。如果解作"忠信"，则上句"必咨于周"不通。

（3）《国语·晋语四》："姜曰：'不然。《周诗》曰：'莘莘征夫，每怀靡及。'夙夜征行，不遑启处，犹惧无及。况其顺身、纵欲、怀安，将何及矣？人不求及，其能及乎？日月不处，人谁获安？'"

雅，婩也。婩（ya），通也。通，达也。

（4）《墨子》："《诗》曰：'我马维骆，六辔沃若。载驰载驱，周爰咨度。'又曰：'我马维骐，六辔若丝。载驰载驱，周爰咨谋。'即此语也。古者国君诸侯之闻见善与不善也，皆驰驱以告天子，是以赏当贤，罚当暴，不杀不辜，不失有罪，则此尚同之功也。"

（5）《仪礼》中乡饮酒礼、燕礼皆"歌《鹿鸣》、《四牡》、《皇皇者华》"。

（6）《后汉书·舆服志》："太仆御，驾六布施马。布施马者，淳白骆马也，以黑药灼其身为虎文。"

常棣

常棣之华，鄂不韡韡。
凡今之人，莫如兄弟。

死丧之威，兄弟孔怀。
原隰裒矣，兄弟求矣。

脊令在原，兄弟急难。
每有良朋，况也永叹。

兄弟阋于墙，外御其务。
每有良朋，烝也无戎。

丧乱既平，既安且宁。
虽有兄弟，不如友生。

傧尔笾豆，饮酒之饫，
兄弟既具，和乐且孺。

妻子好合，如鼓瑟琴。
兄弟既翕，和乐且湛。

宜尔室家，乐尔妻帑。
是究是图，亶其然乎！

【注释】

1. 常棣，《尔雅》："常棣，棣。"即郁李。《说文》："棣，白棣也。"
一说花赤者为唐棣，花白者为常棣。郁李花叶同放甚为繁盛。

2. 鄂，为"萼"，即花萼，此处指花朵。

3. 韡（wěi），《说文》：盛也。《诗》曰："萼不韡韡。"

4. 不，通"丕"。《尔雅》："丕，大也。"

5. 威，《尔雅》：则也。即常例、常法。

6. 孔怀，甚怀念。《尔雅》："孔，甚也；怀，思也。"

7. 原，隰，《尔雅》："下湿曰隰，广平曰原。"

8. 裒（póu），《尔雅》：聚也。

9. 求，为"逑"。《说文》："逑，敛、聚也。"

10. 脊令，即鹡鸰鸟。此鸟群居，一旦有鸟离群，群鸟皆鸣。《尔雅》作"鸧鸰"。

11. 每有，《尔雅》：虽也。

12. 况，为"麇"。《说文》："麇（kuàng），阔也。一曰广也、大也。一曰宽也。"

13. 阋（xì），《说文》：恒讼也。争执不断之意。《尔雅》："阋，恨也。"

14. 务，通"侮"。《尔雅》："务，侮也。"《说文》："侮，伤也。"

15. 烝（zhēng），《尔雅》：众也。

16. 戎，《尔雅》：相也。帮扶、辅助之意。

17. 友，《说文》：同志为友。

18. 生，《说文》：进也。友生，志同道合、共同进步之人。
《孔丛子》："顷来闻汝与诸友生讲肄书传。"

19. 傧（bīn），为"份"。《说文》："份（bīn），文质备也。"引申全备、具备。

20. 饮，为"醧"。《说文》："醧（yù），私宴饮也。"《尔雅》："饮，私也。"即平常私宴，不涉及祭祀、宾客。"饮"或作"餪"。《说文》："餪，燕食也。"
《国语》："饮以显物，宴以合好，故岁饮不倦，时宴不淫。"

21. 孺，为"醹"。《说文》："醹（rú），厚酒也。"引申笃厚。

22. 翕，《尔雅》：合也。

23. 湛，通"媅"。《说文》："媅，乐也。"欢乐、喜乐之意。

24. 宜，《说文》：所安也。引申适宜、利好。

25. 帑，为"孥"。《小尔雅》："孥（nú），子也。"《国语》："将焚宗庙，系妻孥。"

26. 究、图，《尔雅》：谋也。

27. 亶（dǎn），《尔雅》：信也，诚也。此处解作可靠、诚实、信实。

【解析】

这首诗讲宗室兄弟应亲善。

"常棣之华，鄂不韡韡"，郁李之花，花朵大且盛多。郁李花繁盛皆因每朵花大且众花朵紧凑，寓意兄弟团结则宗族昌盛。"凡今之人，莫如兄弟"，如今之人，不如兄弟。

"死丧之威，兄弟孔怀"，死丧之常，兄弟怀念甚于他人。言人之死丧，兄弟尤为伤心，此人之常情。"原隰裒矣，兄弟求矣"，平原、湿地多矣，兄弟聚集。言宗族兄弟齐聚则周室之国土大矣。

"脊令在原，兄弟急难"，鹡鸰在平原之上，兄弟急其难事。鹡鸰群居，一旦有一只离群则众鸟齐鸣呼唤。寓意兄弟之间关心爱护。"每有良朋，况也永叹"，虽有良朋，即便多广亦不免长叹。言即便良朋多广，但面临急难不如兄弟。

"兄弟阋于墙，外御其务"，兄弟争吵于墙内，亦可一起抵御外来之侮。言兄弟虽有不和，但仍能一致对外。"每有良朋，烝也无戎"，虽有良朋，众多亦无助。言面对外侮兄弟远胜良朋。

"丧乱既平，既安且宁。虽有兄弟，不如友生"，丧乱既平，既安且宁。虽有兄弟，不如友生。言外之意兄弟之情见于急难，而朋友之情多见于平常。

"傧尔笾豆，饮酒之饫"，饮酒之私宴，尽备其笾豆。"兄弟既具，和乐且孺"，兄弟既已齐聚，和美且情意深厚。

"妻子好合，如鼓琴瑟。兄弟既翕，和乐且湛"，妻子儿女好合，如同琴瑟和鸣。兄弟相合，长幼和乐且中心愉悦。

"宜尔室家，乐尔妻帑"，宜其家室，乐及妻子儿女。"是究是图，亶其然乎"，无论是咨议还是谋划，兄弟之可信任显而易见。

【引证】

（1）《左传·僖公二十四年》："召穆公思周德之不类，故纠合宗族于成周，而作诗，曰：'常棣之华，鄂不韡韡。凡今之人，莫如兄弟。'

其四章曰：'兄弟阋于墙，外御其侮。'而是则兄弟虽有小忿，不废懿亲。"

（2）《左传·昭公元年》："赵孟赋《常棣》且曰：'吾兄弟比以安，尨也可使无吠。'"其中"兄弟比以安，尨也可使无吠"即言可"外御其务"。

（3）《左传·昭公七年》：秋八月，卫襄公卒。晋大夫言于范献子曰："卫事晋为睦，晋不礼焉，庇其贼人，而取其地，故诸侯贰。诗曰：'鹡鸰在原，兄弟急难。'又曰：'死丧之威，兄弟孔怀。'兄弟之不睦，于是乎不吊，况远人谁敢归之？今又不礼于卫之嗣，卫必叛我，是绝诸侯也。"

（4）《国语·周语中》：襄王十三年，郑人伐滑。王使游孙伯请滑，郑人执之。王怒，将以狄伐郑。富辰谏曰："不可。古人有言曰：'兄弟谗阋、侮人百里。'周文公之诗曰：'兄弟阋于墙，外御其侮。'若是则阋乃内侮，而虽阋不败亲也。郑在天子，兄弟也。郑武、庄有大勋力于平、桓。我周之东迁，晋、郑是依。子颓之乱，又郑之缘定。今以小忿弃之，是以小怨置大德也，无乃不可乎？且夫兄弟之怨，不徵于他，徵于他，利乃外矣。章怨外利，不义。弃亲即狄，不祥。以怨报德，不仁。夫义所以生利也，祥所以事神也，仁所以保民也。不义则利不阜，不祥则福不降，不仁则民不至。古之明王不失此三德者，故能光有天下，而和宁百姓，令闻不忘。王其不可以弃之。"王不听。十七年，王降狄师以伐郑。

鹡鸰

鹡鸰，因为羽色像传统戏剧中张飞脸谱，所以俗称"张飞鸟"。因其多活动于水边，停息时尾上下摆动，有时边走边叫，故又称"点水雀、白颤儿"。鹡鸰大多为黑白二色，亦有黄鹡鸰、黄头鹡鸰。鹡鸰为地栖类鸟，喜滨水活动，在河溪边、湖沼、水渠等处多见，以各种昆虫为食。鹡鸰飞行时呈波浪状起伏，并连续发出铜铃般的鸣声，鸣声动听。每当一只鹡鸰离群，其余鹡鸰则全部鸣叫，以呼唤离群之鸟。

伐木

伐木丁丁，鸟鸣嘤嘤。
出自幽谷，迁于乔木。
嘤其鸣矣，求其友声。
相彼鸟矣，犹求友声。
矧伊人矣，不求友生？
神之听之，终和且平。

伐木许许，酾酒有藇。
既有肥羜，以速诸父。
宁适不来，微我弗顾。
於粲洒扫，陈馈八簋。
既有肥牡，以速诸舅。
宁适不来，微我有咎。

伐木于阪，酾酒有衍。
笾豆有践，兄弟无远。
民之失德，干糇以愆。
有酒湑我，无酒酤我。
坎坎鼓我，蹲蹲舞我。
迨我暇矣，饮此湑矣。

633

【注释】

1. 丁丁、嘤嘤，《尔雅》：相切直也。

丁丁，为"玎玎"。《说文》："玎（dīng），玉声也。"此处指伐木之声，所谓"相切直"，指通过斧斤砍伐树木枝桠使树干直。

《说文》："嘤，鸟鸣也。"嘤嘤，指群鸟互鸣声，所谓"相切直"，指通过互鸣而寻得鸣声之善者。

2. 乔，《尔雅》：高也。乔木，指高大的树木。

3. 幽，《说文》：隐也。幽谷，深远之山谷。

《孟子》："吾闻出于幽谷迁于乔木者，未闻下乔木而入于幽谷者。"

4. 迁，《说文》：登也。

5. 相，《说文》：省视也。

6. 矧（shěn），《尔雅》：况也。

7. 伊，为"尹"。《尔雅》："尹，正也。"伊人，即正人。

8. 神，《尔雅》：治也。

9. 听，听从、顺从。《礼记》："何谓人义？父慈子孝、兄良弟弟、夫义妇听、长惠幼顺、君仁臣忠十者，谓之人义。"

10. 和，《说文》：相应也。平，《尔雅》：成也。终和且平，不仅和而且平。

11. 许许，为"所所"。《说文》："所，伐木声也。《诗》曰：'伐木所所。'"

12. 酾（shī），《说文》：下酒也。一曰醇也。即滤酒或醇酒。

13. 湑（yù），为"奥"。《说文》："奥（yù），漉米籔也。"淘米的竹器，一曰筲箕。此处指用以滤酒的竹器。

14. 羜（zhù），《说文》：五月生羔。即小羊羔。

15. 速，《尔雅》：征也。此处指召请。

16. 父、舅，《礼记》："五官之长曰伯，是职方。其摈于天子也，曰天子之吏。天子同姓，谓之伯父；异姓，谓之伯舅。……九州之长入天子之国，曰牧。天子同姓，谓之叔父；异姓，谓之叔舅。"

17. 适，《尔雅》：往也。到某处去。

18. 微，解作非、不是。《左传》："微夫人之力不及此。"

19. 粲，为"燦"。《说文》："燦（càn），明净貌。"明亮洁净之意。

20. 馈，《说文》：饷也。进献食物与人。

21. 衍，为"甗"。《说文》："甗（yǎn），甑也。一曰穿也。"滤酒器具，其功能类似今天蒸馒头的专用笼子。甗应当较奥粗大，或为头道滤酒器具。

22. 干，《说文》：犯也。解作侵犯、妨害。

23. 猴，《尔雅》：食也。

24. 愆（qiān），《说文》：过也。即过错。

25. 酒，《说文》："酒，就也，所以就人性之善恶。一曰造也，吉凶所造也。"成就、造就，用酒可以助就人之善或恶，亦可以助长吉善或凶恶。

26. 湑（xǔ），《说文》：茜（yóu）酒也。即滤酒。

27. 酤（gū），《说文》："酤，一宿酒也。一曰买酒也。"买卖酒皆可称酤。

28. 坎坎，为"竷竷"。《说文》："竷（kǎn），繇也舞也。"即边歌边舞。

29. 蹲蹲，为"墫墫"。《说文》："墫（cūn），舞也。"墫墫，舞动的样子。

30.《尔雅》："坎坎、蹲蹲，喜也。""坎坎鼓我"《说文》引作"坎坎舞我"。

31. 迨（dài），《尔雅》：及也。

【解析】

　　这首诗讲君王正身、正国、正家族、正民之道。

　　"伐木丁丁，鸟鸣嘤嘤"，伐木之声丁丁，鸟鸣之声嘤嘤。砍伐树木枝杈则树木长直，鸟嘤嘤而鸣能得善鸣之友。寓意君子求良友以正身行。"出自幽谷，迁于乔木"，出于幽谷，登于乔木。寓意由愚昧、卑下而晋升于高明。言良友斧正使才德上进。"嘤其鸣矣，求其友声。相彼鸟矣，犹求友声。矧伊人矣？不求友生"，鸟之嘤嘤而鸣，求其善鸣之友。省察彼鸟，尚且求音声佳美之友。何况正人？能不求志同道合、共同进步者？"神之听之，终和且平"，治之、从之，不仅能和合于善道且能有所成就。言友生之利。

　　"伐木许许，酾酒有藇"，伐木之声所所，滤酒之器有筥箕。言树木得斧斤去枝桠则成良材，浊酒经筥箕滤则清净。"既有肥羜，以速诸父。宁适不来，微我弗顾"，既有肥美羔羊，以召请朝廷、诸侯亲族。宁往召其不来者，无我不看顾者。"于粲洒扫，陈馈八簋"，于明净处再加洒扫，陈设饷宾客之八簋。言诚敬有加。"既有肥牡，以速诸舅。宁适不来，微我有咎"，既有肥美小牛，以召请朝廷、诸侯异姓君长。宁往召不来者，我不得有失人之过。这段诗讲亲尊长以正国家。

"伐木于阪，酾酒有衍"，伐木于坡上，滤酒有甒甑。言坡上之树为我所种植者也，比喻子弟。寓意以清正之德教正家族子弟。"笾豆有践，兄弟无远"，笾豆之事行，兄弟不远。言礼行之于家，亲近兄弟。"民之失德，干糇以愆"，百姓之失德，乃政令妨害民食所致之过失。言外之意民以食为天，教化国民当以衣食足为基础。"有酒湑我，无酒酤我"，有酒我滤清之，无酒我卖之。寓意国家教化不良，君王有责澄清之。国家教化缺失，君王负责树立之。"坎坎鼓我，蹲蹲舞我"，载歌载舞为我，为我墫墫而舞。言君王大有成，国人欢欣鼓舞。"迨我暇矣，饮此湑矣"，待我有闲暇，饮此清纯之酒矣。言君王后天下之乐而乐。

　　《方言》："甑，自关而东谓之甗，或谓之鬵，或谓之酢馏。"

　　甗的上部为甑，放置食物，下部称为鬲，放置水。甑底部做成箅子状（如最上图），鬲中水加热后蒸气通过箅孔蒸热甑内食物。此诗中所指甗当为专门滤酒的酒甗，其形制当与此图类似，但酒甗下部之鬲当是用来盛放清酒，而非加热之用。

天保

天保定尔，亦孔之固。
俾尔单厚，何福不除？
俾尔多益，以莫不庶。

天保定尔，俾尔戬穀。
罄无不宜，受天百禄。
降尔遐福，维日不足。

天保定尔，以莫不兴。
如山如阜，如冈如陵，
如川之方至，以莫不增。

吉蠲为饎，是用孝享。
禴祠烝尝，于公先王。
君曰卜尔，万寿无疆。

神之吊矣，诒尔多福。
民之质矣，日用饮食。
群黎百姓，遍为尔德。

如月之恒，如日之升，
如南山之寿——不骞不崩，
如松柏之茂，无不尔或承。

【注释】

1. 保，《说文》：养也。引申护佑、庇护、保佑。
2. 定，《说文》：安也。

3. 固，《说文》：四塞也。引申稳固、坚实之意。

4. 俾，《尔雅》：使也。《说文》："俾，益也。"

5. 单，《说文》：大也。

6. 福，《说文》：佑也。

7. 除，通"徐"。《说文》："徐，饶也。"

8. 庶，《尔雅》：侈也。

9. 益，《说文》：饶也。

10. 戬（jiǎn），《尔雅》：福也。穀（gǔ），《尔雅》：禄也。戬穀，即福禄。

11. 罄（qìng），《尔雅》：尽也。

12. 遐，《尔雅》：远也。长远。

13. 蠲（juān），《尔雅》：明也。引申洁净。

14. 饎（xī），《说文》：酒食也。

15. 享，《尔雅》：孝也。献也。

16. 禴（yuè）、祠、烝、尝，分别为夏祭、春祭、冬祭、秋祭。

《尔雅》："禴（yuè）、祠、烝、尝，祭也。"

《礼记》："天子诸侯宗庙之祭：春曰礿，夏曰禘，秋曰尝，冬曰烝。"

17. 公，《尔雅》：事也。于公先王，即"事于先王"，即以禴祠、烝尝祭祀先王。

18. 神，《说文》：天神，引出万物者也。

19. 吊，《尔雅》：至也。

20. 诒，《说文》：遗也。馈赠之意。

21. 质，为"礩"。《说文》："礩（zhì），柱下石也。"本意指柱子下的基石，引申根基、基础、根本。今所谓"本质"应为"本礩"。

22. 黎，《尔雅》：众也。

23. 骞，通"褰"。《说文》："褰（qiān），走貌。"

24. 崩，《说文》：山坏也。引申毁坏、败坏。

【解析】

这首诗讲鬼神保佑国家兴盛、久长。

"天保定尔，亦孔之固"，上天保佑你安定，则日益稳固。"俾尔大厚，何福不除"，上天使你大且厚，何福不裕？"俾尔多益，以莫不庶"，上天使你多益，是以无不富庶。

"天保定尔，俾尔戬穀"，上天保佑你安定，使你有福禄。"罄无不宜，受天百禄"，尽无不利，受天之百福。"降尔遐福，维日不足"，天降福禄长远，永世不尽。言福禄之久长无法以时日计数，亦即永世不尽之意。

"天保定尔，以莫不兴"，上天保佑你安定，则无不兴盛。"如山如阜，如冈如陵，如川之方至，以莫不增"，厚实如山如阜，高大如冈如陵，福禄之来如河水方至一般猛烈，是以无不增益。

"吉蠲为饎，是用孝享"，嘉美、洁净以为酒食，用之孝祖、享祖。"禴祠烝尝，于公先王"，春祠、夏禴，秋尝，冬烝，以之祭祀先王。"君曰卜尔，万寿无疆"，君王命占卜，卜辞言万寿无疆。言敬祖先者得庇佑。

"神之吊矣，诒尔多福"，神之至矣，馈你多福。"民之质矣，日用饮食"，民之根基，乃日用、饮食。"群黎百姓，遍为尔德"，百姓众多，遍为君德。言物阜民丰乃君王有德之象。

"如月之恒，如日之升，如南山之寿——不骞不崩，如松柏之茂，无不尔或承"，如月之恒常，如日升不息，如南山之寿——不动迁，不崩坏，如松柏之四季茂盛，你无不受承。言鬼神保佑则国家长兴。

采薇

采薇采薇，薇亦作止。
曰归曰归，岁亦莫止。
靡室靡家，玁狁之故。
不遑启居，玁狁之故。

采薇采薇，薇亦柔止。
曰归曰归，心亦忧止。
忧心烈烈，载饥载渴。
我戍未定，靡使归聘。

采薇采薇，薇亦刚止。
曰归曰归，岁亦阳止。
王事靡盬，不遑启处。
忧心孔疚，我行不来。

彼尔维何？维常之华。
彼路斯何？君子之车。
戎车既驾，四牡业业。
岂敢定居，一月三捷。

驾彼四牡，四牡骙骙。
君子所依，小人所腓。
四牡翼翼，象弭鱼服。
岂不日戒，玁狁孔棘。

昔我往矣，杨柳依依。
今我来思，雨雪霏霏。
行道迟迟，载渴载饥。
我心伤悲，莫知我哀。

【注释】

1. 薇，《说文》：菜也。似藿。即野豌豆，嫩茎叶可食。花期六到八月间，八到十月间成熟。多年生。

2. 作，《说文》：起也。

3. 遑，为"偟"。《尔雅》："偟，暇也。"遑息，小憩、暂歇。

4. 启，《尔雅》：跪也。启处、启居，本意指蹲下、跪下休息，引申安处。

5. 居，《说文》：蹲也。

6. 处，《说文》：止也。

7. 玁狁（xiǎn yǔn），西周时西北方的部族。

8. 烈，《说文》：火猛也。烈烈，强烈、猛烈的样子。

9. 戍，《说文》：守边也。

10. 聘，《尔雅》：问也。访问、聘问。此处指探亲。

11. 阳，《尔雅》：十月为阳。

12. 靡，《尔雅》：无也。

13. 盬（gǔ），为"鹘"。《尔雅》："鹘（hú），尽也。"

14. 疚，《尔雅》：病也。

15. 尔，为"薾"。《说文》："薾（ěr），华盛也。《诗》曰：'彼薾惟何？'"

16. 常，为"常棣"。《尔雅》："常棣，棣也。"即郁李，花叶同放，尤为繁盛。

17. 路，《尔雅》：大也。

18. 戎车，军队前锋兵车。《司马法》："戎车，夏后氏曰钩车，先正也。殷曰寅车，先疾也。周曰元戎，先良也。"

19. 业，《尔雅》：大也。业业，高大的样子。

20. 骙（kuí），《说文》：马行威仪也。

21. 翼翼，《礼记》："车马之美，匪匪翼翼。"

22. 腓（féi），为"茡"。《说文》："茡（fěi），辅也。"即协助、辅助。

23. 弭（mǐ），《说文》：弓无缘。弓两端受弦的位置不用丝线缠束，而用骨角修饰，如此形制弓称之为弭。象弭，即以象牙修饰之弭，此处指精良、华贵之弓。

24. 服，为"箙"。《说文》："箙，弩矢箙也。"鱼服，外观似鱼鳞状的皮制箭袋。

25. 捷，《尔雅》：胜也。

26. 棘，为"亟"。《说文》："亟，敏疾也。"古文"棘、急、亟、鞭"互通。

27. 霏，《说文》：雨云貌。霏霏，阴云密布的样子。

28. 迟迟，《尔雅》：徐也。

【解析】

这首诗讲兵役经年，将士思归，战事获胜，诗人伤国家衰乱。

"采薇采薇，薇亦作止"，采薇，采薇，薇又生发。言春又至仍未归。野豌豆为野菜之劣者，言在外艰难。"曰归曰归，岁亦莫止"，曰归曰归，经年未成行。"靡室靡家，猃狁之故。不遑启处，猃狁之故"，无室无家，猃狁之故。无暇休息，猃狁之故。言猃狁侵犯而苦民。

"采薇采薇，薇亦柔止。曰归曰归，心亦忧止"，采薇，采薇，薇之茎蔓柔软。曰归曰归，我心忧矣。言时至初夏，野豌豆茎蔓再次长成，但归家仍遥遥无期。"忧心烈烈，载饥载渴。我戍未定，靡使归聘"，忧心强烈，或饥或渴。我所守边境仍未安定，不让士兵回家探亲。

"采薇采薇，薇亦刚止"，采薇，采薇，薇之茎叶干硬。言秋季野豌豆成熟。"曰归曰归，岁亦阳止"，曰归曰归，岁已至十月。"王事靡盬，不遑启处"，王事无尽，无暇休息。"忧心孔疚，我行不来"，忧心大伤，我之归期仍未到来。

以上三章诗讲兵役经年，士兵思归。

"彼尔维何？维常之华。彼路斯何？君子之车"，彼盛者何？郁李之花。彼大者何？君子者之车。言将帅、师长之车宽大且文饰繁盛堪比郁李花。寓意军队强盛。"戎车既驾，四牡业业。岂敢定居，一月三捷"，戎车既驾，四匹公马高大。岂敢安处，一月之内三次胜敌。言将士奋勇。

"驾彼四牡，四牡骙骙"，驾御四匹公马，四匹公马行进威武。"君子所依，小人所腓"，兵车乃将帅之所依，兵士之所助力者。言战场以战车为主力，步兵为辅。"四牡翼翼，象弭鱼服"，四匹公马美矣，配以象弭、鱼箙。言装备精良。"岂不日戒，玁狁孔棘"，岂不日日警戒，玁狁行动甚是敏疾。言军士严阵以待。

以上两章诗讲军队作战，将士尽职守。

"昔我往矣，杨柳依依。今我来思，雨雪霏霏"，昔日出征，杨柳枝条随风摇摆。如今我归来，天阴沉降雪。言出征历时久长。"行道迟迟，载渴载饥。我心伤悲，莫知我哀"，行路徐缓，或饥或渴。我心伤悲，无人知我所哀。言诗人感伤国家衰乱以致有兵戎之害。

以上一章诗讲战事结束将士归来。

【引证】

（1）"彼尔维何？维常之华。彼路斯何？君子之车"与"何彼襛矣？唐棣之华。曷不肃雝？王姬之车"句式相似。

（2）《左传·文公十三年》："冬，公如晋朝且寻盟。卫侯会公于沓，请平于晋。公还，郑伯会公于棐，亦请平于晋。公皆成之，郑伯与公宴于棐。子家赋《鸿雁》，季文子曰：'寡君未免于此。'文子赋《四月》。子家赋《载驰》之四章，文子赋《采薇》之四章。郑伯拜，公答拜。"

大意：鲁文公帮助卫国、郑国与晋国修好。郑伯宴请鲁文公，子家赋《载驰》之四章，取"百尔所思，不如我所之"之意，以赞颂鲁文公贤能。文子赋《采薇》之四章，取"戎车既驾，四牡业业。岂敢定居，一月三捷"，表示愿意为之驱驰。

（3）西汉桓宽《盐铁论·繇役》："周道衰，王迹熄，诸侯争强，大小相凌。是以强国务侵，弱国设备。甲士劳战阵，役于兵革，故君劳而民困苦也。今中国为一统，而方内不安，徭役远而外内烦也。古者，无过年之繇，无逾时之役。今近者数千里，远者过万里，历二期。长子不还，父母愁忧，妻子咏叹，愤懑之恨发动于心，慕思之积痛于骨髓。此《杕杜》、《采薇》之所为作也。"

（4）东汉班固《白虎通德论》：古者师出不逾时者，为怨思也。天道一时生，一时养。人者，天之贵物也。逾时则内有怨女，外有旷夫。《诗》云："昔我往矣，杨柳依依。今我来思，雨雪霏霏。"

出车

我出我车，于彼牧矣。
自天子所，谓我来矣。
召彼仆夫，谓之载矣。
王事多难，维其棘矣。

我出我车，于彼郊矣。
设此旐矣，建彼旄矣。
彼旟旐斯，胡不旆旆？
忧心悄悄，仆夫况瘁。

王命南仲，往城于方。
出车彭彭，旗旐央央。
天子命我，城彼朔方。
赫赫南仲，玁狁于襄。

昔我往矣，黍稷方华。
今我来思，雨雪载涂。
王事多难，不遑启居。
岂不怀归，畏此简书。

喓喓草虫，趯趯阜螽。
未见君子，忧心忡忡。
既见君子，我心则降。
赫赫南仲，薄伐西戎。

春日迟迟，卉木萋萋。
仓庚喈喈，采蘩祁祁。
执讯获丑，薄言还归。
赫赫南仲，玁狁于夷。

1. 郊、牧，《尔雅》：邑外谓之郊，郊外谓之牧。

2. 仆，《说文》：给事者。仆夫，供役使者，此处指马夫。《周礼》："马有二百十四匹为廄，廄有仆夫。"

3. 棘，为"亟"。《说文》："亟，急也。"

4. 旐（zhào），《说文》：龟蛇四游，以象营室，游游而长。画有龟蛇的旗帜，旗帜上有四根飘带。一说龟蛇有灵，可以预兆，故推测旐为中军所树旗帜。

5. 旄，《说文》：幢也。旗的一种，应为出征、指挥用旗帜。

6. 旟（yú），《说文》："旟，错革画鸟其上，所以进士众。"皮革做的旗帜，上面镂刻鸟的图形，用以激励士卒前进。

7. 旂（qí），《说文》："旂，旗有众铃，以令众也。"有铃铛的旗，用命令士众。

8. 旆（pèi），《说文》：继旐之旗也，沛（裵）然而垂。旐后面跟随的旗帜。旆旆，通"裵裵"，长大的样子。《说文》："裵（péi），长衣貌。"

9. 悄，《说文》：忧也。《诗》曰："忧心悄悄。"

10. 况，为"怳（huǎng）"。《说文》："怳，狂之貌。"即恍惚之意。

11. 瘁，为"悴"。《尔雅》："悴，病也。"此处指劳累过度。

12. 南仲，西周军事将领。

13. 彭彭（bāng），或为"骋骋"，盛多的样子。《说文》："骋（péng），马盛也。《诗》曰：'四牡骋骋。'"

14. 央，为"泱"。《说文》："泱（yāng），滃也。云气起也。"泱泱，本意指云气兴起的样子，形容场面盛大。

15. 朔，《尔雅》：北方。

16. 赫赫，此处指威名显赫。《尔雅》："赫赫，迅也。"

17. 喓喓（yāo），或说虫鸣声。"喓"或为"蹘"。《说文》："蹘（yāo），跳也。"

18. 草虫，一说为草螽。陆玑："小大长短如蝗也，奇音，青色，好在茅草中。"

19. 趯（yuè），《说文》：踊也。趯趯，指昆虫跳来跳去。

诗辑训

20. 阜螽（fù zhōng），《尔雅》：蠜。一说蚱蜢。

21. 忡，《说文》：忧也。忡忡，心神不宁的样子。

22. 降，《尔雅》：下也。此处指把悬着的心放下来，亦即放心、安心之意。

23. 薄，为"迫"。《说文》："迫，近也。"引申急迫、紧急。

24. 迟迟、祁祁，《尔雅》：徐也。缓慢、迟缓的样子。

25. 萋，《说文》：草盛。

26. 卉，《说文》：草之总名。

27. 喈（jiē），《说文》：鸟鸣声。

28. 讯，《尔雅》：告也。执讯，解作捎信儿、带话、信使等。《左传》："郑子家使执讯而与之书，以告赵宣子。"

29. 丑，《尔雅》：众也。丑或为"馘"。《说文》："馘（guó），军战断耳也。"

《礼记》："出征，执有罪。反，释奠于学，以讯馘告。"

30. 执讯获丑，即"获丑（馘）执讯"，斩获战俘耳朵执之以为凭信。

《史记》："捕伏听者三千七十一级，执讯获丑。"

31. 夷，《说文》：平也。引申平定之意。

【解析】

这首诗讲诸侯从周天子出征，平定猃狁。

"我出我车，于彼牧矣。自天子所，谓我来矣"，我乘我车以出，至于彼牧野。命我来者，其令出自天子。言受天子命令出征，诸侯紧急出行。"自天子所"即受命于天子。"召彼仆夫，谓之载矣"，召彼马夫，告之驾马。"载"此处指把车辕架在马背上，亦即套马或套车。"王事多难，维其棘矣"，王事多难，其急迫也。

"我出我车，于彼郊矣。设此旐矣，建彼旄矣"，我出我车，至于天子郊野。设旐于中军，建旄以发令。"彼旟旐斯，胡不旆旆"，进士众之旗与将帅之旐，哪个不长大？言两种旗帜皆长大，寓意军队强大。"忧心悄悄，仆夫况瘁"，我忧心忡忡，马夫恍惚、疲惫。言军事紧张、繁忙，车夫劳累，将帅劳心。

以上两章诗讲诸侯从天子出征。

"王命南仲，往城于方"，天子命令南仲，前往方地扎营。"城"

指筑城防，此处指军队扎营。"出车彭彭，旂旐央央。天子命我，城彼朔方。赫赫南仲，玁狁于襄"，所出兵车彭彭，旂与旐连成一片。天子命我，扎营于北方。威名赫赫之南仲，玁狁可除。此一章讲天子统帅。

"昔我往矣，黍稷方华。今我来思，雨雪载涂"，昔日我前往，黍子与谷子始放花。如今我归来，下雪已覆盖道路。"载涂"即雪压覆在路上。"王事多难，不遑启居。岂不怀归？畏此简书"，王事多难，无暇休息。岂不想回家？敬畏君王之命。"简书"即写有王命的书简。此章讲战事结束归来。

"喓喓草虫，趯趯阜螽"，草虫叫声此起彼伏，蚂蚱蹦来蹦去。蝗虫皆害虫，比喻众奸邪小人。"未见君子，忧心忡忡。既见君子，我心则降"，未见君子，忧心忡忡。既见君子，我心则安。言国家罹难之际小人横行，是以君子忧心。"赫赫南仲，薄伐西戎"，威名赫赫之南仲，紧急讨伐西戎。此章诗讲战事获胜，见周之有君子。

"春日迟迟，卉木萋萋。仓庚喈喈，采蘩祁祁"，春日徐徐，花草树木日渐茂盛。黄鹂鸣声喈喈，徐徐采收白蒿。言春分后采白蒿秆制作蚕山，桑事繁重，将士心系家中农务。"执讯获丑，薄言还归。赫赫南仲，玁狁于夷"，斩获俘虏耳朵执之以为凭信，将士急切还家。威名赫赫之南仲，将玁狁扫平。

【引证】

（1）关于"简书"

《左传·闵公元年》："狄人伐邢，管敬仲言于齐侯曰，戎狄豺狼，不可厌也，诸夏亲昵，不可弃也，宴安酖毒，不可怀也。《诗》云：'岂不怀归？畏此简书。'简书，同恶相恤之谓也，请救邢以从简书，齐人救邢。"

上文中"简书"指代指盟约，《出车》之"简书"代指王命，二者用法相同。

（2）关于"我出我车"

《荀子·大略》：诸侯召其臣，臣不俟驾，颠倒衣裳而走，礼也。《诗》曰："颠之倒之，自公召之。"天子召诸侯，诸侯辇舆就马，礼也。《诗》曰："我出我舆，于彼牧矣。自天子所，谓我来矣。"

（3）关于玁狁进犯

《竹书纪年·厉王》：“十四年（公元前865年），猃狁侵宗周西鄙。”

《竹书纪年·宣王》：“五年夏六月（公元前823年），尹吉甫帅师伐猃狁，至于太原。”

杕杜

有杕之杜，有睆其实。

王事靡盬，继嗣我日。

日月阳止，女心伤止，征夫遑止。

有杕之杜，其叶萋萋。

王事靡盬，我心伤悲。

卉木萋止，女心悲止——征夫归止。

陟彼北山，言采其杞。

王事靡盬，忧我父母。

檀车幝幝，四牡痯痯，征夫不远。

匪载匪来，忧心孔疚。

期逝不至，而多为恤。

卜筮偕止，会言近止，征夫迩止。

【注释】

1. 杕，《说文》：树貌。杕杜，矗立的杜梨。

2. 睆（huàn），《说文》：大目也。本意为眼睛大，此处指果实大而圆。

3. 靡，《尔雅》：无也。

4. 盬（gǔ），为"鹘"。《尔雅》："鹘（hú），尽也。"

5. 嗣，《尔雅》：继也。

6. 阳，为"昜"。《说文》："昜（yáng），一曰长也。"久长之意。

7. 幝（chǎn），《说文》：车弊貌。车破旧的样子。

8. 痯痯（guǎn），《尔雅》：病也。

9. 偕，《说文》：俱也。

10. 遑，《说文》：急也。

诗
辑
训

11. 恤，《尔雅》：忧也。

12. 载，为"𢦏"之误。《说文》："𢦏（zǎi），伤也。"

13. 来，为"勑"。《说文》："勑（chì），劳也。"

14. 迩，《尔雅》：近也。

【解析】

　　这首诗写征夫思归，家人担忧。

　　"有杕之杜，有睆其实"，有树立之杜梨，果大且圆。杜梨比喻孤单之人，此处比喻独自离家服役者。杜梨果实成熟，言时已至秋，于常理征夫应当归还。"王事靡盬，继嗣我日"，王事无尽，我夜以继日。"日月阳止，女心伤止，征夫遑止"，日月久长，女心伤悲，征夫亦急。言征夫服役历时久长，妇人伤心，征夫着急。

　　"有杕之杜，其叶萋萋。王事靡盬，我心伤悲。卉木萋止，女心悲止，征夫归止"，有独立之杜梨，树叶茂密。王事无尽，我心伤悲。花草树木茂盛，妇人悲伤——征夫归也！言妻子系念丈夫归来。

　　"陟彼北山，言采其杞"，登上北山，采其枸杞。北方寓意收藏，山行艰难，枸杞多刺，寓意征夫归家之难行。"王事靡盬，忧我父母。檀车幝幝，四牡痯痯，征夫不远"，王事无尽，忧心父母。檀木车破败，四匹公马疲劳，征夫已不远。檀车坚固而弊坏、马匹疲乏，言其路远、行急。

　　"匪载匪来，忧心孔疚。期逝不至，而多为恤"，彼伤彼劳，忧心大病。归期已过而人未归，而更为担忧。"卜筮偕止，会言近止，征夫迩止"，龟卜与蓍筮皆使用，皆言归期将近，征夫已距家不远。言征夫晚归，妻子担心丈夫不已。

651

【引证】

西汉桓宽《盐铁论·繇役》："周道衰，王迹熄，诸侯争强，大小相凌。是以强国务侵，弱国设备。甲士劳战阵，役于兵革，故君劳而民困苦也。今中国为一统，而方内不安，徭役远而外内烦也。古者，无过年之繇，无逾时之役。今近者数千里，远者过万里，历二期。长子不还，父母愁忧，妻子咏叹，愤懑之恨发动于心，慕思之积痛于骨髓。此《杕杜》、《采薇》之所为作也。"

鱼丽

鱼丽于罶，鲿鲨。
君子有酒，旨且多。

鱼丽于罶，鲂鳢。
君子有酒，多且旨。

鱼丽于罶，鰋鲤。
君子有酒，旨且有。

物其多矣，维其嘉矣。
物其旨矣，维其偕矣。
物其有矣，维其时矣。

【注释】

1.丽，通"觀"。《说文》："觀（lì），求也。"求索、寻求之意。

2.罶（liǔ），《尔雅》：凡曲者为罶。长圆形的捕鱼竹篓为罶。

3.鲿，《说文》：扬也。鲿鱼。

4.鲨，《尔雅》：鮀。即鲇鱼。《说文》："鰋（yǎn），鮀也。"

5.鳢（lǐ），《说文》：鳠（hù）也。鳢鱼。

6.旨，《说文》：美也。

7.偕，为"谐"。《说文》："谐（xié），詥（hé）也。"《尔雅》："谐，和也。"即和合、和谐之意。

8.有，富有、裕足。

【解析】

这首诗讲国家取财用之道。

"鱼丽于罶，鲿鲨"，鱼求之于鱼笱，可得鲿鱼、鲇鱼。寓意凡事必从其道，以其器，方能善成。"君子有酒，旨且多"，君子有酒，美且多。寓意君子食禄丰厚、嘉美。

"鱼丽于罶，鲂鳢。君子有酒，多且旨"，鱼求之于鱼罶，可得鲂鱼、鳢鱼。君子有酒，多且美。

"鱼丽于罶，鰋鲤。君子有酒，旨且有"，鱼求之于鱼罶，可得鰋鱼、鲤鱼。君子有酒，美且富。

"物其多矣，维其嘉矣"，物其多矣，维其善矣。言物之所以多，在于能善待产物者。"物其旨矣，维其偕矣"，物其美矣，维其偕矣。言物之所以美，在于贡献者悦服。"物其有矣，维其时矣"，物其有矣，维其时矣。言物之所以取用不绝，在于取用者取之以时。言国家善取财用于民。

【引证】

（1）《荀子·大略》：聘礼志曰："币厚则伤德，财侈则殄礼。""礼云礼云，玉帛云乎哉！"《诗》曰："物其旨矣，唯其偕矣。"不时宜，不敬文，不驩欣，虽旨非礼也。

（2）《左传·襄公二十年》："冬季武子如宋，报向戌之聘也。褚师段逆之以受享，赋《常棣》之七章以卒。宋人重贿之。归复命，公享之，赋《鱼丽》之卒章。"

大意：鲁君享季武子，赋《鱼丽》卒章，赞季武子有礼、中义。

（3）西汉刘向《说苑》："故天子南面视四星之中，知民之缓急，急利不赋籍，不举力役。书曰：'敬授民时。'《诗》曰：'物其有矣，维其时矣。'物之所以有而不绝者，以其动之时也。"

（4）《仪礼》之《乡饮酒礼》《燕礼》皆"歌《鱼丽》"。《礼记》："燕礼者，所以明君臣之义也；乡饮酒之礼，所以明长幼之序也。"

诗
辑
训

斑鱯

　　斑鱯是性情温和的大型肉食性鱼，全身无鳞，生活于江河底层，一般常见个体为两公斤左右，最大者可达十五公斤。鱯又有大鳍鱯，大鳍鱯俗称江鼠，无斑点，然非白色。鳠应为斑鱯。郭璞云："鱯鱼似鮎而大，白色者是矣。北人呼鱯，南人呼鮠，并与鮰音相近，迩来通称鮰鱼，而鱯、鮠之名不彰矣。"

654

翘嘴鲌

翘嘴鲌，又名大白鱼、噘嘴鲢子等。翘嘴鲌平时多生活在江河的中上层，行动迅速，善跳跃，性情急躁，易受惊，拉网捕鱼时可飞越一米高的屏障。翘嘴鲌以小鱼为食，生长较快，是一种凶猛性鱼类。其尾巴红色的被称为翘嘴红鲌，尾巴呈青色的被称为青梢鲌，最大的个体可重达十公斤。

陆玑解释："鳣，一名黄颊鱼是也。似燕头，角身，形厚而长大，颊骨正黄，鱼之大而有力解飞者。徐州人谓之扬。黄颊，通语也。"后人根据此段说明把鳣称作黄颡鱼。然黄颡鱼多生活在江河中下部，不善跳跃，与《说文》解作"扬"不合。陆玑所言"似燕头、角身、鱼之大而有力解飞者"符合翘嘴鲌的特征，"颊骨正黄、形厚而长大"则符合鳠鱼特征，鳠鱼又名黄颊鱼。鳠鱼与"似燕头、角身、鱼之大而有力解飞者"等描述不合。综合以上，鳣应为鲌鱼一种。

鲇鱼

　　鲶鱼，即鲇鱼，肉食性底栖鱼。此鱼的显著特征是周身无鳞，身体表面多黏液，头扁口阔，嘴上共四根胡须，上长下短，鲶鱼利用此须辨别味道。鲶鱼分布广泛，有多个品种，某些品种能长到很大。上图为胡子鲶，上下颌各有四根胡须。

南有嘉鱼

南有嘉鱼，烝然罩罩。
君子有酒，嘉宾式燕以乐。

南有嘉鱼，烝然汕汕。
君子有酒，嘉宾式燕以衎。

南有樛木，甘瓠累之。
君子有酒，嘉宾式燕绥之。

翩翩者鵻，烝然来思。
君子有酒，嘉宾式燕又思。

【注释】

1. 嘉，《尔雅》：善也。

2. 烝，《尔雅》：众也。

3. 罩罩，为"鯙鯙"。《说文》："鯙鯙（zhuó），烝然鯙鯙。"鯙鯙，鱼游动貌。

4. 汕，《说文》：鱼游水貌。

5. 式，《尔雅》：用也。

6. 燕，通"猒"，简体"厌"。《说文》："猒，一曰合也。"今写作"宴会"。

7. 衎（kàn），《尔雅》：乐也。

8. 樛（jiū），《说文》：下句曰樛。树冠呈半圆形的树木称之为樛木，如馒头柳。

9. 瓠，《说文》：匏也。即瓠子、瓠瓜。瓠子瓜叶在嫩时皆可食用，一旦变老则瓜叶不能再食用。

10. 累（léi），为"纍"。《说文》："纍，垂貌。"

657

11. 绥，《尔雅》：安也。

12. 翩，《说文》：疾飞也。

13. 雕（zhuī），《说文》：祝鸠也。即鸽子。

14. 又，为"侑"。又写作"姷"。《说文》："侑，耦也。"即相和合、相匹。

【解析】

　　这首诗讲士君子推行教化有功。

　　"南有嘉鱼，烝然罩罩"，南有嘉鱼，成群游来游去。南方为光明之方，于时为夏，寓意长养。鱼为水产之美者。君子比德于水。这两句诗寓意士君子以教化滋养万物有功。"君子有酒，嘉宾式燕以乐"，君子有酒，嘉宾用之宴乐。言士君子与道友宴乐。寓意君子合同。

　　"南有嘉鱼，烝然汕汕。君子有酒，嘉宾式燕以衎"，南有嘉鱼，成群游来游去。君子有酒，嘉宾用之宴且乐。言士君子乐其职事。

　　"南有樛木，甘瓠累之"，南有樛木，甘美瓠子垂挂其上。樛木枝干伸展，荫庇面积大。甘瓠寓意君子及时作为，不懈怠。这两句诗寓意士君子庇养百姓积极。"君子有酒，嘉宾式燕绥之"，君子有酒，嘉宾用以宴而安。言士君子安于教化。

　　"翩翩者雕，烝然来思"，祝鸠翩翩，成群飞来。祝鸠比喻使者，此处指传播教化之士君子。"君子有酒，嘉宾式燕又思"，君子有酒，嘉宾用以之聚合。

【引证】

《仪礼》之《乡饮酒礼》《燕礼》皆"歌《南有嘉鱼》"。《礼记》："燕礼者，所以明君臣之义也。……乡饮酒之礼，所以明长幼之序也。"

658

南山有台

南山有台，北山有莱。
乐只君子，邦家之基。
乐只君子，万寿无期。

南山有桑，北山有杨。
乐只君子，邦家之光。
乐只君子，万寿无疆。

南山有杞，北山有李。
乐只君子，民之父母。
乐只君子，德音不已。

南山有栲，北山有杻。
乐只君子，遐不眉寿。
乐只君子，德音是茂。

南山有枸，北山有楰。
乐只君子，遐不黄耇。
乐只君子，保艾尔后。

659

【注释】

1. 台，《尔雅》：夫须。即莎（suō）草，又名香附子。陆玑："旧说夫须，莎草也，可以为蓑笠。"

2. 莱，《说文》：蔓华也。《尔雅》："釐，蔓华。"《说文》："藋（diào），釐草也。"其中"釐"或为"藜"之假借。莱，应为灰菜。嫩苗可食用。

3. 只，代词，这、此。

4. 基,《说文》：墙始也。即基础、根基。

5. 栲,《尔雅》：山樗。《说文》写作"㮃"，解作"山樗"。即栲树，常绿乔木。

6. 杻,《尔雅》：檍也。《说文》："檍，杻也。"杻（chūn），香椿。椿木为良材。

7. 枸（jǔ），《说文》：木也。可为酱。一说为蒌叶，即扶留藤。《说文》："蒟（jǔ）：果也。"即蒟酱，缘树而生，其子如桑葚，熟时正青，长二三寸，以蜜藏而食之。

8. 椵（yú），《说文》：鼠梓木。陆玑以为苦楸，郭璞以为虎梓。椵或为白花梓树，梓树嫩叶可以食用。

9. 遐，为"嘏"。《尔雅》："嘏（jiǎ），大也。"

10. 不，为"丕"。《尔雅》："丕，大也。"遐不，表示程度深。

11. 耇（gǒu），《尔雅》：寿也。黄耇，本意应为白发变黄，身体佝偻，言长寿之貌。引申长寿。

12. 《小尔雅》："遐不黄耇，言寿考也。"

13. 艾，《尔雅》：养也。

【解析】

这首诗讲君子之德。

"南山有台，北山有莱"，南山有莎草，北山有莱菜。南山为阳，山北为阴，寓意君子在公、在私。莎草、莱菜为野草，为草木之微薄者，然可堪薪刍，供人畜鸟兽之用。"乐只君子，邦家之基"，乐此君子，乃国家之根基。言莎草、莱菜等野草可供鸟兽食，鸟兽可供人之需，故野草为资用之根本，君子为国家之根本。"乐只君子，万寿无期"，乐只君子，万寿无期。言君子为国之根基，德行永存。这段诗讲君子在公、在私甘为国家根基，百姓爱乐之。

"南山有桑，北山有杨"，南山有桑树，北山有柳树。桑树与柳树春季发芽早，秋季落叶迟。"乐只君子，邦家之光"，乐只君子，乃国家之光。"乐只君子，万寿无疆"，乐只君子，万寿无疆。这段诗讲君子在公、在私始终为国家荣耀。

"南山有杞，北山有李"，南山有枸杞，北山有李树。枸杞有刺，李树花盛而多实。"乐只君子，民之父母"，乐只君子，为民父母。言君子为民，百姓爱乐之。"乐只君子，德音不已"，乐此君子，道德言论流传不息。这段诗讲君在公有所不为，在私有美仪淑德。

"南山有栲，北山有杻"，南山有栲树，北山有杻树。栲树、香椿生长缓慢，木材坚硬、致密，为良材、大材。"乐只君子，遐不眉寿"，乐只君子，长寿有加。"乐只君子，德音是茂"，乐只君子，道德言论丰硕。这段诗讲君子在公、在私皆笃行节义，为国家栋梁。

"南山有枸，北山有楰"，南山有蒌叶，北山有梓树。蒌叶为常绿木本藤蔓，果实可以作酱。梓树嫩叶可食，木材堪用。"乐只君子，遐不黄耇"，乐只君子，长寿有加。"乐只君子，保艾尔后"，乐只君子，保养后代子孙。这段诗讲君子在公能庇养子孙，在私亦能为后人能竭尽其力。

【引证】

（1）《左传·襄公二十年》："冬，季武子如宋，报向戌之聘也，褚师段逆之以受享，赋《常棣》之七章以卒。宋人重贿之。归复命，公享之，赋《鱼丽》之卒章，公赋《南山有台》，武子去所曰：'臣不堪也。'"

大意：季武子出使宋国，返国后鲁君享之，赋诗《南山有台》以赞季武子为国家贤德君子。

（2）《礼记·大学》：所谓平天下在治其国者：上老老而民兴孝，上长长而民兴弟，上恤孤而民不倍，是以君子有洁矩之道也。所恶于上，毋以使下；所恶于下，毋以事上；所恶于前，毋以先后；所恶于后，毋以从前；所恶于右，毋以交于左；所恶于左，毋以交于右。此之谓洁矩之道。《诗》云："乐只君子，民之父母"，民之所好好之，民之所恶恶之，此之谓民之父母。

（3）《孔子家语·正解论》：晋平公会诸侯于平丘。齐侯及盟，郑子产争贡赋之所承，曰："昔日天子班贡，轻重以列，列尊卑而贡，周之制也。卑而贡重者甸服。郑伯南也，而使从公侯之贡，惧弗给也。敢以为请。"自日中诤之，以至于昏。晋人许之，孔子曰："子产于是行也，是以为国也。《诗》云：'乐只君子，邦家之基。'子产，君子之于乐者。"

（4）《左传·昭公十三年》："仲尼谓子产于是行也，足以为国基矣。

《诗》曰：'乐只君子，邦家之基。'子产，君子之求（逑）乐者也。"

（5）《左传·襄公二十四年》：范宣子为政，诸侯之币重。郑人病之。二月，郑伯如晋。子产寓书于子西以告宣子，曰："子为晋国，四邻诸侯，不闻令德，而闻重币，侨也惑之。侨闻君子长国家者，非无贿之患，而无令名之难。夫诸侯之贿聚于公室，则诸侯贰。若吾子赖之，则晋国贰。诸侯贰，则晋国坏。晋国贰，则子之家坏。何没没也！将焉用贿？夫令名，德之舆也。德，国家之基也。有基无坏，无亦是务乎！有德则乐，乐则能久。《诗》云：'乐只君子，邦家之基。'有令德也夫！'上帝临女，无贰尔心。'有令名也夫！恕思以明德，则令名载而行之，是以远至迩安。毋宁使人谓子'子实生我'，而谓'子濬我以生'乎？像有齿以焚其身，贿也。"宣子说，乃轻币。

（6）《仪礼》之《乡饮酒礼》《燕礼》皆"歌《南山有台》"。

灰菜

　　灰菜为一年生草本，又叫灰灰菜、灰藋、白藜。每年四到七间月采幼苗或嫩茎叶，以沸水焯洗去苦味，可凉拌、热炒。茎叶亦可喂家畜。灰菜分布广，为较难除的杂草。《本草纲目》："灰藋处处原野有之，四月生苗，茎有紫红线楞。叶尖有刻，面青背白。茎心、嫩叶背皆有白灰。为蔬亦佳。五月渐老，高者数尺。七八月开细白花，结实簇簇如球，中有细子，蒸暴取仁，可蒸饭及磨粉食。"

663

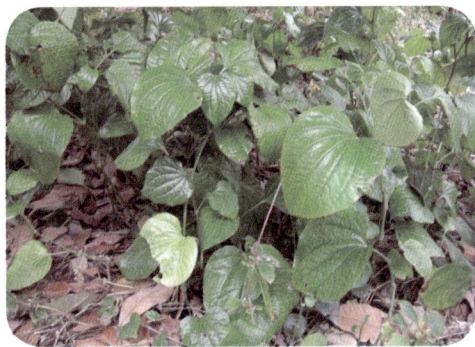

蒌叶

蒟酱，又名枸酱、扶留、蒌叶。常绿木质藤本，果实似桑葚长二三寸，有辣味，可吃，可制酱。花期五七月间。秋后果实成熟后采摘，晒一日后，纵剖为二，晒干。古代蒟酱为上等调味品。

李时珍云："两广、滇南及川南皆有之，其苗蔓生依树，彼人食槟榔者与此是嚼之，云辟瘴病。"陆玑："枸树高大如白杨，子长数寸，啖之甘美如饴，蜀以为酱。亦书作蒟。"

蓼萧

蓼彼萧斯，零露湑兮。
既见君子，我心写兮。
燕笑语兮，是以有誉处兮。

蓼彼萧斯，零露瀼瀼。
既见君子，为龙为光。
其德不爽，寿考不忘。

蓼彼萧斯，零露泥泥。
既见君子，孔燕岂弟。
宜兄宜弟，令德寿岂。

蓼彼萧斯，零露浓浓。
既见君子，鞗革冲冲。
和鸾雝雝，万福攸同。

【注释】

1. 蓼（liǎo），为"勠"。《说文》："勠（lù），并力也。"本意为协力、共同致力于。此处指众草生长力强盛。

2. 萧，《说文》：艾蒿也。陆玑："今人所谓荻蒿者是也，或云牛尾蒿。似白蒿，白叶、茎粗、科生、多者数十茎。可作烛、有香气，故祭奠以脂蒻（ruò，烧）之为香。"《说文》称作"艾蒿"，或因萧与艾、蒿相似。

3. 湑（xǔ），《说文》：露貌。

4. 零，降落、落下。《大戴礼记》："零也者，降也。"

5. 写，《说文》：置物也。引申安置、放置、安放。

6. 誉，通"豫"。《尔雅》："豫，安也，乐也。"

7. 瀼,《说文》：露浓貌。

8. 龙,为"宠"。《说文》："宠,尊居也。"

9. 爽,《说文》：差也。忒也。即不一、变更之意。

10. 泥泥,为"薿薿"。《说文》："薿（nǐ）,茂也。"

11. 岂弟,又写作"恺悌"。《尔雅》："恺悌,发也。"即启发、生发、长进之意。

《吕氏春秋》："《诗》曰：'恺悌君子,民之父母。'恺者大也,悌者长也。君子之德,长且大者则为民父母。"

12. 令,《尔雅》：善也。

13. 寿,《说文》：久也。

14. 岂,《说文》：登也。

15. 鞗,为"鋚"。《说文》："鋚（tiáo）,辔首铜。"即马笼头上的铜饰。

16. 革,《尔雅》："辔首,谓之革。"鞗革,有铜饰的马笼头,代指修饰华美之马。

17. 冲,《说文》：涌摇也。冲冲,摇动貌。

18. 鸾,应为"鑾"。鑾,《说文》："人君乘车,四马镳,八鑾铃,象鸾鸟声,和则敬也。"鑾,指声音像鸾鸟声的马铃铛。和鸾,和铃、鑾铃。

19. 雝雝,为"噰噰"。《尔雅》："噰噰,音声和也。"

20. 寿考,《礼记》："寿考曰卒。"

21. 燕,通"厌、宴"。《说文》："厭：一曰合也。宴：安也。"厭简体"厌"。

22. 同,《说文》：合会也。

【解析】

这首诗讲君子推行教化,惠泽苍生。

"蓼彼萧斯,零露湑兮",奋力生长之丛萧,降露浓厚。艾蒿有香气,供祭祀之用,为佳草,滋润以浓露,寓意教化惠泽苍生。"既见君子,我心则写",既已见君子,我心则安放。言君子行教化而惠万民,国人安心。"燕笑语兮,是以有誉处兮",相会笑语,是以有安处兮。言君子当道则国人得安乐。

"蓼彼萧斯，零露瀼瀼"，奋力生长之丛萧，降露浓浓。"既见君子，为龙为光"，既已见君子，为尊为光。言君子受国人尊重，为国家之光。"其德不爽，寿考不忘"，君子之德不改，死而不忘。言君子笃行节义，其芳德流传后世。

"蓼彼萧斯，零露泥泥"，奋力生长之丛萧，降露浓浓。"既见君子，孔燕岂弟"，既见君子，甚安定且大进长。言君子当道国家安定、进步。"宜兄宜弟，令德寿岂"，安利兄弟，善德永升。言君子之德可齐家，进而推之于治国、平天下。

"蓼彼萧斯，零露浓浓"，奋力生长之丛萧，降露浓浓。"既见君子，鞗革冲冲"，既已见君子，鞗革摇动，其车马奔驰。寓意君子疾行教化。"和鸾雍雍，万福攸同"，和铃、鸾铃嗤嗤，万福合聚。寓意礼乐教化大行，福禄会聚。

【引证】

（1）《左传·襄公二十六年》："秋七月，齐侯、郑伯为卫侯故，如晋，晋侯兼享之。晋侯赋《嘉乐》。国景子相齐侯，赋《蓼萧》。子展相郑伯，赋《缁衣》。叔向命晋侯拜二君曰：'寡君敢拜齐君之安我先君之宗祧也，敢拜郑君之不贰也。'"

大意：晋平公借会盟扣留卫殇公，以使卫献公复国。事后暂留卫献公于晋，齐侯与郑伯来晋，请求放献公归国。国景子赋《蓼萧》，赞晋平公有安邦定国之德。

（2）《左传·昭公十二年》："夏，宋华定来聘，通嗣君也。享之，为赋《蓼萧》，弗知，又不答赋。昭子曰：'必亡，宴语之不怀，宠光之不宣，令德之不知，同福之不受，将何以在。'"

大意：宋元公即位第二年夏，派大夫华定访问鲁国，以通新君之好。鲁国宴飨华定，赋《蓼萧》一诗，意在赞扬宋元公有君子之德，可以使宋国"孔燕岂弟"。然而华定本人不解《蓼萧》寓意，不能答。鲁人断言华定将来要失其位，因其"宴会之语不至，尊贵与荣光不显扬，不知善德，不纳众福"。

湛露

湛湛露斯，匪阳不晞。
厌厌夜饮，不醉无归。

湛湛露斯，在彼丰草。
厌厌夜饮，在宗载考。

湛湛露斯，在彼杞棘。
显允君子，莫不令德。

其桐其椅，其实离离。
岂弟君子，莫不令仪。

【注释】

1. 湛湛（zhàn，chén），为"澄澄"。《说文》："澄（chéng），清也。"
《六韬》："有湛湛而无诚者。"《楚辞》："湛湛江水兮。"

2. 晞（xī），《说文》：乾也。即干燥之意。

3. 厌厌，为"愿愿"。《说文》："愿（yān）：安也。《诗》曰：'愿愿夜饮。'"

4. 醉，《说文》："醉，卒也。卒其度量，不至于乱也。"

5. 宗，《说文》：祖庙也。

6. 载考，即"年考"，亦即"朝正"。诸侯正月朝天子，在宗庙考礼修德。
《左传》："王正月，公在楚，释不朝正于庙也。"
《尚书》："三载考绩，三考，黜陟幽明，庶绩咸熙。"

7. 允，为"阮"。《说文》："阮（yǔn），高也。"《尔雅》："显，光也。"显允，光明、崇高。《蔡郎仲基》："显允厥德，昭胤休序。"

8.离离，应为"蘿蘿"。《说文》："蘿（lì）：草木相附蘿土而生。"蘿蘿，本意为地上草木茂密的样子，此处指果实繁盛。

9.岂弟，又写作"恺悌"。《尔雅》："恺悌，发也。"即生发、长养之意。

10.椅、桐，即山桐子、梧桐，二者木材可作琴。

雅

小雅

湛露

【解析】

这首诗为诸侯朝正宴乐之歌，赞美君臣和合，赞扬诸侯功德。

"湛湛露斯，匪阳不晞"，清清的露水，非阳生不能干。言雨露消长随阴阳变化，阴随阳动。天子比象于阳，天子主动，诸侯随顺。"厌厌夜饮，不醉无归"，安然夜饮，不醉不归。言君臣相得甚欢，亦即言君臣和美。

"湛湛露斯，在彼丰草"，澄净的露水，在彼丰草。言阴阳和顺，草木丰茂。寓意君臣和合，物阜民丰。"厌厌夜饮，在宗载考"，安然夜饮，在宗庙举行朝正。言君臣和谐，致力于教化。

"湛湛露斯，在彼杞棘"，澄清的露水，在彼枸杞、棘木。枸杞、酸枣皆有刺，比喻不驯者、阻碍者。寓意君臣致力于教化不道者。"显允君子，莫不令德"，光明、崇高之君子，无不道德善良。

"其桐其椅，其实离离"，梧桐、山桐子，树上果实累累。寓意礼乐盛行，成果丰硕。"岂弟君子，莫不令仪"，长养君子，无不仪表嘉善。

【引证】

（1）《左传·文公四年》："卫宁武子来聘，公与之宴，为赋《湛露》及《彤弓》。不辞，又不答赋，使行人私焉。对曰：'臣以为肄业及之也。昔诸侯朝正于王，王宴乐之，于是乎赋《湛露》，则天子当阳（南面），诸侯用命也。诸侯敌王所忾（鎎，怒战）而献其功，王于是乎赐之彤弓一，彤矢百，玈弓矢千，以觉报宴。今陪臣来继旧好，君辱贶之，其敢干大礼以自取戾。'"

（2）《春秋谷梁传·隐公十一年》："十有一年春，滕侯、薛侯来朝。天子无事，诸侯相朝正也，考礼修德，所以尊天子也。诸侯来朝时正也，特言同时也，累数皆至也。"

（3）董仲舒《春秋繁露》："天下之草木随阳而生落，天下之三王随阳而改正，天下之尊卑随阳而序位。幼者居阳之所少，老者居阳之所老，贵者居阳之所盛，贱者居阳之所衰。藏者，言其不得当阳。不当阳者臣子是也，当阳者匀是也。故人主南面，以阳为位也。阳贵而阴贱，天之制也。礼之尚右，非尚阴也，敬老阳而尊成功也。"

彤弓

彤弓弨兮，受言藏之。
我有嘉宾，中心贶之。
钟鼓既设，一朝飨之。

彤弓弨兮，受言载之。
我有嘉宾，中心喜之。
钟鼓既设，一朝右之。

彤弓弨兮，受言櫜之。
我有嘉宾，中心好之。
钟鼓既设，一朝酬之。

【注释】

1. 弨（chāo），《说文》："弨，弓反也。《诗》曰：'彤弓弨兮。'"弓身竖立，弓弦侧近人，如此为弓之正。弓身横立，为弓之反。古人赠送弓与人时须弓身横放，张弓则弓弦朝上，弛弓则弓背朝上。

2. 贶（kuàng），《尔雅》：赐也。引申奖赏、褒奖。

3. 飨，《说文》：乡人饮酒也。

4. 右，为"侑"。《尔雅》："侑（yòu），报也。"酬报、报答之意。

5. 櫜（gāo），《说文》：车上大橐。车上盛物的大囊。

6. 一朝，为"壹朝"。《说文》："壹，专壹也。"壹朝，特意朝见、专门朝见。

7. 酬，《说文》：主人进客也。主人先给客人斟酒称之为献，客人饮献后为主人斟酒称之为醋，主人饮醋后再次为客人斟酒称之为酬。引申为酬谢、报答之意。

671

【解析】

这首诗讲君王嘉奖有功诸侯。

"彤弓弨兮，受言藏之"，彤弓横陈，接受彤弓之后把弓收藏。言天子赐予诸侯彤弓，表彰其克难、胜敌。"我有嘉宾，中心贶之"，我有嘉宾，发自内心褒奖之。"钟鼓既设，一朝飨之"，钟鼓已设，使专门来朝以飨之。言隆重其事。

"彤弓弨兮，受言载之"，彤弓横陈，接受彤弓之后把弓遮盖起来。"载"即在弓上覆盖布帛等，亦即把弓收藏起来。"我有嘉宾，中心喜之。钟鼓既设，一朝右之"，我有嘉宾，内心喜之。钟鼓已陈，使之专朝以报答之。

"彤弓弨兮，受言櫜之。我有嘉宾，中心好之。钟鼓既设，一朝酬之"，彤弓横陈，接受彤弓装入车上大袋内。我有嘉宾，内心好之。钟鼓已陈，专朝以酬之。

【引证】

（1）《荀子·大略》："天子雕弓，诸侯彤弓，大夫黑弓，礼也。"

（2）《礼记·曲礼上》："凡遗人弓者，张弓尚筋，弛弓尚角。右手执箫，左手承弣。尊卑垂帨。若主人拜，则客还辟，辟拜。主人自受，由客之左接下承弣。乡与客并，然后受。"

译文：凡赠送弓给人，张紧弓弦的弓则弓弦向上，弓弦未张则弓背向上。同时右手拿着弓的一头，左手托着弓背的中部。交接后授受双方彼此鞠躬。如果主人再拜，客人要退避，避开主人的拜谢。主人若为接受赠弓者，则从客人左手方接住弓背的中部，主人与客人面朝同一方向并排而立，然后接过弓来。

（3）《左传·文公四年》："卫宁武子来聘，公与之宴，为赋《湛露》及《彤弓》。不辞，又不答赋。使行人私焉。对曰：'臣以为肄业及之也。昔诸侯朝正于王，王宴乐之，于是乎赋《湛露》，则天子当阳，诸侯用命也。诸侯敌王所忾（鑛，怒战）而献其功，王于是乎赐之彤弓一，彤矢百，旅弓矢千，以觉报宴。今陪臣来继旧好，君辱贶之，其敢干大礼以自取戾。'"

（4）《左传·襄公八年》："晋范宣子来聘，且拜公之辱，告将用师于郑。公享之，宣子赋《摽有梅》。季武子曰：'谁敢哉？今譬于草木，寡君在君，君之臭味也。欢以承命，何时（是，指范宣子请求鲁国出兵协助之事）之有？'武子赋《角弓》。宾将出，武子赋《彤弓》。

宣子曰：'城濮之役，我先君文公献功于衡雍，受彤弓于襄王，以为子孙藏。匄（范宣子）也，先君守官之嗣也，敢不承命。'君子以为知礼。"

大意：晋国范宣子来鲁国聘问，回拜鲁襄公朝晋，同时来告知晋国将讨伐郑国。鲁襄公设宴招待，范宣子赋《摽有梅》，寓意请求鲁国出兵协助晋国伐郑。晋国强大而鲁国弱小，所以季武子说："谁敢受您请求？如果拿草木做比喻，我鲁国国君与您晋国国君相比，晋君为草木，鲁君就是草木散发的气味。鲁国欢喜的接受晋国的命令，怎么能用请求呢？"季武子赋《角弓》，言将和晋国如兄弟般并肩作战。最后季武子赋《彤弓》，寓意若鲁国成功则晋国应报答之。范宣子说：晋文公曾因功受周襄王之彤弓，我为先君之臣后人，当依从前例，定会报答有功者。亦即范宣子答应功成之后厚报鲁国。

菁菁者莪

菁菁者莪，在彼中阿。
既见君子，乐且有仪。

菁菁者莪，在彼中沚。
既见君子，我心则喜。

菁菁者莪，在彼中陵。
既见君子，锡我百朋。

汎汎杨舟，载沉载浮。
既见君子，我心则休。

【注释】

1. 菁菁（jīng），应为"彰彰"。《说文》："彰（jīng），清饰也。"彰彰，清新貌。此处指草青嫩貌。

2. 莪，《说文》："萝莪，蒿属。"即抱娘蒿。

3. 阿，《说文》：大陵也。

《尔雅》："大野曰平，广平曰原，高平曰陆，大陆曰阜，大阜曰陵，大陵曰阿。"

4. 沚，《尔雅》："水中可居者曰洲，小洲曰陼，小陼曰沚，小沚曰坻。"

5. 仪，《尔雅》：匹也。相比、相匹。

6. 锡，即"赐"。《说文》："赐，予也。"

7. 朋，古代货币单位。

《食货志》："大贝四寸八分以上，二枚为一朋，直二百一十六。壮贝三寸六分以上，二枚为一朋，直五十。幺贝二寸四分以上，二枚为一朋，直三十。"

8.汎，《说文》：浮貌。汎汎，浮动的样子。

9.杨舟，杨木舟。

10.载沉载浮，或沉或浮。

11.休，《说文》：息止也。

【解析】

　　这首诗讲君子修学。

　　"菁菁者莪，在彼中阿"，茎叶清新的抱娘蒿，生长在大陵之中。抱娘蒿幼苗诸茎环抱根生长，寓意固守根本。"菁菁者莪"言正在生长，故其茎叶嫩青。阿为陵之大者，中阿为广大、深厚之陆地，寓意植根大道。这两句诗寓意人之修学当立于大道，固守根本。"既见君子，乐且有仪"，既见君子，喜悦且有可比象者。言君子为修学者楷模。

　　"菁菁者莪，在彼中沚"，茎叶清新的抱娘蒿，生长在河洲之中。莪蒿喜水，生于江河滋润之地，寓意修习于学识富厚之所。"既见君子，我心则喜"，既见君子，我心欢喜。

　　"菁菁者莪，在彼中陵"，茎叶清新的抱娘蒿，生长在大阜之中。陵为阿之小者，寓意修学者立足于礼义。"既见君子，锡我百朋"，既见君子，给予我百朋。寓意学习有成而为官。

　　"汎汎杨舟，载浮载沉"，漂浮的杨木舟，在水中浮浮沉沉。杨木舟轻浮、不坚固，不堪载重，加之波浪起伏，言载人济渡艰难。寓意国家教学敝陋。"既见君子，我心则休"，既见君子，我心则安。言国家教学改善，君子安心。

【引证】

（1）《左传·昭公十七年》："十七年春，小邾穆公来朝。公与之燕，季平子赋《采叔》，穆公赋《菁菁者莪》。昭子曰：'不有以国，其能久乎？'"

（2）《左传·文公三年》："晋人惧其无礼于公也，请改盟。公如晋，及晋侯盟，晋侯飨公，赋《菁菁者莪》。庄叔以公降拜，曰：'小国受命于大国，敢不慎仪，君贶之以大礼，何乐如之？抑小国之乐大国之惠也。'晋侯降辞，登，成拜。"

　　大意：鲁文公到晋国与晋襄公结盟。晋襄公设享礼招待，赋《菁菁者莪》。庄叔说："小国听命于大国，岂敢不谨慎相亲比？您赐以大礼，还有什么比这更高兴的呢？大国之惠爱乃小国之乐。"晋襄公赋《菁菁者莪》，取"既见君子，乐且有仪"，言鲁为有德君子，愿意与鲁国亲比。

（3）东汉徐干《中论》："大胥掌学士之版（名册），春入学舍，采合万舞，秋班（颁）学，合声，讽诵讲习，不解于时，故《诗》曰：'菁菁者莪，在彼中阿。既见君子，乐且有仪。'美育材，其犹人之于艺乎！既修其质，且加其文，文质著然后体全，体全然后可登乎清庙，而可羞乎王公。故君子非仁不立，非义不行，非艺不治，非容不庄。四者无怨，而圣贤之器就矣。"

蔝（上图为幼苗，下图为成株）

蔝，又称蔝蒿、萝蒿、抱娘蒿、播娘蒿，一年或二年生草本，喜湿地，高可达一米，叶像针，开黄绿色小花，嫩时可食。

陆玑："生泽田渐洳之处，叶似邪蒿而细，科生三月，中茎可生食，又可蒸，香美，味颇似蒌蒿，但味带麻，不似蒌蒿甘香。"

《本草纲目》："蔝，亦峨也，蔝科高也。可以覆蚕，故谓之萝。抱根丛生，故曰抱娘。"其中"抱根丛生"指诸茎紧密围抱草根生长。

677

六月

六月栖栖，戎车既饬。
四牡骙骙，载是常服。
玁狁孔炽，我是用急。
王于出征，以匡王国。

比物四骊，闲之维则。
维此六月，既成我服。
我服既成，于三十里。
王于出征，以佐天子。

四牡修广，其大有颙。
薄伐玁狁，以奏肤公。
有严有翼，共武之服。
共武之服，以定王国。

玁狁匪茹，整居焦穫。
侵镐及方，至于泾阳。
织文鸟章，白旆央央。
元戎十乘，以先启行。

戎车既安，如轾如轩。
四牡既佶，既佶且闲。
薄伐玁狁，至于大原。
文武吉甫，万邦为宪。

吉甫燕喜，既多受祉。
来归自镐，我行永久。
饮御诸友，炰鳖脍鲤。
侯谁在矣？张仲孝友。

【注释】

1. 栖栖，应为"憩憩"。《说文》："憩，忧也。"
《后汉书》："仲尼栖栖，墨子遑遑，忧人之甚也。"

2. 戎车，作前锋的兵车。《司马法》："戎车，夏后氏曰钩车，先正也。殷曰寅车，先疾也。周曰元戎，先良也。"

3. 饬，《说文》：致坚也。即修整之意。

4. 骙（kuí），《说文》：马行威仪也。

5. 常服，通常之用。《左传》："帅师者受命于庙，受脤于社，有常服矣。"

6. 炽（chì），《尔雅》：盛也。

7. 是用，因此、所以。《论语》："伯夷、叔齐不念旧恶，怨是用希。"

8. 王，通"迋"。《说文》："迋：往也。"王于出征，前往出征。

9. 匡，《尔雅》：正也。

10. 骊，《说文》：马深黑色。

11. 闲，《尔雅》：习也。

12. 则，《尔雅》：法也。

13. 三十里，古代军法日行军三十里。

14. 修广，长大、肥胖之意。《说文》："胖，一曰广肉。"

15. 颙（yóng），《说文》：大头也。

16. 奏，《说文》：奏进也。

17. 肤公，为"誧功"，即大功。《说文》："誧，大也。"《盐铁论》："诸侯莫能以德，而争于公（功）利，故以权相倾。"

18. 严，为"俨"。《尔雅》："俨，敬也。"

19. 翼，《尔雅》：敬也。

20. 共，《尔雅》：具也。

21. 茹，《尔雅》：度也。猜度、估计、料想。

22. 整，《说文》：齐也。整居，即"齐聚于"。

23. 焦穫（huò）、镐、方，皆地名。

24. 泾阳，泾水北。

25. 织文鸟章，旗帜上的织纹为彩鸟。古代行军旗帜有九种花纹，分别在日、夜、水、山、林、坡、泽、陆、载食等不同情形下使用。鸟章旗子在坡地行军时使用。

《管子·兵法》："九章：一曰举日章，则昼行。二曰举月章，则夜行。三曰举龙章，则行水。四曰举虎章，则行林。五曰举鸟章，则行陂。六曰举蛇章，则行泽。七曰举鹊章，则行陆。八曰举狼章，则行山。九曰举韅章，则载食而驾。九章既定，而动静不过。"

26. 斾（pèi），《说文》：继旐之旗也，沛然而垂。

27. 央央，为"泱泱"。此处指众多白斾移动，如云气兴起。

28. 元戎，军队前锋所用兵车。

29. 启，《说文》：开也。启行，开路之意。

30. 轩，《说文》：曲輈藩车。车辕上曲，车厢后面有围蔽，车厢前面没有围蔽的小车。轾，与轩相似，但围蔽在车厢前，车厢后没有围蔽。轾与轩皆为日常用车，为安适之车。《后汉书·马援列传》："夫居前不能令人轾，居后不能令人轩，与人怨不能为人患，臣所耻也。"

31. 佶（jí），《说文》：正也。

32. 大原，广平之地，或为地名——太原。

33. 吉甫，人名。《竹书纪年·宣王》："五年夏六月尹吉甫帅师伐猃狁，至于太原。"

34. 宪，《尔雅》：法也。

35. 祉，《说文》：福也。

36. 御，通"捂"。《说文》："捂：逆也。"解作相会。饮御诸友，与诸友会饮。

37. 炰，为"炮"。《说文》："炮，毛炙肉也。"即带毛烤肉，泛指烤炙。

38. 脍，《说文》：细切肉也。

39. 张仲孝友，《尔雅》："善父母为孝，善兄弟为友。"

【解析】

这首诗讲讨伐猃狁，赞扬将领吉甫贤德。

"六月栖栖，戎车既饬"，六月忧心，戎车既修整。言猃狁进犯。"四牡骙骙，载是常服"，四匹公马威武，装载其常规用具。言车马武装全备。寓意军队整装待发。"猃狁孔炽，我是用急"，猃狁甚是嚣张，所以我紧急出师。周制规定在六月不可以起兵动众，以防影响农事。猃狁为害甚大，故急忙出兵。"王于出征，以匡王国"，前往出征，以正王国。

"比物四骊，闲之维则"，比物以四匹骊马，习之以规矩。言军队比之于战马，约束以规矩、指挥以法则，则唯命是从。"维此六月，既成我服"，在此六月，既成战服。言军队装备完毕。《论语》有"春服既成"。"我服既成，于三十里"，战服既成，日行军三十里。言遵从军法。亦言治军有术。"王于出征，以佐天子"，前往出征，以辅佐天子。

"四牡修广，其大有颙"，四匹公马高大、健壮，不仅马身高大且马首硕大。寓意军队强大，斗志昂扬。"薄伐猃狁，以奏肤公"，紧急征伐猃狁，以进献大功。"有严有翼，共武之服"，将领与军士皆敬慎以待，具武事之服。言将帅与士兵装备齐全，准备战斗。"共武之服，以定王国"，具战斗之服，以安定王国。言将士投入战斗，以战功安定王国。

"猃狁匪茹，整居焦穫"，猃狁不可估测，齐聚于焦穫。"侵镐及方，至于泾阳"，已侵占镐及方，至于泾水北岸。"织文鸟章，白斾央央"，举着织有鸟纹的旗帜穿行坡地，白斾成片如云气涌动。言军队跋山涉水，气势高昂。"元戎十乘，以先启行"，前锋兵车十乘，在前开路。

"戎车既安，如轻如轩"，戎车既安，如轻轩一般安适。言军士老练。"四牡既佶，既佶且闲"，四匹公马各安其位，不仅安分且娴熟。言军队装备得力。"薄伐猃狁，至于大原"，紧急征伐猃狁，至于大原。"文武吉甫，万邦为宪"，文武兼备之吉甫，为天下之楷模。

"吉甫燕喜，既多受祉"，既多受其福，欢喜以宴吉甫。"来归自镐，我行永久"，自镐归来，我之行程长远，历时久长。言其建功劳苦。"饮御诸友，炰鳖脍鲤"，与诸友会饮，炙烤鳖肉细切鲤鱼。"侯谁在矣？张仲孝友"，谁在宴会之上？孝敬父母，友善兄弟之张仲。言吉甫将军有德，亲近者皆贤德之士。

【引证】

（1）《左传·宣公十二年》："《诗》云：'元戎十乘，以先启行。'先人也。"

（2）《左传·僖公二十三年》："他日，公享之。子犯曰：'吾不如衰之文也。请使衰从。'公子赋《河水》，公赋《六月》。赵衰曰：'重耳拜赐。'公子降，拜，稽首，公降一级而辞焉。衰曰：'君称所以佐天子者命重耳，重耳敢不拜。'"

大意：秦穆公设宴席招待重耳。秦穆公赋《六月》，赞重耳有吉甫之贤德，可以安邦定国。

（3）《左传·襄公十九年》："晋栾鲂帅师从卫孙文子伐齐。季武子如晋拜师，晋侯享之。范宣子为政，赋《黍苗》。季武子兴，再拜稽首曰：'小国之仰大国也，如百谷之仰膏雨焉！若常膏之，其天下辑睦，岂唯敝邑？'赋《六月》。"

（4）《礼记·月令》："季夏之月……是月也，树木方盛，乃命虞人入山行木，毋有斩伐。不可以兴土功，不可以合诸侯，不可以起兵动众，毋举大事，以摇养气。毋发令而待，以妨神农之事也。水潦盛昌，神农将持功，举大事则有天殃。"

【名物】

鳖

鳖，又名甲鱼，卵生，水陆两栖爬行动物，大多栖息于有沙泥底的淡水水域，常上岸进行日光浴。鳖以鱼、虾、软体动物为主食。鳖的外形呈椭圆形，但比龟更扁平。鳖的咬合力比大部分龟强。鳖的壳边缘有肉裙，乌龟则没有。乌龟可以把全身缩起来，鳖的头颈、四肢可伸缩却无法全身缩起。鳖的雌性通常比雄性大近一倍，有的巨鳖可达一米以上。鳖性贪食，食物不足时，亦自相残食。鳖有冬眠的习性。

采芑

（一）

薄言采芑，于彼新田，于此菑亩。

方叔涖止，其车三千，师干之试。

方叔率止，乘其四骐，四骐翼翼。

路车有奭，簟茀鱼服，钩膺鞗革。

薄言采芑，于彼新田，于此中乡。

方叔涖止，其车三千，旂旐央央。

方叔率止，约軝错衡，八鸾玱玱。

服其命服，朱芾斯皇，有玱葱珩。

【注释】

1. 芑（qǐ），《说文》："芑，白苗，嘉穀。"苗发白的良种谷子。

2. 新田、菑，《尔雅》："田一岁曰菑（zī，zāi），二岁曰新田。"

3. 亩，又写作"畮"，此处解作田垄。《说文》"畮：六尺为步，步百为畮。"

4. 乡，《说文》："乡，国离邑，民所封乡也。"《说文》："古者九夫为井，四井为邑，四邑为丘。丘谓之虚"

5. 涖，又写作"莅"。《尔雅》："莅，视也。"视察、察看之意。

6. 师，《尔雅》："师，众也，人也。"即民众、群众之意。

7. 干，《尔雅》：捍也。捍卫之意。

8. 试，《尔雅》：用也。

9. 骐，《说文》：马青骊，文如博棊也。代指良马。

10. 翼翼，《尔雅》：恭也。

11. 路，《尔雅》：大也。路车，大车。

12. 奭（shì），《说文》：盛也。

13. 簟（diàn），《说文》：竹席也。此处指竹做的车帘。

14. 茀（fú），为"第"。《尔雅》："舆，后谓之第。"即车后门帘。

15. 鱼服，外观似鱼鳞状的皮制箭袋。《说文》："箙（fú）：弩矢箙也。"

16. 膺，《说文》：胸也。《说文》："钩，曲也。"钩膺，马胸部绑带，有装饰作用。

17. 鋚，为"鉴"。《说文》："鋚（tiáo），辔首铜。"即马笼头上的铜饰。

18. 革，《尔雅》："辔首，谓之革。"鋚革，有铜饰的马笼头，代指修饰华美之马。

19. 旆，《说文》：旗有众铃，以令众也。

20. 旐（zhào），《说文》：龟蛇四游，以象营室，游游而长。画有龟蛇的旗帜，旗帜上有四根飘带。一说龟蛇有灵，可以预兆，故推测旐为中军所树旗帜。

21. 軝（qí），《说文》："长毂之軝也，以朱约之。"即车毂在车辐外侧的部分，长为一尺九寸二分，以朱色革缠束。

22. 错，《说文》：金涂也。以金色涂饰。

23. 衡，车辕前端的横木，在马的颈部上方，把车轭固定在衡上，车轭套在马颈上，如此拉动车舆。《释名》："衡，横也，横马颈上也。"

24. 玱（qiāng），《说文》：玉声也。玱玱，此处指车马铃铛的响声。

25. 命服，符合礼制、身份之制服。

26. 朱芾，朱色蔽膝。《说文》："市：韠也。上古衣蔽前而已，市以象之。天子朱市，诸侯赤市，大夫葱衡。"

27. 皇，《尔雅》：正也。

28. 葱，《尔雅》："青谓之葱。"

29. 珩（héng），《说文》："珩，佩上玉也。所以节行止也。"
《礼记》："一命缊韨幽衡，再命赤韨幽衡，三命赤韨葱衡（珩）。"

【解析】

这首诗讲方叔出征。

"薄言采芑，于彼新田，于此菑亩"，急忙采收芑，在彼新田之中，在此菑田垄中。新田与菑田皆为新近开垦的农田，言国家人丁兴旺，生产日益扩大。国民急忙收庄稼准备服兵役。"方叔涖止，其车三千，师干之试"，方叔视察，其兵车三千，捍卫民众之用。言国家武

诗辑训

684

力强大。"方叔率止，乘其四骐，四骐翼翼"，方叔统率，乘四骐马，四骐驯顺。"路车有奭，簟茀鱼服，钩膺鞗革"，路车盛大，车上配有竹帷、鱼箙，驷马配钩膺、鞗革。言军队齐整、严正。

"薄言采芑，于彼新田，于此中乡"，急忙采收芑，在彼新田之中，在此乡村田中。新田与村邑旧田并论，言生产不断扩大。"方叔涖止，其车三千，旂旐央央"，方叔视察，其兵车三千，军旗涌动如云。言军队强大。"方叔率止，约軝错衡，八鸾玱玱"，方叔统率，朱革束车軝，金粉涂车衡，八个鸾铃玱玱有声。"服其命服，朱芾斯皇，有玱葱珩"，方叔穿着其命服，天子朱色蔽膝中正，大夫青色玉珩玱玱。言天子与士人为方叔出征送行。

采芑

（二）

鴥彼飞隼，其飞戾天，亦集爰止。

方叔涖止，其车三千，师干之试。

方叔率止，钲人伐鼓，陈师鞠旅。

显允方叔，伐鼓渊渊，振旅阗阗。

蠢尔蛮荆，大邦为雠。

方叔元老，克壮其犹。

方叔率止，执讯获丑。

戎车啴啴，啴啴焞焞，如霆如雷。

显允方叔，征伐玁狁，蛮荆来威。

【注释】

1. 鴥（yù），《说文》：鹬飞貌。即鹬鹰飞行的样子，疾速而敏捷。

2. 隼（sǔn），鹬鹰类鸷鸟。

3. 戾，《尔雅》：至也。

4. 钲，《说文》："钲，铙也。似铃，柄中，上下通。"钲，军队发号令的器具。钲人，掌管鸣钲击鼓诸事的军官。

5. 师、旅，《说文》："师：二千五百人为师。旅：军之五百人为旅。"

6. 鞠，应为"趜"。《说文》："趜（jū），狂走也。"极力跑、拼命跑。

7. 陈师鞠旅，使军队列阵，使军队疾速行进。

8. 显允，为"显阭"。《说文》："阭，高也。"

9. 渊渊，为"鼘鼘"。《说文》："鼘（yuān），鼓声也。《诗》曰：'鼗鼓鼘鼘。'"

10. 阗（tián），《说文》：盛貌。《说文》："嗔：盛气也。《诗》曰：'振旅嗔嗔。'"

11. 振旅，军队归来奏鼓乐振作精神。《尔雅》："振旅阗阗，出为治兵，尚威武也。入为振旅，反尊卑也。"

12. 蠢，《说文》：乱也。

13. 雠，《尔雅》：匹也。此处指敌人。

14. 蛮、荆，蛮、荆为南方少数民族。一说荆为楚，一说楚在荆州。

15. 元，《尔雅》：始也。老，周时五官之长自称于诸侯为"天子之老"。元老，即本朝首位五官之长。

16. 克，《尔雅》：胜也，能也。

17. 壮，《尔雅》：大也。

18. 犹，为"猷"。《尔雅》："猷，谋也。"本意为谋虑、思虑，此处指心力。

19. 讯，《尔雅》：告也。

《左传》："郑子家使执讯而与之书，以告赵宣子。"

20. 丑或为"馘"。《说文》："馘（guó），军战断耳也。"

《礼记》："出征，执有罪。反，释奠于学，以讯馘告。"

21. 执讯获丑，即"获丑（馘）执讯"，斩获战俘耳朵执之以为凭信。

《史记》："捕伏听者三千七十一级，执讯获丑。"

22. 啴（tān），《说文》："啴，喘息也。"啴啴，本意指喘息声，此处指戎车行在路上的声响。

23. 焞（tūn），为"啍"。《说文》："啍（tūn）：口气也。《诗》曰：'大车啍啍。'"

24. 威，通"畏"。畏惧之意。

【解析】

687

"鴥彼飞隼，其飞戾天，亦集爰止"，疾速飞行之隼，其飞可及天，亦集群而止。隼为鸷鸟，比喻将士，言众战士勇猛。"方叔涖止，其车三千，师干之试"，方叔视察，其兵车三千，捍卫人民之用。"方叔率止，钲人伐鼓，陈师鞠旅"，方叔率领，钲人鸣钲击鼓，军队列陈或疾行冲锋。"显允方叔，伐鼓渊渊，振旅阗阗"，光明、崇高之方叔，击鼓声渊渊，师旅归来鼓声殷盛。言方叔善治军。

"蠢尔蛮荆，大邦为雠"，蛮荆作乱，与我大国为仇。"方叔元老，克壮其犹"，方叔为元老，心力胜任且强盛。言方叔晚年仍能率军出征。"方叔率止，执讯获丑"，方叔率军，战胜敌军，斩获战俘耳朵执之以为凭信。"戎车啴啴，啴啴焞焞，如霆如雷"，兵车啴啴，啴啴焞焞，如霆如雷。言军队浩大。"显允方叔，征伐玁狁，蛮荆来威"，光明、崇高之方叔，征伐玁狁，蛮荆来示畏服。

【引证】

《竹书纪年·宣王》："五年夏六月，尹吉甫帅师伐猃狁，至于太原。秋八月，方叔帅师伐荆蛮。"

铙

《说文》："铙（náo）：小钲也。军法卒长执铙。"

钲

　　钲为铜制，形似钟，有长柄，使用时口朝上，以槌敲击。钲为军中发布信号之用具。钲的形体似铙，较铙狭长，考古界俗称为大铙。钲与铙的功用相同，除军事用途外二者皆可作乐器使用。

　　《周礼》："鼓人：掌教六鼓、四金之音声，以节声乐，以和军旅，以正田役。教为鼓而辨其声用：以雷鼓鼓神祀，以灵鼓鼓社祭，以路鼓鼓鬼享，以鼖鼓鼓军事，以鼛鼓鼓役事，以晋鼓鼓金奏，以金镈和鼓，以金镯节鼓，以金铙止鼓，以金铎通鼓。"

隼

隼为肉食类猛禽，多单独白天活动，其飞行能力极强，其视力也极好。雌隼比雄隼体型大。隼多为一夫一妻，营巢在高树或悬崖上。育雏一般由雌鸟负责孵卵，雄鸟在附近警戒，并捕猎食物。隼有的结小群活动。隼有猎隼、游隼、燕隼、红隼等品种。鹰、隼、枭、鸱、雕皆鸷鸟，形体、习性各有所不同。

《管子》："凤皇鸾鸟不降，而鹰隼鸱枭丰。"

《礼记》："季夏……行冬令，则风寒不时，鹰隼蚤鸷（击杀鸟也）。"

《盐铁论》："燕雀离巢宇而有鹰隼之忧，坎井之蛙离其居而有蛇鼠之患。"

《周礼》："司常：掌九旗之物名，各有属，以待国事。日月为常，交龙为旂，通帛为旜，杂帛为物，熊虎为旗，鸟隼为旟，龟蛇为旐，全羽为旞，析羽为旌。"

车攻

我车既攻，我马既同。
四牡庞庞，驾言徂东。

田车既好，四牡孔阜。
东有甫草，驾言行狩。

之子于苗，选徒嚣嚣。
建旐设旄，搏兽于敖。

驾彼四牡，四牡奕奕。
赤芾金舄，会同有绎。

决拾既佽，弓矢既调。
射夫既同，助我举柴。

四黄既驾，两骖不猗。
不失其驰，舍矢如破。

萧萧马鸣，悠悠旆旌。
徒御不惊，大庖不盈。

之子于征，有闻无声。
允矣君子，展也大成。

【注释】

1. 攻，《尔雅》：善也。
2. 同，《尔雅》：合会也。

3. 庞，《说文》：高屋也。庞庞，高大的样子。

4. 徂，《尔雅》：往也。

5. 甫，《尔雅》：大也。

6. 阜（fù），通"富"。《说文》："富，备也。一曰厚也。"引申高大、广厚等。

7. 狩，《说文》：犬田也。以犬捕猎。《尔雅》："夏猎为苗，冬猎为狩。"

8. 选，《说文》：遣也。选徒，调遣士卒。《史记》："选徒万骑，田于海滨。"

9. 徒，为步兵、兵卒之意。《左传》："帅徒以往。"《说文》："徒（辻），步行也。"

10. 嚣，《说文》：声也。嚣嚣，形容喧哗。

11. 敖，地名，在洛阳东。

12. 奕，《说文》：大也。奕奕，高大的样子。

13. 舄（xì），以革为底，在革底下加一层木底的鞋。《小尔雅》："在足谓之屦。屦尊者曰达。屦达谓之金舄。舄而金絇也。"即有金色丝线绣制花纹的鞋子。

14. 绎，《尔雅》：陈也。陈示、施展。

《礼记》："射之为言者绎也，或曰舍也。绎者，各绎己之志也。"

15. 决，即射决。《说文》："射决也，所以拘弦。"

16. 拾，射箭套在左臂的皮革套袖。《说文》："韝，射臂决也。"

17. 伙（cì），《说文》：便（pián）利也。此处指装备就位且好使。

18. 调，《说文》：和也。

19. 射夫，掌管射礼的人。《大戴礼记》："射夫命射。"

20. 柴，为"祡"之误。《说文》："祡（jì），识也。"即标记、标识、标志。此处指用以发信号的标识。

21. 猗，为"掎"。《说文》："掎（jǐ），偏引也。"即向一边拉。

22. 如，《尔雅》：往也。

23. 破，《说文》：石碎也。引申坏缺。如破，往以破之，即中的之意。

24. 萧萧，为"啸啸"。《说文》："啸，吹声也。"

25. 徒御不惊，《尔雅》：辇者也。以人力牵引为辇。徒御，驾车辇者。

26. 庖，《说文》：厨也。本意为厨房。大庖，技艺高超的厨师，此处指天子厨师。

27. 不盈，为"不緹"。《说文》："緹（tīng，yīng），缓也。"

28. 允，《尔雅》：信也。

29. 展，《尔雅》：适也。前往之意。

【解析】

这首诗讲天子与诸侯会猎。

"我车既攻，我马既同"，我车既善，我马既已集合。言车舆妥当，驷马在轭。"四牡庞庞，驾言徂东"，四匹公马高大，驾之往东。

"田车既好，四牡孔阜"，田猎的马车既已备好，四匹公马甚是肥壮。"东有甫草，驾言行狩"，东方有大草，驾车行猎。

"之子于苗，选徒嚣嚣"，是子夏季田猎，率众士卒行进嚣嚣。"建旐设旄，搏兽于敖"，树立旐、旄等旗帜，在敖地捕猎禽兽。

"驾彼四牡，四牡奕奕"，驾其四匹公马，四匹公马高大。"赤芾金舄，会同有绎"，众诸侯、卿士聚会，各自施展其田猎技艺。

"决拾既佽，弓矢既调"，决拾已佩戴且好使，弓箭既已调好。"射夫既同，助我举柴"，射夫已与众人协调一致，助我举发射标志。

"四黄既驾，两骖不猗"，四匹黄马已在轭，两匹骖马顺从服马而不偏离。"不失其驰，舍矢如破"，御者驾驭马车中规中矩，放箭则中的。

"萧萧马鸣，悠悠旆旌"，马鸣啸啸，旆旌众多。言人马众多，声势浩大。"徒御不惊，大庖不盈"，驾车辇者不惊，大厨不慢。言田猎随从人员皆有教养。

"之子于征，有闻无声"，是子出征，功德闻名而人不声张。言是子重其身行。"允矣君子，展也大成"，诚信君子，往也大成。言狩猎有道，行政亦可大成。

【引证】

（1）关于"会同"

《周礼》："以宾礼亲邦国：春见曰朝，夏见曰宗，秋见曰觐，冬见曰遇，时见曰会，殷见曰同，时聘曰问，殷眺曰视。"

（2）关于"有闻无声"

《礼记·孔子闲居》："孔子曰：'夙夜其命宥密'，无声之乐也；'威仪逮逮，不可选也'，无体之礼也；'凡民有丧，匍匐救之'，无服之丧也。……无声之乐，日闻四方；无体之礼，日就月将；无服之丧，纯德孔明。"其中"无声之乐，日闻四方"即"有闻无声"之意。

（3）《孟子·滕文公下》："昔者赵简子使王良与嬖奚乘，终日而不获一禽。嬖奚反命曰：'天下之贱工也。'或以告王良。良曰：'请复之。'强而后可，一朝而获十禽。嬖奚反命曰：'天下之良工也。'简子曰：'我使掌与女乘。'谓王良，良不可。曰：'吾为之范，我驰驱终日不获一。为之诡遇，一朝而获十。《诗》云：'不失其驰，舍矢如破'，我不贯与小人乘，请辞。'御者且羞与射者比，比而得禽兽虽若丘陵弗为也。如枉道而从彼，何也？且子过矣，枉己者未有能直人者也。"

译文：从前赵简子命令王良为他所宠爱的小臣奚驾车去打猎，整整一天没有打着一只猎物。奚回去后向赵简子说："王良是天下最不会驾车的人了。"有人把这话告诉了王良。王良便对奚说："请让我再为您驾一次车。"再三请求后奚才同意，结果一个清晨就打了十只猎物。奚回去后向赵简子说："王良是天下最会驾车的人。"赵简子说："我让他专门为你驾车吧。"当赵简子征求王良的意见时，王良不肯。他说："我按驾御规范为他驾车，他一整天都打不到一只猎物。我不按驾驶规则为他驾车，他却一个清晨就打了十只猎物。《诗经》说：'按照规范驾车，发箭中的。'我不习惯为他这样的人驾车，请您让我辞去这个差事。"驾车的人尚且羞于与不好的射手合作，即便合作可以打到堆积如山的猎物也不干。如果违背正道去追从那些非正义，那又是为了什么呢？况且你的认识是错误的，扭曲、违背自己的价值观，是不可能使别人正直的。

吉日

吉日维戊，既伯既祷。
田车既好，四牡孔阜。
升彼大阜，从其群丑。

吉日庚午，既差我马。
兽之所同，麀鹿麌麌。
漆沮之从，天子之所。

瞻彼中原，其祁孔有。
儦儦俟俟，或群或友。
悉率左右，以燕天子。

既张我弓，既挟我矢。
发彼小豝，殪此大兕。
以御宾客，且以酌醴。

【注释】

1.吉日，吉利的日子。

2.戊，十天干之一。天干：甲、乙、丙、丁、戊、己、庚、辛、壬、癸。

3.既伯既祷，《尔雅》：马祭也。即祭祀马神。

4.从，《说文》：随行也。《尔雅》："从，自也。"

5.群丑，即群类。

6.庚午，干支纪日法的第七日。地支：子、丑、寅、卯、辰、巳、午、未、申、酉、戌、亥。甲子为第一日，乙丑为第二日，丙寅为第三日，以此类推。天干地支相配共六十对组合，循环使用。

7.既差我马，《尔雅》："既差我马，差，择也。宗庙齐毫。戎事齐力，田猎齐足。"宗庙祭祀选择毛色一致的马，战争选择力量相等的马，田猎选择等高的马。

8. 麀（yōu），《说文》：牝鹿也。麀鹿即母鹿。

9. 麌麌，应为"噳噳"。《说文》："噳（yǔ），麋鹿群口相聚貌。"噳噳，指麋鹿群并头吃草的样子。《小尔雅》："麀鹿麌麌，语其众也。"

10. 漆、沮，为漆沮河的两个支流，二支流合并之后注入渭河。《尚书·禹贡》："又东过漆沮，入于河。"

11. 瞻，《尔雅》：视也。

12. 祁，盛、大之意。《尚书》："冬祁寒。"

13. 孔有，甚为富饶、富有。

14. 儦儦，《说文》引作"伾伾"。《说文》："伾（pī），有力也。"强壮有力貌。

15. 俟，《说文》："俟，大也。《诗》曰：'伾伾俟俟。'"

16. 燕，通"晏"。《说文》："晏，安也。"

17. 挟，《尔雅》：藏也。此处指把箭装进箭囊中。

18. 豝，《说文》："豝，牝豕也。一曰一岁。"母猪或者一岁的小猪。此处指后者。

19. 殪（yì），《说文》：死也。

20. 兕（sì），《说文》：如野牛而青。似牛的一种禽兽。

21. 御，通"牾"。《说文》："牾（wǔ），逆也。"本意迎、逢，引申会聚。

22. 醴（lǐ），《说文》：酒一宿熟也。一夜酿好的酒，指薄酒。酌醴，代饮食。

【解析】

这首诗讲诸侯从周天子田猎。

"吉日维戊，既伯既祷"，天干为戊的日子为吉日，于戊日祭祀马神。言田猎之前祭祀马神。"田车既好，四牡孔阜"，田猎之车既已备好，四匹公马甚是高大。"升彼大阜，从其群丑"，登彼大阜，追逐群兽。

"吉日庚午，既差我马"，庚午日是吉日，已选好我的猎马。"兽之所同，麀鹿麌麌"，兽之所同，如母鹿聚食一般。鹿群居乱伦，古人以"聚麀"言无礼义。这两句诗讲禽兽虽聚集而无礼。言外之意行猎当遵从礼义。"漆沮之从，天子之所"，漆沮河之源自，于天子之所。漆沮河上游在岐地，岐地为周故都，故漆沮河源头称"天子之所"。言在漆沮河流域田猎，天子故都，应慎于田猎之礼义。

"瞻彼中原，其祁孔有"，视彼中原，其地大物博。"儦儦俟俟，或群或友"，野兽强壮且高大，或三五成群或两两相友。"悉率左右，以燕天子"，尽率左右，以安天子。言众人辅助天子田猎。

"既张我弓，既挟我矢"，已经把弓弦张在弓上，已经把箭装进箭囊。言起身打猎。"发彼小豝，殪此大兕"，弓箭射向小野猪，也能射死大兕。"以御宾客，且以酌醴"，所获猎物用来招待宾客，亦满足自己饮食。言遵守田猎之义。

【引证】

（1）关于"漆沮之从，天子之所"

漆水：渭河支流，位于关中西部宝鸡、咸阳两市之间，古时曾叫漆沮水，源出麟游县。

沮水：源于陕西耀县西北长蛇岭南侧，由大坡沟、西川等数条小溪流汇集而成，在耀县城南与漆水河交汇。

岐山县：岐山县位于陕西省西部，宝鸡市境东北部，北接麟游县。

"漆沮之从"即"漆沮之自"，漆水源自麟游县，而岐山县又与麟游县相接，可知周故都岐周应在今陕西麟游县与岐山县地域范围。

（2）《左传·昭公三年》："十月，郑伯如楚，子产相。楚子享之，赋《吉日》。既享，子产乃具田备，王以田江南之梦。"

上文"楚子享之，赋《吉日》"言邀请郑伯田猎，故"既享，子产乃具田备"。

（3）《礼记·王制》："天子、诸侯无事则岁三田：一为干豆；二为宾客；三为充君之庖。无事而不田，曰不敬。田不以礼，曰暴天物。"

（4）《左传·襄公四年》：昔周辛甲之为大史也，命百官，官箴王阙（过失）。于《虞人之箴》曰："芒芒禹迹，画为九州，经启九道。民有寝庙，兽有茂草，各有攸处，德用不扰。在帝夷羿，冒（贪）于原兽，忘其国恤，而思其麀牡。武不可重，用不恢于夏家。兽臣司原，取告仆夫，《虞箴》如是，可不惩乎？"

（5）关于"麀鹿"

《礼记·曲礼上》："鹦鹉能言，不离飞鸟。猩猩能言，不离禽兽。今人而无礼，虽能言，不亦禽兽之心乎？夫唯禽兽无礼，故父子聚麀。是故圣人作，为礼以教人。使人以有礼，知自别于禽兽。"

《晏子春秋》："君之言过矣！群臣皆欲去礼以事君，婴恐君子之不欲也。今齐国五尺之童子，力皆过婴，又能胜君，然而不敢乱者，畏礼也。上若无礼，无以使其下。下若无礼，无以事其上。夫麋鹿维无礼，故父子同麀，人之所以贵于禽兽者，以有礼也。"

鸿雁

鸿雁于飞，肃肃其羽。
之子于征，劬劳于野。
爰及矜人，哀此鳏寡。

鸿雁于飞，集于中泽。
之子于垣，百堵皆作。
虽则劬劳，其究安宅。

鸿雁于飞，哀鸣嗷嗷。
维此哲人，谓我劬劳。
维彼愚人，谓我宣骄。

【注释】

1. 鸿雁，指天鹅、大雁。

2. 肃，《尔雅》：声也。肃肃，羽翅扇动声。《礼记》："鸾和之美，肃肃雍雍。"

3. 劬（qú）劳，《尔雅》：病也。即疲惫不堪。

4. 爰，助词，无义。

5. 矜，《尔雅》：抚掩也。即抚慰、安抚之意。

6. 鳏寡，鳏夫、寡妇。《孟子》："老而无妻曰鳏，老而无夫曰寡。"

7. 垣（yuán），《说文》：墙也。

8. 堵，《说文》：垣也。五版为一堵。

9. 究，《尔雅》：谋也。

10. 嗷，《说文》：众口愁也。嗷嗷，不断哀号之声。

11. 哲，《说文》：知也。即"智"。哲又通"晢"。《说文》："晢，昭晢，明也。"《尚书》："明作哲（晢），聪作谋，睿作圣。"

12. 宣，《尔雅》：缓也。懈怠、放纵之意。《说文》："纵，缓也。"

699

13. 骄，为"挢"。《说文》："挢（jiǎo），举手也。一曰挢，擅也。"此处解作专擅、自我。《申鉴》："小人之情，缓则骄，骄则恣，恣则急。"

【解析】

这首诗讲国民服务国家，国家应保养国民、体谅民情。

"鸿雁于飞，肃肃其羽"，鸿雁之飞，振翅肃肃有声。言鸿雁远行，寓意征夫远离家乡。"之子于征，劬劳于野"，是子出征，于野外疲惫不堪。"爰及矜人，哀此鳏寡"，待安抚困苦无依之人时，应顾怜这些鳏寡者。言国民远离家乡服役，于国有功，国家理应照顾其鳏寡无依者。

"鸿雁于飞，集于中泽"，鸿雁之飞，集合于水泽之中。鸿雁见于水泽之中，即言鸿雁回归。言外之意离人仍未归故里。"之子于垣，百堵皆作"，此民筑墙，百堵墙皆筑起。言征人筑墙，寓意征人戍卫国家，为国家之防。"虽则劬劳，其究安宅"，虽劳累不堪，但为谋求安居。言征人保卫国家，国家当回报之。

"鸿雁于飞，哀鸣嗷嗷"，鸿雁之飞，哀鸣连连。言离群孤雁不断哀鸣。寓意征人哀伤其离家在外久不归还。"维此哲人，谓我劬劳"，唯有明智者，说我甚辛劳。"维彼愚人，谓我宣骄"，唯有其愚昧者，说我懈怠、自擅。言明事理者知道我疲劳不堪，不明事理者认为怠慢、自我矫情。哲人与愚人之认识截然相反，言掌国家者当深入体察民情，以便及时、妥善安抚之。

【引证】

（1）《左传·文公十三年》："冬，公如晋朝且寻盟，卫侯会公于沓，请平于晋。公还，郑伯会公于棐，亦请平于晋，公皆成之。郑伯与公宴于棐，子家赋《鸿雁》，季文子曰：'寡君未免于此。'"

大意：郑穆公请鲁文公说情与晋国重新结盟，郑大夫赋《鸿雁》，取"鸿雁于飞，哀鸣嗷嗷。维彼愚人，谓我宣骄。维此哲人，谓我劬劳"，言郑国先前背叛晋国与楚国结盟有其难为之处，不被晋国理解。季文子言"寡君未免于此"，指鲁君亦有被误解之时。

（2）《左传·襄公十六年》："秋，齐侯围郕，孟孺子速徼之，齐侯曰：'是好勇，去之以为之名。'速遂塞海陉而还。冬，穆叔如晋聘，且言齐故。晋人曰：'以寡君之未禘祀与民之未息，不然不敢忘。'穆叔曰；'以齐人之朝夕释憾于敝邑之地，是以大请，敝邑之急，朝不及夕，引领西望。曰庶几乎比执事之间，恐无及也。'见中行献子赋《圻父》。献子曰：'偃知罪矣，敢不从执事，以同恤社稷而使鲁及此？'见范宣子，赋《鸿雁》之卒章，宣子曰：'匄在此，敢使鲁无鸠（勼，聚也）乎？'"

大意：秋天，齐侯围郓邑，孟孺子速好逞强，齐侯曰："此人好勇，避开他成就他的名声。"于是孟孺子速截断鲁国要道海陉而还师。冬季，穆叔去晋国聘问，说齐国攻打鲁国的事情。晋国人说："国君还没有举行禘祭，百姓没有安息，所以不能前去救援鲁国。如果没有这些事，不敢忘盟约。"穆叔说："齐国人早晚在鲁国的土地上发泄愤恨，因此才急切请求。鲁国的危急，早晨等不到晚上，鲁人翘首望西，等待救援。说话也许就在贵国举行禘祭、安息百姓的同时，恐怕就来不及了。穆叔见中行献子，赋了《圻父》这首诗。献子说："偃知道罪过了，岂敢不缓行我国之事，以同恤社稷之盟约而让鲁国至于如此境地？"穆叔又见范宣子，赋《鸿雁》这首诗的最后一章。范宣子说："匄（gài）在这里，岂敢让鲁国不得完聚？"

穆叔见范宣子而赋"鸿雁于飞，哀鸣嗷嗷。维此哲人，谓我劬劳。维彼愚人，谓我宣骄"，言鲁国实有离散之忧，并无矫情。"敢使鲁无匄乎"其中"匄"即"聚合"之意。因孟孺子速截断鲁国要道海陉而还师，使得鲁国因断路两地不得交通，故范宣子说晋国不会让鲁国离散。亦由"匄"字可证"鸿雁于飞，哀鸣嗷嗷"乃写孤雁之情。

庭燎

夜如何其？
　夜未央，
庭燎之光。
君子至止，
　鸾声将将。

夜如何其？
　夜未艾，
庭燎晢晢。
君子至止，
　鸾声哕哕。

夜如何其？
　夜乡晨，
庭燎有辉。
君子至止，
言观其旂。

【注释】

1. 庭燎，设置在门内庭院中的火炬。《说文》："烛，庭燎，火烛也。"
2. 央，《说文》：一曰久也。未央，未久。
3. 将将，为"瑲瑲"，马车铃声。《说文》："瑲（qiāng），玉声也。"
4. 艾，《尔雅》：历也。经历、过去。《左传》："虽克郑，犹有知在，忧未艾也。"
5. 晢，《说文》：昭晢，明也。晢晢，明亮的样子。
6. 哕（huì），为"钺"。《说文》："钺（yuè）：车銮声也。《诗》曰：'銮声钺钺。'"

7. 乡，为"曏"。《说文》："曏，不久也。"

8. 旂（qí），《说文》：旗有众铃，以令众也。

【解析】

这首诗写君臣勤政。

"夜如何其？"亦可写作"夜其如何"。"夜如何其？夜未央，庭燎之光"，夜其如何？入夜未久，庭燎有光。言入夜仍在处理国政。"君子至止，鸾声将将"，君子到来，车马鸾铃将将。言入夜众臣仍来朝廷商议公务。

"夜如何其？夜未艾，庭燎晢晢"，夜其如何？夜未尽，庭燎明亮。"君子至止，鸾声哕哕"，君子到来，车马铃声哕哕。言深夜办公。

"夜如何其？夜乡晨，庭燎有辉"，夜其如何？夜近早晨，庭燎有光。言通宵理政。"君子至止，言观其旂"，君子到来，我观其旗。言君子有威仪。

雅　小雅　庭燎

703

沔水

沔彼流水？
朝宗于海。
鴥彼飞隼，
载飞载止。
嗟我兄弟，
邦人诸友，
莫肯念乱，
谁无父母？

沔彼流水？
其流汤汤。
鴥彼飞隼，
载飞载扬。
念彼不蹟，
载起载行。
心之忧矣，
不可弭忘。

鴥彼飞隼，
率彼中陵。
民之讹言，
宁莫之惩。
我友敬矣，
谗言其兴。

【注释】

1.沔（miǎn），为"丏"之误。《说文》："丏（miǎn），不见也。"

诗
辑
训

2. 朝宗，此处解作流向、会集于。《周礼》："春见曰朝，夏见曰宗。"
3. 鴥（yù），《说文》：鹯飞貌。即鹞鹰飞行的样子，疾速而敏捷。
4. 隼，为肉食猛禽，飞行疾速。
5. 乱，《尔雅》：治也。
6. 汤汤，为"潒潒"，简体"荡荡"。《说文》："潒（dàng），水潒瀁也。"
7. 不蹟，《尔雅》："不遹（yù），不蹟也。""不蹟"亦写作"不迹"。《尔雅》："遹，循也。"不迹，不遵循、不遵守之意。
8. 弭，为"渳"。《说文》："渳（mī），止也。"
9. 率，《尔雅》：自也。
10. 讹，为"譌"。《说文》："譌（é），譌言也。"虚假、不实之言。
11. 惩，《说文》：忞（yì）也。此处解作止、制止。
12. 谗，《说文》：谮也。诋毁、说他人坏话。

【解析】

这首诗讲世人违背正道。

"沔彼流水？朝宗于海"，不见彼流水？流归于海。言流水遵循就下之道，皆归于海。寓意人事亦应有所尊崇，亦即当遵从礼义之道。"鴥彼飞隼，载飞载止"，疾速之飞隼，或飞或止。隼击杀鸟鼠，比喻监察者。寓意人事之邪恶应及时清除。"嗟我兄弟，邦人诸友，莫肯念乱，谁无父母"，感叹我的兄弟，国民与友人，没有人肯思虑治道，可是谁又没有父母呢？言如果礼义毁败、混乱，虽父母亦不能孝养，何况其他？换言之欲父母得善养，则需要人人遵从正道，需要及时清理邪恶。

"沔彼流水？其流汤汤"，不见那流水？其流浩荡。言水流汇聚成大河，寓意若人人、事事、时时践行正义，正道则能光大、流行。"鴥彼飞隼，载飞载扬"，敏疾的飞隼，或低飞或高升。寓意监察不懈。"念彼不蹟，载起载行。心之忧矣，不可弭忘"，思虑那些不守礼义、法度的行径，有时泛起有时流行。心之忧愁，不能停止、遗忘。言邪僻行为常常有之，君子忧心不已。

"鴥彼飞隼，率彼中陵"，敏疾之飞隼，自彼大阜之中。言隼在陆地上空，寓意监察严明。言外之意监察缺失。"民之讹言，宁莫之惩"，民众之虚假言论，竟然没有得到制止。言人事监察缺失。"我友敬矣，谗言其兴"，我友爱、尊敬他人，而谗言兴起。言邪恶流行，正义被诋毁。孔子所言"事君尽礼，人以为谄也"即"我友敬矣，谗言其兴"。

【引证】

（1）东汉《潜夫论·爱日》：孔子病夫"未之得也，患不得之。既得之，患失之"者。今公卿始起州郡而致宰相，此其聪明智虑，未必暗也。患其苟先私计而后公义尔。《诗》云："莫肯念乱，谁无父母。"今民力不暇，谷何以生？百姓不足，君孰与足？嗟哉，可无思乎！

（2）东汉《潜夫论·释难》：且夫一国尽乱，无有安身。《诗》云："莫肯念乱，谁无父母。"言将皆为害，然有亲者忧将深也。是故贤人君子，既忧民，亦为身作。夫盖满于上，沾溥在下。栋折榱崩，惧有厌患。故大屋移倾，则下之人不待告令，各争其柱之。仁者兼护人家者，且自为也。

鹤鸣

鹤鸣于九皋，声闻于野。

鱼潜在渊，或在于渚。

乐彼之园，爰有树檀，其下维萚。

它山之石，可以为错。

鹤鸣于九皋，声闻于天。

鱼在于渚，或潜在渊。

乐彼之园，爰有树檀，其下维榖。

它山之石，可以攻玉。

【注释】

1. 鹤，《说文》："鹤，鸣九皋声闻于天。"

2. 皋，《说文》：气皋白之进也。即升腾、翻滚的白色水气。九皋，指九股或九道升腾、翻滚的白色水气，九非确数，言水气之多广，引申大泽、深泽。

3. 潜，《说文》：涉水也。一曰藏也。

4. 渊，《说文》：回水也。即深潭。

5. 渚，《说文》："《尔雅》曰：'小洲曰渚。'"

6. 爰，助词。

7. 檀，《说文》：木也。指青檀，青檀生长过程中树皮不断剥落，树干坚实。

8. 萚（tuò），《说文》：草木凡皮叶落陊地为萚。

9. 它山，又作"他山"，山名，应以出产砺石著称。

《三国志》："砻之以砥砺，错之以他山。"

《抱朴子》："藏夜光于嵩岫，不受他山之攻。"

10. 错，为"厝"。《说文》："厝，厉石也。《诗》曰：'他山之石，可以为厝。'"

707

11.榖，《说文》："榖，续也。百谷之总名。"继续、接续，各种谷物的统称。上古人采集为生，谷物可以续青黄不接之用，故称之为"榖"。此处指新掉落的青檀树皮。榖，简体为"谷"。此处前人有以"榖"为"榖"者。《说文》："榖（gǔ），楮（chǔ）也。"楮，即楮树，又名构树，生长较快。

12.攻，为"工"。《说文》："工，巧饰也。"引申为加工。《尔雅》："攻，善也。"

【解析】

这首诗讲在野君子笃行厚德，其德音昭彰。

"鹤鸣于九皋，声闻于野"，鹤鸣于大泽，鸣声广播于四野。言归隐之圣德者，其德音广播。"鱼潜在渊，或在于渚"，鱼深潜在渊，或上浮到洲渚周边。寓意君子据时势或隐或现。"乐彼之园，爰有树檀，其下维萚"，乐彼之园，树有青檀，檀树之下有其落皮。青檀树皮不断脱落，最终使青檀树干异常坚实。寓意君子笃行厚德。"它山之石，可以为错"，它山之石，可作为磨刀石。寓意君子历经磨砺。

"鹤鸣于九皋，声闻于天"，鹤鸣于大泽，鸣声达于上天。寓意君子德音闻于上。"鱼在于渚，或潜在渊"，鱼在于渚，或潜在渊。"乐彼之园，爰有树檀，其下维榖"，乐彼之园，树有青檀，檀树之下不断有新落皮。寓意君子不断磨砺。"它山之石，可以攻玉"，它山之石，可以加工玉。言君子历磨难而成美玉。

【引证】

（1）《荀子·儒效》："故君子务修其内，而让之于外。务积德于身，而处之以遵道。如是，则贵名起如日月，天下应之如雷霆。故曰：君子隐而显，微而明，辞让而胜。《诗》曰：'鹤鸣于九皋，声闻于天。'此之谓也。鄙夫反是，比周而誉俞少，鄙争而名俞辱，烦劳以求安利，其身俞危。"

（2）关于青檀

东汉王充《论衡·状留》："枫桐之树，生而速长，故其皮肌不能坚刚。树檀以五月生叶，后彼春荣之木，其材强劲，车以为轴。殷之桑谷（楮），七日大拱，长速大暴，故为变怪。大器晚成，宝货难售者。不崇一朝，辄成贾者，菜果之物也。"

鹤

　　鹤为大型涉禽，有十几个品种。鹤羽毛有黄、白、黑等色。鹤主要栖息在沼泽、湿地，以小鱼虾、昆虫、软体动物为主食，也食植物茎叶、种子等。鹤善于奔驰、飞翔，喜群居。鹤睡眠时常单腿直立，扭颈而将头放在背上，或将尖嘴插入羽内。鹤白天活动，群鹤夜间栖息时有一两只鹤负责警戒。鹤在我国属迁徙鸟类。鹤多筑巢于沼泽地的草丛中，产卵一至二枚，雌雄共同孵化。幼鹤长到一岁，开始独立生活。上图为丹顶鹤。

祈父

祈父，予王之爪牙。
胡转予于恤？靡所止居。

祈父，予王之爪士。
胡转予于恤？靡所厎止。

祈父，亶不聪。
胡转予于恤？有母之尸饔。

【注释】

1. 祈，为"圻"。圻（qí），应为"垠"之或体。《说文》："垠，地垠也。一曰岸也。"解作地界、边境、疆界。
《孔子家语》："以圻内诸侯，入为王卿士。"
《左传》："昔天子之地一圻，列国一同。自是以衰，今大国多数圻。"
2. 父，为成年男子尊称。一说野老称之为父。如：吕望称尚父；管仲称仲父；孔子称尼父；范增称亚父。
3. 圻父，一说为掌国家军队的将领，即司马。
《周书》："圻父薄违，农父若保，宏父定辟。"
4. 爪牙，爪子与牙齿，比喻保卫国家的人。爪士，保卫国家的士人。
5. 转，《说文》：运也。此处解作置于、使处于。
6. 恤，《尔雅》：忧也。
7. 靡，《尔雅》：无也。
8. 厎（dǐ），《尔雅》：致也。
9. 亶，《尔雅》：诚也。确实之意。
10. 聪，《说文》：察也。不聪，即不察。《尔雅》："察，审也，清也。"

11. 尸，《尔雅》：陈也。

12. 饔（yōng），烹饪好的食物。尸饔，陈设饭食，此处指以饮食供养父母。

《孟子》："贤者与民并耕而食，饔飧而治。"

《左传》："公膳日双鸡，饔人窃更之以鹜。"

【解析】

　　这首诗讲国人怨恨负责保卫国家安全的长官失职。

　　"祈父，予王之爪牙"，祈父，乃我王之爪牙。"胡转予于恤？靡所止居"，为何置我于忧伤？无所居处。言祈父有安民之责，如今使民众陷入忧伤之地，无处安身，此其失职也。

　　"祈父，予王之爪士。胡转予于恤？靡所厎止"，祈父，乃我王之爪士。为何使我处于忧伤？无所往处。言国人流离失所。

　　"祈父，亶不聪"，祈父，实在不察。"胡转予于恤？有母之尸饔"，为何置我于忧伤？有母亲需要陈设饭食。言国家不安，致使国人不能孝养父母。父母之不能养，何况其他？

【引证】

《左传·襄公十六年》："冬，穆叔如晋聘，且言齐故。晋人曰：'以寡君之未禘祀与民之未息，不然不敢忘。'穆叔曰：'以齐人之朝夕释憾于敝邑之地，是以大请，敝邑之急，朝不及夕，引领西望。曰庶几乎比执事之间，恐无及也。'见中行献子赋《祈父》。献子曰：'偃知罪矣，敢不从执事，以同恤社稷而使鲁及此？'见范宣子，赋《鸿雁》之卒章，宣子曰：'匃（gài）在此，敢使鲁无鸠乎。'"

　　中行献子即荀偃，荀偃乃晋国正卿，亦为晋国军队主帅。鲁国穆叔赋《祈父》，荀偃讲"偃知罪矣"，言晋鲁为盟友，自己有护卫鲁国之责。晋国范宣子为晋国卿，亦为军队将领。

白驹

皎皎白驹，食我场苗。
絷之维之，以永今朝。
所谓伊人，于焉逍遥。

皎皎白驹，食我场藿。
絷之维之，以永今夕。
所谓伊人，于焉嘉客。

皎皎白驹，贲然来思。
尔公尔侯，逸豫无期。
慎尔优游，勉尔遁思。

皎皎白驹，在彼空谷。
生刍一束，其人如玉。
毋金玉尔音，而有遐心。

【注释】

1. 皎，《说文》：月之白也。皎皎，亮白貌。
2. 驹，《说文》：马二岁曰驹。指少壮的马。
3. 场，《说文》：田不耕。未耕种的田地，亦即闲田之意。
4. 苗，《说文》：草生于田者。
5. 絷（zhí），《说文》："絷（馽），绊马也。"
6. 伊人，即"尹人"，正人。《尔雅》："尹，正也。"
7. 逍，《说文》：逍遥，犹翱翔也。《说文》："遥，逍遥也。"
8. 藿，《说文》：尗之少也。即豆的幼苗。
9. 贲，奔走、跑。《夏小正》："贲者，何也？走于地中也。"
10. 逸，《说文》：失也。引申放纵。

712

11. 豫，《尔雅》：乐也。

12. 慎，《说文》：谨也。

13. 优，《说文》：饶也。优游，从容遨游，此处指君子安闲在野。

14. 勉，《说文》：强也。

15. 遁，《说文》：迁也。一曰逃也。

16. 思，助词，无义。

17. 刍，《说文》：刈草也。生刍，刚割的青草料。

18. 金玉尔音，指金石乐器之音。《文子》："夫目察秋毫之末者，耳不闻雷霆之声。耳调金玉之音者，目不见太山之形，故小有所志，则大有所忘。"

19. 遐心，为"暇心"，闲心、散漫之心。

【解析】

这首诗讲清濂大夫隐遁。

"皎皎白驹，食我场苗"，毛色鲜亮的白驹，在我闲田吃其零落谷苗。寓意清濂大夫隐遁在野。"絷之维之，以永今朝"，绊之系之，以求得终朝相伴。寓意国人愿与清濂大夫同处。"所谓伊人，于焉逍遥"，所谓正人君子，于此逍遥。言百姓爱戴之、顺服之。

"皎皎白驹，食我场藿"，毛色鲜亮的白驹，在我未耕种的田里吃其零落豆苗。"絷之维之，以永今夕"，绊之系之，以求终夕相处。"所谓伊人，于焉嘉客"，所谓正人君子，于此为嘉宾。

"皎皎白驹，贲然来思"，毛色鲜亮的白驹，奔跑而来。寓意国家无道，清正士人远离朝廷。"尔公尔侯，逸豫无期"，其公侯，放纵、淫乐不休。"慎尔优游，勉尔遁思"，谨慎于优游，自勉于遁隐。言君子在野不放逸、不懈于君子之志。

"皎皎白驹，在彼空谷"，毛色鲜亮的白驹，在彼空谷之中。言空谷幽深，寓意清正者远遁。"生刍一束，其人如玉"，青料一束，其人如玉。寓意隐遁君子饮食菲薄，然操守不改，德如美玉。"毋金玉尔音，而有遐心"，不要金玉之乐，而生散漫之心。言君子自我约束。

【引证】

《周易·遁》

"遁尾"即"在彼空谷"。

"执之用黄牛之革"即"慎尔优游，勉尔遁思"。

详细请参阅《周易明义》。

黄鸟

黄鸟黄鸟，无集于榖，无啄我粟。

此邦之人，不我肯榖。

言旋言归，复我邦族。

黄鸟黄鸟，无集于桑，无啄我粱。

此邦之人，不可与明。

言旋言归，复我诸兄。

黄鸟黄鸟，无集于栩，无啄我黍。

此邦之人，不可与处。

言旋言归，复我诸父。

【注释】

1.榖（gǔ），《说文》：楮（chǔ）也。楮树，又名构树。

2.榖（gǔ），《尔雅》：善也。榖，简体"谷"。

3.旋，《说文》：周旋，旌旗之指麾也。

4.明，《尔雅》：成也。

【解析】

这首诗讲流落异邦之人生存艰难而思念故乡与亲人。

"黄鸟黄鸟，无集于榖，无啄我粟"，黄鸟，黄鸟，不要聚集楮树上，不要啄我的谷子。寓意当地人欺负异乡人。"此邦之人，不我肯榖"，此国之人，不肯善待于我。"言旋言归，复我邦族"，我要回转归国，返回我的邦族。

"黄鸟黄鸟，无集于桑，无啄我粱。此邦之人，不可与明。言旋言归，复我诸兄"，黄鸟，黄鸟，不要聚集在我的桑树上，不要啄我的高粱。此国之人，不能与之相合。我要回转归国，回到诸兄弟之中。

"黄鸟黄鸟，无集于栩，无啄我黍。此邦之人，不可与处。言旋言

诗
辑
训

归，复我诸父"，黄鸟，黄鸟，不要聚集在我的栩树上，不要啄我的黍子。此国之人，不能与之相处。我要回转归国，返回诸父身边。

【名物】

楮树（A全株、B叶、C雌花、D雄花、E成熟果实）

楮树，又名构树，为落叶乔木。楮树具有速生、适应性强的特点。楮叶是很好的猪饲料，树皮可造纸，果实酸甜可食。花雌雄异株，花期四五月，果期六七月。

我行其野

我行其野，蔽芾其樗。
婚姻之故，言就尔居。
尔不我畜，复我邦家。

我行其野，言采其蓫。
婚姻之故，言就尔宿。
尔不我畜，言归思复。

我行其野，言采其葍。
不思旧姻，求尔新特。
成不以富，亦祇以异。

【注释】

1. 蔽，《尔雅》：微也。芾，《尔雅》：小也。蔽芾，幼小之意。

2. 樗（chū），《说文》："樗，木也。以其皮裹松脂。"即桦树。桦树有白桦、红桦等多个品种。

3. 畜，为"慉"。《说文》："慉（xù），媚也。"爱悦之意。

4. 复，《尔雅》：返也。

5. 蓫（zhú），《尔雅》：马尾。即商陆，多年草本，有两种，一有毒，一可食。

6. 宿，《说文》：止也。

7. 葍，即田旋花与牵牛，古人皆称之为葍。《齐民要术》："葍，一种茎赤有臭气，一种茎叶细而香。"其中臭者为牵牛，香者为田旋花。

8. 姻，《说文》："姻：婿家也。女之所因，故曰姻。"

9. 特，解作无偶者，亦即单身对象之意。《方言》："物无耦曰特。"

10. 成，为"诚"。《说文》："诚，信也。"

11. 富，《说文》："富：备也。一曰厚也。"此处解作全、完全、成全。

12. 祇，《说文》：敬也。

13. 异，《说文》：分也。

【解析】

　　这首诗讲妇人抒发离婚感叹。

　　"我行其野，蔽芾其樗"，我行走在野外，桦树幼苗微小。言桦树在幼苗时不能分辨其具体品种为何。寓意婚姻之初不能识别其性情。"婚姻之故，言就尔居"，因婚姻之故，我来就你居住。言女子嫁到夫家。"尔不我畜，复我邦家"，你不爱我，我回我家乡。

　　"我行其野，言采其蓫"，我行走在野外，采摘商陆。商陆有两种，茎紫红者有毒，不能食用，而绿茎商陆则是优良菜蔬。寓意人之善恶亦需识别。"婚姻之故，言就尔宿"，因为婚姻缘故，我来就你居住。"尔不我畜，言归思复"，你不爱我，我归还娘家。

　　"我行其野，言采其葍"，我行走在野外，采摘其田旋花。田旋花有香气而牵牛花有臭味，且两者形态亦有出入。寓意人之性情需要识别。"不思旧姻，求尔新特"，不念原来的婚姻，而追求新的单身对象。言其丈夫喜新厌旧，移情别恋。"成不以富，亦祇以异"，婚姻确实不能成全，离异亦应彼此有敬。言婚姻不能善终，亦应好散。言外之意"求尔新特"为不敬对方。

【引证】

关于"成不以富，亦祇以异"

　　《论语·颜渊》："子张问崇德、辨惑。子曰：主忠信，徙义，崇德也。爱之欲其生，恶之欲其死。既欲其生，又欲其死，是惑也。'诚不以富，亦祇以异。'"

桦木

桦木有四十多个品种，有白桦、黑桦、小叶桦、红桦。上图为白桦与红桦。

商陆

垂序商陆

719

　　商陆，又名马尾。多年生粗壮草本，茎直立且多分枝，为绿色或紫红色。商陆花白色，其根肉质、圆锥形，可制药，以白色肥大者为佳，红根有剧毒。其浆果扁球形，通常由八个分果组成，熟时紫黑色。花期六到八月，果期在九、十月。

　　商陆有两种，茎紫红者有毒，不能食用，而绿茎商陆则是一种优质野生菜蔬。因商陆为宿根草本，种植一次可多次收获，所以许多地方将商陆作为蔬菜栽培。

田旋花

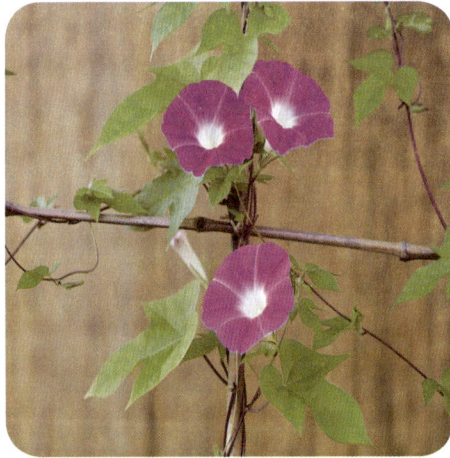

牵牛

　　田旋花，又名小旋花、野牵牛，多年生草本。根茎横走，茎平卧或缠绕。花白色或粉红、粉白。蒴果球形，种子四颗。花期六到八月。田旋花可做饲料，其根亦可食用。

　　牵牛，又名喇叭花，一年生缠绕草本。牵牛花品种很多，花的颜色有蓝、绯红、桃红、紫，亦有混色。花在夏季最盛。果实卵球形。

　　陆玑："葍有两种。一种茎叶细而香，一种茎赤有臭气。"前者当为田旋花，后者当为牵牛。

斯干

（一）

秩秩斯干，幽幽南山。

如竹苞矣，如松茂矣。

兄及弟矣，式相好矣，无相犹矣。

似续妣祖，筑室百堵，西南其户。

爰居爰处，爰笑爰语。

约之阁阁，椓之橐橐。

风雨攸除，鸟鼠攸去。

君子攸芋。

如跂斯翼，如矢斯棘。

如鸟斯革，如翚斯飞。

君子攸跻。

殖殖其庭，有觉其楹。

哙哙其正，哕哕其冥。

君子攸宁。

721

【注释】

1. 秩秩，《尔雅》：清也。即显明、清晰。《荀子》："贵贱长少，秩秩焉。"

2. 干，为"秆"。《说文》："秆，禾茎也。"

3. 幽，《说文》：隐也。幽幽，隐约可见的样子。

4. 苞，《尔雅》：稹（zhěn）也。稠密之意。

5. 式，语气词。

6. 犹，为"猷"。《尔雅》："猷，谋也。"

7. 似，《说文》：象也。即相像。引申仿效。似续，效法、继承之意。《周颂》："以似以续。"

8. 妣（bǐ），《尔雅》："母为妣。"妣祖，最早的祖先，误作"鼻祖"。《礼记》："生曰父曰母曰妻，死曰考曰妣曰嫔。"

9. 阁阁，为"匌匌"。《说文》："匌（gé），帀（zā）也。"周匝、环绕之意。

10. 椓，《说文》：击也。

11. 橐橐（tuó），为"檋檋"。《说文》："檋（tuó），夜行所击者。"夜间巡查所击打的木梆子。此处指击檋的声音。

12. 芋，通"俣"。《说文》："俣（yǔ），大也。"《方言》："芋，大也。"

13. 跂（qí），通"趚"。《说文》："趚（jí），直行也。"

14. 翼，为"趯"。《说文》："趯（yí），趋进趯如也。"趋进恭敬、端正的样子。

《尔雅》："翼，敬也。"

15. 棘，为"亟"。《说文》："亟，敏疾也。"敏捷、迅速。

16. 革，通"假（gé）、格"。《尔雅》："格，至也。"《说文》："假，至也。"

17. 翬（huī），《说文》："翬，大飞也。一曰伊、雒而南，雉五采皆备曰翬。"

18. 跻，《说文》：登也。

19. 殖，《说文》：脂膏久殖也。本意指脂膏久则浸润，引申为孳生、滋长。殖殖，生机盎然，不断生发的样子。《国语》："同姓不婚，恶不殖也。"

20. 觉，《说文》："觉，寤也。一曰发也。"解作明白、晓知、启发。

21. 楹，《说文》：柱也。

22. 哙哙（kuài），为"嘒嘒"。《说文》："嘒（huì），小声也。"

23. 哕（huì），为"噦"。《说文》："噦（huì），声也。"哕哕，此处指反复说。

24. 冥，《说文》：幽也。此处解作深奥。

【解析】

这首诗讲周宣王建设国家，使物阜民丰。

"秩秩斯干，幽幽南山"，禾茎清晰可见，远处南山隐隐。言禾苗整齐、茎叶鲜亮。南山隐隐，寓意国家发展远景光明。"如竹苞矣，如松茂矣"，如竹子一般丛密，如松树一般茂盛。言禾苗茁壮，庄稼良好。"兄及弟矣，式相好矣，无相犹矣"，兄与弟之间，彼此相好，没有相互算计。言诸侯团结，少争斗。

"似续妣祖，筑室百堵"，效法、继承始祖，筑房屋百间。言继承周朝始祖之志，勤谨建设国家。"西南其户"，门设西南。西南方寓意为义，西南门寓意出入于义。《礼记》："天地严凝之气，始于西南，而盛于西北，此天地之尊严气也，此天地之义气也。""爰居爰处，爰笑爰语"，或坐或卧，或笑或言。言居处安乐。

"约之阁阁，椓之橐橐"，把绳子反复缠绕，锤击木桩之声橐橐。言猎人钉木桩、设网罟。"风雨攸除，鸟鼠攸去"，恶风恶雨远离，侵害庄稼的鸟鼠亡去。言风调雨顺且无虫患，农人丰收。"君子攸芋"，君子其大。言君子道长。

"如跂斯翼，如矢之棘"，如直行之恭敬，如箭矢之敏疾。言士人行为恭敬、敏疾。"如鸟斯革"，如群鸟之至。言众士人上朝有序而敏疾，如群鸟集合。"如翚斯飞"，如五彩山鸡之飞翔。言众士人文采昭彰。"君子攸跻"，君子登升。言君子在上。

"殖殖其庭"，庭内生机盎然。言教堂之上学生众多且勤学上进。"有觉其楹"，庭柱之上书有铭文。言为师者教学谨严。"哙哙其正，哕哕其冥"，小声地教正，反复讲解其深奥处。言教师谆谆教导学生。"君子攸宁"，君子安宁。言道学有继，君子安宁。

斯干

（二）

下莞上簟，乃安斯寝。

乃寝乃兴，乃占我梦。

吉梦维何？维熊维罴，维虺维蛇。

大人占之。

维熊维罴，男子之祥。

维虺维蛇，女子之祥。

乃生男子，

载寝之床，载衣之裳，载弄之璋。

其泣喤喤，朱芾斯皇，室家君王。

乃生女子，

载寝之地，载衣之裼，载弄之瓦。

无非无仪，唯酒食是议，无父母诒罹。

【注释】

1. 莞，《说文》：草也，可以作席。即蒲草。

2. 簟（diàn），《说文》：竹席也。

3. 寝，《说文》：卧也。《尔雅》："无东西厢有室，曰寝。"

4. 罴（pí），《尔雅》：如熊，黄白文。一说为棕熊。

5. 虺（huǐ），《说文》：虺以注（咮）鸣。虺用口鸣叫。陆玑以为蝾螈。

6. 蛇，本写作"它"。《说文》："它，虫也。上古草居患它，故相问：'无它乎？'"

7. 祥，《说文》：福也。一云善。

724

8. 床,《说文》：安身之坐者。古代的床与今天的榻相似，主于坐而兼卧。

9. 璋,《说文》：半圭为璋。

10. 喤,《说文》：小儿声。

11. 皇,《尔雅》：正也。

12. 弄,《尔雅》：玩也。

13. 裼（xī），为"禘（tī）"。《说文》："禘，緥也。《诗》曰：'载衣之禘。'"《说文》："緥，小儿衣也。"一说为用来包裹小孩的抱被、抱裙。

14. 瓦,《说文》：土器已烧之总名。陶器之总名。

15. 非,《说文》：违也。

16. 仪,《尔雅》：干也。

17. 议,《说文》：语也。

18. 诒,《说文》：遗也。

19. 罹,《说文》：心忧也。

【解析】

　　"下莞上簟，乃安斯寝"，下面铺莞草，上面铺竹席。"乃寝乃兴，乃占我梦"，睡醒起来，占卜我所做梦。"吉梦维何？维熊维罴，维虺维蛇"，何为吉利之梦？梦见熊罴，梦见虺蛇。

　　"大人占之。维熊维罴，男子之祥。维虺维蛇，女子之祥"，贤德者占之。梦见熊罴，乃男子之祥。梦见虺蛇，乃女子之祥。

　　"乃生男子，载寝之床，载衣之裳，载弄之璋"，若生男子，则使躺卧在床，穿着下裳，使玩弄玉璋。新生男子置于床寓意居有其位。大夫、士之衣有别，大夫上衣有青黑纹，士人则玄衣。新生男子穿着下裳而虚其上衣，寓意其将来或为士或为卿大夫，言其成长可期。璋为礼器，为公器，弄璋寓意男子将来为士大夫。"其泣喤喤"，其哭泣之声喤喤。言新生男子强壮。"朱芾斯皇，室家君王"，天子朱芾端正，齐室家、事君王。言男子内可齐家，外可匡扶诸侯、天子。

　　"乃生女子，载寝之地，载衣之裼，载弄之瓦"，若生女子，则使躺卧于地，穿着罩衣，使玩陶器。"寝之地"寓意女子有生养之德。"衣之裼"寓意有敛藏之德。"弄之瓦"寓意有治家之能。"无非无仪，唯酒

725

食是议，无父母诒罹"，不为非，不为主，唯言酒食，不使父母担忧。女子守妇礼则"无非"，女子从夫则"无仪"，妇德不违则"无父母诒罹"。

【名物】

蛇

　　蛇为爬行动物，全身有麟，肉食性，卵生，大部分陆生。全世界约有三千多种蛇，其中毒蛇有六百多种，蛇的个体差异很大。蛇类是变温动物，体温低于人类，又称冷血动物。蛇类以食鼠为主，也食蛙类、鸟类等。不同蛇类的寿命各不相同，主要与种类有关。一般情况下，小型蛇类的寿命在二至五年左右，中型蛇类五至十二年左右，大型蛇类十至二十年，蟒蛇可活到三四十年，甚至更长。

蝾螈

蝾螈是有尾两栖动物，大约有四百多种，可分为水栖、陆栖和半水栖三类。蝾螈体形和蜥蜴相似，但体表无鳞。蝾螈靠皮肤吸收水分，因此需要潮湿的环境。摄氏零下后则进入冬眠状态。蝾螈视觉较差，主要依靠嗅觉捕食，多以蝌蚪、蛙、小鱼、水蚤等为食。大多数蝾螈晚上活动。蝾螈大多体色鲜艳，但往往有毒。

《孔丛子》："梁丘据遇虺毒，三旬而后瘳。"

《道德经》："蜂虿虺蛇不螫，猛兽不据，攫鸟不搏。"

棕熊与黑熊

　　熊躯体粗壮，体毛长密，咀嚼力强，嗅觉十分灵敏，视力及听觉较差，奔跑很快。大多数熊为杂食性，但北极熊主要吃鱼和海豹。熊一般性情温和，不主动攻击人，但为保卫幼崽、食物或地盘时，则变得非常凶猛。寒冷地区的熊冬眠。熊除冬眠期外，没有固定栖息场所。除发情期熊都单独活动。熊一般每年产一至四个熊崽。

　　棕熊，也叫马熊或人熊，古称黑。与熊不同，棕熊毛色黄白，脖子较长，后肢比普通黑熊较高。棕熊能爬树、游水，力大无穷。夏季进食后，体重成倍增加，最重可达八百公斤。棕熊是分布最为广泛的熊科动物，主要栖息在山区森林地带。

圭

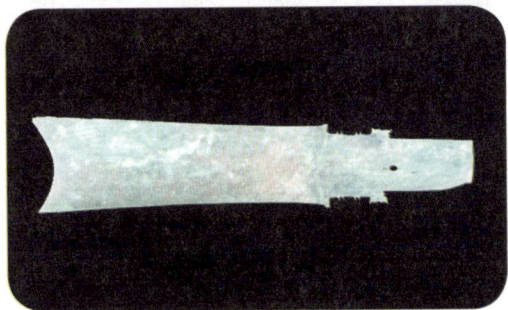

729

璋

　　璋和圭相似，扁平长方体状，一端斜刃或叉形刃，另一端有穿孔。
《周礼》："以玉作六器，以礼天地四方：以苍璧礼天，以黄琮礼地，
以青圭礼东方，以赤璋礼南方，以白琥礼西方，以玄璜礼北方。"

无羊

谁谓尔无羊？三百维群。

谁谓尔无牛？九十其犉。

尔羊来思，其角濈濈。

尔牛来思，其耳湿湿。

或降于阿，或饮于池，或寝或讹。

尔牧来思，何蓑何笠，或负其餱。

三十维物，尔牲则具。

尔牧来思，以薪以蒸，以雌以雄。

尔羊来思，矜矜兢兢，不骞不崩。

麾之以肱，毕来既升。

牧人乃梦，众维鱼矣，旐维旟矣。

大人占之。

众维鱼矣，实维丰年。

旐维旟矣，室家溱溱。

【注释】

1. 犉（chún），《尔雅》："牛七尺为犉。"《说文》："犉，黄牛黑唇也。"

2. 濈濈（jí），为"戢戢"。《尔雅》："戢，聚也。"戢戢，此处指羊角众多貌。濈濈，或为"咠咠"。《说文》"咠（jí），众口也。"

3. 湿湿（shī），为"㬎㬎"。《说文》："㬎（xiǎn），或曰众口貌。"㬎㬎，此处指牛耳众多貌。

4. 阿，《说文》：大陵也。

5. 讹，《尔雅》：动也。

6. 何，《说文》：儋也。儋简体作"担"。

7. 蓑，《说文》：草雨衣。

8. 餱，《说文》：干食也。即干粮。

9. 物，解作类、类别。

《左传》："与吾同物，命之曰同。"

《国语》："如草木之产也，各以其物。"

10. 牲，《说文》：牛完全也。祭祀用的整牛。又泛指牲畜，此处指牛羊。

《礼记》："三牲鱼腊，四海九州之美味也。"

11. 蒸，《说文》：折麻中干也。一说为剥了皮的麻子秆。薪蒸，即柴草。

12. 雌、雄，《说文》：鸟母、鸟父。

13. 矜矜（jīn），小心貌。《后汉书》："矜矜祗畏、矜矜栗栗。"

14. 兢兢（jīng），《尔雅》：戒也。

15. 骞，通"搴"。《说文》："搴（qiān），走貌。"搴，奔跑的样子。

16. 崩，《说文》：山坏也。引申毁坏、散乱。

17. 麾，《说文》：旌旗所以指麾也。即指挥。

18. 肱（gōng），《说文》：臂上也。代指胳膊。

19. 毕，《尔雅》：尽也。

20. 牧，《说文》：养牛人也。牧人，为官职。牧人养牛羊等牲畜以供国家祭祀。《周礼》："牧人：掌牧六牲而阜蕃其物，以共祭祀之牲牷。"

21. 众，《尔雅》：秫也。黏谷子称之为秫（shú），亦即黍子。

22. 实，通"是"。实维，即"是"。

23. 旐、旟，《尔雅》："长寻曰旐，错革鸟曰旟。"

24. 溱溱（zhēn），为"蓁蓁"。《尔雅》："蓁蓁，戴也。"不断孳生之意。

731

【解析】

　　这首诗讲国家物阜民丰。

　　"谁谓尔无羊？三百维群。谁谓尔无牛？九十其犉"，谁说其无羊？一群有三百只。谁说其无牛？七尺长的大牛九十。言其牛羊众多、肥硕，寓意国家复兴。"尔羊来思，其角濈濈。尔牛来思，其耳湿湿"，其羊群出来，羊角众多。其牛群出来，牛耳朵众多。言牛羊群大。

"或降于阿，或饮于池，或寝或讹"，牛羊或从丘陵下来，或在池边饮水，或躺卧或行动。"尔牧来思，何蓑何笠，或负其餱"，牧人出来，披戴蓑衣、斗笠，或背着干粮。"三十维物，尔牲则具"，不同类别的牲畜以三十只为群，分别畜养，祭祀之牺牲则有供。古代祭祀所用牺牲有牛、羊、马、鸡、狗、猪等，并且同一种牲畜又有毛色之区别，所以根据祭祀需要把各类牲畜分别畜养。

"尔牧来思，以薪以蒸，以雌以雄"，牧人出来放牧，还负责收敛柴草，负责养鸟。《周礼》中记载委人负责供祭祀所用薪蒸木材，闽隶负责畜养鸟。由此句诗来看彼时牧人兼行委人、闽隶的职责。"尔羊来思，矜矜兢兢，不骞不崩"，其羊群出来，小心戒慎，不奔跑不乱群。"麾之以肱，毕来既升"，牧人举胳膊指挥，则牛羊全部跟进。言牧人管教有方。

"牧人乃梦，众维鱼矣，旐维旟矣"，牧人有梦，梦见黍子与鱼，梦见旐与旟。"大人占之。众维鱼矣，实维丰年。旐维旟矣，室家溱溱"，贤德者占梦。梦见黍子与鱼，预兆丰年。梦见旐旟等旗子，预兆室家兴盛。言国家物阜民丰。

【引证】

（1）《周礼·地官司徒》："牧人：掌牧六牲而阜蕃其物，以共祭祀之牲牷。凡阳祀，用骍牲毛之；阴祀，用黝牲毛之；望祀，各以其方之色牲毛之。凡时祀之牲，必用牷物。凡外祭毁事，用尨可也。凡祭祀，共其牺牲，以授充人系之。凡牲不系者，共奉之。"

（2）《周礼·秋官司寇》："闽隶：掌役畜，养鸟，而阜蕃教扰之。掌子则取隶焉。其守王宫与其厉禁者，如蛮隶之事。夷隶：掌役牧人，养牛马，与鸟言。其守王宫者，与其守厉禁者，如蛮隶之事。貉隶：掌役服不氏，而养兽，而教扰之。掌与兽言。其守王宫者，与其守厉禁者，如蛮隶之事。"

（3）《周礼·地官司徒》："委人掌敛野之赋，敛薪刍，凡疏材、木材，凡畜聚之物。……以式法共祭祀之薪蒸木材。宾客，共其刍薪。丧纪，共其薪蒸木材。"

蓑衣、斗笠

蓑衣，是用蓑草编织成的像衣服一样能穿在身上用以遮雨的雨具。蓑衣一般由上衣与下裙组成。蓑衣一般与斗笠配合使用。

《说文》："簦（dēng）：笠盖也。笠：簦无柄也。"簦为有盖、有柄的遮阳、挡雨器具，类似今天的雨伞。笠则有盖而无柄，直接戴在头上。笠因其形状如斗，故名斗笠。

节南山

（一）

节彼南山，维石岩岩。
赫赫师尹，民具尔瞻。
忧心如惔，不敢戏谈。
国既卒斩，何用不监。

节彼南山，有实其猗。
赫赫师尹，不平谓何？
天方荐瘥，丧乱弘多。
民言无嘉，憯莫惩嗟。

尹氏大师，维周之氐。
秉国之均，四方是维。
天子是毗，俾民不迷。
不吊昊天，不宜空我师。

弗躬弗亲，庶民弗信。
弗问弗仕，勿罔君子。
式夷式已，无小人殆。
琐琐姻亚，则无膴仕。

【注释】

1. 节，为"卩"。《说文》："卩（jié），瑞信也。"《说文》："瑞，以玉为信也。"

2. 岩岩，为"礹礹"。《说文》："礹（yán），礹嵒也。"礹礹，山高峻貌。

3. 赫赫，显扬、显赫。

4. 尹,《说文》:"尹:治也。握事者也。"师尹,负责教化的官员。《尚书》:"王省(察)惟岁,卿士惟月,师尹惟日。"

5. 瞻,《尔雅》:视也。

6. 惔(tán),为"燅"。《说文》:"燅(lín),侵火也。"即深入火中。

7. 卒,为"悴"。《尔雅》:"悴,病也。"

8. 斩,为"憯"。《说文》:"憯(cǎn),痛也。"悴憯,病痛之意。

9. 监,《说文》:临下也。《尔雅》:"监,视也。"

10. 猗,为"薿"。《说文》:"薿(nǐ,yǐ):茂也。"

11. 荐,《尔雅》:臻也。

12. 瘥(cuó),《尔雅》:病也。

13. 弘,《尔雅》:大也。

14. 憯,《尔雅》:曾也。竟然之意。

15. 惩,《说文》:忞也。改革前失称为惩。

16. 嗟,为"嗟"。《说文》:"嗟(jié),一曰痛惜也。"此处指悔悟。

17. 尹氏大师,即"太师尹氏"。周制太师、太傅、太保为三公,太师主掌教化。

18. 氐(dǐ),为"柢"。《尔雅》:"柢,本也。"

19. 均,为"钧"。《说文》:"钧,三十斤也。"钧乃重量单位,四钧为一石。引申权衡。《礼记》:"古者深衣,盖有制度,以应规、矩、绳、权(铨)、衡。"

20. 维,《说文》:车盖维也。本意为系车盖的绳带,引申准绳。

21. 毗,为"圮"。《说文》:"圮(bǐ),辅信也。"《方言》:"毗,明也。"

22. 俾(bǐ),《尔雅》:"俾,使也。"

23. 吊,《说文》:问终也。恤问、慰问,寓含哀怜之意。

24. 昊天,《尔雅》:夏为昊天。

25. 仕,为"士"。《尔雅》:"士,官也。察也。"

26. 罔,同"网"。搜聚、网罗之意。《孟子》:"罔市利。"

27. 式,《尔雅》:用也。

28. 夷,《尔雅》:悦也。

29. 已，为"台（yǐ）"，台通怡。《说文》："怡，和也。"即相和。

30. 琐琐，《尔雅》：小也。

31. 亚，《尔雅》："妇之父母，婿之父母，相谓为婚姻，两婿相谓为亚。"姐妹的丈夫互称为亚。姻亚，此处代指疏远姻亲。

32. 膴（wǔ），《说文》：无骨腊也。没有骨头的干肉，引申肥厚。此处指人道德笃厚。膴仕，即厚德之士。

【解析】

这首诗讲师尹无道，懒政、无能、昏聩、作恶，国人忧愤。

"节彼南山，维石岩岩"，南山即为瑞信，其山石高峻。南山高陵，寓意有高明、长养之德，其义昭彰堪为天下瑞信。"赫赫师尹，民具尔瞻"，名声显赫之师尹，百姓皆观瞻之。言主掌教化的官吏应为百姓表率。"忧心如惔，不敢戏谈"，忧心如焚，不敢戏说。言教化毁败情势严重。"国既卒斩，何用不监"，国家既已病痛，为何仍不监察？言国家已然败坏，而主管官员仍不作为。

"节彼南山，有实其猗"，南山即为瑞信，草木之实茂盛。言南山之功德高厚。"赫赫师尹，不平谓何"，师尹官声显赫，为何功德不成？言其不能行高明、长养之教。"天方荐瘥，丧乱弘多"，天方降下灾殃，丧乱依然大且多。"民言无嘉，憯莫惩嗟"，百姓没有好评，师尹竟没有改正、痛悟者。言官员堕落，天怒人怨。

"尹氏大师，为周之氐"，尹氏为太师，其所掌教化为周之根本。"秉国之均，四方是维"，秉持国家教化之权衡，准绳天下四方。言太师应考量教化之得失、正邪。"天子是毗，俾民不迷"，辅佐天子，使民众不迷惑。言太师之职责。"不吊昊天，不宜空我师"，不能以昊天之德恤问百姓，则不宜空占太师之职。太师不作为则应去其官职。言国人对于尹氏极其不满。

"弗躬弗亲，庶民弗信"，不能亲身践行，则众民不信。言执政者应当垂范。"弗问弗仕，勿罔君子"，不问不察，则不能网罗天下君子。言应当访问贤良。"式夷式已，无小人殆"，以愉悦、和合之方式，则无小人之危险。言亲善百姓则远害。"琐琐姻亚，则无膴仕"，小小的姻亚之亲，亦被任命以官职，则国家无硕德之士。言任人唯亲则贤德者被排挤。

【引证】

（1）《孔丛子·记义》："于《节南山》见忠臣之忧世也。"

（2）《孔子家语·弟子行》："学之深，送迎必敬，上交下接若（顺）截（讗，jiē，随从）焉，是卜商之行也。孔子说之以《诗》曰：'式夷式已，无小人殆'若商也，其可谓不险矣。"

（3）《荀子·富国》："故墨术诚行，则天下尚俭而弥贫，非斗而日争，劳苦顿萃，而愈无功，愀然忧戚非乐，而日不和。《诗》曰：'天方荐瘥，丧乱弘多。民言无嘉，憯莫惩嗟。'此之谓也。"

（4）《潜夫论·爱日》："《诗》曰：'国既卒斩，何用不监'伤三公居人尊位，食人重禄，而曾不肯察民之尽瘁也。"

（5）《竹书纪年·幽王》："元年庚申春正月，王即位。晋世子仇归于晋，杀殇叔，晋人立仇，是为文侯。王锡太师尹氏、皇父命。"

（6）《荀子·乐论》："修宪命，审诗商，禁淫声，以时顺修，使夷俗邪音不敢乱雅，太师之事也。"

（7）《国语·楚语上》："齐桓、晋文皆非嗣也，还轸诸侯，不敢淫逸，心类德音，以德有国。近臣谏，远臣谤，舆人诵，以自诰也。是以其入也，四封不备一同，而至于有畿田，以属诸侯，至于今为令君。桓、文皆然，君不度忧于二令君，而欲自逸也，无乃不可乎？周《诗》有之曰：'弗躬弗亲，庶民弗信。'臣惧民之不信君也，故不敢不言。"

译文：楚灵王暴虐无道，白公子张劝谏："齐桓公和晋文公皆非嫡长子，他们流亡诸侯各国，不敢骄奢淫逸，心慕道德言论，最终因其德行成为国君。身旁大臣劝谏，远方臣僚批评，众人诵讽，他们都以为是对自己的告诫。因此他们回国即位时，疆土不足百里，后来发展到方圆千里，会合诸侯成为霸主，至今被称为贤君。齐桓公、晋文公皆如此，您不担忧不及两位贤君，只想自身安逸，恐怕不可吧？周《诗》言：'弗躬弗亲，庶民弗信。'我怕百姓不信您，因此不敢不说。"

（8）《孔子家语·始诛》：孔子为鲁大司寇。有父子讼者，夫子同狴执之，三月不别，其父请止，夫子赦之焉。季孙闻之，不说，曰："司寇欺余，曩告余曰：国家必先以孝。余今戮一不孝以教民孝，不亦可乎？而又赦，何哉？"冉有以告孔子，孔子喟然叹曰："呜呼！上失其道而杀其下，非理也。不教以孝而听其狱，是杀不辜。三军大败，不可斩也。狱犴不治，不可刑也。何者？上教之不行，罪不在民故也。夫慢令谨诛，贼也。徵敛无时，暴也。不试则成，虐也。故无此三者，然后刑可即也。《书》云：'义刑义杀，勿庸以即汝心，惟曰未有慎事。'言必教而刑也。陈道德以先服之，而犹不可尚贤以劝之，又不可即废之，又不可而后以威惮之。若是三年而百姓正矣。其有邪民不从化者，然后待之以刑，则民咸知罪矣。《诗》云：'天子是毗，俾民不迷。'是以威厉而不试，刑错而不用。今世则不然，乱其教，繁其刑，使民迷惑而陷焉，又从而制之，故刑弥繁而盗不胜也。夫三尺之限，空车不能登者，何哉？峻故也。百仞之山，重载陟焉，何哉？陵遟故也。今世俗之陵遟久矣，虽有刑法，民能勿逾乎？"

（9）《礼记·大学》："所谓平天下在治其国者：上老老而民兴孝，上长长而民兴弟，上恤孤而民不倍，是以君子有洁矩之道也。所恶于上，毋以使下。所恶于下，毋以事上。所恶于前，毋以先后。所恶于后，毋以从前。所恶于右，毋以交于左。所恶于左，毋以交于右。此之谓洁矩之道。《诗》云：'乐只君子，民之父母。'民之所好好之，民之所恶恶之，此之谓民之父母。《诗》云：'节彼南山，维石岩岩。赫赫师尹，民具尔瞻。'有国者不可以不慎，辟则为天下戮矣。"

节南山

（二）

昊天不佣，降此鞠讻。
昊天不惠，降此大戾。
君子如届，俾民心阕。
君子如夷，恶怒是违。

不吊昊天，乱靡有定。
式月斯生，俾民不宁。
忧心如酲，谁秉国成？
不自为政，卒劳百姓。

驾彼四牡，四牡项领。
我瞻四方，蹙蹙靡所骋。

方茂尔恶，相尔矛矣。
既夷既怿，如相酬矣。

昊天不平，我王不宁。
不惩其心，覆怨其正。

家父作诵，以究王讻。
式讹尔心，以畜万邦。

739

【注释】

1.佣，《说文》：均直也。《荀子》："远举而不缪，近世而不佣。"

2.鞠（jū），为"趜"。《说文》："趜（jú），穷也。"

3.讻，通"兇、凶"。《说文》："凶：恶也。兇：扰恐也。"《尔雅》：“凶，咎也。”

4. 戾，《尔雅》：罪也。

5. 届，《尔雅》：极也。即准则、标准。

6. 闋，《说文》：事已闭门也。引申为息止、安息。

7. 夷，为“彝”。《尔雅》：“彝，常也。”解作准则、模范。

8. 违，《尔雅》：远也。

9. 酲（chéng），《说文》：病酒也。一曰醉而觉也。酒后不清醒，昏憒、迷昏。

《庄子》：“使人狂酲三日而不已。”《晏子春秋》：“景公饮酒，酲，三日而后发。”

10. 项领，《说文》：“项：头后也。领：项也。”

11. 蹙蹙，《尔雅》：惟述鞫也。急促、急迫的样子。

12. 骋，《说文》：直驰也。

13. 方，为“旁”。《说文》：“旁，溥也。”《尚书》：“旁（大）求俊彦，启迪后人。”

14. 茂，通“懋”。《说文》：“懋，勉也。”《尔雅》：“茂 勉也。”

15. 相，《尔雅》：勴（lù）也。辅助、帮助之意。

16. 怿，《尔雅》：乐也。服也。

17. 酬，《说文》：主人进客也。

18. 覆，《说文》：覂（fěng）也。即反覆之意。

19. 家父，管理君王家族事务的官员。《说苑》：“周天子使家父毛伯求金于诸侯。”

20. 诵，《说文》：讽也。

21. 究，《尔雅》：穷也。

22. 讹，《尔雅》：化也。

23. 畜，为“慉”。《说文》：“慉，起也。”兴起之意。

【解析】

“昊天不佣，降此鞠讻”，不正直于昊天之德，故降此穷困、扰恐。“昊天不惠，降此大戾”，不惠以昊天之仁，故降此大罪。言昊天有仁德。“君子如届，俾民心阕”，君子如国人之准则，使民心安定。言君子有德行，可安定百姓。“君子如夷，恶怒是违”，君子如国人之模范，恶怒是以远。言执政者二三其德，使恶怒载道。

"不吊昊天，乱靡有定"，不以昊天之德吊民，则乱不能定。"式月斯生，俾民不宁"，昏乱月月进长，使百姓不得安宁。"忧心如酲，谁秉国成"，忧心而酲，谁能持国而成？言掌教化者皆尽昏聩，君子失望忧心。"不自为政，卒劳百姓"，不亲身为政，使百姓病苦、劳累。言君臣懒政，致使百姓遭殃。

"驾彼四牡，四牡项领"，驾驭四匹公马，四匹公马为首领。寓意君子愿为道德引领者。"我瞻四方，蹙蹙靡所骋"，我瞻望四方，急促之间无可驰骋之方向。寓意君子不遇时，无所适从。

"方茂尔恶，相尔矛矣"，大赞勉其恶行，则助力其矛矣。言邪恶者上下一气。上级褒奖下级，下级奉承，甘为爪牙，助上为虐。"既夷既怿，如相酬矣"，既喜乐既悦服，如相酬答。言邪恶者上下苟合，上级喜乐，下级悦服。

"昊天不平，我王不宁"，不成就昊天之德，我国家统治不得安宁。"不惩其心，覆怨其正"，不改其心志，反而怨恨正道者。言执政者无道，不可救药。

"家父作诵，以究王讻。式讹尔心，以畜万邦"，家父作讽诵之诗，以穷君王之咎。用以感化其心，以兴天下万邦。

【引证】

（1）《左传·成公七年》：七年春，吴伐郯，郯成。季文子曰："中国不振旅，蛮夷入伐，而莫之或恤，无吊者也。夫《诗》曰：'不吊昊天，乱靡有定'其此之谓乎？有上不吊，其谁不受乱？吾亡无日矣。"君子曰："知惧如是，斯不亡矣。"

（2）《左传·襄公十三年》："吴侵楚，养由基奔命，子庚以师继之。养叔曰：'吴乘我丧，谓我不能师也，必易我而不戒。子为三覆以待我，我请诱之。'子庚从之。战于庸浦，大败吴师，获公子党。君子以吴为不吊。《诗》曰：'不吊昊天，乱靡有定。'"

（3）《左传·昭公二年》："二年春，晋侯使韩宣子来聘，且告为政而来见，礼也。观书于大史氏，见《易》、《象》与《鲁春秋》，曰：'周礼尽在鲁矣。吾乃今知周公之德与周之所以王也。'公享之。季武子赋《绵》之卒章。韩子赋《角弓》。季武子拜，曰：'敢拜子之弥缝敝邑，寡君有望矣。'武子赋《节》之卒章。"

大意：季武子赋《节》之"家父作诵，以究王讻。式讹尔心，以畜万邦"，指韩宣子辅助晋平公恢复晋国霸业，季武子赋诗称赞韩宣子贤德。

（4）《大戴礼记·盛德》："古之御政以治天下者，冢宰之官以成道，司徒之官以成德，宗伯之官以成仁，司马之官以成圣，司寇之官以成义，司空之官以成礼。故六官以为辔，司会均人以为軜，故御四马，执六辔，御天地与人与事者，亦有六政。是故善御者，正身同辔，均马力，齐马心，惟其所引而之，以取长道。远行可以之，急疾可以御。天地与人事，此四者圣人之所乘也。是故天子御者，太史、内史左右手也，六官亦六辔也。天子三公合以执六官，均五政，齐五法，以御四者，故亦惟其所引而之。以之道则国治，以之德则国安，以之仁则国和，以之圣则国平，以之义则国成，以之礼则国定，此御政之体也。"

正月

（一）

正月繁霜，我心忧伤。
民之讹言，亦孔之将。
念我独兮，忧心京京。
哀我小心，癙忧以痒。

父母生我，胡俾我瘉？
不自我先，不自我后。
好言自口，莠言自口。
忧心愈愈，是以有侮。

忧心惸惸，念我无禄。
民之无辜，并其臣仆。
哀我人斯，于何从禄？
瞻乌爰止，于谁之屋？

瞻彼中林，侯薪侯蒸。
民今方殆，视天梦梦。
既克有定，靡人弗胜。
有皇上帝，伊谁云憎？

谓山盖卑，为冈为陵。
民之讹言，宁莫之惩。
召彼故老，讯之占梦。
具曰予圣，谁知乌之雌雄？

谓天盖高，不敢不局。

743

谓地盖厚，不敢不蹐。

维号斯言，有伦有脊。

哀今之人，胡为虺蜴？

【注释】

1. 讹，为"譌"。《说文》："譌（é），譌言也。《诗》曰：'民之譌言。'"譌言，变化之言，引申不真实的言论。

2. 将，《尔雅》：大也。

3. 京京，《尔雅》：忧也。

4. 癙、瘁，《尔雅》：病也。癙忧以痒，深切担心而忧郁。

5. 俾，《尔雅》：从也。

6. 瘉，《尔雅》：病也。

7. 自，从。《诗》："退食自公。"

8. 莠，《说文》：禾粟下生莠。莠即狗尾草。

9. 愈愈，为"瘐瘐"，忧伤的样子。《尔雅》："瘐瘐，病也。"

10. 侮，《说文》：伤也。

11. 惸惸（qióng），《尔雅》："惸惸，忧也。"一说无兄弟曰惸。

12. 辜，《说文》：罪也。

13. 仆，《说文》：给事者。

14. 梦梦，《尔雅》：乱也。《尔雅》："天，君也。"视天梦梦，视君王昏乱。

15. 皇，《尔雅》：正也。

16. 憎，《说文》：恶也。

17. 圣，《说文》：通也。通达之意。

18. 局，《说文》：促也。

19. 蹐（jí），《说文》：小步也。

20. 号，《说文》：呼也。

21. 伦，《说文》：辈也。一曰道也。

22. 脊，通"迹"。《说文》："迹，步处也。"

【解析】

这首诗讲周桓王无道。

"正月繁霜，我心忧伤"，正月多次下霜，我心忧伤。言霜降违反时节。寓意国家政令不和，违背常道，君子忧心。"民之讹言，亦孔之将"，百姓虚妄之言，越来越广大。言邪僻流行于民众之中。"念我独兮，忧心京京。哀我小心，癙忧以痒"，念我之孤独，忧心沉重。哀我之小心，深切担心而忧郁。言邪僻流行，君子道消，君子立身小心而忧伤。

"父母生我，胡俾我瘉"，父母生养我，为何跟从我提心吊胆？言父母生养我不易，然时下境遇艰难，不能安养父母。"不自我先，不自我后。好言自口，莠言自口"，不从我之先，亦不从我之后。好话出自我口，坏话出自我口。言祸福自招，报应不爽。"忧心愈愈，是以有侮"，忧心愈愈，如此作为，必有伤害。言不行善、不言善者必定招致祸害，亦即多行不义必自毙。言时下多变节、丧德者。

"忧心惸惸，念我无禄"，忧心惸惸，念我无禄。言良臣独不得仕于朝。"民之无辜，并其臣仆"，人民无罪，臣仆亦无罪。言罪在掌国家者失教化。"哀我人斯，于何从禄？瞻乌爰止，于谁之屋"，哀我众人，于何处为官？观乌鸟之止，于谁之屋？周人以乌鸦为孝鸟，能反哺父母。乌鸦通体纯黑，寓意能善其行藏。这两句诗以乌鸦之能善行藏寓意君子之无所适从。

"瞻彼中林，侯薪侯蒸"，看那林中，唯有薪蒸等小柴草。寓意朝廷无栋梁之材。"民今方殆，视天梦梦"，如今人民正当危难，看君王仍昏乱。"既克有定，靡人弗胜"，若能有定，无人不胜。言若人人有操守，则必胜邪僻。言外之意君臣上下皆失其节义。"有皇上帝，伊谁云憎"，正义之上帝，造成如此情形，当憎恨何人？言如今之乱乃上下失道所致。

"谓山盖卑，为冈为陵"，山可谓卑下，虽然为冈为陵。寓意德行低劣者徒居高位。"民之讹言，宁莫之惩"，民众之虚妄言论，竟然没有改正。言在上位者失其教化职责。"召彼故老，讯之占梦"，招来先朝老臣，以占梦询问之。"故老"乃治国之老成者，不以国政咨询而问梦之吉凶。言君王迷信，不务求以政治解决社会问题。"具曰予圣，谁知乌之雌雄"，皆说我自己通达，谁知道乌鸦的雌雄？寓意执政者皆自以为是，其实无知，连乌鸦之雌雄都不能分辨。

"谓天盖高，不敢不局。谓地盖厚，不敢不蹐"，天可谓高，处于天下，不敢不弯身。地可谓厚，处于其上，不敢不小步慢行。寓意天地虽大而君子行动小心，言时世险恶君子无所容。"维号斯言，有伦有脊"，呼喊这些讽诵之言，有大道有践迹。言诗人讽刺大道与微行皆有过失。"哀今之人，胡为虺蜴"，哀叹如今之人，为何如同蝾螈、蜥蜴一般？言勇敢作为者鲜少，胆小逃避者众多。

【引证】

（1）《礼记·月令》："孟春……行冬令则水潦为败，雪霜大挚，首种不入。"

（2）《左传·昭公十年》：昭子至自晋，大夫皆见。高强见而退。昭子语诸大夫曰："为人子，不可不慎也哉！昔庆封亡，子尾多受邑而稍致诸君，君以为忠而甚宠之。将死，疾于公宫，辇而归，君亲推之。其子不能任，是以在此。忠为令德，其子弗能任，罪犹及之，难不慎也？丧夫人之力，弃德，旷宗，以及其身，不亦害乎？《诗》曰：'不自我先，不自我后。'其是之谓乎！"

大意：昭子自晋归来，大夫皆来进见。高强进见后即退去。昭子语大夫："为人子，不能不谨慎！以前齐国庆封逃亡，子尾接受所赐大多城邑，稍微奉还国君一部分，国君认为他忠诚，因而宠信他。临死前病在王宫，坐辇回家，国君亲自推辇。他的儿子不能继承父德，因此流亡在此。忠诚乃美德，其子不能承用，罪过就会延及到他身上，奈何其不慎！丧失其人之功劳，抛弃德行，虚置其应遵从之根本，这些事项全部集于高强一身，能无祸害？《诗》言：'不自我先，不自我后。'说的就是这个吧！"

高强乃齐国大夫子尾之子，子尾有忠君之美德而有善终。高强继承父位不能慎行而失德、丧本，被齐国贵族武力驱逐出国。以上这段文字讲高强流亡在鲁国。

昭子所言"丧夫人之力"指高强承父荫而得位，无功于国家，因此难以服众。"弃德"高强喜宴饮作乐有失德行，是以为人所轻慢。"旷宗"指高强失去齐国贵族支持，丧失立足根本。"以及其身，不亦害乎"指以上三种情况全部出现在高强身上，则祸必至。"不自我先，不自我后"即报应不爽，多行不义者必自毙。

（3）《孔子家语·贤君》："孔子读《诗》于《正月》六章，惕然如惧。曰：'彼不达之君子，岂不殆哉！从上依世则道废，违上离俗则身危。时不兴善，已独由之，则曰非妖即妄也。故贤也既不遇天，恐不终其命焉。桀杀龙逢，纣杀比干，皆是类也。《诗》曰：'谓天盖高，不敢不局。谓地盖厚，不敢不蹐'此言上下畏罪，无所自容也。'"

【名物】

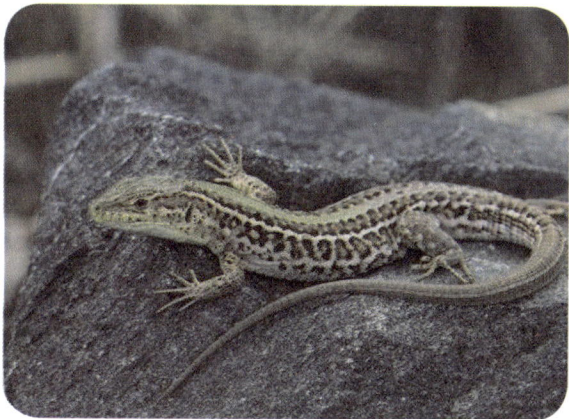

蜥蜴

　　蜥蜴又俗称四脚蛇，属于冷血爬虫类，多为卵生，与蛇有亲缘关系。蜥蜴种类繁多，全球约有数千种，其体型差异巨大。蜥蜴生活环境多样，有陆栖、树栖、半水栖和土中穴居。蜥蜴多数以昆虫为食，也有少数种类兼食植物。许多蜥蜴能变换体色以适应环境。多数蜥蜴具四足，能迅速奔跑，可瞬间改变跑动方向。大多数蜥蜴昼间活动，品种之一的壁虎则多在薄暮至破晓之间活动，并能发出大声，但大部分蜥蜴不能发声。蜥蜴的捕食方式为静候或搜寻。许多蜥蜴遇到危险能将尾部自割，断下的尾能继续扭动以分散捕食者的注意，从而自身得以逃脱。大多数蜥蜴无毒。

正月

（二）

瞻彼阪田，有菀其特。
天之扤我，如不我克。
彼求我则，如不我得。
执我仇仇，亦不我力。

心之忧矣，如或结之。
今兹之正，胡然厉矣。
燎之方扬，宁或灭之。
赫赫宗周，褒姒灭之。

终其永怀，又窘阴雨。
其车既载，乃弃尔辅。
载输尔载，将伯助予。

无弃尔辅，员于尔辐，
屡顾尔仆，不输尔载。
终逾绝险，曾是不意。

鱼在于沼，亦匪克乐。
潜虽伏矣，亦孔之炤。
忧心惨惨，念国之为虐。

彼有旨酒，又有嘉殽。
洽比其邻，婚姻孔云。
念我独兮，忧心慇慇。

佌佌彼有屋，蔌蔌方有谷。

民今之无禄，天夭是椓。

哿矣富人，哀此惸独。

【注释】

1. 阪，《尔雅》：坡者曰阪。阪田，山坡上的田地。

2. 菀，为"婉"。《说文》："婉，顺也。"柔顺、驯顺。

3. 特，《说文》：朴特，牛父也。即公牛。

4. 扤（wù），《说文》：动也。解作动摇。

5. 则，《尔雅》：法也。

6. 仇仇，《尔雅》：傲也。

7. 兹，《说文》：草木多益也。引申增益。

8. 胡然，为"雈（hú）然"，意思为极其、极为。《说文》："雈，高至也。"

9. 厉，《尔雅》：作也。

10. 燎，《说文》：放火也。

11. 扬，《尔雅》：续也。

12. 褒姒，周幽王王后，祸乱国家，最终导致西周灭国。

13. 窘，《说文》：迫也。

14. 辅，《尔雅》：小木。车上的小木，用以帮助人上车。

15. 将，请也，表示希望。《诗》："将子无怒。"

16. 伯，《尔雅》：长也。

17. 员，为"圆"。《说文》："圆：圜全也。"

18. 输，《说文》：委输也。即用车转运之意。

19. 屡，《说文》：数也。

20. 不输，为"丕输"。《尔雅》："丕，大也。"

21. 潜，《尔雅》：深也。

22. 炤，为"昭"。《说文》："昭，日明也。"《尔雅》："昭，光也。见也。"

23. 惨惨，《尔雅》：愠也。

24. 虐，《说文》：残也。

25.肴，《说文》：啖也。引申饭菜。

26.洽，通"詥"。《说文》："詥（hé），谐也。"和谐之意。

27.云，为"䪻"。《说文》："䪻（yǔn），进也。"孔云，即更进之意。

28.殷殷，《尔雅》：忧也。

29.仳仳，《尔雅》：小也。

30.蔌蔌（sù），为"蹙蹙"。《尔雅》："蹙蹙（cù），惟述鞫也。"即穷迫之意。

31.夭，《说文》：屈也。天夭，上天摧折。

32.椓，《说文》：击也。本意为敲打、击打，引申惩治、惩戒。

33.舸（gě），《说文》：可也。解作合宜、适宜、可行。

《庄子》："其味相反，而皆可于口。"

34.富人，即富民。

【解析】

　　"瞻彼阪田，有菀其特"，看坡田之中，有驯顺公牛。寓意君子甘心为人民辛勤劳作。"天之扤我，如不我克"，上天动摇我，如我不克胜。言君子于无道之世苦其心志、劳其筋骨，而能不变操守，笃行道德。"彼求我则，如不我得"，彼求我之法，似不能求得一般。言君王当初极尽求贤之方法，恐不能得。"执我仇仇，亦不我力"，执掌我态度傲慢，亦不用我之力。言君王不能善待、善用贤良。

　　"心之忧矣，如或结之"，内心忧闷，如有心结。"今兹之正，胡然厉矣"，如今欲增益正道，当极力作为。言奋力作为为救世之方。"燎之方扬，宁或灭之"，放火刚刚蔓延，或许可以熄灭。言祸乱未扩大之际可以消灭之。"赫赫宗周，褒姒灭之"，显赫的西周，被褒姒毁灭。言一旦祸乱扩大，则有败亡之忧。

　　"终其永怀，又窘阴雨"，既有深远之思，又迫于时下阴雨。言君子有远忧亦有近穷。"其车既载，乃弃其辅"，人既已载于车上，于是就舍弃助人上车的辅木。寓意君王抛弃有功之辅佐者。"载输尔载，将伯助予"，承载、运输车载之物，请伯长来助我。寓意国家运行依靠伯长辅助。言外之意时下君王疏远于伯长。

　　"无弃尔辅，员于尔辐"，勿弃其车辅，全其车辐。言善治其车。寓意修治国家政教。"屡顾尔仆，不输尔载"，屡屡看顾其车夫，则大输其车载。言善待其驾车马者。寓意君王应亲善贤能。"终逾绝险，曾是不意"，最终逾越绝险，却也未可知。言亲善贤良，改正前失，最终逾越绝险亦不无可能。

"鱼在于沼，亦匪克乐。潜虽伏矣，亦孔之炤"，鱼在池沼中，亦不能乐。虽深伏水底，亦十分明显。言池沼浅显鱼时刻小心。寓意处境危险当小心戒慎。"忧心惨惨，念国之为虐"，忧心愤愤，念我国家被摧残。言怒君王不戒慎而败国。

"彼有旨酒，又有佳肴。洽比其邻，昏姻孔云"，彼有美酒，又有佳肴。能与邻居亲比和谐，婚姻关系者则更和美、亲密。言西周原本富足、文明，与邻邦交好，与婚姻关系之诸侯则更为亲近。"念我独兮，忧心殷殷"，念我之孤独，忧心沉痛。言丧失友邦，至于孤独、穷困之境地。

"佌佌彼有屋，蔌蔌方有谷"，虽然小但彼时有屋，虽穷迫但亦有粮食。言时下百姓无居所、食物。"民今之无禄，天夭是椓"，百姓如今之无福，乃无道君王所致，上天摧折以惩戒之。"哿矣富人，哀此惸独"，富民为宜，哀怜这些孤独无依者。言执政者当务之急应谋求养民、富民，抚恤孤苦无依者。

【引证】

（1）《礼记·缁衣》：子曰："大人不亲其所贤，而信其所贱。民是以亲失，而教是以烦。《诗》云：'彼求我则，如不我得。执我仇仇，亦不我力。'《君陈》曰：'未见圣，若己弗克见；既见圣，亦不克由圣。'"

（2）《礼记·中庸》："《诗》云：'潜虽伏矣，亦孔之昭。'故君子内省不疚，无恶于志。君子所不可及者，其唯人之所不见乎。"

（3）《左传·襄公二十九年》："晋平公，杞出也，故治杞。六月，知悼子合诸侯之大夫以城杞，孟孝伯会之。郑子大叔与伯石往。子大叔见大叔文子，与之语。文子曰：'甚乎！其城杞也。'子大叔曰：'若之何哉？晋国不恤周宗之阙，而夏肄是屏。其弃诸姬，亦可知也已。诸姬是弃，其谁归之？吉也闻之，弃同即异，是谓离德。《诗》曰：'协比其邻，昏姻孔云。'晋不邻矣，其谁云之？'"

译文：晋平公乃杞女所生，所以要修治杞国。六月，知悼子会合诸侯的大夫为杞国筑城墙，孟孝伯参加了。郑国的子太叔和伯石前去。子

751

太叔见到太叔文子，与之相谈。文子说："为杞国筑城这件事过分了！"子太叔说："拿他怎么办好！晋国顾恤周室的衰微，反而保护夏朝的余国。其舍弃姬姓诸国，亦可知了。舍弃姬姓诸国，有谁去归向他？吉听说：'舍弃弃同姓而亲近异姓，此为离德。'《诗》言：'协比其邻，昏姻孔云。'晋国不能协比邻国，还有谁能与之进一步亲近呢？"

（4）《左传·昭公元年》：赵孟谓叔向曰："令尹自以为王矣，何如？"对曰："王弱令尹强，其可哉！虽可不终。"赵孟曰："何故？"对曰："强以克弱而安之，强不义也。不义而强，其毙必速。《诗》曰：'赫赫宗周，褒姒灭之。'强不义也。"

译文：赵孟对叔向说："令尹自以为可以称王了，您怎么看？"叔向说："君王弱而令尹强，大概可以成功吧！虽可成功，不能有善终。"赵孟说："为何？"叔向回答："以令尹之强克制君王之弱，虽强而不合道义。不合于道义而强，其灭亡必然很快。《诗》说：'赫赫宗周，褒姒灭之'即强大而不合道义之故。"

（5）《孟子·梁惠王下》：王曰："王政可得闻与？"对曰："昔者文王之治岐也：耕者九一；仕者世禄；关市稽而不征；泽梁无禁；罪人不孥。老而无妻曰鳏；老而无夫曰寡；老而无子曰独；幼而无父曰孤。此四者，天下之穷民而无告者。文王发政施仁，必先斯四者。《诗》云：'哿矣富人，哀此茕独。'"

上文中"耕者九一；仕者世禄；关市稽而不征；泽梁无禁；罪人不孥"即"富人"。"老而无妻曰鳏；老而无夫曰寡；老而无子曰独；幼而无父曰孤。此四者，天下之穷民而无告者。文王发政施仁，必先斯四者"即"哀此惸独"。

（6）关于周桓王

周桓王为东周第二任君主，公元前七一九年至公元前六九七年在位。周桓王即位后，试图解除郑庄公的权力，因此周、郑交恶，双方在繻葛开战。交战中郑国将领射中周桓王肩膀，周天子权威于是荡然无存。

周桓王干涉晋国，曾出兵协助晋国曲沃庄伯。

十月之交

十月之交，朔月辛卯。
日有食之，亦孔之丑。
彼月而微，此日而微。
今此下民，亦孔之哀。

日月告凶，不用其行。
四国无政，不用其良。
彼月而食，则维其常。
此日而食，于何不臧。

烨烨震电，不宁不令。
百川沸腾，山冢崒崩。
高岸为谷，深谷为陵。
哀今之人，胡憯莫惩？

皇父卿士，番维司徒，
家伯维宰，仲允膳夫，
棸子内史，蹶维趣马，
楀维师氏，艳妻煽方处。

抑此皇父，岂曰不时？
胡为我作，不即我谋。
彻我墙屋，田卒汙莱。
曰予不戕，礼则然矣。

皇父孔圣？作都于向，
择三有事，亶侯多藏；

不憖遗一老，俾守我王；
择有车马，以居徂向。

黾勉从事，不敢告劳。
无罪无辜，谗口嚣嚣。
下民之孽，匪降自天。
噂沓背憎，职竞由人。

悠悠我里，亦孔之痗。
四方有羡，我独居忧。
民莫不逸，我独不敢休。
天命不彻，我不敢效我友自逸。

【注释】

1. 朔月，农历每月初一，称为朔月或朔日。

2. 丑，《说文》：可恶也。

3. 微，《说文》：隐行也。

4. 行（háng），《尔雅》：道也。引申规则。

5. 政，《说文》：正也。

6. 臧，《尔雅》：善也。

7. 烨，《说文》：盛也。

8. 令，《尔雅》：善也。

9. 冢，《说文》：高坟也。此处指高大的土山。

10. 崒（zú），《说文》：崒危，高也。

11. 憯（cǎn），《尔雅》：曾也。竟然之意。

12. 皇父、番、家伯、仲允、聚（zōu）子、蹶（juě、guì）、楀（yǔ）等皆人名。司徒、宰、内史、趣马、师氏等为官职名称。

13. 煽，《说文》：炽盛也。此处指气焰嚣张。

14. 方，为"谤"。《说文》："谤，毁也。"《论语》："子贡方人。"

15. 抑，又发语辞。

16. 不时，即"不是"。《尔雅》："时，是也。"

17. 彻，《说文》：通也。《尔雅》："不彻，不道也。"

18. 汙（wū），《说文》："汙：薉（huì）也。田不治曰芜，田多草曰薉。"

19. 莱，《说文》：蔓华也。即灰菜。

20. 戕，《说文》："戕：枪（抗拒、抵制）也。他国臣来弑君曰戕。"

21. 礼，《说文》：履也。即履行、践行之意。

22. 三有事，一说为"三有司"，即司徒、司马、司空。《左传》："六府三事，谓之九功。水、火、金、木、土、谷谓之六府。正德、利用、厚生谓之三事。"

23. 亶，《说文》：诚也。

24. 侯，通"厚"。《诗》："洵直且侯。"

25. 慭（yìn），《说文》："慭：问也。谨敬也。一曰说也。一曰甘（猒，满足）也。《春秋传》曰：'昊天不慭。'又曰：'两君之士皆未慭（猒）。'"

26. 徂，《尔雅》：存也。

27. 黾（mǐn），通"暋"。《尔雅》："暋（mǐn），强也。"黾勉，即强勉。

28. 谗，《说文》：谮也。说人坏话。

29. 嚣，《说文》：声也。嚣嚣，喧哗之声。

30. 孽，为"辥"。《说文》："辥（xuē）：罪也。"
《说文》："蠥：衣服、歌谣、草木之怪，谓之祓。禽兽、虫蝗之怪，谓之蠥。"

31. 噂（zǔn），《说文》：聚语。

32. 沓，《说文》：语多沓沓也。

33. 憎，《说文》：恶也。

755

34. 职，《尔雅》：主也。《尔雅》："竞，强也。"职竞，解作主要、绝大程度。

35. 里，为"悝"。《尔雅》："悝，忧也。"

36. 瘥，《尔雅》：病也。

37. 羡，为"緂"。《说文》："緂（chán），偏缓也。"即松懈、放松之意。

38. 逸，《尔雅》：过也。《说文》："逸，失也。"

39. 效，《说文》：象也。比照、模仿之意。

【解析】

这首诗讲周幽王昏聩，小人乱国。

"十月之交，朔月辛卯。日有食之，亦孔之丑"，九十月之交，初一辛卯日。有日食，甚为可恶。日食发生在初一古人认为极其凶恶。"彼月而微，此日而微。今此下民，亦孔之哀"，初一月亮幽隐，此日太阳也幽隐。如今之下民，亦甚为可怜。言日月同日而隐，极其反常，预兆灾祸降临，百姓遭殃。

"日月告凶，不用其行。四国无政，不用其良"，日月告示凶恶，此乃不行天地之道所致。天下无善政，不用善良。"彼月而食，则维其常。此日而食，于何不臧"，月亮被遮蔽而有圆缺，则为正常。如今太阳被遮蔽，乃政治于某处有不善所致。言天象异常昭示人道不善。

"烨烨震电，不宁不令"，盛大的雷电，不静且不善。言雷电异常。"百川沸腾，山冢崒崩。高岸为谷，深谷为陵"，百川之水沸腾，山冢从高处崩坏。高岸变为低谷，深谷变为高陵。言山川河谷剧变，寓意国家无道之甚。"哀今之人，胡憯莫惩"，哀叹如今之人，怎么竟不知悔改？

"皇父卿士，番维司徒。家伯维宰，仲允膳夫。聚子内史，蹶维趣马。楀维师氏，艳妻煽方处"，皇父等卿士，司徒番，家伯宰，膳夫仲允，内史聚子，趣马蹶，师氏楀，美艳妻子以嚣张诋毁他人而立身。言上下大小官员皆为非作歹，其妻子诬陷善良。艳妻应指周幽王王后褒姒。

"抑此皇父，岂曰不时"，抑此皇父，岂止谓不是？言皇父已不能用不正直来形容，其人堪称邪僻。"胡为我作，不即我谋"，为何为我做事，却不能与我谋虑一致？言虽为国家命官却不为民着想。"彻我墙屋，田卒汙莱"，拆我墙垣、房舍，田地荒芜尽是灰菜。言百姓被迫害，生活无依。"曰予不戕，礼则然矣"，官员自称不抵制百姓，履行法则而已。言官员与百姓对抗，以国法压制百姓。

"皇父孔圣？作都于向，择三有事，亶侯多藏"，皇父甚为通达？建造都城于向地，选三司之官员，诚信笃厚者大多躲藏。言皇父被小人奉为圣贤，但诚信笃厚君子却不愿与之为伍。"不憖遗一老，俾守我王"，遗留一位老臣尚不足，使守护我王。言皇父结党营私，无一老在朝。"择有车马，以居徂向"，选择有车马之富贵者，以居住在向地。言皇父唯自肥。

"黾勉从事，不敢告劳。无罪无辜，谗口嚣嚣"，君子强勉从事，不敢言劳苦。无罪无辜，尚且谗言嚣张。言小人当道，君子难为。"下民之孽，匪降自天。噂沓背憎，职竞由人"，下民之罪，并非降自上天。非议、传谣、背地忌恨等罪行，主要是由人。言百姓之非议、传谣、私下诋毁等罪行皆效仿执政者而来。

"悠悠我里，亦孔之痗"，忧心深切，甚为忧伤。"四方有羡，我独居忧"，天下人皆松懈，我则独处忧。言世人昏昏噩噩。"民莫不逸，我独不敢休。天命不彻，我不敢效我友自逸"，百姓无不过失，我独不敢息止。虽天道不被遵行，我不敢效仿那些友人而自失。言诗人恪守节操。

【引证】

（1）《竹书纪年·幽王五年》："五年，王世子宜臼出奔申。皇父作都于向。"

（2）《竹书纪年·幽王六年》："六年，王命伯士帅师伐六济之戎，王师败逋。西戎灭盖。冬十月辛卯朔，日有食之。"

（3）《左传·昭公七年》：夏四月甲辰朔，日有食之。晋侯问于士文伯曰："谁将当日食？"对曰："鲁、卫恶之，卫大鲁小。"公曰："何故？"对曰："去卫地，如鲁地。于是有灾，鲁实受之。其大咎，其卫君乎？鲁将上卿。"公曰："《诗》所谓'彼日而食，于何不臧'者，何也？"对曰："不善政之谓也。国无政，不用善，则自取谪于日月之灾，故政不可不慎也。"

（4）《左传·昭公三十二年》："社稷无常奉，君臣无常位，自古以然。故《诗》曰：'高岸为谷，深谷为陵。'三后之姓，于今为庶，王所知也。"

（5）《荀子·正论》：世俗之为说者曰："尧舜不能教化。是何也？曰朱象不化。"是不然也。尧舜至天下之善教化者也。南面而听天下，生民之属莫不振动从服以化顺之。然而朱象独不化，是非尧舜之过，朱象之罪。尧舜者，天下之英也。朱象者，天下之嵬，一时之琐也。今世俗之为说者，不怪朱象，而非尧舜，岂不过甚矣哉！夫是之谓嵬说。羿蜂门者，天下之善射者也，不能以拨弓曲矢中微。王梁造父者，天下之善驭者也，不能以辟马毁舆致远。尧舜者，天下之善教化者也，不能使嵬琐化。何世而无嵬？何时而无琐？自太皞燧人莫不有也。故作者不祥，学者受其殃，非者有庆。《诗》曰："下民之孽，匪降自天。噂沓背憎，职竞由人"此之谓也。

（6）关于司徒、宰、膳夫、内史、趣马、师氏等官职。

司徒：主要掌管国土与民政事务。

宰：有内宰、大宰、小宰。主要掌管有关国家、王室典刑的事务。

膳夫：掌王之食饮膳羞，以养王及后、世子。

内史：主要协助君王处理各种内政、外交等国事。

趣马：负责养马事务的低级官员。

师氏：主要掌管关于国家、王室教化的事务。

雨无正

浩浩昊天，不骏其德。
降丧饥馑，斩伐四国。
旻天疾威，弗虑弗图。
舍彼有罪，既伏其辜。
若此无罪，沦胥以铺。

宗周既灭，靡所止戾。
正大夫离居，莫知我勚。
三事大夫，莫肯夙夜。
邦君诸侯，莫肯朝夕。
庶曰式臧，覆出为恶。

如何昊天？辟言不信。
如彼行迈，则靡所臻。
凡百君子，各敬尔身。
胡不相畏？不畏于天？

戎成不退，饥成不遂。
曾我暬御，憯憯日瘁。
凡百君子，莫肯用讯。
听言则答，譖言则退。

哀哉不能言，匪舌是出，维躬是瘁。
哿矣能言，巧言如流，俾躬处休。

维曰于仕，孔棘且殆。
云不可使，得罪于天子。

亦云可使，怨及朋友。

谓尔迁于王都，曰予未有室家。
鼠思泣血，无言不疾。
昔尔出居，谁从作尔室？

【注释】

1. 浩浩，为"颢颢"。《说文》："颢，白貌。"

2. 昊天、旻天，《尔雅》："春为苍天。夏为昊天。秋为旻天。冬为上天。"

3. 骏，《尔雅》：大也。

4. 饥、馑，《尔雅》："谷不熟为饥，蔬不熟为馑。"

5. 斩，《尔雅》：杀也。

6. 伐，《说文》：击也。一曰败也。

7. 沦，《尔雅》：率也。

8. 胥，《尔雅》：相也。沦胥，相率、接连不断、一个接一个。

9. 铺，为"誧"。《说文》："誧（bū），大也。"

10. 戾，《尔雅》：止也。至也。

11. 勩（yì），《尔雅》：劳也。

12. 三事，泛指民政。《左传》："六府三事，谓之九功。水、火、金、木、土、谷，谓之六府。正德，利用，厚生，谓之三事。"

13. 庶，《尔雅》：侈也。众也。

14. 式，《说文》：法也。

15. 辟，《说文》：法也。

16. 畏，敬畏。《论语》："后生可畏。"

17. 戎，《说文》：兵也。本意为兵器，此处指战争。

18. 遂，《说文》：亡也。

19. 我，《说文》：顷顿也。即倾倒。"我"与"俄"通。《说文》："俄，行顷也。"

20. 嫳（xiè），《说文》：日狎习相慢也。因亲昵而轻慢。

21. 御，《尔雅》：禁也。此处指禁令、法律等。

22. 憯（cǎn），《说文》：痛也。

23. 瘁，为"悴"。《尔雅》："悴，病也。"

24. 讯，《尔雅》：告也。

25. 听，从也。《左传》："姑慈妇听。"

26. 潛，《说文》：诉也。

27. 出，为"拙"。《说文》："拙，不巧也。"

28. 休，《尔雅》：美也。

29. 棘，为"愆"。《说文》："愆，谨重貌。"谨慎、稳重的样子。

30. 鼠思，为"癙思"。《尔雅》："癙，病也。"癙思，即忧病。

【解析】

这首诗讲周平王无道，不仁不义。

"浩浩昊天，不骏其德"，昊天光明，不能大其德。"降丧饥馑，斩伐四国"，降下丧乱、饥馑，杀伐天下。言君王不能效仿昊天之仁德而导致丧乱、饥馑，伤害天下百姓。"旻天疾威，弗虑弗图"，旻天憎恶以威虐加诸于百姓，君王不图谋此昊天之德。"舍彼有罪，既伏其辜"，既已伏其罪，则去其有罪之名。言不计前恶。"若此无罪，沦胥以铺"，以如此之方法去人之罪，则无罪者相率以广。言君王暴虐，以严刑峻法治国，不能宽容对待罪人，使得罪人日益增多。这段诗讲君王无仁德。

"宗周既灭，靡所止戾"，西周既已灭亡，无所至止。言东周初始各项制度未能建立。"正大夫离居，莫知我勚"，大夫长离其职，无人知我之劳苦。"三事大夫，莫肯夙夜。邦君诸侯，莫肯朝夕"，负责教养百姓之大夫，无肯夙夜务公者。国君诸侯，无肯朝夕勤政者。言君臣上下皆失其职。"庶曰式臧，覆出为恶"，一再说要遵法善良，反而作恶。言众官员虚伪、言行相悖、表里不一。

"如何昊天？辟言不信"，如何能如昊天？不信法言。言昊天有长养之德，不能笃行仁道则不能有昊天之功德。"如彼行迈，则无所臻"，如同彼行迈，没有准则，则无所至。言治国有常法，遵从之方能成功。"凡百君子，各敬尔身。胡不相畏？不畏于天"，众士君子，各自都希望他人尊敬自己。以此推论，为何不能与人相互尊敬？为何不敬畏上天？言人有敬畏之心，则能敬人、敬天。言外之意时下士人无敬畏之心。

"戎成不退，饥成不遂"，兵戎既成而未退，饥馑既成亦未去。"曾我暬御，憯憯日瘁"，竟然倾覆、轻慢法禁，君子日日忧病痛苦。言国家处于战乱、饥馑之中而执政者依然不检点节约，自毁城防，君子忧痛。"凡百君子，莫肯用讯。听言则答，谮言则退"，众士君子，不肯听用告诫。顺耳之言则应答之，批评之言则使去之。言众士人自以为是，不能采纳谏言。

"哀哉不能言，匪舌是出，维躬是瘁"，哀叹如今不能说话，不是口舌不巧，不使自身受病。言执政者无道，打击、伤害劝谏者。"哿矣能言，巧言如流，俾躬处休"，时机适宜君子可以说话，则巧言如流，且使自身立于美善。言贤能君子不遇时。

"维曰于仕，孔棘且殆。云不可使，得罪于天子。亦云可使，怨及朋友"，且说时下入仕为官，十分小心且甚是危险。若言不可行，得罪于天子。若言可行，朋友怨之。言时政不得人心，为官者进退两难。

"谓尔迁于王都，曰予未有室家。鼠思泣血，无言不疾。昔尔出居，谁从作尔室"，说话你已迁入王都，可话说来我们仍没有室家居住。忧病以致于泣血，没有说不痛恨的。当初你出离镐京，是谁追随你且助你建造居室？这段诗讲周朝廷迁入新都之后，不顾追随百姓的生活。言周王不仁不义。

【引证】

（1）诗名《雨无正》非取自诗文首句或诗中文字，且题目与诗文无丝毫关联。宋人刘安世言："《韩诗》有《雨无极》篇……其诗之文则比《毛诗》篇首多'雨无其极，伤我稼穑'八字。"笔者以为宋人之说不足为信。宋人所言"雨无其极，伤我稼穑"并不与上下诗文相合。笔者推测遗失一章诗文的可能性较大。

（2）《左传·昭公八年》：八年春，石言于晋魏榆。晋侯问于师旷曰："石何故言？"对曰："石不能言，或冯焉。不然民听滥也。抑臣又闻之曰：'作事不时，怨讟动于民，则有非言之物而言。'今宫室崇侈，民力凋尽，怨讟并作，莫保其性。石言不亦宜乎？"于是晋侯方筑虒祁之宫。叔向曰："子野之言君子哉！君子之言，信而有征，故怨远于其身。小人之言，僭而无征，故怨咎及之。《诗》曰：'哀哉不能言，匪舌是出，唯躬是瘁。哿矣能言，巧言如流，俾躬处休。'其是之谓乎？是宫也成，诸侯必叛，君必有咎，夫子知之矣。"

译文：昭公八年春季，晋国魏榆有块石头说话。晋平公向师旷询问说："石头为什么说话？"师旷回答说："石头不能说话，有东西依凭于石头。否则，就是百姓听错了。下臣又听说做事违背时节，怨恨诽谤则在百姓中发生，就有不能说话的东西说话。如今宫室高大奢侈，百姓财力竭尽，怨恨诽谤齐作，没有能保持本性的人。石头说话，不也可以吗？"当时晋平公正在建造虒祁之宫。叔向说："子野的话可见其为君子！君子的话，信实而有明证，所以怨恨远离其身。小人的话，错乱而没有明证，所以怨恨和灾祸及于其身。《诗》言：'哀哉不能言，匪舌是出，唯躬是瘁。哿矣能言，巧言如流，俾躬处休。'所言即此（师旷以石头说话为由委婉劝谏晋平公，使自身免于伤害且得令名）。这座宫殿落成，诸侯必然背叛，国君必然有灾殃，师旷先生已然知晓。"

（3）《左传·昭公十六年》：二月丙申，齐师至于蒲隧。徐人行成。徐子及郯人、莒人会齐侯，盟于蒲隧，赂以甲父之鼎。叔孙昭子曰："诸侯之无伯害哉！齐君之无道也。兴师而伐远方，会之有成而还。莫之亢也，无伯也夫！《诗》曰：'宗周既灭，靡所止戾。正大夫离居，莫知我勚。'其是之谓乎！"

小旻

旻天疾威，敷于下土。
谋犹回遹，何日斯沮？
谋臧不从，不臧覆用。
我视谋犹，亦孔之邛。

潝潝訿訿，亦孔之哀。
谋之其臧，则具是违。
谋之不臧，则具是依。
我视谋犹，伊于胡厎？

我龟既厌，不我告犹。
谋夫孔多，是用不集。
发言盈庭，谁敢执其咎？
如匪行迈谋，是用不得于道。

哀哉为犹！
匪先民是程，匪大犹是经。
维迩言是听，维迩言是争。
如彼筑室于道谋，是用不溃于成。

国虽靡止，或圣或否。
民虽靡膴，或哲或谋。
或肃或艾，如彼泉流，无沦胥以败。

不敢暴虎，不敢冯河。
人知其一，莫知其他。
战战兢兢，如临深渊，如履薄冰。

【注释】

1. 旻，《说文》：秋天也。《虞书》曰："仁闵覆下，则称旻天。"

2. 敷，《说文》："攻，敷也。"其中"攻（shī）"，今写作"施"。敷，布施之意。

3. 犹，为"猷"。《尔雅》："猷，谋也。"

4. 遹（yù），《说文》：回避。回遹，本意为迂回转折之意，引申悖变。

5. 斯，《尔雅》：离也。

6. 沮，"殂"。《说文》："殂，往死也。"解作逝去、消逝。

7. 邛（qióng），《尔雅》：劳也。

8. 潝潝、訿訿，《尔雅》：莫供职也。"潝潝"为"翕翕"，阿谀、迎合的样子。"訿訿"为"訾訾"，懈怠、懒散的样子。《说文》："訾，不思称意也。"

9. 厎（dǐ），《尔雅》：致也。

10. 程，《说文》：品也。十发为程，十程为分，十分为寸。引申准则、法则。

11. 争，为"诤"。《说文》："诤（zhēng）：止也。"

12. 集，为"亼"。《说文》："亼（jí）：三合也。"引申合、相合。

13. 遂，通"㒸"。《说文》："㒸（suì）：从意也。"《礼记》："百事乃遂（㒸）。"

14. 膴（wǔ），《说文》：无骨腊也。没有骨头的干肉，引申肥美、肥厚，此处指人道德笃厚。《节南山》："琐琐姻亚，则无膴仕"，其中"膴仕"即厚德之士。

15. 肃，《尔雅》：进也。

16. 艾，《尔雅》：历也。

17. 暴虎冯河，《尔雅》："暴虎，徒搏也。冯河，徒涉也。"

18. 战战，《尔雅》：动也。《尔雅》："兢兢，戒也。"战战兢兢，行动有所戒慎，亦即"肃恭"之意，《说文》："肃，持事振敬也。从聿在𣶉上，战战兢兢也。"

【解析】

这首诗讲君王不仁、善变、滥听、无知。

"旻天疾威，敷于下土"，旻天疾暴虐之威，施于天下。言当下执

765

政者滥施淫威。"谋犹回遹，何日斯沮"，计谋恍变，何日消除？言执政者不能专一。"谋臧不从，不臧覆用"，好的计谋不听从，不好的计谋反而被使用。"我视谋犹，亦孔之邛"，我审察计谋、方策，亦甚为劳苦。言外之意执政者轻率行事。

"潝潝訿訿，亦孔之哀"，阿谀奉承者有之，懒散懈怠者有之，皆不能尽职，甚为可叹。"谋之其臧，则具是违。谋之不臧，则具是依"，谋略之善者，则全部不用。谋略之不善者，则全部依从。"我视谋犹，伊于胡厎"，我审察计策，到底以何为标的？言上方无定，下方无所适从。

"我龟既厌，不我告犹"，我之龟既已厌恶，不告示我计策。言以龟占卜已不灵验。言执政者不笃实。"谋夫孔多，是用不集"，谋士甚多，所以意见不能相合。"发言盈庭，谁敢执其咎"，发言者占满庭堂，谁敢为自己的言论负责？"如匪行迈谋，是用不得于道"，如同那远行之计，所用之计策根本不得于道。言时下国家谋略如同要远行而不能找到正确的道路一般，言其政策不着边际。

"哀哉为犹，匪先民是程，匪大犹是经"，可叹如今之计策，不以先民为准则，不以国家大计为基本。言如今的国家谋略不是把人民的利益放在优先的地位来考量，不是以国家利益为基准。"维迩言是听，维迩言是争"，维亲近者之言是从，维亲近者之言是止。"如彼筑室于道谋，是用不溃于成"，如同筑房屋于道路之上的计策，如此用事不能顺遂成功。言在道路上谋划建设房屋，措施不当。寓意国策措置不当，所以很难成功。

"国虽靡止，或圣或否。民虽靡膴，或哲或谋"，国家发展虽然没有绝然停滞，但有时通达有时困穷。民众虽然不尽厚德，有的明哲有的仍在谋求。"或肃或艾，如彼泉流，无沦胥以败"，国家与人民，有些已然上进，有些仍在进步过程之中，如同泉流，没有连续不断的努力则会失败。言国家与人民目前的状况虽不尽人意，但只要不停进步则终究能成功。如同有泉源的流水，只要源头泉水不断涌出，前后水流相继则终能流行、致远。

"不敢暴虎，不敢冯河。人知其一，莫知其他"，不敢徒手与老虎搏斗，不敢徒行涉水。人皆知其一，而不知其他类推之事。言人们皆知道徒手与老虎搏斗的危险，而不知道类似暴虎冯河之事。此处指执政者施策不谨慎，往往因无知而犯险。"战战兢兢，如临深渊，如履薄冰"，行事谨慎，如临深渊，如履薄冰。言治事当小心谨慎。

【引证】

（1）《诗》有"小旻、小宛、小弁、小明"等诗名，皆取诗中第一个字，在此字前加"小"字。大概只是一种方便的命名方法。

（2）《礼记·缁衣》：子曰："南人有言曰：'人而无恒，不可以为卜筮。'古之遗言与？龟筮犹不能知也，而况于人乎？《诗》云'我龟既厌，不我告犹。'"

（3）《荀子·臣道》："人贤而不敬，则是禽兽也。人不肖而不敬，则是狎虎也。禽兽则乱，狎虎则危，灾及其身矣。《诗》曰：'不敢暴虎，不敢冯河。人知其一，莫知其它。战战兢兢，如临深渊，如履薄冰。'此之谓也。"

（4）《荀子·修身》："见善，修然必以自存也。见不善，愀然必以自省也。善在身，介然必以自好也。不善在身，灾然必以自恶也。故非我而当者，吾师也。是我而当者，吾友也。谄谀我者，吾贼也。故君子隆师而亲友，以致恶其贼。好善无厌，受谏而能诫，虽欲无进，得乎哉？小人反是：致乱而恶人之非己也。致不肖而欲人之贤己也。心如虎狼，行如禽兽，而又恶人之贼己也。谄谀者亲，谏争者疏，修正为笑，至忠为贼，虽欲无灭亡，得乎哉？《诗》曰：'翕翕訾訾，亦孔之哀。谋之其臧，则具是违。谋之不臧，则具是依。'此之谓也。"

（5）《左传·襄公八年》：子驷、子国、子耳欲从楚，子孔、子蟜、子展欲待晋。子驷曰："《周诗》有之曰：'俟河之清，人寿几何？兆云询多，职竞作罗。'谋之多族，民之多违，事滋无成。民急矣，姑从楚以纾吾民。晋师至，吾又从之。敬共币帛，以待来者，小国之道也。牺牲玉帛，待于二竟，以待强者而庇民焉。寇不为害，民不罢病，不亦可乎？"子展曰："小所以事大，信也。小国无信，兵乱日至，亡无日矣。五会之信，今将背之，虽楚救我，将安用之？亲我无成，鄙我是欲，不可从也。不如待晋。晋君方明，四军无阙，八卿和睦，必不弃郑。楚师辽远，粮食将尽，必将速归，何患焉？舍之闻之：'杖莫如信。'完守以老楚，杖信以待晋，不亦可乎？"子驷曰："《诗》云：

'谋夫孔多，是用不集。发言盈庭，谁敢执其咎？如匪行迈谋，是用不得于道。'请从楚，騑也受其咎。"乃及楚平。

大意：楚国攻打郑国。郑国两帮大夫争执，一要与楚国讲和，一要等晋国救援。子駟说：这么多意见但不能一致，听我的投降楚国，一切后果我来负责。于是郑国与楚国讲和。

小宛

宛彼鸣鸠，翰飞戾天。
我心忧伤，念昔先人。
明发不寐，有怀二人。

人之齐圣，饮酒温克，
彼昏不知，壹醉日富。
各敬尔仪，天命不又。

中原有菽，庶民采之。
螟蛉有子，蜾蠃负之。
教诲尔子，式穀似之。

题彼脊令，载飞载鸣。
我日斯迈，而月斯征。
夙兴夜寐，毋忝尔所生。

交交桑扈，率场啄粟。
哀我填寡，宜岸宜狱。
握粟出卜，自何能穀？

温温恭人，如集于木。
惴惴小心，如临于谷。
战战兢兢，如履薄冰。

769

【注释】

1. 宛，为"婠"。《说文》："婠（wān），体德好也。"
2. 鸣鸠，《夏小正》："鸣鸠。言始相命也。先鸣而后鸠，何也？鸠者鸣，而后知其鸠也。……鸣者，相命也。其不辜之时也，是善之，故尽其辞也。"

3. 翰，为"鶾"。《说文》："鶾，雉肥鶾音者也。"本意指肥而鸣声高亢的山鸡，后指声音高亢，如翰音。《易经》："翰音登于天。"

4. 戾，《尔雅》：至也。

5. 明发，天刚发明，亦即黎明之际。

6. 齐，为"齌"。《说文》："齌（qí），等也。"《尚书》："乃祖成汤克齐圣广渊。"

7. 温，通"昷"。《说文》："昷，仁也。"此处指神态昷和、昷柔。

8. 克，《尔雅》：能也。

9. 壹，竟然。《左传》："今壹不免其身，以弃社稷不亦惑乎？"

10. 富，《说文》：厚也。日富，为"曰富"之误。

11. 仪，《说文》：度也。

12. 又，通"有"。

13. 螟蛉，一种小虫。蜾蠃捕捉螟蛉幼虫，卵孵化后以螟蛉为食。古人误认为蜾蠃不产子，喂养螟蛉为子。

14. 穀（gǔ），《尔雅》：善也。禄也。

15. 题，为"瞲"。《说文》："瞲（tì），失意视也。"

16. 忝（tiǎn），《尔雅》：辱也。

17. 交交，为"嘄嘄"。《说文》："嘄（jiào），声嘄嘄也。"象声词，鸟鸣声。

18. 桑扈，《说文》写作"桑雇"，《尔雅》写作"桑扈"，又名窃脂。郭璞以桑扈为青雀，笔者以为桑雇或为戴胜，即鳲鸠。

19. 率，《尔雅》：自也。

20. 场，《说文》：治谷田也。即打谷场。

21. 填，为"镇"。《说文》："镇，博压也。"引申安、定。《左传》："安定其社稷，镇抚其民人。"《荀子》："德音足以填抚百姓。"

22. 宜，《说文》：所安也。引申适当、合适、恰当。

23. 岸，为"犴"。《说文》："犴（jié），面相斥罪。"当面指责罪过，代指惩诫。

24. 握，《尔雅》：具也。

25. 出，为"欪"。《说文》："欪（chù），咄欪，无惭也。"即不惭愧，坦然。

26. 卜，《说文》：灼剥龟也。灼烧龟壳进行卜算，即龟卜。

27. 温温、惴惴，《尔雅》："温温：柔也。惴惴：惧也。"

【解析】

这首诗讲人君之义。

"宛彼鸣鸠，翰飞戾天"，鸣鸠体德皆好，高飞至天。古人以鸠比喻司民事者，春季各种鸠鸣寓意各司事者开始履职。"我心忧伤，念昔先人"，我心忧伤，思念先前故去的亲人。"明发不寐，有怀二人"，黎明即醒，思念故去的父母。言孝敬、祭祀父母乃人道之大义，人人当履行之。

"人之齐圣，饮酒温克"，人之齐于圣者，能温和饮酒。言通达礼义者饮酒有节制。"彼昏不知，壹醉日富"，彼昏昧不知者，竟以使宾客饮酒醉为优厚。"各敬尔仪，天命不又"，如若各自推崇各自的仪规，则失之于天命。言天命乃本义、正义，为通德。言当履行正义。

"中原有菽，庶民采之。螟蛉有子，蜾蠃负之。教诲尔子，式穀似之"，平原之中长有菽，百姓采之。螟蛉有子，蜾蠃背负之。教诲其子，以良善者使其比象、效法之。言天地养庶民，为君师者教化庶民，以父子之亲，率善德行使庶民效仿。言为君长者当履行养民、教民之义。

"题彼脊令，载飞载鸣"，茫然观望那鹡鸰鸟，一边飞一边鸣叫。鹡鸰鸟即使停息在陆地其尾羽亦上下摆动，寓意行之不息。"我日斯迈，而月斯征。夙兴夜寐，毋忝尔所生"，我之时日往逝，岁月行远。夙夜从事，毋辱所生我者。言时光流逝，应勤谨进德修业，以求无辱于先人。言当履行迁善之义。

"交交桑扈，率场啄粟"，交交而鸣的桑扈，自打谷场啄粟米中的虫子。桑扈不食谷物专食虫类，所以即便桑扈在打谷场啄谷物农人亦放心。寓意德行有信。"哀我填寡，宜岸宜狱"，可叹我安抚百姓寡少，应使惩戒、刑罚诸事恰当，从而可以安抚天下广大民众。言掌国者执法应公正、公平，如桑扈不食谷物一般使百姓笃信不疑。"握粟出卜，自何能穀"，具粟米坦然卜筮，从何能善？言百姓理直气壮的自行占卜吉凶，卜筮不在于公，寓意国家失信于下民。人民不信服执政者，国家如何能善？君王何福之有？言掌国家者当立信于民。

"温温恭人，如集于木。惴惴小心，如临于谷。战战兢兢，如履薄冰"，显柔恭敬者，如集于树木之上。戒惧小心，如临深谷。战战兢兢，如履薄冰。言执政者当待人以仁敬，时刻有坠于树下之危机感。临事小心谨慎。

【引证】

（1）《礼记·祭义》："文王之祭也：事死者如事生，思死者如不欲生，忌日必哀，称讳如见亲。祀之忠也，如见亲之所爱，如欲色然，其文王与？《诗》云：'明发不寐，有怀二人'文王之诗也。祭之明日，明发不寐，飨而致之，又从而思之。祭之日，乐与哀半，飨之必乐，已至必哀。"

（2）《左传·昭公元年》：令尹享赵孟，赋《大明》之首章。赵孟赋《小宛》之二章。事毕，赵孟谓叔向曰："令尹自以为王矣，何如？"对曰："王弱，令尹强，其可哉！虽可，不终。"赵孟曰："何故？"对曰："强以克弱而安之，强不义也。不义而强，其毙必速。《诗》曰：'赫赫宗周，褒姒灭之。'强不义也。"

大意：楚国令尹公子围享晋国赵孟，赋《大明》之首章。寓意其国君无道。赵孟赋"人之齐圣，饮酒温克。彼昏不知，壹醉日富。各敬尔仪，天命不又"，言行事要从正义、大义。

（3）《礼记》："卜筮不过三，卜筮不相袭。龟为卜，策为筮。卜筮者，先圣王之所以使民信时日、敬鬼神、畏法令也。所以使民决嫌疑、定犹与也。故曰：'疑而筮之，则弗非也。日而行事，则必践之。'………析言破律，乱名改作，执左道以乱政，杀。作淫声、异服、奇技、奇器以疑众，杀。行伪而坚，言伪而辩，学非而博，顺非而泽，以疑众，杀。假于鬼神、时日、卜筮以疑众，杀。此四诛者，不以听。"

（4）《管子·小匡》：管子对曰："夫凤皇鸾鸟不降，而鹰隼鸱枭丰。庶神不格，守龟不兆，握粟而筮者屡中。时雨甘露不降，飘风暴雨数臻。五谷不蕃，六畜不育，而蓬蒿藜并兴。夫凤皇之文，前德义后日昌。昔人之受命者，龙龟假、河出图、雏出书、地出乘黄，今三祥未见有者，虽曰受命，无乃失诸乎？"

（5）《说文》："赎（shú）：贳财卜问为赎。"一说"赎"即"握粟出卜"、"握粟而筮"，意思相当于花钱请人算卦。

（6）《孔子家语·哀公问政》："哀公问政于孔子。孔子对曰：'文武之政，布在方策。其人存则其政举，其人亡则其政息。天道敏生，人道敏政，地道敏树。夫政者，犹蒲卢也——待化以成。故为政在于得人。取人以身，修道以仁。"

孔子言"夫政者，犹蒲卢（螟蠃）也"，即指螟蠃善教化而言。其中"取人以身，修道以仁"即君子化民。

（7）西汉刘向《新序》：哀公问于孔子曰："寡人闻之，东益宅不祥，信有之乎？"孔子曰："不祥有五，而东益不与焉。夫损人而益己，身之不祥也；弃老取幼，家之不祥也；释贤用不肖，国之不祥也；老者不教，幼者不学，俗之不祥也；圣人伏匿，愚者擅权，天下之不祥也。故不祥有五，而东益不与焉。《诗》曰：'各敬尔仪，天命不又。'未闻东益之与为命也。"

（8）《淮南子·说林训》："蝮蛇不可为足，虎豹不可使缘木，马不食脂，桑扈不啄粟，非廉也。"上文中讲桑扈不啄粟米乃因其天性食虫，并非清濂。由此记载亦可证桑扈非青雀。青雀喜食粟米、稻谷。

773

螟蛉成虫（左雌右雄）

　　螟蛉又名稻青虫，遍布中国各地。食水稻、高粱、玉米、甘蔗等多种农作物的叶子。蜾蠃常捕捉螟蛉喂它的幼虫，古人误认为蜾蠃养螟蛉为子，故称养子为螟蛉。直到南北朝时期医学家陶弘景才揭开其中之谜。

蜾蠃捕捉螟蛉幼虫

　　蜾蠃，又名土蜂、蒲卢、细腰蜂。蜾蠃仅于雌蜂产卵时才衔泥建巢，或利用空竹管等做巢。蜾蠃筑巢于树上或建筑物上。每巢产一卵，以丝悬于巢内壁。蜾蠃捕捉鳞翅目幼虫，经螫刺麻醉后贮藏于巢室内，以供其幼虫孵化后食用。放入足够的食物后，蜾蠃将巢穴封口，即离去。

　　古人误认为蜾蠃不产子，能喂养桑虫化为自己后代。《礼记》："夫政也者，蒲卢也。"即言蜾蠃善化育。

小弁

弁彼鸒斯，归飞提提。
民莫不穀，我独于罹。
何辜于天？我罪伊何？
心之忧矣，云如之何？

踧踧周道，鞫为茂草。
我心忧伤，惄焉如擣。
假寐永叹，维忧用老。
心之忧矣，疢如疾首。

维桑与梓，必恭敬止。
靡瞻匪父，靡依匪母。
不属于毛，不罹于裹，
天之生我，我辰安在？

菀彼柳斯，鸣蜩嘒嘒。
有漼者渊，萑苇淠淠。
譬彼舟流，不知所届。
心之忧矣，不遑假寐。

鹿斯之奔，维足伎伎。
雉之朝雊，尚求其雌。
譬彼坏木，疾用无枝。
心之忧矣，宁莫之知。

相彼投兔，尚或先之。
行有死人，尚或墐之。

君子秉心，维其忍之？
心之忧矣，涕既陨之。

君子信谗，如或酬之。
君子不惠，不舒究之。
伐木掎矣，析薪扡矣。
舍彼有罪，予之佗矣。

莫高匪山，莫浚匪泉。
君子无易由言，耳属于垣。
无逝我梁，无发我笱。
我躬不阅，遑恤我后。

【注释】

1. 弁，为"昪"。《说文》："昪（biàn），喜乐貌。"

2. 鸒（yù），即寒鸦。《说文》："雅：楚乌也。一名鸒。一名卑居。"《小尔雅》："纯黑而反哺者，谓之乌。小而腹下白，反哺者，谓之雅乌。白项而群飞者，谓之燕乌。白脰，乌也。雅乌，鸒也。"

3. 提提，应为"媞媞"。《尔雅》："媞媞（tí），安也。"

4. 罹，《尔雅》：忧也。

5. 踧（cù），《说文》：行平易也。踧踧，行走安适貌。

6. 鞫，为"鞠"。《尔雅》："鞠，盈也。"

7. 怒（nì），《说文》：忧也。

8. 擣（dǎo），《说文》：手推也。一曰筑也。简体写作"捣"。

9. 用，以、使。《诗》："是用不集、用戒不虞。"

10. 疢（chèn），《说文》：热病也。今人所谓"上火"。

11. 毛，为"袤"。《说文》："袤（biǎo），上衣也。"本意指套在外的裘衣，引申为外表、表面。《说文》："裹，衣内也。"本意指衣服贴身一面，引申内侧、里面。

12. 罹，通"蘺"。《说文》："蘺（lí），草木相附蘺土而生。"引申依附。古文通"离"，离又通"蘺"，如"离离原上草"。

13. 菀，为"宛"。《说文》："宛，屈草自覆也。"引申遮蔽、掩蔽。

14. 嘒，《说文》：小声也。嘒嘒，声音低浅。

15. 潅，《说文》：深也。

16. 雈（huán），应为"萑"。《说文》："萑（huán），薍也。"即荻，与苇似。

17. 湏（pèi），为"霈"。《说文》："霈（wèi），草木霈孛之貌。"

18. 届，《尔雅》：极也。

19. 遑，为"偟"。《尔雅》："偟，暇也。"不遑，无暇。

20. 伎（jì），为"趌"。《说文》："趌（qí），行貌。"趌趌，迈步行走的样子。

21. 雊（gòu），《说文》：雄雌鸣也。雌雄鸟对鸣，亦泛指鸟鸣。

22. 投，为"毀"。《说文》："毀（tóu），遥击也。"从远处攻击、击打。

23. 先之，为"生之"之误。

24. 墐，为"殣"。《说文》："殣（jìn），道中死人，人所覆也。"掩埋死于道路上的人，称之为殣。一说被掩埋后的路冢，称之为殣。

25. 酬，为"譸"。《说文》："譸（zhōu）：詶也。"即欺诳之意。

26. 舒，《尔雅》：叙也。绪也。

27. 究，《尔雅》：谋也。

28. 掎，《说文》：偏引也。

29. 扡（chǐ），为"拕"。《说文》："拕（tuō），曳也。"

30. 佗，《说文》：负何也。

31. 浚，《尔雅》：深也。

32. 易，或为"傷、敡"。《说文》："傷（yì）：轻也。敡：侮也。"轻慢、轻侮。

33. 无，通"毋、勿"。

34. 逝，《尔雅》：往也。

35. 梁，《说文》：水桥也。即跨水之桥梁。《尔雅》："堤谓之梁。"此处指水堤、围堰等，可以架设鱼笱。

36. 笱（gǒu），《说文》：曲竹捕鱼笱也。用竹子编织的捕鱼笼子，口大、颈小、颈部有倒须，鱼可以游入但不能钻出。

37.阅，考察、检察、检视。《管子》："常以秋、岁末之时阅其民。"

38.遑，为"惶"。《说文》："惶，恐也。"解作恐惧、担心。《左传》："君子有远虑，小人从迩。饥寒之不恤，谁遑其后？"

39.恤，《说文》："恤：忧也。收也。"解作矜怜、振恤。遑恤，即担忧。

【解析】

这首诗讲诗人遭受父母迫害，流离困穷，忧怨感叹。

"弁彼鸒斯，归飞提提"，欢快的寒鸦，安然归巢。言众寒鸦欢快归巢，反衬诗人无家可归之忧。"民莫不穀，我独于罹"，民众无不善，我独忧愁。"何辜于天？我罪伊何"，有何罪于天？我之罪过为何？言诗人不满其无辜受罪。"心之忧矣，云如之何"，我心忧伤，当如之何？言无可奈何。

"踧踧周道，鞫为茂草"，行走平易的周道，满是茂草。寓意原本平坦大道因不能善加管护而毁坏，寓意大道荒废。"我心忧伤，怒焉如捣"，我心忧伤，忧痛如捣。"假寐永叹，维忧用老"，闭眼长叹，忧患使人老。"心之忧矣，疢如疾首"，心有忧虑，上火而头疼。

"维桑与梓，必恭敬止"，桑树与梓树，必恭敬对之。桑树可养蚕故指代衣食，梓树可制琴指代礼乐教化。桑梓有教养功德所以比喻故乡或祖国，是以人恭敬对之。"靡瞻匪父，靡依匪母"，不看视则非父，不可依靠则非母。言父母不亲。"不属于毛，不罹于裏"，我不属于外，亦不能依附于内。言诗人见弃于父母，流亡在外，进退维谷。"天之生我，我辰安在"，上天生我，我的时机在哪里？言诗人处境困穷而哀怨。

"菀彼柳斯，鸣蜩嘒嘒"，可以蔽荫的柳树，鸣蝉声低浅。言蝉附丽于茂盛的柳树安然而鸣。"有漼者渊，萑苇淠淠"，潭水深厚，荻苇旺盛。言渊水充足则水草旺盛。"譬彼舟流，不知所届"，如同那随波逐流之舟，不知其所至。言诗人以舟自喻，前途叵测。"心之忧矣，不遑假寐"，内心忧愁，无暇闭眼小憩。

"鹿斯之奔，维足伎伎"，鹿之奔跑，依赖鹿脚不停迈动。言禽兽奔跑不能离其足，子弟譬如人之手足，如何能弃？"雉之朝雊，尚求其雌"，雄雉之朝鸣，尚且希望求得雌雉。言鸟尚且务求繁衍，人如何不

诗辑训

爱护子孙？"譬彼坏木，疾用无枝"，比如要毁坏一棵树，除去所有树枝则能使其病死。言草木失去枝叶则死亡，众亲族乃人之枝叶，如何能去？"心之忧矣，宁莫之知"，我心忧虑，竟无人能识此道理。

"相彼投兔，尚或先之"，视彼将远射之野兔，尚且有时放生。"行有死人，尚或墐之"，路有死人，尚且掩埋。言对于禽兽、死人尚且有仁慈之心。"君子秉心，维其忍之"，君子秉持其心，如此对待于我，维其忍之？"心之忧矣，涕既陨之"，心之忧伤，眼泪流落。言诗人遭遇不仁而心痛。

"君子信谗，如或酬之"，君子信谗言，如被人欺诳一般。言旁观者明白，而被欺诳者迷惑不觉。"君子不惠，不舒究之"，君子不仁，不能以次叙来计谋。言不能以远近亲疏来爱人。"伐木掎矣，析薪扡矣"，其砍伐树木我则向一方拉引树身，其劈柴我则负责拖曳。言我为其从辅者，承继者。"舍彼有罪，予之佗矣"，放过那有罪者，我往负之。言对于罪人不予惩治，反而伤害无辜从辅者。

"莫高匪山，莫浚匪泉"，不高不能称为山，不深不能称作泉。言君子之为君子皆因其高明、笃厚。"君子无易由言，耳属于垣"，君子不轻慢自言语始，耳朵犹如墙垣。言君子不败德始于非礼勿听、勿言。言外之意父母听信谗言佞语而迫害于诗人。"无逝我梁，无发我笱"，勿往我之水梁，勿施我之鱼笱。言我之地位、职事被取代，此处指被小人擅权。"我躬不阅，遑恤我后"，我自身不察，则担忧我之将来。言当严防僭越、擅权，不然自身将来堪忧。"无逝我梁，无发我笱。我躬不阅，遑恤我后"这四句诗乃劝诫诗人父母之辞。

【引证】

（1）鲁诗说诗人为伯奇。周宣王之大夫吉甫娶后妻，生子伯邦。后妻进谗言于吉甫，言前妻之子伯奇不善，吉甫听信谗言而驱逐伯奇。故伯奇作此诗怨之。毛诗说此诗乃周幽王太子宜臼之傅所作。周幽王宠爱褒姒，立褒姒之子伯服为太子，流放原太子宜臼。故太子傅作诗怨之。

由"民莫不穀，我独于罹""不属于毛，不罹于裹""舍彼有罪，予之佗矣"来看，符合太子口吻。此诗应为太子宜臼所作。

（2）《孟子·告子下》：公孙丑问曰："高子曰：《小弁》小人之诗也。"孟子曰："《小弁》之怨，亲亲也。亲亲，仁也。固矣夫，高叟之为诗也！"曰："《凯风》何以不怨？"曰："《凯风》亲之过小者也。《小弁》亲之过大者也。亲之过大而不怨，是愈疏也。亲之过小而怨，是不可矶也。愈疏不孝也，不可矶亦不孝也。"

（3）《**韩诗外传**》：孔子侍坐于季孙。季孙之宰通曰："君使人假马，其与之乎？"孔子曰："吾闻君取于臣，谓之取，不曰假。"季孙悟，告宰通曰："今以往，君有取，谓之取，无曰假。"孔子曰正假马之言，而君臣之义定矣。《论语》曰："必也正名乎？"《诗》曰："君子无易由言。"

【名物】

寒鸦

寒鸦，亦称慈乌、小山老鸹。形似乌鸦，体型大小如鸽，嘴亦细小，腹下白或灰白，鸣声"呀呀"。寒鸦喜群栖，常结成小群。寒鸦在中国大多终年留居北方，冬季亦见于华南地区。

巧言

悠悠昊天，曰父母且。
无罪无辜，乱如此幠？
昊天已威，予慎无罪。
昊天泰幠，予慎无辜。

乱之初生，僭始既涵。
乱之又生，君子信谗。
君子如怒，乱庶遄沮。
君子如祉，乱庶遄已。

君子屡盟，乱是用长。
君子信盗，乱是用暴。
盗言孔甘，乱是用餤。
匪其止共，维王之邛。

奕奕寝庙，君子作之。
秩秩大猷，圣人莫之。
他人有心，予忖度之。
跃跃毚兔，遇犬获之。

荏染柔木，君子树之。
往来行言，心焉数之。
蛇蛇硕言，出自口矣。
巧言如簧，颜之厚矣。

彼何人斯，居河之麋？
无拳无勇，职为乱阶。
既微且尰，尔勇伊何？
为犹将多，尔居徒几何？

1. 悠悠，幽远貌。《说文》："悠，远也。"

2. 幠，《尔雅》：大也。傲也。

3. 僭（jiàn），为"譖"。《说文》："譖（zèn，jiàn），诉也。"此处指进谗。

4. 泰，为"汰"。《说文》："汰（tài），淅瀸（jiàn）也。"本意为淘米，引申为洗涤、清除。

5. 涵，为"含"。《说文》："含，嗛也。"衔、口含之意。引申包含、包容。

6. 庶，《尔雅》：幸也。表示希冀的语词。

《说文》："夻（幸）：吉而免凶也。"

《左传》："君姑修政而亲兄弟之国，庶免于难。"

7. 遄，《尔雅》：速也。

8. 沮，为"殂"。《说文》："殂（cú），往死也。"解作消逝。

9. 扺，为"抵"。《说文》："抵（zhǐ），侧击也。"引申出击、击打。

10. 盟，《说文》："盟，《周礼》曰：'国有疑则盟。'诸侯再相与会，十二岁一盟。北面诏天之司慎司命。盟，杀牲歃血，朱盘玉敦，以立牛耳。"《释名》："盟，明也，告其事于神明也。"

11. 盗，《说文》：私利物也。

《左传》："窃贿为盗，盗器为奸。"

《说文》："宄（guǐ）：奸也。外为盗，内为宄。"

12. 暴，通"虣"。《说文》："虣（bào）：疾有所趣也。"《尔雅》："强，暴也。"

13. 甘，《说文》：美也。

14. 餤（dàn），《尔雅》：进也。

15. 止，《说文》：下基也。象草木出有址，故以止为足。

16. 邛，《尔雅》：劳也。

17. 奕，《说文》：大也。奕奕，高大的样子。

18. 寝庙，一说宗庙的正殿称庙，后殿称寝，合称寝庙。亦即宗庙。

19. 秩秩，为"戠戠"。《说文》："戠（zhì），大也。《诗》：'戠戠大猷。'"

20. 莫，为"谟"。《说文》："谟，议谋。"

21. 恞，《说文》：思也。

22. 跃跃，《尔雅》：迅也。迅捷的样子。

23. 毚（chán），《说文》：狡兔也，兔之骏者。

24. 荏染，为"穮姌"。《说文》："穮（rěn），弱貌。"《说文》："姌（rǎn），弱长貌。"荏染，形容树木柔弱、细长的样子。荏染又多写作"荏苒"。

25. 柔，为"柔"之误。《说文》："柔（shù），栩也。"栎树，叶可养蚕。

26. 行，《尔雅》：言也。宣传、宣告之意。

27. 数，《说文》：计也。

28. 蛇蛇，为"佗佗"。《尔雅》："佗佗（tuó），美也。"

29. 麋（mí，méi），为"湄"。《说文》："湄，水草交为湄。"

30. 拳，为"捲"。《说文》："捲（juǎn），气势也。《国语》：'有捲勇。'"

31. 职，《尔雅》：常也。

32. 微、尰，《尔雅》："骭疡为微，肿足为尰。"脚胫生疮为微，脚肿为尰（zhǒng）。

33. 犹，为"猷"。《尔雅》："猷，谋也。"

34. 将，《尔雅》：大也。

35. 居，积聚、积蓄。《国语·晋语》："假货居贿。"

36. 徒，党徒、党众。

《尚书》："简贤附势，寔繁有徒。"

《论语》："鸟兽不可与同群，吾非斯人之徒与而谁与？"

【解析】

这首诗讲君王暴虐、昏聩、无能，奸臣当道，邪恶流行，正人君子愤而声讨之。

"悠悠昊天，曰父母且"，幽远昊天，是为父母也。言昊天生生不息，如父母之养育子女。"无罪无辜，乱如此幠"，无罪无辜，乱如此之大？言上方有罪导致国家大乱。"昊天已威，予慎无罪"，昊天制止威虐者，我谨慎则无罪。"昊天泰幠，予慎无辜"，昊天清除傲慢者，我谨慎则无罪。言君王暴虐、傲慢且放肆。

"乱之初生，僭始既涵"，乱之始生，进谗之初既得到包容。言祸乱始于谗言者被包容。"乱之又生，君子信谗"，祸乱进一步发展，君子相信谗言。言为君为子者从包容谗言到信谗言，祸乱则逐步扩大。"君子如怒，乱庶遄沮"，君子如果对谗言示以愤怒，祸乱或许就及早消逝了。"君子如祉，乱庶遄已"，君子如果出手打击，祸乱可能很快就停止了。言外之意君子纵容姑息邪恶者，使大祸临头。

"君子屡盟，乱是用长"，君子屡次盟誓，祸乱是以增长。言屡屡盟誓则寡信，寡信则祸乱增长。"君子信盗，乱是用暴。盗言孔甘，乱是用餤"，君子信奸盗之人，祸乱所以急速发展。奸盗之言甚是甜美，祸乱所以进长。"匪其止共，维王之邛"，不能与基层民众相一致，则唯有君王劳累。言君民上下阻塞，不能建立共识，使治国者烦劳而无功。

"奕奕寝庙，君子作之。秩秩大猷，圣人莫之"，高大寝庙，君子作之。宏伟的大计，圣人谋划之。言君王之国家大业需要世代经营，国家之计当与通达者谋议。"他人有心，予忖度之"，他人之心思，我可以猜度之。言通过其外在表现可以知道其内心想法，如此可以知人。"跃跃毚兔，遇犬获之"，迅捷的狡兔，遇到猎犬则被捕获。言治人、治事皆有其对策、治道。言外之意时下君王极其无能，不能承祖业，不能用贤德，不能知人善治。

"荏染柔木，君子树之"，弱长的栎树苗，君子种植之。寓意君子树德立功如同栽植小树一般，谨言慎行，悉心培养。"往来行言，心焉数之"，往来宣讲，心中都要思量。"蛇蛇硕言，出自口矣"，美妙的大话，出自口中。言讲大话者往往言过其实，言过其行。"巧言如簧，颜之厚矣"，巧言如笙簧一般好听，颜之厚矣。言其言语动听者，往往厚颜无耻。言外之意时下君王失节义，佞臣得宠。

"彼何人斯，居河之麋"，彼何人斯，居住在河之湄？言清正者躲避邪恶。"无拳无勇，职为乱阶"，无捲勇，常为致乱之阶。言正义之士当有抵御邪恶的勇气，不能一味避让。"既微且尰，尔勇伊何"，不仅脚胫生疮且脚肿，不能举足前进，其勇为何？言正义之士当勇于作为，不能畏首畏尾。"为犹将多，尔居徒几何"，作计谋大且多，其聚积党众多少？言正义之士应蓄积力量，以切实行动与邪恶斗争，不能空想空谈。

【引证】

（1）《左传·桓公十二年》：公欲平宋、郑。秋，公及宋公盟于句渎之丘。宋成未可知也，故又会于虚。冬又会于龟。宋公辞平，故与郑伯盟于武父。遂帅师而伐宋，战焉，宋无信也。君子曰："苟信不继，盟无益也。《诗》云：'君子屡盟，乱是用长。'无信也。"

（2）《左传·宣公十七年》：范武子将老，召文子曰："燮乎！吾闻之，喜怒以类者鲜，易者实多。《诗》曰：'君子如怒，乱庶遄沮。君子如祉，乱庶遄已。'君子之喜怒，以已乱也。弗已者，必益之。郤子其或者欲已乱于齐乎？不然，余惧其益之也。"

（3）《礼记·缁衣》：子曰："上人疑则百姓惑，下难知则君长劳。故君民者，章好以示民俗，慎恶以御民之淫，则民不惑矣。臣仪行，不重辞，不援其所不及，不烦其所不知，则君不劳矣。《诗》云：'上帝板板，下民卒瘅。'《小雅》曰：'匪其止共，惟王之邛。'"

（4）《孔子家语·辩政》："《诗》云：'丧乱蔑资，曾不惠我师。'此伤奢侈不节以为乱者也。又曰：'匪其止共，惟王之卬。'此伤奸臣蔽主以为乱者也。又曰：'乱离瘼矣，奚其适归。'此伤离散以为乱者也。察此三者，政之所欲，岂同乎哉？"

（5）《左传·襄公十四年》：卫献公戒孙文子、宁惠子食，皆服而朝。日旰不召，而射鸿于囿。二子从之，不释皮冠而与之言，二子怒。孙文子如戚。孙蒯入使，公饮之酒。使大师歌《巧言》之卒章。大师辞。师曹请为之。初，公有嬖妾，使师曹诲之琴，师曹鞭之。公怒，鞭师曹三百。故师曹欲歌之，以怒孙子以报公。公使歌之，遂诵之。蒯惧，告文子。文子曰："君忌我矣，弗先，必死。"并帑于戚而入，见蘧伯玉曰："君之暴虐，子所知也。大惧社稷之倾覆，将若之何？"对曰："君制其国，臣敢奸之？虽奸之，庸如愈乎？"遂行，从近关出。

译文：卫献公请孙文子、宁惠子吃饭，两人穿上朝服在朝廷上等候。太阳快下山了仍不召见，射鸿雁于囿。两人跟从，卫献公不取下皮帽与两人说话，两人都气愤。孙文子去了戚地，孙蒯入朝请命。卫献公招待孙蒯喝酒，让乐官唱《巧言》最后一章。乐官辞。乐工曹请求歌唱这一章。当初，卫献公有一宠妾，让师曹教其弹琴，师曹鞭打过她。卫献公生气，鞭打了师曹三百下。所以现在师曹想用唱这章诗，来激怒孙蒯，以报复卫献公。卫献公让师曹歌唱，师曹诵。孙蒯恐惧，告诉孙文子。孙文子说："国君忌恨我了，如果不先下手，必死于他手。"孙文子把家中大小集中在戚地，然后进入国都，遇见蘧伯玉，说："国君的暴虐，这是您所知道的。我很害怕国家颠覆，您准备怎么办？"蘧伯玉回答说："国君制其国，下臣哪敢冒犯？即使冒犯，再立新君，难道能保证比原先好？"于是就从最近的关口出国。

卫献公不义，与孙文子等权臣不和。卫献公使大师歌《巧言》之卒章与孙文子之子孙蒯听，即告知孙文子将与之正面对抗，大师顾忌所以辞而不诵。师曹欲歌之，旨在"以怒孙子以报公"。孙蒯把卫献公歌《巧言》卒章一事禀告之后，孙文子说："君忌我矣，弗先，必死。"于是孙文子发动政变，卫献公出奔齐国。

（6）《左传·昭公三年》：初，景公欲更晏子之宅，曰："子之宅近市，湫隘嚣尘，不可以居，请更诸爽垲者。"辞曰："君之先臣容焉，臣不足以嗣之？于臣侈矣。且小人近市，朝夕得所求，小人之利也。敢烦里旅？"公笑曰："子近市，识贵贱乎？"对曰："既利之，敢不识乎？"公曰："何贵何贱？"于是景公繁于刑，有鬻踊者。故对曰："踊贵屦贱。"既已告于君，故与叔向语而称之。景公为是省于刑。君子曰："仁人之言，其利博哉。晏子一言而齐侯省刑。《诗》曰：'君子如祉，乱庶遄已。'其是之谓乎！"

（7）《礼记·表记》：子曰："君子不以辞尽人。故天下有道，则行有枝叶。天下无道，则辞有枝叶。是故君子于有丧者之侧，不能赙焉则不问其所费。于有病者之侧不能馈焉，则不问其所欲。有客不能馆，则不问其所舍。故君子之接如水，小人之接如醴。君子淡以成，小人甘以坏。《小雅》曰：'盗言孔甘，乱是用餤。'"

（8）这首诗或指周厉王而言

《国语·周语上》：厉王说荣夷公，芮良夫曰："王室其将卑乎！夫荣公好专利而不知大难。夫利，百物之所生也，天地之所载也，而或专之，其害多矣。天地百物，皆将取焉，胡可专也？所怒甚多，而不备大难，以是教王，王能久乎？夫王人者，将导利而布之上下者也，使神人百物无不得其极，犹曰怵惕，惧怨之来也。故《颂》曰：'思文后稷，克配彼天。立我蒸民，莫匪尔极。'《大雅》曰：'陈锡载周。'是不布利而惧难乎？故能载周，以至于今。今王学专利，其可乎？匹夫专利，犹谓之盗，王而行之，其归鲜矣。荣公若用，周必败。"

《史记·周本纪》：王行暴虐侈傲，国人谤王。召公谏曰："民不堪命矣。"王怒，得卫巫，使监谤者，以告则杀之。其谤鲜矣，诸侯不朝。三十四年，王益严，国人莫敢言，道路以目。厉王喜，告召公曰："吾能弭谤矣，乃不敢言。"召公曰："是鄣之也。防民之口，甚于防水。水壅而溃，伤人必多，民亦如之。是故为水者决之使导，为民者宣之使言。故天子听政，使公卿至于列士献诗，瞽献曲，史献书，师箴，瞍赋，蒙诵，百工谏，庶人传语，近臣尽规，亲戚补察，瞽史教诲，耆艾修之，而后王斟酌焉，是以事行而不悖。民之有口也，犹土之有山川也，财用于是乎出，犹其有原隰衍沃也，衣食于是乎生。口之宣言也，善败于是乎兴。行善而备败，所以产财用衣食者也。夫民虑之于心而宣之于口，成而行之。若壅其口，其与能几何？"王不听。于是国莫敢出言，三年，乃相与畔，袭厉王。厉王出奔于彘。

何人斯

彼何人斯？其心孔艰。
胡逝我梁，不入我门？
伊谁云从？维暴之云。

二人从行，谁为此祸？
胡逝我梁，不入唁我？
始者不如，今云不我可。

彼何人斯？胡逝我陈？
——我闻其声，不见其身。
不愧于人，不畏于天。

彼何人斯？其为飘风？
——胡不自北？胡不自南？
胡逝我梁？祇搅我心。

尔之安行，亦不遑舍。
尔之亟行，遑脂尔车。
壹者之来，云何其盱？

尔还而入，我心易也。
还而不入，否难知也。
壹者之来，俾我祇也。

伯氏吹埙，仲氏吹篪；
及尔如贯；谅不我知。
出此三物，以诅尔斯。

为鬼为蜮，则不可得。

有靦面目，视人罔极。

作此好歌，以极反侧。

【注释】

1. 艰，《说文》：土难治也。《尔雅》："艰，难也。"

2. 逝，《尔雅》：往也。

3. 暴，通"虣"。《说文》："虣（bào）：虐也。急也。"残虐、紧急之意。《尔雅》："强，暴也。"

4. 唁，《说文》：吊生也。

5. 如，《说文》：从随也。

6. 陈，《尔雅》："堂途谓之陈。"堂上的人行步道。

7. 愧，《尔雅》：惭也。

8. 飘，《尔雅》："回风为飘。"即旋风。《管子》："飘风暴雨为民害。"

9. 祇（zhī），为"抵"。《说文》："抵：触也。"《说文》："祇：敬也。"

10. 搅，《说文》：乱也。《诗》曰："祇搅我心。"

11. 遑，为"偟"。《尔雅》："偟，暇也。"

12. 舍，《说文》：市居曰舍。即住旅店为舍。

13. 亟，《尔雅》：疾也。速也。

14. 壹，《说文》：专壹也。

15. 盱（xū），《尔雅》：忧也。

16. 否（pǐ），恶、不善。《论语》："夫子矢之曰：予所否者，天厌之。"

17. 来，《尔雅》：勤也。《说文》："勑，劳也。"

18. 埙（xūn）、篪（chí），皆乐器。埙、篪音色柔和，为德音。

19. 易，为"睗"。《说文》："睗（yì），日覆云暂见也。"本意为云开日现，引申为豁然开朗之意。

20. 及，《尔雅》：与也。

21. 贯，《尔雅》：事也。如贯，即从事。

22. 诅，通"阻"。

23. 谅，通"亮"。《尔雅》："亮，右也。"即佐助之意。

24. 蜮（yù），《说文》：短狐也。似鳖三足，以气射害人。传说中的怪物，古人视为妖异。《左传》："有蜮为灾也。"

25. 觌（miǎn），《说文》：面见也。即当面见。

26. 侧，《说文》：旁也。反侧，邪僻、背反者。

《周礼》："匡邦国而观其慝，使无敢反侧。"

【解析】

这首诗讲士君子虚伪、欺诈，邪僻流行，正人君子抵御之。

"彼何人斯？其心孔艰"，彼何人斯？其心甚难治。言此人顽固，难以教化。"胡逝我梁，不入我门"，为何往我之水桥，而不入我门？言用我水桥而不亲近于我，寓意徒有君子之名而不行君子道义。"伊谁云从？维暴之云"，其随从于谁？维残虐者是从。言追求强暴，不用温仁。

"二人从行，谁为此祸"，二人相随而行，谁作此祸害？言两人相随而行，不能单独认定是谁造成了最终的祸害，何况随波逐流者比比皆是。言如今之祸害乃众士君子败德、坏事所致。言外之意当防微杜渐。"胡逝我梁，不入唁我"，为何往我水桥，而不进内吊唁我？言窃据君子之名而不存恤正人君子。"始者不如，今云不我可"，初始不能图谋，而今则言我不可。言欺世盗名者应及早被遏制，一旦虚伪、欺诈流行则正人君子反被蔑视。

"彼何人斯？胡逝我陈？——我闻其声，不见其身。不愧于人，不畏于天"，彼何人斯？为何往我堂途？——我闻其声，不见其身，即知其人。其人下无愧于人，上不畏于天。言唯德行笃实者能于乱世亲近正人君子，闻环佩之声则知是其人，其言行正直而不愧天人、不畏于天。

"彼何人斯？其为飘风？——胡不自北？胡不自南"，彼何人斯？其乃旋风？——不然为何不从北？不然为何不从南？言其人邪僻，不行正道，如旋风之暴虐。"胡逝我梁？祇搅我心"，为何往我水梁？触动、扰乱我心。言小人道长君子道消，邪僻者能欺世盗名，使君子不安。

"尔之安行，亦不遑舍。尔之亟行，遑脂尔车"，其人徐行，无暇住店。其人疾行，则有闲暇涂抹车油。言其人行事混乱、无章法，不合常理。"壹者之来，云何其盱"，德行专一者之勤劳，面对邪恶流行，该如何形容其忧伤？言有操守者之积极作为，被妄为者毁于一旦，无可奈何。

"尔还而入，我心易也。还而不入，否难知也"，其返还而能入正道，我心则豁然开朗。返还不入正道，其恶则难知。言邪僻者若不能迷途知返必招致大祸。"壹者之来，俾我祇也"，德行专一者之勤劳，使我敬畏。言有操守者于乱世知难而进，勤于作为，使人尊敬。

"伯氏吹埙，仲氏吹篪；及尔如贯；谅不我知"，长者吹埙，幼者吹篪；与之共同从事于正义；佐助不自知者。言以礼乐、德行、学识教化人。"出此三物，以诅尔斯"，使出礼乐、德行、学识三物，以阻止其离析。言以礼乐、德行、学识教化人，抵御邪恶侵扰，使其免于背离正道。

"为鬼为蜮，则不可得"，若为鬼怪、妖异，则不能得。言虚幻之事物不可知。言正人君子之言行应当中肯、切实，如此方能致用、成功。"有靦面目，视人罔极"，有见其面目之详实，则能看见者无穷。言事物真实则人人可以详知。言正人君子之言行真实，则能致广大。"作此好歌，以极反侧"，作此良歌，以尽邪僻、背反者。

【引证】

（1）关于"三物"

《周礼》："以乡三物教万民而宾兴之。一曰六德：知、仁、圣、义、忠、和。二曰：六行孝、友、睦、姻、任、恤。三曰六艺：礼、乐、射、御、书、数。"

（2）《荀子·正名》：君子之言，涉然而精，俛然而类，差差然而齐。彼正其名，当其辞，以务白其志义者也。彼名辞也者，志义之使也，足以相通，则舍之矣。苟之，奸也。故名足以指实，辞足以见极，则舍之矣。外是者，谓之訒，是君子之所弃，而愚者拾以为己宝。故愚者之言，芴然而粗，啧然而不类，諁諁然而沸，彼诱其名，眩其辞，而无深于其志义者也。故穷藉而无极，甚劳而无功，贪而无名。故知者之言也，虑之易知也，行之易安也，持之易立也，成则必得其所好，而不遇其所恶焉。而愚者反是。《诗》曰："为鬼为蜮，则不可得。有靦面目，视人罔极。作此好歌，以极反侧"此之谓也。

（3）《荀子·儒效》："凡事行，有益于治者，立之。无益于理者，废之。夫是之谓中事。凡知说，有益于理者，为之。无益于理者，舍之。夫是之谓中说。事行失中，谓之奸事。知说失中，谓之奸道。奸事、奸道，治世之所弃，而乱世之所从服也。若夫充虚之相施易也，'坚白、同异'之分隔也，是聪耳之所不能听也，明目之所不能见也，辩士之所不能言也。虽有圣人之知，未能偻指也。不知无害为君子，知之无损为小人。工匠不知，无害为巧。君子不知，无害为治。王公好之则乱法，百姓好之则乱事。而狂惑戆陋之人，乃始率其群徒，辩其谈说，明其辟称，老身长子，不知恶也。夫是之谓上愚，曾不如相鸡狗之可以为名也。《诗》曰：'为鬼为蜮，则不可得。有靦面目，视人罔极。作此好歌，以极反侧'此之谓也。"

（4）《礼记·表记》：子曰："仁之难成久矣，惟君子能之。是故君子不以其所能者病人，不以人之所不能者愧人。是故圣人之制行也，不制以己，使民有所劝勉愧耻，以行其言。礼以节之，信以结之，容貌以文之，衣服以移之，朋友以极之，欲民之有壹也。《小雅》曰：'不愧于人，不畏于天。'"

（5）西汉刘向《列女传·卫灵夫人》：卫灵公之夫人也。灵公与夫人夜坐，闻车声辚辚，至阙而止，过阙复有声。公问夫人曰："知此谓谁？"夫人曰："此必蘧伯玉也。"公曰："何以知之？"夫人曰："妾闻：礼下公门式路马，所以广敬也。夫忠臣与孝子，不为昭昭信节，不为冥冥堕行。蘧伯玉卫之贤大夫也。仁而有智，敬于事上。此其人必不以暗昧废礼，是以知之。"公使视之，果伯玉也。公反之，以戏夫人曰："非也。"夫人酌觞再拜贺公，公曰："子何以贺寡人？"夫人曰："始妾独以卫为有蘧伯玉尔，今卫复有与之齐者，是君有二贤臣也。国多贤臣，国之福也。妾是以贺。"公惊曰："善哉！"遂语夫人其实焉。君子谓卫夫人明于知人道。夫可欺而不可罔者，其明智乎！《诗》云："我闻其声，不见其人。"此之谓也。

埙

埙是一种古老的吹奏乐器，其形体多为平底卵形，其音色柔和、醇厚。埙有石制、骨制，而以陶制最为常见。春秋时期埙已有六个音孔，能吹出完整的五声音阶。古人依据材料不同把乐器分为金、石、土、革、丝、竹、匏、木八种，亦称为八音。八音之中，埙为土音。

《说文》："埙：乐器也。以土为之，六孔。"

《礼记·乐记》："圣人作为鞉、鼓、椌、楬、埙、篪，此六者德音之音也。"

巷伯

萋兮斐兮，成是贝锦。
彼谮人者，亦已大甚。

哆兮侈兮，成是南箕。
彼谮人者，谁适与谋？

缉缉翩翩，谋欲谮人。
慎尔言也，谓尔不信。

捷捷幡幡，谋欲谮言，
岂不尔受？既其女迁。

骄人好好，劳人草草。
苍天苍天！
视彼骄人，矜此劳人。

彼谮人者，谁适与谋？
取彼谮人，投畀豺虎。
豺虎不食，投畀有北。
有北不受，投畀有昊。

杨园之道，猗于亩丘。
寺人孟子，作为此诗。
凡百君子，敬而听之。

【注释】

1. 萋，为"缕"。《说文》："缕，白（帛）文貌。《诗》曰：'缕兮斐兮，成是贝锦。'"布帛花纹的样子。

2. 斐，《说文》：分别文也。

3. 贝锦，如贝壳纹一般的锦文。一说贝为紫贝。紫贝以紫为质，黑为文点。贝锦，紫贝一般的花纹。

4. 譖（zèn，jiàn），《说文》：诉也。《说文》："谗，譖也。"

5. 哆（duō），《说文》：张口也。

6. 侈，《说文》：奢也。

7. 箕，属于二十八星宿之一，古人以其形似簸箕，以为风神，可以兴风。因其与北斗相对故称南箕。一说箕宿出现在南方故称之为南箕，但箕宿属于东方七宿之一，典籍多记载箕星为东北之星，故箕在南方之说可疑。李白："北斗不酌酒，南箕空簸扬。"

8. 适，为"啻"。《说文》："啻（chì），諟（理）也。"解作治理、管理。

9. 缉，为"咠"。《说文》："咠（qì），聂语也。"贴近耳朵说悄悄话。

10. 翩翩，为"谝谝"。《说文》："谝（piǎn），便巧言也。"机巧、迎奉的话。

11. 捷捷，为"諓諓"。《说文》："諓（jiàn），善言也。"諓諓，善言辞的样子。

12. 幡幡，为"譒譒"。《说文》："譒（bò），敷也。"布告、散布之意。

13. 草草，为"屮屮"。《说文》："屮（chè），草木初生也。"屮屮，形容卑微、弱小的样子。

14. 矜，《尔雅》：扶掩之也。即安抚之意。

15. 畀（bì），《说文》：相付与也。即给予、赐予之意。

16. 豺，《说文》：狼属，狗声。

17. 有北、有昊，皆部落名称。

18. 杨园，种植杨柳的园子。

19. 猗，为"倚"。《说文》："倚，依也。"

20. 亩丘，《尔雅》："如亩亩丘。"如同田垄形状的土丘。此处指类似低矮堤坝，又如宽大田垄的路基。

21. 寺人，后宫总管。

【解析】

　　这首诗讲提防、消除谗佞。

795

"萋兮斐兮，成是贝锦"，缕然斐然，成此贝锦。言贝锦华美。"彼谮人者，亦已大甚"，那些进谮者，已太过分。言进谮者编织的花言巧语超过贝锦之华美。

"哆兮侈兮，成是南箕"，夸张其词，成此南箕。言进谮者兴风作浪之能堪比主管兴风的箕星。"彼谮人者，谁适与谋"，那些进谮者，谁治理与图谋之？言进谮者往往不被提防、管治。

"缉缉翩翩，谋欲谮人"，窃窃私语、阿谀奉承，图谋想诬陷人。言进谮者先迎合上方，勾结同党。"慎尔言也，谓尔不信"，小心其人之言，因为其人不可信。

"捷捷幡幡，谋欲谮言"，花言巧语、散布宣扬，谋划想要进的谮言。言进谮者先作铺垫，为进谮作舆论。"岂不尔受？既其女迁"，岂不接受其谮言？最终你会改变你的原本立场。言进谮者先在私下散布消息，继而进谮，最后决策者往往失去主见而认同谮言。如同三人成虎。

"骄人好好，劳人草草"，骄于人者富贵荣华，勤劳之人卑微。言进谮者得势，实干者卑微。"苍天苍天！视彼骄人，矜此劳人"，苍天苍天！审察那些骄于人者，安抚这些勤劳之人。

"彼谮人者，谁适与谋？取彼谮人，投畀豺虎。豺虎不受，投畀有北。有北不受，投畀有昊"，那些进谮者，谁治理与图谋之？逮捕那些进谮者，投给山林中的豺虎。豺虎不吃他，把他投给残暴的有北族。有北不接受，把他投给更凶残的有昊族。言对进谮者痛恨至极，必须清除。

"杨园之道，猗于亩丘"，杨柳园的道路，依于亩丘之上。言杨柳高大、枝条茂密，园路于树林中往往被遮蔽。若园路以亩丘为路基则人行在园中视野开阔、高远，不被迷惑。寓意立足高远则不被谮佞者迷惑。"寺人孟子，作为此诗。凡百君子，敬而听之"，寺人孟子，作为此诗。广大君子，应敬而听之。言管理后宫的寺人尚且能清醒认识谮佞，朝堂之上的君臣应当以之为榜样。

【引证】

（1）《礼记·缁衣》："子曰：'好贤如《缁衣》，恶恶如《巷伯》，则爵不渎而民作愿，刑不试而民咸服。'"

（2）《周礼》："寺人：掌王之内人及女宫之戒令，相道其出入之事而纠之。若有丧纪、宾客、祭祀之事，则帅女宫而致于有司，佐世妇治礼事。掌内人之禁令，凡内人吊临于外，则帅而往，立于其前而诏相之。"

（3）巷伯应为管理宫中巷道、门户的官员。

《说文》："巷：里中道。伯：长也。"

《说文》："阉：竖也。宫中奄阍闭门者。阍：常以昏闭门隶也。"

《左传·襄公九年》："令司宫、巷伯儆（警戒）宫。"

《礼记》："仲冬之月，……命阉尹，申宫令，审门闾，谨房室，必重闭。"

《韩非子》："故行之而法者虽巷伯信乎卿相。行之而非法者虽大吏诎乎民萌。"

【名物】

豺

豺的外形与狗、狼相似，体型比狼小。豺是十分凶残的犬科动物，为大多动物所畏惧。豺性警觉，嗅觉发达，行动灵活，耐力极好。豺多结群游猎，晨昏活动最为频繁。豺的个体攻击力略逊于狼，但豺群战斗力要高于狼群。豺的食物主要为鹿、麂、麝、山羊等，有时亦袭击水牛。豺为典型的山地动物，栖息于山地、草原、亚高山草甸及山地疏林中。

谷风

习习谷风，维风及雨。
将恐将惧，维予与女。
将安将乐，女转弃予。

习习谷风，维风及颓。
将恐将惧，置予于怀。
将安将乐，弃予如遗。

习习谷风，维山崔嵬。
无草不死？无木不萎？
忘我大德，思我小怨。

【注释】

1. 习习，为"諿諿"。《说文》："諿（xí），言諿讋（zhé）也。"諿讋，联绵词，指说话连续不止。引申不停、连绵不断。

2. 谷风，《尔雅》："东风谓之谷风。"

3. 颓，《尔雅》："焚轮谓之颓。"暖风、暖气称之为颓或焚轮。

4. 崔嵬，《尔雅》："石戴土谓之崔嵬。"《说文》："崔：大高也。嵬：高不平也。"

5. 萎，为"餧"。《说文》："餧（wèi），饥也。一曰鱼败曰餧。"本意指鱼腐败，此处指草木枯败、枯槁。

【解析】

这首诗讲丈夫处艰难时妻子极力支持，生活安乐时却抛弃妻子。

"习习谷风，维风及雨"，连绵不断的东风吹来，有风和雨。言春风春雨生发，润泽草木。寓意以春风春雨之德振奋人、滋养人。"将恐将惧，维予与女。将安将乐，女转弃予"，在恐惧时，唯我与你。在安乐时，你反而舍弃我。言妻子在丈夫处境艰难时大力支持，如今境况好转却被抛弃。

"习习谷风，维风及颓"，连绵不断的东风吹来，有风和暖气。寓意妻子给予丈夫无限温暖。"将恐将惧，置予于怀。将安将乐，弃予如遗"，在恐惧时，把我抱在怀里。在安乐时，舍弃我如同抛弃一件东西。

"习习谷风，维山崔嵬。无草不死？无木不萎"，连绵不断的东风，有崔嵬之山。如此就没有草不死？就没有树不枯萎？言即使春风浩荡，山高土厚，亦不能使山上所有草木兴盛，亦有死亡、枯槁者。寓意虽然妻子功高德厚，然而并不能保证丈夫知恩图报，夫妇和美。"忘我大德，思我小怨"，忘记我的大德，只念我的小怨。言丈夫忘记艰难时妻子的扶助，如今因小怨而抛妻。

【引证】

（1）这首诗前人多解释为患难朋友因小怨反目。以常情来看"置予于怀"一句，二人断非朋友关系。

（2）《左传·昭公元年》："天有六气，……曰：阴、阳、风、雨、晦、明也。"

（3）《礼记·乐记》："地气上齐，天气下降，阴阳相摩，天地相荡，鼓之以雷霆，奋之以风雨，动之以四时，暖之以日月，而百化兴焉。"

（4）《抱朴子·博喻》："抱朴子曰：冲飚焚轮，原火所以增炽也，而萤烛值（当）之而反灭。甘雨膏泽，嘉生所以繁荣也，而枯木得之以速朽。"

蓼莪

蓼蓼者莪？匪莪伊蒿。
哀哀父母。生我劬劳。
蓼蓼者莪？匪莪伊蔚。
哀哀父母。生我劳瘁。

瓶之罄矣，维罍之耻。
鲜民之生，不如死之久矣。
无父何怙，无母何恃。
出则衔恤，入则靡至。

父兮生我，母兮鞠我。
拊我畜我，长我育我，
顾我复我，出入腹我。
欲报之德，昊天罔极。

南山烈烈，飘风发发。
民莫不穀，我独何害。
南山律律，飘风弗弗，
民莫不谷，我独不卒。

【注释】

1. 蓼蓼（liǎo），为"勠勠"。《说文》："勠（lù），并力也。"本意为协力、共同致力于。此处指众草生长旺盛。

2. 莪，《说文》：萝莪，蒿属。即抱娘蒿。抱娘蒿幼苗诸茎环抱根生长，比喻子女团聚于父母身边，故名抱娘蒿。

3. 哀哀，《尔雅》：怀报德也。

4. 蒿，即香蒿。蔚，牡蒿也。匪莪伊蒿，不是莪蒿而是香蒿。匪某伊某，乃是一种句型，如：匪怒伊教、匪荣伊辱、匪朝伊夕。

5. 劬（qú）、劳，《尔雅》：病也。指身心疲惫。

6. 瓶，《说文》：罋（wèng）也。本意指用来汲水的小缶，泛指腹大、口小形似缶的容器。

7. 罄，《说文》：器中空也。

8. 罍（léi），又写作"櫑"。《说文》："櫑，龟目酒尊，刻木作云雷象，象施不穷也。"櫑为酒尊之大者。罍较瓶容量大很多。《尔雅》："罍，器也。"

9. 鲜，《尔雅》：少也。寡也。

10. 久，为"灸"。《说文》："灸（jiù），贫病也。"灸今写作"疚"。

11. 怙（hù），《说文》：恃（shì）也。依赖、依靠。

12. 鞠，《尔雅》：生也。

13. 拊，《说文》：揗（xún）也。抚摩之意。

14. 畜，为"慉"。《说文》："慉，起也。"

15. 顾，《说文》：远视也。引申顾念。

16. 复，通"覆"。《说文》："覆，盖也。"本意为遮盖、覆盖，引申庇护。

17. 腹，《尔雅》：厚也。

18. 烈烈，《尔雅》：威也。

19. 发发，形容风不断吹来。

20. 飘风，此处为"飇风"，直译为"摇动之风"，泛指东南西北风。

21. 穀，《尔雅》：善也。

22. 何，《说文》：儋也。即承担、负荷之意。

23. 害，《说文》：伤也。

24. 律，《尔雅》：法也。律律，谨肃的样子。

25. 弗弗，为"拂拂"。《说文》："拂：过击也。"《方言》："拂，拨也。"

26. 卒，《尔雅》：终也。

【解析】

这首诗讲孝子思养父母而不能，怨于国家。

"蓼蓼者莪？匪莪伊蒿"，生长旺盛是抱娘蒿？不是抱娘蒿而是香蒿。"哀哀父母，生我劬劳"，苦于未能报答父母，父母生养我劳苦。

"蓼蓼者莪？匪莪伊蔚。哀哀父母，生我劳瘁"，生长旺盛是抱娘蒿？不是抱娘蒿而是牡蒿。苦于未能孝养父母，父母生养我操心劳力。

"瓶之罄矣，为罍之耻"，瓶之空，乃罍之耻辱。言罍大而瓶小，以瓶分装罍中酒。寓意强大者不扶助弱小者为耻。"鲜民之生，不如死之久矣"，使百姓生活鲜寡，如此还不如死于贫疾。言若执政者贪占民财、民力而生活美好，百姓不仅资财匮乏而且家人之义不能全，如此执政还不如死于贫病高尚。"无父何怙？无母何恃？出则衔恤，入则靡至"，无父何以依靠？无母何以仗恃？出门在外则心含忧伤，回到家中无可面告者。

"父兮生我，母兮鞠我。拊我畜我，长我育我。顾我复我，出入腹我。欲报之德，昊天罔极"，父亲生我，母亲生我。爱护我启发我，养育我成人。顾念我庇护我，出外或在家无不厚待我。我欲报答之父母恩德，如同昊天之德一般无尽。言父母恩德无量。

"南山烈烈，飘风发发"，南山烈烈，飘风不断。以南山高厚、飘风不息寓意父母教养子女功高德厚。"民莫不穀，我独何害"，百姓无不善，我独承担伤痛。言百姓都能进孝，诗人未能尽孝心而伤痛。

"南山律律，飘风弗弗。民莫不穀，我独不卒"，南山谨肃，飘风拂拂。百姓无不善，我独不能终。言父母生前诗人未能善尽孝养，其孝未善终是为"不卒"。

【引证】

（1）《孔丛子》："于《蓼莪》见孝子之思养也。"

（2）《礼记·曲礼上》："夫为人子者出必告，反必面，所游必有常。"

（3）《左传·昭公二十四年》：郑伯如晋，子大叔相，见范献子。献子曰："若王室何？"对曰："老夫其国家不能恤，敢及王室。抑人亦有言曰：'嫠不恤其纬，而忧宗周之陨，为将及焉。'今王室实蠢蠢焉，吾小国惧矣。然大国之忧也，吾侪何知焉？吾子其早图之！《诗》曰：'瓶之罄矣，惟罍之耻。'王室之不宁，晋之耻也。"献子惧，而与宣子图之。乃征会于诸侯，期以明年。

译文：郑定公到晋国去，子太叔相礼，进见范献子。范献子说："对王室当如何？"子太叔回答说："老夫自己的国家我都不能操心了，哪里敢想王室的事？不过人们俗话说：'寡妇不操心纬线，而忧虑宗周的陨落，因为祸患会伤害到她。'现在王室确实动荡不安，我们小国害怕。然此乃大国之忧，我等知道什么呢？您还是早做打算。《诗》说："瓶之罄矣，惟罍之耻。'王室的不安宁，是晋国的耻辱。"范献子担心，和韩宣子谋划。于是要召集诸侯相会，时间定在明年。

大东

有饛簋飧，有捄棘匕。
周道如砥，其直如矢。
君子所履，小人所视。
睠言顾之，潸焉出涕。

小东大东，杼柚其空。
纠纠葛屦，可以履霜。
佻佻公子，行彼周行。
既往既来，使我心疚。

有冽氿泉，无浸穫薪。
契契寤叹，哀我惮人。
薪是穫薪，尚可载也。
哀我惮人，亦可息也。

东人之子，职劳不来。
西人之子，粲粲衣服。
舟人之子，熊罴是裘。
私人之子，百僚是试。

或以其酒，不以其浆。
鞙鞙佩璲，不以其长。
维天有汉，监亦有光。
跂彼织女，终日七襄？

虽则七襄，不成报章。
睆彼牵牛，不以服箱。

东有启明，西有长庚。

有捄天毕，载施之行。

维南有箕，不可以簸扬。

维北有斗，不可以挹酒浆。

维南有箕，载翕其舌。

维北有斗，西柄之揭。

【注释】

1. 饛（méng），《说文》：盛器满貌。

2. 簋《说文》：黍稷方器也。

3. 飧（sūn），《说文》：餔也。即晚饭。《说文》："餔，日加申时食也。"

4. 捄（jiù，jù），《说文》：盛土于梩中也。捄与救多通假。《说文》："救，止也。"

5. 匕，《说文》：亦所以用比取饭，一名柶。即盛饭的勺子。

6. 砥，《说文》：柔石也。本意指细软的石头，常作磨刀石。引申为磨炼、砥砺。

《墨子》："砥砺其卒伍。……其直如矢，其平如砥。"

《墨子》："其直若矢，其易（均平）若砥，君子之所履，小人之所视。"

7. 睠，为"眷"。《说文》："眷，顾也。"

8. 潸，《说文》：涕流貌。

9. 小东大东，为"小棘大棘"之误。棘（cáo），官府治事者，即官吏。小棘大棘，即大官小官。棘亦或通禠。《说文》："禠（cáo），幨（sàn）也。"即下裳。"小东大东"亦可解作小裳大裳。《说文》："曹：狱之两曹也。从棘，治事者。"

10. 杼（zhù），《说文》：机之持纬者。织布机的梭子。

11. 柚，《方言》："东齐土作谓之杼，木作谓之柚。"陶制的称为杼，木制的称柚。

《后汉书》："杼柚空于公私之求。……府库单竭，杼柚空虚。"

12. 纠，《说文》：绳三合也。三股绳子拧在一起。纠纠，绳子结实的样子。

13. 佻佻、契契，《尔雅》：逾遐急也。逾、遐，远也。逾遐急，忧心甚急。

14. 周行（xíng），完善之行，周全之道。

15. 疧，《尔雅》：病也。

16. 洌，又作"冽"。《说文》："洌，水清也。"

17. 氿（guǐ）泉，《尔雅》："氿泉穴出。穴出，仄出也。"即水平向喷出的泉。

《说文》："屭（guǐ）：仄出泉也。仄：侧倾也。"

18. 穧（huò），《说文》：刈谷也。收割谷物。穧，今写作"获"。

19. 惮，为"瘅"。《说文》："瘅，劳病也。"

20. 载，通"再"。

21. 职，《尔雅》：主也。此处解作承当、承担。

22. 来，通"赉"。《说文》："赉，赐也。"

23. 粲粲，为"灿灿"。《说文》："灿，灿烂，明瀞貌。"明亮、清洁貌。

24. 舟人，为"侜人"，欺诈、欺诳之人。《说文》："侜：有廱蔽也。"

25. 僚，为"寮"。《尔雅》："寮，官也。"

26. 试，《尔雅》：用也。

27. 鞙（xuān，juān），《说文》：大车缚轭靻。牛车上用以捆缚车轭的软革。

28. 璲（suì），《尔雅》：瑞也。《说文》："瑞，以玉为信也。"

29. 监，为"监"。《说文》："监，视也。"《尔雅》："监，视也。"

30. 跂，为"伎"。《说文》："伎（qí），顷也。《诗》曰：伎彼织女。"倾斜之意。

31. 襄，成也。《左传》："不克襄事。"七襄，此处指七个成布。七为阳之正，为夏之数，"七襄"极言其多盛。《说文》："匹，四丈也。八揲一匹。"古代成匹布帛自两端折叠，一边四折，一折五尺。

32. 报，为"畐（fú）"之误。畐通"黻"。《说文》："黻（fú）：黑与青相次文。"报章即"黻彰"，布帛上的花纹。《尔雅》："黻，彰也。"

《礼记》："报（艮，治也）葬者报虞。"

《宋谢灵运七夕咏牛女诗》："纨绮无报章，河汉有骏轭。"

《梁简文帝鸡鹍赋》："似金沙之符采，同锦质之报章。"

33．睆（huǎn），《说文》：大目也。

34．箱，《说文》：大车牝服也。母牛拉的有车箱的大车。

35．启明、长庚，即金星。金星黎明在东方称启明，黄昏在西方称为长庚。

36．天毕，二十八宿之意，属西方七宿之一。形似带柄罩网，比喻天网、法网。

37．载，助词，则。《盐铁论》："口言之，躬行之，岂若默然载施其行而已。"

38．挹（yì），《说文》：抒也。

39．翕，《说文》：起也。

40．西柄，指向西的北斗星柄。西柄时在秋，秋为义。西柄，寓意是非。

41．揭，《说文》：高举也。

【解析】

这首诗讲国家政治混乱，君子之道有失。

"有饛簋飧，有捄棘匕"，簋中晚饭满满，棘木饭勺舀满食物。言饮食丰盛、富足。簋为华贵食器，棘匕寓意戒慎于取食。言富贵者奢侈无度。"周道如砥，其直如矢"，周之道如砥石一般均平，其直如射出之箭。"君子所履，小人所视"，君子所行，即百姓所见。言教化显明。"睠言顾之，潸焉出涕"，看当今之无道，回顾周道，潸然泪下。言时下掌国家者违背周道，奢侈、诡诈流行。

"小东大东，杼柚其空"，大官小官，机杼亦空。言国家官吏取用民财无度。"纠纠葛屦，可以履霜"，结实的葛鞋，可以履霜。葛屦本夏季之物，用到霜降，言应当节俭。言外之意时下丧失节俭美德。"佻佻公子，行彼周行"，忧急之士君子，行其周全之道。言忧道者行义。"既往既来，使我心疚"，无道之有既往者，今又有既来者，使我心伤。言君子忧心邪恶不绝。

"有冽氿泉，无浸穫薪"，清亮的氿泉，不要浸泡收割的薪草。氿

807

泉出水有一定的方向，若方向正确则可以利民、利农，若方向错误则为祸害。氿泉比喻政令，政令是否适宜关乎人民利害。氿泉浸泡收割的薪草，比喻国家政策不当，伤害百姓。"契契寤叹，哀我惮人"，醒来契契感叹，可怜我劳病之人。言君子忧急国家政令失误，哀叹百姓受苦。"薪是穫薪，尚可载也"，薪草是收割来的，尚可再收割。"哀我惮人，亦可息也"，可怜我劳病之百姓，亦应当有所休息。言百姓因为政策屡屡失误而劳苦不息。

"东人之子，职劳不来。西人之子，粲粲衣服。舟人之子，熊罴是裘。私人之子，百僚是试"，东方人之子，承当劳苦而不被赏赐。西周人之子，衣服鲜亮。欺诳者之子，穿着熊罴裘衣。亲近者之子，任用于各种官职。言西周东迁之后朝廷用人唯亲、唯佞。

"或以其酒，不以其浆"，有的人以酒招待，有的人水浆都不用。言厚此薄彼。"鞙鞙佩璲，不以其长"，条条柔革系着瑞玉，而不能任用以官长。言众贤德之士不能委任以官职。"维天有汉，监亦有光。跂彼织女，终日七襄"，天上有银河，瞻视尚有光。倾斜的织女星，一天能织七个成布？言银河虽暗淡但还有光可见，织女星则徒有虚名。七襄，言妇人一日织布多。这四句诗寓意士人居位素餐。

"虽则七襄，不成报章"，即使一天织七个成布，但不成黼彰。言织女星劳作成果不可见证。"睆彼牵牛，不以服箱"，虽然牵牛星大而圆，但不能用以驾箱车。寓意士人徒有虚名。"东有启明，西有长庚"，东方有启明星，西方有长庚星。言暗夜有明星，昏昧之世应当有君子继明，然不见之。"有捄天毕，载施之行"，若天毕星有网捕之能，则应当施行之。言时下无道、不义者嚣张，若天毕星有法网之能为何不捕获之？言外之意天毕星亦不作为。这四句诗寓意世无君子。

"维南有箕，不可以簸扬。维北有斗，不可以挹酒浆"，南有箕星，不可以用作簸箕以扬物。北面有斗星，不能舀酒浆。寓意空有职位而不能致用。"维南有箕，载翕其舌"，南面有箕星，起口舌。言谗佞者兴风作浪。"维北有斗，西柄之揭"，北面有斗星，是非兴起。寓意在位者行邪僻。

【引证】

（1）《孟子·万章下》："夫义，路也。礼，门也。惟君子能由是路，出入是门也。《诗》云：'周道如砥，其直如矢。君子所履，小人所视。'"

（2）《韩诗外传》：《诗》曰："周道如砥，其直如矢。"言其易也。"君子所履，小人所视。"言其明也。"睠言顾之，潸焉出涕。"哀其不闻礼教而就刑诛也。

（3）《荀子·宥坐》："今之世则不然：乱其教，繁其刑，其民迷惑而堕焉，则从而制之，是以刑弥繁，而邪不胜。三尺之岸而虚车不能登也，百仞之山任负车登焉，何则？陵迟故也。数仞之墙而民不逾也，百仞之山而竖子冯而游焉，陵迟故也。今之世陵迟已久矣，而能使民勿逾乎？《诗》曰：'周道如砥，其直如矢。君子所履，小人所视。眷焉顾之，潸焉出涕。'岂不哀哉！"

（4）关于"七襄"

"终日七襄"应为反问语气，如果这句诗讲述织女星织布劳作则应写作"终夜七襄"。由"虽则七襄，不成报章"一句推理，"七襄"解作"七个成布"方能与"不成报章"意思贯通。

东汉郑玄："襄，驾也。驾，谓更其肆也。从旦至莫七辰一移，因谓之七襄。"

四月

四月维夏，六月徂暑。
先祖匪人？胡宁忍予？

秋日凄凄，百卉具腓。
乱离瘼矣，爰其适归。

冬日烈烈，飘风发发。
民莫不穀，我独何害。

山有嘉卉，侯栗侯梅。
废为残贼，莫知其尤。

相彼泉水，载清载浊。
我日构祸，曷云能穀？

滔滔江汉，南国之纪。
尽瘁以仕，宁莫我有。

匪鹑匪鸢，翰飞戾天。
匪鳣匪鲔，潜逃于渊。

山有蕨薇，隰有杞桋。
君子作歌，维以告哀。

【注释】

1. 徂,《尔雅》：往也。
2. 人，通"仁"。匪人，即"非仁"。

3. 凄，《说文》：云雨起也。

4. 卉，《说文》：百草总名。

5. 腓，为"痱"。《说文》："痱（féi），风病也。"此处指植物枯萎、凋谢。

6. 瘼，《尔雅》：病也。

7. 爰，《尔雅》：於也。曰也。

8. 梅，《说文》：楠也。即楠木。

9. 废，《说文》：屋顿也。本意指房屋倾倒。

10. 残，《说文》：贼也。《说文》："贼，败也。"

11. 残贼，败坏道义之人。《孟子》："贼仁者谓之贼，贼义者谓之残。"

12. 尤，为"訧"。《说文》："訧，罪也。"

13. 构祸，为"冓祸"，罗织罪名以嫁祸。《说文》："冓（gòu），交积材也。"本意为交架材料，引申交结、联结。

14. 榖，《尔雅》：善也。

15. 滔，《说文》：水漫漫大貌。

16. 纪，《说文》：丝别也。丝的另一头绪。

17. 仕，通"士"。《尔雅》："士，官也。"引申为官、做官。《说文》："士，事也。"

18. 有，为"姷（yòu）"，辅佐、相助之意。《说文》："姷，耦也。姷或从人。"《诗》："谓他人母，亦莫我有（侑）。"

19. 鹑，为"鷻"。《说文》："鷻（tuán），雕也。《诗》曰：匪鷻匪鸢。"

20. 鸢，为"鸢"。《说文》："鸢（è），鸷鸟也。"即鹗，鱼鹰（非鸬鹚），为猛禽。

811

21. 戾，《尔雅》：至也。

22. 鳣（zhān），《说文》：鲤也。

23. 鲔（wěi），《说文》：鲔也。《本草纲目》以为鲟鱼。

24. 隰，《尔雅》："陂者曰阪，下者曰隰。"

25. 栜，《说文》：赤栜（sè）也。一说为苦楮，木质细密可为车毂。

【解析】

　　这首诗讲小人当道，国家动乱，君子遭难、流离失所。

"四月维夏，六月徂暑"，四月即是夏天，六月进入暑天。言夏为昊天，有长养之德。"先祖匪人？胡宁忍予"，先祖不仁？为何竟对我忍心？诗人呼唤先祖，言时下君王无道。

"秋日凄凄，百卉具腓"，秋天云雨兴起，百草枯萎。言国家凋散。"乱离瘼矣，爰其适归"，离乱之病，曰其往归。言国家离析、动乱归罪于背叛、惑乱正道者。

"冬日烈烈，飘风发发"，冬日寒气烈烈，飘风不断。寓意处境艰难。"民莫不穀，我独何害"，百姓无不比我好，我独承受伤害。言国家无道，君子遭难尤甚。

"山有嘉卉，侯栗侯梅"，山上有美好的草木，有栗树有楠树。寓意国家贤才济济。"废为残贼，莫知其尤"，国家之美好，为残贼者所废，然而其并不知罪。言败坏道义者毁坏国家，其人昏昧不知自身罪过。

"相彼泉水，载清载浊"，视彼泉水，有清有浊。言泉水尚且有清之时，世道污浊何时能去？"我日构祸，曷云能穀"，我天天被构祸，何时能改善？言君子不停被诬陷，正道不行，国家清平无日。

"滔滔江汉，南国之纪"，江汉滔滔，乃南方诸国之纲纪。言南国为化外之地，其存立、生息尚且能依从江汉。言外之意中原大国舍弃正义。"尽瘁以仕，宁莫我有"，竭尽身心以为官，竟无佐助我者。言国家应以有道君子为纲纪。

"匪鹑匪鸢，翰飞戾天"，彼雕彼鸢，高飞至天。"匪鳣匪鲔，潜逃于渊"，彼鲤鱼、鲟鱼，潜逃于深渊。言猛禽在上则鱼逃于深水。寓意君子在位小人则遁迹。

"山有蕨薇，隰有杞桋"，山上有蕨菜、野豌豆，坡下有枸杞、苦楮。蕨菜、薇菜为草本，枸杞、苦楮为灌木、乔木，寓意小人在上，君子处下。"君子作歌，维以告哀"，君子作歌，以告其所哀。

【引证】

（1）《左传·文公十三年》："冬，公如晋，朝且寻盟。卫侯会公于沓，请平于晋。公还，郑伯会公于棐，亦请平于晋。公皆成之。郑伯与公宴于棐。子家赋《鸿雁》。季文子曰：'寡君未免于此。'文子赋《四月》。"

大意：郑穆公请鲁文公说和与晋国重新结盟。郑大夫赋《鸿雁》，言郑国先前背叛晋国而与楚国结盟有其难为之处，不被晋国理解。季文子言"寡君未免于此"，指鲁君亦有被误解之时。文子赋《四月》，表示认可郑国弃楚从晋之作为。

　　（2）《左传·宣公十二年》："是役也，郑石制实入楚师，将以分郑而立公子鱼臣。辛未，郑杀仆叔及子服。君子曰：'史佚所谓毋怙乱者，谓是类也。'《诗》曰：'乱离瘼矣，爰其适归。'归于怙乱者也夫。"

　　译文：这次战役，是郑国的石制把楚国军队引进来的，企图分割郑国，并且立公子鱼臣为国君。辛未日，郑国人杀死了鱼臣和石制。君子说："史佚所谓不要有所仗恃而叛乱，说的就是这一类人。"《诗》说："乱离瘼矣，爰其适归？"应当归于有所仗恃而叛乱的人吧！

　　（3）《孔子家语·辨政》："'乱离瘼矣，奚其适归。'此伤离散以为乱者也。"

苦槠

苦槠与甜槠皆属槠树。槠树生长在长江中下游沿线，被认为是长江南北的分界树。苦槠为常绿乔木，最高可达十五米，胸径可达五十厘米。苦槠鲜树叶耐高温，所以苦槠是很好的防火树种。其果实外表与板栗类似，富含淀粉，加工后制成苦槠粉，可制作苦槠豆腐等食物。苦槠木材浅黄色或黄白色、结构致密、纹理条直、富弹性、耐湿、抗腐，用途广泛。

陆玑："椟叶如柞（栎树），皮薄而白。其木理赤者为赤椟，一名椟。白者为椟。其木皆坚韧，今人以为车毂。"

北山

陟彼北山，言采其杞。
偕偕士子，朝夕从事。
王事靡盬，忧我父母。

溥天之下，莫非王土。
率土之滨，莫非王臣。
大夫不均，我从事独贤。

四牡彭彭，王事傍傍。
嘉我未老，鲜我方将。
旅力方刚，经营四方。

或燕燕居息，或尽瘁事国。
或息偃在床，或不已于行。

或不知叫号，或惨惨劬劳。
或栖迟偃仰，或王事鞅掌。

或湛乐饮酒，或惨惨畏咎，
或出入风议，或靡事不为。

815

【注释】

1. 陟，《说文》：登也。

2. 偕，《说文》：强也。

3. 盬（gǔ），为"盫"。《尔雅》："盫（hú），尽也。"靡盬，无尽。

4. 溥，《尔雅》：大也。

5. 率，《尔雅》：循也。

6. 滨，为"濒"。《说文》："濒，水厓。人所宾附，频蹙不前而止。"

7. 均，《说文》：平徧也。《尔雅》："均，易也。"

8. 彭彭，为"骈骈"。《说文》："骈（péng），马盛也。《诗》曰：四牡骈骈。"

9. 傍傍，为"旁旁"。《说文》："旁，溥也。"旁旁，广大、多广之意。

10. 鲜，《尔雅》：善也。

11. 将，《尔雅》：大也。此处指盛壮。

12. 旅，通"膂"。《说文》："膂，脊骨也。"膂力，上身的力气。

13. 燕燕，为"宴宴"。《尔雅》："宴宴，尼居息也。"即止息。

14. 瘁，为"殍"。《说文》："殍，大夫死曰殍。"尽殍，至死、死而后已。

15. 偃，《说文》：僵也。本意为倒地，此处指躺卧。

16. 惨惨，《尔雅》：愠也。

17. 栖迟，《尔雅》：息也。

18. 鞅，为"怏"。《说文》："怏，不服、怼也。"《方言》："鞅，侼强，怼也。"

19. 掌，为"嚷"。《说文》："嚷（rǎng、niáng），烦扰也。"

20. 鞅掌，即"怏嚷"，音近通假。怏嚷，烦扰不舒畅、烦闷、烦恼。

21. 湛，为"媅"。《说文》："媅（dān），乐也。"

22. 风，通"讽"。《说文》："讽：诵也。"

【解析】

这首诗讲士君子守其义。

"陟彼北山，言采其杞"，登上北山，我采其枸杞。北山为阴，寓意闭藏，山行艰难，枸杞多刺，寓意征夫归家之难行。"偕偕士子，朝夕从事"，强勉士子，朝夕在公从事。"王事靡盬，忧我父母"，王事无尽，忧我父母。

"溥天之下，莫非王土。率土之滨，莫非王臣"，大天之下，莫非王土。循国疆界，莫非王臣。言士人应齐一、平等。言外之意时下士人不平等。"大夫不均，我从事独贤"，大夫不能公平、公正，皆以为自己从事独贤。言大夫不能谦让，自以为是。

"四牡彭彭，王事傍傍"，四匹公马强盛，王事多广。言公务繁忙，士人强勉从事。"嘉我未老，鲜我方将。旅力方刚，经营四方"，好在我不老，好在我正当盛壮。体力正当强健，四方经营事业。言士君子积极作为，不负华年。

"或燕燕居息，或尽瘁事国。或息偃在床，或不已于行"，有人安然息止，有人事国死而后已。有人在床躺卧休息，有人不止于行。

"或不知叫号，或惨惨劬劳。或栖迟偃仰，或王事鞅掌"，有人不智而叫号，有人愠怒而劳。有人休息仰卧，有人因公事而烦恼。

"或湛乐饮酒，或惨惨畏咎。或出入风议，或靡事不为"，有人饮酒宴乐，有人担心畏咎。有人出入讽刺、议论，有人无事不为。

【引证】

（1）《左传·襄公十三年》：君子曰："让，礼之主也。范宣子让，其下皆让。栾黡为汰，弗敢违也。晋国以平，数世赖之。刑善也夫！一人刑善，百姓休和，可不务乎？《书》曰：'一人有庆，兆民赖之，其宁惟永。'其是之谓乎？周之兴也，其《诗》曰：'仪刑文王，万邦作孚。'言刑善也。及其衰也，其《诗》曰：'大夫不均，我从事独贤。'言不让也。世之治也，君子尚能而让其下，小人农力以事其上，是以上下有礼，而谗慝黜远，由不争也，谓之懿德。及其乱也，君子称其功以加小人，小人伐其技以冯君子，是以上下无礼，乱虐并生，由争善也，谓之昏德。国家之敝，恒必由之。"

（2）《左传·昭公七年》：楚子之为令尹也，为王旌以田，芋尹无宇断之，曰："一国两君，其谁堪之？"及即位，为章华之宫，纳亡人以实之。无宇之阍入焉，无宇执之，有司弗与，曰："执人于王宫，其罪大矣。"执而谒诸王。王将饮酒，无宇辞曰："天子经略，诸侯正封，古之制也。封略之内，何非君土？食土之毛，谁非君臣？故《诗》曰：'普天之下，莫非王土。率土之滨，莫非王臣。'"

（3）《左传·昭公七年》：十一月，季武子卒。晋侯谓伯瑕曰："吾所问日食，从矣，可常乎？"对曰："不可。六物不同，民心不一，事序不类，官职不则，同始异终，胡可常也？《诗》曰：'或燕燕居息，或尽瘁事国。'其异终也如是。"

（4）《孟子·万章上》：咸丘蒙曰："《诗》云：'普天之下，莫非王土。率土之滨，莫非王臣。'而舜既为天子矣，敢问瞽瞍之非臣，如何？"曰："是诗也，非是之谓也。劳于王事而不得养父母也。曰：'此莫非王事，我独（贤）劳也。'故说《诗》者不以文害辞，不以辞害志。以意逆志，是为得之，如以辞而已矣。《云汉》之诗曰：'周馀黎民，靡有孑遗。'信斯言也，是周无遗民也。孝子之至，莫大乎尊亲。尊亲之至，莫大乎以天下养。为天子父，尊之至也。以天下养，养之至也。《诗》曰：'永言孝思，孝思维则。'此之谓也。"

（5）《抱朴子·内篇》关于"鞅掌"

"其事则鞅掌罔极，穷年无已。"

"风俗衰薄，外饰弥繁，方策既山积于儒门，而内书亦鞅掌于术家。"

"学仙之法，欲得恬愉澹泊，涤除嗜欲，内视反听，尸居无心，而帝王任天下之重责，治鞅掌（烦恼）之政务，思劳于万几，神驰于宇宙，一介失所，则王道为亏，百姓有过，则谓之在予。"

无将大车

无将大车，祇自尘兮。
无思百忧，祇自疧兮。

无将大车，维尘冥冥。
无思百忧，不出于颎。

无将大车，维尘雝兮。
无思百忧，祇自重兮。

【注释】

1.将，为"牂"。《说文》"牂（jiāng）：扶也。扶：左（佐）也。"《左传》："郑伯将（扶）王，自圉门入。"《吕氏春秋》："穷困无以自进，于是为商旅将任车以至齐。"

2.祇（zhī），为"秖"。《说文》："秖（dī）：趋也。"此处解作行进。

3.疧（qí），《说文》：病也。

4.冥，《说文》：幽也。

5.颎（jiǒng），通"窘"。《说文》："窘，迫也。"《尔雅》："颎：光也。充也。"

6.雝，为"擁"。《说文》："擁，抱也。"《礼记》："女子出门，必拥蔽其面。"

7.重，为"憧"。《说文》："憧（chōng），意不定也。"即迟疑、犹豫之意。重亦或为"偅"。《说文》："偅（zhòng），迟也。"

819

【解析】

这首诗讲君子之行。

"无将大车，祇自尘兮"，不要扶大车，不然则在尘土之中行进。随大车而行不可避免置身于尘土之中，寓意君子应善行，勿使自身置于污浊。"无思百忧，祇自疧兮"，不要想众多的忧虑，不然则在忧病中前行。言君子应刚毅。

"无将大车，维尘冥冥。无思百忧，不出于颎"，不要扶大车，其尘土幽蔽。不要想众多的忧虑，不然则不能出离窘迫。

"无将大车，维尘雝兮。无思百忧，祇自重兮"，不要扶大车，不然则被尘土包围。不要想众多的忧虑，不然则在迟疑之中前行。

【引证】

《荀子·大略》：君人者不可以不慎取臣，匹夫不可不慎取友。友者，所以相有（侑）也。道不同，何以相有也？均薪施火，火就燥。平地注水，水流湿。夫类之相从也，如此其著也，以友观人，焉所疑？取友善人，不可不慎，是德之基也。《诗》曰："无将大车，维尘冥冥。"言无与小人处也。

小明

明明上天，照临下土。
我征徂西，至于艽野。
二月初吉，载离寒暑。
心之忧矣，其毒大苦。
念彼共人，涕零如雨。
岂不怀归？畏此罪罟。

昔我往矣，日月方除。
曷云其还？岁聿云莫。
念我独兮，我事孔庶。
心之忧矣，惮我不暇。
念彼共人，睠睠怀顾。
岂不怀归？畏此谴怒。

昔我往矣，日月方奥。
曷云其还？政事愈蹙。
岁聿云莫，采萧获菽。
心之忧矣，自诒伊戚。
念彼共人，兴言出宿。
岂不怀归？畏此反覆。

嗟尔君子，无恒安处。
靖共尔位，正直是与。
神之听之，式穀以女。
嗟尔君子，无恒安息。
靖共尔位，好是正直。
神之听之，介尔景福。

【注释】

1. 明明，《尔雅》：察也。

2. 芃（qiú），《说文》：远荒也。

3. 初吉，月中第一个吉日。古人举行祭祀或其他国事活动均用与其活动意义相合的干支日，以之为吉日。如天子于正月"元辰"日籍田，取"辰"之震动意；于二月"上丁"之日举行释菜礼，取"丁"之壮实意。"元辰"即月中首个地支为"辰"日。"上丁、仲丁"即月中第一个和中间一个天干为"丁"的日子。此处"初吉"应指天子二月举行开冰礼之日，或为"上卯"日，取"卯"之开门意。

4. 毒，《说文》："毒，厚也。害人之草，往往而生。"

5. 苦，《说文》：大苦，苓也。一说为黄药，其根味苦。

6. 共人，即"恭人"。恭顺之人，此处指妻子。

7. 罟，通"辜"。《尔雅》："辜，罪也。"

8. 除，为"余"之误。《尔雅》："四月为余。"

9. 聿（yù），通"曰"。助词，无义。

10. 莫，为"暮"。此处指末尾、将尽。

11. 惮，《说文》：忌难也。

12. 眷，《说文》：顾也。眷眷，怀念貌。

13. 谴，《说文》：谪问也。

14. 奥，通"燠"。《尔雅》："燠，暖也。"

15. 蹙，《说文》：迫也。

16. 诒，《说文》："相欺诒也。一曰遗也。"

17. 戚，通"慽"。《说文》："慽，忧也。"

18. 宿，住宿的地方。《周礼·地官》："三十里有宿，宿有路室。"

19. 靖，《尔雅》：谋也。

20. 神，《尔雅》：治也。

21. 听，从也。《左传》："姑慈妇听。"

22. 共，为"供"。《说文》："供，供给也。"

23. 式榖以女，用福禄给予汝。以通"与"。《尔雅》："式：用也。榖：禄也。"

24. 介尔景福，保佑大福。《尔雅》："介：右也。景：大也。"

诗辑训

【解析】

这首诗讲士人在外久不能归，士人反思为士之义。

"明明上天，照临下土"，明察之上天，照视下土。"我征徂西，至于艽野"，我往西出征，至于荒远之野。"二月初吉，载离寒暑"，二月上卯日，已到开冰时节然而坚冰依然未化，则违背寒暑之常。寓意人道有失。"心之忧矣，其毒大苦"，我心忧伤，其毒害甚于黄药。言极为忧苦。"念彼共人，涕零如雨"，思念妻子，泪落如雨下。"岂不怀归？畏此罪罟"，岂不想回家？畏惧此罪责。

"昔我往矣，日月方除"，昔日我出行，日月方孟夏。"曷云其还？岁聿其莫"，何时其回还？岁已至年末。"念我独兮，我事孔庶"，念我孤独一人，我之公事甚繁。"心之忧矣，惮我不暇"，我心忧伤，恐怕我没有空闲。"念彼共人，眷眷怀顾"，思念家中的妻子，怀顾眷眷。"岂不怀归？畏此谴怒"，岂不想回家？畏惧官长之谴怒。

"昔我往矣，日月方奥"，昔日我出行，日月方暖。"曷云其还？政事愈蹙"，何时能还家？政事越来越急迫。"岁聿其莫，采萧获菽"，这一年说话已到年末，采收艾蒿与豆菽。言时下以至仲秋时节。"心之忧矣，自诒伊戚"，我心忧伤，自我遗留其忧患。言时下之不道乃士君子自身不卫道所造成之结果。"念彼共人，兴言出宿"，想念妻子，起身从宿舍出来。"岂不怀归？畏此反覆"，岂不想还家？畏惧与官长之失和。

"嗟尔君子，无恒安处。靖共尔位，正直是与。神之听之，式谷以女"，感叹国家之君子，勿要一直安处。谋求供其职，秉持正直。如此治之、从之，上天必用福禄赐予你。此章为诗人之反思，劝诫士人"无恒安处、靖共尔位、正直是与"。

"嗟尔君子，无恒安息。靖共尔位，好是正直。神之听之，介尔景福"，感叹国家之君子，勿要一直安息。谋求践行其职，好是正直。如此行之、从之，上天必佑你大福。

【引证】

（1）《左传·襄公七年》："《诗》曰：'靖共尔位，好是正直。神之听之，介尔景福。'恤民为德，正直为正，正曲为直，参和为仁。如是则神听之，介福降之。"

823

（2）《荀子·劝学》："《诗》曰：'嗟尔君子，无恒安息。靖共尔位，好是正直。神之听之，介尔景福。'神（治）莫大于化道，福莫长于无祸。"

（3）《左传·僖公二十四年》："郑子华之弟子臧出奔宋，好聚鹬冠。郑伯闻而恶之，使盗诱之。八月，盗杀之于陈、宋之间。君子曰：'服之不衷，身之灾也。'《诗》曰：'彼己之子，不称其服。'子臧之服，不称也夫。《诗》曰：'自诒伊戚'，其子臧之谓矣。"

（4）《礼记·表记》：子曰："事君不下达（向下营私党），不尚辞，非其人弗自（用）。小雅曰：'靖共尔位，正直是与。神之听之，式谷以女。'"

（5）《盐铁论·执物》："若今则繇役极远，尽寒苦之地，危难之处，涉胡、越之域，今兹往而来岁旋，父母延颈而西望，男女怨旷而相思，身在东楚，志在西河，故一人行而乡曲恨，一人死而万人悲。《诗》云：'王事靡盬，不能艺稷黍，父母何怙？''念彼恭人，涕零如雨。岂不怀归？畏此罪罟。'"由上文之"男女怨旷而相思"推知"恭人"当指妻子。

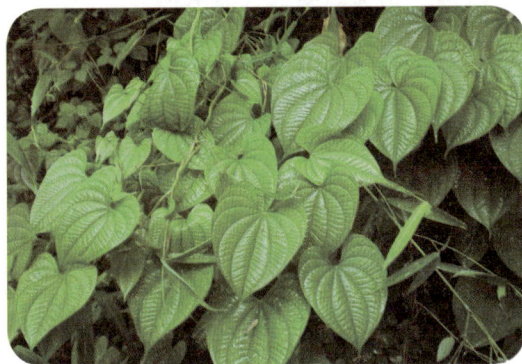

大苦

　　大苦，又名黄药子、山慈姑等，为多年生缠绕草本。块茎卵圆形或梨形，表面密生须根，有小毒，是传统中药材。蒴果成熟时草黄色，表面密被紫色小斑点。花期七至十月间，果期八至十一月。黄药子适应性强，在中国分布广。

825

鼓钟

鼓钟将将，淮水汤汤，忧心且伤。
淑人君子，怀允不忘。

鼓钟喈喈，淮水湝湝，忧心且悲。
淑人君子，其德不回。

鼓钟伐鼛，淮有三洲，忧心且妯。
淑人君子，其德不犹。

鼓钟钦钦，鼓瑟鼓琴，笙磬同音。
以雅以南，以龠不僭。

1. 将将，为"鎗鎗"。《说文》："鎗（qiāng），钟声也。"

2. 喈（jiē），《说文》：鸟鸣声。一曰凤凰鸣声喈喈。

3. 钦（qīn、yīn），为"嚚"。《说文》："嚚（yín），语声也。"即众语声。

4. 淮水，古代四渎之一，源自郑国境内，东南流经陈国、蔡国、楚国后入海。

《说文》："淮，水。出南阳平氏桐柏大复山，东南入海。"

《尔雅》："江、河、淮、济为四渎，四渎者，发源注海者也。"

《水经》记载淮水"东至广陵淮浦县，入于海。"即在今江苏省涟水县入海。

5. 汤汤，为"潒潒"，今简体写作"荡荡"。《说文》："潒（dàng），水潒瀁也。"即水晃动貌。潒瀁，今写作"荡漾"。

6. 湝（xiē，jiē），《说文》："水流湝湝也。一曰湝湝，寒也。"

7. 淑，《尔雅》：善也。

8. 允,《尔雅》：信也。

9. 回,《说文》：转也。引申改变、变易。

10. 鼛（gāo）,《说文》：大鼓也。《周礼》："以鼛鼓鼓役事。"

11. 三洲,多个水洲。《尔雅》："水中可居者曰洲。"

12. 妯（zhóu）,《尔雅》：动也。此处解作烦扰、不安。《方言》："妯,扰也。"

13. 犹,通"猷"。《尔雅》："猷,已也。"

14. 磬,《说文》：乐石也。

15. 龠（yuè）,《说文》："乐之竹管,三孔,以和众声也。"

16. 僭（jiàn）,《说文》：假也。引申虚妄。

【解析】

　　这首诗讲郑声流行,淫乐乱正乐,君子忧心。

　　"鼓钟将将,淮水汤汤,忧心且伤",鼓钟鎗鎗,淮水荡荡,君子忧心且感伤。淮水发源自郑国,淮水汤汤,钟声鎗鎗,寓意发源自郑国之淫乐流行。"淑人君子,怀允不忘",淑人君子,怀信不忘。言正人君子笃守正义,不随波逐流。

　　"鼓钟喈喈,淮水湝湝,忧心且悲。淑人君子,其德不回",鼓钟喈喈,淮水湝湝,忧心且悲痛。淑人君子,其德不改。

　　"鼓钟伐鼛,淮有三洲,忧心且妯",鼓钟且击鼛,淮水有三洲,君子忧心且烦扰。鼛鼓为大鼓用于劳役事,与钟配不谐和。三洲,言淮水宽阔。寓意淫乐流行广大。"淑人君子,其德不犹",淑人君子,其德不已。

　　"鼓钟钦钦,鼓瑟鼓琴,笙磬同音",鼓钟钦钦,鼓瑟鼓琴,笙磬协奏。言正乐应金、石、丝、竹众音和谐。"以雅以南,以龠不僭",以《雅》、《周南》、《召南》歌之,以龠和声则乐不虚妄。言正乐之歌通达而不僻陋,正乐之音中和。

【引证】

（1）《礼记·乐记》："故乐者天地之命,中和之纪。"

（2）《论语》："放郑声,远佞人。郑声淫,佞人殆。……恶紫之夺朱也,恶郑声之乱雅乐也,恶利口之覆邦家者。"

（3）《礼记·乐记》：子夏对曰："郑音好滥淫志；宋音燕女溺志；卫

音趋数烦志；齐音敖辟乔志。此四者皆淫于色而害于德，是以祭祀弗用也。《诗》云：‘肃雍和鸣，先祖是听。’夫肃肃，敬也。雍雍，和也。夫敬以和，何事不行？”

（4）《孟子·尽心下》：孔子曰："恶似而非者：恶莠，恐其乱苗也；恶佞，恐其乱义也；恶利口，恐其乱信也；恶郑声，恐其乱乐也；恶紫，恐其乱朱也；恶乡原，恐其乱德也。君子反经而已矣。经正，则庶民兴。庶民兴，斯无邪慝矣。"

（5）东汉班固《白虎通德论·礼乐》：乐所以必歌者何？夫歌者，口言之也。中心喜乐，口欲歌之，手欲舞之，足欲蹈之。故《尚书》曰："前歌后舞，假于上下。"礼贵忠何？礼者，盛不足节有馀，使丰年不奢，凶年不俭，贫富不相悬也。乐尚雅。雅者，古正也，所以远郑声也。孔子曰："郑声淫何？郑国土地民人，山居谷浴，男女错杂，为郑声以相悦怿，故邪僻声，皆淫色之声也。"

【名物】

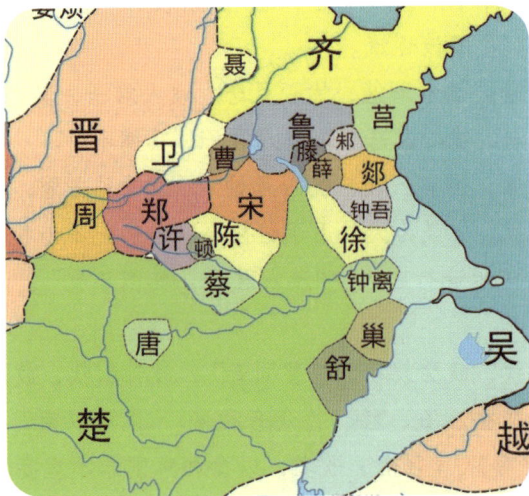

淮水

上图中郑国南部河流为淮水源头。

楚茨

（一）

楚楚者茨，言抽其棘。

自昔何为？我艺黍稷。

我黍与与，我稷翼翼。

我仓既盈，我庾维亿。

以为酒食，以享以祀。

以妥以侑，以介景福。

济济跄跄，絜尔牛羊，以往烝尝。

或剥或亨，或肆或将，祝祭于祊。

祀事孔明，先祖是皇，神保是飨。

孝孙有庆，报以介福，万寿无疆。

执爨踖踖，为俎孔硕，或燔或炙。

君妇莫莫，为豆孔庶，为宾为客。

献酬交错，礼仪卒度，笑语卒获。

神保是格，报以介福，万寿攸酢。

【注释】

829

1. 楚，《说文》：丛木。楚楚，草木丛密的样子。

2. 茨，《尔雅》：蒺藜。

3. 抽，《说文》：引也。此处指拔草。

4. 棘，通"疾"。

5. 昔，为"耤"之误。《说文》："耤：帝耤千亩也。古者使民如借，故谓之耤。"

6. 自耤，在耤田。《礼记》："天子亲载耒耜，……躬耕帝耤。"

7. 艺（yì），种植。《说文》："穜，埶（艺）也。"

8. 与与，为"旟旟"。《说文》："旟旟（yú），众也。"

9. 翼翼，为"趩趩"。《说文》："趩（yì），趋进趩如也。"趋进快速的样子。此处形容庄稼生长快。

10. 庾，《说文》：仓无屋者。即露天粮仓。

11. 亿，为"薏"。《说文》："薏（yì），满也。一曰十万曰薏。""億、薏"为意思不同的二字，今皆简写作"亿"。

12. 妥，《尔雅》：坐也。

《礼记》："举斝（jiǎ）角，诏妥尸。古者，尸无事则立，有事而后坐也。尸（代鬼神受祭之人），神象也。祝，将命也。"

13. 侑，《尔雅》：报也。

14. 济济，为"霽霽"，安定貌。《尔雅》："济济，止也。"

《说文》："霽，雨止也。"

《管子》："济济者，诚庄事断也。多士者，多长者也。周文王诚庄事断，故国治。其群臣明理以佐主，故主明。主明而国治，竟内被其利泽，殷民举首而望文王，愿为文王臣。故曰：'济济多士，殷民化之。'"

15. 跄跄，《尔雅》：动也。此处指众人协动的样子。

《礼记》："天子穆穆，诸侯皇皇，大夫济济，士跄跄，庶人僬僬。"

《荀子》："言语之美，穆穆皇皇。朝廷之美，济济枪枪（跄跄）。"

16. 絜，为"潔"。《说文》："潔（jié），瀞也。"洁净，无秽垢。潔，简体"洁"。

17. 烝尝，冬祭、秋祭。

18. 剥，《说文》：裂也。割裂之意，引申宰杀、宰割。

19. 亨，通"烹"。煮熟、烹饪之意。

20. 肆，《说文》：极陈也。此处指分割过的肉类祭品。

《周礼》："祀五帝，奉牛牲，羞其肆。"

21. 将，《尔雅》：齐（zī）也。齐为"齍"之通假。《说文》："齍（zī），黍稷在器以祀者。"齍又作"粢（zī，稷）"。

22. 祊（fāng），《说文》："祊，门内祭，先祖所以徬徨。"祭祀远祖为祊。

《说文》："祝：祭主赞词者。"

《礼记》："直祭，祝于主。索祭，祝于祊。不知神之所在，于彼乎？于此乎？或诸远人乎？祭于祊，尚曰求诸远者与？……祊之为言倞也，肵之为言敬也。"

23. 明，《尔雅》：朗也。解作昭彰、昭明、彰显。

24. 皇，为"煌"，光明之意。《说文》："煌，煌辉也。"《诗》："明星煌煌。"

25. 飨，通"享"。

26. 爨（cuàn），《说文》："炊，爨也。"执爨，即炊煮之人。

27. 踖踖（jí），《尔雅》：敏也。

28. 俎（zǔ），《说文》：礼俎也。行礼、祭祀时用以放牺牲、礼品的器具。

29. 燔，《说文》：爇（ruò）也。即烧之意。

30. 炙，《说文》：炮肉也。

31. 莫莫，为"嗼嗼"。《说文》："嗼，唡嗼（jì mò）也。"即寂寞无声之意。

32. 献酬，主人酌酒与客曰献。宾客饮酒毕，酌酒与主人曰酢。主人饮酢毕，再次酌酒与客曰酬。《说文》："酬，主人进客也。"

33. 卒，《尔雅》：尽也。

34. 度，《说文》：法制也。

35. 格，《尔雅》：至也。来也。

36. 介福，大福。《尔雅》："介，大也。"

37. 酢（zuò），《尔雅》：报也。

【解析】

这首诗讲子孙祭祀。

"楚楚者茨，言抽其棘"，丛密的蒺藜，我拔之疾速。"自昔为何？我蓺黍稷"，在耤田作何？我要种植黍子、谷子。言天子在耤田亲自耕种。"我黍与与，我稷翼翼"，我的黍子茂密，我的谷子生长很快。"我仓既盈，我庾维亿"，我的粮仓已满，我的室外粮仓也满。"以为酒食，以享以祀"，用以酒食，以享祀鬼神。"以妥以侑，以介景福"，请尸坐下以酒食报之，以佑大福。

"济济跄跄，絜尔牛羊，以往烝尝"，大夫济济，士人跄跄，洁净牛羊，以往秋冬祭祀。"或剥或亨，或肆或将，祝祭于祊"，或宰割或烹煮，或以切肉或盛以黍稷，祷告者祭祀远祖于宗庙门内。言祖宗虽远而祭祀不辍、不减，寓意子孙重孝。"祀事孔明，先祖是皇，神保是飨"，诸祭祀甚昭彰，先祖是以光显，如此子孙可享鬼神之保佑。"孝孙有庆，报以介福，万寿无疆"，孝孙有喜庆，鬼神报以大福，万寿无疆。

　　"执爨踖踖，为俎孔硕，或燔或炙"，炊煮者敏捷从事，为俎甚大，或烧或烤。言祭祀者殷勤，祭品丰盛。"君妇莫莫，为豆孔庶，为宾为客"，君妇默默操持，陈豆甚多，为宾客之用。"献酬交错，礼仪卒度，笑语卒获"，宾主献酬交错，礼仪尽合法度，尽获先祖之笑语。言祭祀者于祭祀前斋戒，思想先祖生前诸情形，祭祀时则能见其所思所想。《礼记》："齐（斋戒）之日：思其居处，思其笑语，思其志意，思其所乐，思其所嗜。齐三日，乃见其所为齐者。""神保是格，报以介福，万寿攸酢"，神之保佑到来，报以大福，且报福无期。

【引证】

（1）《礼记·坊记》：子云："七日戒，三日齐，承一人焉以为尸，过之者趋走，以教敬也。醴酒在室，醍酒在堂，澄酒在下，示民不淫也。尸饮三，众宾饮一，示民有上下也。因其酒肉，聚其宗族，以教民睦也。故堂上观乎室，堂下观乎上。《诗》云：'礼仪卒度，笑语卒获。'"

（2）《荀子·修身》："凡用血气、志意、知虑，由礼则治通，不由礼则勃乱提僈。食饮、衣服、居处、动静，由礼则和节，不由礼则触陷生疾。容貌、态度、进退、趋行，由礼则雅，不由礼则夷固、僻违、庸众而野。故人无礼则不生，事无礼则不成，国家无礼则不宁。《诗》曰：'礼仪卒度，笑语卒获。'此之谓也。"

（3）《荀子·礼论》："礼者，以财物为用，以贵贱为文，以多少为异，以隆杀为要。文理繁，情用省，是礼之隆也。文理省，情用繁，是礼之杀也。文理情用相为内外表墨，并行而杂，是礼之中流也。故君子上致其隆，下尽其杀，而中处其中。步骤驰骋厉骛不外是矣。是君子之坛宇宫廷也。人有是，士君子也。外是，民也。于是其中焉，方皇周挟，曲得其次序，是圣人也。故厚者，礼之积也。大者，礼之广也。高者，礼之隆也。明者，礼之尽也。《诗》曰：'礼仪卒度，笑语卒获。'此之谓也。"

（4）关于天子耤田

《说文》："耤：帝耤千亩也。古者使民如借，故谓之耤。"

《礼记·月令》：孟春之月…………是月也，天子乃以元日祈谷于上帝。乃择元辰，天子亲载耒耜，措之参保介之御间，帅三公、九卿、诸侯、大夫，躬耕帝藉（耤）。天子三推，三公五推，卿诸侯九推。

…………（季秋之月）乃命冢宰，农事备收，举五谷之要，藏帝藉（耤田）之收于神仓，祗敬必饬。

楚茨

（二）

我孔熯矣，式礼莫愆。

工祝致告，徂赉孝孙。

苾芬孝祀，神嗜饮食，卜尔百福。

如几如式，既齐既稷，既匡既敕。

永锡尔极，时万时亿。

礼仪既备，钟鼓既戒。

孝孙徂位，工祝致告。

神具醉止，皇尸载起。

鼓钟送尸，神保聿归。

诸宰君妇，废彻不迟。

诸父兄弟，备言燕私。

乐具入奏，以绥后禄。

尔殽既将，莫怨具庆。

既醉既饱，小大稽首。

神嗜饮食，使君寿考。

孔惠孔时，维其尽之。

子子孙孙，勿替引之。

【注释】

1. 熯（hàn），《尔雅》：敬也。

2. 愆，《说文》：过也。

3. 工祝，工与祝，祭祀时负责行祝祷者。

4. 徂赉，前往赐予。《尔雅》："赉（lài）：赐也。予也。"

5. 苾（bì），《说文》：馨香也。远远可以闻到的香气，言浓郁。

6. 芬，又写作"芬"。《说文》："芬（fēn），草初生，其香分布。"

7. 嗜，《说文》：嗜欲，喜之也。

8. 卜，《尔雅》：予也。

9. 如，《尔雅》：谋也。

10. 几，为"幾"。《说文》："幾，精谨也。"

11. 式，《说文》：法也。如几如式，谋求精严与合乎礼法。

12. 齐，《说文》：禾麦吐穗上平也。引申整齐、齐一。

13. 稷，为"畟"。《说文》："畟（jì），治稼畟畟进也。"本意指犁地的耒耜快速的在土中前进。此处指行动敏疾，意思同"踖踖"。

14. 匡，《尔雅》：正也。

15. 勅（chì），为"敕"。《说文》："敕，诫也。"

16. 锡，应为"赐"。赐（cì，sī）与"嗣"音同通假。《尔雅》："嗣，继也。"《诗》："君子万年，永锡祚胤。"

17. 时，《说文》：四时也。时万时亿，即"万时亿时"，万寿无疆之意。

18. 备，繁体有二字"葡、備"。《说文》："葡（bèi）：具也。備：慎也。"

19. 戒，《说文》：警也。以戒不虞。

20. 具，为"俱"。解作共同、皆。

21. 醉，《说文》：卒也。卒其度量，不至于乱也。

22. 皇，《尔雅》：正也。皇尸，即公正之尸，为美称。

23. 废，《尔雅》：舍也。止也。

24. 燕私，宴私。即私人聚会。

25. 奏，《说文》：奏进也。引申进献。《礼记》："请奏《狸首》。"

26. 绥，《尔雅》：安也。

27. 殽（xiáo），通"肴"，此处指祭品。

28. 将，《尔雅》：资也。引申进献、贡献。

29. 稽首，跪拜大礼。《周礼》："九拜：一曰稽首，二曰顿首，三曰空首，四曰振动，五曰吉拜，六曰凶拜，七曰奇拜，八曰褒拜，九曰肃拜，以享右祭祀。"

30. 惠，《尔雅》：顺也。

31. 时，《尔雅》：是也。正直之意。

32. 子子孙孙，《尔雅》："子子孙孙，引无极也。"《尔雅》："引：长也。"

33. 替，《尔雅》：止也。废也。灭也。

【解析】

"我孔熯矣，式礼莫愆"，我甚敬鬼神，用礼不失。"工祝致告，徂赉孝孙"，工祝致告神之辞，神灵前来赐福孝孙。"苾芬孝祀，神嗜饮食，卜尔百福"，馨香广布之孝祀，神喜其饮食，赐其百福。"如几如式，既齐既稷，既匡既敕"，祭祀谋求精谨，谋求合礼法，又整齐又敏疾，既端正又戒慎。言祭祀礼仪严格，祭祀者心怀敬畏，小心谨慎。"永锡尔极，时万时亿"，永继其则，时日为万为亿。言永远遵从祭祀之礼义，则万寿无疆。

"礼仪既备，钟鼓既戒"，礼仪尽谨慎，钟鼓尽小心。言敬慎其事。"孝孙徂位，工祝致告"，孝孙往归其位，工祝致辞。"神具醉止，皇尸载起"，神皆饱足矣，皇尸则起。"钟鼓送尸，神保聿归"，钟鼓送尸，鬼神之保佑则归来。"诸宰君妇，废彻不迟"，诸位宰长以及君妇，撤除祭品不迟。"诸父兄弟，备言燕私"，诸位宗族叔父兄弟，全来参加私宴。言祭祀完毕后举行家宴。

"乐具入奏，以绥后禄"，乐俱入宗庙献奏，以安将来之福禄。言以乐享鬼神。"尔殽既将，莫怨具庆"，尔祭品极尽丰盛，鬼神无怨怒俱为喜庆。"既醉既饱，小大稽首"，鬼神既已饱足，上下长幼行稽首礼。"神嗜饮食，使君寿考"，神喜饮食，使君王久长。"孔惠孔时，维其尽之"，甚顺从甚正直，践行顺从、正直至极。言恪守子孙祭祀之义。"子子孙孙，勿替引之"，子子孙孙，不可废祭祀之礼而应继承、延续之。

【引证】

《仪礼·少牢馈食礼》："祝酌授尸，尸醋主人。主人拜受爵，尸答拜。主人西面奠爵，又拜。上佐食取四敦黍稷，下佐食取牢一切肺，以授上佐食。上佐食以绥祭。主人左执爵，右受佐食，坐祭之，又祭酒，不兴，遂啐酒。祝与二佐食皆出，盥于洗，入。二佐食各取黍于一敦。上佐食兼受，抟之，以授尸，尸执以命祝。卒命祝，祝受以东，北面于户西，以嘏于主人，曰：'皇尸命工祝，承致多福无疆于女孝孙。来（赉）女孝孙，使女受禄于天，宜稼于田，眉寿万年，勿替引之。'"

关于祭祀可参阅《礼记》之《祭法》《祭统》《祭义》《郊特牲》等。

信南山

信彼南山，维禹甸之。
畇畇原隰，曾孙田之。
我疆我理，南东其亩。

上天同云，雨雪雰雰。
益之以霢霂，既优既渥，
既沾既足，生我百谷。

疆埸翼翼，黍稷彧彧。
曾孙之穑，以为酒食。
畀我尸宾，寿考万年。

中田有庐，疆埸有瓜。
是剥是菹，献之皇祖。
曾孙寿考，受天之祜。

祭以清酒，从以骍牡，享于祖考。
执其鸾刀，以启其毛，取其血膋。

是烝是享，苾苾芬芬，祀事孔明。
先祖是皇，报以介福，万寿无疆。

【注释】

1. 信南山，同"节南山"，即"信如南山"。
2. 甸，为"畋"。《说文》："畋，平田也。"引申为治理。《尚书》："甸四方。"
3. 畇畇（yún），《尔雅》："畇畇，田也。"田地整治貌。

4. 疆，《说文》：界也。引申界别、界定、分界。

5. 理，《说文》：治玉也。引申治理、整理。疆理，分划且整理之意。
如：疆理诸侯、疆理天下。

6. 同云，为"彤云"，即密布之云。《说文》："彤：大貌。"
南朝梁庾肩吾之《咏花雪诗》："同云暗九天。"

7. 雰（fēn），《说文》：祥气也。雰雰，吉利、祥善之气。雰又写
作"氛"。雰雰，亦或为"闉闉"，今写作"纷纷"。《说文》："闉
（fēn），闘（dòu遇也）连结，闉纷，相牵也。"闉闉今写作"缤纷"。

8. 霡霂（mài mù），《尔雅》："小雨谓之霡霂。"

9. 优，为"瀀"。《说文》："瀀（yōu），泽多也。《诗》曰：'既瀀
既渥。'"

10. 渥，《说文》：霑也。《说文》："霑，雨䨠也。"雨水濡湿。霑，简
体"沾"。

11. 足，通"富"。《说文》："富（fú）：满也。"
《礼记》："学然后知不足（富）。"
《管子》："仓廪实，则知礼节；衣食足，则知荣辱。"

12. 翼翼，《尔雅》：恭也。此处指井然有序、规整的样子。

13. 埸（yì），《说文》：疆也。疆埸，国境分界地带。
"埸、场"有别，埸从易，场从昜。场简体"场"。
《左传》："疆埸之邑，一彼一此，何常之有？"
《说文》："场：祭神道也。一曰田不耕。一曰治谷田也。"

14. 或或，为"鬱鬱"。《说文》："鬱（yù），木丛生者。"鬱简体
"郁"。

15. 穑，《说文》：谷可收曰穑。

16. 畀（bì），《尔雅》：予也。

17. 菹（zū），《说文》：酢（zuò）菜也。即酸菜。

18. 皇祖，先祖尊称。《礼记》："祭王父曰皇祖考，王母曰皇祖妣。"

19. 祜（hù），《尔雅》：福也。厚也。

20. 骍（xīng），赤色马。《礼记》："周人尚赤，……牲用骍。"

21. 从，《尔雅》：重也。此处解作加之、再以。

22. 祖考，泛指先祖。

23. 鸾刀，配有铃铛的刀具，为刀之高贵者。
《礼记》："割刀之用，而鸾刀之贵，贵其义也，声和而后断也。"
24. 膋（liáo），又写作"膫"。《说文》："膫，牛肠脂也。《诗》曰：
'取其血膋。'"
25. 烝，《说文》：火气上行也。

【解析】

这首诗讲子孙继承先祖功业当妥善治理，感念先祖恩德恭敬祭祀。

"信彼南山，维禹甸之"，信如南山，大禹平治水土。南山高厚，
其义昭彰堪为天下瑞信。大禹平治水土，功德高厚如南山，世人不忘。
这两句诗讲祖宗虽远然其功德昭彰，后世不忘。"畇畇原隰，曾孙田
之"，畇畇田原、湿地，曾孙耕种之。寓意后人承嗣先人事业。"我疆
我理，南东其亩"，我分界其地域且治理之，田垄或南北或东西。寓意
后继者能因地制宜治理前人事业。

"上天同云，雨雪雰雰"，上天阴云密布，降吉祥瑞雪。寓意上天
福佑之。"益之以霡霂，既优既渥"，增益以小雨，既润泽其土又沾湿
其茎叶。言雨雪合宜。"既沾既足，生我百谷"，既沾湿之亦满足之，
生我百谷。言雨水大小合宜。

"疆场翼翼，黍稷彧彧"，疆界规整，黍稷茂盛。寓意国家安定有
序且富足。"曾孙之穑，以为酒食"，曾孙收获之谷物，以为酒食之用。
"畀我尸宾，寿考万年"，以酒食奉献祭祀之尸以及招待宾客，可保万
年之长。

"中田有庐，疆场有瓜"，田中有农人休憩之庐，边境有国人之
瓜。寓意国民繁庶，生产兴旺。"是剥是菹，献之皇祖"，或宰割或腌
渍，以此祭品献给皇祖。言祭品丰富，祭祀诚敬。"曾孙寿考，受天之
祜"，曾孙寿长，受天之福。

"祭以清酒，从以骍牡，享于祖考"，祭祀以清酒，加之牡骍为牺
牲，享祀先祖。"执其鸾刀，以启其毛，取其血膋"，执其鸾刀，割开
其毛皮，取其血与肠中脂。寓意祭祀诚敬。

"是烝是享，苾苾芬芬，祀事孔明"，或烝或煮，香气广布，诸祭
祀甚昭彰。"先祖是皇，报以介福，万寿无疆"，先祖是以光显，报以
大福，万寿无疆。

《左传·成公二年》：晋师从齐师，入自丘舆，击马陉。齐侯使宾媚人赂以纪甗、玉磬与地。不可，则听客之所为。宾媚人致赂，晋人不可，曰："必以萧同叔子为质，而使齐之封内尽东其亩。"对曰："萧同叔子非他，寡君之母也。若以匹敌，则亦晋君之母也。吾子布大命于诸侯，而曰必质其母以为信。其若王命何？且是以不孝令也。《诗》曰：'孝子不匮，永锡尔类。'若以不孝令于诸侯，其无乃非德类也乎？先王疆理天下物土之宜，而布其利，故《诗》曰：'我疆我理，南东其亩。'今吾子疆理诸侯，而曰：'尽东其亩'而已，唯吾子戎车是利，无顾土宜，其无乃非先王之命也乎？反先王则不义，何以为盟主？"

大意：晋国攻破齐国，要求以齐国君之母为人质，而且要把田垄全部改为东西向。齐国使者讲：以国君之母为人质是无孝义之要求，田垄全部改为东西向则罔顾土地之宜。此两项要求无理、不义，盟主、孝子不为。

甫田

倬彼甫田，岁取十千。

我取其陈，食我农人，自古有年。

今适南亩，或耘或耔，黍稷薿薿。

攸介攸止，烝我髦士。

以我齐明，与我牺羊，以社以方。

我田既臧，农夫之庆。

琴瑟击鼓，以御田祖，以祈甘雨，

以介我稷黍，以谷我士女。

曾孙来止，以其妇子。

馌彼南亩，田畯至喜。

攘其左右，尝其旨否。

禾易长亩，终善且有。

曾孙不怒，农夫克敏。

曾孙之稼，如茨如梁。

曾孙之庾，如坻如京。

乃求千斯仓，乃求万斯箱。

黍稷稻粱，农夫之庆。

报以介福，万寿无疆。

【注释】

1. 倬，《说文》：著大也。本意为显明而大。此处解作开阔、广阔。

2. 甫，《尔雅》：大也。

3. 陈，同"尘"。《尔雅》："尘，久也。"引申老旧、陈旧。

4. 有年，丰年。《谷梁传》："有年。五谷皆熟为有年也。"

5. 自，解作遵循、遵从。自古有年，遵从古代丰年之做法。

6. 耘，《说文》：除田间秽也。即铲除田间杂草。

7. 耔，《说文》写作"秄"。《说文》："秄（zǐ），壅禾本也。"在禾苗根部培土。

8. 薿（nǐ），《说文》：茂也。薿薿，茂盛的样子。

9. 介，为"届"。《尔雅》："届，极也。"《尚书》："无远弗届。"

《尔雅》："介：右也。大也。"

10. 烝，《尔雅》：进也。

11. 髦士，《尔雅》：官也。

12. 齐明，为"斋明"，即"斋洁"，此处指祭祀者敬慎、洁诚。

《说文》："斋：戒洁也。"《尔雅》："明，朗也。"

《礼记》："使天下之人齐明盛服，以承祭祀。"

《孔子家语》："斋洁盛服，非礼不动，所以修身也。……洁诚以祭祀。"

《车服志》："按尊事神祇，洁斋盛服，敬之至也。"

13. 社、方，社祭，祭祀土地神。方祭，祭祀四方之神。

《礼记》："天子祭天地，祭四方，祭山川，祭五祀，岁遍。诸侯方祀（即祭四方），祭山川，祭五祀，岁遍。"

14. 御，为"禦"。《说文》："禦（yù），祀也。"

15. 祈，《说文》：求福也。

16. 谷，《尔雅》：生也。

17. 曾孙，《尔雅》："子之子为孙，孙之子为曾孙。"

《礼记》："临祭祀，内事曰孝子某侯某，外事曰曾孙某侯某。……祭称孝孙孝子，以其义称也。称曾孙某，谓国家也。"此诗中称"曾孙"以国事之故。

18. 馌（yè），《说文》：馈田也。以祭品奉献于田地之神。

19. 畯（jùn），《说文》：农夫也。

20. 至喜，为"致禧"。致禧，初春农夫在开始耕种之前向田祖行礼，以求吉利。

21. 攘，为"饟"。《说文》："饟，周人谓饷曰饟。"即进食给他人。

22. 旨，《说文》：美也。

23. 禾易，即"禾埸（yì）"，禾田的疆界。长亩，疆界长度以亩为单位来计量。

《说文》："六尺为步，步百为畮（亩）。"即六百尺见方为一亩。

24. 敏，《说文》：疾也。

25. 稼，《说文》："禾之秀实为稼，茎节为禾。"

26. 茨，为"穧"。《说文》："穧（zī，cí）：积禾也。"

《说文》："薋（zī，cí）：草多貌。"

27. 坻，《尔雅》：小洲曰陼，小陼曰沚，小沚曰坻。

28. 京，《说文》：人所为绝高丘也。

29. 箱，通"廪"。《尔雅》："廯（xiān），廪也。"仓廪、粮仓。

【解析】

　　这首诗讲先王重农，后继之君效法之。亲耕耤田，以祈福佑。

　　"倬彼甫田，岁取十千"，开阔的大田，每年收一万粮。言国家收田赋。"我取其陈，食我农人，自古有年"，我取陈年粮食，与我农人食用，遵从古丰年之惯例。言丰年惠农。"今适南亩，或耘或耔，黍稷薿薿"，今往大田，或除草或培苗，其黍稷茂盛。"攸介攸止，烝我髦士"，所极所止，进我官员。言以农养官，亦即以农立国。寓意农业为国之根本。

　　"以我齐明，与我牺羊，以社以方"，用我之洁诚、敬慎，以及我之牺羊，以之祭祀土地、四方诸神。"我田既臧，农夫之庆"，我农田既善，农夫之庆。"琴瑟击鼓，以御田祖，以祈甘雨，以介我稷黍，以谷我士女"，琴瑟击鼓，以祭祀田祖，以求甘雨，以保佑我黍稷丰收，以生养我男女。

　　"曾孙来止，以其妇子，馌彼南亩"，曾孙来田祭，携其妻与子，献祭品于大田。言后继之君饷田。"田畯至喜，攘其左右，尝其旨否"，农官向田祖行礼，以酒食馈田畯一行人，使尝酒食甘美与否。"禾易长亩，终善且有"，禾田的疆界长以亩计，禾田不仅修治良好而且肥沃。"曾孙不怒，农夫克敏"，曾孙无怒，农官亦能勤快治事。言君臣上下重农，官员能尽心农事，君王顺心。

　　"曾孙之稼，如茨如梁"，曾孙之谷穗，如同堆积的禾谷一般稠密，如同木梁一般长大。言庄稼丰茂。"曾孙之庾，如坻如京"，曾孙之粮仓，如洲渚一般大，如土丘一般高。"乃求千斯仓，乃求万斯箱"，乃求如此粮仓千座，乃求如此粮仓万座。言愿农业兴盛，天下富足。"黍稷稻粱，农夫之庆。报以介福，万寿无疆"，黍稷稻粱丰收，乃农夫之庆。此乃神祇回报之大福，遵从重农敬神之道，则保万寿无疆。

大田

大田多稼，既种既戒。
既备乃事，以我覃耜，
俶载南亩，播厥百谷。
既庭且硕，曾孙是若。

既方既皂，既坚既好。
不稂不莠，去其螟螣，
及其蟊贼，无害我田稚。
田祖有神，秉畀炎火。

有渰萋萋，兴雨祁祁。
雨我公田，遂及我私。
彼有不获稚，此有不敛穧。
彼有遗秉，此有滞穗。
伊寡妇之利。

曾孙来止，以其妇子。
馌彼南亩，田畯至喜。
来方禋祀，以其骍黑，与其黍稷。
以享以祀，以介景福。

诗辑训

846

【注释】

1. 稼，《说文》："禾之秀实为稼，茎节为禾。"

2. 戒，为"饬"。《说文》："饬，饰（饬）也。"整治、修治之意。

3. 覃（tán、qín、yǎn），通"剡"。《说文》："剡（yǎn），锐利也。"

4. 俶（chù），《尔雅》：作也。

5. 庭，《尔雅》：直也。

6. 若,《尔雅》: 善也。

7. 方, 为"旁"。《说文》:"旁: 溥也。溥: 大也。"

8. 皁(zào), 为"皀"。《说文》:"皀(bì), 谷之馨香也。"

9. 稂(láng),《说文》:"蓈, 禾粟之穗生而不成者谓之蕫蓈。"无籽实的谷穗。

10. 螟,《尔雅》: 食苗心。《说文》:"螟, 虫食谷叶者。"

11. 螣, 为"蟘"。《说文》:"蟘(tè), 虫, 食苗叶者。《诗》曰: '去其螟蟘。'"

12. 蟊,《尔雅》: 食根。吃禾苗根的虫子。

13. 贼,《尔雅》: 食节。吃禾苗茎秆的虫子。

14. 稚,《说文》: 幼禾也。

15. 有神, 为"侑神", 相配合治理。《尔雅》:"神, 治也。"《说文》:"侑: 耦也。"

16. 畀,《说文》: 相付与之。

17. 炎火, 旺盛的火, 此处指光热。《说文》:"炎: 火光上也。"

18. 渰(yǎn),《说文》: 云雨貌。

19. 萋萋, 为"凄凄"。《说文》:"凄, 云雨起也。"凄凄, 云雨兴起的样子。

20. 祁祁,《尔雅》: 徐也。

21. 私, 为"厶"。《说文》:"厶: 奸衺也。韩非曰: '苍颉作字, 自营为厶。'"

22. 敛,《尔雅》: 聚也。

23. 穧(jì),《说文》: 获刈也。

24. 秉,《说文》: 禾束也。《尔雅》:"秉, 执也。"

25. 滞,《说文》: 凝也。引申留滞、止。

26. 饁(yè),《说文》: 饷田也。

27. 来,《尔雅》:"来, 至也。"

28. 禋,《说文》:"禋(yīn), 洁祀也。一曰精意以享为禋。"《周礼》:"以禋祀祀昊天上帝。"

【解析】

　　这首诗讲君王重农、兴农、惠农。

"大田多稼，既种既戒"，大田多禾稼，尽已耕种、修整。言全部农田无荒废者，且耕种良善。"既备乃事，以我覃耜，俶载南亩，播其百谷"，尽备其耕种之事，以我锐利之耒耜，耕作于大田之上，播其百谷。言君王亲身耕作。"既庭既硕，曾孙是若"，禾苗不仅行列直且禾苗硕大，曾孙是善。寓意君王善农事。

　　"既方既皁，既坚既好"，谷穗既大且馨香，既饱满且美好。"不稂不莠，去其螟螣，及其蟊贼，无害我田稚"，没有稂莠，除去其螟螣，及其蟊贼，使之不能为害我田中幼苗。"田祖有神，秉畀炎火"，田祖配合治之，掌握、给予光热。言田祖保佑。

　　"有渰萋萋，兴雨祁祁"，云雨兴起，雨水徐落。言降雨充足、平和。"雨我公田，遂及我私"，下雨在我公田，继而及我私田。言农人有公心。言外之意掌国家者得民心。"彼有不获稚，此有不敛穧。彼有遗秉，此有滞穗。伊寡妇之利"，彼处有未收获的未熟禾苗，此处有不收敛的已割谷物。彼处有遗留的禾束，此处有留下的谷穗。这些不收的谷物都是寡妇之利。言有意留下谷物给无依靠的寡妇食用。言富有者施惠于贫困者。

　　"曾孙来止，以其妇子。馌彼南亩，田畯至喜"，曾孙来止，同其妻子。馌彼大田，农官致禧。"来方禋祀，以其骍黑，与其黍稷，以享以祀，以介景福"，待到大禋祀，以其赤色且有黑毛的马，与其黍稷等为祭品，以享昊天上帝，以祭祀之，以佑大福。

【引证】

（1）《礼记·坊记》："子云：'君子不尽利，以遗民。'《诗》云：'彼有遗秉，此有不敛穧。伊寡妇之利。'故君子仕则不稼，田则不渔，食时不力珍，大夫不坐羊，士不坐犬。"

（2）《谷梁传·宣公十五年》："古者三百步为里，名曰井田。井田者，九百亩，公田居一。私田稼不善，则非吏。公田稼不善，则非民。"

（3）《孟子·滕文公上》："夏后氏五十而贡，殷人七十而助，周人百亩而彻，其实皆什一也。彻者，彻也；助者，藉也。龙子曰：'治地莫善于助，莫不善于贡。贡者校数岁之中以为常。乐岁，粒米狼戾，多取之而不为虐，则寡取之；凶年，粪其田而不足，则必取盈焉。为民父母，使民盻盻然，将终岁勤动，不得以养其父母，又称贷而益之。使老稚转乎沟壑，恶在其为民父母也？'夫世禄，滕固行之矣。《诗》云：'雨我公田，遂及我私。'惟助为有公田。由此观之，虽周亦助也。"

（4）《吕氏春秋·务本》：尝试观上古记，三王之佐，其名无不荣者，其实无不安者，功大也。《诗》云："有晻凄凄，兴云祁祁。雨我公田，遂及我私。"三王之佐，皆能以公及其私矣。俗主之佐，其欲名实也与三王之佐同，而其名无不辱者，其实无不危者，无公故也。皆患其身不贵于国也，而不患其主之不贵于天下也。皆患其家之不富也，而不患其国之不大也。此所以欲荣而愈辱，欲安而益危。安危荣辱之本在于主，主之本在于宗庙，宗庙之本在于民，民之治乱在于有司。

瞻彼洛矣

瞻彼洛矣，维水泱泱。
君子至止，福禄如茨。
韎韐有奭，以作六师。

瞻彼洛矣，维水泱泱。
君子至止，鞞琫有珌。
君子万年，保其家室。

瞻彼洛矣，维水泱泱。
君子至止，福禄既同。
君子万年，保其家邦。

【注释】

1. 瞻，《尔雅》：视也。

2. 洛水，源自今陕西。

3. 泱，《说文》：滃也。《说文》："滃，云气起也。"泱泱，云气涌动的样子。

《左传》："泱泱乎，大风也哉。"

4. 茨，通"薋"。《说文》："薋（cí），草多貌。"《说文》："穦（cí）：积禾也。"

5. 韎（mèi），《说文》："韎，茅蒐染韦也。一入曰韎。"用茅蒐草染皮革，染一遍曰韎。茅蒐草可以染绛色，韎为浅红色的皮革。引申浅赤色。

6. 韐（gé），《说文》："士无市有韐。制如榼（kē），缺四角。爵弁服，其色韎。贱不得与裳同。"韐为长八角形，浅红色皮革，其作用同蔽膝，为士人专用。

7. 韎韐，此处代指士人。

850

8. 奭（shì），《说文》：盛也。

9. 六师，天子之师。《谷梁传》："古者天子六师，诸侯一军。"

10. 鞞（bēi），《说文》：刀室也。即刀鞘。

11. 琫（běng），《说文》："琫，佩刀上饰。天子以玉，诸侯以金。"

12. 珌（bì），《说文》："珌，佩刀下饰。天子以玉。"琫有珌，即"琫又珌"。

【解析】

　　这首诗讲君子道长，使国势强盛，家国安定。

　　"瞻彼洛水，维水泱泱"，看那洛河，其水流如云气般涌动。言洛水盛大，寓意君子之道兴盛。"君子至止，福禄如茨"，君子到来，福禄如积禾一般繁庶。"韎韐有奭，以作六师"，韎韐众盛，以兴六师。言士人盛多，使得国力强盛。

　　"瞻彼洛水，维水泱泱"，视彼洛河，其水流如云气般涌动。"君子至止，鞞琫有珌"，君子到来，刀鞘上下都有装饰。言兵器华美，寓意国家文明兴盛。"君子万年，保其家室"，君子美名流传万年，其德行可保其家室。

　　"瞻彼洛水，维水泱泱"，视彼洛河，其水流如云气般涌动。"君子至止，福禄既同"，君子到来，福禄尽同。言国人皆受福禄。"君子万年，保其家邦"，君子美名万年长存，其德行可保其家国。

【引证】

关于"韎韐"

　　《仪礼·士冠礼》："爵弁服、纁裳、纯衣、缁带、韎韐。"

　　《仪礼·士丧礼》："爵弁服、纯衣、皮弁服、褖衣、缁带、韎韐、竹笏。"

　　《白虎通德论》："天子大夫赤绂葱衡，士韎韐。"

诗三百，一言以蔽之，曰思无邪。

——孔丘

裳裳者华

裳裳者华，其叶湑兮。

我觏之子，我心写兮。

我心写兮，是以有誉处兮。

裳裳者华，芸其黄矣。

我觏之子，维其有章矣。

维其有章矣，是以有庆矣。

裳裳者华，或黄或白。

我觏之子，乘其四骆。

乘其四骆，六辔沃若。

左之左之，君子宜之。

右之右之，君子有之。

维其有之，是以似之。

【注释】

1. 裳裳，为"闛闛"。《说文》："闛（táng），盛貌。"

2. 湑（xǔ），《说文》：露貌。引申清亮、鲜明。此处形容树叶清新。

3. 觏（gòu），《说文》：遇见也。

4. 写，《说文》：置物也。引申安放、安置、踏实。

5. 誉，为"豫"。《尔雅》："豫：乐也。安也。"

6. 芸其黄，为"荟其葟"，即"大其花"。葟又写作"韹"。

《说文》："荟（yǔn）：大也。"

《说文》："韹（huáng）：华荣也。从舜生声。读若皇。《尔雅》曰：
'韹，华也。'"

7. 骆，《说文》：马白色黑鬣（liè）尾也。古代为使者专用马。

《后汉书》："太仆御驾六布施马。布施马者，淳白骆马也，以黑药灼其身为虎文。"

8. 章，《说文》：乐竟为一章。引申章法、章节。

《左传》："故君子在位可畏，施舍可爱，进退可度，周旋可则，容止可观，作事可法，德行可象，声气可乐，动作有文，言语有章，以临其下，谓之有威仪也。"

9. 沃（wò，wū），为"俣"。《说文》："俣（wū，yǔ），大也。"

10. 若，《尔雅》：善也。沃若，此处指缰绳粗大结实。

11. 宜，《说文》：所安也。

12. 君子有之，为"君子侑之"。《说文》："侑，耦也。"解作相匹。

13. 似，《说文》：象也。引申效法、继承、承嗣。《诗》："以似以续。"

【解析】

这首诗讲君子有道，且能以义行之。

"裳裳者华，其叶湑兮"，花朵繁盛，其叶鲜亮。寓意君子强健。"我觏之子，我心写兮。我心写兮，是以有誉处兮"，我遇见是子，我心则踏实。我心踏实，是以有安处。言君子可保国家安定。

"裳裳者华，芸其黄矣"，花朵繁盛，其花亦大。寓意君子盛壮。"我觏之子，维其有章矣。维其有章矣，是以有庆矣"，我遇见是子，其有章法。其有章法，所以有庆。言君子言行有章法，善成事功，所以有庆。

"裳裳者华，或黄或白"，花朵繁盛，其色黄或白。寓意君子有文，能处中行义。"我觏之子，乘其四骆。乘其四骆，六辔沃若"，我遇见是子，乘其黑尾白马。乘其黑尾白马，六根辔绳粗大结实。以乘四骆寓意君子唱（导）行道义。

"左之左之，君子宜之。右之右之，君子有之"，左往则往左，君子适应之。右往则往右，君子相匹之。言君子能以义变应。"维其有之，是以似之"，唯其能相匹合，所以承继之。言君子以义变应，所以能承嗣大道、正道。

853

【引证】

（1）《孔丛子·记义》："于《裳裳者华》见古之贤者世保其禄也。"

（2）《荀子·不苟》：君子崇人之德，扬人之美，非谄谀也。正义直指，举人之过，非毁疵也。言己之光美，拟于舜禹，参于天地，非夸诞也。与时屈伸，柔从若蒲苇，非慑怯也。刚强猛毅，靡所不信，非骄暴也。以义变应，知当曲直故也。《诗》曰："左之左之，君子宜之。右之右之，君子有之。"此言君子能以义屈信（申）变应故也。

（3）《左传·襄公三年》：祁奚请老，晋侯问嗣焉。称解狐，其仇也。将立之而卒。又问焉，对曰："午也可。"于是羊舌职死矣，晋侯曰："孰可以代之？"对曰："赤也可。"于是使祁午为中军尉，羊舌赤佐之。君子谓："祁奚于是能举善矣。称其仇不为谄。立其子不为比。举其偏不为党。"《商书》曰："无偏无党，王道荡荡。"其祁奚之谓矣！解狐得举，祁午得位，伯华得官，建一官而三物成，能举善也夫！唯善，故能举其类。《诗》云："惟其有之，是以似之。"祁奚有焉。

译文：祁奚告老，晋悼公问谁来接替他。祁奚称解狐。解狐是祁奚的仇人。晋悼公将要任命解狐，解狐却死了。晋悼公再次问祁奚，祁奚回答："祁午（祁奚之子）也可以胜任。"这时羊舌职死了，晋悼公说："谁可以接替他？"祁奚回答说："羊舌赤（羊舌职之子）亦可以胜任。"因此，晋悼公就派遣祁午做中军尉，羊舌赤为副职。君子认为："祁奚于此能推举良善者。举荐他的仇人而非谄媚，推荐他的儿子而非自私，推举他的副手而非结党。《商书》说：'无偏无党，王道荡荡。'说的就是祁奚啊。解狐得到推荐，祁午得到安排，羊舌赤得官，立一个官员而成全三德行，这是由于其人能以推举贤能为准则。唯有善者，方能推举其善者。《诗》说：'惟其有之，是以似之。'祁奚有此德行。

上文中祁奚面对"称其仇，为谄；立其子，为比；举其偏，为党。"能遵从"举善"之义，所以说祁奚能比之于义，能承继其道。

桑扈

交交桑扈，有莺其羽。
君子乐胥，受天之祜。

交交桑扈，有莺其领。
君子乐胥，万邦之屏。

之屏之翰，百辟为宪。
不戢不难，受福不那。

兕觥其觩，旨酒思柔。
彼交匪敖，万福来求。

【注释】

1. 交交，为"噭噭"。《说文》："噭（jiào），声噭噭也。"象声词，鸟鸣声。

2. 桑扈，即戴胜鸟，肉食性，为农林益鸟。

3. 莺，为"訇"之误。《说文》："訇（yíng）：小声也。"有莺其羽与"翩翩（飞声）其羽"意思相似。《说文》："莺：鸟也。《诗》曰：'有莺其羽。'"

4. 胥，《尔雅》：相也。省视之意。

5. 祜，《说文》：福也。

6. 领，为"翎"。《说文》："翎，羽也。"

7. 屏，《说文》：屏蔽也。

8. 翰，为"干"，盾也。
《方言》："盾，自关而东或谓之瞂，或谓之干。关西谓之盾。"

9. 辟，《尔雅》：历也。即治、治理之意。百辟，众管理者，亦即"百官"之意。《礼记》："雩祀百辟卿士有益于民者，以祈谷实。"

855

10. 宪，《尔雅》：法也。

11. 戢，为"湒"。《说文》："湒，和也。"即应和之意。

12. 难，为"戁"。《说文》："戁（nǎn），敬也。"

13. 那，《尔雅》：多也。

14. 觵，本字"觵"。《说文》："觵，兕牛角可以饮者也。其状觵觵（圆滑），故谓之觵。"兕觵作为酒器用于飨礼，寓宾客有威仪。《诗》："跻彼公堂，称彼兕觵。"

15. 觩，为"觓"。《说文》："觓（qiú），角貌。《诗》曰：'兕觵其觓。'"本意指形如兽角状，引申弯曲。

16. 交，通"憍"，解作纵恣、肆意。《荀子》："立身则憍暴，事行则倾覆。"

17. 敖，《尔雅》：傲也。

18. 彼交匪敖，《左传》引作"匪交匪敖"。

19. 求，为"逑"。《说文》："逑，敛聚也。"

【解析】

这首诗讲君子卫护天下。

"交交桑扈，有莺其羽"，嗅嗅桑扈，其羽翅扇动有声。桑扈啄食害虫卫护农桑，寓意有德君子卫护百姓。"君子乐胥，受天之祜"，君子乐于省视，受天之福。言君子乐于保护民众，则上天福佑之。

"交交桑扈，有莺其领。君子乐胥，万邦之屏"，嗅嗅鸣叫的桑扈，其羽翅扇动有声。君子乐于省视，为天下之屏藩。言有德君子为天下之保卫者。

856

"之屏之翰，百辟为宪"，为屏藩为盾牌，众治理者以为准则。言众士人皆应以卫护百姓为宗旨。"不戢不难，受福不那"，不能应和屏翰之义，不能敬重屏翰之德，则受福不多。言士君子时时处处践护卫百姓之义。

"兕觵其觩，旨酒思柔"，兕角酒杯弯曲，杯中美酒柔和。兕为猛兽，以其角为酒器，寓意服猛。兕觵用于飨礼，礼赞宾客之有威仪。"彼交匪敖，万福来求"，不纵恣不倨傲，则万福来聚。言为官不可倨傲、放肆。

（1）《左传·成公十四年》：卫侯飨苦成叔，宁惠子相。苦成叔傲。宁子曰："苦成家其亡乎！古之为享食也，以观威仪，省祸福也。故《诗》曰：'兕觥其觩，旨酒思柔。匪交匪傲，万福来求。'今夫子傲，取祸之道也。"

大意：卫侯宴苦成叔，苦成叔倨傲。宁惠子说：通过飨礼可以观察人的威仪，察看他的祸福。苦成叔倨傲，必自取其祸。

（2）《左传·襄公二十七年》：郑伯享赵孟于垂陇，……赵孟曰："七子从君，以宠武也。请皆赋以卒君贶，武亦以观七子之志。"……公孙段赋《桑扈》，赵孟曰："'匪交匪敖'福将焉往？若保是言也，欲辞福禄，得乎？"

大意：郑伯享赵孟，宴席间公孙段赋《桑扈》。赵孟说：不骄不傲，福能往哪里呢？若能守此言，想要推辞福禄，能行吗？

鸳鸯

鸳鸯于飞，毕之罗之。
君子万年，福禄宜之。

鸳鸯在梁，戢其左翼。
君子万年，宜其遐福。

乘马在厩，摧之秣之。
君子万年，福禄艾之。

乘马在厩，秣之摧之。
君子万年，福禄绥之。

【注释】

1. 鸳，《说文》：鸳鸯也。鸳鸯为水鸟，繁殖期成对活动，古人认其雌雄相守。

西汉司马相如《凤求凰》："何缘交颈为鸳鸯，胡颉颃兮共翱翔。"

2. 毕，《说文》：田网也。

3. 罗，《说文》：以丝罟鸟也

4. 宜，《说文》：所安也。

5. 戢，《尔雅》：聚也。解作收敛、收聚。

6. 左翼，为"尨翼"。《说文》："尨（zuǒ），行不正也。"引申不正。

例如：旁门左（尨）道。左翼，不正之羽，指雄鸳鸯翅上的一对栗黄色、扇状直立羽。

7. 遐，《尔雅》：远也。引申久长。

8. 厩，《说文》：马舍也。

9. 摧，通"莝"。《说文》："莝（cuò），斩刍也。"即铡碎的草。

10. 秣，《说文》：马食谷也。

11. 艾，《尔雅》：养也。

《国语》："树于有礼，艾人必丰。……树于有礼，必有艾。"

12. 绥，《尔雅》：安也。

【解析】

这首诗讲君子取用有道。

"鸳鸯于飞，毕之罗之"，鸳鸯于天上飞，于地下设置罗网。鸳鸯雌雄相守，古人以为其有节操。这两句诗讲捕获其自投罗网之鸳鸯，寓意君子之取用有道。"君子万年，福禄宜之"，君子美名万年长存，福禄安之。言有操守之君子，其福禄长久。

"鸳鸯在梁，戢其左翼"，鸳鸯在水桥之上，收敛其背后之立羽。水桥乃人往来之所，收敛羽翅言其休息。鸳鸯在人往来之地休息，敢于近人，言人不滥捕。"君子万年，宜其遐福"，君子万年，遐福其安。

"乘马在厩，摧之秣之"，乘马在厩，喂之草料而饲之谷物。言使用物力有道。"君子万年，福禄艾之"，君子万年，福禄养之。

"乘马在厩，秣之摧之。君子万年，福禄绥之"，乘马在厩，喂之草料而饲之谷物。君子万年，福禄安之。

【引证】

（1）关于古人田猎

《礼记·曲礼下》："国君春田不围泽，大夫不掩群，士不取麑卵。"

《礼记·王制》："天子、诸侯无事则岁三田：一为笾豆，二为宾客，三为充君之庖。无事而田，曰不敬。田不以礼，曰暴天物。天子不合围，诸侯不掩群。天子杀则下大绥，诸侯杀则下小绥，大夫杀则止佐车。佐车止，则百姓田猎。獭祭鱼，然后虞人入泽梁。豺祭兽，然后田猎。鸠化为鹰，然后设罻罗。草木零落，然后入山林。昆虫未蛰，不以火田，不麑，不卵，不杀胎，不殀夭，不覆巢。"

（2）关于"节"

《周易·节》之《彖》："天地节而四时成，节以制度，不伤财，不害民。"

《周易·节》之《象》："君子以制数度，议德行。"

详细请参阅《周易明义》

鸳鸯

　　鸳鸯为小型游禽，是著名的观赏鸟。鸳鸯雌雄异色，雄鸟羽色鲜艳、华丽，雌鸟头和整个上体皆灰褐色。鸳鸯飞行的能力很强。鸳鸯善游泳、潜水，亦常到陆地上活动、觅食。鸳鸯性机警，极善隐蔽，遇人或其他惊扰立即起飞，并发出一种尖细的"哦儿"声。鸳鸯主要栖息于河流、湖泊、沼泽附近。除繁殖期外，常成群活动，特别是迁徙季节和冬季，集群有时达百只。鸳鸯在繁殖期常出双入对，所以被视为忠贞爱情的象征。鸳鸯为杂食性。

　　鸳鸯雄鸟翅上有一对栗黄色、扇状直立羽，像帆一样立于后背，非常奇特和醒目。这对直立羽是其三级飞羽异化而成，是其他鸭类没有的特征。三级飞羽是翅膀最内侧的羽毛，大部分鸟类的三级飞羽都不明显。

　　由上图可见雄鸟翅上的栗黄色直立羽在其睡眠时为收敛状态，其活动时直立羽则是伸张状态。

頍弁

有頍者弁，实维伊何？
尔酒既旨，尔殽既嘉。
岂伊异人？兄弟匪他。
茑与女萝，施于松柏。
未见君子，忧心弈弈。
既见君子，庶几说怿。

有頍者弁，实维何期？
尔酒既旨，尔殽既时。
岂伊异人？兄弟具来。
茑与女萝，施于松上。
未见君子，忧心恟恟。
既见君子，庶几有臧。

有頍者弁，实维在首。
尔酒既旨，尔肴既阜。
岂伊异人？兄弟甥舅。
如彼雨雪，先集维霰。
死丧无日，无几相见。
乐酒今夕，君子维宴。

861

【注释】

1. 頍（kuǐ），《说文》："頍，举头也。《诗》曰：'有頍者弁。'"
古人戴没有簪子固定的冠冕时，先用薄布头套或围巾紧束头发，如此可
使冠冕稳固。頍，即束发的头套或头巾，套在头上的样子如同清朝男子
的小帽或当今医生的工作帽。

2. 弁（biàn），又写作"覍"。《说文》："覍，冕也。周曰覍，殷曰

呼，夏曰收。"

《释名》："弁，如两手相合抃时也。以爵韦为之谓之爵弁。以鹿皮为之谓之皮弁。"

3. 实，通"寔"。《尔雅》："寔，是也。"

4. 异人，解作外道人、外人。

5. 茑（niǎo），《说文》：寄生也。寄生在松柏上的植物，或为松寄生。

6. 女萝，《尔雅》：菟丝也。

7. 弈弈，《尔雅》：忧也。

8. 庶几，《尔雅》：尚也。解作也许、应该、差不多等。

9. 说怿，即"悦怿"。《尔雅》："怿，乐也。"

10. 期，为"伿"。《说文》："伿（jì）：婞（xìng）也。"解作希望、盼望、期待。

《说文》："婞：吉而免凶也。"婞今简体作"幸"，如侥幸、幸运等。伿古今多写作"冀"或"期"，如期望、冀望、希冀等。

11. 时，《尔雅》：是也。解作正、合宜。

12. 恸恸（bǐng），《尔雅》：忧也。

13. 阜，多、盛也。《国语》："阜其财求而利其器用；政平民阜，财用不匮。"

14. 集，通"即"。《方言》："即，就也。"《尔雅》："即，尼（近）也。"《礼记》："升堂即位；即位于门西。"

15. 霰（xiàn），《说文》：稷雪也。像小米粒一样的雪。一般多在下雪前出现，下雪时亦有。唐白居易："夜深烟火灭，霰雪落纷纷。"

16. 宴，为"厭"。《说文》："厭（yàn）：一曰合也。"古文"厭、宴、燕、晏"通用。凡以酒食聚会当称为"厭会"，古今多写作"宴会、燕会"。

【解析】

这首诗讲天子需要诸侯支持，诸侯、天子需要人民支持，平天下需要君子支持。

"有頍者弁，实维伊何"，弁而有頍，此为何？以冠冕需要頍来稳固，言天子需要众诸侯支持。"尔酒既旨，尔殽既嘉"，其酒既美，其菜肴既嘉。"岂伊异人？兄弟匪他"，岂是外人？兄弟不是他人。言天子与诸侯宴饮。"茑与女萝，施于松柏"，松寄生与菟丝，生长在松柏树上。松柏长青比喻人民，寓意天子、诸侯植根于人民。"未见君子，忧心弈弈"，未见君子，弈弈忧心。"既见君子，庶几悦怿"，既见君子，应该喜悦。寓意治国、平天下需要有道君子支持。

　　"有頍者弁，实维何期"，弁而有頍，此有何期？言需要頍之支撑。"尔酒既旨，尔殽既时。岂伊异人？兄弟具来"，其酒既美，其菜肴既合宜。岂是外道人？兄弟俱来。"茑与女萝，施于松上。未见君子，忧心怲怲。既见君子，庶几有臧"，松寄生与菟丝，生长于松上。未见君子，怲怲忧心。既见君子，应当能好。

　　"有頍者弁，实维在首"，冠冕有頍，因之稳固在头。"尔酒既旨，尔殽既阜。岂伊异人？兄弟甥舅"，其酒既美，其菜肴既丰盛。岂是外道人？为兄弟或甥舅。"如彼雨雪，先集维霰"，如同下雪，霰先就地。下雪之初往往先下霰，见到霰即知雪将下来。言诗人感叹自身多病，死丧不远。"死丧无日，无几相见"，死亡无日，相见之日恐无多。"乐酒今夕，君子维宴"，今夕乐酒，君子合会。言得见君子，故今夕乐酒。

【引证】

《后汉书·舆服下》："古者有冠无帻（头巾），其戴也，加首有頍，所以安物。故《诗》曰：'有頍者弁'此之谓也。"

　　上文可知"頍"之作用——"所以安物"。今人所谓"头盔"应作"头頍"，"盔"字先秦未有。笔者家乡河北土语称清朝男子所戴小帽为"帽頍"。

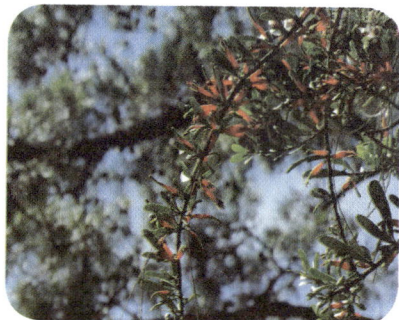

松寄生

松寄生，又名松上寄生，属桑寄生科植物。为小灌木，高五十厘米至一米。花期在七八月，果期在翌年四五月。松寄生寄生于松属、油杉属、杉属、云杉属或雪松属等植物上。松寄生多分布于中国西南。

诗辑训

864

车辖

间关车之辖兮！思娈季女逝兮！
匪饥匪渴，德音来括。
虽无好友，式燕且喜。

依彼平林，有集维鷮。
辰彼硕女，令德来教。
式燕且誉，好尔无射。

虽无旨酒，式饮庶几。
虽无嘉殽，式食庶几。
虽无德与女，式歌且舞。

陟彼高冈，析其柞薪。
析其柞薪，其叶湑兮。
鲜我觏尔，我心写兮。

高山仰止，景行行止。
四牡騑騑，六辔如琴。
觏尔新婚，以慰我心。

【注释】

1. 间，《尔雅》：代也。解作替换。

2. 关，穿、插入。《礼记》："叔孙武叔朝，见轮人以其杖关毂而輠轮者。"即"轮人以手杖穿过车毂在车毂内涂抹油脂"。间关，替换且穿入。

3. 辖，《说文》：键也。车辖，插在车轴的车键。

4. 娈（luán），为"嬾"。《说文》："嬾，顺也。"听从、柔顺之意。

5. 括，通"话"。《说文》："话，合会善言也。"

6. 燕，为"厭"。《说文》："厭（yàn）：一曰合也。"

7. 依，《说文》：倚也。

8. 平，《尔雅》："大野曰平，高平曰陆。"

9. 鷮（jiāo），《说文》：走鸣长尾雉也。或为今之环颈雉，形体与一般雉相似而尾长，古人以其尾羽插在驾车的马头上作装饰。

10. 辰，为"賑"。《尔雅》："賑，富也。"

11. 教，《说文》：上所施下所效也。

12. 誉，为"豫"。《尔雅》："豫：安也。乐也。"

13. 射，《尔雅》：厌也。

14. 柞，《说文》：木也。柞树，木质坚硬，一说为橡栎树统称。

15. 薪，青桐。《尔雅》："櫏（梧），采薪。采薪，即薪。"

16. 鲜，《尔雅》：善也。

17. 仰，为"卬"。《说文》："卬：望，欲有所庶及也。《诗》曰：'高山卬止。'"

18. 景行，大道。《尔雅》："景，大也。"《尔雅》："行，道也。"

19. 騑騑（fēi），为"騛騛"。《说文》："騛（fēi），马逸足也。"騛騛，马足腾跃、奔驰的样子。

【解析】

这首诗讲民众期待贤德君夫人，赞美其贤德。

"间关车之辖兮！思娈季女逝兮"，把车辖替换穿入车轴！柔顺少女往矣！此处为祈使语气，言热切期盼女子归来。"匪饥匪渴，德音来括"，不饥不渴，来话德音。言无心饥渴，一心想面见其人，聆听其德音。"虽无好友，式燕且喜"，虽无好友，相会且喜。言期待者虽与之非好友，然相会亦喜悦。言彼此心意相通。

"依彼平林，有集维鷮"，依赖原野之林，鷮则集聚。言广阔的林地才能聚集众多的鷮雉，寓意德行笃厚方能感召众人。"辰彼硕女，令德来教"，德行笃厚之高尚女子，以其美德来教国人。"式燕且誉，好尔无射"，相会且乐，好其无厌。言十分喜爱其人。

"虽无旨酒，式饮庶几。虽无嘉殽，式食庶几"，虽然无美酒，也要多饮几杯。虽然无嘉肴，也要多吃几口。言民众乐见其人。"虽无德与女，式歌且舞"，虽无德从汝，式歌且舞。言民众崇爱其人。

"陟彼高冈，析其柞薪。析其柞薪，其叶湑兮"，登彼高冈，伐其柞树、青桐。所伐柞木、青桐，其叶鲜亮。砍伐良好柞木、青桐制作琴瑟，言民众见是人而对礼乐兴充满希望。"鲜我觏尔，我心写兮"，好在我遇见其人，我心安放。

"高山仰止，景行行止"，望而欲登高山之上，愿行彼大道。寓意愿追求高尚、大道。"四牡骓骓，六辔如琴"，驷马飞奔，六根辔绳操控如琴。以马车飞驰寓意教化流行，以六辔如琴寓意礼乐大行。"觏尔新昏，以慰我心"，遇见其新婚，以安慰我心。

【引证】

（1）《左传·昭公二十五年》："二十五年春，叔孙婼聘于宋。桐门右师见之，语卑宋大夫，而贱司城氏，昭子告其人曰：'右师其亡乎。君子贵其身，而后能及人，是以有礼。今夫子卑其大夫，而贱其宗，是贱其身也，能有礼乎？无礼必亡。'宋公享昭子，赋《新宫》，昭子赋《车辖》。"

大意：叔孙婼为季平子迎娶宋元公女儿，二十五年春季，叔孙婼到宋国聘问。桐门右师接见他，谈话间右师看不起宋国的大夫，并且轻视司城氏。叔孙婼告诉他的手下人说："右师恐怕要逃亡。君子尊重自身，然后能及于别人，因此有礼。现在这个人对他们的大夫和宗族都不加尊重，这是轻视他自己，能够有礼吗？无礼必亡。"宋元公设飨为叔孙婼，宋元公赋《新宫》一诗，叔孙婼赋《车辖》一诗，赞扬宋元公之女有德，鲁国热切盼望其归嫁。

（2）《左传·昭公二十六年》："陈氏虽无大德，而有施于民，豆区釜锺之数，其取之公也薄，其施之民也厚，公厚敛焉，陈氏厚施焉，民归之矣。《诗》曰：'虽无德与女，式歌且舞。'陈氏之施，民歌舞之矣。"

（3）《礼记·表记》："子曰：中心安仁者，天下一人而已矣。《大雅》曰：'德輶如毛，民鲜克举之；我仪图之，惟仲山甫举之，爱莫助之。'《小雅》曰：'高山仰止，景行行止。'"

（4）《史记·孔子世家》："太史公曰：《诗》有之'高山仰止，景行行止'虽不能至，然心乡往之。"

（5）《**盐铁论·执务**》：贤良曰："孟子曰：'尧、舜之道，非远人也，而人不思之耳。'《诗》云：'求之不得、寤寐思服。'有求如《关雎》，好德如《河广》，何不济、不得之有？故'高山仰止，景行行止'虽不能及，离道不远也。颜渊曰：'舜独何人也，回何人也？'夫思贤慕能，从善不休，则成康之俗可致，而唐虞之道可及。公卿未思也，先王之道，何远之有？"

青蝇

营营青蝇，止于樊。
岂弟君子，无信谗言。

营营青蝇，止于棘。
谗人罔极，交乱四国。

营营青蝇，止于榛。
谗人罔极，构我二人。

【注释】

1. 营营，为"謍謍"。《说文》："謍（yíng），小声也。"謍謍，蝇子嗡嗡声。

2. 樊，《说文》：藩也。即屏藩、藩篱。

3. 岂弟，又写作"恺悌"。《尔雅》："恺悌，发也。"即生发、启发之意。此处解作开、开发、拨开。

4. 交，《说文》：会也。交乱，上下左右交错而乱，亦即错乱、混乱之意。

5. 极，准则。

6. 榛，刺榛。刺榛为榛树一个品种。刺榛小枝具或疏或密的刺状腺体枝。果苞背面偶有刺状腺体，上部有分叉而锐利的针刺状裂片。

7. 构，为"篝"。《说文》："篝（gòu），交积材也。"本意为交架材料，引申交结、联结。构祸，即嫁祸。

8. 二，为"贰"。《尔雅》："贰，疑也。"

【解析】

这首诗讲进谗者祸害良善、祸乱国家，应制止之。

"营营青蝇，止于樊"，嗡嗡鸣叫的青蝇，止于藩篱。寓意谗言止于礼法。"岂弟君子，无信谗言"，开明君子，不信谗言。言君子开明能拨云见日、去伪存真。

"营营青蝇，止于棘"，嗡嗡鸣叫的青蝇，止于棘。"谗人罔极，交乱四国"，进谗者无准则，使天下混乱。

"营营青蝇，止于榛。谗人罔极，构我二人"，嗡嗡鸣叫的青蝇，止于刺榛。进谗者没有准则，不仅嫁祸我而且怀疑他人。言进谗者唯自利是图，祸害不已。

【引证】

《左传·襄公十四年》：将执戎子驹支，范宣子亲数诸朝。曰："来，姜戎氏，昔秦人迫逐乃祖吾离于瓜州，乃祖吾离被苫盖，蒙荆棘，以来归我先君，我先君惠公有不腆之田，与女剖分而食之，今诸侯之事我寡君，不如昔者，盖言语漏泄，则职女之由，诘朝之事，尔无与焉，与将执女。"对曰："昔秦人负恃其众，贪于土地，逐我诸戎，惠公蠲其大德，谓我诸戎，是四狱之裔胄也，毋是翦弃。赐我南鄙之田，狐狸所居，豺狼所嗥，我诸戎除翦其荆棘，驱其狐狸豺狼，以为先君不侵不叛之臣，至于今不贰。昔文公与秦伐郑，秦人窃与郑盟，而舍戍焉，于是乎有淆之师，晋御其上，戎亢其下，秦师不复，我诸戎实然。譬如捕鹿，晋人角之，诸戎掎之，与晋踣之，戎何以不免？自是以来，晋之百役，与我诸戎，相继于时，以从执政，犹淆志也，岂敢离逷。今官之师旅，无乃实有所阙，以携诸侯，而罪我诸戎。我诸戎饮食衣服，不与华同，贽币不通，言语不达，何恶之能为？不与于会，亦无瞢焉。"赋《青蝇》而退。宣子辞焉，使即事于会，成恺悌也。

大意：晋国范宣子指责戎人，欲治戎人驹支罪。戎人驹支据理、据实反驳。之后驹支赋《青蝇》而退，告诫范宣子不要听信谗言。范宣子认为驹支所言有理，进而道歉。范宣子如此不信谗言，成就其开明美名。

诗辑训

宾之初筵

宾之初筵，左右秩秩。
笾豆有楚，殽核维旅。
酒既和旨，饮酒孔偕。
钟鼓既设，举酬逸逸。
大侯既抗，弓矢斯张。
射夫既同，献尔发功。
发彼有的，以祈尔爵。

龠舞笙鼓，乐既和奏。
烝衎烈祖，以洽百礼。
百礼既至，有壬有林。
锡尔纯嘏，子孙其湛。
其湛曰乐，各奏尔能。
宾载手仇，室人入又。
酌彼康爵，以奏尔时。

宾之初筵，温温其恭。
其未醉止，威仪反反。
曰既醉止，威仪幡幡。
舍其坐迁，屡舞仙仙。
其未醉止，威仪抑抑。
曰既醉止，威仪怭怭。
是曰既醉，不知其秩。

宾既醉止，载号载呶。
乱我笾豆，屡舞僛僛。
是曰既醉，不知其邮。

侧弁之俄，屡舞傞傞。

既醉而出，并受其福。

醉而不出，是谓伐德。

饮酒孔嘉，惟其令仪。

凡此饮酒，或醉或否。

既立之监，或佐之史。

彼醉不臧，不醉反耻。

式勿从谓，无俾大怠。

匪言勿言，匪由勿语。

由醉之言，俾出童羖。

三爵不识，矧敢多又。

【注释】

1. 筵，《说文》："筵：竹席也。《周礼》曰：'度堂以筵。'筵一丈。"

2. 秩秩，《尔雅》：清也。明晰、条理。《尔雅》："秩，法也。"

3. 楚，《说文》：丛木。引申密、丛密。

4. 殽，带骨肉。《礼记》："进食之礼，左殽右胾（切肉）。"

5. 核，桃李等有核果实。《尔雅》："桃李丑，核。"

《后汉书》："斟酌道德之渊源，肴覈（核）仁义之林薮。"

《孔丛子》："论道饮燕，流川浮觞，殽核纷杂。"

6. 旅，《尔雅》：众也。

7. 偕，《说文》：俱也。此处解作整齐、齐一。

8. 逸，《说文》：失也。逸逸，自如的样子。

9. 大侯，诸侯射的箭靶。《仪礼》："公射大侯，大夫射参，士射干。"

10. 抗，举、立。《礼记》："故歌者，上如抗，下如队（坠）。"

11. 发功，发矢中的之能。

12. 祈，《说文》：求福也。

13. 烝，《尔雅》：进也。

14. 衎（kàn），为"赣"。《说文》："赣（kǎn），繇也舞也。"即边歌边舞。

15. 烈祖，功业卓著之祖先。《左传》："皇祖文王，烈祖康叔，文祖襄公。"

16. 洽，通"詥"。《说文》："詥（hé），谐也。"和谐之意。

17. 壬，《尔雅》：大也。

18. 林，为"霖"。《说文》："霖（wú），丰也。"

19. 纯，《尔雅》：大也。

20. 椴（gǔ），《说文》：大远也。

21. 湛，为"媅"。《说文》："媅（dān），乐也。"

22. 奏，《说文》：奏进也。

23. 载，助词，无义。

24. 手仇，为"手毃"。《说文》："毃（chóu），悬物毃击。"悬挂物体抽打之。手毃，伸手鼓掌。此处指以鼓掌声为信号。

25. 又，通"佑、侑"。《尔雅》："侑，报也。"

26. 康，为"漮"。《尔雅》："漮，虚也。"康爵，即空杯之意。

27. 时，《尔雅》：是也。

28. 温温，《尔雅》：柔也。

29. 反反，为"板板"。《说文》："板，判也。"板板，清晰、明了的样子。

30. 幡幡，为"翻翻"。散乱的样子。

31. 迁，《尔雅》：徙也。

32. 仙仙，为"躚躚"。《说文》："躚（xiān），旋行。"转圈而行。

33. 抑抑，《尔雅》：密也。致密、谨严。

34. 怭怭，为"佖佖"。《说文》："佖，威仪也。"

35. 号，《说文》：呼也。

36. 呶（náo）《说文》：欢声也。

37. 屡，《尔雅》：疾也

38. 傞傞（qī）、傞傞（suō），《说文》：醉舞貌。

39. 邮，《尔雅》：过也。

40. 俄，《说文》：行顷也。

41. 伐，《说文》：败也。

42. 匪言，为"非言"。《说文》："非，违也。"

43. 匪由，违背规则、常法。《方言》："由，式也。"《说文》："式，法也。"

44. 怠，《说文》：慢也。

45. 俾，《尔雅》："俾：职也。从也。使也。"髀：别也。

46. 童，为"犝"。《说文》："犝，无角牛也。"《释名》："牛羊之无角者曰童（犝）。"

47. 羖（gǔ），《说文》：夏羊牡曰羖。即黑色的公羊。童羖，无角的黑色公羊，此处指羔羊。黑山羊成羊公母皆有角。

48. 三爵，君王赐臣下饮酒之礼法。或指献、醋、酬。

49. 矧（shěn），《说文》：况也。解作况且、何况、亦。《尚书》："元恶大憝（怨），矧惟不孝不友。"

【解析】

这首诗讲射礼以及宴享礼之臧否。

"宾之初筵，左右秩秩"，宾客初坐宴席，左右整齐有序。"笾豆有楚，殽核维旅"，笾豆密集，其中肉食、桃李众多。"酒既和旨，饮酒孔偕"，酒尽柔和味美，众人饮酒甚为整齐。"钟鼓既设，举酬逸逸"，钟鼓已然设好，举杯敬酒自如。"大侯既抗，弓矢斯张"，箭靶既立，弓矢上弦。"射夫既同，献尔发功"，掌射礼者全部就位，诸侯献其发功。"发彼有的，以祈尔爵"，发矢中的，以求其爵。言射中者可辞其酒爵。天子之大射谓之射侯。射中则得为诸侯，射不中则不得为诸侯。

"龠舞笙鼓，乐既和奏"，舞龠鼓笙，各种乐器尽以和奏。"烝衎烈祖，以洽百礼"，进献歌舞于烈祖，百礼以和。"百礼既至，有壬有林"，众礼尽至，可谓盛大。言礼乐殷盛。"锡尔纯嘏，子孙其湛"，所赐福禄大且久长，子孙其乐。"其湛曰乐，各奏尔能"，各自进献其所能，其欢乐之情状言其内心喜悦。"宾载手仇，室人入又"，宾客鼓掌，室内侍从者则进前佐助。"酌彼康爵，以奏尔时"，酌酒于空杯，以进其是。此处所谓"奏尔时"即敬酒或回敬或再敬酒，亦即献、醋、酬等。

"宾之初筵，温温其恭"，宾客初入座席，温温恭敬。"其未醉止，威仪反反。曰既醉止，威仪幡幡"，其未醉时，威仪昭著。及其醉

874

后，容止混乱。"舍其坐迁，屡舞仙仙"，从其坐席出来，快速舞动转来转去。言酒醉者步履不稳，踉踉跄跄。"其未醉止，威仪抑抑。曰既醉止，威仪怭怭"，其未醉时，威仪一板一眼。既已醉后，威仪怭怭，容止不失。言有德者饮酒足量而不至于乱，如此为既醉之正义。"是曰既醉，不知其秩"，如今所谓既醉，乃不知饮酒之礼法。

"宾既醉止，载号载呶"，宾客既醉，又呼号又欢叫。"乱我笾豆，屡舞僛僛"，搅乱我笾豆，快速舞动，摇摇晃晃。"是曰既醉，不知其邮"，如此之既醉，乃不知其过也。"侧弁之俄，屡舞仙仙"，冠冕倾侧，快速舞动来来回回。言酒后失其容止。"既醉而出，并受其福"，既醉而离席，方能并受其福。言饮酒足度量一则可享受酒食之美，二则安然离席不失容止，受人尊敬，故言"并受其福"。"既醉不出，是谓伐德"，既醉而不离席，则为败德。"饮酒孔嘉，维其令仪"，饮酒甚佳，在其美好仪容。

"凡此饮酒，或醉或否。既立之监，或佐之史"，凡此饮酒，或醉或不醉。皆尽设立监察，或佐以史官记录。言宴饮要设立监察人员。"彼醉不臧，不醉反耻"，彼醉者为不善者，不醉者反而以为耻。言颠倒是非，以醉乱为是。"式勿从谓，无俾大怠"，不用听从这些言说，不要跟从大不敬者。言酒乱为大过。"匪言勿言，匪由勿语"，违背饮酒礼义之言勿言，违背饮酒常法勿语。"由醉之言，俾出童羖"，听从醉酒之言，则要出其幼黑山羊，以烹饪佐酒。言醉后神智不清，行为错乱，不辨轻重。"三爵不识，矧敢多又"，三爵不识，亦敢多回敬。言饮酒不知礼法。

【引证】

（1）《礼记·射义》："《诗》云：'发彼有的，以祈尔爵。'祈，求也。求中以辞爵也。酒者，所以养老也，所以养病也。求中以辞爵者，辞养也。"

大意：射中的者可以不饮酒，寓意射手有能力治事，不用他人来养。换言之射不中的者为无能治事者，则不能养民，亦即不能为官。

（2）关于"三爵"

《礼记·玉藻》："君若赐之爵，则越席再拜稽首受，登席祭之，饮卒爵而俟君卒爵，然后授虚爵。君子之饮酒也，受一爵而色洒如也，二爵而言言斯，礼已三爵而油油以退，退则坐取屦，隐辟而后屦，坐左纳右，坐右纳左。"

（3）《**晏子春秋**》：晏子饮景公酒，日暮公呼具火。晏子辞曰："《诗》云'侧弁之俄'言失德也。'屡舞傞傞'言失容也。'既醉以酒，既饱以德。既醉而出，并受其福'宾主之礼也。'醉而不出，是谓伐德'宾之罪也。"

（4）唐元稹《**晚宴湘亭**》："晚日宴清湘，晴空走艳阳。花低愁露醉，絮起觉春狂。舞旋红裙急，歌垂碧袖长。甘心出童羖，须一尽时荒。"

鱼藻

鱼在在藻，有颁其首。
王在在镐，岂乐饮酒。

鱼在在藻，有莘其尾。
王在在镐，饮酒乐岂。

鱼在在藻，依于其蒲。
王在在镐，有那其居。

【注释】

1. 在，《尔雅》："在：察也。察：审也。"《说文》："詧（chá）：言微亲，詧也。"

《大戴礼记》："鱼在在藻，厥志在饵。鲜民之生矣，不如死之久矣。校（考核）德不（丕）塞（寒，实也），嗣武（继）孙子。"

2. 颁（bān），《说文》：大头也。

3. 岂，《说文》：还师振旅乐也。或为"恺"，康乐之意。岂、恺二字意思相近。

4. 莘（shēn），为"駪"。《说文》："駪（shēn），马众多貌。"古文"莘、侁、駪"通用。如"莘莘学子"应为"駪駪学子"。

5. 那，《尔雅》：多也。

【解析】

这首诗赞美周天子养民之功。

"鱼在在藻，有颁其首"，鱼察寻食物在水藻之中，其鱼头较大。鱼头大言鱼肥硕，言外之意其食物丰富。寓意百姓饮食丰足。"王在在镐，岂乐饮酒"，周王审察在镐京，饮酒康乐。言周王养民有功。

"鱼在在藻，有莘其尾"，鱼察寻食物在水藻之中，其鱼尾众多。鱼尾多即鱼多，寓意水藻等食物充裕，言物阜民丰。"王在在镐，饮酒岂乐",周王审察在镐京,饮酒康乐。

"鱼在在藻,依其蒲也",鱼察寻食物在水藻之中,依于蒲草。鱼隐身于蒲草,比喻百姓有其居所。"王在在镐,有那其居",周王审察在镐京,百姓之房屋居所众多。言百姓安居。

采菽

采菽采菽，筐之筥之。
君子来朝，何锡予之？
虽无予之，路车乘马。
又何予之？玄衮及黼。

觱沸槛泉，言采其芹。
君子来朝，言观其旂。
其旂淠淠，鸾声嘒嘒。
载骖载驷，君子所届。

赤芾在股，邪幅在下。
彼交匪纾，天子所予。
乐只君子，天子命之。
乐只君子，福禄申之。

维柞之枝，其叶蓬蓬。
乐只君子，殿天子之邦。
乐只君子，万福攸同。
平平左右，亦是率从。

汎汎杨舟，绋纚维之。
乐只君子，天子葵之。
乐只君子，福禄膍之。
优哉游哉，亦是戾矣。

【注释】

1. 筥，《说文》：籍也。即筲箕（shāo jī）。

2. 虽，通"唯"。解作唯有。《管子》："虽有明君，能决之，又能塞之。"

3. 无，通"芜"。《尔雅》："芜，丰也。"

4. 路车，又称为"辂车"，华贵之车。

5. 玄，《说文》："玄，幽远也。黑而有赤色者为玄。象幽而入覆之也。"

6. 衮，《尔雅》：黻也。《尔雅》："黼、黻，彰也。"

7. 觱（bì）沸，《说文》引作"滭沸、滭沸"，其中"滭"为风寒意。滭沸，泉水清凉且出涌如沸水状。言泉眼深且出水强盛。

8. 槛泉，为"滥泉"。《尔雅》："滥泉，正出。正出，涌出也。"从地面涌出的泉称之为滥泉。《说文》："滥：泛也。一曰濡上及下也。一曰清也。"

9. 芹，《说文》：楚葵也。即水芹。水芹气味芳香，为水菜之美者。

10. 旐，《说文》：旗有众铃，以令众也。

11. 渒（pèi），为"霈"。《说文》："霈（wèi），草木霈孛之貌。"渒渒，本意形容草木旺盛，此处指旗帜繁盛貌。

12. 嘒（huì），为"钺"。《说文》："钺（yuè）：车銮声也。《诗》曰：'銮声钺钺。'"

13. 骖，《说文》：驾三马也。

14. 届，《尔雅》：极也。届或通"暨"。《尔雅》："暨（jì）：与也。"

15. 交，通"恔"，放肆、傲慢之意。恔，多写作"骄"。

16. 纾，《说文》：缓也。引申懈怠、松懈。

17. 申，《尔雅》：重也。

18. 蓬蓬，为"莑莑"。《说文》："莑（pěng，běng）：草盛。"

19. 殿，为"𡪄"。《说文》："𡪄（diàn），侍（zhì）也。"储备之意，引申使具备、为……基础。今"奠定"应写作"𡪄定"。

20. 率，《尔雅》：循也。

21. 汎，《说文》：浮貌。汎汎，浮动的样子。

22. 杨舟，杨木舟，简陋、轻便之船。

23. 绋，为"绂"。《说文》："绂，绶也。"《说文》："纚（lí），冠织也。"绋纚，绳带。此处指用以挽船、系船的绳索或长带。

24. 葵，《尔雅》：揆也。即度量、考量之意。

25. 朏（pí），为"媲"。《说文》："媲（pì）：妃也。"《尔雅》："妃：匹也。合也。"

26. 优，《说文》：饶也。

27. 戾，《尔雅》：至也。

【解析】

这首诗讲天子赏赐诸侯。

"采菽采菽，筐之筥之"，采菽采菽，盛之以筐盛之以筥。豆秋季收获，为主要粮食之一，以筐筥盛豆言丰收。寓意百姓食物充裕。"君子来朝，何锡予之"，君子来朝会，以何赐予之？"虽无予之，路车乘马"，唯丰厚赐之，路车乘马。"又何予之？玄衮及黼"，路车乘马之后又以何为赐？玄色有文采之服。言君王以舆服赐有功之臣。

"觱沸槛泉，言采其芹"，清凉且沸涌之温泉，我采其水芹。槛泉四溢可润泽四方，其泉深水盛则滋养无穷。水芹乃水菜之美者，比喻教化之功。寓意国家教化广博，成就丰硕。"君子来朝，言观其旂。其旂淠淠，鸾声嘒嘒"，君子来朝，观其旗帜。其旗帜繁盛，铃声嘒嘒。言众诸侯之礼仪盛大，寓意文明。"载骖载驷，君子所届"，君子所至，有驾三马者，有驾四马者。寓意君子官职大小有别。

"赤芾在股，邪幅在下"，诸侯之赤市系在髀股，绑腿缠至于足下。寓意君子容仪得体。"彼交彼纾，天子所予"，不骄傲不懈怠，天子所以赏赐之。"乐只君子，天子命之"，乐此君子，天子赐命。言爱悦此君子，天子赏赐。"乐只君子，福禄申之"，乐此君子，福禄加之。

"维柞之枝，其叶蓬蓬"，柞树之枝，其叶繁盛。寓意礼乐兴盛。"乐只君子，殿天子之邦"，乐此君子，奠定天子之邦。言君子为天下之基础。"乐只君子，万福攸同"，乐此君子，天下同享万福。言君子利益天下。"平平左右，亦是率从"，以公平之道平治左右上下，如此则诸侯卿士顺从天子。言诸侯众臣与天子相处有礼法，上下不乱。

"汎汎杨舟，绋纚维之"，漂浮在水上的杨木舟，用绳带系住。言轻便小船在岸必须以绳索拴住，不然则顺流而走。寓意自由之人亦应有所管束，不然则放纵、逸失。"乐只君子，天子葵之"，乐此君子，天子考量之。言天子考核而赏赐之。"乐只君子，福禄腏之"，乐此君子，福禄匹之。"优哉游哉，亦是戾矣"，尽情遨游，此亦天子之至矣！言天子、诸侯各司其职，上下得宜。

【引证】

（1）《孔丛子·记义》："于《采菽》见古之明王所以敬诸侯也。"

（2）《荀子·劝学》："问楛（粗劣、不合礼义）者，勿告也。告楛者，勿问也。说楛者，勿听也。有争气者勿与辩也。故必由其道至，然后接之。非其道则避之。故礼恭，而后可与言道之方。辞顺，而后可与言道之理。色从而后可与言道之致。故未可与言而言，谓之傲。可与言而不言，谓之隐。不观气色而言，谓之瞽。故君子不傲、不隐、不瞽，谨顺其身。《诗》曰：'匪交匪舒，天子所予'此之谓也。"

（3）《左传·昭公十七年》："十七年春，小邾穆公来朝。公与之燕，季平子赋《采叔》，穆公赋《菁菁者莪》。昭子曰：'不有以国，其能久乎？'"

　　大意：小邾国作为小国，向鲁国朝贡，穆公为小邾国国君。季平子赋《采叔》，寓意小邾穆公为有道君子。

（4）《荀子·儒效》："故能小而事大，辟之是犹力之少而任重也，舍粹折无适也。身不肖而诬贤，是犹伛伸而好升高也，指其顶者愈众。故明主谲德而序位，所以为不乱也；忠臣诚能然后敢受职，所以为不穷也。分不乱于上，能不穷于下，治辩之极也。《诗》曰：'平平左右，亦是率从'是言上下之交不相乱也。"

（5）《左传·襄公十一年》：晋侯以乐之半赐魏绛，曰："子教寡人和诸戎狄，以正诸华。八年之中，九合诸侯，如乐之和，无所不谐。请与子乐之。"辞曰："夫和戎狄，国之福也。八年之中，九合诸侯，诸侯无慝，君之灵也，二三子之劳也，臣何力之有焉？抑臣愿君安其乐而思其终也！《诗》曰：'乐只君子，殿天子之邦。乐只君子，福禄攸同。便蕃左右，亦是帅从。'夫乐以安德，义以处之，礼以行之，信以守之，仁以厉之，而后可以殿邦国，同福禄，来远人，所谓乐也。《书》曰：'居安思危。'思则有备，有备无患，敢以此规。"公曰："子之教，敢不承命。抑微子，寡人无以待戎，不能济河。夫赏，国之典也，藏在盟府，不可废也，子其受之。"魏绛于是乎始有金石之乐，礼也。

芹

水芹为宿根水生草本，别名楚葵、蜀芹、野芹菜等。水芹一般在十一月至来年四月间收获。《吕氏春秋》中称"云梦之芹"为蔬菜上品。芹菜有水芹、旱芹之分，二者相近，旱芹香气较浓。北方多旱芹，水芹多生南方。

883

角弓

骍骍角弓，翩其反矣。
兄弟婚姻，无胥远矣。

尔之远矣，民胥然矣。
尔之教矣，民胥傚矣。

此令兄弟，绰绰有裕。
不令兄弟，交相为瘉。

民之无良，相怨一方。
受爵不让，至于己斯亡。

老马反为驹，不顾其后。
如食宜饇，如酌孔取。

毋教猱升木，如涂涂附。
君子有徽猷，小人与属。

884

雨雪瀌瀌，见晛曰消。
莫肯下遗，式居娄骄。

雨雪浮浮，见晛曰流。
如蛮如髦，我是用忧。

【注释】

1. 骍，为"觲"。《说文》："觲（xīng），用角低仰便也。《诗》曰：
'觲觲角弓。'"本意指畜角灵活地上下活动。弓的两个端头形似兽角状，拉弓、放箭时弓端上下收聚、分张的样子称之为"觲觲"。

2. 角弓，装饰有兽角的弓。

3. 翩，通"偏"。《说文》："偏，颇也。"即邪僻、不正。《尚书》："无党无偏，王道平平。"

4. 反，为"昄"。《说文》："昄（bǎn）：大也。"此处解作盛大。南朝刘勰《文心雕龙》："真宰弗存，翩其反矣。"

5. 胥，《尔雅》：相也。皆也。

6. 绰绰，《尔雅》：缓也。

7. 瘉，《尔雅》：病也。

8. 良，《说文》：善也。

9. 宜，《说文》：所安也。

10. 饇（yù），或为"饫"。《说文》："饫（yù），燕食也。"即进食安闲。

11. 孔取，不断舀取、多次舀取。《尔雅》："孔：甚也。"

12. 猱（náo），《尔雅》：猿，善援。

13. 涂，《说文》：泥也。引申涂抹之意。

14. 徽（huī），《尔雅》：善也。

15. 猷，《尔雅》："猷（yóu）：谋也。言也。已也。图也。若也。"

16. 属，《说文》：连也。

17. 瀌（biāo），《说文》：雨雪瀌瀌。

18. 睍（xiàn），《说文》：日见也。

19. 式，《尔雅》：用也。

20. 居，为"倨"。《说文》："倨：不逊也。"

21. 娄，《说文》："一曰娄，务也。"《说文》："务，趣也。"解作致力、专力从事。

22. 浮浮，飘飘之意。形容空中雪散落貌。

23. 流，《说文》：水行也。引申流转、运行。此处作消逝、去离，如"七月流火"。

24. 遗（yí, suì），为"隧"。《说文》："隧（suì, zhuì）：从高隊也。"即从高处落下。下遗，即谦下、逊让之意。

25. 蛮，《说文》：南蛮，蛇种。即南方蛮族与蛇虫同居。

26. 髦，螳螂。《方言》："螳螂谓之髦。"《韩诗》："此螳蜋也。其为虫知进而不知退，不量力而轻就敌。"

【解析】

这首诗讲修身、齐家、行教治国。

"骍骍角弓，翩其反也"，拉弓放箭，角弓一张一合，然邪僻其盛也。角弓张合言射箭。射箭之道先求正己，己正然后发箭，发而不中反求诸己身。时下邪僻流行言世人身行不正。"兄弟昏姻，无胥远矣"，兄弟以及婚姻亲戚，不可相远。言外之意时下兄弟昏姻疏远，背离常情。

"尔之远矣，民胥然矣。尔之教矣，民胥傚矣"，你之疏远亲戚，使百姓皆然。你之身教，百姓皆效仿。言上行下效。

"此令兄弟，绰绰有裕。不令兄弟，交相为瘉"，以此亲善兄弟，则使人人宽容相待。若此不善兄弟，则世人交相为难。

"民之无良，相怨一方"，百姓不良善，双方相互怨责。言无德者唯有怨责他人而不能自省、自察。射箭之道则有先正自身之义。"受爵不让，至于己斯亡"，接受杯酒敬献不礼让，至于自己亦无此。言不能礼让他人，所以亦无人礼让自己。言当先求诸己，而后责于人。

"老马反为驹，不顾其后"，老马反而为马驹，不顾其身后之驾车。以老马不安稳驾车比喻成人不稳重行事，不计后果。"如食宜饇，如酌孔取"，如同进餐宜安闲而食，如酌酒应当少量多次舀取。言进食不急，饮酒舒缓，身体方能安康。寓意行事当以稳重为先，如此方能安全、久长。

"毋教猱升木，如涂涂附"，不要使猿猴爬上树木，如涂抹泥使附着于墙垣。猿猴爬上树则人不能束缚、管治，涂抹墙泥要一层一层才能牢固。寓意教人不可一味纵容，使至于不可管束之境地。推行教化要循序渐进方能踏实。"君子有徽猷，小人与属"，君子善于谋划，小人方能相与之、附从之。言君子善谋教化方能使百姓和合。

"雨雪瀌瀌，见晛曰消"，虽则下雪瀌瀌，太阳出现则雪消。言事物皆有其相克之道，君子在位则邪僻消逝。"莫肯下遗，式居娄骄"，在上位者不肯谦下，处下者则用倨用傲。言上行下效，居上位者应立德、立行。

"雨雪浮浮，见晛曰流"，虽则下雪浮浮，太阳出现则雪去。"如蛮如髦，我是用忧"，如南蛮之无礼义，如螳螂之不知进退、不自量力，此乃我所忧者。言时下执政者违背礼义，行为轻率。

【引证】

（1）《礼记·坊记》：子云："觞酒豆肉让而受恶，民犹犯齿。衽席之上让而坐下，民犹犯贵。朝廷之位让而就贱，民犹犯君。《诗》云：'民之无良，相怨一方。受爵不让，至于己斯亡。'"

（2）《左传·宣公二年》："将战，华元杀羊食士，其御羊斟不与。及战，曰：'畴昔之羊，子为政。今日之事，我为政。'与人郑师，故败。郡了谓：'羊斟非人也，以其私憾，败国殄民。于是刑孰大焉。《诗》所谓'人之无良'者，其羊斟之谓乎，残民以逞。"

（3）《荀子·非相》："人有三不祥：幼而不肯事长；贱而不肯事贵；不肖而不肯事贤。是人之三不祥也。人有三必穷：为上则不能爱下，为下则好非其上，是人之一必穷也；乡则不若，偝则谩之，是人之二必穷也；知行浅薄，曲直有以相县矣，然而仁人不能推，知士不能明，是人之三必穷也。人有此三数行者，以为上则必危，为下则必灭。《诗》曰：'雨雪瀌瀌，宴然聿消。莫肯下隧，式居屡骄。'"

（4）《荀子·儒效》：故曰："贵名不可以比周争也，不可以夸诞有也，不可以埶重胁也，必将诚此然后就也。争之则失，让之则至。遵道则积，夸诞则虚。故君子务修其内，而让之于外。务积德于身，而处之以遵道。如是，则贵名起如日月，天下应之如雷霆。故曰：君子隐而显，微而明，辞让而胜。《诗》曰：'鹤鸣九皋，声闻于天'此之谓也。鄙夫反是，比周而誉俞少，鄙争而名俞辱，烦劳以求安利，其身俞危。《诗》曰：'民之无良，相怨一方。受爵不让，至于己斯亡。'此之谓也。"

（5）《左传·襄公八年》：晋范宣子来聘，且拜公之辱，告将用师于郑。公享之，宣子赋《摽有梅》。季武子曰："谁敢哉！今譬于草木，寡君在君，君之臭味也。欢以承命，何时之有？"武子赋《角弓》。宾将出，武子赋《彤弓》。

（6）《左传·昭公六年》：韩宣子之适楚也，楚人弗逆。公子弃疾及晋竟，晋侯将亦弗逆。叔向曰："楚辟我衷，若何效辟？《诗》曰：

'尔之教矣，民胥效矣。'从我而已，焉用效人之辟？《书》曰：'圣作则。'无宁以善人为则，而则人之辟乎？匹夫为善，民犹则之，况国君乎？"晋侯说，乃逆之。

（7）《**韩诗外传**》：善御者不忘其马，善射者不忘其弓，善为上者不忘其下。诚爱而利之，四海之内，阖若一家。不爱而利，子或杀父，而况天下乎！《诗》曰："民之无良，相怨一方。"……有君不能事，有臣欲其忠；有父不能事，有子欲其孝；有兄不能敬，有弟欲其从令。《诗》曰："受爵不让，至于己斯亡。"言能知于人，而不能自知也。……君子大心则敬天而道，小心则畏义而节。知则明达而类，愚则端悫而法。喜则和而治，忧则静而违。达则宁而容，穷则纳而详。小人大心则慢而暴，小心则淫而倾。知则攫盗而徼，愚则毒贼而乱。喜则轻易而快，忧则挫而慑。达则骄而偏，穷则弃而累。其肢体之序，与禽兽同节。言语之暴，与蛮夷不殊。出则为宗族患，入则为乡里忧。《诗》曰："如蛮如髦。我则用忧。"

菀柳

有菀者柳，不尚息焉。
上帝甚蹈，无自暱焉。
俾予靖之，后予极焉。

有菀者柳，不尚愒焉。
上帝甚蹈，无自瘵焉。
俾予靖之，后予迈焉。

有鸟高飞，亦傅于天。
彼人之心，于何其臻？
曷予靖之，居以凶矜？

【注释】

1. 菀，为"宛"。《说文》："宛，屈草自覆也。"引申遮蔽、蔽荫。

2. 尚，《尔雅》：右也。即佑助之意。

3. 蹈，为"燽"。《说文》："燽（chóu），溥覆照也。"本意指日月之光普照下土。引申明、明白、明了。

4. 暱，为"匿"。《说文》："匿，亡也。"

5. 俾，《尔雅》：使也。

6. 靖，《尔雅》：谋也。治也。

7. 极，为"殛"。《尔雅》："殛，诛也。"

8. 愒（qì），《说文》：息也。

9. 瘵（zhài），《说文》：病也。此处作动词，致病、找病。

10. 迈，《说文》：远行也。

11. 傅，为"搏"之误。《说文》："搏，至也。"

12. 臻，《说文》：至也。

13. 曷，《说文》：何也。

14. 矜，《尔雅》：苦也。

【解析】

这首诗讲君王不义，功臣不能得福报反而招致迫害。

"有菀者柳，不尚息焉"，有可以蔽荫的柳树，不能助人休息。言有茂盛的柳树，然不让人于树下休息。寓意国家虽强大但不庇护臣民。"上帝甚蹈，无自暱焉"，上帝甚明了，不要自我匿藏邪恶。言恶行不能隐瞒。"俾予靖之，后予极焉"，使我治理国家，最后诛杀我。言君王无义，诛杀有功之臣。

"有菀者柳，不尚愒焉"，有可以蔽荫的柳树，但不能助人休息。"上帝甚蹈，无自瘵焉"，上帝甚明白，不要自我致病。"俾予靖之，后予迈焉"，使我治理国政，最后让我出走。

"有鸟高飞，亦傅于天"，有鸟高飞，亦不过至于天。言虽高远亦知其所在。"彼人之心，于何其臻"，彼人之心，到底何在？言人心难测。"曷予靖之，居以凶矜"，为何我治理国家，反而使自身处于凶险、困苦？

【引证】

《战国策·楚策》：客说春申君曰："汤以亳，武王以镐，皆不过百里以有天下。今孙子（荀子）天下贤人也，君籍之以百里势。臣窃以为不便于君。何如？"春申君曰："善。"于是使人谢孙子，孙子去之赵，赵以为上卿。客又说春申君曰："昔伊尹去夏入殷，殷王而夏亡。管仲去鲁入齐，鲁弱而齐强。夫贤者之所在，其君未尝不尊，国未尝不荣也。今孙子，天下贤人也，君何辞之？"春申君又曰："善。"于是使人请孙子于赵。孙子为书谢曰："'疠人怜王'此不恭之语也。虽然，不可不审察也，此为劫弑死亡之主言也。夫人主年少而矜材，无法术以知奸，则大臣主断国私以禁诛于己也，故弑贤长而立幼弱，废正适而立不义。《春秋》戒之曰：'楚王子围聘于郑，未出境，闻王病，反问疾，遂以冠缨绞王，杀之因自立也。齐崔杼妻美，庄公通之。崔杼帅其君党而攻。庄公请与分国，崔杼不许。欲自刃于庙，崔杼不许。庄公走出，逾于外墙，射中其股，遂杀之，而立其弟景公。'近代所见：'李兑用赵，饿主父于沙丘，百日而杀之。淖齿用齐，擢闵王之筋，悬于其庙梁，宿夕而死。'夫疠虽痛肿胞疾，上比前世，未至佼缨射股。下比近代，未至擢筋而饿死也。夫劫弑死亡之主也，心之忧劳，形之困苦，必甚于疬矣。由此观之，疬虽怜王可也。"因为赋曰："宝珍隋珠，不知佩兮。布与丝，不知异兮。闾姝子奢，莫知媒兮。嫫母求之，又甚喜之兮。以瞽为明，以聋为聪。以是为非，以吉为凶。呜呼上天，易惟其同！"《诗》曰："上天甚神，无自瘵也。"

　　上文中"上天甚神"与此诗"上帝甚蹈"之意相同。

都人士

彼都人士，狐裘黄黄。
其容不改，出言有章。
行归于周，万民所望。

彼都人士，台笠缁撮。
彼君子女，绸直如发。
我不见兮，我心不说。

彼都人士，充耳琇实。
彼君子女，谓之尹吉。
我不见兮，我心苑结。

彼都人士，垂带而厉。
彼君子女，卷发如虿。
我不见兮，言从之迈。

匪伊垂之，带则有余。
匪伊卷之，发则有旟。
我不见兮，云何盱矣。

【注释】

1. 都，为"竺"。《说文》："竺，厚也。"解作盛大、充盈、厚实。
《史记》："雍容闲雅甚都。"都人，敦厚之人。

2. 黄黄，为"皇皇"。《尔雅》："皇皇，美也。"

3. 台笠，苔草做的斗笠。

4. 缁撮，用来包裹发髻的黑巾。

5. 绸（chóu，tāo），为"絛"，简体作"绦"。《说文》："絛（tāo），扁

绪也。"即以丝线编织的绳带。此处指发绳。

6. 琇（xiù），《说文》：石之次玉者。

7. 实，《说文》：富也。引申充满、坚实。

8. 尹，《尔雅》：正也。《说文》："吉，善也。"尹吉，正直、善良。

9. 苑，为"怨"。

10. 垂，《说文》：草木花叶垂。引申为示下、垂范。

11. 厉，《尔雅》：作也。

12. 卷，《说文》：𩨳曲也。引申弯曲、曲。

13. 虿（chài），《说文》：毒虫也。即蝎子。

14. 余，为"馀"。《说文》："馀：饶也。"引申剩、益。如馀众、馀民、馀夫等。

15. 旟，《说文》："旟，错革画鸟其上，所以进士众。旟旟，众也。"《释名》："鸟隼为旟。旟，誉也。"《说文》："誉，称也。"旟或通"誉"。

16. 盱（xū），《尔雅》：忧也。

【解析】

这首诗讲世风不古，今之男女不若前人嘉美。

"彼都人士，狐裘黄黄"，彼有敦厚风范之男士，其狐裘华美。言其人容仪可观。"其容不改，出言有章。行归于周，万民所望"，其容仪不改，其言辞有文。其行为力求周密，为百姓所期望。言士君子笃行礼义，为世人表率。

"彼都人士，台笠缁撮"，彼有敦厚风范之男士，头戴苔草斗笠，发髻裹以黑巾。以戴草笠、黑头巾言未冠男子朴实。"彼君子女，绸直如发"，彼有君子风范的女子，其系发丝缘顺直如下垂之发。言未笄女子服饰容貌整洁。"我不见兮，我心不说"，如此之男女不得见，我心不悦。

"彼都人士，充耳琇实"，彼有敦厚风范之男士，其充耳为坚实琇石。言丈夫聪明。"彼君子女，谓之尹吉"，彼有君子风范的女子，可谓正直、善良。言妇人美善。"我不见兮，我心苑结"，我不见如此之士女，我心有怨结。

"彼都人士，垂带而厉"，彼有敦厚风范之男士，垂带而作。垂带

893

指弯腰行礼时绅带下垂，代指行礼。寓意其人有礼。"彼君子女，卷发如虿"，彼有君子风范的女子，其卷发如蝎尾。言其仪容美好。"我不见兮，言从之迈"，如此士女我不得而见，我从其道而行之。

"匪伊垂之，带则有余"，彼男子垂其带，则其绅带有馀者。言君子垂范以礼，众人不断效仿。"匪伊卷之，发则有旟"，彼女子卷其发，则其发有称誉者。言女子容仪为众人赞美。"我不见兮，云何盱矣"，我不见如此之士女，忧如之何？

【引证】

（1）《礼记·缁衣》：子曰："长民者衣服不贰，从容有常以齐其民，则民德壹。《诗》曰：'彼都人士，狐裘黄黄。其容不改，出言有章。行归于周，万民所望。'"

（2）《左传·襄公十四年》："楚子囊还自伐吴，卒。将死，遗言谓子庚必城郢。君子谓子囊忠。君薨不忘增其名，将死不忘卫社稷，可不谓忠乎？忠，民之望也，《诗》曰：'行归于周，万民所望。'忠也。"

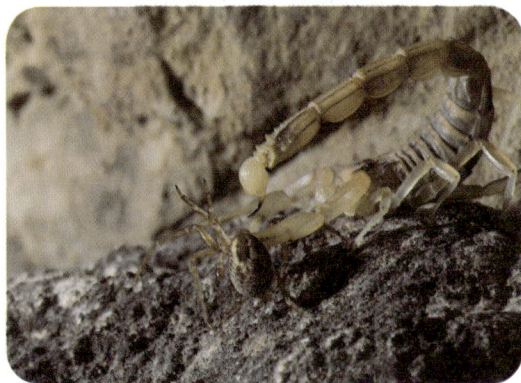

蝎子

蝎子约有一千七百余种，都有毒，毒性大小不同。蝎子无耳朵，依靠触肢上的听毛确定猎物的位置。蝎子为肉食性，捕食时，用触肢将猎物夹住，后腹部（蝎尾）举起，弯向身体前方，用毒针螫刺猎物。蝎子好群居，喜阴暗潮湿的环境，昼伏夜出。蝎子冬眠，十一月上旬便开始入蛰，惊蛰以后出蛰。母蝎一般一生交配一次，可生育三至五年，而公蝎一生仅可交配两次。

895

采绿

终朝采绿，不盈一匊。
予发曲局，薄言归沐。

终朝采蓝，不盈一襜。
五日为期，六日不詹。

之子于狩，言韔其弓。
之子于钓，言纶之绳。

其钓维何？维鲂及鱮。
维鲂及鱮，薄言观者。

【注释】

1. 绿，为"菉"。《尔雅》："菉，王刍。"荩草，可提取黄色染料。

2. 匊，为"掬"。《说文》："掬，在手曰掬。"双手合捧为掬。一掬，即一捧。

3. 局，《尔雅》：分也。曲局，弯曲而分散。此处指头发散乱。

4. 薄，为"迫"。《说文》："迫（pò），近也。"引申急忙、赶紧。

5. 沐，《说文》：濯发也。即洗头发。

6. 蓝，《说文》：染青草也。可以提取青色染料的草。蓝草有多种，现代常见的有以下几种：蓼科的蓼蓝、十字花科的菘蓝又名茶蓝、豆科的木蓝亦称槐蓝、爵床科的马蓝。《礼记·月令》中记载"仲夏之月，令民毋艾蓝以染。"可见农历五月仍不能采摘蓝叶。以此为参考，比较各种蓝草，《礼记》中的蓝草应为马蓝。故推测此诗中蓝当为马蓝。

7. 襜（chān），《说文》：衣蔽前。衣服前面的长围裙。此处指把襜的下边拉起形成的布兜。

8. 詹，《尔雅》：至也。

9. 韔（chàng），《说文》：弓衣也。此处作动词，装入弓囊。

10. 纶，为"仑"。《说文》："仑，理也。"

11. 鲂，鳊鱼。《小尔雅》："鲂鳏甫甫，语其大也。"

12. 鳏（xù），《说文》：鱼名。即鲢鱼。

13. 观，《说文》：谛视也。

14. 者，为"诸"。诸，语气词。

【解析】

这首诗讲国家使民无度，损害家庭生产，影响夫妻和谐。

"终朝采绿，不盈一匊"，一早采荩草，不满一捧。言思念丈夫无心采摘。"予发曲局，薄言归沐"，我的头发散乱、折曲，急忙回家洗头。言无心劳作。

"终朝采蓝，不盈一襜"，一早采马蓝，不满一布兜。"五日为期，六日不詹"，本来五日为期，已然六日仍未归来。以上两章诗说明妇人负责彩染。

"之子于狩，言韔其弓。之子于钓，言纶之绳"，丈夫前往狩猎，我帮助归置弓箭。丈夫前去钓鱼，我帮其梳理鱼线。言夫唱妇随。

"其钓维何？维鲂及鳏"，其所钓何鱼？乃鳊鱼与鲢鱼。鳊鱼与鲢鱼皆大鱼，言丈夫贤能。"维鲂及鳏，薄言观者"，鳊鱼与鲢鱼，带回家来，我急忙观看。言夫妻好和。以上两章诗说明丈夫负责渔猎。

荩草

荩草为一年生草本，又名菉、黄草。荩草多生于山坡潮湿地，全国皆有分布。

荩草枝叶可煮成黄色染料，直接染棉、毛、丝可得鲜艳的黄色。若以荩草染过的黄色织物，用深浅不同的靛蓝套染，可以得到黄绿或绿色。明代以后，则很少用荩草染色。

马蓝

茶蓝

　　蓝草有多种，《天工开物》中提及有茶蓝、马蓝、蓼蓝、吴蓝、苋蓝五种。上图为马蓝、茶蓝。马蓝为灌木状多年生草本植物，又称南板蓝根。马蓝茎叶可提取蓝色染料——蓝靛。茶蓝即板蓝根，为二年生草本，其茎叶亦产蓝靛。

　　蓝靛的主要用途是染布，也可药用。蓝靛作为染料的历史悠久，典籍多有记载，如："青取之于蓝，而青于蓝。"

黍苗

芃芃黍苗，阴雨膏之。
悠悠南行，召伯劳之。

我任我辇，我车我牛。
我行既集，盖云归哉。

我徒我御，我师我旅。
我行既集，盖云归处。

肃肃谢功，召伯营之。
烈烈征师，召伯成之。

原隰既平，泉流既清。
召伯有成，王心则宁。

【注释】

1. 芃（péng），《说文》：草盛也。芃芃，茂盛的样子。

2. 阴雨，下雨。《说苑》："飘风虽疾，不能以阴雨扬其尘。"

3. 膏，如油脂一般。此处指雨水丰润。

4. 召伯，周宣王时期公卿，名召虎，史称召穆公，曾拥立周宣王即位。《崧高》一诗中记载，周宣王命召伯安定申伯于谢地。

5. 劳，《尔雅》：勤也。

6. 任，解作负、担。《礼记》："轻任并，重任分。"

7. 辇，《说文》：挽车也。即人拉的车。

8. 集，《尔雅》：会也。

9. 盖，为"叡"。《说文》："叡（gài）：奴（cán，穿）探坚意也。"本意指穿破以探测其坚实与否。引申为推测、估计、料想。

10. 肃肃，《尔雅》：敬也。

11. 营，《说文》：帀居也。引申治、谋求。

12. 烈烈，《尔雅》：威也。

13. 谢，地名。周宣王时为加强对南方的控制，防备荆楚侵犯，封其大舅申伯于故谢国之地。

【解析】

　　这首诗讲召伯南下协助申伯建设其封国有功。

　　"芃芃黍苗，阴雨膏之"，茂盛的黍苗，下雨滋润之。"悠悠南行，召伯劳之"，南行悠远，召伯劳之。言召伯南下协助申伯建设其封国，召伯大有功于其国。

　　"我任我辇，我车我牛"，我担荷，我牵辇，我驾车，我骑牛。言追随召伯南下之建设者。"我行既集，盖云归哉"，我既已与众人集合而行，估计要归还。言建设完成，召伯率众人归还。

　　"我徒我御，我师我旅"，我徒行，我驾车，我在师，我在旅。言军人随召伯出征。"我行既集，盖云归处"，我既已与众人集合而行，大概要归其原位。言军功既成，召伯率军归还国家。

　　"肃肃谢功，召伯营之"，使人尊敬之谢功，召伯营造之。言建设谢邑有大功。"烈烈征师，召伯成之"，威武之征师，召伯成就之。言召伯平定谢地蛮夷之乱。

　　"原隰既平，泉流既清"，田原、湿地既已平治，泉流既已清澈。言召伯奠定国家之根本，开启教化之源泉。"召伯有成，王心则宁"，召伯平治有成，天子之心则安宁。

【引证】

（1）《左传·襄公十九年》：晋栾鲂帅师从卫孙文子伐齐。季武子如晋拜师，晋侯享之。范宣子为政，赋《黍苗》。季武子兴，再拜稽首曰："小国之仰大国也，如百谷之仰膏雨焉！若常膏之，其天下辑睦，岂唯敝邑？"赋《六月》。

　　大意：晋国的栾鲂领兵跟从卫国的孙文子攻打齐国。季武子到晋国拜谢出兵，晋平公设享礼招待他。范宣子主政，赋《黍苗》。季武子站起来，再拜首，说："小国之仰望大国，如百谷仰望丰雨润泽。如经常润泽，天下将会和睦，岂独是我国？"赋《六月》一诗。

（2）《左传·襄公二十七年》：郑伯享赵孟于垂陇，子展、伯有、子西、子产、子大叔、二子石从。赵孟曰："七子从君，以宠武也。请皆赋以卒君贶，武亦以观七子之志。"……子西赋《黍苗》之四章，赵孟曰："寡君在，武何能焉？"

大意：郑伯享赵孟于垂陇，郑国子西赋《黍苗》之四章——"肃肃谢功，召伯营之。烈烈征师，召伯成之。"赞扬赵孟于国家有大功，赵孟则让功于自己国君。

（3）《荀子·富国》：若夫重色而衣之，重味而食之，重财物而制之，合天下而君之，非特以为淫泰也。固以为主天下，治万变，材万物，养万民，兼制天下者，为莫若仁人之善也夫。故其知虑足以治之，其仁厚足以安之，其德音足以化之，得之则治，失之则乱。百姓诚赖其知也，故相率而为之劳苦，以务佚之，以养其知也。诚美其厚也，故为之出死断亡，以覆救之，以养其厚也。诚美其德也，故为之雕琢、刻镂、黼黻、文章，以藩饰之，以养其德也。故仁人在上，百姓贵之如帝，亲之如父母，为之出死断亡而愉者，无它故焉，其所是焉诚美，其所得焉诚大，其所利焉诚多。《诗》曰："我任我辇，我车我牛。我行既集，盖云归哉？"此之谓也。

（4）《国语·晋语》：明日宴，秦伯赋《采菽》，子余使公子降拜。秦伯降辞。子余曰："君以天子之命服命重耳，重耳敢有志，敢不降拜？"成拜卒登，子余使公子赋《黍苗》。子余曰："重耳之仰君也，若黍苗之仰阴雨也。若君实庇荫膏泽之，使能成嘉谷，荐在宗庙，君之力也。君若昭先君荣，东行济河，整师以复强周室，重耳之望也。重耳若获集德而归载，使主晋民，成封国，其何实不从？君若恣志以用重耳，四方诸侯，其谁不惕惕以从命！"秦伯叹曰："是子将有焉，岂专在寡人乎？"秦伯赋《鸠飞》，公子赋《河水》。秦伯赋《六月》，子余使公子降拜。秦伯降辞。子余曰："君称所以佐天子匡王国者以命重耳，重耳敢有惰心，敢不从德。"

大意：公子重耳流亡在秦，欲求得秦伯支持而复国，所以子余使公子重耳赋《黍苗》一诗。子余进而说："重耳之仰君也，若黍苗之仰阴雨也。"秦伯则谦虚地说："重耳之将发达，岂专在寡人？"言外之意说重耳有贤德，亦即秦伯之谦辞。

隰桑

隰桑有阿，其叶有难。
既见君子，其乐如何！

隰桑有阿，其叶有沃。
既见君子，云何不乐？

隰桑有阿，其叶有幽。
既见君子，德音孔胶。

心乎爱矣，遐不谓矣。
中心藏之，何日忘之？

【注释】

1. 隰，《尔雅》："陂者曰阪，下者曰隰。"

2. 阿（ē），为"婀"。《说文》："婀（ē）：婩（ān）婀也。"本意为犹豫不决，引申摇摆不定。

3. 难（nán，nuó），为"那"。《尔雅》："那（nuó），多也。"

4. 沃（wò，wū），为"俣"。《说文》："俣（wū，yǔ），大也。"

5. 幽，为"黝"。《说文》："黝：微青黑色。"《礼记》："赤绂幽（黝）衡。"

903

6. 胶，《尔雅》：固也。

7. 遐，为"嘏"。《尔雅》："嘏（gǔ），大也。"

8. 不，为"丕"。《尔雅》："丕，大也。"遐不，表示程度深。

9. 谓，《尔雅》：勤也。

10. 遐不谓矣，即勤勉有加、大为勤勉。

【解析】

这首诗讲君子处下而不忘道义。

"隰桑有阿，其叶有难"，生长在坡下的桑树茎枝摇动，其桑叶众多。言坡下桑树茂盛，比喻贤德处士。"既见君子，其乐如何"，既见君子，其乐如何。

"隰桑有阿，其叶有沃"，生长在坡下的桑树茎枝摇动，其桑叶阔大。"既见君子，云何不乐"，既见君子，如何不乐？言于无道之世喜君子之不绝。

"隰桑有阿，其叶有幽"，生长在坡下的桑树茎枝摇动，其桑叶黝青。寓意处士强健。"既见君子，德音孔胶"，既已见君子，德音甚固。言处士谨守道德之言。

"心乎爱矣，遐不谓矣。中心藏之，何日忘之"，于心爱之，则勤劳有加。心中藏之，何日忘之？言君子爱道、爱民、爱国，无论自身进退，皆能尽心尽力而为。

【引证】

（1）《左传·襄公二十七年》：郑伯享赵孟于垂陇，子展、伯有、子西、子产、子大叔、二子石从。赵孟曰："七子从君，以宠武也。请皆赋以卒君贶，武亦以观七子之志。"…………子产赋《隰桑》，赵孟曰："武请受其卒章。"

（2）《礼记·表记》：子曰："事君欲谏不欲陈。《诗》云：'心乎爱矣，遐不谓矣。中心藏之，何日忘之？'"

大意：臣应谏言君王，不可待其恶行造就而陈说其过失。爱其君则不厌其烦，不忘其义。

（3）《论语·宪问》："子曰：爱之，能勿劳乎？忠焉，能勿诲乎？"

白华

白华菅兮，白茅束兮。
之子之远，俾我独兮。

英英白云，露彼菅茅。
天步艰难，之子不犹。

滮池北流，浸彼稻田。
啸歌伤怀，念彼硕人。

樵彼桑薪，卬烘于煁。
维彼硕人，实劳我心。

鼓钟于宫，声闻于外。
念子懆懆，视我迈迈。

有鹙在梁，有鹤在林。
维彼硕人，实劳我心。

鸳鸯在梁，戢其左翼。
之子无良，二三其德。

有扁斯石，履之卑兮。
之子之远，俾我疧兮。

【注释】

1.菅（jiān），《说文》：茅也。菅草，茎秆浸泡后可用以编织。《康熙字典》："菅似茅，滑泽无毛，筋宜为索，沤与曝尤善。"陆玑云："菅似茅而滑、无毛，根下五寸中有白粉者，柔韧宜为索，沤之尤善，其未沤者名野菅，《诗》所谓'白华菅兮'是此也。"李时珍云："夏花者为茅，秋花者为菅。"

2. 白华，《尔雅》：野菅。

3. 英英，为"瑛瑛"。《说文》："瑛（yīng），玉光也。"瑛瑛，鲜亮的样子。

4. 犹，为"猷"。《尔雅》："猷：谋也。图也。"

5. 滮，为"淲"。《说文》："淲（biāo），水流貌。《诗》曰：'淲沱（池）北流。'"古文"池、沱"通用。滮池，为河流名称。

6. 啸，《说文》：吹声也。

7. 樵，《说文》：散也。引申劈柴。

8. 薪，青桐。《尔雅》："樕（梧），采薪。采薪，即薪。"

9. 卬，《尔雅》：我也。

10. 烘，《说文》："烘，尞也。《诗》曰：'卬烘于煁。'"即用火烧烤。

11. 煁（chén），《尔雅》：烓（wēi）也。即可以搬移的灶。

12. 懆（sāo），《说文》：愁不安也。

13. 迈迈，为"怖怖"。《说文》："怖（pèi），恨怒也。《诗》曰：'视我怖怖。'"

14. 鹙（qiū），《说文》：秃鹙也。或为大秃鹳。

15. 戢，《尔雅》：聚也。

16. 扁，为"瘺"。《说文》："瘺（piān），半枯也。"即半身不遂。

17. 卑，《说文》：贱也。引申下、低下。

18. 石，砭石。《说文》："砭：以石刺病也。"《后汉书》："夫刑罚者，治乱之药石也。"

19. 履，践行也。《周易》："履霜坚冰至。"

20. 痎（qí），《说文》：病也。

【解析】

这首诗讲君臣之义。

"白华菅兮，白茅束兮"，野菅已沤成菅，白茅已成束。野菅与白茅外形相似但用途不同。野菅沤后其草筋为菅，可作精细物，如绳索、草鞋。白茅不能沤，直接使用其茎秆，如草席、草屋顶。言虽外在相似而内在殊异。寓意时下士人多虚伪者，少忠信者。"之子之远，俾我独兮"，是子之远，使我独兮！言君王亲近虚伪者，疏远忠信者。

"英英白云，露彼菅茅"，蕴含水气的白云鲜亮，降露水于菅茅。言菅草与白茅所受雨露相同，其功用不同在于其本质。寓意人之忠信与否皆在于其自身。"天步艰难，之子不犹"，天道之行艰难，则是子不谋求。言君王畏难不能行其天命。换言之君王无忠信之德。

"滮池北流，浸彼稻田"，滮池水北流，灌溉其稻田。以河水灌溉稻田寓意士君子润泽万物。"啸歌伤怀，念彼硕人"，伤怀而啸歌，念彼贤德者。言时下士人丧德、失职。

"樵彼桑薪，卬烘于煁"，把桑树与青桐皆劈为柴，我且烧于煁。青桐为制琴木材，桑树为衣食之资。桑树与青桐皆作柴烧，寓意掌国家者肆意败坏礼乐，损害民生。于可搬移之灶炊煮，言掌国家者肆意妄为，其破坏无所不至。"维彼硕人，实劳我心"，彼贤德者，深劳我心。言时下无贤德君子卫道、保国。

"钟鼓于宫，声闻于外"，鼓钟于宫内，其声闻于宫外。言由外而知其内，君子当内外如一。"念子懆懆，视我迈迈"，念及是人我忧愁烦躁，是人亦以恨怒视我。言士君子忠贞不渝，虽违逆君王而不改操行。

"有鹙在梁，有鹤在林"，有秃鹙在水桥之上，有鹤在林野之中。寓意奸邪丑恶者在朝，贤德美好之士在野。"维彼硕人，实劳我心"，维彼贤德者，深劳我心。言时下无贤德君子正朝纲。

"鸳鸯在梁，戢其左翼"，鸳鸯在水桥之上，收敛其背后之立羽。言使忠贞之士安于朝廷乃君王之义。"之子无良，二三其德"，是子不良，变换其德。言君王不能一其德，致使忠贞之士处于危惧之中。

"有扁斯石，履之卑兮"，半身不遂之后方用砭石治疗，如此之行乃为下。言待到大过造就再寻求改治乃为下策。"之子之远，俾我疧兮"，是子之远君子，使我心病！言君王亲小人，作恶不悛，恐不可救药。

【引证】

（1）《仪礼·燕礼》："卒，笙入，立于县中。奏《南陔》、《白华》、《华黍》。"

（2）《仪礼·乡饮酒礼》："笙入堂下，磬南，北面立，乐《南陔》、《白华》、《华黍》。"

（3）《礼记》："燕礼者，所以明君臣之义也。……乡饮酒之礼，所以明长幼之序也。"

这首诗前人多认为：周幽王宠褒姒，废姜后与太子，姜后与太子宜臼归申国而作此诗。由《白华》用于燕礼、乡饮酒礼，可知宜臼之说为谬论。由诗文内容看诗中所指君王当为周厉王。

【名物】

大秃鹳

鹙，或为大秃鹳。古籍所描述的秃鹙："大者头高八尺""张翼广五六尺，举头高六七尺，其喙下亦有胡袋如鹈鹕状。"

大秃鹳喜食动物腐尸，头颈无毛，颈前垂吊一暗红喉囊，形色不雅，古人以之为恶鸟，故大量猎杀，致使大秃鹳在中国过早灭绝。

绵蛮

雅　小雅　绵蛮

绵蛮黄鸟，止于丘阿。
道之云远，我劳如何？
饮之食之，教之诲之。
命彼后车，谓之载之。

绵蛮黄鸟，止于丘隅。
岂敢惮行？畏不能趋。
饮之食之，教之诲之。
命彼后车，谓之载之。

绵蛮黄鸟，止于丘侧，
岂敢惮行？畏不能极。
饮之食之，教之诲之。
命彼后车，谓之载之。

【注释】

1. 绵蛮，为"觅敄（mián máo）"，音近通假。
《尔雅》："觅敄，弗离。"见之不清，依稀仿佛。鸟打盹时每隔几秒就要睁一次眼，察看环境是否安全，此为鸟之本性。"觅敄"，此处指鸟睡眼迷忽。

2. 阿，《说文》：曲阜也。此处指曲折处。

3. 教，《说文》：上所施下所效也。

4. 诲，《说文》：晓教也。《说文》："晓，明也。"

5. 隅，《说文》：陬也。

6. 惮，《说文》：忌难也。

7. 趋，《说文》：走也。奔跑之意。

8. 极，《尔雅》：至也。

909

9. 谓，《尔雅》：勤也。

【解析】

这首诗讲君王应敬慎其职，勤谨于养民、教民。

"绵蛮黄鸟，止于丘阿"，睡眼迷忽的黄鸟，栖息在丘之曲。黄鸟即使睡觉都不放松警惕，寓意人之谨慎。黄鸟栖息在丘之曲，言其善择居所，寓意人之善止。"道云之远，我劳如何"，道云其远，我勤之如何？言虽然任重道远，我勤劳为之则终能有成。"饮之食之，教之诲之"，使百姓饮食之，继而教诲之。言养民、教民为君王之义务。"命彼后车，谓之载之"，命其后车，勤之载之。寓意君王命其后继者接续养民、教民。

"绵蛮黄鸟，止于丘隅"，睡眼迷离的黄鸟，栖息在丘之一角。"岂敢惮行？畏不能趋"，岂敢忌行道之难？畏不能快进。言君子不畏难行，慎于懈怠。"饮之食之，教之诲之。命彼后车，谓之载之"，饮之食之，教之诲之。命其后车，命其后车，勤之载之。

"绵蛮黄鸟，止于丘侧"，睡眼迷离的黄鸟，栖息在丘之一侧。"岂敢惮行？畏不能极"，岂敢忌行道之难？畏不能至。"饮之食之，教之诲之。命彼后车，谓之载之"，饮之食之，教之诲之。命其后车，勤之载之。

【引证】

（1）《礼记·大学》：《诗》云："邦畿千里，惟民所止。"《诗》云："缗蛮黄鸟，止于丘隅。"子曰："于止，知其所止，可以人而不如鸟乎？"《诗》云："穆穆文王、于缉熙敬止。"为人君，止于仁；为人臣，止于敬；为人子，止于孝；为人父，止于慈；与国人交，止于信。

（2）《荀子·大略》：不富无以养民情，不教无以理民性。故家五亩宅，百亩田，务其业而勿夺其时，所以富之也。立大学，设庠序，修六礼，明七教，所以道之也。《诗》曰："饮之食之，教之诲之。"王事具矣。

（3）关于"绵蛮"

绵蛮，《尔雅》写作"緜蛮"。緜古有"mián"音，《说文》中"瞑"仍读作"mián"。

《尔雅》之"觊髳"，笔者以为其当为"觊矕"。《说文》："矕（mán），目矕矕也。"即眼迷忽之意。

《说文》："觊，小见也。《尔雅》曰：'觊髳，弗离。'"其中"弗离"应为"佛离"。《说文》："佛，见不审也。"

瓠叶

幡幡瓠叶，采之亨之。
君子有酒，酌言尝之。

有兔斯首，炮之燔之。
君子有酒，酌言献之。

有兔斯首，燔之炙之。
君子有酒，酌言酢之。

有兔斯首，燔之炮之。
君子有酒，酌言酬之。

【注释】

1.幡幡，为"蕃蕃"。《说文》："蕃：草茂也。"

2.亨，为"烹"。

3.酌，为"勺"。《说文》："勺（zhuó），挹取也。"《说文》："酌，盛酒行觞也。"

4.尝，《说文》：口味之也。

5.献，《说文》：宗庙犬名羹献。犬肥者以献之。引申进献。

6.酬，《说文》：主人进客也。《尔雅》："酢、酬，报也。"主人酌酒与客曰献。宾客饮酒毕，酌酒与主人曰酢。主人饮酢毕，再次酌酒与客曰酬。

7.斯，《说文》：析也。

8.炮，《说文》：毛炙肉也。《说文》："炙，炮肉也。"

9.燔，《说文》：爇也。即烧。

【解析】

这首诗讲士君子当敏疾、勤谨治事。

　　"幡幡瓠叶，采之亨之"，茂盛的瓠瓜叶，采摘之、烹煮之。瓠子瓜叶在嫩时皆可食用，一旦变老则瓜叶不能再食用。寓意君子当及时作为，不然时机错过则追悔莫及。"君子有酒，酌言尝之"，君子有酒，盛酒尝之。言君子以功德食禄。

　　"有兔斯首，炮之燔之"，兔子被割掉脑袋，被烧之烤之。兔子机警、善跑，然亦被猎杀。寓意君子当有猎犬之敏疾，治事勤谨、上进。"君子有酒，酌言献之"，君子有酒，盛以献之。言乡人、士君子行绤饮酒礼。

　　"有兔斯首，燔之炙之。君子有酒，酌言酢之"，兔子被割掉脑袋，被烧之烤之。君子有酒，酌以酢之。

　　"有兔斯首，燔之炮之。君子有酒，酌言酬之"，兔子被割掉脑袋，烧之烤之。君子有酒，酌之酬之。

【引证】

《左传·昭公元年》：夏四月，赵孟、叔孙豹、曹大夫入于郑，郑伯兼享之。子皮戒赵孟，礼终，赵孟赋《瓠叶》。子皮遂戒穆叔（叔孙豹），且告之。穆叔曰："赵孟欲一献，子其从之！"子皮曰："敢乎？"穆叔曰："夫人之所欲也，又何不敢？"及享，具五献之笾豆于幕下。赵孟辞，私于子产曰："武请于冢宰矣。"乃用一献。

　　译文：夏四月，晋国赵孟、鲁国叔孙豹、曹国大夫进入郑国，郑简公设绤礼一起招待他们。郑国上卿子皮通知赵孟，通知的礼仪结束，赵孟赋《瓠叶》这首诗。子皮通知叔孙豹，同时告诉他赵孟赋诗的情况。叔孙豹说："赵孟想要一献之宴，您还是听从他。"子皮说："敢吗？"叔孙豹说："人想要这样，又有什么不敢？"等到举行享礼，准备了五献的餐具。赵孟辞谢，私下对子产说："武已经向上卿请求过了。"于是就用一献之礼。

　　主人酌酒与客曰献。宾客饮酒毕，酌酒与主人曰酢。主人饮酢毕，再次酌酒与客曰酬。如此一来回为"一献"。春秋绤大国之卿用"五献"之礼。赵孟赋《瓠叶》这首诗，取诗中"酌言献之、酌言酢之、酌言酬之"，示意子皮"欲一献"。叔孙豹理解赵孟之意而明告之子皮。绤礼时郑国又做了五献安排，所以赵孟对子产说："已经告请于上卿子皮了。"

渐渐之石

渐渐之石，维其高矣。
山川悠远，维其劳矣。
武人东征，不遑朝矣。

渐渐之石，维其卒矣。
山川悠远，曷其没矣！
武人东征，不遑出矣。

有豕白蹢，烝涉波矣。
月离于毕，俾滂沱矣。
武人东征，不遑他矣。

【注释】

1. 渐，为"嶃"。《说文》："嶃（chán），礹（石山）石也。"嶃嶃，
山石险峻。

2. 悠，《尔雅》：远也。遐也。

3. 遑，为"偟"。《尔雅》："偟，暇也。"不遑，无暇。

4. 劳，《说文》：剧也。

5. 卒，为"崒"。《说文》："崒：崒危，高也。"

6. 没，通"慔"。《说文》："慔（mù），勉也。"《说文》："勉：
强也。"
《尔雅》："蠠（mǐn）没，勉也。"其中"没"即"慔"。

7. 出，通"亍"。《说文》："亍（chù），步止也。"行步停止，亦即停
歇之意。

8. 蹢（dí），通"蹄"。《尔雅》："四蹢皆白，豥。"四蹄皆白的猪称
之为豥（gāi）。

9. 烝，《尔雅》：进也。

10. 波，《说文》：水涌流也。此处指流动的河水。

《尔雅》："洛为波。"洛水的支流为波。洛水发源陕西蓝田，经洛阳，东入黄河。

11. 离，通"丽"。附丽之意。

12. 毕，星宿。《礼记·月令》："孟夏之月，日在毕。"

13. 俾，《尔雅》：职也。解作主宰、掌管。

【解析】

这首诗讲军人远征，不辞劳苦，义无他顾。

"渐渐之石，维其高矣"，险峻的山石，可谓高也。"山川悠远，维其劳矣"，山川悠远，行之劳苦。"武人东征，不遑朝矣"，军人东征，无一朝之闲暇。

"渐渐之石，维其卒矣"，险峻的山石，可谓高也。"山川悠远，曷其没矣"，山川悠远，何其强勉！言征途遥远，军士竭尽全力。"武人东征，不遑出矣"，军人东征，无暇停歇。

"有豕白蹢，烝涉波矣"，有猪白蹄，进而涉波澜。白蹄猪此处指奎宿，白蹄当指奎宿九，奎星主沟渎。"有豕白蹢"之星象，预示将涉越沟渎。"月离于毕，俾滂沱矣"，月亮附丽于毕星，主大雨滂沱。"武人东征，不遑他矣"，军人东征，无暇顾及其他。言军人不顾"有豕白蹢、月离于毕"等天象，为军务是从。

【引证】

《孔子家语·七十二弟子》：巫马施，陈人，字子期。少孔子三十岁，孔子将近行，命从者皆持盖。已而果雨，巫马期问曰："且无云，既日出，而夫子命持雨具。敢问何以知之？"孔子曰："昨暮月宿于毕。《诗》不云乎？'月离于毕，俾滂沱矣。'以此知之。"

915

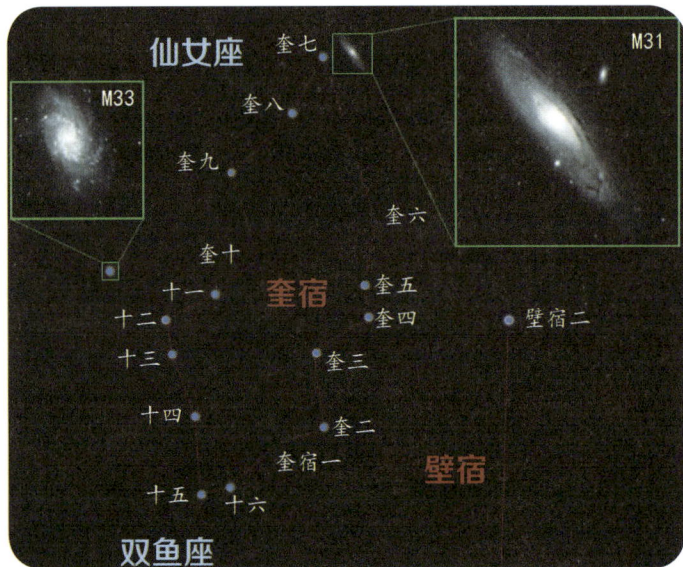

仙女座
奎七
M31
奎八
奎九
M33
奎六
奎十
奎五
十一
奎宿
十二
奎四
壁宿二
十三
奎三
十四
奎二
奎宿一
十五　十六
壁宿
双鱼座

奎宿

　　奎宿十六星，左右两半如两髀形状。《说文》："奎，两髀之间。"《步天歌》描述奎宿："腰细头尖似破鞋，一十六星绕鞋生。"奎宿一至九属于仙女座，奎宿十至十六属于双鱼座。奎宿十六星多数是四、五等暗星，奎宿九较明亮为二等星。

916

　　《史记·天官书》："奎（奎宿）曰封豕，为沟渎。"

　　《左传》："生伯封，实有豕心，贪惏无餍，忿颣（lèi，难晓）无期，谓之封豕。"

　　《礼记·月令》："仲春之月，日在奎，昏弧中，旦建星中；季夏之月，日在柳，昏火中，旦奎中。"

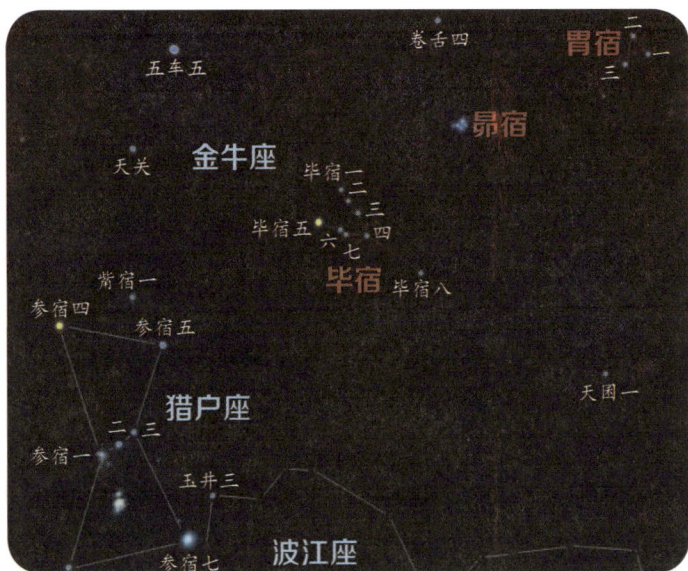

毕宿

　　毕宿星属于金牛座，形状如一把小叉子，古人以为像一种有柄的网。毕宿左角一颗亮星为一等星毕宿五。《西步天歌》："毕宿八星如小网，左角一珠光独朗。"

　　毕宿在十二月份出现在东方天空，一月下旬黄昏时分，出现在南方天空。

　　《史记》："昴毕间为天街。"

　　《礼记·月令》："孟夏之月，日在毕，昏翼中，旦婺女中；孟秋之月，日在翼，昏建星中，旦毕中。"

917

苕之华

苕之华，芸其黄矣。
心之忧矣，维其伤矣。

苕之华，其叶青青。
知我如此，不如无生。

牂羊坟首，三星在罶。
人可以食，鲜可以饱。

【注释】

1.苕（tiáo），《尔雅》：陵苕也。即凌霄花，攀援木质藤本。

2.芸其黄，为"�其葟"，即"大其花"。葟又写作"韹"。

《说文》："�（yǔn）：大也。"

《说文》："韹（huáng）：华荣也。从舜生声。读若皇。《尔雅》曰：'韹，华也。'"

3.生，《说文》：进也。像草木生出土上。引申为养、养育。

《周礼》："五曰生，以驭其福。"

4.牂（zāng），《尔雅》：牝羊。即母羊。一说为母绵羊。

5.坟，《尔雅》：大也。

6.首，《尔雅》："四蹢皆白，首。"四蹄皆白的马称之为"首"。

7.三星，此处指参宿三星。参星与商星相错而行，常以参商比喻不相合者。

8.罶（liǔ），为"廇"。《说文》："廇（liù），中庭也。"庭中央。此处指南中天。古文多写作"霤"。"中廇"为五祀之一。

【解析】

这首诗讲居上位者鱼肉百姓。

"苕之华，芸其黄矣"，凌霄之花，其花甚大。凌霄花攀附于他物之上，寓意富贵者依附于人民。"心之忧矣，维其伤矣"，心之担忧，乃其有伤。言富贵者独富足，伤百姓之贫困。

"苕之华，其叶青青"，凌霄之花，其叶甚青。花叶盛寓意居上位者盛强。"知我如此，不如无生"，若知我如此，不如不养之。言痛恨当政者，不愿供养之。

"牂羊坟首，三星在罶"，母羊与高大白蹄马，参星在南中天。母羊肥，白蹄马珍异。言富贵者奢侈。参星寓意不相和合，此处指富贵者与民众不能相合。"人可以食，鲜可以饱"，民众可以吃饭，很少可以吃饱。言百姓衣食匮乏。居上位者食禄于民，民用匮乏而居上位者富饶，言其欺压百姓，取用无度。

【名物】

凌霄

凌霄花，落叶攀援藤本，又名陵苕、吊墙花、藤萝花。茎木质，以气生根攀附于他物之上。花期五至八月，花大色艳，花期甚长。凌霄花适应性较强，中国各地均有。

晋郭璞《游仙诗》："寒露拂陵苕，女萝辞松柏。"

清赵翼《庭前杂咏·凌霄花》："偏是陵苕软无力，附他乔木号凌霄。"

何草不黄

何草不黄？何日不行？
何人不将？经营四方。

何草不玄？何人不矜？
哀我征夫，独为匪民。

匪兕匪虎，率彼旷野。
哀我征夫，朝夕不暇。

有芃者狐，率彼幽草。
有栈之车，行彼周道。

【注释】

1.将，《尔雅》：资也。资助、奉献、助力。

2.玄黄，《尔雅》：病也。"玄黄"应为联绵词，单字亦"玄黄"意。

3.矜，《尔雅》：苦也。

4.率，《尔雅》：自也。

5.旷，为"旷"。《说文》："旷（kuàng）：阔也。一曰广也，大也。一曰宽也。"

6.芃（péng），为"駍"。《说文》："駍（péng）：马盛也。"马高大、壮硕。

7.狐，《说文》："狐，袄（yāo）兽也。鬼所乘之。有三德：其色中和；小前大后；死则丘首。"《礼记》："君子曰：'乐乐其所自生，礼不忘其本。'古之人有言曰：'狐死正丘首，仁也。'"

8.栈，为"栈"。《说文》："栈（zhàn），尤高也。"即特别高。

【解析】

这首诗讲国家劳役无度，征夫怨思。

"何草不黄？何日不行"，哪种草不枯萎？何日不行进？言已至草木凋谢时节，征夫仍劳作不息。"何人不将？经营四方"，何人不助力？为国家经营四方。言国人皆尽应征。言外之意国家劳民太甚。

"何草不玄？何人不矜"，哪种草不枯萎？何人不劳苦？言劳役无度，国人劳苦。"哀我征夫，独为匪民"，哀怜我征夫，独为非民。言国家以暴虐对待征夫，不能给予国民待遇。

"匪兕匪虎，率彼旷野"，彼虎彼兕，自彼旷野。言征夫身处险恶之地。"哀我征夫，朝夕不暇"，哀我征夫，朝夕不得休息。言征夫劳务繁重。

"有芃者狐，率彼幽草"，有壮硕的狐狸，自彼幽深草丛。狐狸死后其首朝向出生之丘，言不忘其出生之地。此处以狐在居所安好对比征夫远离故土而忧病。"有栈之车，行彼周道"，有极高大之车，行在畅达之路。言征夫见高车、通途而思归。

【引证】

《孔子家语·在厄》：楚昭王聘孔子，孔子往拜礼焉，路出于陈、蔡。陈、蔡大夫相与谋曰："孔子圣贤，其所刺讥，皆中诸侯之病。若用于楚，则陈、蔡危矣。"遂使徒兵距孔子。孔子不得行，绝粮七日，外无所通，藜羹不充，从者皆病，孔子愈慷慨讲诵，弦歌不衰。乃召子路而问焉，曰："《诗》云：'匪兕匪虎，率彼旷野'吾道非乎？奚为至于此？"子路愠，作色而对曰："君子无所困。意者夫子未仁与？人之弗吾信也。意者夫子未智与？人之弗吾行也。且由也，昔者闻诸夫子：'为善者，天报之以福。为不善者，天报之以祸。'今夫子积德怀义，行之久矣，奚居之穷也？"子曰："由未之识也！吾语汝。汝以仁者为必信也，则伯夷、叔齐不饿死首阳。汝以智者为必用也，则王子比干不见剖心。汝以忠者为必报也，则关龙逄不见刑。汝以谏者为必听也，则伍子胥不见杀。夫遇不遇者，时也。贤不肖者，才也。君子博学深谋，而不遇时者，众矣。何独丘哉！且芝兰生于深林，不以无人而不芳。君子修道立德，不为穷困而败节。为之者人也，生死者命也。是以晋重耳之有霸心，生于曹、卫。越王句践之有霸心，生于会稽。故居下而无忧者，则思不远。处身而常逸者，则志不广。庸知其终始乎？"子路出。召子贡，告如子路。子贡曰："夫子之道至大，故天下莫能容夫子，夫子盍少贬焉？"子曰："赐！良农能稼，不必能穑。良工能巧，不能为顺。君子能修其道，纲而纪之，不必其能容。今不修其道而求其容，赐，尔志不广矣！思不远矣！"子贡出，颜回入，问亦如之。颜回曰："夫子之道至大，天下莫能容。虽然，夫子推而行之，世不我用，有国者之丑也。夫子何病焉？不容然后见君子。"孔子欣然叹曰："有是哉，颜氏之子！吾亦使尔多财，吾为尔宰。"

大雅

文王

文王在上，於昭于天。
周虽旧邦，其命维新。
有周不显，帝命不时。
文王陟降，在帝左右。

亹亹文王，令闻不已。
陈锡哉周，侯文王孙子。
文王孙子，本支百世。
凡周之士，不显亦世。

世之不显，厥犹翼翼。
思皇多士，生此王国。
王国克生，维周之桢。
济济多士，文王以宁。

穆穆文王，於缉熙敬止。
假哉天命，有商孙子。
商之孙子，其丽不亿。
上帝既命，侯于周服。

侯服于周，天命靡常。
殷士肤敏，祼将于京。
厥作祼将，常服黼冔。
王之荩臣，无念尔祖。

无念尔祖，聿修厥德。
永言配命，自求多福。

殷之未丧师，克配上帝。

宜鉴于殷，骏命不易。

命之不易，无遏尔躬。

宣昭义问，有虞殷自天。

上天之载，无声无臭。

仪刑文王，万邦作孚。

【注释】

1. 不，为"丕"之误。《尔雅》："丕，大也。"

2. 时，《尔雅》：是也。

3. 陟，《尔雅》：升也。登升之意。

4. 亹亹（wěi），《尔雅》：勉也。

5. 陈锡，为"陈赐"，布赐之意。《诗》："陈馈八簋。"

6. 哉，为"载"。解作承载、支撑。

7. 亦，为"絫"之误。《说文》："絫（lěi），增也。""絫世"今写作"累世"。

8. 世，《说文》：三十年为一世。

9. 犹，为"猷"。《尔雅》："猷，谋也。"

10. 翼翼，《尔雅》：恭也。

11. 思，为"偲"。《说文》："偲（sī），强力也。"

12. 皇，《尔雅》：正也。

13. 桢，《尔雅》：干也。

14. 济济，《尔雅》：止也。济济，安定、笃定、沉静貌。《礼记》："朝廷之美，济济翔翔。……济济者，容也远也。"《管子》："济济者，诚庄事断也。多士者，多长者也。周文王诚庄事断，故国治。其群臣明理以佐主，故主明。主明而国治，竟内被其利泽，殷民举首而望文王，愿为文王臣。故曰：'济济多士，殷民化之。'"

15. 穆穆，《尔雅》：美也。

16. 缉熙，《尔雅》：光也。

17. 假，《尔雅》：大也。

18. 丽，为"麗"。《说文》："麗，草木相附麗土而生。"

19. 亿，《说文》：安也。

20. 靡，《尔雅》：无也。

21. 肤，繁体"臚或膚"。《尔雅》："臚，叙也。"即有理、条理、理智之意。

22. 敏，《说文》：疾也。

23. 裸（guàn），《说文》：灌祭也。把酒倒于地下的祭祀礼仪。

24. 京，《尔雅》：大也。京周、京师，用以指天子居住之城邑，引申为都城。

25. 黼，《说文》：白与黑相次文。

26. 冔（xú），殷人冠名。孔子曰："周弁，殷冔，夏收，一也。"

27. 荩，《尔雅》：进也。

28. 无念，即"念"。无，为助词，无义。

29. 祖，《尔雅》：始也。

30. 聿，通"曰"，助词，无义。

31. 师，《尔雅》：人也。民众、众人之意。

32. 骏，《尔雅》：大也。

33. 遏，《尔雅》：止也。

34. 义，为"谊"。《说文》："谊，人所宜也。"《说文》："宜，所安也。"儒学中"义"之本字为"谊"。

35. 问，通"闻"，即声名。《国语》："令闻不忘。"

36. 虞，《尔雅》：度也。解作谋虑、考虑。

37. 殷，《尔雅》：中也。

38. 载，《尔雅》：言也。引申告示。

39. 仪，《尔雅》：匹也。

40. 刑，《尔雅》：法也。

41. 孚，《尔雅》：信也。

【解析】

　　这首诗赞颂文王功德，讲平天下之道。

　　"文王在上，於昭于天"，文王在上，其功德昭于天。言文王功德昭彰，为世人崇敬，为上天所识。"周虽旧邦，其命维新"，周虽旧国，其天命乃新。言周代替商，为天命之承继者。"有周不显，帝命不时"，周国丕显，天命大正。言周谨遵天命，光显于天下。"文王陟降，在帝左右"，文王或升在天，或降在人间，其皆在上帝左右。言周文王忠信，唯上帝之命是从。

"亹亹文王，令闻不已"，强勉文王，美名不已。"陈锡哉周，侯文王孙子"，布施天下是以天下人承载周，乃使文王子孙无穷也。言周能广惠天下，子子孙孙嗣国不已。"文王孙子，本支百世"，文王子孙，嫡系与旁支相传百世。"凡周之士，不显亦世"，凡周之士人，累世大显。

"世之不显，厥犹翼翼"，世之丕显，其谋恭谨。言盛世之成，来自小心谋求。"思皇多士，生此王国"，众士强勉、正直，以进此王国。"王国克生，维周之桢"，王国能不断进长，有赖周之根本。言众贤德士人为周之本。"济济多士，文王以宁"，众士人信实、端肃以决断政务，文王是以安。

"穆穆文王，於缉熙敬止"，穆穆文王，昭显、敬肃其所止。言文王光大仁道，谨守仁道。"假哉天命，有商孙子"，大哉天命，有商之子孙主天下。言商当初能弘扬天命，是以商之子孙能几世主宰天下。"商之孙子，其丽不亿"，商之子孙，其依天命而不能安。言商之子孙因违背天命而丧失天下。"上帝既命，侯于周服"，上帝既已命周，乃服从于周。

"侯服于周，天命靡常"，乃服从于周，天命无常。言商失天命而周得天命，当下应服从于有道周王。天命之得失在于有道与否，有道者得之，无道者失之，故曰"天命靡常"。"殷士肤敏，裸将于京"，殷商之士理智、敏慧，献灌祭于国都。言殷商之士助祭于镐京，寓意众士人顺从周朝。"厥作裸将，常服黼冔"，其行灌礼以助祭，常服为具黑白文之冠帽。言对于归顺周朝的殷商士人，周人尊重其礼仪、习俗。言周王充分尊重各诸侯国。"王之荩臣，无念尔祖"，周王之进臣，念其本始。言臣为王治国行政之根本。

"无念尔祖，聿修其德"，念其本始，修其道德。言应尊贤重士，广纳贤德。"永言配命，自求多福"，永远使自身作为与使命相合，自我谋求方能多福。"殷之未丧师，克配上帝"，殷商之未丧失民众之时，能配上帝之使命。"宜鉴于殷，骏命不易"，应鉴于殷商之失天下，如此则大命不变。

"命之不易，无遏尔躬"，天命不改，其身行不止。言若天命不易，必须躬行正道不息。"宣昭义问，有虞殷自天"，有所谋划皆能中于天命，则义闻显扬。言遵从天命以作为，则正义之名声显扬。"上天之载，无声无臭"，上天之言，无声无臭。上天以道告示人，无声音、气息。言外之意能使之心服为上。"仪刑文王，万邦作孚"，效法于文王，为信于万国。

【引证】

（1）《左传·成公二年》：子重曰："君弱，群臣不如先大夫，师众而后可。《诗》曰：'济济多士，文王以宁。'夫文王犹用众，况吾侪乎？且先君庄王属之曰：'无德以及远方，莫如惠恤其民，而善用之。'"

（2）《左传·襄公四年》："《文王》，两君相见之乐也。"

（3）《左传·宣公十五年》："《诗》曰：'陈锡哉周。'能施也。"

（4）《左传·襄公三十年》："《诗》曰：'文王陟降，在帝左右。'信之谓也。"

（5）《左传·昭公二十八年》："《诗》曰：'永言配命，自求多福'，忠也。"

（6）《左传·襄公十三年》："周之兴也，其《诗》曰：'仪刑文王，万邦作孚。'言刑善也。"

（7）《左传·昭公十年》：桓子召子山，私具幄幕、器用、从者之衣屦，而反棘焉。子商亦如之，而反其邑。子周亦如之，而与之夫于。反子城、子公、公孙捷，而皆益其禄。凡公子、公孙之无禄者，私分之邑。国之贫约孤寡者，私与之粟。曰："《诗》云：'陈锡载周'，能施也。桓公是以霸。"

（8）《左传·文公二年》：秦伯犹用孟明。孟明增修国政，重施于民。赵成子言于诸大夫曰："秦师又至，将必辟之。惧而增德，不可当也。《诗》曰：'毋念尔祖，聿修厥德。'孟明念之矣，念德不息，其可敌乎？"

大意：秦国孟明曾兵败于晋国，之后吸取教训而改正之。晋国大夫赵成子说:"秦军如果再一次前来,必要避开它。畏惧前失而修德行,不可抵挡。《诗》曰:'毋念尔祖,聿修厥德。'孟明念及当初兵败,念德而不懈,其可与之为敌?"

(9)《左传·昭公二十三年》:楚囊瓦为令尹,城郢。沈尹戌曰:"子常必亡郢!苟不能卫,城无益也。古者,天子守在四夷。天子卑,守在诸侯。诸侯守在四邻。诸侯卑,守在四竟。慎其四竟,结其四援,民狎其野,三务成功,民无内忧,而又无外惧,国焉用城?今吴是惧而城于郢,守己小矣。卑之不获,能无亡乎?昔梁伯沟其公宫而民溃。民弃其上,不亡何待?夫正其疆场,修其土田,险其走集,亲其民人,明其伍候,信其邻国,慎其官守,守其交礼,不僭不贪,不懦不耆,完其守备,以待不虞,又何畏矣?《诗》曰:'无念尔祖,聿修厥德。'无亦监乎若敖、蚡冒至于武、文?土不过同,慎其四竟,犹不城郢。今土数圻,而郢是城,不亦难乎?"

(10)《国语·周语上》:厉王说荣夷公,芮良夫曰:"王室其将卑乎!夫荣公好专利而不知大难。夫利,百物之所生也,天地之所载也,而或专之,其害多矣。天地百物,皆将取焉,胡可专也?所怒甚多,而不备大难,以是教王,王能久乎?夫王人者,将导利而布之上下者也,使神人百物无不得其极,犹曰怵惕,惧怨之来也。故《颂》曰:'思文后稷,克配彼天。立我蒸民,莫匪尔极。'《大雅》曰:'陈锡载周。'是不布利而惧难乎!故能载周,以至于今。今王学专利,其可乎?匹夫专利,犹谓之盗,王而行之,其归鲜矣。荣公若用,周必败。"既,荣公为卿士,诸侯不享,王流于彘。

(11)《礼记·大学》:《诗》云:"穆穆文王,於缉熙敬止。"为人君,止于仁;为人臣,止于敬;为人子,止于孝;为人父,止于慈;与国人交,止于信。

(12)《礼记·中庸》:《诗》曰:"予怀明德,不大声以色。"子曰:"声色之于以化民,末也。"《诗》曰:"德輶如毛。"毛犹有伦。"上天之载,无声无臭",至矣!

(13)《孟子·离娄上》:孟子曰:"天下有道,小德役大德,小贤役大贤。天下无道,小役大,弱役强。斯二者天也。顺天者存,逆天者亡。齐景公曰:'既不能令,又不受命,是绝物也。'涕出而女于吴。今也小国师大国而耻受命焉，是犹弟子而耻受命于先师也。如耻之，莫若师文王。师文王，大国五年，小国七年，必为政于天下矣。《诗》云：'商之孙子，其丽不亿。上帝既命，侯于周服。侯服于周，天命靡常。殷士肤敏，裸将于京。'孔子曰：'仁不可为众也。夫国君好仁，天下无敌。'今也欲无敌于天下而不以仁，是犹执热而不以濯也。《诗》云：'谁能执热，逝不以濯？'"

大明

明明在下，赫赫在上。
天难忱斯，不易维王。
天位殷适，使不挟四方。

挚仲氏任，自彼殷商。
来嫁于周，曰嫔于京。
乃及王季，维德之行。

大任有身，生此文王。
维此文王，小心翼翼。
昭事上帝，聿怀多福。
厥德不回，以受方国。

天监在下，有命既集。
文王初载，天作之合。
在洽之阳，在渭之涘。

文王嘉止，大邦有子。
大邦有子，俔天之妹。
文定厥祥，亲迎于渭。
造舟为梁，不显其光。

有命自天，命此文王。
於周於京，缵女维莘。
长子维行，笃生武王。
保右命尔，燮伐大商。

殷商之旅，其会如林。

矢于牧野，维予侯兴，

上帝临女，无贰尔心。

牧野洋洋，檀车煌煌，驷騵彭彭。

维师尚父，时维鹰扬。

凉彼武王，肆伐大商，会朝清明。

【注释】

1. 明明，明明德。

2. 忱（chén），为"谌"。《说文》："谌（chén），诚谛也。《诗》曰：天难谌斯。"即了解详尽、确实。

3. 适，为"啻"。《说文》："啻（chì）：諟（shì）也。"料理、管理之意。

4. 挟，为"浃"。《尔雅》："浃（jiā），彻也。"通彻、通达之意。

5. 挚，国家名称，任姓。任、大任，史称"太任"，为王季之妻，文王之母。

6. 嫔，《说文》：服也。服事、服务之意。

7. 昭，《尔雅》：光也。《左传》："以昭事神，训民事君，示有等威，古之道也。"

8. 回，《说文》：转也。引申改变、变易。

9. 监，《说文》：临下也。《尚书》："天监厥德，用集大命，抚绥万方。"

10. 集，为"亼"。《说文》："亼（jí）：三合也。"引申合、相合。

11. 洽之阳，洽水北岸。洽水为汉江支流。《说文》："阴：水之南、山之北也。"

12. 渭之涘（sì），渭河之岸。渭水为黄河支流。《说文》："涘：水厓也。"

13. 文王初载，为"文王初哉"。《潜夫论》："太古之时，烝黎初载，未有上下。"《后汉书》："朕昔初载，授道帷幄。"《中论》："民之初载，其蒙未知。"

14. 伣（xiàn），《说文》：譬谕也。伣天，如天一般。此处指高明如天。《后汉书》："岐嶷（巧慧）形于自然，伣天必有异表。"

15. 文，为"忞"。《说文》："忞（wén），谨也。"恭谨之意。

16. 於，《尔雅》：代也。

17. 缵（zuǎn），《说文》：继也。

18. 莘（shēn），为"侁"。《说文》："侁（shēn），行貌。"此处代指礼仪容止。

19. 燮（xiè），《说文》：和也。

20. 会，为"旝"。《说文》："旝（kuài），建大木，置石其上，发以机，以追敌也。《诗》曰：'其旝如林。'"即投石车。

21. 矢，《尔雅》：誓也。

22. 洋洋，应为"易易"。《说文》："易，强者众貌。"

23. 煌煌，为"皇皇"。《尔雅》："皇皇，美也。"

24. 骝，《尔雅》：骝马白腹。赤马黑毛尾且腹部白。

25. 彭彭，为"骄骄"。《说文》："骄：马盛也。"

26. 师尚父，周武王之师姜子牙。

27. 凉，为"亮"。《尔雅》："亮，右也。"佑助之意。

28. 肆，《尔雅》：力也。

29. 会朝，此处指诸侯朝见天子。

《左传》："会朝礼之经也，礼政之舆也，政身之守也。"

《礼记》："天子无事与诸侯相见曰朝。诸侯未及期相见曰遇，相见于却地曰会。"

《周礼》："春见曰朝，夏见曰宗，秋见曰觐，冬见曰遇，时见曰会，殷见曰同，时聘曰问，殷眺曰视。"

933

【解析】

这首诗讲周之兴。

"明明在下，赫赫在上"，昭明德于下，上方有赫赫功名。言君王宣明为义。"天难忱斯，不易维王"，天意难以详知，君王不易。言为君难。"天位殷适，使不挟四方"，商王治国理政于天位，使命不能通达于四方。言商王无能。

"挚仲氏任，自彼殷商，来嫁于周，曰嫔于京"，挚国之次女任，自彼殷商，来嫁于周国，服务于京师。言太任自挚国归嫁王季，协助其治国。"乃及王季，维德之行"，太任与王季，惟德是行。

"大任有身，生此文王"，大任有身孕，生此文王。"维此文王，小心翼翼，昭事上帝，聿怀多福"，惟有此文王，小心翼翼，以明明事上帝，故来多福。"厥德不回，以受方国"，其德不改，是以接纳诸方国。言文王笃行道义，方国归附。

"天监在下，有命既集"，上天监察于下，天命既合。言文王作为合乎天命。"文王初载，天作之合"，文王之初，天作之合。言文王初期商纣暴虐日甚，天下归心于周。"在洽之阳，在渭之涘"，在洽水之北岸，在渭水之边。言两河流域诸侯归附文王。《竹书纪年》："帝辛二十一年春正月，诸侯朝周。"

"文王嘉止，大邦有子"，文王美之，大国之子。言文王赞美其未婚妻太姒。太姒为禹后有莘姒氏之女，故称其为大邦之女。"大邦有子，伣天之妹"，大邦之子，高明如天之少女也。"文定厥祥，亲迎于渭"，恭谨定立其吉日，文王亲自迎娶于渭水。"造舟为梁，不显其光"，作舟为桥，大显其风光。言文王迎娶太姒之场面**盛**大。

"有命自天，命此文王，於周於京"，有命自天，命此文王，代商为周，改丰镐为京都。"缵女维莘，长子维行，笃生武王"，以礼仪容止传教女儿，长养儿子则以道义，厚养武王。言文王夫妇教养子女有方，对武王教育尤为用心。"保右命尔，燮伐大商"，文王夫妇保养、佐佑、教令其子女，齐心合力讨伐大国殷商。言文王父子合力伐纣。

"殷商之旅，其会如林"，殷商之军队，其发石机如林木一般丛密。言其军力强大。"矢于牧野：维予侯兴，上帝临女，无贰尔心"，我军誓师于牧野，誓词曰："惟我君当兴，上帝监视尔等，勿要变易其心。"言天下众诸侯随武王伐商，众诸侯誓师于商之郊野，誓词告诫众诸侯、军士当忠心不贰。

"牧野洋洋，檀车煌煌，驷騵彭彭"，牧野之军士众多，檀车华美，驷騵盛壮。周人尚赤，戎事乘騵。"维师尚父，时为鹰扬"，武王之师尚父，率军征伐，如鹰之飞扬。言姜子牙勇猛。"凉彼武王，肆伐大商，会朝清明"，佑助武王，力伐大商，朝会清明。言姜子牙在外辅助武王讨伐殷商，在内辅助武王整饬天下。

（1）《尚书·吕刑》："穆穆在上，明明在下，灼于四方，罔不惟德之勤，故乃明于刑之中，率乂于民棐彝。"

（2）《荀子·正论》：故主道利明不利幽，利宣不利周。故主道明则下安，主道幽则下危。故下安则贵上，下危则贱上。故上易知，则下亲上矣。上难知，则下畏上矣。下亲上则上安，下畏上则上危。故主道莫恶乎难知，莫危乎使下畏己。传曰："恶之者众则危。"《书》曰："克明明德。"《诗》曰："明明在下"故先王明之，岂特玄之耳哉？

（3）《左传·昭公元年》：令尹享赵孟，赋《大明》之首章。赵孟赋《小宛》之二章。事毕，赵孟谓叔向曰："令尹自以为王矣，何如？"对曰："王弱令尹强，其可哉！虽可不终。"赵孟曰："何故？"对曰："强以克弱而安之，强不义也。不义而强，其毙必速。"

大意：楚国令尹公子围享晋国赵孟，赋《大明》之首章，言楚国国君无道，国家政令不通。所以赵孟认为公子围有"自以为王"之意。赵孟赋《小宛》之二章，言要遵从正义，不可妄作。

（4）《礼记·表记》：子曰："下之事上也，虽有庇民之大德，不敢有君民之心，仁之厚也。是故君子恭俭以求役仁，信让以求役礼，不自尚其事，不自尊其身，俭于位而寡于欲，让于贤，卑己尊而人，小心而畏义，求以事君，得之自是，不得自是，以听天命。《诗》云：'莫莫葛藟，施于条枚。凯弟君子，求福不回。'其舜、禹、文王、周公之谓与！有君民之大德，有事君之小心。《诗》云：'维此文王，小心翼翼。昭事上帝，聿怀多福。厥德不回，以受方国。'"

投石车

投石车，又名发石车，是利用杠杆原理抛射石弹的大型人力远射兵器。商周时期已开始使用，至宋代发石车为攻城、野战必备武器。最初的投石车结构简单，杠杆长端用皮套或木筐装载石块，短端系上几十根绳索，发射时数人同时拉动绳索，利用杠杆原理将石块抛出。

宋代兵书《武经总要》："凡炮，军中利器也，攻守师行皆用之。"书中详细介绍了八种常用投石车，其中最大的需要拽手二百五十余人，长近九米，发射的石弹重四十五公斤，射程可达五百米。

936

绵

（一）

绵绵瓜瓞，民之初生。
自土沮漆，古公亶父。
陶复陶穴，未有家室。

古公亶父，来朝走马。
率西水浒，至于岐下。
爰及姜女，聿来胥宇。

周原膴膴，堇荼如饴。
爰始爰谋，爰契我龟。
曰止曰时，筑室于兹。

乃慰乃止，乃左乃右。
乃疆乃理，乃宣乃亩。
自西徂东，周爰执事。

乃召司空，乃召司徒，俾立室家。
其绳则直，缩版以载，作庙翼翼。

【注释】

1. 绵绵，《尔雅》：穮（biāo）也。穮通"髟"。《说文》："髟（biāo），长发猋猋也。"髟髟，头发长而密。绵绵，形容瓜细长繁多貌。

2. 瓞（dié），《说文》：瓞（bó）也。即小瓜。

3. 土，《尔雅》："土，田也。"此处作动词，种田、垦田之意。

4. 自，为"百（首之异体字）"之误，二者篆体形近。《尔雅》："首，始也。"《说文》："自，始也。"

5. 古公亶父，周文王祖父。古公，官称。古为地名。古公，同"召公、周公"。亶父，为人名。先秦称"古公亶父、大王亶父、太王亶父"，《史记》又称"古公"。《竹书纪年》："武乙三年，自殷迁于河北。命周公亶父赐以岐邑。武乙二十一年，周公亶父薨。"其中"周公亶父"即古公亶父从古地迁徙至周地之后的名称。

6. 陶，为"舀"。《说文》："舀（tāo），抒臼也。"本意指把臼内的东西取出来。

7. 复，为"复"。《说文》："复（fù），地室也。《诗》曰：'陶复陶穴。'"

8. 穴，《说文》：土室也。

9. 朝，为"淖"。《说文》："淖（cháo），水朝宗于海也。"

10. 姜女，即太姜，古公亶父之妻。

11. 爰、聿，助词，相当于"曰"。

12. 来，《尔雅》：勤也。

13. 胥，《尔雅》：相也。解作辅助、省视。亦作副词，如"兄弟昏姻，无胥远矣。"

14. 宇，《说文》：屋边也。本意指屋檐。此处指边境、国疆。

15. 周原，周地之平原，一说为地名。
东汉《蔡郎仲集》："乐乐其所自生，而礼不忘其本，是以虞称妫汭，姬美周原。"

16. 膴（wǔ），《说文》：无骨腊也。没有骨头的干肉，引申肥美、肥厚。

17. 堇，《说文》：草也。根如荠，叶如细柳，蒸食之甘。即陆英，一说为堇葵。

18. 饴，《说文》：米糵（niè）煎也。米芽煎熬成的糖浆。

19. 契，为"栔"。《说文》："栔（qì），刻也。"

20. 慰，《说文》：安也。

21. 疆，《说文》：界也。引申界别、界定、分界。《说文》："理，治玉也。"引申治理、整理。疆理，分划、整理之意。如：疆理诸侯、疆理天下。

22. 宣，为"甽"。《说文》："甽，水小流也。"田间浇地的小水沟，北方叫垄沟。

23. 亩，田垄。

24. 缩，《尔雅》："绳之谓之缩之。"即以绳索捆束。缩版，捆束筑墙的模版使之紧固。筑墙时模版两两相对，在相对模版之间填充泥土。

25. 载，为"栽"。《说文》："栽，筑墙长版也。"本意指竖立筑墙的长版。引申树立、栽培。段玉裁："古筑墙，先引绳营其广轮方制之正，……绳直则竖桢干，题（端）曰桢，旁曰干。……而后横施版两边干内，以绳束干，实土，用筑筑之，一版竣，则层累而上。"

26. 翼翼，《尔雅》：恭也。

【解析】

这首诗讲岐周之建国。

"绵绵瓜瓞，民之初生"，细长而繁多的小瓜，岐周初养百姓。言周人初到岐立国，各项事业并举，如同小瓜之结。"自土沮漆，古公亶父"，首先垦田于漆沮两河流域，乃古公亶父。言古公亶父为周之创始者。"陶复陶穴，未有家室"，掏挖土室、地穴，未有屋舍家室。言立国劳苦。

"古公亶父，来朝走马"，古公亶父，其来投奔、朝见者疾驰其马。言古公亶父迁国得到众人热切追随。"率西水浒，至于岐下"，沿着西侧水岸，至于岐山之下。"爰及姜女，聿来胥宇"，古公亶父与妻太姜，勤勉省察国疆。

"周原膴膴，堇荼如饴"，岐周之原土地肥美，堇菜、荼菜等甘之若饴。堇菜、荼菜等皆味苦，言内心愉悦故虽苦菜亦甜。"爰始爰谋，爰契我龟"，一边着手基础事物，一边谋划未来，刻画我龟壳以占卜吉凶。"契我龟"讲的是一种古老的占卜方法。占卜之前先在龟壳上随意刻画，之后灼烧龟壳，如果灼烧之后龟壳裂纹与之前所刻画纹路相和则为吉利。各种纹路都有对应辞解。"曰止曰时，筑室于兹"，占卜之辞曰："止、是"，于是筑家室于此。言上天告示建国于此。

"乃慰乃止，乃左乃右"，乃安慰民众，乃止于岐地，乃佐佑之。"乃疆乃理，乃宣乃亩"，乃划定疆界，乃治理土地，乃开挖垄沟，乃培植田垄。"自西徂东，周爰执事"，自西往东，周以执政。言国家自西往东不断扩大，治理日益完善。

"乃召司空，乃召司徒，俾立室家"，乃召司空，乃召司徒，使立室家。言命令国家相关官员建设民居。"其绳则直，缩版以载，作庙翼翼",施工标线依法平直,紧固之模版得以树立,恭敬以建祖庙。言建设宗庙。

【引证】

《孟子·梁惠王下》:王曰:"寡人有疾,寡人好色。"对曰:"昔者大王(古公亶父)好色,爱厥妃。《诗》云:'古公亶甫,来朝走马。率西水浒,至于岐下。爰及姜女,聿来胥宇。'当是时也,内无怨女,外无旷夫。王如好色,与百姓同之,于王何有?"

【名物】

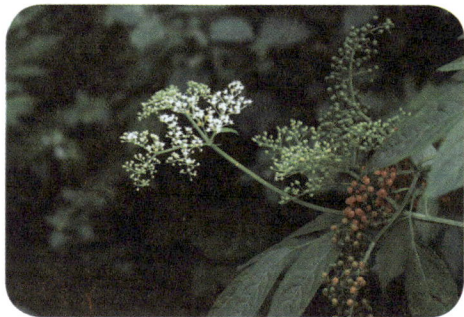

陆英

陆英别名接骨草、马鞭三七、臭草等,为多年生草本灌木,高达三米,根茎横生。花期在四、五月,果期在八、九月。陆英产于长江以南地区,多生于山坡、溪边。陆英鲜叶片揉之有臭气,其嫩叶可食,味微苦。

绵

（二）

捄之陾陾，度之薨薨。
筑之登登，削屡冯冯。
百堵皆兴，鼛鼓弗胜。

乃立皋门，皋门有伉。
乃立应门，应门将将。
乃立冢土，戎丑攸行。

肆不殄厥愠，亦不陨厥问。
柞棫拔矣，行道兑矣。
混夷駾矣，维其喙矣。

虞芮质厥成，文王蹶厥生。
予曰有疏附，予曰有先后，
予曰有奔奏，予曰有御侮。

【注释】

1. 捄（jiù），《说文》：盛土于楎（竹筐）中也。

2. 陾（réng），《说文》：筑墙声也。

3. 度，《说文》："过、越，度也。"此处指一排人接续传运土筐。

4. 薨薨，《尔雅》：众也。

5. 登登，为"增增"，音近通假。《尔雅》："增增，众也。"

6. 削，《说文》：析也。

7. 屡，为"塿"，音同通假。《说文》："塿，塺（méi）土也。"尘土之意。

8. 冯冯，为"纷纷"，音同通假。

9. 鼖（gāo），《说文》：大鼓也。《周礼》："以雷鼓鼓神祀，以灵鼓鼓社祭，以路鼓鼓鬼享，以鼖鼓鼓军事，以鼖鼓鼓役事，以晋鼓鼓金奏。"鼖鼓为古代六鼓之一，是在劳役事务中用来发号令、信号的专用鼓。

10. 皋门，朝堂最外侧门。应门，为朝堂最内侧门。一说周天子朝堂有四进，每一进朝堂有其专属功用。其最外侧门为皋门，其次分别为库门、雉门、应门、路门，路门之内为路寝，路寝为天子在朝廷之居所。

11. 伉，为"闶"。《说文》："闶（kàng），闶阆，高门也。"

12. 将，《尔雅》：大也。将将，大的样子。

13. 冢，《尔雅》：大也。冢土，即大社，祭祀土地神之所。

14. 戎，《尔雅》：大也。戎丑，即大众。

15. "乃立冢土，戎丑攸行"，《尔雅》："起大事，动大众，必先有事乎社而后出，谓之宜。"即国家大事、劳动广大群众等，必须事先在大社祭祀土地神，此为宜。

16. 肆，《尔雅》：力也。

17. 殄（tiǎn），《尔雅》：尽也。绝也。

18. 愠，《说文》：怒也。

19. 陨，《尔雅》：落也。

20. 问，为"闻"。闻，名声，声闻。

21. 柞，柞树，一说为栎树、橡树的统称，木质坚硬，多丛生态。

22. 棫，《说文》：白桵（ruí）也。郭璞："小木丛生有刺，实如耳珰紫赤可啖。"

23. 拔，《尔雅》：尽也。

24. 兑，《说文》：说也。即喜悦。兑或为娧（tuì，好）。

25. 混夷，为"昆夷"。周西部之部族。

《竹书纪年》："帝辛三十四年，冬十二月，昆夷侵周。三十六年春正月，诸侯朝于周，遂伐昆夷。西伯使世子发营镐。"

26. 駾（tuì），《说文》："駾，马行疾来貌。《诗》曰：'昆夷駾矣。'"

27. 喙，《方言》："喙，息也。自关而西秦晋之间或曰喙。东齐曰呬。"息止之意。喙或为"讀"。《说文》："讀（huì），中止也。"《说文》有"犬夷呬矣"。

28. 虞、芮，古国名。
29. 质，为“謓”。《说文》：“謓（zhì），野人言之。” “对质、质问”之本字。
30. 蹶，《尔雅》：嘉也。
31. 疏附，为“胥附”。即辅助、从附之意。
32. 奏，为“凑”。《说文》：“凑，水上人所会也。”引申聚集。奔奏，朝会之意。
33. 御，《尔雅》：禁也。侮，《说文》：伤也。御侮，抵御侵侮。

【解析】

“捄之陾陾，度之薨薨”，往土筐内装土之声陾陾，传运土筐的人众多。“筑之登登，削屡冯冯”，筑捣者众多，从筑好的墙上，削落的尘土纷纷。“百堵皆兴，鼛鼓弗胜”，百堵墙立起，鼛鼓不能胜任。言建设场面之大，建设人数众多，以至于鼛鼓不够用。

“乃立皋门，皋门有伉。乃立应门，应门将将”，乃立朝廷之皋门，皋门高大。乃立内侧应门，应门宽大。“乃立冢土，戎丑攸行”，乃立大社，群众有所遵行。言国家有大事要先在社庙祭祀，如此为宜。

“肆不殄厥愠，亦不陨厥问”，虽力行而犹有愠怒者，亦不降低其声望。言尽力作为之后，仍有不满者，即便如此也不影响其声誉。“柞棫拔矣，行道兑矣”，柞树、白桵等拔除，行道好也。言阻碍交通的草木被清理，行道通畅。“混夷駾矣，维其喙矣”，昆夷骑马急忙逃奔，其侵犯息止。言文王抵制昆夷侵扰，使得国家安全。

“虞芮质厥成，文王蹶厥生”，虞、芮两国来找文王对质，从而平息其争讼，文王嘉奖其上进。虞、芮二国因土地争讼不止，闻听周王仁义，前来找文王对质。双方进入周国，见周国人民礼让，未见文王而自行息讼，文王赞赏之。“予曰有疏附，予曰有先后，予曰有奔奏，予曰有御侮”，我有辅相者、依附者，我有承先继后者，我有投奔、趋近者，我有抵御伤害者。言周得四境诸侯拥护。这段诗讲文王贤德。

【引证】

（1）《孟子·尽心下》：貉稽曰：“稽大不理于口（口舌）。”孟子曰：“无伤也。士憎兹多口。《诗》云：‘忧心悄悄，愠于群小’孔子也。‘肆不殄厥愠，亦不陨厥问’文王也。”

（2）《左传·昭公二年》："二年春，晋侯使韩宣子来聘，且告为政，而来见礼也。观《书》于大史氏，见《易》《象》与鲁春秋。曰：'周礼尽在鲁矣，吾乃今知周公之德，与周之所以王也。'公享之，季武子赋《绵》之卒章，韩子赋《角弓》。"

（3）《孔丛子·论书》：孟懿子问："《书》曰：'钦（敬）四邻'，何谓也？"孔子曰："王者前有疑，后有丞，左有辅，右有弼，谓之四近。言前后左右近臣当畏敬之，不可以非其人也。周文王胥附、奔辏、先后、御侮，谓之四邻。以免乎牖里之害。"懿子曰："夫子亦有四邻乎？"孔子曰："吾有四友焉。自吾得回也，问人加亲，是非胥附乎？自吾得赐也，远方之士日至，是非奔辏乎？自吾得师也，前有光，后有辉，是非先后乎？自吾得由也，恶言不至于门，是非御侮乎？"

（4）《孔子家语·好生》：虞、芮二国争田而讼，连年不决。乃相谓曰："西伯仁人也。盍往质之。"入其境，则耕者让畔，行者让路。入其邑，男女异路，斑白不提挈。入其朝，士让为大夫，大夫让为卿。虞、芮之君曰："嘻！吾侪小人也，不可以履君子之庭。"遂自相与而退，咸以所争之田为闲田矣。孔子曰："以此观之，文王之道，其不可加焉！不令而从，不教而听。至矣哉！"

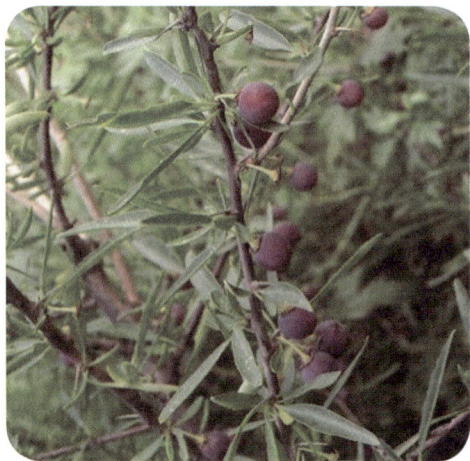

白桵

白桵，又名白蕤（ruí）、棫、蕤李子、蕤仁。为蔷薇科落叶灌木，高约两米上下。有枝刺，刺长五至十五毫米。花白色，花期四至六月。果球形，暗紫红色，果期七至八月。果实可酿酒、食用，种仁含油，并可药用。白蕤多生于向阳山坡，分布于我国陕西、甘肃、山西、内蒙古。

棫朴

芃芃棫朴，薪之槱之。
济济辟王，左右趣之。

济济辟王，左右奉璋。
奉璋峨峨，髦士攸宜。

淠彼泾舟，烝徒楫之。
周王于迈，六师及之。

倬彼云汉，为章于天。
周王寿考，遐不作人。

追琢其章，金玉其相。
勉勉我王，纲纪四方。

【注释】

1. 芃（péng），《说文》：草盛也。

2. 朴，《尔雅》：枹（bāo）者谓。即丛生植物。

3. 槱（yǒu），《说文》：积火燎之也。《说文》："燎，放火也。"积聚薪柴烧大火。此处指燃柴祭祀。

4. 济济，为"霁霁"。《说文》："霁，雨止也。"《尔雅》："济济，止也。"安定、平静之貌。《礼记·祭义》："子赣问曰：'子之言祭，济济、漆漆然。今子之祭，无济济、漆漆，何也？子曰：'济济者，容也远也。漆漆（戚戚）者，容也自反也。容以远，若容以自反也，夫何神明之及交，夫何济济、漆漆之有乎？"

5. 辟，《尔雅》：君也。《逸周书》："命我辟王，小至于大。"

6. 趣，为"趋"。《说文》："趋：走也。"

7. 璋，玉器，为礼器，寓含信、明之义。《周礼》："以赤璋礼南方。"

8. 峨峨，《尔雅》：祭也。祭祀时庄严、敬慎之神态。

9. 髦士，《尔雅》：官也。《尔雅》："髦，俊也。"

10. 淠（pèi），为"霈"。《说文》："霈（wèi），草木霈字之貌。"淠淠，本意形容草木旺盛，此处指船只繁多貌。

11. 泾舟，为"轻舟"。轻舟，小船。

12. 烝，《尔雅》：众也。

13. 楫，《说文》：舟棹也。此处作动词。

14. 倬（zhuō），《说文》：著大也。显明而大。

15. 云汉，天河。古又称作天汉。《左传》："星孛天汉。汉，水祥也。"

16. 遐不，为"瑕丕"，表示程度深重，解作：大为、大大、有加。

17. 作，《说文》：起也。此处解作振兴、振作。作人，即振民、兴民。

18. 追，《说文》：逐也。

19. 琢，为"逐"。追琢，或为"雕琢"。

20. 相，《尔雅》：勴也。佐助、辅助之意。

21. 纲，《说文》：维纮（hóng）绳也。本意指系车盖、系冠帽的绳带，泛指起约束作用的绳带、绳索。

22. 纪，《说文》：丝别也。丝的一端头称为统，另一头称为纪。

【解析】

这首诗讲周王率诸侯郊祭以征伐，赞美周王贤德。

"芃芃棫朴，薪之槱之"，茂盛的白蕤，以之为薪柴而槱燎之。周时以槱燎祭祀文昌星、司雨星、司风星。言祭祀司风雨之神，以求行军顺利。"济济辟王，左右趣之"，神态安定之诸侯、天子，左右趋近之。言诸侯、天子率众臣祭祀。

"济济辟王，左右奉璋"，神态安然之诸侯、天子，左右奉璋以从之。"奉璋峨峨，髦士攸宜"，奉璋者庄严、敬慎，士官之义。寓意君臣共赴光明之事业。

"淠彼泾舟，烝徒楫之"，轻舟繁多，众徒摇其桨。"周王于迈，六师及之"，周王于征，六师同之。言周王率大军出征。

"倬彼云汉，为章于天"，显盛之天河，为文章于天上。古人以银

947

河为水象。"周王寿考，遐不作人"，周王长寿，振民有加。言周王贤德，泽润广大、久长。文王之功德比之于云汉。

"追琢其章，金玉其相"，追求其文采，以金玉佐之。言不仅追求器具之文美，且佐以金玉等材质。言求文质皆美，此处指周文王制定之礼乐制度不仅有文采且其本质合于正义。"勉勉我王，纲纪四方"，甚勤勉之我王，为纲纪于四方。言文王以礼、乐、刑、政为纲纪治理天下。

【引证】

（1）《周礼·春官宗伯》："以吉礼事邦国之鬼神示：以禋祀祀昊天上帝；以实柴祀日月星辰；以槱燎祀司中、司命、风师、雨师。"

一说：风师为箕星。雨师为毕星。司命为文昌星。司中为文昌上六星。毕星处在银河之中。《尔雅》："箕斗之间汉津（云汉）也。"

（2）关于"璋"

《周礼》："以玉作六器，以礼天地四方：以苍璧礼天，以黄琮礼地，以青圭礼东方，以赤璋礼南方，以白琥礼西方，以玄璜礼北方。"

东汉班固《白虎通德论》：何谓五瑞？谓圭、璧、琮、璜、璋也。《礼》曰："天子圭尺有二寸。"又曰："博三寸，剡上寸半，厚半寸。"半圭为璋。方中圆外曰璧。半璧曰璜。圆中牙身玄外曰琮。《礼记王度》曰："王者，有象君之德，燥不轻，湿不重，薄不挠，廉不伤，疵不掩，是以人君宝之。"天子之纯玉尺有二寸。公侯九寸，四玉一石也。伯、子、男俱三玉二石也。五玉者各何施？盖以为璜以徵召，璧以聘问，璋以发兵，圭以信质，琮以起土功之事也。………璋之为言明也。赏罚之道，使臣之礼，当章明也。南方之时，万物莫不章，故谓之璋。

（3）《荀子·富国》：人之生不能无群，群而无分则争，争则乱，乱则穷矣。故无分者，人之大害也。有分者，天下之本利也。而人君者，所以管分之枢要也。故美之者，是美天下之本也。安之者，是安天下之本也。贵之者，是贵天下之本也。古者先王分割而等异之也，故使或美，或恶，或厚，或薄，或佚，或乐，或劬，或劳，非特以为淫泰夸丽之声，将以明仁之文，通仁之顺也。故为之雕琢、刻镂、黼黻文章，使足以辨贵贱而已，不求其观。为之钟鼓、管磬、琴瑟、竽笙，使足以辨吉凶、合欢、定和而已，不求其馀。为之宫室、台榭，使足以避燥湿、养德、辨轻重而已，不求其外。《诗》曰："雕琢其章，金玉其相。亹亹我王，纲纪四方。"此之谓也。

上文引"勉勉我王"为"亹亹我王"。《尔雅》："亹亹（wéi），勉也。"

旱麓

瞻彼旱麓，榛楛济济。
岂弟君子，干禄岂弟。

瑟彼玉瓒，黄流在中。
岂弟君子，福禄攸降。

鸢飞戾天，鱼跃于渊。
岂弟君子，遐不作人。

清酒既载，骍牡既备。
以享以祀，以介景福。

瑟彼柞棫，民所燎矣。
岂弟君子，神所劳矣。

莫莫葛藟，施于条枚。
岂弟君子，求福不回。

【注释】

1. 旱，为"厂"。《说文》："厂（hàn），山石之厓岩，人可居。"本意指悬崖，言悬崖之下人可以居处。引申山崖。

2. 麓，《说文》：一曰林属于山为麓。即山脚下的树林。

3. 楛（hù），《说文》：木也。为荆条一种，茎赤色，可作箭矢。或为金沙荆。

《陆玑·草木疏》："楛，其形似荆（牡荆）而赤，叶似蓍，上党人篾以为笮箱，又屈以为钗。"

《本草纲目》："牡荆（荆条），……青、赤二种，青者为荆，嫩条皆可为莒囤（jǔ dùn）。古昔贫妇以荆为钗，即此二木也。"

4. 济济，为"挤挤"，形容紧密、密集的样子。

5. 岂弟，为"恺悌"。《尔雅》："恺悌，发也。"生发、长养之意。

6. 干，《尔雅》：求也。干禄，引申为为官。《论语》："子张学干禄。"

7. 瑟，为"璱"。《说文》："璱（sè），玉英华相带，如瑟弦。《诗》：'璱彼玉瓒。'"玉上雕刻的花纹以带纹相隔，其带纹之多像瑟之弦。

8. 瓒（zàn），裸礼时用以盛酒灌地的礼器。其形制与今之汤勺大致仿佛，具体未有准确记载，亦未有可信物证。《礼记·祭统》："君执圭瓒裸尸，大宗执璋瓒亚裸。"其中"圭瓒"即其柄形制如圭的瓒，"璋瓒"即其柄形制如璋的瓒。

9. 流，或为"鎏"。《说文》："鎏，垂玉也。冕饰。"古人冠冕上以丝绳系玉坠的装饰物。古代酒器的开敞式淌流口也称为流，大概因为液体流出形似鎏。此处指酒器的淌流口。黄流，指酒器的金质淌流口。

东汉郑玄："瓒如盘，其柄用圭，有流前注。"其中"流"即指开敞式出流口，其形似狭长小水槽。

南朝梁沉约《梁宗庙登歌》："我鬱载馨，黄流乃注。"

10. 鸢，为"鶚"。《说文》："鶚（è），鸷鸟也。"即鹗，鱼鹰（非鸬鹚），为猛禽。

11. 戾，《尔雅》：至也。

12. 载，为"酨"。《说文》："酨（zài），设饪也。"本意设酒食。引申陈设、设。

13. 骍，赤色马。《礼记·檀弓上》："周人尚赤，……牲用骍。"

14. 介，《尔雅》：右也。即保佑。

15. 景，《尔雅》：大也。

16. 瑟，为"轖"，音同通假。《说文》："轖，车籍交错也。"本意指车厢之围席交错，引申交错、错杂。

17. 劳，慰勉、慰劳。《礼记·曲礼下》："君劳之，则拜。"

18. 莫莫，或为"苿苿"。《说文》："苿（mù），细草丛生也。"

19. 施，为"敂"。《说文》："敂（shī），敷也。"广布、布施之意。

20. 条，《说文》：小枝也。

21. 枚，《说文》：干也。可为杖。条枚，即树木枝干。

【解析】

这首诗讲有道君王教民。

"瞻彼旱麓，榛楛济济"，观望其山崖以及山脚下，榛子与楛木茂密。榛子可食用，楛木可为箭矢，二者皆为民需。言山上山下榛楛茂密，寓意国家物产丰富。"岂弟君子，干禄岂弟"，君子有生发之德，为官而长养百姓。言君子为官启发民智、民德。这段诗讲先养民而后教民。

"瑟彼玉瓒，黄流在中"，玉柄上雕刻花纹、弦带的玉瓒，其黄流在中。周人以灌礼为献之最重，裸器华贵，言重祭祀。"岂弟君子，福禄攸降"，长养百姓之君子，福禄降临。

"鸢飞戾天，鱼跃于渊"，鸢飞至于高天，鱼跃于深渊。言高至于天，深至于渊。寓意君子明察上下，无微不至。"岂弟君子，遐不作人"，君子有生发之德，振民有加。

"清酒既载，骍牡既备"，清澈之酒既已陈设，赤色公马既已备好。"以享以祀，以介景福"，以享祖宗以祭祀之，以佑我大福。

"瑟彼柞棫，民所燎矣"，交错之栎树、白蕤，百姓以之燎祭。言民众祭祀风雨之神。"岂弟君子，神所劳矣"，明智、明德之君子，神所慰劳。言君子教化百姓，明其德智，神嘉奖之。

"莫莫葛藟，施于条枚"，枝叶繁茂的葛与山葡萄，蔓延于树木枝干。以葛藟缠附于树木，寓意君子笃行庇民之义。"岂弟君子，求福不回"，岂弟君子，求福不改其志。言君子据守道义而行。

【引证】

952

（1）《左传·僖公十二年》：王以上卿之礼飨管仲，管仲辞曰："臣贱有司也，有天子之二守国、高在。若节春秋来承王命，何以礼焉？陪臣敢辞。"王曰："舅氏余嘉乃勋，应乃懿德，谓督不忘。往践乃职无逆朕命。"管仲受下卿之礼而还。君子曰："管氏之世祀也宜哉！让不忘其上。"《诗》曰："恺悌君子，神所劳矣。"

（2）《左传·成公八年》：晋栾书侵蔡，遂侵楚获申骊。楚师之还也，晋侵沈，获沈子揖初，从知、范、韩也。君子曰："从善如流，宜哉！"《诗》曰："恺悌君子，遐不作人。"求善也夫！作人斯有功绩矣。

译文：晋国栾书率军侵袭蔡国，接着又侵袭楚国，俘虏了申骊。楚军回去的时候，晋军侵袭沈国，俘虏了沈子揖初，这是听从了知庄子、范文子、韩献子等人的意见。君子说："从善如流，义哉！"《诗》曰："恺悌君子，遐不作人。"如此可求善也，振民可有功绩。

（3）《周礼·春官宗伯》："以吉礼事邦国之鬼神示：以禋祀（洁祀）祀昊天上帝，以实柴祀日月星辰，以槱燎祀司中、司命、风师、雨师。以血祭祭社稷、五祀、五岳，以狸沈祭山林川泽，以疈辜祭四方百物。以肆献祼享先王，以馈食享先王，以祠春享先王，以礿夏享先王，以尝秋享先王，以烝冬享先王。"

（4）《礼记·表记》：子曰："下之事上也，虽有庇民之大德，不敢有君民之心，仁之厚也。是故君子恭俭以求役仁，信让以求役礼。不自尚其事，不自尊其身。俭于位而寡于欲，让于贤，卑己而尊人，小心而畏义。求以事君，得之自是，不得自是，以听天命。《诗》云：'莫莫葛藟，施于条枚。凯弟君子，求福不回。'其舜、禹、文王、周公之谓与！有君民之大德，有事君之小心。"

（5）《礼记·中庸》：君子之道费而隐。夫妇之愚，可以与知焉，及其至也，虽圣人亦有所不知焉。夫妇之不肖，可以能行焉，及其至也，虽圣人亦有所不能焉。天地之大也，人犹有所憾，故君子语大，天下莫能载焉。语小，天下莫能破焉。《诗》云："鸢飞戾天，鱼跃于渊。"言其上下察也。君子之道，造端乎夫妇，及其至也，察乎天地。

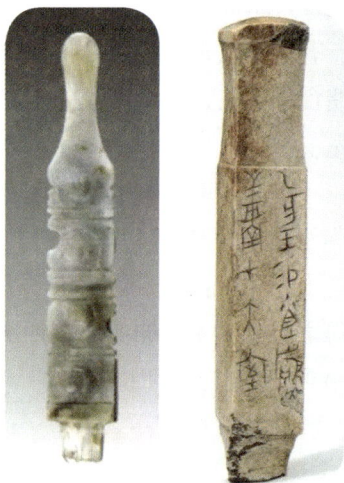

瓒柄

上左图为洛阳战国墓中出土玉器，青玉质，上端有榫，下端似舌，柄上饰弦纹及卷云纹，弦纹与卷云纹相间。推测当为瓒柄。其盛酒部分失落，不能确定其材质、形制。笔者推测为木质或铜质、扁盘形，其勺边沿有鋬。

上右图为天津博物馆收藏的殷墟柄形玉器，上刻有文字两行十一字："乙亥，王易（赐）小臣雁瓒，才（在）大室。"明言为商王赏赐小臣雁的瓒。笔者推测亦为瓒柄。

　　瓒是在祭祀时盛取鬯酒，祭者将盛取的鬯酒缓缓灌注于地，如此为祼礼。瓒的形制学术界有不同认识。东汉郑玄："瓒如盘，其柄用圭，有流（銮）前注。"

思齐

思齐大任，文王之母。
思媚周姜，京室之妇。
大姒嗣徽音，则百斯男。

惠于宗公，神罔时怨，神罔时恫。
刑于寡妻，至于兄弟，以御于家邦。

雝雝在宫，肃肃在庙。
不显亦临，无射亦保。
肆戎疾不殄，烈假不瑕。

不闻亦式，不谏亦入。
肆成人有德，小子有造。
古之人无斁，誉髦斯士。

【注释】

1.思，念想、谋。

2.齐，《说文》：禾麦吐穗上平也。《论语》："见贤思齐焉，见不贤而内自省也。"

3.大任，即太任，王季之妻。

4.媚，通"美"。《说文》："美，甘也。"美与善同意。《小尔雅》："媚，美也。"

5.周姜，太姜，古公亶父之妻，王季之母。

6.京，《尔雅》：大也。京室，即大家，亦即王室。

7.大姒，即太姒，文王之妻。

8.嗣，《尔雅》：继也。

9.徽（huī），《尔雅》：善也。

10. 则，《尔雅》：法也。此处作使动用法。

11. 惠，《尔雅》：爱也。

12. 宗公，宗室与诸公，泛指诸侯与公卿。

13. 神，《尔雅》：治也。

14. 恫，《说文》：痛也。一曰呻吟也。

15. 刑，《尔雅》：常也。法也。

16. 寡，《说文》：少也。寡妻，寡有之妻、寡德之妻，为谦称。

17. 雝雝，为"噰噰"，又作"雍雍"。《尔雅》："噰噰，音声和也。"

18. 肃肃，《尔雅》：敬也。《礼记》："《诗》云：'肃雍和鸣，先祖是听。'夫肃肃，敬也。雍雍，和也。夫敬以和，何事不行？"

19. 射，《尔雅》：厌也。满足、饱足之意。

20. 肆，《尔雅》：力也。

21. 戎，《尔雅》，大也。

22. 殄，《尔雅》：尽也。绝也。

23. 烈，《尔雅》：成也。

24. 假，《尔雅》：大也。

25. 不瑕，为"不嘏"，即不疏阔、不夸大。《说文》："嘏（gǔ，jiǎ），大远也。"

26. 式，《尔雅》：用也。

27. 谏，《说文》：证也。《说文》："证，告也。"

28. 德，《说文》：升也。

29. 造，《尔雅》：为也。

30. 斁，为"殬"。《说文》："殬（dù），败也。"《尚书》："彝伦攸斁……彝伦攸叙。"

957

31. 誉，为"举"。如誉荐、荐誉。《论衡》："誉荐士吏，称术行能。"

32. 髦，《尔雅》：俊也。《说文》："俊，材千人也。"千里挑一的人才。

【解析】

这首诗讲周文王夫妇贤德。

"思齐大任，文王之母"，欲齐于大任，文王之母。"思媚周姜，京室之妇"，欲善于周姜，王室之妇。言周文王之妻大姒比德于大任、大姜。"大姒嗣徽音，则百斯男"，大姒继承大任、大姜之德音，规范众多嫡庶子。言大姒教子以礼法。

"惠于宗公，神罔时怨，神罔时恫"，惠爱宗族、公卿，治国家百姓无不时之怨，治国家世人无不时之痛。言文王仁惠，使民以时。"刑于寡妻，至于兄弟，以御家邦"，身为寡有之妻所效法，再至于兄弟比之，进而至于驾御家国。言修身、齐家而后治国、平天下。

"雝雝在宫，肃肃在庙"，在家则和，在庙则敬。"不显亦临，无射亦保"，丕显者亦看顾之，不饱足者亦保养之。言其亲贤惠民。"肆戎疾不殄，烈假不瑕"，力除重疾而不务求其马上绝尽，成大功德而不夸诞。言文王贤能，治事有方。

"不闻亦式，不谏亦入"，无名者亦任用之，无举荐亦纳入之。言国家广纳贤良。"肆成人有德，小子有造"，致力于成人进步，青少年有所作为。"古之人无斁，誉髦斯士"，古人之所以不败，选举俊杰之士。言任用贤能则保国家不败。

【引证】

（1）《孟子·梁惠王上》："老吾老，以及人之老。幼吾幼，以及人之幼。天下可运于掌。《诗》云：'刑于寡妻，至于兄弟，以御于家邦。'言举斯心加诸彼而已。故推恩足以保四海，不推恩无以保妻子。古之人所以大过人者无他焉，善推其所为而已矣。"

（2）《国语·晋语四》：文公问于胥臣曰："吾欲使阳处父傅欢也而教诲之，其能善之乎？"对曰："是在欢也。蘧蒢不可使俯，戚施不可使仰，僬侥不可使举，侏儒不可使援，蒙瞍不可使视，嚚喑不可使言，聋聩不可使听，童昏不可使谋。质将善而贤良赞之，则济可俟。若有违质，教将不入，其何善之为！臣闻昔者大任娠文王不变，少溲于豕牢，而得文王不加疾焉。文王在母不忧，在傅弗勤，处师弗烦，事王不怒，孝友二虢，而惠慈二蔡，刑于大姒，比于诸弟。《诗》云：'刑于寡妻，至于兄弟，以御家邦'于是乎用四方之贤良。及其即位也，询于八虞，而谘于二虢，度于闳夭而谋于南宫，诹于蔡、原而访于辛、尹，重之以周、邵、毕、荣，忆宁百神，而柔和万民。故《诗》云：'惠于宗公，神罔时恫。'若是，则文王非专教诲之力也。"公曰："然则教无益乎？"对曰："胡为？文益其质。故人生而学，非学不入。"公曰："奈夫八疾何？"对曰："官师之所材也，戚施直镈，蘧蒢蒙璆，侏儒扶卢，蒙瞍修声，聋聩司火。童昏、嚚喑、僬侥，官师之所不材也，以实裔土。夫教者，因体能质而利之者也。若川然有原，以卬浦而后大。"

皇矣

（一）

皇矣上帝，临下有赫。

监观四方，求民之莫。

维此二国，其政不获。

维彼四国，爰究爰度。

上帝耆之，憎其式廓。

乃眷西顾，此维与宅。

作之屏之，其菑其翳。

修之平之，其灌其栵。

启之辟之，其柽其椐。

攘之剔之，其檿其柘。

帝迁明德，串夷载路。

天立厥配，受命既固。

帝省其山，柞棫斯拔，松柏斯兑。

帝作邦作对，自大伯王季。

维此王季，因心则友。

则友其兄，则笃其庆。

载锡之光，受禄无丧，奄有四方。

959

【注释】

1. 皇，《尔雅》：正也。大也。

2. 有赫，同于"赫兮"。《尔雅》："赫兮烜兮，威仪也。"

3. 莫，为"嗼"。《尔雅》："嗼，定也。"《说文》："嗼，㕙嗼（寂寞）也。"

4. 获，《说文》：刈谷也。引申收获、获得。

5. 究、度，《尔雅》：谋也。

6. 耆（qí），通"泜"。《说文》："泜（zhǐ），著止也。"有所附着而停止。此处解作制止。耆，或同"弃"，音同通假。《说文》："弃：捐也。"

7. 憎，《说文》：恶也。

8. 式，《尔雅》：用也。

9. 廓，为"蠲"。《说文》："蠲（guō），善自用之意也。"即常自以为是、专横。

10. 眷，《说文》：顾也。《说文》："顾，还视也。"

11. 宅，《尔雅》：居也。

12. 屏，为"迸"。《说文》："迸（bèng）：散走也。"引申弃除。《孟子》："出妻屏子。"迸弃，今写作"摒弃"。

13. 菑，为"椔"。《尔雅》："立死，椔（zī）。"树木直立而亡为"椔"。

14. 翳，《尔雅》："檗（bì，顿仆）者，翳。"树木倒地而死为"翳"。

15. 灌，《尔雅》：木族生为灌。

16. 栵，《说文》：栭也。本意为柱子上的斗拱。引申树木砍伐后的株干以及滋生的新枝。《尔雅》："烈（栵）、枿（蘖），余也。"

17. 启、辟，《说文》：开也。

18. 柽（chēng），《尔雅》：河柳。河柳枝条可编织器物。

19. 椐，《说文》：樻也。又称灵寿木，或为六道木。其茎坚实有节，可作手杖。

20. 攘，为"襄"。《尔雅》："襄，除也。"

21. 剔，《说文》：解骨也。引申削、砍。

22. 檿（yǎn），《说文》：山桑也。《说文》："柘（zhè），桑也。"皆可以叶养蚕。

23. 迁，《说文》：登也。

24. 串（chuàn，guàn），《尔雅》：习也。《说文》："遦（guàn），习也。"

25. 夷，为"彝"。《尔雅》："彝（yí），法也。"《孟子》："民之秉夷，好是懿德。"

26. 帝，为"谛"。《说文》："谛，审也。"详尽、审慎。

27. 兑，为"娧"。《说文》："娧（tuì），好也。"

28. 对，《尔雅》："对，遂也；妃，合，会，对也。"此处指配合者、顺遂者。

29. 大伯，王季之长兄，即文王之大伯父。传说让国于王季，孔子言："泰伯其可谓至德也已矣！三以天下让，民无得而称焉。"

30. 友，《尔雅》：善兄弟为友。引申友爱、友好。

31. 庆，《说文》：行贺人也。引申福、善。

32. 奄，《说文》：覆也。大有馀也。

【解析】

　　这首诗讲周之受天命。

　　"皇矣上帝，临下有赫"，正矣上帝，临下有威仪。"监观四方，求民之莫"，监察四方，以求百姓之安定。"维此二国，其政不获"，维夏商二国，其政不得。言夏商无道，丧失天命、民心。"维彼四国，爰究爰度"，维彼四国，曰谋曰图。言天下诸侯见夏商之无道，反省自身，以图谋正道。"上帝耆之，憎其式廓"，上帝舍弃殷商，憎恶其用专横治国。"乃眷西顾，此维与宅"，乃回首西望，来此地与周同在。言上帝弃殷商而来周，换言之即天命至于周。

　　"作之屏之，其菑其翳"，抬起之、弃除之，直立或倒地而死之树木。"修之平之，其灌其栵"，修治、平整之，其灌丛与树木余孽。以上四句诗讲整修场地，以便生产。"启之辟之，其柽其椐"，开发、辟立之，其河柳其椐木。"攘之剔之，其檿其柘"，除去、削减之，其山桑其柘桑。以上四句诗讲种植、养护所需用之树木。寓意修复生产。"帝迁明德，串夷载路"，上帝进明德者，使修习常法者当道。"天立厥配，受命既固"，上天立配合行天道者，授天命于已稳固者。言上天授命于德行笃厚者。

　　"帝省其山，柞棫斯拔，松柏斯兑"，详尽省察其山，柞棫拔除，使松柏良好。寓意去除芜杂，培育良材。"帝作邦作对，自大伯王季"，审慎以立邦国，以作顺遂者，自大伯、王季始。言天命在文王，大伯、王季皆能顺从父命立文王为君。"维此王季，因心则友"，维此王季，依大伯之志且遵法兄弟友爱。大伯三让王位，王季乃从其志。"则友其兄，则笃其庆"，遵从友善其兄之道，则厚其福。"载锡之光，受禄无丧，奄有四方"，乃赐之光显，受禄不失，大有天下。言上天保佑有德者、顺遂者。

【引证】

（1）《韩诗外传》：君子温俭以求于仁，恭让以求于礼，得之自是，不得自是。故君子之于道也，犹农夫之耕，虽不获年之优，无以易也。大王亶甫有子曰太伯、仲雍、季历。历有子曰昌，太伯知大王贤昌，而欲季为后。太伯去，之吴。大王将死，谓曰："我死，汝往让两兄，彼即不来，汝有义而安。"大王薨，季之吴告伯仲，伯仲从季而归。群臣欲伯之立季，季又让。伯谓仲曰："今群臣欲我立季，季又让，何以处之？"仲曰："刑有所谓矣，要于扶微者。可以立季。"季遂立，而养文王，文王果受命而王。孔子曰："太伯独见，王季独知。伯见父志，季知父心。故大王太伯、王季可谓见始知终，而能承志矣。"《诗》曰："自太伯王季，惟此王季，因心则友。则友其兄，则笃其庆。载锡之光，受禄无丧，奄有四方。"此之谓也。太伯反吴，吴以为君，至夫差二十八世而灭。

（2）《左传·文公四年》：楚人灭江，秦伯为之降服，出次，不举，过数，大夫谏。公曰："同盟灭，虽不能救，敢不矜乎？吾自惧也。"君子曰："《诗》云：'惟彼二国，其政不获。惟此四国，爰究爰度。'其秦穆之谓矣。"

译文：楚国人灭亡了江国，秦穆公为这件事穿上素服，出居别室，减膳撤乐，超过了应有的礼数。大夫劝谏。秦穆公说："同盟的国家被灭，虽然不能救之，岂敢不哀怜？我自己亦警惧。"君子说："《诗》云：'惟彼二国，其政不获。惟此四国，爰究爰度。'秦穆之谓矣。"

上文引"惟彼二国，其政不获。惟此四国，爰究爰度。"言"秦穆之谓矣"，指秦穆公见他国之失败，而矜哀，而警惧，而求正于自身。

柽

　　柽柳为落叶小乔木或灌木，一名西河柳，因每年开花两三次故又名三春柳。柽叶乍看似柏树叶，枝红紫色，细枝柔韧耐磨，多用来编筐具，其较粗茎干可作农具把柄。柽柳能在荒漠、盐碱地生存，寿命长百年之久，为优良生态绿化树种。

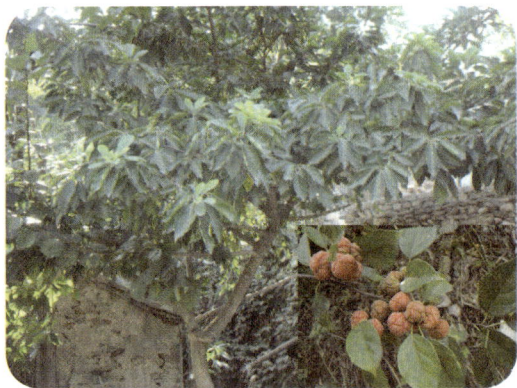

柘

柘又名柘桑，为落叶灌木或小乔木。一般高一至七米，亦有十几米者。其幼枝有硬刺，老枝无刺。柘树雌雄异株，果近球形，直径约两厘米，肉质，成熟时橘红色。花期五六月，果期六七月。柘木材质坚硬、致密，古代为制弓良材，其叶可饲蚕，果可食用、酿酒。如今柘树为珍稀树种。

《周礼·考弓记》："弓人取干之道，柘为上。"

《蚕书》："柘叶饲蚕为丝，中琴瑟弦，清响胜凡丝。"

皇矣

（二）

维此王季，帝度其心。

貊其德音，其德克明。

克明克类，克长克君。

王此大邦，克顺克比。

比于文王，其德靡悔。

既受帝祉，施于孙子。

帝谓文王，无然畔援，

无然歆羡，诞先登于岸。

密人不恭，敢距大邦，侵阮徂共。

王赫斯怒，爰整其旅。

以按徂旅，以笃于周祜，以对于天下。

依其在京，侵自阮疆，陟我高冈。

无矢我陵，我陵我阿。

无饮我泉，我泉我池。

度其鲜原，居岐之阳，在渭之将。

万邦之方，下民之王。

【注释】

1.帝，为"谛"。《说文》："谛，审也。"详尽、审慎。

2.貊（mò），为"慔"。《说文》："慔（mù），勉也。"

3.克，《尔雅》：胜也。能也。

4.类，《尔雅》：善也。

5.祉，《尔雅》：福也。

6.畔，《说文》：田界也。引申背叛。"半、叛、畔"皆有分、离之意。

7. 援，为"谖"。《说文》："谖（xuān），诈也。"即欺骗、欺诈。

8. 歆（xīn），为"欣"。《说文》："欣，喜也。"古语有：欣欣羡慕。

9. 羡，《说文》：贪欲也。

10. 诞，为"澹"，音同通假。《说文》："澹（dàn），水摇也。"

11. 密人，《竹书纪年》："帝辛三十二年，……密人侵阮，西伯帅师伐密；三十三年，密人降于周师，遂迁于程。王锡命西伯，得专征伐。"

12. 距，为"歫"。《说文》："歫，止也。"

13. 阮，为周国地名，

14. 徂，为"担"。《说文》："担（zhā），挹也。"取、拿，此处解作掠夺。

15. 共，地名，或为国名。

16. 赫，为"炼"。《方言》："炼（hè）：莽貌。莽（xì）：怒貌。"

17. 按，《尔雅》：止也。

18. 祜（hù），《尔雅》：福也。

19. 对，《尔雅》：遂也。遂为"㒸"。《说文》："㒸（suì），从意也。"

20. 京，为"倞"，音同通假。《说文》："倞，强也。"

21. 陟，《说文》：登也。

22. 矢，为"食"，音同通假。

23. 陵、阿、原，《尔雅》："大陆曰阜，大阜曰陵，大陵曰阿，可食者曰原。"

24. 鲜，《尔雅》：善也。鲜原，本意为肥沃田原，此处为周国地名。《竹书纪年》："帝辛五十二年庚寅，周始伐殷。秋，周师次于鲜原。"

25. 将，为"泽"，音同通假。《说文》："泽，下也。"此处指河之下游。

26. 方，为"仿"。《说文》："仿，相似也。"引申仿照、效法、比象。

【解析】

"维此王季，帝度其心"，维此王季，审度其心。王季应为"文王"。言文王能克己复义。"貊其德音，其德克明"，自勉于道德言论，其德能明。言勉力于道德教诲，其能明德。"克明克类，克长克君"，能明明德，能善国人，能为尊长，能为君上。言文王能教化民智、民德，使家国、人民臻于嘉善，能为尊长教养子弟，能为君王治理国家。"王此大邦，克顺克比"，主宰如此大国，能上下和顺，能亲比于贤良。"比于文王，其德靡悔"，比之于具文德之王，其德无悔。言亲比于贤王，道德不失，故无悔。"既受帝祉，施于孙子"，既受上帝之福，施于子子孙孙。言子孙承文王之福。

"帝谓文王，无然畔援，无然歆羡，诞先登于岸"，先帝告文王：不要背弃、欺诈，不要乐于贪欲，水动摇先登于岸上。言不要背弃道义，不要欺诈世人，不要耽于贪欲，行舟水上如果风波起，必须先登上岸，见微知著，谨慎行事。"密人不恭，敢距大邦，侵阮徂共"，密国人不敬，敢拒大国，侵犯阮地，掠夺共国。"王赫斯怒，爰整其旅"，王怒荼荼，整其军旅。"以按徂旅，以笃于周祜，以对于天下"，以制止密人掠夺之师，以厚周之福，以顺遂天下民心。

"依其在京，侵自阮疆，陟我高岗"，赖其处于强势，自阮地边疆侵犯我国，登我之高岗。"无矢我陵，我陵我阿"，不要食我之陆地，此陵此阿为我有。"无饮我泉，我泉我池"，不要饮我之泉水，此泉此池为我所有。言周王不畏强暴，有捍卫国家之决心。"度其鲜原，居岐之阳，在渭之将"，谋划其鲜原，居在岐山之南，在渭水下游。"万邦之方，下民之王"，为万邦所效法，为下民之君王。言周王之贤德。

【引证】

（1）《左传·昭公二十八年》：《诗》曰："唯此文王，帝度其心。莫其德音，其德克明。克明克类，克长克君。王此大国，克顺克比。比于文王，其德靡悔。既受帝祉，施于孙子。"心能制义曰"度"；德正应和曰"莫"；照临四方曰"明"；勤施无私曰"类"；教诲不倦曰"长"；赏庆刑威曰"君"；慈和遍服曰"顺"；择善而从之曰"比"；经纬天地曰"文"；九德不愆作事无悔。故袭天禄，子孙赖之，主之举也，近文德矣，所及其远哉！

（2）《礼记·乐记》：子夏对曰："夫古者，天地顺而四时当，民有德而五谷昌，疾疢不作而无妖祥，此之谓大当。然后圣人作为父子君臣，以为纪纲。纪纲既正，天下大定。天下大定，然后正六律，和五声，弦歌诗颂，此之谓德音。德音之谓乐。《诗》云：'莫（慎）其德音，其德克明。克明克类，克长克君。王此大邦，克顺克俾。俾（比）于文王，其德靡悔。既受帝祉，施于孙子。'此之谓也。"

皇矣

（三）

帝谓文王，予怀明德，

不大声以色，不长夏以革，

不识不知，顺帝之则。

帝谓文王，询尔仇方，

同尔兄弟，以尔钩援，

与尔临冲，以伐崇墉。

临冲闲闲，崇墉言言。

执讯连连，攸馘安安。

是禷是祃，是致是附，四方以无侮。

临冲茀茀，崇墉仡仡。

是伐是肆，是绝是忽，四方以无拂。

【注释】

1. 帝，先帝、先王，此处指文王父王季。《礼记》："措之庙，立之主，曰帝。"

2. 怀，《说文》：念思也。

3. 夏，《尔雅》：大也。

4. 革，为"亟"之误。《说文》："亟（jí），急也。"

5. 询，《说文》：谋也。

6. 仇，《尔雅》：匹也。合也。

7. 钩、援、临、冲，攻城器械或攻略。"援"或为《墨子》中十二攻略之"堙"。

《孙子兵法》："攻城围邑，则有轒辒、临、冲。"

《墨子》："禽滑厘对曰：'今之世常所以攻者：临、钩、冲、梯、堙、水、穴、突、空洞、蚁傅、轒辒、轩车，敢问守此十二者奈何？'"

8. 崇，《尔雅》：高也。墉，《说文》：城垣也。崇墉，高墙。

9. 闲闲，熟练、熟习貌。《说文》："闲，习也。"

10. 言言，为"嘗嘗"，山高峻貌。《说文》："嘗（yán），巖嘗也。"

11. 讯，《尔雅》：告也。执讯，解作捎信儿、带话、信使等。
《左传》："郑子家使执讯而与之书，以告赵宣子。"

12. 攸，《尔雅》：所也。

13. 馘（guó），《尔雅》：获也。
《说文》："馘，军战断耳也。"古代战争割取敌人的左耳以计数。
《礼记》："出征，执有罪。反，释奠于学，以讯馘告。"

14. 安安，稳妥、确定之貌。

15. 禷（lèi），《说文》：以事类祭天神。根据具体事类的需要祭祀天神。

16. 祃（mà），《说文》：师行所止，恐有慢其神，下而祀之曰祃。

17. 是禷是祃，《尔雅》：师祭也。军旅之祭祀。

18. 致，挑战曰致师。《左传》："楚许伯御乐伯，摄叔为右，以致晋师。"

19. 附，为"坿"。《说文》："坿，益也。"引申依从。《孟子》："附于诸侯曰附庸。"

20. 侮，《说文》：伤也。

21. 茀，《说文》：道多草，不可行。茀茀，形容多。

22. 仡（yì），为"圪"。《说文》："圪（gē），墙高也。《诗》曰：'崇墉圪圪。'"

23. 肆，《尔雅》：力也。

24. 忽，《说文》：忘也。引申舍弃、抛弃。此处指流放、驱离、放逐。

25. 拂，为"咈"。《说文》："咈（fú），违也。"

【解析】

"帝谓文王，予怀明德，不大声以色，不长夏以革，不识不知，顺帝之则"，王季告文王：我应思明德，不大声斥责而示之颜色，不求长大以急疾，不知不识者，顺从上帝之法则。言王季告诫文王，君王应常思明民，不以声色教人，不急功近利，循序渐进，勿自以为是，遵循自然法则。"帝谓文王，询尔仇方，同尔兄弟，以尔钩援，与尔临冲，以伐崇墉"，王季告诫文王：询问你的合作者，同你的兄弟，以你的钩、堙、临、冲等战法，以征伐崇高之城墙。言应集卿大夫之智，团结宗族之力，以有效之对策，可攻克任何城防。

"临冲闲闲，崇墉言言"，高墙岩岩，临、冲等战法娴熟。"执讯连连，攸馘安安"，传讯者往来不断，所获稳固。"是类是祃，是致是附，四方以无侮"，师祭以类以祃，其或挑战其或归附，天下以无伤害。言出师以讨伐不义，旨在使天下无侵扰、伤害。"临冲茀茀，崇墉仡仡。是伐是肆，是绝是忽，四方以无拂"，临、冲诸法密集，其高墙屹屹。或击伐之或强制之，或灭绝之或弃除之，天下以无违逆者。言出师旨在消灭无道。

【引证】

（1）《礼记·表记》："《诗》曰：'予怀明德，不大声以色。'子曰：'声色之于以化民，末也。'"

（2）《礼记·王制》："天子将出征，类（禷）乎上帝，宜乎社，造乎祢，祃于所征之地。受命于祖，受成于学。出征，执有罪。反，释奠于学，以讯馘告。"

（3）《荀子·修身》：礼者，所以正身也。师者，所以正礼也。无礼何以正身？无师吾安知礼之为是也？礼然而然，则是情安礼也。师云而云，则是知若师也。情安礼，知若师，则是圣人也。故非礼，是无法也。非师，是无师也。不是师法，而好自用，譬之是犹以盲辨色，以聋辨声也，舍乱妄无为也。故学也者，礼法也。夫师，以身为正仪，而贵自安者也。《诗》云："不识不知，顺帝之则"此之谓也。

（4）《左传·僖公九年》：晋郤芮使夷吾重赂秦以求入，曰："人实有国，我何爱焉？入而能民，土于何有？"从之。齐隰朋帅师会秦师，纳晋惠公。秦伯谓郤芮曰："公子谁恃？"对曰："臣闻亡人无党，有党必有雠，夷吾弱不好弄，能斗不过，长亦不改，不识其他。"公谓公孙枝曰："夷吾其定乎？"对曰："臣闻之，唯则定国，《诗》曰：'不识不知，顺帝之则'文王之谓也。又曰：'不僭不贼，鲜不为则'，无好无恶，不忌不克之谓也，今其言多忌克，难哉。"公曰："忌则多怨，又焉能克，是吾利也。"

（5）《左传·襄公三十一年》：周书数文王之德曰："大国畏其力，小国怀其德。"言畏而爱之也。《诗》云："不识不知，顺帝之则。"言则而象之也。纣囚文王七年，诸侯皆从之囚，纣于是乎惧而归之，可谓爱之。文王伐崇，再驾而降为臣，蛮夷帅服，可谓畏之。文王之功，天下诵而歌舞之，可谓则之。文王之行，至今为法，可谓象之，有威仪也。故君子在位可畏，施舍可爱，进退可度，周旋可则，容止可观，作事可法，德行可象，声气可乐，动作有文，言语有章，以临其下，谓之有威仪也。

（6）关于"崇墉"

史载周文王曾征伐崇国，故前人多把"崇墉"解作"崇国之城墙"。

《竹书纪年》："文丁十一年，周公季历伐翳徒之戎，获其三大夫，来献捷。王杀季历。"

《竹书纪年》："帝辛三十四年，周师取耆及邘，遂伐崇，崇人降。冬十二月，昆夷侵周。""帝辛四十一年春三月，西伯昌薨。"

若以上记载可靠，自文丁十一年杀文王父王季，至帝辛三十四年文王征伐崇国，相隔四十五年之久。如此则"帝（王季）谓文王：询尔仇方，同尔兄弟，以尔钩援，与尔临冲，以伐崇墉。"不合常理。

灵台

经始灵台，
经之营之。
庶民攻之，
不日成之。

经始勿亟，
庶民子来。
王在灵囿，
麀鹿攸伏。

麀鹿濯濯，
白鸟翯翯。
王在灵沼，
于牣鱼跃。

虡业维枞，
贲鼓维镛。
于论鼓钟，
于乐辟雍。

于论鼓钟，
于乐辟雍。
鼍鼓逢逢，
矇瞍奏公。

【注释】

1. 经，《说文》：织也。引申造、作。

2. 始，为"治"之误。治，营造、修治。《管子》："丈夫毋得治宫室。"

3. 台，《说文》：观，四方而高者。《尔雅》："四方而高，曰台。"

4. 营，《说文》：帀居也。引申建造。一说东西为经，周回为营。

5. 攻，为"工"。《说文》："工，巧饰也。"引申为加工。《尔雅》："攻，善也。"

6. 亟，《尔雅》：疾也。速也。

7. 子，为"孜"。《说文》："孜，汲汲也。"急切之貌。

8. 子来，急切得赶来。

9. 囿，《说文》：苑有垣也。一曰禽兽曰囿。《说文》："苑，所以养禽兽也。"

10. 麀（yōu），《说文》：牝鹿也。即母鹿。

11. 伏，卧也。《礼记》："寝毋伏。"

12. 濯濯，或为"耀耀"。此处皮毛鲜亮之貌。《说文》："炫，耀耀（照）也。"

13. 翯（hè），《说文》："翯，鸟白肥泽貌。《诗》云：'白鸟翯翯。'"

14. 于，《尔雅》：曰也。助词。

15. 牣（rèn），《说文》："牣，满也。《诗》云：'於牣鱼跃。'"

16. 虡（jù），《说文》："虡，钟鼓之柎（阑足，有栏板的足基）也。饰为猛兽。"钟鼓支架下部饰为猛兽像的足基。

17. 业，《说文》："业，大版也。所以饰（枸）悬钟鼓。捷业如锯齿。以白画之，象其鉏铻相承也。《诗》曰：'巨业维枞。'"业，即大长方形板，装饰在悬挂钟鼓的横木上。每块板之间有间隙，排比像锯齿。两块板之间以白色涂饰分界。上下两排横木上的白色分界条块，像上下齿牙相错而相承。

18. 枞（zōng），《说文》：松叶柏身。即冷杉，常绿乔木。

19. 贲，《说文》：饰也。

20. 镛，《说文》：大钟谓之镛。

21. 辟雝，又作"辟雍、辟廱"。《说文》："廱，天子飨饮辟廱。"辟廱为天子飨饮之处，因乡饮酒礼有教化之功能，故辟雝引申为教化之所。《礼记》："天子命之教然后为学。小学在公宫南之左，大学在郊。天

973

子曰辟雍，诸侯曰頖宫。"

22. 鼍（tuó），《说文》："鼍，水虫。似蜥易，长大。"即扬子鳄。陆玑言："鼍形似蜥蜴，四足，长丈余，生卵大如鹅卵，甲如铠甲，其皮坚厚，可以冒鼓。"

23. 逢逢，为"彭彭"，音近通假。《说文》："彭，鼓声也。"

24. 矇，《说文》：童矇也。一曰不明也。《说文》："瞍，无目也。"矇瞍，昏昧者。

25. 奏，《说文》：奏进也。《尔雅》："公，事也。"奏公，进于事。

【解析】

这首诗讲周文王建灵台。

"经始灵台，经之营之。庶民攻之，不日成之"，建造灵台，经之营之。众民善之，不日而成。

"经始勿亟，庶民子来"，文王建造不急，众民汲汲以来。言民众乐意为之。"王在灵囿，麀鹿攸伏"，文王在灵囿，母鹿伏卧。言禽兽尚安其居，何况百姓。

"麀鹿濯濯，白鸟翯翯"，母鹿皮毛鲜亮，白鸟肥有光泽。言德及禽兽飞鸟，寓意周文王惠泽广大。"王在灵沼，于牣鱼跃"，文王在灵沼，池沼中满是鱼跃。寓意国家富足。

"虡业维枞，贲鼓维镛"，悬挂钟鼓的支架以及其横木上的装饰板块皆以冷杉木为之，装饰的鼓配以大钟。寓意礼乐尽善尽美。"于论鼓钟，于乐辟雍"，曰论钟鼓，曰乐辟雍。言周文王以礼乐教化人民。

"于论鼓钟，于乐辟雍。鼍鼓逢逢，矇瞍奏公"，曰论钟鼓，曰乐辟雍。鼍鼓之声彭彭，昏昧者皆能进于教化。言礼乐兴盛，昏昧之人皆可进于礼乐。寓意周文王教化有成。

【引证】

（1）《竹书纪年》："帝辛三十七年，周作辟雍。……四十年，周作灵台。"

（2）《左传·昭公九年》：冬，筑郎囿，《书》："时也。"季平子欲其速成也。叔孙昭子曰："《诗》曰：'经始勿亟，庶民子来。'焉用速成？其以剿民也。无囿犹可，无民其可乎？"

（3）《孟子·梁惠王上》：孟子见梁惠王，王立于沼上，顾鸿雁麋鹿，曰："贤者亦乐此乎？"孟子对曰："贤者而后乐此，不贤者虽有此，不乐也。《诗》云：'经始灵台，经之营之。庶民攻之，不日成之。经始勿亟，庶民子来。王在灵囿，麀鹿攸伏，麀鹿濯濯，白鸟鹤鹤。王在灵沼，于牣鱼跃。'文王以民力为台为沼。而民欢乐之，谓其台曰灵台，谓其沼曰灵沼，乐其有麋鹿鱼鳖。古之人与民偕乐，故能乐也。《汤誓》曰：'时日害丧？予及女偕亡。'民欲与之偕亡，虽有台池鸟兽，岂能独乐哉？"

（4）**西汉贾谊《新书》**："文王志之所在，意之所欲，百姓不爱其死，不惮其劳，从之如集。《诗》曰：'经始灵台，庶民攻之，不日成之，经始勿亟，庶民子来。'文王有志为台，令近境之民闻之者裹粮而至，问业而作之，日日以众，故弗趋而疾，弗期而成，命其台曰灵台，命其囿曰灵囿，谓其沼曰灵沼，爱敬之至也。《诗》曰：'王在灵囿，麀鹿攸伏，麀鹿濯濯，白鸟颢颢，王在灵沼，于牣鱼跃。'文王之泽，下被禽兽，洽于鱼鳖，故禽兽鱼鳖攸若攸乐，而况士民乎！"

鼍

扬子鳄为中国特有的一种鳄鱼，因其生活在长江流域，故称"扬子鳄"。其身长一两米，是最小的鳄鱼之一，性情较为温顺。扬子鳄叫声很大，其叫声似雷，或因此古人以其皮为鼓。扬子鳄多昼伏夜出。扬子鳄食量很大，依靠超强的耐饥能力度过漫长的冬眠期。扬子鳄卵生，卵灰白色，比鸡蛋略大。每巢产卵十到三十只。卵产于草丛中，上覆杂草，靠自然温度孵化。仔鳄体表有橘红色横纹，色泽鲜艳，与成鳄体色有明显不同。如今野生扬子鳄濒临灭绝。

冷杉

　　冷杉，常绿乔木，树干端直，高可达四十米，胸径可达一米，树皮灰色或深灰。花期五月，球果十月成熟。球果长卵状或短圆柱形。成熟冷杉具有较强的耐阴性，适应温凉和寒冷气候。冷杉木材色浅，心边材区别不明显，木纹美观，切削面光滑。冷杉有多个品种。

下武

下武维周，世有哲王。
三后在天，王配于京。

王配于京，世德作求。
永言配命，成王之孚。

成王之孚，下土之式。
永言孝思，孝思维则。

媚兹一人，应侯顺德。
永言孝思，昭哉嗣服。

昭兹来许，绳其祖武。
於万斯年，受天之祜。

受天之祜，四方来贺。
於万斯年，不遐有佐。

978

【注释】

1.武，《尔雅》：继也。迹也。

2.哲，为"喆"。《说文》："喆（zhé），昭晰，明也。"

3.后，《说文》：继体君也。《尔雅》："后，君也。"

4.配，《说文》：酒色也。本意指杂合两种不同色的酒。引申匹、合。

5.求，为"逑"。《说文》："逑，怨匹曰逑。"引申配偶、匹配。

6.孚，《尔雅》：信也。

7.式，《说文》：法也。

8.媚，《说文》：说也。即"悦"。

9. 应，《说文》：以言对也。对答、应和、响应。

10. 侯，《尔雅》：乃也。

11. 昭，《尔雅》：光也。《尚书》："百姓昭明。"《说文》："昭，日明也。"

12. 嗣，《尔雅》：继也。

13. 服，《尔雅》：事也。

14. 兹，《尔雅》：此也。

15. 许，《说文》：听也。听从之意。

16. 绳，准绳、准则、法、度。《礼记》："广其节奏，省其文采，以绳德厚。"

17. 祜，《尔雅》：福也。

18. 贺，《说文》：以礼相奉，庆也。

19. 遐，《尔雅》：远也。

20. 於、斯，助词。

21. 佐，为"庄"。《说文》："庄（zuǒ），庄庄，行不正。""左道"应为"庄道"。

【解析】

这首诗讲武王效法先王，立信于民，仁民而教民。

"下武维周，世有哲王"，下继天命者维周，世有明王。"三后在天，王配于京"，三君在天，武王追配于京。言周公亶父、王季、文王在天，武王追随先王之道。

"王配于京，世德作求"，武王追配先王于京，世德为匹。言以上率下，道德流行。"永言配命，成王之孚"，永远使自身合于使命，成就君王之信。言武王以自身之恪守道德，立信于人。

"成王之孚，下土之式"，成就君王之信，为天下之法式。言君王之行为乃下民之榜样。"永言孝思，孝思维则"，永远有孝心，孝心是则。言以孝父母之心推之以养天下。

"媚兹一人，应侯顺德"，悦此一人，世人应和乃顺于道德。言世人悦于武王，故天下归德。"永言孝思，昭哉嗣服"，永有孝心，继用者光大之。言世人比象武王之孝，使孝道光大。孝悌为仁之本，寓意武王行仁道。

979

雅 大雅 下武

"昭兹来许，绳其祖武"，明来此听从教化者，以祖先之事迹为准绳。言武王效法先人，教化后来人。"于万斯年，受天之祜"，受天之福，万年之长。

"受天之祜，四方来贺"，受天之福，四方来贺。"于万斯年，不遐有佐"，万年之长，有不正之行为不使之偏离正道过远。言及时纠正错误，不使小错演变为大过，如此可保国家久长。

【引证】

（1）《孟子·万章上》："《云汉》之诗曰：'周馀黎民，靡有孑遗。'信斯言也，是周无遗民也。孝子之至，莫大乎尊亲。尊亲之至，莫大乎以天下养。为天子父，尊之至也。以天下养，养之至也。《诗》曰：'永言孝思，孝思维则。'此之谓也。"

（2）《礼记·缁衣》：子曰："下之事上也，不从其所令，从其所行。上好是物，下必有甚者矣。故上之所好恶，不可不慎也，是民之表也。"子曰："禹立三年，百姓以仁遂焉，岂必尽仁？《诗》云：'赫赫师尹，民具尔瞻。'《甫刑》曰：'一人有庆，兆民赖之。'《大雅》曰：'成王之孚，下民之式。'"

（3）《荀子·仲尼》："持宠处位，终身不厌之术：主尊贵之，则恭敬而傅；主信爱之，则谨慎而嗛；主专任之，则拘守而详；主安近之，则慎比而不邪；主疏远之，则全一而不倍；主损绌之，则恐惧而不怨。贵而不为夸，信而不处谦，任重而不敢专。财利至，则善而不及也，必将尽辞让之义，然后受。福事至则和而理，祸事至则静而理。富则广施，贫则用节。可贵可贱也，可富可贫也，可杀而不可使为奸也。是持宠处位，终身不厌之术也。虽在贫穷徒处之执（势），亦取象于是矣。夫是之谓吉人。《诗》云：'媚兹一人，应侯顺德。永言孝思，昭哉嗣服。'此之谓也。"

（4）《孔子家语·弟子行》：卫将军文子问于子贡曰："吾闻孔子之施教也，先之以《诗》、《书》，导之以孝悌，说之以仁义，观之以礼乐，然后成之以文德。盖入室升堂者七十有馀人，其孰为贤？"子贡对以不知。文子曰："以吾子常与学，贤者也。何为不知？"子贡对曰："贤人无妄，知贤即难。故君子之言曰：'智莫难于知人。'是以难对也。"文子曰："若夫知贤莫不难，今吾子亲游焉，是以敢问。"子贡

诗辑调

曰："夫子之门人，盖有三千就焉。赐有逮及焉、未逮及焉。故不得徧知以告也。"文子曰："吾子所及者，请闻其行。"子贡对曰："夫能夙兴夜寐，讽诵崇礼，行不贰过，称言不苟，是颜回之行也。孔子说之以《诗》曰：'媚兹一人，应侯慎德，永言孝思，孝思惟则。''若逢有德之君，世受显命，不失厥名，以御于天子，则王者之相也。'"

大意：卫将军文子问子贡："入室升堂者七十有馀人，其孰为贤？"子贡言颜回："夫能夙兴夜寐，讽诵崇礼，行不贰过，称言不苟。"孔子认为颜回符合《下武》之"媚兹一人，应侯慎德，永言孝思，孝思惟则。"其中"媚兹一人"寓意颜回尊崇道义，"应侯慎德"即子贡所言之"讽诵崇礼，行不贰过，称言不苟。"

文王有声

文王有声，遹骏有声。
遹求厥宁，遹观厥成。
文王烝哉！

文王受命，有此武功。
既伐于崇，作邑于丰。
文王烝哉！

筑城伊淢，作丰伊匹。
匪棘其欲，遹追来孝。
王后烝哉！

王公伊濯，维丰之垣。
四方攸同，王后维翰。
王后烝哉！

丰水东注，维禹之绩。
四方攸同，皇王维辟。
皇王烝哉！

镐京辟雍，自西自东，
自南自北，无思不服。
皇王烝哉！

考卜维王，宅是镐京。
维龟正之，武王成之。
武王烝哉！

丰水有芑，武王岂不仕？
诒厥孙谋，以燕翼子。
武王烝哉！

【注释】

1. 遹，为"欥"。《说文》："欥（yù），诠词也。《诗》曰：'欥求厥宁。'"用在句首表示诠释的虚词。"遹、欥、聿"通用，相当于"曰、乃"。

2. 骏，《尔雅》：大也。

3. 宁，为"貯"之误。《说文》："貯（貯），积也。"

4. 烝，《尔雅》：尘也。《尔雅》："尘，久也。"久长之意。

5. 伊，为"尹"。《说文》："尹，治也。"

6. 淢（yù），《说文》：疾流也。引申沟渠。《史记》："卑宫室，致费于沟淢。"

7. 匹，为"廦"。《说文》："廦（bì），墙也。"此处指房舍、室屋。

8. 棘，为"鞎"。《说文》："鞎（jí），急也。"《礼记》引作"匪革其犹，聿追来孝。"可知其中"革"为"鞎"之误。

9. 追，《方言》：随也。《礼记》："修宗庙，敬祀事，教民追孝也。"

10. 来，《尔雅》：勤也。

11. 濯，为"櫂"。《说文》："櫂（zhào），所以进舩也。"即船桨。櫂，即"棹"。

12. 翰，《尔雅》：干也。本意指筑墙两端树立的木柱，引申主干。

13. 绩，《尔雅》：事也。功也。

14. 皇、王，《尔雅》：君也。《说文》："皇，大也。"

15. 辟雝，天子飨饮之所。《礼记》："乡（飨）饮酒之礼，所以明长幼之序也。"

16. 考，审问、督察、察证。《尚书》："考制度于四岳。"

17. 宅，《尔雅》：居也。

18. 芑（qǐ），为"杞"。《尔雅》："杞（pǐ）：毁也。覆也。"

19. 仕，为"士"。《尔雅》："士，察也。"

20. 诒，《说文》：遗也。

21. 燕，为"宴"。《说文》："宴，安也。"

22. 翼，助、辅佐。《孟子》："辅之翼之。"《礼记》："慎其身以辅翼之。"

【解析】

这首诗讲文王、武王功德。

"文王有声，遹骏有声"，文王有声名，且可谓大有声名。"遹求厥宁，遹观厥成"，乃求其所积，乃观其成功。"文王烝哉"，文王万岁！

"文王受命，有此武功。既伐其崇，作邑于丰"，文王受天命，有此灭商之武功。既伐崇国，又建都于丰。言文王奠定灭商基础，其伐崇国、建丰都皆大功绩。"文王烝哉"，文王万岁！

"筑城伊淢，作丰伊匹"，筑城而治沟渠，作丰都而治屋舍。言生产建设成果丰硕，皆为文王经治国家之积蓄。"匪棘其欲，遹追来孝"，非急于文王之所欲，乃追勤勉、孝顺之德。言文王承嗣先君平天下之志，大力推进先君未竟之事业，追求勤政、孝祖。"王后烝哉"，君王万岁！言文王能良好继承先王事业。

"王公伊濯，维丰之垣"，王公如行舟之运棹者，亦如丰都之城墙。言公卿为运营国家者，为国家之保卫者。"四方攸同，王后为翰"，四方一同，君王为主干。"王后烝哉"，君王万岁！言文王善为人君。

"丰水东注，维禹之绩"，丰河水东流，乃大禹之功绩。"四方攸同，皇王维辟"，天下一同，皇王为法。言文王之文治武功泽及后世。"皇王烝哉"，皇王万岁！

"镐京辟雍"，镐京、辟雍。寓意国家建设、教化有成。"自西自东，自南自北，无思不服"，自西自东，自南自北，无不服者。言文王功德之大。"皇王烝哉"，皇王万岁！

"考卜维王，宅是镐京"，武王居此镐京，察证臧否，占卜吉凶。"维龟正之，武王成之"，唯龟卜正之，武王成就之。言武王以天意为是。"武王烝哉"，武王万岁！

"丰水有芑，武王岂不仕"，丰水有溃败，武王岂不察？言国家政治亦有毁坏，武王明察以预防。"诒厥孙谋，以燕翼子"，武王虑及其孙，遗留保国之谋划，且以此长远谋划，安定、辅助其子。言武王以长治久安之策遗传子孙。"武王烝哉"，武王万岁！

（1）《礼记·坊记》：子云："善则称人，过则称己，则民让善。《诗》云：'考卜惟王，度是镐京。惟龟正之，武王成之。'"

（2）《孟子·公孙丑上》：孟子曰："以力假仁者霸，霸必有大国。以德行仁者王，王不待大。汤以七十里，文王以百里。以力服人者，非心服也，力不赡（zhan，给也。）也。以德服人者，中心悦而诚服也，如七十子之服孔子也。《诗》云：'自西自东，自南自北，无思不服'此之谓也。"

（3）《礼记·表记》：子言之："仁有数，义有长短小大。中心憯怛，爱人之仁也。率法而强之，资仁者也。《诗》云：'丰水有芑，武王岂不仕？诒厥孙谋，以燕翼子。武王烝哉'数世之仁也。国风曰：'我今不阅，皇恤我后。'终身之仁也。"

（4）《孔子家语·正论解》：南容说、仲孙何忌既除丧，而昭公在外，未之命也。定公即位，乃命之。辞，曰："先臣有遗命焉，曰夫礼，人之干也。非礼则无以立。嘱家老，使命二臣必事孔子而学礼，以定其位。"公许之。二子学于孔子，孔子曰："能补过者，君子也。《诗》云：'君子是则是效。'孟僖子可则效矣。惩己所病，以诲其嗣。《大雅》所谓'诒厥孙谋，以燕翼子。'是类也夫！"

（5）《礼记·礼器》："礼，时为大，顺次之，体次之，宜次之，称次之。尧授舜，舜授禹，汤放桀，武王伐纣，时也。《诗》云：'匪革其犹（猷），聿追来孝。'天地之祭，宗庙之事，父子之道，君臣之义，伦也。社稷山川之事，鬼神之祭，体也。丧祭之用，宾客之交，义也。羔豚而祭，百官皆足，大牢而祭，不必有馀，此之谓称也。诸侯以龟为宝，以圭为瑞。家不宝龟，不藏圭，不台门，言有称也。"

（6）《荀子·儒效》：孙卿曰："其为人上也，广大矣！志意定乎内，礼节修乎朝，法则度量正乎官，忠信爱利形乎下。行一不义，杀一无罪，而得天下，不为也，此君子义信乎人矣。通于四海，则天下应之如

985

欢。是何（举）也，则贵名白（光显）而天下治也。故近者歌讴而乐之，远者竭蹶而趋之，四海之内若一家，通达之属莫不从服。夫是之谓人师。《诗》云：'自西自东，自南自北，无思不服'此之谓也。"

（7）《**晏子春秋**》：景公与晏子登寝而望国，公愀然而叹曰："使后嗣世世有此，岂不可哉！"晏子曰："臣闻明君必务正其治，以事利民，然后子孙享之。《诗》云：'武王岂不事，贻厥孙谋，以燕翼子。'今君处佚怠，逆政害民有日矣，而犹出若言，不亦甚乎！"公曰："然则后世孰将把齐国？"对曰："服牛死，夫妇哭，非骨肉之亲也，为其利之大也。欲知把齐国者，则其利之者邪？"公曰："然，何以易？"对曰："移之以善政。今公之牛马老于栏牢，不胜服也。车蠹于巨户，不胜乘也。衣裘襦裤，朽弊于藏，不胜衣也。醯醢腐，不胜，沽也。酒醴酸不胜饮也。府粟郁而不胜食。又厚藉敛于百姓，而不以分馁民。夫藏财而不用，凶也。财苟失守，下其报环至。其次昧财之失守，委而不以分人者，百姓必进自分也。故君人者与其请于人，不如请于己也。"

诗辑训

生民

（一）

厥初生民，时维姜嫄。

生民如何？克禋克祀，以弗无子。

履帝武敏歆。

攸介攸止，载震载夙，载生载育。

时维后稷。

诞弥厥月，先生如达。

不坼不副，无菑无害，以赫厥灵。

上帝不宁，不康禋祀，居然生子。

诞寘之隘巷，牛羊腓字之。

诞寘之平林，会伐平林。

诞寘之寒冰，鸟覆翼之。

鸟乃去矣，后稷呱矣。

实覃实吁，厥声载路。

诞实匍匐，克岐克嶷，以就口食。

蓺之荏菽，荏菽旆旆。

禾役穟穟，麻麦幪幪，瓜瓞唪唪。

987

【注释】

1. 生民，长养百姓。《礼记》：“生民之道，乐为大焉。”

2. 时，《尔雅》：是也。

3. 姜嫄，文王先祖后稷之母。《史记》：“文王之先为后稷，后稷亦无父而生。后稷母为姜嫄，出见大人迹而履践之，知于身，则生后稷。姜嫄以为无父，贱而弃之道中，牛羊避不践也。抱之山中，山者养之。又捐之大泽，鸟覆席食之。姜嫄怪之，于是知其天子，乃取长之。尧知其贤才，立以为大农，姓之曰姬氏。姬者，本也。诗人美而颂之曰'厥初生民'，深修益成，而道后稷之始也。"

4. 克，《尔雅》：能也。胜也。

5. 禋（yīn），《说文》洁祀也。一曰精意以享为禋。《尔雅》："禋，祭也。"

6. 祀，《说文》：祭无已也。

7. 弗，《尔雅》："弗，治也。"《说文》："叹（fú），治也。"

8. 履帝武敏，《尔雅》："武，迹也。敏，拇也。"践踏上帝大脚趾之足迹。

9. 歆（xīn），为"忻"。《说文》："忻（xīn）：闿也。《司马法》曰：'善者，忻民之善，闭民之恶。'"解作开启、开发。

10. 介，为"届"。《尔雅》："届，极也。"《尚书》："无远弗届。"

11. 震，《说文》：劈歴，振物者。《说文》："辰，震也。三月，阳气动，雷电振，民农时也。物皆生。"可解作开创、震发、启动。

12. 夙，《尔雅》：早也。此处指始祖、早先。

13. 育，《说文》：养子使作善也。

14. 诞，与"亶（多谷也）、挺（长也）、延（长行也）"通假。《尔雅》："诞，大也。"诞，可解作大、长、多等意。

15. 弥，《尔雅》：终也。《说文》："弥，满也。"

16. 达，《说文》：一曰迭也。《说文》："迭，更迭也。一曰达。"此处解作再次、屡次。《盐铁论》："三王之时，迭盛迭衰。"

17. 坼（chè），为"庈"，今写作"斥"。《说文》："庈（chì），郤（却）屋也。"扩展屋舍使之开阔。引申扩展、扩大。《尚书》："厥土白坟，海滨广斥。"

18. 副，《说文》：判也。《说文》："判，分也。"

19. 菑（zī），为"灾"。《尔雅》："灾，危也。"《说文》："害，伤也。"

20. 赫，《说文》：火赤貌。引申明、显。

21. 灵，《说文》：灵，巫也。以玉事神。

22. 居，为"据"。《说文》："据，杖持也。"居然，依据如此情况，即"因此"。

23. 隘，《说文》："陕，隘也。"

24. 腓（féi），为"棐"。《说文》："棐（fěi），辅也。"协助、辅助。此处指保护。

25. 字，《说文》：乳也。

26. 会伐，为"荟茷"。《说文》："荟，草多貌。"《说文》："茷，草叶多。"

27. 呱，《说文》：小儿嗁声。《说文》："嗁（tí），号也。"嗁今作"啼"。

28. 实，通"寔"。《说文》："寔，止也。""寔、是"亦通假。

29. 覃（qín），《说文》：长味也。此处指声音长。

30. 吁，《尔雅》：大也。此处指声音大。

31. 匍，《说文》：手行也。匐，《说文》：伏地也。匍匐，伏地以手爬行。

32. 岐，为"技"。《说文》："技，巧也。"

33. 嶷（yí），为"嶷"。《说文》："嶷，小儿有知也。《诗》曰：克岐克嶷。"

34. 蓺（yì），《说文》：种也。

35. 荏菽，《尔雅》：戎叔，謂之荏（rěn）菽。即大豆。《荀子》："啜菽饮水。"

36. 旆（pèi），通"襄"。《说文》："襄（péi），长衣貌。"襄襄，形容豆荚长长。

37. 役，为"薏"。《说文》："薏，薏苢。"即薏苡。禾役，即谷子和薏米。《说文》引作"禾颖穟穟"。应以"薏"为胜，不仅音同通假，且"禾役、麻麦"为对文。

38. 穟，《说文》："穟，禾穗之貌。《诗》曰：'禾颖穟穟。'"穟穟，禾穗低垂貌。

39. 幪，为"䵂"。《说文》："䵂（méng），盛器满貌。"幪幪，庄稼密实貌。

40. 瓞（dié），《说文》：㼟（bó）也。即小瓜。

41. 唪（fěng），为"菶"。《说文》："菶（běng），草盛。"

【解析】

　　这首诗讲周之先祖后稷。

"厥初生民，时维姜嫄"，其初生民，乃是姜嫄。"生民如何？克禋克祀，以弗无子"，生民如何？能诚意为享祭祀祖先且能祭祀不已，可以防治绝嗣。言生民可以延续祭祀、宗族。"履帝武敏歆"，姜嫄践踏上帝足大趾之迹而开启。姜嫄践踏上帝足大趾之迹而生后稷，此为周族之开始。"攸介攸止，载震载夙，载生载育。时维后稷"，所极所至：曰开创曰始祖，曰生曰育。是为后稷。言后稷功德。

"诞弥厥月，先生如达"，怀孕时间长足其月，头胎如同再次生产。言怀胎足月，头胎生产之易如同再次生子一般。"不坼不副，无灾无害"，不扩展、不分张产道，无危险、无伤害。言姜嫄生后稷不用人为扩张产道，婴儿顺利产出。"以赫厥灵"，以显其灵。言后稷生产顺利，显其灵验。"上帝不宁，不康禋祀，居然生子"，上帝不安，其禋祀不宁，因此降生后稷。言天下迭兴迭衰，对上帝祭祀不笃，上帝据此情况而降生后稷。

"诞置之隘巷，牛羊腓字之"，长久置于狭隘之巷道，牛羊保护、哺乳之。"诞置之平林，会伐平林"，长久置于平原树林之中，平林之中草木枝繁叶茂，以庇护之。"诞置之寒冰，鸟覆翼之"，长久置于寒冰之上，鸟以羽翼覆盖之。"鸟乃去矣，后稷呱矣"，鸟一离开，后稷则呱呱哭号。"实覃实吁，厥声载路"，是长是大，其声载路。言后稷哭声洪亮且长。这段诗讲姜嫄因无夫而生后稷，故多次抛弃之。种种灵异言后稷负有天命，亦言周之受命有自。

"诞实匍匐，克岐克嶷，以就口食"，后稷长大至可以爬行，堪称巧智，可以自己喂食。"蓺之荏菽，荏菽旆旆"，种以大豆，豆荚长大。"禾役穟穟，麻麦幪幪，瓜瓞唪唪"，谷子、薏米穟穟然，麻麦在田间密实，大瓜、小瓜繁多。言后稷善种植。

薏（薏苡）

　　薏苡，又名草珠子、薏米、晚念珠等，是我国古老的粮食作物和药用植物。薏苡为一年生或多年生草本植物，株高一两米，茎直立、粗壮。薏苡适应性强，喜温暖潮湿气候，中国多地有种植。薏苡秋末成熟，全株晒干后打下果实，果实碾去外壳，即为薏米，又称薏苡仁。薏米可作粥，亦可磨成粉面食用。

991

生民

（二）

诞后稷之穑，有相之道。

茀厥丰草，种之黄茂。

实方实苞，实种实褎，实发实秀。

实坚实好，实颖实栗。

即有邰家室。

诞降嘉种，维秬维秠，维穈维芑。

恒之秬秠，是获是亩。

恒之穈芑，是任是负，以归肇祀。

诞我祀如何？

或舂或揄，或簸或蹂。

释之叟叟，烝之浮浮。

载谋载惟，取萧祭脂，取羝以軷。

载燔载烈，以兴嗣岁。

卬盛于豆，于豆于登。

其香始升，上帝居歆，胡臭亶时。

后稷肇祀，庶无罪悔，以迄于今。

【注释】

1. 穑，《说文》：谷可收曰穑。可以收获之成熟谷物称为穑。

2. 相，《尔雅》：勴（lǜ）也。佐助之意。

3. 茀，为"垘"。《说文》："垘（fú），治也。"

4. 黄，为"穬"。《说文》："穬（huáng），穬穬也。"谷名。黄色不黏的黍子。

5. 方，通"旁"。《说文》："旁，溥也。"广大之意。

6. 苞，《尔雅》：丰也。

7. 褎（xiù），为"襃"之误。《说文》："襃（huái），袖也。一曰藏也。"

8. 发，指种子破土发芽。

9. 秀，本意指禾穗，引申为秀穗。

10. 颖，《说文》：禾末也。禾穗。

11. 栗，为"粟"之误，二者篆体形似。《说文》："粟，嘉谷实也。"即谷粒。

12. 即，解作至、到。《左传》："穆襄即世，康灵即位。"

13. 邰，《说文》：炎帝之后，姜姓所封，周弃外家国。有邰，国家名。炎帝后裔，姜氏封地，周始祖后稷（后稷名弃）外祖父之国家。

14. 秬（jù），《尔雅》：黑黍。

15. 秠（pī），《说文》：一稃二米。《诗》曰："诞降嘉谷，惟秬惟秠。"天赐后稷之嘉谷也。秠，一个谷壳内有两粒米的黑黍子。

16. 穈（mén），为"虋"。《说文》："虋（mén），赤苗，嘉谷也。"

17. 芑，《说文》：白苗嘉穀。

18. 恒，为"亘"。《说文》："亘（yuán），亘田，易居也。"更换田地种植，即轮种、轮作。

19. 获，为"穫"。《说文》："穫（huò），刈谷也。"收割谷物。

20. 亩，整治田垄。

21. 任，负担、担当。《礼记》："轻任并，重任分。"

22. 负，负载、背负。《方言》："凡以驴马馲驼载物者谓之负他，亦谓之贺。"

23. 肇，为"垗"。《说文》："垗，畔也。为四畤（zhì）界，祭其中。《周礼》曰：'垗五帝于四郊。'"垗，边界。四面作祭坛，以祭坛为边界，于其中祭祀。

24. 舂，《说文》：擣粟也。即捣粟。

25. 揄，《说文》：引也。此处指把粟从臼中取出。《说文》引作："或舂或舀。"

26. 簸，《说文》：扬米去糠也。

27. 蹂，解作踩踏、捻。

28. 释，为"释"。《说文》："释（shì），渍（渍）米也。"即淘洗米。

29. 叟叟，为"溲溲"。《说文》："溲（sōu），溲溲（sōu liù）也。"大风声。

30. 浮浮，为"烰烰"。《说文》："烰，烝也。《诗》曰：'烝之烰烰。'"

31. 惟，《尔雅》：思也。谋也。

32. 萧，《说文》：艾蒿也。艾蒿有香气。

33. 羝，《说文》：牡羊也。

34. 軷（bá），《说文》：出，将有事于道，必先告其神，立坛四通，树茅以依神，为軷。既祭軷，轹于牲而行，为范軷。《诗》曰："取羝以軷。"軷，祭祀道神。

35. 燔，《说文》：爇（烧也）也。

36. 烈，《说文》：火猛也。

37. 卬，《尔雅》：我也。

38. 盛，《说文》：黍稷在器中以祀者也。祭器中用以祭祀的黍稷称之为盛。

39. 豆，《说文》：古食肉器也。

40. 登，为"鐙"。《说文》："鐙（dēng），礼器也。"《尔雅》："瓦豆，謂之登。"

41. 居，为"掬"。《说文》："掬（jū），挹也。"采取、舀取。

42. 歆，《说文》：神食气也。神享用祭品气味。

43. 胡，为"雐"，音同通假。《说文》："雐（hú），高至也。"引申高远、久长。

44. 亶，《尔雅》：厚也。

45. 时，《尔雅》：是也。《仪礼》："旨酒既清，嘉荐亶时。"

46. 庶，《尔雅》：幸也。

47. 迄，《尔雅》：至也。

【解析】

"诞后稷之穑，有相之道"，后稷之成熟庄稼丰硕，因其有助作物生长之道。"茀其丰草，种之黄茂"，修治田间之丰草，则所种植之黄黍子茂盛。言除其杂草则禾苗旺盛。"实方实苞，实种实褎，实发实秀"，是广是丰，是种是收，是发芽是秀穗。言后稷种庄稼有完善的方法，可以广大其面积，可以丰硕其收成，无论种植还是收获，无论是育苗还是秀穗。"实坚实好，实颖实栗"，是坚实是良好，是谷穗是粟米。言其禾穗完好，谷粒坚实。言后稷之种植方法有效。"即有邰家室"，至有邰之家室。言尧、舜时期后稷主管农业，有大功于天下，尧封后稷于有邰。

"诞降嘉种，维秬维秠，维穈维芑"，多降嘉美之谷种，有黑黍子，有一稃二米的黑黍子，有赤色、白色的禾谷。"恒之秬秠，是获是亩"，秬秠轮种，有收获者亦有整治田垄准备播种者。"恒之穈芑，是任是负，以归肇祀"，穈芑轮种，有肩任者，有背负者，同归祧祀。言上天福佑，百姓丰收之后祭祀诸神。

"诞我祀如何？或舂或揄，或簸或蹂，释之叟叟，烝之浮浮"，多我之祭祀如何？有人舂捣，有人舀出舂好的谷物，有的簸出秕糠，有的蹂捻其实，淘米声飕飕，蒸气升腾。言准备不同祭品进行各种祭祀。"载谋载惟，取萧祭脂，取羝以軷"，有谋划有考虑，取艾蒿用以燃脂祭祀，取公羊以进行軷祭。"载燔载烈，以兴嗣岁"，言烧烤言火猛，以兴来岁。这段诗文讲后稷厚祭祀。

"卬盛于豆，于豆于登"，我用以祭祀之黍稷在豆中，各种祭品在豆在登。"其香始升，上帝居歆，胡臭亶时"，其香气开始上升，上帝挹取享食，长远之香气厚且正。"后稷肇祀，庶无罪悔，以迄于今"，后稷祧祭诸神，幸无罪过，故子孙延续至于今。言后稷恪守礼义以事神，故福泽子孙。

【引证】

《礼记·表记》：子曰："牲牷、礼乐、齐盛（zī chéng），是以无害乎鬼神，无怨乎百姓。"子曰："后稷之祀易富也，其辞恭，其欲俭，其禄及子孙。《诗》曰：'后稷兆祀，庶无罪悔，以迄于今。'"

登（瓦豆）

　　豆是中国商周时期的食器和礼器，在春秋战国时期豆的形制较多，又有铜豆、陶豆、木豆等。

　　《礼记·郊特牲》："鼎俎奇而笾豆偶，阴阳之义也。"

　　《尔雅》："木豆谓之豆，竹豆谓之笾，瓦豆谓之登。"

　　《礼记·乡饮酒义》："乡饮酒之礼：六十者三豆，七十者四豆，八十者五豆，九十者六豆。"

行苇

敦彼行苇，牛羊勿践履。
方苞方体，维叶泥泥。

戚戚兄弟，莫远具尔。
或肆之筵，或授之几。

肆筵设席，授几有缉御。
或献或酢，洗爵奠斝。

醓醢以荐，或燔或炙。
嘉殽脾臄，或歌或咢。

敦弓既坚，四鍭既钧。
舍矢既均，序宾以贤。

敦弓既句，既挟四鍭。
四鍭如树，序宾以不侮。

曾孙维主，酒醴维醹，
酌以大斗，以祈黄耇。

黄耇台背，以引以翼。
寿考维祺，以介景福。

【注释】

1. 敦，《尔雅》：厚也。此处作动词，厚遇、优待。
2. 行，《尔雅》：道也。

3. 体，成形。

4. 泥泥，为"嶷嶷"。《说文》："嶷（nǐ），茂也。"

5. 戚戚，为"蹙蹙"。《说文》："蹙（古音qī，今读cù），迫也。"即近、密之意。戚戚，极亲密的样子。亲戚应为"亲蹙"。

6. 尔，《尔雅》：近也。

7. 肆，《说文》：极、陈也。此处解作设置、陈设、铺陈。

8. 筵，《说文》：竹席也。

9. 几，《说文》：下基也，荐物之几。即几案、桌凳。《周礼》："五几：玉几、雕几、彤几、漆几、素几。"《礼记·月令》："养衰老，授几杖。"

10. 缉，为"给"。《说文》："给，相足也。"辅相之使全备，引申供给。

11. 御，《说文》：使马也。引申侍、侍从。给御，添加酒菜，提供服务的侍者。

12. 献，《说文》：宗庙犬名羹献。犬肥者以献之。引申进献、进奉。

13. 酢，《尔雅》：报也。

14. 洗，《说文》：洒足也。又泛指洗涤、清洗。

15. 爵，《说文》：礼器也。此处指饮酒器。

16. 奠，《说文》：置祭也。引申放置。

17. 斝（jiǎ），《说文》：玉爵也。夏曰盏，殷曰斝，周曰爵。或说斝受六斗。

18. 荐，《尔雅》：陈也。进也。

19. 醓（tǎn），《说文》：血醢（hǎi）也。即用禽兽血制作的酱。《礼记》："有监（醓）醢，以牛乾脯、粱、籟（qū，酒母）、盐、酒也。"

20. 醢，《说文》：肉酱也。醓醢，以牛肉干、粱、酒母、盐等酿制的一种酒。

21. 臄（jué），为"腒"。《说文》："腒（jū），北方谓鸟腊曰腒。"即干鸟肉。

22. 咢（è），《尔雅》：徒击鼓谓之咢。

23. 敦，为"弴"。《说文》："弴（diāo），画弓也。"刻画有花纹的弓。

24. 鍭，《说文》：矢。金镞翦羽谓之鍭。金属箭头，箭身羽毛剪得短齐的箭称之为鍭。鍭，又通"矦（侯）"。《说文》："侯，春飨所射侯也。天子射熊虎豹，服猛也。诸侯射熊豕虎。大夫射麋，麋，惑也。士射鹿豕，为田除害也。"四鍭，指天子、诸侯、大夫、士所用的四种不同箭靶。

25. 钧，通"姰（jūn）"。《说文》："姰，钧适。男女并也。"解作均等、等同。又解作男女并立。姰，引申并立、并排。钧，又通"均"。《说文》："均，平遍也。"

26. 序，通"叙"。《说文》："叙，次弟。"即顺次、次第。今皆写作"序"。

27. 贤，《说文》：多才也。

28. 句，为"拘"。《说文》："拘，止也。"《荀子》："比干剖心，孔子拘匡。"

29. 挟，《尔雅》：藏也。

30. 如，《尔雅》：往也。

31. 树，为"槸"之误。槸（yì），《小尔雅》："射有张布，谓之侯。侯中者，谓之鹄。鹄中者，谓之正，正方二尺。正中者，谓之槸，槸方六寸。"槸，靶心。

32. 醴，《说文》：酒一宿孰也。

33. 醹（rú），《说文》：厚酒也。《诗》曰："酒醴惟醹。"

34. 耇（gǒu），《说文》：老人面冻黎若垢。《尔雅》："黄发，耇老，寿也。"

35. 台背，即"鲐背"。《尔雅》："鲐背，寿也。"《方言》："鲐，老也。东齐曰眉，燕代之北鄙曰黎，宋卫兖豫之内曰鲞，秦晋之郊、陈兖之会曰耇鲐。"

36. 酌，为"勺"。《说文》："勺（sháo），挹取也。"

37. 斗，为"枓"。《说文》："枓（dōu），勺也。"

38. 祺，《尔雅》：吉也。

39. 介，《尔雅》：右也。即佑助。

40. 景，《尔雅》：大也。

【解析】

这首诗讲君王善养民。

"敦彼行苇，牛羊勿践履"，厚遇行道之苇，使牛羊不得践踏。"方苞方体，维叶泥泥"，方丰茂方成形，其叶茂盛。言路边未长成之芦苇亦能善加保护。寓意养民有道。

"戚戚兄弟，莫远具尔"，亲密的兄弟，没有疏远者皆亲近者。言亲善兄弟。"或肆之筵，或授之几"，或铺陈竹席，或授予几案。言兄弟宴会。

"肆筵设席，授几有缉御"，铺陈竹席再在其上铺设草席，老者授之几案又有服侍者。"或献或酢，洗爵奠斝"，有进献酒者，有回敬酒者，清洗爵放置斝。言射之前先举行宴饮。

"醓醢以荐，或燔或炙"，进荐醓醢，又烧烤肉。"嘉殽脾臄，或歌或咢"，嘉肴有脾、干鸟肉，或歌唱或奏鼓。言宴饮之酒菜丰富，礼乐殷盛。

"敦弓既坚，四镞既钧"，画弓上弦既已刚劲，四种箭靶既已并立。四种箭靶设立有不同射距。一说天子射一百二十步，诸侯九十，大夫七十，士五十。"舍矢既均，序宾以贤"，射箭既已平等，排列宾客次第以其射箭才能。言在相同规则下以胜负排序。

"敦弓既句，既挟四镞"，画弓既已收起，四镞既已藏。言射礼结束。"四镞如树，序宾以不侮"，四只箭射往靶心，排列宾客以无伤射礼为准。言箭皆中靶心的情况下，以遵行射礼善者为胜。

"曾孙维主，酒醴维醹"，曾孙为射礼之主持，酒有甜醴有厚醹。寓意后继之君为教化之主。"酌以大斗，以祈黄耇"，酌酒以大勺，以求其长寿。言射不中者饮酒。寓意贤德者应善养不足者。

"黄耇台背，以引以翼"，黄耇、台背等老者，以引导之以辅助之。言敬长老。"寿考维祺，以介景福"，长寿而吉祥，以佑大福。言使世人长寿、吉善者，上天福佑之。

【引证】

（1）《礼记·射义》："古者诸侯之射也，必先行燕礼。卿大夫、士之射也，必先行乡饮酒之礼。故燕礼者所以明君臣之义也，乡饮酒之礼者所以明长幼之序也。"

"故射者，进退周还必中礼，内志正，外体直，然后持弓矢审固。持弓矢审固，然后可以言中，此可以观德行矣。"

"故《诗》曰：'曾孙侯氏，四正具举。大夫君子，凡以庶士。小大莫处，御于君所。以燕以射，则燕则誉。'言君臣相与尽志于射，以习礼乐，则安则誉也。"

"孔子曰：射者何以射？何以听？循声而发，发而不失正鹄者，其唯贤者乎！若夫不肖之人，则彼将安能以中？"

"《诗》云：'发彼有的，以祈尔爵。'祈，求也。求中以辞爵也。酒者，所以养老也，所以养病也。求中以辞爵者，辞养也。"

（2）《左传·隐公三年》：郑武公、庄公，为平王卿士，王贰于虢，郑伯怨王。王曰："无之。"故周郑交质。王子狐为质于郑，郑公子忽为质于周。王崩，周人将畀虢公政。四月郑祭足帅师取温之麦，秋又取成周之禾。周郑交恶。君子曰："信不由中，质无益也。明恕而行，要之以礼，虽无有质，谁能间之？苟有明信，涧溪沼沚之毛、蘋蘩、蕴藻之菜，筐筥、锜釜之器，潢污行潦之水，可荐于鬼神，可羞于王公，而况君子结二国之信？行之以礼，又焉用质？"《风》有《采蘩》、《采苹》，《雅》有《行苇》、《泂酌》，昭忠信也。

译文：郑武公、郑庄公先后担任周平王卿士，如今平王欲废郑庄公，而把朝政委命给虢公，郑庄公怨恨。平王说："无此事。"所以周、郑交换人质。王子狐在郑为质，郑国公子忽在周为质。平王死后，周室欲把国政交给虢公。四月郑国祭足带兵割取了温地的麦子。秋天又割取了成周的谷子。周、郑是以交恶。君子说："诚不自内心，即使交换人质亦无益于事。明恕而行，用礼加以约束，虽无人质，又谁能离间？假如确有诚意，即使山涧、池塘、沼泽生长的毛草、蘋蘩、蕴藻等野菜，竹器、金器、路上积水，都可用以进献于鬼神、王公，何况君子所立两国信约？按礼节行事，又岂用人质？"《国风》有《采蘩》、《采蘋》。《大雅》有《行苇》、《泂酌》等篇，皆昭显忠信。

（3）东汉王符《潜夫论》：国有伤聪之政，则民多病身。有伤贤之政，则贤多横夭。夫形体骨干为坚强也，然犹随政变易，又况乎心气精微不可养哉？《诗》云："敦彼行苇，羊牛勿践履。方苞方体，惟叶握握。"又曰："鸢飞厉天，鱼跃于渊。恺悌君子，胡不作人？"公刘厚德，恩及草木，羊牛六畜，且犹感德。

既醉

既醉以酒，既饱以德。
君子万年，介尔景福。

既醉以酒，尔殽既将。
君子万年，介尔昭明。

昭明有融，高朗令终。
令终有俶，公尸嘉告。

其告维何？笾豆静嘉。
朋友攸摄，摄以威仪。

威仪孔时，君子有孝子。
孝子不匮，永锡尔类。

其类维何？室家之壸。
君子万年，永锡祚胤。

其胤维何？天被尔禄。
君子万年，景命有仆。

其仆维何？釐尔女士。
釐尔女士，从以孙子。

【注释】

1. 醉，《说文》：卒也。卒其度量，不至于乱也。
2. 饱，《说文》：猒也。即满足。

3. 骰（xiáo），通"肴"。

4. 将，《尔雅》：资也。引申贡献、进献。

5. 融，《尔雅》：长也。

6. 朗，《说文》：明也。

7. 令，《尔雅》：善也。

8. 俶（chù），《说文》："俶，善也。《诗》曰：'令终有俶。'一曰始也。"

9. 尸，《尔雅》：主也。祭祀之象神者，代神受祭。公尸，公正之尸，如皇尸。《说文》："韩非曰：背私为公。"一说天子、诸侯祭社稷之尸称公尸。

10. 嘉，《尔雅》：善也。嘉或为"嘏（gǔ）"，尸代表鬼神给予祭祀者的祝福之辞。《礼记》："祝嘏辞说，藏于宗祝巫史，非礼也。"

11. 静，为"靖"，音同通假。《说文》："靖，好貌。"

12. 摄，《说文》：引持也。

13. 孔，《尔雅》：大也。

14. 匮，为"讟"。《说文》："讟（huì），中止也。"

15. 锡，为"赐"。赐（cì，sī）与"嗣"音同通假。《尔雅》："嗣，继也。"

16. 类，《说文》：种类相似，唯犬为甚。引申比式、比类、效法。《礼记》："下之事上也，身不正，言不信，则义不壹，行无类也。"《乐记》："万物之理，各以其类相动也。是故君子反情以和其志，比类以成其行。"

17. 壶，通"嫮"。《尔雅》："嫮（hū），大也。"

18. 祚，《说文》：福也。

19. 胤（yìn），《说文》：子孙相承续也。

20. 被，为"贬"。《说文》："贬（bì），迻（yí，迁徙）予也。"辗转给予，此处指上天之福禄在子子孙孙之间流传。

21. 仆，《说文》：给事者。此处指承担使命者、从命者、事从者。

22. 釐（lí），为"嫠"。《说文》："嫠（lí），引也。"本意为接引，引申教导、引领。今四川等地方言"引人"即带孩子之意。

【解析】

这首诗讲君子有命，笃行其义。

"既醉以酒，既饱以德"，既足以酒，既饱以德。君子醉而不失威仪，寓意君子笃于礼义。"君子万年，介尔景福"，君子令名万年，佑国民大福。

"既醉以酒，尔殽既将"，既足以酒，其肴已进奉。言既醉既饱。"君子万年，介尔昭明"，君子万年，佑其昭明。言明明德为君子之义。

"昭明有融，高朗令终"，昭明则久长，高明则善终。"令终有俶，公尸嘉告"，善终有始，祭祀公尸以美好之嘏辞告之。言君子有命，当善始终。

"其告维何？笾豆静嘉"，公尸以何告？笾豆之祭品美且好。"朋友攸摄，摄以威仪"，朋友应互相提携，以君子之威仪相扶持。言朋友之间相教训以威仪。

"威仪孔时，君子有孝子。孝子不匮，永锡尔类"，君子威仪大正，则君子有孝子。孝子行孝不辍，永继其类。言使子孙相率以孝，则孝行永流传。

"其类维何？室家之壶"，其比类如何？百姓之多广。言孝德永继使家室安好，百姓多广。"君子万年，永锡祚胤"，君子万年，福禄、子嗣永继。

"其胤如何？天被尔禄"，其子孙承继如何？上天使福禄流传于子子孙孙。"君子万年，景命有仆"，君子万年，大命有从事者。言有承载、践行大道之人。

"其仆如何？釐尔男女"，其从命者如何？引导其男女。"釐尔男女，从以子孙"，引导男女，且使子孙随从。言教化男女，使礼义传之子孙。

【引证】

（1）《左传·隐公元年》："君子曰：颖考叔，纯孝也，爱其母，施及庄公。《诗》曰：'孝子不匮，永锡尔类。'其是之谓乎！"

（2）《左传·襄公二十七年》：楚薳罢（字子荡）如晋莅盟，晋侯享之，将出，赋《既醉》。叔向曰："薳氏之有后于楚国也，宜哉！承君命，不忘敏。子荡将知政矣。敏以事君，必能养民，政其焉往。"

（3）《礼记·礼运》：子云："从命不忿，微谏不倦，劳而不怨，可谓孝矣。《诗》云：'孝子不匮。'"

（4）《左传·襄公三十一年》：卫《诗》曰："威仪棣棣，不可选也。"言君臣上下，父子兄弟，内外大小，皆有威仪也，周《诗》曰："朋友攸摄，摄以威仪。"言朋友之道，必相教训以威仪也。

（5）《荀子·子道》："故劳苦、雕萃而能无失其敬，灾祸、患难而能无失其义，不幸不顺见恶而能无失其爱，非仁人莫能行。《诗》曰：'孝子不匮。'此之谓也。"

（6）《国语·周语下》："《诗》曰：'其类维何？室家之壸。君子万年，永锡祚胤。'类也者，不忝（辱）前哲之谓也。壸也者，广裕（衣物饶也）民人之谓也。万年也者，令闻不忘之谓也。胤也者，子孙蕃育之谓也。单子朝夕不忘成王之德，可谓不忝前哲矣。膺保明德，以佐王室，可谓广裕民人矣。若能类善物，以混厚民人者，必有章誉蕃育之祚，则单子必当之矣。单若有阙，必兹君之子孙实续之，不出于他矣。"

（7）《礼记·表记》子云："敬则用祭器。故君子不以菲废礼，不以美没礼。故食礼：主人亲馈，则客祭。主人不亲馈，则客不祭。故君子苟无礼，虽美不食焉。《易》曰：'东邻杀牛，不如西邻之禴祭，实受其福。'《诗》云：'既醉以酒，既饱以德。'以此示民，民犹争利而忘义。"

（8）《孟子·告子下》：孟子曰："欲贵者，人之同心也。人人有贵于己者，弗思耳。人之所贵者，非良贵也。赵孟之所贵，赵孟能贱之。《诗》云：'既醉以酒，既饱以德。'言饱乎仁义也，所以不愿人之膏粱之味也。令闻广誉施于身，所以不愿人之文绣也。"

（9）关于"嘏"

《礼记·礼运》："陈其牺牲，备其鼎俎，列其琴瑟、管磬、钟鼓，修其祝嘏，以降上神与其先祖。……祝以孝告，嘏以慈告，是谓大祥。……祝嘏莫敢易其常古，是谓大假。祝嘏辞说，藏于宗祝巫史，非礼也。"

凫鹥

凫鹥在泾，公尸来燕来宁。
尔酒既清，尔殽既馨。
公尸燕饮，福禄来成。

凫鹥在沙，公尸来燕来宜。
尔酒既多，尔殽既嘉。
公尸燕饮，福禄来为。

凫鹥在渚，公尸来燕来处。
尔酒既湑，尔殽伊脯。
公尸燕饮，福禄来下。

凫鹥在潀，公尸来燕来宗。
既燕于宗，福禄攸降。
公尸燕饮，福禄来崇。

凫鹥在亹，公尸来止熏熏。
旨酒欣欣，燔炙芬芬。
公尸燕饮，无有后艰。

1006

【注释】

1. 凫，《说文》：舒凫，鹜也（鸭）。一说野鸭为凫，家鸭为舒凫。

2. 鹥（yī），《说文》：凫属。一说为江鸥，或为野鸭之一种。凫鹥，皆为候鸟。

3. 泾水，为渭水支流。最北端发源于宁夏，河流总体位于周镐京西北方。

4. 公尸，公正之尸，为美称。

5. 宁，《尔雅》：安也。

6. 燕饮，即"会而饮"，"公尸燕饮"即"与尸会而饮"，则指绎。《尔雅》："绎，又祭也，周曰绎。"《春秋谷梁传》："绎者，祭之旦日之享宾也。"

7. 馨，《说文》：香之远闻者。

8. 成，《说文》：就也。

9. 沙，《尔雅》：颖为沙。沙为颖水支流，颖水为淮河支流，在河南南部。

10. 宜，《说文》：所安也。引申安定。

11. 为，通"委"。《说文》："委，委随也。"

12. 渚，又作"陼"。《尔雅》："水中可居者曰洲，小洲曰陼。"

13. 处，《说文》：止也。引申安宁、安定。

14. 湑，《说文》：茜（sù）酒也（以茅滤酒行裸礼）。一曰浚也。

15. 脯，《说文》：干肉也。

16. 潨（zòng），《说文》："潨，小水入大水曰潨。《诗》曰：'凫鹥在潨。'"

17. 宗，通"悰"。《说文》："悰（cóng），乐也。"《说文》："宗：尊祖庙也。"

18. 崇，《尔雅》：重也。重复、复加之意。

19. 亹（mén），或通"鬵"。《说文》："鬵（zèng），大釜也。一曰鼎大上小下若甑曰鬵。"

20. 熏，《说文》：火烟上出也。熏熏，同"蒸蒸"。《说文》："醺，醉也。《诗》曰：'公尸来燕醺醺。'"醺醺，饱足、满足的样子。

21. 止，为"祉"。《尔雅》："祉，福也。"

22. 欣欣，为"馨馨"，形容香气浓郁。

23. 燔，《说文》：热也。炙，《说文》：火炮也。燔炙，即烧烤之意。

24. 芬，又写作"岺"。《说文》："岺（fēn），草初生，其香分布。"

25. 艰，《尔雅》：难也。

【解析】

　　这首诗讲君王四时宗庙祭祀之次日宴飨宾尸。

1007

　　"凫鹥在泾"，野鸭与江鸥在泾水。野鸭与江鸥为候鸟，二鸟在泾水，言时在春季。"公尸来燕来宁"，公尸之祝福使安宁来。"尔酒既清，尔殽既馨。公尸燕饮，福禄来成"，其酒已清，其肴已馨香。公尸宴饮，福禄来就。言君王春季举行祠祭次日宴请宾客及尸。

　　"凫鹥在沙"，野鸭与江鸥在沙河。沙河属于南方江淮流域，二鸟在沙河言时在冬季。"公尸来燕来宜"，公尸之祝福使安宁来。"尔酒既多，尔殽既嘉。公尸燕饮，福禄来为"，其酒已多，其肴既嘉美。公尸宴饮，福禄来随。言君王冬季举行蒸祭次日宴请宾客及尸。

　　"凫鹥在渚"，野鸭与江鸥在水渚。言凫鹥随处可见于洲渚，言时在夏季。"公尸来燕来处"，公尸之祝福使安定来。"尔酒既湑，尔殽伊脯。公尸燕饮，福禄来下"，其酒既浚，其肴乃干肉。公尸宴饮，福禄下来。言君王夏季举行礿（yuè）祭次日宴请宾客及尸。

　　"凫鹥在潀"，野鸭与江鸥在小河汇入大河处。言因小河食物减少而逐步来至大河觅食，亦即气候变冷，候鸟逐渐南移。言时在秋季。"公尸来燕来宗"，公尸之祝福使安乐来。"既燕于宗，福禄攸降"，既安于宗庙，则福禄有降。言能安于宗庙之事，则福禄将临。"公尸燕饮，福禄来崇"，公尸宴饮，福禄有加。言君王秋季举行尝祭次日宴请宾客及尸。

　　"凫鹥在亹"，野鸭与江鸥在大釜中。凫鹥为古人主要食禽，言以凫鹥为祭品祭先王。"公尸来止熏熏"，公尸之祝福使福禄蒸蒸。"旨酒欣欣，燔炙芬芬。公尸燕饮，无有后艰"，美酒香气浓郁，烧烤香味四散。公尸宴饮，无后来之艰难。

【引证】

（1）《礼记·王制》："天子诸侯宗庙之祭：春曰礿，夏曰禘，秋曰尝，冬曰烝。"

（2）《周礼·春官宗伯》："以吉礼事邦国之鬼神示：以禋祀祀昊天上帝；以实柴祀日月星辰；以槱燎祀司中、司命、风师、雨师；以血祭祭社稷、五祀、五岳；以狸沈祭山林川泽；以疈辜祭四方百物；以肆献祼享先王，以馈食享先王，以祠春享先王，以礿夏享先王，以尝秋享先王，以烝冬享先王。"

（3）《礼记·大传》："亲亲故尊祖，尊祖故敬宗，敬宗故收族，收族故宗庙严，宗庙严故重社稷，重社稷故爱百姓，爱百姓故刑罚中，刑罚中故庶民安，庶民安故财用足，财用足故百志成，百志成故礼俗刑，礼俗刑然后乐。"

（4）《礼记·中庸》："郊社之礼，所以事上帝也。宗庙之礼，所以祀乎其先也。明乎郊社之礼、禘尝之义，治国其如示诸掌乎！"

（5）《礼记·祭统》："夫祭之为物大矣，其兴物备矣。顺以备者也，其教之本与！是故，君子之教也，外则教之以尊其君长，内则教之以孝于其亲。是故，明君在上，则诸臣服从。崇事宗庙社稷，则子孙顺孝。尽其道，端其义，而教生焉。……外祭，则郊社是也。内祭，则大尝禘是也。"

（6）《礼记·曲礼下》："凡祭宗庙之礼：牛曰一元大武，豕曰刚鬣，豚曰腯肥，羊曰柔毛，鸡曰翰音，犬曰羹献，雉曰疏趾，兔曰明视，脯曰尹祭，槁鱼曰商祭，鲜鱼曰脡祭，水曰清涤，酒曰清酌，黍曰芗合，粱曰芗萁，稷曰明粢，稻曰嘉蔬，韭曰丰本，盐曰咸鹺，玉曰嘉玉，币曰量币。"

（7）《春秋繁露》：臣汤问仲舒："祠宗庙或以鹜当凫，鹜非凫，可用否？"仲舒对曰："鹜非凫，凫非鹜也。……名实不相应，以承太庙，不亦不称乎？"

诗辑训

　　上图为藏于故宫博物院的西周师趛鬲（或为鬴），高约五十厘米，口径约四十七厘米，重约四十九公斤。

　　《尔雅》："鬴，谓之鬵。鬵，鉹也。"

　　《说文》："鉹：曲鉹也。一曰鬵鼎。"

　　《方言》："甑，自关而东谓之甗，或谓之鬵，或谓之酢馏。"

　　《说文》："鬵（zèng），大釜也。一曰鼎大上小下若甑曰鬵。"

鸥

　　鸥，像鸽子或鸡，脚趾间有蹼，性凶猛，善游水，喜成群飞翔。生活在海边的称海鸥，生活在江河的称江鸥，以鱼、虾等为食。春秋可见于河北、新疆等北方地区，冬季则遍布中国南方，沿海尤多。《说文》称鸥为"水鸮"，盖因其性凶猛之故。

假乐

假乐君子，显显令德。
宜民宜人，受禄于天。
保右命之，自天申之。

干禄百福，子孙千亿。
穆穆皇皇，宜君宜王。
不愆不忘，率由旧章。

威仪抑抑，德音秩秩。
无怨无恶，率由群匹。
受福无疆，四方之纲。

之纲之纪，燕及朋友。
百辟卿士，媚于天子。
不解于位，民之攸塈。

【注释】

1. 假，《尔雅》：嘉也。《尔雅》："嘉，善也。"
2. 乐，为"瘵"，简体"疗"。《说文》："瘵，治也。"《诗》："可以乐饥。"
3. 显显，昭彰貌。《尔雅》："显，光也。"
4. 申，《尔雅》：重也。解作再、加之等。
5. 干，《尔雅》：求也。禄，《说文》：福也。干禄，求福禄，引申为官。
6. 亿（繁体'億'），应为"意"。《说文》："意（yì），满也。一曰十万曰意。"
7. 穆穆、皇皇，《尔雅》：美也。《荀子》："言语之美，穆穆皇皇。"

8. 愆（qiān），《说文》：过也。即过失、过错。

9. 率，《尔雅》：自也。循也。《尔雅》："由，自也。"

10. 抑抑，《尔雅》：密也。致密、严密。

11. 秩秩，《尔雅》：清也。即清明、明白。

12. 纲，《说文》：维纮（hóng）绳也。本意指系车盖、系冠帽的绳带，泛指起约束作用的束带、线绳。引申法令、准则、制度等意。

《书·盘庚》："若网在纲，有条而不紊。"

《诗·棫朴》："纲纪四方。"

《仪礼·乡射礼》："乃张侯下纲。"

《周礼·梓人》："梓人爲侯上纲与下纲（所以系侯于植者也）。"

《管子·禁藏》："法令为维纲，吏为网罟。"

《礼记·乐记》："圣人作为父子君臣，以为纪纲。"

13. 纪，《说文》：丝别也。一说丝一端称为统，另一端称为纪。

《墨子》："譬若丝缕之有纪，罔罟之有纲。"

14. 燕，为"宴"。《尔雅》："宴，安也。"

15. 辟，《尔雅》：历也。治、治理。百辟，各种治理、管理者，即"百官"。

16. 媚，《说文》：说也。即"悦"。

17. 解，为"懈"。《尔雅》："懈，怠也。"

18. 墍（jì），为"塈"之误。《说文》："塈（jí），以土增大道上。塈，疾恶也。"本意指把土一层层增垫在大路上。引申增益、附益、依附。

【解析】

这首诗讲君子贤德、善治，其惠泽广远。

"假乐君子，显显令德"，善治之君子，其善德昭彰。言君子之德行显扬。"宜民宜人，受禄于天"，君子宜民宜人，受禄于天。言君子善为官长。"保右命之，自天申之"，保佑之，赐命之，自天加之。

"干禄百福，子孙千亿"，为官有百福，子孙千亿。言君子善治。"穆穆皇皇，宜君宜王"，其言语美，宜君宜王。言君子为良臣。"不愆不忘，率由旧章"，不过失，不舍弃，遵循先人之典章制度。

"威仪抑抑，德音秩秩"，威仪严密，德音清明。言君子言行高

雅　大雅　假乐

1013

尚。"无怨无恶，率由群匹"，无怨恨，无憎恶，族群、仇偶是从。言君子善求诸己，善与人相和合。"受福无疆，四方之纲"，受福无疆，为天下之则。言君子德行高尚，为天下准绳。

"之纲之纪，燕及朋友"，之为纲纪，安及朋友。"百辟卿士，媚于天子"，百官卿士，悦于天子。言于私君子德行惠及朋友，于公无论居大小官职皆能悦于天子。"不解于位，民之攸塈"，不懈怠于职位，百姓之所以附益也。言君子勤谨奉职，百姓依附。

诗辑训

【引证】

（1）《礼记·中庸》：子曰："舜其大孝也与，德为圣人，尊为天子，富有四海之内，宗庙飨之，子孙保之（舜善治）。故大德必得其位，必得其禄，必得其名，必得其寿。故天之生物，必因其材而笃焉。故栽者培之，倾者覆之。《诗》曰：'嘉乐君子，宪宪令德。宜民宜人，受禄于天。保佑命之，自天申之。'故大德者必受命。"

（2）《左传·文公三年》："晋人惧其无礼于公也，请改盟。公如晋，及晋侯盟。晋侯飨公，赋《菁菁者莪》。庄叔以公降，拜，曰：'小国受命于大国，敢不慎仪。君贶之以大礼，何乐如之？抑小国之乐，大国之惠也。'晋侯降，辞。登，成拜。公赋《嘉乐》。"

译文：晋国人为曾对鲁文公失礼而感到担心，请求改订盟约。文公到了晋国，和晋襄公结盟。晋襄公设享礼招待文公，赋《菁菁者莪》。庄叔让文公降阶下拜，说："小国受大国之命，岂敢不慎其礼仪？君王赐以大礼，有何比此还乐？小国之乐，乃大国之惠爱。"晋襄公走下台阶辞谢，再登上台阶，完成拜礼。文公赋《嘉乐》这首诗，以赞晋襄公贤德、善治。

（3）《左传·襄公二十六年》：秋七月，齐侯、郑伯为卫侯故，如晋，晋侯兼享之。晋侯赋《嘉乐》。国景子相齐侯，赋《蓼萧》。子展相郑伯，赋《缁衣》。叔向命晋侯拜二君曰："寡君敢拜齐君之安我先君之宗祧也，敢拜郑君之不贰也。"

大意：晋平公借会盟扣留卫殇公，以使卫献公复国。事成之后暂留卫献公于晋，齐侯与郑伯来晋国，请求早日放卫献公归国。晋侯赋《嘉乐》，赞颂齐侯与郑伯贤德。

（4）《左传·昭公二十一年》：三月葬蔡平公，蔡大子朱失位，位在卑。大夫送葬者归见昭子。昭子问蔡，故以告。昭子叹曰："蔡其亡乎！若不亡，是君也必不终。《诗》曰：'不解于位，民之攸塈。'今蔡侯始即位，而适卑，身将从之。"

译文：三月安葬蔡平公。蔡国太子朱未站在符合葬礼之正位，站于卑下之处。送葬大夫回来进见昭子。昭子问蔡国丧事，大夫把彼时情形告之昭子。昭子叹气说："蔡国要灭亡了吧！如不灭亡，国君必不得善终。《诗》说：'不解于位，民之攸塈。'今蔡侯刚即位就往立于卑下之位，其自身地位也将日益卑下。"

（5）《左传·哀公五年》：郑驷秦富而侈，嬖大夫也，而常陈卿之车服于其庭，郑人恶而杀之。子思曰："《诗》曰：'不解于位，民之攸塈。'不守其位，而能久者鲜矣。《商颂》曰：'不僭不滥，不敢怠皇，命以多福。'"

大意：郑国人驷秦骄奢，其地位低下而陈设公卿之车服于其庭内，招致杀身之祸。"不解于位，民之攸塈"，言不懈于其位方能得人，驷秦有非分之举使亡其身。

（6）《左传·成公二年》：十一月，公及楚公子婴齐、蔡侯、许男、秦右大夫说、宋华元、陈公孙宁、卫孙良夫、郑公子去疾、及齐国之大夫，盟于蜀。卿不书，匮盟也。于是乎畏晋而窃与楚盟，故曰匮盟。蔡侯、许男不书，乘楚车也，谓之失位。君子曰："位其不可不慎也乎？蔡许之君，一失其位，不得列于诸侯，况其下乎。《诗》曰：'不解于位，民之攸塈。'其是之谓矣。"

译文：十一月，鲁成公和楚国公子婴齐、蔡景侯、许灵公、秦国右大夫说、宋国华元、陈国公孙宁、卫国孙良夫、郑国公子去疾和齐国大夫在蜀地结盟。《春秋》未记载卿之姓名，由于结盟缺乏诚意。于此情况下，又因鲁国畏惧晋国而偷偷与楚国结盟，所以说结盟缺乏诚意。《春秋》未记载蔡景侯、许灵公，由于他们乘坐了楚国之车，可谓失其身份。君子说："身份地位不可不慎啊！蔡许两国国君，一旦失去身份，就不得列在诸侯之列，何况在他们之下的人呢！《诗》说'不解于位，民之攸塈。'讲的就是这种情况。"

（7）《孟子·离娄上》孟子曰："离娄之明，公输子之巧，不以规矩，不能成方员；师旷之聪，不以六律，不能正五音；尧舜之道，不以仁政，不能平治天下。今有仁心、仁闻而民不被其泽，不可法于后世者，不行先王之道也。故曰徒善不足以为政，徒法不能以自行。《诗》云：'不愆不忘，率由旧章。'遵先王之法而过者，未之有也。"

（8）《礼记·三年问》："凡生天地之间者，有血气之属必有知，有知之属莫不知爱其类；今是大鸟兽，则失丧其群匹，越月逾时焉，则必反巡，过其故乡，翔回焉，鸣号焉，蹢躅焉，踟蹰焉，然后乃能去之。小者至于燕雀，犹有啁噍之顷焉，然后乃能去之；故有血气之属者，莫知于人，故人于其亲也，至死不穷。"

公刘

（一）

笃公刘。

匪居匪康，乃埸乃疆。

乃积乃仓，乃裹糇粮，

于橐于囊，思辑用光。

弓矢斯张，干戈戚扬，爰方启行。

笃公刘。

于胥斯原，既庶既繁，

既顺乃宣，而无永叹。

陟则在巘，复降在原。

何以舟之？维玉及瑶，鞞琫容刀。

笃公刘。

逝彼百泉，瞻彼溥原。

乃陟南冈，乃觏于京。

京师之野，于时处处，

于时庐旅，于时言言，于时语语。

【注释】

1. 笃，《尔雅》：固也。厚也。

2. 公刘，周人祖先，传说为后稷曾孙。公刘致力于国家建设，有功于周部族。

3. 康《尔雅》：乐也。安也。静也。

4. 埸（yì），《说文》：疆也。"塲、埸（chǎng）"不同，埸从易，塲从昜（yáng）。

5. 疆，《尔雅》：垂也。《说文》："垂，远边也。"

6. 积，《说文》：聚也。

7. 仓，《说文》：谷藏也。

8. 裹（guǒ），《说文》："装，裹也。"

9. 餱，《说文》：干食也。即干粮。《说文》："粮，谷也。"

10. 橐（tuó），《说文》：囊也。

11. 辑，《说文》：车和辑也。本意指把车的各个部件完好组合起来。引申聚集。

12. 用，指财货。《礼记》："冢宰制国用，必于岁之杪，五谷皆入，然后制国用。"

13. 光，为"桄"。《说文》："桄（guāng），充也。"充实、充足之意。

14. 戚，《说文》：钺也。《说文》："钺（yuè），斧也。"

15. 胥，《尔雅》：相也。相，省视之意。此处解作监理、管治。

16. 繁，多也、盛也。《礼记》："拜至献酬辞让之节繁。"

17. 宣，为"愃"。《说文》："愃（xuān），宽娴心腹貌。"精神安闲的样子。

18. 永叹，即"咏叹"。

19. 陟，《尔雅》：升也。

20. 巘（yǎn），或通"礹"。《说文》："礹（yǎn），石山也。"

21. 舟，通"輈"。《说文》："輈（zhōu），重也。"此处解作厚待、敬重。

22. 瑶，《说文》：玉之美者。

23. 鞞（bì），《说文》：刀室也。即刀鞘。

24. 琫（běng），《说文》：佩刀上饰。天子以玉，诸侯以金。

25. 容刀，为"揉刀"，即匕首。《说文》："揉（róng），推捣（手推）也。"
唐《群书治要》："容刀生于身疏，积爱出于近习。"

26. 逝，《尔雅》：往也。

27. 溥，《尔雅》：大也。

28. 觏（gòu），《说文》：遇见也。

29. 京，《说文》：人所为绝高丘也。《尔雅》："丘，绝高曰京。"

30. 庐，《说文》："庐，寄也。秋冬去，春夏居。"建于田间之屋，便于劳作居处。

31. 旅，《尔雅》：途也。引申在途。庐旅，出外居处于田庐。
32. 言，《说文》："直言曰言，论难曰语。"

【解析】

这首诗讲公刘勤政、善治。

"笃公刘"，笃行公刘。"匪居匪康，乃场乃疆"，彼居彼安，乃在疆埸。言公刘勤政，劳于国境。"乃积乃仓，乃裹糇粮，于橐于囊"，乃积谷物乃收于仓，乃装干粮与谷米，入于橐囊。言居者有积仓，行者有裹粮。"思辑用光"，谋虑聚财货充足。言公刘重视积累国家财富。"弓矢斯张，干戈戚扬，爰方启行"，弓张箭在弦，盾、戈、钺挥举，方始启行。言人马、兵器齐备方可出发。寓意治事周全。

"笃公刘"，笃行公刘。"于胥斯原，既庶既繁，既顺乃宣，而无永叹"，监理此方田原，既已富庶，百姓既顺从且安舒，而无咏叹之声。言公刘善养民，其治下百姓富足、精神安好，顺听而无哀怨之人。"陟则在巘，复降在原"，登升则在石山，归来则下田原。言公刘勤政，致力山林田园。"何以舟之？维玉及瑶，鞞琫容刀"，何以表示敬重？唯玉之瑶，刀鞘上端有精美装饰之容刀。言以美玉比喻公刘德美，宝刀比喻公刘善决断事。

"笃公刘"，笃行公刘。"逝彼百泉，瞻彼溥原，乃陟南冈，乃觏于京"，前往百泉之水乡，视察广大平原，乃往南山脊，乃遇于大丘。"京师之野，于时处处，于时庐旅，于时言言，于时语语"，在京师之野，有时走走停停，有时旅居田庐之中，有时与人说说话，有时与人探讨问题。

【引证】

《孟子·梁惠王下》王曰："寡人有疾，寡人好货。"对曰："昔者公刘好货，《诗》云：'乃积乃仓，乃裹糇粮，于橐于囊，思戢用光。弓矢斯张，干戈戚扬，爰方启行。'故居者有积仓，行者有裹粮也，然后可以爰方启行。王如好货，与百姓同之，于王何有？"

钺

　　钺，其形制似斧，最初或为兵器。周朝时用于仪仗或用作刑具。《礼记》："军旅鈇钺者，先王之所以饰怒也。""君子不赏而民劝，不怒而民威于鈇钺。"一说戚为小钺。戚亦用作乐舞道具。《礼记》中有"文以琴瑟，动以干戚""朱干玉戚，以舞《大武》"等记载。

公刘

（二）

笃公刘。

于京斯依，跄跄济济，俾筵俾几。

既登乃依，乃造其曹。

执豕于牢，酌之用匏。

食之饮之，君之宗之。

笃公刘。

既溥既长，既景乃冈。

相其阴阳，观其流泉，其军三单。

度其隰原，彻田为粮。

度其夕阳，豳居允荒。

笃公刘。

于豳斯馆，涉渭为乱，取厉取锻。

止基乃理，爰众爰有。

夹其皇涧，溯其过涧。

止旅乃密，芮鞫之即。

【注释】

1. 京，《尔雅》："绝高为之京。"高大的山丘称之为京。

2. 跄跄，《尔雅》：动也。众多人协动的样子。

《尔雅》："济济，止也。"

《礼记》："天子穆穆，诸侯皇皇，大夫济济，士跄跄，庶人僬僬。"

《荀子》："言语之美，穆穆皇皇。朝廷之美，济济跄跄。"

3. 俾，《说文》：益也。

4. 登，为"隥"。《说文》："隥（dèng），仰也。"仰慕、敬仰之意。

5. 依，为"肩"。《说文》："肩（yī），归也。"解作归顺、归附。

6. 曹，《说文》："狱之两曹也。在廷东，从棘（cáo）。治事者，从曰。"其本意为打官司的原告与被告。引申为官府、官署。

7. 牢，《说文》：闲，养牛马圈也。

8. 君，《说文》：尊也。君之宗之，即尊之宠之。

9. 冈，通"刚"。《说文》："刚，强断也。"

10. 军，为"圉"。《说文》："圉（huán），土也。"指国土、疆土。

11. 单，为"墠或坛"。王充："坛（祭场也）谓筑土起堂，墠（shàn）谓筑土而无屋者也。"古人祭天、四时、四方、社稷、山陵、祖先等在坛墠。

12. 度，《尔雅》：谋也。

13. 隰原，《尔雅》："下湿曰隰，大野曰平，广平曰原。"

14. 彻，为"叜"。《说文》："叜（chè）：发也。"解作开发。《说文》："彻，通也。"

15. 夕阳，《尔雅》："山西曰夕阳，山东曰朝阳。"

16. 豳（bīn），地名。一说在今陕西彬县一带。

17. 允，为"夽"。《说文》："夽（yǔn），大也。"

18. 荒，为"夼"。《说文》："夼（huāng），水广也。"引申广大。

19. 馆，《说文》：客舍也。此处指居所。

20. 乱，《尔雅》：治也。

21. 厉，《说文》：旱石也。可作磨刀石。

22. 锻，《说文》：小冶也。金属焠火而锤击之为锻。

23. 止，《说文》：下基也。《说文》："基，墙始也。"止基，即基础、根基。

24. 夹，为"浃"。《尔雅》："浃（jiā），彻也。"

25. 皇，为"遑"。《说文》："遑，急也。"此处之紧、狭窄。

26. 涧，《说文》：山夹水也。

27. 溯，《说文》写作"泝"，此诗中应为"庶"。《说文》："庶，邸（邻）屋也。"扩展、充斥之意。庶，其简体"斥"。

28. 过，为"濊"。《说文》："濊（huò），碍流也。"水中有阻碍的水流。

29. 密，密集、稠密之意。《易》："密云不雨。"

30. 芮，《说文》："芮芮（ruì），草生貌。"

31. 鞫，为"鞠"。《尔雅》："鞠：生也。稚也。"

32. 即，此处解作至、来到。

【解析】

　　"笃公刘"，笃行公刘。"于京斯依，跄跄济济，俾筵俾几"，依大丘而居，士大夫济济跄跄，增加筵席、桌几。言归附公刘者众多。"既登乃依，乃造其曹"，既仰慕而归附，乃造其官署。言任用贤德者为官。"执豕于牢，酌之用匏"，逮猪于圈，酌酒以瓢。言公刘优待归附者。"食之饮之，君之宗之"，饮之食之，尊之宠之。言公刘优尊重贤士。

　　"笃公刘"，笃行公刘。"既溥既长，既景乃冈"，既广既远，既大也刚。言其国土广远，国家强固。"相其阴阳，观其流泉"，省视其阴阳变化，观察其流水源泉。言考察气候与水土。"其军三单"，其国土设置三个祭坛。言建设祭坛以祭祀社神、稷神、山林之神。"度其隰原，彻田为粮。度其夕阳，豳居允荒"，谋划其湿地、平原，开发良田生产粮食。谋划其山之西侧，豳地之民居广大。"度其夕阳"亦言豳地在山之西麓。

　　"笃公刘"，笃行公刘。"于豳斯馆，涉渭为乱，取厉取锻"，以豳地为居所，为治而涉渭水，取旱石以及可锻造之金属。言公刘以豳为基地，渡渭水以取材用，建设家园。"止基乃理，爰众爰有"，基础开始修治，人口日益众多，财货日益富有。"夹其皇涧，溯其过涧"，通其狭窄之涧，扩展水中有阻碍之涧。言公刘治水，以利生产、交通。"止旅乃密，芮鞫之即"，居住及旅行者于是稠密，如草蒸蒸日上的局面到来。言国家步入正轨，逐渐壮大。

【引证】

《史记·周本纪》：后稷卒，子不窋立。不窋末年，夏后氏政衰，去稷不务，不窋以失其官而犇戎狄之间。不窋卒，子鞠立。鞠卒，子公刘立。公刘虽在戎狄之间，复修后稷之业，务耕种，行地宜，自漆、沮度渭，取材用。行者有资，居者有畜积，民赖其庆。百姓怀之，多徙而保归焉。周道之兴自此始，故诗人歌乐思其德。公刘卒，子庆节立，国于豳。

　　庆节卒，子皇仆立。皇仆卒，子差弗立。差弗卒，子毁隃立。毁隃卒，子公非立。公非卒，子高圉立。高圉卒，子亚圉立。亚圉卒，子公叔祖类立。公叔祖类卒，子古公亶父立。古公亶父复修后稷、公刘之业，积德行义，国人皆戴之。薰育戎狄攻之，欲得财物，予之。已复攻，欲得地与民。民皆怒，欲战。古公曰："有民立君，将以利之。今戎狄所为攻战，以吾地与民。民之在我，与其在彼，何异？民欲以我故战，杀人父子而君之，予不忍为。"乃与私属遂去豳，度漆、沮，逾梁山，止于岐下。豳人举国扶老携弱，尽复归古公于岐下。

泂酌

泂酌彼行潦，挹彼注兹，可以餴饎。
岂弟君子，民之父母。

泂酌彼行潦，挹彼注兹，可以濯罍。
岂弟君子，民之攸归。

泂酌彼行潦，挹彼注兹，可以濯溉。
岂弟君子，民之攸塈。

【注释】

1. 泂（jiǒng），为"迥"。《说文》："迥，远也。"

2. 酌，《说文》：盛酒行觞也。引申舀取。

3. 潦（lǎo），《说文》：雨水大貌。行潦，路边水沟。

4. 挹，《说文》：抒也。舀取之意。

5. 兹，《尔雅》：此也。

6. 餴，为"饙"。《尔雅》："饙（fēn），稔（rěn）也。"即熟饭。

7. 饎（xī），《说文》：酒食也。《诗》曰："可以餴饎。"

8. 罍（léi），《说文》：龟目酒尊，刻木作云雷象，象施不穷也。

9. 岂弟，为"恺悌"。《尔雅》："恺悌，发也。"生发、长养等意。

10. 溉，为"摡"。《说文》："摡（gài），涤也。"溉与濯，皆洗涤之意。

11. 塈（jì），为"塈"之误。《说文》："塈（jǐ），以土增大道上。"本意指把土一层层增垫在大路上。引申增益、附益。

【解析】

这首诗讲君子笃爱，尽心于教化。

"泂酌彼行潦，挹彼注兹，可以餴饎"，远酌水于路边水沟，舀取之注于此，可以蒸煮饭食。言虽为路边之水亦可澄清而致用。寓意远僻、昏昧之百姓亦可教化成材。"岂弟君子，民之父母"，善启发之君子，如民之父母。言君子能启发民智、民德，如父母之教养子女。

"泂酌彼行潦，挹彼注兹，可以濯罍。岂弟君子，民之攸归"，远处取路边之沟水，舀取之注于此，可以洗涤罍。善教养之君子，乃民众之所归顺者。

"泂酌彼行潦，挹彼注兹，可以濯溉。岂弟君子，民之攸塈"，远处取路边之沟水，舀取之注于此，可用以洗涤。善教养之君子，乃民众之所附益者。

【引证】

（1）《荀子·礼论》：君之丧，所以取三年，何也？曰：君者，治辨之主也，文理之原也，情貌之尽也，相率而致隆之，不亦可乎？《诗》曰："恺悌君子，民之父母。"彼君子者，固有为民父母之说焉。父能生之，不能养之。母能食之，不能教诲之。君者，已能食之矣，又善教诲之者也。

（2）《左传·隐公三年》：郑武公，庄公，为平王卿士，王贰于虢，郑伯怨王。王曰："无之。"故周郑交质。王子狐为质于郑，郑公子忽为质于周。王崩，周人将畀虢公政。四月郑祭足帅师取温之麦，秋又取成周之禾。周郑交恶。君子曰："信不由中，质无益也。明恕而行，要之以礼，虽无有质，谁能间之？苟有明信，涧溪沼沚之毛、蘋蘩、蕴藻之菜，筐筥、锜釜之器，潢污行潦之水，可荐于鬼神，可羞于王公，而况君子结二国之信？行之以礼，又焉用质？"《风》有《采蘩》、《采蘋》，《雅》有《行苇》、《泂酌》，昭忠信也。

（3）西汉桓宽《盐铁论·和亲》：文学曰："王者中立而听乎天下，德施方外，绝国殊俗，臻于阙廷，凤皇在列树，麒麟在郊薮，群生庶物，莫不被泽。非足行而仁办之也，推其仁恩而皇之，诚也。范蠡出于越，由余长于胡，皆为霸王贤佐。故政有不从之教，而世无不可化之民。《诗》云：'酌彼行潦，挹彼注兹。'故公刘处戎、狄，戎、狄化之。太王去豳，豳民随之。周公修德，而越裳氏来。其从善如影响。为政务以德亲近，何忧于彼之不改？"

卷阿

（一）

有卷者阿，飘风自南。
岂弟君子，来游来歌，以矢其音。

伴奂尔游矣，优游尔休矣。
岂弟君子，俾尔弥尔性，似先公酋矣。

尔土宇昄章，亦孔之厚矣。
岂弟君子，俾尔弥尔性，百神尔主矣。

尔受命长矣，茀禄尔康矣。
岂弟君子，俾尔弥尔性，纯嘏尔常矣。

有冯有翼，有孝有德，以引以翼。
岂弟君子，四方为则。

颙颙卬卬，如圭如璋，令闻令望。
岂弟君子，四方为纲。

【注释】

1. 卷，为"隽"。《说文》："隽（juàn），肥肉也。"卷或为"捲（quán，气势）"。

2. 阿，《尔雅》：大陆曰阜，大阜曰陵，大陵曰阿。《说文》："阿，一曰曲阜也。"
卷阿，或为地名。《竹书纪年·成王》："三十三年，王游于卷阿，召康公从。"

3. 飘风，为"飙（piāo）风"，即"摇动之风"，泛指东南西北风。

4. 矢,《尔雅》:陈也。弛也。陈列、布施、散布等意。

5. 伴,《说文》:大貌。

6. 奂,《说文》:取奂也。一曰大也。

7. 优,《说文》:饶也。优游,从容之游。

8. 休,《尔雅》:美也。

9. 俾,《尔雅》:使也。

10. 弥,《说文》:满也。引申全、尽。

11. 性,《中庸》:天命之谓性。即天赋者谓之性。

12. 似,《说文》:象也。此处解作比象、效法。

13. 酋,为"猷"。《尔雅》:"猷:谋也。图也。"

14. 宇,《说文》:屋边也。土宇,即疆域。

15. 昄,《说文》:大也。

16. 章,为"彰"。《说文》:"彰,文彰也。"本意为文采昭明,此处解作昭明。

17. 孔,《尔雅》:甚也。

18. 茀,为"𠬝"。《说文》:"𠬝(fú),治也。"

19. 康,《尔雅》:乐也。安也。

20. 纯,《尔雅》:大也。

21. 嘏(jiǎ),《说文》:大、远也。

22. 冯,为"凭"。《说文》:"凭,依几也。"凭藉、倚仗之意。

23. 翼,帮扶、辅助之意。《孟子》:"劳之来之,匡之直之,辅之翼之。"

24. 颙颙(yóng)、卬卬(yǎng),《尔雅》:君子之德也。形容德之高尚。

25. 令,《尔雅》:善也。令闻,人所听闻者美好。令望,人所望见者美好。令闻令望,此处之名声、威仪美善。

【解析】

这首诗讲天子巡守,嘉其生养功德。

"有卷者阿,飘风自南",有肥沃之大陵,飘风自南来。陆地肥沃使草木丰盛,南风能长养万物。寓意君子厚德载物。"岂弟君子,来游来歌,以矢其音",恺悌君子,来游来歌,以布施其德音。言有生发之德之君子,巡游以播其教化。

"伴奂尔游矣,优游尔休矣",大哉其游矣,优游其美矣。言君子巡游乃为教化，故美之。"岂弟君子，俾尔弥其性，似先公酋矣"，恺悌君子，使其尽其性，效法先公之谋。言君子者之教化效法先王，使民众全其性命而善其身心。

"尔土宇昄章，亦孔之厚矣"，其疆域之内大明，亦甚为厚。言教化光大，且深植于国家。"岂弟君子，俾尔弥其性，百神尔主矣"，恺悌君子，使其尽其性，百神为其主。言教百姓敬畏、祭祀天地诸神。

"尔受命长矣，茀禄尔康矣"，其受天命久长，造福百姓使其安康矣。言使百姓得福禄而天下安康，故君位长久。"岂弟君子，俾尔弥其性，纯嘏尔常矣"，恺悌君子，使其尽其性，弘扬人道之常。

"有冯有翼，有孝有德，以引以翼"，有凭藉，有翼助，有孝，有德，以引导之，以翼助之。言君王凭藉礼乐刑政，有士大夫辅助，以孝，以义，以引导、帮助百姓明德智。"岂弟君子，四方为则"，恺悌君子，为天下之则。

"颙颙卬卬，如圭如璋，令闻令望"，德行高尚，其信如圭璋，名声与威仪皆善。"岂弟君子，四方为纲"，恺悌君子，为天下之纲。

【引证】

（1）《礼记·王制》："诸侯之于天子也，比年一小聘，三年一大聘，五年一朝。天子五年一巡守。岁二月，东巡守至于岱宗，柴而望祀山川。觐诸侯。问百年者就见之。命大师陈诗以观民风，命市纳贾以观民之所好恶，志淫好辟。命典礼考时月，定日，同律，礼乐制度衣服正之。"

（2）东汉徐干《中论·修本》："故《诗》曰：'习习谷风，惟山崔巍，何木不死？何草不萎？'言盛阳布德之月，草木犹有枯落而与时谬者，况人事之应报乎！故以岁之有凶穰而荒其稼穑者，非良农也。以利之有盈缩而弃其资货者，非良贾也。以行之有祸福而改其善道者，非良士也。《诗》云：'颙颙卬卬，如圭如璋，令闻令望。恺悌君子，四方为纲。'举圭璋以喻其德，贵不变也。"

（3）《礼记·中庸》："天命之谓性，率性之谓道，修道之谓教。……自诚（审实）明，谓之性。自明诚，谓之教。诚则明矣，明则诚矣。唯天下至诚，为能尽（终全）其性。能尽其性，则能尽人之性。能尽人之性，则能尽物之性。能尽物之性，则可以赞天地之化育。可以赞天地之化育，则可以与天地参矣。……诚（审谛）者自成也，而道自道也。诚者物之终始，不诚无物。是故君子诚之为贵。诚者非自成己而已也，所以成物也。成己，仁也。成物，知也。性之德也，合外内之道也，故时措之宜也。故至诚无息，不息则久，久则徵（证），徵则悠远，悠远则博厚，博厚则高明。博厚，所以载物也。高明，所以覆物也。悠久，所以成物也。博厚配地，高明配天，悠久无疆。如此者，不见而章，不动而变，无为而成。"

卷阿

（二）

凤凰于飞，翙翙其羽，亦集爰止。
蔼蔼王多吉士，维君子使，媚于天子。

凤凰于飞，翙翙其羽，亦傅于天。
蔼蔼王多吉人，维君子命，媚于庶人。

凤凰鸣矣，于彼高冈。
梧桐生矣，于彼朝阳。
菶菶萋萋，雝雝喈喈。

君子之车，既庶且多。
君子之马，既闲且驰。
矢诗不多，维以遂歌。

【注释】

1. 翙（huì），《说文》："翙，飞声也。《诗》曰：'凤皇于飞，翙翙其羽。'"

2. 蔼，《说文》：臣尽力之美。《尔雅》："蔼蔼，臣尽力也。"

3. 傅，为"搏"。《说文》："搏，索持也。一曰至也。"

4. 命，《说文》：使也。

5. 菶（běng）、萋，《说文》：草盛。

6. 雝雝，为"噰噰"。《尔雅》："噰噰，音声和也。"

7. 喈，《说文》："喈，鸟鸣声。一曰凤皇鸣声喈喈。"

8. 噰噰喈喈，《尔雅》：民协服也。

9. 庶，《说文》：屋下众也。

10. 闲，《尔雅》：习也。即熟练之意。

11. 驰，《说文》：大驱也。

12. 遂，为"旞"。《说文》："旞（suì），导车所以载。全羽以为允。允，进也。"旞，本意指引导之车所载之旗帜，以全羽（一说为各色羽毛）为之，以作为前进的信号。引申意为进、引进。

《易·大壮》："羝羊触藩，不能退，不能遂。"

《礼记·月令》："命太尉，赞桀俊，遂贤良，举长大。"

【解析】

"凤凰于飞，翙翙其羽，亦集爰止"，凤凰于飞，羽翅扇动翙翙有声，亦集群而止。以凤凰比喻君子，此处指贤德士人。寓意众君子在朝。"蔼蔼王多吉士，维君子使，媚于天子"，王多勤勉尽职之良士，为君子使，悦于天子。言诸侯、卿士有君子风范且勤勉尽职。

"凤凰于飞，翙翙其羽，亦傅于天"，凤凰于飞，羽翅扇动翙翙有声，亦高飞至天。寓意君子居其位。"蔼蔼王多吉士，维君子命，媚于庶人"，王多勤勉尽职之良士，负有君子使命，悦于百姓。言诸侯、卿士不负君子使命，悦于百姓。

"凤凰鸣矣，于彼高岗。梧桐生矣，于彼朝阳"，凤凰鸣叫，于彼高岗。梧桐生矣，于彼山东。寓意君子居上位，教化日益进长。"菶菶萋萋，雍雍喈喈"，草木茂盛，群鸟啼鸣。寓意教化昌盛，国民协服。

"君子之车，既庶且多。君子之马，既闲且驰"，君子之车，不仅种类众庶且数量众多。君子之马，既娴熟且可长驱。寓意教化方式多样，士人众多且贤德、笃厚。"矢诗不多，维以遂歌"，布施之诗不多，是以进歌。言作此诗之因由。

【引证】

关于凤凰

《礼记·礼运》："何谓四灵？麟凤龟龙，谓之四灵。故龙以为畜，故鱼鲔不淰（阻隔）；凤以为畜，故鸟不獝（狂）；麟以为畜，故兽不狨（兽走貌）；龟以为畜，故人情不失。"

《孟子·公孙丑上》："麒麟之于走兽，凤凰之于飞鸟，太山之于丘垤，河海之于行潦，类也。圣人之于民，亦类也。出于其类，拔乎其萃，自生（岂弟）民以来，未有盛于孔子也。"

《说文》:"凤:神鸟也。天老曰:'凤之象也,鸿前麐后,蛇颈鱼尾,鹳颡鸳思,龙文虎背,燕颔鸡喙,五色备举。出于东方君子之国,翱翔四海之外,过昆仑,饮砥柱,濯羽弱水,莫宿风穴。见则天下大安宁。'"

民劳

民亦劳止，汔可小康。
惠此中国，以绥四方。
无纵诡随，以谨无良。
式遏寇虐，憯不畏明。
柔远能迩，以定我王。

民亦劳止，汔可小休。
惠此中国，以为民逑。
无纵诡随，以谨惛怓。
式遏寇虐，无俾民忧。
无弃尔劳，以为王休。

民亦劳止，汔可小息。
惠此京师，以绥四国。
无纵诡随，以谨罔极。
式遏寇虐，无俾作慝。
敬慎威仪，以近有德。

民亦劳止，汔可小愒。
惠此中国，俾民忧泄。
无纵诡随，以谨丑厉。
式遏寇虐，无俾正败。
戎虽小子，而式弘大。

民亦劳止，汔可小安。
惠此中国，国无有残。
无纵诡随，以谨缱绻。

式遏寇虐，无俾正反。

王欲玉女，是用大谏。

【注释】

1. 劳，《说文》：剧（尤甚）也。《尔雅》："劳，勤也。"

2. 汔，应为"憇"，音同通假。《说文》："憇（qì），惀（惫）也。"
即疲惫。

3. 康，《尔雅》：安也。静也。

4. 惠，《尔雅》：顺也。爱也。

5. 绥，《尔雅》：安也。

6. 纵，《说文》：缓也。

7. 诡，为"垝"。《说文》："垝（guǐ），毁垣也。"引申毁败。

8. 随，为"隓"。《说文》："隓（huī），败城阜曰隓。"
《左传》："仲由为季氏宰。将堕（隓）三都。"

9. 谨，《说文》：慎也。

10. 遏，《尔雅》：止也。

11. 寇，《说文》：暴也。

12. 虐，《说文》：残也。

13. 憯（cǎn），为"朁"。《说文》："朁（cǎn）：曾（竟）也。《诗》曰：
'朁不畏明'。"《说文》："竟，乐曲尽为竟。"引申终尽、穷尽。

14. 柔，《尔雅》：安也。

15. 逑，《说文》："逑：敛聚也。又曰：'怨匹曰逑。'"引申为仇匹、配
偶、对象。《关雎》："窈窕淑女、君子好逑。"

16. 惛（hūn），《说文》：不憭（慧）也。解作不聪慧、昏昧。惛，或
通"惽"。

17. 恘（náo），《说文》："恘，乱也。《诗》：'以谨惛恘。'"《说文》：
"乱或为恘。"

18. 慝（tè），恶也。《书》："旌别淑慝。"

19. 愒（qì），《说文》：息也。

20. 泄，为"渫"。《说文》："渫（xiè），除去也。"

21. 丑，《说文》：可恶也。

22. 厉，《尔雅》：作。

23. 败，《说文》：毁也。《尔雅》："败，覆也。"

24. 戎，为"我"之误。

25. 弘，《尔雅》：大也。

26. 残，《说文》：贼也。《说文》："贼，败也。"

27. 缱，《说文》：缱绻（qiǎn quǎn），不相离也。

28. 反，《说文》：覆也。

29. 玉，为"誉"。《说文》："誉，称也。"赞美之意。玉女即"誉汝"。

30. 是用，解作因此、所以、是以。《小旻》："谋夫孔多，是用不集。"

31. 谏，《说文》：证（證）也。《说文》："證，告也。"證，简体亦写作"证"。

【解析】

这首诗乃告诫君王之辞。

"民亦劳止，汔可小康"，百姓亦疲劳矣，疲劳可使稍做安歇。"惠此中国，以绥四方"，顺此中国，以安四方。言施政以宽。"无纵诡随，以谨无良"，不要放纵毁败之言行，以慎于无良者。"式遏寇虐，憯不畏明"，遏制暴虐者，终尽不敬畏教化者。言施政以严。所谓"不畏明"者即顽固不从教化者。"柔远能迩，以定我王"，安抚远方者能使之与我亲近，以安定我之统治。

"民亦劳止，汔可小休"，百姓亦劳矣，疲惫可使稍做休息。"惠此中国，以为民逑"，顺此中国，作与百姓相和之君王。"无纵诡随，以谨惛怓"，勿放纵毁败者，以慎于昏昧、为乱。"式遏寇虐，无俾民忧"，遏止暴虐者，勿使百姓忧惧。"无弃尔劳，以为王休"，不要放弃尔之勤勉，以为君王之美。

"民亦劳止，汔可小息"，百姓亦疲矣，疲劳可使稍做休息。"惠此京师，以绥四国"，顺此京师，以安四方之国。"无纵诡随，以谨罔极"，勿放纵毁败者，以慎于无准则。"式遏寇虐，无俾作慝"，遏止暴虐者，勿使作恶。"敬慎威仪，以近有德"，敬慎自身之威仪，以近有德。言笃守道德。

"民亦劳止，汔可小愒"，百姓亦劳矣，疲惫可使稍做休息。"惠此中国，俾民忧泄"，顺此中国，使百姓之忧愁去除。"无纵诡随，以谨丑厉"，勿放纵毁败者，以慎于丑恶行为。"式遏寇虐，无俾正败"，遏止暴虐，不要使正道覆败。"戎虽小子，而式弘大"，我虽少年，而法其弘大。此勉励幼主之辞。

"民亦劳止，汔可小息"，百姓亦疲矣，疲劳可使稍做安息。"惠此中国，国无有残"，顺此中国，使国内无残害。"无纵诡随，以谨缱绻"，勿放纵毁败者，以慎于不相离于正道。"式遏寇虐，无俾正反"，遏止暴虐，不要使正道翻覆。"王欲玉女，是用大谏"，王者欲使世人赞誉你，因此要广泛、深入纳谏。言君王欲成就其功德，必须采纳善言。

【引证】

（1）《左传·昭公二年》：叔弓聘于晋，报宣子也。晋侯使郊劳，辞曰："寡君使弓来继旧好，固曰：'女无敢为宾！'彻命于执事，敝邑弘矣。敢辱郊使？请辞。"致馆，辞曰："寡君命下臣来继旧好，好合使成，臣之禄也。敢辱大馆？"叔向曰："子叔子知礼哉！吾闻之曰：'忠信礼之器也。卑让礼之宗也。'辞不忘国，忠信也。先国后己，卑让也。《诗》曰：'敬慎威仪，以近有德。'夫子近德矣。"

（2）《左传·昭公二十年》：仲尼曰："善哉！政宽则民慢，慢则纠之以猛。猛则民残，残则施之以宽。宽以济猛，猛以济宽，政是以和。《诗》曰：'民亦劳止，汔可小康。惠此中国，以绥四方。'施之以宽也。'毋从诡随，以谨无良。式遏寇虐，惨不畏明。'纠之以猛也。'柔远能迩，以定我王。'平之以和也。又曰：'不竞不絿，不刚不柔。布政优优，百禄是遒。'和之至也。"

（3）《左传·文公十年》：命夙驾载燧，宋公违命，无畏抶其仆以徇。或谓子舟曰："国君不可戮也。"子舟曰："当官而行，何强之有？《诗》曰：'刚亦不吐，柔亦不茹。''毋从诡随，以谨罔极。'是亦非辟强也，敢爱死以乱官乎！"

译文：宋将无畏下令早晨装载取火工具出发，宋昭公违背命令，无畏笞打他的仆人，告示全军。有人对无畏说："国君不可侮辱。"无畏说："按照职责办事，何强者之有？《诗》言：'刚亦不吐，柔亦不茹。''毋从诡随，以谨罔极。'是不避强。我何敢惜命而放弃职守。"

（4）《左传·僖公二十八年》："城濮之战，晋中军风于泽，亡大旆之左旆。祁瞒奸命，司马杀之，以徇于诸侯，使茅茷代之。师还，壬午，济河，舟之侨先归，士会摄右。秋，七月，丙申，振旅恺以入于晋，献俘授馘，饮至大赏，徵会讨贰。杀舟之侨以徇于国，民于是大服。君子谓文公其能刑矣，三罪而民服。《诗》云：'惠此中国，以绥四方。'不失赏刑之谓也。"

译文：城濮之战，晋中军在沼泽遇风，失前军左大旗。祁瞒违反军令，司马杀之，通报诸侯，派茅茷代替。军队归还，六月十六日，渡过黄河，舟之侨擅自先行回国，士会代理车右。秋季七月，丙申日，军队奏凯歌进入晋国，在太庙献俘获和割下的敌耳，饮酒犒赏，召诸侯会盟，讨伐有叛心的国家。杀舟之侨并告示全国，百姓因此大为顺服。君子认为晋文公能够刑罚公正，杀颠颉、祁瞒、舟之侨三个罪人而百姓顺服。《诗》言："惠此中国，以绥四方。"不失公正赏罚之谓也。

板

（一）

上帝板板，下民卒瘅。

出话不然，为犹不远。

靡圣管管，不实于亶。

犹之未远，是用大谏。

天之方难，无然宪宪。

天之方蹶，无然泄泄。

辞之辑矣，民之洽矣。

辞之怿矣，民之莫矣。

我虽异事，及尔同寮。

我即尔谋，听我嚣嚣。

我言维服，勿以为笑。

先民有言，询于刍荛。

天之方虐，无然谑谑。

老夫灌灌，小子蹻蹻。

匪我言耄，尔用忧谑。

多将熇熇，不可救药。

【注释】

1. 板板，为"版版"。《尔雅》："版版，僻也。"邪僻、妄为之意。版版、板板，或为"瓱瓱"。《说文》："瓱（bǎn），败也。"毁败、败坏之意。

2. 卒，为"悴"。《尔雅》："悴，病也。"《说文》："瘅（dàn），劳也。"

3. 管管，为"讙讙"。《说文》："讙（huān）：哗也。"本意指虚妄之言，引申乱言。讙哗今写作"喧哗"。《后汉书》："京师嚣嚣，道路喧哗。"

4. 亶，《尔雅》：厚也。

5. 难，为"戁"。《说文》："戁（nǎn），动也。"

6. 宪宪，为"㬎㬎"。《说文》："㬎（xiǎn），众微杪（末）也。或曰众口貌。"

7. 泄，通"詍"。《说文》："詍（yì），多言也。《诗》曰：'无然詍詍。'"

8. 宪宪、泄泄（泄泄），《尔雅》：制法则也。形容法令门类多且各项法令复杂。

9. 蹶（jué），《尔雅》："戁、蹶，动也。"

10. 辑，《尔雅》：和也。

11. 洽，为"詥"之误。《说文》："詥（hé），谐也。"

12. 怿，《尔雅》：乐也。服也。

13. 莫，为"嗼"。《尔雅》："嗼（mò），定也。"

14. 寮，《尔雅》：官也。

15. 即，《尔雅》：尼也。就近、趋从。

16. 嚣，《说文》：声也。嚣嚣，众声貌。

17. 服，《尔雅》：整也。整治、治理。《诗》："服我六师。"

18. 刍，《说文》：刈草也。《说文》："荛，薪也。"刍荛，比喻小民。

19. 虐，《说文》：残也。

20. 谑，《说文》：戏也。谑谑，嬉戏貌。

21. 熇，《说文》："熇，火热也。《诗》曰：'多将熇熇。'"熇熇，气焰嚣张貌。

22. 谑谑、熇熇（hè 謞謞），《尔雅》：崇谗慝也。形容崇谗言、邪恶之嚣张貌。

23. 老夫，《礼记》："大夫七十而致事。若不得谢，则必赐之几杖，行役以妇人。适四方，乘安车。自称曰老夫。"

24. 讙讙，为"懽懽"，忧伤而无法倾诉。《尔雅》："懽懽（huān），忧无告也。"

1040

25. 蹻，《说文》："蹻，举足行高也。《诗》曰：'小子蹻蹻。'"

26. 蹻蹻，《尔雅》：憍也。憍（jiāo），今写作"骄"，骄傲之意。

27. 忧，为"优"，嬉戏、玩乐之意。

《左传》："宋华弱与乐辔少相狎，长相优，又相谤也。"

28. 匪，通"非"。

29. 耄，《礼记》：七十曰老。八十、九十曰耄。

30. 将，《尔雅》：大也。多将，过甚之意。

31. 救，《说文》：止也。

32. 药，《说文》：治病草。药或为"疗"，音近通假。《说文》："疗，治也。"

【解析】

这首诗乃国老谏言昏君。

"上帝板板，下民卒瘅"，上帝行邪僻，则下民劳病。言如果上天运行违反常法，则下民劳苦、忧病。寓意君王若不按正道治国，则百姓遭难。"出话不然，为犹不远"，出言而不能实现，如此则谋划不能长远。言无信则不能致远。"靡圣管管，不实于亶"，无圣者不断"乱言"，则国家不实于厚。"管管"为自嘲之词，讽刺君王不亲圣贤、不纳谏言。"犹之未远，是用大谏"，图谋之未远，是以大谏。言当下君王未能远谋，故深谏之。

"天之方难，无然宪宪"，天道方动，政令不要繁杂。言天下安定之初政令要简一。"天之方蹶，无然泄泄"，天道方动，法令不要繁冗。言天下安定之初政令应简明。"辞之辑矣，民之洽矣。辞之怿矣，民之莫矣"，其言辞和合，百姓和谐。其言辞悦服于人，百姓安定。

"我虽异事，及尔同寮"，我等虽然君臣异事，然同为国家之官。"我即尔谋，听我嚣嚣"，我等趋从你之谋划，你亦应倾听我"嚣嚣"。言臣从君之事，君听臣之谏。"嚣嚣"乃自嘲之词，讽刺君王不纳谏。"我言维服，勿以为笑"，我等谏言乃为整治国家，勿以为玩笑。"先民有言，询于刍荛"，先民有言，询问于草民。

"天之方虐，无然谑谑"，天道方毁败，不要推崇逸愍。"老夫灌灌，小子蹻蹻"，老夫忧心而无可诉告之处，小子骄傲。言少君骄傲，不询于老臣。"匪我言耄，尔用忧谑"，言我老而以我为非，其用相狎戏者。言君王不能用国老。"多将熇熇，不可救药"，其气焰之甚，不可救药。言崇谗慝无度则致灭亡。

【引证】

（1）《礼记·坊记》：子云："上酌民言，则下天上施。上不酌民言，则犯也。下不天上施，则乱也。故君子信让以莅百姓，则民之报礼重。《诗》云：'先民有言，询于刍荛。'"

（2）《左传·文公七年》：先蔑之使也，荀林父止之，曰："夫人、大子犹在，而外求君，此必不行。子以疾辞，若何？不然，将及。摄卿以往可也，何必子？同官为寮，吾尝同寮，敢不尽心乎！"弗听。为赋《板》之三章。又弗听。及亡，荀伯尽送其帑及其器用财贿于秦，曰："为同寮故也。"

（3）《孟子·离娄上》："故曰，城郭不完，兵甲不多，非国之灾也。田野不辟，货财不聚，非国之害也。上无礼，下无学，贼民兴，丧无日矣。《诗》曰：'天之方蹶，无然泄泄。'泄泄，犹沓沓（语多）也。事君无义，进退无礼，言则非先王之道者，犹沓沓（冗言、赘言）也。故曰责难于君谓之恭，陈善闭邪谓之敬，吾君不能谓之贼。"

（4）《荀子·大略》：天下国有俊士，世有贤人。迷者不问路，溺者不问遂，亡人好独。《诗》曰："我言维服，勿用为笑。先民有言，询于刍荛。"言博问也。

（5）《左传·成公八年》：晋侯使韩穿来言汶阳之田，归之于齐。季文子饯之，私焉，曰："大国制义以为盟主，是以诸侯怀德畏讨，无有贰心。谓汶阳之田，敝邑之旧也，而用师于齐，使归诸敝邑。今有二命曰：'归诸齐。'信以行义，义以成命，小国所望而怀也。信不可知，义无所立，四方诸侯，其谁不解体？《诗》曰：'女也不爽，士贰其行。士也罔极，二三其德。'七年之中，一与一夺，二三孰甚焉！士之二三，犹丧妃耦，而况霸主？霸主将德是以，而二三之，其何以长有诸侯乎？《诗》曰：'犹之未远，是用大简。'行父惧晋之不远犹而失诸侯也。"

（6）《左传·襄公三十一年》：子产相郑伯以如晋，晋侯以我丧故，未之见也。子产使尽坏其馆之垣，而纳车马焉。士文伯让之曰："敝邑以政刑之不修，寇盗充斥，无若诸侯之属，辱在寡君者何，是以令吏人完客所馆，高其闬闳，厚其墙垣，以无忧客使，今吾子坏之，虽从者能戒，其若异客何？以敝邑之为盟主，缮完葺墙，以待宾客，若皆毁之，其何以共命，寡君使匄请命。"对曰："以敝邑褊小，介于大国，诛求无时，是以不敢宁居，悉索敝赋，以来会时事，逢执之不间，而未得见，又不获闻命，未知见时，不敢输币，亦不敢暴露，其输之，则君之府实也，非荐陈之，不敢输也，其暴露之，则恐燥湿之不时，而朽蠹以重敝邑之罪。侨闻文公之为盟主也，宫室卑庳，无观台榭，以崇大诸侯之馆，馆如公寝，库厩缮修，司空以时平易道路，圬人以时塓馆宫室，诸侯宾至，甸设庭燎，仆人巡宫，车马有所，宾从有代，巾车脂辖，隶人牧圉，各瞻其事，百官之属，各展其物，公不留宾，而亦无废事，忧乐同之，事则巡之，教其不知，而恤其不足，宾至如归，无宁灾患，不畏寇盗，而亦不患燥湿。今铜鞮之宫数里，而诸侯舍于隶人，门不容车，而不可逾越，盗贼公行，而天厉不戒，宾见无时，命不可知，若又勿坏，是无所藏币以重罪也。敢请执事，将何以命之，虽君之有鲁丧，亦敝邑之忧也。若获荐币，修垣而行，君之惠也，敢惮勤劳。"文伯复命，赵文子曰："信我实不德，而以隶人之垣以赢诸侯，是吾罪也。"使士文伯谢不敏焉。晋侯见郑伯，有加礼，厚其宴好而归之。乃筑诸侯之馆，叔向曰："辞之不可以已也如是夫，子产有辞，诸侯赖之，若之何其释辞也。《诗》曰：'辞之辑矣，民之协矣。辞之绎矣，民之莫矣。'其知之矣。"

板

（二）

天之方懠，无为夸毗。

威仪卒迷，善人载尸。

民之方殿屎，则莫我敢葵。

丧乱蔑资，曾莫惠我师。

天之牖民，如埙如篪，

如璋如圭，如取如携。

携无曰益，牖民孔易。

民之多辟，无自立辟。

价人维藩，大师维垣，

大邦维屏，大宗维翰，

怀德维宁，宗子维城，

无俾城坏，无独斯畏。

敬天之怒，无敢戏豫。

敬天之渝，无敢驰驱。

昊天曰明，及尔出王。

昊天曰旦，及尔游衍。

【注释】

1. 懠，《尔雅》：怒也。即不满、怨恨之意。

2. 夸毗（pí），《尔雅》：体柔也。卑躬屈膝之貌，此处指代献媚者、屈从者。

3. 载尸，《尔雅》："载，伪也。尸，陈也。"载尸，伪装以呈现，指善人佯愚。

4. 殿屎，为"唸吚"，音同通假。《说文》："吚，唸吚，呻也。"唸吚，联绵词，即呻吟之意。《尔雅》："殿屎，呻也。"

5. 葵，《尔雅》：揆也。《尔雅》："揆，度也。"

6. 蔑，为"懱"。《说文》："懱，轻易也。"懱，即"轻蔑"之本字。

7. 师，《尔雅》：人也。即人民、民众之意。

8. 牖，为"诱"。《尔雅》："诱，进也。"

9. 壎、篪（chí），两种乐器皆音色柔和，为德音。

10. 取，通"娶"。《说文》："娶，取妇也。"

11. 携，《说文》：提也。

12. 无，"抚"。《说文》："抚，安也。"

13. 辟，《尔雅》：法也。又通"僻"，邪僻之意。

14. 价，《说文》：善也。

15. 藩，《说文》：屏也。《说文》："屏，屏蔽也。"

16. 翰，《尔雅》：干也。翰，应为"幹"之误。

17. 宗子，所谓"太子"。原本指继承王位之嫡长子。

18. 独，为"毒"。毒，祸害、毒害、加害。《国语》："夫失其政者，必毒于人。"

19. 豫，《尔雅》：乐也。安也。

20. 渝，《尔雅》：变也。

21. 驱，《说文》：马驰也。《说文》："驰，大驱也。"

22. 昊天，《尔雅》：夏为昊天。

23. 及，《尔雅》：与也。

24. 王，为"迋"。《说文》："迋（wàng），往也。"

25. 旦，《说文》：明也。

26. 衍，为"延"。《说文》："延，长行也。"

【解析】

"天之方懠，无为夸毗"，上天方怒，不为屈从。言君王无道，人民怨怒，正直之士不屈从邪恶。"威仪卒迷，善人载尸"，其威仪尽乱，善良者佯愚。言君王无道，良人佯愚以避祸。"民之方殿屎，则莫我敢葵"，百姓正呻吟，则我不敢为自己考虑。言君子怀公利，故指陈时弊。"丧乱蔑资，曾莫惠我师"，君王挥霍财物无度以致丧乱，竟不惠我众百姓。

"天之牖民,如壎如篪,如圭如璋,如取如携",上天诱导百姓,如壎篪之和且中,如圭璋之有信,如娶妇礼一般循序渐进,如提携幼小一般关心、尽力。"携无曰益,牖民孔易",提携、安抚谓益之,如此进民则甚易。言教化百姓应引领而慰勉之,如此则教化易行。"民之多辟,无自立辟",百姓多邪僻,先不要自立法度。言邪僻流行之际,勿自立法度以制之,否则祸及自身。言教化要适时。

"价人维藩,大师为垣,大邦维屏,大宗维翰",善人为国家藩屏,大众为国家墙垣,大国为天下之屏障,大宗室为国家之主干。言治国安邦之所依。"怀德维宁,宗子维城,无俾城坏,无独斯畏",思德可安定,宗子为城垣,不要使城墙毁坏,勿毒害而畏此诸义。言应重国家之传承,使有德者为王。

"敬天之怒,无敢戏豫。敬天之渝,无敢驱驰",敬畏天之怒,不敢戏谑、安乐。敬畏上天之变,不敢驱驰田猎。言敬畏天道。"昊天曰明,及尔出王",昊天之义为发明,君王应与之同出同往。"昊天曰旦,及尔游衍",昊天之义为启明,君王应与之同游同行。言君王应比于昊天,尽其明民之义。

【引证】

(1)《孔子家语·辩政》:"《诗》:'丧乱蔑资,曾不惠我师。'此伤奢侈不节以为乱者也。"

(2)《左传·昭公二十八年》:晋祁胜与邬臧通室,祁盈将执之,访于司马叔游。叔游曰:"《郑书》有之:'恶直丑正,实蕃有徒。'无道立矣,子惧不免。《诗》曰:'民之多辟,无自立辟。'姑已,若何?"盈曰:"祁氏私有讨,国何有焉?"遂执之。祁胜赂荀跞,荀跞为之言于晋侯,晋侯执祁盈。祁盈之臣曰:"钧将皆死,慭使吾君闻胜与臧之死以为快。"乃杀之。夏六月,晋杀祁盈及杨食我。食我,祁盈之党也,而助乱,故杀之。遂灭祁氏、羊舌氏。

(3)《左传·昭公六年》:宋寺人柳有宠,大子佐恶之。华合比曰:"我杀之。"柳闻之,乃坎、用牲、埋书,而告公曰:"合比将纳亡人之族,既盟于北郭矣。"公使视之,有焉,遂逐华合比,合比奔卫。于是华亥欲代右师,乃与寺人柳比,从为之征,曰:"闻之久矣。"公使代之，见于左师，左师曰："女夫也。必亡！女丧而宗室，于人何有人，亦于女何有。《诗》曰：'宗子维城，毋俾城坏，毋独斯畏。'女其畏哉？"

译文：宋国的寺人柳受到宋平公宠信，太子佐讨厌他。华合比说："我杀了他。"寺人柳听到了，就挖坑、杀牲口、把盟书放在牲口上埋起来。然后报告宋平公说："合比准备将逃亡在外的人召回来，已经在北城结盟。"宋平公派人去看，果然如此，于是就驱逐了华合比，华合比逃亡到卫国。当时华亥想要取代华合比的右师官职，就和寺人柳勾结，华亥为他作证，说："此事我也早已听到。"宋平公让华亥代替了华合比。华亥进见左师，左师说："你这个人一定要亡。你毁坏你的宗族，对别人会怎样，别人也会对你怎样。《诗》说：'宗子维城，毋俾城坏，毋独斯畏。'你可有敬畏？"

（4）《左传·宣公九年》：陈灵公与孔宁、仪行父通于夏姬，皆衷其衵（rì）服（内衣）以戏于朝。泄冶谏曰："公卿宣淫，民无效焉？且闻不令，君其纳之。"公曰："吾能改矣。"公告二子，二子请杀之，公弗禁，遂杀泄冶。孔子曰："《诗》云：'民之多辟，无自立辟。'其泄冶之谓乎。"

（5）《孔子家语·子路初见》：子贡曰："陈灵公宣淫于朝，泄冶正谏而杀之，是与比干谏而死同，可谓仁乎？"子曰："比干于纣，亲则诸父，官则少师，忠报之心，在于宗庙而已。固必以死争之，冀身死之后，纣将悔寤，其本志情在于仁者也。泄冶之于灵公，位在大夫，无骨肉之亲，怀宠不去，仕于乱朝，以区区之一身，欲正一国之婬昏，死而无益，可谓狷矣。《诗》曰：'民之多僻，无自立辟。'其泄冶之谓乎？"

（6）《左传·昭公三十二年》：冬十一月，晋魏舒、韩不信如京师，合诸侯之大夫于狄泉，寻盟，且令城成周。魏子南面。卫彪傒曰："魏子必有大咎。干位以令大事，非其任也。《诗》曰：'敬天之怒，不敢戏豫。敬天之渝，不敢驰驱。'况敢干位以作大事乎？"

（7）《礼记·乐记》：文侯曰："敢问溺音何从出也？"子夏对曰："郑音好滥淫志，宋音燕女溺志，卫音趋数烦志，齐音敖辟乔志，此四者皆淫于色而害于德，是以祭祀弗用也。《诗》云：'肃雍和鸣，先祖是听。'夫肃肃，敬也。雍雍，和也。夫敬以和，何事不行？为人君者谨其所好恶而已矣。君好之，则臣为之。上行之，则民从之。《诗》云：'诱民孔易。'此之谓也。"

（8）《荀子·君道》：君者，民之原也，原清则流清，原浊则流浊。故有社稷者而不能爱民，不能利民，而求民之亲爱己，不可得也。民不亲不爱，而求为己用，为己死，不可得也。民不为己用，不为己死，而求兵之劲，城之固，不可得也。兵不劲，城不固，而求敌之不至，不可得也。敌至而求无危削，不灭亡，不可得也。危削灭亡之情，举积此矣，而求安乐，是狂生者也。狂生者，不胥时而落。故人主欲强固安乐，则莫若反之民。欲附下一民，则莫若反之政。欲修政美俗，则莫若求其人。彼或蓄积而得之者不世绝。彼其人者，生乎今之世，而志乎古之道。以天下之王公莫好之也，然而是子独好之，以天下之民莫为之也，然而是子独为之。好之者贫，为之者穷，然而是子犹将为之也，不为少顷辍焉。晓然独明于先王之所以得之，所以失之，知国之安危臧否，若别白黑。是其人也，大用之，则天下为一，诸侯为臣。小用之，则威行邻敌。纵不能用，使无去其疆域，则国终身无故。故君人者，爱民而安，好士而荣，两者无一焉而亡。《诗》曰："介人维藩，大师为垣。"此之谓也。

荡

（一）

荡荡上帝，下民之辟。
疾威上帝，其命多辟。
天生烝民，其命匪谌。
靡不有初，鲜克有终。

文王曰咨，咨女殷商。
曾是强御，曾是掊克。
曾是在位，曾是在服。
天降滔德，女兴是力。

文王曰咨，咨女殷商。
而秉义类，强御多怼，
流言以对，寇攘式内。
侯作侯祝，靡届靡究。

文王曰咨，咨女殷商。
女炰烋于中国，敛怨以为德。
不明尔德，时无背无侧。
尔德不明，以无陪无卿。

1049

【注释】

1.荡荡，为"愓愓"。《说文》："愓（dàng），放也。一曰平也。"愓即"放荡"之本字，或写作"傷"。《尔雅》："荡荡，僻也。"解作邪僻，妄乱。同时"荡荡"亦有平坦、坦荡之意，如"君子坦荡荡、王道荡荡"。

2.辟，《尔雅》：罪也。法也。

3. 烝，《尔雅》：众也。

4. 谌（chén），《说文》：诚谛也。诚实、详审。

5. 鲜，《尔雅》：寡也。

6. 咨，《尔雅》：嗟也。嗟叹之意。

7. 曾，通"憎"。《说文》："憎，恶也。"

8. 御，《尔雅》：禁也。强御，强制、强制者。

9. 掊（pǒu），为"婄"。《说文》："婄（pǒu），不肖也。"

10. 克，为"苟"。《说文》："苟，小草也。"引申微小。

11. 滔，《说文》：水漫漫大貌。引申广大之意。

12. 兴，为"嬹"，音同通假。《说文》："嬹，说也。"即"悦"。

13. 而，为"尒"。《说文》："尒（ěr），词之必然也。"表示肯定的语气助词。

14. 类，《尔雅》：善也。

15. 怼，《尔雅》：怨也。

16. 对，《尔雅》：遂也。

17. 寇，《说文》：暴也。

18. 攘，盗窃、偷盗。《论语》："吾党有直躬者，其父攘羊，而子证之。"

19. 祝，为"斸"，音同通假。《说文》："斸，斫也。"解作砍断、断。《谷梁传》："祝发文身。"

《公羊传》："子路死，子曰：噫！天祝予。"

20. 届，《说文》：行不便也。一曰极也。

21. 究，《尔雅》：穷也。

22. 枭然，或为"咆咻"。《说文》："咆，嗥也。"《孟子》："众楚人咻（喧哗）之。"枭然，怒声不断。

23. 不明尔德，为"丕明尔德"。《尔雅》："丕，大也。"

24. 时，《尔雅》：是也。

25. 陪，《尔雅》：朝也。朝见之意。此处指诸侯。

26. 卿，《说文》：章也。六卿：天官冢宰、地官司徒、春官宗伯、夏官司马、秋官司寇、冬官司空。

这首诗以殷商失天下告诫君王。

"荡荡上帝，下民之辟"，上帝妄作，因下民之罪。言世人违背天道，则上帝降以灾害饥馑。"疾威上帝，其命多辟"，上帝疾恨暴虐，故其所赋使命多有追责。言负天命者违背使命则遭上天惩罚。"天生烝民，其命匪谌"，上天生众民，但其人之命难以悉知。言上天虽生众人，但个人之善恶优劣则难知。寓意修习在于自身，笃守正道者为君子，放肆妄为者为小人。"靡不有初，鲜克有终"，无不有始，罕能有终。言修养德行在于笃，否则有始无终。

"文王曰咨，咨女殷商"，文王以嗟叹，嗟叹汝殷商。"曾是强御，曾是掊克"，憎恶此强制，憎恶此不肖、卑鄙者。"曾是在位，曾是在服"，憎恶此掊克在位，憎恶此强御在用。"天降滔德，女兴是力"，上天降示广大道德，尔等悦于此等强力。言不以道德服人，而以强力治国。

"文王曰咨，咨女殷商"，文王以嗟叹，嗟叹汝殷商。"而秉义类，强御多怼"，应秉持义与善，强制则多怨怒。"流言以对，寇攘式内"，流言以得逞，盗寇出自内部。"侯作侯祝，靡届靡究"，或起或停，无极无穷。言用"强御"，则流言、强盗无穷无尽，惟"秉义类"方能安定。

"文王曰咨，咨女殷商"，文王以嗟叹，嗟叹汝殷商。"女炰烋于中国，敛怨以为德"，尔怒骂不绝于中国，聚敛怨恨自以为德。"不明尔德，时无背无侧"，大明其德，则正道无背反、偏颇之忧。"尔德不明，以无陪无卿"，其德不明，则无朝见之诸侯，亦无卿士在国。言应明德以治天下，德明则正直行于天下，德不明则失人、失天下。

1051

【引证】

《左传·宣公二年》：晋灵公不君：厚敛以雕墙；从台上弹人，而观其辟丸也；宰夫胹熊蹯不熟，杀之，置诸畚，使妇人载以过朝。赵盾、士季见其手，问其故，而患之。将谏，士季曰："谏而不入，则莫之继也。会请先，不入则子继之。"三进，及溜（中霤），而后视之，曰："吾知所过矣，将改之。"稽首而对曰："人谁无过？过而能改，善莫大焉。《诗》曰：'靡不有初，鲜克有终。'夫如是，则能补过者鲜矣。君能有终，则社稷之固也，岂唯群臣赖之？"

译文：晋灵公违背为君之道：重税以雕画墙壁；从高台上用弹丸射人而观其躲闪。又有厨师烧煮熊掌不熟，杀死，放在畚箕内，使妇人头顶畚箕走过朝堂。赵盾和士会看到死人手，问起杀人缘故，感到担心。准备进谏，士会对赵盾说："您劝谏如果听不进去，就没有人继续劝谏了。请让士会先去，不听，你再劝谏。"士会前去三次，至于中堂，晋灵公回头看士会，说："我知道错了，打算改正。"士会稽首说："人谁无错，有错能够改正，善莫大焉。《诗》说：'靡不有初，鲜克有终。'如此，能够弥补过错的人很少。君王能够有善终，乃是国家稳固之所在，岂止群臣有赖君王之有终？"

荡

（二）

文王曰咨，咨女殷商。
天不湎尔以酒，不义从式。
既愆尔止，靡明靡晦。
式号式呼，俾昼作夜。

文王曰咨，咨女殷商。
如蜩如螗，如沸如羹。
小大近丧，人尚乎由行。
内奰于中国，覃及鬼方。

文王曰咨，咨女殷商。
匪上帝不时，殷不用旧。
虽无老成人，尚有典刑。
曾是莫听，大命以倾。

文王曰咨，咨女殷商。
人亦有言，颠沛之揭，
枝叶未有害，本实先拨。
殷鉴不远，在夏后之世。

【注释】

1. 湎，《说文》：沈于酒也。即沉迷于酒。

2. 从，《尔雅》：重也。式，《尔雅》：用也。从式，多次使用。

3. 愆，《说文》：过也。

4. 晦，《尔雅》：冥也。幽暗、幽冥之意。

5. 曾，通"憎"。《说文》："憎，恶也。"

6. 蜩（tiáo），《说文》：蝉也。《方言》："楚谓之蜩，宋卫之间谓之螗蜩，陈郑之间谓之蜋蜩，秦晋之间谓之蝉。"蜩、螗为两种不同品种的蝉。

7. 沸，为"灊"。《说文》："灊（fèi），涫（guān）也。"即滚沸、沸腾。

8. 羹，《说文》：五味盉（hé调味）羹也。即五味调和的浓汤。

9. 丧，《说文》：亡也。

10. 尚，《说文》：曾也。庶几也（希冀）。曾即增加、加之意，引申推崇、称举。

11. 行（háng），《尔雅》：道也。引申规则。

12. 奰（bì），《说文》：壮大也。一曰迫也。

13. 覃，《尔雅》：延也。

14. 鬼方，商周时期居处在西北方的偏远部族。

15. 典，《说文》：五帝之书也。《尔雅》："典：法也，经也。"

16. 颠，《尔雅》：顶也。沛为"迹"。《说文》："迹（bó），前颉（顿）也。"向前倒下。颠沛，本意指头部向前倒下。

17. 揭，为"桀"，音同通假。《说文》："桀，一曰直木。"直立之树木。

18. 本，《说文》：木下曰本。即树根为本。

19. 拨，通"剥"。《说文》："剥，裂也。"解作分裂、剥离、去除等。

20. 在，《尔雅》：察也。

【解析】

"文王曰咨，咨女殷商"，文王以嗟叹，嗟叹汝殷商。"天不湎尔以酒，不义从式"，上天不让其沉湎于酒，上天不要其重复行不义。言外之意其人沉湎于酒，且多行不义。"既愆尔止，靡明靡晦"，既过于其当止，不辨明晦。言置道德于不顾，行为混乱。"式号式呼，俾昼作夜"，又呼又号，使昼作夜。言其人违背天道，放肆嚣张。

"文王曰咨，咨女殷商"，文王以嗟叹，嗟叹汝殷商。"如蜩如螗，如沸如羹"，如蝉鸣之喧哗此消彼长，如沸水、羹汤一般热闹经久不息。言国家混乱不堪。"小大近丧，人尚乎由行"，人之推崇遵循正道者，无论大小皆近乎丧亡。言良人被迫害殆尽。"内奰于中国，覃及鬼方"，内逼迫于中国，外延及鬼方。

"文王曰咨，咨女殷商"，文王以嗟叹，嗟叹汝殷商。"匪上帝不时，殷不用旧"，非上帝之不是，乃殷不用旧法。言国家毁败乃自人祸。"虽无老成人，尚有典刑"，虽无老成之人，尚有典刑。"曾是莫听，大命以倾"，竟然连此典刑都不从，大命是以倾覆。言不遵典刑，导致失其天命。

"文王曰咨，咨女殷商"，文王以嗟叹，嗟叹汝殷商。"人亦有言，颠沛之揭，枝叶未有害，本实先拨"，人亦有言：直立之木树冠倒地，非枝叶所害，乃其根本剥离土地所致。寓意良好国家之败坏，其根本原因在于其执政者脱离正道，并非其他枝节原因。"殷鉴不远，在夏后之世"，殷商之鉴不远，察夏后之世。言殷不鉴于夏之存亡，故亡其国。

【引证】

（1）《孟子·离娄上》：孟子曰："规矩，方员之至也。圣人，人伦之至也。欲为君尽君道，欲为臣尽臣道，二者皆法尧舜而已矣。不以舜之所以事尧事君，不敬其君者也。不以尧之所以治民治民，贼其民者也。孔子曰：'道二：仁与不仁而已矣。'暴其民甚，则身弑国亡。不甚，则身危国削。名之曰幽厉，虽孝子慈孙，百世不能改也。《诗》云'殷鉴不远，在夏后之世。'此之谓也。"

（2）《荀子·非十二子》："兼服天下之心：高上尊贵，不以骄人；聪明圣知，不以穷人；齐给速通，不争先人；刚毅勇敢，不以伤人；不知则问，不能则学，虽能必让，然后为德。遇君则修臣下之义，遇乡则修长幼之义，遇长则修子弟之义，遇友则修礼节辞让之义，遇贱而少者，则修告导宽容之义。无不爱也，无不敬也，无与人争也，恢然如天地之苞万物。如是，则贤者贵之，不肖者亲之。如是，而不服者，则可谓訑怪狡猾之人矣，虽则子弟之中，刑及之而宜。《诗》曰：'匪上帝不时，殷不用旧。虽无老成人，尚有典刑。曾是莫听，大命以倾。'此之谓也。"

（3）《韩诗外传》：昔者，禹以夏王，桀以夏亡。汤以殷王，纣以殷亡。故无常安之国，宜治之民，得贤则昌，不肖则亡，自古及今，未有不然者也。夫明镜者，所以照形也。往古者，所以知今也。夫知恶往古之所以危亡，而不袭蹈其所以安存者，则无以异乎却行而求逮于前人。鄙语曰："不知为吏，视已成事。"或曰："前车覆，后车不诫，是以后车覆也。"故夏之所以亡者，而殷为之。殷之所以亡者，而周为之。故殷可以鉴于夏，而周可以鉴于殷。《诗》曰："殷鉴不远，在夏后之世。"

抑

（一）

抑抑威仪，维德之隅。

人亦有言，靡哲不愚。

庶人之愚，亦职维疾。

哲人之愚，亦维斯戾。

无竞维人，四方其训之。

有觉德行，四国顺之。

訏谟定命，远犹辰告。

敬慎威仪，维民之则。

其在于今，兴迷乱于政。

颠覆厥德，荒湛于酒。

女虽湛乐从，弗念厥绍。

罔敷求先王，克共明刑。

肆皇天弗尚，如彼泉流，无沦胥以亡。

夙兴夜寐，洒扫廷内，维民之章。

修尔车马，弓矢戎兵。

用戒戎作，用遏蛮方。

1057

【注释】

1. 抑抑，《尔雅》：密也。

2. 隅，通"寓"。《说文》："寓，寄也。"

3. 职，《尔雅》："职：常也。主也。"

4. 哲，《说文》：知也。《荀子》："是是非非谓之智，非是是非谓之愚。"

5. 疾，《说文》：病也。

6. 斯，《尔雅》：离也。

7. 戾，《尔雅》：罪也。《说文》："莅（乖张），戾也。敦（背离），戾也。"

8. 竞，《尔雅》：强也。

9. 训，通"驯"。《说文》："驯，马顺也。"引申顺从、遵从。《尚书》："皇天用训厥道，付畀四方。"

10. 觉，《说文》：寤（睡醒）也。一曰发也。

11. 訏（xū），《尔雅》：大也。訏又写作"吁"。

12. 谟，《尔雅》：谋也。

13. 辰，为"振"。《说文》："振，举救也。"引申止、制止。《管子》："贤者死忠以振疑，百姓寓焉。"

14. 告，为"誊"。《说文》："誊（kù），急告之甚也。"引申急迫、紧急。

15. 政，《说文》：正也。

16. 荒，《尔雅》：奄也。覆盖、掩蔽之意。

17. 湛，《说文》：没也。湛又通"媅"。《说文》："媅（dān），乐也。"

18. 绍，《说文》：继也。即承继、接续。《尚书》："绍复先王之大业。"

19. 敷，为"博"。《说文》："博，大、通也。"广大、通达之意。敷求，广泛寻求、求取之意。《尚书》："敷求哲人，俾辅于尔后嗣。"

20. 共，为"恭"。《说文》："恭（gǒng）：战栗也。"即恭肃之意。

21. 虽，通"唯"，解作唯有、只有。《管子》："决之则行，塞之则止。虽有明君，能决之，又能塞之。"

22. 刑，《尔雅》：常也。法也。

23. 肆，《尔雅》：故也。今也。

24. 皇，《尔雅》：君也。皇天，即"天君、天帝"之意。《尚书》："告于皇天、后土。""后土"即"地君"之意。

25. 沦，《尔雅》：率也。胥，《尔雅》：相也。沦胥，相率、接续不断。

26. 廷，《说文》：朝中也。廷应为"庭"。《说文》："庭，宫中也。"房舍之中。

27. 章，《说文》：乐竟为一章。引申章宪、章法、程式。

28. 戒，《说文》：警也。警戒、防备之意。

29. 戎，《说文》：兵也。又指西戎。

30. 逖（tì），《尔雅》：远也。

31. 蛮方，即南蛮。《礼记》："东夷、北狄、西戎、南蛮。"

【解析】

这首诗乃告诫君王之辞。

"抑抑威仪，维德之隅"，周全之威仪，乃德之所寄。"人亦有言，靡哲不愚"，人亦有言：没有智者无愚。言虽智者亦有不明、不察之失。"庶人之愚，亦职维疾"，众人之愚，在于常败坏正义。"哲人之愚，亦维斯戾"，智者之愚，在于背离正义。言庶人从义，哲人制义。

"无竞维人，四方其训之"，得人者无敌，四方顺从之。"有觉德行，四国顺之"，发于德行，则四国顺从之。"訏谟定命，远犹辰告"，大的谋划可以安定其命，长远的谋划可止不意之急。言有长远、全面的谋划可以安定身心、事业。"敬慎威仪，维民之则"，敬慎威仪，为百姓之则。

"其在于今，兴迷乱于政"，其在于今，起迷乱于政治。"颠覆厥德，荒湛于酒"，颠覆其德，沉迷于酒。"女虽湛乐从，弗念其绍"，汝唯媟乐是从，不念将来。"罔敷求先王，克共明刑"，不能广求于先王之政，不能恭肃昭明刑法。

"肆皇天弗尚，如彼泉流，无沦胥以亡"，现今不崇尚天帝之道，如同那泉流，无接续之水则消亡。言时下先王之道被弃，则正道有消亡之忧。"夙兴夜寐，洒扫廷内，维民之章"，晨起夜卧，洒扫厅堂之内，此百姓之章法。"修尔车马，弓矢戎兵"，修其车马，弓矢、兵器。"用戒戎作，用逖蛮方"，用以防备西戎作乱，用以远拒南蛮。言保卫国家乃君王之义务。

【引证】

（1）《左传·昭公元年》：莒展舆立，而夺群公子秩。公子召去疾（展舆之弟）于齐。秋，齐公子鉏纳去疾。展舆奔吴。叔弓（鲁国大夫）帅师疆郓田，因莒乱也。于是莒务娄、瞀胡及公子灭明，以大庞与常仪靡，奔齐。君子曰："莒展之不立，弃人也夫。人可弃乎？《诗》曰：'无竞维人。'善矣！"

大意：莒国太子展舆杀父而即位，并削夺众公子俸禄。众公子把其弟去疾从齐国召回，展舆逃亡至吴国。鲁国叔弓趁机率领军队划定郓地疆界。展舆朋党务娄、瞀胡及公子灭明，以大厐、常仪靡二城邑逃至齐国。君子云："莒国展舆之不立，乃不得人之故吧！人可以抛弃吗？《诗》说：'无竞维人。'言之善矣！"

　　（2）《**左传·襄公二十一年**》：宣子杀箕遗、黄渊、嘉父、司空靖、邴豫、董叔、邴师、申书、羊舌虎、叔黑。囚伯华、叔向、籍偃。……乐王鲋见叔向曰："吾为子请！"叔向弗应。出不拜。其人皆咎叔向。叔向曰："必祁大夫。"室老闻之，曰："乐王鲋言于君无不行，求赦吾子，吾子不许。祁大夫所不能也，而曰'必由之'何也？"叔向曰："乐王鲋从君者也，何能行？祁大夫外举不弃仇，内举不失亲，其独遗我乎？《诗》曰：'有觉德行，四国顺之。'夫子觉者也。"

　　（3）《**左传·哀公二十六年**》：卫出公自城锄使以弓问子赣，且曰："吾其入乎？"子赣稽首受弓，对曰："臣不识也。"私于使者曰："昔成公孙（逊，避也）于陈，宁武子、孙庄子为宛濮之盟而君入。献公孙于卫齐，子鲜、子展为夷仪之盟而君入。今君再在孙矣，内不闻献之亲，外不闻成之卿，则赐不识所由入也。《诗》曰：'无竞惟人，四方其顺之。'若得其人，四方以为主，而国于何有？"

　　译文：卫出公从城鉏派人用弓问候子赣，并且问："我能回国吗？"子赣叩头受弓，回答："我不知。"私下对使者说："从前成公流亡于陈国，宁武子、孙庄子在宛濮结盟然后国君回国。献公流亡到齐国，子鲜、子展在夷仪结盟然后国君回国。现在国君再次流亡在外，内部没有听说有像献公之亲信者，外部没有听说有像成公之大臣者，那么赐就不明白其何以能回国了。《诗》言：'无竞惟人，四方其顺之。'如果能得人，四方以之为主，取得国家又有何难？"

抑

（二）

质尔人民，谨尔侯度，用戒不虞。
慎尔出话，敬尔威仪，无不柔嘉。
白圭之玷，尚可磨也。
斯言之玷，不可为也。

无易由言，无曰苟矣。
莫扪朕舌，言不可逝矣。
无言不雠，无德不报。
惠于朋友，庶民小子。
子孙绳绳，万民靡不承。

视尔友君子，辑柔尔颜，不遐有愆。
相在尔室，尚不愧于屋漏。
无曰不显，莫予云觏。
神之格思，不可度思，矧可射思？

辟尔为德，俾臧俾嘉。
淑慎尔止，不愆于仪。
不僭不贼，鲜不为则。
投我以桃，报之以李。
彼童而角，实虹小子。

【注释】

1. 质，为"嚭"。《说文》："嚭（zhì），野人言之。"本意指乡人说话，引申告诉、告之、说给。质繁体"質"。

2. 侯，通"厚"。侯度，即深谋、远虑。《诗》："洵直且侯。"

3. 虞，《尔雅》：度也。即思虑。不虞，无考虑、无准备。

4. 柔，《尔雅》：安也。

5. 玷，为"刮"。《说文》："刮（diàn），缺也。《诗》曰：'白圭之刮。'"

6. 易，为"惕、敭"。《说文》："惕（yì）：轻也。敭（yì）：侮也。"

7. 苟（jì），通"句"。《说文》："句（gōu），曲也。"解作委曲、迂远，如苟得、苟安、苟合等。《论语》："子之迂也……君子于其言，无所苟而已矣。"

《说文》："苟，自急敕也。"自我严格警戒之意。苟多误写作"苟（gǒu草也）"。苟又与"欫、覬"音同通假。《说文》："覬，欫幸也。"表示希望之词，如："苟富贵"、"苟中心图民，知虽不及必将至焉"、"苟志于仁矣，无恶也"。

8. 莫，通"慔"。《说文》："慔（mù），勉也。"

9. 扪（mén），《说文》："扪，抚持也。《诗》曰：'莫扪朕舌。'"

10. 朕，《尔雅》：我也。身也。

11. 雠（chóu），《说文》：犹𧥷（以言对也）也。𧥷今作"应"，应对、应答。

12. 绳绳，为"憴憴"。《尔雅》："憴憴（shéng），戒也。"绳绳，小心戒慎貌。

13. 辑，《尔雅》：和也。柔，《说文》：木曲直也。引申温和。辑柔，即"柔和"。

14. 相，《尔雅》：视也。

15. 屋漏，《尔雅》："西北隅，谓之屋漏。"屋内西北角称为屋漏，为尊位。

16. 觏（gòu），《说文》：遇见也。

17. 格，《尔雅》：至也。来也。

18. 矧（shěn），为"吙"。《说文》："吙（shěn），况也，词也。"况且或作虚词。

19. 射，《尔雅》：厌也。满足、饱足之意。

20. 辟，为"斁"。《说文》："斁（yì）：治也。"

21. 淑，《尔雅》：善也。

22. 仪，《说文》：度也。

23. 僭，《说文》：假也。

24. 贼，《说文》：败也。

25. 童，为"犝"。《说文》："犝：无角牛也。古通用僮。"

26. 角，解作竞、拼斗、较量。《左传》："晋人逐之，左右角之。"

27. 虹，《尔雅》：溃也。

【解析】

　　"质尔人民，谨尔侯度，用戒不虞"，言告尔百姓，慎尔远虑，以戒不虞。言人民为国家之根本，君王治国应谋于根本。"慎尔出话，敬尔威仪，无不柔嘉"，谨慎其出言，敬慎尔之威仪，如此则无不安且善。言为人君者当慎言行，德行良善则能悦近服远。"白圭之玷，尚可磨也。斯言之玷，不可为也"，白圭之缺坏，尚且可以打磨。言语之错失，则无可奈何。言言语有失难以挽回。

　　"无易由言，无曰苟矣"，不轻慢由言语开始，不要说曲迂之辞。言出言要慎重，言语应简明、通达，不可玄虚、迂阔、不切实。"莫扪朕舌，言不可逝"，尽力按压我的舌头，言语不可出于口。"无言不雠，无德不报"，所有口出之言皆有回应，所有德行皆有报应。"惠于朋友，庶民小子"，顺于朋友，以及众民、青少年。言言语应和合于人。"子孙绳绳，万民靡不承"，子孙戒慎，万民无不奉承。言言行和顺使子孙戒慎，万民拥戴，国家永继。

　　"视尔友君子，辑柔尔颜，不遐有愆"，视尔相友君子，柔和尔之态度，即使有过亦不至于远。言学于有道君子，如此可避免大过。"相在尔室，尚不愧于屋漏"，省察在尔之家室，尚能无愧于屋漏。屋漏为居室之尊位、义位。言居处有常，故能不动而人敬，不言而人信。"无曰不显，莫予云觏"，无所不显，我无所不见于人。此句为"无曰不显，无曰莫予云觏"之略写。言言行无所隐遁。"神之格思，不可度思，矧可射思"，神之来也，不可揣度，如何可以自满？言鬼神无所不在，君子应"慎独"，笃行不可懈怠。

　　"辟尔为德，俾臧俾嘉"，整治尔之为德，使善使嘉。言严肃修德，使之日益嘉善。"淑慎尔止，不愆于仪"，善且慎尔之行止，不失于节度。"不僭不贼，鲜不为则"，无僭越，无毁败，罕不为则。言严守正义，则必为人所尊崇。"投我以桃，报之以李"，人投我以桃，我报之以李。言如此和合于人。"彼童而角，实虹小子"，彼无角之牛而争斗，实则毁害年轻人。言年轻人应戒争斗，不自量力之争斗必会伤及自身。

【引证】

（1）《礼记·缁衣》：子曰："言从而行之，则言不可饰也。行从而言之，则行不可饰也。故君子寡言，而行以成其信，则民不得大其美而小其恶。《诗》云：'白圭之玷，尚可磨也。斯言之玷，不可为也。'"

（2）《礼记·中庸》：子曰："鬼神之为德，其盛矣乎！视之而弗见，听之而弗闻，体物而不可遗。使天下之人齐明盛服，以承祭祀，洋洋乎如在其上，如在其左右。《诗》曰：'神之格思，不可度思，矧可射思。'夫微之显，诚之不可掩如此夫。"

（3）《礼记·中庸》："唯天下至诚，为能经纶天下之大经，立天下之大本，知天地之化育。夫焉有所倚？肫肫其仁！渊渊其渊！浩浩其天！苟不固聪明圣知达天德者，其孰能知之？……《诗》云：'相在尔室，尚不愧于屋漏。'故君子不动而敬，不言而信。"

（4）《礼记·缁衣》：子曰："王言如丝，其出如纶。王言如纶，其出如綍。故大人不倡游言。可言也，不可行，君子弗言也。可行也，不可言，君子弗行也。则民言不危（恑变）行，而行不危言矣。《诗》云：'淑慎尔止，不愆于仪。'"

（5）《左传·襄公二十二年》：九月，郑公孙黑肱有疾，归邑于公。召室老、宗人立段，而使黜官、薄祭。祭以特羊，殷以少牢。足以共祀，尽归其馀邑。曰："吾闻之，生于乱世，贵而能贫，民无求焉，可以后亡。敬共事君与二三子。生在敬戒，不在富也。"己巳，伯张卒。君子曰："善戒。《诗》曰：'慎尔侯度，用戒不虞。'郑子张其有焉。"

译文：九月，郑国公孙黑肱有病，把封邑归还郑简公，召室老、宗人立了段为嗣，而且让他减省家臣、祭祀从简。通常的祭祀用羊一只，盛祭有猪羊。留下足以供祭祀的土地，其余的全部归还郑简公。说："我听说，生在乱世，地位尊贵但能守贫，不向百姓求取，可以后亡。恭敬事奉国君与几位大夫。生存在于警戒，不在于富有。"二十五日，公孙黑肱卒。君子说："公孙黑肱善于戒。《诗》说：'慎尔侯度，用戒不虞。'郑国公孙黑肱有此。"

（6）《左传·僖公九年》：初，献公使荀息傅奚齐，公疾，召之，曰："以是蒇诸孤，辱在大夫，其若之何？"稽首而对曰："臣竭其股肱之力，加之以忠贞。其济，君之灵也。不济，则以死继之。"公曰："何谓忠贞？"对曰："公家之利，知无不为，忠也。送往事居，耦俱无猜。贞也。"及里克将杀奚齐，先告荀息曰："三怨将作，秦、晋辅之，子将何如？"荀息曰："将死之。"里克曰："无益也。"荀叔曰："吾与先君言矣，不可以贰。能欲复言而爱身乎？虽无益也，将焉辟之？且人之欲善，谁不如我？我欲无贰而能谓人已乎？"冬十月，里克杀奚齐于次。书曰："杀其君之子。"未葬也。荀息将死之，人曰："不如立卓子而辅之。"荀息立公子卓以葬。十一月，里克杀公子卓于朝，荀息死之。君子曰："《诗》所谓：'白圭之玷，尚可磨也。斯言之玷，不可为也。'荀息有焉。"

（7）西汉刘向《说苑·修文》："古者必有命民，命民能敬长怜孤，取舍好让，居事力者，命于其君。命然后得乘饬舆骈马，未得命者不得乘，乘者皆有罚。故其民虽有馀财侈物，而无仁义功德者，则无所用其馀财侈物。故其民皆兴仁义而贱财利，贱财利则不争，不争则强不凌弱，众不暴寡。是唐虞所以兴象刑而民莫敢犯法，而乱斯止矣。《诗》云：'告尔民人，谨尔侯度，用戒不虞。'此之谓也。"

抑

（三）

荏染柔木，言缗之丝。

温温恭人，维德之基。

其维哲人，告之话言，顺德之行。

其维愚人，覆谓我僭，民各有心。

於乎小子，未知臧否。

匪手携之，言示之事。

匪面命之，言提其耳。

借曰未知，亦既抱子。

民之靡盈，谁夙知而莫成？

昊天孔昭，我生靡乐。

视尔梦梦，我心惨惨。

诲尔谆谆，听我藐藐。

匪用为教，覆用为虐。

借曰未知，亦聿既耄。

於乎小子，告尔旧止。

听用我谋，庶无大悔。

天方艰难，曰丧厥国。

取譬不远，昊天不忒。

回遹其德，俾民大棘。

【注释】

1. 荏染，为"桼姌"。《说文》："桼（rěn）：弱貌。姌（rǎn）：弱长
貌。"桼姌，形容草木柔弱、细长的样子。

2. 柔，为"柔"之误。《说文》："柔（shù），栵也。"栎树，叶可养蚕。

3. 缗（mín），《尔雅》：纶也。《说文》："纶，青丝绶也。"

4. 温温，《尔雅》：柔也。

5. 基，《说文》：墙始也。《尔雅》："基：始也。经也。"

6. 话，《说文》："话，合会善言也。《传》曰：'告之话言。'"话，即好言相对。

7. 行，《尔雅》：道也。引申规则、准则。

8. 匪，通"非"。

9. 抱子，怀抱中的孩子、幼子。《列子》："孩抱以逮昏老，几居其半矣。"

10. 夙，《尔雅》：早也。

11. 莫，《说文》：日且冥也。今写作"暮"。

12. 知，管治、治理。《国语》："有能助寡人谋而退吴者，吾与之共知越国之政。"

13. 昭，《尔雅》：光也。显也。

14. 梦梦、惨惨，《尔雅》："梦梦，乱也。惨惨，愠也。"

15. 诲，《说文》：晓教也。

16. 谆，《说文》：告晓之孰也。本意指仔细、周详告知。

17. 藐藐（miǎo），为"邈邈"。《说文》："邈，远也。"邈邈，广远之貌。

18. 虐，《说文》：残也。

19. 聿，通"曰"，助词。

20. 耄，《礼记》：八十、九十曰耄。

21. 忒，《说文》：更也。

22. 遹（yù），《说文》：回避也。回遹，本意为迂回转折之意，引申变换。

23. 棘，为"膌"。《说文》："膌（jí），瘦也。"引申贫弱、困乏。《吕氏春秋》："棘者欲肥，肥者欲棘。"

【解析】

"荏染柔木，言缗之丝"，弱长的栎树苗，乃纶带所用丝线之来源。言成就功德需要从基础经营。"温温恭人，维德之基"，温柔恭敬之人，乃德之基。言温恭君子为道德之本碛。"其维哲人，告之话言，顺德之行"，其维智者，可以好言告之，可以顺从道德之则。"其维愚人，覆谓我僭，民各有心"，其维愚人，反而说我虚假，反而说人各有志。言愚人往往抵触教化，难以从善，故掌教化者当笃行之。"覆谓我僭，民各有心"为"覆谓我僭，覆谓我民各有心"之省略。

"於乎小子，未知臧否"，对于青少年，未知好坏。"匪手携之，言示之事。匪面命之，言提其耳"，不是亲手提携，还要明告其事。不是当面命令，还要提其耳朵。言教育青年要认真、严格。"借曰未知，亦既抱子"，如果借以说明未知者，亦即怀抱之子。言未知者如幼子，言行皆需要长久教导。"民之靡盈，谁夙知而莫成"，百姓之不盈满，谁能早上管治而晚上就有成？言教民不可一蹴而就。

"昊天孔昭，我生靡乐"，昊天甚光明，我生而无乐。言当前执政者无昊天长养之德。言外之意教化应使人愉悦。"视尔梦梦，我心惨惨"，视其乱象，我心愠怒。言时下教化荒废，人有怨怒。"诲尔谆谆，听我藐藐"，谆谆教诲之，则听我教诲者广远。言若掌教化者能笃行教化，则其德音广播。"匪用为教，覆用为虐"，不用自身权位行教化，反而用之为残虐。言执政者不行教化民，反而利用权力为虐百姓。《论语》："子曰：不教而杀谓之虐。""借曰未知，亦聿既耄"，如果借以说明未知者，亦即一昏老。言执政者无知如昏聩老人。

"於乎小子，告尔旧止"，对于年轻人，告其故旧人事。言以前人事迹、德行教导年轻人。"听用我谋，庶无大悔"，听用我谋，应无大悔。"天方艰难，曰丧厥国"，天道方艰难，可以说要丧其国。"取譬不远，昊天不忒"，取喻者不远，不改昊天长养之德。言殷商之丧国不远，当引以为戒。"回遹其德，俾民大棘"，变换其德，使百姓大为贫乏。言君王二三其德，不能笃行养民、教民之正道，使百姓遭难。

【引证】

（1）《礼记·表记》：子曰："恭近礼，俭近仁，信近情，敬让以行此，虽有过，其不甚矣。夫恭寡过，情可信，俭易容也。以此失之者，不亦鲜乎？《诗》曰：'温温恭人，惟德之基。'"

（2）《荀子·非十二子》："君子能为可贵，而不能使人必贵己。能为可信，而不能使人必信己。能为可用，而不能使人必用己。故君子耻不修，不耻见污。耻不信，不耻不见信。耻不能，不耻不见用。是以不诱于誉，不恐于诽，率道而行，端然正己，不为物倾侧。夫是之谓诚（笃实）君子。《诗》云：'温温恭人，维德之基。'此之谓也。"

（3）东汉徐干《中论》："夫《诗》曰：'诲尔谆谆，听之藐藐。匪用为教，覆用为虐。'盖闻舜之在乡党也，非家馈而户赠之也，人莫不称善焉。象之在乡党也，非家夺而户掠之也，人莫不称恶焉。由此观之，人无贤愚，见善则誉之，见恶则谤之，此人情也，未必有私爱也，未必有私憎也。今夫立身不为人之所誉，而为人之所谤者，未尽为善之理也。尽为善之理，将若舜焉，人虽与舜不同，其敢谤之乎？故语称：'救寒莫如重裘，止谤莫如修身，疗暑莫如亲冰。'信矣哉。"

（4）《左传·襄公二年》：夏，齐姜薨。初，穆姜使择美槚，以自为椟与颂琴。季文子取以葬。君子曰："非礼也。礼无所逆。妇，养姑者也，亏姑以成妇，逆莫大焉。《诗》曰：'其惟哲人，告之话言，顺德之行。'季孙于是为不哲矣。"

译文：夏季，齐姜去世。当初，穆姜使人选择上好槚木，为自己作了内棺和颂琴，季文子把它拿来安葬齐姜。君子说："这不合于礼，礼不能有所不顺。媳妇为奉养姑婆者，亏损姑婆以成全媳妇，没有比这再不顺了。《诗》云：'其惟哲人，告之话言，顺德之行。'季孙在这件事上不明智。"

桑柔

（一）

菀彼桑柔，其下侯旬。
捋采其刘，瘼此下民。
不殄心忧，仓兄填兮。
倬彼昊天，宁不我矜。

四牡骙骙，旟旐有翩。
乱生不夷，靡国不泯。
民靡有黎，具祸以烬。
於乎有哀，国步斯频。

国步蔑资，天不我将。
靡所止疑，云徂何往？
君子实维，秉心无竞。
谁生厉阶？至今为梗。

忧心殷殷，念我土宇。
我生不辰，逢天僤怒。
自西徂东，靡所定处。
多我觏痻，孔棘我圉。

【注释】

1. 菀，为"宛"。《说文》："宛，屈草自覆也。"引申遮蔽、掩蔽。

2. 柔，为"桑"之误。《说文》："桑（shù），栩也。"栎树，叶可养蚕。

3. 侯，通"厚"。此处指树荫浓重。

4. 旬，为"洵"。《尔雅》："洵，均也。"解作均遍、遍布。

5. 捋，《说文》：取易也。

6. 刘，《尔雅》：暴乐（烁）也。即阳光灼晒之意。《说文》："烁：灼烁，光也。"

7. 瘼，《说文》：病也。

8. 殄（tiǎn），《尔雅》：尽也。绝也。

9. 仓兄，为"怆怳"。《说文》："怆（chuàng）：伤也。怳（huǎng）：狂之貌。"怳，又多写作"恍"。怆怳，伤心失意。

10. 倬（zhuō），《说文》：箸大也。显明而大之意。

11. 矜，《尔雅》：抚掩之也。安抚、安慰、抚慰之意。

12. 骙（kuí），《说文》：马行威仪也。

13. 旟，《说文》：错革画鸟其上，所以进士众。

14. 旐，《说文》：龟蛇四游，以象营室，游游而长。

15. 翩，《说文》：疾飞也。

16. 泯，《说文》：灭也。《尔雅》："泯，尽也。"

17. 黎，《尔雅》：众也。

18. 烬，《小尔雅》：余也。《左传》："请收合徐烬。"

19. 哀，《说文》：闵也。

20. 步，《说文》：行也。国步，国家运行。如：国步方蹇、国步艰难、国步中阻。

21. 频，为"矉"。《说文》："矉（pín），恨张目也。《诗》曰：'国步斯矉。'"

22. 蔑，为"懱"。《说文》："懱，轻易也。"懱即"轻蔑"之本字。

23. 将，《尔雅》：资也。引申资助、给予。

24. 疑，《尔雅》：戾也。《尔雅》："戾：待也。止也。"

25. 徂，《尔雅》：存也。往也。

26. 厉，为"疠"。《说文》："疠，恶疾也。"

27. 阶，《说文》：陛也。本意台阶，引申因由。《国语》："婚姻祸福之阶也。"

28. 梗，《方言》："梗，猛也。韩赵之间曰梗。"

29. 殷殷，《尔雅》：忧也。

30. 宇，《说文》：屋边也。土宇，即国土之边界，亦即边疆之意。

31. 不辰，《尔雅》：不时也。

32. 僤（dàn），为"单"。《说文》："单，大也。"

33. 瘠（mín），为"怋"。《说文》："怋（mín），恢也。"动乱、混乱之意。

34. 棘，为"亟"。《说文》："亟，急也。"紧急、急迫之意。

35. 圉（yǔ），《尔雅》：垂也。即边陲、边疆。

【解析】

这首诗讲执政者败坏国家，君子忧国忧民。

"菀彼桑柔，其下侯旬"，遮蔽天日之桑树、栎树，其下树荫浓重且均匀。"捋采其刘，瘼此下民"，捋采其树叶以至于日光灼晒其下，如此则伤害树下之人。寓意上层食利过甚，从而伤民。"不殄心忧，仓兄填兮"，不尽心忧，伤心失意填胸。言诗人忧国忧民。"倬彼昊天，宁我不矜"，明且大之昊天，竟不矜怜于我。言时下执政者无长养之德。

"四牡骙骙，旟旐有翩"，四匹公马有威仪，旟旐等旗帜飞扬。言军队驰骋，战乱不息。"乱生不夷，靡国不泯"，动乱生发而不能平定，无国不灭。"民靡有黎，具祸以烬"，国民无多，皆灾祸之余。言灾祸之后百姓存余寡少。"於乎有哀，国步斯频"，对于国家毁败我心哀伤，对国家运行我极为愤怒。

"国步蔑资，天不我将"，国家运行不珍惜财物，则上天不会资助于我。"靡所止疑，云徂何往"，若无所止，言存国何以能往？言欲存立必须有所持守，不能止于正道则国家必臻于毁败。"君子实维，秉心无竞"，君子实乃国家纲维，持志无可比者。言笃志为君子之义。"谁生厉阶？至今为梗"，谁生恶疾之因由？至今为猛。言时下君子丧德义，为毁败国家之因由。

"忧心殷殷，念我土宇"，忧心殷殷，念我疆土。言君子忧心国家。"我生不辰，逢天僤怒"，我生不时，逢上天之大怒。言国民极为愤怒。"自西徂东，靡所定处"，自西往东，无所安止。言镐京与洛邑之地皆动乱不安，亦即周举国动荡。"多我觏瘠，孔棘我圉"，我多遇动乱，我边疆甚急。言国家内部动荡，边疆不稳。

诗辑训

《左传·昭公二十四年》：楚子为舟师以略吴疆。沈尹戌曰："此行也，楚必亡邑。不抚民而劳之，吴不动而速之，吴踵楚，而疆埸无备，邑能无亡乎？"越大夫胥犴劳王于豫章之汭。越公子仓归王乘舟，仓及寿梦帅师从王，王及圉阳而还。吴人踵楚，而边人不备，遂灭巢及钟离而还。沈尹戌曰："亡郢之始，于此在矣。王一动而亡二姓之帅，几如是而不及郢？《诗》曰：'谁生厉阶？至今为梗。'其王之谓乎？"

大意：楚王以水军去侵略吴国。沈尹戌预言楚国必定要损失城邑。结果吴国灭掉了楚国巢、钟离二城。沈尹戌说："亡郢都的开端，在于此矣。君王一动而损失两将帅，如此一来郢都不亡？《诗》云：'谁生厉阶？至今为梗。'所言即楚王吧？"

雅 大雅 桑柔

桑柔

（二）

为谋为毖，乱况斯削。
告尔忧恤，诲尔序爵。
谁能执热，逝不以濯？
其何能淑？载胥及溺。

如彼溯风，亦孔之僾。
民有肃心，荓云不逮。
好是稼穑，力民代食。
稼穑维宝，代食维好。

天降丧乱，灭我立王。
降此蟊贼，稼穑卒痒。
哀恫中国，具赘卒荒。
靡有旅力，以念穹苍。

维此惠君，民人所瞻。
秉心宣犹，考慎其相。
维彼不顺，自独俾臧。
自有肺肠，俾民卒狂。

【注释】

1. 毖，《说文》：慎也。

2. 况，为"怳"。《说文》："怳（huǎng），狂之貌。"失常、混乱貌。

3. 削，《说文》：一曰析也。

4. 恤，《尔雅》：忧也。

5. 序爵，为"叙爵"，排列爵位。

《中庸》:"序爵,所以辨贵贱也。序事,所以辨贤也。"

6. 逝,《尔雅》:往也。引申去、使去之。

7. 淑,《尔雅》:善也。

8. 载,通"再"。

9. 胥,《说文》:相也。《尔雅》:"相,视也。"省视、监察之意。

10. 溺,古音ruò,此处通"弱"。《说文》:"弱(nuò),调弓也。"调校好的弓。此处解作治好、调好。弱或写作"弱"。

11. 溯,又写作"泝"。《说文》:"泝(sù),逆流而上曰溯洄。溯(溯),向也。水欲下违之而上也。"

12. 僾,为"礙"。《说文》:"礙,止也。"今作"碍"。僾、箋、噎(嗳)等互通。

13. 肃,《尔雅》:进也。

14. 甹,为"俜",音同通假。《说文》:"俜(pīng),使也。"

15. 逮,《尔雅》:及也。

16. 稼,《说文》:"禾之秀实为稼,茎节为禾。一曰稼,家事也。一曰在野曰稼。"《说文》:"穑,谷可收曰穑。"稼穑,解作种收、庄稼、农事、农业。

17. 力,务、用事。《礼记》:"食时不力珍(殄)。"

《尚书》:"若农服田力穑,乃亦有秋。"

18. 代,为"贷"。《说文》:"贷,施也。"布施之意。

19. 食,为"飤"。《说文》:"飤(sì),粮也。"飤多作"食",如:食马、食养。

20. 蟊贼,《尔雅》:"蟊:食根。贼:食节。"吃禾苗根、茎秆的虫子。

21. 痒,《尔雅》:病也。

22. 恫,《说文》:痛也。一曰呻吟也。

23. 赘(zhuì),为"聱"。《说文》:"聱(áo),不肖人也。一曰哭不止,悲声聱聱。"不遵从正道者、不贤者、庸俗者。《孟子》:"不以贤事不肖者,伯夷也。"

24. 荒,《尔雅》:果不熟为荒。

25. 旅,为"膂"。《说文》:"膂,脊骨也。"膂力,本意指上身体力,泛指力量。

26. 穹苍，《尔雅》："穹苍，苍天也。"苍天有生发之德。《尔雅》："春为苍天。夏为昊天。秋为旻天。冬为上天。"

27. 犹，为"猷"。《尔雅》："猷，言也。"

28. 俾，为"䤩"。《说文》："䤩（bǐ）：毁也。"䤩臧，败坏善良、败善类、败类。

29. 臧，《尔雅》：善也。

【解析】

"为谋为毖，乱况斯削"，为之谋划，为之谨慎，动乱与无常则可削减。"告尔忧恤，诲尔序爵"，告尔宜有忧患之心，教尔叙爵以分贵贱。言诗人进谏劝诫君王要有忧患意识，应尚贤，以此解决当前困境。"谁能执热，逝不以濯"，谁能执持火热，去之不以水濯之？言以上对策可以治理目前之动乱。"其何能淑？载胥及溺"，其如何能善？一再省视则可臻于治。言改善当下局势需要不断省视，要有所谋划、有所戒慎、有所忧患、尚贤用能。

"如彼溯风，亦孔之僾"，如同彼逆向之风，乃行进之大碍。"民有肃心，荓云不逮"，百姓虽有上进之心，使其不能及。言国家邪恶之风气流行，以致良善者难以有所进长。"好是稼穑，力民代食"，好此农事，以百姓为务，布施粮谷与百姓。"稼穑为宝，代食维好"，稼穑为国家之宝，布施粮食乃善。言农业为国之宝，使百姓饱食为善，君王应重农惠农。

"天降丧乱，灭我立王"，天将丧乱，灭亡我妄求建树之王。言君王谋求之建树不义、不当。"降此蟊贼，稼穑卒痒"，降下害虫，庄稼尽病。"哀恫中国，具赘卒荒"，哀痛中国，皆不肖之人，举国尽饥荒。"靡有旅力，以念穹苍"，我无力量，以念苍天。言君子无力扭转局势，而念好生之苍天。

"维此惠君，民人所瞻"，维此和顺百姓之君，乃为人民所仰视。"秉心宣犹，考慎其相"，秉持其心志以宣言论，慎重考虑自身之形象。言有道君王言行与心志如一，谨慎于行止威仪。"维彼不顺，自独俾臧"，彼不能和顺百姓之王，自身独且毁坏良善。"自有肺肠，俾民卒狂"，自有心思，如此使百姓尽狂。言好独君王自贤且反道，惑乱百姓。

【引证】

（1）《孟子·离娄上》：今也小国师大国而耻受命焉，是犹弟子而耻受命于先师也。如耻之，莫若师文王。师文王，大国五年，小国七年，必为政于天下矣。《诗》云："商之孙子，其丽不亿。上帝既命，侯于周服。侯服于周，天命靡常。殷士肤敏，祼将于京。"孔子曰："仁不可为众也。夫国君好仁，天下无敌。"今也欲无敌于天下而不以仁，是犹执热而不以濯也。《诗》云："谁能执热，逝不以濯？"

（2）《左传·襄公三十一年》：十二月，北宫文子相卫襄公以如楚，宋之盟故也。过郑，印段廷劳于棐林，如聘礼而以劳辞。文子入聘。子羽为行人，冯简子与子大叔逆客。事毕而出，言于卫侯曰："郑有礼，其数世之福也，其无大国之讨乎！《诗》曰：'谁能执热，逝不以濯。'礼之于政，如热之有濯也。濯以救热，何患之有？"

（3）《尚书·盘庚下》："盘庚既迁，奠厥攸居，乃正厥位，绥爰有众。曰：'无戏怠，懋建大命！今予其敷心腹肾肠，历告尔百姓于朕志。罔罪尔众，尔无共怒，协比谗言予一人。'"其中"敷心腹肾肠"亦即开诚布公之意。

（4）《孟子·离娄上》：孟子曰："桀纣之失天下也，失其民也。失其民者，失其心也。得天下有道：得其民，斯得天下矣。得其民有道：得其心，斯得民矣。得其心有道：所欲与之聚之，所恶勿施尔也。民之归仁也，犹水之就下，兽之走圹也。故为渊驱鱼者，獭也。为丛驱爵者，鹯也。为汤武驱民者，桀与纣也。今天下之君有好仁者，则诸侯皆为之驱矣。虽欲无王，不可得已。今之欲王者，犹七年之病求三年之艾也。苟为不畜，终身不得。苟不志于仁，终身忧辱，以陷于死亡。《诗》云：'其何能淑？载胥及溺'，此之谓也。"

桑柔

（三）

瞻彼中林，牲牲其鹿。
朋友已譖，不胥以穀。
人亦有言，进退维谷。

维此圣人，瞻言百里。
维彼愚人，覆狂以喜。
匪言不能，胡斯畏忌？

维此良人，弗求弗迪。
维彼忍心，是顾是复。
民之贪乱，宁为荼毒。

大风有隧，有空大谷。
维此良人，作为式穀。
维彼不顺，征以中垢。

【注释】

1. 牲（shēn），《说文》：众生并立之貌。《诗》曰："牲牲其鹿。"

2. 譖（zèn），《说文》：诉也。《说文》："谮，譖也。"《说文》："诉，告也。"
《论语》曰："诉子路于季孙。"

3. 胥，《尔雅》：相也。

4. 穀，《尔雅》：善也。

5. 谷，为"兆"。《说文》："兆（gǔ），麠蔽也。"即壅蔽。此处指阻挡、阻碍。

6. 狂，为"愳"之误。《说文》："愳（guàng），误也。"

7. 言，《尔雅》：我也。

8. 忌，为"誋"。《说文》："誋（jì），诫也。"

9. 迪，《尔雅》：进也。

10. 忍，为"恁"。《说文》："恁（rěn），下赍（持遗）也。"本意指付物与低下者，引申丢弃、遗弃。恁心，即抛弃其心志，此处指行为卑贱以谄媚权贵者。

11. 顾，《说文》：还视也。

12. 复，《尔雅》：返也。

13. 贪，《说文》：欲物也。

14. 宁，为"貯"，今写作"贮"。《说文》："贮，积也。"

15. 荼，《尔雅》：苦菜也。即白花苦叶菜。嫩茎叶可食，味道微苦有陈酱气味。

16. 毒，《说文》：害人之草，往往而生。荼毒，引申为苦难、祸害。

17. 隧，通"坠"。《尔雅》："坠，落也。"

18. 空，为"淫"。《说文》："淫，直流也。"即直行之水流。

19. 谷，《尔雅》："水注川曰溪。注溪曰谷。注谷曰沟。注沟曰浍。注浍曰渎。"

20. 式，《说文》：法也。解作效法、依从。

21. 征，《尔雅》：行也。

22. 垢，为"诟"。《说文》："诟，謑诟，耻也。"《说文》："垢，浊也。"

【解析】

　　"瞻彼中林，牲牲其鹿"，看彼林中，其鹿成群。"朋友已谮，不胥以穀"，朋友之间已是相互诋毁，不能相交以善。言时下友善不存，人人相恶，其情形不如林中鹿群。"人亦有言，进退维谷"，人有常言，进退皆有阻碍。言君子进退两难。

　　"维此圣人，瞻言百里"，维此圣人，瞻望可达百里之远。言圣人远见。"维彼愚人，覆狂以喜"，维彼愚昧之人，反而误以为喜。"匪言不能，胡斯畏忌"，非我不能，何其畏忌？言非君子不能明是非，而是掌国者无所敬畏、戒惧，虽以弊病告诫之而不听。

　　"维此良人，弗求弗迪"，维此贤德者，不求之，不进之。言君王不用贤。"维彼忍心，是顾是复"，维彼抛弃其人格者，乃顾看之，乃往来之。言君王亲谄媚奉承之人。"民之贪乱，宁为荼毒"，百姓之贪欲妄乱，积为祸害。言国家失教化，纵容贪乱，最终酿成祸害。

　　"大风有隧，有空大谷"，大风必有坠物，有直流之溪必自大谷。言大风必折物，直流之溪其源头必有大山谷。寓意由人可推测其行事，由其行为可推知其心志。"维此良人，作为式榖"，维此良人，其作为从善。"维彼不顺，征以中垢"，维彼不顺从正道者，其行必中于耻。言良人和顺，故能从善。愚人不顺道，终必得耻辱。

【引证】

（1）《礼记·坊记》：子云："贫而好乐，富而好礼，众而以宁者，天下其几矣。《诗》云：'民之贪乱，宁为荼毒。'故制：'国不过千乘，都城不过百雉，家富不过百乘。'以此坊民，诸侯犹有畔者。"

（2）《国语·周语下》：人有言曰："无过乱人之门。"又曰："佐饔者尝焉，佐斗者伤焉。"又曰："祸不好，不能为祸。"《诗》曰："四牡骙骙，旟旐有翩。乱生不夷，靡国不泯。"又曰："民之贪乱，宁为荼毒。"夫见乱而不惕，所残必多，其饰弥章。

（3）《荀子·儒效》："故积土而为山，积水而为海，旦暮积谓之岁，至高谓之天，至下谓之地，宇中六指谓之极，涂之人百姓，积善而全尽，谓之圣人。彼求之而后得，为之而后成，积之而后高，尽之而后圣，故圣人也者，人之所积也。人积耨耕而为农夫，积斫削而为工匠，积反货而为商贾，积礼义而为君子。工匠之子，莫不继事，而都国之民安习其服，居楚而楚，居越而越，居夏而夏，是非天性也，积靡使然也。故人知谨注错，慎习俗，大积靡，则为君子矣。纵情性而不足问学，则为小人矣。为君子则常安荣矣，为小人则常危辱矣。凡人莫不欲安荣而恶危辱，故唯君子为能得其所好，小人则日徼（jiao求）其所恶。《诗》曰：'维此良人，弗求弗迪。唯彼忍心，是顾是复。民之贪乱，宁为荼毒。'此之谓也。"

桑柔

（四）

大风有隧，贪人败类。
听言则对，诵言如醉。
匪用其良，覆俾我悖。

嗟尔朋友，予岂不知而作。
如彼飞虫，时亦弋获。
既之阴女，反予来赫。

民之罔极，职凉善背。
为民不利，如云不克。
民之回遹，职竞用力。

民之未戾，职盗为寇。
凉曰不可，覆背善詈。
虽曰匪予，既作尔歌。

【注释】

1. 类，《尔雅》："类，善也。"

2. 听，从也。《左传》："姑慈妇听。"

3. 诵，《说文》：讽也。

4. 我悖，倾败、倾覆悖乱。《说文》："我：顷顿也。悖：乱也。"

5. 时，《尔雅》：是也。

6. 虫，《尔雅》："有足谓之虫。"凡有足动物之总称。飞虫，飞鸟之类。

7. 弋，为"隿"。《说文》："隿（yì），缴射飞鸟也。"即在箭末端拴上线，箭射出后用系在箭尾的线取得猎物。《论语》："子钓而不纲，弋（隿）不射宿。"

8. 阴，为"会"。《说文》："会（yīn），云覆日也。"阴繁体为"陰"，本意为幽暗。会为"阴天"之本字。此处解作遮蔽、蒙蔽。

9. 赫，《说文》：火赤貌。引申光明、显耀。《荀子》："日月不高，则光晖不赫。"

10. 极，《尔雅》：道也。引申准则、法则。

11. 职，《尔雅》：常也。此处解作经常、总是。

12. 凉，《说文》：薄也。引申轻薄。凉或为"琼"。《说文》："琼（liàng），事有不善言琼也。《尔雅》：'琼，薄也。'"

13. 克，《尔雅》：胜也。

14. 遹（yù），《说文》：回避也。回遹，本意为迂回转折之意，引申变换。

15. 职，《尔雅》：主也。《尔雅》："竞，强也。"职竞，解作主要、绝大程度。

16. 戾，《尔雅》：止也。安定之意。《尚书》："今惟民不静，未戾厥心。"

17. 盗，《说文》：私利物也。

18. 寇，《说文》：暴也。

19. 善，解作多。《礼记》："尝馈善，则世子亦能食；尝馈寡，世子亦不能饱。"

20. 詈（lì），《说文》：骂也。《礼记》："怒不至詈。"

21. 匪予，即"非予"，即"以我为非"，此处指非难、排挤。

【解析】

　　"大风有隧，贪人败类"，大风必有物坠落，贪人必败坏善良。"听言则对，诵言如醉"，顺耳之言则对答，赞诵之言使其陶醉。言不能听逆耳之言。"匪用其良，覆俾我悖"，不能用其良善者，反听从倾覆悖乱者。

　　"嗟尔朋友，予岂不知而作"，嗟叹其朋友，我岂是不知而作。言朋友不理解解诗人之作为。"如彼飞虫，时亦弋获"，如彼飞鸟，一定要以弋猎获之。言诗人指陈时弊乃纠正当前国家错误之对策。"既之阴女，反予来赫"，既蒙蔽于你，返我之道则光明再现。言号召朋友共同改革时弊。

"民之无极，职凉善背"，百姓若无准则，常轻薄、多背叛。言君王无道则百姓无义。"为民不利，如云不克"，治民不利，如同不胜。言治民不善则不配为王。"民之回遹，职竞用力"，民众若变换无常，其主要用强力。言百姓一旦无所遵从，行事往往诉诸于强力。

"民之未戾，职盗为寇"，百姓不安定，常为盗贼乃至暴寇。言民生不安则为暴乱。"凉曰不可，覆背善詈"，轻薄尚言不可，则倾覆、背叛、多骂。言天下无道，教化荒废，百姓丧德，则轻薄、咒骂、背叛、倾覆等恶言恶行流行。"虽曰匪予，既作尔歌"，虽说非难于我，尽作其歌。言诗人虽遭受非难，但仍然作此诗，尽陈时弊。

【引证】

（1）《左传·文公元年》：殽之役，晋人既归秦帅，秦大夫及左右皆言于秦伯曰："是败也，孟明之罪也，必杀之。"秦伯曰："是孤之罪也。周芮良夫之诗曰：'大风有隧，贪人败类。听言则对，诵言如醉。匪用其良，覆俾我悖。'是贪故也，孤之谓矣。孤实贪以祸夫子，夫子何罪？"复使为政。

译文：殽地战役，晋国放回了秦国主将，秦国大夫和左右侍臣都对秦穆公说："这次战败，是孟明的罪过，一定要杀死他。"秦穆公说："这是我的罪过。周朝芮良夫的诗说：'大风有隧，贪人败类。听言则对，诵言如醉。匪用其良，覆俾我悖。'此次战败是由于贪婪的缘故，说的就是我啊。我由于贪婪而祸害孟明，孟明有什么罪？"重新让孟明执政。

上文记载《桑柔》乃周芮良夫所作。芮良夫，西周芮国国君，为周朝卿士，姬姓，字良夫。

（2）《国语·周语上》：厉王说荣夷公，芮良夫曰："王室其将卑乎！夫荣公好专利而不知大难。夫利，百物之所生也，天地之所载也，而或专之，其害多矣。天地百物，皆将取焉，胡可专也？所怒甚多，而不备大难，以是教王，王能久乎？夫王人者，将导利而布之上下者也，使神人百物无不得其极，犹曰怵惕，惧怨之来也。故《颂》曰：'思文后稷，克配彼天。立我蒸民，莫匪尔极。'《大雅》曰：'陈锡载周。'是不布利而惧难乎？故能载周，以至于今。今王学专利，其可乎？匹夫专利，犹谓之盗，王而行之，其归鲜矣！荣公若用，周必败。"既，荣公为卿士，诸侯不享，王流于彘。

【名物】

弋射飞鸟图

云汉

（一）

倬彼云汉，昭回于天。
王曰於乎！何辜今之人？
天降丧乱，饥馑荐臻。
靡神不举，靡爱斯牲。
圭璧既卒，宁莫我听。

旱既太甚，蕴隆虫虫。
不殄禋祀，自郊徂宫。
上下奠瘗，靡神不宗。
后稷不克，上帝下临。
耗斁下土，宁丁我躬。

旱既太甚，则不可推。
兢兢业业，如霆如雷。
周余黎民，靡有孑遗。
昊天上帝，则不我遗。
胡不相畏？先祖于摧。

旱既太甚，则不可沮。
赫赫炎炎，云我无所。
大命近止，靡瞻靡顾。
群公先正，则不我助。
父母先祖，胡宁忍予？

【注释】

1. 倬（zhuō），《说文》：著大也。显明而大。

2. 云汉，又称天汉。《左传》："星孛天汉。汉，水祥也。"古人以天河为水像。

3. 昭，《尔雅》：光也。

4. 回，《说文》：转也。引申运转。

5. 辜，《尔雅》：罪也。

6. 饥、馑、荐，《尔雅》："谷不熟为饥，蔬不熟为馑，果不熟为荒，仍饥为荐。"

7. 臻，《尔雅》：至也。

8. 举，《尔雅》："称，举也。"解作称赞、推崇。

9. 牲，《说文》：牛完全。《说文》："牺，宗庙之牲也。"

10. 旱，《说文》：不雨也。

11. 蕴，为"煴"。《说文》："煴，郁烟也。"浓重的烟。

12. 隆，《说文》：丰大也。引申盛大、昌盛。

13. 虫虫，为"爞爞"。《说文》："爞（chóng），旱气也。"《尔雅》："爞爞、炎炎，熏也。"《说文》："熏，火烟上出。"

14. 殄，《尔雅》：绝也。

诗辑训

15. 禋（yīn），《说文》：洁祀也。一曰精意以享为禋。洁祀，当指祭品洁净。

《大戴礼记》："齐（粢）盛必洁，上下禋祀。"《周礼》："以禋祀祀昊天上帝。"

16. 奠，《说文》：置祭也。设置祭品以祭祀。

17. 瘗（yì），《说文》：幽薶也。即埋牺牲于地。《尔雅》："祭地曰瘗薶。"

18. 耗，减少。《礼记》："用地小大，视年之丰耗。"

19. 斁（yì），为"殬"。《说文》："殬（dù），败也。"

20. 丁，《尔雅》：当也。

21. 推，《说文》：排也。排挤、推移之意。此处指排解。

22. 兢兢、业业，《尔雅》："兢兢：戒也。业业：危也。"

23. 霆，《说文》：雷馀声也铃铃。所以挺出万物。

24. 周，救济、接济。《礼记》："赐贫穷，振乏绝，开府库，出币帛，周天下。"

25. 余，《尔雅》：我也。周余黎民，即"周济我众民。"

26. 孑（jié），《说文》：无右臂也。引申孤单、孤独。

27. 摧，《说文》："摧，挤也。一曰折也。"《尔雅》："摧，至也。"

28. 沮，为"殂"。《说文》："殂（cú），往死也。"解作逝去、消逝、结束。

29. 云，为"痪"。《说文》："痪（yùn），病也。"引申忧伤、郁闷。《列子》："心痪体烦。"

30. 先正，构词同于"先生（进）"，意思亦相近。此处指治国有德才者。

《尚书》："惟由先正旧典时式（是用）。""惟先正之臣，克左右，乱（治）四方。"

【解析】

这首诗讲周宣王忧天下大旱。

"倬彼云汉，昭回于天"，显盛之天河，光明运转于天。古人以天河为水象，故求雨于天河。"王曰於乎，何辜今之人"，王曰呜呼！为何罪于当今之人。"天降丧乱，饥馑荐臻"，上天降下丧乱，饥馑一再而来。言连年受灾。"靡神不举，靡爱斯牲"，没有神不称赞，不吝惜牺牲。言祭神诚敬，牺牲等祭品亦丰盛。"圭璧既卒，宁莫我听"，圭璧已尽献，竟不从我愿。言圭璧祭神仍不得上天福佑。

"旱既大甚，蕴隆虫虫"，旱已十分严重，浓重的烟尘盛大、蒸腾。"不殄禋祀，自郊徂宫"，不断禋祀，自郊祭天，往祖庙祭祀祖先。言诚敬祭祀鬼神。"上下奠瘞，靡神不宗"，君民上下或设置祭品祭祀诸神，或埋牺牲祭祀地神，无神不尊。"后稷不克，上帝不临"，如果上帝不临视，虽后稷再世亦不能行。言干旱严重，虽有后稷之能亦无济于事。"耗斁下土，宁丁我躬"，耗败下土，宁愿以我自身当之。言愿自身承当上天之惩罚，以免天下众生苦难。

"旱既大甚，则不可推"，干旱已十分严重，便不能排解。言灾害已成无可奈何。"兢兢业业，如霆如雷"，戒慎畏惧，如雷如霆。言对于上天之责罚，君子甚为恐惧，如闻惊雷。"周余黎民，靡有孑遗。昊天上帝，则不我遗"，救济我黎民，使没有遗孤者。昊天、上帝有长养之德，则必不遗弃于我。言若执政者能始终行仁政，广惠人民，则能得昊天上帝福佑。"胡不相畏？先祖于摧"，何不敬畏昊天上帝？先祖于此摧毁之。言周宣王之父周厉王败德，不敬天帝。

"旱既大甚，则不可沮"，干旱已十分严重，则不可消去。"赫赫炎炎，云我无所"太阳赫赫，热气炎炎，忧我失其所。言忧心失其君王之位。"大命近止，靡瞻靡顾"，周国之命紧急，而无瞻顾者。言国家危急而诸侯无关心者。"群公先正，则不我助"，朝廷众公卿以及社会贤德，无助我者。言朝廷离心离德。"父母先祖，胡宁忍予"，父母以及先祖，如何竟忍心我遭此急难？言当下无助。

【引证】

《孟子·万章上》："如以辞而已矣，《云汉》之诗曰：'周馀黎民，靡有孑遗。'信斯言也，是周无遗民也。"

云汉

（二）

旱既太甚，涤涤山川。
旱魃为虐，如惔如焚。
我心惮暑，忧心如熏。
群公先正，则不我闻。
昊天上帝，宁俾我遁？

旱既太甚，黾勉畏去。
胡宁瘨我以旱？憯不知其故。
祈年孔夙，方社不莫。
昊天上帝，则不我虞？
敬恭明神，宜无悔怒。

旱既太甚，散无友纪。
鞫哉庶正，疚哉冢宰。
趣马师氏，膳夫左右，
靡人不周，无不能止。
瞻卬昊天，云如何里？

瞻卬昊天，有嘒其星。
大夫君子，昭假无赢。
大命近止，无弃尔成。
何求为我？以戾庶正。
瞻卬昊天，曷惠其宁？

【注释】

1.涤涤，为"莜莜"。《说文》："莜（dí），草旱尽也。《诗》曰：'莜薇山川。’”

2. 魃（bá），《说文》：旱鬼也。

3. 惔（tán），或为"燅"。《说文》："燅（lǐn），侵火也。"即入火中。

4. 惮，《说文》：忌难也。引申厌恶。

5. 闻，通"问"，解作问候、慰问、恤问。《葛藟》："谓他人昆，亦莫我闻。"

6. 遁，《说文》：迁也。一曰逃也。

7. 黾（mǐn），通"瞀"。《尔雅》："瞀（mǐn），强也。"黾勉，即奋勉。

8. 畏去，为"畏愶"。《说文》："愶（qiè，què）：多畏也。"

9. 瘨（diān），《说文》：病也。引申伤害、祸乱。

10. 憯（cǎn），《尔雅》：曾也。竟然之意。

11. 祈，《说文》：求福也。祈年，君王祈祷国家丰年的祭祀活动。

12. 莫，《说文》：日且冥也。引申晚、迟。

13. 虞，《尔雅》：度也。考虑之意。

14. 明神，监察下土之神，明鉴之神。《左传》："国之将兴，明神降之，监其德也。将亡，神又降之，观其恶也。"

15. 散，《说文》：分离也。散无友纪，为"散无有纪"。

16. 鞫，《尔雅》：穷也。

17. 正，《尔雅》：长也。庶正，众官长。

18. 冢宰，即太宰，为六卿之首。《尚书》："冢宰掌邦治，统百官，均四海。"

19. 趣马，负责养马者。《周礼》："趣马：掌赞正良马，而齐其饮食，简其六节。"

20. 师氏，负责教学者。《周礼》："师氏：掌以媺诏王。以三德教国子。"

21. 膳夫，负责饮食者。《周礼》："掌王之食饮膳羞，以养王及后、世子。"

22. 周，为"惆"。《说文》："惆，失意也。"

23. 无不能止，其中"无"为助词，无义。《尔雅》："无，间也。"

24. 卬，《尔雅》：我也。

25. 里，为"理"。《说文》："理，治玉也。"引申治理、整治。

26. 嘒，《说文》：小声也。微小的声音，此处指光线微弱。

27. 假，《尔雅》：至也。

28. 无赢，为"勿缨"。《说文》："缨（yíng，tǐng），缓也。"

29. 戾，《尔雅》：止也。

30. 何求为我，即"谓我何求"。为通"谓"。

31. 曷，《尔雅》：盍也。《论语》："盍（何不）各言尔志？"

【解析】

"旱既大甚，涤涤山川"，干旱已十分严重，山上、河边草木灭绝。"旱魃为虐，如惔如焚"，旱鬼为害，如同火烧。"我心惮暑，忧心如熏"，我心厌恶暑热，忧心如火炙烤。"群公先正，则不我闻"，众公卿以及社会贤德，则不我问。"昊天上帝，宁俾我遁"，昊天上帝，竟使我亡去？言哀叹其将丧国。

"旱既大甚，黾勉畏去"，干旱已十分严重，勉力作为而多畏惧。"胡宁瘨我以旱？憯不知其故"，为何竟以干旱祸害于我？我竟不知其故。言外之意诗人自以为其德行无失。"祈年孔夙，方社不莫"，祈年甚早，各地社祭不晚。言事神殷勤、恭敬。"昊天上帝，则不我虞"，昊天上帝，就不考虑我？言先前得罪上天，然新君能诚勉行善，希望上天宽宥。"敬恭明神，宜无悔怒"，恭敬明神，应无悔恨。言执政者笃行天道，无愧于明神，则无今日之灾祸。此乃自警之言。

"旱既大甚，散无友纪"，干旱已十分严重，国家散乱而无纪律。"鞠哉庶正，疚哉冢宰"，众官长无计可施，冢宰有愧。"趣马师氏，膳夫左右，靡人不周，无不能止"，趣马、师氏，膳夫以及左右人等，无人不惆怅，然不能止。言朝廷上下对于时下困难束手无策。"瞻卬昊天，云如何里"，瞻我昊天，试问如何处理？

"瞻卬昊天，有嘒其星。大夫君子，昭假无赢"，瞻我昊天，有微亮之星。大夫君子，使光明至而勿缓。言大夫、君子二者有辅助君王之义，如同群星继日月之明。"大命近止，无弃尔成"，周国之命紧迫，然不弃其成功。言虽然情况紧迫，然不放弃成功之希望。"何求为我，以戾庶正"，谓我何求？以安众官长。言请求大夫、君子共同安定国家官僚体系。"瞻卬昊天，曷惠其宁"，瞻望我昊天，何不惠其安宁？言恳求上天以安宁赐予下土。

崧高

（一）

崧高维岳，骏极于天。
维岳降神，生甫及申。
维申及甫，维周之翰。
四国于蕃，四方于宣。

亹亹申伯，王缵之事。
于邑于谢，南国是式。
王命召伯，定申伯之宅。
登是南邦，世执其功。

王命申伯，式是南邦，
因是谢人，以作尔庸。
王命召伯，彻申伯土田。
王命傅御，迁其私人。

申伯之功，召伯是营。
有俶其城，寝庙既成。
既成藐藐，王锡申伯。
四牡蹻蹻，钩膺濯濯。

【注释】

1. 崧（sōng），《尔雅》：山大而高。崧又写作"嵩"。《尔雅》："嵩高为中岳。"

2. 岳，《说文》：东岱，南霍，西华，北恒，中泰室，王者巡狩所至。

3. 骏，通"峻"。《说文》："峻，高也。"

4. 甫，甫国。周宣王为经营南蛮、防御楚国入侵，将吕国自山西故地迁往河南南阳，并改吕国为甫国，言周之辅国。春秋晚期为楚所灭，子孙以吕、甫为氏。

5. 申，南申国。周宣王时为加强对南方的控制，防备荆楚侵犯，封其大舅申伯于故谢国之地。南申国后被楚文王所灭。

6. 翰，《尔雅》：榦也。筑墙时两端树立的木柱。引申为主干。榦，简体为"干"。

7. 蕃，为"藩"。《说文》："藩，屏也。"

8. 宣，《说文》：天子宣室也。天子施政、颁令之宫室。

9. 亹亹（wěi，mén），《尔雅》：勉也。

10. 王，通"迂"。《说文》："迂，往也。"

11. 缵（zuǎn），《说文》：继也。

12. 事，《尔雅》：勤也。

13. 召伯，周宣王时期公卿，名召虎，史称召穆公，曾拥立周宣王即位。

14. 宅，《尔雅》：居也。

15. 登，《尔雅》：成也。

16. 执，为"藝"。藝（yì），常法、标准、度。《左传》："陈之藝极。"《国语》："用人无藝，往从其所。"《国语》："桓子骄泰奢侈，贪欲无藝。"《孔子家语》："合诸侯而藝贡事礼也。"藝，简体"艺"，古时与"执、蓺、势"通用。如《象》之"地势坤"，即为"地藝坤"，即"地以坤为准"，换言之即"地法坤"。

17. 式，《说文》：法也。

18. 庸，《尔雅》：法也。泛指礼乐刑政。

19. 彻，《说文》：通也。引申整治。

20. 傅、御，即大傅、少傅、御仆。《礼记》："大傅审父子、君臣之道以示之。少傅奉世子，以观大傅之德行而审喻之。"《周礼》："掌群吏之逆，及庶民之复，与其吊劳。大祭祀，相盥而登。大丧，持翣。掌王之燕令，以序守路鼓。"

21. 私人，此处指家臣、家属。

22. 俶（chù），《尔雅》：作也。

23. 寝庙，一说宗庙的正殿称庙，后殿称寝，合称寝庙。

24. 藐藐，《尔雅》：美也。

25. 锡，《尔雅》：赐也。

26. 蹻，《说文》：举足行高也。蹻蹻，形容趾高气扬。《尔雅》："蹻蹻，憍也。"其中"憍"今写作"骄"，骄傲之意。

27. 膺，《说文》：胸也。钩膺，马胸部的绑带，有装饰作用。

28. 濯濯，鲜亮貌。濯濯或为"耀耀"。《说文》："炫，耀耀（照）也。"

【解析】

这首诗讲周宣王封申伯于南方，申伯建树丰硕，有功于周，诗人赞扬之。

"崧高维岳，骏极于天"，嵩山为中岳，高极于天。"维岳降神，生甫及申"，惟岳能降神，生养甫国、申国。言甫国、申国靠中岳，得其神佑。"维申及甫，维周之翰"，惟申国、甫国，为周之主干。言二者为周国防之主干。"四国于蕃，四方于宣"，相当于天下之藩篱，相当于天子之宣室。言二国有屏藩之能，有宣传中国教化之能。

"亹亹申伯，王缵之事"，勉力之申伯，往而继之以勤劳。"于邑于谢，南国是式"，建城邑于谢地，南方诸国因此规范。言申国有宣教之功，使南蛮遵从政教。"王命召伯，定申伯之宅"，王命召伯，安定申伯之居。言召伯帮助申伯建设新国。"登是南邦，世执其功"，成就此南方诸国，世代以其功为准。言申伯为世人楷模，其功业为世人尊崇。

"王命申伯，式是南邦"，王命申伯，规范此南国。"因是谢人，以作其庸"，根据谢人，以作其法。言根据谢地人文风俗制定礼乐刑政诸多制度。"王命召伯，彻申伯土田"，王命召伯，整治申国土地。言召伯帮助申伯整治田地。"王命傅御，迁其私人"，王命傅御，迁申伯之家属。言国家给予申伯大力支持。

"申伯之功，召伯是营"，申伯之功，召伯经营之。言召伯协助申伯经营新国。"有俶其城，寝庙既成"，宗庙既成，则作其城。言立宗庙之后再建造城邑。"既成藐藐，王锡申伯"，建成美好国家，王赐申伯。"四牡蹻蹻，钩膺濯濯"，四匹公马趾高气扬，其钩膺鲜亮。言王赐申伯车马。

【引证】

《礼记·孔子闲居》："天有四时，春秋冬夏，风雨霜露，无非教也。

地载神气，神气风霆，风霆流形，庶物露生，无非教也。清明在躬，气志如神，嗜欲将至，有开必先。天降时雨，山川出云。其在《诗》曰：'嵩高惟岳，峻极于天。惟岳降神，生甫及申。惟申及甫，惟周之翰。四国于蕃，四方于宣。'此文武之德也。"

崧高

（二）

王遣申伯，路车乘马。
我图尔居，莫如南土。
锡尔介圭，以作尔宝。
往迩王舅，南土是保。

申伯信迈，王饯于郿。
申伯还南，谢于诚归。
王命召伯，彻申伯土疆，
以峙其粻，式遄其行。

申伯番番，既入于谢。
徒御啴啴，周邦咸喜。
戎有良翰，不显申伯。
王之元舅，文武是宪。

申伯之德，柔惠且直。
揉此万邦，闻于四国。
吉甫作诵，其诗孔硕。
其风肆好，以赠申伯。

【注释】

1.遣，《说文》：纵也。此处指使人送予。

2.路车，又称为"辂车"，华贵之车。

3.乘马，驷马。

4.介，《尔雅》：大也。介圭，大圭。

《礼记》："聘人以圭，问士以璧，召人以瑗，绝人以玦，反绝以环。"

5. 迹，《说文》：步处也。引申遵循、遵从、履行。
《尔雅》："不遹，不迹也。"《尔雅》："遹，循也。"

6. 王舅，周宣王大舅，即申伯。周厉王娶申侯女儿，大舅公子诚入朝辅政，在周宣王中兴过程中立有大功。周宣王为安定南方，封其大舅为申伯。《竹书纪年》："宣王七年（前821年），王赐申伯命。"

7. 信，通"申"。《尔雅》："申，重也。"重复、再次。

8. 迈，《说文》：远行也。

9. 饯，《说文》：送去也。送人离去称之为饯行。

10. 郿，《说文》：右扶风县。地名。

11. 于，《尔雅》：於也。介词。

12. 诚，通"成"。成，解作肥硕、盛大。《孟子》："牺牲不成，粢盛不洁。"

13. 归，通"馈"。《说文》："馈，饷也。"送与、赠予。《论语》："归孔子豚。"

14. 峙，《尔雅》：具也。

15. 粻（zhāng），《尔雅》：粮也。

16. 式，助词，无义。抑或解作用以、以。《斯干》："式相好矣。"

17. 遄（chuán），《尔雅》：疾也。速也。此处解作迅捷。

18. 行（háng），《尔雅》：道也。

19. 番番，《尔雅》：勇也。

20. 徒御，挽车者与驾车者。

21. 啴（tān），《说文》："啴，喘息也。一曰喜也。"啴啴，欢喜貌。

22. 咸，《说文》：皆也。悉也。

23. 戎，为"我"之误。

24. 不显，为"丕显"。

25. 元，《尔雅》：始也。元舅，即大舅。

26. 宪，《尔雅》：法也。

27. 揉，为"柔"。《尔雅》："柔，安也。"

28. 吉甫，周宣王之卿大夫。《六月》："文武吉甫，万邦为宪。"

29. 诵，《说文》：讽也。《孟子》："诵尧之言，行尧之行。"

30. 硕，《尔雅》：大也。引申充实、肥厚。

31. 肆，《说文》：极、陈也。解作极其、陈设。

32. 风，为"讽"。《说文》："讽，诵也。"《家语》："讽诵崇礼。"

【解析】

"王遣申伯，路车乘马"，王使人送予申伯——辂车驷马。"我图尔居，莫如南土"，我等谋治之居所，不如南土。言我等治理之中国，不如申伯之南土美好。此为赞美申伯之辞。"锡尔介圭，以作尔宝"，赐予其大圭，以作其宝。"往迹王舅，南土是保"，往从王舅，南土如此可保全。言遵从王舅之方法，可保全南土。

"申伯信迈，王饯于郿"，申伯再次远行，王饯行于郿。"申伯还南，谢于诚归"，申伯还于南土，拜谢周王之丰厚馈赠。"王命召伯，彻申伯土疆"，王命召伯，整治申伯之疆土。"以峙其粮，式遄其行"，以具其粮食，以使其道路出行迅捷。言召伯协助申伯开展农业生产以及基础设施建设。

"申伯番番，既入于谢"，申伯勇武，既入于谢。"徒御啴啴，周邦咸喜"，徒御欢喜，周国皆乐。言申国人与周国人皆欢喜。"戎有良翰，不显申伯"，我周国有良干，大显申伯。言申伯为国家栋梁，其功业卓著。"王之元舅，文武是宪"，王之大舅，法于文武。言申伯效法文王、武王，换言之申伯有文武之德。

"申伯之德，柔惠且直"，申伯之德，温柔、仁惠且正直。"揉此万邦，闻于四国"，安定此天下，闻名于四方。"吉甫作诵，其诗孔硕"，吉甫作诗诵之，其诗文甚充实。"其风肆好，以赠申伯"，其诗诵读之极好，以赠申伯。

烝民

天生烝民，有物有则。
民之秉彝，好是懿德。
天监有周，昭假于下。
保兹天子，生仲山甫。

仲山甫之德，柔嘉维则。
令仪令色，小心翼翼。
古训是式，威仪是力。
天子是若，明命使赋。

王命仲山甫，式是百辟。
缵戎祖考，王躬是保。
出纳王命，王之喉舌。
赋政于外，四方爰发。

肃肃王命，仲山甫将之。
邦国若否，仲山甫明之。
既明且哲，以保其身。
夙夜匪解，以事一人。

人亦有言，柔则茹之，刚则吐之。
维仲山甫，柔亦不茹，刚亦不吐。
不侮矜寡，不畏强御。

人亦有言，德輶如毛，民鲜克举之。
我仪图之，维仲山甫举之，爰莫助之。
衮职有阙，维仲山甫补之。

仲山甫出祖，四牡业业，
征夫捷捷，每怀靡及。
四牡彭彭，八鸾锵锵，
王命仲山甫，城彼东方。

四牡骙骙，八鸾喈喈，
仲山甫徂齐，式遄其归。
吉甫作诵，穆如清风。
仲山甫永怀，以慰其心。

【注释】

1. 烝，《说文》：众也。

2. 彝（yí），《尔雅》：常也。

3. 懿，《说文》：专久而美也。《尔雅》："懿，美也。"

4. 监，《尔雅》：视也。

5. 假，《尔雅》：至也。

6. 兹，《尔雅》：此也。

7. 仲山甫，周宣王之卿大夫。

8. 令，《尔雅》：善也。

9. 翼翼，《尔雅》：恭也。

10. 若，《尔雅》：善也。顺也。

11. 命，《说文》：使也。

12. 赋，通"敷"。敷，布施、散布之意。《尚书》："文命敷于四海。"

13. 辟，《尔雅》：法也。

14. 戎，为"我"之误。

15. 肃肃，《尔雅》：敬也。恭也。

16. 将，《尔雅》：送也。

17. 否，《说文》：不也。引申不善。否或通"妚"。《说文》："妚（pēi，bǐ，pōu），不肖也。"本意不遵从、不效法、不比象，引申不善之意。

18. 解，通"懈"。《说文》："懈：怠也。怠：慢也。"

19. 茹，《尔雅》：度也。《说文》："茹，饲马也。"

20. 矜，《尔雅》：苦也。引申辛苦、劳苦、贫苦。矜寡，苦者、寡者。《礼记》："矜寡孤独废疾者，皆有所养。"

21. 輶（yóu），《尔雅》：轻也。

22. 仪，《说文》：度也。仪图，度谋、揣度、思量之意。

23. 莫，为"慔"。《说文》："慔（mù），勉也。"

24. 衮，《尔雅》：黻也。《说文》："黻（fú），黑与青相次文。"

25. 职，《尔雅》：常也。

26. 阙，通"缺"。《说文》："缺，器破也。"引申毁坏。阙，亦有虚、空隙、缺少等意。《礼记》："三五而盈，三五而阙。"

27. 补，《说文》：完衣也。

28. 祖，出行祭道曰祖。《左传》："公将往，梦襄公祖。"

29. 业，《尔雅》：大也。业业，高大的样子。

30. 捷捷，为"疌疌"。《说文》："疌（jié），疾也。"捷捷，敏疾之貌。

31. 彭彭（bāng），为"骙骙"，马盛壮貌。《说文》："骈（péng），马盛也。"

32. 骙（kuí），《说文》：马行威仪也。

33. 喈，《说文》：鸟鸣声。

34. 穆，为"睦"。《说文》："睦，目顺也。一曰敬和也。"

35. 慰，《说文》：安也。

【解析】

这首诗讲仲山甫有美德，国人赞扬之。

"天生烝民，有物有则"，上天生养众民，凡有其物必有其则。言礼义为民则。"民之秉彝，好是懿德"，民众之秉持常法，好此美德。"天监有周，昭假于下"，上天监视周国，光至于下。言上天光照天下。"保兹天子，生仲山甫"，天生仲山甫，以保此天子。言仲山甫有保天子之功。

"仲山甫之德，柔嘉维则"，仲山甫之德，温柔、嘉善以为则。"令仪令色，小心翼翼"，礼仪良善，态度良好，行事小心翼翼。"古训是式，威仪是力"，遵从古训，力行君子威仪。"天子是若，明命使赋"，天子顺之，明民之使命施于天下。言天子顺从仲山甫，使广大人民明德、明智。

"王命仲山甫，式是百辟"，王命仲山甫，规范各种法律。"缵戎祖考，王躬是保"，继我祖先之道，君王自身是保。"出纳王命，王之喉舌"，颁布、接受王命，为王之喉舌。"赋政于外，四方爰发"，施政于外，四方曰发。言政令行，天下兴。

"肃肃王命，仲山甫将之"，严正之王命，仲山甫传送之。"邦国若否，仲山甫明之"，国家若不从善，仲山甫明之。"既明且哲，以保其身"，既明且智，以保其身。"夙夜匪解，以事一人"，日夜不懈，以事一人。言仲山甫忠心辅佐天子。

"人亦有言，柔则茹之，刚则吐之"，人亦有言：柔软则食之，刚硬则吐之。言以食物之刚柔决定食用与否。"维仲山甫，柔亦不茹，刚亦不吐"，唯有仲山甫，柔软亦不食，刚硬亦不吐。言仲山甫之食与否不取决于食物，寓意其行为有定准，亦即其从义。"不侮矜寡，不畏强御"，不伤矜寡之人，不畏强暴者。

"人亦有言，德輶如毛，民鲜克举之"，人亦有言：德轻如毛，民罕能举之。言一德一善易行，累善积德则难。"我仪图之，维仲山甫举之，爱莫助之"，我思量之，唯有仲山甫能持德不息，爱之、勉之、益之。言其笃行道德。"衮职有阙，维仲山甫补之"，衮常有缺坏，唯有仲山甫补之。寓意仲山甫能补救礼义之过失。

"仲山甫出祖，四牡业业"，仲山甫出行祖道，四牡高大。"征夫捷捷，每怀靡及"，征夫敏疾，常思未及。言仲山甫出征在外亦兢兢业业。"四牡彭彭，八鸾锵锵"，四牡彭彭，八只鸾铃锵锵。"王命仲山甫，城彼东方"，王命仲山甫，筑城于东方。言王赐车马，封仲山甫于东方之地。

"四牡骙骙，八鸾喈喈"，四匹公马威风，八只鸾铃有如鸟鸣。"仲山甫徂齐，式遄其归"，仲山甫往齐地，其归迅速。"吉甫作诵，穆如清风"，吉甫作诵，和顺如清风。言此诗和顺，闻者舒畅。"仲山甫永怀，以慰其心"，永远怀念仲山甫，以慰其心。言仲山甫之德广为人尊崇。

【引证】

（1）《孟子·告子上》：《诗》曰："天生蒸民，有物有则。民之秉夷，好是懿德。"孔子曰："为此诗者，其知道乎！故有物必有则，民之秉夷也，故好是懿德。"

（2）《左传·文公十年》：子朱及文之无畏为左司马。命夙驾载燧，宋公违命，无畏抶其仆以徇。或谓子舟曰："国君不可戮也。"子舟曰："当官而行，何强之有？《诗》曰：'刚亦不吐，柔亦不茹。''毋从诡随，以谨罔极。'是亦非辟强也，敢爱死以乱官乎！"

译文：子朱、文之无畏为左司马，下令一早装载取火工具后出发。宋昭公违背命令，文之无畏笞打其仆人并于全军示众。有人对文之无畏说："国君不可侮辱。"文之无畏说："按官职办事，哪里有强硬者？《诗》言：'刚亦不吐，柔亦不茹。''毋从诡随，以谨罔极。'是亦不避强暴之意。我岂敢惜命而乱职守！"

（3）《左传·宣公二年》：晋灵公不君：厚敛以雕墙；从台上弹人，而观其辟丸也；宰夫胹熊蹯不熟，杀之，置诸畚，使妇人载以过朝。赵盾、士季见其手，问其故，而患之。将谏，士季曰："谏而不入，则莫之继也。会请先，不入则子继之。"三进，及溜，而后视之。曰："吾知所过矣，将改之。"稽首而对曰："人谁无过？过而能改，善莫大焉。《诗》曰：'靡不有初，鲜克有终。'夫如是，则能补过者鲜矣。君能有终，则社稷之固也，岂唯群臣赖之。又曰：'衮职有阙，惟仲山甫补之。'能补过也。君能补过，衮不废矣。"犹不改。

（4）《左传·定公四年》：楚子涉睢，济江，入于云中。王寝，盗攻之，以戈击王。王孙由于以背受之。中肩。王奔郧，钟建负季芈以从，由于徐苏而从。郧公辛之弟怀将弑王，曰："平王杀吾父，我杀其子，不亦可乎？"辛曰："君讨臣，谁敢仇之？君命，天也，若死天命，将谁仇？《诗》曰：'柔亦不茹，刚亦不吐。不侮矜寡，不畏强御。'唯仁者能之。违强陵弱，非勇也。乘人之约，非仁也。灭宗废祀，非孝也。动无令名，非知也。必犯是，余将杀女。"

（5）《礼记·表记》：子曰："仁之为器重，其为道远，举者莫能胜也，行者莫能致也，取数多者仁也。夫勉于仁者不亦难乎？是故君子以义度人，则难为人。以人望人，则贤者可知已矣。"子曰："中心

1103

安仁者，天下一人而已矣。《大雅》曰：'德輶如毛，民鲜克举之。我仪图之，惟仲山甫举之，爱莫助之。'《小雅》曰：'高山仰止，景行行止。'"

（6）《荀子·强国》："积微，月不胜日，时不胜月，岁不胜时。凡人好敖慢小事，大事至然后兴之务之，如是，则常不胜夫敦比于小事者矣。是何也？则小事之至也数，其县日也博，其为积也大。大事之至也希，其县日也浅，其为积也小。故善日者王，善时者霸，补漏者危，大荒者亡。故王者敬日，霸者敬时，仅存之国危而后戚之。亡国至亡而后知亡，至死而后知死，亡国之祸败，不可胜悔也。霸者之善箸焉，可以时托也。王者之功名，不可胜日志也。财物货宝以大为重，政教功名反是，能积微者速成。《诗》曰：'德輶如毛，民鲜克举之。'此之谓也。"

韩奕

（一）

奕奕梁山，维禹甸之。

有倬其道，韩侯受命。

王亲命之，缵戎祖考，

无废朕命，夙夜匪解，

虔共尔位，朕命不易，

干不庭方，以佐戎辟。

四牡奕奕，孔修且张。

韩侯入觐，以其介圭。

入觐于王，王锡韩侯。

淑旂绥章，簟茀错衡，玄衮赤舄。

钩膺镂锡，鞹鞃浅幭，鞗革金厄。

韩侯出祖，出宿于屠。

显父饯之，清酒百壶。

其殽维何？炰鳖鲜鱼。

其蔌维何？维笋及蒲。

其赠维何？乘马路车。

笾豆有且，侯氏燕胥。

【注释】

1. 奕，《说文》：大也。

2. 梁山，《尔雅》：晋望也。晋国进行望祭之山。言梁山为晋国重要山脉。

3. 韩侯，韩国诸侯，韩国在燕国北部，今河北固安附近。

4. 甸，通"畋"。《说文》："畋（tián），平田也。"引申治理。

《尚书》:"成汤革夏,俊民,甸四方。"

5.朕,《尔雅》:我也。

6.虔,《尔雅》:固也。

7.干,《尔雅》:捍也。抵御、抵抗。

8.庭,《尔雅》:直也。庭方,正直之意。

9.孔修且张,甚为长大、肥壮。修张,似"修广"。《六月》:"四牡修广。"

10.觐,《说文》:诸侯秋朝曰觐,劳王事。《尔雅》:"觐,见也。"

11.旂(qí),《说文》:旗有众铃,以令众也。《尔雅》:"有铃曰旂。"

12.绥(suí),为"旞"。《说文》:"旞(suì),导车所以载。全羽以为允(进也)。"即开路车所载旗。《礼记》:"有虞氏之旗,夏后氏之绥。"淑旂绥章,指华贵仪仗。

13.簟(diàn),《说文》:竹席也。此处指竹席做的车帘。

14.茀(fú),应为"第"之误。《尔雅》:"舆,后谓之第。"即车后门帘。

15.错,《说文》:金涂也。错衡,涂金的车衡。簟茀错衡,代指华美车舆。

16.赤舄(xì),赤色鞋,祭祀时穿用。玄衮赤舄,代指华贵礼服。

17.锡,为"鍚"之误。《说文》:"鍚(xī),马头饰也。《诗》曰:'钩膺镂鍚。'一曰鍱(yè),车轮铁。"钩膺镂锡,指华贵马具。

18.鞹(kuò),《说文》:去毛皮也。

19.軡(hóng),《说文》:车轼也。车厢前供人凭扶的横木。

20.浅,为"虦"。《说文》:"虦(zhàn),虎窃(浅)毛谓之虦苗。"浅毛色虎。

1106

21.幭(miè),《说文》:盖幭也。覆盖物体的布。鞹軡浅幭,指精致车具。

22.鋚(tiáo),为"鋚"。《说文》:"鋚(tiáo),辔首铜。"即马笼头上的铜饰。《尔雅》:"辔首,谓之革。"鋚革,有铜饰的马笼头。鋚革金厄,华贵车马饰具。

23.厄,为"轭"。《说文》:"轭,辕前也。"衡为车辕前端的横木,在马的颈部上方,把车轭固定在衡上,车轭套在马颈上,如此拉动车舆。

24.屠,地名。显父,人名。

25. 炰,《说文》：毛炙肉也。

26. 鲜，为"鱻"。《说文》："鱻（xiān），新鱼精（鲭）也。"即煎新鱼。引申新。

27. 蔌（sù），《尔雅》："菜，谓之蔌。"

28. 笋，《说文》：竹胎也。《尔雅》："笋，竹萌也。"

29. 蒲，《说文》：水草也。可以作席。即香蒲，其嫩苗称蒲菜，可食。

30. 且，《说文》：荐也。进荐、荐陈。

31. 胥，《尔雅》：相也。辅相、佐助之意。

【解析】

这首诗讲韩侯因治国安邦之功受赏，以及其婚姻事迹。

"奕奕梁山，维禹甸之"，高大之梁山，惟大禹治理之。言梁山在韩国境内，大禹曾治理梁山。寓意韩侯当效法先贤，有所作为。西周或有二韩国，此诗韩侯指北韩国，南韩国在今陕西境内，为后来分晋之韩。"有倬其道，韩侯受命"，韩侯受命，使其道光大。言王命韩侯光大教化。"王亲命之，缵戎祖考，无废朕命，夙夜匪解，虔共而位，朕命不易，干不庭方，以佐戎辟"，王亲命之：继承我先祖，不要废弃我之命令，夙夜匪懈，虔诚奉职，我之政令不可改变，抵御不正直者，以保护我国之法律。

"四牡奕奕，孔修且张"，四牡高大，甚长且肥。"韩侯入觐，以其介圭"，韩侯持其大圭，入见于王。"入觐于王，王锡韩侯"，入见于王，王赐韩侯。"淑旂绥章，簟茀错衡，玄衮赤舄。钩膺镂锡，鞹鞃浅幭，鞗革金厄"，良好之旂、具文采之旒，竹帘革帷、涂金车衡，黑衮、赤鞋。钩膺及马首镂雕饰品，车轼包皮、浅色虎皮苦布，马辔饰铜，车轭包金。言王之赐丰厚。

"韩侯出祖，出宿于屠"，韩侯出行祭祀道路，出而宿于屠地。"显父饯之，清酒百壶"，显父为之饯行，以清酒百壶。"其殽维何？炰鳖鲜鱼"，其肉肴有何？烤鳖煎鱼。"其蔌维何？维笋及蒲"，其菜有何？维竹笋及蒲菜。"其赠维何？乘马路车"，其赠物有何？驷马辂车。"笾豆有且，侯氏燕胥"，陈设笾豆，以助诸侯宴饮。言韩侯返国，受到盛情款待，寓意韩侯安邦之功为君臣广泛认同。

竹笋

　　竹笋为苦竹、淡竹、毛竹等嫩苗，又称竹萌，竹芽。竹笋嫩而能食，为中国传统菜蔬。竹笋四季皆有，但春笋、冬笋味道最佳。

韩奕

（二）

韩侯取妻，汾王之甥，蹶父之子。
韩侯迎止，于蹶之里。
百两彭彭，八鸾锵锵，不显其光。
诸娣从之，祁祁如云。
韩侯顾之，烂其盈门。

蹶父孔武，靡国不到，为韩姞相攸。
莫如韩乐，孔乐韩土。
川泽訏訏，鲂鱮甫甫，麀鹿噳噳。
有熊有罴，有猫有虎。
庆既令居，韩姞燕誉。

溥彼韩城，燕师所完。
以先祖受命，因时百蛮。
王锡韩侯，其追其貊，奄受北国。
因以其伯，实墉实壑，实亩实籍，
献其貔皮，赤豹黄罴。

【注释】

1. 汾王，指周厉王。周厉王十二年，因其贪虐被国人驱逐，出逃于彘地（今山西霍州），流亡在彘二十六年。彘地，为汾河流域，故称其"汾王"。

2. 甥，《尔雅》："谓我舅者，吾谓之甥。"

3. 蹶父，蹶为地名，父为野老通称，蹶父即居于蹶之国老。蹶父，其人姓姞。

4. 娣，《说文》：女弟也。

5. 祁祁，《尔雅》：徐也。

6. 烂，为"闌"。《说文》："闌（lán），妄入宫掖也。"本意指妄自出入宫室旁门。此处指随意出入者。

7. 姞（jí），姓氏。

8. 攸，《说文》：行水也。使水流行。引申行。

9. 訏，《尔雅》：大也。

10. 鲂（fáng），《尔雅》：魾（pī）。即鲴鱼。

11. 鱮（xù），《说文》：鱼名。一说为鲢鱼。鲂、鱮皆为大鱼。

12. 甫甫，为"誧誧"。《说文》："誧（pū，bū），大也。"

13. 麀（yōu）《说文》：牝鹿也。

14. 噳（yǔ），《说文》：麋鹿群口相聚貌。

15. 猫，《尔雅》：虎窃毛谓之虥猫。应为浅毛虎。

16. 燕誉，为"宴豫"，即安乐之意。《尔雅》："豫：乐也。安也。"

17. 溥，《尔雅》：大也。

18. 完，《说文》：全也。

19. 时，《尔雅》：是也。此处解作此。

20. 蛮、貊（mò），指华夏之外诸民族。《尚书》："华夏蛮貊。"

21. 追，《说文》：逐也。

22. 奄，《说文》：覆也。大有馀也。

23. 伯，《尔雅》：长也。

24. 墉，《尔雅》：墙，谓之墉。

25. 壑（hè），《尔雅》：虚也。

1110 26. 亩，田地、田垄。《甫田》："今适南亩。"

27. 籍，籍田，又写作藉田。《礼记》："天子为藉千亩，……诸侯为藉百亩。"

28. 貔（pí），《尔雅》：白狐也。《说文》："貔，豹属，出貉国。《诗》曰：'献其貔皮。'《周书》曰：'如虎如貔。'貔，猛兽。"

【解析】

"韩侯娶妻，汾王之甥，蹶父之子"，韩侯娶妻，为周厉王外甥女，为蹶父之女。言韩侯妻子为周宣王之表姐妹。"韩侯迎止，于蹶之里"，韩侯迎亲，于蹶地城邑。"百两彭彭，八鸾锵锵，不显其光"，百辆马车盛大，八只鸾铃锵锵，大显其风光。"诸娣从之，祁祁如云"，众妹妹随从之，徐动如云。言陪嫁者众。"韩侯顾之，烂其盈门"，韩侯顾看之，随意出入者堵满城门。

"蹶父孔武，靡国不到，为韩姞相攸"，蹶父甚勇武，无国不至，为韩姞两姓成婚帮忙。言蹶父有威望，如今嫁女众诸侯皆来贺喜、帮忙。"莫如韩乐，孔乐韩土"，莫如韩氏欢喜，其韩国甚乐。"川泽訏訏，鲂鱮甫甫，麀鹿噳噳"，川泽阔大，鲴鱼、鲢鱼个大，成群母鹿集聚低头吃草。"有熊有罴，有猫有虎"，有熊罴、猫虎。言韩国富庶。"庆既令居，韩姞燕誉"，庆贺完毕使新人安歇，韩姞夫妇安乐。

"溥彼韩城，燕师所完"，宏大之韩城，为燕国军队所建成。史载韩国城为周成王率领燕国军队建成。"以先祖受命，因时百蛮"，因此地众多蛮夷，所以韩侯先祖受命于此。言周成王为防御北方蛮夷，封韩侯先祖于此。"王锡韩侯，其追其貊，奄受北国"，王赐命韩侯，其驱逐其蛮貊土著，则众蛮貊之国土，尽纳入韩国。言周成王赐命韩侯，其驱逐蛮貊所得土地，尽归其有。"因以其伯，实墉实壑，实亩实籍"，依靠、使用其官长，是城垣是沟壑，是田垄是籍田，无不建设之。言韩侯率领国家官员致力于国家建设。"献其貔皮，赤豹黄罴"，进献其貔皮，赤色豹皮及黄黑皮。言韩国君臣可降服貔、豹、罴等猛兽，寓意韩国整治蛮貊有功。

【引证】

（1）《竹书纪年·周成王》："十二年，王帅燕师城韩。王锡韩侯命。"

（2）《竹书纪年·周宣王》："四年，王命蹶父如韩，韩侯来朝。"

（3）《左传·成公九年》："夏季文子如宋致女，复命，公享之，赋《韩奕》之五章。穆姜出于房，再拜曰：'大夫勤辱，不忘先君，以及嗣君，施及未亡人，先君犹有望也，敢拜大夫之重勤。'又赋《绿衣》之卒章而入。"

译文：夏季，季文子去到宋国慰问伯姬，回国复命，鲁成公（伯姬之兄）设宴招待他，季文子赋《韩奕》第五章。穆姜（伯姬之母）从房里出来，两次下拜，说："大夫勤劳，不忘记先君，以及于嗣君，延及于未亡人，先君（伯姬之父）犹有德望，谨拜谢大夫辛勤有加。"穆姜又赋《绿衣》的最后一章然后才进去。

上文季文子赋《韩奕》第五章，寓意伯姬嫁到宋国一切安好。

江汉

（一）

江汉浮浮，武夫滔滔。
匪安匪游，淮夷来求。
既出我车，既设我旟。
匪安匪舒，淮夷来铺。

江汉汤汤，武夫洸洸。
经营四方，告成于王。
四方既平，王国庶定。
时靡有争，王心载宁。

江汉之浒，王命召虎，
式辟四方，彻我疆土。
匪疚匪棘，王国来极。
于疆于理，至于南海。

【注释】

1. 江汉，长江、汉水。

2. 浮，《说文》：泛也。泛滥之意。浮浮，形容河水涨溢的样子。

3. 滔滔，为"鼗鼗"。《说文》："鼗（tāo），马行貌。"鼗鼗，形容军士行进貌。

4. 游，空闲。《礼记》："无旷土，无游民。"

5. 求，为"捄"。《说文》："捄（jiù，jū），一曰扰也。"

6. 旟，《说文》：错革画鸟其上，所以进士众。

7. 铺，为"攴"。《说文》："攴（pū），小击也。"此处指进犯、攻击。

8. 汤汤，为"潒潒"，简体作"荡荡"。《说文》："潒，水潒瀁也。"即水晃动貌。

诗
辑
训

9. 洸洸,《尔雅》：武也。形容勇武之貌。

10. 庶,《尔雅》：幸也。

11. 载,助词,相当于才、乃。

12. 浒,《尔雅》：水厓。

13. 召虎,即召穆公姬虎,为周宣王时期重臣。

《竹书纪年·宣王》："六年,召穆公帅师伐淮夷。"

14. 式,《说文》：法也。《尔雅》："辟,历（治）也。"式辟,规范、治理。

15. 彻,《说文》：通也。《尔雅》："不彻,不道也。"

16. 疚,为"宄"。《说文》："宄,贫病也。"

17. 棘,为"亟"。《说文》："亟（jí）：急也。"

18. 来、极,《尔雅》：至也。来极,来到。

19. 疆,《说文》：界也。引申界别、界定、分界。《说文》："理,治玉也。"引申治理、整理。疆理,分划、整理之意。如：疆理诸侯、疆理天下。

【解析】

这首诗讲周王平定淮夷之乱,赞扬功臣召虎。

"江汉浮浮,武夫滔滔",江汉之水荡荡,武夫行进威武。"匪安匪游,淮夷来求",无安宁不得空闲,淮河地区蛮夷来侵扰。"既出我车,既设我旟",尽出我车马,尽设我之旟旗。"匪安匪舒,淮夷来铺",无安宁不得舒缓,淮夷来攻击。

"江汉汤汤,武夫洸洸",江汉之水浩荡,军士个个勇武。"经营四方,告成于王",经营四方,告功于王。"四方既平,王国庶定",四方既平,王国幸而安定。"时靡有争,王心载宁",时下没有争端,王心乃宁。

"江汉之浒,王命召虎",江汉之岸,王命召虎。"式辟四方,彻我疆土",规范、治理天下,整治我之疆土。此周王命召虎之言。"匪疚匪棘,王国来极",无贫病无急迫,如此之王国来临。言平定战乱,国家臻于善。"于疆于理,至于南海",整治天下,至于南海。言平天下。

江汉

（二）

王命召虎，来旬来宣。

文武受命，召公维翰。

无曰予小子，召公是似。

肇敏戎公，用锡尔祉。

厘尔圭瓒，秬鬯一卣。

告于文人，锡山土田。

于周受命，自召祖命。

虎拜稽首，天子万年。

虎拜稽首，对扬王休，

作召公考，天子万寿。

明明天子，令闻不已。

矢其文德，洽此四国。

诗辑训

【注释】

1. 旬，为"徇"。《说文》："徇，行示也。"游行告示。

2. 翰，《尔雅》：榦也。

3. 似，《说文》：象也。引申效法、比象。

4. 肇（zhào），《尔雅》：敏也。

5. 敏，《说文》：疾也。肇敏，即勤谨之意。

6. 戎，《尔雅》：相也。公，《尔雅》：事也。戎公，辅助公事。

7. 祉，《尔雅》：福也。

8. 瓒（zàn），裸礼时用以盛酒灌地的礼器。形制与汤勺似。圭瓒，形制似圭之瓒。《礼记》："君执圭瓒裸尸，大宗执璋瓒亚裸。"

9. 厘，与"锡"音同通假。《尔雅》："锡，赐也。"

10. 秬（jù），《尔雅》：黑黍。

11. 鬯（chàng），《说文》："鬯，以秬酿郁草，芬芳攸服，以降神也。"一种以黑黍子与郁金香合酿的香酒，用以降神。

12. 卣（yǒu），《尔雅》：中尊。中等大小的尊。

13. 召，为"劭"。《说文》："劭（shào），勉也。"

14. 稽首，头至地多时，为稽首。稽首为九拜礼之最重者。

15. 对，为"對"。《说文》："對（duì），帀（zā）也。"周遍、广泛之意。《尚书》："说拜稽首曰：敢对扬天子之休命。"

16. 休，《尔雅》：美也。

17. 考，《尔雅》：成也。此处解作成就。

18. 矢，《尔雅》：弛（施）也。"弛、施"古同音。

19. 文德，文教之德。《左传》："小国无文德而有武功，祸莫大焉。"

20. 洽，为"詥"。《说文》："詥，谐也。"洽或通"协"。《尔雅》："协，和也。"

【解析】

　　"王命召虎，来旬来宣"，王命召虎，来遍告之。"文武受命，召公为翰。无曰予小子，召公是似。肇敏戎公，用锡尔祉"，文王、武王受天之命，召公为二王之支柱。毋庸言我年轻人，召公乃我所效法者。勤谨辅助公事，以赐尔福。以上为周宣王之言辞。

　　"厘尔圭瓒，秬鬯一卣"，赐尔圭瓒，秬鬯一卣。"告于文人，锡山土田"，以汝之功德告于国家文教人员，以传扬之，赐予山川、田土。言扬名赐地。"于周受命，自召祖命"，于周朝廷受其命，自勉于祖命。以上乃周宣王之言。"虎拜稽首，天子万年"，召虎拜以稽首，祝天子万年。

　　"虎拜稽首，对扬王休，作召公考，天子万寿"，召虎稽首：遍扬王之美，兴先召公之成就，天子万寿。以上乃召虎答复周宣王之言。"明明天子，令闻不已。矢其文德，洽此四国"，光大文明之天子，美名不已。施其文德，和洽此四国。

【引证】

《礼记·孔子闲居》："天有四时，春秋冬夏，风雨霜露，无非教也。

地载神气，神气风霆，风霆流形，庶物露生，无非教也。……三代之王也，必先令闻。《诗》云：'明明天子，令闻不已。'三代之德也。'弛其文德，协此四国。'大王之德也。"

常武

（一）

赫赫明明，王命卿士，南仲大祖。

大师皇父，整我六师，以修我戎。

既敬既戒，惠此南国。

王谓尹氏，命程伯休父，

左右陈行，戒我师旅。

率彼淮浦，省此徐土。

不留不处，三事就绪。

赫赫业业，有严天子。

王舒保作，匪绍匪游。

徐方绎骚，震惊徐方。

如雷如霆，徐方震惊。

【注释】

1. 赫赫，显盛之意。明明，光大之意。

2. 仲，为"伀"。《说文》："伀（zhōng），志及众也。"本意为寻求众人共识，引申公开。

3. 大祖，即太庙。《逸周书》："王初祈祷于宗庙，乃尝麦于大祖。"周时赐爵禄于太庙之中进行。

4. 大师，即太师，为三公之首。三公：太师、太傅、太保。

5. 皇父，人名。

6. 戎，本写作"戝"。《说文》："戝（róng），兵也。"兵器之意。

7. 敬，为"警"。《说文》："警，戒也。"

8. 尹氏，泛指各级官长。《尚书》："肆予告我友邦君越尹氏、庶士、御事。"

9. 程伯休父，封于程地之伯爵，名休父。《国语》："重黎氏世序天地，其在周，程伯休父其后也，当宣王时，失其官守，而为司马氏。"

10. 陈行，列队，成行列。

11. 浦，《说文》：濒也。水滨、河岸之意。

12. 率，《尔雅》：循也。遵循，此处指沿着。

13. 省，《尔雅》：察也。

14. 三事，泛指民政。《左传》："六府三事，谓之九功。水、火、金、木、土、谷，谓之六府。正德，利用，厚生，谓之三事。"

15. 留，《说文》：止也。

16. 绪，《说文》：丝专也。《尔雅》："绪，事也。"

17. 业，《尔雅》：大也。业业，高大之貌。

18. 严，为"俨"。《尔雅》："俨，敬也。"庄重之意。

19. 舒，《尔雅》：叙也。即排列次第。

20. 保，为"比"。《说文》："比（bǐ），相与比叙也。"比较后排列次序。

21. 绍，《说文》：紧纠也。紧紧纠结，此处指紧急。

22. 游，空闲之意。《礼记》："无旷土，无游民。"

23. 绎，为"斁"。《说文》："斁（yì），终也。"

24. 骚，《尔雅》：动也。《说文》："骚，扰也。"

【解析】

这首诗讲周王讨伐徐国之乱。

"赫赫明明，王命卿士，南仲太祖"，显赫、光明，周王命卿士，南向、公开于太庙之中。言周王于太庙之中公开命卿士，其场面盛大，其形式开放。"大师皇父，整我六师，以修我戎"，命太师皇父，整治六军，以修我兵戈。"既敬既戒，惠此南国"，既警告又戒备之，惠此南方诸国。言以六师平乱，以武力警戒叛乱者，使南方诸国受惠。

"王谓尹氏，命程伯休父"，周王告谕各级官长，同时命令司马程伯休父。"左右陈行，戒我师旅"，左右列队，告诫我师旅。"率彼淮浦，省此徐土。不留不处，三事就绪"，循淮水之岸，省察徐国疆土。不拘留百姓，不驻军不去，民政各得其是。以上四句诗文为周王之训诫。

"赫赫业业，有严天子"，显赫、高大，天子仪态庄重。"王舒保作，匪绍匪游"，周王排列事务次序，而后依次作为，无紧急无松闲。言周王做事有条不紊。"徐方绎骚，震惊徐方"，徐国终止其骚扰，震惊徐国。言必须使徐国惧怕方能终止其骚扰。"如雷如霆，徐方震惊"，如雷如霆，则徐方惧怕。言周王之震慑如雷霆。

【引证】

（1）《礼记·祭统》："古者，明君爵有德而禄有功，必赐爵禄于大庙，示不敢专也。故祭之日，一献，君降立于阼阶之南，南乡。所命北面，史由君右执策命之。再拜稽首。受书以归，而舍奠于其庙。此爵赏之施也。"

（2）《竹书纪年·宣王》："六年，召穆公（召虎）帅师伐淮夷。王帅师伐徐戎，皇父、休父从王伐徐戎，次于淮。"

（3）东汉班固之《白虎通德论·爵》："爵人于朝者，示不私人以官，与众共之义也。封诸侯于庙者，示不自专也。明法度，皆祖之制也，举事必告焉。《王制》曰：'爵人于朝，与众共之也。'《诗》云：'王命卿士，南仲太祖。'《礼·祭统》曰：'古者明君爵有德，必于太祖。君降立于阼阶南面向，所命北向，史由君右执策命之。'"

常武

（二）

王奋厥武，如震如怒。
进厥虎臣，阚如虓虎。
铺敦淮濆，仍执丑虏。
截彼淮浦，王师之所。

王旅啴啴，
如飞如翰，如江如汉，
如山之苞，如川之流。
绵绵翼翼，不测不克，濯征徐国。

王犹允塞，徐方既来。
徐方既同，天子之功。
四方既平，徐方来庭。
徐方不回，王曰还归。

【注释】

1. 虎臣，王之侍卫军，或称"虎贲"。

2. 阚（kàn），《说文》：望也。

3. 虓（xiāo），《说文》：虎鸣也。一曰师子（鸣）。

4. 铺，为"支"。《说文》："支（pū），小击也。"此处指进攻。

5. 敦，《说文》：诋也。《说文》："诋（dǐ），诃也。"大声怒斥。此处指声讨。

6. 濆（fén），《说文》：水厓也。《诗》曰："敦彼淮濆。"

7. 仍，《尔雅》：乃也。解作于是、就。

8. 丑，《尔雅》：众也。

9. 虏，《说文》：获也。

10. 截，为"劫"。《说文》："劫：人欲去，以力胁止曰劫。或曰以力止去曰劫。"

11. 啴（tān），《说文》："啴，喘息也。一曰喜也。"啴啴，欢喜貌。

12. 翰，白色的马。《礼记》："殷人尚白，大事敛用日中，戎事乘翰，牲用白。"

13. 苞，《尔雅》：如竹箭曰苞。如竹箭般的树木称为苞。即挺拔之树木为苞。

14. 绵绵，《尔雅》：穮（biāo）也。穮通"髟"。《说文》："髟（biāo），长发猋猋也。"髟髟，头发长而密。绵绵，此处形容行军队伍密集且长。

15. 翼翼，《尔雅》：恭也。

16. 测，《说文》：深所至也。

17. 克，《尔雅》：胜也。能也。

18. 濯，《尔雅》：大也。

19. 犹，为"猷"。《尔雅》："猷，言也。"

20. 允，《尔雅》：信也。诚也。

21. 塞，为"寒"。《说文》："寒（sè），实也。"允塞，即信实、诚实、笃实之意。

22. 既同，既然认同，此处指达成妥协。《说文》："同：合会也。"

23. 平，《尔雅》：成也。

24. 庭，为"廷"。《说文》："廷，朝中也。"即朝廷。

25. 回，《说文》：转也。

【解析】

1121

"王奋厥武，如震如怒"，周王振奋其勇武，如霹雳如愤怒。"进厥虎臣，阚如虓虎"，进其虎臣，望之如咆哮之虎。言军士勇猛。"铺敦淮濆，仍执丑虏"，攻击、声讨于淮水之滨，乃执其众俘虏。言于淮水大败徐国军队。"截彼淮浦，王师之所"，劫其军队于淮水边，于王师驻扎之所。

"王旅啴啴，如飞如翰，如江如汉"，王师将士啴啴，如飞鸟如翰马，如江汉之汹涌。言军队行进迅猛。"如山之苞，如川之流"，如山上挺拔之树木，如河川之流水。言军队将士人众多。"绵绵翼翼，不测不克，濯征徐国"，军队密集且长远，军士行进恭谨，军队力量不可测亦不可胜，以此大伐徐国。

"王犹允塞，徐方既来"，徐方既来，王言诚实。言徐国来投降，周王恳切诚勉之。"徐方既同，天子之功"，徐国既妥协，此乃天子之功。"四方既平，徐方来庭"，四方治平，徐国来周朝廷。言徐国顺服周天子。"徐方不回，王曰还归"，徐国不再转变，王告其归国。

【引证】

（1）《尚书·舜典》："曰若稽古帝舜，曰重华协于帝。浚哲文明，温恭允塞（诚实），玄德升闻，乃命以位。"

（2）关于"虎臣"

《尚书》："召太保奭、芮伯、彤伯、毕公、卫侯、毛公、师氏、虎臣、百尹、御事。"

《周礼》："虎贲氏：掌先后王而趋以卒伍。军旅、会同亦如之。舍则守王闲。王在国，则守王宫。国有大故，则守王门。大丧，亦如之。及葬，从遣车而哭。适四方使，则从士大夫。若道路不通，有徵事，则奉书以使于四方。"

（3）《荀子·君道》："合符节，别契券者，所以为信也。上好权谋，则臣下百吏诞诈之人乘是而后欺。探筹、投钩者，所以为公也。上好曲私，则臣下百吏乘是而后偏。衡石称县者，所以为平也。上好覆倾，则臣下百吏乘是而后险。斗斛敦概者，所以为啧也。上好贪利，则臣下百吏乘是而后丰取刻与，以无度取于民。故械数者，治之流也，非治之原也。君子者，治之原也。官人守数，君子养原。原清则流清，原浊则流浊。故上好礼义，尚贤使能，无贪利之心，则下亦将綦辞让，致忠信，而谨于臣子矣。如是则虽在小民，不待合符节，别契券而信，不待探筹投钩而公，不待冲石称县而平，不待斗斛敦概而啧。故赏不用而民劝，罚不用而民服，有司不劳而事治，政令不烦而俗美。百姓莫敢不顺上之法，象上之志，而劝上之事，而安乐之矣。故藉敛忘费，事业忘劳，寇难忘死，城郭不待饰而固，兵刃不待陵而劲，敌国不待服而诎，四海之民不待令而一，夫是之谓至平。《诗》曰：'王犹允塞，徐方既来。'此之谓也。"

瞻卬

（一）

瞻卬昊天，则不我惠。

孔填不宁，降此大厉。

邦靡有定，士民其瘵。

蟊贼蟊疾，靡有夷届。

罪罟不收，靡有夷瘳。

人有土田，女反有之。

人有民人，女覆夺之。

此宜无罪，女反收之。

彼宜有罪，女覆说之。

哲夫成城，哲妇倾城。

懿厥哲妇，为枭为鸱。

妇有长舌，维厉之阶。

乱匪降自天，生自妇人。

匪教匪诲，时维妇寺。

鞫人忮忒，谮始竟背。

岂曰不极，伊胡为慝？

如贾三倍，君子是识。

妇无公事，休其蚕织。

1123

【注释】

1. 卬，《说文》：望，欲有所庶及也。

2. 填，为"镇"。《说文》："镇，博压也。"引申安抚、安定。

《左传》："安定其社稷，镇抚其民人。"

3. 厉，为"疠"。《说文》："疠，恶疾也。"

4. 瘵（zhài），《说文》：病也。

5. 蟊、《尔雅》：食根，蟊。

6. 贼，《说文》：败也。《周礼》："贼贤害民，则伐之。"

7. 疾，《说文》：病也。引申毒害、伤害。

8. 夷，为"彝"。《尔雅》："彝，常也。"即常法、准则。

9. 届，《说文》：一曰极也。即法则、准则。夷届，即规则、标准。

10. 罪，《说文》：捕鱼竹网。《说文》："辠，犯法也。"秦以辠似皇字，改为"罪"。

11. 辜，通"辜"。《尔雅》："辜，罪也。"

12. 夷，《说文》：平也。《说文》："瘳（chōu），疾愈也。"夷瘳，恢复、治好。

13. 说，通"挩"。《说文》："挩（tuō），解挩也。"今写作"解脱"。

14. 哲，《说文》：知也。

15. 懿，《尔雅》：美也。

16. 枭，《说文》："不孝鸟也。日至捕枭磔（裂）之。从鸟头在木上。"即猫头鹰。

17. 鸱，《说文》：鹠（chuí）也。即鹠子。

18. 阶，《说文》：陛也。台阶，引申因由。《国语》："夫婚姻祸福之阶也。"

19. 诲，《说文》：晓教也。

20. 寺，寺人。《周礼》："寺人，掌王之内人及女宫之戒令。"

21. 鞫，《尔雅》：穷也。

22. 忮，《说文》：很也。《说文》："很，不听从也。"即违背。

23. 忒，《说文》：更也。

24. 潛，《说文》：诉也。《说文》："谮，潛也。"

25. 竟，《说文》：乐曲尽为竟。引申最终。

26. 极，为"亟"。《说文》："亟，急也。"

27. 伊，为"尹"。《尔雅》："尹，正也。"

28. 慝（tè），恶也。《尚书》："旌别淑慝。"《礼记》："世乱则礼慝而乐淫。"

29. 贾，《说文》：贾市也。一曰坐卖售也。解作商人、做买卖、买、价格。

30. 倍，为"陪"。《说文》："陪，重土也。一曰满也。"引申为重复、相重。

《说文》："倍，反也。"

【解析】

这首诗讲周王宠妇人致使国家失道、人民困苦。

"瞻卬昊天，则不我惠"，瞻望昊天，希望其眷顾，然则不惠于我。"孔填不宁，降此大厉"，降下如此大灾害，虽极力安抚仍不得安宁。"邦靡有定，士民其瘵"，邦国无定，官民皆病。"蟊贼蟊疾，靡有夷届"，蟊贼残毒，无有准则。言奸邪无底限，祸害无止境。"罪罟不收，靡有夷瘳"，罪过者不收捕之，则无有平愈。言有罪过者不收治，则社会状况不会改善。

"人有土田，女反有之"，人有土地、田园，汝违法占有之。"人有民人，女覆夺之"，人有百姓，汝背道抢夺之。言周王无道，侵占土地，强夺百姓。"此宜无罪，女反收之"，此应无罪，汝反而捕之。"彼宜有罪，女覆说之"，彼应有罪，汝反而使逃脱。言周王枉法。"哲夫成城，哲妇倾城"，有智丈夫可以成就城邦，有心计之妇女可以倾覆城邦。言周王迷信于妇女。

"懿厥哲妇，为枭为鸱"，美其有心之妇，其德行似枭似鸱。"妇有长舌，维厉之阶"，妇有长舌，为病之因由。"乱匪降自天，生自妇人"，丧乱非降自于上天，乃生于妇人。"匪教匪诲，时维妇寺"，不教不诲，为妇之寺人。言周王罔顾其行教化民之义，惟妇命是听。

"鞫人忮忒，谮始竟背"，穷困者必背反，起初诉告最终背离。言陷国人于绝境，诉告无果则造反。"岂曰不极，伊胡为慝"，岂曰不急，正义如何变为邪恶？言君子痛心国家失道。"如贾三倍，君子是识。妇无公事，休其蚕织"，如货卖三倍，君子知之。妇女勿参与公事，勿停止养蚕、织布。言男子经营于外，女子经营于内，各司其职则一家和美，否则致乱。言外之意周王与王妃有违此道。

瞻卬

（二）

天何以刺？何神不富？

舍尔介狄，维予胥忌。

不吊不祥，威仪不类。

人之云亡，邦国殄瘁。

天之降罔，维其优矣。

人之云亡，心之忧矣。

天之降罔，维其几矣。

人之云亡，心之悲矣。

觱沸槛泉，维其深矣。

心之忧矣，宁自今矣？

不自我先，不自我后。

藐藐昊天，无不克巩。

无忝皇祖，式救尔后。

【注释】

1. 刺，应为"谏"。《说文》："谏，数谏也。"多次谏言。

2. 富，为"福"。《说文》："福，佑也。"

3. 介，为"界"。《说文》："界，境也。"《尔雅》："界，垂也。"即分界、界限。

4. 狄，为"逖"。《说文》："逖（tì），远也。"介狄，即隔阂，今误作"芥蒂"。

5. 胥，《尔雅》：相也。

6. 忌，《说文》：憎恶也。引申怨恨。

7. 吊，《说文》：问终也。引申慰问。《左传》："天不吊周。"

8. 祥、类,《尔雅》：善也。

9. 殄,《尔雅》：尽也。绝也。

10. 瘁,为"悴"。《尔雅》："悴,病也。"

11. 罔,为"妄"。《说文》："妄,乱也。"

12. 优,《说文》：饶也。此处解作多。

13. 几,《说文》：微也。殆也。《尔雅》："几：危也。近也。"

14. 觱(bì)沸,《说文》引作"觱沸、滭沸"。《说文》："沸,滭沸滥泉。"其中"滭"为风寒意。滭沸,指泉水清凉且涌如沸水状。

15. 槛泉,为"滥泉"。《尔雅》："滥泉,正出。"从地面涌出的泉称之为滥泉。《说文》："滥,泛也。一曰濡上及下也。《诗》曰：'觱沸滥泉。'一曰清也。"

16. 藐藐(miǎo),为"邈邈"。《说文》："邈,远也。"邈邈,广大貌。

17. 巩,《说文》：以韦束也。引申约束、制约。

18. 忝,《尔雅》：辱也。

19. 皇祖,先祖尊称。《礼记》："祭王父曰皇祖考,王母曰皇祖妣。"

【解析】

  "天何以刺？何神不富",上天有何可以责怨？何神不佑？"舍尔介狄,维予胥忌",舍弃汝之隔阂,隔阂疏远唯能给予相互怨恨。言周王应亲近臣民,倾听民意,如此则天佑神助。"不吊不祥,威仪不类",上天不关心不善者,不慰问威仪不良者。"人之云亡,邦国殄瘁",人之离去,国家上下尽病。言善良者去离,导致国家毁败。

  "天之降罔,维其优矣",上天降下祸乱,维其多矣。"人之云亡,心之忧矣",民众之离去,心之忧矣。"天之降罔,维其几矣",上天降下祸乱,维其危矣。"人之云亡,心之悲矣",民众之离去,心之悲矣。

  "觱沸槛泉,维其深矣",沸腾、清凉之滥泉,乃因其泉深。寓意周强盛至今皆赖其根基深厚。"心之忧矣,宁自今矣",心之忧矣,奈何自今而衰？言忧周王伤其国本。"不自我先,不自我后",不从我之先,亦不从我之后。言周之衰始于斯人。"藐藐昊天,无不克巩",广大之昊天,无不能制约。言上天必惩罚残害苍生者。"无忝皇祖,式救尔后",不要辱于皇祖,以救汝后世子孙。言警告之。

（1）《左传·昭公二十五年》：季公若之姊为小邾夫人，生宋元夫人，生子以妻季平子。昭子如宋聘，且逆之。公若从，谓曹氏勿与，鲁将逐之。曹氏告公，公告乐祁。乐祁曰："与之。如是，鲁君必出。政在季氏三世矣，鲁君丧政四公矣。无民而能逞其志者，未之有也。国君是以镇抚其民。《诗》曰：'人之云亡，心之忧矣。'鲁君失民矣，焉得逞其志？靖以待命犹可，动必忧。"

（2）《左传·文公六年》：秦伯任好卒，以子车氏之三子奄息、仲行、针虎为殉，皆秦之良也，国人哀之，为之赋《黄鸟》。君子曰："秦穆之不为盟主也，宜哉！死而弃民，先王违世，犹诒之法，而况夺之善人乎！《诗》曰：'人之云亡，邦国殄瘁。'无善人之谓，若之何夺之。"

（3）《左传·襄公二十六年》："善为国者，赏不僭而刑不滥。赏僭，则惧及淫人。刑滥，则惧及善人。若不幸而过，宁僭无滥。与其失善，宁其利淫。无善人，则国从之。《诗》曰：'人之云亡，邦国殄瘁。'无善人之谓也。故《夏书》曰：'与其杀不辜，宁失不经。'惧失善也。"

召旻

旻天疾威，天笃降丧。
瘨我饥馑，民卒流亡，我居圉卒荒。

天降罪罟，蟊贼内讧。
昏椓靡共，溃溃回遹，实靖夷我邦。

皋皋訿訿，曾不知其玷。
兢兢业业，孔填不宁，我位孔贬。

如彼岁旱，草不溃茂。
如彼栖苴，我相此邦，无不溃止。

维昔之富不如时，维今之疚不如兹。
彼疏斯粺，胡不自替？职兄斯引。

池之竭矣，不云自频？
泉之竭矣，不云自中？
溥斯害矣，职兄斯弘，不灾我躬。

昔先王受命，有如召公，
日辟国百里，今也日蹙国百里。
於乎哀哉！维今之人，不尚有旧。

【注释】

1. 旻天，《尔雅》："春为苍天。夏为昊天。秋为旻天。冬为上天。"
2. 笃，《尔雅》：厚也。
3. 瘨（diān），《说文》：病也。

4. 饥、馑，《尔雅》："谷不熟为饥，蔬不熟为馑，果不熟为荒。"

5. 卒，《尔雅》：尽也。

6. 圉，《尔雅》：垂也。边疆之意。引申疆域、地域。域或为"圉"之讹。

7. 荒，《说文》："荒，芜也。一曰草淹地也。"野草掩地谓之荒芜。

8. 讧，《说文》：讀（愤）也。解作乱、毁败。

9. 昏，《尔雅》：强也。

10. 椓，《说文》：击也。

11. 共，为"恭"。《说文》："恭（gǒng），战栗也。"恐惧、害怕之意。

12. 溃，为"愦"。《说文》："愦（kuì），乱也。"溃溃，混乱貌。

13. 靖，《尔雅》：谋也。

14. 夷，《尔雅》：易也。

15. 皋皋，《尔雅》：刺素食也。皋皋（háo），或为"鹭鹭"。《说文》："鹭（hè），鸟白肥泽貌。《诗》云：'白鸟鹭鹭。'"此处指素食者白胖貌。

16. 訿（zǐ），《说文》：不思称意也。指做事散漫、懈怠。《尔雅》："訿訿，莫供职也。"訿訿，此处指懒散、无所事事的样子。

17. 玷，《说文》：缺也。

18. 兢兢业业，戒慎、敬惧貌。《尔雅》："业业，危也。兢兢，戒也。"

19. 贬，《说文》：损也。

20. 溃茂，为"傀茂"。《说文》："傀（tuǐ），长貌。"傀茂，高大茂盛。

21. 栖，为"湿"。《说文》："湿（shī，qī），幽湿也。"湿简体"湿"。

22. 苴（jū），此处泛指麻。如苴杖、苴布。栖苴，浸泡在水里的麻。

23. 溃，通"殨"。《说文》："殨（kuì），烂也。"

24. 疏，《说文》：通也。即通达、明了。《荀子》："疏知而不法，辨察而操僻。"

25. 粺（bài），为"鞁"。《说文》："鞁（bǐ），毁也。"

26. 替，《尔雅》：止也。

27. 职，《说文》：主也。主宰、主持、主导。

28. 兄，为"怳"。《说文》："怳（huǎng），狂之貌。"

29. 斯，《尔雅》：此也。

30. 引，《尔雅》：长也。

31. 频，为"濒"。《说文》："濒，水厓。"

32. 溥，《尔雅》：大也。

33. 灾，为"甾"。《说文》："甾（zāi），伤也。"不灾，为"丕灾"，大伤之意。

34. 蹙，《说文》：迫也。

这首诗讲小人当道，国家毁败，君子忧伤。

"旻天疾威，天笃降丧"，旻天疾恨威虐，是以上天大降丧乱。"瘨我饥馑，民卒流亡，我居圉卒荒"，病我以饥馑，民尽流亡，我居住之疆域尽荒芜。

"天降罪罟，蟊贼内讧"，上天降罪，蟊贼内乱。"昏椓靡共，溃溃回遹，实靖夷我邦"，强力抨击而不知畏惧，来回变换使国家混乱，其谋求改变我国。言小人嚣张，虽抨击之不见收敛，其胡乱作为使国家混乱，其志在主导国家。

"皋皋訿訿，曾不知其玷"，白白胖胖而无所事事，竟不知其毛病。"兢兢业业，孔填不宁，我位孔贬"，君子兢兢业业，极力镇抚而不能安宁，我之职位反而大为降低。言小人当道，君子失势。

"如彼岁旱，草不溃茂"，如彼干旱之年，草不高大、茂盛。"如彼栖苴，我相此邦，无不溃止"，如彼浸泡水中之麻，我视此国家，无不溃烂。

"维昔之富不如时，维今之疚不如兹"，以往之富裕不如当下，今世之疾病莫过于此时。言周历代积累至于今可谓极富，当下之乱亦为近代之极。"彼疏斯粺，胡不自替？职兄斯引"，彼明知此毁害，何不自行终止？主导狂乱局面如此久长。言周王明知其危害而为之，且无意收敛。

"池之竭矣，不云自频？泉之竭矣，不云自中"，水池之干涸，不是从池边？泉水之干涸，不是自地中？寓意内外之失，最终皆可导致灭亡。"溥斯害矣，职兄斯弘，不灾我躬"，大斯害矣！主宰狂乱局面如此广大，大伤我身。言周王使混乱局面无限扩大，百姓大伤。

"昔先王受命，有如召公"，昔先王受天命，有如召公之贤德者。"日辟国百里，今也日蹙国百里"，日开辟国土百里，如今日收缩国境百里。"於乎哀哉！维今之人，不尚有旧"，呜呼哀哉！维当今之人，不尚旧人。言周王失道。

颂

周颂

清庙

于穆清庙，
肃雝显相。
济济多士，
秉文之德。

对越在天，
骏奔走在庙。
不显不承，
无射于人斯。

【注释】

1. 穆，通"睦"。《说文》："睦，目顺也。一曰敬和也。"本意指眼神柔顺，又指敬和。引申敬、顺、和。《说文》："穆，禾也。"

2. 清，《说文》：朗（明）也。清庙，为太庙之别称，其构词与"明堂"相似。《礼记》："大庙，天子明堂。"《史记》："登明堂，坐清庙。"

3. 肃雝（yōng），为"肃嗈"。《尔雅》："肃嗈，声也。"

4. 显，繁体为"㬎"。《说文》："㬎，或曰众口貌。"引申众、众人。《仪礼》："哀子某，哀显相。孝子某，孝显（众）相。"

5. 相，《尔雅》：勴（lù）也。即辅助之意。

6. 济济，为"霁霁"，安定貌。《尔雅》："济济，止也。"《说文》："霁，雨止也。"
《礼记》："子赣问曰：'子之言祭，济济漆漆然。今子之祭无济济漆漆，何也？子曰：'济济者，容也远也。漆漆（戚戚）者，容也自反也。容以远，若容以自反也，夫何神明之及交，夫何济济、漆漆之有乎？"

7. 对，为"斟"。《说文》："斟（duì），帀（zā）也。"周遍之意。

8. 越，《尔雅》：扬也。

9. 骏，《尔雅》：速也。《尚书》："祀于周庙，邦甸、侯、卫，骏奔走，执豆笾。"

10. 奔、走，《尔雅》："中庭谓之走。大路谓之奔。"

11. 显，《尔雅》：光也。不显不承，为"丕显丕承"。

12. 承，《说文》：奉也。受也。

13. 射，为"斁"。《说文》："斁（yì），解也。猒（饱）也。一曰终也。"

【解析】

　　这首诗讲君臣于清庙奏乐祭祀文王，以昭文王之德。

　　"于穆清庙，肃雍显相"，敬和于清庙，众乐器助以肃雍之声。"济济多士，秉文之德"，恬静之众士人，秉持文德。言秉持文王之德。

　　"对越在天，骏奔走在庙"，乐声遍扬于天，祭祀者迅速奔走在庙。言祭祀殷盛，祭祀者恭谨。"不显不承，无射于人斯"，广泛奉行之，光大之，不终尽于人民之中。言发扬文王之道，使国人世代传承。

【引证】

（1）《礼记·大传》："自仁率亲，等而上之，至于祖。自义率祖，顺而下之，至于祢（父庙）。是故，人道亲亲也。亲亲故尊祖，尊祖故敬宗，敬宗故收族，收族故宗庙严，宗庙严故重社稷，重社稷故爱百姓，爱百姓故刑罚中，刑罚中故庶民安，庶民安故财用足，财用足故百志成，百志成故礼俗刑（形成），礼俗刑然后乐。《诗》云：'不显不承，无斁于人斯'，此之谓也。"

　　上文中"不显不承"指发扬亲亲以至于乐而言。

（2）《礼记·乐记》：文侯曰："敢问溺音何从出也？"子夏对曰："郑音好滥淫志，宋音燕女溺志，卫音趋数烦志，齐音敖辟乔志。此四者皆淫于色而害于德，是以祭祀弗用也。《诗》云：'肃雍和鸣，先祖是听。'夫肃肃，敬也。雍雍，和也。夫敬以和，何事不行？"……是故乐在宗庙之中，君臣上下同听之则莫不和敬。在族长乡里之中，长幼同听之则莫不和顺。在闺门之内，父子兄弟同听之则莫不和亲。故乐者审一以定和，比物以饰节，节奏合以成文，所以合和父子君臣，附亲万民也，是先王立乐之方也。

（3）《礼记·文王世子》："天子视学，大昕鼓徵，所以警众也。众至，然后天子至。乃命有司行事。兴秩节，祭先师先圣焉。有司卒事，反命。始之养也：适东序，释奠于先老，遂设三老、五更、群老之席位焉。适馔省醴，养老之珍具，遂发咏焉，退修之以孝养也。反，登歌《清庙》，既歌而语，以成之也。言父子、君臣、长幼之道，合德音之致，礼之大者也。"

（4）《礼记·仲尼燕居》：子曰："慎听之！女三人者，吾语女：礼犹有九焉，大飨有四焉。苟知此矣，虽在畎亩之中事之，圣人已。两君相见，揖让而入门，入门而县兴。揖让而升堂，升堂而乐阕。下管《象》、《武》，《夏》、《籥》序兴。陈其荐俎，序其礼乐，备其百官。如此，而后君子知仁焉。行中规，还中矩，和鸾中采齐，客出以雍，彻以振羽。是故，君子无物而不在礼矣。入门而金作，示情也。升歌《清庙》，示德也。下而管《象》，示事也。是故古之君子，不必亲相与言也，以礼乐相示而已。"

（5）关于"清庙"

东汉《蔡郎中集》：明堂者，天子太庙，所以宗祀其祖，以配上帝者也。夏后氏曰世室，殷人曰重屋，周人曰明堂。东曰青阳，南曰明堂，西曰总章，北曰玄堂，中央曰太室。《易》曰："离也者，明也。南方之卦也。"圣人南面而听天下，乡明而治。人君之位莫正于此焉。故虽有五名，而主以明堂也。其正中皆曰太庙，谨承天顺时之令，昭令德宗祀之礼，明前功百辟之劳，起养老敬长之义，显教幼诲稚之学，朝诸侯、选造士于其中，以明制度。生者乘其能而至，死者论其功而祭，故为大教之宫，而四学具焉，官司备焉。譬如北辰，居其所而众星拱之，万象翼之，政教之所由生，变化之所由来，明一统也。故言明堂，事之大、义之深也。取其宗祀之貌，则曰清庙。取其正室之貌，则曰太庙。取其尊崇，则曰太室。取其乡明，则曰明堂。取其四门之学，则曰太学。取其四面周水圜如璧，则曰辟廱。异名而同事，其实一也。春秋因鲁取宋之奸赂，则显之太庙，以明圣王建清庙、明堂之义。《经》曰："取郜大鼎于宋，戊申纳于太庙。"《传》曰："非礼也。""君人者将昭德塞违，故昭令德以示子孙，是以清庙茅屋，昭其俭也。夫德、俭而有度，升降有数。文物以纪之，声明以发之，以临照百官。百官于是乎戒惧而不敢易纪律。"所以明大教也。以周清庙论之，鲁太庙皆明堂也。鲁禘祀周公于太庙明堂，犹周宗祀文王于清庙明堂也。《礼记·檀弓》曰："王齐禘于清庙明堂也。"《孝经》曰："宗祀文王于明堂。"《礼记·明堂位》曰："太庙，天子曰明堂。"又曰："成王幼弱，周公践天子位以治天下，朝诸侯于明堂，制礼作乐，颁度量而天下大服。"成王以周公为有勋劳于天下，命鲁公世世禘祀周公于太庙，以天子礼乐，升歌清庙，下管象舞，所以广鲁于天下也。取周清庙之歌，歌于鲁太庙，明鲁之太庙，犹周之清庙也。皆所以昭文王、周公之德，以示子孙也。

维天之命

维天之命，
於穆不已。
於乎不显！
文王之德之纯！

假以溢我，
我其收之。
骏惠我文王，
曾孙笃之。

【注释】

1. 穆，为"勐"。《说文》："勐，勉也。"即强勉。

2. 纯，《尔雅》：大也。《说文》："奄（chún），大也。"

3. 假，《尔雅》：已也。解作制止、劝止。

4. 溢，为"恤"，解作振救、举救。《说文》："恤：收也。"
《逸周书》："与民利者仁也，能收民狱者义也，能督民过者德也。"

5. 骏，《尔雅》：长也。惠，《尔雅》：顺也。骏惠，长久服顺。

6. 笃，《尔雅》：固也。厚也。

【解析】

这首诗赞文王自强、厚德。

"维天之命，于穆不已"，维天之命，强勉不已。言文王负天命自强不息。"于乎不显！文王之德之纯"，感叹文王之德之大，感叹其大显。言文王之德博厚。

"假以溢我，我其收之"，劝止以振我，我其救之。言文王以道义举救世人。"骏惠我文王，曾孙笃之"，长顺我文王，曾孙笃行之。

【引证】

（1）《礼记·中庸》："天地之道，可壹言而尽也。其为物不贰，则其生物不测。天地之道，博也厚也，高也明也，悠也久也。今夫天，斯昭昭之多，及其无穷也，日月星辰系焉，万物覆焉。今夫地，一撮土之多，及其广厚，载华岳而不重，振河海而不泄，万物载焉。今夫山，一拳石之多，及其广大，草木生之，禽兽居之，宝藏兴焉。今夫水，一勺之多，及其不测，鼋鼍、蛟龙、鱼鳖生焉，货财殖焉。《诗》云：'维天之命，於穆不已'盖曰天之所以为天也。'於乎不显！文王之德之纯'盖曰文王之所以为文也，纯亦不已（大无止境）。"

（2）《左传·襄公二十七年》：宋左师请赏，曰："请免死之邑。"公与之邑六十。以示子罕，子罕曰："凡诸侯小国，晋、楚所以兵威之。畏而后上下慈和，慈和而后能安靖其国家，以事大国，所以存也。无威则骄，骄则乱生，乱生必灭，所以亡也。天生五材，民并用之，废一不可，谁能去兵？兵之设久矣，所以威不轨而昭文德也。圣人以兴，乱人以废，废兴存亡昏明之术，皆兵之由也。而子求去之，不亦诬乎？以诬道蔽诸侯，罪莫大焉。纵无大讨，而又求赏，无厌之甚也！"削而投之。左师辞邑。向氏欲攻司城（子罕之地），左师曰："我将亡，夫子存我，德莫大焉，又可攻乎？"君子曰："'彼己之子，邦之司直。'乐喜（子罕）之谓乎？'何以恤我，我其收之。'向戌（左师）之谓乎？"

译文：宋国左师请赏，言："请免死之城邑。"宋平公与之六十邑。左师以文书示子罕。子罕言："凡是诸侯小国，晋国、楚国用武力来威慑。使畏惧然后上下慈和，慈和然后能安定其国家，以事奉大国，是以存立。无威慑则骄肆，骄肆则祸乱生，祸乱生则灭亡，此所以灭亡之原因。天生五材（士、农、工、商、兵），民一并用之，废一不可。谁能去兵？兵之设立已久，用来威慑不轨而宣扬文德。圣人由武力而兴，乱人由武力而废。废兴存亡昏明之术，皆兵之由。子谋求去之，不是诬调？以诬调蒙蔽诸侯，罪莫大焉。纵没有重罚，反而求取赏赐，不知足之甚。"子罕把封赏文书削毁并丢弃。左师推辞了城邑。向氏欲攻打子罕，左师说："我将要灭亡，夫子举救于我，恩德无量，怎能攻打？"君子说："'彼己之子，邦之司直。'子罕之谓也。'何以恤我，我其收之。'左师之谓也。"

维清

维清缉熙，
文王之典。

肇禋，
迄用有成，
维周之祯。

【注释】

1.缉熙，《尔雅》：光也。

2.典，《尔雅》：法也。经也。

3.肇，为"肁"。《说文》："肁（zhào），始开也。"《尔雅》："肇，始也。"

4.禋，为"堲"之讹，堲为"西土"之误。西土，指西周。
《尚书》："乃穆考文王肇国在西土。"

5.迄，为"讫"。《说文》："讫，止也。"引申终、尽。
《尚书》："典狱非讫于威，惟讫于富。"

6.祯，《说文》：祥也。《说文》："祥，福也。一云善。"

【解析】

这首诗赞文王之道。

"维清缉熙，文王之典"，文王之法，清晰、光明。

"肇禋，迄用有成，维周之祯"，始开于西土，终用之有今之成功，为周之祯祥。言文王之典使周兴，遵行之，最终成就平天下之大业。

烈文

烈文辟公，

锡兹祉福。

惠我无疆，

子孙保之。

无封靡于尔邦，

维王其崇之。

念兹戎功，

继序其皇之。

无竞维人，

四方其训之。

不显维德，

百辟其刑之。

於乎，前王不忘！

【注释】

1. 烈，《尔雅》：光也。

2. 辟、公，《尔雅》：君也。辟公、百辟，即诸侯。《荀子》："论礼乐，正身行，广教化，美风俗，兼覆而调一之，辟公之事也。……国家失俗，则辟公之过也。"

3. 无，通"毋"。无封靡，即"毋封靡"。

4. 封，《说文》："封，爵诸侯之土也。公侯百里。伯七十里。子男五十里。"

5. 靡，《说文》：披靡也。倾倒、颠覆之意。

6. 崇，《尔雅》：高也。充也。

7. 戎，《尔雅》：大也。

8. 继序，为"继叙"。《说文》："叙：次弟也。"

9. 皇，《说文》：大也。

10. 竞，《尔雅》：强也。

11. 训，《尔雅》：道也。即遵行之。训或通"驯"。《说文》："驯，马顺也。"引申顺从、遵从。《尚书》："皇天用训厥道，付畀四方。"

12. 刑，为"开"。《说文》："开（jiān），平也。"《说文》："刑，刭也。"

《礼记》："教之不刑，其此之由乎。"古文"刑、荆（xíng罚罪）、开"通用。

【解析】

这首诗乃周武王会诸侯诫勉之辞。

"烈文辟公，锡兹祉福"，文采昭彰之君，赐此福祉。言诸侯有文德，故获上天福佑。"惠我无疆，子孙保之"，惠爱我无极，子孙保之。"无封靡于尔邦，维王其崇之"，不封倾覆者于其国，唯其崇王者。言封循道正行、崇王者为诸侯。"念兹戎功，继序其皇之"，念此大功，接续前行而大之。言继续前人功业以成就更大功业。"无竞维人，四方其训之"，无强我者维人，四方其顺从之。言得人者得天下。"不显维德，百辟其刑之"，大显以德，诸侯其成之。言君王修身而平天下。"於乎，前王不忘"，鸣呼，不忘前王！

【引证】

（1）《礼记·中庸》："《诗》曰：'不显惟德，百辟其刑之。'是故君子笃恭而天下平。"

（2）东汉班固《白虎通德论·文质》：王者始立，诸侯皆见何？当受法禀正教也。《尚书》："辑五瑞，觐四岳。"谓舜始即位，见四方诸侯，合符信。《诗》云："玄王桓拨，受小国是达，受大国是达。"言汤王天下，大小国诸侯皆来见，汤能通达以礼义也。《周颂》曰："烈文辟公，锡兹祉福。"言武王伐纣定天下，诸侯来会，聚于京师受法度也。远近莫不至，受命之君天之所兴，四方莫敢违，夷狄咸率服故也。

（3）《左传·襄公二十一年》：晋侯问叔向之罪于乐王鲋，对曰："不弃其亲，其有焉。"于是祁奚老矣，闻之，乘驲而见宣子，曰："《诗》曰：'惠我无疆，子孙保之。'《书》曰：'圣有谟勋，明征定保。'夫谋而鲜过，惠训不倦者叔向有焉，社稷之固也。犹将十世宥之，以劝能者。今壹不免其身，以弃社稷，不亦惑乎？鲧殛而禹兴。伊尹放大甲而相之，卒无怨色。管蔡为戮，周公右王。若之何其以虎也弃社稷？子为善谁敢不勉？多杀何为？"宣子说，与之乘，以言诸公而免之。

译文：晋平公向乐王鲋询问叔向的罪过，乐王鲋回答说："叔向不弃其亲人，其有罪。"当时祁奚已告老，闻此情况，乘快车拜见范宣子，曰："《诗》言：'惠我无疆，子孙保之。'《书》曰：'圣有谟勋，明征定保。'谋划而少有过错，仁爱、顺从而不懈怠叔向有之，其乃国家稳固者也。即使其十代子孙有过错亦当赦免，以此勉励有能力者。如今其自身竟然不免于祸，若此舍弃国家之举，不亦使人困惑？鲧被诛而禹兴起；伊尹放逐太甲，而后又为其宰相，太甲始终无怨色；管叔、蔡叔被诛，周公仍然辅佐成王。为何因叔虎而为抛弃国家之举？子为善谁敢不勉力？多杀为何？"宣子喜悦，与祁奚共乘一车，向平公劝说而赦免叔向。

天作

天作高山，

大王荒之。

彼作矣，

文王康之。

彼徂矣，

岐有夷之行，

子孙保之。

【注释】

1. 作，《尔雅》：为也。

2. 荒，为"㡿"。《说文》："㡿（huāng），水广也。"引申大、广大。

3. 康，《尔雅》：安也。

4. 徂，《尔雅》：往也。

5. 岐，为"伎"。《说文》："伎（qí），与也。"解作亲与、相与、从比。

6. 夷，《尔雅》：易也。《说文》："夷，平也。"

7. 行（háng），《尔雅》：道也。

【解析】

这首诗赞大王、文王能行天道。

"天作高山，大王荒之"，天作高山，大王大之。言大王亶父光大天道。"彼作矣，文王康之"，其所作，文王安之。言文王遵从大王之道。"彼徂矣，岐有夷之行，子孙保之"，其所往，从比简易之道，子孙保之。言治国行政遵从易简之道。

【引证】

（1）《荀子·王制》：北海则有走马吠犬焉，然而中国得而畜使之。南海则有羽翮、齿革、曾青、丹干焉，然而中国得而财之。东海则有紫紶、鱼盐焉，然而中国得而衣食之。西海则有皮革、文旄焉，然而中国

得而用之。故泽人足乎木，山人足乎鱼，农夫不斫削、不陶冶而足械用，工贾不耕田而足菽粟。故虎豹为猛矣，然君子剥而用之。故天之所覆，地之所载，莫不尽其美，致其用，上以饰贤良，下以养百姓而安乐之。夫是之谓大神。《诗》曰："天作高山，大王荒之。彼作矣，文王康之"此之谓也。

（2）《国语·晋语》：公子过郑，郑文公亦不礼焉。叔詹谏曰："臣闻之：亲有天；用前训；礼兄弟；资穷困，天所福也。今晋公子有三祚焉，天将启之。同姓不婚，恶不殖也。狐氏出自唐叔。狐姬，伯行之子也，实生重耳。成而隽才，离违而得所，久约而无衅，一也。同出九人，唯重耳在，离外之患，而晋国不靖，二也。晋侯日载其怨，外内弃之，重耳日载其德，狐、赵谋之，三也。在《周颂》曰：'天作高山，大王荒之。'荒，大之也。大天所作，可谓亲有天矣。晋、郑兄弟也，吾先君武公与晋文侯戮力一心，股肱周室，夹辅平王，平王劳而德之，而赐之盟质，曰：'世相起也。'若亲有天，获三祚者，可谓大天。若用前训，文侯之功，武公之业，可谓前训。若礼兄弟，晋、郑之亲，王之遗命，可谓兄弟。若资穷困，亡在长幼，还轸诸侯，可谓穷困。弃此四者，以徼天祸，无乃不可乎？君其图之。"弗听。叔詹曰："若不礼焉，则请杀之。《谚》曰：'黍稷无成，不能为荣。黍不为黍，不能蕃庑。稷不为稷，不能蕃殖。所生不疑，唯德之基。'"公弗听。

译文：重耳经过郑国，郑文公亦不加礼遇。叔詹劝谏说："我听说：亲上天；遵循先君教诲；兄弟以礼相待；资助穷困者，上天必保佑之。如今晋公子有三祥兆，该是上天福佑。同姓不通婚，恐子孙不昌盛。狐氏乃唐叔后代，狐姬乃伯行之女，生子重耳。重耳长成，才能出众，虽然逃难离国，但行为得体，久困而无背离道义，此其一。同生九兄弟中，现惟重耳存，虽遭流亡之害，而不谋于晋国，此其二。晋侯日载其怨，国内外皆厌弃之。重耳则终日存其德，有狐偃、赵衰等为其谋划，此其三。《周颂》上说：'天作高山，大王荒之'荒，即大之。大天之作，可谓亲上天。晋、郑两国乃兄弟之国，我先王郑武公与晋文侯曾同心协力，捍卫周室，辅佐平王，平王感恩，赐予盟信，言：'世相起也。'若亲近上天，亲有三祥兆之重耳，可谓大天之所作。若遵循先王训诲，晋文侯之功劳，郑武公之业绩，可谓前训。若礼兄弟，晋、郑两

国同姓相亲，又有平王遗命，可谓兄弟。若资助贫困，公子从小到大流亡在外，乘车遍历诸侯国，可谓穷困。舍弃此四项德行，招致天祸，亦无何不可吧？请君王思量。"郑文公不听。叔詹又进言："若不礼遇之，则请杀之。《谚》曰：'黍稷无成，不能为荣。黍不为黍，不能蕃庑。稷不为稷，不能蕃殖。所生不疑，唯德之基。'"郑文公不听。

（3）西汉刘向《说苑·君道》：齐宣王谓尹文曰："人君之事何如？"尹文对曰："人君之事，无为而能容下。夫事寡易从，法省易因，故民不以政获罪也。大道容众，大德容下，圣人寡为而天下理矣。《书》曰：'睿作圣'。《诗》人曰：'岐有夷之行，子孙其保之！'"宣王曰："善！"

（4）《韩诗外传》：昔者舜甑盆无膻，而下不以馀获罪。饭乎土簋，啜乎土型，而农不以力获罪。麑衣而盬领，而女不以巧获罪。法下易由，事寡易为功，而民不以政获罪。故大道多容，大德多下，圣人寡为，故用物常壮也。传曰："易简而天下之理得矣。"《诗》曰："政有夷之行，子孙保之。"

昊天有成命

昊天有成命，
二后受之。
成王不敢康，
夙夜基命宥密。
于缉熙！
单厥心，
肆其靖之。

【注释】

1. 成，《说文》：就也。解作成就。

《国语》："黄帝能成命百物。"

《尚书》："王厥有成命治民。"

《管子》："周其君子，不失成功。周其小人，不失成命。"

2. 后，《说文》：继体君也。《尔雅》："后，君也。"

3. 康，《尔雅》：安也。乐也。

4. 基，《尔雅》："基：谋也。设也。始也。经也。"

5. 宥，《说文》：宽也。

6. 密，《尔雅》：静也。密通"谧"。《说文》："谧，静语也。一曰无声也。"

7. 缉熙，《尔雅》：光也。

8. 单，《说文》：大也。单或为"亶"。《尔雅》："亶（dǎn），厚也。"

9. 肆，《尔雅》：力也。

10. 靖，《尔雅》：谋也。治也。

1149

【解析】

这首诗赞周成王有成就国民之功德。

"昊天有成命，二后受之"，昊天有成就万物之使命，二王受昊天之成命。言成王继承文王、武王之昊天成命。"成王不敢康，夙夜基命宥密"，成王不敢安乐，夙夜谋其使命以宽闲、安宁之政。言成王谋求以宽民、安民之政治民。昊天有长养之德，宥谧为长养之则，故孔子称其为"无声之乐"。"于缉熙！单其心，肆其靖之"，光大也！笃其志，竭力以治之。言周成王尽心竭力，功业光显。

【引证】

（1）《孔子家语》：孔子曰："无声之乐，无体之礼，无服之丧，此之谓三无。"子夏曰："敢问三无，何诗近之？"孔子曰："'夙夜基命宥密'，无声之乐也。"

（2）《国语·周语下》："且其语说《昊天有成命》，颂之盛德也。其诗曰：'昊天有成命，二后受之。成王不敢康，夙夜基命宥密。于缉熙！亶厥心，肆其靖之。'是道成王之德也。成王能明文昭，能定武烈者也。夫道成命者，而称昊天，翼其上也。二后受之，让于德也。成王不敢康，敬百姓也。夙夜，恭也。基，始也。命，信也。宥，宽也。密，宁也。缉，明也。熙，广也。亶，厚也。肆，固也。靖，和也。其始也，翼上德让，而敬百姓。其中也，恭俭信宽，帅归于宁。其终也，广厚其心，以固和之。始于德让，中于信宽，终于固和，故曰成。"

（3）西汉贾谊《新书》："夫《昊天有成命》，颂之盛德也。其诗曰：'昊天有成命，二后受之，成王不敢康，夙夜基命宥谧。'谧者，宁也，亿也。命者，制令也。基者，经也，势也。夙，早也。康，安也。后，王也。二后，文王、武王。成王者，武王之子，文王之孙也。文王有大德，而功未就，武王有大功，而治未成。及成王承嗣，仁以临民，故称昊天焉。不敢怠安，蚤兴夜寐，以继文王之业，布文陈纪，经制度，设牺牲，使四海之内，懿然葆德，各遵其道，故曰'有成'——承顺武王之功，奉扬文王之德。九州之民，四荒之国，歌谣文武之烈，絫九译而请朝，致贡职以供祀，故曰二后受之。方是时也，天地调和，神民顺亿，鬼不厉祟，民不谤怨，故曰宥谧。成王质仁圣哲，能明其先，能承其亲，不敢惰懈，以安天下，以敬民人。"

我将

我将我享，

维羊维牛，

维天其右之。

仪式刑文王之典，

日靖四方。

伊嘏文王，

既右飨之。

我其夙夜，

畏天之威，

于时保之。

【注释】

1. 将，《尔雅》：送也。资也。

2. 亨，《说文》：献也。

3. 右，《尔雅》："右：导也。勴（助）也。"

4. 仪，《尔雅》：善也。

5. 式，《尔雅》：用也。

6. 刑，《尔雅》：法也。解作效法、遵法。

7. 典，《尔雅》：法也。经也。

8. 靖，《尔雅》：治也。

9. 嘏（jiǎ），《说文》：大远也。《尔雅》："嘏，大也。"

10. 右，为"侑"。《尔雅》："侑（yòu），报也。"
《彤弓》："一朝右之。一朝飨之。一朝酬之。"

11. 飨，《说文》：乡人饮酒也。又泛指供酒食与人神。

12. 时，《尔雅》：是也。

【解析】

　　这首诗讲敬天，尊文王之道。

"我将我亨，维羊维牛，维天其右之"，我送我献，有羊有牛，维上天之佑我。"仪式刑文王之典，日靖四方"，善用、善法文王之典，日治四方。"伊嘏文王，既右飨之"，正大文王，尽酬报而飨之。言君臣上下尊崇而祭祀文王。"我其夙夜，畏天之威，于时保之"，我夙夜敬肃，畏天之威，以此保全之。

【引证】

（1）《左传·文公四年》：逆妇姜于齐，卿不行，非礼也，君子是以知出姜之不允于鲁也。曰："贵聘而贱逆之，君而卑之，立而废之，弃信而坏其主，在国必乱，在家必亡，不允宜哉！《诗》曰：'畏天之威，于时保之'敬主之谓也。"

（2）《左传·昭公六年》：三月，郑人铸刑书。叔向使诒子产书，曰："始吾有虞于子，今则已矣。昔先王议事以制，不为刑辟，惧民之有争心也。犹不可禁御，是故闲之以义，纠之以政，行之以礼，守之以信，奉之以仁，制为禄位以劝其从，严断刑罚以威其淫。惧其未也，故诲之以忠，耸之以行，教之以务，使之以和，临之以敬，莅之以强，断之以刚。犹求圣哲之上，明察之官，忠信之长，慈惠之师，民于是乎可任使也，而不生祸乱。民知有辟，则不忌于上，并有争心，以征于书，而徼幸以成之，弗可为矣。夏有乱政而作《禹刑》，商有乱政而作《汤刑》，周有乱政而作《九刑》，三辟之兴，皆叔世也。今吾子相郑国，作封洫，立谤政，制参辟，铸刑书，将以靖民，不亦难乎？《诗》曰：'仪式刑文王之德，日靖四方。'又曰：'仪刑文王，万邦作孚。'如是，何辟之有？民知争端矣，将弃礼而征于书。锥刀之末，将尽争之。乱狱滋丰，贿赂并行，终子之世，郑其败乎！肸闻之，国将亡必多制，其此之谓乎！"复书曰："若吾子之言，侨不才，不能及子孙，吾以救世也。既不承命，敢忘大惠？"

译文：三月，郑人铸刑书。叔向派人送给子产一封信，说："开始我对您寄予希望，今则不然。从前先王议事以制度，不作刑法，害怕百姓有争夺之心。仍不能防止犯罪，则用道义来防范，用政令来约束，使行之以礼，守之以信，奉行以仁。制定禄位以勉其服从者，严厉判罪以威惧放纵者。仍担心不能行，则用忠诚教诲，以行为劝勉，教之以务，使之以和，临之以敬，莅之以强，断之以刚。仍求通达、明哲之上，明察之官，忠信之长，慈爱之师，百姓在如此情况下方可任使，而不生祸乱。百姓知道有法律，则不忌于上，并且有争夺之心，用刑法作为根据，而且侥幸其能成功，如此则百姓不能治理。夏朝有乱政而制定禹刑。商朝有乱政而制定汤刑。周朝有乱政而制定九刑。三朝法律之兴立，皆在其末世。如今您辅佐郑国，划定田界水沟，设立导致毁谤之政，制定三种法律，把刑法铸在鼎上，欲以此安定百姓，不也是很难吗？《诗》曰：'仪式刑文王之德，日靖四方。'又曰：'仪刑文王，万邦作孚。'如此，何必要有法律？百姓知道争端，将会丢弃礼仪而征求于刑书。锥刀之末之微利，将尽争之。犯法滋生，贿赂并行。您在世期间郑国恐怕要衰败吧！肸听说：'国将亡必多制'，说的就是这个吧？"子产复信说："如您所说，侨无才能，不能虑及子孙，我用刑法来救当世。既不能接受您的命令，又岂敢忘您的恩惠？"

（3）《孟子·梁惠王下》：齐宣王问曰："交邻国有道乎？"孟子对曰："有。惟仁者为能以大事小，是故汤事葛，文王事昆夷。惟智者为能以小事大，故大王事獯鬻，句践事吴。以大事小者，乐天者也。以小事大者，畏天者也。乐天者保天下，畏天者保其国。《诗》云：'畏天之威，于时保之。'"

（4）《左传·文公十五年》：齐侯侵我西鄙，谓诸侯不能也，遂伐曹，入其郛，讨其来朝也。季文子曰："齐侯其不免乎，己则无礼，而讨于有礼者。曰女何故行礼？礼以顺天，天之道也，己则反天，而又以讨人，难以免矣！《诗》曰：'胡不相畏，不畏于天'，君子之不虐幼贱，畏于天也，在《周颂》曰：'畏天之威，于时保之'，不畏于天，将何能保？以乱取国，奉礼以守，犹惧不终，多行无礼，弗能在矣！"

时迈

时迈其邦，
昊天其子之，
实右序有周。
薄言震之，
莫不震叠。
怀柔百神，
及河乔岳。
允王维后，
明昭有周，
式序在位。
载戢干戈，
载橐弓矢。
我求懿德，
肆于时夏，
允王保之。

【注释】

1.子，通"慈"。《说文》："慈，爱也。"《礼记》："致乐以治心，则易直子谅之心油然生矣。"《中庸》："敬大臣也，体群臣也，子庶民也，来百工也，柔远人也。"

2.迈，《说文》：远行也。《尔雅》："迈，行也。"

3.右，《尔雅》：导也。

4.序，为"叙"。《说文》："叙，次弟也。"

5.薄，通"迫"。急迫、赶紧。

6.叠，为"慴"，音同通假。《说文》："慴（shè），惧也。"

7.怀柔，《尔雅》："怀：来也。柔：安也。"

8.允，《尔雅》：信也。诚也。

9. 乔岳，为"峤岳"。《说文》："峤，山锐而高也。"《尔雅》："乔，高也。"

10. 戢（jí），《说文》：藏兵也。《尔雅》："戢，聚也。"

11. 櫜（gāo），《说文》：车上大櫜（tuó囊）。

12. 肆，《说文》：极陈也。

13. 夏，《说文》：中国之人也。

【解析】

　　这首诗讲周王巡视国家。

　　"时迈其邦，昊天其子之，实右序有周"，以时行其国，昊天其慈爱之，引导次第于有周。言周王巡视天下，旨在引导秩序。"薄言震之，莫不震叠"，紧急震动之，莫不震惧。言周王临以威严。"怀柔百神，及河乔岳"，来安诸神，以及河流、高山。言周王巡视天下，祭祀地方诸神以及河山。"允王维后，明昭有周，式序在位"，信实之王为继体之君，光显有周，规范秩序使各得其所。言周王诚实，昭显先王事业，使官民各得其是。"载戢干戈，载櫜弓矢"，又收聚其干戈，又弓矢入囊。言周王息武事。"我求懿德，肆于时夏，允王保之"，我求美德，广布于此夏，信实之王以保之。言周王唱德治。

【引证】

（1）《国语·周语上》：穆王将征犬戎，祭公谋父谏曰："不可。先王耀德不观兵。夫兵戢而时动，动则威，观则玩，玩则无震。是故周文公（周公姬旦）之《颂》曰：'载戢干戈，载櫜弓矢。我求懿德，肆于时夏，允王保之。'先王之于民也，懋（mào勉）正其德而厚其性，阜其财求而利其器用，明利害之乡，以文修之，使务利而避害，怀德而畏威，故能保世以滋大。

（2）《韩诗外传》：王者之论德也，而不尊无功，不官无德，不诛无罪。朝无幸位，民无幸生。故上贤使能，而等级不逾。折暴禁悍，而刑罚不过。百姓晓然皆知夫为善于家，取赏于朝也。为不善于幽，而蒙刑于显。夫是之谓定论，是王者之德。《诗》曰："明昭有周，式序在位。"

（3）《左传·宣公十二年》：丙辰，楚重至于邲，遂次于衡雍。潘党曰："君盍筑武军，而收晋尸以为京观（大坟）。臣闻克敌必示子孙，以无忘武功。"楚子曰："非尔所知也。夫文，止戈为武。武王克商，作《颂》曰：'载戢干戈，载櫜弓矢。我求懿德，肆于时夏，允王保之。'又作《武》，其卒章曰：'耆定尔功'。其三曰：'铺时绎思，我徂求定。'其六曰：'绥万邦，屡丰年。'夫武，禁暴、戢兵、保大、定功、安民、和众、丰财者也。故使子孙无忘其章。今我使二国暴骨，暴矣！观兵以威诸侯，兵不戢矣。暴而不戢，安能保大？犹有晋在，焉得定功？所违民欲犹多，民何安焉？无德而强争诸侯，何以和众？利人之几，而安人之乱，以为己荣，何以丰财？武有七德，我无一焉，何以示子孙？其为先君宫，告成事而已。武非吾功也。古者明王伐不敬，取其鲸鲵而封之，以为大戮，于是乎有京观，以惩淫慝。今罪无所，而民皆尽忠以死君命，又可以为京观乎？"

执竞

执竞武王，
无竞维烈。
不显成康，
上帝是皇。
自彼成康，
奄有四方。
斤斤其明。
钟鼓喤喤，
磬筦将将，
降福穰穰。
降福简简，
威仪反反。
既醉既饱，
福禄来反。

【注释】

1.执，为"蓺、藝"，简体"艺"。解作常、法、准则，此处作动词。
《国语》："用人无艺，往从其所。"《尚书》："格于艺祖。"

2.竞，《尔雅》：强也。执竞，解作向上、好强、要强。

3.烈，《尔雅》：业也。

4.皇，《尔雅》：正也。

5.成康，周成王、周康王。成康王在位期间，社会安定，国力强盛，后世称这段历史时期为"成康之治"。

6.奄，《说文》："奄：覆也。大有馀也。"

7.斤斤，《尔雅》：察也。

8.喤喤，为"鍠鍠"。《说文》："鍠，钟声也。《诗》曰：'钟鼓鍠鍠。'"

9. 筦（guǎn），通"管"。《说文》："管：如篪，六孔。"

10. 将将，为"瑲瑲"。《说文》："瑲（qiāng），玉声也。"将将，指乐声喧哗。

11. 穰穰，《尔雅》：福（富）也。厚实之意。

12. 简简，《尔雅》：大也。

13. 反反，为"板板"。《说文》："板，判也。"板板，清晰、分明貌。

【解析】

　　这首诗讲武王、成王、康王功德。

　　"执竞武王，无竞维烈"，武王要强，以功业而言无强于武王者。"不显成康，上帝是皇"，大显成康，正于上帝。"自彼成康，奄有四方，斤斤其明"，自成康，大有四方，其明斤斤。言成康使国家强大，治国明察详审。"钟鼓喤喤，磬筦将将，降福穰穰"，钟鼓之声喤喤，磬筦之声瑲瑲，降福厚实。言推行礼乐得福禄。"降福简简，威仪反反"，降福盛大，威仪严明。言君王立身恭谨而得福禄。"既醉既饱，福禄来反"，鬼神既已饱足，福禄来返。言祭祀诚敬得福禄。

【引证】

（1）《左传·宣公十二年》："军之善政也，兼弱攻昧，武之善经也。子姑整军而经武乎，犹有弱而昧者，何必楚？仲虺有言曰：'取乱侮亡。'兼弱也。《汋》曰：'于铄王师，遵养时晦。'耆昧也。《武》曰：'无竞惟烈。'抚弱耆昧，以务烈所，可也。"

　　上文"耆"通"抵"，音同通假。《说文》："抵（zhǐ），侧击也。"引申攻击。"以务烈所"解作"以致力于功业之所在"。

（2）《荀子·富国》：故先王圣人为之不然：知夫为人主上者，不美不饰之不足以一民也，不富不厚之不足以管下也，不威不强之不足以禁暴胜悍也。故必将撞大钟，击鸣鼓，吹笙竽，弹琴瑟，以塞其耳。必将錭琢刻镂，黼黻文章，以塞其目。必将刍豢稻粱，五味芬芳，以塞其口。然后众人徒，备官职，渐庆赏，严刑罚，以戒其心。使天下生民之属，皆知己之所愿欲之举在是于也，故其赏行。皆知己之所畏恐之举在是于也，故其罚威。赏行罚威，则贤者可得而进也，不肖者可得而退也，能不能可得而官也。若是则万物得其宜，事变得应，上得天时，下得地利，中得人和，则财货浑浑如泉源，汸汸如河海，暴暴如丘山，不时焚烧，无所臧之。夫天下何患乎不足也？故儒术诚行，则天下大而富，使而功，撞钟击鼓而和。《诗》曰："钟鼓喤喤，管磬瑲瑲，降福穰穰。降福简简，威仪反反。既醉既饱，福禄来反。"此之谓也。

（3）东汉王符《潜夫论·正列》：由此观之，德义无违，神乃享。鬼神受享，福祚乃隆。故《诗》云："降福穰穰，降福简简，威仪板板。既醉既饱，福禄来反。"此言人德义茂美，神歆享醉饱，乃反报之以福也。

思文

思文后稷，

克配彼天。

立我烝民，

莫匪尔极。

贻我来牟，

帝命率育。

无此疆尔界，

陈常于时夏。

【注释】

1.思，为"偲"。《说文》："偲（sī），强力也。"即勉力、奋力之意。

2.文，为"彣"。《说文》："彣，䫞（yù）也。"有文采之意。

3.后稷，周始祖，善农事，为尧舜农官。

4.烝，《尔雅》：众也。

5.贻，《说文》：赠遗也。

6.来牟，为"来麰"。《说文》："来：周所受瑞麦，来麰（móu）。一来二缝（锋），象芒束之形。天所来也，故为行来之来。《诗》曰：'诒我来麰。'"来，或大麦。

7.率，为"達"。《说文》："達，先道也。"先导、引领之意。

8.育，《说文》：养子使作善也。《尔雅》："育，养也。"

9.时夏，即"是夏"，此中国。

【解析】

这首诗赞扬后稷功德。

"思文后稷，克配彼天"，勉力、有文采之后稷，能配上天。"立我烝民，莫匪尔极"，立我众民，无不从其准则。言后稷之农法被广泛遵从。"贻我来牟，帝命率育"，上天赠予瑞麦，帝命其引导百姓养殖。"无此疆尔界，陈常于时夏"，无此疆亦无彼界，布常法于是夏。言后稷之农制广泛应用于中国，言后稷功德大。

【引证】

（1）《左传·成公十六年》：子反入见申叔时，曰："师其何如？"对曰："德，刑，详，义，礼，信，战之器也。德以施惠，刑以正邪，详以事神，义以建利，礼以顺时，信以守物。民生厚而德正，用利而事节，时顺而物成，上下和睦，周旋不逆，求无不具，各知其极。故《诗》曰：'立我烝民，莫匪尔极'，是以神降之福，时无灾害，民生敦厖（máng 大），和同以听。"

（2）《国语·周语上》：厉王说荣夷公，芮良夫曰："王室其将卑乎！夫荣公好专利而不知大难。夫利，百物之所生也，天地之所载也，而或专之，其害多矣。天地百物，皆将取焉，胡可专也？所怒甚多，而不备大难，以是教王，王能久乎？夫王人者，将导利而布之上下者也，使神人百物无不得其极，犹曰怵惕，惧怨之来也。故《颂》曰：'思文后稷，克配彼天。立我烝民，莫匪尔极。'《大雅》曰：'陈锡载周'，是不布利而惧难乎？故能载周，以至于今。今王学专利，其可乎？匹夫专利，犹谓之盗。王而行之，其归鲜矣。荣公若用，周必败。"既，荣公为卿士，诸侯不享，王流于彘。

臣工

嗟嗟臣工，
敬尔在公。
王釐尔成，
来咨来茹。
嗟嗟保介，
维莫之春。

亦又何求？
如何新畬，
於皇来牟，
将受厥明。

明昭上帝，
迄用康年。
命我众人，
庤乃钱镈，
奄观铚艾。

【注释】

1. 嗟嗟，为"偕偕"。《说文》："偕（xié，jiē），强也。"偕偕，奋力、勉力貌。

2. 臣工，卿士与工人。

3. 釐（lí），为"嫠"。《说文》："嫠（lí），引也。"本意接引，引申领导、引领。

4. 咨，《尔雅》：谋也。

5. 茹，《尔雅》：度也。

6. 保介，保氏之为介人者，有推行、监督文教之职能。

7. 春，为"偆"。《说文》："偆，富也。"此处解作笃实、厚实。

8. 畲，《尔雅》："田，一岁曰菑，二岁曰新田，三岁曰畲（shē）。"

9. 皇，为"䅣"。《说文》："䅣，䅣䅣也。"一种似燕麦的谷物。《尔雅》："皇，守田。"郑樵注："一穗未得数粒谷而易堕落，明年复生，故谓之守田。"

10. 将，《尔雅》：大也。

11. 明，《尔雅》：成也。

12. 迄，为"讫"。《说文》："讫，止也。"引申终、尽。

13. 康，《尔雅》：安也。乐也。此处作动词，《诗》："文王康之。"

14. 庤（zhì），《说文》：储置屋下也。储存、放置在屋下。

15. 钱，《说文》：铫（tiáo）也。古田器。一说锹，一说大锄。

16. 镈（bó），《说文》："镈，一曰田器。《诗》曰：'庤乃钱镈。'"一说为锄。

17. 奄，《说文》：大有余也。

18. 观，《尔雅》：示也。展示、显示之意。

19. 铚（zhì），《说文》：获禾短镰也。

20. 艾，为"乂"。《说文》："乂（yì）：芟（shān）草也。"本意割草，泛指收割。

【解析】

这首诗讲君臣上下共同致力于国家建设。

"嗟嗟臣工，敬尔在公"，勉力之臣工，恭敬其在职。"王釐其成，来咨来茹"，君王领导其成，来为之度谋。"嗟嗟保介，维莫之春"，保介强勉，因国家文教未实。以上诗文讲君臣共同致力于国家建设。

"亦又何求？如何新畲，於皇来牟，将受其明"，君臣如此强勉所为何求？如何不断有新熟田，求于䅣䅣、来麰丰收，百姓广受其成。言君臣之所求——耕地、粮食、广泛惠利百姓。

"明昭上帝，迄用康年"，光显上帝，终用之使岁岁安康。言广泛、一贯遵从天道，可保安乐。"命我众人，庤乃钱镈，奄观铚艾"，命我百姓，收储锄具，大展镰刀收割谷物。

关于"保介"

《礼记·月令》："是月也，天子乃以元日祈谷于上帝。乃择元辰，天子亲载耒耜，措之参（参乘）、保介之御间，帅三公、九卿、诸侯、大夫，躬耕帝藉。"

《周礼·地官司徒》："保氏：下大夫一人，中士二人，府二人，史二人，胥六人，徒六十人。……掌谏王恶，而养国子以道。乃教之六艺：一曰五礼，二曰六乐，三曰五射，四曰五驭，五曰六书，六曰九数。乃教之六仪：一曰祭祀之容，二曰宾客之容，三曰朝廷之容，四曰丧纪之容，五曰军旅之容，六曰车马之容。凡祭祀、宾客、会同、丧纪、军旅，王举则从，听治亦如之，使其属守王闱。"

噫嘻

噫嘻成王，
既昭假尔。
率时农夫，
播厥百谷。
骏发尔私，
终三十里。
亦服尔耕，
十千维耦。

【注释】

1. 噫，为"恴"。《说文》："恴（yī），痛声也。《孝经》曰：'哭不恴。'"

2. 嘻，为"譆"。《说文》："譆，痛也。"噫嘻，伤痛之感叹声。

3. 假，《尔雅》：大也。

4. 尔，为"尒"。《说文》："尒（ěr）：词之必然也。"古时"尒、爾、邇、繭"通假。《说文》："爾（ěr）：麗爾，猶靡麗也。"即奢华。《说文》："繭：华盛。"

5. 骏，《尔雅》：大也。

6. 私，《方言》："私，小也。自关而西秦晋之郊梁益之间，凡物小者谓之私。"

7. 三十里，指极小之国。《孟子》："天子之制，地方千里，公侯皆方百里，伯七十里，子男五十里，凡四等。不能五十里，不达于天子，附于诸侯曰附庸。"

8. 服，《尔雅》：整也。整治、整理之意。

9. 耕，《说文》："耕：犁也。一曰古者井田。"

10. 耦，《说文》："耦：耒广五寸为伐，二伐为耦。"耦，为两个宽五寸耒并排一体构成的耕地农具。

《周礼》："匠人为沟洫，耜广五寸，二耜为耦。一耦之伐，广尺、深

1165

尺，谓之く。"《说文》："耒，手耕曲木也。枱，耒也。"

《说文》："く（quǎn，畎）：水小流也。倍く谓之遂；倍遂曰沟；倍沟曰洫。"

【解析】

这首诗乃祭祀成王，赞其兴农之功。

"噫嘻成王，既昭假尔"，噫嘻成王，尽光大也。言成王光大国家事业。"率时农夫，播厥百谷"，率是农夫，播种百谷。"骏发尔私，终三十里"，大兴其微小土地，尽于三十里小国。"亦服尔耕，十千维耦"，亦整治其井田，耦有一万之多。言周成王兴天下农业。

振鹭

振鹭于飞，
于彼西雝。
我客戾止，
亦有斯容。
在彼无恶，
在此无斁。
庶几夙夜，
以永终誉。

【注释】

1. 振，《说文》："举救也。一曰奋（大飞）也。"

2. 雝，为"廱"。《说文》："廱，天子飨饮辟廱。"

3. 戾，《尔雅》：至也。

4. 恶，《说文》：过也。

5. 斁（yì），为"殬"。《说文》："殬（dù），败也。"

6. 庶几，《尔雅》：尚也。解作近乎、几乎。

【解析】

　　这首诗讲天子尚贤，高洁之士来宾。

　　"振鹭于飞，于彼西雝"，奋飞白鹭在天，在彼辟廱之西。以白鹭比喻在野之高洁君子，西为宾客之位。"我客戾止，亦有斯容"，我之宾客至，亦有白鹭之仪容。"在彼无恶，在此无斁"，在彼无过，在此无败坏。言天子无过于正道，无败坏于修身，故使贤德来宾。"庶几夙夜，以永终誉"，几乎夙夜，恭谨行事，以持久终全其美誉。言天子肃恭、勤谨。

【引证】

（1）《礼记·中庸》：子曰："吾说夏礼，杞不足徵也。吾学殷礼，有宋存焉。吾学周礼，今用之，吾从周。"王天下有三重焉，其寡过矣乎！上焉者虽善无徵，无徵不信，不信民弗从。下焉者虽善不尊，不尊不信，不信民弗从。故君子之道本诸身，徵诸庶民，考诸三王而不缪，建诸天地而不悖，质诸鬼神而无疑，百世以俟圣人而不惑。质诸鬼神而无疑，知天也。百世以俟圣人而不惑，知人也。是故君子动而世为天下道，行而世为天下法，言而世为天下则。远之则有望，近之则不厌。《诗》曰：'在彼无恶，在此无射。庶几夙夜，以永终誉！'君子未有不如此而蚤有誉于天下者也。"

（2）《礼记·乡饮酒义》："宾主象天地也，介僎象阴阳也，三宾象三光也，让之三也，象月之三日而成魄也，四面之坐，象四时也。天地严凝之气，始于西南，而盛于西北，此天地之尊严气也，此天地之义气也。天地温厚之气，始于东北，而盛于东南，此天地之盛德气也，此天地之仁气也。主人者尊宾，故坐宾于西北，而坐介于西南以辅宾，宾者接人以义者也，故坐于西北。主人者，接人以德厚者也，故坐于东南。而坐僎于东北，以辅主人也。"

丰年

丰年多黍多稌，

亦有高廪，

万亿及秭。

为酒为醴，

烝畀祖妣。

以洽百礼，

降福孔皆。

【注释】

1.稌（tú），《说文》：稻也。

2.高廪，高大的谷仓。《说文》："廪：仓有屋曰廪。"

3.亿，应为作"薏"。《说文》："薏（yì），满也。一曰十万曰薏。"

4.秭（zǐ），《说文》："秭，五稯（zōng布之八十缕为稯）为秭。一曰数亿至万曰秭。"本意指布之四百缕，一说万亿为秭。《尔雅》："秭，数也。"

5.烝，《尔雅》：进也。众也。

6.畀，《尔雅》：赐也。予也。

7.妣，《说文》：殁母也。即亡母称谓。

《礼记》："祭王父曰皇祖考，王母曰皇祖妣。父曰皇考，母曰皇妣。"

8.洽，为"詥"。《说文》："詥，谐也。"谐或通"协"。《尔雅》："协，和也。"

9.皆，为"偕"。《说文》："偕，强也。"此处解作多厚。

【解析】

这首诗讲天子祭地配以祖妣。

"丰年多黍多稌，亦有高廪，万亿及秭"，丰年多黍稻，有高大仓廪，数万、数亿甚至万亿。言大丰收。"为酒为醴，烝畀祖妣"，酿酒酿醴，进与祖妣。言以酒醴祭祀先祖母。"以洽百礼，降福孔皆"，以和诸礼，降福甚多厚。言诸行有礼，则鬼神赐福多厚。

【引证】

《左传·襄公二年》：夏，齐姜薨。初，穆姜使择美檟，以自为椟（棺）与颂琴，季文子取以葬。君子曰："非礼也。礼无所逆，妇养姑者也，亏姑以成妇，逆莫大焉。《诗》曰：'其惟哲人，告之话言，顺德之行。'季孙于是为不哲矣。且姜氏，君之妣也，《诗》曰：'为酒为醴，烝畀祖妣。以洽百礼，降福孔偕。'"

有瞽

有瞽有瞽，
在周之庭。
设业设虡，
崇牙树羽。
应田县鼓，
鞉磬柷圉。
既备乃奏，
箫管备举。
喤喤厥声，
肃雝和鸣，
先祖是听。
我客戾止，
永观厥成。

【注释】

1.瞽（gǔ），《说文》：目但有眹也。眼内没有眼球称之为瞽。此处指负责演奏乐器、歌唱、朗诵的低级乐工。《周礼》："瞽蒙：掌播鞉、柷、敔、埙、箫、管、弦、歌。讽诵诗，世奠系，鼓琴瑟。掌《九德》、六诗之歌，以役大师。"

2.业，《说文》："业：大版也。所以饰（枸）悬钟鼓。捷业如锯齿。以白画之，象其龃龉相承也。《诗》曰：'巨业维枞。'"业即大长方形板，装饰在悬挂钟鼓的横木上。每块板之间有间隙，排比象锯齿。两块板之间以白色涂饰分界。上下两排横木上的白色分界条块，像齿牙上下相错而相承。

3.虡（jù），《说文》：钟鼓之柎也。饰为猛兽。钟鼓支架下部饰为猛兽的足基。

4.崇牙，悬挂钟鼓的横木装上业，业与业之间涂以白色，其形象似上下相错的大牙齿。

5. 树羽，在悬挂钟鼓的横木上插立羽毛。

6. 应，《尔雅》："大鼓谓之鼖，小者谓之应。"

7. 田，为"敹"。《说文》："敹（yǐn）：击小鼓，引乐声也。"

8. 鼗（táo），《说文》：鼗辽也。一说为摇鼓，俗称拨浪鼓。

9. 柷（zhù），《说文》：乐，木空也。所以止音为节。

10. 圉，为"敔"。《说文》："敔（yǔ），禁也。一曰乐器，椌楬也，形如木虎。"

11. 永，为"咏"。《说文》："咏：歌也。"《书》："诗言志，歌永言。"

【解析】

这首诗讲季春大合乐。

"有瞽有瞽，在周之庭"，有瞽有瞽，在周之庭。"设业设虡，崇牙树羽"，在钟鼓支架上设业、设虡，饰有崇牙、树羽。"应田县鼓，鼗磬柷圉"，有小鼓、敹、悬鼓，有鼗、磬、柷、敔。言周乐兴盛。"既备乃奏，箫管备举"，既已完备乃奏乐曲，箫管尽举。"喤喤厥声，肃雝和鸣，先祖是听"，钟鼓之声锽锽，肃肃、嗈嗈和鸣，先祖听是。言乐用于祭祀。"我客戾止，永观厥成"，我宾客至，歌咏之以观音乐之成就。言乐用于宾客。

【引证】

（1）《礼记·月令》："季春……是月之末，择吉日，大合乐，天子乃率三公、九卿、诸侯、大夫亲往视之。"

（2）《礼记·礼器》："县鼓在西，应鼓在东。"

（3）《礼记·明堂位》："夏后氏之鼓，足。殷，楹（柱）鼓。周，县鼓。……夏后氏之龙簨虡，殷之崇牙，周之璧翣。……有虞氏之绥，夏后氏之绸练，殷之崇牙，周之璧翣。"

（4）《礼记·乐记》：文侯曰："敢问溺音何从出也？"子夏对曰："郑音好滥淫志，宋音燕女溺志，卫音趋数烦志，齐音敖辟乔志，此四者皆淫于色而害于德，是以祭祀弗用也。《诗》云：'肃雝和鸣，先祖是听。'夫肃肃，敬也。雝雝，和也。夫敬以和，何事不行？"

柷

　　古代一种木制敲击乐器，形制如上，四块立板中一面留有出音孔，其他三面内壁中心处装圆鼓面，以供敲击。击柷声为大合乐起始之信号。

　　《尔雅》："所以鼓柷谓之止。"郭璞注："柷如漆桶，方二尺四寸，深一尺八寸，中有椎柄，连底挏之，令左右击。止者，其椎名。"

敔

　　敔，木制乐器，形似虎，背上有二十七条锯齿状木条，用籈（zhēn）划而发声。虎脊背上二十七个纵列木片称之为"鉏铻（chúwú）"，上图中紫红色器具称之为"籈"，籈可由竹条制成。奏乐时，由乐工手持"籈"划拨"鉏铻"。凡乐曲终，击敔。

　　《尔雅·释乐》曰："所以鼓敔谓之籈。"郭璞注："敔如伏虎，背上有二十七鉏铻，刻以木，长尺栎之，籈者其名。"

潜

猗与漆沮，

潜有多鱼。

有鳣有鲔，

鲦鲿鰋鲤。

以享以祀，

以介景福。

【注释】

1. 猗与，为"欹欤"，感叹词。《说文》："欹（yì），噎（yōu，语未定貌）也。"《说文》："欤（yú），安气也。"

2. 漆、沮，为漆沮河的两个支流，二支流合并之后注入渭河。

3. 潜，《说文》："潜：涉水也。一曰藏也。"

4. 鳣（zhān）、《说文》：鲤也。《说文》："鲤，鳣也。"

5. 鲔（wěi），即鲟鱼。

6. 鲦（tiáo），鲦鱼。

7. 鲿，大白鱼。

8. 鰋（yǎn），即鲇鱼。

9. 享，《尔雅》：献也。

10. 介、景，《尔雅》："介：右也。景：大也。"

1175

【解析】

这首诗讲季冬始渔，以鱼献祖庙。

"猗与漆沮，潜有多鱼"，猗与漆沮，藏有多种鱼。"有鳣有鲔，鲦鲿鰋鲤"，有鲤鱼、鲟鱼，鲦鱼、大白鱼、鲇鱼、鲤鱼。"以享以祀，以介景福"，用以祭献，以佑我大福。

【引证】

《礼记·月令》："季冬之月……是月也，命渔师始渔，天子亲往，乃尝鱼，先荐寝庙。"

鲦鱼

　　鲦鱼是极常见的小型鱼类，杂食性，常集群于浅水区游动觅食，其行动迅速，主要以藻类、昆虫为食。鲦鱼以群体中强大者为首领，鱼群紧随头鱼游动。

　　鲦鱼生长对水质要求高，难以饲养。鲦鱼肉细嫩，但鱼刺较多。

　　《本草纲目》："鲦鱼生江湖中，小鱼也，长仅数寸，形狭而扁，状如柳叶，鳞细而整，洁白可爱，性好群游。"

雝

有来雝雝，
至止肃肃。
相维辟公，
天子穆穆。
於荐广牡，
相予肆祀。
假哉皇考，
绥予孝子。
宣哲维人，
文武维后。
燕及皇天，
克昌厥後。
绥我眉寿，
介以繁祉。
既右烈考，
亦右文母。

【注释】

1. 雝雝，为"嗈嗈"。《尔雅》："嗈嗈，音声和也。"

2. 肃肃，《尔雅》：恭也。敬也。

3. 相，《尔雅》：勴也。佐助之意。

4. 辟、公，《尔雅》：君也。此处指诸侯。《荀子》："论礼乐，正身行，广教化，美风俗，兼覆而调一之，辟公之事也。……国家失俗，则辟公之过也。"

5. 穆穆，《尔雅》：美也。

6. 荐，《尔雅》：进也。陈也。

7. 广，《说文》：殿之大屋也。广牡，肥大的公牺牲。

8. 肆，《说文》：极陈也。引申列、众。《周礼》："凡县钟磬，半为堵，全为肆。"《左传》："歌钟二肆。"《尚书》："今商王受惟妇言是用，昏弃厥肆祀弗答。"

9. 假，《尔雅》：大也。

10. 皇考，《礼记》："祭王父曰皇祖考，王母曰皇祖妣。父曰皇考，母曰皇妣。"

11. 绥，《尔雅》：安也。

12. 宣，《尔雅》：遍也。

13. 哲，为"喆"。《说文》："喆：昭晰，明也。"

14. 后，《尔雅》：君也。

15. 燕，为"宴"。《说文》："宴，安也。"

16. 昌，《说文》：美言也。一曰日光也。

17. 眉，《方言》：老也。寿，《尔雅》：久也。眉寿，长寿之意。

18. 繁，多也。《礼记》："拜至献酬、辞让之节繁。"

19. 烈，《尔雅》：功也。考，《尔雅》：成也。烈考，功业成。《书》："王命予来承保乃文祖受命民，越（宣扬）乃光烈考武王，弘朕恭。"

20. 母，为"每"之误。《说文》："每：草盛上出也。"引申昌盛、兴盛。

【解析】

这首诗讲诸侯协助天子祭祀先王。

"有来雝雝，至止肃肃"，其来音声相和，其至止则仪容恭谨。言君臣之来有佩玉、鸾铃之声，静止有肃敬之容，寓意举止有礼。"相维辟公，天子穆穆"，辅相以众诸侯，天子德行美好。"於荐广牡，相予肆祀"，陈列肥大公牛羊等，助我列祀。言众祭祀进献丰盛祭品。"假哉皇考，绥予孝子"，大哉皇考，安我孝子。"宣哲维人，文武维后"，使天下遍明惟以人，宣文武之道惟以王。言明德惟以人才，行文武之道在于君王。"燕及皇天，克昌厥後"，安及于上帝，能光其后。言尊天道故能使上帝安，上帝安则昌其后。"绥我眉寿，介以繁祉"，安我长寿，佑我多福。"既右烈考，亦右文母"，既佑助功业有成，亦佑助文教昌盛。

（1）《论语·八佾》："三家者以《雍》彻。子曰：'相维辟公，天子穆穆'，奚取（聚）于三家之堂？"

（2）《礼记·仲尼燕居》："陈其荐俎，序其礼乐，备其百官。如此，而后君子知仁焉。行中规，还中矩，和鸾中《采齐》，客出以《雍》，彻以《振羽》。是故，君子无物而不在礼矣。"

（3）《礼记·玉藻》："趋以《采齐》，行以《肆夏》，周还中规，折还中矩，进则揖之，退则扬之，然后玉锵鸣也。故君子在车，则闻鸾和之声，行则鸣佩玉，是以非辟之心，无自入也。"

载见

载见辟王,

曰求厥章。

龙旂阳阳,

和铃央央。

鞗革有鸧,

休有烈光。

率见昭考,

以孝以享,

以介眉寿。

永言保之,

思皇多祜。

烈文辟公,

绥以多福,

俾缉熙于纯嘏。

【注释】

1. 载,《尔雅》:岁也。夏曰岁,商曰祀,周曰年,唐虞曰载。

2. 辟王,指诸侯。《逸周书》:"命我辟王,小至于大。"

3. 章,典章、制度、章程。《左传》:"赏罚无章。"

4. 旂(qí),《说文》:"旂:旗有众铃,以令众也。"龙旗,天子用旌旗。

5. 阳,应为"旸"。《说文》:"旸:飞扬。"阳阳,此处指旗帜飘扬。

6. 央,《说文》:一曰久也。央央,形容铃声不绝。

7. 鞗,为"鋚"。《说文》:"鋚(tiáo),辔首铜。"即马笼头上的铜饰。

8. 革,《尔雅》:辔首谓之革。鞗革,有铜饰的马笼头。

9. 鸧,为"玱"。《说文》:"玱(qiāng),玉声也。《诗》曰:'鞗革有玱。'"

10. 休，为“髹”。《说文》：“髹（xiū）：马名。”古代良马。
《蔡郎中集》：“休有烈光，钦慕在人。”
11. 昭考，先父之美称。《国语》：“皇祖文王、烈祖康叔、文祖襄公、昭考灵公。”
12. 思，为“偲”。《说文》：“偲，强力也。”
13. 皇，《尔雅》：正也。思皇，笃行正道。
14. 祜（hù），《尔雅》：福也。厚也。
15. 缉熙，《尔雅》：光也。
16. 纯、嘏（gǔ），《尔雅》：大也。《说文》：“嘏，大远也。”

【解析】

这首诗讲周天子召见诸侯。

“载见辟王，曰求其章”，岁见诸侯，求其章法。言周天子召见诸侯，考问其国政。“龙旂阳阳，和铃央央。鞗革有鸧，休有烈光”，天子之龙旗飘扬，和铃声不绝。铜饰马笼头瑲瑲有声，骏马毛色鲜亮，光彩照人。“率见昭考，以孝以享，以介眉寿”，率众臣见昭考，以孝心以献祭，以佑国家久长。言率领众人祭祀先王，以求保佑国家久长。“永言保之，思皇多祜”，永远保守之，笃行正道多福。言永守正道。“烈文辟公，绥以多福，俾缉熙于纯嘏”，文采昭著之诸侯，安之以多福，使光明日益广大。言使众诸侯安定，则福禄多多，天下大明。

【引证】

（1）《礼记·王制》：“诸侯之于天子也，比年一小聘，三年一大聘，五年一朝。……天子无事与诸侯相见曰朝，考礼正刑一德，以尊于天子。”

（2）《周礼·春官宗伯》：“以宾礼亲邦国：春见曰朝，夏见曰宗，秋见曰觐，冬见曰遇，时见曰会，殷见曰同，时聘曰问，殷眺曰视。”

（3）《周礼·秋官司寇》：“春朝诸侯而图天下之事，秋觐以比邦国之功，夏宗以陈天下之谟，冬遇以协诸侯之虑。”

（4）关于“龙旂”

《礼记·乐记》：“所谓大辂者，天子之车也。龙旗九旒，天子之旌也。”

《荀子·礼论》：“君子既得其养，又好其别。曷谓别？曰：贵贱有等，长幼有差，贫富轻重皆有称者也。故天子大路越席，所以养体也；侧载睾芷，所以养鼻也；前有错衡，所以养目也；和鸾之声，步中武象，趋中韶护，所以养耳也；龙旗九斿，所以养信也；寝兕持虎，蛟韅、丝末、弥龙，所以养威也；故大路之马必信至，教顺，然后乘之，所以养安也。孰知夫出死要节之所以养生也！孰知夫出费用之所以养财也！孰知夫恭敬辞让之所以养安也！孰知夫礼义文理之所以养情也！"

有客

有客有客，

亦白其马。

有萋有且，

敦琢其旅。

有客宿宿，

有客信信。

言授之絷，

以絷其马。

薄言追之，

左右绥之。

既有淫威，

降福孔夷。

【注释】

1.萋，为"栖"。《尔雅》："栖，息也。"

2.且，为"趄"，行不进之意。《说文》："趄（jū）：趑（zī）趄也。"

3.敦，《尔雅》：勉也。

4.琢，为"逐"。《尔雅》："逐，强也。"强勉之意。

5.旅，《尔雅》：途也。

6.有客宿宿，《尔雅》：言再宿也

7.有客信信，《尔雅》：言四宿也。

8.言，《尔雅》：我也。

9.絷（zhí），《说文》：绊马也。《说文》写作"罶"。

10.薄，为"迫"。《说文》："迫（pò），近也。"引申急迫、紧急。

11.淫，《尔雅》：大也。淫威，即盛威。

12.夷，《尔雅》：易。

【解析】

这首诗讲微子启朝周，周天子封微子于宋，并勉励之。

"有客有客，亦白其马"，有客，有客，其乘白马。言周天子以宾礼待微子。殷尚白，微子用殷之正色，故乘白马。"有萋有且，敦琢其旅"，勉力于旅途，有停歇有缓行。"有客宿宿，有客信信"，有客住两宿之情况，亦有住四宿之情况。言其行止无常，旅途艰难。"言授之絷，以絷其马"，我授之马缰，以拘执其马。寓意周王命微子为宋君，执掌宋国。"薄言追之，左右绥之"，赶紧追之于将来，左右应安之。言宋君武庚叛乱，以致国家毁败，故勉励微子应勤政以追来者，亦告其左右辅助微子安定其位。"既有淫威，降福孔夷"，既有盛威，降福大易。言告微子应首先树立威望，如此则福禄易来。

【引证】

（1）《礼记·檀弓上》："殷人尚白，大事敛用日中，戎事乘翰，牲用白。"

（2）《尚书·微子之命》："成王既黜殷命，杀武庚，命微子启代殷后，作《微子之命》。王若曰：'猷！殷王元子。惟稽古，崇德象贤。统承先王，修其礼物，作宾于王家，与国咸休，永世无穷。呜呼！乃祖成汤克齐圣广渊，皇天眷佑，诞受厥命。抚民以宽，除其邪虐，功加于时，德垂后裔。尔惟践修厥猷，旧有令闻，恪慎克孝，肃恭神人。予嘉乃德，曰笃不忘。上帝时歆，下民祗协，庸建尔于上公，尹兹东夏。钦哉！往敷乃训，慎乃服命，率由典常，以蕃王室。弘乃烈祖，律乃有民，永绥厥位，毗予一人。世世享德，万邦作式，俾我有周无斁。呜呼！往哉惟休，无替朕命。'"

（3）《春秋繁露·三代改制质文》："下存禹之后于杞，存汤之后于宋，以方百里，爵号公，使服其服，行其礼乐，称先王客而朝。"

（4）《白虎通德论·三正》："王者所以存二王之后何也？所以尊先王，通天下之三统也。明天下非一家之有，谨敬谦让之至也。故封之百里，使得服其正色，用其礼乐，永事先祖。《论语》曰：'夏礼吾能言之，杞不足徵也；殷礼吾能言之，宋不足徵也。'《春秋传》曰：'王者存二王之后，使服其正色，行其礼乐。'《诗》曰：'厥作祼将、常服黼冔。'言微子服殷之冠，助祭于周也。《周颂》曰：'有客有客，亦白其马。'此微子朝周也。"

武

於皇武王，
无竞维烈。
允文文王，
克开厥后。
嗣武受之，
胜殷遏刘，
耆定尔功。

【注释】

1. 皇，《说文》：大也。

2. 烈，《尔雅》：业也。

3. 允，《尔雅》：诚也。信也。解作信实、笃实。

4. 克，《尔雅》：能也。

5. 嗣武，《尔雅》："嗣、武，继也。"

6. 胜，《尔雅》：克也。

7. 遏，《尔雅》：止也。

8. 刘，《尔雅》：杀。

9. 耆，为"楮"。《说文》："楮（zhī），柱砥。古用木，今以石。"柱子下的基石或基木。楮定，解作底定、奠定。今"本质"为"本楮"。《说文》："木下曰本。"

【解析】

这首诗赞文武之功德。

"於皇武王，无竞维烈"，大哉武王，以功业无出其右者。"允文文王，克开厥后"，信实、有文德之文王，能开其后。"嗣武受之，胜殷遏刘，耆定尔功"，武王继承文王，克商而止天下杀戮，如柱砥般定立其功。

《左传·宣公十二年》：楚子曰："非尔所知也。夫文，止戈为武。武王克商，作《颂》曰：'载戢干戈，载櫜弓矢，我求懿德，肆于时夏，允王保之。'又作《武》，其卒章曰：'耆定尔功'。"

闵予小子

闵予小子，
遭家不造，
嬛嬛在疚。
於乎皇考，
永世克孝。
念兹皇祖，
陟降庭止。
维予小子，
夙夜敬止。
於乎皇王，
继序思不忘。

【注释】

1. 闵，《说文》：吊者在门也。

2. 遭，《说文》：遇也。

3. 不造，为"丕噪"。《说文》："噪：扰也。"

4. 克，《尔雅》：能也。

5. 嬛嬛（qióng），为"惸惸"。《尔雅》："惸惸（qióng），忧也。"

6. 疚，为"疚"。《说文》："疚，贫病也。《诗》曰：'茕茕在疚。'"

7. 皇祖，即皇祖考与皇祖妣，即先祖父母。

8. 陟，《尔雅》：升也。

9. 皇王，泛指先皇、先王。

10. 继序，为"继叙"，接续传承。

11. 思，为"偲"。《说文》："偲（cāi），强力也。"

【解析】

这首诗乃周王即位祭告先王之辞。

"闵予小子，遭家不造，嬛嬛在疚"，哀我小子，遇家大乱，忧心于困难之中。"於乎皇考，永世克孝"，呜呼先父，永世能孝之。言祭祀不辍。"念兹皇祖，陟降庭止"，念兹先祖父母，升降往来于我庭。言希望先祖之灵保佑。"维予小子，夙夜敬止"，维我小子，夙夜恭敬。言勉力而行。"於乎皇王，继序思不忘"，呜呼皇王，接续传承强勉之德而不忘。

访落

访予落止，
率时昭考。
於乎悠哉，
朕未有艾。
将予就之，
继犹判涣。
维予小子，
未堪家多难。
绍庭上下，
陟降厥家。
休矣皇考，
以保明其身。

【注释】

1.访，《说文》：泛谋曰访。

2.落，《尔雅》：始也。

3.率，《尔雅》：循也。

4.悠，《说文》：忧也。

5.艾，《尔雅》：历也。此处解作阅历、经历。《尔雅》："艾，相也"

6.将，为"牂"。《说文》："牂（jiāng）：扶也。"解作扶助。

7.就，《尔雅》：成也。

8.继，《说文》：续也。解作接续。

9.犹，为"猶"。《说文》："猶（jiū，yóu）：聚也。"

10.判，《说文》：分也。

11.涣，《说文》：流散也。

12.堪，《尔雅》：胜也。

13.绍，为"佋"。《说文》："佋（zhāo）：庙佋穆。父为佋，南面。

子为穆，北面。"宗庙排列的侶穆次序。始祖庙居中。父庙为侶，居左，朝南。子庙为穆，居右，朝北。侶穆，又写作"昭穆"。

《礼记》："夫祭有昭穆，昭穆者，所以别父子、远近、长幼、亲疏之序而无乱也。宗庙之礼，所以序昭穆也。"

14. 休，《尔雅》：美也。

【解析】

这首诗乃周成王祭告先王之辞。

"访予落止，率时昭考"，谋虑我之开始，遵从是昭考。言新王即位之始，效法先王治国。"於乎悠哉，朕未有艾。将予就之，继犹判涣"，鸣呼忧哉，我未有阅历。扶助我成就之，接续、聚合家国之断绝、离散。言周王有合聚亲族、诸侯之志。"维予小子，未堪家多难"，维我年少之人，不堪家之多难。"绍庭上下，陟降其家"，上下于侶庙庭内，升降于家族之中。言希望先王保佑家国。"休矣皇考，以明保其身"，美矣皇考，以明哲保其身。言先王有明哲之美德。

【引证】

关于此诗的历史背景

由"继犹判涣、不堪家之多难"判断，此诗乃周成王作于武庚、管叔、蔡叔叛乱之际。其记载如下：

《竹书纪年·成王》："元年丁酉春正月，王即位，命冢宰周文公总百官。庚午，周公诰诸侯于皇门。夏六月，葬武王于毕。秋，王加元服。武庚以殷叛。周文公出居于东。二年，奄人、徐人及淮夷入于邶以叛。秋，大雷电以风，王逆周文公于郊。遂伐殷。三年，王师灭殷，杀武庚禄父。迁殷民于卫。遂伐奄，灭蒲姑。"

《史记》："成王少，周初定天下，周公恐诸侯畔周，公乃摄行政当国。管叔、蔡叔、群弟疑周公，与武庚作乱，畔周。周公奉成王命，伐诛武庚、管叔，放蔡叔。以微子开代殷后，国于宋。颇收殷馀民，以封武王少弟封为卫康叔。晋唐叔得嘉谷，献之成王，成王以归周公于兵所。周公受禾东土，鲁天子之命。初，管、蔡畔周，周公讨之，三年而毕定，故初作大诰，次作微子之命，次归禾，次嘉禾，次康诰、酒诰、梓材，其事在周公之篇。周公行政七年，成王长，周公反政成王，北面就群臣之位。"

《尚书·金滕》："武王既丧，管叔及其群弟乃流言于国，曰：'公将不利于孺子。'周公乃告二公曰：'我之弗辟，我无以告我先王。'周公居东二年，则罪人斯得。于后，公乃为诗以贻王，名之曰《鸱鸮》。王亦未敢诮（qiào 责）公。"

《尚书·蔡仲之命》："惟周公位冢宰，正百工，群叔流言。乃致辟管叔于商，囚蔡叔于郭邻，以车七乘。降霍叔于庶人，三年不齿。"

敬之

敬之敬之，

天维显思，

命不易哉。

无曰高高在上，

陟降厥士，

日监在兹。

维予小子，

不聪敬止。

日就月将，

学有缉熙于光明。

佛时仔肩，

示我显德行。

【注释】

1. 显，《尔雅》：见也。光也。

2. 易，为"㑥"。《说文》："㑥（yì），轻也。"即轻忽、怠慢。《礼记·乐记》："外貌斯须不庄不敬，而易慢之心入之矣。"

3. 监，《尔雅》：视也。

4. 在，《尔雅》：察也。监在，监察、视察之意。

5. 聪，《说文》：察也。

6. 敬，为"警"。《说文》："警，戒也。"

7. 就，《尔雅》：终也。

8. 将，为"趣"。《说文》："趣（jiàng），行貌。"形容轻快行走之貌。

9. 缉熙，《尔雅》：光也。

10. 佛，为"弗"。《尔雅》："弗，治也。"

11. 时，《尔雅》：是也。

12.仔，《说文》：克也。

13.肩，《尔雅》：胜也。

14.示，《说文》：天垂象，见吉凶，所以示人也。

【解析】

这首诗乃周王自我诫勉之辞。

"敬之敬之，天维显之，命不易矣"，敬之敬之，天维见之，使命不可轻忽。言上天无不见，应怀恭敬之心，对自身义务不可懈怠。"无曰高高在上，陟降厥士，日监在兹"，勿言高高在上，上下于士人之中，日日监察于此。言应亲近臣属，时时自我督查，不可居高自傲。"维予小子，不聪敬止"，维我年少之人，警戒于听之不聪。言应听用善言。"日就月将，学有缉熙于光明"，日终月行，学有明于光明者。言日积月累，笃学于大道。"佛时仔肩，示我显德行"，治此道能胜，示我之昭彰德行。言能敬天命、亲臣民、纳谏言、笃学于大道则有功德，以其德行示民，则能率民。

颂　周颂　敬之

【引证】

（1）《礼记·孔子闲居》："无体之礼，日就月将。"

（2）《左传·成公四年》：夏，公如晋，晋侯见公不敬。季文子曰："晋侯必不免，《诗》曰：'敬之敬之，天惟显思，命不易哉'，夫晋侯之命在诸侯矣，可不敬乎？"

（3）《左传·僖公二十二年》：公卑邾，不设备而御之。臧文仲曰："国无小，不可易也，无备虽众，不可恃也。《诗》曰：'战战兢兢，如临深渊，如履薄冰'，又曰：'敬之敬之，天惟显思，命不易哉'，先王之明德，犹无不难也，无不惧也，况我小国乎，君其无谓邾小，蜂虿有毒，而况国乎？"弗听，八月丁未，公及邾师战于升陉，我师败绩，邾人获公胄，县诸鱼门。

（4）《韩诗外传》：孔子燕居，子贡摄齐而前曰："弟子事夫子有年矣，才竭而智罢，振于学问，不能复进，请一休焉。"子曰："赐也，欲焉休乎？"曰："赐欲休于事君。"孔子曰："《诗》云：'夙夜匪懈，以事一人。'为之若此其不易也，若之何其休也！"曰："赐休于事父。"孔子曰："《诗》云：'孝子不匮，永锡尔类。'为之若此其不易也，如之何其休也！"曰："赐欲休于事兄弟。"孔子曰："《诗》云：

'妻子好合，如鼓瑟琴。兄弟既翕，和乐且耽。’为之若此其不易也，如之何其休也！”曰：“赐欲休于耕田。”孔子曰：“《诗》云：‘昼尔于茅，宵尔索绹。亟其乘屋，其始播百谷。’为之若此其不易也，若之何其休也。”子贡曰：“君子亦有休乎？”孔子曰：“阖棺兮乃止播耳，不知其时之易迁兮，此之谓君子所休也。故学而不已，阖棺乃止。”《诗》曰：“日就月将。”言学者也。

小毖

予其惩而毖后患。
莫予荓蜂，
自求辛螫。
肇允彼桃虫，
拚飞维鸟。
未堪家多难，
予又集于蓼。

【注释】

1. 惩，《说文》：㤻（yì）也。解作制止、戒。《礼记》："以怨报怨则民有所惩。"

2. 毖，《说文》：慎也。

3. 予，通"与"，解作从、相从。《论语》："吾与点也。"

4. 荓，为"併"。《说文》："併（bìng），并也。"即相从。予荓，跟随、随从。

5. 蜂，本作"蠭"。《说文》："蠭，飞虫螫人者。"

6. 辛，《说文》：辛痛即泣出。引申痛、痛苦。

7. 螫（zhē），《说文》：虫行毒也。

8. 肇，《说文》：击也。

9. 允，为"阭"。《说文》："阭（yǔn），高也。一曰石也。"

10. 桃虫，《尔雅》：鹪，其雌鴱。即鹪鹩，行动十分敏捷，善隐蔽。

11. 拚（pàn），《说文》：拊手也。即鼓掌。拚飞，鸟翅快速煽动而飞，即奋飞。

12. 集，《说文》：群鸟在木上也。

13. 蓼，《说文》：辛菜，蔷虞也。红蓼，一年生草本，高达三米，茎直立，中空。

这首诗讲谨慎防备危险，乃周王自我告诫之辞。

"予其惩而毖后患"，我其惩戒之而能慎于后患。言知错善改。"莫予荓蜂，自求辛螫"，勿随从马蜂，不然自寻辛痛之蜂螫。言对隐患保持警惕。"肇允彼桃虫，拚飞维鸟"，以石击鹪鹩，则众鸟齐奋飞。言林中众鸟皆随从灵敏鹪鹩迅速飞离危险。寓意敏以远害。"未堪家多难，予又集于蓼"，不胜家之多难，我又立于蓼草之上。言自身能力不足，自身危险如立身于草端一般。言当下必须谨慎有加，如此方能避害存身。"予又集于蓼"与"温温恭人、如集于木。惴惴小心、如临于谷。战战兢兢、如履薄冰"比喻相似。

载芟

载芟载柞，其耕泽泽。

千耦其耘，徂隰徂畛。

侯主侯伯，侯亚侯旅，侯强侯以。

有嗿其馌，思媚其妇，有依其士。

有略其耜，俶载南亩。

播厥百谷，实函斯活。

驿驿其达，有厌其杰。

厌厌其苗，绵绵其麃。

载获济济，有实其积，万亿及秭。

为酒为醴，烝畀祖妣，以洽百礼。

有飶其香，邦家之光。

有椒其馨，胡考之宁。

匪且有且，匪今斯今，振古如兹。

【注释】

1. 芟（shān），《说文》：刈草也。

2. 柞，为"莝"。《说文》："莝（cuò）：斩刍（刈草）也。"即割草料。

3. 泽泽（shì），为"挔挔"。《说文》："挔（chì），裂也。"挔挔，土掘裂之貌。此处指耒耜犁地土壤向两侧外翻。《尔雅》："郝郝（hǎo），耕也。"

4. 耘，《说文》：除苗闲秽也。

5. 徂，《尔雅》：往也。

6. 隰，《尔雅》："下湿曰隰。"即低洼湿地。

7. 畛（zhěn），《说文》："井田闲陌（路东西为陌，南北为阡）也。"即田间路。

1197

8. 主、伯，此处指农业生产的主持者与管理者。《尔雅》："伯，长也。"

9. 亚，《尔雅》：次也。旅，《尔雅》：众也。亚旅指次于"主、伯"的各级头目。《左传》："司马、司空、舆帅、候正、亚旅（低于候正的众小官）。"

10. 强，为"勥"。《说文》："勥（jiàng），迫也。"急迫、紧急。

11. 以，为"已"，停止、止息、终。

12. 嘾（tǎn），《说文》：声也。

13. 馌（yè），《说文》：饷田也。

14. 媚，《说文》：说也。即悦。

15. 略，《说文》：经略土地也。引申整治、治理。《左传》："分财用，平板干，称畚筑，程土物，议远迩，略基趾。"

16. 俶，《尔雅》：作也。

17. 南亩，南北向地垄。大块田地正常地垄为南北向，故"南亩"代指规整大田。《左传》："使耕者东亩。"其中"东亩"即东西向设地垄。"东亩"反常规。

18. 函，为"马"。《说文》："马（hàn），嘾（dàn含深）也。草木之华未发函然。"

19. 活，《说文》：水流声。活无生存、存续之意。活通"逭"。《说文》："逭（huàn），逃也。"引申存续。《方言》："逭，周也，转也。"《孟子》："民非水火不生活。"《尚书》："天作孽犹可违，自作孽不可逭。"《孟子》："自作孽不可活。"

20. 驿驿，为"绎绎"。《尔雅》："绎绎，生也。"

21. 达，《方言》：芒也。《说文》："芒，草端也。"

22. 厌，为"厴"。《说文》："厴（yān），好也。"

23. 杰，《说文》：傲也。

24. 厌，《说文》：笮（迫）也。厌厌，稠密、紧密之貌。

25. 绵绵，《尔雅》：穮（biāo）也。穮通"髟"。《说文》："髟（biāo），长发猋猋也。"髟髟，头发长而密。绵绵，此处形容瓜细长繁多的样子。

26. 麃，为"穮"。《说文》："穮（biāo），耕禾闲也。"本意指犁田垄以除草。此处指犁过的田垄。

27. 济济，为"挤挤"，形容众多之貌。

28. 秭（zǐ），《说文》："一曰数亿至万曰秭。"言万亿为秭。

29. 烝，《尔雅》：进也。畀，《尔雅》：予也。烝畀，进献之意。

30. 馤（bì），《说文》：食之香也。

31. 椒，花椒，古人用作香料。《荀子》："椒兰芬苾，所以养鼻也。"

32. 馨，《说文》：香之远闻者。

33. 胡，为"胡"。《说文》："胡（hú），高至也。"胡考，极高成就，即大成。

34. 宁，为"貯"。《说文》："貯（zhù），积也。"贮繁体"貯"。

35. 且，为"龃"。《说文》："龃（zù），且往也。"解作就去、即往。

36. 斯，《尔雅》：离也。

37. 振，《尔雅》：古也。振古，即古。

颂　周颂　载芟

【解析】

　　这首诗讲国家农业生产，或为祭祀社稷之歌。

　　"载芟载柞，其耕泽泽"，有除草者，有割草料者，其耕抺抺。"千耦其耘，徂隰徂畛"，数千耦犁在耘地，往来于湿地、阡陌。"侯主侯伯，侯亚侯旅，侯强侯以"，有主持，有长官，有次官，有执事，有急忙者，有完成者。言农业生产场面盛大、有序。"有嗿其馌，思媚其妇，有依其士"，有送饭之招呼声，丈夫悦于妻子，妻子依顺于丈夫。言妻子给田间劳作的丈夫送饭，举止间见夫妻相好。

　　"有略其耜，俶载南亩"，整治其耒耜，耕作于大田。"播厥百谷，实函斯活"，播其百谷，紧实掩埋种子如此能成活。"驿驿其达，有厌其杰"，其禾芒生气勃勃，禾苗俊秀者尤好。"厌厌其苗，绵绵其麃"，其禾苗稠密，犁过的田垄细长。"载获济济，有实其积，万亿及秭"，岁获禾谷济济，其籽实聚集，数万、数亿以至于万亿。"为酒为醴，烝畀祖妣，以洽百礼"，酿酒酿醴，进献先祖母，以和诸礼。

　　"有馤其香，邦家之光"，有食物之香气，乃家国之光。言富足乃文明之象。"有椒其馨，胡考之宁"，有椒之远香，大成之积。言美德广布，乃国家大成之象。"匪且有且，匪今斯今，振古如兹"，无即刻去往彼则能即往者，无此刻即能脱离当下者，古来如此。言凡事无一蹴

1199

而就者，改变必须循序渐进，此为常法。寓意国家富强、文明非一日之功，当笃行之。

【引证】

（1）《周礼·秋官司寇》："柞氏：掌攻草木及林麓。夏日至，令刊阳木而火之。冬日至，令剥阴木而水之。若欲其化也，则春秋变其水火。凡攻木者，掌其政令。"

（2）柞，亦或通"劇（duó）"。《说文》："劇，判也。"《尔雅》："木谓之劇，玉谓之雕。""载芟载柞"亦可解作：有割草者，有修剪树木者。

良耜

畟畟良耜，俶载南亩。

播厥百谷，实函斯活。

或来瞻女，载筐及筥，其饟伊黍。

其笠伊纠，其镈斯赵，以薅荼蓼。

荼蓼朽止，黍稷茂止。

获之挃挃，积之栗栗。

其崇如墉，其比如栉。

以开百室，百室盈止，妇子宁止。

杀时犉牡，有捄其角。

以似以续，续古之人。

【注释】

1. 畟（cè），《说文》：治稼畟畟进也。畟畟，耜犁地快速前进之貌。

2. 筥（jǔ），《说文》：䈰（shāo）也。即做饭用的筲箕，盛物竹器。

3. 饟，《尔雅》：馈也。

4. 纠，为"丩"。《说文》："丩（jiū），相纠缭也。"即缠绕。

5. 镈（bó），《说文》："镈，一曰田器。《诗》曰：'庤乃钱镈。'"一说为锄。

6. 赵，《说文》：趚，赵也。小步快进之意。

7. 薅（hāo），《说文》：拔去田草也。

8. 朽，本写作"㱙"。《说文》："㱙，腐也。"

9. 挃（zhì），《说文》：获禾声也。

10. 栗栗，《尔雅》：众也。

11. 崇，《尔雅》：高也。

12. 栉（zhì），《说文》：梳比之总名也。即篦子。

13. 犉（chún），《说文》：黄牛黑唇也。《尔雅》："牛七尺为犉。"

14. 捄（jiù），《说文》：盛土于梩中也。引申盛、装入。

15. 角，酒器。《礼记》："宗庙之祭，尊者举觯（乡饮酒角），卑者举角。"

16. 似，比象、效法。《诗》："维其有之，是以似之。"

17. 续，《尔雅》：继也。

【解析】

　　这首诗讲农人四季之农务。

　　"畟畟良耜，俶载南亩"，良耜畟畟前进，耕作于大田。"播厥百谷，实函斯活"，播种百谷，埋实种子则禾苗长成。言春播。

　　"或来瞻女，载筐及筥，其饟伊黍"，有人来看望你，车载筐与筥，其送黍食来。"其笠伊纠，其镈斯赵，以薅荼蓼"，其斗笠紧系在头，其锄快速前进，以锄苦菜、蓼草。"荼蓼朽止，黍稷茂止"，苦菜、蓼草腐败，黍稷则茂盛。言夏作。

　　"获之挃挃，积之栗栗"，收割之声挃挃，堆积谷物众多。"其崇如墉，其比如栉"，其粮垛高如墙，其排比如篦齿般紧密。"以开百室，百室盈止，妇子宁止"，打开数百谷仓，数百谷仓皆装满粮食，妇女、孩子安宁。言秋收。

　　"杀时犉牡，有捄其角"，杀此公犉，盛酒于角。言冬腊祭。"以似以续，续古之人"，以效法以承继，承继古人之道。言农事继承古人之道。

【引证】

（1）《礼记·月令》："孟冬之月……是月也，大饮烝。天子乃祈来年于天宗，大割祠于公社及门闾。腊先祖五祀，劳农以休息之。"

（2）《礼记·郊特牲》："天子大蜡八。伊耆氏始为蜡（腊），蜡也者，索也。岁十二月，合聚万物而索飨之也。蜡之祭也，主先啬（稷），而祭司啬也。祭百种以报啬也。"

角

　　古代酒器，形似爵，无两柱，有有盖者，用途与爵同。《礼记·礼器》："有以小为贵者：宗庙之祭，贵者献以爵，贱者献以散，尊者举觯，卑者举角。"

　　《说文》："觯：乡饮酒角也。觯受四升。"

丝衣

丝衣其紑，
载弁俅俅。
自堂徂基，
自羊徂牛，
鼐鼎及鼒。
兕觥其觩，
旨酒思柔。
不吴不敖，
胡考之休。

【注释】

1. 紑（fóu），《说文》：“紑，白鲜衣貌。《诗》曰：‘素衣其紑。’”

2. 俅（qiú），《说文》：冠饰貌。《尔雅》：“俅俅，服也。”

3. 堂，《说文》：殿也。

4. 徂，《尔雅》：往也。

5. 基，《说文》：墙始也。此处解作墙根、墙下。

6. 鼐（nài），《说文》：鼎之绝大者。《礼记》：“崇鼎、贯鼎，天子之器也。”

7. 鼎，《说文》：三足两耳，和五味之宝器也。昔禹收九牧之金，铸鼎荆山之下，入山林川泽，螭魅蝄蜽，莫能逢之，以协承天休。

8. 鼒（zī），《说文》：鼎之圆掩上者。郭璞：“鼎敛上而小口。”《尔雅》：“圆弇（盖）上，谓之鼒。”即圆鼎有盖者谓之鼒。鼒为小鼎。

9. 觥，本字“觵”。《说文》：“觵，兕牛角可以饮者也。其状觩觩（圆滑），故谓之觵。”兕觥作为酒器用于飨礼，寓宾客有威仪。《诗》：“跻彼公堂，称彼兕觥。”

10. 觩，为“斛”。《说文》：“斛（qiú），角貌。《诗》曰：‘兕觵其斛。’”本意指形如兽角状，引申弯曲。

11. 旨，《说文》：美也。

12. 吴，《说文》："一曰吴，大言也。"

13. 胡考，大成。

14. 休，《尔雅》：美也。

【解析】

这首诗讲诸侯朝聘，周天子飨客。

"丝衣其紑，载弁俅俅"，丝衣鲜亮，头所戴弁文采奕奕。言接待者衣服华贵，以示尊敬。"自堂徂基，自羊徂牛，鼐鼎及鼒"，自堂上到墙下，从羊到牛，由鼐、鼎及鼒，皆馈赠之礼品。言主人所备礼物、酒食丰富，以示盛情。"兕觥其觩，旨酒思柔"，兕觥弯曲，美酒如此柔和。言尊敬宾客。"不吴不敖，胡考之休"，无大言，不倨傲，大成之美。言恭谨有礼。

【引证】

《礼记·聘义》："卿为上摈，大夫为承摈，士为绍摈。君亲礼宾，宾私面、私觌、致饔饩、还圭璋、贿赠、飨食燕，所以明宾客君臣之义也。故天子制诸侯，比年小聘，三年大聘，相厉以礼。使者聘而误，主君弗亲飨食也。所以愧厉之也。⋯⋯⋯⋯主国待客，出入三积，饩客于舍，五牢之具陈于内，米三十车，禾三十车，刍薪倍禾，皆陈于外，乘禽日五双，群介皆有饩牢，壹食再飨，燕与时赐无数，所以厚重礼也。"

诗
辑
训

鼎

商司母戊鼎高一米三十三厘米，重八百多公斤，为目前最大出土鼎。山西侯马上马村出土兽首流有盖鼎通高仅六厘米有余。

酌

於铄王师，

遵养时晦。

时纯熙矣，

是用大介。

我龙受之，

蹻蹻王之造。

载用有嗣，

实维尔公允师。

【注释】

1. 铄，《尔雅》：美也。

2. 遵，《说文》：循也。即遵循、从。

3. 养，为"抶"。《说文》："抶（yāng），以车鞅击也。"本意以车鞭击打。此处解作攻击，有教训、讨伐之意。

4. 晦，《尔雅》：冥也

5. 纯，《尔雅》：大也。

6. 熙，《尔雅》：光也。兴也。

7. 介，《尔雅》：右也。即佑助之意。

8. 龙，为"龏"。《说文》："龏（gōng），愨（què）也。"谨慎之意。

9. 蹻蹻，为"侨侨"。《说文》："侨，高也。"

10. 实，通"是"。

11. 公，《说文》：平分也。引申公平、公正。《尔雅》："允，信也。"公允，公信。

【解析】

这首诗讲天子之师。

"於铄王师，遵养时晦"，美矣王师，遵从攻击时世昏昧之则。言天子之师应讨伐无道。"时纯熙矣，是用大介"，大兴其是，是以大

1207

佑。言王师行其义，上天佑之。"我龙受之，蹻蹻王之造"，我谨受之，崇高王者之造作。言恭敬接受先王造就之师。"载用有嗣，实维尔公允师"，王师之正用有继，是为公信之师。言遵从王师之道，成就公允之师。

【引证】

（1）关于诗名"酌"

酌或为"勺"。《说文》："勺（sháo），挹取也。"引申引用、承用。

《竹书纪年·成王》："九年春正月，有事于太庙，初用《勺》。"

《礼记·内则》："十有三年学乐，诵诗，舞《勺》。"

（2）《左传·宣公十二年》："见可而进，知难而退，军之善政也。兼弱攻昧，武之善经也。子姑整军而经武乎，犹有弱而昧者，何必楚？仲虺有言曰：'取乱侮亡'兼弱也。《汋》曰：'于铄王师，遵养时晦'耆昧也。《武》曰：'无竞惟烈'，抚弱耆昧，以务烈所，可也。"

上文"耆"通"抵"，音同通假。《说文》："抵（zhǐ），侧击也。"引申攻击。

诗辑训

桓

绥万邦，
娄丰年，
天命匪解。
桓桓武王，
保有厥士。
于以四方，
克定厥家。
於昭于天，
皇以间之。

【注释】

1. 绥，《尔雅》：安也。

2. 娄，《说文》：一曰娄，务也。《说文》："务，趣也。"引申追求、务求。

3. 桓桓，《尔雅》：威也。

4. 士，为"土"之误。

5. 皇，《尔雅》：正也

6. 於，助词。《诗》："於论鼓钟，於乐辟廱。"

7. 间，为"闲"。《说文》："闲，阑也。"本意为栅栏。引申法则。《论语》："大德不逾闲，小德出入可也。"

1209

【解析】

这首诗称赞武王之功德。

"绥万邦，娄丰年，天命匪懈"，安定天下，务求丰年，不懈于天命。"桓桓武王，保有厥士"，威武之武王，保有其土。言武王有安民、丰财之功。"于以四方，克定厥家"，能安定其家，于是用之于天下。言武王齐家而平天下。"於昭于天，皇以间之"，以正义规范之，故功德昭于天。言武王遵行正道。

《左传·宣公十二年》：楚子曰："非尔所知也。夫文，止戈为武。武王克商。作《颂》曰：'载戢干戈，载櫜弓矢。我求懿德，肆于时夏，允王保之。'又作《武》，其卒章曰：'耆定尔功'。其三曰：'铺（敷）时绎思，我徂求定。'其六曰：'绥万邦，屡丰年。'夫武，禁暴、戢兵、保大、定功、安民、和众、丰财者也。故使子孙无忘其章。"

赉

文王既勤止，
我应受之。
敷时绎思。
我徂维求定。
时周之命，
於绎思。

【注释】

1. 赉（lài），《尔雅》：赐也。予也。

2. 勤，为"矜"。《尔雅》："矜（qín）、怜，抚掩之也。"《左传》："齐方勤（怜恤）我，弃德不祥。"

3. 敷，布、施陈之意。《说文》："敷，敳（施）也。"

4. 时，《尔雅》：是也。

5. 绎，为"怿"。《尔雅》："怿，服也。"

【解析】

这首诗讲文王抚恤异邦，使之来附。

"文王既勤止，我应受之"，文王既抚恤于我，我当接受之。"敷时绎思，我徂维求定"，文王广施此怜恤使我顺服，我往附之求安定。"时周之命，於绎思"，此乃周之命，服也矣！言天命归周，四方服从。

【引证】

《左传·宣公十一年》：晋郤成子求成于众狄，众狄疾赤狄之役，遂服于晋。秋，会于欑函，众狄服也。是行也，诸大夫欲召狄，郤成子曰："吾闻之，非德莫如勤（矜，抚恤），非勤何以求（述，聚也）人？能勤有继，其从之也。《诗》曰：'文王既勤止。'文王犹勤，况寡德乎？"

1211

般

於皇时周，

陟其高山，

隋山乔岳，

允犹翕河。

敷天之下，

裒时之对，

时周之命。

【注释】

1. 般，《尔雅》：乐也。

2. 皇，《尔雅》：大也。

3. 陟，《说文》：登也。《尔雅》："山三袭陟，再成英，一成坯。"

4. 隋（tuò），《说文》：山之墮墮者。《尔雅》："峦山，隋。"《说文》："峦，山小而锐。"《楚辞》："登石峦以远望兮。"隋，小而尖锐的山，泛指小山。

5. 乔，《尔雅》：高也。

6. 允，为"夽"。《说文》："夽（yǔn），大也。"《诗》："幽居允荒、终然允臧。"

7. 犹，为"猷"。《尔雅》："猷，道也。"

8. 翕，为"潝"。《说文》："潝（xī），水疾声。"急流水声。

9. 敷，为"溥"。《尔雅》："溥（pǔ），大也。"引申广遍。

10. 裒（póu），《尔雅》：聚也。

11. 对，《说文》：应无方也。引申应、对应、响应。

【解析】

这首诗讲周得民心、天下。

"於皇时周，陟其高山，隋山乔岳，允犹翕河"，大哉此周，登其高山，小山、高岳，大道、急流。言登高山俯视大好山河，寓意周得天下。"敷天之下，裒时之对，时周之命"，广天之下，聚合当世之响应者，此周之命也。言广泛团结一切可以团结的对象，天命归周。

鲁颂

駉

駉駉牡马，在坰之野。
薄言駉者，有驈有皇，
有骊有黄，以车彭彭。
思无疆，思马斯臧。

駉駉牡马，在坰之野。
薄言駉者，有骓有駓，
有骍有骐，以车伾伾。
思无期，思马斯才。

駉駉牡马，在坰之野。
薄言駉者，有驒有骆，
有骝有雒，以车绎绎。
思无斁，思马斯作。

駉駉牡马，在坰之野。
薄言駉者，有骃有騢，
有驔有鱼，以车祛祛。
思无邪，思马斯徂。

1215

【注释】

1. 駉（jiōng），为"駫"。《说文》："駫（jiōng），马盛肥也。"
《说文》"駉，牧马苑也。《诗》曰：'在駉之野。'"
2. 坰（jiōng），《尔雅》："邑外谓之郊，郊外谓之牧，牧外谓之野，野外谓之林，林外谓之坰。"《说文》写作"冂"。
3. 薄，为"娑"。《说文》："娑（pán），奢也。"即夸张、张大。
4. 驈（yù），《说文》："驈，骊马白胯也。《诗》曰：'有驈有騜。'"

5. 騜（huáng），《尔雅》：黄白騜。即黄白毛的马。

6. 骊，《说文》：马深黑色。

7. 黄，或为黄毛马。

8. 臧，《尔雅》：善也。

9. 骓（zhuī），《说文》：马苍黑杂毛。《尔雅》："苍白杂毛骓。"

10. 駓（pī），《说文》：黄马白毛也。《尔雅》："黄白杂毛曰駓。"

11. 骍（xīng），赤色马。《礼记》："牲用骍，尚赤也。"

12. 骐（qí），《说文》：马青骊，文如博棋也。

13. 伾（pī），《说文》："伾，有力也。《诗》曰：'以车伾伾。'"

14. 驒（tuó），《说文》：一曰青骊白鳞，文如鼍鱼（tuo扬子鳄）。
《尔雅》："青骊驎，驒。"

15. 骆，《说文》：马白色黑鬣尾也。《尔雅》："白马黑鬣（lie颈上长毛），骆。"

16. 骝（liú），《说文》：赤马黑毛尾也。

17. 雒（luò），为"赢"。《说文》："赢（luó），驴父马母。"即骡子。

18. 绎绎，为"䍐䍐"。《说文》："䍐（yì），引给也。"《说文》："给，相足也。"

19. 斁（yì），《说文》：一曰终也。

20. 骃（yīn），《说文》：马阴白杂毛。一说为浅黑毛与白毛相间的马。

21. 騢（xiá），《说文》：马赤白杂毛。
《尔雅》："彤白杂毛，騢。"

22. 驔（diàn），《说文》：骊马黄脊。

23. 鱼，《说文》"瞯（xián），马一目白曰瞯，二目白曰鱼。"
《尔雅》："一目白瞷，二目白鱼。"

24. 祛祛（qū），为"𧾷𧾷"。《说文》："𧾷（qǔ），健也。"

25. 邪，为"衺"。衺（xié），偏斜、不正、曲回。《说文》："枉，衺曲也。"

26. 徂，《尔雅》：往也。

【解析】

这首诗赞鲁国人才济济。

"駉駉牡马，在坰之野"，盛肥之公马，在马苑所在之野。"薄言駉者，有骍有皇，有骊有黄，以车彭彭"，夸口盛肥者，有骍有騜，有骊有黄，以驾车盛壮。寓意各种人才盛多，教化大行。"思无疆，思马斯臧"，无疆矣！马斯善！寓意人才众多国家前途无量。

"駉駉牡马，在坰之野"，盛肥之公马，在马苑之野。"薄言駉者，有骓有駓，有骍有骐，以车伾伾"，夸口盛肥者，有骓有駓，有骍有骐，以驾车其行进有力。"思无期，思马斯才"，无期矣！马斯才。寓意人才使国家久长。

"駉駉牡马，在坰之野"，盛肥之公马，在马苑之野。"薄言駉者，有驒有骆，有骝有雒，以车绎绎"，夸口盛肥者，有驒有骆，有骝有雒，以驾车行进其力气十足。"思无斁，思马斯作"，无终矣！马斯作。寓意人才尽力使国家兴盛不已。

"駉駉牡马，在坰之野"，盛肥之公马，在马苑之野。"薄言駉者，有驈有騢，有驔有鱼，以车祛祛"，夸口盛肥者，有驈有騢，有驔有鱼，以驾车强健有力。"思无邪，思马斯徂"，无不正矣，是马之往。寓意人才使国家行于正道。

有駜

有駜有駜，駜彼乘黄。
夙夜在公，在公明明。
振振鹭，鹭于下。
鼓咽咽，醉言舞，于胥乐兮。

有駜有駜，駜彼乘牡。
夙夜在公，在公饮酒。
振振鹭，鹭于飞。
鼓咽咽，醉言归，于胥乐兮。

有駜有駜，駜彼乘駽。
夙夜在公，在公载燕。
自今以始，岁其有。
君子有穀诒孙子，于胥乐兮。

【注释】

1.駜（bì），《说文》：马饱也。

2.乘，《说文》："驷，一乘也。"乘黄，四匹黄马。黄为地之色，时在季夏。

3.明明，即"明其明"。即明明德、昭显文明。

4.振，《说文》：一曰奋也。振振，振作、振奋之貌。

5.咽咽，为"鼘鼘"。《说文》："鼘（yuān），鼓声也。"指紧密、急促的鼓声。

6.胥，《尔雅》：皆也。

7.駽（xuān），《说文》：青骊马。即青黑色的马。

8.载，为"酨"。《说文》："酨（zài），设饪。"设酒食之意。引申设、设置。

9. 饮酒，指"飨饮酒"。《礼记》："乡饮酒之礼者，所以明长幼之序也。"

10. 燕，指燕礼，即宴饮礼。《礼记》："凡养老：有虞氏以燕礼，夏后氏以飨礼，殷人以食礼，周人修而兼用之。"

11. 穀，《尔雅》：善也。穀简体"谷"。

12. 诒，《说文》：一曰遗也。诒通"贻（赠遗）"。

【解析】

这首诗讲国家教化。

"有駜有駜，駜彼乘黄"，使马饱，使马饱，饱彼乘黄。寓意善待士人，士人为承载国家政教者。"夙夜在公，在公明明"，夙夜在公，在公昭显文明。言周王勤于教化，宣扬文明。"振振鹭，鹭于下"，振奋之白鹭，于地上。寓意推行教化，使君子长于民间。"鼓咽咽，醉言舞，于胥乐兮"，鼓声鼕鼕，醉而舞，皆乐兮！寓意勤奋作为，成果丰硕，上下皆喜乐。

"有駜有駜，駜彼乘牡"，使马饱，使马饱，饱彼乘牡。寓意善待贤德者，贤德者乃宣扬道德之强力者。"夙夜在公，在公饮酒"，夙夜在公，在公饮酒。寓意勤于推行道德。"振振鹭，鹭于飞"，振奋之白鹭，飞在天。寓意教化有成，君子进于上。"鼓咽咽，醉言归，于胥乐兮"，鼓声鼕鼕，醉而归，皆乐兮！寓意奋力宣教，功业大成，上下皆喜乐。

"有駜有駜，駜彼乘駽"，使马饱，使马饱，饱彼乘駽。寓意善待三老。所谓"三老"，指久于其职事者、先朝旧人、寿长者。三老富于德艺、见识，故可以教后人。《礼记》："三公在朝，三老在学。""夙夜在公，在公载燕"，夙夜在公，在公设宴。寓意勤谨于教学。"自今以始，岁其有"，从今开始，岁岁其富有。言国家日益富强、文明。"君子有穀诒孙子，于胥乐兮"，君子有善遗其子子孙孙，古今皆乐也。

【引证】

（1）《礼记·乡饮酒义》："乡饮酒之礼：六十者坐，五十者立侍，以听政役，所以明尊长也。六十者三豆，七十者四豆，八十者五豆，九十者六豆，所以明养老也。民知尊长养老，而后乃能入孝弟。民入孝弟，出尊长养老，而后成教，成教而后国可安也。君子之所谓孝者，非家至而日见之也。合诸乡射，教之乡饮酒之礼，而孝弟之行立矣。孔子曰：'吾观于乡，而知王道之易易也。'"

（2）《礼记·内则》："凡养老：有虞氏以燕礼，夏后氏以飨礼，殷人以食礼，周人修而兼用之。凡五十养于乡，六十养于国，七十养于学，达于诸侯。……有虞氏养国老于上庠，养庶老于下庠。夏后氏养国老于东序，养庶老于西序。殷人养国老于右学，养庶老于左学。周人养国老于东郊，养庶老于虞庠。虞庠在国之西郊。有虞氏皇而祭，深衣而养老。夏后氏收而祭，燕衣而养老。殷人冔而祭，缟衣而养老。周人冕而祭，玄衣而养老。"

泮水

（一）

思乐泮水，薄采其芹。
鲁侯戾止，言观其旂。
其旂茷茷，鸾声哕哕。
无小无大，从公于迈。

思乐泮水，薄采其藻。
鲁侯戾止，其马蹻蹻。
其马蹻蹻，其音昭昭。
载色载笑，匪怒伊教。

思乐泮水，薄采其茆。
鲁侯戾止，在泮饮酒。
既饮旨酒，永锡难老。
顺彼长道，屈此群丑。

穆穆鲁侯，敬明其德。
敬慎威仪，维民之则。
允文允武，昭假烈祖。
靡有不孝，自求伊祜。

【注释】

1. 泮（pàn），《说文》："泮，诸侯乡射之宫，西南为水，东北为墙。"泮宫，为诸侯行礼乐、宣教化之所。
2. 薄，通"迫"。急忙、赶紧。
3. 戾，《尔雅》：至也。
4. 旂（qí），《说文》：旗有众铃，以令众也。

5. 莐（fá），《说文》：草叶多。

6. 哕（huì），为"钺"。《说文》："钺（yuè）：车銮（luán）声也。《诗》曰：'銮声钺钺。'"

7. 迈，《尔雅》：行也。

8. 蹻蹻，《尔雅》：憍也。《说文》："蹻，举足行高也。"蹻蹻，趾高气扬之貌。

9. 昭昭，为"卲卲"。《说文》："卲（shào），高也。"

10. 色，《说文》：颜气。引申作色、改变态度。《左传》："谚所谓：'室于怒，市于色'者，楚之谓矣。舍前之忿，可也。"

11. 茆（máo），为"茆"。《说文》："茆（mǎo），凫葵也。《诗》曰：'言采其茆。'"

12. 锡，为"赐"。赐（cì，sī）与"嗣"音同通假。《尔雅》："嗣，继也。"

永锡难老，即青春永驻。《管子》："寡疾难老，士女皆好。"

13. 屈，《尔雅》：聚也。

14. 丑，《尔雅》：众也。

15. 穆穆，《尔雅》：敬也。

16. 假，《尔雅》：大也。

17. 烈祖，功业卓著之祖先。《左传》："皇祖文王，烈祖康叔，文祖襄公。"

18. 祜，《尔雅》：福也。

1222

【解析】

　　这首诗讲鲁侯在泮宫，赞鲁国善教化。

　　"思乐泮水，薄采其芹"，乐泮宫之水，紧采其水芹。寓意国家教学有成，以泮水比喻教化，水芹喻教学成果。"鲁侯戾止，言观其旂。其旂莐莐，鸾声哕哕"，鲁侯至矣，观看其旂。其旂繁盛，且鸾铃声哕哕。寓意国教兴盛。"无小无大，从公于迈"，无论小人、大人，随从鲁公而行。言官民皆从行，寓意举国尚学。

　　"思乐泮水，薄采其藻"，乐泮宫之水，急采其水藻。以泮水养水藻比喻教化育人。"鲁侯戾止，其马蹻蹻。其马蹻蹻，其音昭昭"，鲁侯至矣，其马趾高气扬。其马趾高气扬，其叫声嘹亮。寓意鲁国教官贤能。"载色载笑，匪怒伊教"，或作色或欢笑，非怒乃教。言教学或严肃或轻松，并非怨怒其学生，乃为教授学问。

"思乐泮水，薄采其茆"，乐泮宫之水，急采其凫葵。"鲁侯戾止，在泮饮酒。既饮旨酒，永锡难老"，鲁侯至矣，在泮宫饮酒。既饮美酒，青春永驻。言祝福鲁侯青春长在，言外之意鲁侯推行教学甚得民心。"顺彼长道，屈此群丑"，顺从天地长养之道，聚此群众。言集合教学者，推行教育事业。

"穆穆鲁侯，敬明其德"，恭敬之鲁侯，敬以明德。言鲁侯亦恭谨受教。"敬慎威仪，维民之则"，敬慎其自身威仪，维民之准则。言鲁侯对待教学态度严肃，为百姓榜样。"允文允武，昭假烈祖"，实文武之德，光大烈祖功德。"靡有不孝，自求伊祜"，无有不孝，自求其福。

【名物】

凫葵

凫葵一说为莼菜。莼菜，又名马蹄菜、湖菜，水生宿根草本，性喜温暖。叶深绿、椭圆、互生。嫩茎叶背部有胶状透明物质，可作蔬菜，口感滑嫩。

莼菜与荇菜相似，然荇菜叶在靠近叶柄处有缺刻，莼菜叶无，荇菜黄花，莼菜紫红花。

泮水

（二）

明明鲁侯，克明其德。
既作泮宫，淮夷攸服。
矫矫虎臣，在泮献馘。
淑问如皋陶，在泮献囚。

济济多士，克广德心。
桓桓于征，狄彼东南。
烝烝皇皇，不吴不扬。
不告于讻，在泮献功。

角弓其觩，束矢其搜。
戎车孔博，徒御无斁。
既克淮夷，孔淑不逆。
式固尔犹，淮夷卒获。

翩彼飞鸮，集于泮林，
食我桑黮，怀我好音。
憬彼淮夷，来献其琛。
元龟象齿，大赂南金。

【注释】

1. 明明，即"明其明"。解作明其明德、昭显文明，亦即教化之意。

2. 矫矫，《尔雅》：勇也。

3. 虎臣，君王侍卫军，或称"虎贲"。

4. 馘（guó），《说文》：军战断耳也。割敌耳以计数。《尔雅》"馘，获也。"

5. 淑，《尔雅》：善也。

6. 皋陶，尧舜禹时期贤士，善治理民政。

7. 囚，《尔雅》：拘也。引申罪犯。

8. 桓桓，《尔雅》：威也。

9. 狄，为"愁"，又写作"惕"。《说文》："惕，敬也。"此处作使动用法。

10. 烝烝，《尔雅》：作也。

11. 皇皇，《尔雅》：美也。

12. 吴，《说文》："一曰吴，大言也。"

13. 讻，为"凶"。《尔雅》："凶，咎也。"

14. 觩，为"赳"，音同通假。《说文》："赳，轻劲有才力也。"此处指刚劲有力。

15. 搜，本写作"捜"。《说文》："捜：众意也。一曰求也。"

16. 戎车，本指前锋兵车，泛指兵车。

17. 博，《说文》：大通也。此处指广博。

18. 斁，《说文》：斁，猒也。一曰终也。

19. 逆，为"屰"。《说文》："屰（nì）：不顺也。"

20. 式，助词，无义。

21. 犹，为"猷"。《尔雅》："猷，道也。"

22. 翩，《说文》：疾飞也。

23. 鸮，鸱鸮，巧妇鸟。

24. 黮（shèn），《说文》：桑葚之黑也。即成熟桑葚。

25. 怀，《尔雅》：思也。

26. 憬，《说文》：觉寤也。即清醒、觉悟。

27. 琛（chēn），《说文》：宝也。

28. 元龟、即大龟，用以占卜。《史记》："纣为暴虐而元龟不占。"

29. 赂（lù），《说文》：遗也。即馈赠、赠送。

【解析】

　　"明明鲁侯，克明其德"，昭显文明之鲁侯，能明其德。言鲁侯所推行教化能明民德。"既作泮宫，淮夷攸服"，既作泮宫，淮夷顺服。言推行教化使淮夷顺从。"矫矫虎臣，在泮献馘。淑问如皋陶，在泮献囚”，勇敢虎臣，在泮宫进献战功。善审问如皋陶者，在泮宫进献囚犯。言军士进呈战功，文臣进献其政绩。

"济济多士，克广德心。桓桓于征，狄彼东南"，济济众士人，能广其德志。威武征伐，使东南方国敬慎。言文臣武士皆善作为。"烝烝皇皇，不吴不扬"，治事振作、行为美好，不妄言、不张扬。言其臣有德。"不告于讻，在泮献功"，不以咎告，献功于泮宫。言其众臣和谐、善治。

"角弓其觩，束矢其搜"，角弓刚劲有力，捆束之箭矢众多。"戎车孔博，徒御无斁"，兵车甚广，随车步兵无穷。言军力强大。"既克淮夷，孔淑不逆"，既胜淮夷，甚善无不顺。"式固尔犹，淮夷卒获"，稳固其道，淮夷尽获。言以教化施之于淮夷，则大获淮夷。

"翩彼飞鸮，集于泮林。食我桑黮，怀我好音"，疾飞之鸱鸮，集于泮宫之林。食我之成熟桑葚，思我之佳音。寓意民众乐鲁侯之礼乐教化，亦即民众尚学之意。"憬彼淮夷，来献其琛。元龟象齿，大赂南金"，觉悟之淮夷，来进献其宝物。大龟、象牙，大送其南方之金。言淮夷诚服而亲附。

【引证】

关于"皋陶"

《论语·颜渊》："舜有天下，选于众，举皋陶，不仁者远矣！"

《管子·法法》："舜之有天下也，禹为司空，契为司徒，皋陶为李（理，治理民事之官），后稷为田。此四士者，天下之贤人也，犹尚精一德。"

《尚书·舜典》：帝曰："皋陶，蛮夷猾夏，寇贼奸宄。汝作士，五刑有服，五服三就，五流有宅，五宅三居。惟明克允！"

閟宫

（一）

閟宫有侐，实实枚枚。

赫赫姜嫄，其德不回。

上帝是依，无灾无害。

弥月不迟，是生后稷，降之百福。

黍稷重穋，稙稚菽麦，

奄有下国，俾民稼穑。

有稷有黍，有稻有秬，

奄有下土，缵禹之绪。

后稷之孙，实维大王。

居岐之阳，实始翦商。

至于文武，缵大王之绪。

致天之届，于牧之野。

无贰无虞，上帝临女。

敦商之旅，克咸厥功。

王曰叔父，

建尔元子，俾侯于鲁。

大启尔宇，为周室辅。

乃命鲁公，俾侯于东。

锡之山川，土田附庸。

【注释】

1. 閟（bì），通"祕"。《说文》："祕（bì），神也。"祕宫，神庙，指周祖庙。

2. 侐（xù），《说文》："侐：静也。《诗》曰：'閟宫有侐。'"

3. 实实，充实、殷盛貌。《说文》："实，富也。"

4. 枚枚，为"枤枤"之误，分散、疏稀貌。《说文》："枤（sàn），分离也。"今简体写作"散"。

5. 赫赫，显赫、昭彰。

6. 姜嫄，文王先祖后稷之母。

7. 灾，《尔雅》：危也。古文字：烖（zāi）、災（zāi）、𢦏（zāi）。分别指天害、水害、兵戈之害。今简体皆写作"灾"。

8. 弥，《说文》：满也。弥月，足月。

9. 重穋（lù），《说文》写作"種穋"。穋，疾熟也，即早熟品种。種，先种后熟，即晚熟品种。黍稷種穋，早熟及晚熟的黍子与谷子。

10. 稙，《说文》：早種也。即早种禾。

11. 稚（zhì），《说文》："稚，幼禾也。一曰晚禾。"简体写作"稚"。

12. 稼，《说文》："稼，禾之秀实为稼，茎节为禾。一曰稼，家事也。一曰在野曰稼。"《说文》："穑，谷可收曰穑。"稼穑，解作种收、庄稼、农事、务农。

13. 秬（jù），《说文》：黑黍也。

14. 纉（zuǎn），《说文》：继也。

15. 绪，《尔雅》：事也。

16. 阳，《说文》：高明也。此处指山之南。

17. 翦（jiǎn），《尔雅》：齐也。《说文》："剪，齐断也。"

18. 届，《尔雅》：极也。引申准则。

19. 贰，《尔雅》：疑也。

20. 虞，《尔雅》：度也。

21. 敦，《说文》：怒也。诋（大怒而言）也。

22. 咸，《说文》：皆也。

23. 元子，长子。

24. 俾，《尔雅》：使也。

25. 侯，《尔雅》：君也。

26. 启，《说文》：开也。

27. 宇，《说文》：屋边也。引申边疆。

28. 附庸，国土方圆不足五十里，附于诸侯，曰附庸。

【解析】

这首诗讲周先祖功德，赞鲁僖公有德、善治。

"閟宫有侐，实实枚枚"，神庙安静，无论人众殷实抑或稀疏。言后人于宗庙敬肃。"赫赫姜嫄，其德不回"，赫赫姜嫄，其德不改。"上帝是依，无灾无害"，上帝是从，无灾无害。言后稷之母有德。"弥月不迟，是生后稷，降之百福"，足月且不迟，是生后稷，降之百福。言后稷有福。"黍稷種稑，植稚菽麦，奄有下国，俾民稼穑"，早熟及晚熟的黍子、谷子，早熟及晚熟的豆子、麦子，大有下国，使百姓稼穑。"有稷有黍，有稻有秬，奄有下土，缵禹之绪"，有稷有黍，有稻有秬，大有下土，继续大禹之事业。言后稷之功。

"后稷之孙，实维大王"，后稷之孙，是维大王。言大王王季为后稷之孙。"居岐之阳，实始翦商"，王季居住在岐山之南，此开始剪除殷商。言大王于岐周谋求灭商。"至于文武，缵大王之绪"，至于文王、武王，继承大王之事业。"致天之届，于牧之野"，致天之准则，于牧之野。言行天道而灭商。"无贰无虞，上帝临女"，不疑、不忧，上帝看视于你。言坚定灭商，合乎天意。"敦商之旅，克咸厥功"，问罪殷商之军旅，克商皆王季祖孙之功。

"王曰叔父，建尔元子，俾侯于鲁。大启尔宇，为周室辅"，成王对叔父周公言：立尔之长子，使君于鲁国。大开其疆界，为周室之辅。《礼记》："成王以周公为有勋劳于天下，是以封周公于曲阜。""乃命鲁公，俾侯于东。锡之山川，土田附庸"，周公命伯禽，使君于东方。赐之山川，土地、附庸。言周公命其子伯禽往鲁国为君。伯禽为鲁国开国之君。

閟宫

（二）

周公之孙，庄公之子。
龙旂承祀，六辔耳耳。
春秋匪解，享祀不忒。

皇皇后帝，皇祖后稷，享以骍牺。
是飨是宜，降福既多。
周公皇祖，亦其福女。

秋而载尝，夏而楅衡。
白牡骍刚，牺尊将将。
毛炰胾羹，笾豆大房。
万舞洋洋，孝孙有庆。

俾尔炽而昌，俾尔寿而臧。
保彼东方，鲁邦是常。
不亏不崩，不震不腾。
三寿作朋，如冈如陵。

公车千乘，朱英绿縢。
二矛重弓，公徒三万。
贝胄朱綅，烝徒增增。
戎狄是膺，荆舒是惩，则莫我敢承。

俾尔昌而炽，俾尔寿而富。
黄髪台背，寿胥与试。
俾尔昌而大，俾尔耆而艾。
万有千岁，眉寿无有害。

【注释】

1. 龙旂，为天子旌旗。龙旂、六辔等皆天子礼器。

2. 耳耳，为"聑聑"之误。《说文》："聑（tiē），安也。"

3. 解，通"懈"。《说文》："懈，怠也。"

4. 享，《尔雅》：孝也。献也。

5. 忒，《说文》：更也。

6. 皇祖，先祖尊称。《礼记》："祭王父曰皇祖考，王母曰皇祖妣。"

7. 骍（xīng），马赤色也。

8. 牺，《说文》：宗庙之牲也。

9. 宜，《尔雅》：肴（咬）也。

10. 载，为"飺"。《说文》："飺（zài），设饪。"载尝，设尝祭。

11. 楅（bī），《说文》：以木有所逼束也。楅衡，即木栏杆。

12. 牺尊，酒器，为六尊之一。

13. 将，《尔雅》：大也。将将，大的样子。

14. 炰，为"炮"。《说文》："炮，毛炙肉也。"

15. 胾（zì），《说文》：大脔（luán，切肉）也。

16. 羹，《尔雅》：肉谓之羹。肉汤为羹。

17. 大房，为"大匚"。《说文》："匚（fāng），受物之器。"或为无盖食盒。

18. 万舞，一种名"万"的舞蹈。《左传》："以是舞也，习戎备也。"

19. 洋洋，为"昜昜"，众多貌。《说文》："昜，强者众貌。"

20. 炽，《说文》：盛也

21. 昌，《说文》：美言也。一曰日光也。

22. 亏，《尔雅》：毁也。

23. 崩，《说文》：山坏也。

24. 腾，为"滕"。《说文》："滕（téng），水超涌也。"水跳跃上出。

25. 三寿，即"三老"。三老，掌国家教学者。

26. 朋，为"倗"。《说文》："倗，辅也。"

27. 朱英绿縢（téng），即"朱缨绿縢"，红绿色的缨带。

28. 二矛，指酋矛与夷矛。一说夷矛为步兵使用，酋矛用于兵车，酋矛长于夷矛。《周礼》："酋矛常有四尺，夷矛三寻。"

29. 重弓，古代六弓：王弓、弧弓以射甲革；夹弓、庾弓以射鸟兽；唐弓、大弓以授学射者。重弓，当指王弓、弧弓。轻弓，当指唐弓、大弓。重弓抑或指矛头上两个系丝缨的弓形耳眼。《清人》有"重（chóng）乔、重英"。

30. 贝胄朱綅（qīn），贝壳做的头盔用红线缝缀。《说文》："綅：绛（缝）线也。"

31. 增增，《尔雅》：众也。

32. 膺（yīng），《尔雅》：亲也。

33. 荆舒，为"荆楚"，即楚国。

34. 承，为"乘"。《说文》："乘（chéng），覆也。"引申背反、背弃。又写作"乘"。

35. 黄发台背，为"黄发鲐背"。《尔雅》："黄发、鲐背，寿也。"

36. 胥，《尔雅》：皆也。

37. 试，《尔雅》：用也。

38. 耇、艾，《尔雅》：长也。《方言》："东齐鲁卫之闲，凡尊老谓之艾人。"

39. 眉，《方言》：老也。寿，《说文》：久也。眉寿，长寿之意。

【解析】

"周公之孙，庄公之子"，周公姬旦之孙，鲁庄公之子。言鲁僖公。"龙旂承祀，六辔耳耳"，鲁侯以天子之龙旗奉祭祀，六辔之马车安稳。言周天子赐鲁侯用天子礼。"春秋匪解，享祀不忒"，春秋不懈，享祀不改。

"皇皇后帝，皇祖后稷，享以骍牺"，皇皇后帝，皇祖后稷，献以骍牺。言以丰厚牺牲祭祀先后、先帝以及皇祖后稷。"是飨是宜，降福既多"，是飨是肴，降福既多。言先王福佑多多，子孙诚实祭祀。"周公皇祖，亦其福女"，周公皇祖，福佑于你。言鲁先祖福佑鲁国。

"秋而载尝，夏而楅衡"，秋天举行尝祭，夏天设楅衡，进献牺牲。言秋夏举行盛大祭祀。"白牡骍刚，牺尊将将"，白色公牛、赤色马皆刚强，牺尊亦大。"毛炰胾羹，笾豆大房"，带毛烤肉、切肉、羹、笾、豆、大厂。言祭品丰盛。"万舞洋洋，孝孙有庆"，万舞人众，孝孙有吉庆。

"俾尔炽而昌,俾尔寿而臧",使尔盛且昌,使尔寿且善。"保彼东方,鲁邦是常",保彼东方,鲁国是法。言保东方安定、兴盛,鲁国乃诸侯之榜样。"不亏不崩,不震不腾",不毁、不坏,不震、不滕。言国家安定有常。"三寿作朋,如冈如陵",三老作辅,如山脊,如厚陵。言三老贤德,为国家砥柱。

"公车千乘,朱英绿縢",鲁公兵车千乘,车饰朱英、绿縢。"二矛重弓,公徒三万",二矛、重弓,鲁公兵士三万。"贝胄朱綅,烝徒增增",士卒贝胄朱綅,众士卒成列成行。"戎狄是膺,荆舒是惩,则莫我敢承",戎狄亲之,荆楚惩戒,则我不敢背弃。言周公平定戎狄、荆楚,方有当今鲁国之安定,我辈应谨守其成。

"俾尔昌而炽,俾尔寿而富。黄髪台背,寿胥与试",使尔昌且盛,使尔寿且富。老至黄发、鲐背,老皆能为国所用。"俾尔昌而大,俾尔耆而艾。万有千岁,眉寿无有害",使尔昌且大,使尔为长为尊。寿长千岁,寿而无伤。

【引证】

(1)关于"楅衡"

《周礼·地官司徒》:"封人:凡祭祀,饰其牛牲,设其楅衡(牛触,横大木其角),置其绋(牛缰绳),共其水槁(草料)。"

(2)关于"尝"

《礼记·祭统》:"凡祭有四时:春祭曰礿,夏祭曰禘,秋祭曰尝,冬祭曰烝。礿禘,阳义也。尝烝,阴义也。禘者阳之盛也,尝者阴之盛也。……故曰:禘尝之义大矣。治国之本也,不可不知也。"

(3)《孟子》:"《鲁颂》曰:'戎狄是膺,荆舒是惩'周公方且膺之。……昔者禹抑洪水而天下平,周公兼夷狄、驱猛兽而百姓宁,孔子成《春秋》而乱臣贼子惧。《诗》云:'戎狄是膺,荆舒是惩,则莫我敢承'无父无君,是周公所膺也。"

(4)《史记》:"太史公曰:《诗》之所谓'戎狄是膺,荆舒是惩',信哉是言也。……夫荆楚强勇轻悍,好作乱,乃自古记之矣。"

(5)《左传·文公二年》:"秋八月丁卯,大事于大庙,跻僖公,逆祀也。于是,夏父弗忌为宗伯,尊僖公,且明见曰:'吾见新鬼大,故鬼小。先大后小,顺也。跻圣贤,明也。明、顺,礼也。'君子以为失

礼。礼无不顺。祀，国之大事也，而逆之，可谓礼乎？子虽齐圣，不先父食久矣。故禹不先鲧，汤不先契，文武不先不窋。宋祖帝乙，郑祖厉王，犹上祖也。是以《鲁颂》曰：'春秋匪解，享祀不忒，皇皇后帝，皇祖后稷。'君子曰礼，谓其后稷亲而先帝也。《诗》曰：'问我诸姑，遂及伯姊。'君子曰礼，谓其姊亲而先姑也。"

大意：夏父弗忌担任宗伯，尊崇鲁僖公。太庙祭祀时，升鲁僖公神位在鲁闵公之上，其认为"新鬼大，旧鬼小，故先大后小。僖公较闵公贤德，居上位乃明德之举。"君子认为，此为失礼之举。子虽圣，不先其父享食牺牲，此为常法。"春秋匪解，享祀不忒，皇皇后帝，皇祖后稷"中虽然后稷亲于众先王，但"皇皇后帝"要列于"后稷"之前，如此合乎礼。"问我诸姑，遂及伯姊"，虽姊亲而先姑，此亦礼也。

【名物】

矛头下端两个形似弯弓的半环状钮或称之为"弓"，用绳带穿过"弓"可以把矛头牢固系在矛柄之上。

牺尊

《说文》："尊，酒器也。《周礼》六尊：牺尊、象尊、著尊、壶尊、太尊、山尊，以待祭祀、宾客之礼。"

《礼器》："牺尊疏布幂，樿杓，此以素为贵也。……庙堂之上，罍尊在阼，牺尊在西。……君西酌牺象（牺尊、象尊），夫人东酌罍尊。"

上图为山西出土青铜器，高三十三厘米，长五十九厘米，重十余公斤。牛腹中空，背有三孔，中间孔可插入圆筒状酒具，两边孔中注入热水于牛腹即可温酒。三孔皆有盖。

閟宫

（三）

泰山岩岩，鲁邦所詹。

奄有龟蒙，遂荒大东，至于海邦。

淮夷来同，莫不率从，鲁侯之功。

保有凫绎，遂荒徐宅，至于海邦。

淮夷蛮貊，及彼南夷，莫不率从。

莫敢不诺，鲁侯是若。

天锡公纯嘏，眉寿保鲁。

居常与许，复周公之宇。

鲁侯燕喜，令妻寿母，

宜大夫庶士，邦国是有。

既多受祉，黄髮儿齿。

徂来之松，新甫之柏，

是断是度，是寻是尺。

松桷有舄，路寝孔硕，

新庙奕奕，奚斯所作。

孔曼且硕，万民是若。

【注释】

1. 岩岩，为"嵓嵓"。《说文》："嵓（yán），嶃嵒也。"嵓嵓，山高峻貌。

2. 詹，为"瞻"。《说文》："瞻，临视也。"《诗》："赫赫师尹，民具尔瞻。"

3. 龟、蒙，地名。

4. 遂，进也。《周易》："不能退，不能遂。"

5. 荒，《尔雅》：奄也。《说文》："奄：覆也。大有馀也。"

6. 大东，为"夷东"之误。

7. 凫绎，或为地名。

8. 徐宅，或为地名。

9. 蛮貊（mò），代指华夏之外诸民族。《尚书》："华夏蛮貊。"

10. 诺，《说文》：应也。

11. 若，《尔雅》：顺也。

12. 纯，《尔雅》：大也。

13. 嘏，《说文》：大远也。

14. 常、许，鲁地名。

15. 燕喜，即"宴喜"。

16. 令，《尔雅》：善也。

17. 宜，《说文》：所安也。引申合适、当。

18. 儿齿，为"齯齿"。《说文》："齯（ní），老人齿也。"《尔雅》："齯齿，寿也。"

19. 徂来、新甫，地名。

20. 断，《说文》：截也。

21. 度，测量、度量。《孟子》："度，然后知长短。"

22. 寻、尺，长度单位，《周礼》："八尺曰寻，倍寻曰常。"

23. 桷（jué），《说文》：椽方曰桷。

24. 梴（chān），《说文》：长木也。《诗》曰："松桷有梴。"

25. 路寝，君王听政之所。《礼记》："君日出而视之，退适路寝听政。"

26. 奕，《说文》：大也。奕奕，大貌。

27. 奚斯，鲁国大夫，为鲁公子。

28. 曼，为"缦"。《说文》："缦，缯无文也。"引申朴素。《左传》："绛服、乘缦（素车）、彻乐。"

29. 硕，《尔雅》：大也。

【解析】

　　"泰山岩岩，鲁邦所詹"，泰山高峻，鲁国所瞻仰者也。寓意鲁国志在高远、广大，有赞美鲁国之意。"奄有龟蒙，遂荒大东，至于海邦"，广有龟蒙之地，进而覆盖夷地之东，疆域至于海国。言鲁国疆域广阔。"淮夷来同，莫不率从，鲁侯之功"，淮夷来求同化于我，其无不顺从，此乃鲁侯之功。言鲁侯善行教化。

"保有凫绎，遂荒徐宅，至于海邦"，保有凫绎之地，进而覆盖徐宅等地，疆域交接于海邦。"淮夷蛮貊，及彼南夷，莫不率从"，淮夷蛮貊，以及南夷，无不顺从。"莫敢不诺，鲁侯是若"，无敢不应，鲁侯是顺。言鲁侯有威望。

"天锡公纯嘏，眉寿保鲁"，上天赐鲁公之命远大，使之寿长以保鲁国。"居常与许，复周公之宇"，僖公居常与许，复兴周公之疆域。言鲁僖公之志比于周公。"鲁侯燕喜，令妻寿母，宜大夫庶士，邦国是有"，鲁侯宴乐，有善妻、寿母，称职之大夫、众士，以及鲁国之富有。"既多受祉，黄髪儿齿"，既多受福，老至黄发、齯齿。

"徂来之松，新甫之柏，是断是度，是寻是尺"，徂来之松，新甫之柏，是截断是度量，以寻以尺。"松桷有梴，路寝孔硕，新庙奕奕，奚斯所作"，松木之方椽长，路寝甚大，新庙奕奕，皆奚斯主持建造。言鲁国大兴土木，寓意其国力强盛。"孔曼且硕，万民是若"，甚朴素且宽大，万民是顺。

【引证】

（1）关于"奚斯"

《公羊传·僖公元年》："公子庆父弑闵公，走而之莒，莒人逐之。将由乎齐，齐人不纳，却反舍于汶水之上，使公子奚斯入请。"

（2）关于"路寝"

《礼记·玉藻》："君日出而视之，退适路寝听政。使人视大夫，大夫退，然后适小寝寝，释服。"

《谷梁传·庄公三十二年》："公薨于路寝。路寝，正寝也。寝疾居正寝，正也。男子不绝于妇人之手，以齐终也。"

商颂

那

猗与那与，置我鞉鼓。

奏鼓简简，衎我烈祖。

汤孙奏假，绥我思成。

鞉鼓渊渊，嘒嘒管声，

既和且平，依我磬声。

於赫汤孙，穆穆厥声。

庸鼓有斁，万舞有奕。

我有嘉客，亦不夷怿。

自古在昔，先民有作，

温恭朝夕，执事有恪。

顾予烝尝，汤孙之将。

【注释】

1. 猗那，为"橀傂（yī nuó）"，有节律的摇动。《说文》："橀：木橀施。"《说文》："旖：旗旖施（翻动）也。"《说文》："傂，行人节也。《诗》曰'佩玉有傂。'"

2. 置，为"挚"。《说文》："挚（zhì），握持也。"

3. 鼗（táo），《说文》：鼗辽也。一说为摇鼓，俗称拨浪鼓。

4. 简简，《尔雅》：大也。

5. 衎（kàn），《尔雅》：乐也。

6. 奏，《说文》：奏进也。《礼》："登謌（歌）曰奏。"

7. 假，《尔雅》：已也。

8. 绥，《尔雅》：安也。

9. 成，为"憕"。《说文》："憕，平也。"

10. 渊渊，为"鼘鼘"。《说文》："鼘（yuān），鼓声也。《诗》曰：'鼗鼓鼘鼘。'"

11. 嘒，《说文》：小声也。

12. 穆穆，《尔雅》：美也。敬也。

13. 庸，为"镛"。《说文》："镛，大钟谓之镛。"

14. 戁，《说文》：戁，獻也。解作饱足。此处指音乐足够殷盛。

15. 奕，《说文》：大也。引申盛大。

16. 不，为"丕"。不夷怿，即大悦。《尔雅》："夷：悦也。怿：乐也。"

17. 恪，《尔雅》：敬也。将，《尔雅》：送也。资也。

【解析】

　　这首诗讲商汤子孙献歌舞祭祖。

　　"猗与那与，置我鞉鼓"，摇呀摇呀，持我鞉鼓。"奏鼓简简，衎我烈祖"，进献宏大鼓乐，乐我烈祖。"汤孙奏假，绥我思成"，商汤子孙献歌已，定我国家太平。言祭祀祖先得保国家安定。

　　"鞉鼓渊渊，嘒嘒管声，既和且平，依我磬声"，鞉鼓之声鼘鼘，管声嘒嘒，皆依我磬声之乐调，乐声平和。言进献之乐合乎礼。"於赫汤孙，穆穆厥声"，使汤子孙显赫，穆穆其声。言祖宗享嘉乐，保佑子孙世代显赫。

　　"庸鼓有戁，万舞有奕"，钟鼓足殷，万舞盛大。言进献歌舞殷盛。"我有嘉客，亦不夷怿"，我有嘉客，亦大喜悦。

　　"自古在昔，先民有作，温恭朝夕，执事有恪"，自古至今，先民有作——朝夕温和、恭敬，执事有敬。言恭谨履职。"顾予烝尝，汤孙之将"，视我冬烝、秋尝之祭，乃汤孙之献。寓意子孙自我立身、治事诚敬。

【引证】

（1）《孔子家语·困誓》：子贡问于孔子曰："赐倦于学，困于道矣。愿息而事君，可乎？"孔子曰："《诗》云：'温恭朝夕，执事有恪。'事君之难也。焉可息哉？"

（2）《国语·鲁语下》：齐闾丘来盟，子服景伯戒宰人曰："陷而入于恭。"闵马父笑，景伯问之，对曰："笑吾子之大也。昔正考父校商之名颂十二篇于周太师，以《那》为首，其辑之乱曰：'自古在昔，先民有作。温恭朝夕，执事有恪。'先圣王之传恭，犹不敢专。称曰'自古'，古曰'在昔'，昔曰'先民'。今吾子之戒吏人曰'陷而入于恭'，其满之甚也。周恭王能庇昭、穆之阙而为恭，楚恭王能知其过而为恭。今吾子之教官僚曰'陷而后恭'，道将何为？"

烈祖

嗟嗟烈祖，有秩斯祜。

申锡无疆，及尔斯所。

既载清酤，赉我思成。

亦有和羹，既戒既平。

鬷假无言，时靡有争。

绥我眉寿，黄耇无疆。

约軧错衡，八鸾鸧鸧。

以假以享，我受命溥将。

自天降康，丰年穰穰。

来假来飨，降福无疆。

顾予烝尝，汤孙之将。

【注释】

1. 嗟嗟，为"偕偕"。《说文》："偕（xié，jiē），强也。"偕偕，强勉之意。

2. 烈祖，功业卓著之祖先。《左传》："皇祖文王，烈祖康叔，文祖襄公。"

3. 秩，《说文》：积也。

4. 祜，《尔雅》：福也。厚也。

5. 申，《尔雅》：重也。

6. 斯，《尔雅》：此也。

7. 载，为"戴"。《说文》："戴（zài），设饪。"设酒食之意。引申设、设置。

8. 酤，《说文》："一宿酒也。一曰买酒也。"指薄酒。

9. 赉（lài），《尔雅》：赐也。

10. 和羹，五味调和之汤。

11. 戒，为"诫"。《说文》："诫（jiè），饬（饬）也。"整治、修治。

12. 翕（zōng），为"嵏"。《说文》："嵏（zōng）：一曰内其中也。"吸纳、听取。

13. 耇（gǒu），《说文》：老人面冻黎若垢。《尔雅》："耇老，寿也。"黄耇，发黄面耇，引申长寿。

14. 约，《说文》：缠束也。

15. 軧（dǐ），《说文》：大车后也。大车后部栏杆。约軧，缠有装饰带的车栏杆。

16. 错，《说文》：金涂也。错衡，涂金的车前横木。

17. 鸧，为"瑲"。《说文》："瑲（qiāng），玉声也。"

18. 假，《尔雅》："假：嘉也。至也。已也。"

19. 享，《尔雅》：孝也。

20. 溥，为"尃"。《说文》："尃（fū），布也。"

21. 将，《尔雅》："将：大也。送也。资也。"

22. 康，《尔雅》：安也。乐也。

23. 穰穰（ráng），《尔雅》：福也。

24. 飨，《说文》：乡人饮酒也。

这首诗讲商汤子孙于宋国祭祖。

"嗟嗟烈祖，有秩斯祜"，强勉之烈祖，能积此福。"申锡无疆，及尔斯所"，再次赐福禄无疆，及于此处所。言赖祖先之庇荫，子孙得以于宋地延续。

"既载清酤，赉我思成"，清酒既已陈设，赐我国家清平。"亦有和羹，既戒既平"，亦有和羹，既修既成。言和羹既能修五味之过，又能使味道平和。寓意中正平和。"翕假无言，时靡有争"，听取告诫而停止且无争辞，如此则世无争者。言尚平和。"绥我眉寿，黄耇无疆"，安我长寿，寿长无疆。

"约軧错衡，八鸾鸧鸧"，约軧错衡，八鸾铃瑲瑲。"以假以享，我受命溥将"，以嘉以孝，我受命广布之。言我受命掌国家教化，广布善与孝。

"自天降康，丰年穰穰"，自天降安康，丰年穰穰。"来假来飨，降福无疆"，先祖到来，来飨祭祀，降福无疆。"顾予烝尝，汤孙之将"，看我烝尝祭祀，乃我汤孙之献。言子孙祭祀诚敬。

【引证】

（1）《礼记·中庸》："唯天下至诚，为能经纶天下之大经，立天下之大本，……《诗》曰：'奏假无言，时靡有争。'是故君子不赏而民劝，不怒而民威于鈇钺。"

（2）《左传·昭公二十年》：齐侯至自田，晏子侍于遄台，子犹驰而造焉。公曰："唯据与我和夫！"晏子对曰："据亦同也，焉得为和？"公曰："和与同异乎？"对曰："异。和如羹焉，水火醯醢盐梅以烹鱼肉，燀之以薪。宰夫和之，齐之以味，济其不及，以泄其过。君子食之，以平其心。君臣亦然。君所谓可而有否焉，臣献其否以成其可。君所谓否而有可焉，臣献其可以去其否。是以政平而不干，民无争心。故《诗》曰：'亦有和羹，既戒既平。鬷嘏无言，时靡有争。'先王之济五味，和五声也，以平其心，成其政也。声亦如味，一气，二体，三类，四物，五声，六律，七音，八风，九歌，以相成也。清浊，小大，短长，疾徐，哀乐，刚柔，迟速，高下，出入，周疏，以相济也。君子听之，以平其心。心平，德和。故《诗》曰：'德音不瑕。'今据不然。君所谓可据亦曰可，君所谓否据亦曰否。若以水济水，谁能食之？若琴瑟之专一，谁能听之？同之不可也如是。"

（3）东汉《申鉴》：君子食和羹以平其气，听和声以平其志，纳和言以平其政，履和行以平其德。夫酸、咸、甘、苦不同，嘉味以济谓之和羹。宫、商、角、徵不同，嘉音以章谓之和声。臧、否、损、益不同，中正以训谓之和言。趋、舍、动、静不同，雅度以平谓之和行。人之言曰："唯其言而莫予违也"，则几于丧国焉。孔子曰："君子和而不同。"晏子亦云："以水济水，谁能食之？琴瑟一声，谁能听之？"《诗》云："亦有和羹，既戒且平。奏假无言，时靡有争。"此之谓也。

玄鸟

天命玄鸟，降而生商，宅殷土芒芒。

古帝命武汤，正域彼四方。

方命厥后，奄有九有。

商之先后，受命不殆，在武丁孙子。

武丁孙子，武王靡不胜。

龙旂十乘，大糦是承。

邦畿千里，维民所止。

肇域彼四海，四海来假，来假祁祁。

景员维河，殷受命咸宜，百禄是何。

【注释】

1. 玄鸟，燕子。传商始祖契之母简狄食玄鸟之卵而生契。契，为舜司徒。

2. 宅，《尔雅》：居也。

3. 芒芒，为"芄芄"。《说文》："芄（huāng），水广也。"

4. 武汤，勇武、威武之汤。汤，商开国君主。

5. 域，《说文》：邦也。又写作"或"。

6. 方，为"旁"。《说文》："旁，溥也。"解作大。

7. 奄，《说文》：覆也。大有馀也。

8. 九有，即九州。《礼记》："共工氏之霸九州也，其子曰后土，能平九州。"
《国语》："共工氏之伯九有也，其子曰后土，能平九土。"

9. 殆，通"怠"。

10. 在，《尔雅》：终也。

11. 武丁，《礼记》："武丁者，殷之贤王也。"

12. 龙旂，天子之旗帜，以昭信也。

13. 糦，为"玺"。《说文》："玺（xǐ），王者印也。所以主土。"《说文》："印，执政所持信也。"壐为王者信符。《左传》："壐书追而与之。"壐今写作"玺"。

14. 畿，《说文》：天子千里地。以远近言之，则言畿也。

15. 肇，《尔雅》：谋也。

16. 祁祁，《尔雅》：徐也。

17. 景，《尔雅》：大也。

18. 员，为"靮"。《说文》："靮（yǔn），进也。"景靮，即长进。

19. 何，《说文》：儋（dàn）也。儋今写作"担"

【解析】

这首诗讲殷商之受命，赞商王武丁之功德。

"天命玄鸟，降而生商，宅殷土芒芒"，上天命玄鸟，降卵而生商契，居住于广阔之殷土。"古帝命武汤，正域彼四方"，先前上帝命勇武之汤，正其邦以及天下。"方命厥后，奄有九有"，大命其后人，大有九州。言商之命久长，地域广阔。"商之先后，受命不殆，在武丁孙子"，商之先君，受命不息，直至孙武丁。言直至武丁商国无失道者。"武丁孙子，武王靡不胜"，孙武丁，勇武之王无不胜。言武丁贤能、勇武。"龙旂十乘，大糦是承"，载龙旂之车十乘，大壐是受。言武丁信实，故天授大命。大壐，比喻天子之位。"邦畿千里，维民所止"，疆域千里，维止于民。言以民为本。"肇域彼四海，四海来假，来假祁祁"，谋其邦国及于四海，四海之民到来，到来徐徐。言武丁贤德，近者悦尔远者终来。"景员维河，殷受命咸宜，百禄是何"，长进唯河，商王之受命皆宜，百福是承。言黄河之水长进不息，殷商之王位传承本于道义，故使国家久长且福禄多多。

【引证】

（1）关于"契"

《尚书》："帝曰：契，百姓不亲，五品不逊。汝作司徒，敬敷五教，在宽。"《孟子》："契为司徒，教以人伦"。《礼记》："契为司徒而民成。"

（2）《左传·隐公三年》：宋穆公疾，召大司马孔父而属殇公焉。曰："先君舍与夷（宋宣公之子）而立寡人，寡人弗敢忘。若以大夫之灵，得保首领以没，先君若问与夷，其将何辞以对？请子奉之，以主社

诗辑训

稷，寡人虽死，亦无悔焉。"对曰："群臣愿奉冯（宋穆公之子）也。"公曰："不可。先君以寡人为贤，使主社稷，若弃德不让，是废先君之举也。岂曰能贤？光昭先君之令德，可不务乎？吾子其无废先君之功。"使公子冯出居于郑。八月庚辰，宋穆公卒。殇公（与夷）即位。君子曰："宋宣公（宋穆公之兄）可谓知人矣。立穆公，其子飨之，命以义夫。《商颂》曰：'殷受命咸宜，百禄是荷。'其是之谓乎！"

译文：宋穆公病重，召见大司马孔父把殇公托付给他。说："先君舍弃其子与夷而立我为君，我不敢忘。若托大夫之福，我得善终，先君如问起与夷，将何以为对？请您事奉与夷，主持社稷，我虽死去，亦无后悔。"孔父回答说："群臣愿事奉公子冯。"穆公说："不可，先君以我有德行，使我主持国家。如果弃道德而不让位，就是废弃先君善举，怎能说尚贤？发扬光大先君美德，岂能不如此办理？您不要废弃先君的功德！"于是命公子冯出居郑国。八月初五，宋穆公死，殇公即位。君子说："宋宣公可谓知人之人。立兄弟穆公，其子仍可受君位，其命本于义之故。《商颂》说：'殷受命咸宜，百禄是荷。'其是之谓乎！"

（3）关于"武丁"

《竹书纪年·武丁》："三十二年，伐鬼方。次于荆。三十四年，王师克鬼方。氐、羌来宾。四十三年，王师灭大彭。五十年，征豕韦，克之。"

《孟子·公孙丑》："由汤至于武丁，贤圣之君六七作。天下归殷久矣，久则难变也。武丁朝诸侯有天下，犹运之掌也。纣之去武丁未久也，其故家遗俗，流风善政，犹有存者。"

《大戴礼记》："成汤卒崩，殷德小破，二十有二世，乃有武丁即位。……武丁卒崩，殷德大破，九世，乃有末孙纣即位。"

长发

（一）

濬哲维商，长发其祥。

洪水芒芒，禹敷下土。

方外大国是疆，幅陨既长。

有娀方将，帝立子生商。

玄王桓拨，受小国是达，受大国是达。

率履不越，遂视既发。

相土烈烈，海外有截。

帝命不违，至于汤齐。

汤降不迟，圣敬日跻。

昭假迟迟，上帝是祗，帝命式于九围。

【注释】

1. 濬（ruì），为"叡"。《说文》："叡（ruì），深明也。通也。"叡今作"睿"。

2. 哲，《说文》：知也。

3. 长，《说文》：久远也。

4. 祥，《说文》：福也。一云善。

5. 芒芒，为"𣵤𣵤"。《说文》："𣵤（huāng），水广也。"

6. 敷，为"叚"。《说文》："叚（fú），治也。"

7. 方外，四方诸侯之外，亦即四方蛮夷。《管子》："此居于图南方方外。"

8. 疆，《说文》：界也。

9. 幅，《说文》：布帛广也。本意指布帛的宽度，此处指国土之宽。

10. 陨，为"圆"。《说文》："圆，圜全也。"此处指国境之周围。

11. 娀（sōng），《说文》：帝高辛之妃，偰母号也。有娀，商始祖契之母。

12. 将，《尔雅》：大也。

13. 玄，《说文》：幽远也。玄王，即最初之王。指商始祖契。《荀子》："契玄王，生昭明，居于砥石迁于商，十有四世，乃有天乙是成汤。"

14. 桓，"楒"之误。《说文》："楒（gèn），竟也。"解作穷尽、终。楒今多用"亘"。

15. 拨，《说文》：治也。

16. 履，《尔雅》：礼也。

17. 越，《说文》：度也。

18. 遂，为"邃"。《说文》："邃（suì），深远也。"

19. 既发，为"即发"。《尔雅》："即，尼也。"即发，由近而作起。

20. 相土，商契之孙。《史记》："契卒，子昭明立。昭明卒，子相土立。"

21. 烈烈，《尔雅》：威也。

22. 截，为"捷"。《说文》："捷，猎也。军获得也。"

23. 齐，《说文》：禾麦吐穗上平也。引申整齐、一致。

24. 降，为"隆"之误。《说文》："隆（lóng），丰大也。"隆今写作"隆"。如隆重、隆师、隆大、隆正。

25. 迟，为"徲"。《说文》："徲（chí），久也。"

26. 圣，《说文》：汝颍之闲谓致力于地曰圣。泛指致力于某。《方言》："圣圣，致力无馀功貌。"

1249

27. 跻，《说文》：登也。

28. 迟迟，《尔雅》：徐也。

29. 祗，《尔雅》：敬也。

30. 式，《尔雅》：用也。

31. 围，为"卫"。《尔雅》："卫，垂也。"解作远边、边境。九围，九州之垂。

【解析】

　　这首诗讲契、相土、汤之功德与无道君王之祸，以之自励、自戒。

"濬哲维商，长发其祥"，圣哲维商契，长生发其善。言商契明智，长发扬善良。言商契善行教化。"洪水芒芒，禹敷下土"，洪水无边，禹治其土。言大禹治水。"方外大国是疆，幅陨既长"，蛮夷大国以为疆界，国土宽广，边境尤长。言舜帝时契为司徒，大禹为司空，二者贤能，君臣使国家强大。"有娀方将，帝立子生商"，有娀方长大，上帝使有娀生商契且立为商祖。

　　"玄王桓拨，受小国是达，受大国是达"，玄王商契尽治之，受理小国、大国皆通达。言商契贤能，善理政。"率履不越，遂视既发"，遵行礼仪而不过越，有远见且能由近作起。言能遵循礼法，治事有谋略，循序渐进。"相土烈烈，海外有截"，相土威武，海外有获。言商契之孙勇武，战胜海外蛮夷。

　　"帝命不违，至于汤齐"，不违上帝之命，至于商汤仍能一致。言商汤遵循先王常例——不违帝命。"汤降不迟，圣敬日跻"，商汤之丰大不迟，力行恭敬而日益进升。言商汤秉持恭敬，功德日丰。"昭假迟迟，上帝是祇，帝命式于九围"，徐徐光大，上帝是敬，上帝之命用之于九州之垂。言广行天道于九州。

【引证】

（1）《礼记》："天子朱绿藻十有二旒，诸侯九，上大夫七，下大夫五，士三。"

（2）《国语·晋语》："《商颂》曰：'汤降不迟，圣敬日齐。'降，有礼之谓也。"

（3）《礼记·孔子闲居》：孔子曰："天无私覆，地无私载，日月无私照。奉斯三者以劳天下，此之谓三无私。其在《诗》曰：'帝命不违，至于汤齐。汤降不迟，圣敬日齐。昭假迟迟，上帝是祇。帝命式于九围。'是汤之德也。"

长发

（二）

受小球大球，为下国缀旒，何天之休。
不竞不絿，不刚不柔。
敷政优优，百禄是遒。

受小共大共，为下国骏厖，何天之龙。
敷奏其勇，不震不动，
不戁不竦，百禄是总。

武王载斾，有虔秉钺。
如火烈烈，则莫我敢曷。
苞有三蘖，莫遂莫达。
九有有截，韦顾既伐，昆吾夏桀。

昔在中叶，有震且业。
允也天子，降予卿士，
实维阿衡，实左右商王。

颂

商
颂

长
发

【注释】

1251

1. 球，为"璆"。《尔雅》："璆（qiú），玉也。"

2. 旒（liú），本指旌旗下垂飘带，又指垂于冠冕前后系玉的丝绳。
《礼记》："天子之冕，朱绿藻十有二旒，诸侯九，上大夫七，下大夫
五，士三。"

3. 休，《尔雅》：庆也。

4. 竞，《说文》：强语也。指强横的谈话。《尔雅》："竞，强也。"

5. 絿（qiú），《尔雅》：急也。

6. 遒，为"揂"。《说文》："揂（jiū），聚也。"

7. 优优，《尔雅》：和也。《说文》："忧，和之行也。《诗》曰：'布政忧忧。'"

8. 共，为"珙"。《说文》："珙（gǒng），玉也。"或为璧名，《左传》有"拱璧"。

9. 骏，为"姁"。《说文》："姁（jūn），钧适也。男女并也。"引申均等、平等。《大戴礼记》引作："为下国姁蒙。"

10. 厖（máng），《尔雅》：有也。财富、富有之意。骏厖，均平其资财。

11. 龙，为"宠"。《说文》："宠，尊居也。"

12. 敷，《说文》：施也。

13. 奏，进献之意。敷奏，施陈而进献之，即进陈。

14. 震，《尔雅》：动也。

15. 戁（nǎn）、竦（sǒng），《尔雅》：惧也。

16. 总，《说文》：聚束也。

17. 载，为"戴"。《说文》："戴（zài），设饪也。"引申设、设置。

18. 旆（pèi），《说文》：继旐之旗也，沛然而垂。在旐旗之后的军旗，寓意其随众。《左传》："八月辛未，治兵，建而不旆。壬申，复旆之，诸侯畏之。"《说文》引作："武王载坺（fá）。"

19. 虔，《尔雅》：固也。

20. 钺，《说文》：斧也。

21. 曷，《尔雅》：止也。

22. 苞，《尔雅》：稹也。即丛生。

23. 蘖，为"糵"。《说文》："糵（niè），牙米也。"发芽的米。泛指滋生的新枝芽。《晏子春秋》："伐木不自其根，则蘖又生也。"

24. 遂，为"㒸"。《说文》："㒸（suì），从意也。"引申成。《礼记》："百事乃遂。"

25. 韦、顾，诸侯国名。昆吾，诸侯国，为伯爵。

26. 中叶（xié），或为"中协"。协古文又写作"叶、旪"。《说文》："协，众之同和也。"引申全部、总体。中叶，即总体之中间。古文又有"末叶"之说。

27. 业，《尔雅》：大也。

28. 允，《尔雅》：佞也。即有才智。《左传》："寡人不佞。"

29. 阿衡，应为"娿衡"，泛指管理民生以及教学的官员。《说文》："娿（ē），女师也。"娿即教育女子的教师。衡为官职，管理山泽物产，如林衡、川衡等。

《说文》："伊，殷圣人。阿衡，尹（正）治天下者。"

30. 左右，《尔雅》：勴也。即帮助、佐助之意。

【解析】

　　"受小球大球，为下国缀旒，何天之休"，授予小玉、大玉，为诸侯缀旒，是以承天之吉庆。授玉、缀旒寓意推行礼制。"不竞不絿，不刚不柔"，不强不急，不刚不柔。言治国行教之则。"敷政优优，百禄是遒"，布政平和，百福是聚。

　　"受小共大共，为下国骏厖，何天之龙"，授予小玉、大玉，为下国均平其财富，承天之宠。言合理分配资财，使上下平。"敷奏其勇，不震不动，不戁不竦，百禄是总"，进陈其勇，不震动，不恐惧，百福是聚。言治国安民意志坚定，不畏强暴、险难。这句诗应为"不震不动，不戁不竦，敷奏其勇，百禄是总"，如此则与上文"不竞不絿，不刚不柔，敷政优优，百禄是遒"相对应。

　　"武王载旆，有虔秉钺"，武王设旆，士兵持斧钺紧固。言商汤用兵，坚定追随者众多，寓意汤得人心。"如火烈烈，则莫我敢曷"，军队如火烈烈，则无敢阻挡者。言商汤之军队作战勇猛，所向披靡。"苞有三蘖，莫遂莫达"，丛生有三个枝芽，则其植株不成材不达用。言树木有三个分蘖则不能成材、致用，寓意治事应专致。"九有有截，韦顾既伐，昆吾夏桀"，九州皆有捷，韦、顾既伐，继而昆吾、夏桀。言有叙讨伐韦、顾、昆吾、夏桀等。

　　"昔在中叶，有震且业"，昔在中叶，有震动且大。言在以往商执政中期，国家有大震动。言有自贤好专之王，造成国家大震动。"允也天子，降予卿士"，有才智之天子，下我卿士。言治国必须依赖众臣。"实维阿衡，实左右商王"，是维女师、林衡、川衡等，乃佐助商王者。言基层众官员为君王治国行教之协助者。

【引证】

（1）《孔子家语·弟子行》："不畏强御，不侮矜寡，其言循性，其都

（督）以富，材任治戎，是仲由之行也。孔子和之以文，说之以《诗》曰：'受小共大共，而为下国骏庬，荷天子之龙。不戁不悚，敷奏其勇。'强乎武哉！文不胜其质。"

（2）《尚书·太甲上》："惟嗣王不惠于阿衡。伊尹作书曰：'先王顾諟天之明命，以承上下神祇。社稷宗庙，罔不祇肃。天监厥德，用集大命，抚绥万方。惟尹躬克左右厥辟，宅师，肆嗣王丕承基绪。惟尹躬先见于西邑夏，自周有终。相亦惟终。其后嗣王罔克有终，相亦罔终，嗣王戒哉！祇尔厥辟，辟不辟，忝厥祖。'"

（3）《左传·昭公二十年》：郑子产有疾，谓子大叔曰："我死，子必为政。唯有德者能以宽服民，其次莫如猛。夫火烈，民望而畏之，故鲜死焉。水懦弱，民狎而玩之，则多死焉。故宽难。"疾数月而卒。大叔为政，不忍猛而宽。郑国多盗，取人于萑苻之泽。大叔悔之，曰："吾早从夫子，不及此。"兴徒兵以攻萑苻之盗，尽杀之，盗少止。仲尼曰："善哉！政宽则民慢，慢则纠之以猛。猛则民残，残则施之以宽。宽以济猛，猛以济宽，政是以和。《诗》曰：'民亦劳止，汔可小康。惠此中国，以绥四方。'施之以宽也。'毋从诡随，以谨无良。式遏寇虐，惨不畏明。'纠之以猛也。'柔远能迩，以定我王。'平之以和也。又曰：'不竞不絿，不刚不柔。布政优优，百禄是遒。'和之至也。"

（4）《荀子·荣辱》：夫贵为天子，富有天下，是人情之所同欲也。然则从人之欲，则埶不能容，物不能赡也。故先王案为之制礼义以分之，使有贵贱之等，长幼之差，知愚能不能之分，皆使人载其事，而各得其宜。然后使谷禄多少厚薄之称，是夫群居和一之道也。故仁人在上，则农以力尽田，贾以察尽财，百工以巧尽械器，士大夫以上至于公侯，莫不以仁厚知能尽官职。夫是之谓至平。故或禄天下，而不自以为多，或监门、御旅、抱关、击柝而不自以为寡。故曰："斩而齐，枉而顺，不同而一。"夫是之谓人伦。《诗》曰："受小共大共，为下国骏蒙。"此之谓也。

（5）《荀子·臣道》：通忠之顺，权险之平，祸乱之从声，三者非明主莫之能知也。争然后善，戾然后功，生死无私，致忠而公，夫是之谓通忠之顺，信陵君似之矣。夺然后义，杀然后仁，上下易位然后贞，功参天地，泽被生民，夫是之谓权险之平，汤武是也。过而通情，和而无经，不恤是非，不论曲宜，偷合苟容，迷乱狂生，夫是之谓祸乱之从声，飞廉恶来是也。传曰："斩而齐，枉而顺，不同而一。"《诗》曰："受小球大球，为下国缀旒。"此之谓也。

（6）关于"阿衡"

《周礼》："以九职任万民：一曰三农，生九谷。二曰园圃，毓草木。三曰虞衡，作山泽之材。四曰薮牧，养蕃鸟兽。五曰百工，饬化八材。六曰商贾，阜通货贿。七曰嫔妇，化治丝枲。八曰臣妾，聚敛疏材。九曰闲民，无常职，转移执事。"

"林衡：掌巡林麓之禁令而平其守，以时计林麓而赏罚之。若斩木材，则受法于山虞，而掌其政令。川衡：掌巡川泽之禁令而平其守。以时舍其守，犯禁者，执而诛罚之。祭祀、宾客，共川奠。"

（7）关于昆吾、韦、顾

《竹书纪年》："商自陑征夏邑。克昆吾。大雷雨，战于鸣条。夏师败绩，桀出奔三朡，商师征三朡。战于郕，获桀于焦门，放之于南巢。"

《竹书纪年》："昆吾氏伐商。商会诸侯于景亳。遂征韦，商师取韦，遂征顾。"

《竹书纪年》："六年，锡昆吾命作伯。"

殷武

拨彼殷武，奋伐荆楚。

寀入其阻，裒荆之旅。

有截其所，汤孙之绪。

维女荆楚，居国南乡。

昔有成汤，自彼氐羌，

莫敢不来享，莫敢不来王，曰商是常。

天命多辟，设都于禹之绩。

岁事来辟，勿予祸适，稼穑匪解。

天命降监，下民有严。

不僭不滥，不敢怠遑。

命于下国，封建厥福。

商邑翼翼，四方之极。

赫赫厥声，濯濯厥灵。

寿考且宁，以保我后生。

陟彼景山，松柏丸丸。

是断是迁，方斫是虔。

松桷有梴，旅楹有闲，寝成孔安。

【注释】

1. 拨（tà），《说文》：乡饮酒，罚不敬，拨其背。本意指击打，此处指伐罪。

2. 奋，《说文》：翬（huī）也。即大飞。《说文》："振，一曰奋也。"

3. 宋，为"罙"之误。《说文》："罙（shēn），深也。"《说文》引作"罙入其阻。"

4. 裒（póu），为"毕"。《说文》："毕（biǎn），倾覆也。"《易》："裒多益寡。"

5. 截，为"捷"。《说文》："捷，猎也。军获得也。"《尔雅》："捷，胜也。"

6. 绪，《尔雅》：事也。

7. 女，为"奸"之误。《说文》："奸（jiān），私（厶，奸衺）也。"

8. 氐羌，部族名称。《说文》："周成王时氐羌献鸾鸟。"

9. 享，《尔雅》：献也。

10. 王，《说文》：天下所归往也。此处解作归附。

11. 辟，《尔雅》：法也。

12. 绩，为"迹"。《说文》："迹，步处也。"足迹之意。禹之迹，代指九州。《左传》："芒芒禹迹，画为九州。"

13. 岁事，一年当务之事。《礼记》："成岁事，制国用。"

14. 来辟，为"勑擘"。《说文》："勑，劳也。"《说文》："擘（bì），治也。"

15. 予，《说文》：推予也。此处解作推行。

16. 祸，《说文》：害也，神不福也。

17. 适，《方言》：牾也。《说文》："牾，逆也。"不顺、违背。《尚书》："惟我事不贰适，惟尔王家我适（违逆）。"

18. 严，《说文》：教命急也。

19. 僭，《说文》：假也。滥，《说文》：泛也。不僭不滥，不虚假不妄为。

20. 遑，为"偟"。《尔雅》："偟，暇也。"怠遑，片刻懈怠。

21. 封，《说文》：爵诸侯之土也。建，《说文》：立朝律也。封建，封土建制。

22. 福，为"副"。《尔雅》："副，审也。"

23. 翼翼，《尔雅》：恭也。此处指井然有序、规整的样子。

24. 濯濯，为"耀耀"。鲜亮、明亮之貌。《说文》："炫，耀耀（照）也。"

25. 灵，此处指灵鼓，为六鼓之一。《周礼》："以灵鼓鼓社祭。"

26. 景，《尔雅》：大也。景山，大山。景山或为山之名。

27. 丸丸，为"芃芃"。《说文》："芃（péng），草盛也。《诗》曰：'芃芃黍苗。'"

28. 虡，为"椹（qián）"，即砧木，剁砍东西用的垫木。《尔雅》："椹，谓之椹。"

29. 桷（jué），《说文》：榱也。椽方曰桷。

30. 梴（chān），《说文》：长木也。

31. 旅，《说文》：众也。楹，《说文》：柱也。旅楹，众多柱子。

32. 闲，为"椢"。《说文》："椢（xiàn），大木貌。"

33. 寝，《尔雅》："无东西厢，有室曰寝。"

【解析】

这首诗讲武丁贤德、善治。

"挞彼殷武，奋伐荆楚"，伐罪之武丁，奋力讨伐荆楚。"罙入其阻，裒荆之旅"，深入险难，倾覆荆楚之军队。"有截其所，汤孙之绪"，胜敌于敌国，乃汤孙之事。

"维女荆楚，居国南乡"，奸邪之荆楚，居处在国之南向。"昔有成汤，自彼氐羌，莫敢不来享，莫敢不来王，曰商是常"，昔日商有成汤，远自氐、羌诸国，无敢不来进献，无敢不来归附，以商为则。言商汤之时国家强大，天下归顺。

"天命多辟，设都于禹之绩"，上天之使命有诸多准则，设立都城于九州。言封诸侯以统帅九州，以监行天道。"岁事来辟，勿予祸适，稼穑匪解"，勤劳以治岁事，不得推行祸害人民、违逆正道之政，稼穑不懈。言治天下诸法则。

"天命降监，下民有严"，上天命王者降而监察下民，临下民以庄严。"不僭不滥，不敢怠遑"，不虚假、不妄作，不敢片刻懈怠。言行政之则。"命于下国，封建厥福"，命于下国，审察其封土其建制。

"商邑翼翼，四方之极"，商之城邑规整、有序，为天下之则。"赫赫厥声，濯濯厥灵"，其鼓声赫赫，其灵鼓鲜亮。言社祭。"寿考且宁，以保我后生"，国家寿且安，以保我后来者。言国家生产建设良好，可养子孙。

"陟彼景山，松柏丸丸"，登彼景山，松柏茂盛。"是断是迁，方斫是虔"，有砍伐者、有搬运者，有正斫于砧木者。"松桷有梴，旅楹有闲，寝成孔安"，松木方椽长大，众多柱子高大，寝室成甚安稳。寓意国家人才兴旺，国家安定。

【引证】

（1）《竹书纪年·武丁》："三十二年，伐鬼方。次于荆。三十四年，王师克鬼方。氐、羌来宾。四十三年，王师灭大彭。"

（2）《左传·哀公五年》：郑驷秦富而侈，嬖大夫也，而常陈卿之车服于其庭。郑人恶而杀之。子思曰："《诗》曰：'不解于位，民之攸塈。'不守其位，而能久者鲜矣。《商颂》曰：'不僭不滥，不敢怠皇。'命以多福。"

（3）《左传·襄公二十六年》："善为国者，赏不僭而刑不滥。赏僭（假，不实），则惧及淫人。刑滥，则惧及善人。若不幸而过，宁僭无滥。与其失善，宁其利淫。无善人，则国从之。《诗》曰：'人之云亡，邦国殄瘁。'无善人之谓也。故《夏书》曰：'与其杀不辜，宁失不经。'惧失善也。《商颂》有之曰：'不僭不滥，不敢怠皇。命于下国，封建厥福。'此汤所以获天福也。古之治民者，劝赏而畏刑，恤民不倦。赏以春夏，刑以秋冬。是以将赏，为之加膳，加膳则饫赐，此以知其劝赏也。将刑，为之不举，不举则彻乐，此以知其畏刑也。夙兴夜寐，朝夕临政，此以知其恤民也。三者，礼之大节也，有礼无败。"

主要参考文献

《说文解字今释》，汤可敬编撰，岳麓书社，1997年。

《尔雅译注》，胡奇光、方环海编撰，上海古籍出版社，2009年。

《左传译注》，李梦生编撰，上海古籍出版社，2014年。

《国语》，尚学锋、夏德靠译注，中华书局，2007年。

《仪礼》，彭林译注，中华书局，2013年。

《周礼译注》，杨天宇撰，上海古籍出版社，2004年。

《礼记》，裴泽仁译注，中州古籍出版社，1991年。

《尚书》，陈襄民译注，中州古籍出版社，1991年。

《孔子家语》，杨朝明注说，河南大学出版社，2008年。

《荀子集解》，王先谦撰，中华书局，2010年。

《韩诗外传集释》，韩婴撰，许维遹校著，中华书局，1980年。

《孟子》，方勇译注，中华书局，2017年。

《论语明义》，邸永强著，九州出版社，2014年。

《周易明义》，邸永强著，九州出版社，2014年。

后 记

本书大部分图片来源于网络，如有侵权请联系作者，协商处理。作者在此对所有图片所有者、发布者表示诚挚感谢。